罗懷臻研究集

LUO HUAIZHEN:
A COLLECTION OF PAPERS AND REVIEWS

研究卷

廖夏璇○主编

上海人民出版社

图书在版编目(CIP)数据

罗怀臻研究集.1,研究卷/罗怀臻等著.—上海:
上海人民出版社,2019
ISBN 978-7-208-15958-7

Ⅰ.①罗… Ⅱ.①罗… Ⅲ.①戏剧文学评论-中国-
当代-文集 Ⅳ.①I207.3-53

中国版本图书馆 CIP 数据核字(2019)第 146664 号

罗怀臻

当代剧作家。祖籍河南许昌县，1956年出生于江苏淮阴市，1987年迁居上海市。中国戏剧家协会副主席，中国文联全国委员会委员，中宣部文化名家暨“四个一批”人才，文化部授予“昆剧艺术优秀主创人员”称号，享受国务院专家特殊津贴。现为上海市剧本创作中心艺术总监，上海戏剧学院兼职教授。

自20世纪80年代起，致力于“传统戏曲现代化”与“地方戏曲都市化”的创作实践与理论思考，剧本创作涉猎诸多剧种，风格独立，影响深远，为推动中华传统戏曲文化的现代转型作出了卓越贡献。

另有《西施归越——罗怀臻探索戏曲集》《九十年代——罗怀臻剧作选》《罗怀臻戏剧文集》《罗怀臻剧作集》《烈酒与清茶——罗怀臻剧作自选集》出版。

序　勇做戏曲突围的急先锋

朱恒夫

在中国戏曲界，能够保持三十多年旺盛的创作活力、能够为多剧种创作出吻合剧种艺术特性并能获得广泛赞誉的剧本、能够着眼于戏曲振兴作整体的规划还亲力亲为培养后继人才、能够长期引起学术界的密切关注并成为研究生论文课题研究对象的人，是极少的，而罗怀臻就是其中的一位。2018 年出版的《罗怀臻剧作集》与《罗怀臻演讲集》，向读者展示了他的创作成就与新时期的戏曲理念，而现在出版的《罗怀臻研究集》则反映了部分观众与学人对他的剧作、戏剧观念的研究和评论。这一百多篇的文章，有的是对怀臻的创作道路、戏剧理念和代表性作品作综合性、宏观性的论述，有的是对其某一部剧作进行评论。不论是进行整体的观照，还是对单部剧作的研究，作者们都以严肃的学术态度，或准确地概括其创作特征，或对作品进行鞭辟入里的分析，或总结其创作经验、指出其不足。总的来看，文集中几乎所有的作者之所以研究怀臻，都是因为看了他的戏、读了他的剧本、听了他的演讲后，带着膺服之心，主动撰文的，真所谓“桃李不言，下自成蹊”是也。怀臻能有如此大的魅力，应该说，与他几十年来从不松懈的艰巨努力是分不开的。

从 20 世纪 80 年代初开始，戏曲急剧地衰萎，逐渐陷入了自戏曲产生之后从未有过的困境。近四十年间，党和政府以保护、传承民族优秀文化的高度责任心，采取了多种得力的挽救措施。尽管现在的局面仍然处于振而未兴的状态，但客观地说，已经大大减缓了戏曲败落的速度。我们不敢想象，如果没有出台《中华人民共和国非物质文化遗产法》，将三百多个戏曲剧种列入国家或省级的“非遗”名录而加以保护，今日还会有这么多的剧种存活吗？如果没有各级政府财政与艺术基金巨额的经费支持，今日还能保持着3 000多个戏曲剧团的建制且有2 000多个剧团较为正常的运转吗？还会稳定住数以百万计且不断有新人加入的戏曲队伍吗？

然而，作为一种艺术形式的戏曲，仅靠政府或外界的庇护和即使是数量较大的经费支持，并不能改变其生存状态，因为戏曲和其他表演艺术一样，其本质上是一门观众的艺术，没有了观众，白白地将它供养起来，它也活不了多长时间，因为从业人员若不能在舞台上呈现自己的表演艺术，便会感觉生命的价值没有实现，从而离开戏曲，改投他业。因此，戏曲若要得到有效的保护与传承，还要靠戏曲人——编剧、演员、导演、作曲、舞美以及管理人员、戏曲评论者以振兴为己任，作艰辛的努力。而在诸多专业的戏曲人中，因编剧所做的是基础性的工作，尤为重要，因为没有新编的剧本，剧目的生产就无从谈起，尤其是剧本亦为一剧之根本的“现代戏曲”。幸运的是，新时期以来，涌现出了一批杰出的戏曲剧作家，如魏明伦、罗怀臻、郑怀兴、郭启宏、徐棻、盛和煜、王仁杰、姚金成、陈涌泉等，试想，如果没有魏明伦所作的《潘金莲》《易胆大》《巴山秀才》《夕照祁山》等，没有罗怀臻所作的《金龙与蜉蝣》《典妻》《班昭》等，没有郑怀兴所作的《新亭泪》《晋宫寒月》《傅山进京》等，没有陈亚先所作的《曹操与杨修》等，没有王仁杰所作的《董生与李氏》《节妇吟》等，掀起一次次波澜，产生广泛的社会影响，戏曲还能不时地呈现在舞台上，拉住老观众，吸引一些新观众吗？可以断言，若仅是“老戏老演，老演老戏”，自觉自愿走进戏曲剧场的观众一定是越来越少，戏曲最后的命运必然是死亡。因此，戏曲还能有一定的生机，不能不归功于优秀剧作家们所作出的历史性的贡献。

而在这诸多的剧作家中，理性地探索戏曲突围的正确方向且勇于做冲锋陷阵的急先锋的，毫无疑问，罗怀臻应该排在第一位。

怀臻所做的先锋性的工作，主要有三个方面：一是对当代戏曲发展方向进行理论探索，并宣传其探索的成果，以改变人们的戏曲观念，率领着志同道合者寻找突破口；二是按照自己的戏曲理念成功地创编了 46 部戏曲剧本，由 16 个剧种搬上舞台，让人们从这些剧目中感受到现代戏曲的艺术魅力，从而看到戏曲未来的希望，对戏曲保持着不败的信心；三是着力于戏曲人才的培养，形成了一支编、导、演、作曲、舞美、评论等方面的精英队伍。他除了在中国剧协、上海戏剧学院的支持下，相继举办了青年编剧、导演、作曲、评论、舞美等专业的研修班外，还亲自指导研究生和到各地讲学。

概括起来说，怀臻的贡献在三个方面，即理论研究、编剧实践和传经授道。而这三者又是相互关联的，只有有了正确的戏曲理念，才能创作出几十部能够应合当代观众审美趣味的戏曲剧本；只有所创剧目获得了广大观众与业界的高度赞扬，人们从心底里认可其理念是“经”和“道”，才能以崇拜的心态接受其教育。当然，三者中，编剧实践又是最为重要的，因为所创作的剧本以及后来呈现于舞台的剧目不但能够验证理念正确与否，还能成为传经授道的生动教材。

怀臻的戏曲理念，依我的理解，浓缩起来，就是两句话，即“传统戏曲现代化”和“乡村戏曲都市化”，但这两句话意蕴极其丰富，不经深入的剖析，就无法了解其真谛。细分起来，有如下四点。

一是戏曲只有与时俱进，才能走出困境。我国自 20 世纪 70 年代末，敞开国门，改革开放，以市场经济为导向，大力发展生产，经过几十年的奋斗，提高了生产力，大幅度地提升了国民的生活水平，改变了人们的生活与生产方式。经济改革，不但促进了政治改革，还使人们的观念发生了巨大的变化。拿今天人们所崇奉的价值观、道德观、社会观、政治观、美学观等和 40 年前相比，虽无天壤之别，但无可否认，其差别是巨大的。而戏曲是农业文明的产物，它所表现的思想观念，它所运用的叙事方式和艺术手法，都是农业文化的反映，而在农业经济的主体地位被工业经济、后工业经济、信息经济逐步取代，城市文化成了主流文化之后，还希图用传统的戏曲内容与形式来满足人们的审美要求，无异于缘木求鱼。罗怀臻深刻地认识到新时期是我国社会的转型期，不仅是生产关系、生产力的转型，还包括艺术在内的意识形态的转型，戏曲是艺术门类中的一种，必须随之转型，否则，就会被这急遽变化的时代抛弃。而一旦被抛弃，连汉赋、唐诗、宋词、明清章回体小说的待遇亦得不到，因为赋、诗、词等属于文学性质的作品，可以依赖于文本而存在，永远不会失去其欣赏的功能，而戏曲则不行，它是一种表演艺术，必须依附于舞台，若仅仅剩下剧本，成为案头读物，它的生命力也就基本丧失了。出于这样的认识，罗怀臻发出了这样的呼吁：

> 现代戏曲应该是以现代的价值观、审美意识来创作，并走出农耕时代模仿式的舞台程式系统的戏曲，在传统戏曲向现代戏曲转型过渡的过程中必将伴随着戏曲艺术自身革命性的突破，创作者要敢于面对这样的挑战……①

二是要辩证地看待“传统”。戏曲是真正民族的戏剧表演艺术，中国的戏剧之所以在世界戏剧史上有一席之地位，或者说我们还有资格与欧美国家的戏剧进行平等的对话，就是因为我们有着历史悠久、剧目丰富、艺术表现手法独特的戏曲，倘若我们的舞台上都是舶来的话剧、舞剧、歌剧、音乐剧等，中国人在戏剧上就不会像现在这样自豪了。我们之所以从不忘记梅兰芳在20世纪到日本、美国、前苏联的演出，是因为他让外国人感受到了中国戏剧表演艺术的魅力，并让他们由衷地钦佩中华民族的戏剧文化，如果梅兰芳表演的是话剧或歌剧等，即使他的表演艺术再高超，也不会成为“史实”而被载录于戏曲的史册。新中国建立之后，尤其是实施“文化走出去”的战略之后，何以会有数以百计的戏曲院团到国外演出，而很少有话剧团、歌剧团、舞剧团等去国外演出，也是因为戏曲是我们民族独有的舞台表演艺术形式。因此，相对于外国的戏剧来说，戏曲就是我们民族的戏剧；相对于今天的戏剧来说，它就是传统的戏剧，而且是唯一优秀的传统戏剧。故而，我们不能轻视更不能放弃这一民族的、传统的戏剧。

---

① 罗怀臻：《我看“现实题材”的戏曲创作》，《中国戏剧》，2018年第6期。

但是，“传统”并不是一成不变的，怀臻对此有一个形象的比喻：它是一条随着时代变迁而不停涌动的河流。就戏曲来说，它经历了宋杂剧、南戏、元杂剧、明清传奇、地方花部等阶段，而每一个阶段的戏曲形式是不一样的。宋杂剧之于南戏，宋杂剧是南戏的传统；而对于明清传奇来说，南戏又是明清传奇的传统。再就一个剧种来说，传统也不是固定的，以京剧为例，程长庚“老生三杰”时期，会将徽剧、汉剧、昆剧等剧种的戏曲艺术作为自己的传统；到了谭鑫培“新老生三杰”时期，则会将程长庚“老生三杰”时期的表演艺术当作自己的传统；而到了梅兰芳的“四大名旦”时期，又会将谭鑫培的“新老生三杰”时期的表演艺术作为传统。传统为什么会变？因为不同的时代，社会形态不一样，时代精神不一样，人们的审美趣味自然也就不一样，观众的视觉变了，听觉变了，戏曲的内容与形式就必须变。否则，卯榫不合，就不可能形成和谐的相互激励的观演关系。

变还是不变，快变还是慢变，小变还是大变，不是由戏曲决定的，而是由时代决定的。因为时代左右着观众的精神需求和审美趣味。在今日新旧激烈碰撞、社会急剧转型的时代，人们对戏曲艺术的要求和旧时大不一样，所以，对“传统”的内容与形式，必须要进行大幅度的变革。

尽管戏曲传统之“变”是必然的，然而，决定着戏曲性质的核心要素是不能变的，若核心要素也变了，“戏曲”就不再是戏曲，而成了另一种戏剧形式了，那就与保护、传承戏曲的工作无关，而是创新的事情了。那么，戏曲的核心要素是什么呢？就内容来说，要有表现中国人道德观、价值观并能反映时代精神的奇人奇事；就形式来说，要有特色鲜明的声腔音乐和写意性的表演身段。

三是怎样才能做到戏曲“现代化”？怀臻所编的戏大多数摹写的是古代的生活，只有少数是民国的题材，但是，没有一部戏，不是“现代”的。正如他所说，衡量一部戏有没有现代性，不是看它取材于古代生活还是现代生活，而是看它与今人的观念、情感是否相通。通观怀臻所阐述的戏剧理念和他的创作实践，可以将他的“现代化”

做法归纳为三点：第一，紧随时代的步伐，表达广大人民群众的愿望。从20世纪80年代到21世纪20年代，虽然只有不长的四十年，但这一时期的中国社会风起云涌，每一个阶段都有自己的特色。在计划经济与市场经济双轨并行的20世纪80年代，有些官员利用手中的权力进行“官倒”，肆无忌惮地吞噬国家与百姓的财富，一时间，市场混乱，物价飞涨，严重地影响了广大民众的基本生活，而既得利益者因官官相护，使得这种局面长时间得不到改变，民众对此怨声载道。于是，怀臻用《古优传奇》折射这样的社会生活，揭露那些满嘴仁义道德、实行男盗女娼之事的官员们的丑陋嘴脸。20世纪90年代，在一波波经济大潮的冲击下，许多人的人生观、价值观被改变了，一切“向钱看”，什么民族的命运、集体的利益、个人的事业，统统弃之而不顾，千方百计地赚钱、赚大钱，以满足眼前的物质享受。针对这样的世风，怀臻以昆剧《班昭》提醒人们：“锦衣玉食兮，消磨得人慵懒；金堂华宴兮，消遣得身倦烦；……荣名虚衔兮，消折得心志残……”“最难耐的是寂寞，最难抛的是荣华，从来学问欺富贵，真文章在孤灯下。”进入新世纪之后，社会日显浮躁，有些人放弃远大的人生目标，不愿艰苦奋斗，只想走捷径，于是，怀臻拾起了以乞讨的方式举办义学的武训故事，塑造出一个为了实现宏伟的理想而历尽艰辛不达目的誓不罢休的道德楷模。不仅上述的三个剧目让我们嗅到了时代的气息，其他剧目也一样反映出新时期各阶段社会的波动。第二，站在时代的制高点上审视历史和挖掘民族的心理。旧时的戏曲所表现的思想，无非是忠孝节义，即使歌颂男女的情爱，也多是写才子迷恋佳人的美貌、佳人倾心才子腹中的诗书，然因两者贫富悬殊、门第差异，而受到一方家长的阻隔，生出很多波折，最后借助非现实的力量，方使有情人成了眷属。很少深度透视恋爱双方的心理。怀臻的剧作所表现的思想就不是这样的了，被誉为“新世纪戏剧曙光”的《金龙与蜉蝣》揭示了“家天下”的封建制度对人性的扭曲，即使是掌握生杀大权的帝王，既是悲剧的制造者，也是悲剧的承受者，从而让观众认识到这种制度的罪恶，从而予以彻底地否定。在《真假驸马》与《西施归越》

中，爱情是剧情发展的基础或人物行动的原动力，可是当遇到名利得失、生死抉择的考验时，那迷人而美丽的爱情总是被人弃如敝屣，由此让观众看到人性的阴暗与丑陋。怀臻的笔，哪里只是一支舞文弄墨的笔，分明就是一把犀利的解剖刀，它能彻底揭掉遮蔽了本质的皮相，让历史与人性的真实状态完全裸露出来。第三，“讲故事”不是目的，旨归在于写人，写出一如生活中真实的人。怀臻无疑是一个讲故事的高手，而且讲的是真正的“中国故事”，如讲西施的故事，讲的不是入吴前和范蠡的一见钟情、生死相恋，不是讲的入吴后与夫差的男女缠绵、温柔富贵，而是讲的怀着夫差的“孽种”而归越后的遭遇。对于这样的情节，观众闻所未闻，当然要睁大眼睛看，竖起耳朵听了。但怀臻仅是将这个传奇性的故事，当做一个工具而已，他的根本目的是通过这个引人入胜的故事来剖析勾践、范蠡、西施母亲以及西施本人复杂的人性。《典妻》的故事自然也是极具传奇性的，然而，它的成功也不全是故事讲得好，而是将剧中大多数人“写”活了，尤其是被丈夫典当的“妻”。她刚进入秀才家之时，是麻木的，听从命运安排的，也是把自己当做生育工具看待的。然而，当得到了从未体验过的秀才的温存和经过一段有吃有穿的生活之后，她的心便活泛了起来，对未来的人生也有了美好的“梦想”：把春宝接了来，同秀才、秋宝一起生活。于是，一个真实的对险恶的人世没有多少见识、对生活没有较高期望的底层妇女的形象在舞台上便被逼真地树立起来了。当然，戏曲的现代性，编剧的工作只是提供了一个基础，还需要导演、表演、作曲、舞美的通力合作，方能较好地完成。

四是“都市化”不等于戏曲都要表现城市生活与塑造城市人的形象。自怀臻成功创编了《金龙与蜉蝣》而打出了“都市新淮剧”的旗号之后，许多剧种步趋其后，争相以“都市”一名标榜自己的新编剧目，而事实上，大多数人并没有弄明白“乡村戏曲都市化”的含义，或以为“都市化戏曲”就是新编剧目应取材于城市，表现城市人的生活，或与剧目本身无关，只是一种市场营销的策略而已，即将城市作为主要的演出场地，服务的对象以市民为主。其实，“都市化”这一理念的本质在于顺应我国文化的转型，即都市文化也就是由工业、后工业而产生的现代文化，正在取代乡村文化的主流地位，因而，戏曲亦由过去以表现乡村文化为主改成以表现都市文化为主。而都市文化的精神，一言以蔽之，即对作为个体之“人”的高度重视。尊重人天赋的权利，宽容人各自的个性，保护人在发表意见、选择配偶、从事职业等方面的自由。而戏曲剧作家表现都市文化精神的做法，即塑造人物形象，不再将之作为道德的符号，而是着力于人物内心的开掘，写出他们崇高与卑鄙、善良与邪恶、勇敢与怯懦、坚定与退缩等混杂在一起的性格。所谓正面人物，即是性格中的正面因素多于负面因素的人物，反之亦然。“都市化戏曲”的剧作家不再是传道者，而是人的研究者、人性的解剖者，编创剧本的首要任务就是把复杂的人、人性真实地呈现出来。

怀臻近年又提出了戏曲“再乡土化”或“返乡运动”“原乡意识”的理念，表面上似乎与“都市化”相矛盾，其实两者不相龃龉。他在提醒戏曲界的同行：戏曲的都市化不能走得太远，任何事物的发展都有一个限度，过了一定的“度”，事物就会发生质的变化，可能会变成话剧，变成音乐剧，甚至变得面目皆非，最后什么也不是。变革的结果，不但没有发展戏曲，反而丢掉了具有千年历史的民族的戏剧艺术。“返乡”抑或是“原乡”，就是要寻找渐渐湮没的戏曲之“根”，保持其美学特质，即高度的综合性、突出的写意性、鲜明的地方性和整体上的诗意性。无论是创作剧本，还是舞台呈现，主创人员都不能忘记戏曲是一门来自乡土的草根艺术：它所表现的思想虽然是“现代的”，但必须是大众能够接受的；它可以接纳现行的其他艺术形式的表现手法，包括音乐曲调、舞蹈语言，但不能以紫夺朱，与观众的戏曲审美经验产生较大的距离；它可以是悲剧，但应是中国式的悲剧，须有滑稽调笑的表演，形成悲喜交融的风格。

尽管戏曲这支具有 348 个剧种的大军，至今还没有从困境中突围出去，但是，作为先锋大将的怀臻，其奋斗的成效还是显著的。上海淮剧团、宁波甬剧团、海南琼剧院等戏曲剧团因为搬演了他的剧目，有的“起死回生”，有的得到了长足的发展；许多演员因为出演了他所编创的剧目的主角，而获得了文华大奖、梅花奖、白玉兰奖等奖项，促进了他们的成长，为戏曲培养了海内知名的红角；他所主持的戏曲编剧、导演、舞美、评论、作曲的青年研修班的学员和所指导的编剧专业的研究生，许多已经在戏曲界挑起了大梁，尤其是编剧，一定程度上缓解了青黄不接的危机。他的贡献还不仅仅上述三个方面，更大的贡献，在于他每次提出的戏曲理念，都掀起了波及全国的戏曲审美思潮，引领了戏曲发展的方向。仅凭这些卓著的“战功”，当代戏曲史上就不会少了他的一个位置。而怀臻尚处在“年富力强”的阶段，仍有旺盛的精力继续做逢山开路、遇水搭桥的先锋，我相信，怀有崇高理想、具有顽强毅力、富有非凡才华的他，在未来的战斗中，会取得更大的战绩。

（作者为上海师范大学二级教授、博士生导师）

目　录

1 · 研究卷

阅读罗怀臻

——《罗怀臻剧作集》序一

廖　奔

怀臻从他以往创作的剧本中遴选了30部，拟出版三卷《罗怀臻剧作集》，将文稿发来，命我作序。我为难，一愧当此任，二近日公务甚忙无暇阅读作品，然与怀臻交往已二十年，既为同道，又是朋友，同声相应，同气相求，他写戏给我看，我评戏供他参，商讨研琢，各得其乐，尤其是还一同为改善民族戏曲生存环境奔走鼓呼了多年，又推辞不得。转念一想，好在过去曾为他写过一些剧评以及综评，连缀补缀成文，倒也还能塞责，于是应允。

怀臻是典型的苏北汉子，既有粗犷之气、率性之风，也有审慎之思、细腻之感。他原从创作淮剧起身，一个猛子扎入大上海，转瞬即是二十多年，早已成为搅动沪上乃至全国戏曲潮流的风云人物，胸前也是勋章累累金光灿灿。

初识怀臻，是从他成功地探索淮剧《金龙与蜉蝣》切入，该剧以警辟视角透视传统，借一个荒诞的历史寓言来进行文化反思，引起了广幅注目。那是在1993年，陷于疲软的戏曲创作恰如被注射了一针兴奋剂，酝酿起久已睽违的街头巷尾式述说。他的另一部成功淮剧《西楚霸王》，则以舞台形式恰当烘托与铺排了传统人物的雄强历史人格而给当代观众以审美震撼。这两部作品先后掀起的戏曲“风暴”，被坊间转述作他两次创造了上海剧坛的“怀臻年”。说来好笑，由此我便常把他的名字误植为“淮臻”，因为下意识中，“淮臻”和“淮剧”这两个词在我心底不期然地建立起了通感。

淮剧这一起自苏北农村的草根剧种，得以在上海这样的现代化大都市中立足，其发展轨迹与怀臻的事业步履正好重合。怀臻也是以江苏淮阴草根戏曲作家的身份，斜刺里长入上海多彩的文化舞台，成为其戏曲创作生力军的，而上海淮剧则因为有了与怀臻的这两次因缘契合，一度欣欣然呈复兴之势。怀臻与我的特殊乡梓情谊，则是由于他自称河南人，但他只是祖籍河南许昌，与我生于斯长于斯不可同日而语，然而乡谊自使人近了一层——尤要叙说的，是尽管当下社会对河南人颇有微词，但河南人间的乡谊丝毫不曾受到影响而减弱。

怀臻“崛起”于20世纪90年代初。其时戏曲剧坛由于时代转型而一度失去方向进入困顿期，此前叱咤风云的一代作手在思考中沉默，怀臻却异峰独起，在时代潮汐中如鱼得水，随意追逐潮涌、捕获浪花。当然，怀臻不会满足于仅仅停留于淮剧，于是其创作有多剧种的发展，并且一发而不可收。他驾驭起来得心应手的剧种还有越剧。人在上海，得天时地利的剧种自然应该是越剧，怀臻于是创作了诸多的越剧剧本，越剧也成为他戏曲创作的重要载体。然后是昆曲，这一古老剧种甚至成了他创作起来能够随心所欲不逾矩的剧种。京剧自然是当今戏曲首要剧种，他也为之奉献了好几个剧本。他的涉猎又有黄梅戏、豫剧、川剧、甬剧、琼剧、沪剧、瓯剧等，可谓足迹广播。90年代以来，戏曲大雅久不作，但民间写戏者仍多，犹如苦菜花遍地，星星点点、团团簇簇，然而大多不成气候、不惹注目。唯独怀臻开成一朵瑰奇之花，为时代所钟爱，氤氲作戏曲创作中兴的气势，其环境使之得天独厚，抑或个人气质使然？或者二者兼成之？

创作中怀臻曾把很大精力放在古代女性形象的塑造上，热衷于剖析她们的心路历程，如他有昆曲《班昭》、《影梅庵忆语》，越剧《李清照》、《柳如是》，川剧《李亚仙》，黄梅戏《孔雀东南飞》，京剧《西施归越》、《宝莲灯》、《建安轶事》等。其中尤以写历史才女的戏引人注目，他一空依傍，自铸伟词，把传说中的古代四大才女班昭、蔡文姬、李清照、柳如是一一搬上了戏曲舞台，这透示出一种什么样的文化心结呢？倾心、爱慕、同情、向化、同声相应、同气相求……？甬剧《典妻》则大约是他古代才女之外地方戏曲里写得最为传神的一部，舞台呈现也完美而诗意，因而受到广泛赞誉。

怀臻的戏曲创作，总体透示出一种灵动、诗性的风格，总有出人意料处，又皆在人情之中。尤为独特的，他的创作不是单纯写剧本，而是在为演出提供一个个合宜的实践基地。多有剧作者只管写剧本，交稿之后即完事大吉。怀臻不同，当他确定为某剧种某剧团写作之后，他也就把自己整个的人也交付给了该剧种该剧团，他的艺术生命从此不仅与这台戏、同时也与该剧种该剧团的生命紧紧绑在了一起。正因如此，他的剧本是否成功，所担负者重、所维系者大——他因而可能就推动了该剧团的发展，也可能就推动了该剧种的艺术继承与创新。

不仅创作欲望和动能充沛，怀臻还是当代戏曲作家里最有理性思考力的一位。最初相遇时，我曾惊讶于他理论思维的敏捷和理性表述的深邃，以及他谈吐中的理论思辨力，这似乎与其他戏曲作家往往长于对生活的具体理解但弱于理论概括不同。他不仅有诸多的作剧心得、观剧杂感、剧人评述，更有许多把握戏曲大势的宏观持论，诸如《中国戏曲——在时代的转折点上》《中国戏曲在当代的思考》《重建中的中国戏剧——“传统戏曲现代化”与“地方戏曲都市化”》等行世宏文。

这其中，他认定戏曲“必须是现代人眼中的当代艺术”，他焦虑着戏曲还不能与现代观众和现代剧场风格相适应，他因而鲜明地提出了“地方戏曲都市化”、“传统戏曲现代化”等理论命题，力倡“都市戏曲”，力推地方曲种在现代化都市里扎根。理论的势能，使他的创作得以高屋建瓴。几乎可以说，他在理论上的能力不亚于一位专职的戏曲理论工作者。后来有了机会与场合，他一发将这一优长发挥到极点，时常在各种创作与教学场合演讲，由于理论与实践结合的优势，他的演讲效果总是极好，好到令人佩服。

怀臻是以戏曲舞台剧为性命的，用他的话说就是“为理想而戏剧”，这概括了他的生命轨迹。虽说多样艺术才华的迸发，使他也尝试过创作电影、电视连续剧、话剧、音乐剧、芭蕾舞剧等，但他的根基还是戏曲。他将现代戏曲定位为“民族文化的传承和传播者”，这同样也构成了他自己的“文化身份”。

怀臻是改革开放以来戏曲创作的骄子之一，他得时代之利，尽情挥洒了才华，他的艺术实践则成为改革开放30年戏曲路径的折光。他的一句总结语或许透露了他继承与创新的砝码：“对我们拥有的传统艺术资源进行新的过滤、提纯，然后更节约、也更集约地来表现我们身处时代的特质。”

以上对怀臻的描画与他本人是否吻合？我不知道。我知道的是，至少已经画出了我心目中的怀臻。

是为序。

（原载《罗怀臻剧作集》，上海人民出版社2013年版）

为信仰而创作

——《罗怀臻剧作集》序二

毛时安

在中国戏曲界，罗怀臻是一个重要存在。我曾目睹他创作的淮剧《西楚霸王》在沈阳参加第六届中国戏剧节的演出，观众挤满了剧场，汗流浃背却如痴如醉，沉浸在两千年前的历史风云中，为那些古代的英雄时而担忧、时而欣慰。演出结束，观众潮水般地涌到台前，欢呼喝彩，久久不肯离去。在二十多年的创作生涯中，罗怀臻潜心笔耕，在戏曲界栉风沐雨，摸爬滚打，为新时期戏曲创作贡献了三十余部剧作，是活跃在文艺界前沿当之无愧的领军人物，真正是"天下何人不识君"的一代著名剧作家了。

我认识罗怀臻是在他的《金龙与蜉蝣》上演的20世纪90年代上半叶。当时我深为作品中闪现的才华和焕发的力度所震撼，想了很多很多。但是真正熟悉作为剧作家的罗怀臻却已是在90年代的下半叶。1997年我因工作之需调任上海市艺术创作中心任主任。不久，罗怀臻约见了我。我们在创作中心颇具艺术气息的一栋老洋房的三层小阁楼上，作了一次长长的真正促膝的深谈。头上是木板斜斜的屋顶，窗外飘着爬满老墙的藤蔓和绿叶。这也许是两个挚爱艺术的男人之间的敞开心灵的对话。我们谈了很久很久，几乎忘记了时间的流逝。那次谈话不久，他就给我写了一封言辞真切的来信表达他的心迹。信中最让我感动的是，他说，戏曲对他而言，差不多就是信仰。他之所以在坚持，不愿意犹豫旁顾，实在是以为自己是在坚持着理想和信念。他对戏曲的这种视若信仰的执著和坚守，令我想到了蔡元培先生“以美育代宗教”的思想。句到沧桑诗便工。这种时代变迁的重压和个人命运的莫测，最后促成了昆剧剧本《班昭》的问世。

众所周知，20世纪90年代是中国传统戏曲面临着许多重大挑战和困难的战略转型期。就如我在2004年《中国戏剧》佛山会议上提出，当下中国戏曲遭遇的不是一般性的问题和困难，而是全面的深层次的行业性危机。它的性质，是行业性的危机而不是其他。它的表现，是全面的而不是局部的。它的原因，是深层次的而不是浅表的。盛世危言，旨在引起大家的高度关注。就是在这样一个戏曲陷于困境的历史时期，剧作家罗怀臻勇敢地坚守而且出击了。在剧本创作上，他有两个不可替代的“唯一性”。首先，他是同时代剧作家中唯一在近二十年时间里创作并上演了三十几部作品的剧作家。其中的轨迹也很清楚：先是他戏曲起步的淮剧，后来是他在上海落脚的越剧，接着是京、昆两个大剧种，大约在新世纪前后，他的创作如水银泻地延伸到了各种地方戏。难能可贵的是，这些剧本大都达到了相当的艺术水准，很少有“洼地式”的作品，从而构成了新时期戏剧剧本疆域里属于他的一片气象浑成的“高原”，而且其中还出现了几座“高峰”，即既代表着罗怀臻个人也代表着当代戏剧创作最高水准的具有时代标高意义的优秀剧作。其次，他又是新时期剧作家中唯一深入介入十余个剧种，他用自己的剧作推动了一个又一个剧种的转型和发展的作家。例如2002年他创作取材于柔石小说《为奴隶的母亲》的剧本《典妻》，以其对女性命运内心的深刻剖析和深切同情，加以极为生动的风俗化的舞台呈现，给滩簧家族中一度风雨飘摇的甬剧注入了生命力。

这些年在和罗怀臻的交往中，一直有两个生动的意象活跃在我的心里。一个是塞万提斯笔下的那个唐·吉诃德。他不顾一切，骑着那匹瘦马，捍卫着自己的骑士理想，用长矛挑战着现实世界。罗怀臻身上也有唐·吉诃德的那种理想主义的色彩。他时常会用唐·吉诃德的方式生活在自己的戏曲理想中。自1993年淮剧《金龙与蜉蝣》成功高举起“都市新淮剧”的大旗之后，他在中国戏曲界明确提出“传统戏曲现代化”和“地方戏曲都市化”的理论主张和现代意识。罗怀臻的现代意识，很有点像唐宋的古文运动、意大利的文艺复兴，是一种与城市文化嫁接了的归璞返真的现代意识。为了打通传统戏曲与现代接受之间的壁垒，除了现代意识还要现代的戏剧实现方式，从而完成一次真正意义的现代转换。此中充满了许多我们难以想象和几乎不可逾越的困难、障碍。在90年代以来二十余年荆棘丛生的探索中，怀臻出入各个地方戏曲剧种，像神农尝百草般尝试了各种叙事手段和方式，包括古典和现代的嫁接、综合，比如都市新淮剧、越剧青春剧、黄梅戏音乐剧等。他在京剧《宝莲灯》中突发奇想地加入猪、牛、羊、虎、猿、蛇、蜈蚣、梅山七圣的插科打诨，这种增加戏剧性、松弛紧张度的处理灵感，或许来自民间戏剧的审美趣味，但其实际的功能却带有了现代的调侃和嬉皮意味，强化了戏曲现代层面上的可看性。他的许多唱词体系像大门敞开的公共空间接纳各式人等，大量融入了流行歌曲、现时话语、日常词汇等非常规戏曲的要素，不再微妙地暗示意蕴而是直接撩拨你的感官和心灵，更加便捷而不费力地让现代观众抵达戏曲情境的核心。他的许多作品取材于传统戏曲母题，而他的改编经常又是富于冒险性的，颠覆母题最脍炙人口的核心，如《宝莲灯》中的“二堂放子”，《白蛇传》中的盗仙草、水斗，《长恨歌》中的醉酒，杨国忠则被贵妃的乡里乡气的三个哥哥、三个姐姐替代。这种取消和重写的文化策略，使《长恨歌》和许多改编后的传统戏曲母题产生陌生化的审美效果。但是，这种对既定的也许积淀了千百年的审美定势的挑战，你可以说是“面目一新”，也可以说是“面目全非”。

在戏曲界写戏的人不少，但有如此明确完整戏曲理论理想的人很少，而且多年如一日，始终不渝像宗教信仰那样不惜一切代价、燃烧自己去执著狂热追求的更是很少很少。他独自一人品尝着写作时青灯黄卷的寂寞，有时还得接受一些同行的不理解。而这许多年间，诚如他在一次演讲中透露的那样，“有过许多人生的挫折和心灵的无边痛楚”。他胯下的马并不彪悍，他手里的矛也并不那么锋锐，但正是这种唐·吉诃德式的献身于自己的理想和信念引领，罗怀臻才有了与命运抗争的峥嵘和衣带渐宽终不悔的倔强，才穿越了那片属于他的不易、艰辛和痛苦，步步登上了个人创作和人生的高峰。我们在他结集出版的这三卷剧作中，可以清晰地看到一种戏曲理想的坚持和渗透，看到他步履艰难而坚实的前进足迹。

另一个意象则是罗贯中笔下的赵云，人称常山赵子龙者。一身白袍一杆银枪，血战长坂坡，最后一骑白马杀出重围。在戏曲界，罗怀臻颇具赵云风范。他英勇无畏，凭一己之力，和戏曲界同行一道冲出戏曲危机的重围。就像保护胸前的幼主阿斗一样，保卫着自己心爱的中华民族最宝贵的戏曲财富，走向未来。在戏曲突围的大战中，罗怀臻是一个坚持战斗、坚持苦干的人。昆剧《班昭》，1997年完成初稿，2001年首演，前后五年无数次修改打磨剧本，逐字逐句的修改台词。就像贾岛那样，吟安一个字，拈断数茎须。我是从头到尾看着这个戏从无到有、从小到大、从小荷才露到灿烂绽放全过程，看着怀臻如何为了班昭的舞台形象呕心沥血的。诚如班昭修《汉书》那样，“从来学问欺富贵，真文章在孤灯下。”每个新剧本写出来以后，他不是把剧本交给剧团和演员就完事，相反，他会像看护自己孩子生长精心照料那样，积极投入地参与到剧目创作的各个环节，四处张罗，联络导演、舞美、灯光，和演员说戏分析人物，协调剧组的各部门，甚至解决各种矛盾。按理说，剧本完成，作家隐退。他不是，他事无巨细，天天泡在排练场找事干，找苦吃。他是个很苦干的剧作家，具有来自草根阶层才有的吃苦耐劳的坚韧品格。因为他明白，只有像赵云那样去苦战、去血战，中国戏曲才能突出重围，才能走出困境，重塑辉煌。

对于上海文艺界来说，罗怀臻是个异类、异质的文化符号，是一个带着苏北文化背景的外来人，是一个突然的闯入者。也因为这个不可捉摸无法预测的异质的文化符号，在后来岁月中像跳动的火焰般地活跃介入，上海的剧坛和文化景观有了别样的生机和活力。也正因着这个“异”字，给略显沉寂的上海剧坛乃至全国剧坛带来了一股清新的风。他的“异”异在，其创作既有转型期中国知识分子特有的敏感、痛苦和思考，又有那种在江淮大地凛冽寒风中成长起来草根阶层独具的强烈野性和生命挣扎的力度。特别是在上海这样一座海派大都会里，他一开始显得特别的与众不同，有时甚至是格格不入。这就使得他早期的创作有点像民间底层驱寒的烈酒，有着摧枯拉朽的燃烧感。在奠定他剧坛地位的成名作《金龙与蜉蝣》中，一个带有浓烈莎士比亚色彩的父子间复仇故事，被赋予了罗怀臻极其个人化的全新理解和阐释。他对金龙从草民到国君色彩截然的对比中，从他对亲生儿子蜉蝣的残忍的迫害中，从蜉蝣遭戕害后的谄媚和阴毒的报复中，毫不掩饰地表达了自己对权势者灵魂深处黑暗的根深蒂固的厌恶和鄙弃。与之形成鲜明对照的是，在玉凤、玉荞这些草民身上所寄托的哀婉、美好的情愫。其中他对草根阶层图腾式的膜拜和崇敬，溢于言表。在《梅龙镇》中，他对传统题材“游龙戏凤”的最大改变，就是强化民间底层生活自在自足的祥和欢乐，用以置换帝王玩弄村姑的腐朽性，从根本上颠覆母题原来的旨趣。当然，对于正德皇帝的行为、心理逻辑，我以为仍然可以探讨、商榷。这就像《乾隆皇帝下江南》的话本，其实是出自民间文人的朴素愿望和市民阶层自娱自乐的想象、创造一样。在《金龙与蜉蝣》里，城市观众看不到自己熟悉的物欲横流的场景，看不到生命委顿、灵魂苍白的人物。蜉蝣、孑孓、玉凤、玉荞，他（她）们渺小卑微，然则他们的生命代代相传。天荒地老，扑面而来的是强悍的草莽气息，是人物顽强抗争命运的野草般旺盛的生命力。就像一坛酒，那不是文人雅集品尝的绍兴酒，不是国宴享用的茅台、五粮液，那是苏北民间自酿的老白酒，是北方山民狩猎自饮的二锅头。绝无半点文雅醇厚，只有呛人喉咙的辛辣、野性和蛮力。他能把金龙与蜉蝣的父子相认，写得何等的摧肝裂胆、回肠荡气。《金龙与蜉蝣》使扎根苏北大地的淮剧在保持原有质朴的前提下，星云膨胀般地张扬了民间人文潜在的原始的生命力。

和大都市人文知识分子不同，罗怀臻的创作很大程度上可能得益于他潜意识深处“外乡人”（这里“外乡人”一词出自他音乐剧《长恨歌》的一段歌词。在我看来，这段十分有趣的歌词，是解读他创作心理的一把或几把钥匙中的一把）民间生活的童年记忆。周而复始的童谣、民谚，如《金龙与蜉蝣》中的“大哥哥心太黑”、《宝莲灯》中的“天苍苍、地茫茫”、《梅龙镇》中的“我家有个小儿郎”、《典妻》中的幕内唱，像梦魇般纠缠在他剧情的躯干上。苍凉邈远悠长，一咏三叹。把我们重新带回到质朴的乡间，带回到遥远的童年，带回到大地母亲温暖的怀抱。怀臻在展示民间风情和世俗生活的时候，总是显得那样的一往情深，那么的心旷神怡、笔下生辉。从而使许多的戏曲场景成为情趣盎然、色彩明快的风俗画。

怀臻的剧本创作在他漫长的渐渐融入和思考的过程中，又兼具了文人一杯浓茶悠远绵长的回味感。就是说，有一个由酒到茶的或者酒茶并存的深刻变化。烈酒代表着山野民间，清茶象征着精英文人。其对文人的关注起始于《柳如是》、升华于《李清照》、完成于《班昭》、后续则是近年的《青衫·红袍》、《斗笠县令》、《建安轶事》、《梅影庵忆语》等。这些剧作里的主角迭经重大社会、人生、情感的变故，一步步体现着人文理想的飞升，直至生命融入辉煌和清空。《班昭》熔铸了怀臻对90年代中叶人文知识分子真切的生命体验，洋溢着摆脱自我软弱的力量，自我反省的深思，指示了知识分子事业和欲望、理性和本能之间的冲突，以及在这种冲突中挣扎、突围直至超越的灵魂图画。“最难耐的是寂寞，最难抛的是荣华。从来学问欺富贵，真文章在孤灯下。”这是每一位真正的人文知识分子的内心独白。目睹班昭的一生在我们面前次第掠过，就在太阳下山的时刻，完成《汉书》后71岁的班昭，奋下她如霜似雪的头颅——“小姐也走了。”轻轻收光。我们的思绪迷失在满台的黑暗中。

“这一杯清茶，不是酒，浓于酒，醉在人心头。”《班昭》形为酒，质为茶，以一种成熟的内敛的风致，与《金龙与蜉蝣》怒发冲冠式的狂野之美相映成趣，成为20世纪90年代罗怀臻思想艺术最为成熟的压轴之作。在某种意义上，也为20世纪中国当代戏曲的创作画上了一个完美的句号。

我曾经说，淮剧《金龙与蜉蝣》、昆剧《班昭》、甬剧《典妻》是罗怀臻戏曲剧本创作“高原”上三座突起的“异峰”。《金龙与蜉蝣》集中体现了80年代启蒙思潮的影响，中国戏曲悲剧达到的深度。《班昭》通过历经情感人生的坎坷砥磨鲜明表达了90年代中国知识分子面临市场化历史大转型时的内心困惑，和走出迷惘的心路历程。进入21世纪问世的《典妻》体现了他在进入新世纪以后对女性命运的人文关怀。此后的京剧《建安轶事》和昆剧《梅影庵忆语》则显示了他晚近艺术创作成熟时“绚烂之极归于平淡”的从容和灵动。对于人物的理解和把握，对于人性和命运的思索，对于中国戏曲本体和内核的新的认识。

这里，我要特别提醒的是，在20世纪90年代的十年中，怀臻就曾为我们先后塑造了班昭、虞姬、三公主、西施、柳如是、李清照、李凤姐、白娘娘、春宝娘、杨贵妃、刘兰芝等一系列光彩照人的女性典型。这些女性，职业身份性格各不相同，但都美得表里如一，为爱情、事业、理想，她们哪怕千回百折、赴汤蹈火甚至失去生命，也无怨无悔。最近几年，他又为我们奉献了蔡文姬、董小宛、钟妩妍、秀芬这些感人肺腑的女性形象。怀臻几乎在每一位女性的塑造中，都倾注了大量的心血，下笔时浸透了饱满的感情。透过那些古典美丽女性构造的镜子，人们可以照出世风日下时自己灵魂的低下与苍白。如此全力以赴地张扬女性的善良和美丽，当今剧坛可能无人出其右。从分析心理学的角度，这恐怕也是解索其创作心理和内心秘密的一条甬道。他对那些伟大女性的肃然起敬，同样使我们对他肃然起敬。

岁月写在脸上，沧桑刻在心头。近三十年的剧本创作，罗怀臻记录了一个大时代变化的轨迹，也写尽了刻在自己心头的沧桑。事实上，怀臻正处于他一生极为重要的历史转型期。2010年他当选为中国戏剧家协会副主席，我曾经一度杞人忧天地担心，失去了野性和痛苦的罗怀臻将怎么办？原来他是“真文章在孤灯下”，如今荣誉的聚光灯对着他，电视和媒体的闪光灯笼罩着他，他拥有了那么多的桂冠，他会不会慢慢地在失去压力和痛苦后而失重，会不会慢慢地失去一些最宝贵的东西？原来那些很民间很本色很代表底层的素质会不会随着环境的优化而慢慢地衰退？承蒙错爱，他当选后就给我发了短信，回来就和我见了面。见面时，我斗胆进言，期待他完成从一个年轻斗士到成熟名士的人生转换。作为相识相交相知二十年几乎无话不说的老朋友，我由衷地为他高兴。他那么快地就进入、适应了自己的新角色新岗位。不但自己继续潜心创作剧本，还针对戏曲创作高端青年人才严重匮乏的局面，作为全国戏剧创作高端人才研修中心主任，有声有色有效地开办了青年剧作家、青年导演艺术家、青年戏曲作曲家的研修班，此后还将陆续开办相关专业的各类研修班，以培养当代戏剧创作的一代精华。创办这些研修班，怀臻身体力行，自己编教案、排课程、请导师，把一切都打理的有条不紊。他不但以自己的艺术才华而且以对年轻人才的满腔热忱，感动了戏剧界，赢得了大家发自内心的尊敬。如今，先后走出研修班的青年戏剧创作精英已经像候鸟般地飞翔到祖国的四面八方，成为各地戏剧创作的中坚，担负起当代戏剧民族戏曲繁荣复兴的重任。天高任鸟飞，海阔凭鱼跃。正值盛年的罗怀臻，正为他的戏曲信仰，向着一个新的境界升华着……

（原载《罗怀臻剧作集》，上海人民出版社 2013 年版）

在世纪的交汇点上

——《罗怀臻演讲集》序

马　也

老来，杂事既多，偏恋病榻。怀臻兄大作《演讲集》请我作序；窃想，即使敷衍，也可应付？不料，展卷读来，竟至不能自已，不忍释手。

《罗怀臻演讲集》，全书分三大部分：理论卷，实践卷，教学卷。理论卷并非纯粹的逻辑论证或论文，而多为戏剧理论的、戏剧发展的、戏剧规律的、戏剧现象的、戏剧现状的和戏剧“问题”的专题讲座；实践卷是以他及其他剧作家的作品分析为主要内容，演讲一些代表性作品的诞生过程；教学卷并非纯技术的编剧法，而是讲述优秀的剧作应该怎样创作。教学卷计 27 讲，是在上海戏剧学院为研究生、本科生、进修生的授课；三卷中的前两卷，计 80 余篇，是罗怀臻应邀在全国各地参加各种会议、各种学习班和培训班上的演讲。三卷演讲，因为演讲时间、地点、背景、对象不同，除了个别章节个别观点有重复之外，可以说篇篇精彩。

罗怀臻是自 20 世纪 80 年代初开始从事戏剧创作的，直至 21 世纪以来的将近 20 年，他在当代剧坛已经驰骋了 30 多年。而这 30 多年，正是世纪转换交汇点上的 30 多年，也是罗怀臻在戏剧创作实践与戏剧理论思考取得辉煌成就的 30 多年，更是他努力推动中国戏剧文化实现时代转型而艰辛探索的 30 多年。在这部百余万字的演讲集中，我读出 30 多年来以罗怀臻为代表的一代戏剧人身上所折射的中国改革开放史、当代戏曲发展史，当然还有罗怀臻的自我成长史。

在那些妙趣横生故事的背后，我读出了作者的苦乐酸甜的人生，艺术坚守的信念甚至是灵魂。有些谈创作经历的章节，带有另类自传性质，那里有罗怀臻对生活深刻的体验、对艺术的苦思苦恋，讲得非常诚实，读来令人感动。同时，也加深了我对他 30 多年来所创作的一些重要作品的理解。

全书内容丰富、丰满、深刻、生动，有非常饱满的思想信息量、生活信息量、文化信息量、历史信息量、时代信息量、艺术信息量；情感真挚真诚，评论透明坦诚。

近年来罗怀臻主持开办了多个有影响力的戏剧研修班，我不是他的学员，但这次阅读，等于上了一次学，相当于补课。以下，权作我的读书笔记。

一、 罗怀臻的剧作：思想性的深度

罗怀臻在当今中国文化界、戏剧界，有很高的知名度，是可以写入中国戏剧史的人物，这主要来自他的 30 多年来的剧作成就。

罗怀臻自 1984 年在上海《新剧作》（今更名《上海艺术评论》）发表第一部剧作《古优传奇》开始，30 余年来，他创作发表的戏剧作品已多达 40 余部，其数量之多、水准之高、涉猎的戏曲剧种之广，在当代中国剧作家中罕有出其右者。尤为可贵的是，在 20 世纪 80 年代以来中国戏曲面临多元挑战、危机重重的困境之下，他对戏曲的当代命运始终未改坚定的理想主义信念，负势而上，坚守突围，创新开拓，创作了如淮剧《金龙与蜉蝣》《西楚霸王》《武训先生》、越剧《真假驸马》《梅龙镇》《李清照》、京剧《古优传奇》《西施归越》《建安轶事》、昆剧《班昭》《一片桃花红》《影梅庵忆语》、黄梅戏《长恨歌》《孔雀东南飞》，以及甬剧《典妻》、川剧《李亚仙》、豫剧《斗笠县令》、琼剧《下南洋》等一批对于中国传统戏曲现代转型具有积极推动作用的作品，将时代的敏感、探索的锐气始终贯彻于他的创作之中。可以说，30 多年来，无论时代风云如何变幻，无论个体命运如何起落，其旺盛的创作生命力和鲜活的思维感知力从未随着时间的流逝与年岁的增长而稍有减退。罗怀臻所创作的戏剧作品，以及伴随着他创作活动所感悟、所总结、所提炼出的一系列的理论性思考，已经变成或正在变成当代中国戏剧的财富。2007年，由中国戏曲学会编辑出版的《中国当代百种曲》，精选了1949年以来中国当代剧作家改编创作的一百部优秀剧作，罗怀臻以他的淮剧《金龙与蜉蝣》、昆剧《班昭》和甬剧《典妻》入选，是除了田汉先生以外，在《百种曲》中一人入选了三部作品的当代剧作家。无独有偶，同年由中国戏剧家协会《剧本》杂志社编辑出版的《曹禺剧本奖·获奖作品选》，在372部获奖的剧本中精选出145部代表作品，罗怀臻又同样以《金龙与蜉蝣》《班昭》《典妻》入选，也是为数不多的一人以三部作品入选的剧作家。此外，由朱恒夫先生主编、复旦大学出版社2013年出版的《后六十种曲》，选录了自明代毛晋选编《六十种曲》以来在近四百年间浩如烟海的剧作中淘选出的《后六十种曲》，罗怀臻的《金龙与蜉蝣》仍名列其中。上述种种，足见罗怀臻于剧作方面在当代戏剧史中的成就。

我这篇序言的重点不在于对罗怀臻剧本创作作综合评价和具体分析。在我看来，罗怀臻剧作的耀眼之处，主要在他作品的思想性和现代性。他的剧作，如《金龙与蜉蝣》《西施归越》《孔雀东南飞》《典妻》《班昭》等——不附和传统创作思维的惯性，他不屈从于已有的结论，他不加入定型的合唱，他不满足于既成的秩序；对人物和人性，总要有新的发现、新的解释、新的表达。《金龙与蜉蝣》把人性的无限复杂性和无比深刻性，表现到令人惊心动魄的地步；《西施归越》把个体人生的深层困境和主流价值观难以言说的精神悖论，表现到令人尴尬不安的程度；《孔雀东南飞》和《典妻》，他要侦查窥探剖析生活及人物心灵深处的内部秘密和风景。《西施归越》《西楚霸王》和《班昭》，不是改写或戏说历史，而只是为我们头脑里已被固定的千百年来的“历史”——官家或史家写就的粗大框架和粗疏线条——用艺术的方式丰满了细节、增添了气息、补充了血肉、描绘了肌理；更重要的是，由于罗怀臻对历史和历史人物有了新鲜的发现，做出了新鲜的解释，于是观众就有了新鲜的感受。“现代性”当然隐含着批判精神与反思意识，但是艺术作品的现代性，主要表现在对人、对人性的新的发现上。按照韦勒克和沃伦的说法，伟大作家和伟大作品有很多评价标准，包括完整程度、完成程度、艺术化程度等，但是思想性和现代性——精神力量和普遍价值，总是最高的要求。

二、 罗怀臻的理论：艺术发展史的眼光

罗怀臻的艺术成就主要来自他的剧作，但是对于不甚了解他作品的人，只读他的《演讲集》，你就不会怀疑他确实是个出色的理论家和评论家。一个好作家，同时又是好的理论家兼好的批评家，这是不多见的事，当然也一定是很难的事。

《罗怀臻演讲集》共三卷，虽然每卷各有侧重，但是最核心的是他的理论，最闪光的是他的思想。即使是教学卷，实质上表达的也是理论思想。他的理论，不是编剧技法，不是编剧秘诀，也不是纯粹的学术，而多半是带着生活体验和舞台温度的创作谈。全部演讲集，除了谈他自己的作品，还有古今中外的名篇名作分析。他的演讲理论，未必追求系统，但却朴实而真切。例如他谈剧作家和编剧匠的区别，说写戏的人要成为剧作家而不要成为编剧匠。这话值得深思。其实，工匠是个比较初级的概念；工匠注重的是手艺流程，技术技巧细致细密是本分，是起码要求；但是“工匠”与“创造”是不一样的，“匠人”和“大师”就更不一样。罗怀臻演讲集，不是给编剧匠用的，是给未来的剧作家甚至是大师用的。

罗怀臻理论的重点，是论述戏曲的“现代性”和“现代化”，亦即中国戏曲的“现代转型”问题。这可能既缘于他长期艰苦的创作实践，也缘于他丰厚的思想能力和高超的审美判断力。从演讲中可以见到，他对各个戏曲剧种的艺术特性及其历史，对话剧、舞剧、歌剧、音乐剧，对影视、文学、诗歌、小说，对中外经典，各个艺术门类的现状及历史流变都恒久关注，细心研磨，深入解析，这形成了他广博的文化和文艺视野。罗怀臻对历史、对时代、对现实、对发展、对变化、对世界、对人性、对传统等，都有他独到的研究和深刻的把握，这使他能够站在艺术发展史的高度，对戏曲的当代

发展和整个时代的审美走向，有了一种切中要害的大思考；这种“大思考”使他在《演讲集》里形成了很多理论命题和新的概念，例如“戏曲的现代转型”“传统戏曲的盲区”“戏曲的都市化”“戏曲的原乡意识”等，这些理论和概念起码起到了三个作用：一是张扬了他的艺术观念，在诠释他自己的作品的同时，也会使他的艺术追求更为自觉；二是帮助别人理解他的作品；三是他的一些理论和概念甚至是影响了戏曲界，形成了某种艺术思潮，影响着也引领着艺术实践。

把握罗怀臻的理论，不能忽视两个维度：一是艺术发展史的眼光，一是现代性的高度。艺术史的眼光，没有长期的艺术实践和艺术史论的积累，是不可能具备的，当然还得有“发展的”、“辩证的”哲学资源。艺术发展史的眼光可以看成一种理论的方法论；现代性的高度，可以看成是他所有理论的灵魂、目标和最终指向，他无论谈什么，最终的指向一定是艺术现代性问题。罗怀臻的理论思想，内容多，体量大，我一时难以全面把握、消化、梳理；在谈这两个问题时，我只好撷英举例说明。

1. 戏曲的现代转型

罗怀臻认为，艺术的“创造性转化”和“创新性发展”，就是文化的转型，相当于诗经到汉赋，汉赋到唐诗，唐诗到宋词，宋词到元曲，元曲到明清传奇。“一个时代有一个时代的文艺，一个时代有一个时代的精神。”而不是我们身处宋代，每天高喊振兴唐诗，或者身处唐代，每天忧患为什么汉赋在当代衰落；每个时代都有每个时代标志性的文艺。如果我们现在还是用70年前、50年前哪怕30年前的作品来指导今天的创作，怎么可能出现高峰之作？文学艺术的高峰之作一定是转型之作，是各个局部的创新累积的一次由量变到质变的转化。所以“创造性转化”和“创新性发展”这十个字很科学，是对当代文艺创作的一种理论贡献。

罗怀臻认为传统戏曲在百年间有三次转化：第一次是戏园向剧场形态的转化，代表人物是梅兰芳；第二次是传统戏曲向西洋艺术的审美转化，代表作品是样板戏；第三次是传统戏曲向现代戏曲的品格转化，其标志是从20世纪90年代以来的一批作家作品。相比较前两次转型，第三次转型意义更大，传统戏曲在演出空间和表演形态上走进现代剧场，不仅仅是走进镜框式舞台，而是走进包括大剧院在内的多种形态的现代演艺空间，走进更加开放更加多元的演出环境，在这些现代的空间或环境里展示各自更为丰富多彩的演出。当然，第三次转型一直到当下，也还没有完成，还在路上。

罗怀臻谈戏曲转型、转化的观点，全书各卷都有涉及，但2016年12月5日在中国艺术研究院题为《传统戏曲的当代转化》的讲座中谈的最为辩证、透彻、系统；其中他对样板戏的审美分析，是目前我见到的最有历史眼光的，当然也是最不流俗的文字。

2. 戏曲的“城市运动”和“返乡运动”

“返乡运动”是罗怀臻原有的概念，“城市运动”是我为了行文整齐，依他的思维推导而来。罗怀臻关于戏曲“都市化”、“城市化”的理论，提出已有20多年；他甚至用自己的创作实践，如他的“淮剧三部曲”及甬剧《典妻》等，来与他的“都市戏剧”理论互文互证。他认为：戏曲“重返城市”理念的提出，是因为曾经拥有城市，而后逐渐疏离了城市；疏离了城市说明已经不能与城市审美同步同行，因而不得不淡出城市；淡出城市的结果则意味着戏曲越来越丧失了在城市文明中的竞争力与影响力。中国戏曲最繁荣的时期是在与城市文明相融洽的时期。元杂剧的繁荣是因为它占据了当时的京城——大都，明清传奇的兴盛是因为它依托着江南一带经济富庶的商业都会，京剧的兴起是因为四大徽班涌进了京城。黄梅戏和越剧也是如此。此外，诸如淮剧、扬剧、锡剧、甬剧也都是在上海都市的繁华商演中逐渐成形并被确定了剧种的名称，这些都是戏曲进城的结果。应该说，全国各地方剧种的成长成熟经历也都大致相仿。没有进城之前，它的舞台可能是庙会，可能是广场，可能是草台，都是简易的演出场所；进入城市尤其是进入大城市后，戏曲逐步登上了20世纪的镜框式舞台，逐渐发展成为一门综合性程度很高的剧场艺术，由此迈进了中国戏曲的新时期。戏曲的每一个繁荣时期，都是以进入并扎根城市为标志的。不仅中国如此，外国也是如此。

古希腊、古罗马的戏剧，莎士比亚时代的戏剧，印度的梵剧和古歌舞剧等都在当时所在国家的首都或商业大都会完成，形成了一个时期的戏剧形态，再向周边中小城市和乡村的市场辐射，同时享受在城里形成的戏剧成果。从某种意义上来说，中国戏曲，世界艺术的发展，就是民间和宫廷——广义的宫廷互动的结果。民间的素材，经过有经验、有才华的艺人和文人加工，带着鲜活的生气开始进入市场，从民间进入集镇、进入城市，小城市、中型城市、大城市，最后进入首都、宫廷。宫廷是什么？宫廷集聚着一个时代最优秀的文学艺术家，他们的眼睛，他们的耳朵，他们的审美标准感觉，催生一个时期的杰作、高峰之作。然后大家模仿之，追随之，推演普及之，向着四边辐射传播。也因为进了宫廷，凝固了、僵化了，一成不变了，成了不可动摇的经典，于是僵死了。宫廷的僵死不要紧，民间的鲜活的又来了，所谓的“花雅之争”不只是一时之争，也是一种循环，一种规律。民间是艺术的生命之源，提供最新鲜的食材，经过城市或广义宫廷高级厨师精心烹饪，成为名菜名点，进而影响一个时代的口感味蕾，进而慢慢养成欣赏、消费和消遣的习惯。

罗怀臻把“花雅之争”当成一种艺术发展史的必然过程，当成一种艺术发展史的规律，这种开阔的视野和烛照的眼光，确是非常人所及。

在提出“都市化”之后，罗怀臻又提出了戏曲的“再乡土化”，他有时用“返乡运动”、“原乡意识”来表达。“城市运动”和“返乡运动”这两个概念，字面上正好对立，但在艺术发展进程中，却有着内在的有机联系。一方面，中国戏曲，几乎任何一个剧种的繁盛，都是以在城市站稳脚跟为标志的，在从乡村进入城市的过程中，形成了这个剧种，有了标志性的剧院、标志性的剧目、标志性的艺术家；另一方面，艺术史上没有哪一种艺术形式能够辉煌万世风领百代。艺术的形态、技术、手段，戏曲的唱腔和表演，在长期的“城市化”、“宫廷化”过程中，很容易在刻意的精致化中逐渐固化、僵化、硬化；而此时，“文起八代之衰”的“复古”、“复兴”，就可能带有“革命”的色彩了。艺术史上，这类由兴到衰，再到变革的循环，并不鲜见。但是罗怀臻没有用“复古”、“复兴”之类概念，而是用了“返乡运动”。我以为，这“返乡”二字很有内涵。中国戏曲倒未必一概起于乡土，但大多数剧种与乡土有千丝万缕的血肉联系却是事实；于是“返乡”就有了回归故土和寻根的意思。“回到产生这个剧种的古老的文化背景中去，回到剧种曾经生长的生活和自然山水中去，那么它的个性化、它的无可替代性又可以出现了。强调原乡意识，戏曲需要返乡，在观念、艺术风格和艺术气质上要回归源头”。“回到农村、到原乡、到故乡，是找回戏曲发展创造力的资本，是找回再生的资源，找回来了还是要回到城里来加工。中国的任何一个地方戏都是从农村进入乡镇、进入县城、进入小城市和中等城市，再进入大城市，最后决定剧种地位和影响力的，就看最后那一站是在哪里。”

我的理解，罗怀臻的“返乡运动”，不是纯粹形态的“回到史前”——例如所谓的“后剧场”或“去文学”，性质也非“先锋”或“实验”；它是在“城市化”之后的螺旋式上升，是“二次革命”，是“变”之后的“再变”。我不知道罗怀臻的“返乡”理论与20世纪初俄国诗学的“形式主义”、什克洛夫斯基的“陌生化”理论是否有所关联，但是我认为在高度上是相通的。我的理解，二者的共通性都是要打破艺术形态、形式、语汇的“老化”、“僵化”和“熟悉”、“老套”，追求“新奇”、“惊异”、“强烈”、“陌生”的效果。韦勒克和沃伦在著名的《文学原理》一书中，解释“陌生化”和“奇异化”时用的是“再野蛮化”，这与罗怀臻的“再乡土化”几乎异曲同工。我以为，“再野蛮化”和“再乡土化”，都是在寻找久远的、古代的、神秘的、野蛮的、新奇的——同时也是简练的、夸张的、强烈的、真诚的，甚至是原始的幼稚的——乡村的、民间的、儿童的形式和语汇。“再乡土化”，就是“再陌生化”、“再野蛮化”、“再生猛化”。“再乡土化”的“再”字，是一种更新，是一种发展，是一种上升。也可能，真的是一种艺术史的循环上升规律。

“再乡土化”不只是样式、样态、形式及语汇的更新变革，也包含着精神气质的东西：到远古到远方去发现、激活、唤醒并找回激荡的、飞扬的、磅礴的、沉雄的、血性的、粗犷的、狞厉的、自由的生命精魂和生命形式。

罗怀臻艺术发展史的眼光，最终观测到的，是文化变迁和时代审美走向的规律，是艺术发展的规律，是戏剧变革的规律——通常，我们把这类规律称作“艺术真理”。探测艺术真理的眼光和视野，除了宽广，还有纵深，除了敏锐，还有高远。

三、罗怀臻的理论：现代性的高度

通常所说，“现代”、“现代化”、“现代性”三个概念，意义相近；但细究，又有不同内涵与指向。“现代”，是一个时段、时间概念，是指人类走到今天这个时代进入了现代社会；“现代化”指的是现代生产方式、生活方式等物质文明成果的外在显现；“现代性”，更多是指思想、精神、价值、情感、人性等文化内涵，它的一个衡量标志是“现代意识”或“当代意识”，“现代性”是一种质量和高度，与时间过程和物质文明，关联不大。

前面说过，罗怀臻的理论核心指向是“现代性”。但是，罗怀臻的“戏剧现代性”概念展开却可以分为两个层面：一是“现代性”，重点在人物形象、艺术形象的现代性，即精神价值和思想高度问题，也即艺术的“表现什么”的问题；二是“现代化”问题，重点在于艺术形态、艺术形式、手段、技术、技巧的现代转化问题，他所说的“现代化”是指现代转化。这两个问题，恰恰来源于艺术哲学或艺术美学的最高本质，即“表现什么”和“如何表现”。在罗怀臻那里，“现代性”更多属于“表现什么”问题；而“现代化”更多倾向于“如何表现”，还有“用什么表现”，如现代剧场、现代技术、现代表现手段的问题。其实，前一节“艺术发展史的眼光”，背后谈的也是现代性问题——历史的、发展的、辩证的眼光，它的最高参照和最终指向，一定是现代性。当下的某些思想家、理论家、艺术家，受到金钱、地位、甚至专业领域的话语权等外在名利的诱惑，基本失却了独立思考的心情、热情和激情，罗怀臻不但在不停地思考，而且是大思考；这种大思考的中心点是：艺术的时代审美走向和戏剧的当代变化发展。

1. 戏曲程式的“盲区”

罗怀臻认为，戏曲的传统程式是过去的表演艺术家对过去时生活模仿、提炼、美化的结果。但是现在的生活与传统截然不同，传统的程式系统在表现现代生活时已经出现盲区，古典戏曲却基本没有盲区。例如表现古代皇帝上朝：二龙出水，几个宫女打伞，几个太监打灯笼，几个兵挎着宝刀挎着剑，随后文臣武将先后出场，最后“嗯哼”，皇帝出来了。在我们的潜意识里，古代生活与传统戏曲舞台的程式化表演达成了默契。可是当戏曲表现现代人生活时，例如表现高层会议，重要领导人出场，戏曲怎么处理，难道还能像皇帝上朝一样出场吗？再比如，怎么表现今天的四面八方的专家学者来西安开会（罗怀臻 2016 年 8 月 20 日在西安“首届中国文艺长安论坛”的演讲）——如果是古代，用传统程式，就好办了，也精彩了：场景设置有山水、江湖、道路、驿站；京城的专家大都带有级别，锦袍乌纱，高车驷马，辚辚驰向长安；江南的才子羽扇纶巾，风流倜傥，水天一色间，独立船头，傲骨嶙峋，指点江山；也有来自北疆的，骑着红鬃烈马，风驰而过；也有步行赶来的年轻书生，文学爱好者，自带着干粮却口若悬河……老生、老旦、小生、小旦、净角、丑角，戏曲行当一应俱全，总之能把一个文学大会开得有声有色，精彩绝伦。日常生活审美化、虚拟化、程式化，将司空见惯的生活常态提炼为具有象征和隐喻意味的表演形式，这就是戏曲的本领，戏曲的绝活，戏曲的形式美感。可是，这次论坛是现代生活，你怎么表现？戏曲在表现古代生活方面得心应手，无所不能，可是一旦面对现代生活，局限性则暴露无遗：既然是现代人来开会，那便不能骑马，不能坐轿，不能驾舟，而只能乘飞机、坐高铁、开轿车，这些现代生活形式如何表现？比如，乘电梯从 12 层楼下到 2 层楼，如果用戏曲程式表演虚拟下楼过程，可能非常困难，因为从上到下只有一个动作，按了一下 2 楼的键，然后垂手而立，面对电梯里同乘的几位陌生客，不打招呼，也不寒暄，除了心理活动，没有理由也不敢随便在陌生人面前做任何肢体动作。我心里想，若是换作表现古代人下楼，那将设计出多么丰富的表演动作——不同楼层不同身份不同年龄不同心情可以表演出各种不同的身段、步法与技巧。戏曲在表现古代生活方面，上至朝廷议事，下至闺阁私隐，无所不能，完全没有盲区。但是戏曲在表现现代生活方面则处处显得捉襟见肘。古人写书法，磨墨、吮笔、书写，都可以将之动作化、舞蹈化；到了铅笔、钢笔、圆珠笔时代，程式动作就很勉强了；再到敲击电脑按键、手机刷屏时代，生活中的书写便彻底退出了戏曲表演。

戏曲式微的一个重要原因是过去的生活方式远离了我们。今天的 80 后、90 后，甚至 60 后、70 后的人，还有多少人像我们 40 后、50 后那样，织一件毛衣表达对恋人的情感？或者纳一双鞋底、做一双布鞋来表达情感？没有。织毛衣的过程很辛苦，以前女孩子要送男友一件自己织的毛衣就等于送了订婚戒指，可是现在要送你十件毛衣都不稀奇，卡一刷就解决了，价格还比以前贵，但里面的情感浓度、情感容量要稀少得多。这就是问题所在，今天已经没有以前的生活方式了。现代人每天吃鸡，可是有几个见过养鸡的？有几个吃鸡的人喂过鸡？戏曲表现一个少女在数鸡、喂鸡时，舞蹈身段很好看，可是很多 80 后、90 后想这是在干什么？因为他们根本就没有见过养鸡，没有这个生活的经验。所以这个戏曲程式化的美感，对很多年轻观众而言，就不能建立起对生活的联想，艺术表演也就没有了共鸣。还有古代的闺阁少女，在生活中很少见到陌生男人，所以在舞台上的表演动作都是扬起水袖掩面偷觑。但是现在的女孩这样去看男孩，不认为是害羞，而认为这是表演、是矫情，就不会产生闺阁少女的联想，反而会产生怪异的联想。中国传统戏曲的核心价值、程式化表演的艺术规范，建立在过去的生活方式、情感交流方式基础上，现代化的生活将之肢解。为什么有人常说看中国戏曲是爷爷奶奶外公外婆的事？老人们为什么要看，是在追逐明星吗？不是，因为他们没有理解障碍，他们对舞台上的表演有生活联想的经验。

罗怀臻的本行是剧作家，他用写戏的方式提出问题，用讲故事的方式谈理论。畅晓，形象，生动，深刻。

他问道：农耕时代的式微，难道意味着戏曲发展的终结？尤其当我们致力推动和鼓励戏曲现实题材创作的时候，真的要怀疑戏曲难以继续融入时代，不可能再“与时俱进”了吗？为什么越是试图表现当下生活的戏曲“现代戏”，越是遭遇到戏曲程式化表演难以发挥的困窘？饱受诟病的戏曲现代戏的“话剧加唱”现象，是否也说明了戏曲在表现现实生活方面所遇到的局限？成熟于农耕文明时代的传统戏曲，它的程式化与写意性的表演系统，在向现代化城市化生活方式转换的过程中，是否已经到了山穷水尽无法自圆的地步？如果是，那么路在何方？罗怀臻在做在想、在问在答。

“传统戏曲”是否有可能转化为具有当下审美品格的“现代戏曲”？“创造性转化”与“创新性发展”，对于中国戏曲来说，恐怕不是一蹴而就的事情。也许，前文所述，“再乡土化”、“再陌生化”、“再野蛮化”、“再生猛化”是一条不错的道路；也许，如“古典音乐”之于“现代音乐”，“古典舞蹈”之于“现代舞蹈”，“古典绘画”之于“现代绘画”，“传统戏曲”也可能转化为“现代戏曲”，而“古典”或“传统”是可以和“现代”并存的，问题是中国戏曲的理论与实践都还没有十分清醒地意识到这一点。

2. 如何看待“传统”

谈“现代性”，躲不开的一个概念是“传统”。但是“传统”在今天中国几乎是一个最暧昧、最敏感的词汇：凡是主张“全面复兴传统”，包括全面维护传统、全面尊崇传统、全面继承传统、“原汁原味”回到传统的，都容易获得当下的彩头，或是得到相关的资助；反过来说，谁如果敢说传统需要过滤、需要清洗、需要反思、需要批判、需要扬弃——大约相当于卖国主义了。缺少了汉唐气魄，认为传统已经穷尽了一切，对传统一味迷信、迷恋、迷狂、甚至匍匐膜拜到如同救命稻草而“万万动不得”的程度，一个民族的精神贫瘠、贫困、贫血、贫弱、紧张到这种程度，还何谈文化自信。

传统文化，是过去的存在，是历史性存在。传统里的很多优秀成分，是传统“过后”，因现代化、现实化的需要而被分析、被总结、被概括、被提纯、被筛选、被提炼、被唤醒、被重新发现、被再次照亮的结果，目的是开启新的文化；传统文化不能被“全面恢复”，历史不能重演，也不能“原汁原味”地复原。“化作春泥更护花”，很好地说明了传统和发展的关系：传统就是“春泥”，就是肥料，就是滋养，它不是目的；新的“花”才是目的。自然界和人类社会的生生不息，日新月异，发展是硬道理，创新和发展不是为了回到“春泥”。传统的价值，只有通过创新才能得以显现；而所有的创新的成果到了明天，就都是传统。如果历史停滞，不再发展，如果没有创新活动，传统也就没有了价值。无论传统的潜在价值有多高，他的功能范围，都只是被“利用”。

罗怀臻说，进入新世纪的这十几年，由于理论上模糊了方向，戏曲艺术的整体发展缺少了方位感与方向感，本体上进步不大，收获有限，寄望于戏曲人首先是戏曲理论评论工作者跟上步伐，做出判断，给出戏曲发展的理论方略。

为什么没有方位感？思想界、哲学界的模糊、朦胧、暧昧和语义繁杂，艺术界、理论界在不停地跟风媚俗，察言观色，不敢做出理论判断，不敢独立思考；在政治实用、经济实用的策略下，甚至连艺术发展的常识性真理都可弃之不顾。于是，罗怀臻对待传统的态度，就有些“反潮流”的意味了。然而，我认为在《演讲集》中，凡是他谈传统的部分，都是最见其史论功力的精华部分。

罗怀臻说：传统是运动的河流，由过去的传统形成了今天的传统，并且又将经过现代而变为未来的传统。传统从过去流经现在，从现在流向未来，我们只是这个传统运动环节中的一节，也是传统过程中的一个阶段。传统流经了我们，我们就没有作为了吗？我们小心翼翼呵护过的河流，流经我们再流向未来，后来人若是看不出曾经从我们这经过的痕迹，那我们这代人岂不就是没有存在感了吗？我们这代人要有存在感，要告诉未来的人，我们也曾经用戏曲的形式表达了我们生存时期的内心情感，描绘了我们生存时期的社会生活。那么未来的人在看到戏曲这个活的档案的时候，他能感觉到我们曾经的存在。否则我们就是没有喘气的一代人，没有作为的一代人。

历史虚无主义当然是错的，不尊重艺术规律的颠覆、解构也是错的。但是今天却明显有一股“守旧、泥古、唯古人是尊”的思潮，用古人来压制今人，乃至于“创新”、“创造”在今天的戏曲界几乎成了贬义词，这是很不正常的现象。历史不会记录一个仅仅模仿传统的人，就像中国绘画史不会记录那个临摹者的名字一样。我们今天亦步亦趋地恪守传统，就等于在临摹一幅绘画，历史记录的都是原创画家，不会记录临摹的人，尽管这幅惟妙惟肖的临摹作品也有一定的商业价值。中国的绘画史如此，中国的戏曲史也是如此。有人一辈子只做了一件事，就是走进梅兰芳。可是走进梅兰芳的目的应该是走出梅兰芳，正像梅兰芳走进王瑶卿的目的是走出王瑶卿一样。程砚秋先生走进梅兰芳，拜梅先生为师，是要跟梅先生学东西，然后做自己的事情，而不是走进梅兰芳变成一个小梅兰芳。张君秋也走进过梅兰芳，走进去是为了形成张君秋的“张派”。

一说传统，大家就以为是梅兰芳为代表的京剧时期，或常香玉、袁雪芬、红线女、严凤英为代表的地方戏曲时期，但没有思考过他们的传统又是什么？其实他们的传统是生活在那个地域的人，是那个地域自远古以来就产生的方言、声腔、音乐、表情、神韵，要回到传统的传统中去，汲取传统的资源。我们所以为是的传统，其实是漫长的传统河流中的短短一截，比如“梅派”艺术，也只是梅兰芳完整的艺术人生长河中的一段时期。“梅派”之后又有新的旦角流派，例如“张派”，一样风靡了一个时期。我们需要的是对传统的理性继承，以现代意识作为通向传统的一个路径，目的就是要创造新一轮的“传统艺术”。在现代作品中流淌着过去传统的血液，延续着过去传统的基因，没有改变最本质的东西，然后我们再传递给未来。未来就像今天的人看到宋词里流淌着唐诗的血、传递着唐诗的神韵，元曲中继承着唐诗宋词的精华、流淌着宋词的神韵，甚至在今天很多现代歌曲当中依然可以看到从汉赋、乐府、唐诗等诗歌一脉相传下来的，属于中国人、中国诗歌特有的文学魅力、文字韵味、文艺精神。这样的继承，这样的创造，才符合艺术发展的规律。

传统是需要保护和传承的，但不是不加选择地、更不是圈地式地保护，以为只要是我们的就一定比欧洲的好，比东洋的好：男人留着大辫子，女人裹上小脚，只要是中国特色，哪怕是反文明的、不讲卫生的，我们都要保护？就像京剧的一批发烧友一样，把京剧漫长的两百多年的历程，浓缩为一二十年。这一二十年，就是以梅兰芳为代表的四大名旦的中老年阶段，以及伴随那个阶段，留下一批在今天可以见到的折子戏。这些折子戏既不是这些艺术家一生创造的全部，更不是中国京剧漫长发展历史的全部，它也不是京剧的源头，只不过是京剧的“流”。就像我们的大运河，流到某个县城的一小段，一些京剧迷就把它看成京剧的全部。我们今天所认识的京剧，是四大名旦中年发福以后的京剧。我们今天不经意会看到二三十年代四大名旦留下的黑白照片，那可真是风华绝代。我看到这些黑白照片，就相信这四个人为什么会成为四大名旦，但我看他们晚年的表演，就表示怀疑，这四个人凭什么出名？所以对于传统的保护和继承，我们需要清醒的判断。其实我们今天对四大名旦的认识，是对四大名旦中老年时期的认识。中老年是什么样子？体态发福，要掩盖自己，嘴不敢张大了，手不敢放开了，衣服要多穿。原来荀慧生演十三妹的时候，头上只戴了一朵花，今天看非常现代，非常俏丽，头饰非常简单，面门一个茨菰叶，耳边一个绒球，衣服也很简单，自信在那里，形体上漂亮。我觉得那时，确实是女人都没有他那个身段，所以他才会成为荀慧生。可荀慧生到了晚年的时候，手也不敢指了，嘴也不敢张了，身上披的挂的，有十几斤重，头上全是花，成花园了。因为年纪大了，他又是男人，又发福，体重一百六七十斤，他要掩饰，不能展示体态了。四大名旦衰微时期，声音不敢放开，就打磨唱腔，玩味道。可早年不是这样。他们当年以“红”字打头，在上海打擂台的时候，最小的十几岁，最大的二十二三岁，一个个风华绝代，他才可能出名。所以我们对传统要有个全过程的认识，我们不能把其中某个阶段看成是传统的全部。

这篇序言中，我之所以大段地抄录、改写罗怀臻的原文或原文大意，不是偷懒，而是觉得他讲的实在是全面、生动、透辟而又精彩。他似乎是创建了一种新的文体：用文学性、艺术化的文字来演讲理论问题，很多篇章可以当成引人入胜的散文来读。

3. 艺术形象的“现代性”

罗怀臻的理论，其格局、眼光、层面，可以从很多角度去解读，但是他的最高也是最后指向，或称核心指向，是艺术形象的“现代性”问题。“现代性”，从大的方面说，离不开现代意识、当代精神、普世价值、人性深度；当然，这几个概念之间又是相连相通的。前面提到，艺术美学的最高问题是“表现什么”和“如何表现”以及“用什么表现”；其中，“如何表现”又服从于“表现什么”。戏剧人物形象的“现代性”问题，是罗怀臻的演讲理论及他的剧作实践着力最深的，也是他对时代审美走向“大思考”的重点。

他认为，戏曲的“现代性”不是时间概念，而是一种价值取向和品质认同。现代题材甚至现实题材的作品不等于具有现代意识、具有现代性；相反，表现古代题材历史故事甚至上古神话，有时反倒充满现代感与现代性。明朝剧作家汤显祖的《牡丹亭》在今天看来就充满了现代性。剧作所颂扬的价值取向是对人和人的本能欲望的尊重，与我们看到的传统戏包括许多现代戏的观念大不相同。我们无法想象在那个“存天理，灭人欲”甚至还伴随着文字狱的年代，能有汤显祖这样的剧作家创作出这般真实的作品，就是放在今天它仍然是非常现代的。它表现一个少女的第一次性幻想，表现了一个少女的性别觉醒，无论男性还是女性都有性意识觉醒的时候，而性意识一旦觉醒了又是无法遏止的。杜丽娘为了实现她的性幻想，可以经历生死而无悔无惧，汤显祖通过表现少女的性幻想颂扬了人性的伟大和人的生命意识的崇高。《牡丹亭》在当下仍不过时，不存在宗教的障碍、语言的障碍和国别的障碍，因为它触及了普遍的人性，所以具有永恒的审美价值。反观我们创作的一些现实题材作品，反而不具有这样的现代品格。有些现代戏，其所表达出来的理念还不及古人“现代”。戏曲不能刻意谨守传统，以为只要是前人的东西就一定是好的，只要热衷于敷演老戏就一定是有价值的。殊不知大量的传统老戏都有一个共同的问题，那就是极不尊重女性、极不尊重人权，与现代文明意识格格不入。今天我们要完成对传统的转化，就是要实现这种有甄别、有选择、有改造的“扬弃”。戏曲创作必须服务于现代人，与现代观众产生共鸣，才能产生具有现代品格的作品。中国戏曲生存艰难，是由多种原因造成的，其中最主要的原因即是戏曲自身没有及时完成向现代审美的转化。现在许多年轻人以为传统戏曲就是夸张的脸谱、就是小嗓子演唱的声腔，就是杂耍，完全忽略了戏曲形式之内的生活内容和精神内涵，忽略了戏曲首先是用来与人沟通和与人交流的文学艺术形式。20世纪八九十年代，戏曲曾经在一种共识之下积极发展，那就是“传统戏曲的现代化”与“地方戏曲的都市化”。现代化不是要颠覆传统藐视经典，都市化更不是要阳春白雪脱离大众，而是正视戏曲所面对的生存时代，提倡戏曲自觉实现自身的价值更新与审美转化。

罗怀臻认为，“都市戏曲”有两个层面：第一，思想内涵上，要以人类发展到今天为止，影响着人们的当代价值取向，影响着人们的当代情感观念，影响着人们审美趣味的当代意识为出发点，来观照习以为常的戏曲题材，来认识历史生活和人的存在；第二，舞台形态上，剧场艺术包括剧场的技术，在不断地发展，不要一味情绪化地拒绝创新，戏曲舞台的“一桌二椅”不是一个具体物件，而是一个空间概念、一种美学精神。我们要自觉地运用这个美学精神，我们应该接受现代剧场精髓，将古典美学化入其中。现代性，当下思维，当代审美是“都市戏曲”的内在本质。中国戏曲至少在观念上还没有完成现代转换。当下大量的现代戏只是用道德绑架人性。一些古装戏尚且歌颂小尼姑下山，尚且赞美富二代卓文君的“私奔”；可是今人写现代戏——例如写一个年纪轻轻的少女，生理功能健全，偶然抚养了一个遗孤，一生直到老年还是处女。为什么她行善必须牺牲个人合理需求？为什么在保障别人生存权和发展权的同时，她一定要以付出个体幸福为代价？

当“传统”被神圣化之后，现代意识越来越被忽视、越来越被淡化、越来越被误解，现代意识是一种“质”的精神性的存在，而并非现在流行什么思想，倡导什么道德，再用文艺作品去演绎这些思想和道德来回应现实生活——这样的作品或许很有现实性但不一定具有现代性。罗怀臻认为：一方面，我们有不少作品，从时间和人物上看属于现代题材，可是从观念上而言完全是陈旧的。另一方面，目前舞台上的很多传统戏，哪怕是经典型的剧目，思想性或精神价值层面，根本谈不上现代性，反倒是十分陈旧甚至腐朽，典型的如王宝钏形象：王宝钏寒窑苦守苦熬十八年，丈夫回来却带回一个已经上位的“小三”（代战公主），她还要很有风度地表示接受，还要对十八年后没有遗弃她且给予她荣华富贵的他感激涕零。人们对一个古代女子漫长的生命守望竟然熟视无睹，竟然没有对这个事件背后的合理性产生怀疑。有些现今上演的传统戏，内容很庸俗、很肉麻，并不美，离“现代性”还很遥远。由于数千年来传统文化在精神上、人格上的重压，中国士大夫式的文人多少有些意淫的倾向，这种意淫的倾向和舞台上“珍品”结合起来，里面没有血性，没有担当，没有责任，只有把玩。所以女性在传统戏曲作品里，基本是被玩弄的角色。传统戏曲作家之所以不能担当起女性不再被玩弄的责任来，是因为封建意识渗透心灵造成的。戏曲文学的衰弱跟京剧艺术进入宫廷有关。清末时期，宫廷中豢养戏子，把生气勃勃的戏曲艺术引入宫廷，成为皇家的案上赏品，场上玩物，他们玩味的都是戏曲的形式，而抽离了其中的内容，基本上没有文学诉求，更不传达时代精神。

《罗怀臻演讲集》中对各类作品的“现代性”问题进行了梳理解剖，他的人物分析很有见地，其实都可以单独成文。例如他对中国历史上“四大美女”及相关作品的分析，对他自己作品《西施归越》西施形象的分析，对田汉《白蛇传》局限性的分析，对《游龙戏凤》陈腐的奴性的艺术思想的分析，目光犀利，角度新颖，见解独特，发人深省。

四、“布衣天子”罗怀臻

读《罗怀臻演讲集》，脑子里总有两个意象在盘旋：“布衣天子”和“堂·吉诃德”，或者只是我的一种未必贴切的联想或暗喻，但确实挥之不去，索性说出来。

“布衣天子”这个词，是指清朝乾隆时扬州盐商江春。他是徽州歙县人，号鹤亭，两淮总商，“贾而好儒”，“亦贾亦儒”，仗义豪侠，勇于担当，深得乾隆宠信。乾隆六次南巡，皆由江春操持接待。后人称其“以布衣交天子”，甚或直接称其为“布衣天子”（参见《徽商研究》，安徽人民出版社 1995 年版；另见嘉庆名臣，大学者阮元的《江春传》，《淮海英灵集》戊集卷四）。“布衣天子”当然是一种比喻，江春本没有实际官衔，更没有行政权力，李斗在《扬州画舫录》卷 12 中载乾隆帝“钦赏布政使秩衔”，也就是说虽然名义上是一品头衔，其实只是一种荣誉或称号。

把罗怀臻与江春并列，喻其为“布衣天子”，还有一层意思，就是觉得两人都对戏剧有贡献，也有相似之处。“布衣天子”江春，对中国戏剧有过大贡献：第一，“花雅之争”时，蜀伶魏长生被逐出京城而南下扬州，是江春秘密收留且款待了他，致使后来扬州“到处笙歌，尽唱魏三之句”（《扬州画舫录·谢溶生序》），扩大了“花部”在中国南方的影响；第二，江春家有戏班三四部，其中之一就是鼎鼎有名的“春台班”，即是后来进京的“四大徽班”之一。江春卒于 1789 年，第二年开始，四大徽班陆续进京。我们现在知道的是江春对“花部”的勃兴做出了贡献，我们不知道的是这位“布衣天子”对京剧的发展到底有何功劳。

罗怀臻概括自己的戏剧生涯，说他此前几乎把戏剧的所有行当都干遍了：当“运动员”（编剧）、“教练员”（教授）、“裁判员”（评委），还有戏剧制作人和各种戏剧专业活动的策划人或召集人，而且经常是各种角色同时兼顾或快速切换。其实，这诸多角色里，一个人一生能干好一个，就几乎是功成名就了，但是罗怀臻，却把所有角色都干得风生水起。

与“布衣天子”相关联的是罗怀臻的另一角色：戏剧发展的“播种者”和“推动者”。这部《演讲集》，只是“播种”和“推动”的成果之一。

1.“播种”戏剧

2014 年 11 月 3 日《解放日报》报道：“剧作家罗怀臻受中国戏

剧家协会、上海戏剧学院双重委托，担任了全国戏剧创作高端人才研修中心主任，主持开办了全国青年戏剧家研修班。作为“青研班”的实际操作者，罗怀臻一点点阐释着自己心中的理想：‘将全国的青年戏剧创作精英汇集在上海，重新出发，这是上海所应承担的责任，因为在我的心目中，上海文化与人才不应止于现在的从平庸中发现优秀，更应该是从优秀中催生卓越，站在全局高度，引领时代潮流。我希望能在上海催生出这样的一代戏剧人’”。

大约从2011年开始之后的5年间，由中国剧协、上海戏剧学院等方面共同主办了全国戏剧高端人才研修班，涵盖编、导、音、评、舞美5个专业。这些班的成功举办与罗怀臻密不可分：组织、联系、管理、观摩研讨、师资延聘、课程设计、教材编写，他亲力亲为，呕心沥血。5年下来，培养了一大批戏剧人才，其中不少现在已经成名成家，成为当代戏剧创作的栋梁之材。“青编班”“青导班”“青音班”“青评班”“青美班”共计180多名学员，构成了一支遍布全国、实力雄厚的中国戏剧创作与评论的“国家队”，“聚如一轮月，散如满天星”，用“青编班”班长陈涌泉的话说：“来之前是个体，去之后是团队”。许多学员在进入“青研班”之前，还只是有零星的作品发表或上演，回去后的一年、两年、三年、四年、五年，作品数量与质量均呈几何级增长，相当一部分学员的创作甚至出现了井喷现象。数年前，全国戏剧界忧虑的戏剧创作与评论“后继乏人”“青黄不接”的被动局面，经过上海5期精英班的研修，已经得到了缓解；这批当年“牵手过河”“抱团取暖”的年轻学员，今天已然成为中国戏剧领域乃至文艺领域的生力军主力军，当得起新世纪的“黄金一代”。据我了解，从“青研班”结业的学员，近年来，已经形成了一个志同道合内外呼应的戏剧方阵，形成了一个相互激励相互支援的艺术集体。这是一群年轻戏剧精英汇成的力量，足以影响并正在推动当代戏剧创作与评论的局面，正在改变着当代戏剧的生态。与此同时，上海“青研班”已经成为全国性的品牌，成为当代实践型创作人才培养的摇篮；现在全国都在仿效上海研修班的办学方式和培养模式。

2.“回报”上海

罗怀臻在他的演讲集里多次谈到，他是1987年被上海从江苏淮阴（今淮安）引进的“三无”人才，即“无户口，无学历，无名气”；是上海这座城市“不拘一格，慧眼识才”，并且给予了他成长成名施展才华的大舞台，因此在他心里“时时刻刻”都想着要回报上海。罗怀臻对上海这座城市的爱是极其深切的，这份爱也时常伴随着作为一名上海文化人的自我警醒——他认为，上海文化，不只是要在一般赛事中求得奖项。一百多年来，上海文化只有一个标准：引领风向，引领潮流；上海所推崇的文化艺术精英，必须是卓越的、具有原创精神的、在国内外有深远影响力的；与北京的京朝文化背景不同，海派文化更要契合时代精神，更要引领中国现代化与城市化的文化风尚。正像中国京剧只有一个梅兰芳作为代表是不够的，必须还要有上海的周信芳；京海两强，相互辉映，交织竞争，形成双翼，中国的传统文化与现代文化才可能振翅高飞。

大约也是从2011年开始，伴随着那5个高级研修班，罗怀臻就开始了他谋划“回报”上海的戏剧蓝图。所谓“不拘一格进人才”，“不拘一格用人才”，其实，罗怀臻之于上海，早已超越了他作为剧作家、作为文化人、作为上海艺术家的个体作用，他的社会影响与才干被发挥到了淋漓尽致的地步。受上海宣传文化部门领导的委托，罗怀臻率领他的新团队——上海市剧本创作中心，于2016年的4个季度里先后策划承办了4次“上海市舞台艺术精品创作会议”，4次会议我都有幸作为外地专家受到邀请与会。“重大选题”“现实题材”“青年项目”“保留剧目”——整体设计深谋远虑，布局精妙，力势工稳，步步为营，节奏紧凑。罗怀臻还利用他在全国文艺界的声望和影响，邀请全国包括港台地区的优秀舞台艺术创作人才参与上海的创作。不仅是戏曲界，也包括话剧界；不仅是戏剧界，也包括音乐界、舞蹈界、曲艺界；但凡有名望的大家或有实力的新锐，几乎被他一网打尽。我很敬佩上海市委部署的、于“十三五”期间在文学、影视、舞台艺术、美术、群文、网络文艺等六个门类创作“百部精品”的宏伟规划。上海是中国共产党的诞生地，2021年是中国共产党诞辰100周年，上海市委提出百年创作百部文艺精品的要求非常鼓舞人心，同时也是上海文艺创作5年持续发展的积极方略。从以个人的创作实践和理论思考推动当代戏剧行业的进步，到把个人作用融入一座伟大城市的文化进程中，我相信，罗怀臻必能如清朝的江春那样，为一座城市的舞台艺术发展，发挥不可替代的作用。

罗怀臻在回顾他操持“青研班”的繁难事务时说：“我之所以愿意参与运作这些事，不是因为我有什么特殊的职位，或者权力，而是在一个特殊的时期，特殊的机遇下，大家都意识到了做这些事情的意义，而我恰恰是那个可以把中国剧协与上戏，把全国戏剧创作与上海紧密联系形成合力的人。这也是一种机缘”（2014年11月3日《解放日报》）。前文说到罗怀臻对“时代审美走向”的把握时，我说他是大思考，而他对中国戏剧的“播种”，还有对上海戏剧的“回报”，本身，也是大思考的结果。

堂·吉诃德的意象，是我结识罗怀臻多年来的感触，曾经被上海评论家毛时安用过，他说：“在戏曲界写戏的人不少，但有如此明确完整戏曲理论理想的人很少，而且多年如一日，始终不渝像宗教信仰那样不惜一切代价、燃烧自己去执着狂热追求的更是很少很少。他独自一人品尝着写作时青灯黄卷的寂寞，有时还得接受一些同行的不理解。而这许多年间，诚如他在一次演讲中透露的那样，‘有过许多人生的挫折和心灵的无边痛楚’。他胯下的马并不彪悍，他手里的矛也并不那么锋锐，但正是这种堂·吉诃德式的献身于自己的理想和信念引领，罗怀臻才有了与命运抗争的峥嵘和衣带渐宽终不悔的倔强，才穿越了那片属于他的不易、艰辛和痛苦，步步登上了个人创作和人生的高峰”（毛时安《罗怀臻剧作集·序》）。罗怀臻自己也说：“我这一辈子，除了喝茶爱好，剩下的就是戏剧。我自打从事戏剧那一天起，一天都没有离开过。没有戏剧，我这一生没有存在感，没有存在价值。我钟爱戏剧，为实现戏剧的理想我将毕生追求，在我力所能及的情况下，动员和调动一切能量，参与推动中国戏剧现代化、民族化、都市化的时代转型，这将是我无比的荣幸!”“如果我们每个人心中都有一个愿景，而每个人又是生活在当下的、鲜活的、钟情于戏剧的人，那么戏剧的整体图景就会变得明亮，变得阳光，变得更加充满活力与魅力，中国戏剧就会完成更新换代，属于21世纪的中国戏剧形态就可能有新的建立。”（2010年11月28日《中国剧协第二期编剧读书班》演讲）在罗怀臻这种对戏曲的真情深情面前，即使相形见绌，也实在令我感动。如罗怀臻者，有了这种坚守与战斗，历史就已经被部分地改变。

我用堂·吉诃德的意象，还有另一层意思，即堂·吉诃德的“丰功伟绩”：“我的丰功伟绩值得浇筑于青铜器上，铭刻于大理石上，镌于木板上，永世长存。等我的事迹在世上流传之时，幸福之时代和幸福之世纪亦即到来。”

我深知自己是个悲观主义者，罗怀臻也知道这一点。2003年戏剧命运大讨论时，我写过文章，也曾经与罗怀臻有过对话，他也质疑过我的悲观。我也知道，罗怀臻从头至尾都是一个理想主义者，和堂·吉诃德一样坚定。于是他对中国戏剧才能有那样的大思考、大把握、大设计、大播种、大回报。

套用堂·吉诃德“丰功伟绩”那句话：当罗怀臻的事迹在中国文化界流传之时，当中华民族文化真正复兴之时，戏剧繁盛之时代和戏剧繁荣之世纪亦即到来。借用塞万提斯家乡的一句谚语：但愿罗怀臻所收获的正是他所播种的和他所设计的！

（原载《罗怀臻演讲集》，上海人民出版社2018年版）

烈酒与清茶

——《罗怀臻剧作自选集》序

王蕴明

罗怀臻同志近来编选的一部剧作集《烈酒与清茶》，即将付梓，邀我作序。怀臻同志是新时期以来，我国剧坛升起的一颗新星，是当今戏剧文学领域的一位佼佼者，成绩卓著。而我虽虚长几岁，但在半个世纪所从事的都是打杂的事情，至多可算是一位为戏剧事业修路架桥的勤杂工，难当此任。然相交、相知经年，同志情，朋友谊，盛情难却，只得勉为其难，就我对怀臻剧作的粗浅解读，勉应盛意，亦可就教方家。

怀臻同志出身于20世纪50年代中期江苏淮阴区的普通工人之家，幼时习过武，当过淮剧演员，后钟情于戏剧创作，成为一位身居上海面向全国的职业剧作家。他为人质朴坦诚，钟情重义，豪爽而不乏文气。古人讲知人论世，他的性格人品当与他的历练与学养相一致。

怀臻勤奋而有才气，三十年间竟然创作了三十余部剧作，且其中颇有几部领风气之先，执菊坛之牛耳。前几年已出版了六卷本《罗怀臻戏剧文集》。怀臻少年立志，中年成就斐然，且有大局观念、担当意识，乐于助人，扶持后进，笔耕不辍，又执教鞭，烛光摇曳，惠泽后学。如此才俊，怎不令界内同仁钦佩之、赞许之。

《烈酒与清茶》这部剧集，共收了12部作品，就题材言，大都为古装戏，只有一部是现代戏；就剧种言，昆剧三部，京剧三部，越剧三部，淮剧两部，甬剧一部。大体可以代表他的文学成就与艺术风格。怀臻不胜酒而好茶，剧集以烈酒与清茶命名，当取其浓烈与淡远之品，亦可视为其为人为文之追求。

怀臻的这12部剧作以及其他的一些剧作我大都读过，并观看过舞台演出，有的还为其评过奖，写过评论文章。其睿智的人生哲思、沉积的社会内蕴、诗人的情怀、斑斓的文采，为当代艺苑展现出一片亮丽的风景。

时代感召的使命自觉

作为崛起于20世纪八九十年代一位青年剧作家，怀臻是依仗着淮剧《金龙与蜉蝣》与越剧《西施归越》这两部早期的成名之作。这两部剧作以及作为剧作家怀臻的名世不是偶然的，这里蕴寓着深刻的社会历史基因。在经历了十年文化浩劫之后的20世纪70年代末到90年代初，中国思想文化界交织着两种思潮：一是对历史文化的反思；二是外来现代文化的引入。在文学艺术中的表征则是“伤痕文学”“反思文学”和西方名曰现代、后现代派理论与作品的创作与翻译。这种思想文化思潮有两条鲜明的主导线：一是对封建专制的批判；二是对人性的探究与张扬。十年间的创作与引介，可谓良莠互见、珠玉与泥沙俱下。在此社会思想背景下，一个三十出头的青年剧作家相继将《金龙与蜉蝣》和《西施归越》呈现在当代戏剧舞台上，令菊界惊艳，为剧人张目。

《金龙与蜉蝣》采用历史寓言体，讲述了一个古代帝王的故事，它通过被封建帝王思想意识浸透了的帝王金龙，在清醒与混沌中犯下了阉子妻儿媳人伦之罪，从而带来父子相戮、妻、媳俱亡的悲剧，对封建专制社会与思想作了尖锐深刻、触目惊心的剖示与鞭笞。它不同于俄狄浦斯王的命运悲剧（也许作家受到古希腊悲剧的启示），而是建立在中国两千年封建帝王改朝换代血腥真实的历史，同时也是对封建专制思想意识对当代社会遗痕的深刻反思。

《西施归越》是取材于一个流传千年的历史故事。但作家没有沿袭老的套路只写美女西施奉越王勾践之命赴吴国行惑败夫差的美人计，而是将笔墨放在败吴“使命”完成归越后的悲剧命运。其卓异之处（或曰异想天开）在于让西施怀了夫差的种，身为“救国英雄”归来的西施，却要养育一个“仇敌”的后人，这一石破天惊的“史实”（如果历史上确有西施其人，那么怀孕之事就完全有可能），这一观念意识的二律背反，政治历史的行为尴尬，不仅为两千多年前的勾践不能容忍、范蠡举止无措，即是对于今人的观念意识、情感世界也是一种严正的拷问（对此剧有不同见解并不奇怪）。剧中描述西施抗拒种种压力，忍受种种屈辱，而保全“孽子”的生命，表现了作家深切的生命意识。这种生命意识，既是传统的（《周易》：“生生为易，天地之德曰生。”），更是现代的，尊重人的生命、尊严乃是当今全人类的时代课题。

恩格斯在评论斐迪南·拉隆尔的剧作《弗朗茨·封·西金根》时指出：“主要人物事实上代表了一定的阶级和倾向，因而也代表了当时一定的思想。他们行动的动机不是从琐碎的个人欲望里，而是从那把他们浮在上面的历史潮流里汲取来的。”（《马克思·恩格斯论艺术》P37）我们在怀臻的剧作中感受到了时代精神、情感的投射与感悟，而且把这种感悟付诸为一种使命的自觉。当20世纪八九十年代引入西方“解构主义”“颠覆英雄”“解构崇高”在文坛颇显时髦时，我们看到了怀臻创作的颂扬英雄主义的淮剧《西楚霸王》，在市场经济条件下，拜金主义盛行、道德失范、文化贬值时，我们看到了怀臻的昆剧《班昭》。我没有与怀臻交谈过他每部剧作创作时的动机，但其作品中所彰显的对时代精神的感召与自觉，绝非是偶然的，如果不是作家对社会生活的深邃思考、敏锐感悟、热情拥抱是断难产生这等领时代风标的扛鼎之作。

人文精神的诗意表达

一般说来，人文精神大致含有两个层面：一是文化人对人类优秀文化的传承与践行；二是对社稷人生、道德风尚的关怀与引领。这是怀臻剧作中一个普遍的主题，不论是以文化人为依归的《班昭》《李清照》《柳如是》《影梅庵忆语》，还是其他题材、人物的剧作，无不充溢着深沉的文化思考、悲悯情感和人文关怀。

无疑，昆剧《班昭》是表现文人自我人文精神和操守的典型之作。班昭继承父、兄之志，续修《汉书》，终其一生，幼失怙恃，中丧夫婿，忍守孤寂，不为清冷与富华所摇惑，松筠节操，终竟只署其兄班固一人之名的伟业《汉书》。诚可谓节操高洁，功业巨伟。古人云："穷则独善其身，达则兼治天下"，班昭堪称"完人"。班昭的操守与功业乃垂范千古，遗泽于追名逐利、熙攘拜金之世。"最难耐的是寂寞，最难抛的是荣华，从来学向欺富贵，真文章在孤灯下。"堪为时代之格言。

如果说昆剧《班昭》的"文人操守"主要是通过"战胜自我"对孤寂与荣华的困厄与诱惑而成就的，那么堪称姊妹篇的京剧《李清照》则是展示在流离失所、极端困苦的纷乱社会环境中，李清照怎样坚守着崇高的气节和情操。出身于宋代诗书之家的我国历史最杰出的女词人李清照，少年时锦衣玉食，出嫁后夫妻恩爱，而金人的南侵，夫君的病逝，造成了她后半生的颠沛流离、贫病交加。但巨大的生存落差，并未令其失却人文的精神与风骨，面对南宋小朝廷对金人南侵的畏惧逃跑，发出了"生当作人杰，死亦为鬼雄，至今思项羽，不肯过江东"铮铮诗言。鉴于在民族存亡关头仍追名逐利的碌碌朝野，借汉代归隐垂钓富春江的严光抒怀："巨舰只缘因利往，扁舟亦是为名来，往来有愧先生德，特地通宵过钓台。"

李清照的这种人格风骨，当客观社会发生重大变故的时刻，并非所有文人都能坚守，典型之一就是明末清初的文坛领袖钱谦益。在明、清异代的重大社会政治变故当口，与钱谦益之流不能坚守民族节操的文人相比，却出现了不同凡俗的李香君、柳如是、董小宛等"秦淮八艳"。越剧《柳如是》通过柳如是和钱谦益这一对相知、相爱的忘年夫妻，在关乎家国命运的紧要当口，截然相反的价值取向，展示了另类文人的灵魂与面相。怀仁崇德，舍生取义的人文精神凝聚了中华民族的优秀道统，但偷生变节，屈膝求荣之流也不乏其人。钱谦益在明朝覆灭后，又跑到南明小朝廷仰息于马士英、阮大铖等奸佞之流，在清兵破金陵之前不能殉节，尚可谅解，但其率领全城居民至城外跪迎清军就是不可谅恕的了。降清后又不愿退隐，去清廷做不受人待见的礼部侍郎。作为有明一代的文坛领袖，他的举止不仅仅是个人得失，而是一代文风的耻辱，为当下众多仁人志士扼腕痛惜。《柳》剧中出淤泥而不染的柳如是如同一道洁白的光束烛照出他的蝇营与龌龊。令我不解的是，精明的怀臻，为什么在剧中还要通过管家钱宗之口为钱谦益献城降清辩护呢？所谓以其"一人之名节，换取数十万无辜百姓的身家性命"，完全是一块不戳自破的遮羞布。

大千世界，芸芸众生，各自有着不同的命运轨迹与价值取向。在明、清易代的历史关口，当时的仁人志士有着不同的行为方式。面对清兵的血腥屠杀，如史可法辈壮士们，呈现了以死抗争的英雄气概；如顾炎武、王夫之，傅山等学界泰斗，先是联络民众，抗清复明，后待清廷建立了有效的统治秩序，社会安定，经济发展，则取"和而不同"，著书立说，弘扬中华文明，践行着一代文化精英的历史使命。另如侯朝宗等众多文人待国家统一、社会安定后应召出任，亦未不可。昆剧《影梅庵忆语》则以细腻的笔触，深沉的情感，状述了同为清末名士的冒辟疆与秦淮名妓董小宛在明清易代、风雨飘摇生存环境下二人真挚的爱情，冒辟疆入清后归隐田园，拒召不仕，持守了文人的节操。董小宛以自己全身心的爱呵护丈夫，操持家务，展示了才子佳人的情操风范。

京剧《建安轶事》是写汉相曹操为重振大汉文风，将战乱被掳掠匈奴的才女蔡文姬以重金赎回，并亲做红娘将其许配屯田都尉董祀为妻，从而演绎了一段奇特而温馨的爱情故事。蔡文姬的故事以往坊间久有传闻，戏剧舞台上近代前有程砚秋的《文姬归汉》、郭沫若的话剧《蔡文姬》及评剧《胡风汉月》等。然上述剧作均述说蔡文姬在匈奴期间或归途的情事。而《建安轶事》则另出机杼，别有风致，述说蔡文姬归汉后的婚姻情状和继父志、修史书、著华章之文业，充溢着亲情的温馨和建安风骨。

甬剧《典妻》是改编自 20 世纪 30 年代被鲁迅引为"很好的朋友"的革命作家柔石的小说《为奴隶的母亲》，这是当时为数不多的无产阶级文学代表作之一，作家怀着深厚的感情，述说了处在社会最低层农村妇女的悲苦命运。甬剧《典妻》在忠于原著主要情节人物的前提下，加强了人物情感的丰富性与舞台的戏剧性，既承续了前辈的革命精神，更切合与强化了当代的人文关怀。

一部剧作的立意和艺术追求最终要落实到舞台呈现。对怀臻的剧作我以“诗意表达”简括之。情节的设置、关目的布局、宾白唱段的穿插这些剧作基础元素，对怀臻来说已无须提及，看他的唱词，都是很规范的叙情诗，昆曲均按曲牌填词，这是当今许多青年剧作家难以胜任的。对于一部高水准的剧作，一是立意，二是人物性格的塑造。人物性格，一是性（定性、本质特征），二是情（心路历程、情感轨迹）。戏曲是剧诗，尤要达到诗化的境界，即诗性、诗情、诗境。我所说怀臻的“诗意表达”即是定位在这样的层面上。看怀臻的剧作，始终围绕着他所选择的人物定位、性格特征和情感轨迹，展开情节，结构场面，安排宾白与唱词。在层层递进中，始终将笔触聚焦在人物的灵魂深处和情感痛点。也即是恩格斯所说的“不仅表现在他做的什么，而且表现他怎么样做”（《马克思·恩格斯论艺术》P38）。金龙与蜉蝣父子相残的绝望悲鸣、勾践的权奸与伪善、范蠡的尴尬与无奈、西施的真纯与刚毅、班昭面对孤寂与荣华的考量、李清照凄苦中的冷峻、柳如是失望中的坚忍、项羽气盖山河而儿女情深、虞姬柔情似水而飒爽果决……拨弄着和震撼着人们的心弦。怀臻到此尚未止步，他更前进到诗境。古人写诗是讲究意境的，即是言此及彼，言有尽意无穷，乃至只能意会难以言传。看当今众多舞台与荧屏，且不说以感观刺激追求娱乐的快餐文化，就是严肃的戏剧演出，大多是说了一个故事，传达了一种观念，仅此而已。而怀臻的剧作掩卷之后或大幕落下，总能引起你的思索、品味，能够勾起你人生的体验、情感的涟漪，联想到社会、人生若干剧中并未完全道出的意蕴深味。《金龙与蜉蝣》《西施归越》《西楚霸王》《李清照》《柳如是》《建安轶事》等无不如是。这里彰显着作家深沉的哲思、浓重的生命体验和诗意的锤炼。

古今相因的创新理念

怀臻剧作除改编的一部现代小说之外，大都取材于历史史料、故事或传说。这类题材首先遇到的一个课题就是准确地把握古与今即历史与现代的关系，即既要尊重历史的基本事实，又要有艺术想象与虚构，以强化戏剧的观赏性、适应今天观众的审美趋向；既要符合历史人物的性格特征、神态情貌，又要融入作家的解读、感悟与判断。看怀臻的几部新编历史剧，《班昭》《李清照》《柳如是》《西楚霸王》《西施归越》《建安轶事》《影梅庵忆语》剧中的主要人物、情节大都有史料可据，人物的神态情貌、语言举止符合古代的历史氛围，既表达了作家的审美理想，给今人以深沉而鲜明的启迪，又没有让古人说今天的话，没有“把个人作为时代精神的单纯号筒”（《马克思、恩格斯论艺术》P33）。《金龙与蜉蝣》是采用历史寓言的体式，其情节、人物符合古代历史的氛围，而且是戏曲观众所熟悉的那种通常的情状。以古喻今，表达了强烈的时代哲思。《蛇恋》仍取材于家喻户晓的白蛇与许仙的故事，剧作的框架也大体本于传统，适应着观众的欣赏惯性。但在人物行动的具体情景中不着痕迹地将反封建的传统主题转化为对人的拷问：不是人的蛇是那样善良，有情有义，充满爱心，而人却缺情少义，甚至很凶残。对人、人性的拷问是怀臻多部剧作的立意。人是什么？人性的本质是什么？人生的意义何在？人应当做什么？怎样做？这是既永恒又现实的时代主题。对人性的不同解读，必然决定着人们不同的价值取向和行为方式。怀臻剧作的可贵之处就是没有受曾时髦一时的西方“存在主义”和弗洛伊德“性本能”等的诱惑，始终坚守既传统又现代的马克思主义人性“人的本质乃是社会关系的总和”的主题，弘扬真、善、美，鞭笞假、恶、丑，倡导道义，赞美奉献。

其次，经过近千年历史的发展，中国戏曲已经形成了一套完整的美学体系，中和美是其基本的美学理念。“喜怒哀乐未发谓之中，发而皆中节谓之和。中也者，天下之大本也，和也者，天下之达道也。致中和，天地位焉，万物育然。”（《中庸》）并由此生发出按行归路，唱、念、做、舞规范的演出样式。而现代艺术要求思想的自由与形式的创新，这是传统与现代的一种反差。尤其在舞台呈现上，传统戏曲的人物大都是类型化的，生、旦、净、末、丑代表着生活中的一类人。现代戏曲追求个性化，这是戏曲文学的时代进步，也是舞台呈现的一大难点。因为要运用传统艺术手段（唱、念、做、舞）表现现代突破行当的个性化人物。如何寻求这种传统与现代的契合点，需要编、导、演、音、美全方位的努力，但编剧首当其冲。看怀臻的剧作，主要人物都有独特的文学负载和个性特征，但又不特别另类，都可以纳入传统（生、旦、净、末、丑）样式的规范之中，做到了古典与现代的有机统一。这说明怀臻对中国戏曲美学有着较透彻的领悟，并且熟悉戏曲的舞台呈现。

其三，怀臻投身戏剧事业，有一种自觉的使命感，又是性情中人，有一副热心肠，他时常应演员所邀，为他（她）们量身定制。这也是菊苑的一个传统。这样的剧作，一要符合剧种特有的样式与规范，二要切合演员的行当、条件与才艺。过去与当今所谓“打本子”的编剧大都至此为止。而怀臻更要前进一步，他不会因为演员写戏而失去自我，他仍要在这类的作品中张扬自己的艺术个性，寄寓自己的审美理想，做到剧种、演员与作家主体意识三者统一。这部剧集中收入的昆剧《一片桃花红》和越剧《梅龙镇》即属此种情况。上海昆剧团的谷好好是一位亦文亦武的优秀青年演员，为充分展现她的才艺，怀臻选择了战国时期齐王与钟无盐的故事（昆剧有此传统剧目），进行了重新地编写，采用一种轻喜剧的样式，赞美了真挚率性的爱情，鞭笞了虚假温柔的奉迎及以貌取人。真性情、玉精神的心灵美，不因容貌的缺陷而减色。章瑞虹是上海越剧院当家女小生。风流倜傥是越剧女小生本体特色。传统戏《游龙戏凤》的人物情节便于发挥越剧女小生的表演才艺。但《游龙戏凤》是以封建士大夫的审美趣味表现正德皇帝的所谓风流韵事，对纯朴的村姑李凤姐作了奴化与歪曲的艺术表现。怀臻的《梅龙镇》只是借用了它的一个躯壳，进行脱胎换骨的改造，堪称化腐朽为神奇，采用喜剧乃至玩笑的样式，寓庄于谐，抒发了青年男女真挚的爱情，表达了一种民本情怀的审美理想。

怀臻又勤于思考，时有新见，伴随着创作实践的经验积累，形成了自己个性鲜明的艺术理念，发表了不少具有普遍借鉴意义的好文章。他提出的“传统戏曲现代化，地方戏曲都市化”，虽在学理上不一定十分缜密，但在实践上是有成效的。他的剧作为中国戏曲开拓了新生面，为处于蜕变期的中国戏曲增添了助力，实乃菊苑之幸也。

（原载《烈酒与清茶——罗怀臻剧作自选集》，中国戏剧出版社2017年版）

罗怀臻在'93上海剧坛

谢柏梁

众所周知，新时期以来上海文艺界最具生机与活力的部门之一是戏剧界。从宗福先《于无声处》的滚滚雷声，到沙叶新系列剧作的执着探索；从京剧《曹操与杨修》的胸臆发抒，到淮剧《金龙与蜉蝣》的血泪呐喊，海派戏剧的精品杰作在中国当代戏剧史上，无疑都具备领先一步的风范。

无论在涵义的开掘或艺术的打磨上，《曹》《金》二剧都堪称是名花连理，精品双璧。

1988年年底，文化部艺术局前任局长方杰在天津，称《曹》剧与话剧《桑树坪纪事》是新时期十年来戏剧界的一对佳作和最大收获。时隔五年，现任局长曲润海又在成都指出，《金》剧是继《曹》剧之后，上海奉献给中国戏剧舞台的又一部大作。

1993年可称作上海剧坛罗怀臻的丰收之年。他创作的《金》剧在全国地方戏曲交流演出和上海剧展中双获大奖，为地方戏创作的深化和升华树立起一杆杰出的标帜。而他的《真假驸马》一剧，亦由上海越剧院红楼剧团在香港隆重献演。另一部作品《西施归越》也于今年12月8日至12月12日由台湾雅音小集郭小庄小姐在海峡彼岸隆重献演。

罗怀臻是我省淮阴人，1983年考入上海戏剧学院深造，从此便一步不停，连续吟出近10部颇具品格的戏曲剧本。1990年，他在学林出版社推出了以《西施归越》为题的探索戏曲集，其中的一些剧本如《真假驸马》《风月秦淮》，都成为大江南北脍炙人口的名剧。

《风月秦淮》还拍摄成吴方言和普通话两种版本的电视艺术片，在上海电视台、中央电视台连续播映，好评如潮。此外，由他根据郭沫若同名话剧改编的越剧电视剧《南冠草》和与徐进先生合作的反映女词人李清照坎坷生平的越剧，电视剧《人比黄花瘦》也分别荣获全国戏曲电视剧奖和“飞天”戏曲片奖。

罗怀臻的戏大多是悲剧。在其悲剧之中，总有优人、弄臣、妃妾等小人物的言行举止，无端引出观众的许多悲欢感慨来。同时，他又往往将剧情环绕着皇家宫殿展开，因而生出许多是非曲直、恩恩怨怨来。因此许多人称之为写宫廷悲剧的高手。当着正直而正常的小人物们，一旦与矫情且无情的皇家威仪与价值体系相悖时，最终被碾碎的当然只能是那些虫豸般微不足道的宫廷小人物与天下众百姓们。既是悲剧，黄钟毁弃、玉石俱焚的大场面又每有发生，剧情便显出斑斓的色彩感和西风残照的衰颓感。这就使得戏越演越好看，越看越耐看。

时至今日，罗怀臻还是认为《西施归越》一剧应该是其得意之作，倘若演出之“包装”合适，二度体现完整的话，其影响决不在《金》剧之下。我当然认为《西》剧在人性人情的开掘方面，每多精辟之解与荡气回肠之笔；但却总是接受不了该剧将楚人范蠡艺术化为西施青梅竹马家乡伴的历史细节之改动。愚以为罗剧中堪称精彩绝艳的大气之作，《真》《风》《金》三剧当仁不让。《真》剧叙公主等人对其夫婿以假当真而又认真为假的无奈情景，《金》剧演父王阉割儿子、霸占儿媳，并在临死前推举刺杀乃祖的孙儿继位的凌厉场面，都展示出正常的人情与人性，在封建礼法及其价值体系重压之下的严重扭曲、错位甚至于消失殆尽。这是人情对礼法的控诉，平民百姓对皇家贵族的愤怒质问。从此出发，罗怀臻的几部大作，确实带有贯通古今中外的气魄，令人想起古希腊悲剧和莎士比亚悲剧的气势。

罗怀臻年方 37 岁，正值创作的青春期，谁知他在今后的剧坛创作中，又该会孕育出多少部令观众叹为观止而赞赏不休、感悟不已的悲剧精品呢？

（原载 1993 年 12 月 14 日《新华日报》）

罗怀臻与他的历史剧创作

赵耀民

罗怀臻自1980年从上海戏剧学院毕业，发表了他的第一部剧作——京剧《古优传奇》起，到今年创作了震动全国剧坛的淮剧《金龙与蜉蝣》，十年间整整完成了十部大戏。

统观罗怀臻的十部剧作，具有三个共同点：一是全部为戏曲；一是全部为悲剧；一是全部为历史剧。作为一个出生于50年代中期的年轻剧作家，罗怀臻何以对中国戏曲如此钟情？何以对中国历史具有如此浓厚的兴趣？又何以如此地忧患重重？这是一个耐人寻味的问题。

其实，真正吸引罗怀臻投入历史剧创作的根本原因并非是过去了的某一段历史生活，而是中华民族所经历过来的某一种精神历程；是这一种历史心路在现实生活和他个体生命中的重新验证。他之所以固定地采用中国戏曲的表达方式，一方面与他个人职业的偶然性选择相关，另一方面则是他睿智地认为本民族的传统艺术形式最能够传达该民族的精神实质，因而也就最有可能沟通人类的普遍情感。严格地说，罗怀臻的历史剧创作无一合乎习惯理解中的历史剧创作规范，虽然他在准备每一部历史剧创作的时候都要研读大量的史籍，但他一经下笔却又丝毫也不顾忌日后剧作所可能招致的所谓“具体”与“真实”的挑剔。奇怪的是，罗怀臻虚构了一系列的历史，却绝少有人指出了他的“不真实”，他向我们展示了历史气氛和历史本质的真实之后，我们终于惊觉：看，那就是历史！

从罗怀臻的《真假驸马》《梨园天子》到他的《西施归越》《风

月秦淮》，从他对于民族精神、民族戏曲长达十年的思考与探索中，可以看出他个人剧作风格的逐步独立，他似乎正在以一种寓言型的哲理戏曲形式，自觉地努力创造一种现代民族史诗。

无疑，《金龙与蜉蝣》是充分和成功地体现他的这种创作精神的作品之一。较之他以前的作品，这部作品更进一步地超越了具体的历史生活，宏观地剖析了中国帝王这一特定历史角色的灵魂；是从一个重要侧面，也可以说是从本质的方面，对这一历史群像的悲剧人格和悲剧命运的总批判。对于一部戏来说，这或许是一个过于庞大而复杂的主题，因而剧作在某种层面的观众面前，多少有点读解方面的艰难，然而又正是这种强烈的理性力量，奠定了它使当代观众为之震撼的戏剧性效果的基础；同时它又使中国戏曲艺术的悲剧品格、使淮剧这一俚俗的地方性剧种焕发出令人刮目相看的人文气质与大家风范。这部戏以及罗怀臻的历史剧价值或许正在于此；它是我们用常规的戏曲创作和鉴赏的经验所不能充分评价的。

看《金龙与蜉蝣》，我们会联想到莎士比亚的剧作。虽然，就表现生活场景的广阔、人物与情节的生动、细节与语言的丰富而言，此剧不能与莎剧并论；但它那跨越时空、恣意挥洒、大开大合、拙朴浪漫的构架与气息，确有几分莎剧的韵味和余香。能够使人们产生这样的联想：无论对于罗怀臻个人或者他所钟爱的戏曲艺术来说，都足可引为骄傲了。然而，我们又确知罗怀臻不会因此而真的骄傲起来，因为无论从他十年跋涉的艰难和还要面对的更为漫长的困苦而言，他都会沉静地对待这一切。这又是罗怀臻不同于某些炫目一时的当代“明星”式剧作家的地方。

（原载1994年第2期《剧本》杂志）

罗怀臻的“悲剧史诗”探求

翥　芳

初识罗怀臻，感到他是位既文质彬彬又热诚潇洒的青年；再作深谈，便感受到他耽于思索、坚毅成熟的性格；及至读了罗怀臻创作的剧本，看了他的剧目演出之后，你便不能不由衷地承认：罗怀臻是一位具备学者气质的戏曲作家，一位对历史和现实、对人生和艺术都有着自己独特思考与个性追求的当代戏剧家。

步入罗怀臻的书斋，触目所见，多是历史与哲学方面的藏书，这与另外一些文学、戏剧范畴内的经典名著相拥成趣，彼此呼应。这种书香墨韵，似乎与一位在当代剧坛上勤奋探索、新作迭出的当代作家并不相宜，然而罗怀臻正是长年累月沉浸于这样的书斋气息和文化氛围中，深居简出，穷思竭虑，读万卷书，写人间情，潇洒挥毫，写就了他那一部部底蕴深厚、趣旨脱俗的好戏佳作。诸如越剧《真假驸马》、京剧《西施归越》、淮剧《金龙与蜉蝣》等十多部大戏，都堪称凝重的史、悲剧的诗。

自从1984年他在上海戏剧学院写作毕业大戏《古优传奇》开始，十二年来，罗怀臻每年必出一戏，每戏必有探求。那么多联翩而至的新作，或翱翔于舞台、或见诸于刊物、或录制为戏曲电视连续剧；京剧、越剧、淮剧等一应戏曲剧团都争排其剧，大多常演常新，盛传海内。而给人印象最为深刻的便是罗怀臻创作的戏曲剧本，全都是透着哲理意蕴的诗化的历史题材悲剧，所以我们称之为正在探求中的悲剧史诗。

统观罗怀臻的悲剧史诗探求，总是具有一种异样别裁的个性风采。从品格上看，它有别于中国传统老戏的苦戏怨谱，属于严肃意义中的历史、人格、命运的悲剧；从风神上看，它既有着中国民族文化的情韵，又带有古希腊悲剧和莎士比亚戏剧的遗风。它既能为当代城乡观众普遍欢迎和乐于接受，又因其某种哲理意味的深刻性而弥散出一层理性光辉的神秘气息和文化品位。它属于历史悲剧的范畴，却以诗意的载体接通了现代人的心理情绪，体现出一种无可稽考、难于实证，但却感慨深沉、情绪奔放乃至于大气磅礴的浪漫主义情怀。这就恰恰让人感受到一种典型化的历史真实与人格对峙，感受到中国、东方乃至世界上长期存在过的封建王朝心灵史。正是从此意义上看，罗怀臻通过他系列悲剧作品探索，已经开始呈现出20世纪末叶中国的民族化“悲剧史诗”。

诸种悲剧戏文的精心酿造，就剧作家罗怀臻个人而言，实在是一种苦涩而沉痛的生命体悟。在他的心目中，勇于受难、崇尚忧患、向往崇高、敢于牺牲、杀身成仁以殉天下大道……这在以往任何一个时代都是中华民族人文精神的主旋律。而正是这种泛悲剧意识的世代遗传，造成了中华民族中的一分子罗怀臻本人心灵深处那种极其强烈、宣泄不竭的苦难情结。于是他选择了戏曲，爱上了悲剧，时刻浸润在苦难而崇高的精神洗礼和舞台呈现之中。唯有创造性地继承并拓展本民族的传统戏曲中的苦戏内涵，才能诗化而写意地抒写出中华民族忧患深深、道义巍巍的历史心路历程，才能与共同人性中的人类悲剧情结及其在现代文明中的顽强涌动深入接通。

罗怀臻去年发表于《剧本》月刊的《西施归越》，无疑是他“悲剧史诗”的又一次成功探求。

“西施灭吴”的美人计史传可谓尽人皆知，家喻户晓。可就是这样的一个历史传说到了罗怀臻手中，竟翻出了一派全新的境界：西施凯旋归越后，竟然怀带了吴王遗腹子，她与越王勾践、情人范蠡、家乡浣纱姐妹以及自己的母亲、新生的婴儿之间，围绕是与非、亲与仇、生与死、忠与奸等错综复杂的矛盾冲突展开了一场惊心魂魄、哀感顽绝的人性大较量、大搏杀、大泯灭和大升华。末了婴儿夭折、范蠡逃遁，西施则登上百丈悬崖，扑向了万里云烟……

多么巧妙而尖锐的冲突，多么平常而奇异的假定。《西施归越》的价值就在于通过对战争与和平的描写，歌颂了人性中最为珍贵的永恒品质——那一腔刻骨铭心的真情挚爱。

一个女人、一个母亲、一个女儿、一个情人，西施作为一个最平凡的古代妇女，她所遭遇的命运其实是最为不幸的。然而更为不幸的是，两千多年以来的许多中国文人士大夫却并不真诚地面对她的苦难，而是继续把她当作一个“美人”进行玩味，甚至不断地让这位柔弱的女性，心甘情愿地将肉体奉献出来，去担负复国救亡、重振家邦的“英雄大义”！难怪台湾清华大学的女学者王安祈教授一针见血地指出：《西施归越》“这出戏直逼人性的幽暗阴森”。

可贵的是罗怀臻浓墨重彩描摹出来的这一具备独特审美品格的西施，终于通过“怀孕分娩”的体验悟出了自身存在的两难：对吴王言自己虽是宠妃实则是仇敌；对越王言自己名为功臣实则是心腹的隐患；对范蠡言从前是恋人而今却成为他的奇耻大辱的载体；对孩子言自己是生母实则预定了小儿郎必然的夭折……这种全方位置身于尴尬境地的多重两难抉择，导致了西施在诸多矛盾集聚整合后的理性惊语：“我不是祸水、不是功臣、不是尤物、不是英雄，我是西施，浣纱织布的西施，苎萝村里的西施！”这种觉醒，虽是现代人的本体认知，但却与古人心性血脉流贯始终，与生活于春秋时节的那一位古典美人息息相通，自然，它也就超越了具体的历史，超越了“西施”这一具体而伴随着局限的人物故事题材，从而将母爱、女权、人性乃至战争与和平、生存与毁灭这样博大恢宏的主题凸显出来、张扬开去。

西施剧终前走向缓缓升起的平台，是人性觉醒后的人格升华；西施怀拥死婴，跃入烟波浩渺的云霞，则是融入了历史和永恒。如果说，以往的西施只是一个被扭曲的传说中的美女，那么，从此由本剧之后西施在艺术史上的形象将变得更为清晰可感，有血有肉、有情有致同时也常伴苦难、超越生命而升华为一位冰清玉洁的圣女。所以说剧作家在把西施还原于一位真实的女人的同时，也艺术地把她塑成了一位女性的典型——一尊充满永恒爱心的“悲剧女神”。

如果说罗怀臻的著名悲剧《金龙与蜉蝣》集中展现了封建社会中以血缘制为纽带的男性权力欲望的深刻悲剧，那么《西施归越》则充分揭示了古代女性心灵的巨大创伤。而渗透在这两部悲剧中的，正是剧作家对民族生存状态乃至人类生存处境的深层探究与殷切关怀。从某种意义上而言，“西施”较之“金龙”，在审美接受的意蕴上看似乎更为平易、更为普遍，因而也更为深刻、更为高远，更能体现出罗怀臻悲剧史诗探求的另一类偏于女性、母性和人性的境界。

如果说20世纪上半叶中国戏剧的悲剧作家更多地集中于话剧界，那么下半叶则明显地向戏曲界倾斜。以魏明伦、郭启宏、郑怀兴、陈亚先以及更为年轻的罗怀臻为例，一批当代中青年戏曲作家各自都构成了各具个性风格的悲剧作品系列，并且组成了20世纪末通往下一世纪的蔚为壮阔的整体景观。而罗怀臻本人着意探求的“悲剧史诗”格局，无论在悲剧人物形象的塑造、戏剧舞台观念的拓展、人文机理的阐发等诸多方面，都会对20世纪末下世纪初的中国戏剧文学产生一定的艺术影响，具备一定的延伸效应。

社会对罗怀臻悲剧史诗探求的广泛肯定，似乎也是一个饶有兴味的认知过程。1993年，一出《金龙与蜉蝣》在成都上演，中国戏剧界仿佛一夜间发现了罗怀臻。但罗怀臻那时已经整整创作了十部悲剧，他的戏曲剧本选集早在1990年就由学林出版社出版。台湾一所大学在评价大陆戏曲剧本时，早已将《曹操与杨修》《徐九经升官记》《西施归越》列为最优秀的三部剧作。更为巧合的是，罗怀臻创作于1987年的这部《西施归越》，直到1995年11月于天津举办的首届中国京剧艺术节上，才与早已名播全国的《曹操与杨修》《徐九经升官记》相互照面，并且分获了金、银、铜三奖。

更耐人寻味的是，罗怀臻所探求的悲剧史诗，除《真假驸马》等少量剧目外，常常都要延宕几年才能获得满意的舞台体现。一方面，罗怀臻不断地创作着新剧，但却每每因理解或体现上的种种阻隔而被不断搁置着；另一方面，罗怀臻曾经被一度搁置或当时二度体现上效果并不理想的“旧作”，又被重新当作“观念手法很新”的剧本，被人们所发现、所排演或是再度推上舞台。其中既有作品本身不断修改和逐步提高的因素，也与其悲剧史诗探求中在思想意识观念、舞台呈现方式的某种前卫性与实验性大有关系。因此，罗怀臻尤为注意对二度创作的参与。从上海《金龙与蜉蝣》而生发出“都市新淮剧”的宣言，到江苏《西施归越》阐发出“现代京剧”的理想，罗怀臻愈来愈意识到当代戏曲作家所面临的双重重任，即既要表述新颖的故事，又要设想新颖的演出。所以，罗怀臻的剧作大都能从剧种定位、艺术转型等大的方面进行思考，从而试图通过一个戏的排练演出，为某一剧团或剧种探索出一条新路，带出一批新人。为此，作为一名“越位”的剧作家，罗怀臻便更为劳心劳力，更为忧患深深而风尘仆仆。

“路漫漫其修远兮”，罗怀臻正在其悲剧史诗的理想之路上，不惮辛劳地上下求索。他刚刚完成了京剧本《西楚霸王》，又在酝酿着歌剧《夸父追日》和一出昆剧的创作。他认为自己能献身于辉煌的民族戏曲事业并确能对这项事业有所贡献、有所推动，那么哪怕是再苦再累，“虽九死而不悔”。

我想，罗怀臻的人生理想及其悲剧史诗的探求，已经显露出了成功的迹象。

（原载 1996 年第 5 期《剧本》杂志）

罗怀臻戏曲创作的外来影响

高　鸿

罗怀臻是致力于历史悲剧题材探索的当代剧作家。他的淮剧《金龙与蜉蝣》被称为“现代都市新淮剧”。《金龙与蜉蝣》在全国地方戏曲南方片会演和上海新剧目展演中获得多项大奖。也荣膺92—93年度曹禺戏剧文学奖。

《金》剧在各地上演，引起了极大的轰动，对戏曲界也产生了很大的影响，戏曲理论家陈贻亮说：“《金龙与蜉蝣》有一个非常鲜明的特点，那就是对于戏曲意识全面的突破和创新。它非常明显地区别于旧的传统的戏曲舞台面貌，但又确确实实是戏曲”。①这段话指出《金》剧既忠实地保持了戏曲的本体特征，又取得了令人瞩目的突破性的进展。

十几年来，罗怀臻始终立足于历史悲剧题材的挖掘与创新。自创作第一部戏曲《古优传奇》后，《真假驸马》《梨园天子》《西施归越》《风月秦淮》《寒梅》《南冠草》《人比黄花瘦》《许仙传》《金龙与蜉蝣》《西楚霸王》等十几部力作相继问世。这些作品大都力图展现历史上改朝换代、风云变幻中个人的际遇，而且特别着眼于历史人物的悲剧命运。因此他的创作多为警世悲剧。在这些警世悲剧中，剧作家罗怀臻运用现代人的价值观和审美经验去发现和评价历史和人生，用新的艺术技巧去表现个人对历史和人生的感悟。因而罗怀臻的悲剧形成了自己独到的艺术特色。

---

① 陈贻亮：《赞新淮剧〈金龙与蜉蝣〉》，《剧本》1994年第2期。

一、 戏曲悲剧理论的几个认识问题

我们看到剧作家罗怀臻对戏曲悲剧情有独钟，但是他的悲剧观念与中国传统戏曲的悲剧观念有着很大的不同。他所创作的大量的悲剧戏曲剧本，是在西方悲剧的观照下，对传统悲剧形式进行重新审视的结果。他的悲剧观，具体地是以莎士比亚悲剧与古希腊悲剧作为参照，对比传统戏曲的悲苦戏，找出中国传统悲剧的现代定位。因此要建立戏曲悲剧理论，必须首先是要弄清“苦戏”和“悲剧”的概念。

1. 区分“苦戏”和“悲剧”的界限

罗怀臻对传统的悲剧戏曲进行了研究，认为传统悲剧如淮剧一样，大多数剧目的一个共同之处：“便是贯彻着‘道德的批判’——或负心；或薄情；或忘恩负义；或君臣和睦，奸党作乱；或两情和悦，小人弄台。总之，善恶极端，好坏截然。”因而这样的悲剧不是真正意义上的悲剧，而是“苦戏”。而“读莎士比亚和古希腊的悲剧，看中国的《团圆之后》和《赵氏孤儿》，便能品出另一种况味。这样的悲剧作品通常并不让人掬泪，而让人有种触及心灵的震动，有种静穆和崇高的感受油然而生，它们并不完全起讫于道德的因果，也不能严格区分出好人与坏人，但它们却是真正意义上的‘悲剧’”①。因此罗怀臻认为要对传统悲剧重新定位，要改变传统悲剧的“悲剧风格”，首先必须区分“苦戏”与“悲剧”的界限，不要混淆“苦戏”和“悲剧”的概念：

> 戏曲作品有“苦戏”与“悲剧”的划分。苦戏作用于人的感官，它令你落泪，属于人为作弄的结果，是“有责任的不幸”；而悲剧不同，悲剧作用于人的心灵，它令你震颤，令你感悟，属于命运推动的结果，是“无责任的不幸”。悲剧更具有普遍性，它通往深刻，通往崇高，它具有比苦戏更为强烈的“感动效果”。因此，它便更能打通历史，打动今人。②

因此罗怀臻认为，纠缠于世俗的道德中的“苦戏”和命运的必然性

---

①② 罗怀臻：《三思而行》，《新剧本》1994年第2期。

与个人意志的矛盾的“悲剧”的内涵显然不同，前者写不出悲壮的历史感和宿命感，缺乏悲剧力量和人格力量。要创作具有阳刚之气和惊人的力量的戏曲悲剧，中国传统戏曲就应该跳出苦难煽情的泥潭，表现出悲剧的崇高与静穆。让戏曲悲剧作用于人的心灵，而不是作用于人的感官。罗怀臻的戏曲悲剧创作对外来手法的借鉴首先是在思想观念上的改变，是为了加强传统戏曲悲剧的理性力量，提高悲剧的审美趣味。因此对戏曲悲剧概念的重新界定，对戏曲悲剧的观念的更新，便明确了他的戏曲悲剧创作的方向，也为他自己创造理想的“双重结构”戏曲悲剧打下思想基础。

2. 关于历史悲剧的创作

罗怀臻戏曲悲剧的着重点几乎都放在历史悲剧的题材上。因此关于历史剧创作，他也有着自己的理解与认识。他认为创作历史剧必须真实，但“真实”的中心，不是历史可考的具体过程和细节，而是历史的人文精神和心理。他以西方现代哲学关于人的价值的理论去观照历史人物和历史事件。他说：

> 历史剧是要讲究“真实”的。但这个“真实”不是指具体的可以考证明白的过程和细节，而是指历史的气氛，历史的心理，历史的意志体现与历史的精神传达，它是我们所要表现的那个时期的人文心境及价值观念在现代人面前的又一次延伸与观照，这个观照，理应排除现实的政治功利性的比喻，排除传统的道德过程的判断，而应以现代文明人的眼光穿透历史，直逼现实，这是历史剧的“真实”所在。①

这就说明，历史悲剧不是“历史苦戏”，它是承载着历史的厚重感和充满现代意识的历史“悲剧”。

3. 戏曲剧作的理想结构

罗怀臻对于戏曲剧作也有自己的认识和要求，他在“作者自白”中说，他所理想的戏曲剧作是一种“双重结构”的戏剧形式，应该有一个“好看”的表层的故事和一个富有“内涵”的深层的人文意

① 罗怀臻：《三思而行》，《新剧本》1994 年第 2 期。

蕴。无论什么题材，无论什么样的人物，剧作家要表现出这样的一个故事，那就是：

> 必须经过当代人的情感体验，从而转化为最为亲切的世俗故事。这个故事包涵着最为普遍的情感——亲情、友情、爱情……有悬念，有期待，有震惊。于是观众在一种充满兴趣的状态下与剧作者完成了一定长度时间的合作。

而“好看”的故事并不包含剧作的全部，故事还必须传达一种“内涵”：

> 这种内涵往往潜伏于戏剧故事的背后，他渗透在整个故事表述的过程中又和故事的细节、人物、情境、场面相互关联，表里印证。因此情节或者行为都不再是单纯或表象的，而变得饶有意味，富有象征。一方面故事依照生活常态进行发展；另一方面，理性在情节中向前流动。表层作用于人的感官，深层作用于人的理智；故事吸引着兴趣，理智保持着判断。当情感与理智遇合的时候，通常发生在剧场大幕闭拢的一瞬间。①

剧作家罗怀臻还说，理想的剧作还应该“既是最常规的，又是具有某种实验性的”和具有“风格感”的剧作。罗怀臻还说，历史剧也应当是双重结构的，是“历史的、表层的故事与现代的、深层的人文内涵”的结合，要在普遍的情节结构中引发出贯穿历史的联想。“唯其如此，他才能摆脱传统戏曲在文学创作方面、在历史题材处理领域的某些规范与局限。”②历史悲剧题材同样应该如此。

4. 戏曲改革的要求

罗怀臻认为“现代戏曲”以京剧为代表，已从 20 世纪 60 年代的“京剧改革”，到 70 年代的“京剧现代戏”，到 80 年代的“戏曲探索”，再到 90 年代以来的“现代戏曲意识”，已经进入了与“传统京剧”的艺术形态逐步分离的过程。“现代京剧”应该是由“传统京剧”母体衍生而来，但罗怀臻强调说它应该不同于以往任何一个历史时期所创作和保留下来的经典或精品，也不是“旧瓶装新酒”式

---

① 罗怀臻：《我所理想的戏曲剧作》，《新剧本》1994 年第 6 期。

② 罗怀臻：《三思而行》，《新剧本》1994 年第 2 期。

只替换内容的剧作，而应该是对准现代人的心灵焦点的，符合现代观众情感的，表达现代文化特点和时代特征，能引起观众的思考和共鸣的京剧剧作。所谓“现代京剧”至少应该包括两个方面的艺术特征：运用现代文明人的价值观点和审美经验去发现或评价历史与人生；运用现代城市剧场的技术和现代艺术的技巧来体现或完成艺术家所感悟到的思考和生活。

罗怀臻认为只有这样，“‘现代京剧’的创作才能真正地与社会和时代取得某种‘融合’，传统意义里的‘京剧’才能真正获得实在而鲜活的‘生命认同’”①。因此“现代京剧”的改革方向应该代表着现代戏曲的改革方向。

所以，从以上几个方面看，剧作家罗怀臻对于戏曲悲剧的观念、题材、形式和戏曲改革都有着自己的认识，形成了对戏曲悲剧的系统改革观念。他对“现代京剧”的阐述是根据他的京剧历史悲剧《西施归越》所作出的，罗怀臻根据自己对传统戏曲悲剧的研究和总结，找出了中国传统戏曲悲剧力量的不足，并且依照自己对戏曲形式的理想，向古希腊和莎士比亚学习，借鉴了悲剧创作的技巧和手法，探索了和改造了传统的戏曲悲剧，形成了自己的独特的悲剧艺术风格。

二、 历史悲剧创作的借鉴和探索

罗怀臻借鉴西方戏剧总的特点是寻求中国历史悲剧与西方悲剧的契合点，富于建设性地把西方悲剧的美学精神融入自己的悲剧创作中，为历史悲剧奠定较为充分的美学基础。

1. 借鉴了古希腊的“命运”观念，将古希腊“命运”的观念“现代化”

剧作家将古希腊命运悲剧中人的意志与命运的冲突的主题引入他的历史命运悲剧创作中。但他改换了古希腊的“命运”观念，将埃斯库罗斯、索福克勒斯笔下神秘不可知的“命运”变为一种“历

① 罗怀臻：《再演〈西施归越〉》，《上海戏剧》1996年第1期。

史的必然”。角色的个人意志与命运的冲突，成为个人意志与“历史的必然”的冲突。在罗怀臻的历史悲剧中，悲剧的主人公如若违反了这种“历史的必然”，他就必定陷于毁灭的境地。这样一种悲剧创作的意识在罗怀臻的《金龙与蜉蝣》中得到突出的体现。

《金》剧是一出有序幕、尾声和标题的五幕淮剧。序幕《流亡》交代公子金龙被迫逃离宫殿的原因、经过和结果。金龙外出狩猎时，叛臣作乱。金龙回宫时恰见父王被叛臣杀死，忠臣牛牯将自己的头盔换与金龙，并掩护金龙逃走。金龙逃至渔岛，遇渔家女玉凤，得救，与玉凤成婚。

第一幕《出海》主要写打鱼归来的金龙，由于看见海上经过的龙船，埋藏心底的“帝王情结”被唤醒。金龙眼前出现了先王催促其离岛打天下的幻觉。金龙与玉凤相爱三年并有一子。金龙在复仇与感情的矛盾中，痛苦地选择了前者，毅然离岛。金龙恐受追捕，从未对玉凤言明身份。临走时，留给玉凤的只是说将来“不是渔夫就是王侯”一句话及还未起名的儿子和一顶刻有“牛牯”二字的头盔。

第二幕《入宫》。金龙与牛牯同打天下，浴血奋战二十年，将叛臣赶出王宫。因得胜而忘形的牛牯抢先跳上尚有余温的王位坐下。金龙见状，大为不满，拔剑令其下来，后又诱他坐上，从背后刺死了牛牯。因避械斗躲在座椅下睡着了的蜉蝣，懵懵懂懂地钻了出来，蜉蝣对金龙说，他是为寻找父亲才来到这里的。金龙见其聪明伶俐，看似孝子，免其一死。但得知其父名为牛牯时，内心即陷于恐慌。对蜉蝣宣布其父“功成露反骨”，已被处死。并下令对蜉蝣施行宫刑，留作弄臣。这样既可以将仇敌之子留在身边，使他无法报仇，又向天下昭示自己的仁慈。其时，蜉蝣之妻玉荞因蜉蝣久出未归，正准备携婆婆玉凤和儿子孑孓，外出寻夫。

第三幕《盘桓》。时间过去八年，金龙虽有后宫三千，却没能得到他日思夜想能继承王位的儿子。金龙虽曾派人寻访过玉凤母子，但没寻得下落。金龙为传宗接代的需要，继续征收生养过子女的民妇入宫。受了宫刑的蜉蝣，现时已成为老成圆滑，心理变态的宦官。

蜉蝣鼓励金龙纵欲，为的是让金龙绝后。寻夫的玉荞不幸被征入宫。蜉蝣在挑选民妇时，夫妻相认。玉荞怒斥蜉蝣抛家弃子，蜉蝣有口难辩。蜉蝣还未及将妻子送出宫时，金龙已见到玉荞，且十分欢喜，命送入内宫。蜉蝣转念间也想借妻子的美貌和聪明去摧毁金龙，报杀父之仇和阉割之恨。与此同时，双目失明的玉凤带着孙子孑孓也闯入宫中，寻找媳妇玉荞。蜉蝣、玉凤、玉荞、孑孓相见后，玉荞被强送入宫。

第四幕《闯宫》。玉凤独闯内宫，质问金龙为何作出如此伤天害理的事情来，想与金龙拼掉老命。金龙没能认出眼前之人就是自己的结发妻子，命人撵其出宫。孑孓背负头盔也来寻母，遇见金龙，称其爷爷。金龙内心被其呼声所震动，不但没有训斥孑孓，内心还升起一种从未有过的感情。但他询问得知孑孓为“牛牯之孙”时，脸上顿时出现骇然之色。聪明的孑孓见金龙变色，大跑，但遗落了头盔。金龙追赶孑孓，欲杀之。待金龙捡起这眼熟的头盔时，他已明白这苦苦寻找“牛牯”的一家人就是自己的亲人，不禁瘫软在地。心存报仇之心的蜉蝣，见此机会，行刺金龙。二人厮杀中，金龙受伤。金龙面对着胸中充满仇恨的儿子，道出了“头盔”的来历。蜉蝣方知金龙才是自己的生父。

第五幕《祭祖》。金龙自知罪孽深重，到帝王陵墓祭祖请罪。祖先的魂灵谴责金龙。金龙却哀怨地问祖宗，说自己一生戎马倥偬为的是有传人保江山，如今却落得阉子占媳撵妻的下场，谁之过？金龙在墓前请求蜉蝣认父，否则干脆让蜉蝣把自己杀了。蜉蝣终于不忍杀父，认了父亲。但心灵和肉体都深受重创的蜉蝣，决心要带儿子离开宫廷，否则杀掉儿子。金龙见状，一怒之下，手起剑落，杀死了蜉蝣。

尾声《入主》。金龙捧着蜉蝣的尸体，请求神明宽恕。玉凤、玉荞、孑孓跟着上来。玉凤抚摸着儿子的尸体，当即气绝身亡。玉荞也拾剑自刎。金龙要立孑孓为新王，将孑孓抱放在王位上。没想到孑孓手起一剑，刺中金龙。金龙倒下，见孑孓已登上王位，便在宽慰中死去。

《金龙与蜉蝣》的戏剧冲突就是金龙的个人意志与“命运”的冲突。金龙的个人意志就是一心一意要夺回江山，保住帝王的基业的“权力意志”和“帝王情结”。从富有神秘感的“老王”的出现起，金龙就似乎接受了不可抗拒的宿命压力，他必须服从和听命于“先王”安排：延续王室基业。此后他的一切生活都围绕着这一“宿命”的安排而行动。但是“命运”却始终和他作对。他要儿子，却阉割了亲子；他要生育一群龙子龙种却“颗粒无收”；他不想乱伦却霸占了子媳；他寻妻却又撵了妻。正是金龙这样一种执意的、疯狂的行动，使“命运”与他发生对抗。“命运”是什么？这里的“命运”不是古希腊命运悲剧中像俄底浦斯王所受的无法逃脱的“命运”，俄底浦斯王背负的命运是人类无从得知，无法改变的，有时众神也需对“她”退让三分的神秘力量，与金龙作对的“命运”与俄底浦斯王所受的“命运”实质不同。《金》中的“命运”实际上是一种帝王“情结”和所谓的“强力意志”所导致的人性扭曲和权力异化的“历史的必然”。因为金龙无视牛牯的救命和救助之恩，反杀了牛牯，这一举动是导致“后来”的原因，而这根本原因的实质正是金龙人性沦丧，人性被权力异化的帝王情结的复活和行动，此后阉割“牛牯之子”、霸占儿媳和杀“牛牯之孙”，更是变本加厉的走向“非我”的必然行动。只要对延续王室基业有利，金龙什么都可以做。他毫不留情地斩尽杀绝亲人的行为，正是金龙的帝王本性的根本表现。因而金龙的悲剧是逆“历史必然”而动的悲剧。这样的“命运”悲剧表现出剧作家超越古希腊命运悲剧的观念，表现出现代人对“命运”实质的思考和探究。剧作家罗怀臻将古希腊不可知的“命运”改造为“历史的必然”，正显示了剧作家对外来影响的接受与超越。在《金》剧中，所谓命运即伏尔泰所说的，是“所有的事件都是由不可改变的规律制约，一切都是安排好的，一切都是必然的结果”。①

---

① 伏尔泰：《睿智与偏见——伏尔泰随笔集》第252页，余兴立、吴萍选译，三联书店1990年12月版。

2. 引入西方戏剧“危机”艺术，改变了传统戏曲“渐进”的艺术

中国传统戏曲的结构是模仿传统小说的结构的。梅兰芳曾说：“哪一出戏的情节都离不了先平淡、后紧张、逐步发展的原则。”①中国戏曲绝大多数都是“渐变”的艺术，而不是“危机”的艺术。但罗怀臻则非常注重对戏剧危机的和戏剧冲突的描写，他的剧本不仅情节冲突强烈，而且人物内心冲突也相当强烈。在他的戏中，难以找到“先平淡、后紧张”的模式。无场次抒情悲剧《真假驸马》就是一出充分显示西方戏剧进戏特点和充满“危机”的戏曲作品。

大幕拉开，真驸马董文伯与公主正走在返乡探亲后回转京城的路上。夫妻两人喜悦之情溢于言表。公主不顾劝阻，执意登上了山高万丈、被誉为“天下奇观”的阴阳岭。不料公主的马惊了，公主收不住缰绳，眼看一场灾祸就要发生。董文伯奋不顾身冲上前去救助公主，却连人带马跌入深渊。这飞来的横祸引起戏剧情境的突变，公主悲痛欲绝。而随行的董母和董文伯的孪生弟弟董文仲因此将被迫返回家乡，不能随公主一同进京享受荣华富贵。公主因祸缘于自己，又不忍与婆叔二人分离，便大胆与婆婆商定：让小叔子董文仲冒充真驸马，自己甘当虚名妻子；沿途虚报董文仲坠崖身亡。剧情由此就把公主的处境由顺境迅速转向逆境，把公主引入了危机之中。这样的戏曲开场，就引起了观众一连串的悬念：“李代桃僵”之后，会有什么样的后果？真驸马是死了还是没死？假驸马能变成真驸马么？公主与假驸马真能成为虚名夫妻么？因此该戏的进戏速度就显得迅速有力。

戏中人物的心理危机和冲突接着得到表现。时间迅速翻过了三年，公主与假驸马董文仲日久生情，公主并怀有了身孕。是年中秋夜，适逢董老太太的寿诞，董家宾客盈门。真驸马的昔日同窗，外任三年回京的刑部尚书匡正也来拜寿，他觉得驸马爷的相貌似从前，但神情却异若当年，最为可疑之处是驸马竟然没认出自己，于是心中暗存疑虑。可巧的是，真驸马董文伯历尽艰辛，衣衫褴褛地回到

① 梅兰芳：《舞台生涯四十年》第 2 集第 143 页，中国戏剧出版社 1961 年版。

董府。董母和公主在后院见到了他，三人悲喜交加。这一“死而复生”之人，带来了全家人情感上的巨大波澜。董文伯明白了自己不能见客的缘由后，面对公主要他“在内为兄，在外为弟”的提议，既恼又恨，也自怨自叹。董文伯被跟踪至后院的匡正发现后，悄悄地被带回匡府。匡正要他告发自己的兄弟和妻子。一边是亲情，一边是“纲常秩序”，他内心十分矛盾。公主面对“过去”和“现在”都爱的两个丈夫，内心冲突异常激烈。董母面对“手心手背都是肉”的两个儿子，也极其为难。当董家人都还未来得及理清自己的情绪的时候，更为剧烈的情感浪潮又袭击每一个人。匡正将公主“李代桃僵”的秘密向皇帝告发，皇帝连夜发下令牌——命公主等人翌日上堂受审。公主面对着“失节、乱伦、诓世、欺君”的四大罪状，不得不暂收内心的痛苦，再次征得婆婆的同意，让董文仲状告来人董文伯是冒充驸马爷的“疯子”。在堂上，公主和董母忍痛诬告董文伯是“疯子”，希冀以“疯癫之人，不假其罪”的王法来保住董文伯性命。匡正也见风使舵，改变了证词。董文伯被逼无奈，只好“称疯”也以期保住自己的性命。不料皇帝老儿也不依照王法行事，皇帝和皇后明知董文伯是真驸马，为保皇家尊严及公主名节，执意赐死“疯子”。公主、董母、董文伯的希冀与愿望都落空了。巨大的灾祸降临在董家所有人的头上。剧作家不仅写了堂上的人与人的冲突，而且重笔写了董家所有人的内心情感的矛盾与冲突。逼疯和称疯的双方的目的都向与自己愿望的相反方向转化。这一连串的情节发展，同时展现了角色内部冲突的发展。情节的外部冲突与角色的内心冲突互相促进，造成了极其强烈的戏剧效果，足以说明戏曲也可以是“危机”的艺术。

在《金龙与蜉蝣》中，剧作家还借鉴了莎士比亚的“鬼戏”来加强进戏的速度。在《哈姆莱特》的第一幕第四、五场中，先王的鬼魂在城堡的露台上向哈姆莱特王子招手，把他引至露台一角：

鬼　　魂　我是你父亲的灵魂……听着，听着，啊，听着！要是你曾经爱过你的亲爱的父亲——

哈姆莱特　上帝啊！

鬼　　魂　你必须替他报复那逆伦惨恶的杀身仇恨。

哈姆莱特　杀身仇恨！

鬼　　魂　杀人是重大的罪恶；可是这一件谋杀的惨案更是骇人听闻而逆天害理的罪行。

哈姆莱特　赶快告诉我，让我驾着像思想和爱情一样迅速的翅膀，飞去把仇人杀死。

在《金》剧第一幕中，金龙在幻觉中见到了父王的鬼魂。聆听鬼魂的教训：

［金龙幻觉　死去老王凌空显现，神秘威严。

老王　金龙……

金龙（跪下　虔诚地）　父王……

老王　你是一代君王，不是一个渔夫……

金龙　金龙知道……

老王　回去吧，继续祖先开创的基业，登临万民仰望的宫廷，不要忘记你是谁的子孙……

金龙　是，父王……

［老王隐去。

金龙　对！我应该走，我应该离开这个地方，我应该去打天下！

两段“鬼戏”的共同点是鬼魂都交给自己的儿子一个任务：复仇。在情节结构上，《金》剧对莎剧“鬼戏”的借鉴在于利用鬼戏时空转移自如的特点，即鬼戏不受舞台时空限制，又起着说明过去，展现现时，预示未来的作用，以缩短剧情进入“危机”的时间，加快悲剧情节的发展。

3. 借鉴西方戏剧的“情节模式”，建立了“双高潮”的戏剧模式

剧作家将西方戏剧“主事”的特点与戏曲“主情”的特点结合，既使传统戏曲的“以曲为主”的抒情性充分发挥，又使剧情富于戏剧性，建立了“情感高潮”与“情节高潮”相继出现的“双高潮”模式。

在《真假驸马》中，作者非常注重展示戏曲主情的特点。真驸马董文伯回府后，因不能恢复原有的身份，心中极为痛苦。公主和

董母因对不起丈夫和儿子，也愧疚难当。三人共对一轮中秋明月，在同一时间的不同空间同时进行无声的交流：

公　主　（唱）驸马悄然走，

令人心担忧。

四处差人去寻访，

只闻更声应钟楼，

我这里痛心疾首心愧疚，

老人家长吁短叹泪难收。

……

文伯呀，你今在何处，

是否安睡，是否忘忧？

［又一表演区。董文伯愁眉不展，辗转沉吟。

董文伯　（唱）困锁小楼如囚禁，

……

惨淡明月映照我，

翘首仰天思亲人。

亲人哪，你在哪里，可知情？

公　主　（唱）耳边似闻叹息声，

声声搅动我的心，

莫非是文伯将我怨？

莫非是文伯将我嗔？

董文伯　（唱）育我成人是母亲；

兄弟助我求功名；

公主待我情义厚；

夫妻三月恩爱深。

我岂能亲人反目图私愤。

我岂能忘了情义忘了恩？

……

［又一表演区，董母遥对明月，独自垂泪。

董　母　（接唱）母亲思儿正心疼，……

文伯出走无音讯。

五内如焚痛娘心，

求儿莫将为娘恨——

董文伯　不恨、不恨，母亲——

（接唱）谁能料，儿死以后又重生。

……

［董文伯、公主、董母遥相呼应，四顾寻觅。

［伴舞伴唱：啊——夫妻恩爱，骨肉情深，各在一方心相印。

董文伯

公　主　（重唱）声声唤亲人，唤亲人——

董　母

这大段的抒情轮唱，并骨肉情深、夫妻恩爱的情感浓浓地得到表现；将自责、自怨、愧疚的矛盾心情得到分明而富有层次的展现。这就是戏曲的“情感高潮”。紧接着，匡正向皇帝告发了董家，公主等人翌日上堂受审，“情节高潮”迅速到来。这样两个高潮接踵而至，使此剧的抒情性与戏剧性得到了高度的统一。

4. 借鉴西方悲剧一悲到底的悲剧结局，打破传统戏曲的“中和”结构

中国传统戏曲的悲剧多为悲喜剧，有一个顺境——逆境——顺境的反复结构。而罗怀臻的许多悲剧只有顺境——逆境的结构，突破了传统戏曲“中和”的结构，强调了悲剧的警世力量。如《古优传奇》中的笑伶仃补押赴刑场；《梨园天子》中的“曲终人散”；《真假驸马》的四死一疯；《西施归越》中的西施沉湖自尽，都是一悲到底的结构。《金龙与蜉蝣》、《西楚霸王》也都是一悲到底的悲剧结局。

《真假驸马》一剧的结局明显地模仿了莎士比亚的《哈姆莱特》的结局。借鉴并非模仿，但成功的模仿也是一种借鉴。我们发现剧作家在借鉴西方悲剧的模式时，有些写法明显属于模仿，例如在《哈》剧中，王后喝下了国王为哈姆莱特准备的毒酒倒地死去了；雷

欧提斯用已涂抹了毒药的剑头刺中哈姆莱特，哈姆莱特又夺过剑反身刺中雷欧提斯；雷欧提斯死前告诉哈姆莱特这一切都是国王所设的阴谋和陷阱，哈姆莱特便将复仇之剑刺向国王。我们看看《真》剧结局的写法：

董文伯　你们保重了……

［董文伯捧杯欲喝，公主猛然夺过，董母见状，抢过喝下，毒性发作，董母欲倒，公主、董文伯急扶。

董　母　（抱住董文伯）文伯——儿……（死去）

董文伯　母亲——

皇　帝　快将疯子架下去，斩！

［董文伯哭喊着被架下，公主神情痴呆。

皇　帝　快将公主搀扶下去！

［公主下、皇后随下。

……

董文仲　哥哥——（昏厥）

皇　帝　快将驸马搀扶下去！

［……

皇　帝　来人！来人哪——唱！跳！要热闹！要热闹——

［……

［蓦地，一侧推出公主的尸体。

［停滞——整个舞台凝固了。

［天幕缓缓升起，平台上，横躺着董母、董文伯、小慧三具死尸。

董文仲披头散发，游荡在尸体中间，嘴里嘻嘻地笑着——他疯了。

写法近似之处不在于两剧结尾均有角色饮毒酒死去，也不在于舞台上都陈列了四具死尸。而在于它的情节的推进迅雷不及掩耳，在于它的戏剧的快速节奏。所不同者，是中国戏剧家把公主与董文伯的死放在后台处理，再将尸体推出。这当然是对《哈》一剧的结尾的模仿，是从《哈》剧结尾化出的成功的模仿。

综上所述，剧作家罗怀臻戏曲创作的外来影响，主要体现在悲剧创作方面。对比他的戏曲悲剧理论和对外来手法的借鉴，我们可以看到，他对外来的编剧技巧有成功的模仿，更有借鉴后的提升和超越，他对外来手法的借鉴是一种目的明确的探索性的实验，是想借他山的“五彩石”，补足传统戏曲悲剧所相对缺乏的理性力量和阳刚之气。我们还看到这种探索和实验是卓有成效的。剧作家罗怀臻自己在写戏的心得中说，他的每一部戏都是他“三思而行”的结果。正是这种孜孜不倦的探索精神，使得他的剧作形成了自己独特的悲剧风格。

（原载《中国古今戏剧史》，广东高等教育出版社 1997 年版）

还乡者说

——论罗怀臻剧作的一种模式

桂荣华

当代戏曲作家群中，罗怀臻无疑有着自己的独特个性。从内容上说，相对于北京的戏曲作家郭启宏写的“文人戏”，罗怀臻则写的大多是“宫廷戏”；从形式上说，罗怀臻的剧作又都是一种佳构剧；从创作态度上说，罗怀臻不求历史真实，而求艺术真实，兴历史波涛浇自家块垒，注入历史以现代意识；从审美效果上来说，罗怀臻的剧作都是大悲剧，着眼大不幸。这种较为清晰、单一的创作状态，反映了作家较强的创作理性及性情倾向，而且通过对罗怀臻剧作文本的读解，我们发现他的几个代表作品如《真假驸马》《梨园天子》《西施归越》《金龙与蜉蝣》，都含有一个相同的结构模式，我姑且称为“还乡者”模式。

那么，让我们来分析一下这个模式的构成形态及其来源和目的。

一、 文本：“还乡者”模式

首先，让我们来看一看罗怀臻剧作中还乡者的履历（见下页图表）。

从表中我们可以看出：这些剧中都有一个还乡者，都有一个较为相同的行动线，都有为还乡者提供的家，而且在还乡者来临前都是非常稳定的、幸福的。都有一个共同的动作：父杀子或君杀臣，而且成功，结局相同——大悲剧。这样，剧作模式就出现了。

通过以上列举我们可以看出，各种各样的还乡者：优人、驸马、

剧　　名	还乡者	还乡经过	还乡地点	还乡结果
《古优传奇》	笑伶仃（优人）	回乡察看民情	宫廷	被杀（君杀臣）
《真假驸马》	董文伯（驸马）	回乡认亲	驸马府	被杀（君杀臣）
《梨园天子》	倩娘（优人）	回到儿子身边	宫廷	出走
《西施归越》	西施（民女）	回归越国	越国	跳崖（君杀臣）
《风月秦淮》	钱谦益（大儒）	入阁拜相（儒家总是把仕途当成一条还乡路）	相府	被出卖
《金龙与蜉蝣》	蜉蝣（渔民）	寻父	宫廷	被阉割（君杀臣）

民女、大儒、渔民，他们回的是共同的家——皇室。在这里，家国同质同构了。

皇室乃权力、地位、财富的象征，也是国家神器的象征，是游子心中故园的物质化的呈现，还乡的行动结果只能是回到实实在在的一个皇权覆盖一切的土地上。所谓“普天之下，莫非王土；率土之滨，莫非王臣”。所以，这里的“还乡”是典型中国式的。因为中国人心目中的“故乡”就是这种政治化、权力化和亲情糅合在一起的“故乡”。中国文化历来称颂的“居庙堂之高则忧其民，处江湖之远则忧其君”，这里“民”被“君”放逐，但“君”和“民”又被“忧”字连在一起，“忧”是一种牵肠挂肚、时刻萦绕在心头久久不去的情感。“君”能让“民”这般挂念，实在让人叹服。这正说明着“君”所代表的政治化和“民”所代表的亲情所糅合在一起的“故乡”有多么大的吸引力。

然而，这个“故乡”的神话包含着的却是那般强硬又冷酷的态度，丑陋而绝情的“食子”行为。

其实，健全的中国人是不肯还乡的。如西楚霸王项羽就自杀在流浪路途之中，后人还称颂他：“至今思项羽，不肯过江东。”如果项羽被认为是健全的，那像董文伯、钱谦益、蜉蝣等还乡者就是不健全的了。这样，剧作家对中国文化的反思态度就摆在我们面前了。但是我们还应该追问剧作家反思中国文化的价值尺度从何而来？当然不是以项羽为价值尺度。在文化的价值体系里是没有项羽一席地位的。他实在太小。那么，剧作家的文本中有吗？剧作家反复炮制的同一模式中，其中到底包含着什么样的密码呢？我们来追溯一下这种模式的原型。下面以《西施归越》为例。

二、原型：古希腊神话

《西施归越》一剧，众所周知是从越王勾践“卧薪尝胆”的故事化出来的。这里省略了“卧薪尝胆”的成语故事，而演绎出西施怀孕归来的传奇。在这里，剧作家对素材的取舍是否有什么秘密可寻呢？剧作家何故就其虚而舍其实呢？

下面我们用“原型”理论来解开这个谜团。

“原型”作为一个具有现代意义的专门术语为学术界普遍接受。这首先是同瑞士心理学家荣格的理论分不开的。荣格在批判自己的老师弗洛伊德的理论体系中，提出并逐步完善了关于集体无意识和原型的学说。荣格认为人类文化创造的根本动力不是像弗氏认为的是以个人的性欲为核心的个体无意识，而是集体无意识。所谓的集体无意识是指一种世世代代遗传下来的远古祖先的种族记忆。“集体无意识主要是由原型所组成。”原型又称“原始意象”（primordial image)，是集体无意识存在的形式和传递媒介。“它基本上是一种神话的形象。更为细致的考察将使我们发现，这些形象给我们祖先的无数典型经验赋以形式。”（荣格《论分析心理学与诗的关系》）

然而，《西施归越》的文本源头，我们在中国的神话中怎么也寻找不到。中国神话里的大禹是个“三过其门而不入”的拒绝还乡的人。所以，“衣锦还乡”总是中国文化的一个美丽的梦，而浪子是不还乡的。这样，《西施归越》似乎成了一个无源的文本。剧作家舍掉“卧薪尝胆”的故事，原来是割断了自己的文化之根，那么，这位文化的“逆子”所皈依的又是哪一处温柔之乡呢？我们把眼光投到西方古希腊的神话源头找一找看一看——

我们找到了文本原型：伟大的还乡者俄狄浦斯的神话。俄狄浦斯的回归造成了一个家庭伦理的彻底崩溃。其后，“还乡者”的神话传说继续流传着。阿伽门农王远征特洛伊归来之时，这个还乡者遭到背叛的妻子克吕泰里斯特拉的杀害。之后，克吕泰里斯特拉又与情夫埃克思托斯通奸，窃取政权，赶走了奥勒斯（国王之子）。厄勒克特拉（国王之女）又图复仇……一场真正的战争在有着血缘联系的家庭内开始了。此后，“还乡者”的文本在西方文化中一直复写着。一个带有西方人的种族记忆——人所居住的“家园”不是人类的温柔之乡，而是人们搏杀的场所，家庭才是真正的屠杀地域。终于，这一普遍性的主题成了好多名著的最终底蕴。如《卡利古拉》中的国王随意屠杀大臣，其目的是教育无知的臣民们：你们生存之地不是你们自己的庄园，而是异地。《罗慕路斯大帝》中的罗慕路斯消极无为，任罗马灭亡，判罗马死刑，因为罗马不是他的家园。《等待戈多》中的两位流浪汉无法见到神秘的戈多，这个世界是多么陌生。《物理学家》中把世界当作疯人院。《椅子》中唯一掌握真理的人是个聋哑人，等等。

这些以不同方式、不同细节叙述的文本都源于一个共同的原型：还乡者俄狄浦斯的神话。共同的意义指向是世界多么恐惧、肮脏，它不是我们的家园，我们是游子，我们要回真正的家。

所以，我认为《西施归越》其实就是一个西方文化观照下的文本。它演绎的正是又一个还乡者的故事。并且，还乡者的归来造成一种俄狄浦斯式的“家”的内战。西施的归来，在她的祖国引起了从国王到村民的一阵阵惶恐。她捐了容颜换太平，回归却遭众人侮。“当年使吴是越娃，今日归越是吴妇。”她追问“为何去也哭，来也哭？”越王却已磨刀霍霍。越王又想杀人了。范蠡也不再爱西施了，他也加入屠杀者的行列。西施的母亲和西施的童年伙伴，也都要杀死西施的孩子，最终他们得逞了。

《真假驸马》里的董文伯还乡之后，公主不认结发夫，母亲不认亲生儿，岳丈不认乘龙婿，纷纷逼其换名，换名不成，硬说其疯，众口同诛，小命安在？“换名”是对人的随意改写，“逼疯”是对人的硬性诛杀。家庭战争何其残忍！

另一个还乡者蜉蝣也被其父强行阉割。金龙阉子霸媳，二人虽为父子，但他们之间，有着“杀父之仇，阉割之恨，夺妻之怨”……

还乡者何其可怜和尴尬，这哪是什么家园故地，分明是战场和异乡。存在主义对异乡的主题表达在这里被罗怀臻一次又一次地复述。但是，这种复述的目的是什么呢？是为了颠覆。

三、颠覆：传统话语的解构

我们注意到西方原型神话中是子弑父，引起人伦大混乱。而在罗怀臻的剧作文本中是父阉子引起的人伦大混乱。子弑父和进化论暗合，虽然引来一场“杀父娶母”的极大痛苦，但最终却能赢来原罪式的大忏悔。这样可以在最后达到一种精神、灵魂的大提升、大净化达到大境界。而父阉子，却是和愚昧、保守、落后纠结在一块，它只带来残忍、顽固、复仇、屠杀、灭亡等大悲剧，不可能引起人的精神的提升，只能让人更加猥亵、肮脏、无耻、小气、狭隘。这是一种逆历史而动的人类悲哀。所以，罗怀臻借助了一个西方文本来抨击东方文化中逆历史而行的血腥之举，最终意在颠覆传统话语。罗怀臻特别迷信尼采的一句话：“一切价值重估。”这让他操刀频频自觉和不自觉地对传统话语进行努力解构。他想努力改变“子”的地位，在“父”的话语中寻求确认，甚至颠覆“父”的话语。蜉蝣不能被父接受，反受宫刑。他就千方百计地摧毁金龙的皇室后嗣，断其江山继承人。这就是对“父”的反阉割。

《真假驸马》更是作者自觉地把矛头指向中国的“君臣、父子、夫妻、兄弟、朋友”的“五伦”。董文伯的归来，“五伦”俱乱，“三纲五常”皆坏。但以皇帝为代表的“家”却要坚守“五伦”——实已损坏、虚假的“五伦”。

《风月秦淮》又是对中国古代知识分子心中的还乡路进行了断后式的一击。中国知识分子出将入相的美梦已成了千年定势。知识分子总是把“居庙堂之高”看成回归故乡。一旦遭贬，总是痛苦万分。不受重用的官员也是持“佯狂”之态，“清高”之风。陶渊明的“采菊东篱下，悠然见南山”其实就是历代不得志的知识分子心态的反映。试问，你都隐于“东篱”之下了，哪还见得到什么“南山”？应该一无所见才是。可见其心中尚有一物所挂，并非后人称颂的“无我之境”，实是放己不下。故此，中国知识分子的“仕途”之梦，实在是他们最具根本性的特点。但是钱谦益得到了“拜相”之荣时，却发觉自己被出卖了。他竟然在钱宗（家仆）的责备下（钱宗：老爷，你们把黎民百姓害苦了）道出了知识分子人生的无意义：“功名未成忙功名；功名得来忙做官；做了官员忙提升；得升之后忙揽权；揽得权来忙结派；一派一派动老拳，你打我来我使绊，官员彼此都不安，不安不安复不安，大好河山齐败完。”

《梨园天子》则叙述人的天性在“家”中的异化。倩娘的复而离去，乐师的被迫阉割，都传达出政治、权力、传统礼仪对人的屠杀。怪不得项羽不肯回家，他要回江东，也许又会出现一场你死我活的内战——争夺权力先在“家”中出现了。中国的文化里一直不肯书写还乡者的故事，总是以衣锦还乡为大好结局来打点。这是不愿自揭疮痛，这里是它最黑暗的一面，最丑陋的一面。还乡者只能隐向历史深处。所以，罗怀臻只能去借西方文本、构成模式，一次次地深入禁区，对传统话语进行一次次消解。

罗怀臻少年时离开河南老家到了江苏，而立之年又从江苏来到上海，也是一个离乡者，这可能使他对还乡的主题特别敏感。

（原载 1997 年第 5 期《东方艺术》杂志）

探索人性人格，审美人情人生

——罗怀臻剧作的生命品格

谢柏梁　都文伟

在20世纪末叶的中国剧作家中，上海的罗怀臻是比较出色的一位。

他在近二十年的创作生涯中，一直体现出对戏曲传统的继承、出新、发展乃至颠覆性的推进。

在他的审美追求过程中，将中国戏曲的美学品格予以了明显的张扬和充分的扩充，从而与一些同仁们一起，将中国当代戏曲的长江大河与世界戏剧潮流融会贯通，蔚为大观。

罗怀臻的剧作，不仅是对华夏儿女民族特性的演绎，同时也是对人类共性的开掘。从此意义上言，他的剧作不仅是中国人的一面镜子，同时也是人类社会的一面镜子。他的戏曲世界，既是民族的，也是国际的；既是东方的，也是全球的。

具体来看，他的剧作是通过一系列舞台艺术形象，赞美、讴歌、感叹并拷问着人们的灵魂。

——揭示人性之丑恶。

——赞美人格之纯净。

——讴歌人情之美好。

——神往人生之可贵。

简而言之，罗怀臻的戏曲世界，不外乎情天恨海、欲火爱河，他简直把人类的七情六欲，张扬到了轰轰烈烈、无以复加的程度。

走进去，让你痛苦难堪，难于正视；

走出来，使君清纯自在，焕然一新。

一、 揭示人性之丑恶

走进罗怀臻的戏曲世界，需要几分冒险、诸多胆量，这才敢贸然前行。

这里的朝堂宫殿、锦屋华堂，有时简直就像地狱一般阴冷，这里的帝王将相、高贵人们，往往比蛇蝎还要歹毒；此间的故事，有时会令正常的人们感到难堪。

作者使用何等阴冷的色调，涂抹出如许惨淡的人生，作者心中有何等的苦衷，才生发出这些无奈的遭遇，血腥的场面，凄凉的结局，不尽的忧伤。

从美学品格上看，怀臻所写，大部分都是悲剧。这些悲剧不同于那些中国传统意义上的被冤屈、被迫害，但又历经劫难、终得昭雪，从而海清河晏、大快人心的套路，而是把最沉重、最苦难、最令人窒息难忍的剧情层层点染，最后予以爆炸性的宣泄，让观众在看戏时难堪，看完戏还难受。

人世间最为温馨的情感是家族的感情，血缘的亲情，深挚的爱情。

在罗剧中，家族的感情通常被置换，血缘的亲情往往被扼杀，深挚的爱情容易被玷污。

大家读到《战国策——苏秦始将连横》，会对苏秦的感慨同样生发出良多感慨："嗟乎，贫穷则父母不子，富贵则亲戚畏惧。人生世上，势位富贵，盖可忽乎哉!"①

罗剧则完全与苏秦的感慨相反：正是因为那些大红大紫、锦衣玉食的功名富贵、名分荣誉斩断了嫡嫡亲亲的父母子女、兄弟夫妻之情。

我们来看罗怀臻搬上舞台的第一出大戏《真假驸马》②。

这是一个何等圆满幸福的家庭啊。那董母守寡十七年，含辛茹苦带大了孪生兄弟董文伯、董文仲。如今董文伯高中状元，被皇帝招为东床驸马，一家人高高兴兴、喜气洋洋地前往京城而去，这又

---

① 朱东润：《中国历代文学作品选》（上编）第一册，上海古籍出版社1979年版，第113页。

② 罗怀臻：《西施归越——罗怀臻探索戏曲集》，学林出版社1990年版，第43—80页。

是何等的福分与荣耀！

有道是乐极生悲。公主因为贪看阴阳岭上的风景，险些掉下万丈深渊。驸马挺身而出，救出爱妻，自己反而坠落在万丈深渊！

为了报答与驸马的三月恩爱，为了赡养亡夫的婆婆和兄弟，为了保全公主驸马大家平安的皇家体面，好公主只得将兄弟董文仲扮为驸马，从此在京城同享荣华富贵。起初原本也是叔嫂名分，后来天长日久，也就假戏真做，好歹是肥水不流外人田。公主与文仲三年夫妻，腹中怀孕，又是一番兴旺气象。

问题就出在当初救妻坠崖的董文伯大难不死，三年之后讨饭来到京城家中，这就让大摆寿宴的全家人都难堪、难看、难做人了。

董母看到大儿子回来，第一个念头是文伯既然死去，何必复生；第一个反应是家丑不可外扬；第一个举动是让文伯到后花园去躲避一时，遮人耳目。荣华富贵的感觉已经使得董母迷失了为母的本性，她觉得大儿子的出现实在是太多余，把一切正常的日子都给搅乱了。

——这才真正是：荣华富贵，母亲不以其为子。

对公主而言，她当初对满腹文采、蟾宫折枝的驸马是何等的钦佩，三月新婚的感觉是何等的甜蜜，驸马为相救于她、自己坠崖的恩情是何等的比天高、比海深。然而这种想念只有在虚幻中才是真实的，在现实生活中却变而为虚幻："我与你夫妻虽三月，我与他（指文仲）恩爱已三载……如今是定局已被人认可，求你从此屈用弟名讳。"

——这便是：为了大家体面，妻不以之为夫。

这样的戏剧情势，使得全部家族亲情、夫妻爱情全部易位。这种易位的痛苦和悲哀，当然令董文伯痛不欲生：

辱我者，是我同胞所生的亲兄弟；

欺我者，是我牵心挂肠的老母亲；

叛我者，是我日思夜想的结发妻；

害我者，都是我相敬相爱的自家人。

偏偏又有一个昔日文伯同窗、今日刑部尚书匡正，不识进退地认定这桩奇案，构成了董家满门欺君之罪，于是义无反顾地告上了金銮殿，这就使得矛盾更加复杂、冲突愈发升级了。

眼见得这桩失节、乱伦、诓世、欺君的丑事就要大白于天下，董母和公主只能将疯子胡闹的罪名，强加于文伯的头上。

最聪明的实际上还是皇帝。他明知董文伯是真驸马，同时又是有辱皇家体面、太不合时宜的真驸马，他对此事的态度是快刀斩乱麻，先赐毒酒给疯子吃，后命刀斧手火速将疯子砍头。

——这更是，为了自家面子，岳丈不以女婿为婿，甚至果断剥夺了他的生存权。

问题还在于名分权位、富贵虚荣并没有能够完全将人性深处最为真实的本性全部置换掉，所以董母在千钧一发之际，猛地夺过文伯儿要喝的毒酒，饮鸩自尽。公主也在文伯将斩之际天良生发，自尽殉情。也只有一死，才能使得这些亲人回归本来的血缘、亲缘和情缘，才能使得皇家为了皇家的体面再找一个冠冕堂皇的理由加以追封、善后……

当然，比起大悲剧《金龙与蜉蝣》①来，这出戏还算是轻量级的人性明暗之演绎，因为此剧毕竟写了一般人性被扭曲之后的最后复归。

迄今为止，罗怀臻剧作中风格最凌厉、人性最险恶、场面最不堪的悲剧代表作，还是应该数《金龙与蜉蝣》。

作为一代国君的金龙，势必天然遗传了皇家王族所流动着的高贵的血液，更多地体现出统治者吃人成癖的虎狼本性，他在很大程度上压抑、削减乃至灭绝了普遍正常的人性。

是他，不假思索地斩断了男人间的友情，并以冰凉的战剑和火热的鲜血迅速回报了战友之情。

想那耿直骁勇的战将牛牯，曾在叛军刺死先王、又要剪除金龙王子的危难时刻，毅然将自己的头盔与王子调换，掩护王子死里逃生，这才给了金龙得以卷土重来、东山再起，最终一统天下的机会。论情是战友生死情，论义是忠臣良将义，论恩是江山社稷恩。

只因为牛牯在二十年血泊征战、终获胜利之后得意忘形，开了

① 罗怀臻：《金龙与蜉蝣》，《上海艺术家》1993 年第 6 期，第 25—36 页。

个坐上龙椅的大玩笑，哪怕他还再三声明："这王位本来就是大哥家里祖传的，兄弟我怎敢犯上……兄弟一生一世都是大哥的忠臣！"

满面堆笑、和颜悦色的金龙一边将牛牯再骗上龙椅，一边万分冷静地从牛牯背后一记冷剑，迅速结果了牛牯的性命，随即宣布新王朝从此建立。

其实，即使牛牯不开这犯上的玩笑，迟早也难逃金龙这一劫。韩信早就有言道来："狡兔死，良狗烹；高鸟尽，良弓藏；敌国破，谋臣亡。天下已定，吾固当烹。"① 开国之后灭忠臣，这几乎是中国社会历朝历代的通例。他金龙也不能例外。

是他，在一种极其阴暗歹毒的复杂心理驱使下，没有即刻将自称是牛牯儿子的蜉蝣杀死，反而将其阉割，使其成为自己贴身的弄臣。这种一箭双雕的做法，既灭绝了忠臣之后，又满足了他让牛牯父子两代始终服侍他的私愿。

还是他，将夫妻恩情置之度外，将三年岁月一概相忘，"我只是匆匆过客相来往，暂栖你身旁"，毅然丢开娇妻弱子，连半句真名真姓也不留就奔赴远方。所以发妻玉凤只得从他抛下煮饭的牛牯头盔上找线索，错认自己的丈夫是牛牯。胜利之后，他又没有积极有效地再二找寻昔日的结发大妻小娇儿，乃至将自己的亲儿子蜉蝣当场阉割，铸成无法将祖宗基业、皇家血统交给子孙的大错。

又是他，先在三千嫔妃身上发泄情欲还不够，后来又强征天下生过儿子的年轻妇女，为他做生育的有效工具，乃至将自己的儿媳、蜉蝣的妻子玉荞强占。

在金龙身上，集中体现出历代统治者狡猾、毒辣、凶狠的共性。他简直就是统治者们的一大符号、一面镜子、一个典型乃至一部百科全书。

在《祭相》一场戏中，金龙曾经有过十分无奈的发泄。当雷电劈打他、列祖列宗诅咒他，骂他是不肖子孙、阉割了自己的传人时，金龙无奈地哭诉道：

---

① 王力编著：《淮阴侯列传》，《古代汉语》，中华书局 1981 年版，第 678 页。

擎长剑，问苍天，苍天冷眼好漠然。

转对王陵声声唤，列祖列宗也无言。

冷眼倒也算，无言便无言，

为何雷电劈打我，分明难恕我罪愆。

我一生负重担苦苦征战，

失江山夺江山二十余年。

入宫来杀牛牯为防后患，

除祸种阉蜉蝣势所必然……

亲手将，儿身残；亲手将，儿媳占；亲手将，妻子撵；亲手将，亲人煎。

大错铸成悔也晚，一副破碎怎补连？

一边是祖宗交付千秋业，一边是阖家老小共团圆。

这实在是一个绝妙的悖论。一个完全尊奉祖宗意志的君王共性人物，到头来却与祖宗的意志完全背道而驰，无法完成王权遗传的根本任务。他实在找不到自己的立足之地了。

这也同时证明了所谓统治者共性以及君王意志的极度反动性。他们在泯灭人性、剪除人情、害人性命、阉人子孙、奸人妻女的同时，也把自家的生路给灭绝了。这一家人的最后团圆也只能是“阉家老小共团圆”，只能是以家族的相互残杀告终。《左传》上说，“多行不义必自毙”①，这真是千古不磨的真理。

所以被阉的王子蜉蝣在临死之前喊出了一句振聋发聩的最强音：“帝王与我是对头！”帝王家族灭绝了他作为一个普通人最为基本的天伦之乐、幸福团圆，那么这一害人及己的王子王孙，又有什么当头呢？这是这个家族法定的王权继承人对王权的彻底决裂与反叛，也是对天下统治者所敲响的一记警钟。

就这样，罗剧中将这种建立在统治者共性基础之上的人性丑恶与阴暗，发挥到了无以复加的地步。他的其他悲剧，也大都有着同样的艺术处理与人性揭露。男人的被杀被阉，女人的被奸乱伦乃至

---

① 王力编著：《郑伯克段于鄢》，《古代汉语》中华书局1981年版，第8页。

被迫误杀自己亲儿的事例，在剧中比比皆是，触目惊心。古罗马时期塞内加的剧作中对于统治者太过影射的方面，在罗怀臻这里被提纯为对统治者共性的典型概括与具体演绎，因此也就具备了更为广泛的代表性，更为深刻的人性揭橥，更有理性的生存反思。

人类有史以来都是社会的群体，社会的群体通常由以宫廷政治为代表的统治者组成权力核心，但权力核心却是这样的阴暗不堪和黑暗透顶，这就值得人们深思。

看完罗剧后，既然感觉到人性如此丑恶，如此不可爱，那么人们还有希望吗？

二、 赞美人格之高尚

希望就在眼前。在罗怀臻的戏曲世界中，同样也塑造了一些可赞美、可欣赏、可歌可泣、十分可爱的艺术形象。

西施和西楚霸王便是其中的典型。他们两人一早一晚、一男一女，展示出芸芸众生中高尚的人格，表现出那种宁为玉碎的悲剧精神。

先看《西施归越》①中描写的中国古代第一大美女。

在剧中，西施的天性是那么的纯净，纯净的就像苎罗村旁清清小溪上偶尔飘落的花瓣，一入凡尘闹市，就容易受污染，被糟践，然则千锤百炼而本色不改，饱受摧残而品行不变。

美丽并不是西施的过错，然而全剧一开始，那些打了败仗的政治家或曰野心家、阴谋家们如勾践、范蠡之流，就以西施的美貌作为工具，让西施以美人计来迷惑吴王，拯救越国。

越王勾践相送西施的诺言是："待来日故乡为你塑金身。"

情人范蠡的誓言是："西施不归，范蠡不娶，天地为证！"

天性纯净的西施姑娘被男人们指天跺地的誓言所打动，一心想用发簪刺死吴王，不失清白女儿身，却又被男人们竭力阻止。勾践夺走了她的发簪，范蠡动员她去用女色事吴王。

中国文化史上的许多兴奋点都集中在这里，集中在美人失节、

① 罗怀臻：《西施归越》，《剧本》1995 年第 6 期，第 39—50 页。

国家得救的政治方略上。一部分文人墨客也关注到西施功成回国之后，与范蠡如何相处的感情戏。最好的结局是让范蠡与西施功成身退，云游五湖，不知所终。也有人写西施投水自尽，全了名节。

这些处理都只是一些自然温和的方式。到了罗怀臻这里，他一下就将剧情推进到中国历史文化从未考虑到的尴尬局面。不错，吴国败了，吴王死了，西施回到家乡来了，可是她肚子里也同时怀有了吴王的龙种！

矛盾开始尖锐，冲突马上升级，自然人性与伦理道德马上对垒起来。

包括西施母亲在内，凡是知道西施怀孕生子的越国君臣等人都希望将吴王身后的这一孽种祸根早日除掉，免得他日横生枝节，惹出祸端。

情人范蠡先是逼着西施将婴儿摔死，遭到拒绝后又假惺惺地要认养这一婴儿。

做得最绝的还是大政治家越王勾践，他先运用军事家的合围谋略，严密地布下天罗地网，将西施所在山头团团围住；然后运用政治家的小小阴谋，满面堆笑，装成没事人儿似的前来看望西施姑娘。他明知西施怀里捂住婴儿，生怕他哭出声来，遭至杀身之祸：于是他便慢悠悠缠着西施问长问短，直到婴儿的声音由弱到无后，这才欣然离开。杀人者不言杀人，也不用自己动手，这才是最为歹毒阴险的杀人之法。

矛盾冲突的另外一方只有一个西施，一个作为女人、作为母亲，可怜但不可屈的西施。

不错，作为越国之女，她也曾被逼无奈地去实施美人之计，让那吴王在朝欢暮乐之间，对越国失去警惕。她绝对是一位爱国的英雄、救国的功臣。

可是，一旦孩子生下来，西施作为母亲与婴儿血肉相连的自然天性马上弥漫开来，升华为人生的最高价值准则。面临着范蠡的步步进逼，西施明确表示了自己的立场：“他是我生的，便是我的儿子。唯有他，最能理解自己的母亲！我不能杀死他，我不能杀死我自己！”她把儿子和自己扭结成同一个生命共同体。

在剧中，罗怀臻充分强调了人的本性，尤其突出了母亲的天性，并以此自然天性作为对抗男性主体社会的强大精神武器。

起点是最为单纯的母子之爱：

一声唤儿未出口，两行热泪潸潸流。

人家十月怀胎情深厚，西施怀胎十月愁。

孩子呀，你初到人世才一日，话还不会说，路还不会走，

竟招来铺天盖地都是愁。

幼儿生来本无过，做什么冤冤相报与无辜作对头！

归结点是对全人类生存状况的拷问：

为什么天地间造化出人？

那么美妙、那么聪明？那么苦难、那么辛勤？

那么温柔地爱，那么凄厉地恨？

人啊人，为什么自相残杀，为什么掠夺纷争？

为什么不同舟共济，为什么不互爱互亲？

从爱儿子到爱人类，从爱人类到为人类社会忧心忡忡，从自然天性转化为人道主义，转化为大慈悲、大怜悯、大悲愤的反战意识以及生存反省，剧作家将西施塑造成一位纯而又纯的纯情玉女。中国文化历史的正统原则、人类社会尤其是男人社会的掠夺与占有、侵略与奴役规则，在西施这里全都被消解成为毫无意义的、灭绝人性的行为。她以抱着死去的婴儿同赴清波这一自杀行为，完成了对范蠡、对勾践、对争权夺利的男人世界、对充斥着血腥与灾难的人类文明史的坚决对抗。所以说这一纯情西施是中国文化史上出现的一抹亮丽的异彩，开辟了认识西施形象和人类生存意义的新境界。

与西施的纯情形象相对应，《西楚霸王》①中的项羽也成为一位纯情到极致的大男人。

在剧中，项羽的全部人格基调是一个慷慨豪迈、磊落光明但又意气用事、纯真之极的大英雄，同时又是一位儿女情长的真情种。

军事是政治意志高度集中的体现。项羽所谓“力拔山兮气盖世”

---

① 罗怀臻：《西楚霸王》，上海淮剧团 1999 年 8 月演出本。

的勇猛，只是军事战争的一个方面。战场之上，更为重要的方面是政治家的阴谋和军事家的韬略，后者正是项羽人格意志方面所不具备的，这就注定了本性爽快、人格纯真的大英雄必然以失败告终，以悲剧结局。

靠着勇猛，霸王杀死宋义，渡河抗秦；靠着爽快，霸王一口气就将二十万秦兵尽数活埋，并以此作为送给美人虞姬的“定情礼物”；由着性子，霸王火烧咸阳，返回老家彭城，为了保证虞姬的安全，霸王失去了在荥阳活捉刘邦、剪除对头的最好时机，为了体面，霸王不杀韩信，并且还乖乖地钻进韩信的包围圈；因为羞见江东父老，霸王宁愿乌江自刎，不愿东山再起……凡此种种，皆非成君王、兴霸业者之所为也。

许多十分愚蠢的军事行动，起源于项羽时时处处流露出来的自我崇拜。

当范增绑住韩信，定性说韩信“可用可杀不可放”时，霸王却偏偏自觉自愿地为刘邦输送了最好的战将：“我倒要看看，一个无赖，一个胯夫，合在一处能成什么气候。放!”这是标准的自我放大，自以为是，小看他人，小看了一对十分有心机的贤君良将。

当韩信以霸王之道，用“要取霸王头”的战表激怒项羽进入埋伏圈时，项羽居然愈加狂傲地说道：“我倒不信，堂堂西楚霸王，竟被胯夫吓住!”

甚至连虞姬这个人物，实际上也是项羽自我膨胀意识在女人身上的最好体现。虞姬作为一位项羽的始终追随者、狂热的崇拜者，她实际上是项羽自我崇拜、自我神化意识的外化而已。虞姬一见到项羽，便臣服得五体投地、奉若神明：“一见你威猛，我就冲动；一见你沉默，我就心痛。你就是我心中的神明，让我融化在你的狂热中”，成为该剧首尾回旋的主题曲。

与此相应，虞姬常常从心中流泻出来的日神颂歌更值得玩味：

君似骄阳出东水，妾如火鸟向日飞，
羽翼焚烧终不悔，唯愿融入万丈晖。

这一不折不扣的忠心曲，更唱出了她对项羽无条件的崇拜。这实际上也是项羽本人最为真实的自我崇拜。

一个高度自我崇拜的人，大多会陷入四面楚歌的地步，因为他不能够清醒地估量自己，不能够客观地看待现实，不能够有效地转化危机。因此，这样的人通常难以成就大业，永操胜券。

西楚霸王之所以还不失其可爱之处，正在于他的光明磊落。知其不可而为之；也在于他作为一位顶天立地的男人所一直强撑起来的功架，“大王不能摧眉折腰，低声下气……大王只能站着生、站着死”；还在于他与刘邦、韩信等老资格的无赖政治家、军事家相比较而显示出来的几分高贵和大气，更在于他那无限凄美、无限遗憾的悲剧结局：

力拔山兮气盖世，时不利兮骓不逝，

骓不逝兮可奈何，虞兮虞兮奈若何！

这样一位平生磊落的大英雄，临终之际居然牵挂多多，就连身边的宝马美人也放不下，对江东父老更是无言以对，这当然让所有不得意人为之一掬热泪！

所有这些，当然都表现出项羽纯真而高贵的英雄气质和坚定不移的人格操守，这才使《西楚霸王》具备强悍而悲怅的美学力度。

同样是纯真高尚的人格精神，西施与霸王又有许多区别。西施是柔美，霸王是壮美，西施是在被动中求主动，因为生理的反应逐步唤醒其自觉的女权意识、人权意识、人格意识和人类意识；项羽则是由主动走入被动的境地，至死不变其高贵的人格，临终还不失其盈盈爱意。

这两人殊途同归。在罗怀臻的戏曲世界中，西施成为舍己为国但却忍辱蒙羞的女儿风范，霸王也是虽败犹荣、雄风十足、威武豪壮的男人象征，他们都在中国戏剧史上写下了新的一页。

三、讴歌人情之美好

在罗怀臻的戏曲世界中，除了那些阴冷凄惨的场面之外，还有像西施和霸王这样，在人格建树上显得十分纯真率直的大名人。

同时，这里还有一些名气不是最大、人情却极为美好的女性艺术形象。有了她们的存在，这个世界便显得不那么惨淡，人间也不复那么阴森，生命状态格外富有光彩，人类也感到了许多体面。

《梨园天子》①中的磬儿、《白门柳》②中的柳如是，《班昭》③中的女才子等人，都给身处平凡天地中的人们，蓦地增添了诸多慰藉。

磬儿者，一介宫中艺伎，“下贱”优女一身也。

就为了身为皇子的宁王平日的和气，态度的平等，磬儿便感恩于心底，思报于须臾。如今宁王陡然陷入宫廷内讧、为人追杀的险恶地步，磬儿便冒着天大的干系、生死的危险，将宁王衣服穿在自己身上，乔装宁王迷惑奸党，让宁王得以便装逃生。如此舍身相助的义举，却是出于最为简单的人情演绎：

艺奴儿命似草芥贱，为殿下抛却无怨言。

谁曾见帝王家把乐工当人看，

谁曾见王哥哥与梨园子弟情相连？

天下知音何其少，点滴入心报涌泉。

几句平凡之语，道出知恩图报的非凡之情。大千世界之内，滚滚红尘之中，难道还有比无价之美的人情更为珍贵的事物吗？正是这些看似卑贱的小人物，才是人世间最为难得的珠玉奇珍！

从外貌上看，磬儿是一位真正的小美女。连吟风弄月、见多识广的宁王都称她为“人间造化一精品，多才多艺好人生”。

从人情品格和心性上看，磬儿更是难得的佳人。前番为了掩护宁王逃生，她被拷打得“筋断骨折遍体伤”，但却没有半句怨言。事后，即使宁王差人送来点汤药，磬儿也为之感恩不尽。所以宁王感叹说：“这几年我留心地看下来，就数磬儿品行最好，人也聪明，你们看这双眼睛，真像在说话哩！”

是宁王自己发疯似的爱上了她，是宁王非要迎娶磬儿作皇后，又是宁王将自己曾经身为歌女的生母贬进冷宫，将磬儿的乐师养父披枷

---

① 罗怀臻：《西施归越——罗怀臻探索戏曲集》，学林出版社 1990 年版，第 81—124 页。

② 罗怀臻：《白门柳》，东汉剧团 1999 年 1 月打印本。

③ 罗怀臻：《班昭》，《剧本》，1998 年第 10 期。

带锁，还将磬儿改派为服侍新皇后的“美人”和仆人，而这全部大变动的心理动机，就是因为“梨园行里无好人”这一荒谬的原则。

为了抗议宁王对包括他自己母亲在内的梨园行的侮辱，为了表明自己身心的洁白，磬儿自剜双眼，抱起琵琶，长歌当哭，走出宫中，讨饭卖艺于大市长街之上。她搞不懂、弄不明的只是为什么宁王自从当了天子之后，“命儿一转脸就变……脸儿一变恩成怨”！

盲女磬儿，并不因眼睛而改变其人情心性之美。

反而是那宁王天子，再次印证了统治者们一阔脸就变、就从常人常情异化为非正常人的丑恶的政治人的公理，并从反面将磬儿的外表与内在的双美、将其弥漫于天地之间至高无上的人情美凸显了出来。

如果说磬儿的人情心性之美，还只是定位在朴素的平民观念、平等观念和恩怨相报的基础之上，那么江南名妓柳如是的人情见识之美，则明显升华为营救姐妹、点醒文人、普救苍生的一系列贯穿行动之中。难怪在罗怀臻的戏曲世界中，江南越剧《秦淮风月》①和广东汉剧《白门柳》中的柳如是作为风尘奇珍、人间妙玉和精神导师的面貌出现的，给予了书生与百姓们多少的宽慰！

柳如是的第一侠举是仗义救人。

当着著名歌女董小宛被南明权相马士英以碰碎价值连城的“一壶春”为由，予以强行拘押的时候，是柳如是男扮女装，主动到明末遗臣、江南鸿儒钱谦益处，以救人大义打动了怜香惜玉而且专爱打抱不平的大才子，使得钱谦益将自己收藏的无价之宝另一“玉壶春”无偿出让，这才救出了董小宛，而且成就了董小宛和江南才子冒辟疆的一段姻缘。

柳如是的第二妙举是对大知识分子钱谦益的情感珍爱、品节规劝和人格提升，第三壮举是普济苍生、尽可能解救江南黎民。

以一青楼中人、妙龄女郎，柳如是自甘寂寞，毅然嫁给白发鸿

① 罗怀臻：《西施归越——罗怀臻探索戏曲集》，学林出版社 1990 年版，第 170—223 页。

儒钱谦益，给予他无微不至的生命呵护和人情温暖；更为难得的是，柳如是一直在激起钱谦益作为前朝遗臣、一代鸿儒的使命感和责任感，不断催他前行、奋进，树立起有良心的知识分子应该具备的精神风标。

让钱谦益弃物救人，以“一壶春”赎出董小宛，这就激发了钱谦益的道义感。力劝名儒出山任职，在国势飘摇之际尽量为江南百姓造福，这就焕发出其事业感和正义感：“一壶春虽然珍贵，却只能救得一人；学生此行，愿先生解救万民。”

当钱谦益出任礼部尚书后，整天应酬混迹于朝廷的朝歌暮舞之中时，柳如是又再三提醒他，千万不要做一个“应酬先生”，把那忧国忧民之志，置换为一介帮闲之欢。她还再三力劝钱谦益金殿死谏，全力抗清……

当风雨飘摇、国势无望之际，还是柳如是力劝夫君，共赴黄泉，博一个千古的美名。她哪里是一个无知的女子，分明是钱谦益最为贴近的精神导师。

然而，一旦老家人提出，自杀以全名节，不过是自私的行为，不能置金陵城中数十万无辜百姓的死活而不顾时，柳如是便毅然远行，为的是让钱谦益下定决心，丢开面子、抛弃名节，降清献城，以救百姓。

女人的美好温情倘若又包容着真正的远见卓识，那真是男人最好的老师，柳如是便是明证。

在罗剧无限温馨、无比美好的情感天地中，不仅有着像磬儿、柳如是这样所饱含着的男女恩怨和夫妻之情，还有着像昆剧《班昭》那样所体现出来的家族之情和血缘之情。

用几代人的青春岁月和生命流程，接力赛跑似的去完成中华文明史的辉煌功业，这是中华民族的一大传统。两汉时的司马谈和司马迁是这样，班彪、班固父子以及接班的班昭等人也是这样，尽管他们还曾为修史落下过罪名。

以一文弱女子，班昭拒绝了女人应该拥有的多少诱惑，“入宫四十年，守寡五十载”，这才使得《汉书》得以告成，既可告慰于九泉之下的父兄，亦可告慰于民族与青史。浓浓的亲情蘸着浓浓的笔墨，这是中国戏剧史和女性文化史上不可多得的范例之一。

在剧中，班家父于两代人全力编撰的史书非但被朝廷所禁，而且还因此罹罪。出身于书史世家的班昭，从小耳濡目染，在 14 岁上就给皇太后上书，请求开书禁、修青史，将父兄开创的事业承续下去。当着兄长班固赍志早逝后，班昭又与大师兄马续将其续补完成，使之成为东汉的历史巨著。这就印证了班昭当年在兄长班固临终托书时的接班誓言：

> （班昭郑重跪下）想我班昭，五岁习《诗经》，七岁读《论语》，九岁熟颂《史记》，十岁而作篆书。自幼目睹家事变迁，领略史家悲喜，而今情势所迫，承继史稿，一息尚存，修行不辍，有生之日，定当完成《汉书》。天地为证！

该剧的好处不仅在于描摹班昭作为文人史家的庄严，同时还深入刻画了她作为女人的内心世界与情感追求，甚至包括她的软弱、倦怠、动摇与冷寂。几十年的冷板凳坐下来，对于家族父兄亲情遗志之外的大片男女情感空白的向往与失望、追求与无求、热烈与寂灭，也使得人物更加真实动人。

那么，在领略了人性之丑恶、人格之高尚、人情之美好后，这个错综复杂、矛盾尖锐、冲突激烈、对比强烈的百年人间，究竟还有没有可爱可贵之处呢？远非一方净土的苦难人间，究竟值不值得神往和留恋呢？

四、 神往人生之可贵

在罗怀臻的戏曲世界中，千年的道行，万世的永恒，都换不回这时短情不短、人亡族不亡、苦中有乐、爱中有恨、常变常新、轮回永驻的百年人生。

越剧《许仙与白蛇》①、京剧《宝莲灯》②是罗怀臻近年来上演

---

① 罗怀臻：《许仙与白蛇》，《上海艺术家》，1998 年第 6 期。

② 罗怀臻：《宝莲灯》，《上海戏剧》，1999 年第 9 期。

的新戏，也是他全部剧作中的两部并非悲剧的神话剧。

随着作者逐步深入成熟的中年，他的人生观也在逐步完善，许多悲愤、痛苦、激越、尖锐、犀利甚至有些阴暗狠毒的感慨，也逐步深化为更有包容的恨，更加明朗也更可珍惜的爱。

随着作者在当代剧坛上位置的确立，他更多地走向了主流社会，同时也更多地为主流社会乃至官方文化所认可。这种心态的潜移默化的迁移，也使得他并不只局限于写作那些惊世骇俗的大悲剧，在其笔下也自然流泻出更为符合生活常态的悲喜剧或者正剧，最终走向了消融与和解的大方向。

这些新戏或悲或欢，先分后合，始困终达，但千变万化不利其宗，其唯一主题是珍惜感情、善待人生。

在他笔下的钱塘白蛇，只因为千年之前冻僵于风雪之间，被一吹笛少年解衣裹护，这才得以回生修行，升格到蓬莱仙班。

也就是因为“人间给予一点爱”，白蛇才铭记在心，知恩图报，对人间充满了永恒的温情。所以她才宁愿舍弃千年的道行和永恒的仙籍，甘愿到人间去领受那男欢女爱、夫妻恩情的百年人生。

当白蛇为寻夫君、水漫金山，只因身怀六甲而败走西湖时，她与义愤填膺、吵着要走的青蛇有一段对白对唱：

青蛇　姐姐呀姐姐，这人的自私、人的世故、人的患得患失，你怎么就看不透呢？

白蛇　（唱）人滋味，岂能尽参透，

恩与怨，爱和愁，它总是悲欢两悠悠。

好比这十月怀胎虽难受，

却有那万种滋味在心头。

纵有那千般磨难、万种烦恼，许仙的犹疑，法海的镇压，雷峰塔的拘禁，白蛇还是甘愿做一位平常而温馨的妻子，普通而神圣的母亲，领受这百年人生的千般滋味、万种风情。

与《许仙与白蛇》因偶然而执著的逻辑线索相比，《宝莲灯》中对人生的思考、追求与演绎，当然要完整周到、深刻悠远得多。

从人神相爱的情节线索来看，三公主与刘彦昌的恋情与恩情，更加具备合理性与必然性。

聪明美丽的天帝之女三公主，通过多年修成的宝莲神灯，发现了人间绝境华山的美妙，从而被封为华山神女，树立神女雕像。

比华山风光更为赏心悦目的是人物风神之美。多情书生刘彦昌为神女塑像点睛传神，咏像传情，使得这一对天仙人杰迅速坠入情网，缔结姻缘，之后又生下了娇儿沉香。

在三公主这里，天地之间最为动人的事，莫过于人间的夫妻情、骨肉亲。“怀抱亲儿亲不够，将儿贴在娘心头。儿啊儿，一家三口多甜蜜，无纷无烦也无忧。”

天帝的震怒，二郎神将三公主的押送上天，非但没有割断天人夫妻之情，反而使得这对夫妻情更浓，意更坚，心更诚。

所以度尽劫波之后，三公主坚决要求放弃神仙永生的名分，下凡作那百年一回的妻子与母亲；刘彦昌也拒绝上天成仙的诱惑，拒绝以永生的福分而放弃夫妻的名分；就连小沉香也要下凡为人，与爹娘同享天伦之乐。

从人神相爱的历史渊源上看，三公主与刘彦昌的倾心相爱，绝对不是破天荒的第一次，也肯定还会有源源不断的后来之人。

君不见那威风凛凛、道貌岸然的堂皇天帝，年轻时也曾与华山圣母秋波暗送、款曲相通，就连仙班之中的二郎神、三公主这对兄妹，也都是天帝与华山圣母共同缔造生养而出。诚如天帝所唱：“我也曾西岳华山常来往，迷恋这小家儿女情意长。无奈天规难更改，也只好携儿带女回天堂。”如果没有这些神人“乱爱”的先例，天宫中哪来的这般猛将与妙人儿？

所以当天帝震怒，欲将沉香顽童予以呵斥的时候，经不住小沉香几声“外公”的呼唤，让那天帝喜不自胜，本想重罚又下不了手……

从人神相爱的必然趋势上看，天国中形式上的永恒掩盖不了其内容的贫乏与苍白。就连天帝自己一上场也是牢骚满腹：“说永生，道逍遥，无非是酒足饭饱看妖娆，一万年看饱也无聊！人间总道天上好，须知天上最寂寥！”最高统治者尚且如此没趣，不用说那些蠢蠢欲动的俊男怨女了。

与这种死水一团、相看生厌的天国生涯相比，人间却是不断新陈代谢、无限生机勃勃的另外一种永恒世界。这就像三公主所唱的那样：

人世间子子孙孙无穷尽，
都只为平凡之中有真情。
天界永恒如止水，
人间百年代代新。
父母生儿女，儿女有子孙，
只要爱不灭，延绵难断根。
天帝呀，世间情爱多美好，
女儿铁心去做人！

正是这“情爱”二字，贯穿了人间天上、过去未来，打通了仙人阻隔、神统族统，汇聚成人间天上永恒的主旋律，也成为该剧结局时神人之间相互理解、和解、支持和尊重的基本前提。

作者甚至还由此生发开来，在本剧研讨会上多次谈及，即将到来的下一个世纪的人类主题就应该是和解的主题，发展的主题。

这是一个饶有兴味的现象：一位始终作斗士状，将悲剧美学追求视为自己心中神圣明灯的剧作家，现在却自然而然的随着悲喜剧的基本框架，追随起正剧结局的中和美学理想。

一位倾尽全力描摹人间的惨淡、阴冷、险恶和毒辣的剧作家，反而对人格的纯净、人情的美好和人生的珍贵，进行了更为浓墨重彩的渲染和颂扬。

恨之深处为爱，爱到极致生嗔，大凡人世间的情感，原来就是悲欢互转、调配轮回的。

情天恨海、欲火爱河，这便是作者探索人性人格、审美人情人生的人间险路。

这，便是罗怀臻剧作的生命品格。

（原载2000年第2期《戏剧》杂志）

从淮剧的五次变法到大都市戏剧文化

——兼论罗怀臻与都市新淮剧

谢柏梁　都文伟

淮剧是一个区域性剧种。历史地看，其流传范围只有江苏北部、上海市和安徽部分地区。

当我们站在20世纪与21世纪的交点上，现实地来看今天淮剧的地位，就会惊讶地发现，当今淮剧已经成为相当具备知名度的剧种。其演出范围和实际影响远远超越了江苏和上海。

从清代中叶直到如今，淮剧一直具备着“女大十八变，越变越好看”的青春魅力，洋溢着十分动人的生命光彩。

这种生命光彩的变化，可以借用“变法”这一政治术语来加以理论表述。

从大的阶段来看，淮剧迄今为止经历了5次较为重要的“变法”。

一个剧种的青春魅力和生命光彩，需要几代人不断地予以珍视、爱护，并予以富于创造性的美容、健美乃至于脱胎换骨似的更新，这就是关于“变法”的形象化描绘。

在“都市新淮剧”的鲜明旗帜之下，罗怀臻和他的同仁们通过一系列剧目的累积，在很大意义上实现了那面旗帜所蕴含的特定美学追求，并使之与跨世纪的大都市戏剧文化彼此呼应，起承转合。

一、从江北小戏到上海淮剧

淮剧，得名于淮河。

淮河是我国的大河之一，全长约1 845公里，流域面积约35万平方公里。源头在河南的铜柏山，经过安徽，汇入江苏的洪泽湖。从洪泽湖再往下走，淮河的主流出三河、经高邮湖，在江都县汇入长江；另外一条线路经过苏北灌溉总渠，流入黄海①。

河南的淮阳县、安徽的淮南县、江苏的淮阴市和淮安县，都直接得名于淮河。

淮剧因河流、地望而得名，最早发源于江苏的淮阴、淮安、阜宁和盐城一带，并以此为中心，同时流行于北面的涟水和滨海，南面的射阳、建湖、宝应、金湖、兴化和大丰等市县②。

近代以来，随着中国第一大都市上海的崛起，江苏北部的移民纷纷涌到上海打工、谋职，很快成为上海居民中人口比例较高的一大区域移民来源。

淮剧，也就随着家乡百姓们挺进上海的浩荡阵营，几乎与苏北乡亲们同步地来到上海。此后，淮剧在这一国际大都市逐渐扎下根来，不断发展，融入了上海戏曲文化中的主流。

随着都市文化的需要，变迁和自我淘汰，一些原先在上海扎根建团的剧种，例如宁波甬剧、江苏的扬剧和锡剧，都在激烈的文化市场竞争中败下阵来，各自回到自己的发源地去了。

在 20 世纪末叶，上海的戏曲剧种还剩下京、昆、越、沪、淮和滑稽 6 大剧种门类。

在这 6 大门类中，京剧是国剧，上海又是海派京剧的发源地、京朝京剧的大舞台，所以京剧的位置当然很高。

昆剧可以说是京剧之前的中国国剧，起源于南方、并以南方昆曲发展得最为健全，当然在上海还有其曲高和寡的一席之地。

沪剧和滑稽剧都是上海的本地方言戏，又十分切近市民生活和市井常态，所以势头一直很旺。

目前的上海剧种中，只有越剧和淮剧这两位“外来妹”，她们在上海自立门户、蔚为系统，撑起了市面，壮大了自己。

---

① 参见《辞海》“淮河”条目，上海辞书出版社 1980 年版，第 964 页。

② 见《中国戏曲大辞典》所附《上海市、江苏省戏曲剧种分布图》。上海辞书出版社 1995 年版，第 365 页。

越剧以上海作为中心，以“十姐妹”作为主帅，成长成为中国南方的第一大剧种。这，是大家都熟知的文化现象。

淮剧虽然远没有越剧那样辉煌，但也不断地在发展自己个性，成为吐纳时代气息、融汇世纪风云，提升文化品位、争取新的观众的探索性剧种。不断出人出戏，这使这个原本名气不是太大的中型剧种，成为最有生气和活力的中国剧种之一。

女大十八变，越变越好看。淮剧的魅力和生命力，确实在于其不断变法的生命历程之中。这种变法，大约以每隔 50 年作为一个大的周期。

淮剧的第一次变法是在 19 世纪初叶，从僮子做会发展到香火戏①。

从清代中叶以来在淮阴、淮安和盐城等地流行的僮子做会，本身是一种祈祷丰收、歌颂太平、祛病消灾的宗教活动。

宗教活动必然带有一定的仪式、装扮、故事内容和艺术表演。所以僮子们在做会结束时，常常会用玉米须作胡须，戴上纸糊的官帽，或者用纸花、长发进行简单的化妆，分别装扮成仙女、太白金星等不同人物，表演一些简单的演唱、舞蹈和戏文。香火戏的戏文部分，通常只有《姜太公钓鱼》、《孟美女过关》等小型剧目。

淮剧的第二次变法，是在 19 世纪中叶，从香火戏发展成为由小生、小旦和小丑组成的“三小戏”（俗称三可戏）。

三可戏从徽剧和其他剧种中吸收了《滚灯》《活捉》《二堂放子》等人物不多的剧目，开始有了锣鼓伴奏，伴奏人员有时候还用答话的方式，帮助解决演员不够的问题。

淮剧的第三次变法，是在 20 世纪初叶。三可戏大量借鉴徽剧艺术和京剧艺术，随着移民潮向都市正规挺进，开始建立起正规剧场，并从乡村艺术开始向都市艺术转型，从而摇身一变，成为具备地方色彩的都市戏。

---

① 参见“淮剧”条目，《中国戏曲大辞典》，上海辞书出版社 1995 年版，第 398—400 页。

这次变法之初，淮剧充分借鉴了徽剧的格局，甚至大量移植了徽剧和弹词的曲调。从表演程式、行当设置到基本剧目，淮剧大都是对徽剧的移植和融会。

本时期开始出现一些早期著名淮剧演员，例如老生沈长发，青衣、彩旦和老旦一身三兼的陈福泰等人，都有很大的号召力。他们在表演路数上讲究“一引、二白、三笑、四哭”的规模格局，注重对观众注意力的聚拢、讲究对观众审美心理的引导，重视对观众的情感催发。

淮剧进入上海之后，先在苏北人的集中居住区“搭墩子”“拉围子”或者在“茶楼子”演出，后来又兴建了闸北群乐戏园和南市三义戏园等以淮剧演出为主的专业戏院。

此后，南京、苏州和无锡等地也开始出现淮剧戏院。

淮剧进入城市戏院，一方面表明剧种在艺术上有了很大进步，另外也逼迫着自身广采博纳，充分发挥剧场艺术的诸多优势。

一些京剧演员的搭班以及文明戏艺术的影响，都使得淮剧在都市里左顾右盼、四处逢源。

到了30年代时，淮剧开始出现自己的连台本戏《精忠报国》。这标志着淮剧艺术的相对成熟和商业化运作的成功。

随着流派演员筱文艳和何叫天等一批著名表演艺术家的崛起，淮剧成为在上海、江苏的城市乡村并行发展的流行剧种。

淮剧的第四次变法，是在20世纪中叶。本时期的淮剧从班社制转型为新型专业剧团，在体制、风格和内容上都有了极大的飞跃。

班社制可能是淮剧运作较为成熟的一个阶段。不同的班社活跃在舞台上，形成了良性的竞争和互补。例如何家班以袍带戏出名，主要扮演政治人物与事件；武家班以枕头戏出名，主要演出青春恋爱戏；扶风堂以武生戏知名，表现格斗与战斗的场面较多。不同的艺术风格和市场运作，都使得这些淮剧班社在竞争中生机勃勃，从总体上提升了淮剧的演出水平。

在21世纪，班社制还可能成为淮剧和其他剧种生存和发展的重要生态方式。对此，我们充满信心。

国营新型专业剧团的成立，结束了班社制的百花齐放局面，大家沿着“吃皇粮”、分公粮这一条道路携手前进，这也是公有制社会的必然产物。

1953年宣告成立的上海人民淮剧团（后更名为上海淮剧团）。盐城专区的实验淮剧团（后更名为江苏省淮剧团），形成了沪、苏两地淮剧的基本骨架。由此又生发出一些下级政府部门所属的淮剧团，都使得淮剧成为政府的文化部门之一。

淮剧剧团的政府化、公有化，现在看来弊病不少，但也有许多好处。

首先是淮剧从业人员社会地位的大幅度提高，他们从“戏子”一跃而成为国家的文艺工作者。

其次是在经济有保障的前提下，有可能对淮剧的传统家底进行充分全面的清理。千余个淮剧剧目的清理，一些优秀传统剧目的改编，都使得淮剧界有了相当雄厚的底气。

再次是现代戏的充分发展。配合政治运动与当时形势，尽管涌出了不少短命的戏，但也使得淮剧能够与社会前进同步，具备了迅速反映当代生活的能力。《海港的早晨》描写码头工人的生活，从淮剧到京剧样板戏，都引起了较大的社会反响。

还有新型传播媒介的加盟，使得淮剧通过电影、电视，得到了更为广泛的传播。1954年上海电影制片厂将传统剧目《蓝桥会》搬上了银幕，1960年海燕电影制片厂又将富有特点的《女审》拍成电影，这使得淮剧在电影电视领域内，从此有了新的发展方向。新时期以来，淮剧搬上电视屏幕的机会较多，这就难于尽数了。

淮剧与越剧一样，都是在上海迅速发展壮大的剧种。此后，它们又各自在上海和故乡两处齐头并进，形成了相互策应的两处源头。

但是一般而言，淮剧在上海的发展步伐，总是要稍快于江苏故乡一些，这是与淮剧所处的大都市地理环境密切相关的。

从江北小戏①到上海淮剧，从19世纪初叶到20世纪中叶，经

---

① 参见“淮剧”条目，《中国大百科全书》戏曲曲艺分册，中国大百科出版社1983年版，第130页。

过大约每隔50年后，进入一个大的发展周期的“不断变法”，淮剧终于成为中国剧坛上比较成熟的中型剧种之一，这真是了不起的艺术成绩。

二、从上海淮剧到都市新淮剧

20世纪末叶，正当上海淮剧按照历史和艺术的惯性，应该面临第5次变法改革的时候，却遭逢到了极大的生态困难，甚至可以说面临着剧团是否还能在上海生存下去的极大危机。

淮剧在上海的生存危机，有一部分反映出戏曲总体危机当中的共同点。例如“文革”中随着京剧样板戏的独霸舞台，包括淮剧在内的大多数戏曲剧种都面临着转眼就要凋零的局面；更为可怕的是每个剧种都至少失去了两代观众——这就使得戏曲舞台之上，常常会出现台上的演员比台下的观众还要多的尴尬局面。

随着电视走入千家万户、港台歌星和通俗歌曲甚嚣尘上，戏曲，尤其是在上海这样的大都市，各种戏曲剧种都开始出现大规模的观众流失。大多数年轻人，谁愿意到剧场来看戏?

上海淮剧的麻烦还不仅在于此。这个剧种还碰到了地域文化歧视的最大审美障碍。

想当年，淮剧是随着苏北同乡大规模挺进上海的浩荡阵营，在都市落地为生的。苏北乡亲的认同、热爱和支持，是淮剧不断变法、发展兴旺的根本推动力。

现在的问题在于，包括苏北人在内的全体上海人，都对这个上海移民中最大的地域群体之一缺乏信心。

苏北人昔日闯上海，大都是从事比较下等的职业，住在被称之为“下只角”的“滚地龙”席棚之内，社会声望也比较低下。

即使在新中国成立之后半个世纪的漫长岁月内，苏北籍的上海市民从总体上来看，在财力、求学和就业方面，可能会比苏南籍、浙江籍和其他地区的移民要略逊一筹。这就引起了上海人对苏北人一以贯之的极大歧视。

这是中国最为集中的地域文化歧视现象。在20世纪末叶的上海大都市，许多征婚广告都明确点明："苏北籍不考虑"。就连苏北人在上海的子孙，大多数也都不肯承认自己是苏北人。苏北话，一向都是在滑稽、笑话中，被上海市民所学说、嘲笑和逗弄的直接对象。

淮剧是苏北历史文化最为集中的艺术载体之一。既然连苏北籍的年轻人都耻于到剧场看淮剧，那么淮剧在上海，还会有它的生路和前途吗？

从淮剧从业人员自身到文化局局长，从一般观众到艺术评论家们，从街谈巷议到会议讨论，大家都对上海淮剧的前途，充满着深深的忧虑。

1993 年 5 月，这是一个令人兴奋的月份。上海淮剧团在重重危机中背水一战，隆重推出了由罗怀臻编剧、郭小男导演的"大型都市新淮剧"①《金龙与蜉蝣》。从此，上海淮剧进入了历史上的第 5 次变法时期。

如何看待"都市新淮剧"旗帜之下的历史人文意义？如何看待以这面旗帜作为标志的第 5 次淮剧变法？

从当代戏剧史层面来看，都市新淮剧的开山之作《金龙与蜉蝣》，是新时期以来最为重要的艺术佳作之一。此剧与京剧《曹操与杨修》、话剧《桑树坪纪事》一样，不仅属于各剧种中涌现的具备里程碑式意义的新剧目，而且是当代戏剧在世纪末叶中涌现出来的文化精品。有了这些代表剧目和文化精品的出现，当代戏剧创作才能接续起关汉卿、汤显祖等戏剧前辈的文化气韵，不至于愧对中国古代的戏剧巨人们。

——此为第一义。

从文化含量上看，《金》剧远远超越了讲一个故事、抒一段情怀、演一段歌舞的戏曲框架，用王骥德首倡、王国维发扬的以歌舞演故事的戏曲定义，似乎也不大能够与本剧对应得起来。

本剧不仅在以歌舞演故事，更重在以故事出人物，以人物抒人性，以人性见文化，最终体现出人类社会历史上历代封建王朝以血

---

① 见上海淮剧团"大型都市新淮剧"《金龙与蜉蝣》说明书，1993 年 5 月。

统续王统、以暴行对亲人、以头颅报功臣的罪恶本质。

这种建筑在大悲剧前提之下的宏大风格，这种由人物性格与命运自然体现出来的深刻文化反思，使得全剧远远超越了仅仅对中华民族历代封建王朝的思量和拷问，进而为对包含全人类各大种族的人类本性的考察，对世界历史上所有统治阶级罪恶实质的揭露，也是对人生悲剧命运的必然性的深刻而符合逻辑的归纳。

金龙阉割自己的儿子、强占自己的儿媳，这些个案场面的表现，决不仅在于事件本身，更在于挑起人们对人类本性和生存荒诞性的严肃思考：这就是大悲剧真正动人的悲剧魅力和净化意义之所在。

淮剧能够诞生这样的大悲剧，不仅使得淮剧的胸怀一下子高远起来，同时也使得中国戏曲的形象更加具备国际化的宏大气派和世界性的文化风采。

——此为第二义。

从舞台语汇的整体更新上看，《金》剧似乎借鉴了历史上学习徽剧、师法京剧和文明戏的传统，勇敢地向都市文艺中的其他样式采取有机合成的“拿来主义”，最终创造出一种既是戏曲本体，又大大超越了戏曲本体和淮剧科范的特定舞台语汇以及相对舞台程式。

表面看来，只不过在本剧中请来了上海戏剧学院的灯光硕士伊天夫、舞台设计硕士韩生，从歌舞剧院请来了舞蹈编导徐素等人。这本没有什么了不得，戏曲剧团向新文艺部门搬救兵，历来就是如此。

然而，当着这些外援与淮剧本体血肉相连。与《金》剧的特定情境水乳交融时，整个舞台语汇都得到了彻底的更新。士兵们的群舞、将官们的仪式，看来都是似曾相识的戏曲化的编排，但又属于使人感到有些陌生的程式舞蹈。

当着灯光本身也能够充分地传情达意、任意地转换场面、自由地渲染气氛、立体地雕塑人体时，所有的观众都会被这些奇妙多端、变化无穷而又万变不离其宗、不离剧本内蕴和淮剧本色之宗的光线所感染。发自内心的掌声，来自心灵的激动，在每一个剧场的演出实况中，总是会因为光线的魅力所一再重复出现。每一组观众的忘情、沉醉与雀跃，都与灯光的巧妙流泻息息相关。

——此为第三义。

从戏剧人才的脱颖而出上来看，《金》剧像一片春天的沃土，具备更为奇妙的催发意义。

这是罗怀臻的第10部戏剧创作。此前的人们，当然也对他叫好，但是自从此剧开始，大家才真正对从自己剧作的营垒之中脱颖而出的罗怀臻刮目相看，才真正领会到此人已成大家风范。

郭小男在导演此剧之前，也曾有过执导17部大戏的漫长经历。尽管其中也有些反响不错的戏，但大家也还是习惯予以小打小闹的眼光来看待于他。此剧一出，小男便再也不能小看，他成为名副其实的戏曲大导演了。

扮演蜉蝣的梁伟平，本来就是很有影响的可造之材。伴随着《金》剧的演出，他一下子成长为当今青年戏曲演员中塑造人物、创造角色的佼佼者之一。许旭晴也随着此剧的升华而旭日东升、睛光在望。

其他如老演员马秀英、实力派演员何双林，都在此剧中充分显示了淮剧表演艺术家的深厚功力。

一出戏下来，戏也托人，人也托戏，淮剧的圈外人等走入圈内而来，圈内的人们也走出了更高的境界。尤其是罗怀臻和郭小男的双双崛起，使得“入戏、出戏”的说法，有了更为具体的实证。这两位编导的崛起，对20世纪末叶的中国戏剧，都起着一定的推动作用。

——此为第四义。

一出《金龙与蜉蝣》，不仅激活了一个剧种，使得濒于绝境的上海淮剧重新焕发出蓬勃希望的生命力，同时还为其他戏曲剧种的都市化、现代化和探索意识，提供了极好的示范和借鉴的例证。

中国大部分剧种在本世纪中叶以来，都在体制上国营化，在形式上正规化，或多或少都借鉴了新文艺的许多成果，确实有着许多不俗的成绩。

但是随着戏曲剧种自身的稳定性，随着一部分从业人员本身的惰性，随着日新月异的电影、电视和电脑文化的飞速发展，许多剧种无论从题材、观念上看，还是从表现节奏、艺术手法上来看，已经明显陈旧、老化，与时代脱节较多了。肌体不补充新的血液，细胞代谢中没有新生者的加入，这一生命体肯定不具备前途和希望。

《金龙与蜉蝣》的问世，使老观众感到惊讶，让新观众觉得好看，令理论家们引起震动。大家可以借此思索人类的毛病所在、统治者的劣根性所系。新型艺术媒介如电视也领悟到传统艺术的现代力量，反过头来向淮剧学习、借鉴，甚至将全本戏改编移植为同名戏曲电视连续剧，通过上海电视台、中央电视台向全中国乃至全世界的广大电视观众进行转播。这就使得这出都市新淮剧化身千万，极大地鼓舞了兄弟剧种创新、求生和发展的士气。

——此为第五义。

以《金》剧开山，时隔 4 年之后，罗怀臻和他的同仁们在 20 世纪的最后一年里，又推出了都市新淮剧《西楚霸王》，同样在全国引起了较大的轰动。此时的上海，大都市戏剧文化的感觉已经十分明显，这种感觉再也不局限于淮剧一隅，而是扩展到全部戏剧领域中去了。从江苏盐城到上海，罗怀臻被都市文化的大环境所裹挟，与同仁们成功地进行了都市新淮剧的探索与实践；

以此作为契机之一，上海戏剧文化，充分体现出海派艺术风范的自觉追求和整体运作，展示出大都市戏剧文化的整体风貌和勃勃生机。

三、从都市新淮剧到大都市戏剧文化

我们把视线定格在 1999 年的上海戏剧文化天地中。

在这一年中，诸如建国 50 年戏剧作品展演和选拔。以戏剧作为重头戏的首届上海国际艺术节、戏剧院团先后北上东北和京城等许多戏剧文化大事，都集中在这个城市的文化运作过程中，大都市戏剧文化的整体雄风及其清晰理念，也都得到了比较充分的展现。

从 4 月到 10 月的半年中，全上海所有的重要剧团，都将自己近年来精心准备的剧目，一一展现在上海观众和戏剧评委们面前。大家借欢庆中华人民共和国建国50周年的良辰美景，展示出各个剧团的实力和风采，共同汇聚成波澜壮阔的上海大都市戏剧文化潮流。

这一届上海市戏剧评委由市委宣传部系统的唐静恺处长，文化局系统的马博敏局长、党委书记郭开元、副局长蔡正鹤、办公室主任汪笑、戏剧处处长李守成、文艺创作中心主任毛时安，戏剧家协会系统的《上海戏剧》主编赵莱静，作家协会系统的党组书记徐俊西，上海戏剧学院院长荣广润教授、戏文系谢柏梁教授等人组成。

这样一个基本上是由政府行政官员组成的评委会，在实际评比过程中并没有显示出官气和霸气，而是大体上公允地评比出参演剧目所达到的艺术等级，在总体上反映出上海观众的人心向背，体现出为大都市戏剧文化把关和导航的责任感，这是一件很有意味的事情。

罗怀臻的都市新淮剧《西楚霸王》从上演伊始，就在观众和评委中引起了激烈的争论。一个不勾花脸的小生兼武生的霸王形象，在霸王戏系列中开创了新的生面；一个写楚汉相争的戏，刘邦的形象却从来没有正面出现在舞台上，这让大家都感到惊讶。

惊讶归惊讶，提修改意见的也反复“开炮”；但是经过评委会的签名投票，这出戏还是在诸多参评剧目中名属前列。大家都认为《西楚霸王》讲究整体的视觉冲击力，通过对项羽这一“战神”与“爱神”的新的描摹，呼唤着在现代社会中被逐渐淡忘的英雄情怀、浪漫品格和唯美气质，从而使得淮剧这一中型地方剧种，充满了国际大都市的大家之气。

从都市新淮剧出发，罗怀臻还成功地将其都市戏剧的观念推广到京剧，由他编剧、上海京剧院演出的新编神话京剧《宝莲灯》，以美轮美奂的表演，将罗怀臻在传统故事支点上的新追求予以了较好的表达。该剧展示红尘情爱，颂扬人间真情，描摹出天国世界对人世间整体倾斜的趋势。

这部戏的主要角色分别由史敏、李军、奚中路、严庆谷、胡璇和唐元才等著名青年演员扮演，其中的前五位，都是先后就学于中国戏曲学院的研究生，这是中国戏曲史上学历最高的演员，首次在一台新编大戏中会聚起来。整出戏好看、耐看、大气，观念新颖、引人深思。

新编神话京剧《宝莲灯》，同样引起了大家的好评，也在等级上得了比较高的票数。

最耐人寻味的是几出赶形势、跟任务、高歌“主旋律”的戏目，都遭到了主要由一些文化官员们组成的评委会的激烈批评。

例如戏剧学院的话剧《女儿泉》，系由文化部拨款的主旋律戏剧。

该剧写一个大学生毅然离开上海，到云南贫困县去当小学老师，她又是当科技专家，又是救火负伤，实在是一片赤诚。评委会大多数评委都对这出政治上极好、艺术上较差的戏亮起了红牌，认为这出戏还是“文化大革命”中“高大全”的创作方法，完全违背了生活的逻辑和艺术的规律。

同样受到大家批评的是沪剧的几台歌颂基层党组织的现代戏。大家都认为近些年来沪剧的创作，走到了配合时事、急功近利、越走越窄的死胡同去，这样的戏剧既没有体现沪剧自身的魅力，也没有体现出大都市戏剧文化的底蕴和水平。

滑稽戏在此次汇演中，出了不少好戏。但是大家对一出由著名滑稽演员扮演的旧戏新编《活菩萨》颇有微词，认为剧中对“法轮功”的直接影射，实在是太为简单、幼稚、不妥。

当着淮剧《西楚霸王》，京剧《宝莲灯》《贞观盛事》，豪华版越剧《红楼梦》，科幻儿童剧《带绿色回家》，舞剧《苏武》，昆剧《牡丹亭》，话剧《股票的缘分》等优秀剧目，先后参加全市庆祝建国50周年戏剧汇演，分别参加上海国际艺术节、在沈阳举办的中国戏剧节，以及两度赴京的祝贺建国演出和纯粹商业演出时，真正意义上的大都市戏剧文化才得以充分展示出来。

用《光明日报》记者苏丽萍题为《上海戏剧：探索都市新时尚》①

---

① 苏丽萍：《上海戏剧：探索都市新时尚》，《光明日报》，1999年12月13日。

的长篇述评中的一段话，可以反映出首都文化界人士对上海大都市戏剧文化的一些感受：

> 随着上海向国际经济、金融大都市的迅速发展，上海的戏剧工作者也鲜明地打出了“都市戏剧”的旗号。他们以大文化、现代观念、开放心态探索都市戏剧的生存和发展之道，力求继承传统而又不固守传统，在追寻古典与现代审美的结合中找到契合点；在与市场的结合中力戒浮躁与急功近利，力争做到有雅有俗，满足不同层次观众的需求。纵观近年来的上海新戏，无论剧情还是舞台表现，都会给人以新的惊喜，而这一切，无不浸透着上海戏剧工作者的探索与追求。

这些感觉是比较准确的。

对上海的大都市戏剧文化做出完整的归纳，那是要专文专著进行研讨的。这里可以先提一些基本线索：

一是在文本创作上，注意深度开掘和典型塑造。像《西楚霸王》《宝莲灯》等剧，既有民族的传统和气韵，又有与传统截然不同的处理方式，还有接通现代、贯通人类的普遍启发意义。

二是由大导演、好演员等不同艺术部门共同谱写出的舞台体现。

上海从北京特意请来的陈薪伊导演，把一部文本上稍嫌单薄的《贞观盛事》，导演得天宽地阔、气象非凡，活脱脱一番盛唐气象。

演员方面，除了上海自己最好的演员外，香港的京剧演员关怀、徐州的昆曲演员李雪梅等外地人才，都被邀集到上海排戏演戏。

上海戏剧学院方面的灯光、舞美、导演和理论人才，也都整体加盟到上海戏剧文化的总体格局中去，这都使得上海文艺界这支队伍能够海纳山容、兵强马壮、气势如虹。

三是大投入、大制作。

在全国范围内，也只有上海能够进行如此巨大的财力投入和风险投资，也同样能够在市场回报中收回前期资金，获得演出盈利。

一部《红楼梦》，光前期投资就超过 3 百万，创中国戏曲节目投资之最。但如此巨大的投资却有着同样巨大的回报。剧组仅在上海大剧院演出 9 场就全部收回了成本，拥有了盈余。

之后，该剧在上海、北京的豪华版演出，不仅是票价极高而且还一直保持着不赠票、不送票、一票难求、众人期盼、票房猛涨、收入较高的大好局面。一张越剧票可以高达1千元以上，这是中国当代戏曲史上最高的天价。

与此相关的是主要演员收入的大幅度“翻跟斗”增长。从主要演员的“品牌效应”、艺术含金量、流派影响和票房号召力等方方面面来看，主演和配角的收入距离可以拉开近10倍，但大家都觉得理应如此。

同样，科幻儿童剧《把绿色带回家》的前期投入，也在向近百万进军。

尽管在评委会上，也有许多评委对这种动辄几十万、近百万、几百万的豪华版戏剧制作风气颇感忧虑，但以如今的都市文化市场和上海特殊的戏剧大码头位置，逐渐富裕起来的上海观众、外地观众和闻风飞来的外国观众，确实喜欢这种豪华大气、富丽堂皇的大制作、好包装，这也是不争的事实。

四是理论上的及时研讨和认真总结。好戏不断磨，精品继续磨，每一部有影响的戏，都在剧团范围内、观众范畴中和评委会议上进行过充分的讨论、议论和争论；每一次“三论”之后，剧团都会相应地对剧目作出一些必要的调整和提高。

北京的专家也被经常性地请到上海来共同为某一剧目“会诊”。在此基础上，文化主管部门再进行宏观调控，戏剧学院和艺术研究所的学者们再予以理论梳理和经验升华。

历史地看，大都市戏剧文化从20世纪初年便已鲜明地形成，那时的“海派戏剧”是海派文化的重要组成部分。

淮剧的5次变法，从一个侧面反映出上海文化天地的日新月异、不断发展的探索与前进的历程。

新时期以来，经过文艺工作者的共同努力，上海戏剧的各个方面军都逐渐焕发出新的魅力。

20世纪90年代中叶以来，从罗怀臻打头的都市新淮剧到不同剧种的群体飞跃，背后都凝结着全市戏剧工作者乃至外地专家们的辛勤劳动和珍贵心血。

由大家共同酿成的上海大都市戏剧文化新局面，在20世纪末叶大体上规模初具，从而为20世纪画下了一个完满的句号。

大都市戏剧文化在很大意义上与商业戏剧文化紧密相连。什么时候上海能够真正重振商业戏剧的雄风，什么时候上海就会重新恢复东方的百老汇的地位。

在新的21世纪中，随着上海作为国际大都市地位的进一步确立，随着中国的进一步现代化和国际化，包括淮剧在内的上海大都市戏剧文化这一方风景，还将会具备无比美妙的未来。

（原载2000年第3期《戏剧》杂志）

罗怀臻：还在路上

傅　玲

20 世纪 70 年代末，为了生存，作为插队知青的罗怀臻辗转到了淮阴县淮剧团，在《平原作战》里演一个小角色。当时剧团长期流动，跑码头，缺乏现代化的通联方式，正是家书抵万金的岁月。罗怀臻便义务地代别人写家信，而且收到的效果竟出奇的好。家庭的纷争因为这封信而平息；邻里的矛盾因为这封信而化解；经过他润色的情书更是百发百中，只是见了面的姑娘小伙儿难免不欢而散……

聆听然后体验，实际上这已经是在创作了，只不过罗怀臻自己没有觉察罢了。直到有一天，团里的一位老者对他说："小罗啊，你可以试着写写剧本嘛!"他才如梦方醒。

罗怀臻决定写剧本。凭着一股韧劲和激情，一开始便三部、五部地写，然而均是石沉大海。失败使他深切地体认到了一种艰难，是从写家信跨越到戏曲创作的艰难，这中间有一道鸿沟，他必须经历科班的训练。先是电大而后又考入上海戏剧学院。罗怀臻依然是在聆听和体验，然而这回却是到了更高的层次上。

毕业创作那年，罗怀臻打算写一个古代优伶的戏曲剧本。班主任陈多先生便让他到家里来谈构思，还让师母为这个面黄肌瘦的学生做了红烧蹄髈。构思刚谈了个开头，罗怀臻却搞不清楚了那个"古优"是叫个"甫端"还是"甫瑞"。陈先生硬是较了真儿，说连名字都搞不清还谈什么构思？罗怀臻只得起身告辞，回去查资料。蹄髈自然是吃不上了，有些遗憾，但是那部称为《古优传奇》的剧作却使他迈出了成功的第一步。

从此他一发而不可收，《真假驸马》《西施归越》《风月秦淮》……在历史剧创作中罗怀臻似乎永远没有题材枯竭的时候。正应了那句“问渠哪得清如许？为有源头活水来”。这汩汩涌流的活水，便是他一成不变而又变化莫测的准则：“一切既成价值重估”（尼采语），重估是要站在当下的立场上。所以对任何一个历史人物，历史事件来说，如果换一个角度看，都是不相同的。而且通过社会科学、人文科学的积累，对以往的一些看法也会改变。每个人的写作都会留下他那个时代的烙印，留下他个人的那种趣味。他的剧作时常会站在女性角度思考问题，细腻的情感和鲜明的个性都表达得淋漓尽致。由于时常为古代妇女代言，这使他常常陷入被误解性别的尴尬。他认为这仍应归罪于两千年的封建男权制度对待女性的不平等。女人在社会中的最高境界也无非是被玩味而已。就像大家一直都不放弃对四大美人的玩味，但从来没有站在她们自身的立场上想过她们的处境，这就是四大美人的悲剧。

从第一部发表的京剧剧本《古优传奇》到震动全国剧坛的淮剧《金龙与蜉蝣》，十年间，罗怀臻整整完成了十部大戏。这期间正值中国文坛经历了20世纪80年代的解构和探索、90年代的重塑与回归。对于民族精神、民族戏曲，罗怀臻也同样进行了长达十年的思考与探索。20世纪80年代初，经过长时间禁锢和束缚的思想需要打开，对僵硬、空洞的所谓革命现实主义有了一种彻底的厌倦和疲惫，中国戏曲创作开始富有了反叛意识、探索精神、解构重组，花样翻新。罗怀臻的剧作风格逐步独立，正在以一种寓言型的哲理戏曲形式完成着他的每一部剧作。到了90年代，中国戏曲经历了80年代的沉静，开始建立起日益成熟的体系，戏剧开始在更高层面上向自己的本体回归，包括道德规范和美学传统的回归。《金龙与蜉蝣》应运而生。通过作家精锐的技巧、精准的眼光更进一步超越了具体的历史生活，同时又使中国戏曲艺术的悲剧品格、使淮剧这一地方剧种焕发出了夺目的人文气韵。

传统是一个积累和沙化的过程，就像一把越王剑埋在土里锈蚀了，重新把它开启出来需要把锈迹打磨棹；就像当下流行的中式棉袄必须溶入现代服饰的概念在其中，才能焕发出古典的神韵。古典精神不是纯粹的空灵，也不是物质的堆砌。古典的东西需要现代的配置，古典的东西要给它一个现代的背景。

如果说《金龙与蜉蝣》使罗怀臻的创作达到了巅峰，同时确定了他在戏曲界的地位，那么依照规律就势必有一段低谷。可是罗怀臻的低谷却不是创作的困境，而是思想的游离。1994 到 1997 年他对职业和信念产生了彷徨。因为这三年是经济大潮最迅猛的三年，很多文人下海经商。人非圣贤，也动凡心。当诱惑扑面而来，比如当传媒公司的老板，比如组建一个电视公司、广告公司等，他会反复思考：有没有一些价值是长期流传的？是不是人活着就是追求这些即兴的东西？一个人对职业的爱好、感情的培养都不是一朝一夕的。那时他已经 40 岁，如果把前面 20 年的职业一下子就放弃，他觉得虚妄和荒唐。就是在那个顿挫彷徨的时候，一不留神接触到了“班昭”这两个字，于是带着对当下生活的体验和自己既定的感觉，他创作了《班昭》，随后是《西楚霸王》。前者是永不放弃，后者是永不言败。

在一个需要精神支撑的时刻，罗怀臻与历史人物进行交流产生了共鸣，从而寻找到了答案。从某种意义上讲，他的剧作是写给自己的，是对当下生活的某种体会。但又不是那种纯粹自我表达的私人化写作，他坚信：只要是诚恳地作为一个现代人活着；诚恳地感受着这个时代的气场；只要是最切身地触动心灵的感受，就一定不是纯粹私人化的，一定是带着某种普泛性的体验。如果把这种体验诚恳地表达出来，再通过技巧，一定能获得共鸣。

90 年代末，罗怀臻与一位友人漫步在台湾的文化广场上，夜色中他们谈到中国戏曲的未来，心中油然而生悲凉，顿觉四周空旷，满目萧索，突然间耳畔回荡起京胡之声，亦真亦幻，若有若无，仿佛来自天外，又似弦在眼前。正应和了心中惆怅，遣散了满腹愁肠。屏息聆听，说不出的受用。

戏曲是为中国人的审美而度体制作的，它契合了中国人的审美需求。只要中国人在，戏曲就永远不会消失。

所以——

不要在意是不是领跑，

不要在意是不是有掌声，

不要去踩别人的鞋子，

也不要被别人踩掉鞋子……

罗怀臻愿意永远地在路上行走，行走时会偶然静下来聆听，聆听一个声音……

（原载 2002 年第 3 期《剧本》杂志）

罗怀臻的宫闱悲剧

谢柏梁

一、 十年一觉戏文梦

1993年，也许应该称之为是上海剧坛的“罗怀臻年”。他的《金龙与蜉蝣》《真假驸马》和《西施归越》等剧先后在沪、蓉、京、港、台等地上演，从而在海峡两岸的戏曲舞台上都掀起了一股热情的“罗旋风”。

这年首演的《金》剧，先后获得全国地方戏曲汇演和上海新剧目展演中的多项大奖和曹禺戏剧文学奖，从而为地方戏的深化和升华，树立了具有示范意义的标帜。从宗福先的《于无声处》到沙叶新的探索剧作，从京剧《曹操与杨修》到淮剧《金龙与蜉蝣》，上海戏剧一直是全国文艺界、领潮流而行的导向型部门。一京一淮两部戏曲，前者曾被前任文化部艺术局局长方杰誉之为新时期十年以来与话剧《桑树坪纪事》并列的两大戏剧成果；时隔五年，现任艺术局局长曲润海又称《金》剧是继《曹》剧之后，上海奉献给中国戏剧舞台的又一部大作。可以说这两部戏曲，无论是在境界的开辟、悲剧的力度和艺术的精美方面，都堪称是名花连理。

青年剧作家罗怀臻（1956年生，江苏淮阴人），其人生旅程圆过了三重梦境。最早是将近十年的武术梦，从8岁习武到武术教练生涯，其中还夺得过地区少年武术冠军。20岁进入剧团后，他又做起了演员梦，但却因在当场表演中难于放松，从而不得不告别舞台明星梦，转学编剧行，操起纸笔书。

1983年，怀臻考入上海戏剧学院，正式开始了他的戏文创作生涯。戏剧学院的诸位老师都从不同方面，丰厚其学养，开启其心智。

十年一觉戏文梦，当他回首前尘时，才欣喜地发现自己十年间一步未停，先后写出了《古优传奇》《真假驸马》《梨园天子》《西施归越》《风月秦淮》《寒梅》《南冠草》《人比黄花瘦》《许仙传》和《金龙与蜉蝣》等10部舞台剧。当由郭小男导演的《金》剧锣鼓在四方敲响时，怀臻才真正感到十年的心血、青春和追求并没有白费，青年剧作家已经美梦成真。当然更为艰辛的跋涉，还横亘在茫茫前方。

诸本戏文的酿造，对怀臻而言其实是十分苦涩而沉重的圆梦过程。作为以“戏剧为人生”的实践者，他总是企盼着笔下的悲剧作品具备警人醒世的意义。至今为止，他的全部戏剧作品都是悲剧，其中大部分悲剧都属于宫廷悲剧的范畴。到现在他还在自省：内心深处是否始终具备需要宣泄的悲剧情结？学林出版社推出的《罗怀臻探索戏曲集》（1990年）后记中云：

> 我似乎没写出过“完满结局”的戏，但我不知道我心里是否有“结”。我想人总会在社会生活中感受到些什么，从而希望表达出来与人交流。所谓热衷悲剧、着眼不幸，其实是源于对人生对世界的爱，或许还更为深切一些……题材古今中外，手段变化万千，最根本的是激起了当代人共鸣。这很难，需要花费心力，甚至可能为此支付终生。

二、帝王与我是对头

不去着意考订确凿的历史掌故、人物履历和情节出处，怀臻的宫廷悲剧着重探究的是封建统治者的共性、实质和价值观念。

斩断人情，泯绝人性，合家不圆，六亲不认，是怀臻在剧作中所反复描述的帝王家族之生存状态。一旦这种带有共同性的生存状态与寻常百姓家正常的情性发露、和和美美过活的生活理想二者遭遇的时候，就会在剧中人和广大观众的心灵深处迸发出灼人的火花，发而为沉痛而激越的血泪控诉、指天骂地的生命呐喊。情感的火花燃烧起来，最终要烧掉帝王家一切冠冕堂皇的遮羞布，袒示出其拼死维护统治大权及其根本利益的实质所在。《真假驸马》《梨园天子》和《金龙与蜉蝣》等剧，给我们生动地演示出这一万变不离其宗的精巧、复杂而又一元性的生存公式。

当着真驸马董文伯与公主省亲归来时，小夫妻间的“欢欢笑笑喜心田，恩恩爱爱情意绵”都是发自内心溢于言表的真实写照。然而不幸之事从天而降，文伯为救贪玩的公主，自身却跌下了悬崖深渊。公主在绝望之中，轻生之余，竟在一瞬之间与婆婆达成了高度一致的共识：秘不发丧，李代桃僵，权以文伯之孪生兄弟文中冒充驸马，回京都后百般小心地瞒过父母百官，幸福过活。就公主与婆婆言，失子与丧夫之痛，都不如保持驸马妻母这种名位形式更为重要。3 年之后，当大难不死的真驸马董文伯回家认亲时，妻不以他为夫，娘不认他为子，皇上不愿他为婿，皇后不允他为人。金銮殿上，妻子、母亲和岳父、岳母当然都清楚地知道只有文伯才是真驸马，但为了皇家威严和公主名节，故又都异口同声地一致指认真驸马为冒认官亲的疯子。就连出首告发的老同学匡大人，也迅即改口称之为疯；公主更变本加厉地伸出纤纤玉手，当殿打了真驸马的耳光……在一片“疯子”的叫嚣之中，董文伯不得不当众称疯，以求保住全家的性命和皇家声名，也不得不接受御酒和御刑而含恨赴九泉。不是他的母亲、弟弟和妻子无情无义，六亲不认；她们的真正动机是想保全大局，丢卒保车，最终保全皇亲国戚虚伪的尊严。文伯始救亲人而终被亲人们集体谋杀的此等情事，历史上虽未之有，但却写出了特定社会的本质真实，从而比历史本身更具备振聋发聩的典型性。

《梨》《金》二剧不仅写尽了皇帝老倌的六亲不认，更为重要的尚在于历史地展示了从落难人到一国之君的角色转换，逻辑地清理出从有情人到无道君的思想发展线索，雄辩地表明了御座皇位异化人情、催化人性之不可思议的魔力。

谁言寸草心，报得三春晖？普天下的儿女都对慈母感恩不尽、爱之弥深。宁王自然毫不例外。这位寄情于风月场中、托身于梨园之内的九王子，只因如狼似虎的哥哥们相互争位、自相残杀，最后竟以皇上唯一子嗣的身份，白拣了一个皇帝宝座。也就是这位优柔寡断、多情多义的宁王，一即王位就把为他翦除诸位王子、扫平登基障碍的王皇后处斩。此时他的丰富情感一是表现在聆听刑声时片刻的“似觉不忍”，二是下令收殓皇后尸骨，“安葬举哀”，显出有道明君之慈爱心肠。一旦他亲生的母亲倩娘被接回宫中，奉为国母皇太后时，他对母亲百般孝顺。然而当他发现皇太后竟与乐师过从甚密、亲热过甚时，便不得不厉声呵斥母亲，贬谪亲娘：

> 无视伦常犯国法，暗度陈仓实荒唐。事到如今尚不悔，皇家尊严撇一旁。你把我两代君王置何地？叫儿何颜立朝堂？

有鉴于此，皇上把亲生母亲再贬冷宫，令救命恩人乐师终身囚禁；将大恩大德、又娇又美的未婚妻馨儿肆意戏弄，于婚礼时将太师之女来调包成婚，致令馨儿自剜双目，以死抗争……又一轮皇位造就了又一任无情昏君。诚如其母所云：“你父贬我因皇位，你碍虚荣贬母亲”，哪怕“作奸犯邪”的乐师实则是其阉人知己。该剧以宁王的大段有情痛悔作为收束，具道“亲友俱离散，情爱难追回，独对漫天雪，徒然作伤悲”，仿佛在高度忏悔中又回归其诗人本性，其实这只是剧作家一厢情愿的开脱而已。即使宁王有过这样瞬间的寂寞，但只要皇冠尚在，这些闲情逸兴和小小孤独马上就会被九五之尊的威严之潮，很快地冲到爪哇国去了。

再看金龙皇帝的发迹史。在叛军弑君、王子危难之际，是将军牛牯冒险与王子交换衣甲，掩护王子潜逃。20年后，当金龙王子登基大典举行之日，仅仅因为功臣牛牯在龙椅上“碰碰屁股，好歹也算过了帝王之瘾”，就被恭请他上座的金龙暗剑杀死，呜呼哀哉！不仅如此，金龙帝还将自称是牛牯之子的蜉蝣施以宫刑，留作弄人。对救他性命、助其登位的牛将军尚且如此，对渔家女玉凤的搭救，金龙同样报之以虎狼心肠。他在对天发誓、获得自由后，马上“冷不防扑倒玉凤”，先奸后婚，生下娇儿。然而一旦老王魂灵催促他结束渔光曲，争霸为君王时，金龙就毅然决然地告别了妻儿，唯一留下的只是那顶刻有牛牯字样的头盔。登基之后，金龙帝也曾寻访过妻儿，但却杳无踪影。为了传下万世世业，他与三千嫔姬昼夜辛苦也得不到龙种；为了生儿战略的确保成功，他又在民间广为征选生过儿女的少妇。此时蜉蝣之母玉凤携媳玉荞与孙儿，来到京城寻找牛牯和蜉蝣两代丈夫。这正好为金龙创造了享用玉荞的契机，也为蜉蝣盼妻惑君，“用自己的婆娘来报这杀父之仇、阉割之恨、夺妻之怨”而准备了条件。

水落石出终有时。当着蜉蝣之子孑孓所戴“牛牯”头盔落下时，追杀“牛牯之孙”的金龙终于猛然醒悟：玉凤是其妻，玉荞是其媳，蜉蝣是其子，孑孓是其孙。他们都把头盔上的“牛牯”当成了亲人姓名而苦苦追寻，金龙为斩草除根、翦除牛牯后代，最终却阉子霸媳，自己犯下了除后乱伦之过。也正是在真相大白之日，伤心透顶、愤怒之极的蜉蝣才“不愿宫中留”，“情愿天涯去放舟”，并真诚地呐喊出“帝王与我是对头”的舞台最强音。认识到帝王本质的蜉蝣，因为不愿将儿子孑孓继承这是非王位，而宁愿杀死亲子，但却被金龙手起一剑，先杀亲子蜉蝣，再扶亲孙孑孓即位。等到他将一代新君按坐在龙椅之上时，面对爹被杀、娘自刎、奶奶气厥的惨景，孑孓终于将复仇的利剑刺向了自己的爷爷——金龙国王。妙就妙在金龙濒死之际，还“艰难回首，肯定地点了一下头，宽慰地倒下去。”只要皇位有了继承人，无论付出了多少自相残杀的代价，金龙当然会感到万分欣慰，死而无憾。

“帝王与我死对头”的对立原则是彻底的民本主义思想。由蜉蝣式返家归渔、太平过活的生活理想扩大为黎民百姓们的基本生存权利，以人民大众的根本利益和价值观念来对抗孤家寡人的根本利益和价值观念，这是怀臻在历史观上的又一发展和开拓性贡献。痛快淋漓地揭示出封建统治者的无情世界和吃人本性，这是对我国传统的民本主义思想的继承和深化；而以百姓利益的向背作为终极性价值评判标准，这更是对传统历史观的根本性突破。就统治者言，诸如《西施归越》中的美人，屡救性命的牛牯，要用时都是恩重如山的复国之宝；而胜利之后所谓复国之宝的命运只能是委弃的破鞋，或者是被斩的莽夫。君王们的价值观念是绝对实用与时刻变化着的曲线，用时且用，杀时照杀。但就民本主义思想及其派生着的价值观念言，则是永远不变的风标。为了坚持这样的价值观念，即使遭受误解且落下千古骂名也在所不惜。且听梨园天子宁王对李后主的评价：

那李煜先生未必不是治国平天下的英才。只是即位之初，国势已衰，先生审时度势，不愿拿百姓的性命去作那无望的挣扎罢了，这才把豪情用到了词曲上。不想竟招来后人诸多非议，真是千古之俗见。

如此独树一帜的历史观和价值观，在《风月秦淮》中的明朝末任内阁首辅钱谦益处，得到了更为具体完整的演绎。清兵困城之际，钱谦益与柳如是起先打算飘然早死，共殉国难，以期名传青史，声振戏文。然而年近80的老家人钱宗的大不知趣，竟将钱、柳赴死的悲壮意境尽皆毁坏：

念这一城无辜百姓，我要老爷牺牲名节，保全数十万身家性命！……

当头棒喝、醍醐灌顶之际，最重名节的大文人钱谦益于舍生崖忠臣碑前毅然悬崖勒马，“为救金陵免战乱，牧斋出城顶降幡。不是文人都怕死，再累百姓心不安。”用柳如是的话讲，一辈子都在为自己算计的牧公，终于总算为百姓作了一桩事情。千古贰臣的骂名由他背着，而无数百姓的身家性命则得以保全。怀臻在以戏曲为牧公作翻案文章之际，也将民主主义思想和人道主义精神阐扬到了极致。

三、 英男美女起悲歌

怀臻诸剧不仅是传统意义上的怨谱、苦戏和哀曲，而更多地属于指意悲怆、力度沉雄的悲剧范畴。以跌宕起伏、摇曳多姿的悲剧结构，熔铸出悲剧主人公坚韧不拔的意志、惨淡经营的精神和丰富多彩的个性，罗剧都锤炼得十分出色。

以高度的想象力和充分的假定性设立起精巧而又曲折的戏剧结构，从而使剧本成为名符其实的佳构剧，这几乎是罗剧的共同特征。《古优传奇》中的笑伶仃作为宫中优人，竟然再三呈报江南汉北的3年灾荒饥馑，居然还说动太后并接受其派遣，与太史公同为钦差去考察灾情。当着太史公和子虚县令先后被谋杀后，笑伶仃竟调动其演戏本色，于深更半夜身着皇帝衣冠，与皇太后并坐丹墀，审案惩奸，更属意外之笔。然而这种看似荒唐的情事，在规定情景中却显得分外真实可信：皇太后最为赏识的优人是笑伶仃，她的种种精神病似的贵恙，都使得优人挟太后以审朝臣的行动得以成立。也就是在千变万化的情节进程中，笑伶仃充满正义、无比机警而又胆大包天的个性，次第展示出来。另一位毳优自始至终的奴才状，进而映衬出笑伶仃刚勇正直的人格精神。从皇帝题词到血书报灾，从县令死谏到奏章调包，从太史公被害到宰相遭审，从真皇帝出现到对饥民先抚后捉的策略，从台上唱戏的红人到台下欲杀的罪人，全剧始终处在戏剧危机的笼罩之中，波翻云谲，令人片刻难得安宁。

《真假驸马》可称为既带有浓郁抒情意味，又带着严肃文化思考的典范佳构剧。由驸马不慎摔死，公主乐极生悲开始，到公主瞒天过海，以驸马之弟权充驸马收束，属于前情前史期；待到真驸马死而复生，重返府中时始，到刑部尚书迫令真告假、兄告弟之时止，属于骨肉夫妻相怨相疑的情感泛滥期；最终由公主、太夫人等纷纷忍痛指责真驸马为疯子，属于全剧的情感高潮期。所以全剧中后部掀起了夫妻、兄弟、母子儿对人痛不欲生的情感波澜，委实令铁石男儿也为之动容。这出戏在构思上又十分精巧，它打破了戏曲往往进入矛盾较慢的常规，一开始就把主人公引入危机之中：要不要以亡夫之弟为驸马？紧接着又是新的矛盾：认不认劫后余生的结发夫？戏到中后部，马上便产生了告不告亲人的心理冲突。一直到最后真驸马关于自己疯不疯的思考，全剧总是促使观众去设身处地思考剧中人的危难境地，这也打破了让观众总是被动接受的审美定势，使得本剧观众总在“要不要”“认不认”“告不告”“疯不疯”等问题面前，不断作出积极的反应和推理。

《西施归越》更是大胆想象、合理推进的悲剧。尽人皆知西施作为越国进呈给吴王的美人，功成回国后与范蠡泛舟于五湖。传统戏曲也有西施回国后被害的剧目。罗剧则以西施怀上吴王遗腹子之后回来，这就使当事人恩与怨、情与理、荣与辱、仇与子等等诸方面的关系，都形成了高度统一的矛盾复合体，让勾践、范蠡和西施都面临着这个棘手的难题而作出抉择。杀掉婴儿的命运不可逆转，勾践在虚伪中包藏着残忍，范蠡在情海之中透露出怯懦，西施在亲手捂死娇儿的过程中反思出自己的千般不是：

我又杀人了！我杀死了夫差，杀死了成千上万的吴国兵士，又杀死了自己的儿子……

她终于悟出了自身存在的真谛：对吴国自己是宠妃但实则是罪人，对越国自己是功臣但实则是工具。国与国之间的互相残杀，掠夺纷争，“只为着落魄的汉子要出头，便开了千古的佳人血泪河”，使得“锦山秀水蒙烟瘴”，“英男美女起悲歌”。面对无情世界，这位无国无家、超然于战争与和平之上的女性，最终跳下了以空旷明净拥抱她的万丈深渊。

相比而言，《真》《金》两剧最具备佳构剧的典范意义，也将封建统治者的共性挖掘得入木三分。但美中不足的是人物个性没有能得到充分的展开。《真》剧中的公主无暇过多地抒情，《金》剧中的金龙似乎一直是列祖列宗操纵下的傀儡，泯绝情感的禽兽，个性的展示除了笑面杀人的奸诈之外，似乎没有更多的自控度。而《梨》《西》《风》等剧稍微在结构上松散一些，因而也就腾出了一定的空白和时间，使主人公于充分抒情中，淋漓尽致地展示其心理世界。比方宁王即位后既秉承了统治者们翻脸不认人的个性，但却在许多地方展示了其梨园天子的本色、率真任意的情怀和反躬自省的人性。西施则将两国人民的苦难和母子两人的遭遇统摄于心中，充分展示了其做功臣受冷遇和侮辱、赴阴曹得坦然和平静的受难圣母的形象、个性和风采。

至若《风》剧中钱谦益的个性，则经历了发展变化的先后程序。起先是豪爽大度，不惜以价值连城的“一壶春”救人，从而赢得了柳如是和青楼女儿们的知重。然而一阔脸就变，当其为官时照旧平庸守职，不敢直谏，当夫人请他出面搭救征选入宫的董小宛时，他却为升官大计不仗义，为顾及官场“大局”而“暂把友情一边摆”，致使董小宛入宫后宁死不为皇妃，断送了年轻的生命。他性格历程中最为光彩的一笔，还是在妻子和家人的感召下，先欲为大明而亡，后欲为大明百姓而降，从而真正达到了不问宠辱、只问良心的高风亮节。

为了悲剧结构的风云变幻，悲剧人物的曳曳树立，怀臻在说白唱词的语言色彩上十分讲究。不同的悲剧主人公各有其不同的声口，不同的剧种也有其俗雅不一的分寸感。唱词出自宁王，便有“大千世界我独尊，芸芸众生任剪裁。信手接来砖一块，转眼砌成冤枉台。无情剑下金玉碎，苦涩黄连亲手栽”等华彩、工整的诗人之句；唱词出于西施，便有“人啊，为什么自相残杀？为什么掠夺纷争？为什么不同舟共济？为什么不互爱相亲？争什么？争什么”等自然、口语化的表达。而秦淮女子、风月文人们的谈吐腔调，整体趋于儒雅精致，充分显示出良好的教育和高度的修养。渔家妇女的唱词意趣，自然又是一番真情实意、白描淡雅的风情：

玉荞　伤心泪，长流淌，泪水淌出一条江。

玉凤　江水这头是女子，江水那头是儿郎。

埒蟒　郎在阶下跪——

玉荞　妻在倚门望——

玉凤　娘在家中想——

蜉蟒　一想一断肠！

玉凤　想人的日子怎么过？

玉荞　娘啊，倒不如弃家远行走四方！

两个舞台区域的三人联唱，大体以脱口而出的渔歌风貌作为主旋律，但却血泪交迸，字字千钧，朴素自然中见出凝重丰富而深挚强悍的感情力度。

“撞不醒帝王将相荣辱梦，唱不绝才子佳人风月诗。”怀臻的悲剧迄今为止一直指向那争权夺利、醉生梦死、虚伪透顶而又腐败之极、有欲无情而又自私专横的罪恶宫廷。他的宫廷悲剧从思维肌理的铺展上看，是一把把犀利的解剖刀；从历史趋势的反顾看，是一首首封建王朝的凄凉哀歌；从情节结构的技巧看，是莎翁悲剧的合理延伸；从人物典型的描摹看，是中国戏曲人物画廊的新景观。

上海有了个罗怀臻，使得中青年戏曲作家在全国范围中有了更为合理的定点分布。路漫漫其修远兮，预祝我国的中青年戏曲作家们在人生旅途的耕耘中，结出更为丰硕的创作果实。

（原载《中国当代戏曲文学史》，高等教育出版社 2006 年版）

勇敢，求索，一个肩担使命者

张静娴

初识罗怀臻

我与罗怀臻的相识，事属偶然，也非偶然。

20世纪90年代，戏曲舞台低迷消沉，我们这些戏曲从业者不时处于迷茫、徘徊和焦虑之中，既心有不甘却又无所适从。淮剧《金龙与蜉蝣》的诞生，以一声炸雷，令我们看到了一种全新的气象，看到了戏曲转型的一个方向。剧作家在历史故事中透露出来的强烈时代情绪，表演、音乐、舞美交织而成的振聋发聩的舞台效果冲击着我的视觉，震撼着我的心灵，也触发了我的思考。我记住了罗怀臻这个名字。后来的京剧《西施归越》，另辟蹊径地塑造了归越后的西施，尽管有人仍对此持有异议，而我心中则暗暗称奇于作者的别致心思。此外，这两部戏为演员所提供的表演空间是如此的不同以往，这也深深地吸引着我。

昆剧《司马相如》的创作排练，让我进一步认识了罗怀臻。他和我师姐岳美缇是邻居，美缇姐常向我绘声绘色地谈起罗怀臻。为了帮助朋友们（郭启宏、岳美缇）圆梦，他居然甘当看不见的好人，穿针引线，奉陪始终，不要报酬地热心于出谋画策，他的人品也深深地打动了我。虽然那时我们彼此的交往仅限于以礼相待，但我已暗下决心，力邀怀臻为我执笔，编写一部昆剧，创作一个真正属于我的、原创的舞台形象。

艰辛的创作

我给怀臻出了一个难题：要让古老的昆剧和时代，和当代观众，和现代的剧场艺术达成沟通。我的心中充满着许多希望，而给他提供的条件只有一个：我自认能够承担年龄跨度较大的角色，其他的就“一切拜托你了”。

不料怀臻欣然应允：“有这样的条件就足够写戏了”。这就是他的本事！他为昆剧，为我，选准了题材，从仅有几十个字的史料记载中，编写了一个非常动人的故事，剧中有六个人物，个个生动、鲜活，个性独具。不过，他也同样给我出了一个难题：居然要我塑造一个年龄跨越57年的史学家，而且不让讨价还价，必须从14岁开始！这在昆剧舞台上史无前例。

当时，我们心中怀有着同样的梦想，同样的“野心”，同样的创作冲动，让我们并未真正意识到从梦想到现实之间的路程和挫折，将会怎样地折磨人。我们相互给出的这两大难题，让我们既痛苦又快乐地携手走过了十年路。

编写一部昆剧谈何容易！这是常令剧作家望而生畏，吃力不讨好的事。罗怀臻却相当认真地说：“我要像小学生练字描红那样开始。”他没有气势汹汹地要来改造昆剧，而是以他一贯的、对戏曲的钟爱，对昆曲的尊重，从剧本创意开始，出提纲，写初稿，一步一步脚踏实地地潜心投入《班昭》的创作。

我觉得罗怀臻写《班昭》，不仅是写了一出戏，而是带着一个当代知识分子的良知和责任，苦苦地思考，积极地探索着当代戏曲的转型与发展。他曾不止一次地坦言：“《班昭》是我写得最难最苦的一个剧本。”期间，环境的纷扰和创作的艰辛，也曾使他产生动摇，甚至想退回剧团的定金。可能正是班昭精神的感召，抑或是无法放弃的使命感，或是对朋友的承诺，总之，怀臻从他事业最摇摆最困苦的时期挺过来了。《班昭》是怀臻用心血编织的故事，“真文章、孤灯下”乃班昭之魂，也是剧作家罗怀臻的人生感悟。这个真实的心灵写照也触动了多少合作者和观赏者啊！

《班昭》这个充满悲情和时代意识的剧本，对应感极其强烈，几乎所有的主创人员看后都感动不已。杨小青导演和灯光设计周正平的表述很有代表性，杨导说：“《班昭》具有一种殊为难得的对生命意识、生命觉悟的启迪意义，触发我很多的人生感悟，每句话都让我看了想哭。”周正平则说：“看完《班昭》使人产生一种发自内心深处的认同和由衷的钦佩，一股沉静的激动和无法抗拒的文化使命感交织而成创作的欲望。”

昆剧《班昭》在罗怀臻和我所各自从事的事业中都有着举足轻重的分量。我喜欢《班昭》这个剧本，更珍惜它给予我的这个机会，因此抱定宗旨，决不仓促上阵，不但要自己准备就绪，还要让整个剧组准备就绪。《班昭》的文本带给我们的欣喜和期待是难以言表的。但是它也给我们带来了许多新课题：大段的念白，生活化的语言，角色的年龄跨度……怀臻不时向我灌输他的新思想、新追求、新方法。他常说：“不同剧种力求不同的突破，昆剧既要正本清源，又需破旧立新……”虽然这些道理我都明白，也是我的追求和创作初衷，可是一落实到具体问题上，落实到唱念做舞的环节上，还是困难重重。昆剧家底丰富是我们赖以生存的资本，若把握不当，也会成为我们前进道路上的障碍。

为确保《班昭》的顺利排练，成功上演，我一等再等，从 1997 年一直等到 2001 年。我感谢怀臻给予我的理解和宽容，整整四年的等待，我们没有白白浪费时间，而是积极地做着各种准备，交流，沟通，切磋，以期在昆剧的继承和发展中达成更多的共识，公演之前怀臻也对剧本一改再改，正是应了那句“剧本没有七稿八稿，休想搬上舞台”的玩笑话。

真正的合作者

正因为前期的充分准备，确保了《班昭》首演的成功。我们趁热打铁一连召开了许多座谈会，广泛听取意见以便修改加工。为了争取演出机会，我和怀臻又策划了《班昭》校园版，送戏到上海各个高校，并请著名的作家、诗人、学者和我们同行，演出时做导看，与学生现场交流、互动，场面热烈感人，开创了昆剧演出的新样式。

《班昭》在 2004 年、2005 年度两次冲刺“国家舞台艺术精品工程”，罗怀臻又以他那“永不放弃、永不言败”的精神鼓舞着大家。

同时他还以身作则，以极大的诚意和耐心，对剧本一改再改（从初稿算起，恐怕已经有20次了）。可喜的是，每次修改后，人物都闪现出新的火花。罗怀臻的才华和聪敏使他善于小修改大提高，四两拨千斤。

多少回排练场上只要怀臻一出现，气氛就活跃，好点子就闪现，同时，他也会以挑剔的眼光要求所有的合作者都能做到至臻至美。他能言善辩，很有鼓舞力，大家都乐意倾听他的意见。

永远的合作者

罗怀臻以他特有的眼光和智慧、激情和才华，为上海昆剧团编写了《班昭》，为昆剧带来了新气象，新思路，新机遇，激活了古老昆曲内在的生命力。正如刘厚生老师所说："《班昭》在昆剧继承与创新、高雅与通俗的辩证关系上取得了开拓性的成果"。

作为《班昭》的主演，怀臻给我的帮助和启示，至关重要。整整十年，我们并肩作战，甘苦与共。我一直很庆幸自己当年的选择，义无反顾地邀请怀臻为我写戏。1996年，也是这个季节，也是这个地点，我和怀臻，清茶一杯，对坐在文艺会堂的茶室，开始策划我们的新剧。十年的合作过程并非一帆风顺，意见相左，摩擦碰撞时有发生，困惑焦虑也会搅得我们心烦意乱。好在我们有共同的追求和理想，我们的合作是建立在彼此信任，相互理解基础上的，所以每当争执过后，我们都会冷静地反省，促使艺术创作进入一个更新更好的境界，而我们的友谊也随之与日俱增。

共同的梦想和追求让我和怀臻走到一起，想来也是一种必然。

最近，怀臻又以他一贯的使命感，满腔热忱地为上昆的年轻一代倾心创作了一部新编昆剧《一片桃花红》，又一次艰难的跋涉开始了。怀臻要以他的实际行动和戏曲界的有识之士，共同推进中国戏曲事业的向前发展。作为曾经的合作者，永远的朋友，我衷心预祝：有志者事竟成！

（本文为作者2006年10月在罗怀臻作品研讨会上的发言稿）

戏剧的求真意志

——评罗怀臻的戏剧创作

王露霞

在罗怀臻所有的戏剧作品中，回荡着一个最基本的艺术主题，那就是“求真意志”。在这里我把“求真”作为一种“意志”，是想让它同浪漫主义所宣泄的易感滥情区别开来，是想让它同庸俗的现实主义所谓的“历史真实”和“生活真实”区别开来，而是指剧作家对真情、真相，甚至真理的倾心与渴求，是指剧作家个人的艺术精神和生命话语的真实性。它源于剧作家对社会、对历史、对传统文化深刻的洞察，源于作家切肤的生命体验，源于剧作家对人类本真生存状态的揭示和叩问。

在罗怀臻的越剧《蛇恋》中，白蛇为了过一种普通人的真正生活，在蛇洞她历经千年的灵魂炼狱；在人间，为了诊治百姓疾患，她甘愿用自己的鲜血调制药汤，为了挽救爱人的生命，她甘愿跪爬九万九千九百九十九级石阶，狂风肆虐，暴雨倾盆，“膝下路，水汪汪，过来石，血两行”，何等的意志和情怀！为了这片真情，在人间她同样进行着灵魂熬炼。尤其是由于自己身孕体弱而战败于法海手下时，她没有如常人般的懊悔、怨诉和退缩，而是敢于正视自身的不足和弱势，“看起来你我修行还不够，区区千个春与秋，要走我只向峨眉走，再修一万年，还把人来投。我不信人间真情得不到，只要痴心在，江河能倒流！”她不想学《窦娥冤》中的窦娥，不想在对自己的悲惨遭遇毫无反抗只有哭诉的悲情渲染中，赢得人们的同情与怜悯；她不想学《长生殿》中的杨玉环，仙界的空灵澄澈会使一个鲜活的生命趋于萎缩。这种永不言败，永不放弃的勇气使她成为当代中国的西西弗斯，她在这种对真情的渴求和执着的追寻中呈现出一个高尚而又圣洁的灵魂。

在罗怀臻的京剧《西施归越》中，作者毫不心软地将西施数年在吴国生活的“精彩”故事删掉，直接将一连串的问题推到观众面前，这样不仅激起观众强烈的观赏期待，使之获得极大的审美享受，而且以此引发涉及人性、爱情、文化等诸多方面的思考，使整部剧作具有了鲜明的寓意特征。同时更重要的是作者引入了人物最基本、最真切的生命体验，使剧作在多向的、前后剧情相纠葛的张力状态中，达到整体性语境的自足实现。

在罗怀臻的昆剧《一片桃花红》中，那位潇洒而又风流的齐王再次面对钟妩妍的“桃花红”时，终于摆脱了老丞相的哄骗，说出了自己的心里话：“孤王夺江山保社稷是需要你，可要孤王发自真心地爱你，要孤王把你的胎记看成桃花，把缺憾看作美丽，孤王一时半刻还做不到……”这种发自内心的坦诚表白，无异于《皇帝的新衣》中那个喊出“皇帝根本没有穿衣服呀!”的纯真的小女孩。在所有的人都在说假话的社会氛围中，这种对事实真相的揭示，不仅需要剧作家敏锐的洞察力，更需要剧作家灵魂历险的胆识与魄力。在罗怀臻所有的作品中，这种“求真意志”几乎成为他的艺术灵魂。正如俄狄浦斯对可能知晓其残酷命运的老牧人说的话——“我要听，我必须听。”他已预感到可怕的生存真相，但他的求真意志在此迸涌，使他临危不惧，并履行了自己的信义承诺：刺瞎双目，让使命和宿命同时展开。

同时，在罗怀臻的作品中，尽管不乏善良人性的颂扬，但他并不驻足于这些纯道德评判，也就是说在他的作品中几乎无法简单区分传统意义上的“好人”与“坏人”，即使是在如淮剧《金龙与蜉蝣》中的金龙，《西施归越》中的勾践等这些极为残忍、阴鸷的人物身上，我们仍然可以感觉到他们被作者有意识地设置为一种符号所蕴含的极为丰富的文化隐喻，并由此传达作者对这一强权文化的批判和彻底的否定。罗怀臻所倾心的是人间真情（包括爱情、亲情、友情），事实真相和被世俗所遮蔽、有待艺术进行澄明的真理，以及在对这种真情、真相、真理的探寻与揭示中所展现的人类自身的生存境况和个体生命的本真体验。正如俄狄浦斯所洞晓的不仅仅是他个人或城邦的命运一样，罗怀臻作品中人物的遭际同样预示了求真意志这一人类精神大势的无限期的酷厉发展。

由此可见，一代代真诚的艺术家，如果说他们是“成功者”的话，决非指世俗意义上的荣耀，而是他们面对生存（生命）遮蔽时，所激发的深刻的盘诘之情，是他们对生存和生命保持了更焦灼、更尖锐的开掘和追问。在剧作家的巅峰体验中，并不只存在纯道德、纯审美的迷醉，同时更缭绕着一个固执、沉郁而催促的诫命：“我要听，我必须听。”事实证明，任何有效的写作，都是一种与恒久的集体谎言的较力，然而优秀的艺术作品恰好就是在这种较力中散发出永久的光辉。这就是我所理解的罗怀臻戏剧求真意志的精神内核，也是我理解的所有严肃的艺术作品的精神旨归。

（原载 2006 年 10 月 29 日《文汇报》）

罗怀臻：上海的“异质”闯入者

金　莹

“五十年生命之旅，三十年倾心之作。”近日，浓缩上海剧作家罗怀臻历年创作的六卷本《罗怀臻戏剧文集》由上海人民出版社出版。

这个曾经背过上千句台词的淮剧演员，这个从为年轻朋友代笔书信，到为剧团的移植剧目加写唱词的剧作家，这个创作题材涉及京、越、昆、淮多个剧种的多面手，回顾自己的创作生涯，无限感慨。他说到三点“满意”：对命运给他安排的人生情节很满意，其中的挫折和压力也是他通向今天的必经之路。此外，他对自己选择的戏剧创作职业很满意，“我跟它的较劲，不会完结。”再者，他对选择了上海很满意。

上海“异质”的强行闯入

评论家毛时安说，对于上海剧坛，罗怀臻是一个“异质”的强行闯入。1993年，由罗怀臻编剧的“都市新淮剧”《金龙与蜉蝣》上演，一举改变了这个来自苏北的剧种在上海滩的消沉，同时也打响了他剧作家的名头。眨眼之间，他来到上海已有二十余年。

“海派艺术是什么？是海纳百川，打破规范，重塑经典。”罗怀臻说。但在他眼中，在商业气味重新浓烈起来后的这二十多年里，上海文化正逐渐地被狭隘化，“当时有鲁迅、巴金等文学大师，民族资本家带着世代积累的财产来到上海创办民族企业，外来手工业者带来虎虎生气。还有致力于创新变革的艺术如海派京剧、女子越剧、上海电影。当时的文化主体是对国家民族的忧患意识。”

但如今人们对上海的描述只剩下些灯红酒绿、歌舞升平了，文化工作者们不愿再进入这座城市的骨髓和血液，记录那些有痛感的记忆。“他们都在津津有味、旷日持久地触摸上海城市的汗毛和皮肤，抚摸汗毛是痒的，微妙的，适宜的，没有痛感的，但它只能是补充、摆饰，没有痛感的文化、文学，都没劲了。”

这不是罗怀臻想象的曾经在近现代文化舞台上占据半壁江山的上海文化。他向往的上海，是打破常规、不拘一格的上海。但这个城市越来越国际化，文化却越来越地域化。惯常描述使得这个城市的市民性格逐渐“盆景化”：“我们的一切都可以很精致化，可是生命张力缺失了，生活景象精致乃至到虚假，我们对时代的关注、对生命的苦难的触摸，都表面化了。”

“所以我成了异类。”罗怀臻说。他说，关键在于原创力，原创力是作家、学者、剧作家，包括一个团队、剧种对自身时代精神的准确传达，是传统延续到今天、流向明天时投射给时代的印记。

“我有与生俱来的痛感”

“我是个有痛感的人，楚文化的文化背景给了我与生俱来的痛感。”一路走来的罗怀臻，在上海已颇有名气：文集出版，各家剧团邀请他写剧本，他还在上海戏剧学院带研究生。开始有朋友担心，罗怀臻会不会失去他的锐性？“在保持对上海文明向往的同时，我没有放弃异地文化人的个性、血性以及感情。”罗怀臻说。

“我个人的创作虽然如鱼得水，但这也要放在时代的大环境里。”在他看来，如今的文化大环境越来越像一个大秀场，各类文化事件层出不穷，让人感觉匪夷所思：“‘梁祝’本身是子虚乌有的事情，现在有六个省争夺，甚至有地方言之凿凿地说发现梁祝的坟墓。”此起彼伏的事件，构成了他创作痛感的新来源。

2007 年过去了，罗怀臻又有了新的忧虑。去年，在舞台艺术方面，举行各类国家级别的艺术节、戏剧节、昆剧节等，以国家名义颁发的舞台艺术的奖项不下百个，个人奖项不下千个。在他看来，繁荣景象是容易营造的，但景象背后往往掩盖着发展的贫乏。

他还关注非物质文化遗产保护。他提到，昆曲在2001年被评选为人类非物质文化遗产时，报纸只有百余字的报道。但短短几年之后，“申遗”已经变成一种异样的“热潮”。“普天下都申报的时候，我们保护什么呢？”

“放弃城市，就放弃了时代”

罗怀臻一直致力于戏剧的“都市化”，他为淮剧创作的《金龙与蜉蝣》和为宁波甬剧创作的《典妻》，在某种程度上引起了大众对这些剧种的重新关注，这同时也是他“戏剧都市化”理念的实践之一。

在他看来，中华古今戏剧的繁荣都是在商业中心城市完成的。这些起自民间，逐渐由乡村、城镇进入城市的剧种，在城市完成剧种形态的转换，又沿着来路往回辐射，进而影响提高一个时代的戏曲。而一个城市文化辐射力的大小，决定了剧种影响的大小。罗怀臻提出的是“打回城市”的口号。在他看来，不进入城市剧场的戏剧是没有希望的，放弃城市，就放弃了时代。

曾经的戏曲由城市转战乡村，但乡村也已逐渐城市趣味化。罗怀臻介绍，在乡村看戏的群体，只剩下“六一三八九九”，都是孩子、妇女、老人。戏剧在农村已经变成红白喜事的节庆，甚至有剧团对着坟头唱戏。“村里的年轻人去城市打工，回来一掷千金，自己却宁愿回家看碟。”

这是一个传统戏剧危机四伏的时代。但在罗怀臻眼里，这同时也是个孕育变革的时代，内里暗潮涌动。“从唐诗到宋词，经历过多少时间。其间肯定也有人被认为是具有独创性，或者被骂成是数典忘祖的不孝子，但打破法规，最后终会蔚然成风。”

“一粒种子无法改变土壤，只能努力保持自己生命的活性。改变的种子多了，最后土壤也会改良的。”

（原载2008年5月15日《文学报》）

城市化背景下戏曲创作的里程碑
——读《罗怀臻戏剧文集》

朱恒夫

自改革开放之后，应现代工业化发展的需要，我国加速了城市化的发展进程。从1978到2008年的30年间，城市的数量从193个，增加到286个；城镇人口占全国总人口的比例，由17.92％上升到45.9％。今日之中国，城镇可谓星罗棋布，几乎每个家庭都和城市发生着密切的关系，每个人都深深地受着城市文化的影响。

在这样的背景下，由传统农业经济所产生的伦理观、价值观、审美观发生了巨大的变化，现代的城市文化正在悄然而迅速地改变着农村文化。而戏曲产生于我国古代的农业社会，无论其内容还是形式，都打上了农业文明的深刻烙印。因此，它在千百年的发展历史中，主要为农民喜闻乐见，故而被人们称之为草根阶层的艺术。随着我国经济结构的改变，务农人口越来越少，农村文化退出主流地位，传统戏曲便也渐渐失去了原有的艺术魅力。在此情况下，戏曲如何与时俱进，以适应城市化进程中人们的审美趣味，使艺术之树常青，则成了亟待解决的问题。

罗怀臻的戏曲创作，让我们看到了在解决这个问题上的希望。

怀臻的戏曲创作，不是一般意义上的为剧团、剧种写写剧本而已，而是作者在清醒地认识到社会向城市化发展时，所作的一种理性而积极的探索；是试图让古老的民族艺术与现代都市社会和谐协调的有益尝试。因此，他的剧本是社会新旧转型时期、戏曲正在经历磨难、痛苦地蜕变成新的生命体前的文化产物。归纳他所创作的二十几部戏曲剧本，约有三大特色：

一是进入戏剧人物的灵魂深处，展示其丰富复杂的性格。和整个传统文化不重视个体、不关心人的精神层面一样，传统戏曲从不将戏中的人物当作一个个情感丰富、思想复杂的生命体来看待，而只是让其代表一种伦理符号，或忠孝节义，或奸贪凶顽。相应地，戏剧的冲突自然地便成了正与邪、忠与奸、善与恶之间的冲突，其结果只能是戏曲的剧目大多成了社会伦理的教科书，而很少能让观众从舞台上看到气韵生动、丰富复杂而相对独立的生命体。

怀臻的戏则不是这样，他让舞台站立着一个个有声有色、血肉饱满的生命的活体。他们既具有某个阶级、某种身份人物所共有的特点，并带着时代的烙印，又具有特定人物所具有的秉性气质与性格特征。金龙在权力没有节制的环境中，为所欲为，不但给别人制造了诸多悲剧，也承担了历史所给予他的悲剧（《金龙与蜉蝣》）。曹寿聪明反被聪明误，落得身败名裂、一事无成的下场（《班昭》）。由于怀臻能将人物的灵魂裸露出来，因而总能给予观众强烈的心灵震撼与深沉的思考，他们会在人性的认识上获得过去从未有过的审美上的快感。

二是将剧作家的社会责任巧妙地融入剧目之中。传统的戏曲是“高台教化”的工具，所谓“不关风化体，纵好也徒然”，以致在十年“文革”中戏曲竟变成了教育人民、打击敌人的有效武器，附加的政治性几乎完全替代了戏曲应有的艺术性。这当然不是一个好的做法，但是，我们还得承认，植根于传统的戏曲作品必须具有一定的社会意义。如果一个剧目远离时代，远离生活，不关百姓的痛痒，为艺术而艺术，是肯定不受观众欢迎的，也一定成不了精品。怀臻深知这一点，他力求通过戏曲为社会的进步做出自己的贡献，但是，他的做法不同于以往那样将“正面”的思想强行推销给观众，而是用润物无声的方式将自己的社会责任了无痕迹地传导出来。通过《典妻》这一题材的选择，告知观众：中国社会在不断地前进，已经发生了翻天覆地的变化，曾经将妇女作为生育奴隶的现象将永远成为历史；通过《班昭》，他告知在商品社会中心灵浮躁的人们：“从来学问欺富贵，真文章在孤灯下”，生命的价值不在于眼前的名利，而在于千秋不朽的事业。许多观众说怀臻的戏，像甘冽的浓茶，让人清醒，大概缘由于此吧。

三是面向具有现代意识的观众。今天到剧场看戏的人，我们当然可以称他们为现代观众，但这仅是从时间上来分的。客观地说，由于观众的思想意识与审美标准的不同，相当一部分人是不能算作现代观众的。而怀臻的戏主要是给那些具有一定的现代意识的观众欣赏的，其观众则又以青年人为主体。那么，具有现代意识的观众追求什么呢？他们追求个性的张扬；在不损害国家、他人利益的前提下，让生命自由地伸展；去掉世俗的虚伪，一切都坦诚地展示出来……李尔在受尽了长女次女的凌辱后，呼唤着狂风与暴雨，那一段发自灵魂深处的唱词：“吹净我李尔的虚荣与昏聩，洗净我灵魂的垢渍与污斑。让我脱去这世俗的华裳，卸下这虚幻的冠冕。”引发了现代青年观众的强烈共鸣。而本来就写给校园大学生们看的青春昆剧《一片桃花红》，齐王对钟妩妍真实的告白，亦吻合了现代青年观众的精神追求。

怀臻剧作的特色，自然不止我所述的三点，这不过是我个人的愚见罢了，每位观众概括出来的特色一定是各各不一样的。然而，怀臻创作的成功却得到了上下一致的认同，且不说从90年代起，他的剧本获得了30多个国家与市级的奖项，仅从民间编选的《中国当代百种曲》，唯有他一人入选三部剧本来看，他的成就也是毋庸置疑的。他之所以能够在戏曲萎靡的时候，还能做出如此大的成绩，我想大概有三个原因：一是他是个真正的戏曲人，有与戏曲共存亡的决心，带着纯正的目的，为戏曲的命运进行有力的抗争。二是他是个时代的清醒者，认识到社会的转型将会给戏曲带来新的生命，于是他进行艰辛而不懈的探索。三是丰富的舞台经验与厚实的理论素养使他能在继承和创新上，找到了正确的创作途径。

诗人才华与哲人思辨

——读《罗怀臻戏剧文集》

朱蓓蕾

“著名剧作家罗怀臻50年生命之旅，30载倾心之作”，这是《罗怀臻戏剧文集》腰封上的两句话——如果你读完文集你就会感叹：但无一字虚夸。

能力、兴趣与职业，如果这三者能够统一，无疑是人生的幸事。而多数人所从事的工作并不一定是他所擅长和喜爱的，因此多数人只是有工作而不是有事业。罗怀臻则不同，无论是戏剧选择了他还是他选择了戏剧，彼此都是一桩幸事。于他如此，于戏剧事业亦然。他说自己“既无家学渊源，也无经院背景”，却早早地与戏剧结缘，这一结就相许终身，矢志不渝，全情投入。可以说每一部剧作都是他真切的人生体验，饱含着浓烈的生命激情，因而，罗怀臻的剧作部部动人。

即使上天赐予了罗怀臻与戏剧的缘分，但是能够长期坚守下来则要依靠他顽强的毅力与勇气。况且，罗怀臻主要所从事的还是中国传统艺术——戏曲文学的创作。自20世纪80年代以来，戏曲“危机”的阴霾久久不散，罗怀臻正是在这个时期投身戏曲的。他努力打通古老戏曲与现代人群的精神阻隔，致力于“传统戏曲现代化”和“地方戏曲都市化”的创作实践与理论思索，他的剧作既向当代的观众展现出中国戏曲诗意的美，又以人文精神、当代文明反哺戏曲，使其在现代文明环境中重新焕发勃勃生机。因而他的剧作不止一次地挽救了濒临危机的地方剧种，并改变了多个剧种的艺术走向，他的理论思考也为众多的戏剧从业者指点迷津。

如果就此理解这套文集是专门提供给具有戏剧专业背景的个人或团体使用、阅读与研究的话，那还是降低了罗怀臻戏剧文学创作的价值。作为文学体裁之一的剧本，本身就具备文学欣赏的功能，只是近些年来从事剧本写作的人往往忽略了这一方面。在这方面，作为“剧作家”的罗怀臻体现出比一般“编剧”更重视剧本文学性的高明和优胜，他的剧本不但可以作为舞台搬演的成功脚本，同时也是可供案头精读的文学佳作，有悬念迭起的情节，有诗意盎然的情景，有潜入心灵的情感，有挥之不去的情绪，当然更有流畅优美的语言和发人深省的哲思。而他的理论文章又处处闪现着实践家的热忱和思想者的冷峻。

全套文集萃集了作者近30部剧作和近百篇理论文章，是罗怀臻近30年从事戏剧剧本创作与戏剧理论思考的阶段性总结。被称作“江南才子”的罗怀臻其实来自长江之北，上海给了他挥洒才情的广阔舞台，同时也给了他许多人生挫折和心灵痛楚。他长期殚精竭虑于中国传统戏曲文化的现代转型，真切地体验着“外来者”与上海这座大都市、与传统戏曲现代化的碰撞、磨合、融会，他将这些宝贵的体验与思考凝结成了厚重的剧本和激昂的文章。在这套文集的字里行间你可以读到罗怀臻的快意人生，包括他的苦闷彷徨与自由张扬。所谓诗人才华与哲人思辨，就这样在《罗怀臻戏剧文集》中集结发光。

（原载2008年5月30日《文汇读书周报》）

爱，是的

——《罗怀臻戏剧文集》读后

王露霞

致力于传统戏曲的现代转型，是剧作家罗怀臻倾尽毕生的精力和才情所苦苦追索的。在这一理念的驱动下，他不仅创作出多部在当代剧坛产生重要影响的戏剧作品，同时他在广泛的创作实践的基础上，凭借自己对人生、对人性、对生命本身敏锐的洞察力和精审的感悟力来不断丰富和完善自己的艺术理念。也正是这种创作实践与理论思考双向并重且互相依持的艺术姿态，成就了罗怀臻在当代戏剧界的独特价值和史学意义，而新近出版的六卷本《罗怀臻戏剧文集》（上海人民出版社，2008 年 2 月版）便是这一价值和意义的有力佐证和最好体现。

在罗怀臻所有的作品中，回荡着一个最基本的艺术主题，那就是“求真意志”。出生于 20 世纪 50 年代中期的罗怀臻深深地意识到，艺术需要诚意，需要作家不仅拥有一份完整的思想情感，更要求作家对自己刚柔相济的思想情感进行全面的、毫不留情的审视，以及这种审视后充分、彻底、无保留的袒露。罗怀臻的独特之处正在于此，他绝缘了同代人身上由于历史原因遗留下的缺憾，以最大的真诚，以他特有的善良之心和温暖情怀表达着对真情的渴慕、对真相的追问、对真理的探寻。在《金龙与蜉蝣》中，金龙跪倒在列祖牌位前进行的痛苦的灵魂叩问是他本源的“人”的意识被唤醒后，对爱情、亲情等人世间最普通的至爱真情的呼唤；《蛇恋》中的白蛇为了挽救爱人的生命，甘愿跪爬九万九千九百九十九级石阶，狂风肆虐，暴雨倾盆，何等的意志和情怀！《西施归越》中的西施为了保护孩子的生命，甘愿忍受身体与精神的双重蹂躏，以自己柔弱的身躯和不屈的灵魂捍卫了生命的高贵和人格的尊严；尤其是《一片桃花红》中，那位潇洒而又风流的齐王再次面对钟妩妍的“桃花红”时，终于摆脱了老丞相的哄骗，说出了自己的真心话：“要孤王把你的胎记看成桃花，把缺憾看作美丽，孤王一时半刻还做不到……”这种发自内心的坦诚表白，撼动了多少颗被世俗的冷漠和谎言所填塞的当代人的心！

在说假话已经成为一种“时尚”的社会氛围中，这种对事实真相的揭示，对挚爱真情的渴慕，对世间真理的追寻，不仅需要剧作家敏锐的洞察力，更需要剧作家灵魂历险的胆识与魄力。正如俄狄浦斯所洞晓的不仅仅是他个人或城邦的命运一样，罗怀臻作品中人物的遭际同样预示了求真意志这一人类精神大势的无限期的酷厉发展。因此可以说，一代代真诚的艺术家，如果说他们是“成功者”的话，绝非指世俗意义上的荣耀，而是他们面对生存/生命遮蔽时，所激发的深刻的盘诘之情，是他们对生存和生命保持了更焦灼、更尖锐的开掘和追问。任何有效的写作，都是一种与恒久的集体谎言的较力，而优秀的艺术作品恰好就是在这种较力中散发出永久的光辉。这就是我所理解的罗怀臻戏剧作品的精神内核。

罗怀臻的戏剧创作涉足多个剧种，而且对每一个剧种，他都会按照其艺术规律和地域特色，挖掘出富有浓郁现代意识，契合当代人审美情趣的美学神韵，从而使这一剧种在继承原有艺术风格的基础上呈现出蓬勃的生命力。淮剧《金龙与蜉蝣》等就是罗怀臻这一艺术追求的典型例证。苏北文化属古楚文明，具有离奇、浪漫、唯美的精神品格，而依托于这一文明的淮剧长期以来逐渐偏移了这一特色而变得不伦不类，其艺术生命力也随之减退。《金龙与蜉蝣》在挖掘、回归这些传统本质特征的同时，又展示了人在本能、欲望、情理、文明之间的矛盾冲突，展现了人类在文明进程中的困惑和绝望以及在绝望中的痛苦挣扎。这一传统的艺术形式与现代人的生存境遇和情感历程相互融合、相得益彰的作品，在观众中引起了强烈的共鸣，也使沉寂了多年的淮剧艺术焕发出了新的生机。由此，罗怀臻提出了“都市新淮剧”的理论主张，并凭借自己的成功经验，把这种创作理念运用到昆曲、甬剧、黄梅戏等多个剧种的实践中，先后创作了《西楚霸王》《班昭》《典妻》《孔雀东南飞》等多部影响深远的艺术作品。

罗怀臻的戏剧作品从选材上看，大都为历史题材，但不管是新编历史剧、还是名著改编以及后期所尝试的青春剧的创作，他都能遵循“传统戏剧现代化”的创作理念，以其丰富的想象力和惊人的胆识将传统故事的结构打碎，对各历史人物传统的价值定位进行颠覆，同时以自己独异的对生命本体的洞察和体验，不仅给各历史人物注入了新的文化内涵，更能从当代人类生存境遇的视角切入，对人生、人性、爱情和生命等这些噬心的哲学母题进行了全新的阐释，从而使剧作不仅具有了真正意义上的回归传统，也具有了更广泛、更深刻意义上的现代性内涵。在新编历史剧《班昭》中，作者通过对历史名人班昭一生命运的遭际、情感的磨难以及倾尽毕生精力撰写史书的执着和坚韧，来彰显中国知识分子面临诱惑、面临危难之际所表现出来的担当精神和责任意识，以他们崇高的人格魅力回击了当下“躲避崇高”“消解价值”的世俗喧哗。在以《蛇恋》为代表的名剧改编中，罗怀臻更是有一种自觉的“重述”意识，他要在对名著的重述中融进自己独特的思考，从而升华出名著的现代意识和时代精神。他清醒地意识到以前包括田汉的《白蛇传》在内的所有白蛇戏在人物形象和爱情观上的局限性，明晰地看到自己所能再度开发的艺术空间，她以白蛇作为一位异类的视角切入，来审视人类诸多虚假、自私、丑恶、欺骗的本性，表现白蛇为爱情所伤的深刻反思，从而演绎出一个新的时代主题，那就是“情网恢恢、在劫难逃”。而通过多部青春剧的创作尝试，诸如《一片桃花红》《梅龙镇》《蛇恋》等，罗怀臻对青春剧也有了一个全新的认识和深刻的展示。他认为青春剧与青春版戏剧不同，青春版戏剧大多由生理意义上的青年演员来演绎有关青年人的故事，主要是爱情主题，但这里的爱情不是当下青年人的爱情体验，而是延续了前人的时代感悟；青春剧表现的则是当下青年人的生命体验，是他们的人生观、价值观甚至爱情观的真实反映，是契合当下青年人精神气质和审美情趣的舞台呈现，演员是否青年人并不重要。

罗怀臻的独特价值还在于，他在广泛的创作实践的基础上，从不同的角度、不同的侧面、不同的层次总结出了深富学理性和现实指导意义的戏剧理论。除了前面提到的对于地方剧种的认识，对新编历史剧、名著改编、青春剧等的认识，他还对何为悲剧和苦戏、如何创造自己的代表作、如何把握现代化语境下中国传统文化的继承与创新、如何区别家乡意识和原乡情结、如何恰当地处理编剧与二度创作的关系、如何正确认识现代剧场和现实题材的作品等，这些相互纠葛又彼此相关的重要的理论问题有着自己独到的见解和发现。他认为悲剧和苦戏有着本质的区别，从某种意义上讲，悲剧是找不到具体的责任人的，而苦戏则相反，当代中国戏剧所要追求的就是这种悲剧精神。现代语境下中国传统文化的继承与创新问题是他思考最深、在不同的场合谈论最多的话题，他认为继承是戏剧存在的根本，创新是戏剧发展的必由之路，只有在创新过程中的继承才是真正的继承，同样，也只有在继承前提下的创新才是真正的创新。

罗怀臻在传统戏曲的现代性转型方面做出了卓越的贡献。纵观他近三十年来所走过的创作之路，始终以一种饱满的热情、聪明的智慧、坚韧的耐力和善良的情怀投身于他所挚爱的中国戏曲的发展中。他说他是中国戏曲的儿子，他爱中国戏曲。爱，是的。他不仅爱他作品中的人物，爱这些人物的故事和情感，他更爱这个时代，爱他身边的世界，爱他所有的朋友，爱那些认识和不认识的观众和读者。爱，可以概括他全部的为人、为文品格。

（原载 2008 年 11 月 8 日《中国文化报》）

保持戏曲民间性特征 融入当代美学精神

——论罗怀臻的戏曲创作

朱恒夫

罗怀臻（1956— ），当代剧作家，主要从事戏曲创作。迄今为止，已经创作了三十多部戏曲剧本，由京剧、越剧、淮剧、昆剧、甬剧、黄梅戏、琼剧、川剧、汉剧、晋剧等十多个剧种的剧团搬上舞台。其代表作有《古优传奇》《真假驸马》《西施归越》《金龙与蜉蝣》《西楚霸王》《宝莲灯》《柳如是》《梅龙镇》《李清照》《班昭》《典妻》《蛇恋》《一片桃花红》《下南洋》《胭脂盒》《蔡文姬》，等等。在近年出版的由戏曲学专家编选的《中国当代百种曲》中，在世的剧作家，唯有他一人入选三部剧本。他曾四次获得全国曹禺戏剧文学奖、五次获得中国戏剧节优秀编剧奖。因其在当代戏曲振兴工作中的杰出贡献，2010 年，在中国戏剧家协会第七次代表大会上被选为中国戏剧家协会副主席。《金龙与蜉蝣》《典妻》与《班昭》这三部剧目不但在全国产生了广泛的影响，戏曲界将其当作“传统戏曲现代化”“地方戏曲都市化”的典范来效法，还因其剧目在当代戏曲中的代表性意义，搬演这些剧目的剧团常被邀请到台、港地区及欧美一些国家演出。

相对于许多戏曲编剧来说，罗怀臻所作剧目的成功率是比较高的。他的代表性剧作不仅获得了知识分子的赞誉，也赢得了普通观众的喜爱；不仅在老年戏曲观众中有票房的号召力，在青年大学生中也有一定的知名度。

之所以能够获得这样的成功，主要的原因大约有三点：一是他是个真正的戏曲人，有着与戏曲共存亡的决心，带着纯正的目的，为戏曲的命运进行有力地抗争。二是他是个时代的清醒者，认识到社会的转型将会给戏曲带来新的生命，于是他进行艰辛而不懈的探索。三是丰富的舞台经验与厚实的理论素养使他能在继承和创新上，找到正确的契合点。

观照他的代表性剧目和他的创作之路，有三点经验值得借鉴。

与时代同行，是剧目创作成功的必备条件

罗怀臻创作的戏曲剧目绝大多数是以古代的生活为题材的，有的是没有历史史实的历史寓言剧，有的则是按照史实来演绎的历史剧，但是不论哪一种类型，他都不是为了反映历史而反映历史，而只是将虚构的历史故事或实有的历史故事，当作他所要表达的对于当下社会的政治、伦理、道德等方面的认识和体现他的戏曲艺术观念的一个载体，目的是折射现实生活，反映时代精神，用戏曲艺术的方式，替广大的人民群众表达他们的心声。

《古优传奇》写昏庸的皇帝耽于表面上的“民顺官清逢盛世，笙箫不断乐悠然”的生活，不理政事，不察民情，而宰相、刺史等官僚则千方百计地粉饰太平，欺上压下，严征苛捐杂税，不顾百姓死活。其时的官场已经形成了一个利益共同体，上下勾结，沆瀣一气，但凡不与他们同流合污的，自甘清贫的，坚持为官操守的如知县、太史公等一二清官，则无安身立命之地，不是被他们暗杀，就是被他们诬陷。①人们观看此戏，会由太史公的“巍巍大业，锦绣河山，岂能毁于你们这帮奸贼之手”的怒斥，而激起强烈的共鸣；会由优人笑伶仃巧借太后权威，让奸贼将其谎报民情、盘剥百姓、谋杀朝臣的罪恶一一招供出来，并被处以极刑的结果，而大快其心。

《班昭》②一剧的题旨是为知识分子树立人生的楷模，有着极大

---

① 《古优传奇》，见《西施归越——罗怀臻探索戏曲集》，学林出版社 1990 年版，第 1—42 页。

② 《班昭》，见《九十年代——罗怀臻剧作选》，上海社会科学院出版社 2002 年版，第 165—202 页。

的现实教育意义。自20世纪八十年代中国社会确立了“以经济发展为中心”的方针之后，商品经济的大潮逐浪相高，一直延至今日，而且有愈演愈烈之势。平心而论，以经济发展为国策的三十多年，取得了前所未有的辉煌成绩，中国人不但解决了长期以来梦寐以求的食不果腹、衣不遮体的问题，还因经济实力的增强，而真正跨进了大国的行列。大大改变了国民自近代以来因被动挨打、饱受凌辱而形成的萎靡不振的精神状态，民族的自信心与日俱增。但是，商品经济也是人心的强烈腐蚀剂，它的追逐利润的本性摇动了我们民族在农业社会中长期建立起来的道德大厦，加之我们在发展经济时，放松了精神文明的建设，使得我们民族的道德水平大幅度的下降，人心不古、世风日下已经成了不争的事实。而知识分子——我们民族的精英，许多人也未能免俗，其心地一样地受到了铜臭的熏染。甚至由于自新政权建立之后，受到反复的排斥、打击，在知识有了用武之地后，脱去了政治枷锁的心灵对于名利的追逐超过了一般的民众。有的忘却了立德、立功、立言，以天下为己任的古训，离开了自己所从事的专业，一门心思扎进商海中去赚钱；有的坐不住冷板凳，耐不住寂寞，致力于投机取巧，甚至干出抄袭他人成果、到处招摇撞骗的勾当；有的千方百计挤进官场，或当起所谓的“学术带头人”，拉关系，找熟人，骗取科研项目，然后将国家大量的科研经费收入囊中。由于知识分子有着较高的社会地位与较大的影响力，因而他们的举动往往有着垂范他人的作用，他们一心向钱看的行为会产生极大的消极作用。就是在这样的背景下，罗怀臻创作了《班昭》。该剧成功地塑造了班昭与马续这两个古代知识分子的人物形象，他们为了完成《汉书》，承受着生活上的艰辛，坚守着精神上的操守，不媚俗，不趋时，久经磨砺不堕其志，耗尽青春与一生的心血。尤其是马续，为了《汉书》，他终身不娶；为了收集《天文志》资料，他离家在外二十年；为了能够做好班昭的助手，他自受宫刑进入皇家图书馆。反面典型则是曹寿，整日想的是如何平步青云，获取荣华富贵。轻然诺，弃学问，钻营官场，甚至丢掉文人最看重的气节，为太后做吹牛拍马的圣德赋，并成为太后的面首。最后越陷越深，无力自拔，以自杀结束了灰暗的人生。《汉书》终于成书，班昭、马续用数十年的岁月完成了千秋大业。班昭由衷的感叹道："最难耐的是寂寞，最难抛的是荣华。从来学问欺富贵，真文章在孤灯下。"这不仅是戏中班昭的心曲，也是剧作者罗怀臻对当今知识分子的劝勉。今日许多知识分子看了此戏之后，都觉得自己的心灵得到了一次洗礼。

《蛇恋》①表面上像《雷峰塔》《白蛇传》等作品那样，描写了一个人神之间难以割舍的曲折而生动的爱情故事，其实大不然。剧作者是借用蛇神的眼睛，来看我们人类，或者说，是看我们今日的人类。那么，蛇所看到的今日的人是什么样儿的呢？白蛇倾心许仙，把一身的情与爱全部放在他的身上。为了和他白头偕老，她情愿将自己由长生之仙降为只有不到百年寿命的凡人；为了救他一命，她以怀孕之身跋涉七山六岭五峰四河三江二湖一海，并跪爬九万九千九百九十九级台阶。可是许仙呢？得知娘子是一蛇精时，先是犹豫、彷徨，后竟抛弃了妻子，跑到了敌对的一方；法海使出种种卑劣而残忍的手段，必要置白蛇于死地，其根本的目的不是像其他白蛇故事的作品那样，出于一种除妖灭魔的宗教理想，而是在红黑病这一瘟疫流行的时候，白娘子用自制的和心汤救治了一城的病人，导致无人再去金山寺烧香拜佛，香火收益大受影响。于是，他为了一己之利益，竟然做出拆散他人婚姻，挖空心思要置白娘子于死地的罪恶勾当；那些受过白娘子救命之恩的普通人又是怎么样呢？他们不问是非，助纣为虐，跟着法海，合围殴打白蛇。这就是蛇神眼里的人啊，为了自己的平安，为了一己之私利，竟能做出那样薄情寡义、忘恩负义、比蛇蝎还毒的事情。难怪白娘子发出了这样悲愤而不解的责问："实指望百年人生共一场，实指望夫妻恩爱有依傍。实指望诊病坐堂行善事，实指望刺血和汤救死伤。谁知道白蛇对人心一片，倒落个家破人亡独悲凉。"（第 8 场）不仅白蛇有如此的认识，青蛇

① 《蛇恋》，见《九十年代——罗怀臻剧作选》，上海社会科学院出版社 2002 年版，第 335—387 页。

和圣母亦有同感。青蛇将人间社会和神仙世界做了一个比较："我还是宁可信神不信人。在人间目睹多少虚与假，再不信人生能有信和诚。纵使仙界太寂寞，总还有永久太平与宁馨。"（第12场）阅历丰富的圣母对人的评价则是："人是最自私的。""人间最最缺少的，恰恰就是一个真字。"正因为如此，"但凡仙界下凡的，还没有一位愿意永久留在人间。"（第2场）神仙们眼里的人的品性，实是剧作者眼里人的品性。罗怀臻给人尤其是给今天的人提供了一面镜子，让人们看看自己是到底是一个什么样子。我相信，所有观看此戏的观众，在听到神仙们对包括自己在内的人类作出这样的评价时，一定会汗颜，会触动自己的灵魂，会在这面镜子中，看到自己品质中肮脏的黑点来。

《一片桃花红》①打着"青春昆剧"的旗号，之所以用这样的旗号，是因为该剧的题旨是高度肯定时下80后、90后青年人最为在意并以此作为好人与否最重要的衡量标准的"真诚"的品性。剧写丑女钟妩妍面生胎记，自幼生活在桃花庄中过着与世隔绝的生活，桃花庄中的人为了保护钟妩妍的自尊心，谎称钟妩妍是最美的姑娘，并都将自己的脸面涂成和妩妍一样的胎记。钟妩妍便天真地认为自己是世界上最美的姑娘。一日，被赵王战败、丢了宫室社稷的齐国少年新君来到了桃花庄，为了骗取钟妩妍的信任，让她出兵救助齐国，虚情假意地赞美她，并说愿立妩妍为后。妩妍大喜，并对其风流倜傥的外貌春心大动。后阴谋戳穿，妩妍始知自己貌丑。齐国再次为赵所破，齐王再至桃花庄借兵，并佯装悔过，遭到钟妩妍严词拒绝。少年齐王听了保姆讲述了钟妩妍的身世后，异常感动，并由衷地忏悔了自己所做的骗人勾当，说出了这一番话语："妩妍姑娘，孤王此番前来，原是打算再施一点小伎俩，再骗一骗你，说说你的美丽，夸夸你的容貌，再赞美几句你的'桃花红'，孤王还特地央求丞相代笔写了这份万言悔过书，随便再奉上一个王后的空头名分。

① 《一片桃花红》，见《罗怀臻戏剧文集》第一卷，上海人民出版社2008年版，第141—172页。

因为孤王又战败了，孤王的这个坎儿又过不去了，所以，只要能向你借得桃花兵，孤王是什么大话空话假话混账话都敢说都敢讲啊！……丞相说，只要心灵美，那容貌就是美的。可是孤王做不到，就是做不到！本来嘛，美的就是美的，嗳，这和心灵又有何干？事到如今，孤王也就实话实说了吧。孤王夺江山保社稷是需要你，可要孤王发自真心地爱你，要孤王把你的胎记看成桃花，把缺憾看成美丽，孤王一时半刻还做不到，做不到！……孤王不愿也不忍心再骗你一回，不愿意，也不忍心啊！……”这既是剧中齐王的真心表白，也是当代今青年人的品性理想，更是他们这一代人对社会上流行的虚假之风的抨击之辞。看着齐王与丞相田婴欺骗纯洁无瑕的钟妩妍的种种表现，我想，没有几个观众不心有戚戚的。他们会从齐王与田婴身上看到自己平常不以为意的虚伪品性，从而作深浅程度不等的反省。

由上举的作品可知，罗怀臻所创作的戏曲剧目之所以能够产生广泛的社会影响，引起社会各色人等较为普遍的关注，是因为他的剧目贴近现实生活，勾勒出了当代人的精神面貌，暴露了社会生活中许多肮脏污浊之处。虽然采用的多是古代或神话的题材，但是，所描述的生活似乎就是我们观众所经历的，所写的人物好像就在我们的身边，甚至就是我们自己。他所赞美的，正是我们欣赏的；他所批判的，正是我们咒骂的；他所向往的，也正是我们渴望的。虽然他的像手术刀一样犀利的笔锋有时解剖的就是我们这些观众，揭露了我们性格或品行上的缺陷，但我们并不会因此而否定他的作品，反而会更加喜欢，因为我们在内心深处也像他一样，讨厌哪些缺陷，并希望得到改正，做一个品行较为完美的人。

保持戏曲的民间性质地，方能吻合中国老百姓的审美趣味

从戏曲的第一个形式宋杂剧起，直到今日戏曲园地中的二百多个剧种，没有哪一种形式不是孕育于民间、生长于民间、成熟于民间的，换句话说，迄今为止，还没有发现一种戏曲形式是由文人独创或者是由宫廷培育成长起来的。相反，一种戏曲形式只要被文人

士大夫看中，由他们接过去把玩，进行打磨、提纯、加工、改造，虽然会变得精致典雅，增强了技术性，但它的生命力却必然是一天天减弱，最后总会元气大伤。或走向死亡，消失在艺术历史的长河之中；或与草根阶层愈离愈远，被人供奉起来，成为所谓的“遗产”艺术。可以这样说，戏曲是鱼，民间是水，鱼儿离开了水，绝无生存之可能。

由于戏曲在其千年的发展过程中，绝大多数剧种始终没有脱离民间，并不断而广泛地吸收各种民间艺术的营养，自然也就形成了民间性的质地。

所谓戏曲的“民间性”，是指它具有占人口绝大多数的草根阶层的审美意趣，以草根阶层的好恶为好恶。在思想上，赞颂、宣扬草根阶层信奉的经过数千年考验证明能够有利于民族繁盛的传统美德。在形式上，采用长期在民间口耳相传的传奇性故事，或按照民间传说的美学精神编创的新故事；传导出普通百姓认同的能净化心灵的丰富情感；所运用的语言通俗、质朴，并有鲜明的民族特色。

罗怀臻深知民间性的质地对于戏曲的意义：如若一部剧目，没有民间性的质地，就等于抽去了戏曲的灵魂，就失去了戏曲之所以能够成为戏剧大家庭中一员的理由。他在介绍《西楚霸王》的创作过程时说：此剧目的创作是从追溯淮剧声腔的源头开始的，因为淮剧声腔的源头是徽调与民谣，而徽调与民谣是植根于楚地文明之中的，“它不是农家小调的那种小气，而是沉郁忧患的士大夫的慷慨悲歌”。它雄浑、壮阔、强悍、大气，是真正的高雅。在将该剧作了这样的文化定位之后，为了强化民间性，他们特地从苏北农村找来一位民间音乐家，让他运用粗狂悠扬的近似于赶牛号子的［僮子调］为霸王的《垓下歌》歌词配曲。①

当然，罗怀臻剧作的民间性，绝不仅仅体现在音乐方面，具体地说，有下列三个表现。

---

① 罗怀臻：《戏曲现代化散论》，见《罗怀臻戏剧文集》第六卷，上海人民出版社 2008 年版，第 39 页。

一是站在民间的立场上对朝野人物进行道德的审视。在百姓认为，从百官到皇帝，其所作所为多是出于一己之私利。皇帝将四海之内的财富，都看作是自己的私产；将天下的民众，都当作自己的臣工。于是，恣意地挥霍财富，任意地役使民众。而官员们则将做官当作一种赚钱的生意，以获取最大的利润作为自己为人处事的出发点。故而，对于治下的民众巧取豪夺，用欺凌压迫等种种手段，大肆搜刮，所谓“八字衙门朝南开，有理无钱莫进来”。因此，帝王百官，大多没有人性，有的只是虎狼的凶恶，蛇蝎的心肠。在这个社会里，倒是底层的百姓们大多具有善良的心地、真诚的品质、纯洁的友谊和家国的情怀。出身于底层社会的罗怀臻高度地认同这一民间的道德判断，并在许多剧目中有意识地将这种道德判断作为剧作的中心思想。在《梨园天子》①中，艺伎馨儿和一帮宫廷艺人冒着生命危险保护了宁王，然而，宁王在登上皇帝的宝座之后，却忘恩负义，反目成仇，说艺人们是下流之人，将自己昔日与他们的交往看作是一种耻辱，毫不留情地进行打击迫害。将乐师禁锢在钟楼，欲折磨致死；背叛立馨儿为后的诺言，迫使馨儿刺瞎双眼，流落江湖。做帝王的人怎么会是这样？同样是艺妓出身的倩娘由自己坎坷的人生经历得出了这样的结论：帝王“只知为自己，哪管他人死与生。”宁王的所作所为，目的就是为了获得大臣与贵族们的支持，使他的帝位稳固、江山一统。《西施归越》②中的西施，本是苎萝村的一个纯洁的姑娘，因其美丽绝伦，被国王勾践和自己的未婚夫、越国大夫范蠡送到敌对的吴国宫廷，用作复国雪耻的工具。西施出于保家卫国的责任，屈辱地用美色惑乱吴王，终使越兴吴灭。按理讲，西施毫无疑问是越国的大功臣，即使不能论功行赏，也起码应该对她给予格外的尊重。然而事实恰恰相反，勾践担心越国人将国家的复兴都归功于西施而会使自己失去帝王应有的威望，便有意要冷落

① 《梨园天子》，见《西施归越——罗怀臻探索戏曲集》，学林出版社 1990 年版，第 81—124 页。

② 《西施归越》，见《西施归越——罗怀臻探索戏曲集》，学林出版社 1990 年版，第 125—169 页。

她："西施一朝称功勋，卧薪尝胆抵何用？遣使美色成国耻，教人贻笑我技穷。猛然间脸发烧，心慌恐，岂能再表女儿功。荒唐盛宴须收场，遣使西施出越宫。"越国的武夫们更是直接地表露出他们轻侮的态度："吴王亲得，弟兄们倒亲不得？"当西施怀了吴王孩子的消息被泄露后，原来信誓旦旦说要用一生爱着西施的范蠡，怕伤了自己的脸面，怕毁了自己的政治前程，不顾一个母亲的情感，强硬地要求西施除掉她的骨肉。勾践则怕重新点燃起吴王的拥戴者们报仇复国的希望，也怕婴儿长大后生出祸端，在西施分娩前，让人严密看守。西施分娩后，则活生生地杀死了婴儿。这哪里还有一点点儿恩义？还有一点点儿人性？相反，并没有得到西施多少恩惠的东施，出于天然的人的本性，倒给予西施很多的关爱与帮助。

二是构建人物行动和故事情节运用了民间文学的思维方式。民间文学的思维方式的重要特征就是人物行动的夸张与故事情节的巧合。《宝莲灯》《蛇恋》《梅龙镇》等剧目本来就是出自民间故事，自然而然地，剧作者会按照原故事中的思维方式对内容进行整合与加工。而在新创作的故事中，罗怀臻依然运用了民间文学的思维方式。《金龙与蜉蝣》中牛牯，帮助金龙血战二十年，终于打败了叛乱者，重新夺取了帝位，一时得意忘形，坐上了象征至高无上权力的宝座，并说"兄弟我就碰碰屁股，好歹也算过了帝王之瘾"，却不料金龙杀性顿起，突起一剑，杀死牛牯。在历史上，朝代更迭之后，确实会经常出现"兔死狗烹"的事情，但是，不太可能像该剧这样，战事尚未完全结束，金龙就因牛牯的这一玩笑性的行为而杀死他。牛牯领兵打仗几十年，肯定有许多忠诚于他的部属。若在真实的生活中，这一贸然杀戮大将的行为肯定会造成灾难性的后果。但是民间文学的思维方式在构思人物的行动时不会这样的缜密，它只是想通过此行动传达出这样的思想：在"家天下"的社会制度中，任何威胁或觊觎帝王宝座的人，帝王便会毫不留情地除掉他，而绝无片刻的犹豫和丝毫的手软。又该剧故事情节的主要构成方法就是巧合。镇压叛乱者时，皇宫血流成河，已经是叛兵的蜉蝣——金龙的儿子，却安然无恙，并由父亲下令阉割了自己的儿子；金龙搜罗民女做自己传宗接代的生育工具，最后居然幸的是玉荞——自己嫡亲的儿媳；孑孓——金龙的孙子，随着祖母居然能够闯进警卫森严的宫中，因带着刻有“牛牯”字样的头盔，让金龙明白了是自己亲手造成了家庭的悲剧：“亲手将，儿身残；亲手将，儿媳占；亲手将，妻子撵；亲手将，亲人煎。”《西楚霸王》第四幕中的虞姬夜访汉营的行为与情节的设置，也明显地运用民间文学的思维方式。一个女子，怎么能够单身匹马进入敌方统帅的营帐？她作为跟随霸王多年、并对政治的血腥较为了解的女子，怎么可能做出乞求敌人放项羽一条生路的事情？剧作者这样构思的目的，无非是将虞姬对项羽的深情放大了给观众看，以增加她的忠贞、多情形象的光辉度。

三是用民间歌谣与地域风俗强化作品的民间性。民间歌谣和文人诗词有着本质上的区别，民间歌谣的词语浅显俚俗，感情浓烈直露，风格质朴奔放；而文人诗词的用语典雅有致，感情含蓄蕴藉，风格委婉细腻。罗怀臻在其剧作中自觉地运用了民间歌谣，如《梅龙镇》里的传统儿歌：“郎里格郎，郎里格郎，我家有个小儿郎。刮风下雨都不怕，一觉睡到大天光……”表现了人物对童年珍贵时光的回忆，对纯真情感的渴望，对没有森严等级的民间社会的向往。罗怀臻剧作中更多的是按照民间歌谣的作法自创的歌谣，如在《金龙与蜉蝣》中有三场在闭幕时表现人物心声的歌曲：“大哥哥心太黑，想得出就做得出；小妹妹心太软，有办法也没办法。从今只求你一件事，一辈子不离妹半尺……”。其修辞手法、感情表达一如民歌。该剧中的大多数曲词都有很浓的民歌韵味，如

玉荞　伤心泪，长流淌，
　　　泪水淌出一条江。
玉凤　江水这头是女子，
　　　江水那头是儿郎。

对于欣赏并能编唱这种歌谣的草根阶层的人们来说，这样的剧目与自己没有多少距离，他们因其醇厚的乡土韵味会感到很亲切，加之在故事构成、道德评判、人物行为等方面都较为吻合民间的美学趣味，故而会将这些剧目看成是老百姓自己的剧目。

在剧目内容的风俗性上，罗怀臻亦是浓墨重彩，具有代表性的剧目是《典妻》。该剧的故事源自20世纪30年代的作家柔石根据家乡宁波一带典妻生子的风俗写作的小说《为奴隶的母亲》，但戏剧的风俗性比其原作更为鲜明、突出。典妻的缘由与过程为："有户人家家道富，主人才过五十五。可惜大娘不生养，要借一个传代妇。借期共三年，借主是丈夫，现场就画押，大洋一笔付。"被典出的妻子是由借妻的人家用轿子接走的："新娘上轿花盖红，寡妇上轿没顶篷。春宝姆妈撑把伞，不遮风雨遮面容。"（第一场）被典妻子离家的待遇在新娘子与寡妇之间。妻子在新家生出孩子后，只能做孩子的婶娘，没有妻子的身份和权利，其地位在小妾与奴婢之间，除了给孩子喂奶哄抱之外，还要做佣工的杂活。在典租期间，决不能和原先的丈夫有任何的接触，哪怕是经济上的来往，亦是被禁止的。典租期满后，如果不再续租，妻子必须按期回家，并保证不再来看望自己亲生的孩子。回家时，依然由借妻的人家用一副没有顶篷的轿子送走妻子，但是只能送到半路，后半截路则由丈夫用轿子抬走。由整个剧目的内容可以看出，剧作者用力强化故事的风俗性的目的，并非仅是为了描画风俗本身，用奇风怪俗吸引观众，而主要是为了深化作品的思想，表现剧中主人公妻子命运的悲苦，让观众对旧时妇女受人宰割的地位有着深刻的认识。

对人性独到的认识与深刻的解剖，才会使戏曲剧目体现出当代的美学精神

人们喜欢罗怀臻的作品，还有一个重要的原因，就是能从他的作品中，获得对人性的新的认识。古往今来的伟大作家，无一不对人性进行独到的审视与深刻的剖析。因人性所具有的极其复杂的特点，和作家所处的时代不同、世界观与人生观的差异，使得作家们描述的人性和对人性的评析十分丰富多彩。有的认为人性中的共性是人性中稳定、永恒的品质，那些异化了的品性都是非本质、非主流的，也是不会长久的。因而抽绎出人性中的共性，当做所写的正面人物的品性；有的是从阶级斗争的视角，认为在阶级社会中，阶

级性才是人性的本质。于是，作品中的人性无不打上阶级的烙印；有的用宗教精神，打量着人的本性，认为每一个人都是上帝的儿女，世间的人，皆为兄弟姐妹。“爱”是上帝赋予人的基本品性，而有欺骗、残忍、自私等品性的人，只是“迷途的羔羊”，等到他们觉醒过来后，“爱”的品性就会重新成为他们行动的指南。持这种人性论的作家的作品，都没有严格意义上的“坏人”。等等。罗怀臻在其作品中呈现出来的人性，既不完全同于以往作家笔下的人性，也不完全同于当代同辈作家作品中的人性，他以一个现代人的冷峻、犀利的眼光，较为周密、辩证地审视处于不同的社会地位的人的品性，其结论比较接近人性的本质。

人的品性会随着社会地位的变化而变化。《金龙与蜉蝣》中的金龙在父王被害之后，成了海岛上的一个渔民，纯朴的民风、妻子的真情与劳动的欢乐陶冶了这位落难公子的品性，他享受着与妻儿在一起的简单的生活：“打鱼归来心欢畅，又见妻子与儿郎。渔家自有渔家乐，太太平平度时光。”（第一幕）就在他决心离开妻儿时，他的品性并没有发生变化，充满于心中的是愧疚与感激之情：“玉凤啊，感激你患难之时相为伴，感激你疗伤抚痛情意长。感激你果腹御寒一张网，感激你三年相爱恩一场。今日饮你一泉水，他年报还十条江。”（第一幕）然而，在他做了帝王之后，那感恩之心、慈爱之情荡然无存，为了帝王的宝座，为了江山不改他姓，他凶残地杀害了牛牯，并阉割了牛牯的“后代”，又丧心病狂地一拨拨征集天下的民女，做他传宗接代的工具。这都是地位的变化使之然也，“家天下”的社会制度决定了任何一个处于帝王位置上的人，必然会以虎狼之心对待他人，以铁腕的手段维护与巩固他既得的权力。罗怀臻的这一人性观在《梨园天子》的宁王身上再一次得到了表现。

决定行动的品性由切身利益指向。人在平常的情况下，并不会显露出自己真实的品性，只有在命运转折的重要关口，或者面临着生死存亡的抉择的时候，才能表现出来。罗怀臻在所创作的一些剧目中，有意识地将剧中的人物放在人生的十字路口，或置于动荡社会的风口浪尖上，让他们用自己的行为动机彻底地敞开平日间隐藏于灵魂深处的品性的内核。在罗怀臻看来，对于许多人而言，在事关生死的问题上，大都会为自己着想，为自己留下或开辟一条生路，哪怕这条生路是以自己的亲人的生命为代价的。在《真假驸马》中，剧作者将一群人——状元董文伯的公主妻子、皇帝岳父、尚书同窗和嫡嫡亲亲的妈妈，都拎出来进行人性的考验。如果说妻子因与丈夫结婚仅有三个月而感情不深、岳丈为了皇家的尊严、同窗为了自己的政治前程，不承认董文伯的真实性和诬陷他是理智正常人，还情有可原的话，如果说董母在董文伯坠落深渊并料定他必死无疑后，贪图世俗的荣华富贵，听从公主媳妇“偷梁换柱”的建议，只是属于一般的人性尚能理解的话，那么，当董文伯三年后历尽艰辛活生生地站立在她面前时，这个做母亲的人，居然为了自己和既得利益者能够摆脱欺君之罪的惩罚和继续享受上流社会的生活，硬说自己的亲骨肉是一个失去了理智的疯子，其人性的阴暗和可怕就让观众感到战栗了。观众所产生的战栗、恐惧的观剧情绪，并不仅仅是针对董母等人的，而是剧作者所揭示出来的具有共性意义的人性。这人性，每个人的身上都会或多或少的存在着，也就是说，董母出卖儿子而保全自己的举动，看戏的观众也可能做得出来。《典妻》在阴暗人性的揭示上，与《真假驸马》有着异曲同工之妙。罗怀臻在该剧中，并没有沿袭着左翼作家柔石的阶级斗争的思维方式，没有用阶级性替代人性，因此，观众看戏时，心中不会被激发出阶级的仇恨，只会受剧作者的启发，对人性进行深度地思考。赌博又嗜酒的丈夫在眼看着要饿死的情况下，想到了自己家里还有一件值钱之物，那就是年轻且能生育的妻子，于是，借助于当地的风俗，将这一物件典租了出去。在他的心里，他和儿子春宝的生存是最重要的，妻子的人格与他做丈夫的尊严比起生存，又算得了什么。尤其是妻子的身体，是他的身外之物，完全可以拿出去卖钱的。我以为，该剧最能打动人的，不是妻子悲苦的命运与她既想念儿子春宝又无法割舍另一个儿子秋宝所体现出来的母性，而是剧作者触摸到的人性中最脆弱最黑暗的部位，它能让每一位观众心灵不安和自我反省。

个人事业的成功与否往往取决于品性的高低。所谓“事业”的成功与否，不是用财富的多少来衡量，更不是以在海内外知名度的大小来评定，而是看一个人的所作所为有无推动历史的前进，有无推进一个民族乃至人类的文化建设。推动了历史前进和推进了文化建设，方可以说成就了一番事业。罗怀臻的剧作中涉及“事业”的仅有《西楚霸王》与《班昭》这两部作品。在罗怀臻看来，个人事业的成功与否当然由时代的大环境、个人活动的小环境以及历史有无提供契机等多种因素决定的，但最重要的，是个人的品性。如若品性高尚，达到民族的美德标准，不但会应合历史的要求，获得外力的支持，还会因锲而不舍的毅力，能够化不利因素为有利因素，最后达到成功的目的；如若品性上有很多的缺陷或极为卑下，即使有天时地利的条件，但由于品性无法为他人认同甚至为人所鄙视，便无法构成有利于事业成功的人际关系的环境。《西楚霸王》中的项羽，历史给他提供了赢秦暴政、人心思变、民众拥戴等许多有利条件，但是，他的狂妄自大、刚愎自用、过分看重武力以及儿女情长、目光短浅等品性导致了他由胜转败、最后自刎乌江的悲剧结局。虽然他的品性中也有值得肯定的地方，如光明磊落、绝不屈服、真诚待人等，但是用有无推动历史前进的标准来衡量，他在事业上没有成功，相反，焚烧阿房宫、坑杀二十万降卒、养虎遗患而延迟了国家的统一等由品性决定的行为，对历史的前进倒起了消极的作用。《班昭》中的班昭、马续二人，由于在其品性中有着坚持理想而决不放弃、碰到困难能迎头而上、面对诱惑能自我克制的质素，便完成了永垂千秋的《汉书》，保存了上起汉高祖元年（公元前 206 年），下至新朝的王莽地皇四年（公元 23 年）共 230 年的史事，并为后世断代史的写作做出了榜样，毫无疑问，他们推进了中华民族的文化建设。而戏中的曹寿，其行为受着投机取巧、贪图享受、艳羡浮名等品性的支配，放弃了历史给予他的机遇，半途而废，其一生不但没有体现出丝毫的人生价值，反而成了人们吸取教训的反面教材。

余言

以上讨论的基本上都是剧作的立意、素材与人物性格等诸问题，就艺术的表现来说，罗怀臻的戏曲作品亦有着很多值得创作界借鉴的经验。如许多剧目的开场入戏较快，一下子就能抓住观众的注意力，迅速地将人们引入特定的情境之中。像《金龙与蜉蝣》，幕启之后，进入观众视野的景象是：在狼藉一片、寂静无声的宫廷中，老王悬挂在王座上，背后插着一柄剑。这一景象能够立即营造出紧张的气氛，并让每一位观众生起“这里到底发生了什么”的疑问，睁大眼睛等待着看下面故事的发展，以寻找问题的答案。俄顷，被叛兵追杀的公子金龙，幸而得到了将军牛牯的救护，潜逃出宫。然而，一个浪峰刚刚下滑，还没有平静下来，另一个浪峰又急速涌起：“一张渔网凌空罩下，金龙被缚，动弹不得”，让观众稍稍松弛的心便又悬了起来。又如幕后伴唱是罗怀臻经常运用的艺术方法，这无疑加强了戏剧的观赏性和加快了节奏。伴唱总是由剧团中唱得最好的演员用较美的旋律来歌唱，那饱含着浓烈情感、悠扬动听的歌声在剧场中回荡的时候，全场总是寂静无声，人们都沉浸在美的享受之中。伴唱还能有助于观众了解剧目的题意与人物的心理以及场与场之间过渡的情节。另外，罗怀臻的剧作语言也是相当出色的，而且由其创作过程来看，其语言的功力不断地提高。九十年代末以来的作品，不但遣词造句相当准确，还在力求吻合人物身份性格的前提下，追求其文学性。如《班昭》中的曲词“苦茶别绪，夜雨离愁，道它不是酒，醉在心头！泪也难收，人也难留，从此天涯两悠悠。青卷寒灯你孤守，书稿催你早白头，教七尺也含羞！欲说还休，把壶中残茶都灌下喉。”（第四场［下山虎］）又如《西楚霸王》中虞姬对霸王抒发感情的曲词：“君似骄阳出东水，妾如火鸟向日飞。羽翼焚烧终不悔，惟愿融进万丈晖。”（第四幕）有着古典诗词的韵味和文学的意境。

当然，罗怀臻的三十几部剧作，并非部部都是优秀之作，有的作品远离时代的精神，远离普通观众的审美要求，只是表现了文人的意趣，如《李清照》《蔡文姬》等；有的作品未能描写出底层社会真实的生活状况与草根的理想，如最近创作的《麦田的守望》。即使是他的代表作，在思想的表现、人物性格的刻画和情节的安排上，比起古今戏曲的经典性作品，也还有一定的距离。但是，观众们有理由相信，凭借他已经显露出来的非凡才力与刻苦努力的精神，和那一份自觉地振兴戏曲的责任，他的作品一定会到达“化工”的境界。

（原载2011年第2期《戏曲艺术》杂志）

日常性、精神性与乌托邦性

——从传统故事改编解析罗怀臻剧作的情感密码

王露霞

近三十年来，罗怀臻创作了大量的戏剧作品，其中对传统故事的改编构成了他“戏曲大观园”中一道亮丽的风景，也很大程度地体现了他的艺术追求和创作风格。这些作品没有固守“忠实原著”的改编“宗旨”，也超越了以往对传统故事仅作局部的或细枝末节修剪的改编路数，多数情况下是将传统故事的结构打碎，对各历史人物的价值定位进行重新审视，以自己独异的对生命本体的深刻洞察和体悟，不仅给各历史人物注入了新的文化内涵，更是从当代人情感困境的视角切入，对“真爱”“真情”“真相”等有关生命存在的哲学母题进行了全新的阐释，在一定程度上践诺了他所倡导的“传统戏曲现代化”的艺术理念，对新时期以来传统戏曲的现代性转型具有一定的启示意义。本文以罗怀臻创作的《蛇恋》（1993 年）、《西施归越》（1995 年）、《一片桃花红》（2003 年）为例，从日常性、精神性与乌托邦性三个层面，解析罗怀臻在传统故事中注入的情感密码，及由此使传统故事所彰显出的鲜明的现代意识。

一、 日常性：庸常生活中朴实真挚的人伦情感

在中国文学中，日常性写作可谓历史悠久，不必说唐宋演绎中生动逼真的日常生活细节的描写，仅明清以来，以日常性叙事而著称的文艺作品就比比皆是，其中最具代表性的作品当属明清小说《金瓶梅》和《红楼梦》。这些作品没有重大历史事件的正面描写，

但历史浓重的背景却始终萦绕着人物的生活，描写的虽然是家庭内部一些琐细的日常生活，但也广泛地包含着丰富的历史、伦理和时代信息。这种在大历史小故事、大气象小细节中表现出时代的细致与质感的日常性叙事，既保留了生活的原汁原味，又使作者独到的思情感受渗入其中。新时期以来，艺术创作又得以回归其本体性的探索，其主要标志之一就是日常性叙事的不断涌现，其“自身的美和壮阔”成为当代文学艺术的一个重要组成部分。①在罗怀臻近三十年的戏剧创作中，日常性叙事也成为他的一种叙事风格。与一般的日常性叙事不同的是，罗怀臻更注重在庸常的日常生活描述中，渗入浓得几乎化不开的朴素真挚的人伦情感，这样的情感使其作品能够超越时代、超越种族和国界，甚至超越人、神、妖的界限，具有一种永恒的亲切感和感染力。

青春昆曲《一片桃花红》是根据西汉文人刘向《列女传》中钟无盐这一人物的传奇故事改编而成的。在这部剧作中，作者首先向我们展示了以钟妩妍为首的一群桃花女们清纯、天真、率性的生命状态。大幕开启，奶妈执令旗，一群面抹桃花红的戎装女子呼啸上场、舞刀弄枪，进而嬉戏玩耍、自由自在地生活在美若仙境的桃花源中。随后当她们面对突然出现的清秀英俊、温文尔雅的齐王时，“满场怔愣，一群木雕，桃花女们为齐王的高贵资质震慑，久久回不过神来。”齐王潇洒地走进桃花女中间，肆无忌惮地在她们脸上抚摸，桃花女们不但不反感，反而争相迎合。尤其是当齐王“凑近地压低声”赞美钟妩妍“天生一朵桃花艳，美丽谁比钟妩妍”时，她更是“心花怒放”“脸儿红、心儿跳”。奶妈看穿齐王君臣的真相，警告钟妩妍当心受骗，并极力拽她走，钟妩妍不仅不肯走，反而走近齐王，痴痴呆呆地近距离看着他，无比陶醉！看到这一幕，我相信任何一个心理健康、心地纯洁的人，都不会曲解姑娘们的率直与天真，不必说“爱美之心人皆有之”，单就我们自己来讲，“哪个男

---

① Tang Xiaobing. *Chinese Modern*: *The Heroic and The Quotidian*, Durham and London: Duke University Press, 2000, 5.

子不钟情？哪个少女不怀春？”更何况这些未受俗世熏染的纯情的少女们？剧作不仅触及了人类情感最本真的体验，更写尽了个体生命最纤细、最柔婉的温情。

越剧《蛇恋》是根据民间流传的有关许仙与白蛇的故事改编而成，但与这些传统故事相比，《蛇恋》增加了许多日常生活的生动细节，比如在第三场，“百年修得共枕眠”的白蛇与许仙带领妹妹青蛇，在民间开设药房、医病济贫，兢兢业业，使一个一穷二白的家总算有些起色，而稍有积蓄的许仙首先想到的是“一笔钱用来置家当，为娘子再添几件新衣裳。”“一笔钱用来办嫁妆，为青妹择个如意郎。”“一笔钱用来生儿郎，许汉文欢欢喜喜把爹当。”多么和和美美的一家人！另外，在传统的故事中，白蛇与青蛇是主仆关系，按照中国传统的伦理规则，女孩子嫁人，丫鬟是要陪嫁的，像《红楼梦》中的王熙凤与平儿，而在这里白蛇夫妇却把青蛇当做自己的亲妹妹，如此平等的姐妹关系贯穿剧作始终，的确让我们心底荡起层层暖意，更何况“买新衣”“嫁情郎”“生儿子”是每一个普通家庭最美满的日常生活，他们几乎就生活在我们身边，或者就是我们自己家的生活情境。

如果说《一片桃花红》突出了青年男女的爱恋纯情，《蛇恋》突出了姐妹、夫妻之间的融融暖意，那么在京剧《西施归越》中，则强调了更为人们所景仰的母子天性。西施遵照越王勾践的旨意出使吴国，凭借自己的美貌诱惑夫差，用自己的身躯拯救了越国，归越后被尊为功臣。按革命英雄主义的叙述惯式，她理应赋有“神”的色彩，但是作者偏偏在她成为“神”之前，让她怀孕，让她承担做母亲的责任和义务，享受做母亲的温情和甜美。尤其是当生下来的孩子为众人所不容，她迫于压力即使决定将孩子摔死时，也以母爱最完美的方式对待：“哄他睡熟再摔死，不觉疼痛不喊冤。”她抱着婴儿，轻轻哄拍，“你从哪里来，又向何处去，你怎么不说话，你跟娘说句话呀！我的儿……”在此，剧作家用他全部的柔情和激越的情怀将西施的母爱天性给予强光投射，我们不禁要问：这还是那位即将走向神坛的西施吗？正如她自己所言，她不想做功臣，不想做美人，只想做西施，浣纱织布的西施，作为一个普通母亲的西施。众所周知，现代革命样板戏中，李玉和有女儿，但这种父女关系更多的是革命意义上的政治隐喻，那么江水英有孩子吗？阿庆嫂的丈夫是谁？这些我们无人知晓，更为革命英雄主义叙事话语所不容。因此，我们会强烈地感觉到，“神”距离我们实在太远了，还是“人”挨得我们近。我们会感受到她喜悦时心灵的跳动，会闻及她愤怒时急促的呼吸，会擦拭她伤痛时委屈的眼泪，会倾听她忧郁时沉重的叹息，因为我们每个人就是这最普通的一员。

以上三部剧作有一个共同特征，就是三位女主人公都不是“正常人”：钟妩妍是中国历史上四大丑女之一，她面颊上的胎记成为她心灵深处抹不去的一道阴影；白蛇是一种兽类，尽管她曾在峨眉山修炼过千年，完全具有了“人”的品性，但曾经为“蛇”的历史成为她与“人”交往的最大障碍；西施是美女，但又是“间谍”，她被迫凭自己的美貌作间谍活动，她的身心受到了双重的伤害。因此，做一个正常“人”，过普通人的生活，恋爱、结婚、生子成为她们的最大梦想。剧作从三位女性真实的心理出发，叙写她们看似庸常的日常生活情状，展示她们在这些日常性的生活中所极力珍视的朴素真挚的人间情感，一次又一次地牵动观众心底那些最隐蔽、最柔软的情弦，使观众情不自禁地与她们同悲泣、共欢乐，在切身的生命体验中，共享人生的美好。

二、 精神性：让爱贴着地面飞翔

近些年来，“日常性”叙事仅仅是作家的一种叙事策略而非目的，或者说仅仅停留在对日常性的描述上，是无法更深入、更透彻地彰显作家的艺术理念和创作个性的，况且，在当下新的市场环境下，对日常性的盲目崇拜，将有可能坠入个体消费的欲望漩涡中，而失去自身的批判性。聪明的作家既重视日常性叙事的现世性和真实感给观众带来的亲和力，更重视在日常性叙事的基础上对其思想意旨和精神性审美价值的开掘和提升，在对琐细的日常生活的描述中注入作家本人对社会、对人生、对生命甚至对终极价值等复杂的体察和感悟。

罗怀臻的戏剧作品就呈现这样一种叙事特征，甚至有时为了突出和强调作家本人对某一生命体验的深刻感悟，他常常会采取类似电影慢镜头的方式，将某一生活细节揉碎、放大，然后在捡拾一叶一叶生活碎片的过程中拧出自己的血和泪。对真爱、真情、真相的渴求和追寻，以及对在此过程中所彰显的顽强的生命力的张扬是罗怀臻几十年来常写不衰的艺术母题，因此透过他的作品，我们会时刻感觉到，他的艺术气质和创作姿态就如同贴着地面向上飞翔的一只雄鹰，翅膀在与风霜雪剑的搏击中虽已血迹斑斑，但他仍然顽强地将爱与真情渗入大地，撒入苍穹。仍以以上三部作品为例，罗怀臻戏剧创作的精神性追寻主要表现在以下几个方面。

1. 三个女人形象所彰显出来的现代女性的精神气质

A. 钟妩妍：既宽容、大度又独立、自尊的女性形象

在《列女传》中，钟无盐虽貌丑，但其武功高强、天资聪颖，正是她的聪明才智让齐宣王佩服得五体投地才立她为后的。做了皇后的钟无盐更是用她的诤诤谏言令沉迷酒色的齐宣王幡然醒悟，从此励精图治、强兵练马、除佞用忠，齐国国力日渐增强，一时成为“千乘之国”。青春昆曲《一片桃花红》没有描写钟妩妍的参政场面，她平日里的强体练功、战场上的指挥若定、英勇杀敌等场景在剧中也是作为背景予以略写，而是将大量的笔墨用在叙写钟妩妍（仅从名字的改动上可见一斑：无盐—妩妍，妩媚妍丽，人与名字之间一个非常恰切又严重错位的隐喻）作为一个貌丑、聪颖、体健的青春少女细腻、丰富的情感纠葛，揭示她在这一痛苦的情感交织中所锤炼出来的既宽容大度又独立自尊的人性品格。

钟妩妍像所有活泼、健康的女孩一样，对甜美的爱情充满诗意的向往，尤其是当英俊潇洒的齐王用充满磁性的声音告诉她：他喜欢她，并将她拥在怀里的时候，这是无论意志多么坚定的女孩都无法抵制的强大诱惑，她心醉了，她被眼前的幸福俘虏了，尽管齐王还用“封后”的诺言强化这一诱惑，心已飞翔的她全不在乎，只要能跟他在一起，她甘愿赴汤蹈火、上天入地！可她哪里知道，这完

全是一场骗局，齐王之所以夸赞她美丽，是想利用她的军事才能驱除敌寇，收复齐国。当钟妩妍冒生命危险将这一任务完成的时候，齐王食言了，并在他的奢靡酒色之中，用否定先前夸赞她桃花红的美丽来羞辱她脸上胎记的丑陋，满心幻想幸福爱情的她哪里能够忍受心上人的背叛和侮辱？尤其是击中她的正是她表面上引以为豪内心里却十分忌讳的“桃花红”。这一伤害对她是致命的，她甚至在极度痛苦中发出绝望的呼喊：我也是豆蔻年华，我也是青春少女，我也爱美呀！

所以，当再次国破家亡的齐王在丞相田婴的胁迫下，拿着提前撰写好的“悔过书”再次动员钟妩妍奔赴战场时，痛彻心扉的钟妩妍并没有为他心口不一的“忏悔”所动，甚至当齐王再次拿出“封后”的挡箭牌，连奶妈、桃花姐妹们都苦口婆心地劝说她时，她咬牙切齿地说要把齐王生吞活剥了。在这样尴尬、僵持的局面下，那位潇洒风流的齐王终于摆脱了老丞相的哄骗，说出了自己的心里话：“孤王夺江山保社稷是需要你，可要孤王发自真心地爱你，要孤王把你的胎记看成桃花，把缺憾看作美丽，孤王一时半刻还做不到……”这番发自内心的坦诚表白，无异于《皇帝的新衣》中那个喊出“皇帝根本没有穿衣服”的纯真少女，包括钟妩妍在内的所有在场的人都被齐王的真诚打动了，尤其是看到其他所有人都跪下乞求她，唯独齐王昂首挺立着时，生性要强的她虽没有任何承诺，但宽厚善良的少女的心颤栗了，她内心的创伤尽管还在流血，可她在心底毕竟是爱他的呀！况且他说的的确是实情，相貌的美丑是天生的，不以任何人的好恶为转移，尤其他对她的请求是以他与她平等的人格做底线，不存在丝毫的乞求下跪，这样的男人不更值得她爱吗？

不久，钟妩妍率领的桃花兵从天而降，打退了赵国军队，救出了牢狱中的齐王，随后又用自己的身躯挡住了射向齐王的一支暗箭，然而，即使躺在齐王的怀抱中，她仍倔强地说：“我为什么要答应你，我就是要亲眼看到你被赵王活捉，被孟嬴羞辱，被……（哽咽）是啊，我为什么要下山，为什么要救你呢……（痛苦地捶打自己）”此时此刻，我们不得不感佩作者揣摩和表达女性心理的精细和准确：

一方面是一个青春少女，历经千曲百折终于躺在心上人怀抱中那种幸福的娇媚；另一方面又是一个心灵受过伤害的女孩在爱情面前那种复杂的、痛苦的灵魂交织，以及由此迸发的自尊、自爱、自强的人格魅力。尽管由于伤势过重，幸福于她只是短暂一瞬，她却用自己的青春和生命诠释了一则爱情神话。

B. 白蛇：为了那份真情，虽九死而犹未悔

在田汉先生的《白蛇传》中，白素贞与小青是因下山游玩，恋上人间的湖光山色，又巧遇英俊多情的许仙，白素贞与许仙才从相识、相恋到婚配的，而且在此恋爱过程中，白素贞始终是矜持的，她虽爱恋许仙，但言语与行动分寸得当、张弛有度，俨然一位受过中国传统文化熏陶的大家闺秀形象。与白素贞相比，越剧《蛇恋》中的白蛇来到人间却做了充分准备，与许仙恋爱、婚配始终也是主动的：大幕开启，一条在烟波浩渺的钱塘江边舞蹈的白蛇，在江潮汹涌，狂风大作，漫天雪飘中，无所归依，渐渐冻僵，吹笛的少年脱下衣衫，裹护着她，她苏醒过来，感恩地环绕少年三匝，逶迤离去……多么温馨的场景！也就是说，是人间的温情、人性的美好感染了她，所以她要痛改前“非”、立志做“人”，“做人”是她报答人间的唯一目的，也是她承受痛苦的身体蜕变、历经千年的灵魂炼狱的最大驱动力。舞台上，伴随着电闪霹雳，两条修炼的蛇互相鼓励着，主题歌起：“血在淌，泪在流，忍住这千悲万愁，付出情，付出爱，只为那一点温柔……”歌声如泣如诉，荡气回肠！在中国传统文化中，作为兽类的蛇因其吃人的本性，常常被人称为妖魔，在长期的集体无意识中，人与蛇始终处于一种敌对状态。可以说，想做人的白蛇因其无法更改的蛇的历史，从她诞生的那天起便具有了无法摆脱的“原罪”，因此，从“蛇”到“人”的过程，必须要经历从地狱到天堂的灵魂炼狱，必须能够敢于正视自己曾经“吃人”的历史，敢于正视自己内心的阴暗与丑陋，锲而不舍、持之以恒，才能成为一个新“人”。白蛇姐妹做到了，她们也终于成为两个最美丽的女人，即使蓬莱圣母要她们去做永生的神仙，并警告她们人生只有百年，人间也有假恶，她们仍然坚定地说：“我们只想做人。”正如

鲁迅的《过客》，明知道前面是坟，明知道路上有布满陷阱的野百合野蔷薇，但他还是要走。于是白蛇姐妹带着做人的信心，怀着对真情的期待来到了人间。

起初，她们的确享受到了人间温情，她们夫妻、姐妹勤劳敬业，互敬互爱，其乐融融；她们也得到了百姓的尊重，尤其是白蛇不惜忍受身体日渐虚弱的痛苦，用自己的鲜血调制和心汤治病救人。在这里，和心汤是一种象征，她为了获得人间真情不惜“呕心沥血”。即使后来由于法海的陷害和蛊惑，众市民侮辱她、围攻她时，她仍能感受到势单力薄的许仙在极力保护她：“人人嫌我我不怕，只要官人在身旁。”正是许仙这份善良支撑她挺过这场屈辱，正是这份爱意使她不忍心抛弃被她吓死的许仙。于是接下来的“求药”一场便将她对许仙的爱恋和真情渲染得淋漓尽致。

在《白蛇传》中，这一场名为“盗草”，白素贞为救活许仙，奔赴仙山盗取灵芝草，在与门童苦求未果的情况下，便与门童斗起剑来，刺伤门童，急采灵芝，虽然后来南极仙翁感动于她的痴情将灵芝草赠给了她，但整场是以“盗”与“斗”的武打形式呈现的。与此不同，《蛇恋》中凸显了白蛇为了那份真情的韧性精神和顽强意志。为了挽救爱人的生命，她不惜跋山涉水，她甘愿跪爬九万九千九百九十九级石阶：狂风肆虐，暴雨倾盆，白蛇以膝代步，顽强攀登，“抬头望，漫漫阶石通天上，怎比我，解救许郎情意长。倘能救活你的命，跪上九天又何妨?”“膝下路，水汪汪，过来石，血两行。”何等的意志和情怀！为了唤回背离自己的丈夫，白蛇携妹妹使尽浑身解数，水漫金山，与法海展开了你死我活的激战，虽然由于自己身孕体弱而战败，但她没有常人般的懊恼、怨诉和退缩，也就是说，当自己的理想、追求遇到挫折和失败的时候，她想到的不是逃避、不是后悔，不是气馁与畏缩，尤其是当青蛇劝她“事到如今应撒手”时，她固执而倔强地告诉妹妹，“看起来你我修行还不够，区区千个春与秋，要走我只向峨眉走，再修一万年，还把人来投。我不信人间真情得不到，只要痴心在，江河能倒流!”这是力量型人格的典型特征，一个有力量的人不仅要勇往直前、所向披靡，更懂得在顺境中看到隐含的危机，在逆境中敢于自省和坚守。她不想学《窦娥冤》中的窦娥，不想在对自己的悲惨遭遇毫无反抗只有哭诉的悲情渲染中，赢得人们的同情与怜悯；她不想学《长生殿》中的杨玉环，仙界的空灵澄澈会使一个鲜活的生命趋于萎缩。此时此刻，我们领略到了女娲补天的执着，领略到了精卫填海的韧性，这种虽九死而未悔的抗争精神，这种永不言败、永不放弃的坚韧和意志，使她成为中国当代的西西弗斯，也正是这种感天地、泣鬼神的真情，穿越时空、震倒雷峰塔，也使她获得重生。

另外，青蛇的性格作为白蛇性格的补充在剧中也给以恰当的强调，她敢于叛逆的胆识和睿智、自尊、独立的禀赋，使她超越了普通意义上的奴仆身份，而具有了浓郁的平等意识。最后，白蛇换上最普通的衣裙，抱着婴儿，与许仙依偎着，平凡朴素却神情庄严……剧作不仅让白蛇真正实现了做人的梦想，而且从日常性叙事始，在天空飞翔一程后，又稳稳地落在平地上。

C. 西施：生命意识的觉醒与张扬

以历史传说中西施这一人物作为创作题材的文艺作品卷帙浩繁，仅以戏剧形式出现的版本就有多种。这些作品要么从政治或战争的角度，描写西施的"爱国热情"，以此作为每个"当代"主流意识形态的话语佐证；要么对美女西施与士大夫范蠡的爱情故事进行浪漫"戏说"，成为悦目娱耳的闲情消遣。京剧《西施归越》的独异之处就在于作者能够另辟蹊径。他不感兴趣于国家、战争层面的宏大叙事，也不再驻足于西施、范蠡之间的爱情神话。他更关注西施归越后的生存状态，尤其是她因履行"特殊使命"而留下的"后遗症"——西施怀上了吴王夫差的孩子，在不同人物心中引起的强烈震撼。这个孩子的生或死成为矛盾的焦点，成为一个镜像，折射出这些人物复杂的内心纠葛。而西施正是在这些矛盾纠葛中从一个美丽纤弱的少女成长为迸发着倔强的生命强力的母亲。

西施出使吴国并非情愿。一个如花似玉的少女怎么能想到自己的命运会跟国家、跟战争连在一起？但望着上至国王下至百姓的殷殷诉求，"越女也知亡国恨，便将身首捐国门。"她不辱使命，以自己的美貌和聪明诱惑吴王，使他沉湎女色，荒废政业，以致数年后越王能轻而易举地打败吴国。大功告成的西施终于可以回归越国过一个堂堂正正、坦坦荡荡的正常的女人生活了，终于可以与自己的亲人、情人团聚了。但她没想到的是，此刻她已经怀上了孩子。女人怀孕，天经地义，何况这个孩子是被越国“逼”出来的。作为功臣的西施理应受到越人的理解和爱护。而孩子作为一个鲜活的生命，是上苍赐予人类的珍贵礼物，人类自当呵护和爱惜。然而，当这个孩子的出现危及某些人的权力、地位、“人格”“尊严”时，他就成为众矢之的。面对众人的非难和威胁，西施动摇了，“莫不是腹中胎儿亵渎了地？莫不是异国血气冲撞了天?”但当胎儿临盆引起母体强烈的阵痛时，西施的母性意识逐渐觉醒，她要生下这个孩子，她要这个孩子活！为了不给村民带来“厄运”，为了躲避越兵的追捕，她忍受剧痛挣扎在雷雨交加的山路上。山路崎岖，烟雨迷蒙，痛苦的西施发出悲怆的呼号“我抬头祈苍天，苍天默无语；我低头求大地，大地作旁观。浣纱女铸下了什么错，担待这重重苦难劫数无边?”这无异于屈原的“天问”，在这“天问”中，随着一道强烈的闪电，随着狂风暴雨的倾洒，随着一声冲天而起的婴儿的啼哭，西施的母性情感达到了极致：她怀抱着婴儿，极尽温柔地轻轻呼唤：“一声唤儿刚出口，两行泪水不住流。幼儿生来本无过，为什么冤冤相报偏偏与你作对头?”于是，她为了保全孩子的生命，毅然决然地拒绝了范蠡要带她去隐居的恳求；尤其是当勾践来“探望”“慰问”她时，为了不让对方发现孩子，本能的母爱使她紧紧地捂住孩子的嘴巴，以致使孩子窒息而死。此时此刻，懊悔、痛苦、绝望一并使她成为一团愤怒的火焰，屈原式的“天问”在此变为“狂人”般的呐喊！她不再惮以自己柔弱的双肩抵抗命运的蹂躏，不再惮以自己瘦小的身躯抵抗无边的黑暗。她如同山壁缝隙间挤生出的一株小草，在绝望中渴求阳光雨露的呐喊，在逆境中抵抗传统势力的胆识，使她瘦弱的身躯霎时高大了。她那纯真、博大的母爱光华映衬出薄情世人的卑琐和无知；她那在寒峭的狂风中向上求生的本能，使她的生命在旋转中熠熠生辉！

整个演出过程由于情节的铺垫丝丝入扣，加之戏剧舞台上演员优美的唱腔，恰如其分的舞蹈语汇，以及灯光、舞美、音乐的气氛烘托，使西施这位顺从、纤美的乡村少女潜在的生命强力得到淋漓尽致的挥发。

2. 三位男性形象及“众人”所体现出的封建文化沉疴与人性弱点

与众多女性形象相比，罗怀臻剧作中的男性形象性格要复杂得多，他们身上背负着几千年封建传统文化的沉疴，还有男性自身的人性弱点，致使他们的言语和行为方式就显得犹疑，其意志力就显得薄弱，内心痛苦的灵魂交织就显得愈加强烈，在性格上就表现为自私、胆怯、卑琐甚至冷酷。

作为皇室后裔，《一片桃花红》中的齐王的自私和任性是显而易见的，作为幼主受大臣的牵制更显得无奈。所以，虽面临国破家亡之辱，前去邀请钟妩妍出兵却非他的本意，由此显示了他不仅作为国君在政治上的不成熟，作为普通男性在人格上也不成熟。战争胜利后，他又沉湎于宫廷淫靡酒色、阿谀奉承的骄纵中，从而导致不得不再次被迫邀请钟妩妍下山。当他的劝说换来的是钟妩妍的羞辱与憎恨时，他的自尊心受到挫伤，于是他终于摆脱田婴的强迫，摆脱了君王的虚假，以一个正常男人的形象向钟妩妍袒露了自己真实的内心，进而又向好心办错事的田婴直陈了富有现代意识的爱情观：“这样做岂不是拿孤王的难处与钟妩妍的缺陷做交易吗？这算什么爱情？”此刻，我们看到了齐王在成长，尤其是当他身陷囹圄，命在旦夕时，又受到他的前“美人”孟嬴的侮辱与背叛，这不能不让他痛苦地反思被背叛的酸楚与伤痛，不能不让他冷静地体悟钟妩妍对他的一片真情，正是在这深刻地反省与体悟中，他发出了来自心底的对钟妩妍爱情的呼唤，他也从一个幼稚、任性的小儿终于成长为一个敢于担当的男子汉和一代明君。

与齐王相比，《蛇恋》中许仙的转变更加艰难，他对白蛇真实身份的认可和接受经历了不亚于白蛇千年的灵魂炼狱。如果从人物性格的丰富性来看，剧作《蛇恋》与其说是在张扬白蛇的韧性精神和坚强意志，倒不如说更注重揭示许仙从一个异化少年蜕变为真正男人过程中的矛盾与挣扎。许仙的本性是善良的，否则，白蛇也不会穿越千年的时空执着地去爱他。在剧中他不仅体贴妻子，还如兄长般关心小青，如果没有法海的出现，他会在不知真相的幸福中一直生活下去。但事与愿违，当法海告诉他白蛇是蛇妖时，他根本就不相信，或不愿相信，与自己相濡以沫的妻子怎么会是蛇妖呢？她从来没有伤害过自己呀？此时许仙的思维是一个中国传统文化熏陶下普通人的思维，他没有纠缠于妻子隐瞒了事实真相，而是不能把妻子和蛇妖相提并论，因为人与蛇自古是敌对的。由此想到《宝莲灯》中的情节，刘彦昌听说三公主是仙界神女，便高兴得手舞足蹈，因为能和仙女婚配是前世的造化。在中国人看来，仙女生活在天堂，是我们仰慕的对象，她也会经常赐福于我们；而妖魔生活在地狱或荒山野岭，是我们痛打和呵斥的对象，她也会经常伤人或降灾于我们。这是中国文化世俗性的具体体现，也是中国人因长期不能自主而寻找的一种心灵慰藉。因为世界上既没神仙也无鬼魅，幸福永远掌握在自己手中。

许仙虽不愿相信妻子是蛇妖，但对此已心存芥蒂，所以端阳节他鼓动妻子饮酒是故意的，当不经意踩着药汁，便本能地一慌，当妻子痛苦地瘫倒在地上，遭受众人的辱骂和毒打时，他一方面本能地保护妻子，一方面对妻子的猜忌和恐惧日益加深，直至被吓死。这些细节将他的犹疑、矛盾、胆怯和自私的内心世界暴露无遗。尤其是被妻子冒死救活后，他虽能更深地体会到妻子的温柔、善良和真心，但无论如何又无法接受妻子作为蛇的嫌疑，再有法海的木鱼声时时在他耳畔敲击，他的神思恍惚了，心力交瘁了，他不知道自己该如何选择，最后在迷惘、困惑、焦虑中走向金山寺。这里有两点需要指出：其一，白蛇之所以迟迟没有对许仙道出真相，并非想欺骗他，只是不想伤害他，实际上，她对许仙始终没有明确自己身份的真否，她始终都在寻找说出真相的最佳时机，而非像《雷峰塔》或《白蛇传》中，以制造假象来迷惑许仙，这有人格意义上的不同；其二，许仙的出走也非像以上两剧中是受法海的胁迫，而是他自己的选择。正如他可以自由选择去一样，他也自由选择了从金山寺出来。法海在这里不再是封建专制的化身，而是人性恶的代表，他仅用他丑陋的心理去影响许仙的精神系统，而不做身体的强制。这样改写的妙处在于：白蛇悲剧的真正原因并非来自法海的封建专制，而恰恰来自最心爱人的情感背叛。对一个女性来讲，外界的强制尚且可以忍受，爱人的背叛才是最致命的打击。

在金山寺诵经念佛的许仙，念念不忘白蛇的千般好、万般爱，当看到已经怀孕的妻子为了挽留自己，竟英姿飒爽地与法海展开殊死的搏斗，他的灵魂受到极大的触动，尤其是同伴一句话——蛇又如何？妖又怎样？只要她对你好，你管她是什么变得呢？——对他来讲震聋发聩、醍醐灌顶！在这里我们可以将白蛇的蛇身想象为一个人的前科，或不光彩的历史，何况这一前科或历史并非她有意所为，而是她的一种"原罪"。这就涉及如何看待一个人的犯罪历史的问题，如果他已经洗心革面、痛改前非，还是不能得到人们的宽容和尊重，就说明人们的心胸太狭隘了。况且白蛇以自己如此坚韧的意志和博大的爱心回报人间，渴求真情，难道不比那些心灵丑陋的"人"更值得尊重和关爱吗？所以当她对虽已下山团聚但仍"一半真心一半周旋"的许仙道出她的真实身份，并极其坦诚地向他倾诉"白蛇做人图什么，但求真情两心间"时，善良的许仙终于被彻底地感动了："我不该信谗言鸳誓违背，我不该怀私心疑神疑鬼，管什么人与蛇难成婚配，我爱你你爱我任凭它流言蜚语世俗常规雪欺霜侵雨打风吹！"当一个人将反省某一祸患或悲剧的原因指向自身的时候，他才能够实现真正的彻悟和悔改。此时的许仙已不再是西子湖畔信誓旦旦、海誓山盟的青年，他用他的余生和真情实现了对妻子的承诺。也就是说，只有敢于和有能力穿越自己心灵地狱的人，才能找到真正的精神家园。

与齐王与许仙相比，《西施归越》中的范蠡终究没有醒悟，在这一人物身上所体现的作者对中国封建文化和传统士大夫人性弱点的批判就更强烈。范蠡与西施青梅竹马、两小无猜，甚至两人的关系已达到谈婚论嫁的程度。如果不是这场战争，如果不是"吴王要美女，越王要复仇”，范蠡与西施两人可能会恩爱甜美、白头偕老。但是，当皇权政治的暴力威胁到范蠡头上时，他妥协了。甚至为了迎合君王的复仇心理，他不惜以牺牲自己心爱的姑娘为代价，尤其这一代价是以牺牲西施的“性”为交换条件。这对于一个深受传统文化浸染的中国士大夫来讲，无疑是最致命的打击，但他却隐忍了，退让了，虽有许多不情愿，但有“身为亡国之臣”作挡箭牌，这“不愿”也就变得心安理得。灭吴归越后，在这场战争中立下赫赫战功的范蠡，非常清楚鸟尽弓藏、兔死狗烹的古训，所以在宫廷内事事谨慎，处处小心。当得知西施怀孕时，他更是如临大敌。一方面，他清楚这个孩子必为勾践所不容，如果保留这个孩子必会给自己的政治前途埋下隐患，甚至危及自己的生命；另一方面，身为中国男人，自己的爱人却怀有别的男人的孩子，不用说这一男人是自己的敌人，即使是朋友，他也决不会包容。这是中国传统文化使然。行文至此，我突然想到美国电影《泰坦尼克号》中的一个情节：男主人公濒临死亡，他对有存活希望的心爱的姑娘（影片中的女主人公）说的最后一句话是，活下去，找个爱她的男人结婚，生一大堆孩子。我想这位男主人公看中的是生命的珍贵，看中的是自己生命的延续，他觉得他已经和爱人融为一体了。如此看来中西文化存在多大的差异！所以当西施告诉范蠡自己已经怀孕时，他本能的一个反应是：“不要靠近我！”“昔日的西施何处寻，今成了含污带垢身。”为了自己的政治前途，更为了抹去横在自己与西施之间的心灵阴影，范蠡命令抑或哀求西施将孩子摔死。当遭到西施的拒绝时，他忧戚万分。尤其是当这一“探望”仍被勾践认为是对皇权的叛逆而追杀他时，范蠡毅然离开心爱的女人，归隐山林。从整部剧作看，我们仍然可以感受到范蠡是爱西施的，但当这一爱情遇到皇权政治和中国男人的“尊严”时，却显得那么无力和苍白！由此可见，范蠡作为典型的中国士大夫文化的符码，隐含着他对皇权政治的奴性依附和对传统伦理观念的迂腐恪守，并由此形成了卑怯、猥琐、平庸、自私的性格特征。同时，由于他对抗荒诞的方式是归隐山林，而不是穿越自己心灵的地狱，那么他将永远是灵魂的漂泊者，在家的“异乡人”，从荒诞走向虚无是他和所有中国士大夫命定的归宿。罗怀臻将几千年来中国知识分子的生存悲剧揭示出来，显示其敏锐的穿透历史的洞察力和极大的建构中国知识分子价值理想的使命感。

在这三部剧作中，罗怀臻还塑造了一批类似鲁迅笔下的看客和庸众形象，通过这些形象，罗怀臻对中国国民的劣根性和人性弱点做了进一步的揭示和批判。《西施归越》中的村姑就是这种庸众和看客的典型代表。以东施为代表的苎萝村的村姑，与西施之间有着深厚的姐妹情谊。西施出使吴国从某种意义上讲，她们也是既得利益者。当西施怀着满腔幽怨“一路洒泪故乡行，叹游子一身伤痕遍体污”时，她们本应该是西施怨苦的同情者。然而，令西施惊讶的是，她们责令西施“不要碰苎萝村的水!”“为什么?”回答：“你脏!”理由：“你在吴国给夫差当妃子，你白天为吴王伴宴，夜晚为吴王伴寝。”在她们看来不管出于什么原因，一个女人只要被不属于自己的男人“睡”过，就是极为不干净的。在她们心中，“贞操”比“国家”更重要。这群被传统男权文化浸染、腐蚀的村姑，她们的冷漠、愚昧、狭隘构成扼杀西施的又一凶手。

在《蛇恋》中，这群看客与庸众的表现更令人痛心疾首：白蛇每日都要刺破血管调制和心汤为百姓治病，善良淳朴的百姓也从心底感谢她，但是一旦受到别人的挑拨，他们对白蛇便从怀疑到言语侮辱，直至激烈亢奋地对她洒雄黄、燃蒲草、吐唾沫、掷杂物，白蛇以前的好他们全忘记了，他们甚至都不会用自己的理性去分析事情的原委。如果说法海是人性恶的代表，那么这些庸众就是他的帮凶，他们是一群暴徒。剧作通过这群暴徒和庸众形象揭示了世间人情的悲凉、人性的残酷，尤其是巧妙地把他们跟白蛇相比照：一条蛇尚且知恩图报，珍惜真情，而自称为万物之灵长的人类却如此冷漠、如此无义、如此残忍，这是一个多么荒诞的世界！在这里罗怀臻还塑造了一个未受尘世污染的小女孩形象。在众人皆对白蛇施暴的时候，只有这个小女孩冲开人群，以她弱小的身体护住白蛇，并且哽咽着感谢白蛇对她全家的救命之恩。此刻我们无不为人间还存有这缕微弱的温情倍感欣慰，但随即又被女孩的最后一句话推进冰窟：白娘娘，你真好，可你为什么是一条蛇呢？女孩的困惑使我们不由得想到鲁迅先生的《药》中，夏瑜的母亲上坟时的困惑：这到底是怎么回事儿呢？因此，在这温情的背后，我们仍然可以感觉到作者对现代性启蒙的深度忧虑，感觉到作者潜意识里存在着的一种对人的存在的悲剧感，一种力图从各种精神束缚中摆脱出来的挣扎感，一种寻找人真正归宿的焦虑感。

3. 剧作结构的“规定性情景”设置

所谓规定性情景是作家为了思想的表述或问题的提出而有意设置的故事情节、场景、营造的氛围等。这种结构无论从内在构成还是视觉表象上都不是直接而实用的，而是作家传达思想或提出问题的预设情景。从某种意义上说，当代戏剧，尤其是中国当代戏曲，在有限的时空内要想细腻而完整地叙述一个故事，表达某一思想确实显得力不从心。因此，规定性情景的设置尤为必要。

在京剧《西施归越》中，大幕开启便是越王勾践和大夫范蠡恭送少女西施出使吴国的场景。紧接着第二幕便是数年后越王战胜吴王，西施从颓垣断壁、尸山血海中苏醒过来，而且决定随越王和范蠡一起归越。也就是说，这数年当中的故事被作者毫不留情地删掉了。很显然，这些故事应该是相当“精彩”的，尤其是在当今这个文化消费时代，感性消费时代，商业运作膨胀时代，这些“精彩”的故事：无论是西施迷惑吴王的性感表演或者两人的真情流露，还是吴越之战的刺激场面，都会充分调动“敏感”作家丰富的艺术想象力，成为他们捞取名利的重要途径。然而，罗怀臻却有意地删掉这些故事，展现在观众面前的就是这样一种规定情景，这一情景会引导观众做这样的思索：西施归越后会怎么样？她救国的“壮举”会被国王承认吗？她怀有的孩子会被情人接受吗？会被众人接受吗？一连串的问题，不仅会激起观众强烈的观赏期待，唤起他们丰富的艺术想象，使他们从中获得极大的审美享受，而且以此引发涉及人性、爱情、文化、承诺与背叛等诸多方面的思考，使整部剧作具有了鲜明的寓言特征。

在罗怀臻不同的剧作中，类似的规定性情景比比皆是。《蛇恋》

中，为了突出白蛇灵魂炼狱的艰辛、坚韧以及渴望做人的坚定，从而给全剧定下一个基调，作者将这一情景提前到序幕，用了整整一场的篇幅呈现，接下来两人从相恋到婚配的场面简洁而明快，而到了白蛇刺脉放血、忍受侮辱和围攻的场景叙事节奏又慢下来，尽情地展示白蛇的无助、委屈，众人的愚昧、残忍，尤其是仙山求药一场，更像是拉长的电影慢镜头，将白蛇跪爬石阶的每一个动作、每一滴血泪都通过演员的表演充分地展示出来。因此，我们能够体会到，罗怀臻并非倾心于再讲一个惊艳传奇的爱情故事，而是通过这些规定性情境的设置以及叙事节奏变化，表达自己对世界、对人生、对爱情的深度思考。

三、 乌托邦性：对某些情感的过分强调而导致的理念先行之嫌

罗怀臻的剧作，大都是从日常性叙事写起，然后逐渐将其思想理念和艺术想象灌注进去，最后在更高的层面上以再次进入日常性叙事结尾。这样一种贴着地面飞翔的叙事策略，不仅能够使他丰富的情感、深邃的思想、玄妙的哲理得以充分地挖掘和呈现，又能使观众感同身受、如临其境、倍觉亲切。长期以来，罗怀臻剧作就形成了这样一种既缠绵悱恻、千曲百折又撼人心魄、荡气回肠的艺术风格。但是，任何艺术探索总有不尽人意之处，罗怀臻的剧作也不例外。具体到以上三部作品，这种遗憾主要表现在由于作者对某些情感的过分强调而给人造成的理念先行之嫌。

在前面的分析中，我们谈到罗怀臻剧作结构中“规定性情境”的设置问题。一般情况下，这种叙事策略能够起到强化情感、渲染气氛、深化主题的作用，但有时由于作者的主观理念太强，在设置这些情境的时候，难免会情不自禁地渗入过多的作家个人的情感成分，从而影响到人物形象的连贯性、完整性，削弱了剧作的思想性。比如在《西施归越》结尾处，情人离去、孩子已逝、自身无依的西施对这个荒诞的世界已经彻底绝望，那么，如何将这种悲凉、悲伤、悲愤的情绪渲染到极致，笔者认为，用“此时无声胜有声”的美学原则去处理可能比演员大段的演唱悲剧气氛更浓烈一些，尤其是这

段唱词不符合西施的此刻心理和性格特征，这一情感渲染游离于人物真实的生命体验之外，完全成为作者自己主观意念的乌托邦呈现。

另外，罗怀臻剧作在对某一人物和情感极度凸显的时候，还常常会出现对这一人物和情感的其他方面以及另外一些人物情感的忽略，而这些人物和情感恰恰是对主要人物的衬托和补充，两者融合到一起才能构成一部艺术作品思想内容的丰富性和深刻性。观赏他的剧作，我们有时会感觉到作者就在幕后，用一个强聚焦投影机将大束光线投射在主要人物和情感身上，而舞台的其他地带则是空无的或是模糊的，这样叙事的优势是强化了想要强化的，但在强化过程中，难免造成没有被强化部分的过于弱化，反而影响整部剧作的真实性和感染力。

当然，瑕不掩瑜，作为中国当代最优秀的剧作家之一，罗怀臻在“传统戏曲现代化”方面所作出贡献是有目共睹的，本文仅从他对传统故事改编的三个剧目入手，分析他在这一转化过程中的艺术理念、精神气质和叙事策略。学界对他的研究还在继续，本文如能起到抛砖引玉的作用，是笔者最大的心愿。

（原载 2011 年第 9 期《大舞台》杂志）

当代戏曲语境下的罗怀臻戏剧研究

孙雁北

在当代戏曲尤其是新时期的戏曲剧作家中，罗怀臻可谓是一个独特的存在。他1956年生于江苏省淮阴市。自20世纪80年代起，开始从事戏剧创作，从《真假驸马》到《西施归越》；从《金龙与蜉蝣》到《西楚霸王》；从《李清照》到《班昭》；从《典妻》到《蛇恋》……他的每一部作品都几乎成为当代戏曲的经典剧目，而其中引起的争辩与讨论更是促进了人们对于当代戏曲的再认识。他的作品中有像《金龙与蜉蝣》《西楚霸王》的悲怆与震撼，有如《宝莲灯》《蛇恋》中对人情美与人性美的充分展现，又有如《西施归越》《典妻》的挣扎与困顿。他的每部作品都以一种全新的视角阐释、创造着属于他眼中的世界，用历史的、古典的形式诠释、演绎着当代人的生存状态。他时刻以一种现代人的眼光去观察世界、审视当下，洞察人情、人性和人生。这种古代与当下的结合，传统与现代的交汇正是当代戏曲本质特征的最好呈现。他的作品是文学的，以情节的发展推动人物的动作（而不是古代戏曲通过演员表演塑造人物）。同时，他的作品又是哲学的，以对“人”的发现和解放为主旨，用一种出世的悲悯眼光观察审视着这芸芸众生的生存处境，表现出一种对人性的终极关怀。这也使我们的当代戏曲在题材的选择上不仅限于表现生旦爱情的悲欢离合，而以更宽阔的思路和眼界去表现人生、体察人性，这使得当代的戏曲创作更具永恒的价值与艺术魅力。

一、富有当代性哲思的戏剧主题

黑格尔说，艺术、哲学、宗教是人类的三个霸主，而艺术具有最高的主题，是人类精神的最高境界，这种最高体现为一个人如何在必然的社会中获得自由，在世俗的社会中获得超越。中国传统戏曲这种艺术形式是“形式重于内容的”，所以对这种人的自由性和超越性的表现总是不够充分，这个任务就落在了当代戏曲身上。如前所述，对人的发现与解放正是当代戏曲的一大特征，而这种思想的表达正是罗怀臻戏曲中一直追寻和表现的，这也是他剧作的一个显著特征。正如他本人所说“戏曲的思想力量源于对一些规律的、本质性东西的发现。现在的作品还是缺少对人性、生存、欲望、理想和信念这些本质东西的观照。触及这些深度的作品，才有思想深刻性。”①下面我们就从罗怀臻剧作中所体现出的对人性的深刻认识与挖掘、对人生存困境与处境的呈现两个角度做简要分析，来体会其作品的当代性哲思。

（一）人性的深刻认识与挖掘

“现在是高科技、低人文，高经济、低道德的时代，并不断两级分化的时代。正因为是在这样的背景之下，我们才更迫切地希望看清楚人和人性，进而实现人和人性的更健康的发展……”②这种现代意识既有民族历史的由来，又是只有在今天的文明语境中我们才会觉醒的。

1. 人性“恶”的洞察

对人性本质的探索与追寻是人类认识自己的第一步，也是至关重要的一步。从古至今，东西方对人性善恶的争论就一直没有停止过。以荀子为代表的中国古代哲人是这样认识善恶的；“生之所以然者谓之性。”③他认为人性是与生俱来的原始质朴自然性，应该说无所谓善恶，但人在社会中有利与义的本能存在，于是就产生了人的善和恶。荀子是性恶论的代表，他认为人性有恶，所以强调道德教

---

① 罗怀臻：《罗怀臻戏剧文集》第五卷，上海人民出版社 2008 年版，第 71 页。

② 同上书，第 57 页。

③ 荀子：《荀子》，安继民注译，中州古籍出版社 2005 年版，第 360 页。

育的必要性。而西方将人性的恶看成是宗教意义上的原罪，人性原也是美好的，只是受到了魔鬼撒旦的引诱，才离开了完美的天堂，来到这人间的地狱，来赎尽他所犯下的罪过。可见，与生俱来的恶也好，受到引诱的恶也罢，都是因为人性的软弱和欲望而存在。

（1）权利欲望的无尽追求——《金龙与蜉蝣》

《金龙与蜉蝣》是罗怀臻的代表作，在中国当代戏曲史上有着举足轻重的地位，它不仅使淮剧这个地方性剧种得以重生，而且成为当代探索戏曲走向成熟的标志，同时使罗怀臻“传统戏曲现代化”的理论得到了完美的舞台呈现。而它的最大成功之处就在于对人性的深刻洞察与展现，这也使这部作品具有与古希腊悲剧相同的大气磅礴之势和一种深沉的命运感。

剧中的第一幕是主人公金龙在经历了一场宫廷变故之后，意外地来到一个小渔村，和渔家女结识、相爱、生子，一家人过着与世隔绝、其乐融融的生活，可以说，这是原始的人的自然美好本性的体现。但当老王的幻影出现，召唤他返回宫廷，建立霸业时，金龙毅然决然地抛弃妻子，去追求权力与地位的荣华，这里老王的召唤与其说是家族使命的承担，不如说是金龙骨子里的对权势利益的欲望追求的萌生，也是人不满足现状去追求实现自我的社会属性的表现，这种追求本是合理的，但它的悲剧性在于，在追求自我实现的过程中，人的欲望在不断增长，人逐渐丧失美好的自然本性，为达目的不择手段，最后完全为目标所吞噬，在实现一切后，又空虚地走向虚无。这一切恶的根源，恰恰来自人的贪婪的欲望。就像剧中的金龙从渔夫到帝王、从自己为王到想要儿孙继续为王，直到千秋万代……这欲望的目标在不断放大，欲望越大，痛苦越深，抛却的美好也就越多，这才导致了他抛子、阉子、夺子妻、寻子、杀子、最后被孙子杀，这一系列的悲剧。“权力使他孤独，权力亦使他愈发分裂，权力扭曲着人的灵魂，也毁灭着人的价值。”①在金龙权力目

① 郭小男：《急行军，进入现代意义的思考与追求》，《中国戏剧》，1993年第11期。

标实现的过程中，他早已从一位具有美好人性的自然人变成了一个被权力欲望驱使的杀人工具。直到他死时，这种自然的人性也只是一闪而过，最后将所有权利的欲望寄予到孙子身上，他成为又一个当年的父王，去召唤他的子子孙孙为权势、地位付出一生，去完成一代代可悲的宿命轮回。

（2）人性中的伪善与自私——《蛇恋》

从古代话本《雷峰塔》到田汉的戏曲《白蛇传》，从风靡一时的电视剧《新白娘子传奇》到独特另类的电影《青蛇》，关于白蛇的传说一直为人们所津津乐道。正如潘江东先生所说“其中于人心，演为世风，与天地而无穷，历久而弥新，古今中外文学题材之中，鲜有若白蛇传者……”①而在一般作品的演绎中往往情节简单，性格单一，在人物关系上，也是非此即彼的爱憎。白娘子是善良、美丽、真挚的化身，法海则是恶势力的集大成者。时至当下，这种把人性和矛盾简单化的做法已不能满足人们的审美需求，所以，罗怀臻的越剧《蛇恋》应运而生。“以异类的眼光看人类，挖掘出这个故事更深刻的东西来”②。这是罗怀臻的又一独创。这种异类的眼光看出的正是人类的虚假、伪善、自私的本性。

对人性中虚伪、自私、怀疑、动摇等缺点的揭示，在一次次激烈的戏剧冲突中，通过人蛇的对比得以深刻的体现。第一次对比表现在白蛇与市民之间：一面是白蛇用自己的血来治病救人，不惜元气大伤，冒着现出原形的危险，一面是市民们知道自己喝了蛇血之后的厌恶、以德报怨的反映：“众市民先是小心翼翼，继而议论纷纷，终了激动亢奋——他们洒雄黄、燃蒲草、围攻白蛇……”③这使白蛇第一次对自己以往对人类的美好看法产生了怀疑。她唱到“人啊人，我为你们流鲜血，我为你们救死伤。为何对我这样狠，不以善良报善良？”④无论白蛇怎样的哭号求助，市民们仍然无动于

---

① 潘江东：《白蛇传故事研究》，台湾学生书局，1985 年版。

② 罗怀臻：《罗怀臻戏剧文集》第五卷，上海人民出版社 2008 年版，第 56 页。

③④ 罗怀臻：《罗怀臻戏剧文集》第三卷，上海人民出版社 2008 年版，第 167 页。

衷，最后“众市民疯狂地向白蛇吐唾沫、掷杂物，白蛇蜷曲在地，瑟瑟发抖。”①可见，人类冷漠、自私到何种地步。接下来的对比是在白蛇与许仙的爱中得以展开。许仙被吓昏迷后，白蛇为救其性命，不惜历尽千难万险、以膝代步为其求得还生丹，而当许仙病愈后，却不顾往日情分毅然离开白蛇，只落得白蛇撕心裂肺地呼喊。许仙逃奔金山寺打算剃度出家，正要与白蛇诀别之时，得知白蛇已有其骨肉，这时他为保其骨肉预与白蛇复合，并在青蛇的逼问下道出了复合的实话“常言道不孝有三无后为大，许汉文为寻骨肉卸去了袈裟”②，可见，他对白蛇的爱并不是出于真心，而在水漫金山时，他的犹豫、怯懦、自私亦表现得淋漓尽致。这时的白蛇虽对人进一步的失望，但仍痴情地相信着真爱的力量，她对许仙说出了自己的心声“官人哪，为什么白蛇爱你心一片，你却总是对我留半边？纵使我今日怀着你的后，你还是一半儿真诚，一半儿周旋。官人哪，白蛇做人图什么，但求真情两心间。”③可见蛇妖的爱和人相比是多么的纯洁、无私。而人却被世俗左右着，彷徨、退却、伪善、动摇。最后，青蛇看清了人的本来面目“我还是宁愿信神不信人。在人间目睹太多虚与假，再不敢相信人生有真诚。纵使仙界很寂寞，却没有是是非非和纷争。”④离开人间。而白蛇依旧坚信着爱情的美好，放弃仙籍，做了一个最普通的女人。剧作虽以团圆收场，但其中显示人性的虚假与伪善却是发人深省、值得深思的。

2. 人性“善”的可贵

和西方的“原罪”、恶本性相比，中国对人性的认识更偏重于赞美人性“善”的可贵。“中国古代哲学和美学的核心思想，‘天人合一’的审美观念强调个人与社会、人与自然、美与真善的和谐统一，并由此形成中国古代美学把人作为出发点和归宿，肯定人的生命价

---

① 罗怀臻：《罗怀臻戏剧文集》第三卷，上海人民出版社 2008 年版，第 168 页。

② 同上书，第 183 页。

③ 同上书，第 185 页。

④ 同上书，第 186 页。

值与存在意义，关注人的命运和前途，努力为人的精神生命创构出一个完美自由的审美境界的基本特征。”①罗怀臻的剧作中更是不乏对人性善的赞美，这种善更多的表现为人与生俱来的自然本性与纯真。

（1）率性与纯真——《梅龙镇》

创作于 2000 年的《梅龙镇》一改罗怀臻以往剧作的沉重主题，以“越剧青春剧”清新率真的现代风格迎接着新世纪的第一缕晨曦。剧中的每个人物都有着美好、自然的本性，无论是身在皇宫的天子还是带有民间乡野气息的酒家女，即使是反面阻挠势力的代表皇太后也是出身于山野的性情女子，虽对正德、李凤姐的相爱加以干涉，但最终也有感于其爱情的率真、美好，成全了两位佳人。鲁莽、固执的大牛更是傻得可爱，率真的憨态惹人喜爱。

率性天子与纯真少女的相爱是贯穿本剧的主题，而对真善美、自然本性的颂扬正是对当今社会人的美好本性的一种召唤与回归，极具现代气息。正德天子一开始便是以反抗礼法、礼制束缚的姿态出场，他的不上朝，不是昏庸、昏聩的表现，而是其率性、自然本性的流露。这个 16 岁的少年还没有被更多的权势、利欲所污染，他身上散发着别的皇帝所没有的最宝贵的人性的自然气息。他喜欢拨浪鼓、喜欢风筝、喜欢质朴的戏曲，更向往着山清水美的秀丽江南，于是他逃出束缚人性的皇宫和各种礼教牵绊，去寻找他的率性人生。在那杏花春雨的江南，正德以“戏”为媒，爱上了纯真美好的李凤姐。他先是被凤姐的自然美所打动“吴侬软语，布衣素裙。不施庸粉，未染俗唇。俏鲜花斜插在云鬓，好一派天真!”②继而在接下来的唱戏文、抢手绢、酒店相逢等一系列接触中，他更是被李凤姐的心灵美所折服。“喜欢你天真一派的无羁性，喜欢你任情任为女儿心。你就像红尘之外一池水，清澈见底不染尘。”③因被李凤姐的纯真、美好所感染，他毅然决然地离开皇宫，舍弃皇帝的身份，甘心

① 皮朝纲主编：《审美与生存》，巴蜀书社 1999 年版，第 264 页。

② 罗怀臻：《罗怀臻戏剧文集》第三卷，上海人民出版社 2008 年版，第 201 页。

③ 同上书，第 211 页。

情愿地过起当垆卖酒的平民生活。这生活虽清贫，却不清淡，虽清幽，却不清苦，在这最平凡的普通生活中蕴含的正是皇宫奢华、权柄所无法拥有的自然本性与爱的美好。罗怀臻对这样一位率性、崇尚自然的皇帝形象的塑造，在中国戏曲史上可谓是独一无二的。而作品中的女主人公更是从始至终不失自然本性，即使入皇宫、做皇妃也依然不改其自然本色："凤姐呀，你不会花言巧语，你不屑后宫名分，你不生是非纠纷。虽然终日陪天子，不改质朴与清新。你还是开开朗朗的笑，你还是淡淡雅雅的裙，你还是朴朴实实的爱，你还是甜甜蜜蜜的情。"①可见，这质朴的善良人性之美是多么的美好与难得。而这正是罗怀臻所要歌颂的主题，这份率性与纯真在当下物欲横流的社会中又具有着非凡的意义与价值。

（2）真爱、真情的永恒——《宝莲灯》《长恨歌》

爱是文学永恒不变的主题。在罗怀臻的戏剧世界里，爱是简单的，它来源于最本质的人性的心灵相吸；爱是自然的，它是人性纯真本质的维系。而在当代社会中，爱却是复杂的，它往往伴随着权力、名誉、地位的牵绊，在爱的背后，掺杂着那么多的痛苦与无奈。正如弗洛姆质问的那样："难道只有获取名利才值得人们付出代价？而'爱情'只对灵魂有用，在现代意义上毫无用处的爱情只是一种奢望，一种不值得人们付出代价的奢望吗？"②当代社会让爱变得复杂，让本该洁净的爱变得污浊，那么，就让我们在罗怀臻的戏剧世界里找寻逝去的真爱吧！

对真情、真爱的召唤在神话的世界里往往呈现地更为纯洁、唯美。《宝莲灯》的故事原型已经流传了十余个世纪，《二堂放子》《斧劈华山》两出戏更是家喻户晓、妇孺皆知。但以往的剧目总是侧重于人定胜天的人神斗争，其爱情一线也不明显。而今日之《宝莲灯》不仅以三圣母和刘彦昌的爱情主线贯穿始终，更为可贵的是将爱情

---

① 罗怀臻：《罗怀臻戏剧文集》第三卷，上海人民出版社 2008 年版，第 216 页。

② ［美］弗洛姆：《爱的艺术》，刘福堂译，安徽文艺出版社 1986 年版，第 5 页。

上升为亲情、真情的层次，将人间爱甚于天堂情为主旨，以全新的视角和更高的层次表现出人性、人情美。最终，有情人终成眷属，“即使是玉皇大帝这样拘谨的形象，也会在亲情、爱情面前放下神的庄严来，也会在离开政治、离开媒体，回到家里的时候，成为一个慈爱的老人的形象。”①这个世界万物的主宰从威严变得可爱，从可惧可畏变得可亲可近。他一出场变唱到“说永生，道逍遥，无非是酒足饭饱看妖娆；一万年看罢也无聊！人间总道天上好，须知天上最寂寥。”②而剧中的每个人物无论神还是人都因心中有真情而变得可爱：为爱放弃仙籍的三公主；为情甘愿受难的刘彦昌；在背后一直默默奉献的灵芝；终被真情感化的二郎……最后，辛勤劳作的平凡人间战胜了九重云霄之上的神仙逸乐，这是人性、真情的伟大力量。

被真情、真爱打动的不仅是神仙，更有人间多情的帝王。黄梅戏《长恨歌》中的李隆基卸去了皇上的威严与伪装，为真爱宁可抛却江山和一切虚妄。虽在马嵬坡前他曾因贪恋余生，让杨玉环一个人奔赴刑场，但那梦中的一跪，赎清了他所有的不衷与软弱，最后爱情战胜了死亡，超越了红尘世俗的羁绊，终于永登天堂，结为连理。而杨玉环对李隆基的爱也是那样的真挚、浓烈。她不顾世俗的眼光与毁谤，那样的率性、不羁、清新、鲜活，她听从内心爱的召唤义无反顾地爱上了盛世君王。他们的爱没有权势、名利的掺杂，是完全心灵的契合。正所谓：红颜并非祸水，天子也有真情。这是罗怀臻对真情、真爱的美好礼赞！

(3) 英豪之气的书写——《西楚霸王》《韩信之死》

“我希望看到项羽身上那种唯美的气质、浪漫的情怀、狂飙的精神，也就是现代人很缺乏的这种东西。作为中国人人格很宝贵的素质不要随着现代物质文明的泛滥而逐渐稀薄，这是我的一种忧患。现代人经常谈论‘平常心’，‘平常心’是最有利于掩饰平庸的借口，

---

① 罗怀臻：《罗怀臻戏剧文集》第六卷，上海人民出版社 2008 年版，第 147 页。

② 罗怀臻：《罗怀臻戏剧文集》第六卷，上海人民出版社 2008 年版，第 76 页。

我们现在推崇的英雄更多的是因为共性多，而不是因为个性突出，与真正的英雄崇拜背道而驰。”①在当今解构崇高、崇尚中性美的社会，对英雄主义的推崇、对男子血性、阳刚之性的召唤正是罗怀臻追寻人性美的另一表现。

《西楚霸王》中的项羽不再是以往作品中那个自负、虚荣、目光短浅的失势将军，而是一位大气、柔情、血性、义气的精神贵族。他一切行为的动因都是出于他性格中的这种英豪之气，他骨子里是拒绝平庸和世俗的，即使失败也不失人格上的高贵与纯真。烧秦都、坑降卒看似残忍，少理性，但这种艺术夸张的放大，更能表明霸王的盖世之气，不像现代人背后的工于心计、明善暗恶。放刘邦、逐韩信，这是项羽在成就霸业与保持人格上的艰难选择，而最后他宁可杀身成仁，最后不失英雄本色。而这一切被看作妇人之仁的举动却正是项羽的唯美人格。试问现在唯目标论的当代人有几人能做到？在被所有人指责之时，唯有虞姬是霸王的知音，正如项羽驱逐范增时虞姬所说“亚夫以为霸王凡事任性，其实霸王心里比谁都明白，霸王就是要以自己的性情处事呀。”②正因知音难求，项羽更是把虞姬当作一生的最爱，将英雄的一腔柔情毫无保留地献给虞姬。“不为霸业为佳人”的项羽原意用生命保全他心中的美玉，也正因如此才演绎了“霸王别姬”这场宁为玉碎、不为瓦全生命绝唱式的生死爱欲。霸王对虞姬的一腔柔情使这位神明式的英雄更加人性、更加可亲、可爱，从而进一步完成了项羽大丈夫式的完整英雄人格的塑造。“滔滔一派东逝水，滚滚向前头不回。英雄争霸何言败，头颅未断安可归！”霸王似一只展翅的金色大鹏翱翔在宇宙苍穹。

如果说《西楚霸王》中的韩信是只知道“良禽择木而栖，贤臣择主而事”的世俗中人，那么《韩信之死》中重点表现的则是一个光明、坦荡、侠肝义胆的性情英雄。他同《西楚霸王》中的项羽一样，有着不被世俗理解的英雄豪情。刘邦和吕后担心其功高盖主，

---

① 罗怀臻：《说在“霸王”夜》，《戏剧文学》，1999 年第 11 期。

② 罗怀臻：《罗怀臻戏剧文集》第二卷，上海人民出版社 2008 年版，第 99 页。

以种种手段加以陷害，同为汉初三杰的萧何、张良都知道明哲保身的处世哲学，唯有韩信一直以自己的真性情处事待人，他不肯卖友求安，把刘邦吕后的陷害只当作简单的误会，坦然相对，以至于一步步走进二人的圈套，最后以死成就了他的报国之情与坦荡的君子之志。即使死也死得轰轰烈烈，惊天动地，在洪钟的轰鸣交响中结束了他一生戎马，其英豪之气荡气回肠，响彻九霄！有道是“磊落胸襟令人敬，腹内容得百舟行。能忍小辱成大器，古往今来第一人。”①

3. 人性的由“善”变“恶”

“人的心灵不仅是自然的产儿，而且从一开始，它就带有至关重要的社会性。近代哲学对人与自然关系的割裂，归根结底就是对人自身即对人的身体与心灵、物质性与精神性的割裂”。②这种割裂使人性由“善”变“恶”，社会性的束缚与转变，使人自然、美好的本性丧失，那种先天的纯洁被后天的环境、舆论所玷污，失去了人的本心。正像卢卡奇提出的“物化理论”③那样，人的活动已不再是自由自觉的创造性活动，而是服从某种外在力量的强迫性的活动。这种外在力量或是舆论、或是环境、或是名利地位的吸引，使人不像人，陷入无边的痛苦之中。

（1）环境、舆论对人的无形制约——《孔雀东南飞》《梨园天子》

《孔雀东南飞》作为乐府双璧之一早已家喻户晓，而罗怀臻将其改编为黄梅戏，使其具有当代意义的同时，又对人性的善恶做了更深入的解读。最为典型的体现在对焦母这个人物的塑造上。作品中的焦母是“恶”的代表，她千方百计的想拆散焦仲卿和刘兰芝的美好婚姻，甚至在新婚之夜就睡在两位新人中间，以各种手段和无礼要求压制刘兰芝，最后只能使有情人相见于阴间。但如果我们进一步分析焦母“恶”的原因时就会发现，她其实是隐性的、更为深层的受害者。她年轻守寡，在经济上生活的艰难，精神上合理欲求长

---

① 罗怀臻：《罗怀臻戏剧文集》第二卷，上海人民出版社 2008 年版，第 13 页。

② 魏义霞：《生存论》，黑龙江人民出版社 2002 年版，第 91 页。

③ ［匈］卢卡奇：《历史与阶级意识》，华夏出版社 1989 年版，第 90 页。

期受到压抑，唯一的精神寄托儿子又被他人抢走，她只能将这压制更为冷酷、疯狂地转嫁给儿媳，在对媳妇的诸多挑剔与虐待中，猎取到可供补偿以前她在焦家做媳妇时所遭遇的痛苦，从而重复着她的婆婆和焦家父辈的性别歧视规则。因此我们不难理解，为何焦母在对媳妇的施虐中无任何的愧疚与怜悯，这一切的“恶”的根源就是宗法父权的环境对人性的扭曲。可以想象曾经的焦母在新婚之时也可能像现在的刘兰芝一样有着活泼、可爱、纯真、美好的“善”，而现在的兰芝在宗法父权环境、舆论的压力下也会成为下一个焦母。这是环境对人性的扭曲。

马克思曾经说：“谁要是为名利的恶魔所诱惑，他就不能保持理智，就会依照不可抗拒的力量所指引给他的方向扑去。”①《梨园天子》中引诱宁王的不仅仅是名利，而是更大意义上的无上的权柄与皇室尊严的虚荣。作为在野的宁王是快乐、仁善的，他可以与伶人为伍，与乐师为友，他可以理解南唐后主把豪情用之于词曲，而非误国，也可以不顾身份的尊卑与馨儿真心的相爱。但当他成为真正的圣上，拥有了权势与地位之后，他人性中的“善”在一点点被“恶”吞噬。环境的熏染、舆论的压力、弄臣的谗言，使他开始意识到伶人地位的低微、开始怀疑曾经爱的誓言。身为皇帝的尊贵与高傲让他不惜与昔日患难与共之人为伍，为了保全皇室的尊严，他又走上了父王背信弃义的老路，将亲情抛撒。人性的善在慢慢退却，换来无可挽回的悲剧。最后的宁王真正地成为孤家寡人，看着亲人一个个离去，他只能生活在没有爱的世界里，这时的权势、尊严早已变得虚无，他能做的只有哀叹自己生在帝王家的不幸，去独自面对那苍茫世界的皑皑白雪……

（2）偶然性的捉弄、被名声所累的无奈——《真假驸马》

“在这个世界上，每天都在发生许多预料不到的灾祸，这些灾祸落在谁的头上完全是偶然的”。②如果说偶然性人们无法选择，只能

① ［德］马克思、恩格斯：《马克思恩格斯论教育》，人民教育出版社 1958 年版，第 46 页。

② 史铁生：《史铁生作品集》，中国社会科学出版社 1995 年版，第 56 页。

被动地接受，那么必然性却是人的意志的作用，偶然和必然共同造就了人的一生，而人生的悲喜，困顿与无奈多受着各种因素的束缚、左右，如名誉、地位、虚荣……

越剧《真假驸马》因偶然性的捉弄，在一个个看似合理的选择下，使原本幸福的家庭妻离子散、生死相隔，酿成了一场无奈、辛酸的命运悲剧。状元驸马董文伯荣归省亲途中不慎坠崖，这个命运的偶然捉弄如晴天霹雳使董家的荣华梦爆碎，为保住董家荣誉和地位，公主李代桃僵，以弟弟董文仲代替哥哥再做驸马，享受荣华。这看似合理的无奈选择是出于对家族利益、名誉的保全，是以牺牲自然性的伦理身份为代价换取社会性的物欲的满足。这是一种由"善"变"恶"的不自觉转化，是人性善的逐渐丧失。这个看似简单的身份转换却将整个家族一步步地推向了深渊。而其诱因又是偶然性的捉弄，董文伯坠崖未死，重回董家，想要找回失去的自己，而一切早已不可能：公主与文仲日久生情、假戏真做，使他失去丈夫的身份；董母为董家的地位，不认其子，使其失去儿子的身份；文仲为保全董家的荣华假作驸马，使他失去状元身份……这一次次身份的丧失，使他失去了存在的意义和价值，这时的他痛不欲生"盗我者，是我一胞同生的亲兄弟；欺我者，是我牵肠挂肚的老母亲；负我者，是我日思夜想的结发妻；伤我者，都是我相敬相爱的自家人。"①所以，他要极力找回自己，面见圣上，得到身份的印证。而痛苦的不只是文伯一人，既然选择了替换，就要一直地伪装下去，公主现在要保全的不只是董家的名誉、地位，还有她皇室的尊严与法度，极度尴尬的她只能将文伯称作疯子，将实话变成谎话。于是就出现了金殿上指认身份痛彻心扉的一幕，最后将文伯推向了真正的死亡深渊。这里的每个人都出于各自的目的明知真相而不认：君不认臣、母不认子、妻不认夫、弟不认兄、朋不认友，这悲剧的根源正是为名誉、地位、身份的保全而将人性中的亲情、忠信的大善

---

① 罗怀臻：《罗怀臻戏剧文集》第三卷，上海人民出版社 2008 年版，第 18 页。

抛却一边。更可悲的是，每个人都身在其中痛苦地挣扎而不自知，她们本意的“善”的初衷却因命运的捉弄而酿成“恶”的苦果。这里的每个人又都是受害者，受着命运偶然性的捉弄与把玩。偶然与必然，使人性由善变恶，面对这不自由的苦楚，人们只剩下无端的质问“荣华一场梦，转头皆成空。高处不胜寒，盛极时已穷。爱也痛，恨也痛，聚也痛，冥冥之中谁主宰，一怀愁绪问苍穹。”①

（二）人生存困境与处境的呈现

“深于情者，不仅对宇宙人生体会到至深得无名的哀感，扩而充之，可以成为耶稣、释迦牟尼的悲天悯人。”②罗怀臻的创作便是如此，他的大部分作品都有着悲天悯人的悲剧感，这种悲剧感正是基于他对人性善恶的深刻洞察和对人生存处境的不断思索。他不仅将人性的善恶展现出来，更将我们自身不自由的生存处境搬上舞台，使人更加深刻地认识自己。正如马克思所说“在其现实性上，人是一切社会关系的总和”，③人总被周遭的社会环境和自身的错误观念制约左右着，陷于痛苦的境地不能自拔……

1. 人被物化的悲哀——《西施归越》《典妻》

京剧《西施归越》和甬剧《典妻》可谓是罗怀臻两部重量级的经典之作。两剧一经上演便红遍大江南北，在当代戏曲界引起强烈反响。两剧为何如此成功？一个根本原因就在于它们深刻的哲学主题即对人的物化的揭示，这正是当下人的生存困境。物化作为一个哲学、社会学概念最早来源于西方，匈牙利哲学家卢卡奇得益于社会理论家韦伯和研究异化的专家席美尔的启示，以马克思《资本论》中的商品拜物教理论为基础，提出了著名的“物化理论”。④物化使人的能动性丧失，遭到异己的物质力量或精神力量的奴役，从而使人的个性不能全面发展，只能片面发展，甚至畸形发展。在资本主

---

① 罗怀臻：《罗怀臻戏剧文集》第三卷，上海人民出版社 2008 年版，第 2 页。

② 宗白华：《美学漫步》，上海人民出版社 1981 年版，第 182 页。

③ ［德］马克思、恩格斯：《马克思恩格斯选集（一）》，人民出版社 1956 年版，第 18 页。

④ ［匈］卢卡奇：《历史与阶级意识》，华夏出版社 1989 年版，第 90 页。

义社会里，异化达到最严重的程度。“它使人和人之间除了赤裸裸的利害关系，除了冷酷无情的‘现金交易’，就再也没有任何别的联系了。它把人的尊严变成了交换价值，用一种没有良心的贸易自由代替了无数特许的和自力挣得的自由。”①而人的异化不单单是资本主义的产物，即使在封建社会和社会主义社会，依然存在这种情况，只是有着不同的表现形式。人为了物欲的满足，不惜牺牲人性和尊严（包括他人和自身的），被物所奴役，这是人生存的永恒困境。

《西施归越》中的西施便是人被物化的典型。这里的西施不再是一个忧国忧民带有政治光环的西施，而是一位有血、有肉、有情、有爱，并痛苦地承担着自己命运的普通女子。她本是苎萝村自由自在、无忧无虑的浣纱女，不可选择的生存困境将她一步步推向痛苦的境地，最后只能走向死亡，她的一生悲惨地成为男性世界争取权利、地位的工具，失去了人性应有的价值与尊严。只因她生得太美，只因她是越国的女儿，一是自然属性的赋予，一是社会身份的确定，这两个不能选择的注定，就迫使她担负起不可推诿的救国重任。于是她陷入了第一重人生困境：牺牲自己自然属性的色相、抛却与范蠡自然人性的真爱、放弃和母亲乡邻的自然亲情，去成为一个完完全全的复国工具，这是对她人性的第一重物化。如果说这次的含恨姑苏行还有一种爱国使命责任的担当，是人社会属性的一种合理追求，是用人自然属性换取社会属性的合理过度。那么，西施接下来的处境便将她的这种爱国者的社会身份加以否定，使她自然、社会两方面属性完全丧失，成为一种非人的工具。这表现在她复仇成功、归国之后，她获得了救国者社会身份的确认，表面上完成了人社会价值的提升：“越王宫，摆盛宴，举国欢庆西施还。”“满朝文武把西施敬，一杯杯一盏盏往来不停。”但实际上，勾践已深感女色复国的羞臊与反感“悔不该迎还西施滥吹捧，恰好比自家戳破自家脓”“且把羞辱再忍耐，伺机逐她出越宫。”而西施往日誓死不渝的真爱范蠡

① ［德］马克思、恩格斯：《马克思恩格斯选集（一）》，人民出版社 1995 年版，第 274—275 页。

也是“心里常感疲倦，好像丢失了什么”，而当他得知西施已有吴王骨肉，他的反应是本能地跳开，开始嫌弃西施的不洁“她本是清白如玉女，今成了含污带恨身”埋怨她不该归越。士兵的调戏，众村姑的误会、嫌弃更是将西施救国者的社会身份彻底瓦解，这时的西施已失去了她自然属性的美好和社会身份的确认，完全被利用、被物化了，这使西施处于第二重人生困境。这时的她已由当初的“越女也识亡国恨，便将身首捐国门”的视死如归变成了“西施清白谁断送？何人还我女儿身?”的不解质问和“所亲非所爱，所爱不能亲”的痛苦哀号。她逐渐地认识到了自己的生存处境和被物化的命运，于是，她觉醒了，不再对男权社会抱有任何希望与寄托了，她知道唯有腹内的婴儿才知道她所受的苦，才是她真正的亲人。于是她不顾众人的反对，毅然决然地想要生下这个孩子，并竭力保全他的性命。这种母性意识的觉醒使她感觉到人性的回归，只有这种自然的人性才能给她以安慰，但这种美好人性在利欲、权势的社会中注定不能存活，这就酿成了西施命运的第三重悲剧。勾践的步步紧逼将襁褓中的无辜婴儿借西施之手活活地憋死，这时的范蠡也独自泛舟、离西施而去。此时的西施丧失了人间的一切真情，她能做的只剩下最后一幕那痛彻心扉的天问，她失去了人存活的价值，只剩被物化的可悲，于是她怀抱死婴走向水天深处，结束了她悲剧的一生。其实，被物化的又岂止西施一人，正如吴优所说越王也同样是个弄臣，他处在权势、地位的困境之中而不自知，成为被权势所操控的工具。这便是罗怀臻的深刻之处，站在更高的角度去俯瞰芸芸众生，将人生的困境和不自由描写得淋漓尽致。

《典妻》是罗怀臻的又一部经典之作。作品中的妻同西施一样，有着被物化的悲惨命运。她被当成生孩子的工具，被“典”到秀才家，去完成传宗接代的任务。她被简单地当作一种生殖工具，失去了人的尊严。在春宝和秋宝之间的选择是对她自然母性的撕裂，这种情感的表现在戏的最后，在回家之路上，达到高潮。在柔石的小说中，表达这种心情的只有几句话，但在这出戏中，表达这种心情用了大约 20 分钟时间。在这 20 分钟里，叙事没有任何推进，故事停止了，人物的内心出场，所有关于命运的人性式感慨都将在此渲染："我把一个儿抛下；又把一个撇一旁！天哪天——我是万般伤心总无奈，这世上哪有亲娘舍得亲儿郎？我冤啊冤，我悔啊悔，我恨啊恨，我痛啊痛，我是双手捧着一颗心，不知能在何处放？"这种艰难的痛苦处境充分展示了人被物化的悲哀。

2. 两难处境中的艰难选择——《班昭》《下南洋》

人本主义心理学家马斯洛曾说："我们时代的根本疾患是价值的沦丧，这种危险状况比历史上任何时候都严重，关于这种状况存在着各种各样的描述，诸如颓废、道德沦丧、抑郁、失落、空虚、绝望、缺乏值得信仰和值得为之奉献的东西，等等。"①同马斯洛一样，罗怀臻正是基于对人本主义价值沦丧的忧患，对"文人操守"回归的极力寻求，才创作了《班昭》这部贯通古今的昆剧力作。他说道"班昭生活的时代和她所身处的环境，也与我们当下所熟悉的某种风气与人物相暗合。所谓'天下熙熙，皆为名来；天下攘攘，皆为利往'。在突然而至的物质利益的诱惑下，'躲避崇高'、'回避深刻'、'消解价值'，一时间居然成为口号，变为时尚。……从这一层意义上来说，新编历史剧《班昭》，既是可能属于古代的，也是可能属于现代的，它其实就是历史人物的当代素描与心灵写照。"②这就使《班昭》这部作品具有了当代意义和时代价值。而对这份操守的坚守又是在极其艰难的两难处境中的痛苦选择，这就使这部作品具有了一种悲苦和静穆的感动。

《班昭》这部作品的线索很清晰；从 14 岁的天真少女到 70 岁的孱弱老妪，班昭用尽了她的一生，在孤灯苦影下完成了皇皇巨著《汉书》，她放弃了生活中的种种欢笑和乐趣，以一种知识分子的人文坚守，成就了她的非凡人格，而这份艰苦的锻造、成功之后，我们却分明看到了那隐藏其后的莫名悲哀。班固病重、时日不多，他

① ［美］马斯洛著：《人类价值新论》，胡万福译，河北人民出版社 1988 年版，第 198 页。

② 罗怀臻：《罗怀臻戏剧文集》第五卷，上海人民出版社 2008 年版，第 156 页。

想以择妹婿的方式来完成《汉书》的写作，在班昭则婿两难之时，命运的无情捉弄将她嫁给了曹寿，这个不甘清寒、贪恋权势的男子。而大师兄马续又天性软弱定不能接替《汉书》重任，在兄长弥留之际，在“班氏一门，《汉书》为大”的言语压力下，身为“班彪的女儿，班固的妹妹”的班昭，只能责无旁贷地接受这份重任与嘱托。所以，她跪了下去，举起了双手，承受起那累世的期待。“我班昭，五岁习《诗经》，七岁读《论语》，九岁熟诵《史记》，十岁而做篆书。自幼目睹家事变迁，领略史家悲喜。而今情势所迫，承继史稿，一息尚存，修行不辍，有生之年，定当完成《汉书》。天地为证。”这誓言是何等的浩荡、坚强，而在这壮怀激烈的背后，又有着怎样的悲切与辛酸哪！她择婿没有少女对爱情的向往与憧憬，而是“看兄长情切切流泪眼，这也不是嫁妹，是把班昭嫁书简。”她不是一个渴望名垂青史的男子，也许她并没有将生命汇入笔端、将光华灌入史册的气魄、胆识和才华。她只是一个天真、活泼、可爱、聪颖的青春少女，而在这人生的歧路上她只能如此，或者说她早已别无选择。她必须将自己毕生的韶华、全部的光阴，交付给这部史书，承担起这份重任。曹寿贪图荣华、享受富贵，做了太后的面首；马续畏惧流言、在她最艰难的时候，远走离她；而那不作美的天公，也不怜恤她的苦楚，一把大火尽烧书稿，将她的半生心血付之一炬。面对这种种的困难，她只能独自承受，她能做的唯一回应只有继续写书。当她搬进宫中，想得到片刻的休息，想像常人一样，享受几天人生时，却遭到了马续严厉地质问，竟要搬走书稿，岂不知这书稿已融进了她一生的韶华，它已成为了班昭的生命，成为她灵魂的支撑。这书稿是班昭自身存在的体认，只有这无生命的书稿才是班昭有生命的鲜活呈现。所以，班昭只能回到书斋，继续与青灯苦影为伴。这时的书稿已固化了她的人生，固化了她的身外世界。她唯一能做的，只有决绝、坚忍、一往无前的写下去。《汉书》的光亮掩盖了她生活的空洞，《汉书》的崇高修饰了她人生的虚假。当《汉书》完成之日，她没有欣慰、喜悦，只剩失魂落魄地惊恐与嚎哭。因为从此，她的生命已失去了意义，她能做的只是懒懒地走向生命的尽头。就此完成她虽崇高却可悲的一生。这就是班昭不得不选择的生存的困境。

《下南洋》是罗怀臻的2010年创作的最新力作，作品以琼剧的形式表现了我们的祖辈们在南洋的漂泊生涯中的无奈，和留守在中国海南岛上的家人的艰难，从而反映出个体在“求生存”过程中的伦理困境。剧中的主人公文昌为了求生存不得不远离家乡，下南洋。他是幸运的，没有像其他人一样死在途中，而是得到了星姐的善意资助，得以在南洋很好地生活，但这时的文昌却面临着伦理困境的艰难选择：一面是十年未见，在家苦等的妻儿，一面是救己生命，善良、重义的星姐，是背负舍弃妻子的骂名还是头顶忘恩负义的斥责？无论文昌怎样选择都会对对方造成极大的伤害，这冥冥之中的偶然捉弄将文昌推向个体存在的极端状态，而因选择所带来的一切后果都需要他一个人痛苦地承担。这种艰难处境的痛苦选择是人无可摆脱的悲剧宿命，这也使这部作品具有了震撼人心的悲剧力量。

3. 目的导向人生的虚无——《伐楚》《李亚仙》

现代文明的欲望化和商业市场化熏陶出了现代人工具理性的思维模式。“在机器跟前的工人只专注于直接的目标，无暇、也无兴趣去整个儿地思索生活”。①这种目标导向的人生使人们忽略了最可贵的当下的存在，人生不断地外倾，过程被目的彻底压缩了。人被高度单一化，进入了巨大的单调之中，最后走向虚无。

这种目标导向的人生在文学中表现的最明显的是关于复仇主题的书写，从古希腊埃斯库罗斯的《复仇女神》到莎士比亚的《王子复仇记》，从鲁迅的《铸剑》到曹禺的《原野》……而今，罗怀臻创作的电影文学剧本《伐楚》颠覆了《史记·伍子胥列传》中传统固有的价值规范，从更高的层面上揭示了目标导向的人生最后的虚无，这种古今精神的契合，反映了人类自身永劫不复的生存悖论和荒诞处境。楚平王因听信谗言杀害了三代忠臣的伍家307口人的性命，

---

① ［德］卡尔·雅斯贝斯著：《时代的精神状况》，王德峰译，上海译文出版社1997年版，第42—43页。

从此，“能忍大辱、敢当重负”的伍子胥背负起家族的血债走上了他一生的复仇之路，复仇成为他存在的唯一目的。为复仇，他在亲子身上残忍地划了三百零七刀作为血证；为复仇，他在文昭关一夜白头；为复仇，他背负叛国、逆臣之罪；为复仇，他忍辱二十年，誓必亡楚。而当他卧薪尝胆、忍辱负重即将有实力杀死楚王之时，楚平王却死了，这使伍子胥陷入了目标的虚无。像《原野》中的仇虎一样，伍子胥依照“父债子还”的伦理观念迅速将复仇目标定为仇人的儿子——楚昭王。在吴王的诱导和利用之下，伍子胥此时的复仇已逐渐失去了先前的正义，变成了一场灭绝人性的残忍杀戮。他毁城、拆庙、掘坟、从一个无辜的受害者变为了一个冷酷无情、穷凶极恶、草菅人命的千古罪人。这时的他似乎已完成了复仇的目标，但在这目标达成的背后是他丑陋、扭曲的灵魂。在他复仇的过程中，他渐渐远离了正义、远离了正常人性、远离了作为一个人最基本的良知，他已完全沦落为一架“复仇”的机器和奴仆。在看似强悍、自信的外表下遮盖着的是一颗空虚、怯懦、痛苦、孤独的内心，在此，他为父报仇的意义已荡然无存。直到他亲手杀死自己的儿子，他的复仇宿命般地被彻底否定了。他的一生就像剧中孟嬴手中摆弄的贝壳，冥冥之中被命运之手随意地拨弄着，陷入一场荒唐的悖论。这种悖论指向人类生存本身永恒的困境。

对于这种困境的书写，川剧《李亚仙》中也有所表现。作品中的女主人公李亚仙为了公子郑元和能走入仕途、功成名就，刺目劝学、甘心牺牲，以此激励郑公子发奋学习。但当郑元和真的中了状元、红袍加身之后，却因自身妓女的卑微身份，被家族、世俗社会所排斥，她目的达成之日便是两人痛苦分别之时。荣华富贵、名誉地位换不来爱情的长相厮守、相濡以沫，她所能做的只有远走他乡、将青春韶华永埋葬。这里的郑公子也并非是传统意义的薄情郎，他可以不顾名誉、仕途甘心沦为乞丐而与李亚仙真心相爱，但当他面对“世道的冷与暖；官场的风与霜；亲友的讥与谤；人言的悔与伤”，已身为状元的他还能够像从前一样，爱着已是瞎子的李亚仙了吗？这时的李亚仙已隐隐地感觉到即使不走，二人也不会过如从前一样美好的爱情生活。这是她无法选择的人生宿命。

很多时候，一个事件的出现，往往并不因为它解决了什么，而是因为它给人们带来了怎样的思考。罗怀臻剧作中对人的生存处境与困境的揭示，促使我们思考自身，思考当下，思考永恒，这便是其剧作意义之所在。

二、具有当代意义指向的人物形象

人是生活的中心，也是艺术的中心。艺术家思想内容的表达，艺术形式的体现，都要通过作品的艺术形象加以传达和表现。而一部作品最先被观众记住的也是其鲜活、生动的人物形象。中国古代传统戏曲因其依托于儒家的实用理性，所以它对人的理解往往把人纳入单一的政治秩序与伦理纲常中来，这就造成其将人物简单地划分成善恶两派：女性形象，要么是儒家礼教塑造出来的贤良淑德、勤俭持家的妇女，要么是与儒家礼教对立的红颜祸水；对于男性也是悉从忠、孝、节、义的伦理角度出发塑造其形象。而罗怀臻的戏剧中塑造的人物，既有儒家意义上的责任和使命的担当者，更有道家自然精神的灵动、飞扬、纯真、鲜活的自然群像。这种儒道共生的人物创造是罗怀臻的独创，他使中国戏曲的人像更为丰富、多元，这是古代戏曲中从未有出现过的。而他塑造人物的另一个特点是：其创造的每个人物都不同程度上带有着当代意义的指向。罗怀臻剧作多为历史体裁，但这些历史人物并非传统意义上的历史真实地再现，而是借历史之形还当代精神之魂，使他们具有了与当下观众息息相通的时代气息与价值体认。这些人物所呈现的或是当代人应该具有的，或是当代人所缺乏的，剧作家所要表达的不仅仅是对某个人的生活历程的简单复制，而是对作为存在物的人的关注和对不可思议的人生的顿悟。他对每个人物的审视和塑造都是对当下人们的现实状态和精神世界做了符合现代意识的观照和打量。

（一）纯净、美好始自然

在罗怀臻作品众多的人物群像中，我们可以发现一个规律，那就是一些可亲、可爱的具有人情美和人性善的形象都是因其自身具有与生俱来的自然属性的美好。他们无论男女，均未因社会环境的污浊、外界利欲的熏染而丧失其本性。他们或纯真、善良如道家的赤子，或灵动、飞扬如西方的酒神，抑或如具有母性大爱的自然母神。这是一种最原始自然直觉的回归，一种精神意义上的赤裸裸的直率与坦诚。而这些看似简单、寻常的自然本性却恰恰是当今社会人们所缺乏的，或者说正在一点点地丧失。罗怀臻正是通过对这些人物的塑造来极力地召唤这简单、纯净的美好人性。

1. 道家赤子型的自然人像

从老庄的逍遥之境到陶渊明的世外桃源；从李白的孤帆远影到王维的长河落日；从《洛神赋》的惊鸿神女到《聊斋志异》的花狐婴宁，道家的自然精神一直贯穿始终。也许是古代戏曲的教化之功，在中国戏曲中这种自然精神的显露却较为少见，只有“一生爱好是天然”的杜丽娘可堪经典。而在当代戏曲的百花园中，罗怀臻塑造了诸如：刘兰芝、李凤姐、杨贵妃、馨儿、钟妩妍、三公主、白蛇等等一系列纯真、善良、自然、美好的人物形象，真可谓是中国戏曲形象的一大创造。这些人物有一个共同的特点就是都有着道家自然赤子般的自然人性。“它指的是未经文明社会浸染和玷污的人的自然本能和情感，是一种先验存在的人性完满的自然状态”。①这些人纯洁、天真、和谐、善良、柔和、贞静，具有人性中的一切美好，是人最自然、最理想的状态。

《孔雀东南飞》中的刘兰芝一听到焦仲卿的骨龠之声便不顾封建礼法跑出家门，和情人相见，还骑在牛背上哈哈大笑；在迎亲途中，她闲坐在轿中憋闷，竟自己把盖头掀下来，下了花轿和焦仲卿一起在田垄上走。在那样一个封建礼法森严的社会中，这样的刘兰芝是多么难得，那样的率性、那样的纯真。《梅龙镇》的李凤姐在与大牛的“演戏”和偶遇正德并倾心的过程中，处处表现出她少女的天真与善良。她偷笑、缩头、耸肩，这些小动作表现了她的天真顽皮。

① 罗成琰：《现代中国的浪漫文学思潮》，湖南教育出版社1992年版，第232页。

在正德“不老实”时，她也是巧妙地避开，从不愠怒。在和“军爷”的一次次对话中，也表现出她内心的美丽与灵性，以朴素天真的近似儿童的口气维护着她不容置疑的人格和尊严，表现出其内心的清纯之美。秦腔《杨贵妃》中的杨玉环更是一改以往同类作品中飞扬跋扈、盛气凌人的骄纵之态，而完全呈现出一种邻家女孩的率真与自然。在她们看来现实功利、权力地位往往一文不值，而重要的是赤子之心，这才是人生幸福的根本。如《梨园天子》中的馨儿，身为戏子的她从来不爱慕虚荣、贪图名利，她可以在宁王最为破落之时舍命相救，却不愿在宁王功成名就之后委身相随，只为保存她自然、美好的人性本色。青春昆剧《一片桃花红》在“绿水为帐，青山为屏，隔断人世间万丈红尘”无纷无扰的桃花源中，为我们塑造了一位清新脱俗、具有真性情、玉精神的美少女钟妩妍。她天生的一块胎记毁掉了她的容颜，但善良的奶妈和众桃花女为使其快乐自信地成长，均骗她说她是世上最美的女孩。直到她进宫，被孟赢和宦官嘲笑后，她才得知真相。此时，她也知道了当初齐王之所以“爱慕”她的美丽，只是想利用她而已。这时生来天真、善良的钟妩妍第一次知道了世间的虚假与伪善，而正当她想自杀之时，被奶妈和众姐妹的自然亲情所打动，勇敢地接受事实，继续新生活。当虚伪的齐王再次受难，前来求救之时，钟妩妍不计前嫌，再次出兵相救，以生命为代价换取了齐王爱的真心。作品中的钟妩妍是真善美的化身，她的美不在外表，而在其以善报恶的内心。罗怀臻笔下的自然赤子不仅存在于现世人间，更永生于神界天冥。《宝莲灯》中的三公主同样具有人世间的真性情，她不顾上天的礼法与镇压，毅然决然地逃亡下界与刘彦昌成亲，享受人世间的自然美好。即使历尽艰辛、受尽苦难也不改其初衷，最终感动了冰冷的天庭，连玉帝也羡慕其人间真情，成全了这真爱的永恒。《蛇恋》中的白素贞虽为蛇妖身份却没有人一样的世俗与虚假，始终以一颗赤子之心的真性情对待身边的人和事。即使遭受众人的追杀、许仙爱情的离弃，她依然不改其真善本性，用一颗赤子之心融化了世间的一切冰冷。

从以上的分析中可以看出，罗怀臻笔下的这些人物都是那样的纯真善良、率性清新。她们无论遇到什么恶毒的人、什么困难的处境都会以一颗了无心机的赤子之心以善报恶地化解所有困境，使罪恶羞惭而退，到处洋溢着真善美的空灵气韵。在她们身上没有恶的掺杂与动摇，纯然是生命在阳光与清风中自由跳荡。这种人的本性的完美自足、纯洁和谐是罗怀臻对当下污浊世界所开的一剂良药，只有这种本然人性的保持才能净化斑驳、复杂的人心。如丰子恺所言："今世有许多人外貌是人，而实际很不像人，倒像一架机器。这架机器里装满着苦痛、愤怒、叫嚣、哭泣等力量，随时可以应用。即所谓'冰炭满怀抱'也。他们非但不觉得吃不消，并且认为做人应当如此，不，做机器应当如此。"①而对此只有恢复其赤子之心，才可以使世界澄净、光明，走向美好。

我们不禁要问，这种自然的赤子之爱真的能化解罪恶，净化污浊吗？美丽易碎，太过完美的东西无法长存，面对现实人性的咄咄逼人，这种赤子之心有时显得岌岌可危。于是，我们分明看到了白蛇了解人性丑恶时的动摇与伤心；馨儿的善良义举之后的刺目流浪；杨玉环本真性情的不被容忍……这种人性褊狭的简单纯化不能掩饰人性罪恶的本质真实。所以，才有了罗怀臻笔下以项羽、伍子胥、韩信等为代表另外一群人相百态。

2. 具有生命意志力的自然酒神

同样是自然精神，与道家的和谐、纯洁的赤子之心不同，酒神的自然是极力张扬人的生命强力、自然原欲，试图让人从本然存在中汲取丰沛的力量去对抗一切，让生命沉醉于自身酣畅淋漓的力量感之中。尼采将古希腊悲剧的核心就认定为酒神精神，他在《偶像的黄昏》中说道"酒神祭之作为一种满溢的生命感和力量感，在其中连痛苦也起一种兴奋剂的作用……肯定生命，哪怕是在它最异样最艰难的问题上；生命意志在其最高类型的牺牲中，为自身的不可穷竭而欢欣鼓舞——我称这为酒神精神，我把这看作通往悲剧诗人心理的桥梁。"②这种酒神的自然精神在西方戏剧中表现尤为强烈：

---

① 丰子恺：《丰子恺随笔精编》，浙江文艺出版社1996年版，第465页。

② ［德］尼采：《悲剧的诞生》，周国平译，生活·读书·新知三联书店1986年版，第334页。

古希腊的英雄悲剧，莎士比亚悲剧中的人性原欲。而在中国古代传统戏曲中却较为少见，如中国经典悲剧《窦娥冤》中支撑窦娥的不是酒神的生命意志而是儒家的伦理纲常，反而在一些民间庙会和歌舞等地方剧种中我们会偶尔看到其火花的灵动闪现。罗怀臻建设性地塑造了项羽、韩信、伍子胥、金龙等具有生命强力的自然酒神形象，填补了中国戏曲人物中的这一空白。

如果说清静退婴、尚柔守雌的道家自然精神是女性的专利，那么狂热进取、主刚主雄的酒神自然精神则由男性来体现。《西楚霸王》中的项羽一出场便豪情盖世，雄姿勃发，他唱道："大丈夫头颅高悬画戟上，慷将以慨，慨将以慷，把一腔热血洒疆场；祭江河，染江日，博得个英雄气短，儿女情长，百世流芳！"多么豪迈的英雄形象！他"不灭嬴秦誓不归"的雄壮誓言，他坑卒焚宫的恣睢之举，都表现出他酒神般恣意旺盛的强大生命力。他像一尊天神，藐视刘邦似的阴险小人，看不起胯下之辱的韩信，而天地间只有他一人拥有力拔山兮气盖世的无上全能和力量，他就像一轮骄阳，无论走到哪里，都能光照四方。就连最后的自刎乌江，也是那样的壮怀激烈、浩浩荡荡。他恣肆的酒神形象通过虞姬这一人物的设置，则显得更为高大、挺拔。"一见你威猛，我就冲动；一见你沉默，我就心痛。你就是我心中的神明呀，让我融化在你的狂热中……"，虞姬眼中的项羽是具有真性情、强意志的伟丈夫。《韩信之死》中的韩信也同样具有酒神般的强大生命力量。他为成大事能忍大辱；他顾念旧交舍命保友；他多次遭猜忌却始终忠心；他身陷危难却至死报国。他自骄、自傲、自大，但从不以小人之心揣度他人之意；他正气、骄气、傲气，即使遭人记恨也从不心疑。他的自命清高、他的忠肝义胆，他的光明磊落、他的放荡不羁……他就像匹难驯的烈马，只为驰骋沙场，忠君报国，即使最后被宰杀，也不枉他一生轰轰烈烈的惊天动地。这是一种敢爱敢恨、豪气干云，蔑视一切艰难困苦、恣意张扬自我的真性情。而在对酒神的自觉追寻中，它又与人的潜意识、本能、欲望、激情等密切相关，《金龙与蜉蝣》中金龙所体现的酒神形象便是如此。剧作一开始，金龙便显现出他这种本能的野性：他流亡渔村，有幸被玉凤所救，玉凤为自己安全，缚其手脚，而金龙刚被好心的玉凤松绑后，金龙就违背了他的誓言，强暴了玉凤，露出了他狼的本性。就像剧中始终贯穿的狼羊比喻一样，金龙原本就是一匹野蛮、凶残的狼，而他日后的种种恶行，正是出于他的欲望本能。他的抛妻弃子、阉子夺妻等种种恶行都是因自老王幻影的召唤，这种召唤可以看作父辈的家族责任使命，更可以看作是金龙自身潜意识的呈现，他自身骨子里便是一个凶残、权利欲望极强的男人，所以，他才会毅然决然地离开渔村，走向宫廷的罪恶争夺之中。这是一种生命本性意志的体现，没有正义、理性可言。

这三部作品就创作形式来看，有一个共同特点，即都是用淮剧这个剧种加以表现。这不是偶然，而是罗怀臻的有意为之。他之所以选择淮剧这个剧种是因为“淮剧的根基在古楚国域内，”“楚人的血气当中有一种革命性的冲动”“楚人的革命性里有一种唯美的贵族气质，但是这种精神的高贵感和飞扬感，在中国历史上却常常被平稳厚实的中原文化所遮蔽。”①他认为今日的城市在华丽精致的同时，更需要雄健和硬朗的支撑，需要深厚与壮阔。而这种原始精神的回归正是酒神强志生命力的体现。

这种酒神的自然精神还有一个特点，就是通过反抗来印证自身。“酒神精神和强力意志所强调的，都是以生命力的强大旺盛来战胜生命固有的痛苦，在与痛苦的抗争中体验生命的快乐。”②这种反抗、冲突几乎成了酒神自然精神的价值原则。它常常自觉地去寻找生命困境，通过反抗、克服生命困境来自我确证。像项羽与秦军的会战，气贯长虹的渡江场面、与汉军的对垒厮杀……在这一次次的战争中更显示出项羽的强志的生命力，而最后的乌江自刎更成就了霸王壮阔的完美人格。韩信和金龙的人物塑造也是通过战争和对生命困境的反抗来体现其酒神激情的酣畅淋漓。而此点体现最明显的是通过《伐楚》中对伍子胥的塑造。他一生的使命就是复仇，面对他生命中

① 罗怀臻：《罗怀臻戏剧文集》第五卷，上海人民出版社 2008 年版，第 8 页。
② 周国平：《略论尼采哲学》，《哲学研究》，1986 年第 6 期。

的这一巨大困境，他只有勇往直前，哪怕一夜白头，哪怕背负罪臣叛国的骂名，哪怕亲手在儿子的身上刻满仇恨，因为这是他生命的唯一印证，这是他存在的唯一价值的体现。在他卧薪尝胆，于二十年后终于可以一雪前仇之时，他鞭尸、烧城，这时的复仇场面是如此的惨烈，他已丧失人性，完全迷狂于酒神的汪洋恣肆之中。

伍子胥所体现的酒神精神已陷入一种非理性的极端状态。但从项羽、韩信身上，我们可以看到罗怀臻所要表现的酒神精神是对无聊、乏味、庸俗、无意义的当今社会的血性注入，是为现世时代所开的一剂良方。现代社会将文明与人生限制于理性层次，其直接后果就是生命力的缺乏、生命式样的单调、文明世界的荒芜，酒神精神的复归就是为文明世界重新奠基，使之与强力的生命意志相联系，重新获得生命力。我们现在的社会如同萎靡不振的文化荒漠，“一阵狂飙席卷一切衰亡、腐朽、残破、凋零的东西，把它们卷入一股猩红的尘雾，如苍鹰一般把它们带到云霄。我们的目光茫然寻找已经消失的东西，却看到仿佛从金光灿烂的沉没处升起了什么，这样繁茂青翠，这样生机盎然，这样含情脉脉。悲剧端坐在这洋溢生命、痛苦和快乐中，在庄严的欢心之中，谛听一支遥远的忧郁的歌，它歌唱着万物之母，她们的名字是：幻觉、意志、痛苦——是的，我的朋友，和我一起信仰酒神生活，信仰悲剧的再生吧”①。而在赞美酒神旺盛的生命力的同时，我们也看到了这其中蕴藏的兽性与邪恶，就像金龙和伍子胥。酒神的这种自然是对本然生命的自我肯定，但当面对人的有限性、人的各种生存困境之时，它便会显得无能为力。人内在的自我没有生成，这种自然的酒神精神即使如金龙、伍子胥等人达到了目标，也会最终走向虚无。

3. *原始崇拜的自然母神形象*

无论是来源于中国道家的赤子之心还是西方酒神的恣肆、洒脱都是根源于自然人性的一种可能，除此之外，罗怀臻的如椽之笔又

---

① ［德］尼采：《悲剧的诞生》，周国平译，生活·读书·新知三联书店1986年版，第89页。

将我们引向了自然人性的另一向度，即具有原始崇拜情结的自然母神形象，它试图以母性的伟大、坚韧的终极关怀将人类引领出苦难，走向新生。

张爱玲说："女人纵有千般的不是，女人的精神里面却有一点'地母'的根芽。"①是的，作为母亲的女性是人类生命的源泉，是自然与大地的象征。早在几万年前，人类就有了对孕育生命、抚养生命的母神的原始崇拜。她们稚拙浑厚、丰乳肥臀、腰粗腹巨，是生命的孕育与哺养的象征。她是人类对宽广的大地、对神奇的大自然、对旺盛生命力的礼赞。我们可以看到古希腊神话中的地母该亚；看到古希腊悲剧中的美狄亚；看到中国神话中的女娲……而今，罗怀臻又将这一伟大的母神形象召回到人们的视野，在当今戏曲舞台上重现她的光辉。

首先，跃入我们眼帘的是甬剧《典妻》中妻的形象。她像母神一样，有着极强的生育能力，她被自己的丈夫"典"出去，是因为她能生儿子，她被秀才娶进门是因为她能为其传宗接代。她有着母神一样的牺牲精神，为了还清丈夫欠下的赌债，为了给儿子春宝治病，为了挽回破败的家，她忍受着巨大的苦难，在秀才家忍气吞声、处处小心翼翼，而对她打击最大的莫过于身为母亲的她必须面对母子骨肉分离的巨大痛苦，无论春宝还是秋宝她必须有所放弃，这种撕心裂肺的痛是对母亲最大的摧残。同样受着这种摧残的还有《真假驸马》中的董母，这个身为封建社会家庭中的掌权者不得不为维持家庭的地位、荣誉而对两个儿子有所舍弃。若她承认大儿子董文伯的状元身份，其结果是家族的败落和二儿子的无辜受罚；若她继续骗局，保全家族的利益，面对的则是大儿子的被逼疯、甚至失去生命的悲惨结局。在这痛苦的处境中，身为母亲的董母，一直在痛苦地煎熬着、挣扎着。如果说，她之前的选择是为了保全家族的利益，那么，她之后的大殿认子则是她母性大爱的真正苏醒。当失去

① 张爱玲：《谈女人》，《张爱玲文集》第四卷，安徽文艺出版社 1992 年版，第 72 页。

身份认证的董文伯被冤枉成疯子，并一步步被逼向死亡之时，身为母亲的董母再也不忍看儿子继续遭受摧残，她第一个站出来揭穿了骗局，承认了董文伯的身份。在生死的最后关头，她毅然决然地抢过儿子的毒酒，一饮而下，希望用自己的性命换回儿子的生存，人世间，唯有母爱才会做出这般伟大的牺牲。这种伟大的母爱不仅无条件的奉献给子女，同时，也使母亲自身的身份得以确认。《西施归越》中的西施，被越王勾践当作政治的工具去勾引吴王，而当她完成任务回到越国后，却遭到众人的鄙夷。面对越王的步步紧逼、爱人范蠡的悄然离去，西施对自己的既有价值产生了怀疑，她终于明白了自己被利用、被玩弄、被抛弃的非人境地，而就在她对这一切失望、痛苦之时，腹内的婴儿换回了她爱的记忆，“他是我生的，便是我的儿子。唯有他，才知道我受的委屈，才懂得母亲的心情。我不能杀死他，我不能杀死我自己！”①这时，她已与婴儿融为一体，这种母爱的回归才使她自我的身份能以确认，儿子的存在使西施知道自己还是个人而不是工具，所以，唯有母爱才是人性中最自然、最根本、最真挚的大爱，它是人性中唯一爱的证明。而在那无爱、黑暗的世界里，就连这点微弱的爱的火光也被悄然熄灭，西施最后的结局也只有抱着她的死婴一同离去。

从以上对三个母性形象的分析中，我们可以看到，母神形象有着孕育生命的自然性的伟大，同时有着承受苦难的巨大的牺牲精神，神圣的母爱是可以包容一切、具有仁忍和韧性的、人世间最无私、最博大的真爱。而另一方面，我们也看到，这些伟大的母神，并没有引领人们走出苦难，她们始终受着以男性为代表的父权制的压迫和摧残，无论是《典妻》中的夫和秀才，《真假驸马》中的舆论与皇权，还是《西施》中的吴王和范蠡，他们或以自身实体或以封建父权舆论制度，始终压抑和摧毁身为母性的女人。而这时的母亲一旦被父权制所同化，便会显现出母神恐怖的一面，即不是对生命的赋

---

① 罗怀臻：《罗怀臻戏剧文集》第一卷，上海人民出版社 2008 年版，第 68 页。

予和包容，而是对生命的摧残和攫取。如《孔雀东南飞》中的焦母，她因年轻时遭受父权制的压迫，所以，当她掌权后，成为了父权制的代言人，变本加厉地开始了对鲜活生命的摧残，把儿子看作自己的家私，将儿媳看作情敌，这时的母爱已被父权制的伦理所扭曲，恐怖的母神在给予生命和爱的同时，也繁殖了恨和死亡。

而值得一提的是，罗怀臻在塑造母神形象时，既张扬了她作为自然人的韧性生命、对苦难的承受与包容、一种守柔型的人生姿态。同时，也使她对生命和人生的处境有了自己的认识和反思。如《典妻》中的妻，即使在秀才家锦衣玉食，但为了有做人的尊严，她宁可回到穷困的夫家，虽然她也惦念秋宝，但她更承认身为“人”时所生的孩子春宝，而不是作为工具时，所生的儿子秋宝。这种自主选择是她人格独立的标志，即使她最后依然承受丧失春宝的切肤之痛，但她绝不后悔，这也是甬剧《典妻》与小说《为奴隶的母亲》的最大不同之处。《西施归越》中的西施，最后虽然选择了死亡，但这是她在认识到自身处境之后的主动选择，这也是她证明自身非工具性，对父权制度最有力的反抗。这时的母神不只是自然意义的孕育生命的共性的包容，而是有了独立自主、有了自身独特精神需要的个人。这种对苦难的承受不是被动的、消极的，而是主动的、积极的，更是反思的、超越的。它将自然的母神引领向生命中真正的深度和广度，这种对苦难的主动承受使生命变得伟大、崇高。这就使罗怀臻塑造的母神形象有了同俄狄浦斯和哈姆雷特一样的反思精神和勇敢地面对苦难、承受不幸的勇气！

（二）历史责任、文化传承的女性守望者

1. 罗怀臻创作的精神立场

在分析这组人物形象之前，我们要首先引入一个概念，即精神立场。“所谓精神立场，就是人（包括个人和群体）在与世界的交往中多采取的主观立场，它包含着我们对人性的认识、对世界的把握、对价值秩序的设定等。”①精神立场有着它认识论的基础，它是一个

① 汪树东：《中国现代文学中的自然精神研究》，黑龙江出版社 2005 年版，第 2 页。

人认识、理解、把握世界的自身精神的外化。精神立场大体可分为自然精神、历史理性、超越精神三种。自然精神将自然人性视为重新建立自身的基点，它是对自然人性与自然世界的自足性的确认，对自然精神来说，返回自然，弘扬人性，是其价值与意义的生成。从而我们看到，我们在第一节中所分析的纯净、美好的自然人像正是属于此种精神立场。而罗怀臻的自然精神立场，又不单单是自然层面的，他还将这种自然引向更高的精神向度，即超越精神。这种超越精神承认人性的终极矛盾，人性的悖论，欠缺和有限，人无法凭借自身的力量完全确立其完美合理的天国。他只有在超越性的精神维度上创造、领悟自身的存在，做一个自担重责的超越者。所以，我们看到了杨贵妃、馨儿、三公主、白蛇、项羽、韩信、伍子胥、金龙、妻、董母、西施等这些清楚认识自身困境，并勇于承担罪责的超越者。

这种从自然精神到超越立场的变换，使罗怀臻的以上作品风格显得过于凝重、悲痛。它们给人一种悲剧的崇高感和宿命的悲悯感。进入 21 世纪新纪元，罗怀臻的作品一改以往的风格，变得简约、轻巧富有情趣。用他自己的话说“作者生活在一个具体的社会环境中。我们那种对传统的整个民族性大反思，促成了一些所谓厚重的、沉重的作品的产生。那么，今天的中国人普遍的自信心在上升，对现实存在的珍惜和对未来生活的幻想，使其更多看到一些带有理想化的东西，这种理想化它不是带有欺骗性的东西，是更多让人感觉到对现实和未来的一种信心、一种乐趣。”①由于这个原因，罗怀臻也将他的精神立场变换为历史理性。对现世的自足性与现实人性的自足性的确认构成了它最基本的形式。这里的人性在终极上不存在矛盾和悖论，而是凭借自身的力量建立起他的人生和世界。这里的历史是有目的、有意义的，这种历史客观的必然性要求人主动地顺应，自觉地奉献，从而，使自身的价值在历史的终极目的上得以体现。

① 罗怀臻：《罗怀臻戏剧文集》第五卷，上海人民出版社 2008 年版，第 108 页。

这在一定程度上，勾销了个人的悲喜，使人服从于历史必然进步的乐观预期中。罗怀臻的剧作中便出现了一组具有历史责任感、进行文化传承的女性守望者的人物形象。但这些形象又与以往的历史理性的体现者有着些许不同，这又构成了他塑造的人物形象的一大特点。

2. 女性守望者形象分析

从罗怀臻塑造的各组人物群像中，我们可以发现，相对于男性而言，他似乎更钟情于女性。无论是拥有道家赤子之心、温柔善良、自然美好的青春少女；还是拥有母性大爱、甘愿牺牲、奉献的自然母神；抑或是接下来要谈到的具有崇高责任感、使命感的女性承担者，这些女性形象无一例外地都受到了他大力地赞美与颂扬。人们常说，一个社会的进步程度，取决于这个社会对女性地位的认识和态度，由此，我们看到了当今社会的进步。正如捷克小说家米兰·昆德拉所说："世界过去表现为男人的形象，现在将改变为女人的形象。它越朝技术性、机械化方向发展，越是冷冰冰、硬邦邦，就越是需要惟有女人才能给予的温暖。要拯救世界，我们就必须适应女人的需要，让女人带领我们，让永恒的女性渗透到我们心中。"①罗怀臻塑造的女性守望者一直引领我们，用她们深沉的忧患意识和深刻的洞察力推动着历史的进步，完成着文化的传承与守望。如他本人所说："像李清照也好、柳如是也好、班昭也好，更多的，对这三位女性，我的主题是一个母题，就是她们也是真正意义上的中国文化人精神的守望者、文化的传承者。"②

我们首先认识一下罗怀臻塑造的第一位中国文化精神的女性守望者柳如是。生于明清易代之际的著名歌妓才女柳如是，有着太多的故事与传说。她天资聪颖、美丽异常，但却从小家寒清贫、承受不幸；她精通音律、书法，其才气为"秦淮八艳"之首，但却流落青楼，飘零无依。罗怀臻对她的塑造没有停留在其传奇一生的故事

---

① ［捷］米兰·昆德拉：《不朽》，作家出版社 1991 年版，第 329—330 页。

② 罗怀臻：《罗怀臻戏剧文集》第五卷，上海人民出版社 2008 年版，第 108 页。

表面，而是将她的歌伎身份置换成一个有着民族大义、家国之爱的中国文化精神的坚守者的角色。将她个人的一生同国家、民族的命运紧密联系起来，使其具有历史意义上的伟大价值。她的这种形象通过和钱谦益形象的对比，显得更为鲜明、高大。为救友人董小宛，柳如是只身前往“半野堂”向钱谦益索要“一壶春”。在这个救人义举的表面隐藏着她内心更大的家国大义，“‘一壶春’虽然珍贵，却只能救得一人；学生此行，愿先生解救万民”，这才是她此行真正的目的。这个举动是建立在她对钱谦益一代名儒、文坛祭酒多年神交的仰慕、倾心的基础上，她将钱谦益看作国家兴亡、救民水火的救世主。所以，她愿意相信“大明兴，文举钱牧斋，武举史道邻”的歌谣，她极力劝说钱谦益出山，为国家、为百姓贡献力量。当钱被其真情打动（更多的是被名誉所吸引），同意出山时，此时的柳如是将她的爱情和爱国情全部献给了这位大她36岁的名儒巨匠。钱谦益成为了她爱国的实体，成为她崇拜的偶像，柳如是将自己的个人情感完全投射到家国大爱的历史理性的精神世界中。正是因为期望越高所以失望越大，出山后的钱谦益没有做出一件为国为民的大事，反而成了周旋于官场的应酬先生，相比于家国之事，他更热衷于自己官位的升迁，这让柳如是很是失望。接下来通过“小宛被捕”“清兵入关”“假醉偷生”等一系列事件，使柳如是看清了钱谦益贪生怕死、首鼠两端的软弱本质，他已不是当初柳如是心目中那个为民请命、心系国家浊世清流般的爱国鸿儒，而只是一个和常人一样，随俗逐名、贪生怕死的降清旧臣。柳如是的心灯熄灭了，她的爱情也随之消失，但她的爱国之情依旧。在她选择离开钱谦益，在放逐流浪的途中，她一直穿着旧时的服装，独自缅怀着自己的国家和人民。这份固执和坚守是中国知识分子不趋炎附势、不随波逐流的铮铮铁骨的最好注解，是自屈原以来，中国文人爱国情怀的最好体现。而这份精神传承的担当者却不是鸿儒泰斗、文坛巨匠钱谦益，而是出身青楼的歌妓才女柳如是，这不能不说是一个极大的讽刺。但作者并没有将人物进行善恶的简单处理，把批判的矛头彻底地指向钱谦益，而是以一种现代人的眼光去试图理解钱谦益的选择，他最后选择投城换取十万无辜百姓的身家性命，这和他为保名节的自杀相比具有更伟大的意义。在作品的尾声钱谦益和柳如是最后重逢，他们默然无语、平静相对，在彼此平静的外表下，我们看到了他们感慨时世的苦笑，埋葬于心底的对乡国不复旧山河的故国之痛，还有繁华逝去的怅然，更有风雅不再，无可奈何的失落……

同样是为国家、为民族的历史精神的体现，柳如是所表现的是中国文化人的民族气节和爱国情怀。而李清照则超越了国家、民族的界限，在一个更高意义的层面上，来表现对历史文化的传承与坚守。罗怀臻在京剧《李清照》演出之前说："在《李清照》中想要着意表达的是一种文化人对文化和文化尊严的珍爱与守护。在一个文化破败、文物破损，对于文化和文化人都极不尊重的纷乱时代，被践踏了尊严的文化人是如何艰难地维护着文化人自身的尊严。这个诘问，岂止是对李清照所置身的那个年代?"①这里，罗怀臻不仅点明了《李清照》的创造主旨，还指出了此剧的当代意义。这里的李清照没有像柳如是一样，有着对山河易代、亡国灭族的激愤与抗争，而是清醒地认识到当朝的腐朽本质，灾难的不可逆转。所以，身为一个文化人，她所能做到的，只有知识分子对文化传承的那份责任与使命。在那个战火纷飞的年代，在丈夫离世、颠沛流离的情况下，身为女子的她，无法改变世事，只将她和丈夫的毕生收藏看作珍宝，用生命去极力维护。这看上去或许有些无奈，但相对于无谓的抗争，这种做法更显出跨越民族、国界的伟大文化意义。李清照毕竟是女性，面对家国大难，她要承受的往往更多。和柳如是相比，我们可以看到作为一个文化传承者的历史身份的同时，她自身情感世界发生的巨大变化，她从一个天真浪漫的少女到闲适、雅趣的妇人再到愁苦、悲怆的文化传承者，这样的一种自身命运的改变，是与国家的命运紧密联系在一起的，而这种改变多多少少带有一种被动的意味，而不是像柳如是的主动承担。在这承担的背后，我们更可以看

---

① 罗怀臻：《值得期待——写在京剧〈李清照〉演出之前》，《中国文化报》，2004年7月22日。

出她个人情感的深愁与浅愁，尤其是丈夫赵明诚被诬通金、财宝被骗之后，我们看到了李清照对于文化事业坚守的动摇，这集中表现在酒馆那场戏中：战乱多年，丈夫在逃难的途中病死，她一个人颠沛流离，客居异乡。书香门第出身的弱女子，经受着国破家亡的沉重打击，这时的她是多么孤寂、痛苦。因此，她极度消沉，终日沉醉酒中，来麻醉自己，以了此残生。这时的她已不再坚守事业、顾及名声，想就此毁灭、沉沦。然而，知识分子的良知与责任感唤醒了她，“该做什么做什么，能做什么做什么。”这两句貌似平常、普通的话，对李清照却起到了振聋发聩的作用，使她在迷茫中幡然猛醒，重新振作起来，找准了自己的位置。她继续写诗、填词，完成赵明诚的《金石录》。在这里，我们看到了李清照个人情感的表露，这使其形象更为人情化、合理化。在表现李清照的爱国主义精神和对丈夫爱情的真挚的同时，更表现出知识分子的文化使命感和身处乱世的无奈。她既有巾帼丈夫的豪气、悲天悯人的襟怀，又有身处逆境中对名利、气节、操守的自省，更有女性的柔情似水、清丽隽永的文心与诗才。这时的个人情感没有完全被国家、社会的历史理性所吞噬，这使得李清照的形象更加多元、丰盈、贴近现代。

历史精神要求人完全的服从历史，以人类整体的发展作为终极目标，将自身的价值建立在推动历史发展、社会进步的轨道进程中，从而体现自身的价值和意义。如郭沫若的《屈原》《虎符》《棠梨之花》等六大历史剧便是如此。同样是历史精神的体现，罗怀臻的人物塑造有其独特之处，他看到了在历史发展过程中人与历史、与社会的矛盾，人对历史的发展、对社会进步的推动是通过自身意志的艰难选择才得以完成，而不是简单的历史使命的服从。这就使他塑造的人物更加的丰盈、多元，更加的耐人寻味。同时，他的人物也具有了一种当下人的眼光与时代感。其中，体现最明显的是班昭这一人物的塑造。首先，罗怀臻将民族精神的传承者、文化的守望者设定为女性，这就使她们的坚守之路行走得更加艰难，放弃的也必将更多。还是青春少女的班昭，只因是班彪之女、班固之妹，便不得不承受起续写汉书的历史重任，承受那不能不承受的责任，抛掷那不能不抛掷的青春。将原本鲜活的生命折损，去换取一部《汉书》的长存。我们不禁要问：这是一段历史的幸运呢，还是一个女人的不幸？在灿若繁星的历史长河中，人们已经习惯由男人来承担一切家国重任，他们承载着社会的期望，推动着历史的前进。即使轰轰烈烈、跌宕起伏也因其是男人而变得理所当然。而作为女人的班昭不是班固、不是司马迁，她的幸福在庭院、在家中、在儿女绕膝的其乐融融，这是当代人眼中的班昭，是作为一个女人应有的最基本的幸福。而班昭不能，她的出身、学识注定了她要肩负起这个历史、文化的重任。她在选择书简的同时，便意味着葬送毕生的时间、全部的光阴，去承受她不得不承受的一切寂寞、孤苦、清幽、凄冷。这里，没有人可以帮助她，丈夫的背叛，大师兄的远走，她只有傻姐的陪伴，在孤灯苦影下，用生命书写她一生的韶华。“最难耐的是寂寞，最难抛的是荣华。从来学问欺富贵，真文章在孤灯下。”①在历史使命承担的背后，我们分明看到了个人鲜活生命陨落的悲凄与酸楚。这种个人角度生命的鲜活体现，是对以往历史理性精神的一大反思，也是罗怀臻塑造的具有历史理性精神人物的又一特点。

三、丰富、多元的艺术表现手法

（一）罗怀臻戏剧创作的两种途径

1. 一种全新的历史剧风格

纵观中国戏曲史，我们会惊奇地发现以历史剧为题材内容的戏曲作品可谓蔚为大观、数目众多。从《单刀会》《赵氏孤儿》的元杂剧到《鸣凤记》《桃花扇》的明清传奇，从新中国成立初期的“三并举”中的新编历史剧到五六十年代郭沫若的六大历史剧……在新时期戏曲发展的今天，历史剧的创作又有了突破性的进展，涌现出一大批史剧作家，如郭启宏、魏明伦、郑怀兴、罗怀臻等，这些史剧作家不仅进行着历史剧的实践创作，而且还带来了史剧观念的重大

① 罗怀臻：《罗怀臻戏剧文集》第一卷，上海人民出版社2008年版，第136页。

突破，我们会发现无论是郭启宏的传神史剧《李白》《天之骄子》，魏明伦的《潘金莲》《夕照祁山》，还是郑怀兴的《新亭泪》《傅山进京》，罗怀臻的《金龙与蜉蝣》《西施归越》，这些作品在情节组织、表现手法、理性意识、感性形态等各个方面都与以往历史剧有了很大的不同，一种审视历史的传统眼光被调整了，这其中，罗怀臻的历史剧创作又有着与众不同的独特魅力与审美眼光。

（1）历史本质的真实

“如何处理历史真实与艺术虚构的关系，是历史剧创造中的根本问题。”①罗怀臻认为历史存在两种真实，不是我们以往认为的艺术真实和历史真实（强调史实性），而是表象真实与本质真实（或称戏剧真实）。这较以往的观点更抽象、更概括，但更能抓住历史本质以及贯通历史、人性的最根本的精神。这种本质的真实是贯通一个时代、人们的真正的精神风范，是以一种现代人的视角去体察历史的整体氛围。所以，诞生了罗怀臻的新的历史剧形式即现代历史寓言史剧。他说：“我们写历史剧，最主要的是要调动起我们对一个时代的所有记忆，唤起我们对一个时代的气场的想象。有些作品，用了很多时间去建造当时的历史现场，去模仿那个时候人的语言、文字、说话的声腔，我就感觉非常做作。如果他捕捉到了，揭示出了那个时代的真正的精神风范，我们就不会计较它的一些外在符号是不是真实。”“因此，对历史表象的真实再现是徒劳的，是不可能做到的。作为一个戏剧家，我们要做的是努力发掘历史情感的真实，历史人性的真实，历史人整体精神状态的真实，因为只有这样的真实，才能让现代人相信这个历史是真实的。”②在这种创作理论的指导下，他创作了一系列现代历史寓言史剧，其中，以《金龙与蜉蝣》和《西楚霸王》为代表的都市新淮剧最具特色。《金龙与蜉蝣》是一个完全虚构的历史故事，时间、地点是模糊的，人物是符号化的，但其中贯穿的精神却是高度真实的，贯通整个人性的。金龙为追求皇

---

① 朱栋霖：《曹禺——心灵的艺术》，北京大学出版社2010年版，第187页。

② 罗怀臻：《罗怀臻戏剧文集》第六卷，上海人民出版社2008年版，第151页。

权与地位，丧失了人本真的自然属性的美好，这其中透出了人们向往庙堂、繁华、成就，一旦成功后又会变得茫然和失落的心绪，这是一种贯通的、普遍性的情感。人一方面要求发展，但是要为这种发展离开故土，抛舍乡情、亲情，要付出很多情感的代价，这是一种人类历史发展过程中经常要面对的一种生存悖论，是人类永久的两难。这种人类共同情感的表达是一种贯通古今的气场，让人觉得这段历史在我们今天随时可能发生，这就是一种最本质的真实。《西楚霸王》也是如此，虽然它不像《金》剧一样完全虚构，在历史上霸王项羽、虞姬等人确有其人，坑杀秦军、乌江自刎也是尽人皆知的历史事件，但剧中所要表现的主旨是与以往历史或历史剧完全不同的。相比于以往文学作品对项羽自负残忍、有勇无谋的形象塑造，罗怀臻的《西》剧则构建了项羽一种真性情的自由人格，这种自由是在现代社会中日渐消失的浪漫主义激情。这种激情是狂飙激进的春秋战国时期、浪漫自由的楚汉风骚时代特有的历史本质精神的再现。正如孙瑞清在阐释李泽厚对历史和人的认识时所说："对于历史和人的认识，存在着真、善、美三个视角。以往突出强调的是真与善两个视角，而以美为视角，凸显的则是不要预设立场，注重对整个人性的完整理解和诠释。"①罗怀臻的现代历史寓言剧正是从审美的视角上演绎历史，创造真实。所以它是"对传统观念的一种反拨，也更接近于艺术创作本身的规律和作者内心的领悟"。②

加缪曾说：人不只属于历史，他还在自然秩序中发现一种存在的理由。罗怀臻的历史剧便是通过富有哲理意蕴的诗化处理来表现这种人存在的理由，他所表现的历史虽无可稽考、难于实证，但却感慨深沉、情绪奔放，使古代与现代相对接，以寓言化的框架体现对剧作哲理品味的追求，让人感受到一种典型化的历史本质的真实。从追求历史"表象真实"到"本质真实"；从客观被动地"再现历史"到积极主动地"表现历史"；从追求现实功利的道德、政治评价

①② 罗怀臻：《罗怀臻戏剧文集》第五卷，上海人民出版社 2008 年版，第 145 页。

到追求现代人价值趋向和审美理想的人文、人性评价，这是以罗怀臻历史剧为代表的一种全新的历史剧风格。

（2）情节整一性原则

罗怀臻的历史剧创作不仅从审美层面上体现为历史本质的真实，其另外的一个特点是在情节的构思与故事的演绎方面与古代戏曲又有着本质的区别，即故事情节的整一性原则，这个特点是新时期历史剧创作的共性，其中，在罗怀臻的历史剧中体现的则最为明显。

“情节整一性”的戏剧观念最早来源于欧洲，早在亚里士多德时代就已提出，亚里士多德把古希腊悲剧的本质概括为“对于一个严肃、完整、有一定长度的行动的模仿”,①这个行动的模仿就构成了情节。尔后，黑格尔提出戏剧是“史诗的客观性原则和抒情诗的主体性原则这二者的统一”,②这就说明戏剧要展示人的外在行动，同时激起人的内在激情，这也要依靠情节，所以，相对于中国戏曲来说，欧洲传统戏剧的本质是“情节”的艺术。在此基础上“情节的整一性”就要求戏剧在表现情节的同时，那些不能服务于情节、与情节无关的因素要删掉；戏剧情节应该是完整、有头有尾的；其各部分应该构成一系列前因后果的关系，那些不能构成因果关系的叙述应该排除在外。所以，在此基础上产生了表现戏剧性的“动作说”“情景说”“激变说”，及“三一律”原则等欧洲戏剧理论。相对于欧洲传统戏剧，中国传统戏曲则完全不同，人们关注的不是在一次演出的情节完整与否，而是在欣赏人物神色、情感的表现，其情节不过是因其给人物提供了一个表现神色、情感的背景而已，这就使中国古典戏曲形成了它抒情诗的本质。相对于情节而言，它更注重语言和音律，“中国戏曲的本质就是用语言描述世界的‘意’‘趣’‘神’‘色’”。③对于情节而言，它也没有欧洲传统话剧的因果联系的紧密型，而是如史诗般的多人多事、无限铺张，其规模容量大有

① 参见亚里士多德《诗学》第六章中对悲剧的定义，中国社会科学出版社 2009 年版，第 16—20 页。

② ［德］黑格尔：《美学》第三卷（下册），商务印书馆 1996 年版，第 241 页。

③ 吕效平：《戏曲本质论》，南京大学出版社 2003 年版，第 200 页。

描绘社会全貌和历史全貌的史诗化趋势，代表中国古典戏曲最高成就的《牡丹亭》《桃花扇》《长生殿》无不如此。而时至今日，仍是中国戏曲的新时期戏曲却没有继承中国古典戏曲的非戏剧性原则，而是采取了欧洲传统戏剧的情节整一性原则，这就与中国古典戏曲有了质上的不同。以下，通过对罗怀臻戏剧作品与中国古典戏曲作品的比较来形象地加以说明。

黑格尔说："戏剧不宜扩展到史诗所必有的那样的广度"，"戏剧不像史诗那样描述整个世界的情况"，而"只突出它的基本内容所产生的单纯的冲突"，"戏剧的主要因素不是实际行动而是内心情欲的表现"。①这里所说的史诗情节与戏剧情节的差别正是中国古代戏曲与新时期戏曲的差别。如古代戏曲《桃花扇》便是这种史诗情节最好的体现，作品以秦淮名妓李香君、江南才子侯方域的爱情故事为基本主线，描述了南明王朝兴亡的历史，从而表现出"知三百年之基业，隳于何人？败于何事？消于何年？歇于何也？不独令观者感慨涕零，亦可惩创人心，为末世之一救矣"。可见，《桃花扇》的主旨不止写侯李的爱情故事，而是借此写一个时代，描画时代中忠奸贤愚、勇怯美丑的人物群像，展现明末广阔的社会图景，从而"借离合之情，写兴亡之感"。这里，我们也可以看到，《桃花扇》作为历史剧的"实事实人，有凭有据"。罗怀臻的都市新淮剧《金龙与蜉蝣》也是以一个朝代为背景，但却是高度的虚化，他不写时代，不写历史事件，只写人。写作为帝王的金龙在追求皇位、成功背后的人性的丧失。它的情节只为一个主题服务，从序幕的因流亡而来到渔村生活，自然的结婚生子，过着平静的生活，也为日后阉子夺儿妻埋下祸因；又因老王的召唤重回宫廷、夺回皇位，才有了后来一系列为保皇位世代相传而做出的种种恶行，最后导致他不可挽回的、无意中犯下的罪恶。这就构成了一个环环相扣的严格的因果关系的情节链即符合了情节单纯、整一性原则。而这种单纯整一的情节又

① ［德］黑格尔：《美学》第三卷（下册），商务印书馆 1996 年版，第 253 页。

包含着巨大的戏剧性，即充分表现出让人物巨大的内心冲突，表现了金龙在获得成功后的迷茫与苍凉（即使是刹那间的情感显现），从而揭示出人性生存的永恒悖论。可见，罗怀臻的历史剧是黑格尔所说的史诗原则与抒情诗原则的统一。这其中，事件是第一性的，事件先于人物，而通过情节的发展创造了人物的性格。这和作者有意安排各种情节来表现、刻画人物性格的中国古典戏曲有着本质上的区别。

2. 改编的艺术

（1）从小说到戏曲——《典妻》的改编

改编小说名著，是戏剧创作的一条途径，像话剧《茶花女》的改编、曹禺对巴金小说《家》的改编，京剧《骆驼祥子》的改编等都是非常成功的范例。我的导师朱栋霖先生曾谈到戏剧改编的三点原则："对于改编者来说，首先，必须忠实于原著，在改编中进一步加强并突出原著的基本精神与艺术风貌；其次，应该对所描写的生活内容有新的审美发现、新的感情体验，观众走进剧院，并不仅仅是为了对人物有更好更多的了解，为了再一次透过新的艺术形式，以新的审美感受去体验曾经体验过的感情世界；再次，戏剧与小说是两种不同的文学样式，改编必须充分考虑到戏剧艺术自身的规律，并且形成改编者的独特艺术风格。因此，改编被称为再创作，它应该使诞生了一次的题材通过新的样式再诞生一次。"①而实际上，成功的改编并不多见，但罗怀臻做到了，并将以上三点原则很好地融会贯通，创造出了当代戏曲不可多得的成功之作。甬剧《典妻》改编于柔石的小说《为奴隶的母亲》。首先，罗怀臻的改编是绝对忠实原著的：其主要人物仍然是小说中的妻、夫、秀才、大娘、刘妈、黄妈；作品中的基本情节也没有变，仍然写丈夫为维持生计将妻子典给秀才借腹生子的故事，但在遵循原著的同时，罗怀臻对旧作又有了新的表现与审美眼光，赋予作品以新生命。在主题意蕴方面，《为奴隶的母亲》通过典妻这一封建陋习来表现阶级社会把妇女当作

① 朱栋霖：《曹禺——心灵的艺术》，北京大学出版社2010年版，第164页。

生育工具的丑恶现象，从而控诉封建社会残酷的经济剥削、阶级压迫以及对劳动人民的精神奴役和摧残，揭露了封建道德的虚伪和堕落。而甬剧《典妻》则超出阶级、社会形态的界限，站在人性的高度，以当代人的眼光、独立意识来审视环境对人性的撕裂与困惑，从而表现出人生存不自由的两难境地。这一主旨的改变就使得甬剧《典妻》具有了与现代人更为接近的当下眼光和当代意义。为表现这一主旨，作品的人物形象也有了较大变化：小说中夫的形象有着他残暴、凶狠的一面，他亲手将自己的女儿扔到沸水里活活地烫死，而甬剧中更多地表现的是夫软弱、无奈面对生活的困顿、窘境无能为力的一面。也正是因为夫形象的变化，使得妻的“被典”不再是因为以夫为代言的封建社会的压迫，而是妻为了保全其破败的家，维持生活而“主动”承担这一无奈的命运。这里的妻也不再是原著中完全被动的遭受压迫、摧残、蹂躏的妇女，而是有着自己独立意识、有着自己独立选择权的女性。比起原来的挨冻受饿，她在秀才家可以说是衣食无忧，秀才对她也是疼爱怜惜的（不管是出于重色还是为其养儿的目的），他一见面便送青玉戒作为礼物，处处讨好她，当她生了秋宝后，更是对她疼爱有加，而且承诺将春宝带过来一起生活，在最后的送别之际，秀才也是处处为其着想，想最后挽留妻留在身边。而妻子最后还是选择了回到穷苦的旧家，因为相对于物质上的富足，她更注重人格的独立，她不愿每天如履薄冰地看大娘脸色，她不愿亲生的儿子不能名正言顺地叫自己姆妈，她不愿以被典的身份继续生活，即使她知道回到夫那里会困顿穷苦，同样是亲生骨肉，但春宝叫自己姆妈，那才是她名正言顺的儿子，所以，为了得到她真正做妻子和母亲的资格和地位，她选择了回家。这是女性自我意识的觉醒，这与小说中妻子的被动忍受有着本质上的区别。除了主题、人物形象上的不同，甬剧《典妻》还以一种独特的现代表现方式令观众耳目一新，将小说中抽象的心理描写具化为生动的舞台形象，尤其是第五场那段妻在回家路上的“掂车舞”，利用音乐、形体、背景、灯光等多手段的配合来生动表现妻作为母亲内心被撕裂的痛苦。可见，罗怀臻的《典妻》在旧题材中发现了新意，以当下人的全新感受实现了生命与生命的对接。

(2) 从古代到现代，老戏曲的现代意义

关于改编，在罗怀臻的剧作中，很大一部分是对以往老戏曲的改编，赋予了古老题材以全新的视角。如《蛇恋》以异类的眼光看人类，将白蛇与许仙的爱情悲剧归于许仙自身性格的懦弱与动摇，而不是传统的归罪于法海；《宝莲灯》中否定了仙界的无聊、无情，肯定了人间的真情永恒；《西施归越》更是在合理的基础上，赋予大胆的想象，让西施怀有了吴王的骨肉，将人性丑陋、自私揭露给人看，从而对人性及其生存处境有了更清醒的认识与反思。而《西楚霸王》《李亚仙》《韩信之死》等作品更是从舞台表现、人物塑造、主旨表达等各个层面赋予作品以新的生命力。每一次对以往故事的重新演绎都是作者对中华民族所经历的某一种精神历程的表达，是这一种历史心路在现实生活和作者个体生命中的重新验证。这就形成了古代与现代的对接，实现了戏曲文学性的有意识的回归，使中国戏曲这一抒情性的舞台审美形式变得更富哲理性和反思意识，同时也是罗怀臻"传统戏曲现代化"有力实践的最好方式。

(二) 紧张、激烈的戏剧冲突

在上一节对罗怀臻的历史剧研究中，我们提到了"情节整一性"原则，这是其剧作不同于中国古典戏曲的一大特点，这使得罗怀臻的戏曲在很大程度上接近于欧洲传统戏剧，在此方面表现出来的另一大特点便是此节要谈到的紧张、激烈的戏剧冲突。戏剧，是动作的艺术，是在舞台上展现戏剧性的艺术，法国戏剧理论家布伦退尔说"没有冲突就没有戏剧"，"戏剧所表现的是人的意志与神秘力量或自然力量之间的冲突"①。相对于欧洲传统的戏剧冲突理论，中国传统戏曲则更注重戏剧的抒情性，它的特点是："有矛盾而无冲突，或者有冲突但不予正面展现，而是分别交待矛盾各方面的行动和集

---

① ［美］劳逊：《戏剧与电影的剧作理论与技巧》，中国电影出版社 1978 年版，第 207 页。

中表现冲突后的结果。它着力展现的不是生活的横断面而是事件的全过程，因而给人有头有尾的完整感，与其说它是袭击，不如说它是长篇故事表演。”①相对于中国古典戏曲特点，罗怀臻的剧作更多地借鉴了欧洲传统戏剧的制造紧张、激烈的戏剧冲突的手法，使作品具有了富有张力的戏剧性，这也表现出新时期中国戏曲不同于传统戏曲的当代性。那么，在罗怀臻的戏剧中，这种戏剧冲突又是如何表现的呢？让我们共同探讨一下。

1. 将人物置于“两难境地”情境的设置

“两难情景”的设置，正是罗怀臻悲剧作品表现其戏剧张力的一种模式。朱栋霖教授曾说：“当代悲剧对人的自我认识的探索，更重要的是表现人类精神生活的复杂性，刻画人的深层意识与精神生活的两难处境。”②这种悲剧冲突的悖论，构成了悲剧张力当代性最显著的特征，即二律背反。黑格尔所说的悲剧冲突的必然性也正是导致这种两难处境的原因，他认为戏剧冲突源于伦理实体的分化与发展。当某种精神力量进入戏剧人物的情致，就会发生自身的分化和对立，“这些互相区别开来的力量（即某种单一、孤立的普遍力量）就须显见于活动，追求某一种人类情致所决定的某一具体目的，导致动作情节，从而使自己获得实现。在这个过程中，所涉及各种力量之间原有的和谐被否定或消除掉，它们就转到互相对立、互相排斥：从此，每一个动作在具体情况下都要实现一种目的或性格，而这种目的或性格在所说的前提下，由于各有独立的定性，就片面孤立化了，这就必然激发对方的对立情致，导致不可避免的冲突。”③更重要的是，“冲突着的对立面已经难以单纯地用是非、善恶分明的判断来界定。悲剧冲突的对立面都各自有其合理性与存在的理由，都有其吻合真理与人性的一面，但他的这一合理性又恰恰对于对立

① 饶芃子：《中西戏剧比较教程》，广东高等教育出版社1989年版，第114页。

② 朱栋霖：《心灵的诗学——朱栋霖戏剧论集》，江苏人民出版社2005年版，第74页。

③ 黑格尔：《美学》第三卷（下册），商务印书馆1982年版，第286页。

面来说是不合理的，悲剧人物只有选择其中一方，他的每一次选择都导致他陷入相对另一端的罪过之中。”①这就使戏剧人物处于永远的“两难境地”的撕裂之中。

越剧《真假驸马》中，每个主要的戏剧人物均处在这样的“两难境地”之中，剧作一开始便将主人公引入到戏剧的危机：丈夫不慎落崖，公主首先面临要不要以其弟顶替哥哥的选择。之后，哥哥劫后余生，公主又面临认不认其原配丈夫的尴尬处境。作为母亲的董母面对都是自己亲生骨肉的儿子，是还大儿子一个合理的名分，还是继续保全二儿子的现有地位？作为弟弟的文仲是为家族利益，继续隐瞒真相，还是以丧失自我为代价认回大哥？而作为大哥的文伯，面对自己的无辜受害是继续坚持找回自我，还是装疯的将错就错？……所有的这些选择都有其自身的合理性，而无论怎样选择，又必将对对方造成极大的伤害，这使剧中的人物始终陷于一种痛苦的两难处境而无法解脱。《西施归越》中范蠡身为西施爱人，保护知己义不容辞，但作为亡国之臣只能舍情取义，眼睁睁地将自己的最爱拱手献给敌人；西施为国当遣入越国救国救民，以雪前耻，为己又应有做人的尊严而非越王复仇的工具；已为母亲的西施自当诞下自己的亲生骨肉，以母性的大爱迎接新生命的到来，而这婴儿却偏偏是与吴王所生，长大之后必将成为下一个勾践，越王、范蠡、西施母亲站在国家的立场，极力杀死婴儿又具有其一定的合理性。这就将西施放置到极端的痛苦艰难的境地，无从选择，最后只能悲剧地同婴儿一起走向死亡。《典妻》中妻面临着新家和旧家，春宝和秋宝的两难选择。《班昭》中班昭面对接任编写汉书的家族、历史的使命和自己失去个人幸福终老一生的悲剧处境。《金龙与蜉蝣》中金龙一方面为保皇位世代永传而拼命生养、寻找继承人，另一方面，又受着命运无情的捉弄亲手阉割了自己唯一的儿子。从以上的举例中，我们可以看到，罗怀臻剧作中这种大量的两难处境的情节设置，将

① 朱栋霖：《心灵的诗学——朱栋霖戏剧论集》，江苏人民出版社 2005 年版，第 76 页。

人物推向极端的境地，从而促使观众去设身处地地思考剧中人的危难情形，打破了观众被动接受的审美定式，使观众从剧作中认识自己，使观众想到人生的复杂和自己也可能干出来的行为所带来的痛苦，从而更深刻地认识自我。这就使得罗怀臻的作品更具戏剧性与反思精神和当代意识。

2. 心灵的挣扎与选择

罗怀臻剧作中“两难境地”的设置，使得矛盾的双方发生了悲剧性的冲突，从对立一方的观点看，对方就有罪过，是造成自身不幸的原因，但其中没有一方是完全错误的。这类悲剧冲突必然应是心灵冲突，是心灵对心灵的交战。这种悖论、交战就是悲剧冲突的“二律背反”，朱栋霖教授曾提出，应在悲剧中引进“二律背反”的观念。因为“这种冲突不仅发生在剧中对立面双方，而且直接发生在悲剧人物自身就陷于无法挣脱的价值观念的‘二律背反’的困境中”“他无法挣扎出这样的困境：自己的心境陷入两难处境，难分难解，他的精神世界发生了悲剧性分裂，撕扭与格斗，从而充满张力。”①中国古典戏曲所表现的冲突多是忠奸对立的人物冲突，而对人物个体心灵的挣扎则表现较少，“富有戏剧性的冲突应源于心灵，来源于剧中人心灵欲望的喷发、伸展与心理动机的指向。”②这也是当代戏曲不同于古典戏曲的一大特点，其中，在罗怀臻的戏剧中表现得最为突出。罗怀臻戏剧中，这种心灵的冲突，首先表现在剧中人物之间正面的交锋与对质。剧中人物之间进行着心灵与心灵的较量，激发起对手心灵的反映，互相给予对方极大的影响，从而推动剧情的向前发展。表现这种正面的心灵交锋最为精彩的当属京剧《西施归越》中第六场吴王逼死婴儿的那段戏。西施最大的不幸是怀着遗腹子回到越国，所有的矛盾因此被激发，悲与喜、情与理、荣与辱、愁与耻，种种关系被突显出来，形成激烈的冲突。范蠡站在情人的角度，西施母亲站在保护女儿的角度都主张杀死婴儿，但最

---

① 朱栋霖：《心灵的诗学——朱栋霖戏剧论集》，江苏人民出版社 2005 年版，第 80 页。

② 朱栋霖：《论曹禺的戏剧创作》，人民文学出版社 1986 年版，第 343 页。

想杀死婴儿的还是越王勾践，因为他的亲身经历告诉他斩草除根对于一个帝王来说有多重要，但对越国的头号功臣西施，他只能对其封爵加赏、毕恭毕敬，以表现他帝王的风范及兑现当初的承诺，这就产生了越王的表面的语言、动作不符合其内心的真实的矛盾。身为母亲的西施，深深感到孩子对自己的重要，这个婴儿是她身为一个人而非工具的见证，是爱的延续，所以她不顾所有人的反对，极力保全婴儿的性命，婴儿的身份断不能让越王知道。一个想极力杀死婴儿，一个想至死保护婴儿，而两人表面上又都不能承认婴儿的存在，这就有了两人心灵与心灵之间的正面交锋。

戏剧表现的尽管可以是外部的故事与冲突，但是戏剧的中心却是落在剧中人隐秘的内心，是剧中人的内心私密，剧中人的内心真实是隐藏着的、难以启齿的、尴尬的、无法说出的。这是最深入的戏剧冲突，是戏剧冲突的核心。这样紧张、激烈的戏剧冲突在罗怀臻的剧作中随处可见，而除了表现人物之间的内心正面交战，还有一种心灵的交锋更具有戏剧性，那就是剧中人心灵的自我矛盾与自我交战。如，《典妻》中第五场回家路上，通过舞台灯光、舞美及演员的舞蹈动作等多种手段的现代运用，来表现妻在两个儿子之间的选择时的内心挣扎与撕裂，这是一种人物自我内心的交战。同时，《班昭》第五场中在皇家书院每日吃酒应酬的曹大家与在青灯孤影下独自一人做真文章的女史，两种身份在班昭心灵间的挣扎与选择。《真假驸马》中各个人物内心的交战与挣扎等，这些内容都是极为精彩的戏剧冲突的表现，由于篇幅限制，恕本文不能一一在此呈现。

值得注意的是，富有张力的戏剧性还表现在内、外冲突的融合状态，以及剧中人物心灵的探索交流，对这样的心灵交锋，罗怀臻的剧作中表现得还不够充分。

3. 非常态的人物关系

富有张力的戏剧性的人物关系都是非常态的，一部剧作能吸引人，往往会设置一些不正常、不平衡、失态、变态的人物关系，从而使作品具有强烈的、引人入胜的戏剧性，这种人物关系的设置尤其能吸引观众。罗怀臻的戏剧作品中经常使用这种手法来增强戏剧性，剧中人因错乱、错位、出位而具有了双重身份。

一种较常用的方法是利用假扮来改变人物的身份，这种方法使剧作带有一种轻松的氛围与喜剧性。如《梅龙镇》中正德皇帝扮成官爷的模样巧遇李凤姐，才有了接下来游龙戏凤的经典场面。《蛇恋》中白蛇化为美女在西湖断桥巧遇许仙，就此两人一见钟情，直至白蛇暴露了其蛇妖身份，将两人情感纠葛推向高潮。《宝莲灯》中的三公主亦是如此，她下界来到华山，隐去了仙女的身份，化为凡间女子与刘彦昌结婚。《一片桃花红》中齐王也是隐去了其真实身份，假扮成普通人去往桃花源，借调桃花兵。《柳如是》中的柳如是为救姐妹董小宛女扮男装前往半野堂，一改平素千娇百媚的女儿形象，表现出她儒雅、风流的男儿气质，这为她以后忧国忧民、誓死不做降臣的大义之举做了很好的铺垫。这些作品中的人物通过假扮来改变其真实身份，使作品带有了一种趣味性和喜剧轻松的氛围，这些情节往往设置在作品的开头，作为戏剧冲突的起点和原因，推动下面剧情的发展。

相对于利用假扮制造的喜剧、轻松氛围，罗怀臻更善于利用人物的双重身份表现人物的艰难、尴尬的处境，从而使作品具有一种震撼人心的悲剧力量。《古优传奇》中的笑伶仃本是宫中的得宠戏子，当他知道民间的灾情便肩负起为民请命的重任，从一个被人玩弄的戏子变为忧国忧民的股肱之臣。笑伶仃戏子、忠臣双重身份的反差，不能不说是一个极大的讽刺，偌大一个朝廷，竟没有一个大臣敢说真话，还要一个戏子肩负起解救万民的重任。在这双重身份的艰难境地下，笑伶仃终于以优人的智慧和巨大的牺牲成功上书皇帝，解救了万民，但最后因戏子卑微身份终被皇帝迫害致死，他不可能获得真正臣子的尊严身份，整个戏剧充满了荒诞、无奈与悲凉。《金龙与蜉蝣》通过血缘乱伦来使剧中的人物关系纷繁复杂，具有戏剧性。蜉蝣既是金龙亲生的唯一儿子，又被其当成仇人的儿子惨遭迫害被阉割；玉荽既是金龙的儿媳妇，又是被金龙招去宫中成为其传宗接代的工具；玉凤是金龙的结发之妻，但被金龙当作仇人的妻子加以迫害；金龙自身就是妻子玉凤、儿子蜉蝣苦苦寻找的丈夫、父亲，但却成了变态的暴君，成了亲人复仇的对象。这种人物关系的错位设置，使得剧情纷繁往复、险象环生、引人入胜。剧中人对其真正身份不自知，观众作为全知者，审视着剧中人物的悲欢离合、痛苦挣扎，从而使其心灵受到震撼，情感得以净化，获得审美的愉悦与满足，彰显出悲剧之美。《真假驸马》亦是如此，剧中的人物除了表面上的人物关系，还有着另外一层非常态的人物关系，文伯与文仲因是孪生兄弟，文伯坠崖，文仲顶替了哥哥的身份，这就造成了下面一系列不调和、不平衡、不相容的、矛盾的乃至尖锐对立的人物关系。新编沪剧《胭脂盒》中陈振邦不顾家人、世人的反对全身心地爱上了评弹女艺人如花，即使知道她曾被人包养也不去介意，但偏偏包养如花的人就是振邦的父亲，这就使二人的关系和身份一下发生了变化，如花既是他的母亲又是他的情人，而如花以这种尴尬的身份更是无从面对振邦和他的父母。

以上三剧中人物关系的错位、非常态是偶然命运的鬼使神差，受到不可抗拒的力量的主使与左右，这些矛盾的人物关系是发生在剧中人物之间的，罗剧中还有一些非常态的关系被巧妙地设置在一个人身上，这种彼此矛盾的双重身份一直痛苦地撕裂着人物的心灵。《典妻》中妻被撕裂成两个人的妻子，身为母亲，又不能同时拥有两个孩子，只能选择舍弃一个。《班昭》中班昭始终被做一个平凡、幸福的女子和担当修史的重任舍弃个人幸福成为曹大家的双重身份的选择而痛苦着。《梨园天子》中的宁王在成为残暴、多疑的皇帝之后才知道作为梨园之首的逍遥与可贵。这些人物对其自身身份的选择构成了人物内心的挣扎与冲突，具有更为强烈的戏剧性。

（三）戏剧结构的艺术

所谓结构，就是剧作家在一定的舞台时间、空间内如何安排戏剧冲突、组织动作发展的问题。清代戏剧家李渔说，结构“如造物之赋形，当精血初凝，胞胎未就，先为制定全形，使点血而具五官百骸之势”，同时又指出：“有奇事方有奇文，未有命题不佳而能出其锦心、扬为绣口者也”，而不少剧本“不得被管弦、副优孟者，非审音协律之难，而结构全部规模之未善也!”①可见戏曲结构对戏曲成败的重要作用。中国戏曲发展到今天，其结构已与传统戏曲有了很大的不同，它将西方传统的冲突型团块结构演变为淡化冲突的发散式结构，把中国传统戏曲的一线到底的叙事型链线结构演进为复线的平行结构，这种趋势在小说、散文、电影等姐妹艺术的影响下，又衍生出反映当代生活、表现当代意识，适应当代审美心理的各式各样的结构，这使当今戏曲结构艺术更加多元、丰富，而罗怀臻的戏曲结构与其他剧作家相比又有着他自身的独特之处。

1. 明暗交织的戏剧结构

由于舞台演出受时间、空间的严格限制，艺术结构在戏剧艺术中显得特别重要。有些剧作家为了刺激观众，追求戏剧的新奇、新颖，将戏剧的结构弄得极其的复杂，甚至混乱，最后观众一头雾水，不知道剧作究竟要表达怎样的主题。罗怀臻的戏剧则不然，他的作品线索清晰、主题明确，多以时间或事件自身的发展过程为线结构全剧，使观众一目了然，能够清晰、深刻地理解剧作所要表达的主旨。但这种清晰、鲜明却并非单调的平铺直叙，而是在结构故事表面事件的同时，在其内部设置暗线，构成了明暗复线发展的双重结构形式，这是罗怀臻戏剧结构的一大特色。

罗怀臻戏剧的明线表层结构是中国传统线性结构同西方团块式结构相结合的产物。中国清代古典戏曲理论家李渔曾说过戏曲的结构应“一线到底，无旁见侧出之情”，同时要求一个戏，无论大小在结构上都应集中紧凑，即表现“一人一事”，这是由中国戏曲的线状结构所决定的。中国传统戏曲多以“因果关系”作为戏曲情节发展的内在依据，以一主要事件贯穿始终，其间可添头续尾依次展开，这种“一线到底”的传统戏曲结构方式，在罗怀臻的戏曲创作中得到了很好的继承与发扬。但另一方面，中国传统戏剧家在的结构作品时，为了吸引观众，竭力增加故事内容的传奇性与曲折性，所以，

① 李渔著，陈多注释，《李笠翁曲话》，湖南人民出版社 1980 年版，第14—17 页。

在主线一线到底的同时，往往其间多有穿插，如幕间戏、过场戏、科诨等，又经常在中间断开，截取折子戏演出，这就使传统戏曲结构不免存在松散、拖沓的缺点。又因传统戏曲时空自由变换虚拟性的特点，所以，其内容的表现很少直线上升的一气呵成，而是安排许多枝节使戏剧波澜起伏、婉转曲折。为了避免这种旁岔横枝对戏剧性的破坏，罗怀臻的作品结构在一线到底的基础上又借鉴了西方戏剧的团块式结构，使作品的戏剧性更加的集中、强烈。他的作品在贯穿主线的同时更注重横断面的复杂丰富，具有明显的"戏核"、"戏结"，使焦点集中、突出，冲突上升达到危机的顶点，从而逐渐凝聚成全剧的大冲突——高潮，剧的结尾也是骤起急收，高潮一过便迅速落幕，给观众留下长久的思考和余味。正如朱栋霖教授所说"一个善于结构戏剧、激发动作的剧作者，总是不轻易放弃他手中的重要戏剧关节，总是把它的作用发挥得淋漓尽致又恰到好处"，①罗怀臻便是如此。

除了明线的表层结构，罗怀臻戏剧还多设置暗线的深层结构，这个暗线多为人物内心的"感情线"，即所谓"略泥存花，贯之以情"，依照感情逻辑线索来选取、剪接画面，表现主人公心理的跌宕起伏。西方剧作的布局多由序幕、开端、发展、高潮、结局、尾声六部分组成，罗怀臻剧作中多遵循这样的结构布局。其中，较多情况下，高潮部分乃是以心理线索为主线在舞台上得以具象地呈现。高潮部分所体现出来的是对主人公心理空间与感觉空间的深度广度地开掘，这种情绪心态的结构，将主人公的内心图景、回忆、联想、幻觉、情感，外化在舞台上，随着主人公的叙述化为现实动作和戏剧情境，即黑格尔所说的"心里化现实"。这种手法的运用就像电影中的主观镜头一样，"即将别人看不见的幻象拍摄下来，以形象化表现主观世界、心理状态。以刻画人物的内心与非理性化"。②剧中暗线的情感线索以这种形式得以形象、生动地体现，从而使观众受到

---

① 朱栋霖：《曹禺——心灵的艺术》，北京大学出版社 2010 年版，第 56 页。

② 饶芃子：《中西戏剧比较教程》，广东高等教育出版社 1989 年版，第 133 页。

强烈的视觉冲击和内心的震撼，情感得以净化。

下面我们通过具体实例来体会罗剧的这种明暗交织的结构艺术。京剧《西施归越》线索清晰、主题明确，它写了春秋争霸时期，越王为复仇，利用美人计将西施派往吴国，复国成功后，西施怀着吴王夫差的遗腹返归故里，遭到国人的鄙视和越王勾践的忌恨，也为旧日情人范蠡大夫所不容，终于跳崖自尽的故事，从而表现男权社会对女性的轻视与践踏，这是作品的外在故事线。作品以一人即西施，一事即归越后的悲惨遭遇为线索结构全剧，不蔓不枝，清晰明确。第一场为开端，简单交代西施离开越国，众人为其送行，依依不舍的场面，为以后西施身份的变换做铺垫。从第二场起便是其归越后的情境，第二场通过吴优和勾践的对话表明越王对西施的态度和立场，预示了西施终将不被所容的悲惨结局。之后的第三、第四、第五场分别写了士兵、村民、西施母、范蠡不同人对西施归越后的态度，体现西施处境的艰难。戏剧的矛盾、冲突不断发展、升级，直到第六场达到全剧的高潮。一方面，西施怀抱吴王之子，想竭力保全孩子性命；另一方面，越王深知西施已生此婴儿，极力想将其至死，二人为此展开了激烈的对抗与交锋，极富戏剧性。从结构方式来看，第三、四、五、六场均可理解为西方式的“团块结构”，具有“戏核”“戏结”的作用，用“定场戏”的方法来结构戏剧，这时的舞台空间相对固定，时间也相对连续，它将选中的若干有着复杂内在联系而又分散的事件压缩在同一空间和时间中，以此交织成“面”，即构成一幕幕戏。而到了第六场高潮即结尾，不做纵向延伸，剧情被迅速地推向顶点又干净利落地收结，留给观众无限的思考空间与想象的余味，让观众不满足，内心不能平静，激起观众的正义感、使命感。这与传统戏曲压轴戏，送客戏有着很大的不同。可见，罗怀臻的戏剧结构已与传统戏曲有了质的区别。而此剧更为深刻的则是它的内在线索，即西施对自身存在的再确认，对人的价值的思考，一个她从工具到人的确认的过程。这个暗线的发展始终隐藏在明线之下，而到了第六场高潮时彻底的显露出来，将西施的情感引爆，于是才有了西施那段感天动地的“天问”，至此，明暗线合二为一。甬剧《典妻》、淮剧《金龙与蜉蝣》、昆剧《班昭》等剧，均具有这样的明暗双重结构，以表面故事的发展为明线，以主人公内心冲突与情感变化为暗线，从而使剧作具有了更深刻的主题。暗线作为情感和戏剧的高潮又以不同的舞台表现形式将其具象化地呈现在舞台上：《典妻》中第五场回家路上的轿舞；《金龙与蜉蝣》老王幻觉的出现，第二幕中蜉蝣与玉凤、玉荄的两个表演区；《班昭》中第四场的雨夜送行的诗化设计……所有这些场景的设置都是主人公内在情感线索的外化，这时的戏剧时空是一种被赋予了情感因素的心理时空，如电影所使用的"内心视像镜头"和"蒙太奇"的艺术手段，将人物的内心世界加以剪辑和组合，使人物的情感绵延流动于较大的时空之中，使观众在情感和心灵上得以震撼。

从以上分析中可看出，罗怀臻戏剧具有明暗交织的结构特点，同时他的戏剧是在基本保留了中国传统戏曲的线性结构的基础上，借鉴西方团块式结构，将戏剧分幕分场，突出了矛盾，缩短了时空，又吸收、借鉴话剧、电影的艺术手法，利用灯光、舞美等多方面的表现形式将人物的情感、内心具象于舞台之上，变革了传统的时空表现手段，具有当代戏曲的特色。

2. 戏剧线索的独特性

戏剧线索是贯穿于作品中的情节发展脉络，是故事的骨架和枝干，通过它将作品中的主要人物和事件依依串连起来，使作品形成一个有机整体。元杂剧的线索多是单线贯穿，到明清传奇逐渐发展为双线或多线。在中国传统戏曲中，有很多作品都是利用道具为线索来结构戏剧，使其戏剧结构更为精巧、独特，如《荆钗记》中的荆钗、《桃花扇》中的扇子、《长生殿》中的钗钿盒，等等。在罗怀臻的戏剧中更是通过线索的独特设置，使其剧作具有了与众不同的结构特色，别具一番风味。

(1) 以"词"为线索贯穿全剧——《李清照》

越剧《李清照》所体现的风格与罗怀臻以往的剧作有所不同，它淡化了戏剧的矛盾和冲突，没有了以往剧作的紧张感和强烈的情感冲击，而是以一种浓厚的抒情性，用细腻的笔触来刻画人物的内心情感，营造出一种诗意、唯美的写意空间，给观众以全新的感受。这种风格的定位正好契合了越剧温文尔雅、轻歌曼舞的表现风格。同时，更适于表现这位开创一代词风的宋代婉约派大词人李清照高雅、淡定的诗人气质。这种诗意氛围的营造正是通过词人自己创作的诗词来连缀、导引，使作品具有了古朴天然、婉约凄美的诗情画意。

当代戏曲评论家安葵说："诗人、词人是对于生活特别敏感的人，李清照就是这样一位词人，小到一滩鸥鹭，大到漫天烽火，都与她的心灵相通。因此写诗人、词人的作品必须能对诗人、词人心理、情感有细腻深入的感受，不如此就不可能再现诗人、词人风采神韵"①。罗怀臻便是很好地利用了这点，他通过李清照不同时期创作的12首诗词，为我们编织了一幅五彩斑斓的诗意世界，让我们看到了李清照细腻的情感和真实的灵魂。全剧共分六场，每场都是以词牌作为题目：第一场［如梦令］"常记溪亭日暮"演化出李清照与赵明诚的相识、相爱，同时将观众引入"藕花深处"，体味"争渡，争渡，惊起一滩鸥鹭"的生活情趣；第二场［忆吹箫］从"昨夜雨疏风骤"中，我们看到了李清照与赵明诚在青州十年恩爱的隐居生活；第三场［一剪梅］"云中谁寄锦书来，雁字回时，月满西楼"描写了战乱年代二人的颠沛流离和生活的困顿。同时在"生当作人杰，死亦为鬼雄"的豪迈诗句中抒发了李清照避难江南时令人敬佩的爱国情怀；第四场［孤雁儿］"吹箫人去玉楼空，肠断与谁同倚"咏叹了赵明诚的悲惨离世及李清照的凄惨处境；第五场［行香子］"云阶月地，关锁千重。纵浮槎来，浮槎去，不相逢"写出了李清照国破，家毁，夫丧，物尽的万念俱灰；第六场以［声声慢］的"冷冷清清，凄凄惨惨戚戚"作结，传达出李清照在国破家亡之后的孤独、寂寞、凄凉、悲惨的复杂生活感受和心理状态。在这些词作中，我们看到了李清照少女时期的无忧无虑、开朗活泼；青年时的家庭美满、清雅明丽；中年时的典雅富贵、多愁善感；老年时的悲苦凄凉、颠沛

① 安葵：《感受词人 词人感受》，《中国戏剧》，2006年第6期。

流离……从中，我们得以真正走入剧中人物的内心，切身地体会这位女词人多才多难又悲凄困苦的一生，罗怀臻正是通过这种以诗词为线索的独特的戏剧结构方法，将李清照这个血肉丰满的词人形象生动地复现于舞台之上，让观众感受深刻、久久难忘。

（2）以评弹的曲艺形式为线索——《胭脂盒》

沪剧《胭脂盒》是罗怀臻近年的新作，它改编于李碧华的小说《胭脂扣》，而观众更为熟悉的恐怕还是张国荣、梅艳芳主演的同名电影。无论是从小说到戏曲，还是从电影到戏曲，罗怀臻都在极力追求戏曲本身独有的特色，即他想要表现沪剧"失落的上海味道"。他曾明确指出："这个味道就是本剧所要致力追求的独特的舞台演出风格，这个风格既属于这个戏也属于沪剧，它是把这一出戏与沪剧的其他演出区别开来，同时也把沪剧的演出与其他剧种的演出区别开来的整体舞台呈现与演员表演的气质"。①这种上海味道的独特表现正是通过以评弹这一江南特有的曲艺形式为线索贯穿全剧，使得沪剧《胭脂盒》具有了不同于小说、电影的独有的江南的温婉与秀丽。

沪剧、评弹都是深受上海市民喜爱的江南戏曲剧种、曲种，所以将两者结合更能表现江南的文化氛围与气息。除此原因，以评弹为线索更是基于剧作者对原著故事情节的改编：故事的整体环境发生在上海的评弹书场，原著中的女主角如花是个妓女，在《胭脂盒》中，作者将如花的身份改为出身于评弹世家、酷爱评弹的演员。男主角也是因听了女主角演唱的评弹《三笑》，迷上了评弹，继而对如花一见钟情，爱得无法自拔。作品中增加的美眷这一人物也是通过与老年时男主角学习评弹为收结，一改旧日陈正邦悔恨、阴沉的凄悲情绪，代之以灿烂、明朗的温情结局，从而表现"爱不是绝望的死，而是希望的生"这样具有现代价值的心声。整个故事以评弹贯穿始终，推动着情节的向前发展。评弹除在情节上的线索作用，在

---

① 罗怀臻：《创作前的思考——沪剧〈胭脂盒〉剧本创意书》，《剧本》，2009年第12期，总第535期。

结构形式方面的作用更是举足轻重：全剧始终以两个专业评弹演员担任串场，对剧情进行讲解，很好地利用了评弹这一曲艺形式自身的特点。评弹是用吴方言讲故事的说唱艺术，它的叙事方式与戏剧、戏曲有着很大的不同，即非演员以第一人称的叙述视角演绎故事、扮演角色，而是说书人同时担当演员与“代言体”的双重身份在角色内外“跳进、跳出”。他以全知视角叙事，在客观讲述故事的同时，还对故事及故事中的人物进行主观地解释、议论、评判和褒贬。这种形式很像西方戏剧理论家布莱希特提出的“间离效果”，我国的戏剧家黄佐临先生曾说过：“如果说布氏戏剧理论和中国戏曲有相似之处的话，那么江南评弹更为接近布莱希特”。《胭脂盒》中正是对这一手段的成功尝试，两位评弹演员客串沪剧，进进出出，说说唱唱，忽而用第三者的说表来发表评语，忽而用弹唱来延伸剧情，评弹说唱串联全剧，衔接自然流畅，将观众带回了20世纪二三十年代的老上海，观众在评弹艺人凄美、婉约的爱情与曲折、离奇人生中，感悟到了一种失落的市井风情和唯美、独特的江南神韵。

通过以上两个实例的分析，我们可以初步体会到罗怀臻在创作戏剧时，戏剧线索设置的别具匠心。除此以外，他还利用各种手段结构戏剧，丰富戏剧的表现形式，如《金龙与蜉蝣》中头盔、《胭脂盒》中胭脂盒等小道具的使用；《西施归越》中吴优、《伐楚》中孟嬴，全知全能神秘人物的设置；《李亚仙》中设置八仙人物来贯穿全场，等等。

结　论

本文通过对罗怀臻戏剧的文本分析考察了其创作的三方面特点：

在文学主题上，本文通过“人性的深刻认识与挖掘”与“人生存困境与处境的呈现”两个角度分析了罗怀臻戏剧主题的深刻性。这种对人的发现与解放体现了当代戏曲文学性的回归，从而使新时期戏曲具有了中国古典戏曲所没有的深度。

关于人物形象的塑造，本文将罗怀臻剧作中的人物群像分为儒、道两大类。在道家的自然人像中，有与生俱来的具有美好人性、天真浪漫的赤子；有具有极强自然生命力与意志力的酒神；有极具包容、牺牲精神与宽广胸怀的自然母神，这些形象的塑造是剧作家对当下人格缺失的一种召唤，是对当下人如何走出精神困境的一种探求。同时，罗怀臻也塑造了一批具有儒家道德感的女性文化传承守望者形象，剧作家在她们身上赋予了一种历史理性精神，他细腻地刻画了这些女性主人公在承接历史、文化重任的同时，其自身情感世界发生的巨大变化，这就使这些女性形象更加的丰盈、多元，更加地贴近现代。

艺术表现手法上，罗怀臻剧作有着如下特点：创作方法上，他的“现代历史寓言史剧”体现了一种历史本质的真实，即不注重历史细节的真实再现，更多的是从审美角度上演绎历史、创造真实。以一种现代人的视角去体察历史的整体氛围，从而体现人类永恒的精神风貌、贯通古今，通过富有哲理意蕴的诗化处理来表现人存在的理由。情节设置上，他采取了欧洲传统戏剧的情节整一性原则，即以“情节塑造人物”，这与中国传统戏曲的以“表演刻画人物”有着巨大的不同。在改编艺术上，罗怀臻往往能站在人性的高度，使其剧作更具当下眼光和当代意义。这种古代与现代的对接，使中国戏曲这一抒情性的舞台审美形式变得更富哲理性和反思意识。与注重抒情性的传统戏曲不同，罗怀臻的戏剧更善于制造紧张、激烈的戏剧冲突。他通过将人物设置于“两难境地”、表现人物心灵的挣扎和人物关系的错位这三个主要手段，使得其剧作更富有戏剧性。在戏剧的结构上，其作品不仅善于设置明暗交织的双层结构，而且将中国传统戏曲的“线性结构”与西方“团块式结构”相结合，极具艺术特色，另外，独特的戏剧线索的设置也使得其戏剧别具匠心。

由于时间和篇幅的限制，本文只从罗怀臻剧作的文本、案头的角度加以解读，很少涉及其剧作的场上舞台演出，而罗怀臻剧作的舞台呈现更具有他自身的特点，其中，借鉴各种姊妹艺术的现代化的舞台创造是他所提出的“传统戏曲现代化”理论的最好实践，体现了中国当代戏曲舞台创造的新境界，在运用现代手段的同时，民族元素的注入更加体现了中国戏曲审美风格上的民族性回归。在这方面本文虽有空白，但也成为本人日后继续研究的方向。

“最难耐的是寂寞，最难抛的是荣华。从来学问欺富贵，好文章在孤灯下”这句形容“班昭”的戏曲台词也正是对罗怀臻本人创作过程的真实写照。罗怀臻曾对一直想研究他剧作的学生们说过“我还在路上”，是啊，他正值壮年，人生之路才走了一半，哪能就此定型？所以，我们希望一直“在路上”的罗怀臻能坚守住戏曲创作这块寂寞、清苦之地，为我们呈现出更多、更好的戏曲作品。

（本文系作者2012年苏州大学硕士学位论文，有删节）

转型路上再出发

——罗怀臻的戏剧创作追求

罗 松

从20世纪90年代开始，罗怀臻的艺术观念和剧本创作就努力适应历史发展和时代的需要，以文本的创作带动戏剧从思想、观念、表现方式诸方面进行着深刻而又全面的转型，推动着中国现代戏剧观念的演变和发展。从历史故事到女性题材，他总是以深厚的人文底蕴和现代视角，进行人性化的解读，最终形成崇高的人格力量。2017年，罗怀臻又相继创作了京剧《大面》、话剧《兰陵王》和淮剧《武训先生》，从创作题材上和审美方向上都较以往有了新的变化。从以女性题材为主转向男性题材，从都市化风格回转古朴原始气韵，从文人情怀回归民间土壤。在中国戏剧的整合转型的背景下，这几出剧目为当代戏剧的现代化和本土化探索提供了一个文化方位。在以国际化、民族化、现代化为当代艺术的主要精神的新时代，罗怀臻的这三出剧目又是一种文化启示性的探索，对中国戏剧的发展具有承前启后的作用。

《大面》：把古代的故事讲给现代人听——京剧的现代化

京剧现代化从20世纪60年代“样板戏”开始至今，人们对其认识在不断地走向科学化，它既不能等同于现代戏，也不是要颠覆传统。而是要在现代思想意识和当代舞台审美中彰显中华民族精神、民族个性和民族风采。

京剧《大面》取材于讲述北齐兰陵王传奇故事的唐代歌舞戏

《大面》和乐舞《兰陵王入阵曲》。古老的传奇故事讲述面容柔美的兰陵王出征时总要戴上一副凶神恶煞般的威武大面，如此便所向披靡。在罗怀臻的笔下则演绎为兰陵王在目睹生父被杀、生母被夺的境遇下用女儿态掩藏真性情得以苟活，后在母亲的诱导下戴上“神兽大面”便威武英勇，终于报了杀父之仇，但戴上即无法卸下的“大面”使他冷酷无情、暴虐可怖。最终，是母亲用自己的一腔热血将大面融化，使王子告别了迷途，回归善良的本我。

弑兄娶嫂、王子复仇，这样的题材并不新鲜，然而京剧《大面》的重点在于王子复仇夺回权力后跌入了人生更为恐惧的另一个低谷。该剧深切关注人的精神世界，珍视人性的美好，守护生命的源头，强调人的绝对命运，否定人的表面命运，并以此实现人性价值的超越。一副大面，成为照见人类自身的寓言，既照见了罪恶也照见了善良本真，引发人们对自身本性的思索和质疑。不忘初心，方得始终。这一具有人生哲学普遍意义的思想在当今现实有着非常重要的意义和价值。

剧作家从人性的视角回望历史，塑造了一个充满人文关怀和人生哲学的全新的大面。使得京剧的“大面”，已经不是那个传奇故事中的原始大面，而是一个隐含象征意味的文学大面。

《大面》文本由象征和寓言所引发的厚重与深刻，给京剧舞台的二度创造带来了崭新而又广阔的驰骋空间。导演翁国生视野开阔、手法多样，充分调动京剧、舞蹈多种表现手段以及舞台各种艺术元素，使《大面》的文化容量丰富、艺术涵盖广，既有中国远古时期自由野性的张扬，又有莎士比亚戏剧和古希腊悲剧的深刻人文意蕴。同时，京剧传统程式在现代化的追求中努力实现对京剧表演本体基因的“全面复归”。

一个中国古老的故事，一种百姓的娱乐形式，在当代艺术家的创造下却幻化为现代寓言剧和富有多层艺术样貌的别样京剧。其思想内涵所具有的强烈现代意识和舞台呈现体现出的古典美与现代美的有机结合，为古老戏曲向现代戏曲嬗变提供了可资借鉴的启示。

《兰陵王》：把中国的故事讲给世界听——话剧的民族化

《大面》与《兰陵王》是罗怀臻 2017 年接连完成的两个剧本，题材相同、故事相同，但由于京剧与话剧的不同艺术规律，其文本结构、人物塑造、语言表达和舞台呈现有着不同的审美追求和表现形式。不论是京剧还是话剧，创作者的目的首先都是要讲好一个故事。京剧作为传统艺术，《大面》侧重的是把古代的故事讲给现代人听；而话剧作为舶来品，早年焦菊隐所致力的"民族化"是为了让话剧在中国本土生根，那么经历了百余年的发展，话剧早已成为中国当代观众本土的大众文艺形式。在话剧诞辰 110 周年的节点上，在中华文化走出去的时代精神的感召下，《兰陵王》不仅面向现代，更面向世界，把中国的故事讲给世界听。因而，话剧民族化在当下就有了更深更广的新的课题有待研究探索。罗怀臻和导演王晓鹰在前辈艺术家对以戏曲为代表的民族传统文化的借鉴融合所取得重要成就的基础上，为构建话剧"中国学派"从戏曲史上追根溯源，挖掘与当下人文精神一脉相承的民族基因，去找寻创造性转化的"源头活水"。

《兰陵王》的话剧民族化，不光是甩一个优美的戏曲范儿的水袖，戴一个具有装饰性的脸谱，也不仅仅满足于东方式样的演剧样式，最关键的是作品传达的内容本身是横亘古今、融贯中西。"兰陵王"所戴的女优面具和神兽大面不仅是导演的一种表达手段，更是故事的核心，它们象征着人格极端化的冲突和人性扭曲后的变异。面具本身所具有的视觉直观的冲击、主题思想的隐喻，构成了极富戏剧性和别有意味的形式。

立志于话剧民族化的艺术家除了要有民族之心，更要有世界之心，才能真正完成"民族化"。作为当代剧作家，罗怀臻为王晓鹰提供了充满寓意哲思的"大面"以及傩戏、参军戏等戏剧原始形态的"中国意象"。在与导演共同的"现代表达"过程中塑造中国话剧的人文形象、表达中国当代的人文情怀。让中国的话剧发展方向沿着世界艺术发展的轨迹前进，以中华民族悠久绵长的历史文化为根基，使中国当代话剧在形成民族特色的道路上面向时代、面向世界。

《武训先生》：以敬畏虔诚之心踏上返乡之路——地方戏的再乡土化

如果说话剧《兰陵王》是舶来剧种的民族本土化，那么，淮剧《武训先生》则是本土剧种找回本源的再乡土化。

《武训先生》刻画了清末行乞办学的一代“奇丐”武训的艺术形象。创作者将武训的乞讨生活作为一种民间文化演绎得十分鲜活生动，风土俚俗、民间说唱的淳朴与诙谐，与武训所经历的苦难和虔诚的信仰形成了风格上的互补，苦乐相错、悲喜交融。该剧无论是题材的选择、人物的塑造，还是舞台的视听觉呈现，都非常适合淮剧这个剧种，所有的舞台语汇调度都是戏曲本体的，体现的是东方的美学、中国民间民俗的审美。

《武训先生》与罗怀臻创作的《金龙与蜉蝣》和《西楚霸王》并称为“都市淮剧三部曲”。然而《武训先生》的“都市新淮剧”的理念，已经不同于《金龙与蜉蝣》《西楚霸王》。20 世纪 90 年代的《金龙与蜉蝣》与《西楚霸王》可以说是首开“都市戏曲”的先河，标志着地方戏曲向都市的现代转型。《武训先生》则是在国家提倡弘扬中华优秀传统文化、坚定文化自信的大背景下应运而生的。把《武训先生》放在新中国成立后淮剧发展的整个历程中来看，这出戏所体现出的淮剧的回归意识刚好进入了事物发展的高级阶段。不论是都市化还是再乡土化都是为了寻找乡土与都市的平衡点和契合点。淮剧从乡野到都市化再到乡土化，是进入了高层次的平衡阶段，是在都市化、精致化后的对传统的再利用再创造，是乡土文化的一种现代表达，是超越后的回归。

以写实逼真为特征的话剧和以写意抒情为特征的传统戏曲之间，一直处于既相斥又相吸的微妙关系，这种关系成为话剧艺术追求民族化和传统戏曲追求现代化的共同内驱力，不论是京剧《大面》、话剧《兰陵王》还是淮剧《武训先生》，都是在以这种内驱力推动着对于话剧中国学派和戏曲现代化的探索实践和理论研究。然而，不论是民族化还是现代化以及再乡土化，最终都是对深厚的中国传统文化的深层次回归，在经历了超越之后回到对艺术本真的探索上。

当一位艺术家对文化、对时代、对生命有了深刻感悟，对我们的民族文化和外来文化都有全面了解时，他的作品才有可能将我们的民族文化真正引入当代，形成新时代中国当代戏剧新的范式。这或许正是罗怀臻在当下的艺术追求。

（原载 2018 年 1 月 24 日《中国文化报》）

论罗怀臻剧作的现代意识

李　伟

罗怀臻是当代著名剧作家。他的创作覆盖戏曲、话剧、歌剧、舞剧、音乐剧、电影、电视剧等各大门类，而尤以戏曲创作知名于世。他的戏曲作品囊括了国家所有戏剧类奖项，可见其已被主流社会高度认可，并且有可能在戏剧史上留下浓墨重彩的一笔。对于这样的剧作家，如果仅仅从形式技巧的角度进行研究和评价，是远远不够的；作为一位以思想性见长的剧作家，我们还应该多从思想层面上进行把握。正如他自己就从来不把自己当作一个仅仅有技术的编剧匠看待，而是追求成为一个有思想的剧作家那样，我们对他的研究，也应该作如是观。

罗怀臻是有着明确的现代意识的剧作家。关于“现代意识”，罗怀臻有自己的理解。他说：“所谓‘现代’，首先，它是一种视角，是迄今为止人对人本身、对人所生存的环境的研究、发现、了解的成果……与此同时，‘现代’又是一个发展着的概念，不只是历史学断代意义上的现代，就是在当下……现代是一个渗透性的概念，它不是某个具体时期的划分。”① “现代意识不是西方意识，而是人类文明、中国文化积累到当下，人们运用科学的眼光看待人生，看待人的生理、看待人的情感、看待历史。”②可见，“现代意识”既有其相对稳定的内涵，又有其发展变化的一面。前者指“科学的眼光”，

---

① 罗怀臻、孙瑞清：《古典戏曲现代沉思》，《剧本》，2000 年第 7 期。

② 罗怀臻：《中国戏曲在当代的思考》，《光明日报》，2006 年 12 月 1 日。

至少应该包含求真、证伪、存疑的精神；后者指时代感，即与时俱变的审美感应与价值追问。这在罗怀臻创作的20世纪80年代以来的三十余年的中国社会语境中，又自有其具体的内涵，比如解放思想的政治背景下对传统文化的反思、“人的发现”的文艺思潮中对复杂人性的探索等。本文拟剖析他剧作的现代意识，即剖析他在剧作中所表现出的这种具体的现代意识的有无、多少与强弱。

一

罗怀臻的剧作以思想性见长，这是他的剧作容易引起轰动、引发争鸣的重要原因。但并不是所有的思想都会引起轰动的，其思想之所以引起轰动、引发争鸣又主要是因为他的思想具有强烈的现代意识，从而对传统的观念造成了极大的冲击。

中国社会自秦始皇以来长期受专制王权统治，辛亥革命从政治体制上结束了专制帝国，开启了民国即民主共和时代。但专制王权时代形成的思想文化在社会上还广有影响，深藏根基。正如陈寅恪所说，“吾中国文化之定义，具于《白虎通》三纲六纪之说……若以君臣之纲言之，君为李煜亦期之以刘秀，以朋友之纪言之，友为郦寄亦待之以鲍叔。”①极力强调服从与忠诚对于人格的重要性，这正是专制文化产生的土壤。中国社会要走向现代化，跨进现代文明，首先就必须逐步地消除这种专制王权文化的影响，形成自由、平等、公正、博爱的现代社会文化观念。

罗怀臻剧作的现代意识，首先表现为对专制王权的批判与反思。其早期的作品《韩信之死》《古优传奇》《真假驸马》《梨园天子》《西施归越》《宝莲灯》《梅龙镇》是如此，其代表作《金龙与蜉蝣》更是这一思想集大成之作，反思与批判的力度之大十分罕见，故而引起了极大的轰动。

《韩信之死》写刘邦一统江山之后，设计诛杀功臣韩信之事。忠

① 陈寅恪：《王观堂先生挽词·序》，《陈寅恪学术文化随笔》，中国青年出版社，1996年版，第3页。

臣良将，雄才大略，都逃不过专制统治者巩固一姓江山的无端猜疑之心。为了清除假想的敌人，罗织罪名，栽赃陷害，手段之残忍、用心之险恶，无所不臻其极，足见专制王权的吃人本质。该剧创作于 1981 年，是作者的“处女作”，未曾发表，也未曾演出过，编剧技法尚显稚嫩（比如人物繁多、枝蔓丛生、主线不凸显），但其对专制王权文化的批判与反思已初见端倪，作者以历史观照现实的才华亦初露峥嵘。

《古优传奇》创作于 1984 年，是作者求学上戏期间精心结撰的戏曲剧本，虽然最终也未能搬上舞台，但作品中表现出的思想的锐气与批判的锋芒已经不可小觑。该剧为我们描绘了一幅在王权专制之下的群丑图：太后担惊受怕、杯弓蛇影、唯恐大权旁落，皇帝好大喜功、自欺欺人、梦想太平盛世，宰相欺上压下、隐瞒灾情、妄图一手遮天，刺史助纣为虐、偷梁换柱、不惜杀人盗表，县令请命无门、仗义执言、最终死于非命，太史闭目塞听、粉饰太平、死于觉悟之时，唯有一宫中优伶，良知未泯，敢于利用太后宠侍的特殊身份以及自己洞悉世态的高度智慧和多面善变的高超演技，百般进言，企图将大灾实情上达天听以救民于水火，然而最后也逃脱不了失败的命运。作者嬉笑怒骂、苦中作乐、嬉中含悲，构建出一幅暗无天日到令人绝望的典型图景，而这一切都归因于权力系于一家的王权专制制度。

《真假驸马》创作于 1986 年，是作者第一部上演的剧作。该剧把批判的矛头指向吃人的礼教。话说新科状元董文伯被皇帝招为东床驸马，回乡省亲途中，为了保护贪看风景的公主，不慎坠入万丈深渊。公主以为丈夫已死，为了董家的荣华富贵，掩人耳目地委身于董文伯的孪生兄弟董文仲。没有想到三年之后，董文伯却活着回来了。而此时，公主已经怀有了董文仲的孩子。为了已有的荣华富贵和美满生活，母亲不愿意看到死而复生的儿子；为了大家的脸面，曾经的妻子也不愿认自己的丈夫；为了皇家的威严，皇帝和皇后不仅不愿意认自己的女婿，而且还要赐死董文伯。最后引得董母、公主，先后自尽，董文仲也断舌自残。悲剧的根源在于公主企图维护驸马一家荣华富贵的一点天真善意，正如作者借公主之口所说“人之常情谁无有，所作所为不后悔。扪心自问无过错，错的是不通人情的法与规。”是专制王权的礼教规矩扼杀了人之常情。

《梨园天子》创作于1987年。该剧也清晰地揭示了专制权力对人性的扭曲。争权夺利、争风邀宠、问鼎至尊是宫廷政治永恒的主题。在权力的角斗场上，无论成败，每一个人都会丧失其作为人的正常的本性。剧中宁王本来是一个醉心梨园、无心权位、秉性醇厚的先王第九子，没想到黄袍突然加身，他被权臣、太监们推上了皇位。他本以为做了皇帝就可以按自己的想法做事，没想到却处处由不得自己。为了巩固权力，他不得不封权臣之女为后，而逼得心爱的女人馨儿剔目自残、流落街头；为了平息舆论，他不得不和自己出生的梨园划清界限，甚至将自己的恩人终身监禁；最后，他虽然贵为天子，却在生母眼里成了一个不仁不义之人，在自身则真正成了一个“孤家寡人”。所有人都是专制王权制度的牺牲品。

同样创作于1987年的《西施归越》，把专制王权制度的吃人本性揭示得入木三分。美女西施，本来是越国为了雪耻而设的美人计的主角，为最后打败吴国立下了重要功劳。但当西施腹中带着吴王夫差的儿子回到越国时，一下子就从爱国的英雄变成了危险的敌人，从情人范蠡到越王勾践乃至所有的越国人，都必欲除掉无辜的婴儿而后安心，仅仅因为他有一半是敌国君王的血统。专制王权的排他性、唯血统性、狭隘性暴露无遗。最后西施只好抱着死去的婴儿投江自杀。

对专制王权制度进行最深刻的批判、最彻底的反思的是《金龙与蜉蝣》。罗怀臻称之为“寓言史剧”，的确该剧从人物的命名到故事的简练，都仿佛是中国历史抽象提炼而成。主题也直指中国文化的核心——从建功立业到传宗接代，正是农业文明哺育下的中国人的精神密码。然而，帝王之家的建功立业与传宗接代却充满了血腥与罪恶。金龙本是帝王之后，只因父王失政才隐姓埋名躲避灾祸。为了对得起祖宗的英灵，金龙抛别了温馨的小家庭，东山再起，重新夺回了属于自己家族的江山。为了巩固自己的权位，金龙毫不犹豫地诱杀了辅佐自己夺回宝座的战功赫赫、恩重如山的战友牛牯，又阉割了前来寻父的牛牯的儿子蜉蝣，更广征民妇为自己生育龙种却不能如愿。没想到被阉割的蜉蝣正是自己失联多年的儿子，他在得不到儿子谅解的情况下又亲手杀死了自己的儿子，最后死在了自己的孙子孑孓的剑下。经历了这样惨烈的家庭变故的新国君孑孓会拥有怎样的未来呢？我们不得而知。这不仅是几千年专制王权文化的寓言，也是一个预言，告诉我们这样的文化最终将断子绝孙，没有未来。该剧在1992年创作并演出，引起了极大的轰动，成为罗氏的成名作和代表作，恐怕与这个过于残酷的寓言抑或预言不无关系。

不过，罗怀臻以后的戏都没有更多地延续反专制王权主题，即使是题材比较接近的《宝莲灯》(1999)《梅龙镇》(2000)也开始转向温馨、浪漫与大团圆结局了。原本威严的天庭秩序的象征玉帝“也曾风流年少入情网”“也曾顽皮鲁莽生下了儿女一双”，理解女儿下凡成婚，充满了人情味；原来八面威仪的皇太后也曾是山野女子，也有过类似游龙戏凤的真爱，所以接受了儿子的选择；天庭规矩与专制礼教都不再是人间真情的对立面，反而充满了温情与谅解。按照作者的解释，这是因为时代变了：“戏剧创作来自作家对社会的感应。80年代创作的并且产生一定影响的戏剧多为悲剧，那是一个反思的年代，作为一个个体的文化人，很容易感受到这种气息。而到了90年代末，随着商品经济社会的发展，人与人之间的心理距离越来越远了，以前那种崇高啊，壮丽啊，在90年代下半叶，很难再激起人们的注意。相反，日常生活的世俗情感越来越变成一种奢侈，越来越受到人们的珍惜和重视。”①如果把1992年的《金龙与蜉蝣》看作是前面几部剧作的余绪与集成之作的话，那么罗氏反专制主题的创作主要集中在1980年代，这与当时思想解放的时代潮流倒是非常一致的。

那么，罗怀臻批判与反思专制王权文化的思想资源是什么呢？从他的剧中可以看出，是一种原始、质朴、善良、美好的人情和人

---

① 罗怀臻、孔小石：《诸神的复活》，《上海戏剧》，1999年第9期。

性。在《韩信之死》中，是漂母的孙女秋兰及其情人岳中所代表的底层人民对美好生活的向往；在《古优传奇》中，是出身低微、备受命运拨弄的笑伶仃和喜妹坚持对正义的舍命追求；在《真假驸马》中，是母亲在儿子即将饮鸩身亡时的挺身而出；在《梨园天子》中，是以乐师、馨儿为代表的梨园子弟对生命尊严的维护；在《梅龙镇》中，是李凤姐吸引正德皇帝的那种淳朴的山野气息和皇太后当年哼唱的来自民间的摇篮曲："郎里格郎，郎里格郎，我家有个小儿郎。刮风下雨都不怕，一觉睡到大天光……"在《金龙与蜉蝣》中，是金龙妻子玉凤面对已成国王的金龙荒淫无耻的行径的大胆质问，是贯穿在该剧始终的民间小调："大哥哥心太黑，想得出就做得出；小妹妹心太软，有办法也没办法。从今只求你一件事，一辈子不离妹半尺……"罗怀臻曾说："我最大的自信心在于，一种相对稳定不变的人性、一种亲情，这种人性和亲情高于一切。"①他对这种基本的人情人性如此痴迷，并寄予其反专制的重任。但这是否真是通向现代文明的唯一基石，还有待历史证实。

二

从世界范围来看，文艺复兴时期摆脱神权统治、重新发现人的价值，是人类走出中世纪、走向现代文明的第一步。文艺领域以科学求真的精神，描写人生、探索人性，肯定人的价值，也是现代文艺的重要特征和当然内涵。在中国传统的戏剧舞台上，主要是顺应专制主义意识形态需要塑造出来的传奇化、类型化的人物形象，因此属于"瞒和骗"的文艺的一部分。进入现代社会，尤其需要以科学求真的精神，睁了眼看取人生，认识人性，重新建立人的价值和尊严。这样的工作，自"五四"以来做了不少，但到了"文革"随之中断。新时期以来，文艺界重拾"五四"启蒙的大旗，继续未竟的"人的发现"的大业，取得了不少成绩。

罗怀臻剧作的现代意识，也表现在"人的发现"上。他在评价

① 罗怀臻、孙瑞清：《古典戏曲现代沉思》，《剧本》，2000年第7期。

上个世纪 80 年代的戏剧探索时说："文学上，我们重新发现了'人'，而在此之前的戏剧舞台上我们经常面对的却是集体概念下符号化、概念化、脸谱化的'人'，京剧'样板戏'更是达到了登峰造极。终于，我们可以直面人，直面人性了，哪怕是精神分裂多重性格的人，哪怕是人性中的'性'。"① 诚然，他剧中的人物形象，既不是古代戏曲中高度类型化、传奇化的人物形象，也不再是样板戏中的"高大全"的人物形象，而是既包括有缺点有个性的英雄，也包括有情有欲的女性，总之是有血有肉、有丰富内涵的真实的人。

也许每个人都有英雄情结。中华人民共和国的前三十年里，充斥舞台、荧幕、小说、雕塑等文艺作品的，大多是古今中外的各类传奇英雄人物。在"文革"期间，更是贴满金叶的、光芒四射的英雄人物占据着"样板戏"的舞台中央。这样的英雄没有缺点，没有个人欲求，甚至没有家庭。他们只有远大的共产主义理想和为了伟大理想而斗争的昂扬的斗志，他们是神，不是人。然而，英雄被过度神化、过度消费的结果是人们不再相信所谓的"神性化"英雄。于是，有缺点的、有人情味的"人性化"英雄应运而生。

在《韩信之死》（1981 年创作）中，韩信当然是一个大大的悲剧英雄。堂堂的开国元勋，仅仅因为功高盖主、异姓封王，就无端被猜疑，最后惨死在吕后的手中。历史上的韩信究竟如何我们不得而知，但罗怀臻笔下的韩信是一个重情重义、忠诚耿直、光明磊落的大丈夫。他身居高位，依然时刻不忘漂母当年的一饭之恩。他对当年侮辱他的淮阴恶少不仅当时不计前嫌，而且在自己发达之后还不忘提携。他还不避政治风险，对当年的战友、后来的对手钟离昧在落难之际施以援手。他厥功至伟然而绝不居功自傲，对刘邦满腔忠诚、绝无二心。然而，他躬行大义、不拘小节的英雄做派反而给小人留下了可乘之机，为他政治上遭人构陷埋下了伏笔。这样的悲剧英雄在共和国前三十年的历史上是不可能出现的，而只能出现在思想解放的 1980 年代。

---

① 罗怀臻：《重建中的中国戏剧》，《中国戏剧》，2004 年第 2 期。

根据莎士比亚《李尔王》改编的京剧独角戏《暴风雨》（1997年创作）中李尔也是一个悲剧的英雄形象。如果说韩信是因为自己的重情重义、光明磊落被人利用而导致的悲剧，那么李尔则是因为自己身上人性的弱点以及刚愎自用的性格而导致了悲剧。“如果说，我李尔因为轻信甜言蜜语，爱听好话空话而受到两个女儿后来的虐待摧残，那是我自作自受；而我，仅仅因为小女儿说了一句实实在在的真话，便无辜把她推进深渊，这才是我永劫不复的罪孽啊!”轻信甜蜜的谎言，排斥逆耳的真话，这恐怕是人所难免的事。然而，勇于承认错误，敢于承担责任，这是多么高贵而难得的品质！在暴风雨中，李尔的灵魂受到了洗礼和净化，摆脱了世俗，清算了虚荣，找回了良知，重新做回一个勇士、真人。李尔因轻信、虚荣而导致悲剧，又因勇于自省而成为英雄。

《西楚霸王》（1994年原创为京剧、1998年改编为淮剧）中的项羽是一个失败的英雄的典型。在推翻暴秦统治的过程中，项羽以其“所击者破，所当者催”的万夫不当之勇成为万众瞩目的英雄，并因此赢得了虞姬的崇拜。然而，在与刘邦争夺天下的斗争中，光明磊落、单纯高贵、威震天下的西楚霸王，却一步步输给了市井“无赖”刘邦与胯下“小人”韩信所结成的军事同盟，最终落得四面楚歌、乌江自刎，连心爱的女人也保护不了。项羽在攻城夺池的战场上是战无不胜的将才，但在波诡云谲的政治斗争中，他的慷慨豪迈、儿女情长的英雄个性都变成了刚愎自用、感情用事的政治人格缺陷。他某种意义上是一个懂得爱美人而不懂得谋江山的情种。因此他在政治、军事上的失败是必然的。罗怀臻塑造了这样一个中国历史罕见的、可爱而又可叹的悲情英雄，揭示了历史与人性的复杂性。

如果说20世纪80、90年代罗怀臻作品中塑造的还是韩信、李尔、项羽等有缺点的、有情义的、性格错位的悲剧英雄，那么，到了新世纪，《曹公外传》（又名《凤山行》《斗笠县令》，2003年与姚金成合作）《武训先生》（2017年首演）的出现，似乎在证明他又回到了清官、圣人似的英雄形象塑造上。

《曹公外传》说的是道光17年曹谨奉旨任台湾凤山县令治理该

地荒旱灾情的事。曹谨到任后，明察暗访，了解民情；团结土著能人，兴修水利；为了赈济灾民，不惜违规借用军粮；为了澄清吏治、改善民生，不怕得罪上司、牺牲仕途。应该说，该剧很好地塑造了一个“位卑未敢忘忧民”的封建官吏形象，从情节和事迹来看，颇像同时代的“廉吏于成龙”，只不过于成龙比曹谨的官阶高了不少；又像当代的“县委书记的好榜样”焦裕禄，只不过焦裕禄是当今执政党的干部。事实上，从这个戏里已经可以看到合作者姚金成后来创作的豫剧《焦裕禄》的影子——焦裕禄和曹谨一样都把百姓的利益看得自己的仕途/上级的指示更重要，只不过时代背景变了。作者笔下，曹谨不仅是封建时代的清官，而且是儒家文化哺育的完人。

《武训先生》更是把曾经在上个世纪50年代引发大批判的“千古奇丐”武训搬上了舞台。生活在晚清时期的武训，在内外交困的背景下，作为一个因缺少文化而受尽欺蒙的地主家的长工，没有走上暴力抗恶的道路，而是走上了乞讨兴学之路。这条道路充满了凌辱和艰辛，但武训百折不挠、矢志不渝，终于建成了多所义学，实现了自己“让穷人的孩子也能读上书”的理想。罗怀臻特别欣赏武训“对知识有崇高的敬畏、对人生有执着的信念”，但是否所有的知识都值得敬畏其实是值得怀疑的，所以更关键的一点是“武训其人所传递的‘信仰成为一种生活’的精神在当下社会是有极其深远的推广意义的。”“一个清末的农民，仅凭一个人生信条，用一辈子的时间践行一件事。……一生都在躬行实践着利他主义的道德观，和当下许多利己主义的社会现象形成强烈的对比。”①和电影《武训传》相比，该剧明显强调其忍辱利他的一面，而忽略其愚昧怯懦的一面，使人物缺少了立体感。最后一幕，武训拖着老病之躯，带着神圣的光环，倒在了他所兴建的学堂前，倒在了琅琅的读书声中。这样的安排当然是意味深长的，有明显的神化企图和教化目的。

基层官吏、底层贫民，只要有竭力向善之心，最后都能成为道德完美、彪炳史册的清官、圣人，并用来批判今天的道德沦丧，教

---

① 罗怀臻：《编剧者说》，淮剧《武训先生》场刊。

化今天的芸芸众生。这是《曹公外传》《武训先生》等剧的言下之意。不仅男性英雄如此，女性英雄也是如此。虽然罗怀臻没有去写花木兰、梁红玉等战场上的女性英雄，但他写了班昭、李清照、蔡文姬等文化英雄。罗怀臻对有些卓越的女性人物塑造往往直接就是为了批判现实中的某种不良风气。比如写班昭甘于寂寞续修《汉书》的精神："最难耐的是寂寞，最难抛的是荣华。从来学问欺富贵，真文章在孤灯下。"他说："班昭是中国历代文人和当代知识分子的一个正面代表，尤其是对于当下商品经济转型期的现代人群来说，班昭更具有一种激醒与警策的意义。非凡的成就必赖于非凡的人格，非凡的人格必经过艰苦的锻造。而举凡有大成功者，必有所追求，有所坚守，有所痛苦，有所放弃。唯抱定宗旨，矢志以求，目无旁顾，始达成功。相反，甘于平庸，躲避崇高，急功近利，浮夸浮躁，乃至陷入庸俗的拜金主义或名利污淖，正是现代文化人所要自觉抵制的时弊流风。"①又如写李清照在国破家亡、文物遭劫之后回归平淡的心境，"想要着意表达的是一种文化人对于文化和文化尊严的珍爱与守护。在一个文化破败、文物破损，对于文化和文化人都极不尊重的纷乱时代，被践踏了尊严的文化人是如何艰难地维护着文化人自身的尊严。这个诘问，岂止是对李清照所置身的那个时代？"②显然，他针对的是市场经济条件下物欲横流、文化贬值、文化人斯文扫地的当代。

罗怀臻并不讳言自己的英雄情结，早在中国刚刚开启市场化进程的时候，他就说过："我认为中国人今后的审美趋向应是欣赏崇高、欣赏壮阔，呼唤英雄主义，这种恢宏的气度和明知不可为而为的精神是与要求改革开放的中国人的整体心境相融合的，献身感、受难感等宗教式的东西反而能打动人。"③然而，怎样的英雄人物塑造才能真正地让观众感动呢？历史经验已经证明，过于高大完美的英雄人物形象

---

① 罗怀臻：《昆剧〈班昭〉文学创意书》，《上海戏剧》，2001 年第 6 期。

② 罗怀臻：《值得期待——写在京剧〈李清照〉演出之前》，《中国文化报》，2004 年 7 月 22 日。

③ 罗怀臻：《呼唤"文学意识"的回归》，《文学报》，1994 年 1 月 6 日。

往往让我们产生不食人间烟火的虚假感，使我们感到精神等级的压抑感，这和现代审美体验所期待的自由狂欢状态还是相去甚远的。

三

罗怀臻的剧作塑造了大量的女性形象，其中有不少是第一主人公。这已经形成一个引人注目的文化现象。廖奔先生说："在创作中，他曾把很大的精力放在了对古代女性形象的塑造上，热衷于剖析她们的心路历程，如昆曲《班昭》，越剧《李清照》《柳如是》，川剧《李亚仙》，秦腔《杨贵妃》，京剧《西施归越》等，其中尤以写历史才女的戏引人注目。他一空依傍，自铸伟词，把班昭、李清照、柳如是一一搬上舞台，这透示出他的一种什么样的文化心结呢——倾心、爱慕、同情、向化、同声相应、同气相求……"①

有人还认为这是一种女性主义："罗怀臻的现代意识……蕴藏着人们可能不太注意的女性主义。他的大多数作品以女性为主角。……这些女性，职业身份性格各不相同，但都美得表里如一，为爱情、事业，她们哪怕千回百折、赴汤蹈火甚至失去生命，也无怨无悔。怀臻几乎在每一个女性的塑造中，都倾注了大量的心血，下笔时浸透了饱满的感情。透过那些古典美丽女性构造的镜子，人们可以照出世风日下时自己灵魂的低下与苍白。如此全力以赴地张扬女性的善良和美丽，当今剧坛可能无人出其右。从分析心理学的角度，这恐怕也是解索其创作心理和内心生活秘密的一条甬道。他对女性的肃然起敬，同样使我们对他肃然起敬。"②

罗怀臻的女性人物塑造究竟怎么样？他如此投入地为女性塑像，究竟包含着怎样的"文化心结""创作心理"与"内心生活秘密"呢？是否蕴藏着人们所说的"女性主义"呢？是否着力塑造了大量女性人物形象，就是女性主义的呢？

其实，和塑造有缺点的男性英雄人物一样，大多数时候，罗怀

---

① 廖奔：《阅读罗怀臻》，《上海戏剧》，2009年第4期。

② 毛时安：《序·守夜人的声音》，罗怀臻《九十年代》，上海社会科学院出版社，2002年版。

臻也是在“人的发现”的语境下塑造女性人物形象的。他写出了一系列有血有肉、有情有欲、有独立人格的女性，给人以不同于样板戏的艺术真实感。比如在《西施归越》中，他一反传统西施题材作品，把西施写成以美人计迷惑吴王、为越国复仇的爱国女英雄，功成身退，与情人范蠡泛舟湖海，不知所终。在罗怀臻的笔下，西施归国之后，出人意料地带回了吴王的骨血！这一下子把她推进了一个全新的情境，让所有人都面临考验，并露出本相。越国君臣包括情人范蠡当然都希望将敌人的血脉斩草除根，越王勾践更是毫不犹豫地必欲除之而后快，即使是西施的母亲也只能无奈地舍弃这一孽种祸苗，只有西施本人，此时有了作为女人、作为母亲的觉醒，只要一息尚存，她就无论如何要保住自己的儿子。此时，家国情怀让位于母子深情，并由此上升到对国家之间残酷政治斗争的拷问与审视。“人啊人，为什么自相残杀，为什么掠夺纷争？为什么不同舟共济，为什么不互爱互亲？”有论者分析得好：“从爱儿子到爱人类，从爱人类到为人类社会忧心忡忡，从自然天性转化为人道主义，转化为大慈悲、大怜悯、大悲愤的反战意识以及生存反省，剧作家将西施塑造成一位纯而又纯的纯情玉女。中国文化历史的正统原则、人类社会尤其是男人社会的掠夺与占有、侵略与奴役原则，在西施这里全都被消解成为毫无意义的、灭绝人性的行为。她以抱着死去的婴儿同付清波这一自杀行为，完成了对范蠡、对勾践、对争权夺利的男人世界、对充斥着血腥与灾难的人类文明史的坚决对抗。所以说这一纯情西施是中国文化史上出现的一抹亮丽的异彩，开辟了认识西施形象和人类生存意义的新境界。”①罗怀臻自己也深有体会地说：“西施的故事流传了两千多年，有人说她是英雄，有人说她是祸水，更多的则仅仅把她看作是一个美女。其实最重要的她是一个人，一个女人，一个有意识、有爱憎的活生生的人。当历史战争的硝烟散尽之后，当我们从古人的功利性选择中走出之后，我们应当

① 谢柏梁、都文伟：《探索人情人格，审美人性人生——罗怀臻剧作的生命品格》，《戏曲艺术》，2000 年第 3 期。

去体察那苦难而痛苦的生命，体察那令人哀痛和惋惜的人生。唯其如此，我们才是生活在今天的现代文明人。”①这是从女性和人性的角度对西施的全新塑造和对人性的全新发现，表现出对人的生命的权利的极大尊重。

《白蛇与许仙》（又名《蛇恋》）塑造了一个完全不同于田汉《白蛇传》的全新的白娘子形象。田汉笔下的白娘子已经褪尽妖气，是一位温柔、美丽而又能干的、符合中华传统美德的女性，她与许仙自由相爱，却受到了法海的阻挠，她为了维护自己的爱情，与法海进行了不屈不挠的斗争，是一位为了美好爱情和幸福生活敢于同敌对势力进行坚决斗争的女性，体现了建国初期中国人民的豪情。罗怀臻笔下的白蛇仍然还是千年老妖，她本来有位列仙班的机会，但她宁愿选择做人。尽管人类充满了自私、多疑、邪恶，对她并不友好，但她却以一片赤诚善待人类。为了能够被人类所接受，她用自己的鲜血为人类治病；为了报答许仙的接纳之恩，她对许仙的懦弱、薄情、背叛并不介怀，为了挽救许仙的生命不惜牺牲自己的生命。白蛇越是美貌、善良、能干，就越是衬托出人类的丑陋、自私、猥琐。这条蛇妖反而成了人类的照妖镜。这究竟是妖的发现，还是人的发现？“用蛇的异类的眼光来看人类，那也许是一个现代人重新认识自我、认识人性的新的视角。异类看人、看人性，也许会把人类习以为常的品性看出新奇或惊讶来。”②此剧融入了罗氏本人从苏北到上海的生命体验，正代表了他对人性的发现。

如果说对两位传说中的女性形象的塑造表现出对女性苦难的同情、对女性命运的关注，从而实现了对人性的体察与文化的反思，那么，对中国历史上卓越女性的书写则表现出他对女性价值的充分肯定与尊重。除了前面提到的《班昭》《李清照》外，罗怀臻也把柳如是也作为中国文化中的高端文化人物来塑造。《风月秦淮》中的柳

① 罗怀臻：《编剧寄语——在〈西施归越〉于台北上演之际》，《上海戏剧》，1993 年第 6 期。

② 罗怀臻等：《中国戏曲——在时代的转折点上》，《文汇报》，2006 年 12 月 24 日。

如是是一位难得的行侠仗义、忧国忧民、有冰雪节操和远见卓识的女性。当董小宛处于危难之际，她以自己的智慧与才能出手相救。但是她的志向不只是搭救一个朋友，更在于解救万民于倒悬。她寄希望于江南名宿钱谦益，以妙龄之身嫁与白发鸿儒，激励他出山任职、救民于水火；当钱谦益身居高位却依然不能施展才华实现报国之志时，她提醒夫君不忘初心、不可混沌度日，甚至还建议他放手一搏、死谏抗清，实在不行就一起赴死以谢天下。相比较而言，在钱柳之间，柳如是往往比钱谦益更加坚决、更加果敢、更加高洁。班昭、李清照、柳如是，这三个文化女性的塑造，在罗怀臻的创作中具有重要的意义。他尊她们为“真正意义上的中国文化人精神的守望者、文化的传承者”，“承担着与男人一样的精神使命”，“比男人更投入，中国的文化史、文明史离不开女人的创造与参与。”①

不过他的确有把女性神圣化的倾向。对此，他并不讳言：“在我的所有作品中，总的说来，女性更多是作为理想人物出现的，男性更多是作为现实人物出现的。对男性用的几乎都是一种苛严的姿态，对女性则用一种宽容的姿态，比较唯美吧。”②可是这种对待女性的态度是否就是女性主义呢？

让我们来看看罗怀臻笔下作为“理想人物”出现的女性究竟有何特点。塑造女性人物形象，不可避免地要写到她们在事业、婚姻、爱情、性等问题上的选择。或者说，女性人物的个性与人格正是在其对待事业、婚姻、爱情乃至“性”的问题上集中体现出来的。那么，在罗怀臻剧作中，大致有三种情况：一，为了伟大事业，牺牲婚姻与爱情。如《班昭》中班昭为了完成父兄未竟的撰写《汉书》的大业，在第一次婚姻失败之后，拒绝了大师兄马续的感情，全身心地投入到写作中，最后终于修成正果。《建安轶事》中蔡文姬为了完成曹丞相的嘱托续修《汉书》，抛夫别雏，回到中原；尽管曹丞相善意安排的婚事并不如意，她也迁就弥合，最终家庭事业双丰收。《西施归越》中西施为了越国的复仇计划，牺牲了和范蠡的爱情，奉

①② 罗怀臻、孙瑞清：《古典戏曲现代沉思》，《剧本》，2000 年第 7 期。

命去吴国行使美人计。二，为了婚姻与爱情，牺牲自己。《蛇恋》中白蛇为了和许仙过上幸福美满的生活，用自己的鲜血为百姓治病；为了挽救垂危中的许仙，不顾自身安危，上天山盗仙草；为了挽回和许仙的婚姻，用尽全身功力，奋战法海，最后被镇压在雷峰塔下。《李清照》中李清照为了完成丈夫的遗愿，历经千辛万苦，保护文物。《西楚霸王》中虞姬为了心中所爱，不仅献身项羽，还处处维护项羽的形象，弥合项羽与范增的关系，甚至到韩信营中为项羽求情。《一片桃花红》中钟妩妍为了回报第一个赞美自己的英俊男子齐王，奋不顾身，两次救情人于危亡之中，第二次还搭上了自己的性命。《孔雀东南飞》中刘兰芝为了和焦仲卿的爱情，默默忍受婆婆的百般欺凌；最后实在不堪忍受，就选择“自挂东南枝”。《影梅庵忆语·董小宛》中董小宛为了得到冒家的认可，忍辱负重，时时小心，处处用心，全心全力伺候病中的冒辟疆。三，为了生存，牺牲尊严。如《典妻》中春宝娘为了拯救穷困中的家庭，去给富人家庭生育孩子。

如果说这些女性的形象是光彩夺目的，那么，这源于她们都有一个共同的特点，那就是“勇于牺牲、甘于奉献”。最极端的例子就是对董小宛形象的塑造。如果说1980年代的《西施归越》主要还是“被”牺牲、“被”奉献因而有为女性鸣不平的意味，那么到了2010年的董小宛就是主动、自愿地选择牺牲和奉献而有遮蔽女性历史地位的真相的嫌疑了。牺牲与奉献当然是一种令人感动的美德，罗怀臻就曾经不无动容地赞美过董小宛的牺牲与奉献。“有一种征服是顺从，顺从不是不争取，而是更韧性地争取。这种韧性争取，往往表现为一种宽容，一种慈悲，同时伴随着一份如影随形般的苦难承担。所以肯宽容，能慈悲，甘愿承担有如魔咒版缠绕身心的磨折，归根结蒂源自一份主动的爱。爱得越深切，顺从越持久，久而久之，顺从便化为了另外一种征服，最终到达爱的彼岸——哪怕彼岸是地域，是天堂，是死亡。”①这么动人的语言不仅感动了别人，也一定感动

① 罗怀臻：《董小宛的爱情征服史——〈影梅庵忆语〉创作絮语》，《中国艺术报》，2014年2月21日。

了作者本人。罗怀臻本人也说："我生活中很期望这样的女人出现，她非常善解人意，有很深的洞察力，但不损害男人的自尊，能恰到好处地表现自己的关怀。"①但正是在这里，我们看到了一种男性中心主义的话语在作祟。关注女性、同情女性、讴歌女性，如果完全是为了满足男性的需要、体现男性的审美、符合男性的愿望，那么，这样的关注、同情与讴歌，正好反映的是男性中心主义的价值观。这样的女性形象，只是男性心中理想的女性形象，而并非体现女性自我自然成长需要的女性形象。这样的女性形象，因其带有男性想象的一厢情愿与男性的自恋而往往不符合女性自身的心理和生活实际，因而会丧失其真实感人的艺术力量。用今天比较通俗的话来说，这是典型的"直男"思维的产物。罗怀臻先生和他同时代的大多数中国男性一样，根深蒂固地怀有男性中心主义的女性观。这当然并不影响他的创作成就，甚至从某种意义上讲，在当下依然是男权统制的社会里，这正是他的作品广受主流价值好评的一个不言自明的潜在社会基础。

所谓女性主义，"归根结底就是一个句话：在全人类实现男女平等。"②倾心塑造并竭力讴歌如此多的富有牺牲精神的女性形象，恰恰是长期以来男权制统制女性的行之有效的话语实践。这不仅不可能对男权社会的性别权力结构产生一丝动摇，反而会有效加固这种权力关系，也绝不可能通向男女平等，因而不是任何意义上的女性主义。如果我们因为罗怀臻塑造了大量光彩照人的女性形象就说他是女性主义者，那显然是不符合实际的。不仅如此，我们还应该坦率地指出，男性中心主义的性别观基本上是一种前现代的观念遗存。这从一个角度说明了罗怀臻现代意识的不彻底性。

当我们从罗怀臻的剧作来探讨他的现代意识时，可以发现，在长达三十年的实践历程中，他的现代意识总是与时代保持着明显的呼应关系并随时代而发生了一些变化的。在整个社会都在反思文革、

---

① 罗怀臻、何冀平：《说在"霸王"夜——我们眼中的戏曲》，《戏剧文学》，1999 年第 11 期。

② 李银河：《女性主义》，山东人民出版社，2005 年 1 月版，第 1 页。

重启思想启蒙的1980年代，他的剧作多是批判和反思专制王权的；1990年代当整个社会向市场经济转型、传统伦理道德也在剧烈震荡中调适时，罗怀臻也奉献了许多激浊扬清的为文化人格、道德操守张目的剧作；到了新世纪，当主流意识形态比较强调文化自信、弘扬主旋律时，他也写出了神圣、完美、富有牺牲精神的人物形象。这些人物形象因其过于完美高大一定程度上给人以失真之感，对其现代意识的表达是有所损害的。总体上看，罗怀臻是真诚地实践着他的戏曲现代化理论的，虽然从某些角度也暴露了一点其现代意识之不彻底，但这也是时代与文化环境所限，是我们不应该苛求的。

（原载2018年第1期《南大戏剧论丛》）

“新都市戏曲”的现代化探索

——罗怀臻剧作论

刘　丽

“不看《金龙与蜉蝣》，不知九三新潮流”，1993年的戏剧界争相研究、探讨淮剧《金龙与蜉蝣》，实验性质的“都市新淮剧”兴起，并带动其他剧种“都市新×剧”的产生，如“都市新粤剧”“都市新甬剧”“都市黄梅戏”等，开创并引领这一潮流的，是剧作家罗怀臻。

在中国当今戏剧界，罗怀臻无疑是一个“异数”。1980年代至今，他一直保持着旺盛的创造力，创作剧本近50部，涉及淮剧等十余个剧种①及音乐剧等艺术形式②，获得包括国家级在内的文艺奖项逾百种③，甚至一出戏可能救活一个剧种④，栽培出数朵“梅花”⑤。

---

① 如昆曲、京剧、越剧、淮剧、甬剧、汉剧、豫剧、川剧、秦腔、黄梅戏、琼剧、瓯剧、沪剧、锡剧、晋剧等。

② 如音乐剧、话剧、歌剧、舞剧、芭蕾舞剧、舞剧等。本文主要研究其戏曲创作，暂不论及其他艺术形式。

③ 如4次获得“曹禺戏剧文学奖”，5次获得中国戏剧节“优秀剧目奖”及“优秀编剧奖”，3次获得中国文化部“文华大奖”、“文华新剧目奖”、“文华剧作奖”；3次获得中宣部“五个一工程”奖等。

④ 如《金龙与蜉蝣》成就了“都市新淮剧”，“‘都市新淮剧’的出现很好地契合了城市求新求变的精神，而且具有了符合时代的历史深重感和审美意味，这也和上海淮剧作为都市大剧种的地位相吻合。”（颜全毅：《“新都市戏曲”及“消费戏曲”——当前戏曲现象的两个话题》，《中国戏剧》，2004年第5期，第8页。）

⑤ 即“梅花奖”。因出演罗剧登上梅花奖领奖台的有：梁伟平（淮剧《金龙与蜉蝣》，饰演蜉蝣）、章瑞虹（越剧《梅龙镇》，饰演正德皇帝）、王锦文（甬剧《典妻》，饰演妻）、赵媛媛（黄梅戏《孔雀东南飞》，饰演刘兰芝）、李文（黄梅戏《长恨歌》，饰演杨玉环）、张小君（越剧《荣华梦》，饰演董文伯、董文仲）、张静娴（昆剧《班昭》，饰演班昭）、谷好好（昆剧《一片桃花红》，饰演钟妩妍）、李青（京剧《李清照》，饰演李清照）、沈铁梅（川剧《李亚仙》，饰演李亚仙），其中张静娴为“二度梅”，沈铁梅为“梅花大奖”。

他的戏曲创作，是现代化、都市化、人文化理念的生动呈现；他倡导并实践的“传统戏剧现代化”和“地方戏剧都市化”理念，震动并引领着中国当代戏剧界，产生了深远的影响。

一、“生命气象”：人文精神的融入

在罗怀臻眼里，戏剧艺术的灵魂在于表达现代人文精神，而非“感官”刺激，与“匠人（编剧）”相比，“剧作家”承担着更高的责任感与使命感：“剧作家是有作家意识的，作家意识就是个体生命对存在、对环境、对时代的独特的感悟与表达；剧作家是能在他的作品中读出生命气象的，这种感悟、表达和气象不用看编剧署名，仅仅根据舞台上的文学气质就能分辨出是哪位剧作家创作的剧本，无论这位剧作家创作了何种体裁、题材，为哪一个剧种写了剧本，里面总有一种独特的稳定的东西在，这就是作家、剧作家的生命气象。”① “生命气象”的存在，不仅是剧作家的，也是作品呈现出来的，即合于时代、合于生命的现代人文精神。

其一，重新发现“人”，把自由人性还给戏曲舞台。1980 年代的戏剧探索，是在戏剧创作上重新发现了“人”，概念化、脸谱化的“高大全”渐渐受到质疑，罗怀臻创造的人物形象，不再是忠奸两分明，而是善恶并举，着力于境遇对人性的改变与影响，多角度、多侧面表现人性的丰富与复杂，呼唤人性的自由。如昆剧《班昭》里，为完成兄长遗志，倾其一生修《汉书》的班昭，面对失去的爱情，反思、痛苦的却是：“我这一辈子，嫁人，人死了；写书，书烧了；我一个女人孤灯黄卷，又有谁来帮过我？……我恨这部书稿，恨死了！”②与正史歌颂修《汉书》贡献的单向度思维相比，剧作家关注的是班昭是一个“人”，她内心的情感诉求，她的爱与遗憾（爱情与事业之间的种种抵牾），以及她的孤独、隐忍、痛苦的思想、情绪，

---

① 罗怀臻：《我们缺的是剧作家，不是编剧匠》，《解放日报·朝花周刊》，2017 年 4 月 11 日。

② 罗怀臻：《班昭》，《罗怀臻剧作集》（卷一），上海人民出版社 2013 年版，第 32 页。

漫溢于字里行间，烘托出一个有血有肉、有思想、有温度的人，而不再是一个干巴巴的概念或者符号。其他人物形象，如归越前后思想起伏的西施（京剧《西施归越》）、为裴舜卿牵肠挂怀的鬼魂李慧娘（京剧独角戏《李慧娘》）、流离辗转婚姻坎坷的蔡文姬（京剧《建安轶事》）、被权力欲望迷惑双眼的金龙（淮剧《金龙与蜉蝣》）、在信任与不信任之间徘徊犹豫的许仙（越剧《蛇恋》）、深陷恋子情结虐待儿媳的焦母（黄梅戏《孔雀东南飞》）、无力左右自己命运的妻（甬剧《典妻》）、秀芬（瓯剧《秀芬》）等，不再是“凡书生必落难，凡小姐必多情，凡公子必花心，凡君主必昏庸好色，凡贵妃必奸险弄权，凡和尚必淫，凡盗首必侠，凡仆必忠义，凡官必贪赃，凡太师必奸，凡后母必毒。”（麦啸霞）人性的善恶、美丑是矛盾统一的，在罗怀臻笔下，人性得到了更充分的展现。

其二，叩问生命存在的意义，探讨爱、生死、自由等重要命题。如董小宛与冒辟疆（昆剧《影梅庵忆语》）、李清照与赵明诚（京剧《李清照》）、蔡文姬与董祀（京剧《建安轶事》）、项羽与虞姬（淮剧《西楚霸王》）、柳如是与钱谦益（越剧《柳如是》）、正德皇帝与李凤姐（越剧《梅龙镇》）、刘兰芝与焦仲卿（黄梅戏《孔雀东南飞》）、费梦与姚振良（沪剧《海上梦》），男女主人公爱得深沉，生死相随，在相死相生的爱情叙事里，亦有对生命价值、自由的探讨，对个人操守、道德的坚持，对生死问题的重新认知。以京剧《宝莲灯》为例，神、人超越族类、阶层的爱的追求，受到天神（玉帝、二郎神）的阻挠，当二郎神质问刘彦昌“好个狂生，竟敢亵渎天理，冒犯神明”、“神明讲的只有尊严”时，刘彦昌反问“难道神明就不讲情义”、“那么人呢？难道人就没有尊严了吗？”，二郎神竟无言以对，真爱无关乎族类、无关乎阶层，在这一问一答的过程中，彰显了人物个性；《蛇恋》里，白蛇亦如此，当善良被人类误解时，她的内心在呐喊：“人啊人，我为你们流鲜血，我为你们救死伤。为何对我这样狠，不以善良报善良？”①作者借白蛇之口，探究的是，

---

① 罗怀臻：《蛇恋》，《罗怀臻剧作集》（卷二），上海人民出版社 2013 年版，第 252 页。

人应该如何看待爱情、生命之存在。再如班昭（昆剧《班昭》），终未与马续续前缘，留在宫中注解《汉书》，班昭对修史却失爱的一生，在事业成功（《汉书》修成）与牺牲爱情（与师兄马续）之间的犹疑、否定，名垂青史于她不过是一场虚妄之梦，“常人”生活才是她真正的向往。这些剧作，常令人观后反思：生命应该如何度过？生命是坚守还是放纵？是懵懂的活着还是自由地死去？

其三，理性的怀疑与深刻的批判。如批判权力对人性的扭曲与人的异化，《大面》里弑兄霸嫂的齐主，与《金龙与蜉蝣》里抛弃妻子、阉子夺媳的金龙一样，被权力扭曲，嗜杀成性，在享受权力带来的快感之时已沦为权力的傀儡和奴隶，远离公平、正义，远离正常人性与良知，在貌似强悍的躯壳下面掩藏着一颗空虚、孤独、痛苦的心。批判名利、金钱对人心的腐蚀，如不甘清贫、贪恋荣华出卖人格的曹寿（昆剧《班昭》）；驸马董文伯失足坠于阴阳岭，为延续荣华富贵，其弟董文仲与公主成亲，董文伯竟在回归之日失去了存在的价值，君臣、母子、夫妻、兄弟、朋友不能相认，彼此产生了隔阂和猜忌，亲情、爱情、友情在名利面前沦为废墟（越剧《真假驸马》）；宰相、刺史、皇帝粉饰太平，盘剥百姓，而笑伶仃则是说破“皇帝新衣”的小孩（京剧《古优传奇》）；为了满足丈夫赌博的物欲，妻子牺牲了尊严和人格，被物化为生育工具（甬剧《典妻》）；法海以除妖（白蛇、青蛇）之名掩藏保护香火利益的私心，而非伦常秩序的维护（越剧《蛇恋》）；李亚仙为鼓励郑元和博取功名不惜自剔双目，崔氏在朱买臣中状元前后的前倨后恭，出卖文章、人格换取荣耀的司马相如（越剧《青衫·红袍》）；县令魏是太在凤山县几年间敛钱十数万（豫剧《斗笠县令》）。批判有所附丽的虚伪爱情，如昆剧《一片桃花红》里，钟妩妍脸上的红色胎记是一块爱情试金石，随着剧情的发展，齐王为其真情、武功所动，剧作家想要探讨的是：何谓真美？何谓真爱？容貌之爱与灵魂之爱哪个更重要？京剧《西施归越》里，作为勾践谋略上的一枚棋子，西施以美色除去吴王，是越国功臣；当她带着吴王的遗腹子回到越国，却受到勾践、村姑甚至情人范蠡的怀疑、指责与凌辱，满腔屈辱、愤懑的西施，在虚伪的范蠡面前，终于醒悟了："西施没有亲人，西施只是个被人利用，被人玩弄，又被人抛弃的东西。"①当婴儿在勾践的逼迫下窒息于西施手中，绝望的西施投水自杀。剧中探讨了什么是真爱，而所谓的"民族大义"不过是裹着遮羞布的权力纷争。川剧《李亚仙》里，李亚仙为刺激郑元和功成名就而刺目劝学，但当郑元和中状元之后，李亚仙的妓女身份被整个社会（包括郑元和的家庭）所歧视、排斥，曾经单纯的郑元和已经在考虑世道冷暖、官场风霜、亲友讥谤、人言悔伤了，可见，荣华富贵换不来爱情的相濡以沫。

罗怀臻创作的史剧，常常以"旧瓶装新酒"的形式，借助于历史的物质外壳，将之"陌生化"处理，消解宏大叙事，转向刻画个人生活，以审美的眼光观照历史，发挥创作者的主体性，从中发现新意，表现人类共同的精神困惑，传达历史所蕴含的现代哲思，并融入深沉的现代人文关怀。更重要的是，他的关注点在于刻画"人"，刻画真实、多样化的"圆形人物"（拒绝单一、扁平的人物形象），在一种客观的认知下描摹人性、人情，呼唤人性的自由，以一种理性的怀疑精神重新审视人生，探讨爱、生命、生死问题等终极价值，对陈旧、落后的文化以及人性中的残忍、劣根性等给予深刻的批判，直逼人性之幽微，并灌注以鲜明的时代精神、人文精神。

二、"原乡意识"：戏曲本体的坚守

罗怀臻的戏曲创作涉及十余个剧种，淮剧《金龙与蜉蝣》、昆曲《班昭》、甬剧《典妻》、京剧《西施归越》、越剧《梅龙镇》等作品，曾对相关剧种的艺术创新起到重要的推动作用。1993 年"都市新淮剧"《金龙与蜉蝣》的成功演出，不仅救活了淮剧这个剧种，而且引发了"都市新×剧"的兴起。早年丰富的舞台演出经验，使剧作家在创作时将文本与表演紧密结合起来，一度创作时即已考虑到该剧种舞台演出的需要，心中有演员、有舞台、有观众、有剧场，从戏

---

① 罗怀臻：《西施归越》，《罗怀臻剧作集》（卷一），上海：上海人民出版社，2013 年版，第 188 页。

剧结构、人物到道具安排，每一个环节都为表演提供足够的发挥空间，从而更好地推动舞台演出，烘托舞台效果，即重视舞台演出的“剧种特质”①，被罗怀臻视为“原乡意识”。

城市化、现代化进程的加快，使地方戏正在被不同程度地整合着，LED多媒体化、非戏曲歌舞化在不同程度地侵蚀着地方戏，同质化、一致性倾向越来越明显，一些剧种听起来是一个唱腔、一个声音，方言减少渐至消失、声腔受损，难以看到其艺术源头，看不出地方性日常生活、情感个性、历史经验、文化心理的积淀，难以唤起本地观众的亲切感和记忆，在同质化、一致性的过程中，丧失了更多的丰富性和多样性。罗怀臻认为戏曲本体的纯粹性很重要：“中国各地方剧种的形成并非是偶然现象。因而它也就有着某种不可动摇的因素存在。一个剧种，一种方言，一套声腔规律，都有着某种‘规定性’，这种‘规定’是使此一剧种区别于彼一剧种的‘天书密码’，可以感觉，可以认定，却较难破译。因为它是整体性地潜伏在某一区域或者剧种的生存心理上的，它是一个历史的生命现象。因此，用以北方方言为基础的普通话来传达各地方戏曲剧种情感、心态，其结果必然是消灭了地域和剧种的特质和特色。”②在一定程度上，声腔如同地方戏曲的文化基因③，戏曲重新找回文化自信，尊重“剧种特质”是其戏曲创作的第一要务。

当接受一个剧本参与创作时，罗怀臻首先要做的是了解、熟悉此一剧种，对这一剧种的起源、特征、表演形式等都要深入探究。与其他剧种相比较，在比较之间寻找其特质，考虑到方言、声腔、表演程式的不同，做到一戏一格，在剧种化创作的基础上，融入文学性、戏剧性、现代性，发挥出地方戏的特长，从而挖掘演员的表演功夫。在他看来，“戏曲是民众情感的慰藉。一个地方有一个地方

---

① 指称某地独有、具有地方特色的艺术品种，综合其声腔、程式、行当等舞台元素以及该地生活、历史、情感、心理等文化元素体现出来的独特性。

② 汪人元、罗怀臻：《当代戏曲发展的又一种选择——关于戏曲电视剧的对话》，《上海艺术家》，1995年第5期，第40页。

③ 如同河南豫剧、西北秦腔、安徽黄梅戏、苏州昆曲与评弹、福建梨园戏等，蕴含着地域文明，是该地文化心理的缩影。

的表情和声音，一座城市有一座城市的气质与品位，这种地方神采与城市气质最能准确表达和深刻传达出生长于那个空间区域里普通民众的普遍情感。”①

以淮剧为例。创作淮剧可谓罗怀臻的看家本领，于台词里见功夫，而这缘于“淮剧之于我就像是母语，不需要调整。我 20 岁时知青返城，离开农村，干的第一份职业就是当淮剧演员，演配角②。这个身份，伴随我达 6 年之久。在这六年里，我背了上千句的唱词，像《官禁民灯》《探寒窑》《白蛇传》等剧目，几乎每一句唱词我都能背会唱，这也许为我后来成为一名戏曲作家打下了基础。如果说我今天也算有一点成绩的话，淮剧对我的哺育之恩不敢淡忘。”③“都市新淮剧”的探索，是让淮剧回到淮剧本身，回到乡土艺术，但这不是简单地倒退，而是以“城市人的眼光、国际性的审美”来审视其本土特色，“苏北文化和都市文化以及江南文化的交融、碰撞，形成了上海淮剧独有的审美特质。它不同于北方文化的真正阳刚，也不同于江南文化的真正阴柔，它是一种阳刚里渗透的阴柔与阴柔里渗透的阳刚。‘都市新淮剧’本质上回归的正是这种源于楚文明、依托在淮海大平原上的最原初的精神风尚。”④2017 年 5 月 22 日，《武训先生》⑤首演于上海东方艺术中心，梁伟平唱念做打浑身是戏，就连龙套演员也各有看点，显然，在编剧之初，罗怀臻已经对方言、声腔、表演程式和演员、剧团做到心中有数，从而造就了《武训先生》的成功，量体裁衣至关重要。创作不但做到心中有舞台，也必须了解其文化背景，在创作初期，罗怀臻和梁伟平等主创团队曾亲赴武训的家乡山东堂邑县进行考察，旨在进一步了解武训生活的人文环境和风土民情，塑造出有血有肉、鲜活感人的武训形象，采风

---

① 罗怀臻：《从“青评班”到“西湖论坛”》，《民族艺术研究》，2015 年第 5 期。

② 罗怀臻 8 岁习武，17 岁下放到洪泽湖边的农业生产队，1976 年 10 月结束知青生涯后，以武术考入淮阴市淮剧团，做了一名配角。——笔者注

③④ 罗怀臻：《淮剧与上海》，《中国戏剧》，2003 年第 8 期。

⑤ 淮剧《武训先生》（2017）是继《金龙与蜉蝣》（1993）、《西楚霸王》（1999）之后，为梁伟平量身打造的第三部淮剧。

时，罗怀臻本人感受到特有的书香气息，当地对先贤、传统、民族文化的敬畏，以及季羡林题写的“千古奇人，高山仰止”，令他触动很深。“剧中为了追求浑然一体的质朴感，淘汰了追光；武训那一身乞丐衣服看起来很破旧，但用的是今年最时尚的面料和用色；唱词偏口语化，有利于声腔的发挥，某种意义上回到说唱艺术的那种朴素感。”①剧种个性的回归，使淮剧更像淮剧，因为“淮剧的发源地在古楚国域内”，有着“贵族化的倾向”以及“革命性的精神”②。

不只是淮剧如此，甬剧《典妻》、瓯剧《秀芬》、昆剧《班昭》、越剧《西施归越》的创作亦如此。甬剧剧种来源于宁波的田头山歌，并以宁波滩簧为主要艺术特征，演绎民众的喜怒哀乐、悲欢离合，其质素首先应是民间的、带有秧歌韵味的，因此，在选材上首选民间舞蹈为素材，这是罗怀臻经过采风、学习、求教后得到的一个创作思路，“我们在创作《典妻》时，不是往上走，而是往下走，到宁海、到前童去，往甬剧的源头上走。艺术家在这些地方受到了启发，舞台美术家在山顶休息时，回头一看起伏的山峦，产生了灵感，拍下一张照片复制到舞台上就形成了整个剧的背景。寻根求源，才有了《典妻》，所以《典妻》大幕一拉开，人们不会以为是江南的杭州、江西的婺源或者别的什么地方，它就是宁波，它有着强烈的宁波地域的质感。”③再如为温州瓯剧团改编的瓯剧《秀芬》（改编自琦君小说《橘子红了》），先是观看小说以及根据小说改编的同名电视剧，再到温州瞿溪，“才慢慢找到了一些特别的地域气质，而这些特别之处正与瓯剧乃至与现在瓯剧团的演员有种精神暗合。”④

与其他地方戏相比，昆曲精致、典雅，新编历史剧《班昭》为上海昆剧团张静娴量身打造，从 14 岁少女到 71 岁老妪，年龄跨度

① 《对话罗怀臻：高峰之作也是转型之作》，2017 年 7 月 17 日，http://www.sohu.com/a/157917497_488478。

② 罗怀臻：《淮剧与上海》，《中国戏剧》，2003 年第 8 期。

③ 罗怀臻：《中国戏曲的“地域性”与“现代性”》，《当代戏剧》，2016 年第 4 期。

④ 罗怀臻：《致琦君：从小说〈橘子红了〉到戏曲〈秀芬〉》，《剧本》，2014 年第 8 期。

大，因张静娴气质端正、台风沉稳，其造型、声腔可塑性强，因此能深入班昭的内心世界，将其孤独、寂寞的情感世界在舞台上表现出来。为营造悲剧氛围，罗怀臻在创作该剧时，意识到“道白应当加强，韵白应予改造，程式力求唯美，力求出新；一切均以消除当代观众的形式隔膜感，构成情感与情境的共鸣为准绳。唱词部分俱严格按照昆曲曲牌格律填词，以保证字、韵、腔、调的乐性统一。”①《班昭》用字典雅，格律工整，却无唱辞阻滞、佶屈聱牙之感，在传承与实验、历史与当下之间寻求契合点，在雅俗共赏中突出昆曲之“雅”，舞台上营造出生动、诗意、空灵的意境。其他，如越剧的江南气息、唯美风格令他在观看电视剧《玲珑女》（高峰，2002）之后，于2015年改编成越剧，由杭州越剧院创排演出；《西施归越》则是为上海越剧院红楼剧团首演，后山西临汾蒲剧院、江苏省京剧院演出、台湾雅音小集（京剧，更名为《归越情》）在台湾演出②，反响热烈。

由上观之，地方戏和地方文化的关系密不可分，地方戏的创作，离不开地方文化的支撑，只有充分认识到地方文化的魅力和价值，注重剧种的程式、唱腔、行当，关注剧种的“原乡意识”，才有可能使地方戏“活”在舞台上。在这一点上，罗怀臻是相当看重的。

三、“都市戏剧”：艺术手法的多元

中国戏曲的未来在哪里？如何传承？怎样创新？这是罗怀臻时时思考的问题。何谓戏曲传统？他认为传统是过去某一时段的创作、演出经验，是“流”而非“源”，时代在变化，观众的审美需求也在不断变化，因此，戏曲工作者的思想要走在前面：一是审视传统戏

---

① 罗怀臻：《昆剧〈班昭〉文学创意书》，《上海戏剧》，2001年第6期。

② 因郭小庄虽喜欢悲剧，却觉得《西施归越》过悲，希望有一个“美丽的开场”和“聊可安慰的结局”，于是罗怀臻为其改写了“待嫁”和“殉情”两场，但他亦有自己的坚持，那就是“范蠡殉情”的不可能：“在我看来，传统的文人士大夫无论在何种情势下都会考虑给自己留一条心灵的退路，而不太可能只把所谓爱情当成人生的终极归宿。”（罗怀臻：《再演〈西施归越〉》，《上海戏剧》1996年第1期。）

曲与当代都市的关系，在现代社会城市化、都市化的进程中，农耕时代的生产生活方式渐次淘汰，传统戏曲的生存危机也主要是“城市剧场演出的危机”，在“送戏下乡”的同时也应鼓励“站稳城市”；二是传统戏曲与当代剧场的关系，传统民间演出剧场已经不能满足现代城市观众的需求，现代意义上的“剧院”应取代戏园、茶楼、庙台、广场而成为城市传播戏曲文化的场所；三是传统戏曲与当代观众的关系，影视、网络在信息时代分流了大量新生代戏曲观众，因此，“尊重现代人的价值取向和审美风尚，自觉地融入时代，保持独特”①，是吸引新生代观众走进剧场、走近戏曲的重要途径。如何创作出立意新颖、连接时代的“都市戏剧”，对剧作家提出了更高的要求。

舞台演出经验以及乡下采风的实践，使罗怀臻认识到戏剧作品创新的必要性。他看到的实际情况是，一些民营剧团在农村义务演出时，观看演出者多为老年观众和女性，女性观众一边做手工一边照看孩子，儿童在台前幕后玩耍游戏很难进入演出情境，只有老年观众认真观看演出，他们观看的是一种情怀，这种观剧经验可能正是他们幼年得到的，即便如此，他们也想看到新鲜的、质量上乘的戏。这就需要剧作家不断提升个人的艺术素养，自我修行的同时追求自我超越。因此，如何在“台下不动”（永远是老观众）和“台上乱动”（不断更换剧目）的夹缝里求生存，也是他时刻关注的问题。而一些地方戏曲剧种诸如淮剧，虽然起源于乡村，但随着城市化、现代化进程的加快，新生代观众尤其是80后、90后、00后的年轻观众，在生活节奏加快、娱乐方式多项选择的同时，审美需求也得到了一定程度的提高（有别于农业经济时代），在精神层面上要求舞台剧演出不只是在形式上求新求变，更重要的是有震撼心灵的精致作品。针对这一现象，罗怀臻提出“传统戏曲现代化”和“地方戏曲都市化”概念，与剧本创作同步的，是罗怀臻对于当代戏曲命运

① 罗怀臻：《从“青评班”到“西湖论坛”》，《民族艺术研究》，2015年第5期。

的持久思考：他的创作在丰富多样的语言艺术里，注入鲜明的现代意识，雅中见俗，俗中有雅；在形式层面上，则糅合了曲艺、电影等多种艺术元素，风姿绰约的艺术样式，吸引了更多的新生代观众走进剧场，作品深受观众喜爱，“不仅获得了知识分子的赞誉，也赢得了普通观众的喜爱；不仅在老年戏曲观众中有票房的号召力，在青年大学生中也有一定的知名度。”①

难能可贵的是，他于常人司空见惯的历史素材里翻出新意，创作出一部部新编历史剧，略去宏大叙事，颠覆了固有的偏颇趣味，在《梅龙镇》《梨园天子》等剧作里，对传统的脸谱化、概念化形象进行解构和重构，打破单一的思维模式，价值观更加多元化，关注公平、正义、自由、人性等现代概念，人物形象个性化突出，同样是女性知识分子，班昭的苦闷显然有别于李清照的坚持，即便是同一个艺术形象，如少年、中年、老年时代的班昭，其心理也有很大的差别和变化，这种真的人生，给其作品注入清新的风。这是因为，戏曲艺术是综合艺术，作为有舞台经验的剧作家，罗怀臻创作时心里是有舞台、有表演的，“每个新剧本写出来以后，他又会积极参与到剧组的各个创作环节，四处联络导演、舞美、灯光，和演员说戏分析人物，协调剧组的各种关系和矛盾。按理说，剧本完成，作家隐退。他不是，他事无巨细，天天泡在排练场找事干，找苦吃。”②

以沪剧《海上梦》为例。该剧以评弹这一曲艺形式为线索，将深受上海市民喜爱的沪剧、评弹结合起来，将江南独有的秀美、温婉呈现在舞台上，作为评弹演员，费梦一曲《三笑》，令姚振良一见钟情，剧中以两名评弹演员串场，以全知视角解说剧情，对故事中的人物给予一定的评判、褒贬，说书人同时担当演员与代言者的双重身份，在剧场内外跳进跳出，创造了“间离效果”，评弹说唱串联全剧，衔接自然流畅，让观众在评弹艺人传奇、凄美的爱情故事里，

---

① 朱恒夫：《保持戏曲民间性特征　融入当代美学精神——论罗怀臻的戏曲创作》，《戏曲艺术》，2011 年第 2 期。

② 毛时安：《徜徉在戏曲王国——记著名戏曲编剧罗怀臻》，《中国文化报》，2008 年 10 月 20 日第 3 版。

感受到独特的江南韵味。在越剧《青衫·红袍》里，则由说书人直接登场，对郑元和与李亚仙、朱买臣与崔氏、司马相如与卓文君、李白等人在功名面前的迷失进行解说、评判。京剧《宝莲灯》中，猪、牛、羊、虎、狼、蛇、蜈蚣梅山七圣的插科打诨，甬剧《典妻》里妻子回家路上的“轿舞”，淮剧《金龙与蜉蝣》中老王幻影的多次出现，京剧《大面》里，面具的使用与木偶戏的敷演，淮剧《武训先生》里“地狱审判”的情节……这些场景的设置，在保留中国传统戏曲元素的基础上，借鉴曲艺、电影等多种艺术手法，利用音乐、灯光、舞美等多种表现形式，舞台时空灵动、饱满，使观众在情感和心灵震撼的同时，带着思考走出剧场。正如罗锦鳞所说：“要广泛吸收和借鉴姊妹艺术，创造新的形式。吸收和借鉴的部分，不能拿来直接使用，必须要突出一个字，即‘化’，要‘化’在自己的剧种特色之中，要和谐，不能生硬、生搬。”① 导演如此，戏曲创作亦如此。“在90年代十年荆棘丛生的探索中，怀臻尝试了各种叙事手段和方式，包括古典和现代的嫁接、综合。”②

对于观众尤其是新生代观众而言，思想艺术固然重要，语言艺术也是衡量一部戏好坏的关键。罗剧的语言，闪烁着诗性的光辉，既有“大哥哥心太黑，想得出就做得出；小妹妹心太软，有办法也没办法。从今只求你一件事，一辈子不离妹半尺……”③这样的俗语、俚语，通俗易懂；也有“见伊珠泪流，茕茕更消瘦，碧螺春茶余香留。窃窃语温柔，窗前厮守，上前问缘由，你道她知否知否。”④这样典雅、优美的唱词。他的戏剧语言艺术，不拘一格，萃取众家之长为我所用，“许多唱词体系象大门敞开的公共空间接纳各式人等，大量融入了流行歌曲、现时话语、日常词汇等非常规戏曲

---

① 罗锦鳞：《戏曲导演如何保持剧种特色》，《戏曲艺术》，2017年第1期。

② 毛时安：《大时代的切片——论赵化南、赵耀民、罗怀臻的戏剧创作》，《上海戏剧》，2002年第8期。

③ 罗怀臻：《金龙与蜉蝣》，《罗怀臻剧作集》（卷二），上海：上海人民出版社，2013年版，第5页。

④ 罗怀臻：《影梅庵忆语》，《罗怀臻剧作集》（卷一），上海：上海人民出版社，2013年版，第102页。

的要素”，从而“更加便捷而不费力地让现代观众抵达戏曲情境的核心。”①

罗怀臻着力于现代戏曲的探索和实验，看重传统戏曲的结构、词采、音律、宾白、科诨、格局，“操千曲而后晓声，观千剑而后识器”，萃取多种艺术手法为我所用，将传统与现代、写实与写意冶为一炉，从中国人的文化、审美、欣赏习惯出发，创造出具有鲜明的地方色彩、中国风味的戏剧作品，既与中国传统戏剧紧密联系，又与国际接轨，②不仅生动地表达了现代人的生活、思想，激发观众思考社会与人生，而且表达了作者深刻的哲理思辨，从而使作品传达出含蓄隽永的韵外之致，如盐入水，有味无痕。

结语

作为剧作家，罗怀臻把戏曲创作当作自己的毕生信仰，虔诚地耕耘着；作为上海戏剧学院兼职教授，他希望给予学生最专业的指导；作为中国戏剧家协会副主席，他希望能为中国戏曲的未来多贡献自己的一分力量③。他提出“传统戏剧现代化”，“现代化”在他眼里并非时间概念④，而是一种视野、一种格局，是一个人世界观、人生观、审美观的综合。他以独特的诗性眼光审视、探索历史，挖掘历史与现实的相通之处，作品虽多取材于古代，表达的意涵却早已穿透历史的界限，打破传统戏剧“大团圆”模式，展现出现代人

① 毛时安：《大时代的切片——论赵化南、赵耀民、罗怀臻的戏剧创作》，《上海戏剧》，2002 年第 8 期。

② 如淮剧《金龙与蜉蝣》、京剧《兰陵王》的美学价值、文化价值，在宽广的艺术领域内是相当开放的，由此带来的审美意蕴也是多重的，也因此，这样的剧作是人类的、世界的，而不单单是中国的。

③ 2011 年始，中国剧协、上海戏剧学院共同推出青年戏剧家的“研修工程”，时任中国戏剧创作高端人才研修中心主任的罗怀臻，秉持着培养青年戏剧创作人才的初衷，陆续推出“青编班”“青导班”“青音班”“青评班”“青美班”5 个高级研修班，致力于打造人才矩阵。在《从“青评班”到“西湖论坛”》一文里，他表达了对当代戏剧界青年人才的期冀。

④ 罗怀臻认为，作品无论选材于秦、汉还是唐、明、清，均能承载现代生活，古代神话亦可洋溢现代精神。

面对物质/精神、现实/理想之间的种种冲突而呈现出来的迷茫、惶惑，以及艰难的抉择与痛苦的反思，与此同时，他关注剧种特殊的程式、唱腔、行当，融入多种艺术元素，营造生动的舞台时空，对传统戏曲文化的历史转型产生了深远的影响；而如今，创作在继续，探索不停息，担任上海市剧本创作中心艺术总监的罗怀臻，为谋画、推动上海市舞台艺术的精品创作、为中国传统戏剧的现代化转型，仍在孜孜努力着。

（原载 2018 年第 1 期《南大戏剧论丛》）

时代交错下的心灵阵痛

——解读罗怀臻的现代戏创作

张之薇

在中国当代剧作家中，罗怀臻先生被公认是极有思想的。

这不仅仅因为他开风气之先，在1993年创作出了振聋发聩的《金龙与蜉蝣》——这是探索戏曲"现代性"绝对绕不开的作品，还因为在他众多有分量的剧作不断诞生之余，罗怀臻先生从没有停止过思考，那些数量惊人并远远高于其他剧作家的理论文章、戏剧散论等等汇聚在一起，其实丝毫不比他的剧作价值轻。而他30多年在当代戏剧的潮流中共振呼吸，不断创作，实际上对现代戏曲走向与未来发展的思考也越来越清晰。从20世纪90年代创作《金龙与蜉蝣》的时候，罗怀臻就倡导戏曲的"现代化"和地方戏的"都市化"，而走过21世纪的第一个10年之后，他又提出了中国戏曲的"再乡土化"，并都体现在自己的剧作实践中。

城市和乡村，"都市化"和"再乡土化"，看似是两个二元对立，又彼此排斥的概念，但就是这两个关键词和它们衍生出的文化感，不仅始终在罗怀臻自己的生命体验和生命情感中纠缠碰撞，而且也在他的作品中，成为了他笔下人物心灵震荡、内心博弈、人性复苏、人格转变、命运选择的心理动机和矛盾因子。30岁从小城淮安离开，因为才华被赏识而有机缘定居上海的罗怀臻，浸润于沪上大都市气息30年，深深被沪上大都市的文明所折服，却从来不承认自己是真正的上海人。在他的内心深处，"城市"与"乡村"早已沉淀为了两个意象，都让他深深眷恋，难以割舍。在大多数人的心中，它们仅仅是两个不同的空间概念，然而在罗怀臻的心中，它们却似乎是一对根脉相连却又可以彼此互渗的博弈对手，精致与粗糙，文明与野蛮，理想与现状，突破与固守，出走与守望，它们对峙却又不截然分立。从表面上看，“城市”与“乡村”之间的对峙仅仅是特定社会转型期的表征。实质却会衍生出一场关乎“人”个体内部的战争，而且更为旷日持久。这里面涉及人的启蒙与觉醒，心灵的阵痛与挣扎，人格的解放以及代价，精神的出走与搁浅，欲望的抵达与夭折，等等。这些，感性的罗怀臻都敏感地捕捉到了，并且他把这种感受放在了自己的剧作中，自己的人物里。

一、 大时代中的幽暗角落

在罗怀臻先生30余部剧作中，很少涉及当代题材，但并不意味着他不关注戏曲现代戏创作。相反，现代戏创作是他创作生涯的重要部分，并且一部甬剧《典妻》（2002年）还让他再次走向自己的创作高峰。我们发现罗怀臻先生的现代戏，倾向选择与当下社会有一定时间距离的民国题材。他的甬剧《典妻》（2002年）、琼剧《下南洋》（2009年）、沪剧《胭脂盒》（2010年）、瓯剧《秀芬》（2014年首演时改名《橘子红了》）、越剧《玲珑女》（2016年），除了《下南洋》在最后尾声落到“海南1980年”的时间节点，其余的作品时间均发生在20世纪上半叶清末民初，或者是民国时期。笔者揣测，回避1949年之后的当代题材固然是罗怀臻规避自己作品陷入时代漩涡的一个明智策略，但更重要的是，在他心中因“都市”和“乡村”的互渗交错所引发的文明的冲突、观念的冲突、信仰的冲突、人性的冲突，最佳的时空构建一定是那个文明变革大动荡的民国年代。

然而，罗怀臻的民国绝非大事件、大革命、大政治，而是独属于罗怀臻的“镜像民国”。在他的民国题材作品中，“浙东乡村”“橘园”“江南古镇”“旧书场”“海南岛”“新加坡咖啡馆”是他对人物的空间设置，这些空间一定不是那个转型大时代的震心，也就是说风起云涌、一浪高过一浪的政治运动从来不是罗怀臻民国题材的前景，他宁愿关注大时代中最边缘、最寻常也是最幽暗的角落。《典妻》中的浙东乡村，不过是浙东再寻常不过的一个安静村庄，那里的妻与夫，甚至连名字都显得不重要，热闹的革命甚至改进不了他们愈发窘迫的生活；《橘子红了》中的瞿溪古镇和橘园，依旧边缘，但是女人的高跟鞋仿佛是不速之客，显然代表了城市文明、现代文明对这个古镇传统文明的闯入；《胭脂盒》中的旧书场，纵贯20世纪20年代到40年代，中国国共两党革命最是复杂激烈的时期，但是这场发生在旧书场中的爱情，大时代唯一的显影只有出走后又归来的留洋人陈振邦的父亲；《玲珑女》中的神秘古镇更是没有明确的政治时代气息，但是新文明和旧文化的对抗，旧传统被现代文明的挑战和质疑以及人们对于旧文明决绝与眷恋的两难，其实都映射了那个大时代下人的困惑；《下南洋》中，作者从1918年一直写到1980，将近一个世纪的书写，只有第4场——“新加坡1942年”写到日军侵占新加坡，更多是在海南和新加坡两地变换中，展现在城市文明进程下，人的不同选择以及选择给人命运造成的影响。

罗怀臻的历史剧常常通过寓言式的故事建构，来刻意虚化年代、历史、族群等，而在他民国题材的戏曲现代戏中，则常常对剧作中事件、人物所处的空间进行泛化处理，实质上，目的是一致的，即为了观照现实，观照人，将重点落在普通人、普遍的人性上。法国社会心理学家古斯塔夫·勒庞在社会心理学经典著作《乌合之众》中曾言：“真正的历史大动荡，并不是那些以其宏大而爆裂的场面让我们吃惊的事情。造成文明洗心革面的唯一重要的变化，是影响到思想、观念和信仰的变化。令人难忘的历史事件，不过是人类思想不露痕迹的变化所造成的可见后果而已。”也就是说，历史大动荡中的事件和惊心动魄的场面并不是真正的动荡，而动荡的本质恰恰是发生在人身上的那些不露痕迹的精神变化。实际上，从戏剧创作上来说，如果抓住了这一点也就抓住了写戏的精髓。所以，罗怀臻在他的创作中，淡化时代、淡化历史事件，将宏大叙事的笔触落脚到更为幽暗、更为普通的余波地带，只是为了与真正的“人”靠得更近。

二、人性的复苏与心灵的阵痛

罗怀臻曾经在谈历史剧创作时说："虽然在特殊的历史阶段，剧作家们要学会歌颂，可是今天一位剧作家的作品想经过将来历史的检验，最好的方法就是写有关人性的历史剧。历史总是在发展，然而人性没有办法改变，剧作家写历史剧可以不影射目前的政治，却可以关心人性。人性总是永恒不变的，一个人独处时会感到孤独，人多的环境中会感到烦躁，亲人离别时会觉得惆怅，若干年后会遗忘一些人和事，这都是普遍的人性，把最普遍的人性写入当下生活的体验中，写出了人与人存在的关系，作品就有可能载入史册。"我想这段话不仅可以指导编剧们的历史剧创作，而且也可以指导当下的现代戏创作。写最普遍的人性和最普通的人，纵然是写英雄也要着力挖掘他们身上最细腻最真实的人性，就是让一部戏剧作品载入史册的关键。

在罗怀臻民国题材的现代戏创作中，纠结于他内心中的"城市"与"乡村"这场文明冲突，最终是通过探寻男性和女性最私密的心理变化，尤其是在传统与现代文明冲突之中的弱势者——女性的心理变化来呈现的。最具代表性的即是《典妻》中的妻这一形象。妻，甚至连名字我们都不需要知道，因为她就是旧式乡村穷苦人家妇女们的一个缩影。出场时，她是一位可怜的母亲，自己的儿子春宝病重而饥饿，她却只有等待丈夫归来。然而等来的不过是酒醉的男人和被典当的厄运。她地位低下，被动隐忍，毫无反抗的权利，最终纵然有不愿、不舍，但还是在儿子的痛苦呼唤中离开家。到了秀才家，她是一个生子的工具，但恰恰是在奴隶的身份下，她的自主意识开始萌动，这来自另一个文质彬彬的男人——秀才对他的温存和"欣赏"，这是与她的夫对她的态度截然不同的一种感觉。于是当一年后儿子落地，她的心理会有细微的变化，她或许对这个秀才有了一点儿依恋，也或许在两个男人的对比中，她的情感天平在悄悄倾斜，甚至在她的内心深处或许也有了一丁点儿"要不要留在富人家"的幻想。但是，这一切幻想都随着秀才要用金钱续约而令她梦碎。她知道了自己还是一个奴隶，但此时她还是一个"为奴隶的母亲"。

面对在秀才家生下的秋宝，她无法享受一个作为母亲的身份，母爱与母性折磨着她的心灵。3 年前，她因为春宝不情愿离家，却无力反抗，3 年后，她必须回家，但想看秋宝一眼却不被允许，人性的挣扎和生活的不可自控撕扯着卑微的她。在《典妻》中，这个女人的命运将会永远触动人心，不会因为她属于哪一个时代。这来自剧作家对女性心理细腻的揭示，女人主体意识的复苏，女人的母爱对她的刀割，女人对男人的无望，这是属于人性的，也是有当下性的。

对女性心理的着力观照，实际上是罗怀臻注意到了在“城市”与“乡村”这场战争中，命运被波及、精神震荡最大的实际上就是女性，这个在中国传统社会中被冠以“从”即是“德”的群体，长久以来被物化、被贴上了太多应该尊奉的标签。如果说，绝对的封建男权社会笼罩下，女人根本无从选择自己的命运，那么，社会的转型和变革阶段，夹缝中的女人终于获得了一点光，她们“人”的意识也将被照亮。此刻，女人无疑会变得更多元。罗怀臻先生将笔触落在民国时期女性形象上，体现了他对中国女性观念裂变的多重思考，这里面有人格的、身体的、情感的、欲望的。这个命题即使对于今天的女性来说也是有意义的。

《秀芬》是罗怀臻根据琦君的小说改编的作品，是一个关于男人出走，女人究竟该如何选择自己命运的故事。剧中虽然只有大娘和秀芬这两个女性出场，但实际上大娘、二娘、秀芬 3 个女人代表了乡村文明在城市文明的冲击下，不同女性的处境和选择。大娘自然是最传统的那一端，一个彻底的旧式守望者，仅仅因为自己没有生育就愧疚地活着，她唯一做的挣扎是为自己的丈夫找一个更年轻美丽的女人传宗接代，把丈夫夺回来。二娘则代表着最新潮现代的一端，高跟鞋、高衩旗袍是她的象征，但是表面的西式生活并不意味着内心真正的独立，当自己的丈夫投向另一个女人时，她同样会变得歇斯底里。本质上，二娘和大娘在人格的依附上没有太大的区别。裂变就发生在秀芬身上，自己的兄长把她逼到了做妾的位置，但她是一个被新学堂浸润过的女性，守望一定是不甘心的。她虽不敢奢望婚姻自主、恋爱自由，但是她会为自己的遭遇挣扎，拥有新思想的周平就是她的一个出口。而老爷，则是一个受过先进教育却能接受三妻四妾的男性，代表了被传统文化渗透着的城市文明，这是一个复杂的矛盾体。秀芬对老爷的态度也很值得玩味，从惧怕、退守，到好奇、欣赏，再到完全的接受，完成了从窥视到接纳的全过程，这实际是一种乡村文明对城市文明的臣服。当然，臣服的关键转机不能忽视，就是周平的空谈无作为让秀芬的心门彻底关闭。所以，这个秀芬也是复杂的，她在进与退之间茫然，孩子没了之后，使得她彻底醒了。于是，出走成为她在时代交错下身体和心灵阵痛之后的恰当选择。与原小说相比，罗怀臻显然比琦君更光明些，他给予了我们一个未知的希望。

三、"现代性"是对传统的扬弃，传统是对"现代性"的补给

可以发现，罗怀臻民国题材作品涉猎很多剧种，甚至是一些极其衰微的弱势剧种，但是他往往能够通过自己的作品让这个剧种迅速被人关注，甚至脱离困境。比如他的甬剧《典妻》，比如他的瓯剧《橘子红了》以及他的代表作《金龙与蜉蝣》《西楚霸王》，虽不是民国题材，而是历史剧，但也让 20 世纪 90 年代的沪上淮剧脱离了颓势。原因是，他清醒地认识到了进入现代社会，每一个戏曲剧种都需要正视"转型"这个问题，而转型的要领就是"传统戏剧现代化"和"地方戏剧都市化"。

无论是"现代化"还是"都市化"听起来都趋近于一种外在形态上的转化，而笔者以为外在形态转化的实质归根结底还是创作观念的转型，所以，"传统戏剧现代化"和"地方戏剧都市化"的核心指向还是一个"现代性"的问题。但是，"现代性"和传统的关系究竟是怎样的？马泰·卡林内斯库在《现代性的五副面孔》中说："在重构现代性历史过程中，有趣的是探讨那些对立面之间无穷无尽的平行对应关系：新/旧，更新/革新，模仿/创造，连续/断裂，进化/革命，等等。它们出现，被推翻，又一而再地出现……过去与现在互相阐释，这样一种意识对于理解历史现象是关键的。"虽然，关于"现代性"的问题极为复杂，但是"现代性"一定不是与传统完全割

裂、水火不容的。批判与重构，打破与继承一定是相互补给的关系。

与一些戏剧理论家常常在大谈戏曲的“现代性”时，就把传统戏曲视为“中世纪”大加排斥不同，罗怀臻先生显然认识到了“现代性”与传统的相互补给关系。他曾经在《重建中的中国戏剧——“传统戏剧现代化”与“地方戏剧都市化”》中说：“以现代都市人的文明视角和价值观念去解读历史、表达人生，以现代都市剧场艺术和都市观众审美趣味来展示古老的地域的淮剧，从而使传统的地方戏剧在现代的都市场景中再次获得新生、谋求兴盛。为此，它所面对的就不仅仅是‘现代’和‘都市’，同样还要面对自己的‘传统’，在重新走进都市的同时重新实现对于‘传统’和‘地域’的自觉回归。否则，就极有可能在与现代都市的新一轮融合中，不经意地丢失了自我。……所以说，‘都市戏剧’不仅需要有创新的意识，更需要有回归的意识，只是这种回归是放在现代化和都市化的背景下来实施的。”这段话基本涵盖了从 20 世纪 90 年代到今天，罗怀臻先生自己对中国戏剧发展的认知：现代与传统、创新与回归、“城市化”与“再乡土化”，它们是一个彼此渗透、不断扬弃的过程，无论是在文本上还是舞台形式上。他认为，这就是重建中国戏剧的重点。

在罗怀臻先生所有的作品中，实际上个体性、主体意识都是相当突出的，无论是用经典改编的作品，还是他的历史剧，“我”都深深地熔铸于他的人物中，“我”的思考也清晰地体现在他的创作中。而他的民国题材，实际上更是一个掺杂着他的想象和现实投影的“镜像民国”，重点是在“镜像”中，那些越来越清晰显现的普通人。

（原载 2018 年第 5 期《中国戏剧》杂志）

自由、疼痛与崇高

——罗怀臻戏剧创作研究

廖夏璇

自20世纪八十年代以来，剧作家罗怀臻致力于“传统戏曲现代化”“地方戏曲都市化”“舶来艺术民族化”的理论探索与创作实践，先后创作了50余部戏剧剧本，其中，戏曲剧本40余部，涵盖京剧、越剧、淮剧、昆剧、甬剧、黄梅戏、琼剧、川剧、汉剧、晋剧等10多个地方剧种，推动了一个又一个剧种的转型和发展，其艺术生命力之旺盛，在当代剧作家中首屈一指。同时，他又是一位具有充分自我意识和探索精神的剧作者，十分重视剧作的思想境界、艺术品质和人文观照，在追求戏剧形式与精神之自由的过程中，不断构建自己明确而完备的戏曲理论体系，多年如一日地接受着自我身份认同撕裂所带来的疼痛，以悲悯之心回溯历史的长河，以思辨的眼光、深刻的笔触描摹命运逼仄与生命意识觉醒之间的抗争，寻找并架起一座沟通历史与现实的桥梁，铺开一条通往心灵深处的道路，彰显着戏里戏外的深邃与崇高。

自由：让戏剧创作指向人、为了人的审慎与担当

作为一名崛起于20世纪八九十年代的剧作家，罗怀臻在创作上对自由有着近乎理想化的执着追求，这源自他骨子里流淌着的豪情与血性，源自他作为一名当代知识分子对于艺术品格一以贯之的审慎和担当。当然，这种“自由”是相对的，他顺应时代而不迎合时代，承载主流价值而又尊重个体价值，其“自主化”的选材、“日常

化”的情感书写以及“民间化”的曲词风格，充分彰显了其对于自由的自觉与执着追求。

其一，是“自主化”的选材。创作题材的选择对于一部剧目的成败起着至关重要的作用，因而，对于一个剧团来说，在剧目投入创作生产之前，最重要的工作往往是召开创作题材规划会，以确立剧目创作的主题和题材。在现实题材戏曲创作成为热点的当下，许多反映社会现实、承载主流价值的热点人物和事件成为创作者关注的重点，但现实题材的戏曲创作并非当今专属，甚至，许多常演不衰的传统剧目在其诞生的年代也曾是映射社会生活的“现实题材”之作。可以说，戏曲艺术创作与其所处的时代始终是密切关联的，而正是这种与时代同呼吸的戏剧精神，成就了中国戏曲史上的诸多经典，为戏曲艺术树立起一座座丰碑。然而，当下一些戏剧创作者，对于“现实题材”的“现实”之意，往往取其名而失其神，虽然以现实生活为创作蓝本，但创作出的人物和故事、传达出的思想和精神，失去了鲜活的“现实感”，“好人好事”剧扎堆出现，却难以引起观众情感上的共鸣。罗怀臻的戏剧创作恰恰与此相反，他在题材的选择上似乎始终与现实生活保持着一定的距离。无论是自由创作还是命题创作，他的每一部作品都致力于追求生命体验和人生感悟的外化，通过题材的吸收、消化和升华，把“要我写”变成“我要写”，将命题创作内化为自己的主动写作，即使戴着镣铐也要舞出最美的姿态，以最大限度地实现创作的自由。他近60部剧作所涉及的题材呈现出多样化的特点，其中，以《西楚霸王》《西施归越》《班昭》《建安轶事》等剧目为代表的新编历史剧占据主要地位。这类题材既要尊重历史的基本事实，又要融入适度的艺术想象；既要符合历史人物的基本性格特征，又要融入剧作家自身的感悟和解读。无论是“命题作文”还是自由命题，浩瀚的历史长河似乎给予罗怀臻无穷无尽的灵感，甚至在高呼现实题材创作的当下，他推出的依然是诸如淮剧《武训先生》、话剧《兰陵王》、京剧《大面》等在选材上看似与“现实”相去甚远，实则深刻映射社会现实的故事。他深谙戏剧创作的终极目标必须指向人、为了人，始终秉持“吾手写吾心”的原则，自觉地追求与笔下人物情感的共振、心灵的共鸣，虽在题材上不迎合社会热点，却让“现实”深入到当代观众的心理层面，在精神上搭建起历史人物与当代人情感相通的桥梁，让笔下的戏剧人物闪烁出穿透时空的人性光辉。

其二，是“日常化”的情感书写。日常性叙事是罗怀臻戏剧作品的叙事风格之一，但与一般表现庸常生活的日常性叙事不同，罗怀臻擅长将人们熟知的历史人物、传奇形象以及史诗化的宏大叙事“日常化”，以现代人的视角去捕捉隐匿于恢宏历史背后的个体命运与情感，不以阶层分高下、不以成败论英雄，曲折跌宕的故事之下，不过皆为浮游于尘世、牵绊于七情六欲的芸芸众生。其中，尤其是对传统故事的改编，他结合自己日常生活中的人生感悟，对传统故事和经典人物形象进行了全新的解读和阐释，对历史人物的价值定位重新审视，以独特的生命体验及当代人的情感为切入点，为历史人物注入了新的文化内涵，这样的情感能够超越时代、超越种族和国界，甚至超越人、神、妖的界限，具有一种永恒的亲和力和真实感，很大程度地体现了他在创作上的自由意识和现代追求①。剧作《西施归越》取材于流传千年的西施传说，西施作为一个家喻户晓的审美符号，依附于吴越争战而产生，是对古吴越历史文化的民间阐释。剧作家没有沿袭讲述西施与范蠡爱情故事的传统路子，而是突破性地创造了西施“怀子归越”的重要情节，将全剧的重心聚焦于吴国灭亡后西施归越的故事，讲述了西施作为一位女性在男性对国家政治有着绝对支配权的社会中的命运悲剧，充分强调了人的本性，尤其突出了母亲的天性，并以此天性作为对抗男性主体社会的强大精神武器，既没有渲染西施“报国”的壮举，也没有歌颂她异乡忍辱的伟大，更多地，是向我们展示一位母亲保全骨肉的慈爱之心，一位女性在迎接人生苦难时的决绝和毅力，是日常的，也是深入人心的。同样地，剧作《蛇恋》取材于家喻户晓的白蛇与许仙的传说，

---

① 王露霞：《日常性、精神性与乌托邦性——从传统故事改编解析罗怀臻剧作的情感密码》，《大舞台》，2011 年第 9 期。

该剧在大框架上依循于传统故事，但随着剧情的展开，剧作家通过“人蛇之恋”拷问人性的意味逐渐显现。剧中的白蛇虽为妖，却怀有强烈的追求自由和爱情的愿望，剧作家赋予她以善良、执着、有情有义的女性特质，向我们讲述了一个女人在千难万阻之下义无反顾的“爱情保卫战”的故事，纵有那千般磨难、万种烦恼，许仙的犹疑，法海的镇压，雷峰塔的拘禁，白蛇还是甘愿做一位平凡而温暖的妻子、一个普通而神圣的母亲，领受这百年人生的千般滋味、万种风情，她与许仙这一场跨越人妖界限的恋情，也因这种日常化的情感诉求而显得愈发的珍贵和亲切。昆剧《班昭》不仅展现了班昭作为一位女史家的伟大与庄严，同时生动地描摹了她由一位天真烂漫的少女成长为一位甘于寂寞的女史家的生命历程，少女班昭纯真、软弱、摇摆不定的一面，真实地揭示了她作为女人所具有的共性的内心世界，为她日后的破茧升华做足铺垫，使得人物形象更加的丰满和真切。

其三，是“民间化”的曲词风格。罗怀臻生长于苏北，民间生活和童年记忆为其戏剧创作提供了丰富的文学素材和浓厚的民间底色。与生长于大都市的精英知识分子不同，他潜意识中难以磨灭的“外乡人”记忆，为其构建了一个独特的艺术世界，那里有质朴的世俗生活，洋溢着浓郁的民间风情，或如烈酒，或如清茶，充满了盎然的生活情趣和悠远的人生况味，让人一咏三叹、回味无穷，而这种“民间”意味尤其体现在其剧作民间歌谣式的、质朴奔放的曲词风格之中。在淮剧《金龙与蜉蝣》中，金龙扑倒玉凤时，幕后响起如怨似艾的女声独唱：“大哥哥心太黑，想得出就做得出；小妹妹心太软，有办法也没办法。从今只求你一件事，一辈子不离妹半尺……”没有华丽的辞藻堆砌，没有暴风骤雨般的情感控诉，几句浓烈直露的山歌式的质朴唱词，便点透了人物的性格和命运。同样地，淮剧《西楚霸王》中数次响起的幕后伴唱：“一见你威猛，我就冲动；一见你沉默，我就心痛。你就是我心中的神明呀，让我融化在你的狂热中……”几句通俗化的曲词便将虞姬对项羽的崇拜以及西楚霸王项羽身上的壮与悲唱彻心扉。越剧《梅龙镇》的尾声，婴儿笑声传来，正德皇帝似孩子般唱起“郎里格郎，郎里格郎，我家有个小儿郎。刮风下雨都不怕，一觉睡到大天亮……”让这样一首充满童趣的俚语歌谣从身为皇帝的正德口中唱出，不仅丰富了人物的性格层次，更增添了全剧轻松明快的色彩。甬剧《典妻》改编自作家柔石的小说《为奴隶的母亲》，反映了旧社会底层妇女的命运悲剧。由于讲述的是民间底层故事，全剧唱词整体呈现出通俗上口的风格特征：“一年春来秋又尽，代人受孕添子孙，今日宴庆百日喜，不知谁人是母亲?”“是真情，是兽性，说不清的耻和惊。是善人，是恶人，道不明的假和真……”朴实的文字间饱含深沉的情感，看似轻描淡写的词句，却将时代和社会强加于一个女人的辛酸和苦难刻画得入木三分。方言是地方文化中最重要的认同标志，也是中国戏曲百花齐放绚丽景象的重要成因，它对剧种风格的形成、剧作意趣的表达起着至关重要的作用。罗怀臻的戏曲创作涵盖淮剧、黄梅戏、豫剧、川剧、汉剧、甬剧、琼剧、秦腔等10多个地方剧种，每个地方剧种运用的方言各有不同，对于以苏北方言为母语的罗怀臻来说，如何融入不同方言所代表的地方文化、将方言思维转化为自己的写作思维，如何找准方言独特的节奏和韵味，成为其戏曲创作的关键一步。以甬剧《典妻》的创作为例，罗怀臻曾在访谈中说道：“宁波话我听不懂，怎么可能转化为我的写作思维？但是，我借助原著小说作者柔石的语言感觉，反反复复研读，我发现在早期白话文写作时期，每一个作家都带着强烈的方言感，这种感觉呈现为一种可以借用的节奏和韵味，所以我熟读了柔石的小说以后，就模仿他小说的语言感觉，创作了宁波地方戏《典妻》。”他基于对地方文化及创作对象的充分认知，借用文学语言的节奏和韵味，突破了方言之于地方戏曲创作的束缚，形成自己审视和品味地方文化的独特方式，为当代戏曲创作积累了宝贵的经验。

疼痛：嵌入个体、历史与现实框架的一道厚重底色

除去对“自由”近乎理想化的追求之外，“疼痛”成为罗怀臻戏剧创作的又一核心主题。对于“疼痛”的书写，构成了罗怀臻审思

人与外部世界关系的独特文化视角。这种“疼痛”，并不等同于纯粹肉体意义上的痛感，它更多地指向某种“精神性”的伤痛，或者兼含身心而超越身心划分的存在意义上的创伤①，它来自剧作家自我身份认同的撕裂，来自回顾历史时深沉而悲悯的目光，也来自命运逼仄与生命意识觉醒之间的无声对抗，它们成为一种“幕后推手”或者“隐藏的力量”，嵌入个体、历史与现实的框架之中，成为构筑罗怀臻戏剧艺术世界的一道厚重底色。

其一，是剧作家自我身份认同的撕裂之痛。哲学家维特根斯坦提出，疼痛是不具公共性的，因为“只有我知道我是否真的疼，而别人只能推测”②。1986 年，罗怀臻借助上海对于人才的特殊政策而闯入上海滩，成为一名“无学历、无户口、无名气”的“三无”创作者，三十年弹指一挥间，罗怀臻认为“依然不能说自己已经真正地踏入了上海，非但如此，我还时时会有一种‘异质感’——即‘外乡人’‘外来户’的隔膜感，这种感觉一直萦绕在我心头，挥之不去。”一边是无法割裂的苏北乡土情怀，一边是必须直面的上海都市精英文化，罗怀臻带着这种自我身份认同的撕裂之痛，试图以一种“异质”的姿态融入上海，但他既无法从根本上祛除血液里流淌的乡土文化基因，又因怀着强烈的自我意识而自觉地与周遭环境保持着若即若离的距离。回望三十多年的创作历程，罗怀臻坦言“有过许多人生挫折和心灵的无边痛楚”，可以说，他融入上海的过程是充满着磨难的。然而，这些磨难并没有使他沉沦，那些源自心灵深处的、无法抑制的痛感，反而让他在创作上保持着一以贯之的清醒、自觉和敏感，成为他个性化创作的重要源泉。尤其是他的“淮剧三部曲”，从《金龙与蜉蝣》到《西楚霸王》再到《武训先生》，自始至终都洋溢着鲜明的植入异乡的“磨合感”。他把这种“磨合”由个体创作层面上升到一个剧种的生存发展层面，提出的“都市新淮剧”理念，就是试图在一个新的国际化开放的上海城市格局中，找回淮

① 吴翔宇：《论余华小说的“疼痛”美学》，《中国现代文学研究丛刊》，2017 年第 7 期。

② 维特根斯坦：《哲学研究》，陈嘉映译，商务印书馆 1996 版，第 135 页。

剧源自楚文明的原始精神和原生气质，提炼出与上海都市文化相适应的浪漫、雄浑与大气的艺术品格，这是他作为漂泊上海的“异乡人”为自己构建的精神家园，也是对上海戏剧生态的一种气质补充，为淮剧在上海的生存和发展打开了全新的局面。

其二，是剧作家凝望历史时的悲悯之痛。人的生命历程总是不可避免地交织着悲剧性，一个民族的发展，也不可逃脱地延续和弥漫着悲剧意识。作为人的存在，人类社会总是无法超越历史和命运的法轮，背负苦难，艰苦前行。纵观罗怀臻近60部戏剧作品，其中半数以上是以古代生活为题材的，这些作品在类型上又以历史寓言剧和新编历史剧为主。正如他在一次访谈中所言：“我在阅读历史的过程中，感受到了古人的一种深深的‘痛’，这种‘痛’打动了我，使我觉得有必要把它表现出来。”他热衷于阅读历史典籍，并擅长于以戏剧的形式去书写历史；他敏锐于古人的“痛”，并习惯于以悲悯和同理之心去触摸这种穿越时空的疼痛。无论是书写历史还是触摸历史之痛，罗怀臻向来强调的是“表现”，它不是还原式的历史再现，也并非陈列式的伤口展现，当他凝望历史之时，他首先看到的，永远是翻滚于历史浪潮中的人，是人的某一个体，是无数个体汇聚而成的某一群体，是自己与这些个体或群体的痛苦之间所产生的共鸣。正如他在淮剧《武训先生》中所写的那样，“眼中本来无泪水，不知何故涌两行”，作为历史的书写者，他无意于以道德批判者的姿态去做过多的价值评价，而是怀着对人的基本尊重与关怀，面对历史、社会和现实的风云变幻，努力保持敬畏与清醒，试图发出自己独立而直击人心的呼声。上世纪九十年代，在市场经济浪潮的冲击下，中国社会面临着一场前所未有的信仰危机，一大批文人纷纷弃笔从商，此时的罗怀臻也正在经历一段困顿的人生低谷，坚守或是放弃戏剧创作，曾一度让他陷入两难的境地。此时恰逢上海昆剧团邀约其为著名昆剧表演艺术家张静娴量身定制一部剧作，无数个日夜的构思选材，他最终为女史家班昭的甘守人生寂寞、含辛茹苦修史之举深深打动，从班昭身上看到了“一个知识分子对于自身责任的坚守”，提笔写下“从来学问欺富贵，真文章在孤灯下”的佳句，剧目也大获成功，成为上海昆剧团的优秀保留剧目。他感怀于冒辟疆哀悼董小宛的悲苦之情，创作了昆剧《影梅庵忆语》。他笔下的董小宛，通过持久的真善美的付出，收获了在那个年代里如她这般的女性所最不可能得到的人格尊重与爱情尊严，剧作在闪烁着理想主义光辉的同时，也折射出剧作者暗藏心底的柔情。他在淮剧《武训先生》中呈现了一位敢于直面惨淡人生、不臣服于命运的武训形象。于武训而言，文化的缺失即是一种生命的残缺，他终其一生都在用合乎自己能力的办法去弥补这种残缺，以个人有限的力量与命运及不合理的社会制度进行抗争。剧中最大的矛盾冲突，是武训与自我、现实及宿命的冲突。苦难摧毁了他，也造就了他，让他直面并冲破文化缺失的困境，行乞办学，把办义学当作一种信仰，于一无所有中重新寻找和构建个体生命的价值，达到“独来独往，独出独入，孰能碍之”的境界，脱离了命与势的束缚，用卑微的方式践行着崇高的理想①。

其三，是命运逼仄与生命意识觉醒的抗争之痛。马克思主义哲学认为，世界上一切事物的发展都是偶然的，任何事物都是偶然性的必然存在，偶然性是事物的本质属性，偶然性是绝对的，必然性是相对的。一切未知的偶然事件让世界变得丰富多彩，同样也使得命运变得扑朔迷离。正如《俄狄浦斯王》中俄狄浦斯得知“杀父娶母”神谕后的奋力抗争，《哈姆雷特》中“生存还是毁灭”的呐喊，当个体生命意识觉醒，与命运抗争的冲动被挑起之时，面对偶然、被动、非理性的命运，人类如何应对、如何生存，已经成为写作者普遍关注的问题。在罗怀臻的戏剧作品中，个体与命运之间千回百转的关系，同样也是他致力探索的一个重要命题。他承认人在命运面前作为主体的局限性，同时也肯定主体与命运抗争的价值。几乎其所有剧作都不同程度地涉及个体对命运的抗争：面对命运的齿轮，剧中人物不是消极的顺应，也不是无畏的对抗，而是积极地自我拯救；每个个体从不同的立场出发，以力所能及的、多样化的方式与命运进行博弈，最后的结局却各不相同。淮剧《金龙与蜉蝣》中，

① 廖夏璇：《在历史中寻找传统之光》，《文学报》，2017年6月15日第7版。

残暴、贪婪的金龙在泯灭人性、害人性命、阉人子孙、奸人妻女的同时，断绝了自己的后路。这是一部性格悲剧与命运悲剧交织的大悲剧作品，与蜉蝣错认牛牯为父的命运偶然性相比，剧作者着力表现和讽刺的是金龙、蜉蝣、玉凤、玉荞等人物的性格悲剧，命运的巧合则为性格悲剧的放大提供了契机，以求最大限度地揭示人性的阴暗与丑恶，讽刺统治者贪恋权力所带来的灾难性后果，从历史和哲学的层面再次揭示了权力争夺的荒谬本质，映射了现代社会中人性的异化。话剧《兰陵王》是一个“关于灵魂与面具的寓言”，剧作家在回溯历史传奇的同时，站在一个更加现代、更加自由和多元的审美平台上，创造出全新的戏剧情节，围绕“面具”这一核心意象，为兰陵王的骁勇善战铺开一段承前启后、充满魔幻主义色彩的心路历程，在一种极端严酷甚至异化的生命境遇中，将人物情感与灵魂的裂变暴露于众目睽睽之下，让人们对人性的复杂与隐蔽、命运的深邃与神秘生发敬畏之心①。剧中甘为“羔羊”的兰陵王、隐忍偷生的老臣以及向死而生的皇后，他们为了复仇而与命运进行了决绝的斗争。然而，当兰陵王推翻弑君篡位的齐王，却又陷入命运的另一重束缚之中，皇后以鲜血破除命运的诅咒，兰陵王最终重获自由。淮剧《西楚霸王》中的项羽，则是一位充分印证了“性格决定命运”的典型人物。他是战场上那慷慨豪迈、英姿雄发、自我崇拜的霸王，也是那情场上意气用事、纯真至极的情种，这种性格上的矛盾决定了他命运悲剧的基调，当他占尽优势政治、军事、地域资源却挥霍一空之时，灭亡成为他唯一的出路。然而，罗怀臻不以成败论英雄，在他看来，项羽豪迈的英雄气质、高贵的人格操守以及矢志不渝的爱情观，足以让他虽败犹荣，这种悲壮之美不仅彰显了剧作家独特的观照视角，也赋予全剧以更高的审美品格和更大的美学张力。值得一提的是，罗怀臻笔下还成功塑造了一群与命运抗争的光辉的女性艺术形象，她们或曾在历史的天空中留下自己的印记，或曾如夜

① 廖夏璇：《假面的狂欢，灵魂的悲歌——评话剧〈兰陵王〉》，《光明日报》，2017 年 8 月 2 日第 12 版。

空中划过的流星转瞬即逝，但她们的存在，都或多或少地为这个残酷的世界带来了一丝温暖和慰藉，短暂却又弥足珍贵。她是甬剧《典妻》中无名无姓的“妻”，旧社会的黑暗和苦难让她沦为男性的生育工具，她甚至连反抗的权利都被宿命无情地剥夺，冰冷沉重的生活不给她留下一丝喘息的机会，但她回馈给生活的依然是一位女性的似水柔情、一位母亲的深沉爱意，犹如漫漫长夜里的一道光，让人在暗夜里捕捉到黎明的希望。同样地，还有罗怀臻笔下的班昭、西施、白蛇、虞姬、董小宛、钟妩妍等一批为人们所熟知的传奇女性形象，她们皆为与命运博弈的勇者，可以为爱而生，亦可为爱赴死，或如班昭以一颗赤子之心苦守寂寞流年，或如西施、白蛇褪去女性柔弱的外衣而为爱抗争，或如虞姬、董小宛因至情而成为爱人心中那朵抹不去的“巫山之云”……罗怀臻以其真挚细腻的笔触，带我们领略了人性的美与丑、善与恶，同时也为我们在错综复杂的人世间寻求得一方渗透着爱与美的净土，让人留恋和神往。

崇高：灵魂深处理想主义与英雄情结的交织与共鸣

崇高不仅仅是一个美学范畴，更是人类潜意识中最深处的激情，作为一种集体无意识，它深深镌刻在人类灵魂深处，在人类的有限生命中有着至高无上的地位，又常常通过悲剧来显现①。正如布拉雷德所言：“崇高的产生必须经过两个阶段：第一个阶段是否定的，我们似乎感到压抑、困惑甚至震惊，甚或感觉到反抗或威胁，好像有什么我们无法接受、理解或抗拒的东西在对我们起作用。接着是一个肯定的阶段，这时那崇高的事物无可阻挡地进入我们的想象和情感，使我们的想象和情感也扩大或升高到和它一样广大。于是我们打破自己平日的局限，飞向崇高的事物，并在理想中把它与自己等同起来，分享着它的伟大②。”崇高，也是我们考量罗怀臻戏剧创

① 王雪松，相明：《崇高与人类生存的价值——从文化人类学的角度看崇高的本质》，长春师范学院学报，2006 年第 3 期。

② 转引自：朱光潜：《悲剧心理学》，江苏文艺出版社 2009 年版，第 75—76 页。

作的又一重要维度。纵观罗怀臻的剧作及其背后的创作人生，崇高既彰显于他以悲剧为主要内核的剧作之中，又贯穿于他致力戏剧艺术创作的全过程。

席勒特别推崇以悲剧为美学特征的戏剧。他描述道："我们怀着不断高涨的兴趣注视着一种激情的发展，直到它把不幸的牺牲者拖进了深渊。人的生命活动如果体现不出牺牲力量和激情，就不可能产生悲壮，也不可能产生悲剧的崇高①。"当我们以旁观者的身份，看罗怀臻从苏北闯入上海滩，注视他对自由不计后果、近乎理想化的追求，感受他对内心及外部世界的疼痛不留余地的书写之时，他多年如一日的追求和书写本身，就裹挟着强大的激情和牺牲的力量，散发出强烈的、原发性的悲壮意味，这一历程于我们而言无疑是崇高的。当视点转向罗怀臻的剧作本体，他在作品中熔铸的审视历史时的悲悯之痛、命运逼仄与生命意识觉醒的抗争之痛，向我们展示了历史的宏大与人类的渺小、命运的幽深与有限生命之间不可调和的矛盾。但是，他面对这种矛盾的姿态并非迎合和屈服，而是赋予笔下人物以充分的英雄气概，让他们去直面、去搏击，就像引领我们经历一场大风暴，先是感到某种压倒一切力量的恐惧，然而那令人畏惧的力量却又将我们带到一个新的高度，在那里，我们体会到现实生活中很少能体会到的活力，它使我们生畏之后又赐予我们一股振奋鼓舞的力量，从而完成情感的飞跃以及心理的自我扩张②，淮剧《武训先生》中以卑微的方式践行着兴学理想的武训如此，昆剧《班昭》中苦守青灯修史数十载的班昭如此，话剧《兰陵王》中隐匿于"人格面具"背后多年的兰陵王亦是如此。

文艺评论家毛时安先生将罗怀臻比作塞万提斯笔下那骑着瘦马、不顾一切捍卫自己骑士理想、用长矛挑战着现实世界的唐·吉诃德，确实如此，罗怀臻身上散发着唐·吉诃德般的理想主义与英雄主义的光辉，他以唐·吉诃德般的方式去追逐、践行自己的戏曲理想，

---

① 古典文艺理论译丛编委会：《古典文艺理论译丛》，人民文学出版社1963版，第86页。

② 朱光潜：《悲剧心理学》，江苏文艺出版社2009年版，第73—74页。

几十年如一日地坚守在剧本创作一线，其剧作数量之多、水准之高、涉猎的戏曲剧种与艺术品种之广，在当代中国剧作家中首屈一指①。更难能可贵的是，他立足中国戏剧生存发展的现实，结合自己的创作实践，在20世纪80年代以来中国传统戏曲面临多元挑战、困难重重的重要转型时期，以一种充满理想主义情怀的创新姿态，肩负起作为中国戏曲坚守者与开拓者的历史担当，建立起自己明确而完备的戏剧理论体系，从戏曲的现代转型、戏曲的“都市化”和“再乡土化”、中国话剧的民族化等方面对中国戏剧的发展进行了兼具理论高度及实践指导价值的探索。

其一，是关于戏曲“现代化”的思考。“现代性”是罗怀臻戏剧理论的核心指向，他认为，戏曲的“现代性”不是简单的时间概念，而是一种价值取向和品质认同，它至少包括以下两个层面：一是人物形象的现代性，即艺术形象的思想高度和精神价值问题；二是艺术形态、表现技法的现代转化问题。这两个层面实际上所涉及的，是戏曲“表现什么”和“如何表现”的根本问题，反映了罗怀臻对于当下戏曲创作的基本艺术观和方法论。罗怀臻认为，传统戏曲在百年间经历了三次转化：第一次是戏园向剧场形态的转化，代表人物是梅兰芳；第二次是传统戏曲向西洋艺术的审美转化，代表作品是样板戏；第三次是传统戏曲向现代戏曲的品格转化，其标志是20世纪90年代以来的一批剧作家及其剧作，这次转化是尚未完成并正在进行的②。传统戏曲的每一次转化，其意义都在于构建与所处时代相呼应的艺术形态和审美品格。对于正在进行的第三次转化，我们的首要任务是实现传统戏曲向现代戏曲的转化，并建立起一套与现代戏曲相适应的审美理论体系。何为现代戏曲？罗怀臻认为，现代戏曲应该是以现代价值观、审美意识来创作并走出农耕时代模仿式舞台程式系统的戏曲，在传统戏曲向现代戏曲转型过渡的过程中，

---

① 毛时安：《为信仰而创作的罗怀臻》，《解放日报》，2013年11月20日第11版。

② 罗怀臻：《传统戏曲百年来的三次转型和当代转化》，《中国艺术报》，2017年2月22日第6版。

必将伴随着戏曲艺术自身革命性的突破。他呼吁创作者要敢于面对这样的挑战，自己则率先成为迎接挑战的“弄潮儿”，以自身创作实践的深度和理论思考的高度推动戏曲艺术的“创造性转化”和“创新性发展”。

其二，是关于戏曲“都市化”和“再乡土化”的思考。“都市化”与“再乡土化”这两个看似对立的概念，实则统一于罗怀臻的戏曲创作发展观之下，二者相互呼应、互为补充，是戏曲艺术实现“现代转化”的两个重要层面，好比“见山是山，见山不是山，见山还是山”的三重境界，传统戏曲由“都市化”到“再乡土化”的双向转化，最后其外在形态和内在品质上达到的一定是“见山还是山”的境界，这是一种漫长积累后的“返璞归真”①。传统戏曲“都市化”的理念是随着罗怀臻进入上海而逐渐萌发并明确的。上世纪八九十年代，许多剧作者带着自觉的思想和理论准备投入创作，罗怀臻凭借其淮剧《金龙与蜉蝣》在上海乃至全国剧坛异军突起，“都市新淮剧”的概念开始进入人们的视野。紧接着的90年代末，他推出了淮剧《西楚霸王》，近年又推出淮剧《武训先生》，这三部作品被并称为“都市新淮剧三部曲”，成为其传统戏曲“都市化”和“再乡土化”探索的标杆之作。淮剧《金龙与蜉蝣》《西楚霸王》以一种解构的、扩张的、颠覆性的姿态登上90年代的戏曲舞台，此时的“都市新淮剧”理念中，包含更多的是引领淮剧重新打开上海市场的成分，带有较强的反思和启蒙色彩；而淮剧《武训先生》中的“都市新淮剧”理念，与前期强调“都市化”的倾向相比，则更多地强调向“再乡土化”的转变。“再乡土化”与“乡土化”不同，它是一个剧种在城市站稳脚跟后，向这个剧种文化源头的开掘和回归，让源头“活水”给予日渐僵化的戏曲艺术以焕发新生的灵感和无可替代的质感。淮剧《武训先生》回归创作本身，剔除了繁杂的舞美和刻意营造的视听冲击，将淮剧的传统形式通过都市化的融入感进行再

---

① 罗怀臻：《传统戏曲百年来的三次转型和当代转化》，《中国艺术报》，2017年2月22日第6版。

次提炼，是罗怀臻继淮剧“都市化”后的一次“再乡土化”探索。

其三，是关于中国话剧民族化的思考。话剧作为“舶来品”引进中国已逾百年，但中国话剧在世界戏剧之林尚未“自成一派”，中国话剧“民族学派”的建立仍然任重道远。对于话剧而言，剧作的台词、结构和思想性是决定其成败的关键因素，而传统戏曲则更注重剧目的观赏价值，对剧作的思想深度往往不做过度强调。罗怀臻以其戏曲剧作家的身份而闻名，话剧创作于他而言难免有些“跨界”的意味。然而，他深谙内涵的丰富性、思想的深刻性对于话剧的重要意义，且在长期的戏曲创作实践中，他向来对剧作的精神价值和思辨色彩保持高度的自觉性，为他从戏曲“跨界”到话剧提供了充分的理论和实践准备。在他为数不多的话剧作品中，《兰陵王》当属其中艺术成就之较大者。他立足中国传统文化的深厚根基，站在一个更加多元化的平台上向历史深处回溯，充分利用戏曲艺术的写意之美，发挥其时空转换的灵活性，将舞台假定性推向极致，既不失话剧思想内涵的深刻性，又创造出一种独特的审美意境，用民族的、个性化的表达为观众讲述了一个关于“灵魂与面具”的现代寓言，是中国话剧民族化探索的一次有益尝试。

余言

对于“疼痛”的书写，构成了罗怀臻审思人与外部世界关系的独特文化视角。但是，任何艺术探索都有不能尽如人意之处，伴随着疼痛而来的，可能是醍醐灌顶的瞬间清醒，也可能是无可奈何的长久压抑。对于人类“精神性”伤痛的触碰，深化了罗怀臻剧作的思想性、强化了剧作内在的情感张力，但这种“伤痛”似一把双刃剑，对剧作家把控全局的能力提出了较高要求，稍有偏颇便可能导致剧作艺术性的“失衡”。一方面，在戏曲舞台上，任何思想观念都需要通过一定的戏剧情境和演员表演来呈现，若过度地强调剧作的思想性，剧作家则不得不围绕主题有意地设置相应的场景和情境，有时甚至需要依靠情节的叠加来达到目的，造成戏剧冲突的弱化及剧作内部情感线索的断裂，导致因主题先行而削弱了剧作原本的戏剧性。另一方面，戏曲艺术既是文学的艺术也是表演的艺术，过度地强调思想性，也在一定程度上消解了戏曲的观赏性和民间性，导致剧作在普通观众中“曲高和寡”，难以引起广泛的共鸣。

当然，瑕不掩瑜。作为中国创作成果丰硕的剧作家之一，罗怀臻以其鲜明的个性风格而自成一家。自由、疼痛与崇高，既是他戏剧创作的三大美学原则，也为我们研究其剧作提供了三个重要维度，其背后彰显的，是剧作家生命维度的深邃与厚重。自由，如唐·吉诃德般的特立独行，是他骨子里流淌的血性与不羁，为他开辟了广阔的戏剧天地；疼痛，像阴影魔障般如影随形，是他凝望众生时的冷静与怜悯，赋予他以持久的艺术生命力；崇高，如其笔下的项羽、班昭、西施、白蛇、武训等等，是他灵魂深处理想主义与英雄情结的交织与共鸣，观照着人类自我完善、自我升华的生命历程，折射出悲壮崇高之美的光辉。

（原载2018年第6期《戏剧艺术》杂志）

一曲大蛇恋之壮歌

——罗怀臻异类创作履迹探踪

邓添天

剧作家罗怀臻在越剧《蛇恋》里对白蛇的诠释，是我反复品读他的《剧作集》和《演讲集》后，对其不凡创作履迹产生的意象。

为什么呢？我们先来谈谈越剧《蛇恋》。该剧源自《白蛇传》的改编再造，仅是《白蛇传》到《蛇恋》的剧名转变，罗怀臻的写作用意即现。顾名思义，《白蛇传》一名，将白蛇与许仙的曲折恋情定位在白蛇小传上，这是一种陈述式写法；而《蛇恋》一名，将白蛇与许仙的曲折恋情，定位在白蛇身为蛇类，也是人间异类的代价反刍上，这是一种剖析式写法。且看罗怀臻如何剖析：白蛇修炼千年功德圆满，可荣升仙界永生，但她却要折寿奔赴人间报恩。她倾尽所有地爱许仙。为求仙丹搭救他，白蛇以怀孕之身，历经七山六岭五峰四河三江二海，跪拜九万九千九百九十九级台阶。为与许仙团圆，白蛇触怒天威，冒着被镇雷峰塔底的危险，也要水漫金山。可许仙得知娘子是蛇妖时，终归是害怕的、恐惧的，他宁愿信任挑拨他们夫妻关系的法海，也不再相信爱他的娘子。而百姓呢？她视百姓如己出，挤自己的血营救他们，以为可以与他们达成以心换心、以善良换善良的契约，可是，当受过白蛇救命之恩的百姓得知她是异类时，马上倒戈相向，围攻她，伤害她，唾弃她，打压她，惹得白蛇仰天长叹：“人啊人，我为你们流鲜血，我为你们救死伤，为何对我这样狠，不以善良报善良？”① 神通广大的白蛇为了得到渺小无

① 罗怀臻：《罗怀臻剧作集》（三卷），第二卷，上海人民出版社 2018 年版，第 292 页。

力的人类的那么一点儿温柔，就要遭受巨大磨难和痛苦，难道她罪孽深重吗？难道她不是真善美的化身和力量吗？显然不是。“错”就“错”在她是人间的异类，一朵怒放人间的孤独。可见，坊间传唱的白蛇故事，一经罗怀臻视角转换再解读，白蛇的人间种种遭遇都成了她是异类的艰辛底色。

文章开篇，我抛出越剧《蛇恋》的异类视角和她点化原故事的神奇功效，并非站在人类方或白蛇方，去褒贬谁，抑扬谁。退一步说，换成你我，假若一条蛇，或者其他可能威胁你生命的猛兽变的妖精和你同床共枕，难道你察觉到了，真的一点不害怕？此时，我暂且绕过对惧怕异类的许仙和经假公济私的法海挑衅起来的乌合盲从行为的批判，只想表达一层意思：异类就是孤独的代名词，异类要实现异志异趣，艰辛必会尾随而来。

而罗怀臻恰恰就是一个异类、一种异质。佐证材料既有文艺评论家毛时安的评价：“对于上海文艺界来说，罗怀臻是个异类、异质的文化符号，是一个带着苏北文化背景的外来人，一个突然的闯入者。他的‘异’异在，其创作既有转型期中国知识分子的特有敏感、痛苦和思考，又有江淮大地凛冽寒风中成长起来的草根阶层独具的强烈野性和生命挣扎力度。”① 也有罗怀臻的自我认定，他说自己和上海一直处于磨合状态，但是始终不愿离开上海，在上海不想扮演上海人符号，带着外来人眼光看上海。这种视角保持了30年。他一直反思为什么不能完成与一座城市的磨合，不是自己不爱这个城市，而是爱之深、恨之切。罗怀臻的戏剧梦在上海冉冉升起，他肯定心念着回报上海。然而，来自苏北的罗怀臻，原乡意识牢固又浓烈。苏北与上海虽相隔不远，但文化气息却差异明显。苏北文化传承楚文明传统，如背水一战，置之死地而后生，意象是铁血汉子的赤膊厮杀。而上海文化在商业社会的精明、理性、文明之下，浸透和荡涤出了一份冷静淡定，意象是带着金丝边儿眼镜却不失优雅与仁义的文化商人。所以，人在上海、心在苏北的罗怀臻，异类感受自是

---

① 毛时安：《为信仰而创作》，《解放日报》，2013年11月20日。

强烈："一个外乡人生存异地的心境，一个年轻的离乡者奋斗异地的坚持以及那种犬牙交错般的磨合带来的身体和心灵的痛感。"① 直到现在，罗怀臻仍不肯被上海同化。同时，罗怀臻强大的戏剧理想又促使他将异质感受化为坚定行动，"我这一辈子，除了喝茶爱好，剩下就是戏剧。我自打从事戏剧那一天起，一天没有离开过。没有戏剧，我一生没有存在感，没有存在价值。我钟爱戏剧，为实现戏剧理想我将毕生追求，在我力所能及的情况下，动员和调动一切能量，参与推动中国戏剧现代化、民族化、都市化的时代转型，这将使我无比荣幸"。②所以，印证罗怀臻为异类的话语，看似轻描淡写，实则潜台词能量十足。罗怀臻从异质蜕变为异质文化符号，不仅克服了异质的孤独，还拥抱孤独将自我壮大为异质文化风景，为包罗万象的上海文化注入了新的精彩。异类的他在《蛇恋》里怜惜同为异类的白蛇的艰辛，那么，他的融入上海，从异类到异类文化符号的创作履迹，也必然尝遍如白蛇升华为白蛇美谈背后由孤独、力量与美丽供给的全部艰辛内涵，值得探踪。

罗怀臻异类创作履迹，带着释放情绪的心愿在他塑造的人物中闪耀。前不久，微信朋友圈疯转一条题为《剧作家为谁写戏》的文章，是为观众，为剧团，还是为自己？笔者觉得，倘若剧作家不是为自己，或者没有共情创作，是决计写不出好戏的。而且，创作源于个体生命的感动，依赖于生命的特殊状态，这也是众多作家的共识。而罗怀臻之所以成为异质标志、异质文化符号，就是因为他无法割舍对自我的坚持，而对自我的坚持就是对自我的设限，迫使他的出路只能退到手中的笔上，继而再顽强地生长。所以，忠于自我地释放心迹是首要的，也是必然的。托尔斯泰说得好："真正的作家都是身不由己地怀着痛苦去燃烧自己，并点燃别人。"我觉得，镶嵌在罗怀臻心底深处的这个"异"字，正好供应了他成为真正作家的

---

① 罗怀臻：《罗怀臻演讲集》（三卷），第一卷，上海人民出版社 2018 年版，第 22 页。

② 罗怀臻：《传统戏曲百年来的三次转型和当代转化》，《中国艺术报》，2017 年 2 月 22 日。

全部能量，他的剧作都是他的内心抑制不住的喧嚣和躁动而不得不用笔刻录的精神独白。上世纪八十年代，罗怀臻带领《古优传奇》《真假驸马》《西施归越》《梨园天子》《韩信之死》等一系列对封建专制王权反思与批判的作品赫赫面世。想必这批面世之作会浸染上剧作家身为异质的孤独之感，我相信，孤独之感也是他此刻不吐不快的心结。而戏剧有人物情节结构，戏剧有戏剧的叙事规律，若要通过戏剧这一艺术载体相对酣畅地释放剧作家的情绪和心境，就得立足专人，营造专属情境。笔者发现，上述作品中越剧《真假驸马》中的真驸马董文伯和越剧《西施归越》中怀孕的西施，就是罗怀臻剧作里除《蛇恋》中的白蛇之外，塑造的两个最为突出的异类典型，他们一步一步地走进了他们自我培植的沼泽地，越挣扎越深陷，如困兽犹斗，给人强烈冲击。

越剧《真假驸马》里的真驸马董文伯，身陷何种异类处境？失足落崖后的董文伯再度回家，不但无法添加他的公主和董氏一家荣华富贵，还无端地成了威胁他们既得利益，指正他们自私、欺君的存在。虽然他为搭救公主失足，虽然他的出发点良善美好，他仍然避免不了躺着中枪的命运。而公主和董母为何弃董文伯于不顾？因为在董文伯坠崖未知生死之时，公主和假驸马——董文伯之兄董文仲结婚已成事实。真驸马一旦回来，只会拆穿这一事实。换言之，自公主与假驸马董文仲成亲起，董文伯就被抛弃了，被过滤了，不可以再出现了。然而，剧情偏偏让他这一冤大头再度示人。那么，公主肯定不认他，董母也咬定他失去理智，是疯子……这个故事十分揪心，揪心在于促成董文伯悲剧发生的，即真假驸马调包事件并非谁人蓄意而为。先是公主，她嫁状元驸马继续尊享人间富贵，是她领旨后的无意识行为，自私、坏心眼可能谈不上。再是含辛茹苦培养儿子的董母，就指望儿子过几天好日子，可是他的宝贝偏偏失足了。面对公主体恤，愿与董二少爷成亲的提议，悲痛中的董母也找不到拒绝的理由。所以，导致董文伯陷入四面楚歌之境的，是无法预估的命运安排，归咎不了谁的错，顶多是公主对董文伯没有太多的爱。而一个奉旨成婚的深闺公主，也不可能和成亲不久的驸马爷产生多少感情。于公主和董母来说，董文伯或者董文仲都是一种依靠。不过，危机确确实实发生了。这说明了什么？这说明了在封建王权专制统治下，人的极其不自主。出现了问题，以为适度地挪移和调试，可保万事大吉，但却事与愿违，波澜飞溅起一池水花。这部剧，罗怀臻妙就妙在，从封建王权专制视角将董文伯归为异类。这样，借助这么一个异类塑造，既可以张弛自如地释放自己类似的情感，同时这份张弛自如的释放又自然地转换成为控诉封建王权专制的力度与厚度，戏里戏外，相得益彰。

越剧《西施归越》中的西施，身陷何种异类处境？她怀上了敌人之子，带了不该带的东西回来。顷刻间，她之前深入敌国冲锋陷阵所做种种全部瓦解了，成了人人防范的对象，整个越国视她为异类，越王勾践复国战绩不容她拔得头筹，情人范蠡的颜面更是被冒犯了……纯洁善良美丽的西施为越国复国做了嫁衣裳，她的鲜活生命成了越国百姓的铺路石，但人们不领情、不买账，还自私自利合伙摆上迷魂阵，将她拉进了死亡的异度空间。这个故事更揪心，揪心在于促成西施悲剧发生的，是越王的恳求，是所有人的殷殷期盼，也是众人联手将她推向火坑。其实，在众人将她推出去执行特殊使命那一刻起，她的生命和存在已经无关紧要了，她就是一只飞蛾，注定是牺牲品。所以，归国后的她，就算没有怀孕，最多身体苟活于世，因为越王肯定不愿意她潜入吴国诱惑夫差的“前站”经历大告天下，范蠡不会再要她，越国百姓视她可有可无。试想，一席人等对她的存在、生命、价值早已视若无睹，又怎么可能多此一举地授予她复国功臣的荣誉勋章呢？越国是践踏她精神生命的地方。一个重在使用她的国度，又怎么可能改头换面，精神嘉奖于她，疼爱她呢？其实，怀孕西施就是西施原本生存遭际的大写之相，只不过西施怀孕了，众人背后隐藏的冷漠才能彻底暴露，西施困境才能从晦暗走向明朗，所有本质真相才从若隐若现走向棱角分明。当然，这种情景，也便于罗怀臻类似情绪的排解。这部剧，罗怀臻妙就妙在，通过西施怀孕情节的设置，营造了一个既揭露本质真实又利于自我倾吐的局，也使戏里戏外，相得益彰。

又过了许多年，罗怀臻借一部剧，专门塑造异类，营造异类生存处境，这就是越剧《蛇恋》了。这也昭示，早已成绩斐然的罗怀臻依然无法帮助自己化解这种身为异类的孤独体验。正如本文开头所言，他将《白蛇传》改名《蛇恋》，就是意在从蛇的眼光重新审视人蛇之恋的故事。他将白蛇在人间的种种涉险与磨难，归结为白蛇是人间的异者。在这里，白蛇遭受怎样的磨难不再赘述，想补充的是，《蛇恋》里的白蛇与上述两部剧里的真驸马和怀孕西施同为异类，但最终只有白蛇达成心愿，安放了她的异者身心，与许仙团圆，修成正果，而真驸马和怀孕西施却没有。为什么同为异者的三人，结局却不一样？难道罗怀臻对异者的体认发生了变化？非也。原因就是白蛇诞下许家骨肉，搭上了人蛇双方相互融通、补益的桥梁，这才鼓舞了许仙，战胜了他对异类出自本能的恐惧。而真驸马和怀孕西施却给不了对方所需，这就是两者的差别。所以，如果把早期的越剧《西施归越》《真假驸马》视为罗怀臻排解他的身为异类的孤独的出口，那么，经过多年创作沉淀后的《蛇恋》，就是他战胜了异类孤独的见证。诞下孩子，也是前后两剧结局的差别，就是蝉蜕的领悟，借此告慰痛苦他一生的图腾。综看三部剧，说它们是罗怀臻异类孤独的一组写意心相图也未尝不可。

罗怀臻异类创作履迹，带着突出重围的斗志，在他实践传统戏曲现代转型中加固。在创作中释放小我情绪固然是戏剧真人所必需，但是只此诉求行走戏曲界，显然无法振翅高飞。由于时代变革，当代戏曲作者或多或少、或重或轻、或深或浅地必须面对和参与传统戏曲现代转型，无论是20世纪50年代、60年代实行的“改人、改戏、改制”戏曲改革运动，还是80年代兴起的“探索戏剧”大潮，当代戏曲作者若想有大作为，须肩负中国戏曲力挽狂澜之使命，在扭转戏曲危机的同时才能成就自我。在传统戏曲现代转型这一征程中，罗怀臻无疑是表现极为出色的一位，他响亮地提出“传统戏曲现代化，地方戏曲都市化”①，并始终践行着。他认为，“戏曲的现

① 罗怀臻、金莹：《呼唤传统戏曲的现代品格》，《文学报》，2018年10月19日。

代性不是时间概念，而是价值取向和品质认同。戏曲的都市化也不是阳春白雪，脱离大众，而是正视戏曲所面对的生存时代，提倡戏曲自觉实现自身价值更新和审美转化”。①当然，罗怀臻提出的“传统戏曲现代化，地方戏曲都市化”，是从创作到演出，对传统戏曲现代转型的一种全方位观照。但是这也表明了，从剧本创作伊始，这种现代转型就至关重要，直接决定着剧目演出的整体格调。不过，本节并非探讨罗怀臻剧作的现代意识究竟是什么，而是试图探测他的现代意识在剧作里渗透多少，程度怎样。为何这么说？傅谨先生曾言：“人类跨入现代社会并非一蹴而就，而现代价值观建构还存在许多不确定性，新旧观念的是非得失，也根本不像人们想象得那么简单。”② 从传统和历史深处走来的当代戏曲作家，在实践传统戏曲现代转型时，不是说一说，表达一下追求的愿望，现代意识就附体了。传统戏曲是否实现现代转型，还取决于剧作家本人新旧观念的博弈和参悟，包括对自己新观念的打捞、提纯、反刍和对旧观念的荡涤、扬弃、超越，而且，这份头脑风暴经消化吸收后还要统摄于精巧的创作构思之中。由于每个作家对现代意识的认领不一，以及他们化用现代意识的才思才情也不一样，所以，最终体现在剧本里的现代意识也是深浅粗细，各不相同。然而，罗怀臻作为异质文化符号，关于传统戏曲现代转型具体至每一个环节、每一个步骤，他都能不出错走偏，而且怎样现代，怎样审美，怎样结构，还要全力以赴做到最好，否则他成为异类、成为异类文化符号的赌注就乏善可陈。所以，也可以说，罗怀臻在创作中注入现代意识来自一种倒逼的决绝，他的异质的生存，他的异质的行走，他的异质的气场，都得靠此接应。他的现代意识灌注有多彻底，他的异质行走就有多坚定，这是一个心愿的两面。通读罗怀臻剧作，笔者接收到了三方面的强烈声音：一是对封建专制王权的批判与反思，二是对古代女

① 罗怀臻、金莹：《呼唤传统戏曲的现代品格》，《文学报》，2018 年 10 月 19 日。

② 傅谨：《三十年戏曲创作现代性的追求及得失》，《文艺研究》，2009 年第 5 期。

史心灵困境的关注关怀，三是其间穿插了对坚持的一种近乎偏执的赞美。三种声音麾下作品似交响乐一般多声部地重叠着、交织着、强化着。所以，我们有理由坚信，附带这三种声音的作品，必然是罗怀臻心灵的发声地，也必然是他作为异类正名和突围的领地。我们依次来看这些代表作品附体现代意识程度怎样。

罗怀臻现代意识的代表作，就是“寓言史剧”《金龙与蜉蝣》，这是罗怀臻正面批判封建专制王权的一部作品。《中国戏曲通论》这样描述传统戏曲：“中国戏曲产生于漫长的封建社会，它的剧目不外乎反映封建社会生活和人物。它作为一种社会意识形态，产生代表剥削阶级和被剥削阶级两种不同倾向的剧目。然而，由于封建统治阶级的道德意识总是以全民形式——普遍性形式出现。所以，兼具人民性和封建性，或者民族性、阶级性、社会性相互渗透的传统剧目也大量存在。”① 由于封建性和人民性互渗的传统剧目和传统观念泥沙俱下，所以，在创作中，要想从封建性的“沙”中淘出人民性的“金”来，是一件极考手艺的事。每一个当下人也是存在于过去中的人，所以，任何人，包括我自己，对现代性的辨认和追求也是永无止境的。所以，我觉得考量《金龙与蜉蝣》现代意识的渗透度，一个可量化的指标就是，在作品里是否毫不犹疑地和封建性诀别，没有丝毫妥协余地。很明显，罗怀臻在这方面做到了绝佳。该剧从情节到人物，是查无所实的历史虚构。帝王金龙与其子嗣蜉蝣，因误会而互断生路，金龙阉割蜉蝣，蜉蝣掏空金龙。金龙为延续龙脉，寻遍全国妙龄女郎，偏偏找到了蜉蝣之妻玉荞。于是，牵一发而动全身，惹得玉荞之母玉凤携孙子寻至宫中，夫妻、父子、爷孙得以抵面，真相大白。蜉蝣之子刺死金龙，金龙反而赦免他并传位给他。若我们拧紧剧情，提炼出剧中核心人物关系和事件走向，就是：父子残杀，父亲仍传位给杀害了他的儿子。倘若我们剥离罗怀臻为衬托“父子残杀，父亲仍传位杀害他的儿子”这一情节主干所

① 张庚、郭汉城主编，何为副主编：《中国戏曲通论》，上海文艺出版社1989年版，第88页。

配备的合理合情的前因后果，“卸甲潜逃的帝王金龙邂逅渔女玉凤，与之成亲后生下蜉蝣；出逃后的金龙靠掩护他的官尉牛牯盔甲为名，导致蜉蝣错认父亲；金龙重新夺回江山，将功臣牛牯杀害；蜉蝣寻牛牯，又误入皇宫，被金龙阉割……”那么，拧紧的情节不正是快进之下封建时期各个朝代更替的真相吗？最后，被权力加冕的孑孓必将在宗法制度下再度异化，重演金龙悲剧，周而复始，触目惊心。该剧以有限体量虚构了一个完全可能发生的故事，深入封建政权源头追问它存在的合理性，结果，剧情主干走向的荒谬直接暴露了封建王权制度的荒谬。此时此刻，我们看到了这一专制政权对人性的绝对戕害，剧中人深陷美国剧作家奥尼尔所定义的大悲剧泥沼中无法自拔，“人同自然界作斗争并改善自身处境形成社会，但社会形成又会限制、异化甚至戕害人的自身。无论处于什么历史阶段什么人，总是和别人、社会有着某种不可协调的矛盾。任何社会任何人，无一例外有着自己某种悲剧。”① 罗怀臻曾指出，无责任人的苦难才是悲剧与古代苦情戏相区别的特质。在这部剧里，罗怀臻将封建专制政权的血腥轮回置于无解、无责任人的境遇中，一种大悲剧蕴含让罗怀臻的现代意识渗透深度自见。

罗怀臻将现代意识探照灯照向历史丛林深处，嗜血成性的封建专制政权俨如庞然大物矗立起来，伴随它左右的，不管是封建王权建立者，还是被压迫者和拥护者、既得利益者，只要事关人性的旮旮旯旯，都是荒谬，都是血腥。只不过正面批判封建专制政权的作品，血腥来自自残；反面批判和侧面批判封建专制政权的作品，血腥来自他伤。如果把前者作为罗怀臻现代意识自历史深处折射而来的主要矛盾，那么，后者就是他的现代意识自历史深处折射而来的次要矛盾，无一幸免。我们来看看这些后者他伤们的伤势怎样。

京剧《古优传奇》中，阻止灾情发生，剿灭朝廷奸佞的笑伶仃，生命也岌岌可危；甬剧《典妻》中，典去秀才家生娃的春宝娘，最

① ［美］尤金·奥尼尔：《奥尼尔剧作选》，荒芜译，上海文艺出版社 1982 年版，第 32 页。

后却要眼睁睁地看着春宝死去，阴森和寒冷的漫漫囚禁是她的宿命；越剧《西施归越》中，归国后的功臣西施却“众叛亲离”，失去故乡，失去恋人，失去亲人，失去自己，在人间无立锥之地；瓯剧《秀芬》中，挣扎过，抗争过，却不得不怀不伦不类的孕，以为可以保全性命的秀芬，依然摆脱不了被洗牌的命运，又一朵少女之花凋谢了；昆剧《影梅庵忆语》里，始终包容，始终付出，为爱匍匐的董小宛，却过早地香消玉殒了；川剧《李亚仙》中，刺目劝学的李亚仙依旧挽留不了她的爱……这些小人物是火光，是温暖，照彻我们心灵，她们静静地燃烧，又静静地熄灭，一批又一批，一轮又一轮，她们的生命前仆后继供给热量，推动历史长河向前又向前。末了，又献祭去了，好比一颗颗划过夜空的耀眼星辰，虽然终究逃不过落幕的悲惨，但却在深邃渺远的历史时空中，划出了一道崇高而美丽的精神之光。而罗怀臻在《梨园天子》《韩信之死》里，安排了一个掌舵者和一个权臣上场，他用两个手握权柄的人侧面试探封建王权吃人本性有无例外通融的可能性，结果很遗憾，酷爱戏曲的宁王储君登上帝位后，不得不割弃所爱、兴趣和恩人，成了孤家寡人；而功臣韩信太过张扬的自我把他送上了断头台。他们在不知不觉间就与最正常的人性、自我意识与诉求愈来愈远。这些作品齐心协力再次证明《金龙与蜉蝣》的论断：在封建专制吃人本性面前，是人人平等的。罗怀臻说他“只选择民国之前的历史题材”① 进行创作。他带着现代意识置身民国之前历史题材领域，等于置身创作富矿，好比碳酸钙与盐酸必然发生化学反应一样，任何一个角落都可能待发现、待解读、待重塑，反应物就是人性的血与苦，接踵的割裂、疼痛和磨难。所以，罗怀臻说他没有创作枯竭之时。对于这部分作品现代意识的体现，罗怀臻不是口中吟唱的，不是用笔写的，而是在晦暗、粘连、扭曲的封建伦理道德中用夯石砸，用刀砍，用斧劈，如此大面积的死伤已然表明了他在剧作中渗透现代意识的决心。

---

① 罗怀臻：《罗怀臻演讲集》（三卷），第三卷，上海人民出版社 2018 年版第 39 页。

上述作品更多是从情节的“象”探寻罗怀臻现代立场坚定性、现代意识纯粹性的“质”，而罗怀臻剧作所追求的现代意识，包含着从现代观众接受心理学和接受美学角度所做出的全方位的转化和提升。本节之所以没寻踪情节一项，那是因为对封建专制王权的批判和反思这一主题若要发生效力，则须依靠与专制王权密切相关的人物命运的反馈，否则就容易鞭长莫及。而取证情节恰恰是体现作品内容的现代性和人民性的关键，而其他种种只能据此植根，才能枝繁叶茂。这里我们就取证情节再说明一下。

比如清官戏的情节大致包含救民于水火反被革职，或四方皆喜两种走向，可能会发出批判封建专制王权和维护公平正义两种声音。然而有没有发现，以救民于水火四方皆喜为情节主干的剧目，即便它们的人物塑造有多合情合理，它们的结构布局有多巧多妙，你依然不满足。为什么？因为即使所有编织无懈可击，那也是封建时代的偶然，由于稀释或消解了封建专制王权的毒性，即便发出了公平正义之声，也是妥协、无力之声。妥协、无力的公平正义即便是真相，也抵达不了本质。试问，身处现代社会、现代剧场的现代观众，回看封建时代的偶然，到底可以获益什么？是对封建性的体认多一点，还是对现代性的体认多一点？都没有。所以，情节的彻底现代性也最能反映这一类戏曲立足现代生活、面向现代观众的诚意。而罗怀臻作品的另一道景观：班昭、蔡文姬、李清照、柳如是，那些柔弱又坚强的女史们，虽然她们活在过去，但她们的欲求或者不自主的生存状态，并未与封建制度发生直接冲撞，所以，探寻这类作品的现代意识，继续拎情节作证就主次颠倒了。古代女史与女性，相同之处是不自主的生存状态，不同之处是主观欲求更强烈。所以，女史们的精神生活在她们的欲求与不自主的生存状态之间摇摆并发酵。如班昭续写《汉书》和独身几尽终年，“身在曹营心在汉”的蔡文姬必须重新投入新生活和新感情，李清照遵守丈夫遗志守护文物，柳如是爱国热忱只能倾注在与她志趣并不相投的夫君钱谦益身上……所以，对于这一系列作品，女史们精神生活是自然而然地流溢出来，这又不偏不倚地中了廖全京先生所说的现代转型最突出的标志："戏曲作品中的人物不再类型化，而是充分个性化，在不同程度上内心化，能够揭示人类精神困境和人的内心冲突与煎熬。这些人物形象充分传达了编导对个体的人的自由和尊严高度肯定并尊重的现代精神。"① 不过，罗怀臻关注和展示古代女史这一特殊人群的精神生活，并未将自己隔离在外，而是从另一维度参与了进去。20 世纪 90 年代，飞速发展的经济翻新了时代，物质进步了，但是人们却离自由身心渐行渐远了。现代文明以失却人的自身为代价，机器和规条榨干了人的性灵，他们的情志也仿佛败军之相，工业文明如同刺目的强光强行叨扰文学旧梦，让人烦躁不安。在喧嚣又浮躁的人欲旋涡中，知识分子的坚守如水面浮沤，微渺得很，曾经的理想和信仰漂浮在今日生活的湖面上，难以融化……作为守护文化孤灯的文人真笔墨，又身为异质的罗怀臻，一面在精神缺氧的高原苦苦坚守与跋涉，另一面还要抵御写作价值被抽空的危险，双重重负下的他更是孤单、寂寞、愁苦。于是，他把难抒的沉郁和忧患投注到了这些女史身上，替艰难时世工笔勾勒了一组柔美漾动的心灵波纹图。这里头，是情感的千回百转，是心事的千缠万绕。即便女史们精神永生，即便她们在最欣慰的时刻，你依然能够感觉到她们的沉郁、不安和期待，一种抑郁又激越，既慷慨悲凉、抑塞磊落却无可奈何的情调释放出来。这些情调都是剧作家绕着智慧内省的氤氲，也是他的深陷困境的个人体验，其深深的孤寂感，像一方岑寂的池塘，荡漾着凝重的雾霭，一种忧郁而美丽的氛围让人肃然起敬。

这里或许需设问，罗怀臻作为当代知识分子的坚守者，为何频频选择古代女史来抒发心迹呢？我们暂且排开为某个角儿写戏的现实因素试答。首先，知识分子精神层面的痛苦只有同类最懂，而女史作为知识分子典型，是罗怀臻自我解剖和观照的适宜载体。其次，古代女史，是男权社会下的弱者，选择女史更显超脱。一直以来，爱情和婚姻几乎占据了女性精神世界的全部，而才女们的情感又是敏感细腻丰富的，平常儿女平常情思经她们感怀会呈几何级倍增。

---

① 廖全京：《未完成的现代转型》，《四川戏剧》，2017 年第 10 期。

同时，女史作为文人书生一分子，她们或多或少都有参与国家政事的使命、经历或愿望。所以，当女性和女史相逢，痛苦的情思便会纵横四溢，充盈富裕。选择女史作为自我抒发的主战地，一来可以为自己倾吐心迹提供一个更为自由的发挥空间，二来深深地走进她们的孤独，于男性剧作家而言，就是自设高标、有野心的创作状态。当然，借助古代男性书生自我抒发不是不可以，罗怀臻也多次表达对大诗人李白的推崇与喜爱，但是古往今来，男性书生苦闷之因大多是入仕受挫，即便归隐山林，也是入仕情结的一种赌气，而且这种情绪又是男权社会思维的产物。所以，相较于男权社会中的男性书生，展现女史、也是弱小生灵的丰富内心，更易摆脱男权社会、旧有观念的牵绊，或许更接近现代意识之要旨吧。倘若我们把罗怀臻实践传统戏曲的现代转型比作一条疾徐有度的河流，那么，对封建王权批判系列算是一种激流勇进，而关注女史精神世界系列算是一种深潭回流，都是他勇于突围异类自我的跃进之态。与此同时，罗怀臻还以班昭、武训对信仰的坚持，加持了作品的创作心态，最终将所有情绪汇入坚持之海。当然，上述寻踪之作并未涵盖罗怀臻剧作的全部，尤其是最近十年的作品几乎没提，一个重要原因是，已经通过异类的眼光、异类的思维、异类的行动，铿锵绽放了自己的生命气象，之后的创作就是锦上添花了。所以，这一维度的创作经历，正如白蛇以自己的方式倾力爱许仙，只能表明她的深情和强大，然而，这对许仙来说，终究不够圆满。若要罗怀臻的异质自我有根有家，他需要如白蛇怀孕一样转向，转向他深爱对象所需的方向，去经营，去回报，去奉献。如此，本文临近了尾声。

罗怀臻异类创作履迹，带着坚忍不拔的意志，在他对上海的播种与回报中绽放。播种戏剧，回报上海，这是戏剧理论家马也先生作序《罗怀臻演讲集》专置的小节："从2011年策划的五个高级研修班，到上海市剧本创作中心2016年的四次'上海市舞台艺术精品创作会议'，邀请全国包括港台地区的优秀舞台艺术创作人才参与上海创作……从以个人的创作实践和理论思考推动当代戏剧行业的进步，到把个人作用融入一座伟大城市的文化进程中，我相信，罗怀臻必如清朝的春江那样，为一座城市的舞台艺术发展，发挥不可替代的作用……”① 三十多年，罗怀臻对戏剧的爱，对家乡的爱，似法力无边的白蛇，充实了上海文化的色彩，他累并坚持着，苦并耀眼着，痛并辉煌着。然而，这份给予上海的精彩和爱护，在播种戏剧和回报上海中渐渐沉淀下来，开花结果，有些涅槃重生的悲壮意味。当然，本文寻踪罗怀臻异类创作履迹，并非找寻他的异质的外在成像，而是在找寻他的异质的外在成像背后的孤独、力量和美好在创作中的投入和支撑。都知道，异质成像可以有多种选项，是个性特征，而支撑异质成像的孤独、力量和美好，才是共性。所以本文以白蛇之恋譬喻罗怀臻异类创作履迹的跋涉，虽然有些戏剧性，但是同为异者的双方，他们倾力的投入和支撑却是真实存在的，我们需要关注这份真实，致敬这份真实，守护这份真实。那么，就让我们在马也先生这段话的诵读中，给这一曲大蛇恋之壮歌斟满祝福吧。

（原载 2019 年第 2 期《东方艺术》杂志）

① 罗怀臻：《罗怀臻演讲集》（三卷），第一卷，上海人民出版社 2018 年版第 21 页。

士的精神、他者效应和日常审美

——作为文化症候的“罗怀臻创作现象”

郑荣健

一

在当代剧作家中，罗怀臻是以十分明确的现代姿态而崛起的。毛时安先生称他像塞万提斯笔下的唐·吉诃德和罗贯中《三国演义》中的赵云，颇具意象色彩。然而，当我脑海浮掠过这两个形象之时，在满腔热血、一身孤勇的印象之外，又有些迟疑，因为任何对于“现代”的讨论，都不可避免要以“传统”为参照。就像唐·吉诃德对应的中世纪骑士传统、赵云（更多时候是关公）对应的中国民间社会俗信——后者如李慎之先生曾言“中国大传统的代表是孔夫子，小传统的代表是关王爷”①，那么罗怀臻的“现代姿态”对应的是什么呢？

罗怀臻的创作，起始于1980年代。一直以来，他都被认为是“有着明确的现代意识的剧作家”②，在那个思想大解放、文化大反思的年代里，高举“人”的旗帜去重新检视历史文化、社会现实和个体命运，因而彰显出鲜明的现代意识，其实再自然不过。事实上，年龄稍长而大致同期崛起的剧作家如魏明伦、郭启宏、郑怀兴等，也纷纷随潮而起，表现出一种相似的代际特征，比如对人性的深刻揭示。但是，在跨越1980年代人文思潮、1990年代市场经济环境、

① 李慎之：《发现另一个中国》，王学泰著《游民文化与中国社会·序》，山西人民出版社2014年版。

② 李伟：《论罗怀臻剧作的现代意识》，《南大戏剧论丛》，2018年第1期。

新世纪传统文化复苏至今近40年时间里，我们很难确定同一个概念依然有效，或者表达同一个内涵。这就带来两个问题：一是罗怀臻区别于其他剧作家的个性是什么？或者说，他的“现代意识”所谓何指？二是作为“一种视角”“一个发展着的概念”“一个渗透性的概念”①，罗怀臻的“现代意识”所依托凭借、迁延开去的原因是什么？

罗怀臻曾解释：“现代意识不是西方意识，而是人类文明、中国文化积累到当下，人们运用科学的眼光看待人生，看待人的生理、看待人的情感、看待历史。”②在另一个表述里，他进一步称“当下信息（科学的眼光）包括现代哲学、现代自然科学、现代人文科学”③。正如文明或文化的积累会有不同的沉积层，现代性追求也是一个不断发展、永不停止的过程，批判封建专制和倡导自由、民主、人权的启蒙现代性，和反思资本主义工具理性的文化现代性、审美现代性，其实有很大的区别——前者以19世纪工业革命为背景，代表着资本主义上升时期的发展理念；后者以工业化带出的一系列问题为背景，如技术至上、人的异化等背离了最初的启蒙理想，随之引起知识界的焦虑和反思，倡导用价值理性来矫正工具理性，后来进一步有了解构主义和后现代思潮，本质上也是一种现代性。换言之，“现代性”必因特定的历史现实才得以彰显，否则就很容易失焦，而在前工业文明和后工业文明交叠的转型期中国，内涵多义、充满歧义的“现代性”本身就是一个陷阱，需要不断地调焦。我以为，要对罗怀臻进行更为清晰的考察，还得从“人”学思潮及其生命体验说起。

回顾罗怀臻的人生历程，会发现一个颇具时代意味的线索——相比于其他崛起于八九十年代的剧作家，其时正年少的他并未因“文革”而留下深刻的伤痕记忆，倒是他从苏北来到上海的经历，更

① 罗怀臻、孙瑞清：《古典戏曲现代沉思》，《剧本》，2000年第7期。

② 魏明伦、王仁杰、罗怀臻：《魏明伦、王仁杰、罗怀臻——三位戏曲领军人物关于中国戏曲在当代的思考》，《东方艺术》，2006年第S1。

③ 罗怀臻：《永远的白娘娘——越剧〈蛇恋〉创作案例》，《罗怀臻演讲集（教学卷）》，上海人民出版社2018年版，第126页。

切近于转型期中国城乡变迁史和农民身份转换史；同时，具体到他主要创作成就所在的戏曲，本身又是从农耕文明走来、正面临现代转化的产物。一系列的互文关系，在个体的身份命运、剧种的时代遭际、城乡的社会变迁之间循环吐纳，其实已部分注解了其剧作的典型价值和个性脉络。在我看来，罗怀臻的现代性追求很难等同于继承“五四”启蒙传统、有着西学背景的知识分子。一个有力的证据是，我们很难在后者身上找到像他这样对民间的情趣以及亲情、爱情等日常情感如此寄予厚望的；恰恰相反，后者的民间大多都被塑造成了批判国民劣根性的想象空间。在音乐剧《大唐贵妃》里，罗怀臻提到了“乡下人”概念，表达出农民、农村和农耕文明相对于市民、城市和现代文明的他者身份和融入后者的渴望与焦虑；这种“士的处境”其实更接近于一个独特的传统，即脱离于庙堂规训、蓬勃于民间土壤、蕴含着现代因子的知识分子。因之，对其剧作所携带的来自乡野民间的异质特征和不羁个性，在此精神框架下来加以解读，或许能衔接上许多我们容易忽视的方面。

士的精神传统，可以追溯到春秋诸子的活跃期，分野于庙堂与江湖，虽以知识分子为代表，却不乏刚峻勇猛、舍生取义之士，且历代皆活跃于思想解放之际。陈思和先生认为：“参照系不同，历代文人在社会政治的实践中逐渐形成了精神上独立于君主专制的道统与学统”①，近代如梁启超、谭嗣同等维新志士，都是典型代表。其以儒道互补为哲学底色，精神内涵十分丰富，个性优势和局限都十分明显。在我看来，它深深地渗透、发展和影响了罗怀臻的戏剧观念、审美思维，使之形成一种强烈的主体意识，并表现为创作旨趣和审美方式上的背叛与挣扎：一方面，是强烈的社会使命感，如穷则独善其身，达则兼济天下，修身以致良知，等等。另一方面，是鲜明的个体命运感，那种“渺沧海之一粟，哀吾生之须臾”的体验、寄望于日常中安顿灵魂的选择和“抟扶摇而上者九万里”的不羁个

---

① 陈思和：《士的精神·先锋文化·百年“五四”》，《杭州师范大学学报（社会科学版）》，2019 年第 1 期。

性、自由追求。这恰恰是我们言及现代性、研究罗怀臻时常常容易忽略的——他不止一次谈到唐诗、宋词、元曲移步而来、迭代更新所呈现出在彼时的现代感，他推崇汤显祖的《牡丹亭》“充满了现代感”①，后者恰恰是循王阳明、李贽的学统而叛逆于正统儒学、高扬人的精神的杰出代表；而他追慕韩信、项羽的英雄主义情结，塑造人物时理想化、浪漫化和主观色彩浓郁的人格美学特质，以及述及自身经历时强烈的个体命运感和积极推动戏曲现代转化时强烈的文化使命感，无不或隐或显地暗示他的精神来路。事实上，罗怀臻有过类似的表述：“我是一个被贴了‘创新’标签的人，但其实我自己的理论主张与创作实践都是强调‘回归’，纯粹的‘创新’对我是一种误读。”②这进一步确证了假设，给我们的现代性言说提供了另一种可能。

罗怀臻的“创作履历”或“创作现象”，本身就是一种社会文化症候，指向传统与现代、社会与个体、精英与大众、体制与民间等多元文化要素相互关联所产生的一系列表征。从这个角度讲，1980年代的思想大解放、文化大反思对于他不仅是一种影响和渗透，而更像是一次召唤和更新，在久经压抑的知识分子集体“归来”之际，讲述了一个被历史放逐到民间的士的精神的“归来”；此后他经历1990年代市场经济大潮冲击、新世纪人文潮向转换，也都标识着一个中国知识分子、一个乡土中国向着现代文明迈进的步伐。这种“时代的意味”，最有意思的不是“归来”本身，而是它的逆向路径——相对于传统知识分子或士的精神被放逐民间的被动姿态，罗怀臻是以“乡下人”的他者身份、异质姿态主动“进城”的。

二

在那个人文激荡的年代，罗怀臻赶上了“时代的列车”，那于犹

---

① 罗怀臻：《戏曲的属性》，《罗怀臻演讲集（理论卷）》，上海人民出版社2017年版，第4页。

② 罗怀臻：《传统戏曲百年来的三次转型和当代转化》，《中国艺术报》，2017年2月22日第6版。

豫选择、徘徊分际之间的蜕变，那“转型期中国知识分子特有的敏感、痛苦和思考”“草根阶层独具的强烈野性和生命挣扎的力度”（毛时安语），显出了他独有的个性魅力和历史人文景深。在此后近40年时间里，罗怀臻创作了50余部作品。其中涉及戏曲、话剧、歌剧、舞剧、音乐剧、电影、电视剧等众多门类，仅戏曲剧本就达40多部，涵盖了京剧、越剧、淮剧、昆剧、甬剧、黄梅戏、川剧、汉剧、晋剧、琼剧等十多个剧种。如此健捷而持续的耕耘，且在“新时期”“新世纪”“新时代”等不同时期均有佳作力作诞生，在同代剧作家中首屈一指。

对于罗怀臻的创作脉络，其代表作《金龙与蜉蝣》（1992）、《班昭》（2001）和《典妻》（2002）常被作为坐标来加以梳理。若以此为界作，时间上大体可分为前后期，前者包括：《韩信之死》（1981）《古优传奇》（1984）《真假驸马》（1986）《梨园天子》（1987）《西施归越》（1987）到《金龙与蜉蝣》《暴风雨》（1997）《西楚霸王》（1999）《宝莲灯》（1999）《柳如是》（1999）《李清照》（2000）直至《班昭》和《典妻》等；后者包括：《孔雀东南飞》（2003）《曹公外传》（2003）《蛇恋》（2003）《一片桃花红》（2004）《李亚仙》（2007）《阿福》（2008）《下南洋》（2008）《建安轶事》（2010）《影梅庵忆语》（2012）《大面》（2014至2017有多个戏曲版本）《武训先生》（2017）《兰陵王》（2017）等。另一种梳理，是以他所塑造的人物为视点，进行形象序列的分类，如韩信、金龙、项羽、李尔、兰陵王等“悲剧英雄形象”，西施、柳如是、李清照、班昭、钟无艳、杨玉环、蔡文姬、董小宛、李亚仙等“文化（或英雄）女性形象”和李凤姐、春宝娘、刘兰芝等“民间女性形象”。这些梳理不一定准确或有效，但给我们提供了一个可供索引的审美图谱，从中看到其创作的概貌。

评论界的看法，有一点是相似的，那就是在新世纪前后“绚烂之极归于平淡”所概括的“绚烂”与“平淡”。类似的风格化描述，确实捕捉住了他的某些变化特征，并能在他的身份转换及外部环境中找到呼应。毛时安称之为从“斗士”到“名士”的转换，李伟把他从“批判和反思”“为文化人格、道德操守张目”到着意塑造“神圣、完美、富有牺牲精神的人物形象”部分归因于1980年代、1990年代和新世纪以来的社会整体氛围的影响①。但若把考察的景深推远一点，就会发现背后知识分子安身立命的浓厚色彩——从洞察人心人性及人类命运到运用现有文明成果来安置人类灵魂、从揭示“何为人”到解答“如何人”，不仅与士的精神遥相呼应，也因其以“人”为原点、从“人”出发并强化贯穿于创作始终的更具普遍性的、更高维度的思考，使前者焕发出并非仅限于批判启蒙、更追问人类命运处境和探寻文明方向的现代光辉。罗怀臻曾以“解构”和“重塑”来标识1980年代和1990年代②，也给我们分析他的创作心理、实践足迹提供了路标，即“发现人”和“重塑人”。

在两个路标之间，驱动其创作和转换的原因，自然跟社会大环境有很大的关系，比如1980年代“人”学思潮、1990年代市场经济等；但至为关键的原因，还在于罗怀臻身上“士的精神”这个“大传统”和“乡下人”的他者身份、他者情绪这个“小传统”——一方面，后者常常成为前者的现实投射、观察视角；另一方面，前者屡屡被历史放逐江湖的灵魂印记，往往与后者达成同为天涯沦落人的情感共鸣，其中的广阔民间既是前者的精神流放地，也是他个人的早年生活场，必然成为其思想情感的重要依借。这一点，在其剧作中有着丰富的体现，那种突兀介入的陌生化效果、“放逐—归来”的叙事策略、日常情感的生动呈现，等等，都是有力的证据。而他所阐释的“传统戏曲现代化”“地方戏曲都市化”“返乡运动”（或“原乡意识”）等理论主张，视之为“大传统”与“小传统”的理性发酵，亦未尝不可。

值得注意的是，无论是致力于构建社会秩序模型的儒家传统，还是自在而未及形成自为抽象的民间资源，都不足以策应他所发现的人类命运的困窘。这已是一个类似于“高更三问”的终极问题，

---

① 李伟：《论罗怀臻剧作的现代意识》，《南大戏剧论丛》，2018年第1期。

② 罗怀臻：《重建中的中国戏剧》，《中国戏剧》，2004年第2期。

即“人从何而来”“人是什么”“人往何处去”，本身是无解的。在《李清照》中，他借李清照之口回答了读书人的使命：“该做什么做什么，能做什么做什么。”何尝不是一种无奈呢？这明显迥异于穷尽思辨的西方传统，在“传统—现代”对应的单质的现代性面前，自然非常有智慧有魅力，但一旦把它延展为多维或多重现代性，特别是从“发现人”诉诸“重塑人”时，难免就显出哲学的悲壮和偏于理想主义的色彩。

三

在罗怀臻的作品中，“人”始终占据着首要的、核心的地位。这是他现代性追求的出发地，是他生命体验的炉鼎，还是他接通各种人文资源的价值通道。他说：“我最大的自信心在于，一种相对稳定不变的人性、一种亲情，这种人性和亲情高于一切。”①这部分地跟西方文艺复兴、启蒙运动或中国“五四”启蒙传统一脉相承，但与此同时，他表现出强烈的个体命运感和对人格美的崇尚，以致前者试图建立人与社会互证关系的旨趣反而常常成为附加的、衍生的客观结果。他的不少作品，都表现出批判王权专制、批判封建礼教的锋芒——这正是启蒙传统的典型标志，却往往给人一种社会的、历史的模糊感，而更像是设定一个人性挣扎的情境空间，以使所有的拷问能够挥洒不羁、来去无碍。不过，他的部分早期作品明显尚未找到方向，直到他“乡下人”的他者体验与“士的精神”互渗为一种异质效应，其作品的风格个性才渐渐地形成、稳固和鲜明，并绽放出奇崛的、锐异的思想光芒。

在并未上演的戏曲“处女作”《韩信之死》中，罗怀臻就已崭露才华。作品讲述了建立帝王基业后的刘邦、吕后诛杀功臣韩信的过程，把韩信重情重义、忠诚信义、光明磊落的形象塑造得非常立体。当然，在表现帝王心术之疑恐、英雄性格之困窘上，还比较中规中矩，可以看出典型的启蒙烙印和“专制王权吃人”的思维模式——对

---

① 罗怀臻、孙瑞清：《古典戏曲现代沉思》，《剧本》，2000年第7期。

比莎士比亚笔下哈姆雷特的性格犹豫、命运挣扎，或者阿瑟·米勒《萨勒姆女巫》里黑暗丛林似的人性恐怖和人心起念后不可抑止、没有理由的蔓延和滋长，这种思维模式契合了时代情绪，透露出他对英雄人格、崇高审美的向往，但并未生长出太多的典型个性，比如对普遍人性的挖掘。《古优传奇》所构织的封建官场群丑图，让人禁不住想起果戈理的《钦差大臣》和陈白尘的《升官图》，颇有批判现实主义色彩。虽未突破上述思维，但其情节陡峭，个性意识已大为增强。

到了《真假驸马》《梨园天子》，罗怀臻已有意识地关注到更具普遍性的人类命运困境，比如人的“异化”问题，并尝试突破屏障而把社会批判推向更高的维度。在《真假驸马》中，真驸马坠崖、假驸马顶替以致产生对专制王权、封建伦理的挑衅，情节颇有命运无常之感。稍显不足之处，在于作为乡野村夫的假驸马如何周旋生存于皇权威严之下，他顶替哥哥后的人性如何发展，等等，在剧中并没有展开。《梨园天子》有类似的命运感，本来与世无争、与梨园子弟厮混的逍遥王爷，忽然阴差阳错而位登至尊，随后翻脸无情，揭露了专制王权对人的异化。这两部作品，都是他早期较为出色的作品。虽然它们在揭示人性时重在社会外因、轻在个性内因的事实——恐怕跟彼时的社会思潮有关，使之与命运无常带来的人性无助和依稀可见的终极困境失之交臂，因之未能使意蕴进一步生长和深化，稍显可惜。

比较而言，《西施归越》就给人很强烈的破壁之感。它的构思很奇崛、很陡峭，怀孕归来的西施就像满怀乡愁的一个他者、一个异类，极大地冲击甚至冒犯了人们惯常的审美认知；而越国灭吴后尚有“余孽”存在的政治考量，特别是越国人的家国荣誉感，又让人们吊诡地战战兢兢。然而，它的情感视角又很日常、很乡下，因之无论西施、范蠡还是越王勾践，都成为非常具体的人。他们从各自的政治前途、名缰利锁出发，没有体恤一个做出重大牺牲、勇毅善良的女性的处境，反而百般游说、算不吝策。西施的遭遇，让我们充满了同情，不自觉地回归到“人”，去重新审视历史、审视自身。在所有的爱恨与利益的博弈背后，人性以源代码的形式滋长，而各色人物虽有各种政治的、文化的身份标签，却无非是被这些标签摆弄的、自知或不自知的个体，表达出一种众生皆受无明之苦的悲天悯人的强烈情绪。它批判权力了吗？它揭示人的利欲之心了吗？是的，且不仅于此，它还跨越和推进了社会批判的模式，使之进入到“非目的性”的、更高维度的终极关怀层面。

几年后诞生的《金龙与蜉蝣》，是奠定罗怀臻剧坛地位的成名之作。这部作品走得更加极致，且形式凝练、情节简劲、思想深透，弥漫着一种人生天地间当有所为的英雄豪情。复仇，是金龙的强烈动机，而通往复仇之路的权力，又迎来轮回式的他者归来，残酷惨烈地阉割了自己的根——专制王权中的血亲观念（嫡长子继承制）。这部有着浓重古希腊悲剧色彩的、被称之为“寓言史剧”的作品，当年曾引起有关历史剧的激烈争论，在此不论。专制王权的“自宫”行为，意蕴丰富深邃：一是对权力的深刻批判。剧中，“帝王”和“渔民”鲜明对立，并借蜉蝣之口唱出“帝王与我是对头”，指向不言而喻。二是对命运的发问。专制王权是人性异化的外因，是步入人性宫殿的台阶，但金龙寻求复仇、维护权力的选择是自主的；他们父子的所有遭际，更像是不可避免、不可摆脱的人类普遍困境——选择而承担后果，人性才是那个终极的囚徒，可我们对人性知之甚少。我们为之悲悯、为之感同身受，恰是因为我们体验过类似的人性灼烧，又深知并惶恐于自身的无知，却只能把幸与不幸诉之于贼老天。在我看来，这是《金龙与蜉蝣》能在当代戏剧史上获得如此崇高地位的重要原因。

《西楚霸王》《暴风雨》等塑造的有缺陷的英雄人物形象，大体可以看作是罗怀臻“发现人”作品序列中的性格呼应。有缺陷的英雄，历来都是“发现人”的经典手段，是人物形象从“神”降落人间的典型标志。罗怀臻并不满足于此，或者说是他的理想主义占了上风，他毫不掩饰对这些人物的喜爱，笔墨间透露出分明的仰慕和褒扬，肯定他们性格中可贵的一面，如项羽在所有功利之中屡屡做出最不功利的选择，那一句“告诉你，项羽天生无羁马，不须你一手加鞭一手勒缰绳”，端的是豪气若天风乱云，表达出不羁的个性、自由的理想。改编自莎士比亚《李尔王》的独幕剧《暴风雨》，并未过多讲李尔对自身作为的悔恨，而极力把他塑造为一个末路英雄、迟暮君王，从而确立“是李尔抛弃了整个世界”的基调。那种非我不幸、实人类不幸的豪情意兴，可以说埋下了“如何人”而寄望人格重建的伏笔。

四

古今中外，任何优秀的作家艺术家，都有着强烈的人类命运感。埃斯库罗斯、莎士比亚如此，汤显祖、曹雪芹也是如此。康德所说的头顶上的灿烂星空和心中的道德法则，为何让人震撼和痴迷？因为它描绘了最恢宏壮丽的人类普遍命运。一些作家艺术家之所以伟大，恰是因为他们克服了自身的弱点、超越了社会的局限而进入到对人类普遍命运的观照层面。那么，它从何而来？从自己的生命体验而来，经由审美情感、哲学思维而上升为人类共情，最终成为身处其中又俯瞰众生的那道悲悯目光。它虽有万千幻象，无论是预言、性格还是社会的崩毁，却始终是艺术创作中最深沉、最壮丽、最精微、最玄妙的部分。罗怀臻的个体命运感，从“乡下人”的他者体验开始，却不自觉地打开了一个独特的历史人文景深，接通了古代知识分子的某种精神体验与命运共情，并最终张扬为一种现代的士的精神。

在谈到《金龙与蜉蝣》的创作之时，罗怀臻说：“淮剧《金龙与蜉蝣》其实是我个人生命经历的浓缩，我在内心深处所想表达的其实是一个外乡人在异地生存的心境，表达一个年轻的离乡者在异地奋斗的坚持，以及那种犬牙交错般的磨合所带来的身体与心灵的痛感。”①在他的叙述中，这种个体的生命体验，还跟淮剧的现实生存、苏北人进上海的迁徙史紧密联系，隐约可见“个体命运”向“人类命运”的转化递进。《金龙与蜉蝣》的古希腊悲剧色彩，跟罗怀臻年少时看样板戏所获得的审美记忆有关。他曾说过这样一段话：“对于样板戏我是有特殊体悟的，因为我就是被它启蒙的。……在实际的

① 罗怀臻：《传统戏曲百年来的三次转型和当代转化》，《中国艺术报》，2017年2月22日第6版。

创作中，我是最反对概念化和脸谱化的，但是样板戏的审美观却曾深深影响过我。它表现的那种属于古典悲剧范畴的受难的过程与神的诞生的过程、牺牲的过程，以及经由这些最后通向壮丽、壮美与壮烈的过程给我的戏剧观打上不可磨灭的印记。”①其美学资源，恰是部分通往古希腊悲剧的，而他所讲述的个人经历，则让人感受到另一种似曾相识，那就是中国知识分子的个体命运感。

这种强烈的个体命运感，古代有太多的例子。它是“念天地之悠悠，独怆然而涕下”，是“吾生也有涯而知也无涯”，是对天地时空的敬畏和对自身的悲悯。那种人相对于宇宙时空的渺小，成为一切宿命的起源、一个精神的奇点。缺乏宗教慰藉、深感命运无常的知识分子，只能依靠建立自己的历史意识（如撰史传统）、审美投射（如“香草美人”）来进行自我救赎，近乎理想主义、充满浪漫色彩地相信文化的魅力，并进一步使人格美学化，以形象化、审美化的方式谈论哲学、道德和社会治理等。在《论〈世说新语〉和晋人的美》一文中，宗白华先生把魏晋人欣赏人格个性之美、尊重个性价值的人物品藻行为上升到美学的高度，认为：“美的概念、范畴、形容词，发源于人格美的评赏。”②在罗怀臻的剧作中，他通过提供独特的人性挣扎的情境空间来昭示命运、张扬个性乃至倾情塑造了一系列可敬可亲、光彩照人的女性人物形象，在生命体验、审美情感及诉诸方式上，是遥相呼应的。

反过来，古代知识分子的个体命运感或士的精神又进一步释放了他的“乡下人”体验，回馈以异质视角和日常审美。此时，他对英雄人格、文化人格、民间人格的塑造，就变得很好理解。李伟认为：“其实，和塑造有缺点的男性英雄人物一样，大多数时候，罗怀臻也是在‘人的发现’的语境下塑造女性人物形象的。”③对此我深

---

① 罗怀臻：《呼唤“文学意识”的回归》，《罗怀臻戏剧文集（第五卷）》，上海人民出版社2008年版，第80页。

② 宗白华：《论〈世说新语〉和晋人的美》，《艺境》，北京大学出版社，1997年版，第134页。

③ 李伟：《论罗怀臻剧作的现代意识》，《南大戏剧论丛》，2018年第1期。

为赞同，并进一步理解，在接通“士的精神”、释放“乡下人”体验的历史景深、现实语境中，或能更好地抵近所谓的“文化心结”“创作心理”或“内心生活秘密”。无论这些人物是以现实人格还是理想人格出现，他们所承载的个体命运感或个性情绪，都变成了一种他者归来式的乡愁，突兀地介入，敏感地挣扎，诉说着人类共同的苦。人将何去何从，自然成了他现代意识的重要支点。

五

罗怀臻以女性为主角的系列作品，大多数是与知识分子命运互文的。毛时安先生认为：“其对文人的关注起始于《柳如是》，升华于《李清照》，完成于《班昭》，后续则是近年的《青衫·红袍》《斗笠县令》《建安轶事》《影梅庵忆语》等。”可以明显地感觉到，这些作品投入了罗怀臻更多的情感体验。廖奔先生称：“他一空依傍，自铸伟词，把班昭、李清照、柳如是一一搬上舞台，这透示出他的一种什么样的文化心结呢——倾心、爱慕、同情、向化、同声相应、同气相求……”①文人与传统秩序、女性与男权社会，其处境本就有很多相似之处，借女性形象以抒发感同身受，再自然不过。而从英雄人格到文化人格、民间人格的过渡——很多时候并非泾渭分明而呈现为交叠状态，实际上也预示着罗怀臻的创作逐渐从揭示“何为人”转向了解答“如何人”，从传统而来的“士的精神”和他的“乡下人”身份所蕴藉的质朴情感和日常审美，就成为他的凭借与自持，带来差异化的峻奇与浪漫。

《柳如是》讲述的是才女柳如是与名士钱谦益的故事。这个故事的历史本事很有名，在明末清初朝代更迭、家国丧乱之际，是着力挽狂澜于将倒的社稷栋梁、隐江湖于沦亡的遗民，还是背负千古骂名做一个“贰臣”，其道德震撼力已无需多说。但我们讲“人的发现”或挖掘人性，不能停留于泛泛的、是否具备戏剧性层面的“人的挣扎”，还要注意到人的终极困境：一是作为个体的、有价值有尊

① 廖奔：《阅读罗怀臻》，《上海戏剧》，2009 年第 4 期。

严的人，不可避免的选择和不自由。二是作为社会人必然遭遇的人心、人性的疑窦丛生。客观来讲，这部戏借柳如是"救风尘"之举而造访钱谦益——尽管她可能本意在游说后者出山，胜在日常化、浪漫化，失之前轻后重的失衡感。最让我震撼的，恰是柳如是与钱谦益"不自由的选择"和"人心见疑"后彼此理解却选择了分开。钱谦益归降清朝的理由，是避免清军屠杀，不可谓不充分，但结果难以蠡测人心，此前柳如是的失望，意味着已然见疑，此疑也是难以蠡测的。那么，他们理智地选择分开，恰恰说明道德为人心立法的失败。这不正是现代社会的普遍现象吗？观众对他们满怀同情，不是因为谁更好或谁更坏，而是他们遭遇了一个人所皆遇的难题，虽一心人亦不能破镜重圆。

《李清照》也是一个家国离乱故事，但它的戏剧冲突主要不在人与人之间，而在人与环境之间。罗怀臻似乎想说明，人难以选择他所生存的时代，但作为知识分子，天生我材必有用，每个人必有他（她）的使命。在这一点上，李清照和班昭（《班昭》）、蔡文姬（《建安轶事》）、董小宛（《影梅庵忆语》）可以说表达了相似的心境。生存于乱世洪流中的柳如是，经历了背叛和失望，见惯了王公贵族，记忆是残破的，其峻烈高洁，迨出于此。李清照所有的命运颠簸，均以她的"溪亭日暮""双溪蚱蜢舟""东篱把酒黄昏后"为参照，唯经历了日常的生活、人生的美好，她才可能有曾经沧海难为水、总把绚烂当从容的选择。如果说柳如是可敬，李清照就是可亲，虽然"该做什么做什么，能做什么做什么"只表达了一种态度，毕竟已赊来月色照窗前。同样选择了为其所能为，选择了文化坚守，班昭相对更加沉毅决断，可以看出柳如是和李清照两个人物综合的结果——剧中，柳如是固然峻烈可择一死，实则少了文化的绵韧与厚度；李清照不乏人生的、文化的厚度，却有态度缺方法，终难免成一名士。唯班昭不一样，她的爱情、婚姻和事业跟现代人的生活和心境是极为贴近的，她的光彩是可敬又可亲的光彩，是理想诉之可行的人格化，是痴愚若我仍有可待的指引。

"从来学问欺富贵，真文章在孤灯下。"这句经典唱词，宠辱得失之虑，很日常又很直白，就像历史的萧疏投影，反映了知识分子的命运真相。对于班昭来说，这不仅是知识分子的灯下漫卷，还是女性的岁月无情催人老。其越是出于常情，反而愈加给人共鸣。从青涩少女到白发苍苍的生命历程，班昭在爱情、婚姻和事业的选择取舍、命运摧磨中，渐渐光泽圆润、光彩照人。在她跪下立誓续修《汉书》之时，她恐怕亦未料到，前路会如此艰难。她本有灿烂才学，也有爱情可待、伉俪并肩，但丈夫曹寿取荣华而背叛，让所有的自持变成了依靠信念的坚守。在她垂下生命头颅的最后时刻，或许她会感念，幸亏有大师兄；她和大师兄马续的关系，让这部戏增添了些许的温暖，让崇高并不拒人于千里之外。

作为罗怀臻剧作中与《金龙与蜉蝣》《典妻》并列为“三座高峰”之一的重要代表作，这部戏于寻常中见传奇、于敬畏中见温度、于成熟之际而即返朴，一切刚刚好。它其实有着鲜明的时代内涵，折射出市场经济环境对人性、人心和正面价值的冲击以及文化迷茫的现实。它的价值贡献，不仅在于描绘了知识分子的文化坚守，更在于揭示了坎坷命运背后的人生苦短、星空浩瀚，让生命价值受到终极考验。时间，也唯有时间，才是生命价值的最高尺度。如果班昭不曾美眷如花，如果班昭可以寿比彭祖，坚守无非就是吃喝睡，曹寿算什么，不过一过客而已；可她也曾是如花少女，也难抵年华逝水，在注定要失败的跟时间的对抗中，她硬把自己活成了巍巍青山，任风雨侵蚀。可是，她毕竟不是巍巍青山，我们分明看到，她和她所坚守的，那给予我们救赎的、照进现实的光，在艰辛受苦。我们禁不住会问：这样，值还是不值？并进一步把这种悲悯情感推向对文化的思考，最后班昭垂下的白发苍苍的头颅，也成为一道充塞天地的知识分子的生命意象，震撼得让人灵魂掏空。

延续《班昭》的余绪，后来罗怀臻又创作了《建安轶事》《影梅庵忆语》等。罗怀臻曾坦言：“在我的所有作品中，总的说来，女性更多是作为理想人物出现的，男性更多是作为现实人物出现的。”①

① 罗怀臻、孙瑞清：《古典戏曲现代沉思》，《剧本》，2000年第7期。

他似乎不甘于柳如是式的斩断，也不满于李清照式的无为，甚至对班昭式的坚守亦抱着深深的遗憾，于是在蔡文姬、董小宛身上给予了亲情、爱情的弥补。这种理想主义的“弥补”，其实解决不了问题。蔡文姬说：“我一柔弱女子，如何自主沉浮?”在蔡文姬所处时代的历史局限下，结果可想而知。而《影梅庵忆语》中的董小宛，表现出来的是顺从、忍让，在现代语境中是很容易受到诟病的。但是，如果我们回顾罗怀臻借李清照之口说出的那句“该做什么做什么，能做什么做什么”，就能体会到其中“韧性争取”（罗怀臻语）的智慧——人物行为看似是实践理性的，但表达主旨却是反实践理性的，不无文化现代性的特征。怎么理解呢？它没有把个性价值工具化、暴力化。且不论顺从、忍让所获得的亲情、爱情回馈是否“等价”或不以此论之（这是另一个话题），单说对于过度维护个性价值、忽视社会人属性的反思，就很有社会指向性——如西方的身份（个性）政治，造成个性撕扯、效率低下甚至身份暴力和战乱（这可以参考1998年诺贝尔经济学奖得主阿马蒂亚·森（Amartya Sen）在《身份与暴力——命运的幻象》（Identity and Violence The Illusion of Destiny）中的描述，中国人民大学出版社2013年版）；再如近些年中国年轻一代中出现的种种社会现象，均实际背离了启蒙理性的初衷而造成价值的消解。

任何进步的文化，或者现代文明的成果，都是理想的、未圆满的，其实现必依赖于特定的、具体的语境：一方面，在人类命运的更高维度里，困境是终极的、永恒的，打破局限常常意味着革命和颠覆。另一方面，承载价值实现和终极理想的最佳状态，永远是均衡、中庸或改良，是最普遍的日常生活，不到活不下去，没有人愿意去革命。因此，革命和颠覆未必是最慈悲的关怀，只是最无奈的决断，而承担苦难所带来的悲悯价值，才是超越性别、阶层、身份的人类命运共情。也就是说，无论传统性还是现代性，都是要被超越的人类自身的弱点或历史的局限，唯如此方足以抵达伟大。托尔斯泰最终走向了宗教，即是此理。此处给出的“药方”虽难比拟宗教，但作品隐隐透露出的致思方式，是十分深刻的。从一个侧面我们也可以看出，罗怀臻解答背后的知识分子的使命感和答案本身的代表广大普通人的生活逻辑。很显然，这跟他身上的“士的精神”传统和“乡下人”体验有着密不可分的联系。

六

罗怀臻从1980年代人文思潮中崛起，他继承了“士的精神”中的社会使命感、个体命运感，并在人格美学的烛照中，对人格之美进行了深刻的、宏丽的、鲜活的、浪漫的抒写，却处处彰显出一种人的立场和现代的理性思维。从英雄人格到文化人格、民间人格的过渡（虽非泾渭分明），或可称之为寻找答案，并交叠着他发现“何为人”的民间立场、日常视角和“乡下人”的叙事策略——正是在此立场、视角和叙事策略之中，“人的发现”不再是一种理念式的观照而有了情感的出发地，“士的精神”也获得了有效的、现代的转化。这种“转化”，主要表现为：一是用平视眼光、民间情感去消解知识分子清峻高蹈的姿态；二是用他者视角、异质思维（很多时候其实是相对于惯性积习的日常逻辑）去打破陈规，在人所惯见中为“士的精神”和民间情感、民间价值找到新的赋形载体。

在罗怀臻剧作中，人物常不以成败论英雄、不以高低分贵贱，而是以平视的眼光看待人物。《韩信之死》中的秋兰，《古优传奇》中的笑伶仃、喜妹子，《梨园天子》中的倩娘、乐师、馨儿，《金龙与蜉蝣》中的玉凤、玉荞，《蛇恋》中的白蛇、青蛇，《梅龙镇》中的李凤姐、大牛，等等，他们既是剧情的参与者，也是不言而喻的民间见证人。他们几乎都以性格乐观、情感质朴、为人善良、行为勇敢的形象出现，并从他们的视角出发，看到英雄的失措、帝王的残忍、官场的腐败、社会的不公与人类的自相矛盾。他们对善良人性、美好生活的追求，成为所有人性挣扎的底色和基准，任何背离、异化都被加以审视、引发深思。因之，《古优传奇》中的笑伶仃敢于揭露官场丑态，可谓本心未泯；《西施归越》中西施怀孕归来带着天然的母性，悲诉自身与孩子的遭遇，进而引申到对人类的恐惧和绝望，也再正常不过。在这样的情感观照下，《宝莲灯》中的玉帝能唱出“我也曾风流年少入情网”，韩信、项羽、李尔等有性格的缺陷，李清照、班昭、蔡文姬、董小宛等“文化英雄或明星”有非常贴近普通人生活的情感牵绊。反映到形式上，则大量运用或戏仿了民间歌谣，如《金龙与蜉蝣》中的“大哥哥心太黑”、《柳如是》中的“莫攀我，攀我心太偏”、《梅龙镇》中的“我家有个小儿郎”、《李亚仙》中的“八仙歌”，等等，从而丰富了生活的情趣和色彩。

值得注意的是，罗怀臻不是仅仅把民间趣味作为“调味品”“调色剂”，而是还把它作为一种“发现人”的视角来运用的。如果说“士的精神”给予了他足以俯瞰、能够担当的精神高度，民间立场、民间情感就是一面照出人性的纯净镜子，因日常视角而打破惯常思维、积习遮蔽，让“人”冲出幢幢影绰、层层荫翳，显露出本真的面目。更重要的是，或因“乡下人”体验的异质介入，这种视角在某些时候显得更加尖锐和陡峭，使照出的人类生存真相更加震撼人心、触目惊心。最典型的，莫过于《西施归越》《一片桃花红》和《蛇恋》。对于《西施归越》，前文已有论述，不再赘言。《一片桃花红》有些类似，也突破了惯常审美，带着强烈的异质感、介入感，透过钟无艳外貌的“丑”，去塑造她人格的“美”。在讲究形象美感的戏曲舞台，是非常罕见的。同时，对于昆曲来说，它也是重要的拓展，不仅助掖谷好好摘得了中国戏剧梅花奖，更让不太受关注的刀马旦引起了应有的重视。《蛇恋》所讲的白蛇故事，其实是一个重要的民间故事母题，历来皆以人类的立场、视角来编排故事，并已有田汉版京剧《白蛇传》的经典在前。罗怀臻大胆地把故事解读成一个异类进入人类社会的种种困惑、渴望和所受的伤害，来反衬、折射和批判人类社会的种种不堪。在追溯悲剧的责任人时，我们触目惊心地发现，根源恰是人类自身，是许仙的忌惮犹豫和众人的排异心理，从而把故事从讴歌爱情和反封建的主题推向了质问人性、拷问人性的更高维度。

在罗怀臻称之为“重述经典”的系列作品中，还有《大面》《孔雀东南飞》《西楚霸王》《典妻》《影梅庵忆语》等，都有类似的“重述”。他的“乡下人”体验，或表现为民间的日常情感和话语，如

《影梅庵忆语》《典妻》；或表现为挣扎的内心情绪和情感，如《西楚霸王》《暴风雨》《大面》；或表现为揣度人性的合理逻辑，如《孔雀东南飞》，等等。《大面》中的兰陵王不再是战场上勇武而貌美的形象，而成为面具下备受煎熬的痛苦之人。《孔雀东南飞》（与王长安合作）则直接指向了人性的幽微难言之处，历史背景包括刘兰芝、焦仲卿的社会身份反而相对模糊。“无后为大”竟是婆婆干预夫妻生活的变态行为所致，而刘焦的爱情虽被浪漫化地描述成箜篌与骨龠的知音吸引，却难抵焦仲卿恋母情结般对母亲的软弱与依赖。罗怀臻似乎有意避开外加于人物身上的层层遮蔽，他不是社会性地去解释、去质问、去批判，而是极致呈现切入刘焦二人之间的那根锥子，即人性的嫉妒、占有和变态。那个潜在的、值得同情的可怜人，恰恰是焦母。可以看出，罗怀臻试图换一个更具人类普遍性的维度，去诠释这些经典故事。极端如《西施归越》《一片桃花红》《蛇恋》，则使民间情感蜕变成了一种异质要素，鼓槌似的轰击人类的沉疴积弊，反思人性的卑微不堪。

七

在一些场合或文字里，罗怀臻多次提到过他的“乡下人”体验。对于一位有才华、有理想抱负的知识分子来说，那种不被接受、不被认同的生命挣扎可想而知，某种程度上，也与中国社会城乡变迁史、农民身份转换史形成同构回响，让他的创作带着浓厚的文化症候特征：那如历史长风灌顶而来的“士的精神”——很多时候被历史放逐于江湖，跟“乡下人”体验何其相似，与改革开放后不同时期的社会变迁、人文思潮碰撞，从而具体化为他的个体命运感、文化使命感，最终呈现为他的作品独特的现代品格、现代质感。

当然，在承认这种多重的精神背景、文化资源声气相投、奇妙融合甚至产生陌生化效果的同时，就像前文提到“转化”所触及的某些方面，我们也不必回避两个重要的问题：一是“士的精神”和“乡下人”体验所代表的民间情感、日常思维，彼此之间并非流发同源，只是根系交织，难免存在气质差异。传统知识分子虽有恬淡隐逸的田园风、日常味，沦落江湖之际也时有慷慨豪迈的灿烂本真，但其清峻高蹈、理想浪漫的一面，与乡野民间的家长里短、朴素温暖之间，不啻"胸怀天下计"与"柴米油盐酱醋茶"的关系。二是无论来自传统文脉还是民间土壤，它们都存在与生俱来的缺陷和弱点。"士的精神"本质上的道德属性，那种过早成熟的理性抑制了它的进一步发育并获得更本体、更思辨的哲学工具——李泽厚所称的"实践理性"，即"把理性引导和贯彻在日常现实世间生活、伦理情感和政治观念中，而不作抽象的玄思"①，其与民间土壤自带的农耕文明特有的稳定性、封闭感甚至追寻归属的本能，难免使其独立性、批判性不够彻底，从而难以撕开新的维度。

先说第一个问题。在创作实践中，罗怀臻是各取一瓢饮，引民间日常为视角而祛除其短视庸俗的一面，取传统知识分子清峻高蹈、理想浪漫的致思方式、情感方式而淘洗其任运消极的一面，于是我们看到，他的作品大多角度陡峭、行进雄奇，惯以常情（相对于积习则为异质）审视常态，兼具理想浪漫与日常情趣的特质。客观来讲，这两种特质是格格不入的，有点像清迈高士、扛鼎霸王与贩夫走卒同桌吃饭，吃不到一块。什么情况下能吃到一块呢？主观认识自然是都回归为"人"，但戏剧情境是不能强植的，它有自己的类型格式、风格色彩，好比《大话西游》能够让人、神、妖谈恋爱，《西游记》如此编排就显得很奇怪。

对比一下《金龙与蜉蝣》和《武训先生》。前者以"寓言史剧"为定位，即便是"海边打鱼"这个非常日常的情景，实际也已经意象化，不再是"柴米油盐酱醋茶"，而是"小舟从此逝，江海寄余生"，它融入大悲剧中是合乎全剧远古得近乎架空的类型格式、风格色彩的，所以显得凝练、简劲。后者也有寓言化的倾向，武训一大早出去乞讨，"太阳出来把路上"，几乎带着自旷古神话走出的光圈，但它的寓言化并不彻底；换言之，武训与梨花的遭遇略显老熟而未

① 李泽厚：《美的历程》，《美学三书》，安徽文艺出版社，1999年版，第55—56页。

尽意象化，武训在前半部分的老实耿轴固然合乎情理，提供的动机很强烈，却欠了点济公式的游戏，相对于寓言化的“类型格式、风格色彩”，多少留下了枝蔓感、隔膜感的遗憾。再如《西施归越》《建安轶事》和《典妻》。前二者类似于历史传奇，有很浓烈的主观浪漫色彩，与后者近切于当下生活迥然相异，按理讲用日常视角进入很容易被排异，但并没有。倘若注意到它们所采取的“放逐—归来”叙事策略，那么就不难理解，这是在中国人生活中扮演重要角色的乡土情结、故土情感规定了它们的“类型格式、风格色彩”，使之获得了某种共情效应。事实上，罗怀臻总是自觉不自觉地把“士的精神”与“乡下人”体验彼此渗透、改造，而个别不太理想的例子，则往往与某一方面用力过猛有关。比如《李亚仙》里的“刺目”，李亚仙近乎成全荆轲刺秦而自刎的樊於期，那种理想的、浪漫的意兴色彩，明显是以“士的精神”来要求她，个人以为跟剧中情境还是有一些距离的。为什么？郑元和不是荆轲，也不是小凤仙仰慕的蔡锷将军，而是流落风尘、功名不就的少年浪子，倘若李亚仙刺目所劝谏的不过是仕途经济，就显得低了。

一种观点认为：“在罗怀臻的许多作品中，都充满着一种带有强烈主观色彩的独立思考，追求一种崭新的解读。……这也形成了他的作品理念鲜明的特征，他作品中的人物形象、人物环境、细节呈现等，也都充溢着被理念渗透后的烙印。”①罗怀臻也表达过对戏剧创作忽视“思想境界、艺术品位、思想含量、包括人文意识”的担忧，但与其称之为“理念”，毋宁说是“强烈主观色彩”更加合适。原因是，它往往带有浓烈的情感体验和审美经验，或如安志强先生所言，是一种“艺术创作直觉”②，当然跟相对概念化的“理念”有区别。

再说第二个问题。前文已说到，罗怀臻在“发现人”的同时或之后试图解答“如何人”进而“重塑人”的转向。有观点认为，这是批判锋芒减弱了。言下之意，不无遗憾。我以为，力度锐度固有

---

① 刘艳卉：《理念之双刃剑——以罗怀臻戏曲剧作为个案的研究》，《戏剧艺术》，2009 年第 1 期。

② 安志强：《罗怀臻的艺术直觉》，《中国戏剧》，2002 年第 6 期。

稍减，却未必同时意味着现代意识的衰退，恰恰相反，它不仅是必要的、自然的转向，而且可能意味着现代性的拓展——从启蒙现代性扩张领地，进入到兼具启蒙现代性、文化现代性和审美现代性的多维、多重现代性。这里有必要对“文化现代性”和“审美现代性”，再稍作说明。由于长期的实践理性传统（典型弊端是投机性）或更复杂的原因，中国进入现代社会后“科学、艺术、政治或经济的发展没有走上西方所特有的理性化的道路”，而“伦理上的责任观念”①影响所至，其现代性面对的传统具有多重性，即显在的封建专制、封建礼教残余和潜在的实践理性传统。其中，前者是启蒙现代性要革命的对象，旨在张扬人的个性价值；后者类似于西方资本主义推崇技术至上的工具理性，则是文化现代性、审美现代性所要对抗的势力。吊诡的是，我们启蒙之后（尽管它远未完成）所获得的个性价值常常呈现出合则用、不合则弃的机会主义色彩，如莫比乌斯环似的回到了原点。因此，现代性探索不仅要“发现人”“解放人”，还要找回这个“被发现”“被解放”的人。

从罗怀臻寻找答案的选择看，比如《影梅庵忆语》对“韧性争取”的肯定、《典妻》避开尖棱的性话题和柔石原作的阴冷基调而回归情感，应该说他已看到了吊诡之处并进行了反思。但是，由于上述“士的精神”和民间资源的缺陷和弱点，其乏力于现代性的深度追问，或如李伟所言“现代意识的不彻底性”②，也不难察觉。应该怎么认识这个问题呢？我以为，批判只是一个方法论的、动作性的维度，根源还在于两个方面：一是精神来路有待超越的缺陷和弱点；二是哲学去处的现代解决尚不明确或不够有力。其中，他的“乡下人”体验带来的他者效应、异质效应，在推进二者的现代转化方面，起到了十分重要的作用。这种转化建立在价值理性的层面，如前述的平视眼光、民间情感、日常逻辑等，而不是工具理性的层面，如既有道德或惯性审美等。归根结底，就是回归到“人”。这恐怕也是

① ［德］马克斯·韦伯：《作者导言》，《新教伦理与资本主义精神》，江西教育出版社 2014 年版，第 9 页。

② 李伟：《论罗怀臻剧作的现代意识》，《南大戏剧论丛》，2018 年第 1 期。

其剧作奠定成就并被各方面广泛认可的重要原因。作为艺术情感或情绪，这种体验是有益的，与此同时，我们也应该承认，它也是一个需要被打破、被超越的对象。

八

现在的问题是，“发现人”“解放人”之后，怎么办？这个水到渠成、理所当然的追问，罗怀臻的自然反应是“重塑人”，但它同时似乎又成了他的困境所在。当然，文艺作品并不一定要或能给出答案，它从来都只是理想照进现实的那一束光。但如前所述，两个重要的背景资源不足以策应他的发现，那么回归到“人”所获得的现代性和“重塑人”而可能再度坠入的道德范畴、惯性范畴，就成为一对相互撕扯、相爱相杀的悖论关系——倘若说“士的精神”所蕴含的人格美学，以及《梅龙镇》《兰陵王》《宝莲灯》等中以亲情供奉人性的选择，是一种相对传统的、常规的解决方案和技术媒介，那么只有当它们同时包蕴了“那一束光”亦即对人性悖谬或人类普遍命运的观照足够强大、足够强烈、足够突破悖论屏障之时，才足以建立一个更高的维度，让人看到蕴透而出的光。如果说“发现人”而要突破的屏障是社会批判模式，那么“重建人”而要突破的就是道德范畴、惯性范畴。这就形成了罗怀臻剧作的一个不容忽视的、极为宏阔的张力结构，成为解读和衡量其价值的重要标尺。

在前面的论述中，我们所肯定的方面，恰恰是罗怀臻剧作蕴透而出的人性光芒和对人类普遍命运的终极关怀。这不是否定社会批判模式或道德慰藉、人格欣赏的价值，而是其中仍有更高的可能让人期待。事实上，罗怀臻最成功的作品，往往与此紧密相关。《西施归越》隐隐透出“众生皆受无明之苦”的悲悯，《金龙与蜉蝣》在决毅斩断背后描绘的不可摆脱、不可避免的命运选择，《柳如是》中的人性疑窦和选择的不自由，《班昭》中的坚守与执着，《典妻》里底层人无奈的“屈从”和活下去的强悍力量，等等，都是如此。正因其挣扎更加终极，而不是局限在对具体事件、具体人物的层面，其戏剧性才具备了一种恢宏的、壮丽的、崇高的或罗怀臻所说的“受难”的悲剧属性。

在《金龙与蜉蝣》中，死亡的结局来得十分决毅果断，它足够有力、足够绝望、与人性挣扎的强度足够匹敌，分明在说专制王权“真该死”；而后关于“传承”的希望虽然显得缥缈，却像洪水之后的诺亚方舟，对应的不仅是个体命运而更是人类命运的生与死、存与留。在《柳如是》中，钱柳二人的分开是无奈的，与人性疑窦及选择不自由对抗的，则是知己难寻、各自为安的观念，透示出人类的理性光辉。以《李清照》《班昭》《蔡文姬》等为代表，第一层意蕴是知识分子使命感及其文化坚守，给人强烈的震撼；第二层则是剧中之人，皆经大坎坷、大离合、大悲欢，那种人生天地间的空渺如尘之感，触及到时间、空间和宇宙的神秘奥妙之处，因之断非冠冕加顶、洞房花烛所能匹配，唯文化足够恢宏、足够厚重、足够跨越时空，成为给人希望的火种，这就进一步上升到了人类文明延续的高度。《典妻》《影梅庵忆语》等，它们本身带着歌颂美德的色彩，董小宛的“顺从”和春宝娘的“屈从”，姑不论其收获如何、价值指向何处，却给出了一种理性与情感的哲学方法论——它绝不是世俗化、世故化的中庸，而是一种方法尺度和思维温度，呼应了人作为智慧动物的两个侧面。

总体上看，罗怀臻剧作的特点，是崇高的、浪漫的、奇峭的、壮逸的，又往往能大匠运斤般潜行着一种日常的、温情的、质朴的、理性的光泽，显出一种积极的人生姿态和创作旨趣。透过他的创作，我们能够鲜明地看到他的人文脉络和生命印记，感受到他的“乡下人”体验蕴含着中国社会城乡变迁史、农民身份转换史的深沉脉搏，当然也从他“发现人”“重塑人”的创作中，看到了某些时代共性的课题与困惑，如传统现代转化等问题，亟待戏剧界乃至文化界进一步审思自身、梳理来路、克服弱点、突破瓶颈。其作品所标识的“士的精神”、他者（或异质）效应和日常审美，对于当代文化的价值显而易见。对他的创作进行一种文化症候式的研究和梳理，我以为是很有必要的。目的就是，让艺术归乎其途，更好地洞察并超越人性的弱点、社会的盲区、文明的缺憾，让理想之光照进来。

浪漫与哲思：走近罗怀臻的舞台意象和生命气象

郑永为

剧作家是能在他的作品中读出生命气象的，这种感悟、表达和气象不用看编剧署名，仅仅根据舞台上的文学气质就能分辨出是哪位剧作家创作的剧本，无论这位剧作家创作了何种体裁、题材，为哪一个剧种写了剧本，里面总有一种独特的稳定的东西在，这就是作家、剧作家的生命气象。

——罗怀臻①

罗怀臻是当代中国最有思想和个性的剧作家之一。他创作的戏曲作品影响深远，融古通今且自成一体；他提出了传统戏曲都市化，践行着戏曲的现代转化。从某种意义而言，走近罗怀臻也是走进新时期以来中国戏剧发展和戏曲现代化的一条路径。

一

罗怀臻的艺术世界糅合着东方的浪漫与现代的哲思，又与中国的时代风云紧密相连。1980 年代是中国戏剧思维空前活跃的时代，而那也是罗怀臻起飞的时代。2018 年金秋，盛京戏曲论坛的“戏剧美学 30 年”板块，罗怀臻曾回忆起那个令他难忘的时代，让我们领

① 罗怀臻：《罗怀臻：我们缺的是剧作家，不是编剧匠》，《解放日报》“朝花时文”栏目，2015 年 4 月 11 日。

悟到关于戏剧观的论争在他心中留下的深刻烙印。他感慨“现在大家都觉得80年代不可复制，乃至于有一点中国文艺复兴的味道。那是一个物质极其贫乏的时代，那也是一个思想极其富裕的时代。那时的艺术圈甚至用报纸包着花生米，军用水壶装着散装啤酒，就三五个人围在一起争论学术话题。俗话说‘吃饱了撑的’，那个时代却是‘没吃饱撑的’。在80年代，哲学、美学、艺术学都是贯通的，大家都关注戏剧，关注话剧，关注戏曲，所以那真是一个让人心潮澎湃的时代。”他怀念1980年代，那是一个思想解放的时代，也是一个解构的时代，是一个探索的时代，甚至是一个充满争议的时代，但这种争论使大家更接近真理。

1980年代，艺术观思辨的焦点是在上海，黄佐临、陈恭敏、胡伟民这样一些大家令人高山仰止，余秋雨、罗怀臻等青年才俊异军突起。1980年代初的《韩信之死》是其最早的作品，这部淮剧以13场的篇幅，比较完整地描述了辅佐刘邦得天下之后，围绕宫廷权力争斗，以及与旧友的私交，终由楚王被贬为淮阴侯，并最终惨死钟室的故事。有史实为依托，填合理之想象，虽无惊艳之笔，却也合乎逻辑。只是参照其成熟期的作品，个人风格尚不鲜明、虚实对比过于均衡、浓淡取舍略显迟疑，难免让人感觉拘谨和匠气。1983年，罗怀臻到上海戏剧学院进修；1985年，他开始发表作品；1986年，他创作的戏开始排演。当时的上海戏剧学院是戏剧观的最前沿，时任院长的陈恭敏提出了戏剧观念正在发生的几个变化。一是从诉诸人的情感到诉诸人的理智，传统戏剧诉诸你的感官，让你哭、让你笑、让你感动。现代戏剧则是让你思考，让你安静、让你联想。二是戏剧从重情节向重情绪转化，这也是由重生活的过程转向重心理的逻辑。三是突破旧规则，建立新规则，由规则向不规则转化。完整的故事变换为散文式、散点式的，并由此获得结构上的自由。四是综合艺术从边缘分明到边缘不分明，各个剧种与门类之间开始跨界。①这些都对罗怀臻的创作产生了深刻的影响。京剧《古优传

① 陈恭敏：《当代戏剧观念的新变化》，《艺术百家》，1985年第2期。

奇》就是罗怀臻在上戏进修时的作品，也是其古典题材中具有较强主题性和现实价值的作品。《古优传奇》的剧本占据了1984年《新剧作》①第1期的第1篇，并且改变了罗怀臻的命运，成为其登上剧坛的标志作品。②长期以来，以历史故事赋予当代启示是新编历史剧热点线路，模式熟，作品多，但《古优传奇》即使置于35年之后的当下，也不失为同类作品中的上乘之作。尤其是笑伶仃与龋优的形象，不仅让人联想到戏曲的绝活，也极大丰富了舞台的趣味性。以优伶作为戏剧的主要角色贯穿全剧，不仅视角独特新奇，其象征意味更是引人深思。其实，优伶这一形象又何尝不是渗透着他关于戏剧使命的思考。此后，优伶的形象多次出现在罗怀臻的作品中，虽然大多作为背景与环境，但却决定着舞台的总体格调。

在1980年代，每当有国外的文艺理论、戏剧理论、戏剧文本翻译过来，大家争相传阅，甚至复印抄写。罗怀臻记得"当时他要写《梨园天子》时，他跟陈多老师借了《万历十五年》，看后都不舍得归还，因为根本没有地方可以买到。看过《万历十五年》，他连续几天都会想，怎么可以这样认识和书写历史?"那个时代让他每天思想都受到磨砺，八十年代末期的《西施归越》就是这种磨砺的成果，实际也是他艺术趋于成熟的标志。西施是中国古代四大美女之首。沉鱼落雁之容，以身报国之志，赋予了西施别样的风采。关于西施的归宿，诸多版本皆是悲剧，尤以沉江之说最为流行。越剧《西施归越》大胆地以西施怀着夫差骨肉回归越国来展开，以西施与范蠡的爱情为线索，用母性与皇权对峙强化主题，为我们展示了封建社会女性的处境，迸发出强烈的戏剧张力，对人们意识深处的传统观念提出了有力的追问。《西施归越》是罗怀臻的成名之作，实际上又蕴含着他无尽的遗憾，因为错过了他特别在意的一次合作。

---

① 《上海艺术评论》的前身是《上海艺术家》，《上海艺术家》的前身就是《新剧作》，其当时在全国很有影响，与《剧本》杂志被称为中国剧本的"南北双刊"。

② 罗怀臻：《博学渡人的学界前辈》，《解放日报》朝花周刊品艺版，2018年7月19日。

胡伟民是罗怀臻极其推崇的一代大家，被其称为“像一只浴火的凤凰，在中国戏剧史上留下了无法磨灭的痕迹”①。“文革”前，苏联专家在上海戏剧学院导演系教学时发现了两个人才，一个是话剧的胡伟民，另一个是戏曲的马可。1979 年，胡伟民从下放的东北回到上海，命运只给他留下了十年的工作时间，但他在 49 岁到 59 岁这十年间排了近百部剧目。他回到上海排的第一出戏是一位 24 岁的青年编剧写的《秦王李世民》，将娄际成、焦晃等青年话剧演员推上了舞台，而胡伟民的最后一部戏本应该是罗怀臻的《西施归越》，剧本、导演阐述、设计方案都做完了，但没来得及排演他就倒在了华山医院急诊室的门前，这也成为了罗怀臻永远抹不去的心痛。

如今，罗怀臻经常说自己非常满足，因为他拥有了八九十年代，更因为他没有辜负那个时代。八十年代是探索的年代，九十年代是收获的年代，它是八十年代的延续，也是八十年代的回归。在九十年代，艺术家相对平和，不再独尊解构与颠覆，而是开始整合、反思、建设。他们认识到还是要找到自己的根，还是要从自己民族的土壤出发，并站在前辈的肩膀上，继承收获，避免缺陷，所以九十年代的中国戏剧涌现出很多经典作品，但这离不开八十年代思想解放的背景。观念的碰撞、思想的磨砺，赋予了罗怀臻的创作一层哲学意味和思辨色彩。实际上，贯穿其创作始终的命题与风格那时也已经颇具雏形，一代枭雄的英姿，帝王的狡诈与昏庸，秦淮两岸的风流与惊艳，善舞的优伶，美丽或死亡。时势造英雄，成功的艺术家总是不拒绝与时代共舞，罗怀臻的成长轨迹与中国戏剧的发展也是高度重合，分不清是中国戏剧的大潮托举着罗怀臻，还是罗怀臻的创作引领着那潮起潮落。

二

1990 年代初，三十多岁的罗怀臻就冲上了中国戏剧的最前沿，他的淮剧《金龙与蜉蝣》令其声名鹊起，迎来了属于他的时代。《金

① 摘自 2018 盛京戏曲论坛第三板块“戏曲美学三十年回眸”会议纪要。

龙与蜉蝣》无疑是罗怀臻最为重要的作品之一，依据文本展开想象，对我而言更像一个传说。精致的结构、巧妙的穿插、独特的人物，在一个自由的玄幻时空中，伸展缠绕、撕扯纠结，幻化出饶有意味回味无尽的戏剧张力和丰富意蕴。显历史的厚重，有人性的挣扎，又似寓言般奇幻，弥漫着东方的浪漫主义和现代的冷峻哲思。90年代末的《西楚霸王》延续了其英武豪情，而《柳如是》《李清照》《班昭》则开启了一个更为精美的唯美篇章。1999年在沈阳的第六届中国戏剧节上，《西楚霸王》的演出盛况空前，“观众挤满了剧场，汗流浃背却如醉如痴……演出结束，观众潮水般地涌到台前，欢呼喝彩，久久不肯离去。”①2016年，罗怀臻应辽宁省剧协之邀到鞍山讲课之余，曾经和我说起《西楚霸王》，他说不要去造剧，而是要去找剧。一个王朝虽然远去了，但他们的气息还留在那里，戏剧创作重要的就是寻找那些弥留的气息。淮剧《西楚霸王》的价值也正在于发掘了一种英雄的高贵气质和理想主义的豪情，英气勃发的冲动和激情替代了黑白分明“无双脸”，而霸王与虞姬则是俊朗与美艳的情感邂逅。其实，罗怀臻声名远扬之时，我刚刚接触舞台艺术，《西楚霸王》那届中国艺术节，我又正巧是承办方的工作人员，但工作不久，涉戏未深，虽跑前跑后，却没有对罗怀臻和他的戏留下具体的记忆，真是莫大的遗憾。就这样，第一次看罗怀臻的戏竟整整被拖后了十年。

2009年，第十一届中国戏剧节在厦门举行，琼剧《下南洋》在戏曲现代戏中颇具代表性。舞台上的南国风情，人生中的苦难离合，从1980年到1918年，由海南岛到新加坡，该剧展现的南洋华侨的家族史、伤心史、苦难史、奋斗史，颇具感染力。文昌与琼娘和星姐的情感纠葛，文氏家族三代人的遭遇和命运，“下南洋”的辛酸和“望南洋”的守望，构成了韵味丰厚的历史画卷。虽然琼剧的腔调我根本听不懂，但略显阴暗的舞台，缠绵而沉郁的情感，还是让我对

① 毛时安：《序：为信仰而创作》，《罗怀臻剧作集（卷一）》，上海人民出版社，2018年版。

罗怀臻的作品有了初步的感受。

两年后，在武汉举行的第六届中国京剧艺术节上，湖北省京剧院《建安轶事》无疑是最为引人瞩目的剧目。该剧描写蔡文姬归汉修《后汉书》的故事，雄才大略的曹丞相乱点鸳鸯谱，蔡文姬与董祀由相识到相知再到心心相印，及其与左贤王的旧情与对两位幼子的母爱，都表现得丝丝入扣、清晰准确、细腻唯美。尤其是整个戏剧的节奏明快，干净利落，绝不拖泥带水，情感却真挚饱满。而曹其敬导演的舞台，清新明丽、典雅时尚，呈现出融古通今的新古典风格。最终，京剧《建安轶事》成为了唯一排在沈阳京剧院《将军道》前面的获奖者，而那次畅快淋漓的观剧体验也让我牢牢记住了“罗怀臻”这 3 个字，渐渐地在我心目中，他成为了神一样的存在。仰慕他，但又不了解；很有名，却又很遥远。

也是从那时起，常常听说中国剧协在上海戏剧学院办的“青研班”，全国的青年编剧去了，全国的青年导演去了，据说也会有评论班……于是，开始有所盼望，也开始有些幻想。终于，2014 年 10 月，在上海戏剧学院图书馆楼上的教室里，我第一次见到了罗怀臻本人。他的样子让我有些吃惊，那么年轻，还那么帅，与我心目中剧作家和理论家的形象设定颇有距离。他在开班仪式上的开场白至今仍响在我的耳边，他说“中国戏剧评论翻开了崭新的一页”。在“青评班”，我坐在最后一排，距离讲台最远，距离罗老师也挺远，但目光所及，罗怀臻的形象渐渐清晰了起来。“青评班”的班主任是中国剧协党组书记季国平，他和罗松老师负责教务，每位导师的课，都是由他开场，每次课的结尾，又是他组织合影。“青评班”的教室在上海戏剧学院图书馆的顶层，木板条的斜屋顶，疏朗的木结构，工业化的照明灯，就像是一个舞台，上演着罗怀臻最为得意的一台“戏”。“青评班”太难忘了，但只有 18 天；18 天太短暂，但影响却极深远。

2015 年的“五二三”，“青编班”“青导班”“青音班”“青评班”和刚刚结业的“青美班”会师上戏，召开了全国青年戏剧创作会议并举办了 2011—2015 年全国青年戏剧创作成果展。报到那天晚上，我们在逸夫剧场观摩了昆曲《班昭》。从题材上看，《班昭》与《建安轶事》堪称姊妹篇，都是描写史上知名才女修史的故事，也都呈现了她们曲折缠绵的情感世界。但显然《班昭》整体上结构更精致，呈现了她由 14 岁情笃初开到 71 岁安然谢世完整的学术人生，以及与曹寿及马续的复杂情感，尤其是该剧丰厚的底蕴，对中国知识分子的命运做出了富于哲理的思考，出世的寂寞与入世的浮华，安逸中的迷失与草堂上的沉思，都深深铭刻在了我们的脑海。极度精彩的对白与唱词，典雅却不艰涩，饱满又不繁琐，漫长的光阴一笔带过，而重要的转折又细腻传神，令浓墨重彩的渲染与惜墨如金的留白相得益彰，将惠班五六十年的人生经历和极其丰富的内心波澜，完整而诗意地呈现在舞台之上，看后不禁对古老的“百戏之祖”又有了全新的感受。曹寿貌似机敏的谄媚，马续朴实无华的执着，班固病体羸弱的坚守，甚至傻姐的一举一动与范伦的日渐衰老，都刻画得细腻入微又恰到好处。全剧虽然只有 6 个人物，呈现出的却是恢宏的大戏，集中体现了罗怀臻的创作理念和审美追求。如今看《罗怀臻剧作集》，古代才女无疑是其中最为靓丽的一道风景，而《班昭》则可堪称其中的代表性作品。这一系列中《李清照》也显得颇具匠心。该剧以易安居士与金石考据家赵明诚的情感经历为主线，塑造了这位文学名家的风采，在表现手法上也颇具新意。李清照的作品被巧妙地嵌入剧本之中，剧中有她的词，词中有她的情，古今叠印、浑然一体，宛若剧作者与宋代女词人穿越时空的对话。

新古典是罗怀臻深耕的领域，在 21 世纪到来之前，他的创作题材基本是以古代故事和人物为主。不同于大多数新编历史剧，他的创作追求的不是历史的厚重，也不着意开拓历史的现实意义，但其情感逻辑的解读为当代观众接受，其表述方式蕴含现代意识，而在审美层面又生发出融古通今的现代气象。

三

罗怀臻是一代青年戏剧家心中的偶像，人们私下称他为罗帅。他也常对我们说：“所谓青年戏剧家不是单单以年龄划分的，思考的勤奋和思维的敏锐也是很重要的一个方面。”他的身上总是洋溢着青年人的锐气，他的作品也总是给人一种清新之感，混合着传统的典雅和当代的时尚。很多人是泥做的，有亲和力和可塑性；有些人是铁做的，尖锐、冷峻、锋芒毕露；也有些人是石头的，粗粝、坚强、沉稳。而罗怀臻的气质更像是一块玉石，温润、含蓄、在柔软之中蕴含着一种征服力。这种力量，是爱与美的浪漫，是异常丰富的意蕴，也是不尽的哲思。一个真正的艺术家就像是一扇窗，打开这扇窗便走进了他的世界，能领略到一种无可替代的美，无疑罗怀臻就是这样的一个艺术家。在他对创作的自我规划中，枭雄的豪迈、女优的温婉、权利与欲望，几条线索清晰延伸，而具体的每部作品又成为其中的一个节点，架构为个性鲜明又自成一体的完整体系。同时，他不仅为我们提供了一种美学视角，也提出了一种审美方式，在他自己看来那更是一种生命气象。在此，你不仅可以从中窥到他的风格技巧，也能领悟到他的艺术理想，更能感受到他的品质人格。那是一个弥漫着东方气质的浪漫主义空间，是一个充盈着时代与艺术之哲思的审美世界，是一个让永恒的爱与美成为永恒的理想国。

罗怀臻与时代相伴成长，因而特别关注文艺的思潮与动向，比如他为盛京戏曲论坛的选题，每一次都紧扣当时艺术发展的关键点，精准凝练，又有前瞻性，从中不难看出其对戏剧发展的敏锐洞悉。但具体到他自身的创作，却从不追逐热点，总是努力自我完善，保持着自身的节拍。罗怀臻的作品屡获大奖，但他私下却很少提及，他主张不要过分奢望权势，也不必过分渴求物质，而始终需要在意的是离真理更近一点，此处的真理，其实就是艺术的真谛。尤其是在戏曲领域，艺术与时代，艺术与传统，艺术与城市，都是其上下求索的方向。他认为“戏曲的‘现代性’不是时间概念，而是一种价值取向和品质认同。现代题材甚至现实题材的作品不等于具有现代意识、具有现代性，相反，表现古代题材历史故事甚至上古神话，有时反倒充满现代感与现代性。”①他心中戏曲的现代化不是题材的

---

① 罗怀臻：《今天有必要提出让戏曲“重返城市”》，《解放日报》（朝花周刊评论版）2018 年 3 月 1 日。

现代化，而是观念和审美的现代化，他的艺术理念是为舞台提供一种现代的审美方式，一种接通古今的情感交流，而不是去讲关于现代人的现实故事。因而，尽管他也创作了《典妻》《下南洋》《海上梦》《阿福》《秀芬》等近现代题材的戏曲作品，但创作重心却始终未离开典雅清新的历史剧。罗怀臻思索的是戏曲的现代化，创作的是戏曲的文学本，而反之戏曲也在深度影响着罗怀臻。其体系完整的新古典风格的古代题材剧，也有着某种程式化、行当化的倾向，国王、弄臣、优伶、才女、英雄、史官、学士这些其反复描绘的类型形象。其中有项羽、韩信、齐王等名将与君王，而班昭、蔡文姬、李清照等旷世才女及董小宛、柳如是、李亚仙等歌女和艺妓，则是其中最为生动的篇章。

罗怀臻的作品凝聚着他关于时代与戏曲的思考，渗透着其富于理想主义的人生追求。自 20 世纪 80 年代他提出地方戏曲都市化，引领了中国戏曲走向现代的进程。那也是传统艺术与当代观众的对话，在这个过程中，爱与美成为了一种力量，也成为了链接传统与现代的重要线索。其早期的《西施归越》实际上写的就是美的力量，《一片桃花红》则将美与力量合二为一，而《影梅庵忆语》表现的则是内心的爱那种强大的征服力。该剧场面虽不宏大，坡台的组装又极其繁琐，各种原因限制了它的演出，但该剧的精致与凝练、浓情与唯美却颇具有代表性。2015 年 10 月的昆曲艺术节，我在苏州看到《影梅庵忆语》，回沈还特意要来剧本认真学习。《影梅庵忆语》洋洋洒洒 4 000 言，而剧本也仅仅万字余。原作虽笔调飘逸，心路清晰，情真意切，但忆述繁杂，叙述纪实，结构松散。罗怀臻删繁就简，虽惜墨如金，却情感浓烈，并将其爱情主线与戏剧曲线完美契合。他在一个大时代轰然倒塌的背景中，聚焦于董小宛那纤弱娇小的身躯之下蕴藏的坚韧的爱之力量，谱写了一曲关于爱与永恒的抒情乐章。尼采说“人类的生命，不能以时间长短来衡量，心中充满爱时，刹那即为永恒!”罗怀臻进一步解读道：“爱得越深切，顺从越持久，久而久之，顺从便化为了另外一种征服，最终到达爱的彼岸——哪怕彼岸是地狱，是天堂，是死亡。”①

死与美，二十多年前，李洁非给古典戏曲的命运留下一个疑问；爱与美，二十多年后，罗怀臻以他的妙笔给了那些才女和名仕一个浪漫的今生。在罗怀臻的笔下，才女是最为动人的形象，歌女与艺伎都成为才女的一部分，不仅董小宛作为家庭角色的贤惠与承担，柳如是深明大义的爱国情怀，都是出身卑微又为生活所迫的风尘才女的完美代表。李清照秋千之上的几句诗词，董小宛青莲居内的一壶清茶，他笔下的美由文字弥漫到剧场，爱与美是那般自然而然又隽永绵长。《李亚仙》描绘西京名妓李亚仙刺目留影，力挽郑元和败子回头金榜高中，也同样令人感慨万千。虽然李亚仙孤身离去的悲剧结尾，与其被封为汧国夫人的历史归宿并不相同，但却强化了李亚仙风尘义女的鲜明形象。尤其是八仙的设置可谓神来之笔，既与郑元和落草为丐的经历珠联璧合，莲花落又成为连接全剧的精彩环节，极大地丰富了舞台的形式感。

对舞台强烈的驾驭感是罗怀臻剧作的一个特征，也许这与其早年的舞台生涯相关。2017 年的西湖·盛京戏曲论坛上，罗怀臻曾回忆了他有趣的人生经历，他从小习武，曾在全国比赛打到第七，但一看排在第一的矮他一头，顿觉练武术没有前途，后来才知此第一原是李连杰。罗怀臻嗓子好，样板戏句句都会，且没有上不去的高音。身上有武功，又有好嗓子，转身就考进了淮剧团。在剧团，他是男一号的 B 角，但等了很久，第一次也是唯一的一次替演 A 角，结果却演砸了。由此，他与一个表演艺术家失之交臂，却以剧作家的身份成为了中国剧协的副主席。这种极其丰富的人生历练，不仅赋予了他出色的舞台感受，也在温和儒雅的风度之下增添了一层威严的气度，而他的编剧技法，张弛有度、进退有据、有板有眼，绝不拖泥带水。观众面对的仿佛是一个勾魂摄魄的武林高手，不仅胸怀英雄情结，一招一式亦章法森严，节奏拿捏均清晰利落。

---

① 罗怀臻：《董小宛的爱情征服史——昆剧〈影梅庵忆语〉创作絮语》《中国艺术报》，2014 年 2 月 21 日第 003 版。

四

从罗怀臻三十余年的创作生涯来看，1980年代是罗怀臻的积累期，1990年代是他的收获期。新世纪以来的第一个十年，应该属于罗怀臻的调整期，他对《典妻》《下南洋》等近现代题材的探索，终归难以摆脱现实的拘囿。而2010年以来，罗怀臻重新阐释了传统与现代，也迎来了其创作生涯的流金岁月。京剧《建安轶事》、昆曲《影梅庵忆语》、淮剧《武训先生》、话剧《兰陵王》、京剧《大面》、舞剧《朱鹮》等，每一幕都是惊艳绝伦，美不胜收。

这几年，看到他戏剧作品的机会也多了起来，甚至在家门口的剧院还能看到他的芭蕾舞剧《梁山伯与祝英台》。2016年9月，罗老师来到沈阳，为盛京戏曲论坛徽标揭牌，并于2017和2018两次抵沈主持论坛，耳濡目染，渐渐走近了他的艺术世界。2017年5月末，罗怀臻编剧的淮剧《武训先生》在上海首演，我正巧在现场；7月初，其话剧处女作《兰陵王》又于北京连演6场，我也有幸观摩。这两部作品代表着罗怀臻戏剧创作的自觉转型，而他所选择的路径是——回归。淮剧《武训先生》的再乡土化，是对戏曲生成土壤的回归；话剧《兰陵王》则是对民族悠久审美传统的回归。

20世纪80年代，在罗怀臻高擎戏曲都市化大旗的同时，以川剧《易胆大》《巴山秀才》《变脸》、黄梅戏《徽州女人》、赣南采茶戏《山歌情》等为代表，演化为一条乡土文化与戏曲结合的脉络。“以乡土文化意韵构成独特浓郁的整体艺术情景，或者是以某种具有鲜明乡土文化特质的意象事物为贯穿，带给观众既熟悉又崭新的审美感受。”①显然，罗怀臻的再乡土化不是乡土化的简单延续，而是经过都市化洗礼的回归，其深蕴着当代意识，深藏着表现欲望，因而更具冲击力和多层意味。再乡土化不仅是乡土题材的再呈现，而是现代观念对乡土文化的再发现。罗怀臻先生认为“戏曲，生于乡野，盛于都市，耀于宫廷……同时，其又于庙堂之上回照乡村，如

---

① 颜全毅：《大文化视角下的乡土情结——20世纪90年代戏曲乡土文化戏浅论》《戏剧》，2003年第3期。

此循环往复。”因此，再乡土化也是戏曲时尚化后回望乡野的再循环，凸显出戏曲的现代化不只是都市化的单向运动，而是贯通都市与乡野的双向互动。

罗怀臻还有一个雅号叫“罗教头”，他身兼上海戏剧学院的教授，又是全国戏剧创作高端人才研修中心主任，口传心授和教书育人是他重要的职责。据同学说，当年操作全国青年戏剧家研修班时，他甚至用个人的钱垫付先期的启动经费。如今，他仍然不知疲倦地飞来飞去，出现在全国各地的讲台上，传播戏剧发展的思想和理念。在罗怀臻的心中，教育占据着崇高的位置，一个民族的复兴，戏剧事业的发展，首当其冲就是教育。《武训先生》的主题正是彰显了这位民办教育先驱的崇高情怀。在罗怀臻的笔下，董小宛那主动的爱是一种力量，西施沉鱼落雁的美是一种力量，而武训的卑微与软弱也迸发出强烈的情感征服力。那些欢笑中的泪水，那种饱含悲悯的善良，那忍辱负重的国民性，那普度众生的佛心，意境悠远、意蕴无穷。舞台上充满了乡间的淳朴与趣味，洋溢着土气、喜气。而在戏剧文学层面，则一改其雅致精美的韵味，于嬉笑怒骂中平添了一层质朴与浑厚。罗怀臻的再乡土化，有一层怀旧的意味，作为闯入大上海的“异乡人”，也伴着一丝乡愁，但将其置于中国戏剧的整体格局，也许又只能是他一次孤独的远行。

罗怀臻的创作技巧已经趋于自由境界，起承转合层次清晰又虚实相间，留白戏不断，笔断意犹远。他切入主题特别迅捷，将抒情隐含于叙事之中，简洁凝练却情感饱满。但对于真正的艺术家而言，技巧永远是第二位的。罗怀臻那绚烂的舞台景观背后，不可忽视的是其关于人性的哲学，关于艺术的美学，关于时代的思索。罗怀臻经常说：“如果你忽略理论，如果你忽略哲学，你肯定走不远。如果要成为有成就的剧作家，理论上一定要自觉进行深刻的思考，否则真的就走不远。一个创作者如果能够找到一个哲学家作为对应，就会有一种方法跟别人不一样，那是根本的东西，不是技术层面的东西。”①

---

① 摘自“2018盛京戏曲论坛”第三板块“戏曲美学三十年回眸”会议纪要。

由武术到艺术，由演戏到写戏，从苏北到海上，罗怀臻的人生经历异常丰富。而正是深度的思考和宏远的理想，规划了他的艺术创作，也整合了他的艺术人生，使其免于凌乱或飘散。而他的哲学思考与艺术表述则集中于几组对应的关系之中：传统与现代；卑微与崇高；柔软与征服；理想与现实；豪迈与幻灭；权利与孤独。也许这才是永恒的主题，而具体的人物、情节、事件都只是它的表象。在罗怀臻的世界里，有文学与美学的相遇，有人性之善恶的哲学，也有艺术与时代的构想。这是一个以文字构筑的美学世界，是一个爱和美的浪漫空间；是一个与现实平行的虚幻维度，甚至也是一个自成一体的艺术乌托邦。

罗怀臻的讲座是“2018盛京戏曲论坛”的压轴大戏，巨大的天幕背景上是他创造的舞台形象，他在前台讲，那些艺术形象在后面呼应，映衬出别样的舞台时空。当时有人问我，罗老师讲的是戏曲的都市化和现代转化，为什么背景上占据显要位置的却是话剧《兰陵王》？这不禁令我沉思良久。《兰陵王》虽然呈现于话剧舞台，但其凝聚了中国意象与美学，触碰到了民族审美的最深处，而那也是中国戏曲的前身。而该剧的舞台呈现，由于罗怀臻和王晓鹰在民族美学层面的深度共鸣，更成为了中国话剧舞台上异常绚丽的惊艳一笔。兰陵王这一形象，是罗怀臻众多艺术形象的归纳，也是他哲学思考在新世纪的延伸。其实，从其戏曲都市化的开篇之作《金龙与蜉蝣》开始，他就蕴含着浓烈的思辨意味。金龙与蜉蝣本身就极具哲思，一个是飞腾在天的金龙，一个是草间偷活的蜉蝣。他们是主仆，他们是父子；他们要拼杀，他们要传承，这本身就具备了开阔的想象空间。其实，《兰陵王》与《金龙与蜉蝣》的“寓言史剧”一脉相承，这条线索在罗怀臻的心中从未切断，《兰陵王》脱胎于此前上戏毕业季的《大面》，而继话剧《兰陵王》之后又有京剧《大面》。面具是戏曲脸谱的原始形态，充满了中国韵味和装饰美感，而面具之下的兰陵王成为了一个抽象的人，好似一个人类的代表，实则是罗怀臻塑造的舞台形象的代表。英雄与才女曾是罗怀臻作品中反复描绘的形象，兰陵王将其凝聚为一体，成为一个富于哲思的典型形象，他是王子，是弄臣，是才女，也是英雄，需要变换的仅是一副面具而已。兰陵王这一形象，是抽离之后的整合，是凝聚了罗怀臻独特气质的审美符号。

戏剧之所以不可替代，根本在于其独特的形式本体和审美方式，而戏曲的现代题材又总是无法延续传统的审美。罗怀臻的戏剧创作，不仅可以驾驭京昆及诸多地方戏，也能够逐渐拓展到各种中西剧种，近期，他不断尝试对电影题材的舞台再造，并连续以舞剧的形式将创作的题材向近现代延伸。淮剧《武训先生》之后，他又将《永不消逝的电波》这一银幕呈现过的题材搬上了舞台，而《朱鹮》的惊艳呈现及对情感脉络的精准梳理仍然令人记忆犹新，舞剧《永不消逝的电波》又让人对红色的浪漫与时尚充满了向往。

中国戏剧的编剧并不少，但能在创造的舞台意象中形成自己独特生命气象的却非常难得；戏剧评论家也很多，但既能连接艺术实践又能上升到理论高度的思考却弥足珍贵。而能将二者完美缠绕为一，既让自己的创作结构为完整的体系，又使自己的理论不脱离鲜活的艺术形象，就显得尤为难得。罗怀臻正是将东方的浪漫与现代的哲思融为一体，并以此为双翼，获取了更为广阔的艺术视野，也生发出更为悠远的生命气象。

（本文部分口述素材来源于“2017 西湖·盛京戏曲论坛”和“2018 盛京戏曲论坛”会议纪要）

现代戏曲的文学建构：罗怀臻剧作人物类型论

孙红侠

在现代戏曲①的视野里，罗怀臻的剧作是一个重要的存在，从1981年的《栀子花开》到2018年的《永不消逝的电波》，近七十部作品呈现出的是数以百计的舞台生灵鲜明形象。

在这些各具异彩的人物类型中，罗怀臻笔下最闪光的人物总有两类：英雄与美人。英雄的书写体现的是独特的英雄主义表达，完全不同于传统而具有独立的意义。而美人，则多元而复杂，是作家复杂女性观的一种展露，甚至构成进入他心灵通道的密钥。这两者的形象建构，共同构成了罗怀臻这位当代最负盛名的剧作家作品与人格的魅力，这让我们可以抛开简单的知人论世，以作品为通道进入心灵的方式来解读和发现写作过程，使得戏曲史的书写和严肃的批评妙趣横生。但，更为重要的是，这两个类型的书写，体现出的现代意识是中国当代戏曲史上最具有文学尊严的一页——舞台上文学的回归与现代戏曲的文学建构。

现代戏曲，并非一个新的理论性概念，从20世纪80年代被作

① “现代戏曲”概念以及相关论述参见：孟繁树：《现代戏曲艺术论》，北京：时代华文书局，2017年。吕效平：《论现代戏曲》《戏剧艺术》2004年第1期。吕效平：《论现代戏曲现代性》《戏剧艺术》2008年第1期。吕效平：《现代戏曲：中国戏曲的当代文体》《中国社会科学报》2012年7月18日，第8版。孙红侠：《戏剧精神：退出、重返与萎缩——现代戏曲的视角回看〈曹操与杨修〉》，龚和德、单跃进主编《尚长荣三部曲研究评论集》，上海文化出版社，2018年8月。

为“一种有别于曲牌体和板腔体的戏曲体制”①提出的那一天起，三十年的时间并没有淹没“现代戏曲”的理论意义。现代戏曲在此后的三十年之中不断以各种形式的剧目积累完成着形态、审美、结构的建构和更新之中，而文学的建构始终是其最重要的部分，且理论未能完全总结出实践中早已出现的现象。

罗怀臻的剧作，毫无疑问是现代戏曲文学建构中最值得关注的，这不仅表现为剧作的整体价值追求，更体现在独特而鲜明的形象。这些形象，倾注了作家独特的人生理解，投射了书写者自我的心灵映像，为时代写心立言，成就了剧作家自己，也在相当程度上完成了现代戏曲文学建构的使命。

一

英雄形象的塑造和英雄主义的表达是任何时代任何作品表现的一个核心，但中西方的表达却呈现出太多不同。在儒家的道德体系中，英雄是鲁迅笔下的“脊梁”，是为民请命，是舍身求法，是金庸笔下的“侠之大者，为国为民”，传统文化中要求的“英雄”二字并不满足于拔山举鼎，也绝不要求为荣誉而战。为自身的虚荣与声名而战的阿喀琉斯，为爱情和荣誉而决斗的骑士，佐罗和罗宾汉一样的侠盗，无论多么英俊与风流，均不能成为被我们深深认同的英雄。

我们的英雄，无论外在有多少的附丽，内核必须是为民请命、舍身求法、舍生取义、杀身成仁，是侠之大者为国为民。这样的价值内核无可厚非，英雄的形象和意义都以家国和集体利益为最高价值取向。在长达数千年的历史中，正是这样的英雄主义所提供的价值坐标引导着民族的生存和成长，所以文化史与艺术史某种程度上也是民族的精神成长史。

但这样的英雄主义也给文学和艺术带来了一项额外的负担——那就是造神。

无论是传统作品中忠义神勇大帝关羽，还是样板戏中以“三突

---

① 孟繁树：《戏曲理论工作者的使命感》，《文艺理论家》，1986年第4期。

出”为创作法则造出的高大全英模形象，都不难看出这种经由传统而延续下来的创作思维。我们的文学和艺术满足于对完美人格和光辉事迹的顶礼膜拜，而并不在意英雄这个个体自身的情感与精神世界。

在这样的既定轨道之中，罗怀臻笔下的男性形象却是一个例外的存在，这并不是说这些英雄摒弃了家国的价值内核。如果那样，则不堪称为英雄。但这些英雄的含义却与以往有着太多不同。他们压抑、孤绝、自我、在现实利益和荣誉信念之间永远选择后者，他们从未在内心放弃过家国大义，所以也一刻不停地产生着冲突与困惑。这些形象并没有“世俗的成功”，甚至没有一个好的结局。他们都是真正的英雄无有下场。他们没有一个是在性格上堪称完美的人，也不是道德楷模，他们只是他们自己，但是这些形象打动人心的不是英雄的业绩，而是英雄的气质。是不完美成就了完美，真正的英雄不需要完美。

在众多的男性形象中，罗怀臻倾注给悲剧英雄项羽的情感最多。《西楚霸王》是他早期的作品，论技巧并没有当下写作《武训先生》时的纯熟，但单纯的表达更为动人，因为他第一次在戏曲的舞台上颠覆性地把一个“输”的人写得那样魅力横生，写得那么美那么真。戏曲的舞台也第一次走出了杨小楼时代对《霸王别姬》的理解，有了一个失败但正因为失败而具有美感与魅力的男性形象。传统戏曲舞台上的项羽近乎于是一个符号，杨小楼时代京剧《霸王别姬》里的项羽是一个躲藏在行当背后的模糊人物，那个项羽依附于表演者杨小楼的个人魅力而存在，并不是一个清晰独立的形象。罗怀臻笔下的项羽完全不是这样，“这一个”的项羽拒绝单薄和平面，是一个把“生死之战当儿戏”的统帅，因为这个项羽的心之所向从来不是江山皇权，而是对虞姬所言“我今一把大火放，与你双双还故乡”。他在乎的不是生死成败，而是对亚父所言“你看那一轮骄阳，无论走到哪里，都能光照四方，……只要我是西楚霸王”这个项羽看重的东西与世俗不一样，他看重的是英雄的作为和气度，而不是攻城略地和狭隘的成败。他看重的是情义，所以战马和美人才是心头最后的牵挂。这个项羽真心没有把最后的成败当一回事。在一决胜负的过程中，他不玩阴暗手段，“火鸟向日飞，骄阳出东水”，罗怀臻给他写出了阳光的一面，范增口中的“竖子”，世俗来解释就是孩子气，一个有孩子气的英雄，真的很有意思。

现代戏曲是文学的戏剧，而文学形象的重塑和再经典化正是现代戏曲文学性的根本。在这样的视角下看，项羽这个形象的意义不仅在于对传统形象的颠覆，同时更在于展现出来的全新的价值——不以成败论英雄，不以功利主义的价值观评价人生。“这一个”的项羽在政治上是幼稚和不成熟的，完全不是一个实用主义者，距离传统文化中英雄的形象更是有一定的距离，但这样的形象在戏曲的舞台上，尤其是在20世纪90年代，是具有清新和独立的文学意义的。

相比较于“骄阳向日”的楚霸王，伍子胥是孤绝压抑的另类英雄。伍子胥这个形象的魅力在于其具有着悲壮哀丽的审美效果，坚硬的棱角和雄强的品性，是任何英雄主题和爱情故事中最吸引人的一类人设。相比较项羽而言，《伐楚》中的伍子胥没有典雅高贵的王孙气质，而是更具有底层的压抑、沉默与反抗。相比较作家赋予项羽的那份男人的深情，伍子胥的故事里完全抽去了“情”字，他脱离了感情的纠葛，几乎不食人间烟火，但却因此增加了非同寻常的性情魅力。伍子胥没有几句台词，也许是一个根本不需要过多台词的角色，沉默而坚忍就是性格底色，在《伐楚》中一出场就是悲情英雄，带着血仇与受难而出走，他亲手给自己的儿子刻上了三百刀，每一刀都给这个鱼鳞儿带上了命运的印记。这些代表内心极端撕裂的行为都彰显了另类的英雄气质。

传统舞台的伍子胥始终有一个忠孝节义的背景，蒙难与去国都是因为昏君与奸臣的作祟，从《东周列国志》到《文昭关》，这个背景一以贯之。但一个更真实的形象产生于一个人在命运压迫下的反抗，这种反抗其实并不需要一个“忠义”的理由。仅仅是三百多条血亲的性命，仅仅是命运的轰然倾轧就足以振奋一颗沉睡而需要崛起的心灵，所以这个不同以往的伍子胥是压抑与悲情美学的代言。

这种压抑和孤绝贯穿罗怀臻笔下男性形象的创作，同样的特点在《金龙与蜉蝣》中的金龙和《大面》中的兰陵王身上也可以看见。《金龙与蜉蝣》是罗怀臻早期的作品，也是他的成名作。金龙是被欲望毁灭的个体，但同时也充满了刀头舔血和一意孤行的无畏气质，这样的形象时本质雄强而撕裂的。面对诱惑做出选择并承担后果，他所有的悲剧是个人意志的结果，也正因为这一点，《金龙与蜉蝣》堪称现代戏曲视野里第一部严肃意义上的悲剧。悲剧就是要用撕裂与震撼来展现人物与命运和自身对抗时产生的力度，历史的悲剧也更是通过虚无来表达追问。在传统戏曲的范畴里，赵五娘断发葬亲，李三娘咬脐产子，孟姜女哭倒长城，窦娥冤感天动地，这些是不是悲剧？也许只能说具有悲剧中某些动人的元素。这些故事有催人泪下的本领，但这些故事缺少更为强烈的反思和震撼。从《金龙与蜉蝣》开始，以男性主人公为主的悲剧英雄进入了现代戏曲的视野，而罗怀臻正是这种独特英雄主义的表达者。

与《金龙与蜉蝣》相隔三十年问世的《大面》是罗怀臻最近的作品，无论是以话剧的形式上演的《兰陵王》还是京剧大武生生本戏的《大面》，兰陵王这个形象仍然是他笔下一以贯之的悲剧英雄。国仇家恨与杀父娶母是这个比金龙更弗洛伊德式的人物出场就具有的底色，他俊美的外表下潜藏着一颗痛楚压抑的心，这种残酷的背景促使他必须通过隐忍和杀戮来完成自我的救赎。所以我们看到一个接续了金龙与伍子胥英雄气质的兰陵王，他们以共通的隐忍与压抑、沉沦与孤独、以饱受煎熬的内心和浴血重生的雄强共同构成了罗怀臻笔下悲情英雄独特的性情美感的来源。

罗怀臻笔下有英雄，但首先是人的存在，他的英雄不在高高神坛，都在现实人间。这些英雄不是造出的神，但在神性光芒中洞见每一个个体，因为他本就是把英雄的书写，作为自我人格的表达。他把男性的性格审美几乎最大化，通过形象美感来叩问人自身的有限性和必然性。他的英雄要真切地面对每一个普通人而存在，因而才会对观者精神世界的重塑发生意义，而这一点才是最重要的，因为超出了作家的自我表达，成就了文学的现实意义——戏剧文学的现实意义。同时，这些类型化的形象对于需要通过人物形象的塑造来完成文学建构的现代戏曲来说，也是具有非常的价值和意义的。这些形象的创作都是要通过艺术的审美转换来传递价值，形象的塑造只有在价值倾向上让人认同，才会脱离技术主义与审美主义的陷阱。

二

“美人”一词是为了对应英雄而存在，其实是高度意象化的女性形象的一个代名词。罗怀臻笔下的“美人”，也就是女性的形象，是一个比他的英雄更有意思的存在，柳如是、董小宛、李亚仙、班昭、文姬、李清照……数量之多、笔力之集中，在当代戏曲文学史上构成一个独立的现象。所以廖奔先生才会高度关注罗怀臻对历史才女的书写：

> “他一空依傍，自铸伟词，把班昭、李清照、柳如是一一搬上舞台，透示出一种什么样的文化心结呢？——同声相应，同气相求？”①

毛时安先生对罗怀臻的这一创作特点这样解读，他说：

“我要特别提醒的是，在20世纪90年代的十年中，怀臻就曾先后为我们塑造了班昭、虞姬、三公主、西施、柳如是、李清照、李凤姐、杨贵妃、刘兰芝等一系列光彩照人的女性典型……怀臻在每一个女性的塑造中，都倾注了大量的心血，下笔时浸透了饱满的感情……如此全力以赴地张扬女性的善良和美丽，当今剧坛无人出其右。从心理学的角度分析，这恐怕也是解锁其创作心理和内心秘密的一条甬道。”②

在廖奔与毛时安两位先生那里，罗怀臻的女性书写不仅是当代剧坛上的一个独立的现象，更是都提出了作者与文学形象之间的因果缘起关系。这些美人，外在的形象具有古典而传统的审美美感，内在的精神气质，又都是充溢了现代的气息。作品是心灵的密钥，

---

① 廖奔：《阅读罗怀臻》，《上海戏剧》，2009年第4期。

② 毛时安：《为信仰而创作》，《罗怀臻剧作集》，上海人民出版社2018年版，第8页。

自我的投射，罗笔下的美人其实就是他心中的女神，是他女性人格审美的目标形象和爱情理想的艺术投射。其中可分为两类，一类是纯正的传统女性，《大唐皇妃》中的杨贵妃、《典妻》中的妻、《秀芬》中的秀芬、《玲珑女》中的双枝、《西施归越》中的西施、《董小宛》中的董小宛、《李亚仙》中的李亚仙等等，这一类女性天性善良性情温婉，但没有一个是命运的宠儿，甚至是被损害和侮辱的对象。另一类则是才女，班昭、文姬、柳如是、李清照，都是传统社会里赫赫有名的古典才女，她们具有着超越男性的才华和天赋，有并不依附于男性而存在的资本，男性对她们的态度是钦佩、是欣赏。男性看待她们的视线是平等的，甚至是仰视的，把她们当做知己、师友。但是这类才女却没有一个是纯正意义上的“良家妇女”，她们的婚姻全都不约而同地一波三折，没有一个符合传统道德中的“从一而终”，虽然在现代社会意义上，无论几婚几嫁，也原本就是正常的人生选择，但在传统道德体系中，却无一例外成为“道德的瑕疵”，罗怀臻的这类才女的共性是：才情有加，节烈有亏。

这背后的原因颇值得探究。

《班昭》是罗怀臻最出色的昆曲作品，也可以说是成就了现代戏曲意义上昆曲剧作的作品，昆曲从此跳出了传统的声色之娱，对女性的塑造和表现开始有了灵魂。这部作品，从头至尾的气质是两个字：安静。尽管一切命运的暗流在所有角色的内心汹涌，但孤灯黄卷的安静感是字里行间力透纸背而出。班昭是女人，但是一位杰出的学者，这是一个学者的形象在戏曲舞台上前所未有的存在，迄今为止也没有超越，因为对书斋那份命定的安静和“从来学问欺富贵，真文章在孤灯下”这种一针见血的理解，还没有人超越罗怀臻。班昭就是这样的背景之下安静而孤独地浮出了历史的水面，她以最吻合昆曲这个剧种气质的语调讲述她安静又不平静的人生，讲述一个学者如何在世事艰难与人生易老中和自己对学术的忠诚对抗，和自己名存实亡的婚姻对抗，和强大的权力对抗，和宿命对抗。她对抗的方式就是她的学问与坚持。多少的夜静水寒，她的学海书山自有月轮高照，《汉书》是一座巍巍高峰，也是她心中明月，照耀人到暮年的她焕发出旷世的光彩——一个女人、一个学者对理想的坚持和完成。罗怀臻抛弃了的是传统戏曲中声色之娱的部分，他让他的人物能在自我的生存和精神的通道里对话和抗争。戏剧是诗，但诗是以什么为内容？仅仅是形式吟唱和表达自身的诗并不言志，所以词山曲海无非十部传奇九相思而已，真正的诗是咏叹，咏叹人生的有限和精神世界的无限。罗怀臻给班昭的情感那样丰沛，我们无法知晓到底有多少人生的体验融入其中，才会让一个20世纪的剧作家把一个老年女性萎缩的肉身盛满一个学者因智慧通达而伟大深沉的灵魂。

蔡文姬与李清照也是罗怀臻心仪的两位才女，和班昭一样，两位才女都是“节烈有亏”，上天降给她们于苦难、流离与战乱，大时代的痛楚都要小女人以命运来承受。传统社会才女与美女的最高标准都在她们的人生里了，虽然她们所有的是男性垂涎的容颜和不及的才华，虽然她们自觉不自觉地成为传统世界里华丽的点缀，但她们注定是要以女儿身存在。也许正因为才情傍身，所以她们不甘命定的寂寞，所以她们总因闪亮的才情而有追随者和真正的知己，也所以她们会呈现出被良家妇女所不屑的“节烈有亏”，而其实这种隐蔽的指责就是因为她们的存在在无意中冒犯了平庸。

罗怀臻选取这样的女性作为自己最喜爱的人物，并不是偶然为之，那些才女是他心中的女神，是他审美理想中的女性形象。“节烈有亏”也许某种意义上多了一份男性潜意识中可资亲近的“可能性”，但更多的是赞叹，对她们人生的赞叹，对她们爱情选择的赞叹，对她们的命运多舛的确有“叹”，但即使这样，又能如何？无非是“有亏”的人生冒犯了太多的无聊与忍耐。这样的书写态度是现代的，这样的形象是属于现代戏曲的，是充满了文学的现代表达观念的，更是在现代戏曲范畴去呈现前所未有与众不同的女性形象的。这是罗怀臻给现代戏曲的贡献，也是他给这些人物的贡献——让她们以最真实和最美的姿态走出误读，走出曲解，走出历史的阴影。

如果你以为，罗怀臻的笔下只有才情卓越的大女人，那就掩盖了另一部分女性的光辉和意蕴。《梨园天子》中的伶女命如草芥，但她挖目乞讨只为一酬知己；同《李亚仙》中的李亚仙一样以孤绝和极端的方式来表达爱情；《影梅庵忆语》中的董小宛，通过极端奉献与柔顺来完成对男性最终的情感征服；《蛇恋》中的白蛇，还有《宝莲灯》中因凡夫点睛而恋上人间的公主，这两个形象影视剧作常见的。但罗怀臻给她们增加的都是“前缘”，白蛇有被救的前因，三公主则是因为点睛而看到了人间。这些其他版本都没有的神来之笔用意在于使得寻常的一见钟情变成重情重义的故事。欲变了情、情变了义，所以白蛇有足够的底气回答青妹的提问“这世间哪有情和义?”有没有不重要，作品里有，舞台上有，世上有，戏上才有。柳如是是一个从古至今都被文人倾心的角色，罗怀臻也不例外。但他的着力点并没有迂腐地过多放在家国大节上，而是让柳如是的内心成为打动人的地方。柳如是什么都不缺，只缺一个“娶”字，她因看透情场心寒冷，曾一刀挥断七弦琴，这个情场失意的风尘女是因为官场失意的钱谦益“娶”字出口而生死相随，正是应了王家卫《一代宗师》中那句“风尘之中多有性情中人”。

罗怀臻和金庸的爱情观有类似的地方，不同于传统之处非常相似。传统的花园赠金和落难公子中状元的模式其实是暗含着深刻的功利价值观的。传统戏里的小姐不太会真正爱上一个中不了状元的读书人，所谓才子佳人的本质无非仍然是承认男性的金钱和权势、女性的青春和美色才是爱情的终极吸引力。金庸的小说不这样写，他从不写一个男性依靠金钱权力或者是以未来可能具有这些为砝码来吸引女性的注意与爱慕，而是以武功和情义为魅力的来源。罗怀臻的女性塑造与此异曲同工，他从来不会单纯安排一位女性仅仅因为美色而得到爱情。《梅龙镇》是家喻户晓的传统戏，另一个名字《游龙戏凤》也许能更好地概括这出戏所谓的“趣味”，君王的临幸对于民间女子的人生真的如同游戏。但罗怀臻的《梅龙镇》却将游戏写出了真情，将始乱终弃的天子临幸重构为“青春遭遇知己”、“只重情义不重帝王身”，正德皇帝风流而不下流，并没有把民间少女当成一个欲望发泄的对象，而是喜欢“天生一派无羁性，任情任性女儿心”，从喜欢人到喜欢人的品性，《梅龙镇》就从传统的游龙戏凤的欲上升到了情。

除了美女和才女这两个大的类型，罗怀臻笔下的女性配角形象也有异彩。《玲珑女》是一个高度象征和隐喻的故事，双枝，这个整场戏都躲藏在青春少女背后的配角某种意义上却是真正的主角，她和以维护这个道德体系为任务的族长秋莲蓬的爱情就像巨石下长出的绿芽，意料之外却情理之中。《孔雀东南飞》是罗怀臻相对早期的作品，这是一部并非简单重复刘兰芝婚姻悲剧的作品，而是通过讲述一个洞房之夜三人同床的诡异故事来讲述刘兰芝爱情悲剧背后另一个女人的枯萎——焦母——这个有弗洛伊德情结的母亲，这个因寡居而心理压抑的女性，这个在儿子的一夜新婚背后煎熬了数十年青春的女人，是传统戏曲舞台上前所未有的，但那样真实，让人过目难忘。

三

纵观罗怀臻剧作，人物形象是他表达对人的生存与精神状态思考与关注的载体。这些形象因独特的重塑而具有现代的意义，但也有挥之难去的传统视角和立场。他的男性形象，体现了独特的英雄主义和对功利价值观的颠覆。他的女性形象，既体现了对女性的关注、解读与尊重，同时在幽微之处却不难看出他并未走出传统男性立场。

罗怀臻的女性形象与以往的不同之处在于两点，一，他跳出了传统的才子佳人戏。传统的才子佳人戏十部传奇九相思，是古典戏曲词山曲海最核心的那一部分的构成，也是传统士大夫文化中最柔靡的那一部分。男女关系的精妙全在于“玩味”二字，鲜有真情，穷困的书生要有中状元的可能才会得到爱情，实则是隐蔽的功利价值的表达。但罗怀臻的作品不是这样，性的诱惑与爱的沉思都是真诚而真实的爱情理想的投射。爱慕与共情是他对女性的用笔之处，情爱书写构成了对现实秩序、世俗价值的质疑和颠覆，甚至也包含对权力的挑战与反抗，这些都是戏曲觉醒的标志，是男权世界的自我沉思，是传统思想和现代意识的冲突与交叠。

其二，罗怀臻的女性形象又一个意义在于对“香草美人”传统的超越。传统文学中的女性形象很多时候是男性书写者的自我想象。他们在女性形象中倾注自己的政治抱负和意愿，从屈原到《古诗十九首》开创的文学传统开始，就将君臣关系和男女关系同构。文人借情诗向君王抒怀，表示忠诚，用烈女不二夫来表示忠诚不贰主，借长门失宠来表达远望长安浮云蔽日之悲，这是传统文化里最有意思也最独特的一个现象，在世界各国的文化与政治中绝无仅有。罗怀臻的女性书写完全跳出了这个香草美人的千年魔障，他的女性形象并不是他自己的自我投射，所以看不到从君臣关系转化到文学想象，看不到性别认同的悄然转变。女性形象就是单纯的女性形象，男性作家如果不需要表达在权力面前的臣服意识，就能保有自我和雄强的本性。

这些不同，对于剧作家而言，体现罗怀臻和同时代的剧作家的区别。他不缺少技巧，也从来不局限于技巧，技巧是为他要传达的价值和情感服务的，作品对于他不是他人意志的传声筒，也不是单纯的直抒胸臆，而是以手写心，画形画心，出新意于法度，寄妙理于人情，带着深沉的内心体验，带着时代的精英视角，带着现代的气质与意识来展现历史与文化中丰富的群像，以英雄形象表达了独特的英雄主义，以跳出才子佳人模式和香草美人窠臼的女性形象完成了自我风格的确立，更完成了现代戏曲文学的建构。

漫漶悠长的戏曲历史，从不缺少自说自话的作品，也总难免因清风不识字而形成刀尖上跳舞对技术与技艺的追求，戏曲也许就是这样走向了小道末技，对末技的无限制打磨也许是逃避和不合作的另外一种形式，但不管怎样，近千年的戏曲历史就这样形成了看戏看角儿与表演为中心的特点。这当然不是成熟戏剧的标志？怎能是成熟的标志？演员的肉身无论怎样具有着色艺双绝的美好，都注定了是思想的载体。文学的气息如果不能真正融入戏剧，我们的艺术就只有身段而无价值，只有动作而无思想。这种将戏曲表演的历史等同于戏曲史的方式到了近代——也就是中国戏曲地方戏的黄金时期，发展到了登峰造极的程度。但无论是元杂剧与明清传奇为代表的曲牌体戏剧，还是以皮黄腔系为代表的板腔体戏曲，都没有在这些登峰造极的技艺中实现价值的突破与现代的重构。在这种形式下，现代戏曲被界定为“体现出现代审美意识的戏剧作品”①，是“文学的戏剧”②。

我们永远需要历史与历史的故事，也永远不会放弃祖先留给我们的古典的形式，但只有现代的阐释，才能为其提供意义。传统戏曲从来不缺少技术，但如果找不到对人的生存与欲念、理想与存在的思考与关注，找不到对人之所以为人的那些东西的表现，我们距离真正的成熟，有永远的距离。罗怀臻想要改变这一切，他要摒弃戏曲的声色之娱，重归文学的尊严，他把文学性作为自己的追求，更是带动了一代剧作家的整体性努力，如果20世纪80年代以来的一批剧作家通过自己的努力能校正长久以来戏曲舞台的缺失与偏离，那这就是具有历史意义的努力。

罗怀臻的作品是文学上具有独立意义的作品，完全能够脱离舞台而存在。这样说并不是在说这些作品和舞台的疏远，而是在强调文本的精彩可以做到不依赖于任何一位演员的肉身和技艺而存在。

可以脱离表演者而存在的文本是不是好多的文本？

当然，只要两个例子就可以证明。莎士比亚的作品我们从来不知道是谁在表演？用什么样的方式和动作在表演？因为在戏剧唯一的王者莎士比亚面前，文本不需要依附任何表演而存在。传统戏曲与此并没有什么不同，巅峰之作《窦娥冤》和《牡丹亭》也从来没有记载由谁来表演，什么样的身段在表演？因为文学的意义早已超越了一切形式。

因此，独立意义的戏剧作品才是对于一个剧作家最高的赞誉，也正是这种摆脱了“打本子”的地位而独立尊严的创作，是罗怀臻区别于同时代剧作家之处，是他最值得理论的书写于关注之处，也是他有资格有理由带着他的作品走进现代戏曲视野之处。

① 孟繁树：《现代戏曲艺术论》，北京时代华文书局，2017年。

② 吕效平：《论现代戏曲》，《戏剧艺术》，2004年，第1期。

罗怀臻的卓越在于，现代戏曲所需要的，恰恰是他作为剧作家所提供的。他追求形式的传统和价值的现代，始终站在争议的风口，力排众议地推进现代戏曲的构建与转化。他的每一部作品都做到了最大程度地尊重形式上的传统，正如一刻也没有停止过借用传统的肉身唤回戏剧应有的灵魂。他站在个体的生命体验之上，将对爱与美、意志与命运的态度做了艺术的表达，用文字内省与解脱，建构独特的舞台哲学，在人和作品之间完成一条隐秘的通道，他由此及彼，不仅在这条心灵隧道中找到了自我，也在让台下的观众和文本的读者在其中反观，完成自身的成熟与成长，这就是艺术所能为人的生存做到的最好的一点了。

戏剧理想的守望

——评《罗怀臻演讲集》

刘 丽

1993年，淮剧《金龙与蜉蝣》将首届“曹禺戏剧文学奖”“五个一工程奖”“文华奖”多项大奖尽收囊中，使濒临解散的上海淮剧团重焕生机，中国当代戏剧史载入“罗怀臻”这个名字；此后，罗氏笔力更健，创作形式丰富多样，昆剧《班昭》、甬剧《典妻》、舞剧《朱鹮》、话剧《兰陵王》等数十部作品，收获了包括国家级奖项在内的文艺奖项逾百种，可谓硕果累累。世人多知罗怀臻是剧作家，却少知他扎根传统，融合现代，一手创作，一手理论，他提出的“传统戏剧现代化”与“地方戏剧都市化”理念，在戏剧界影响深远。2018年，《罗怀臻演讲集》（3卷）与《罗怀臻剧作集》（增订版）同步出版，前者集戏剧演讲、戏剧教育、舞台实践与创作谈为一体，其戏剧观在“两化”（“传统戏剧现代化”与“地方戏剧都市化”）的基础上，延伸出“四说”（即“人的发现”说、“原乡意识”说、“现代转型”说、“重返城市”说），反思戏剧与现代性之关系，在一定程度上具有指导性意义。

其一，“人的发现”说。历经习武、下乡、返城、进剧团、B角转创作、上戏研修的罗怀臻，置身于1980年代“新方法热”“新观念热”的氛围中，对人性、人情、人道主义有更深刻的体悟和理解，并内化到他的心灵深处，延续在他的血液、思想里。他认为，现代性是一种价值取向和品质认同，“人的发现”在于重新认识人的价值、尊严以及生命存在的意义，探索“人是谁？从哪里来？到哪里去?”等生命终极命题，而非样板戏舞台上类型化、概念化、脸谱化的人物形象，建构、张扬健康、自然的人性，是时代精神、人文情怀和文学意识的觉醒，如《牡丹亭》等跨越时间、地域的藩篱，穿透历史连接当下，因此具有永恒的审美价值；现代戏曲作品如川剧《死水微澜》、黄梅戏《徽州女人》、梨园戏《董生与李氏》者，人性的深度和丰富的情感得以充分的展现，舞台演出经久不衰。因此，戏剧创作需提防三种情形：一不能“为时事而写”，图解政策的作品一旦时过境迁便淹没在历史的海洋里；也不能伪造“超人”“圣人”，传统老戏里“男尊女卑”、“红颜祸水”、“一夫二妻”式大团圆，现代戏里先进人物刻意抹去家庭、爱情等相关人情而强化特殊事迹的题材，以其反智、反人性脱节于公平、正义的现代社会，用道德绑架人心，扭曲人性；戏剧刻画人性决非突出“性欲”，若对人性的自由追求矫枉过正，这样的戏剧有看点、有卖点，却削弱了其悲剧性和反思的力量。

其二，“原乡意识”说。所谓“原乡意识”乃突出剧种特质，即某地独有、具有地方特色的艺术品种，综合其声腔、程式、行当等舞台元素以及该地生活、历史、情感、心理等文化元素体现出来的独特性。《重建中的中国戏剧——“传统戏剧现代化”与“地方戏剧都市化”》《地方戏曲的“原乡意识”该醒了》等文，反思1980年代的一些地方戏创新太过，使之“不像自己”，模糊、消解、同化了剧种特色，甚至用普通话演唱、给音像作品配音，忽略了戏曲本体的独特性，直到1990年代，戏剧界才逐渐意识到这一理论之偏颇，开始自觉地回归，寻找地方戏的源头并进行“重塑”，彰显剧种特有的品性，努力修正并使戏曲“更像自己”。因为，任何一个地方剧种都有其不可替代的品质。如淮剧《金龙与蜉蝣》、黄梅戏《徽州女人》、川剧《死水微澜》、甬剧《典妻》、梨园戏《董生与李氏》等剧，已成为该剧种的标志性剧目。“地域的文化、地域的传统滋长出的那个剧种，滋长出那个剧种形成之前的各个元素是任何一个阶段不能代替的。”与此同时，他主张创作戏曲（尤其是不谙熟的剧种）一定到田野里去实地考察、调研，只有真正的浸入田野调查，切实感受剧种背后的历史文化与风土人情，才能更好地了解该剧种的声腔、行当，以及要塑造的舞台形象的背景、历史，从而在生活真实的基础上走向艺术真实。

其三，“现代转型”说。时间的滚滚车轮已经来到了21世纪，影视、网络在信息爆炸时代分流了大量的戏曲观众，地方戏曲面临着现代转型的危机。拯救、保护剧种个性不能拒绝现代化，相反，只有用强烈的现代意识加以武装，用现代人的眼光重新审视、发现、提纯剧种个性的独特性，在承认现代化的前提下更加自觉地甄别、展示自己的个别性，才有可能使戏剧在时空流转中魅力再生。如《金龙与蜉蝣》对淮剧戏曲文体的创新，使其成功转型，并带动其他“都市新×剧”的产生，如“都市新粤剧”“都市新甬剧”“都市越剧”“都市黄梅戏”“都市新豫剧”等，一直影响到当下的地方戏曲创作，为上海乃至全国的戏剧发展不断提供着新的思考和新的经验。以现代都市人的文明视角和价值观念表达人生，以现代都市剧场艺术和现代观众审美品位展示淮剧等地方剧种，既是与现代都市的融合，也是一次向传统的回归，在现代转型的同时并没有丢失它们的本质特征，现代创新意识与传统回归意识是一致的，因为，“传统”是一直在变化的概念，今日传统是一个时代传承下来的优秀文化，今日之优秀文化亦可能成为明日之传统。

其四，“重返城市”说。戏曲“重返城市”是现代化转型的必要条件，罗怀臻从其舞台实践、观演经历出发，提出在鼓励“送戏下乡”的同时，首先要“站稳城市”，因为传统戏曲的生存危机主要是在城市剧场演出的危机，而乡镇多追随城市风潮前行，强调“原乡意识”“剧种特质”与“重返城市”并不相悖，反而更能促进地方戏曲的生长力，优秀的地方戏曲在一定层面上是对城市文化艺术的丰富。“中国的周秦汉唐、宋元明清以及西方的希腊文明、文艺复兴，文学艺术与戏剧在一个时期的繁荣兴盛无不依托于经济快速发展的时期和富庶发达的区域”，因此，戏曲“都市化”是演出空间、演出市场与受众的三体合一，只有自觉地融入现代，尊重现代人的审美品位和价值取向，传递时代记忆，浓缩时代情感，戏曲艺术才能争取到更多观众（尤其是90后、00后新生代观众），因为，传播与传承同样重要。

毋庸置疑，在当今戏剧界，罗怀臻是少有的把创作、理论有机融合的先锋人物之一。他的《罗怀臻演讲集》，从艺术发展史的角度反思戏剧与现代性之关系，对戏剧与当代社会、当代都市、当代审美的融合与发展进行持续、深入的思考，这“两化”“四说”，源于他在剧场里的摸爬滚打，既是其戏剧理论的鹄的与基石，亦是其戏剧美学思想最华彩的部分，分明辉照出其坚守戏剧理想的韧性，透过这厚重的三卷本著作，亦可窥见其灵魂深处冀望中国戏剧越来越好的那一份真诚、关切与担当。

余墨尚温

——《罗怀臻演讲集》回眸

魏　睿

成为罗怀臻老师的学生，已有十一年。

一日为师，终身为父，可以用来形容罗老师和他的任何一位学生。

对于我而言，无论是怀有美好幻想考研的岁月，还是跟随老师读研的岁月，还是毕业后工作生活的岁月，罗老师慈父般的关心始终温暖着我，以及我的一家。

作为学生，我参与过罗怀臻老师一些图书的编辑工作，如《一剧之本：中国剧协全国青年剧作家研修班文存》《二度创作：中国剧协全国青年导演艺术家研修班文存》等。其中作为主要编辑全程参与选文、收集、整理录音、校对工作的是三卷本《罗怀臻演讲集》，洋洋洒洒百万余字，每个字都有我数番编审的目光。

每一次协助老师出书，在紧张的工作之余，能够享受老师智慧的谈吐，洒脱的人生感悟，心中竟十分惬意。从2015年策划出书到2018年真正出版，《罗怀臻演讲集》用了整整三年时光，回眸这三年，如在昨日，演讲集余墨尚温，让今天的我依然时时回味。

老师让我担当《罗怀臻演讲集》的主要编辑时，我深感惶恐，担心不能将老师演讲过程中的授课风格、逻辑思维、哲学理念、个人气质全然通过文字稿传达给读者，但是老师一直在鼓励我，如同2010年到2013年我在上海戏剧学院攻读硕士研究生期间，时而严厉，时而慈祥，不仅嘱咐我做好一件看似困难的事情，更是开导我的人生、心境，让我用一颗广博开朗的心，去包纳人间悲喜，世间万象。

其实，自我心中认定罗老师为我的导师之后，老师对我的关心就无处不在。何谓导师？韩愈说过：师者，所以传道、受业、解惑也。能将毕生的知识体系传授给学习，已是令人起敬。然而对我而言，导师的意义并不如此简单，罗老师对于我的影响也不仅仅是读研那三年，他在指导学业的同时，总是努力将学生蜕变为一个新型的人。

罗老师的演讲集有三卷，我在演讲集中寻到的记忆，梳理起来，也有三卷，这些记忆就蕴藏在文集的字里行间，只有我读得懂，属于我的记忆。

第一卷·解惑卷

记得我在2008年12月通过济南京剧院李青老师要到了罗老师的邮箱，如同任何一个对未来怀有美好憧憬的20岁农村孩子一样，以无比的亢奋、晕眩、崇拜与痴狂的风格给老师发邮件，稚拙地表达我为戏曲事业英勇献身的信念，渴望成为他麾下一员。的确，我从高中时代就成为罗老师的铁杆粉丝，把《西施归越》《西楚霸王》《梅龙镇》《长恨歌》等剧目的唱段输入大脑，背得滚瓜烂熟，神魂颠倒。当然，这项特异功能早已退化了。

面对一个幼稚得简直不可理喻的小粉丝来信，老师竟然在第二天认真地给了我答复，欢迎我来上戏报考他的研究生，但是毫不留情地泼了瓢凉水让我清醒清醒："切切不要沦为戏迷，我认识许多有资质的青年，可就是在爱好与戏迷之间失去了作家或学者应有的距离感和判断力，大都没有培养前途。"

不经意间回首，这封信已是十一年前的往事了，我却能时刻感受到一个未谙世事的小女孩找到心灵归属的快乐与对未知世界的惶惶然。

十一年来，亲眼目睹了许多同我一样的孩子怀着剧作家的梦想而奔向老师、扎根上海，老师也无比亲切耐心地为他们担负起教育的责任，现实总是无情，他们会因种种偶然或必然的遭遇走向另外的人生道路，当初的渴望被时光的灰尘渐渐掩盖。我作为几位幸存者之一，尚还在为20岁那年立下的誓言而奋斗，哀乎？乐乎？

又如任何一个从农村里摸爬滚打闯荡城市的外乡孩子一样，怀着刻入骨子里的自卑、迷茫、敏感与倔强，在生存与梦想中撕扯挣扎，在人格、能力的局限中痛苦突围。每一次跌入绝望，自己都放弃了自己，然而唯有一个人从未放弃过，那就是老师。求学期间我领悟慢、开窍晚，是老师付出心血最多也是最担心的学生，有师如此，悲呼？喜乎？

20岁的我第一次坐火车出远门离开山东，到上戏听老师上课时，竟紧张得说不出话来，他笑笑说："勇敢些，像自己写的文章一样！"下课后让我多读哲学美学书籍，如柏拉图、康德、黑格尔、尼采，又拿出他在2008年出版的一套六卷本戏剧文集，准备签名送给我，我老老实实地回答说："我在网上买了，网上买的便宜。"老师笑出声来。他送我到延安路校门口，一指东方："沿着这条路走下去，坐公交车也行，一直走到南京东路和外滩！不要怕，这么大人还能丢了？"那大手一挥的身影至今像雕像般站在眼前，自幼久违的父爱霎时回归了，一个繁华的上海梦，也悄然潜入心间。那时圣诞节刚过，整座城市流光溢彩，充满浪漫气息，一个落英缤纷的童话世界，让人真想载歌载舞，像一个找到呵护、找到关心的幸福小女孩。从延安西路到了人民广场，从天蟾走到上海大剧院，那时还没有导航，只跟着探险般的感觉走。

那样晶莹绚烂的圣诞节，当然承载着我过多美好的梦幻，今生只有一次。

备战考研、上戏读研、毕业后的生存、寻找工作，在任何一个看似无路可走的尽头，老师总是苦口婆心地教诲，帮我推开一个又一个人生的困境，这一帮就是十年。未来还有无数个十年，他都帮助学生走下去，而且，是帮助每一位学生。

翻开过往的日记，老师对我倾囊传授戏剧思想与创作的同时，最耗心血的是重塑我的人格，后者是最难的，也是没有多少导师敢挑战的。

每每遇到挫折向老师诉苦，陷入悲观的情绪，脆弱地以为人生将尽，老师都为我做“心理辅导”，一谈就是两三个小时。数年来我的日记本都记不下了，也跟不上记的速度了，到后来，索性不记了。

如今保存的，只是一点点谈话记录和邮件。

2010年。

“我看你写的那些考研感慨都没必要，要有平常心，平平淡淡，并不是只有你一个面对挫折，所有的人不都这样吗？省长的儿子，市长的女儿，也和你一样，也每天学英语、政治，教育部不会因为他是省长的儿子就给他多加两分，你有必要抱怨吗？哪怕是天才的舞蹈演员也要像一般人同练一支舞，天才的钢琴家也要每天练一支枯燥的曲子，没必要瞧不起什么。你身边所有考研的人都和你一样，拥有相似的经历，相似的挫折，其实你的一切都很平凡。将来如果考上的话，就继续读书，如果考不上，就找一个相对轻松的工作，边工作边读书，第二年再来。你家人肯定也不希望你不要离开家太远，考公务员，或者工作，都是为将来读书做个准备。你自己在上海打工怎么能生存下去呢？每天早上就要想去哪里弄四五千元生活费，现在上海面临史上最激烈的人口竞争！你最好的生存渠道是考研然后考博，博士毕业都很难找到工作维持生计。毕业后最好能在上海找到工作，这是你的出路，如果你现在放弃学业，甘心做打字员了，就这样过一辈子吗？”

“在同龄人之中，你对戏剧有了大量感性的、理性的思考，如果将来你能考上我的研究生，再开掘你的潜能，潜能就是你天性中优于别人的东西，你有激情，这是物理的、遗传的、基因的、不可更改的。现在我是让你的激情与正常的生活相协调。”

“与上海的孩子相比，你的气质不如别人。也许你在家乡的环境里是优秀的，但是在上海优秀的孩子有许多，她们气质文静幽雅，你在追求梦想，她们也在追求，用温柔甚至是幽默的方式去追求，而你则显得另类。你要乐观地对待一切。”

“用心体验我发给你的10出小戏，不要‘研究’结构主题语言什么的，而要切实切身地去感受。题材无论古今中外，都无妨，唯独要有自己的生活生命体验，否则为编而编，毫无意义。耐心、耐心，从头开始！”（关于我的小戏写作起步阶段）

“你出生在20世纪的80年代，但是你的思维和评价意识不能继续停留在那个‘新人文启蒙’的时代。有些战斗不是短兵相接一战而决出胜败的，而是旷日持久彼此渗透着胜负甚至最终通向和解或谅解的。这才是历史，才是人心。再想想，你不能走出的也许更多人都不能走出。但是，我们还是要继续向前探索。”（关于老师《蔡文姬》的立意）

2011年。

“魏睿，你的每一次构思都是别起炉灶，想的所有复杂的事情都是前史，不要逃避。我一直在跟你背后的那个力量在较劲，我一定要较过来。”

“你还是不够心静，急躁，用蛮力，遇事反击性强，没有忍耐力和包容心。我对你和对每一位学生都是一样的用心，没有把你视为‘天才’，更不认为你是‘蠢材’，我就是希望在我指导你的时间里，发扬你的优点，激发你的潜能，同时也提醒你改掉一些隐晦的毛病。看来这个过程会相对长些，我有耐心和信心，相信你也有。”

“当你将来看自己写的每一稿剧本，会知道这些经历都有价值的。有意识调整自己，向真正的智性人格发展。”

“我近日忙着母亲的住院和眼科手术，一切都只能暂时放下。你这一学期，为人方式和平时的生活气质都见明显提升，各方面的进步是显而易见的。

创作通常最能暴露内心。透过创作，仍能看到你人格中某种隐藏的东西。这些东西倘不能从内心真正剔除，还是会不由自主地显示出来。发自心底地诚意地向真向善向美，真正地宽容他人，宽容自己，宽容周遭的一切，才会通透，才会明净，才会‘一气呵成’。此外，任你熟稔多少技巧，还是掩饰不住。做一个自然的真实的文雅的、由衷平和愉快的女人，远比成为一个什么家重要百倍。这也是我真正为你着想的地方。

还是要让心静下来，至少需要静的时候能够真正地静。静，就会体会到无边的人生人性的温暖，就会把这份温暖表达出来与更多的人分享，也才能发现并评价出那一份独特的美感来。这其实是最好的文学艺术创作的姿态。试想，哪一位真正的创造者和评论者，不是怀着慈悲的心肠呢？

不要过多地分析自己，你也不是真有多么复杂，无非一向自恃聪明，以为一切均可掌控罢了。事实上，我们往往是连掌控自己的功力都没有的。所以我们才首先需要平常心，平常地对待自己，平常地对待世人与世事。

以一个新颖的自我回家过年，我相信所有的人会发现你身上的新颖变化。然后，带着一份新颖回到上海，开始新一学期的学习创作与修为。”

……

回首当年，究竟是哪些要命的打击让我深受“重创”而找老师倾诉呢？竟是这些：不想背英语了，不想学政治了，写剧本没思路了，跟家人拌嘴了。

面对学生这些鸡毛蒜皮般的琐碎小事，如果我做了老师，想必懒得去管，更不至于从学生的心理入手，去帮她重建光明开朗的生活方式。

倘若老师把如此多的时间放在创作上，不知又有多少部经典问世，又有多少剧种可以因他的一部作品重生，然而老师没有，他把关心学生的人格放在第一位，其次是教学，再其次才是自己的创作。

在读研期间，我的心灵成长与创作思维竟是颇为迟钝，仅是《父归》一个小戏就更改过 30 余稿，当同学在研二做毕业大戏时，我还在做入门的小戏训练。于是我的日记中出现了如此记载：

11 月 30 日，导师请希楠和我共进午餐，“魏睿你知道吗？我在改变你这个人。”说完这句话，导师流泪了。

在我记忆中，老师因为我没有长进流过好几次泪。

自有史书记录以来，我确实没见过哪位老师为教育学生而哭过。

这当然使我陷入旷古未有的恐慌之中，戏剧中一些雨里捶胸顿足之类的惨痛桥段轮番经历。之后赶忙勤奋再勤奋，早晨五六点钟起床，跑到草坪大声读剧本、背剧本，然后泡一天图书馆，剖析师哥师姐们的 10 个小戏，像拉片一样分析结构、情节、人物、情感、冲突，等等，笔记做了一叠，晚上九点闭馆后再大声读剧本、背剧本。

如同陈多师爷把他的办公室钥匙给罗老师，让老师在图书馆闭馆后还能继续学习一样，老师的办公室钥匙也在我手里。有一次从他办公室出来得晚，一楼的大门已被锁住，我给朋友打电话，朋友叫来保安，保安找到钥匙，才算将我解救出来，使我没有在一幢幽幽大楼中游荡一夜。

那真是既痛苦又愉快的一段往事，写好剧本没有捷径，只有勤背勤写。毕业大戏如期写出，不是因为我才华突现，仅仅为了老师不要再痛心疾首。

然而老师还有更多操不完的心，一位有越剧写作才华的学生未能如偿进入越剧院，他唠叨了 9 年，直到她进了为止；一位天资秉异的学生因事故未能继续学业，他一直唠叨到今天；我的毕业大戏理应写得更好，他唠叨了 4 年……

第二卷·饕餮卷

老师唠叨的时候，我这当学生的绝对不是正襟危坐，俯首帖耳，而是正在满嘴流油，大快朵颐。

老师经常津津有味地回忆去他恩师陈多老师家里吃蹄髈，相信那道浓郁的肉香是他味蕾上最温馨的味道。老师给学生上课自然也是精神食粮与物质食粮双下锅，上写作小课请学生吃骨头煲或者西餐，也似陈多师爷一样把瘦弱的学生叫到家里给学生“补营养”。殊不知他年轻求学时代真的物质贫乏，我们这一代面对的是减肥狂潮，此瘦非彼瘦也。

老师的食物补给激发了我嗜爱荤菜的极大“潜能”，三载读研期间，我的体重从100多斤飙升到120斤。当身边的窈窕淑女为减肥而苦恼时，我在甩着肉肉招摇过市。

我最喜欢的一道菜当属老师家阿姨做的青椒塞肉。当年我初到老师家聆听教诲，对繁华都市的热切向往已被严峻的现实压力消磨一空，阿姨端来的一盘青椒塞肉却让我精神振奋，拿起筷子夹一只扔进肚里，青椒的清香与肉的鲜香，空调适宜的温度，让我感到浓浓的暖意，可谓一肉解千愁。此后每到老师家“补营养”，我便专挑大大的青椒塞肉吃。

毕业后，当我也做了家长，琢磨如何做青椒塞肉，却总也做不好。

我的日记中大量的篇幅是老师在关心我如何饮食。

> “要不要再来一份?”罗老师对我的狼吞虎咽表示惊讶。我说：“不要!”“面条!”“不要!”“三明治?”“不要!”“你别现在说吃饱了，过会儿再买面包吃。”“……”
>
> “喝咖啡不是喝大碗茶，不要几口就喝光，有人可以喝两三个小时呢。用小勺搅拌之后，把它放在托盘里，再端起杯子喝，千万别把勺子放在里面，或者用勺子舀着一口一口喝，那样不对。你在上海就应该守上海的规矩。”
>
> “西方人喝汤用汤匙向外舀着喝，不是向里刮着喝。”

研一时随老师去北京出差，第一次坐飞机出远门，我十分拘谨而且紧张。灰溜溜拎着行李离开时，获得老师劈头盖脸好一通训斥，在我无地自容之际，发现老师竟然一面训斥一面把许多我叫不出名字的水果递过来，让我塞到自己背包里。

那是我有生以来第一次吃枇杷。

每逢中秋节、元旦、春节等节日，老师单位发的各种美食必入我的肚囊。那是一个冬天，老师让我去取羊肉和咸鸭蛋并占为己有，我捧着沉重的大礼包回去途中，遇到几个同学，便每人发了一份，回宿舍正好发完，轻松潇洒地交了好些朋友。

有时，老师会像送女儿生日礼物似的，变出一些惊喜出来。老师去土耳其出差，给我和另一位研究生希楠同学买了两只漂亮的小挎包，很有异域风情；我的手机坏了，老师说他“恰好”有个新手机不用了，于是我堂而皇之地用了三年三星滑盖手机，这在没有智能手机的时代，是很高档的配置；我的电脑又大又笨重，老师“生气”地认为不好拎在公共场合开会，索性给我一台华硕14英寸的小笔记本，我老老实实实地给它套上又大又笨重的提包，老师更“生气”地给我一个小巧的电脑包；那年头刚出现iPad，同学们正在热议神奇的苹果第一代平板电脑时，老师以我帮他开办全国青年剧作家研修班为由，奖励给我一台iPad，于是我像牛顿一样中了天大的奖，一只“苹果”掉在我头上。

我不善言谈，也不懂得如何口头表达谢意，每次在老师那里“中奖”，都是十分“大度”地纳为己用。电子产品虽然贵重，但更新换代很快，如今这些礼物已成为古董，变成我孩子的玩具，每天抱在怀里玩，然而老师的话语总在耳边回荡着：魏睿你需要这个吗，魏睿你需要那个吗，我正好有个××不用送你吧……

一直到我毕业后生完孩子准备找工作而不好意思开口时，老师让师姐以慰问为由，问道：“你需要工作吗?”我心里翻江倒海，老师的关心若用“感谢”二字来回复，实在太单薄了。

他永远不会直接提出赠送东西的要求，总是找到恰当的时机、恰当的理由，让我不必心怀愧疚，更不会为面子而拒绝。

通过一顿又一顿的饭，一次又一次的馈赠，我这个家庭月收入只有几百块钱的农村孩子，在同级研究生班上并未显得多么寒酸，并渐渐成为一个貌似温柔的新上海人。我的家人常常惊奇：在上海读书居然没有花太多生活费。

如果说《罗怀臻演讲集》对我的戏剧创作与理念认识大有裨益，那么老师与我成为师生这近十年来对我的“演讲”集，更是我此生至为重要的财富，因为每段话语背后，老师的神情、口吻、动作甚至衣着都历历在目，而这些是无法用文字来编辑的。

第三卷·回眸卷

老师与我在2008年结下了一生的师生缘，或许是又一种缘分，

2015年年底，我与俞永杰兄着手搜集整理2008年以来老师的演讲录音及相关文章，整理成三卷本的《罗怀臻演讲集》，并由我统筹编辑校对。其间与老师开过无数会议，从大量原始录音中精挑细选，商讨每一个宏观及微观的部分，仅三卷的卷名就斟酌过几十个，目录页标题的讨论达十多次。

这套百万余字的书是继《罗怀臻剧作集》之后，集老师演讲、授课、受访、研讨会发言的整理文章之大成的一部力作，也有少量篇什来自老师曾经发表过的演讲、访谈文章。

老师演讲时总是全身心投入，讲到兴起时，语言如行云流水，铿锵有力，掷地有声，甚至站立起来手之舞之，足之蹈之。每一堂课都完全带领学员沉浸在一个强大的气场中，有一次我在课堂上悄悄请他签字办理一则公务，发现老师的双手竟然颤抖得厉害，他太投入了。

老师尤其擅长将深奥的哲理举重若轻地讲述给学员们，充满幽默，出口成章，往往三四个小时的课程讲下来，使人感觉如同观看了一部绝妙好剧，时而屏息凝神，时而开怀大笑，时而恍然大悟。我多么希望这种氛围能通过文字记录在演讲集中，惜哉只能做到十之二三。如第三卷《重述经典》一课的第五讲，老师讲了他刚刚经历过人生的一次劫难，讲得却是妙趣横生，充满戏剧感，通过文字很难还原老师当时笑对生死的达观。

不知在老师看来，什么才算得上困境。当他用5年时间在全国往来奔走办完青年戏剧家研修班后，跌断了脚骨，当我们见到老师，他轻描淡写地说："当时摔了一跤，站起来就走，没有什么反应，晚上感觉不太对，去医院一看，脚骨断了。吸取教训：走路不能看手机哦。"那份豪爽，那份神气，简直是掉了一根汗毛，不值得任何大惊小怪。

老师的剧作集，有沉重的悲剧性，而他的演讲集，因豁达的语言、犀利的视角、谈笑风生的性情渗透着深深的喜剧性。

从2008年到2018年，老师的演讲授课不计其数，三卷本《罗怀臻演讲集》只是精选。主要包含他从事戏剧创作和思考三十余年来理论结晶，既有他在20世纪90年代所呼吁的“传统戏曲现代化”和“地方戏曲都市化”的理论系统，又包含他于近些年所思索戏曲本质论、戏曲与时代的关系、海派戏剧的复兴和亲自实践的“中国话剧民族化”的理论开拓，是老师一如既往地在中国文化转型期所推行的戏剧尤其是戏曲现代革新的思想成果。我整理了其中近三十个录音，录音整理时，将演讲语言转化为可阅读的文学语言，有理论性且易懂，尽最大可能再现老师的演讲风格和语气。

当2018年《罗怀臻演讲集》即将付梓，想到罗老师又有一部作品问世，我心里几分欣喜，几分不舍，欣喜的是老师的满腹智慧可以集结成册传阅四海，不舍的是三年的编辑工作马上结束。如同我跟随老师读研三载时，老师爱烟如知己，岁岁不分离，遂催发出我的一项特异功能：根据烟味来辨别烟质优劣，不想老师说戒就戒，我的特异功能也退化了，竟不舍起来。不舍的当然不是书或者烟，而是借助这些事由得以跟老师聊聊天、说说话的机会。

后来，这种不舍感渐渐消解，因为《罗怀臻演讲集》就摆放在我的案头，罗老师对我人生的“演讲”就铭刻在我记忆深处，永远不会消失。

时光飞逝，有时我去上戏拜会老师，见到老师给硕士研究生师弟师妹们上编剧课，他依旧那么神采飞扬，“唱念做打”俱全，创作思路涌动不止，学生直听得不敢眨眼，生怕错守了老师的一个眼神和动作。我徒生羡慕，多想回到学生时代，哪怕被老师严厉地训一训也好。

这个世上，善良的人不多，善良的人群中，有智慧的人不多，智慧的人群中，有学识的人不多，学识深厚的人群中，有指挥才能、带领团队做大事的人又不多。在我尚还年轻的人生旅途中，合善良、智慧、学识、领导力于一体的人，非老师莫属了。

如同夸父追日，为了心中炽热的理想，执着地向一生追寻，并让自己伟岸的身躯化为丛林大川，泽被后世。在这个充满焦虑、快餐化、娱乐化的时代，他亲自做榜样，做每一件事都十分认真，兢兢业业，潜移默化地影响着下一代，使学生在不知不觉中，拥有健全的人格，有对戏剧艺术毫无功利的担当。

我做为老师的学生之一，姑且保持一点小小的属于自己的幸运，因为随时翻开日记，都能发现老师的温暖备至的关心，随时听听老师专门给我“演讲集”，当然，人生虽短暂，我脑海中老师的“演讲集”早已不止这三卷。他就如同明朗的阳光，如果你行走在黎明还是暗夜，无论你觉察还是未知，他都在那里，绵延不息地光照你，念叨你。

咀嚼回忆往昔的老师的谆谆教诲，我惊奇地发现老师教育人的方式与他的戏剧理论殊途同归：指导一个又一个孩子完成从传统走向现代、从地方走向都市的转型，从胆怯多虑的人生硬壳中脱颖而出，生出优雅高贵的双翼，为纯粹的艺术梦想而高蹈，而飞扬，不再用忧虑困缚自己，活出一个精致阳光而又澹远大气的人生。

异乡人们常说，进入城市之后，会活得惶惶不安，人与人之间失去信任。然而老师的学生们都不如感觉如此，老师扑面而来的信任、真诚、豪放会我们惊叹他如何活了半个多世纪还能保持赤子之心。在老师面前，学生们可以任意说自己的想法，哪怕错了，哪怕极端，老师永远平静地洞息出对方的内心，帮学生化解心中的疑虑。

让时光再次飞回到九年前，倾听2010年考研复试之后，老师与我的通话。

“你还年轻，有些人生阅历还欠缺。明天坐火车回山东吗?”

“想下午走，现在到火车站买票。”

“能买到吗?”

“应该可以的。”

“这样，上火车时给我发个短信，到济南时再给我发个短信。”

“好的，真的很感谢您，老师。”我拼命抹眼泪，不让老师听出我在哭。

“谢什么，应该的。好的，再见。”老师挂断了电话。

我开始号啕大哭。

哭累了，就睡着了。

这就是我的老师，不是一个高高在上的偶像，而是我在上海永远的亲人。

他是严师，也是慈父，一座曾经陌生的城市因这位亲人的存在而成为我四季如春的家园，我依恋上海因这是故土而非异乡。随时能在记忆中穿梭，翻翻老师对我的“演讲”，又能随时登门唠唠家常，如此人生，是何等大的幸运呢？

这三卷《罗怀臻演讲集》，始终墨迹犹香，温润着我的一生。

观念与方法
——罗怀臻戏剧思想研究

刘　丽

罗怀臻左手剧本创作，右手理论探索，谙熟剧场使他了然当代戏剧①生态，实时了解戏剧政策、环境、气候带来的剧坛变化，“剧作家”身份非但没有限制他的视野，反而拓展了他思想的深度。马也如此评价：“罗怀臻的艺术成就主要来自他的剧作，但是对于不甚了解他作品的人，只读他的‘演讲集’，你就不会怀疑他确实是个出色的理论家和评论家。”②罗怀臻的戏剧思想，集中体现在文学性、现代性、地域性和剧场性四个层面：文学性和现代性是“创作何为”的关键，地域性与剧场性是决定着“剧场何为”的必要因素。

一、文学性是“支撑一部剧作最重要的因素”③

从自身的创作实践出发，罗怀臻强调文学剧本是戏剧艺术的根本，表演应与文学剧本唇齿相依，相辅相成，却常被圈内外混淆、颠倒以致错乱：“优秀戏剧的所有表演艺术都依托于文学表达而存

---

① 需要指出的是，“戏剧”这一概念在罗怀臻笔下是相当宽泛的，既包括话剧、戏曲，也包括歌剧、舞剧、音乐剧、影视作品，但他的文艺批评，更多的是对中国传统戏曲创作、演出的思考。

② 马也：《序在世纪的交汇点上》，《罗怀臻演讲集》（理论卷），上海人民出版社 2018 年版，第 4 页。

③ 罗怀臻：《戏剧文学精神的当代表现——在文化部“第二届西部戏剧编导培训班”上的演讲》，《罗怀臻戏剧文集》（第 6 卷），上海人民出版社 2007 年版，第 138 页。

在，现在却呈现一种本末倒置的状态。中国的传统戏剧让相当一些文人、富人、闲人沾沾自喜的是具有单独玩味的审美价值，就是文学可以不存在，观众可以玩味声腔、表演，殊不知真的好声腔、好表演，仍然依托在有意味的生活内容中。”①在他看来，“剧本”始终是第一位的，导演跟表演一样为“文本”服务，“戏剧的生产流程是基于为演出提供的文本，以及文本所设想的、所规定的演出样式，然后要有一位导演带领合作者们来验证文本的样式。”②反观罗怀臻的戏剧作品，从其“青春题材”的大量运用，可看出曾经坎坷的人生经历，在他心上留下过伤痕却没有摧毁他，反而使他更加热爱并乐于传达昂扬向上的精神：无论是《金龙与蜉蝣》《西楚霸王》，还是《青衫·红袍》《梅龙镇》《一片桃花红》，少年、青春、爱情等一个个关键词，经常在他的作品里出现，虽然生命难免忧伤与痛苦，但也看得出这些作品是他个体生命经验的感受与思考：“很多艺术家的成名作都和自己的人生经历、家族背景、在某一段时期的特殊遭遇有关，甚至在某种意义上，成名作就是这位艺术家的个人传记。”③“《金龙与蜉蝣》这个戏，就是我精神世界的写照。”④他崇尚人的自由与个性，深刻剖析社会人生，积极探索未来社会发展，以深沉的人文关怀烛照人性与人情，在给观众带来娱乐、审美享受的过程中，让个体思想在剧场里与观众触碰，在人的精神层面上进行对话，努力实现文学、戏剧创作的自觉：“戏曲文学是戏曲也是文学，其文学载体是戏曲，通过戏曲表演来传达戏曲作家对历史、现实以及人生的看法。”⑤

---

① 罗怀臻：《作为时代记录的戏剧文学》，《罗怀臻演讲集》（教学卷），上海人民出版社2018年版，第32页。

② 罗怀臻：《编剧与导演》，《罗怀臻演讲集》（教学卷），上海人民出版社2018年版，第105页。

③ 罗怀臻：《戏剧批评》，《罗怀臻演讲集》（教学卷），上海人民出版社2018年版，第87页。

④ 罗怀臻：《完成你的代表作·创作篇》，《罗怀臻演讲集》（实践卷），上海人民出版社2018年版，第39页。

⑤ 罗怀臻：《戏曲的属性》，《罗怀臻演讲集》（理论卷），上海人民出版社2018年版，第6页。

一、表达人生况味，融入现代意识。在他看来，优秀的戏剧作品传达时代精神，蕴含着复杂的人生况味，“负载着剧作家对于世界、人生、自我的一种看法”①，他赞叹《桃花扇》《雷雨》《风雪夜归人》《茶馆》等剧，文学本体性很强，使表演之初即居于高阶，《雷雨》中“蘩漪吃药”、《哈姆雷特》中“生存还是毁灭”的情节已成经典，深入人心；吴天明的《老井》《人生》《变脸》与谢晋的《芙蓉镇》《牧马人》，之所以在“经典”里占有一席之地，实则因“文学不仅仅可以传达时代精神，表达民众诉求，还有一种审美的功能，不是宏大叙事，而是对私密性的人性的发掘和关注。发现、揭示人性的秘密，和广泛的观众、读者进行交流，这是文学的另外一个重要使命。”②关汉卿的《窦娥冤》和汤显祖的《牡丹亭》同属于艺术佳构，但他更推崇《牡丹亭》触及的人性层面，在认识人的欲望、彰显生命意识等层面，超越同时代及之前的多数作品，文学作品不是辞藻的堆砌与炫技，而是语言背后传达的内容、情感、意味。

二、悲剧意识不同于苦情意识。审视中国戏剧史上的艺术作品，罗怀臻发现严格意义上的“悲剧”数量极少，更多是“苦情味”大于“悲剧意味”，而将其纳入“苦情戏”系列，反思何以产生数量之巨的“苦情戏”。传统戏曲“三小戏”（生旦丑）的创作模式，束缚了创作者的想象力与才华，如《梁山伯与祝英台》《秦香莲》，“戏不够神仙凑”“一道圣旨定乾坤”的“偷懒”，削弱了作品的悲剧意味，缺乏震撼人心的力量；真正的悲剧，如黑格尔所言，震撼、洗涤、净化人的灵魂，而非“赏玩”心态：“中国戏剧从慈禧太后开始就走入了玩味的境界，不表现社会内容，也不传达时代精神，更不触及深刻的人性了。”③与《罗密欧与朱丽叶》《奥赛罗》《哈姆雷特》相

---

① 罗怀臻：《作为时代记录的戏剧文学》，《罗怀臻演讲集》（教学卷），上海人民出版社 2018 年版，第 23 页。

② 同上书，第 29 页。

③ 罗怀臻：《戏剧创作的悲剧意识》，《罗怀臻演讲集》（教学卷），上海人民出版社 2018 年版，第 80 页。

比，话剧《纪念碑》《死无葬身之地》《商鞅》、京剧《曹操与杨修》、越剧《南唐遗事》与他的淮剧《金龙与蜉蝣》等作品，以其震撼人心的力量，堪称得上“真正的悲剧”。

三、独特的艺术风格。面对消费时代的众声喧哗，他认为剧作家不能丧失独立的艺术品格，需要超越个人和集体利益，努力发出自己的声音，体现自己的审美思考和价值标准：“真正优秀的作品是独特的，真正优秀的作家是无法归类的。如同是福建的剧作家，我们不会把郑怀兴的作品看作是王仁杰的；同是四川的剧作家，我们不会把魏明伦的创作误认为是徐棻的。更不消说不同地域不同剧种的剧作家。……剧作家作品的个性，既是剧作家个人学识与修养的张扬，更是剧作家对历史与现实表达的勇气。缺失了个性追求的剧作家，其实缺失的恰恰是剧作家的文学精神。”①这需要丰富的才识、开阔的视野、个性化的想象以及理性的思考，才能使一个作家、一部作品的艺术风格卓然独立。

由上观之，创作者应“采取批判的眼光、警示的眼光，保持清醒，而不是一个起哄者”②，坚守良知和底线，保持自身的“操守”和“尊严”，坚持“重估一切价值”的勇气，起到引领的作用：“艺术家在追求现代性上……必须保持与时代共进、互动，但也不能为流俗所左右。艺术家是为了探寻人心的奥秘，表达挖掘埋藏的情感，健全人类的品格，最高任务是追求美，……艺术家追求的美建立在真之上，表达真诚，接近真相。……艺术家的创作本质又是善的。真和善都通向美的境界。”③以文学精神灌溉戏剧园地，创造健康、自然的作品，表达对社会、人生的思考与判断，从而达到“净化”、“洗心”的功效。

---

① 罗怀臻：《新时期戏曲历史剧创作之我见》，《罗怀臻演讲集》（理论卷），上海人民出版社2018年版，第273页。

② 罗怀臻：《作为时代记录的戏剧文学》，《罗怀臻演讲集》（教学卷），上海人民出版社2018年版，第36页。

③ 罗怀臻：《剧作者的操守和尊严》，《罗怀臻演讲集》（教学卷），上海人民出版社2018年版，第401页。

二、现代性“是一种价值取向和品质认同”[①]

1980年代，在罗怀臻的生命里是一个极其重要的转折点。他在评论里以及不同的场合多次强调，当时的中国思想界很活跃，西方各种文学思潮、哲学理念、艺术流派涌进中国，徐迟的《文学与“现代化”》（1978）、《现代化与现代派》（1982）引发西方现代派文艺讨论，争论的焦点集中在价值重估上，涉及文学、哲学、心理学等多个领域，存在主义、实用主义、结构主义、现象学、非理性主义、弗洛伊德泛性欲主义等都在不同程度上影响了一代人，争鸣不仅针对具体作品，更重要的体现在理论探讨里：从“文革”十年的历史反思开始，呼唤人的尊严、人的价值和人的权利。“新方法热”、“新观念热”、小说艺术创新的争鸣、文学主体性的讨论、创作自由的大论争，逐渐在文艺界创立了新格局；而作家们在“写什么”和“怎么写”上，更关注文学的本体性，这不仅启发他走进戏剧创作领域，而且在社会现代化发展的进程中，他不断思考戏剧“文学性”与“现代性”之间的关系[②]，对当下戏剧艺术的发展提供高屋建瓴的思考。

对罗怀臻来说，“现代题材”的“现代戏”不一定具有“现代性”，但描摹人的理想与欲望、烛照人性的古装戏反而可能与现代观众产生心灵共振，具有真正的“现代性”，“戏曲现代化”应考虑如何在中国传统戏曲里注入“现代意识”，与当下对话，题材也许是“历史的”，但精神内涵一定是“现代的”。比如，《牡丹亭》《西厢记》《窦娥冤》《桃花扇》等剧，就是元明清时期的现代戏，但至今仍具现代性。无论是传统戏、历史剧还是现代戏，在反思社会、直面人生的基础上，持有怀疑精神、批判意识，才能使作品焕发出持久的生命力，而这也是“现代性”的特征之一，有学者如是说：“就戏剧而言，‘现代化’的基本内涵有三条：第一，它的核心精神必须

---

① 罗怀臻：《戏曲的属性》，《罗怀臻演讲集》（理论卷），上海人民出版社2018年版，第4页。

② “文学性”在罗怀臻这里，包含着“现代性”，两者时有交叉，而非泾渭分明。

是充分现代的（即符合‘现代人’的意识，包括民主的意识，科学的意识，启蒙的意识等）；第二，它的话语系统必须与‘现代人’的思维模式相一致；第三，它的艺术表现的物质外壳和符号系统及其升华出来的‘神韵’必须符合‘现代人’的审美追求。”①罗怀臻极力支持这一观点，文学剧本的现代性，重点体现在剧作家对生命的哲思上，他认为川剧《死水微澜》是“现代”的，与王宝钏守寒窑不同的是，其现代性“来源于小说作者李劼人作为新文学时期的新文化工作者，他写出来的那种乡下人对于城市的向往、女性对于个人感情的珍惜，这种理念在旧的古装戏里是没有的。”②戏剧的现代性不是“形式”、“物质外壳”上的新鲜、亮丽，不是在舞台上制造雨雪、用交响乐伴奏，而在于文本是否具有“现代性的意识”。他在“戏剧不是什么”的反向思考中，辩证地打量着中国戏剧的兴衰荣替。

一、戏剧不是政治传声筒。1960年代以来，“文革”把中国文艺界变得荒芜、贫瘠，“样板戏”占据着戏剧舞台，传统戏曲在文学性、思想性上趋向贫困化，剧作家废掉“武功”，找不到灵魂的栖息地，戏剧、戏剧人的“失魂”现象在剧坛普遍蔓延：如何处理政治和艺术的关系，剧作家需秉持良知，以求实现个体的戏剧理想。他并不赞同主流戏剧的艺术价值必然偏低，如1970年代末、1980年代初出现的话剧《绝对信号》《桑树坪纪事》《狗儿爷涅槃》、戏曲《曹操与杨修》《巴山秀才》《南唐遗事》等作品，他认为人性、个性的回归、发现，是社会进步的体现，随后笔锋一转，以京剧《白蛇传》、评剧《小二黑结婚》为例，指出赶政策、图解政治的作品具有时效性，却难体现永恒价值，具有时代的局限性在所难免：“解放初伴随着中国第一部《婚姻法》的颁布，婚姻自主、爱情自由，不依靠媒妁之言、父母之命来决定终身大事。所以那个时候田汉写《白蛇传》是表现这个主题，跟当时越剧《梁祝》、评剧《小二黑结婚》

---

① 董健：《中国戏剧现代化的艰难历程——20世纪中国戏剧回顾》，《文学评论》，1998年第1期，第31页。

② 罗怀臻：《戏曲文学的时代性》，《罗怀臻演讲集》（理论卷），上海人民出版社2018年版，第85页。

一样，都受到热烈的反响。可是放到今天来看，这算什么呢？自由婚恋太正常不过了。所以《白蛇传》里面的观念，放在今天来看就有情感偏差。新的剧本创作要变成主动创作，能够触动心灵情感的自觉表达，必须传达当下的观念，寄托当下的价值取向。”①创作应该是自由的，好人好事、模范人物、“感动中国”、“五个一工程”、主旋律，不是不可以写，但不能“为时事而写”，赶任务固然可以给编创者带来现实利益，但从社会发展的角度来看，则是历史的、文明的倒退。

二、关注人性、人情，决非表达“反智”、“性欲”与“超人”。文艺创作要摘掉“瞒”和“骗”的面具，尊重人的个性发展，拒绝人物的模式化、脸谱化，摒弃英雄人物、正面人物、中间人物、反面人物的对立模式，把人还原成有血有肉、有七情六欲的真正的“人”：其一，戏剧不能“反人权”“反人性”。他发现传统戏曲里尊重女性、重视人权的作品不多，经典的如《王宝钏》“一夫二妻”相安无事，其他则新郎离家赴试或经商、戍边，结发妻子苦心照顾公婆、子女，多年后丈夫返家却带回其他女人，妻子还要对丈夫的不离不弃感恩戴德。除此之外，“比如寡妇守节，比如昏聩的帝王永远作为国家的象征，所有人都要效忠他，今天我们就认为不正常，可这对传统戏是正常的事情。浪子回头永远是金不换，妓女从良永远不可能。……这就是我们传统戏曲的主流价值观。”②遗憾的是，很多传统戏都面临现实的生存危机：“大量的传统老戏都有一个共同的问题，那就是极不尊重女性、极不尊重人权，与现代文明意识格格不入。今天我们要完成对传统的转化，就是要实现这种有甄别、有选择、有改造的‘扬弃’。戏曲创作必须服务于现代人，与现代观众产生共鸣，才能产生具有现代品格的作品。”③对于传统戏曲中“家

① 罗怀臻：《剧作的诞生》，《戏剧演讲集》（实践卷），上海人民出版社2018年版，第179页。

② 罗怀臻：《兰陵王想要隐藏什么——话剧〈大面〉创作案例》，《罗怀臻演讲集》（教学卷），上海人民出版社2018年版，第162页。

③ 罗怀臻：《戏曲的属性》，《罗怀臻演讲集》（理论卷），上海人民出版社2018年版，第5页。

长反对，小人挑拨，被逼分开，中了状元，完成团圆”①的爱情模式，他表达了自己的质疑：如此反智、反人性的的作品，艺术价值何在？其二，反思人性不能矫枉过正，戏剧不是刻画“性欲”。反思、挖掘人性，不等于挖掘“性欲”，尤其不是专注于女性性欲。“回顾 80 年代的作品会发现，当时有些作品聚焦人性，但又是更多的聚焦女性的性，纵观 80 年代中国戏剧的舞台，出现了大量的寡妇戏，但都是稍纵即逝。”②这样的戏曲有看点、有卖点，却削弱了其悲剧性和深刻性，因而缺乏长久的生命力。过度“向内转”容易“成为犬儒主义的遮羞布，成为相对主义价值的借口”，正确的方式应该像学界所说：“开启通往文学自身价值的通道，从而回归审美本体，回到文学自身，使文学真正成为我们社会生活和精神生活的一部分。”③其三，戏剧不能臆造“超人”神话。概念化、脸谱化的人在“文革”时期的戏曲舞台上走向极致，八个样板戏里的主人公是“超人”，“不结婚”成为共性：唯一例外的阿庆嫂，以“阿庆跑单帮去了”人为制造她只身潜伏的理由；《龙江颂》的江水英与大队长、《智取威虎山》的杨子荣、《奇袭白虎团》的严伟才，被塑造成高高在上的偶像；现代题材作品里，“变相”式超人如主人公着迷于科研项目，妻子分娩不能抽空陪产，庆功之日返家，发现妻子难产而死，胎儿也没有了；再如主人公是学校老师，辅导别人的孩子高考成功，自己的孩子却没考上大学，被组织评为优秀教师。他反对此类作品以道德绑架人心，扭曲人性，“不承认普遍的人性，不相信人性本身是以每一个个体的人格、人道、人性受到尊重而形成的总和，把个体的人性否定，抽象出概念的人性，而概念的人性是带着政党性、阶级性、功利性的。”④这样的戏剧人物在现实中立不起来，“文学艺

---

① 罗怀臻：《温顺的征服者——昆剧〈影梅庵忆语·董小宛〉的创作案例》，《罗怀臻演讲集》（教学卷），上海人民出版社 2018 年版，第 235 页。

② 罗怀臻：《当代戏剧创作生态》，《罗怀臻演讲集》（教学卷），上海人民出版社 2018 年版，第 14 页。

③ 董健，张光芒：《文学创作与文学研究中的价值观问题》，《董健文集》（卷 2），人民文学出版社 2015 年版，第 47 页。

④ 罗怀臻：《当代中国戏剧创作现状与前瞻》，《戏剧演讲集》（理论卷），上海人民出版社 2018 年版，第 96 页。

术是帮助实现生活中不能实现的健康的人性，给人们对健康人性的向往，创作者要发现健康的人性，要让人性在健康的状态中蓬勃地发展起来。”①

因此，在罗怀臻这里，题材不能决定一部作品是否具有“现代性”，作品负载的价值体系、文化内涵却可以：“现代感、现代性、现代意识并不取决于你的题材是不是表现现代，主要是你对历史生活或现代生活的那种认识，尤其是你的价值系统、情感系统是不是现代人的，即使你表现的是原始题材也依然有扑面而来的现代感。”②

三、地域性是“各自的文化基因”③

“地域性”是罗怀臻戏剧思想里又一核心词汇。他把“戏剧”这一演出形态，放在中国乃至世界的广阔范围里考察，剧场演出数量、质量与城市的现代化、都市化程度成正比，与观众群体的欣赏习惯、审美需求关联极大。比如同样是音乐剧，中国某县城文化馆的演出质量，与英国、美国、法国的演出质量难以相称；北京、上海两大都市的演出数量、演出质量，整体上高于广州、深圳、武汉等城市，广州、深圳、武汉的演出数量、质量，又在整体上高于郑州等城市，但对于城镇、村社等民间演出，则难以用城市剧场演出标准来衡量，与当地民众的生活质量密切相关，民间戏剧演出“满载着每一个人的生命基因……山东人有山东人的表情、山东人的声音，四川人有四川人的表情、四川人的声音和韵味、气质，而这些特征，往往是中华民族的各个民族、包括汉族人的各个族群的集体记忆，这些原始记忆往往就会保留在各种地方戏曲当中。”④40 年的剧场人生，使

① 罗怀臻：《当代中国戏剧创作现状与前瞻》，《戏剧演讲集》（理论卷），上海人民出版社 2018 年版，第 96 页。

② 罗怀臻：《戏剧文学精神的当代表现——在文化部“第二届西部戏剧编导培训班”上的演讲》，《罗怀臻戏剧文集》（第 6 卷），上海人民出版社 2007 年版，第 157 页。

③ 罗怀臻：《戏曲的属性》，《罗怀臻演讲集》（理论卷），上海人民出版社 2018 年版，第 3 页。

④ 罗怀臻：《当代戏剧创作生态》，《罗怀臻演讲集》（教学卷），上海人民出版社 2018 年版，第 9 页。

他对传统戏曲剧种个性的了解深入肌理，对此，他提出“原乡意识”说、“浸入田野”说、“现代转型”说。

其一，“原乡意识”的根本性。在《地方戏曲的“原乡意识”该醒了》《地方戏曲的“现代性表达”与“地域性传承”》《淮剧进沪百年：敢问路在何方》、《现代化进程中的潮汕戏曲保护》等文中，他一再提到戏曲的“原乡意识”，“原乡意识”即“剧种特质”①，寻找生命的“根”或者原初的“基因”。之所以强调这一概念，根源在于，他看到城市化、现代化进程的加快，地方戏正在“主动”或者“被动”地被现代技术不同程度地整合着，LED多媒体化、非戏曲歌舞化在不同程度地侵蚀着地方戏，同质化、一致性倾向越来越明显，一些剧种听起来是一个唱腔、一个声音，方言减少渐至消失、声腔受损，难以看到其艺术源头，看不出地方性日常生活、情感个性、历史经验、文化心理的积淀，难以唤起本地观众的亲切感和记忆，在同质化、一致性的过程中，丧失了更多的丰富性和多样性。罗怀臻认为戏曲本体的纯粹性很重要：“中国各地方剧种的形成并非是偶然现象。因而它也就有着某种不可动摇的因素存在。一个剧种，一种方言，一套声腔规律，都有着某种‘规定性’，这种‘规定’是使此一剧种区别于彼一剧种的‘天书密码’，可以感觉，可以认定，却较难破译。因为它是整体性地潜伏在某一区域或者剧种的生存心理上的，它是一个历史的生命现象。因此，用以北方方言为基础的普通话来传达各地方戏曲剧种情感、心态，其结果必然是消灭了地域和剧种的特质和特色。”②在一定程度上，声腔如同地方戏曲的文化基因③，戏曲重新找回文化自信，尊重“剧种特质”是其戏曲编创、演出的第一要务，因为，戏曲的“原乡”是其“发展创造力的资本”，是“再生的资源”。④

---

① 指称某地独有、具有地方特色的艺术品种，综合其声腔、程式、行当等舞台元素以及该地生活、历史、情感、心理等文化元素体现出来的独特性。

② 汪人元、罗怀臻：《当代戏曲发展的又一种选择——关于戏曲电视剧的对话》，《上海艺术家》，1995年第5期，第40页。

③ 如同河南豫剧、西北秦腔、安徽黄梅戏、苏州昆曲与评弹、福建梨园戏等，蕴含着地域文明，是该地文化心理的缩影。

④ 罗怀臻：《现代化进程中的中国传统戏曲》，《罗怀臻演讲集》（理论卷），上海人民出版社2018年版，第133页。

其二，“浸入田野”的客观性。如何在舞台上呈现一出精彩的地方戏？罗怀臻主张，编创者一定要到田野里去实地考察、调研，对于该剧种的声腔、行当甚至包括要塑造舞台形象的背景、历史进行采风，从而更好地融入剧种之中去。如甬剧、苏剧、锡剧、姚剧不会因合并而产生一个强势的剧种，因为它们的声腔、方言以及传达出来的地方韵味是不同的，它们各自是“自己”才更具有生命力，中国戏曲剧种的多元化，决定了彼此不可替代的个性。他曾参与编创甬剧《典妻》，和导演曹其敬、舞美设计周本义、灯光设计邢辛、音乐设计汝金山、服装设计孙耀生等，深入宁波山区开展田野调查，寻找原作者柔石的生活记忆，才发现那里的街道用碎石排列出花纹，石缝中冒出的青草生机盎然，山上烟雨迷蒙，每户人家都有水槽，水从山上流下来，别有一番韵味。考察后得知，浙东农民真实的生活是：妻子在家相夫教子，如果丈夫没有能力养活妻子就出租或者转卖，即便如此，妻子也不会下田工作。正是因为实地调查，舞台上出现的石板路、潺潺流水、烟雨、油纸伞、竹篱土墙、茅草小屋、红烛、红灯、红蛋等，印证了田野调查的真实性：“所以大幕一拉开你看到的只会是柔石笔下的宁波，你不会认为它是苏州的，也不会认为它是杭州的，虽然都是江南。你更不会认为那是江西，是安徽，地域的特征一下子出来了，而且它是现代人眼睛里的地域，它直通现代。”①再如，虽然对黄梅戏耳熟能详，但在与安徽省黄梅戏剧院合作《长恨歌》，和与安庆市黄梅戏剧院合作《孔雀东南飞》的过程中，实地调研使他感受到，同一剧种在不同城市呈现出艺术神采与风貌特征的差异，即便同样是安徽的黄梅戏，一个依托在省会合肥，一个依托在古城安庆，《长恨歌》与《孔雀东南飞》仍体现出不同地域的精神风貌，也因此显得黄梅戏剧种丰沛多姿。

其三，“现代转型”的曲折性。时间的滚滚车轮已然来到了21世纪，影视、网络在信息爆炸的时代分流了大量的戏曲观众，地方

---

① 罗怀臻：《戏曲现代化散论》，《戏剧演讲集》（理论卷），上海人民出版社2018年版，第165—166页。

戏曲面临着现代转型的危机。对此，罗怀臻持有显见的紧迫感，保护剧种个性不能拒绝现代化，相反只有用强烈的现代意识加以武装，用现代人的眼光重新审视、提纯、发现剧种个性的独特性，在承认现代化的前提下更加自觉地展示自己的个别性，才能更好地彰显剧种个性。他以张艺谋导演的农村题材电影为例，认为剧种的现代化前提是，用专业、文明、现代的视野、格局来看待传统，这本身对创作者也是一种挑战和考验。这一论点与学界不谋而合，如吕效平多年前指出“根据这个现代戏曲的戏曲性原则和现代戏曲的当代创作趋势两个方面来看，地方戏剧种的意义和边界在现代戏曲中将逐渐淡化，现代戏曲艺术境界的提高和创作的繁荣将会导致相当一部分剧种的消失。这是一件非常令人痛心的事情。”①

中国传统戏曲剧种丰富多样②，罗怀臻坚持认为：“一个地方有一个地方的表情和声音，一座城市有一座城市的气质与品味，这种地方神采与城市气质最能准确表达和深刻传达出生长于那个空间区域里普通民众的普遍情感。”③“都市化”是戏曲适应现代城市、适应现代观众审美品位的现代化，绝不是去“剧种化”，而是葆有剧种特质，如果在戏曲里倡导“共性”，即消弭地方文化，丢掉方言、声腔，放弃当地的乐器，音乐向国际化靠拢，使之“不像自己”，则失去“个性”，这样的创新注定是失败的。

四、剧场不断转型是“价值取向的选择”④

戏剧是集文学、音乐、表演、美术诸因素呈现在舞台上的综合艺术，运用唱、念、做、打等多种手段，以程式化、写意化虚拟动

---

① 吕效平：《论现代戏曲的戏曲性》，《戏剧艺术》，2008年第1期，第20页。

② 文化部于2017年12月26日召开专题新闻发布会，发布全国地方戏曲剧种普查情况及成果，截至2015年8月31日，全国有348个剧种，其中分布区域在两个省区市以上（含）的剧种48个，分布区域仅限1个省区市的剧种300个。

③ 罗怀臻：《戏曲的属性》，《戏剧演讲集》（理论卷），上海人民出版社2018年版，第2页。

④ 罗怀臻：《成都：中国戏曲的“九三年”》，《罗怀臻演讲集》（理论卷），上海人民出版社2018年版，第85页。

作，营造诗意、审美的舞台时空，给观众提供娱乐、审美享受。而这一切，集中在“场”内发生，这便是现代所谓的“剧场”。罗怀臻并不讳言戏剧艺术的商品属性，检验一部剧作的好坏，仰赖于两个重要因素：一是时间，二是市场。在演出模式、编导演地位、城市文明诸因素的合力作用下，剧场不断转型是价值取向的必然选择。

一、剧场演出模式的历史变迁。钩沉戏剧发展史，罗怀臻发现古希腊、古罗马、莎士比亚的戏剧、印度梵剧与古歌舞剧，在当时所在国家的首都或商业都会完成，再向周边中小城市和村镇的市场辐射，同时享受在城市形成的戏剧成果；中国杂剧兴盛于元大都，传奇依托江南商业都会而繁荣于明清，四大徽班进京造就京剧的兴起，安庆黄梅调在上海转化成黄梅戏，绍兴文戏入驻上海成就了越剧，苏北江淮戏来到上海成为淮剧，其他如扬剧、锡剧、甬剧等地方戏，皆是在上海的繁华商演中逐渐成形从而确定剧种之名，“上海在20世纪初期是戏曲的大码头，中国戏曲演剧模式从戏园子到新式剧场的转变，上海起了决定性的作用。”①舞台演出场所也从厅堂、庙台、广场、茶楼、戏园登上镜框式剧场，逐渐发展成剧场艺术，戏曲由此发展到了一个新的时期，全国戏曲演出模式为之一变，地方戏曲催生出大量的新创剧目和改编剧目，即便是下乡演出，也成为剧场演出模式的延伸和格局，“现代剧场的标志不仅仅是大剧院，更是戏剧体现的内核的现代化，是我们用现代人的价值取向、审美意念来看待历史、看待现实、看待生活。”②

二、编导演：谁是剧场“中心”的争议。罗怀臻认真梳理了编导意识的发生、发展与变异过程，从剧作家起决定作用的宋元杂剧，到班主决定演出的明清传奇，再到1930、1940年代袁雪芬率先建立“编导制”，1950、1960年代导演意识居上，1980、1990年代编导合力的决定作用，质疑戏剧界一直存在的“导演中心论”、“演员中心

---

① 罗怀臻：《成都：中国戏曲的“九三年”》，《罗怀臻演讲集》（理论卷），上海人民出版社2018年版，第84页。

② 罗怀臻：《戏曲文学的时代性》，《罗怀臻演讲集》（理论卷），上海人民出版社2018年版，第85页。

论”争议，认为编剧、导演、演员、音乐设计、服装设计、舞美设计、灯光设计乃至字幕缺一不可，都是“中心”，“不要纠缠于编导演员之争，这个话题只是时代的产物。……戏剧生态的演进过程中，会出现不同的舞台呈现时期，随之会在不同时期显现不同专业人的重要性，但是永久不变的是，戏剧舞台艺术离不开综合创作的任何一个环节。”①在剧场里，“剧本中心”还是“导演中心”均失之偏颇，重要的是编创者是一个团结的“整体”，共同推动“优秀作品的诞生”，在罗怀臻眼里，作为舞台演出艺术的戏剧，编创的每一个环节都至关重要，但剧本作为“一剧之本”，是基础，是关键，他以《日出》演出时演员白杨与作者曹禺讨论“表演重要还是剧作家重要”的事例说明，“白杨的表演已成为历史的一个阶段，可是《日出》的文本还在，还在让一代又一代富有才华的导演、演员在其中读出各自的生命体验。因此谁是戏剧的中心，不需要再讨论。”②虽只是一家之言，但也提供了一种开放式思考的路径。

三、剧场演出与城市文明共生共荣。在找到生命的“根”，找回“自我”的同时，要重返城市加工“再生资源”，“今天，戏曲有必要提出‘重返城市’的理念。重返城市是说戏曲曾经拥有城市，而后逐渐疏离了城市；疏离了城市说明已经不能与城市审美同步同行，因而不得不淡出城市；淡出城市的结果则意味着戏曲越来越丧失了在城市文明中的竞争力与影响力。中国戏曲最繁荣的时期是在与城市文明相融洽的时期。”③中国传统戏曲与城市文明的发展史，让他进一步理解了剧场演出与城市文明共生共荣的关系：元杂剧依托京城大都、明清传奇依托江南富庶商业都会、京剧因四大徽班进京盛行于世，越剧、淮剧、扬剧、锡剧、甬剧在上海商演而确定剧种名称，广为人知。只有在城市“站稳脚跟”，戏剧才能繁荣、发展。戏

---

① 罗怀臻：《编剧与导演》，《罗怀臻演讲集》（教学卷），上海人民出版社2018年版，第118—119页。

② 同上书，第105页。

③ 罗怀臻：《戏曲的属性》，《罗怀臻演讲集》（理论卷），上海人民出版社2018年版，第5页。

曲“重返城市”是现代化转型的必要条件，在鼓励“送戏下乡”的同时，首先要“站稳城市”，因为传统戏曲的生存危机主要是在城市剧场演出的危机，因为乡镇永远都在追随城市潮流，强调“原乡意识”、“剧种特质”与“重返城市”并不相悖，反而更加促进地方戏曲的生长力，因为地方戏曲丰富了城市文化艺术。“古今中外的戏曲的繁盛发展，都是在城市完成的。乡村提供戏曲创作的不竭的资源，但是戏剧艺术是通过城市、通过剧场，一个时期有一个时期的优秀的文化人，新锐的艺术家，甚至包括宫廷打磨、提炼、淘洗，最后定型，才成为真正的艺术，才成为一个剧种，完成定型之后又向周边、乡村辐射，在这个互动关系当中，形成一代又一代的中国戏剧的风景和特质。”①因此，“都市化”是演出空间、演出市场、受众的三体合一，只有尊重现代人的审美品位和价值取向，自觉地融入现代，戏剧艺术才能争取到更多观众，从而焕发新的生机。

剧场演出在城市里兴盛，在市场划分及针对市场进行创作、注重版权保护与开发上，罗怀臻深有感触并富有见地（比如《金龙与蜉蝣》、《董小宛》等的成功上演），但对商业戏剧如何营利的节点（如控制成本、严格管理、经营方法、开拓市场）未能深入展开，即便如此，其理论言说仍为现代剧场的发展提供了宝贵的建议。

结　语

自 1980 年创作独幕话剧《栀子花》至今②，罗怀臻的戏剧创作生涯已绵延 40 年，意味着他已积累了丰富的创作经验，《西施归越》《金龙与蜉蝣》《青衫·红袍》《典妻》等掷地有声的作品，在中国当代戏剧史上拥有重要的席位；而从《不必强求一律——从“晴雯”

① 罗怀臻：《“都市戏曲”的创作实践与理念形成》，《罗怀臻演讲集》（理论卷），上海人民出版社 2018 年版，第 61 页。

② 2019 年，笔者注。深沉的反思源自罗怀臻的生命体验，1956 年生于江苏淮阴市的他，历经 1960 年代以来的“文革”、1970 年代的改革开放、1980 年代的新启蒙思潮、1990 年代社会文化思潮的多元化、21 世纪以来社会文化思潮的新变化，习武、下乡、返城、进剧团、B 角转创作的罗怀臻，长期浸淫于剧场的生命体验，使他谙熟剧场生态。

的手说起》①（1984）试手开始，散见于报刊、杂志上的数百篇评论文章，陆续结集出版，记录了他 40 年来的思考与发现。在传统与现代之间，罗怀臻积极践行着“内在超越”的精神，遵循历史逻辑与理论逻辑相统一的方法，以期在反思历史的基础上，更好地认识今天、把握未来，孜孜探求“中国戏剧路在何方”的现实问题，自觉视之为自身的责任、担当和使命。创作给了他思想的火花，思想提升了创作的品格，两者既是双向互动的过程，也构成阐释与被阐释的关系，从而对中国戏剧的过去、现在与未来进行深刻地反思与前瞻，为剧坛提供了一种观念与方法。

① 发表于《上海戏剧》第 1 期。

另一种视角：透过“青研班”走进罗怀臻

朱锦华

2011年至2015年，罗怀臻先生策划运作、身体力行，联合多方力量办了五个班、一个展、一个会：2011年全国青年剧作家研修班（简称“青编班”）；2012年全国青年导演艺术家研修班（简称“青导班”）；2013年全国青年戏曲音乐家研修班（简称“青音班”）；2014年全国青年戏剧评论家研修班（简称“青评班”）；2015年全国青年戏剧舞台美术家研修班（简称“青美班”）；2011—2015首届全国青年戏剧人才创作成果展（简称“青创展”）；全国青年戏剧创作大会（简称“青创会”）。统称“青研班”的五个班涵盖了戏剧创作与评论的重要方面，集一代英才，汇一时成果，吹响了新时代再出发的号角。成功办班、办展、办会的背后，不仅有罗老师不计时限、不厌其烦、不辞辛劳的无偿付出，还有他作为一个剧作家、戏剧活动家、戏剧教育家关于戏剧本体、创作方法和人才培养的思考。

办班过程中，媒体一路相伴相随，他们用生动的笔触多层次地展现了办班的过程。现精选一组文章，在回顾“青研班”盛况的同时，也为窥探罗怀臻老师的戏剧教育观念提供鲜活的素材。

杨子：“青编班”——青年剧作家的“黄埔一期”

在班长陈涌泉的示意下，喻荣军从座位上站起来，右手摸了摸脑袋，脸上浮现富有喜感的标志性笑容，一出场就让大家忍俊不禁。他走上讲台，成为10月22日论坛首位发言者。

上海戏剧学院红楼209教室，座无虚席。60位“学生”均为全国20多个省市专业院团一线编剧，年龄最小的24岁，最大的44岁。他们中间不乏颇有影响的知名青年剧作家，如陈涌泉、喻荣军、余青峰、龚孝雄、罗周等。

4天前，在这间教室由中国剧协、上海戏剧学院主办的全国青年剧作家研修班（以下简称“青研班”）正式开班。河南省剧协副主席，担任班长一职的陈涌泉站在此时喻荣军的位置，说：这是青春的聚会，这是希望的检阅，这是使命的接力！此刻，我们吹响了中国当代青年剧作家的集结号。

这一天，十七届六中全会在北京闭幕，中共中央将破解“文化命题”列入议程，研究部署深化文化体制改革，推动社会主义文化大发展大繁荣。这使得同一天在上海戏剧学院红楼209教室举行开班仪式的“青研班”，具有了强烈的现实行动力和政策实践意义。

“有时候历史会暗示你在什么时候做最合适的事情”

“青研班”班主任，中国剧协副主席罗怀臻端坐台下，面对这一幕，近30年的时光仿佛浓缩在这个秋阳明媚的早上。对他来说，“青研班”的开办，在某种意义上多少有点“历史暗示”的意味。

1983年9月，罗怀臻以一名淮阴市淮剧团演员的身份入读上海戏剧学院编剧进修班。彼时，“文革”中耽误的一代人都在重新寻找进大学学习的机会。“像我这个年龄段，1966年刚好10岁，没受正规教育，‘文革’后上大学不现实，上戏在《文汇报》向全国发出编剧进修班招生的公告，因为剧本创作考得比较好，我侥幸考进来了。”编剧进修班学制一年，由上戏戏文系主任陈多担任班主任，余秋雨、叶长海等人担任授课老师，俞振飞、袁雪芬、白杨等文艺界人士均被请来讲座授课。编剧进修班一共33名学生，年龄最小的21岁，最大的42岁，正好两代人。罗怀臻当时27岁。在一年时间内紧锣密鼓修完16门课程后顺利结业，调入上海越剧院，开始专业编剧生涯。

20世纪80年代初的编剧进修班造就了一批人才，现任河南省戏剧家协会副主席、《东方艺术》总编姚金成，著名剧作家郭大宇，湖南艺术研究院孙文辉，云南艺术学院王胜华，上海戏剧学院方方，均是当年罗怀臻编剧班的同学。著名剧作家王仁杰和常剑钧分别就读于1982、1983年编剧进修班。从编剧进修班走出，他们以各大自领域的创作成果或学术探索，成为"影响当代戏剧创作的不可忽视的力量，支撑了中国当代戏剧30年"。"我从县级市的一名剧团演员，来到上海，在上海成长起来。你看我的变化，就知道我们这个班的成功。"罗怀臻以自己的成长经历为例，感慨作为一名曾经的业余戏剧创作爱好者，经过编剧进修班一年的锤炼，命运发生了令人眩目的改变。

20世纪80年代以来，罗怀臻们成为中国戏剧创作领域的领军人物。然而，一度创作人才尤其是青年尤秀编剧人才与原创剧本严重匮乏，依旧是近年来全国戏剧界普遍面临的危机。据统计，全国各地设立有编剧专业的高等院校达600家，保守估计每年编剧专业毕业生有一万余人，"他们毕业后从事媒体、网络等其他行业，人才流失严重，编剧人才依然缺乏。"在上海戏剧学院任兼职教授，参与本科生、研究生和进修生教育的罗怀臻深有感触，"我觉得我们或多或少存在教学和前沿创作，时代呼吸之间的隔膜。大学校园里很多人对当代最杰出的戏剧家是陌生的，对当代戏剧界的风向是隔膜的。学校教材由前苏联专家帮我们建立，那样的教学方式几十年来使我们的教学主体变化很小，缺失与当代戏剧的互动。"

罗怀臻希望探索一种青年编剧的全新培养机制。"有时候历史会暗示你在什么时候做最合适的事情。"自己从中深受其益的1983年编剧进修班，促发了开办高层次青年剧作家研修班的思路。在2011年2月中国剧协第一次主席团会议上，办班动议列入年度重点工作计划，其后在上海市文联举办的春节团拜会上，办班计划当场得到了上海市委宣传部的认可。上海文化发展基金会于5月通过"青研班"项目的资助计划。

"青研班"共30名研修生，30名旁听生，平均年龄35岁，是从全国专业戏剧院团选拔的具有发展潜力的一线优秀青年编创人才，来自包括台湾在内的全国20多个省市地区。正如中国剧协分党组成员、副秘书长周光所说的，“这是继20世纪八九十年代一批优秀剧作家群体之后的又一个‘黄金一代’。”

在此之前，中国剧协从2009年开始，连续三年分别在江苏常州、北京、湖北潜江、江苏张家港举办了四届青年编剧读书班。用中国剧协分党组书记、驻会副主席季国平的话来说，“青研班”是青年编剧读书班的一个升级版，是在前几届耕耘基础上的一次收获和检阅。在“推动全国剧作家尤其是青年剧作家队伍的壮大，扭转全国戏剧院团‘剧本荒’的局面，突破青年剧作家成长难的‘瓶颈’”这一办班宗旨下，“青研班”囊括的青年剧作家人数，研修时间长度，讲座、讲评专家的水平级别等，都堪称历届之最。60位研修生，为期15天，请来了尚长荣、王安忆、季国平、冯双白、尹鸿、毛时安、韩生、丁罗男8位著名艺术家、理论家、作家进行专题讲座；剧作家孟冰、罗怀臻、郭启宏、郑怀兴、盛和煜、黄维若、王安祈，3位导演艺术家曹其敬、查明哲、卢昂对30部研修生剧作进行课堂讲评。

“形成一个方阵”

“我写的彩调音乐剧《山歌牵出月亮来》，被令人尊敬的曹其敬导演重手点穴，直到现在还处于恍惚麻酥之中呢。”30位研修生以作品提交作为“入学考试”参加“青研班”，课堂剧作讲评构成研修课程的重头内容。胡红一在作品点评结束后和同学们在微博上交流心得。这位曾获全国“五个一工程奖”，中国电影“童牛奖”，中国“人口文化奖”编剧一等奖的广西艺术创作中心副主任，自嘲“因为作品被曹其敬老师骂而让自己在班里一举成名”。他坦承，自己交来的第一稿的确有点仓促，因为在影视创作方面成果颇丰，自己在某种程度上对戏剧有所低估，戏剧观也许有些陈旧。尽管在课堂上获得不少同学发来的声援短信，胡红一依然认为，曹其敬的批评对他是一个提醒。

从课堂剧作讲评中获益者众。即便作为知名剧作家，上海话剧艺术中心的喻荣军觉得一直困惑自己的问题是“剧本写好后很少有人提意见”。“孟冰给了我很多建设性意见，把我的剧本从题材到结构、从人物语言到人物性格分析很详细，我肯定要修改。”喻荣军直言不讳。

在上海京剧院的龚孝雄看来，剧本点评是“青研班”的办班特色，“以作品来争取进修名额，无论多大的编剧，没剧本就不要来，只要是好剧本，就是 24 岁的小孩也来。”研修生龚孝雄是上海戏剧学院 2005 级的 MFA，在他看来，在场的诸位学员作为具有一定实践能力的剧作家，要提高写作能力，剧本点评这种方式非常有效。“胡红一在课堂上被批，都快崩溃了，但老师是很可爱的，在这个平台上把所有问题点出、修改，让作品提高一个层次，这是一个非常可取的办法。”

“上午名家讲座，下午剧本点评，晚上观摩演出，我的收获是全方位的，因为这次集中讲评的老师都是中国当代文学艺术界（当然主体是戏剧）一流的专家，他们各自的作品在当代中国剧坛上都是一座座丰碑。他们本身的创作经历、人生阅历及对时代的感悟对我们青年编剧来说都是宝贵的财富，在短时间内听到这些课，对我们具有很好的启发。”陈涌泉强调，“这绝不是客套话。”

“‘青研班’学员来自第一线，带着他们的作品、他们的瓶颈、他们的困惑、希望和奋斗的计划来到这里。”罗怀臻对 60 名学员的情况了然于胸。“60 个学生中，有五六个博士、一级职称编剧有八九个，二级职称的十来个，中级以上职称的至少一半，大部分是本科学历，也有没上过大学的，像李铭，农民作家出身，虽然同背景不同学历，但他们在创作上处于一个相似的起跑线，都是在各地崭露头角，显露一个良好的上升姿态；同时带着各自本身的地域剧种的某种局限性来到这里，经过名家的洗涤点拨，校园的净化，他们回去会有不同的突破。这种教育方式符合我们现在所提倡的终身教育，在他们人生的某个阶段对他们实施一种特殊的教育，修正一下他们前进的方向，把他们进行一次淘洗，过滤杂质，留下纯粹，这就是我们研修班班旨所说的‘重返校园、重温理想’。”

“这次办班在模式上也是一次成功的尝试，那就是学校与专业协会和团体的合作，功能优势互补，学术资源共享。我们希望将这种模式进一步转化为稳定的机制，以期更加贴近社会生活现实，将教育资源与社会文化资源实现有效对接。”上海戏剧学院院长韩生如此总结。作为“青研班”的联合举办方，上海戏剧学院调动全院资源，确保“青研班”的教学和研修生的住校生活顺利进行。

15天，8场专题讲座，30部剧作点评，以及10场中外经典剧场演出观摩，带给大家不仅是戏剧理论的提升、剧作技能和文化素养的提高及视野的开阔和精神的充实，对于研修生来说，“青研班”的一个更为重要的意义在于将来自五湖四海的青年剧作家召聚于一处，搭建起一个交流与沟通的平台，在某种意义上“形成一个方阵”。“在开班仪式上我说过，我们这一代青年编剧都是不同的个体，当我们有了这个班，吹响了中国青年一代剧作家的集结号，这种集结的本身意味着我们已经形成一个整体。”陈涌泉对记者说，“走进上戏校园之前，我们是不同个体，走出上戏校园，我们形成了一个方阵，代表的是新世纪中国青年剧作家的集体阵营。在这个阵营中，我们就要多一份责任，多一份担当。”

“一切才刚开始，根本就没结束”

11月1日上午，上海电视台阳光教室大厅里流淌着昆曲《牡丹亭》汩汩丝竹之声，舞台两侧的玻璃幕墙上，悬挂着写满中外剧作家名字的巨幅帷幔。30位研修生端坐台上，接受台下诸多宾客的注目与祝福。这些来宾中，有中国剧协、上海市委宣传部、上海市文联及有关方面的领导，更多的是来自全国各地戏剧院团的团长。“青研班”毕业典礼暨签约仪式正在这里进行。

市委宣传部副部长陈东将这个中西合璧的典礼仪式比喻为一幕别具一格的生动情景剧，因为这些幕后编剧如今端坐台上，享受明星待遇，成为全社会关注与赞许的演员。“剧本，一剧之本，只有重视了一度创作，才会有二度的辉煌，重视了原创的作品，重视了剧作家队伍的建设，尤其是重视青年剧作家的培养，戏剧事业的繁荣和发展才有坚实的基础。”

“青研班”学员第一次感受到了在台上做明星的滋味，来自河北省文联的陈建忠发出的一番感叹引起大家的共鸣，“这么大规模的剧本签约还是第一次，编剧们还要坐主席台上。青年编剧集体享此殊荣这几十年从未有过，以后能不能有这待遇也很难说。所以，不论是否最终签出去，或者将来会不会‘感情不合闹离婚’，这一刻都该开心。我见多了同行们在业内的挣扎，舞台最辛苦、所得最少的职业，但这又是一个有历史担当和责任的职业，所以，感谢中国剧协，感谢怀臻老师。”

在充分尊重院团选择和青年剧作家本人意愿的基础上，除了洪靖慧的话剧剧本《人面桃花》、陈国亮的话剧剧本《要离》已分别被上海话剧艺术中心、重庆市话剧团选用投排，其他 28 部作品均与全国各地近 40 家戏剧院团、演出团体达成合作意向，其中陈涌泉的《朱安女士》、杨军的《水莽草》、龚孝雄的《英雄结》分别同时与三家剧团签署意向协议。早在 8 月份，30 部剧作入选后，中国剧协与上海戏剧学院联合牵头将剧本推荐给全国各地一百多家戏剧院团，用罗怀臻的话来说，“今天便是反馈的结果”。这也正是“青研班”的与众不同之处——打通人才和地域限制，将剧作家们直接推向全国各院团。上海剧本创作中心更是将这 30 位青年编剧悉数聘为“特约编剧”。

身为班主任，罗怀臻对这 30 部作品再熟悉不过。江苏省文化厅剧目工作室编剧罗周的昆剧《春江花月夜》，在他看来，是“今人当中不可多得的昆曲剧本，甚至可以说百年一遇”；中福会儿艺洪靖慧的《人面桃花》，“有着格菲小说里没有神秘和空灵，非常敏锐地捕捉了神经末梢的美感”；陈涌泉“敢于直面历史的勇气，题材选择的大胆，也是不可多得的”；云南艺术学院杨军的《水莽草》，表面说的是婆媳矛盾，“其实内里指向哲学命题而被归于意蕴深厚的哲理剧”；重庆市艺术创作中心陈国亮的话剧《要离》，“既有田汉那代人写的历史剧的大气、厚重，同时又有现代审美，这样的作品有时是现实主义剧作家写不出的。”罗怀臻直言，这代剧作家特有的对生活美感的体会和接受，不比任何一代弱，没有理由对这一代人没有信心。这些大部分还是默默无名小字辈的青年剧作家，作品被全国这么多院团相中，证明他们的确具有相当的实力，当下名编剧“一统江湖”的格局将会因此而改变。

中国剧协分党组书记季国平表示，中国剧协将在此基础上，继续关注、追踪30部剧本在各地院团的二度创作和演出，同时，在适当时候组织青年剧作家的作品进京展演，并在可能的情况下争取设立专项奖。中国剧协的宗旨就是要借助这次办班的影响，推动全国剧作家尤其是青年剧作家队伍的壮大。

戏剧从未在社会大变革中缺席。《放下你的鞭子》是抗战中演遍中华大地的爱国戏、动员了广大民众参加革命；而《白毛女》在土地改革中激发出广大农民拥戴共产党、建立新中国的热情。“我妈妈演过《白毛女》中的二婶，她告诉我，当年他们部队文工团演《白毛女》时，底下的战士要拿枪打黄世仁。为什么？就是因为《白毛女》在土地革命中的作用。还土地于农民，我们的戏剧起了什么样的作用？我们的戏剧难道不是和中国改革的方向，中国解放的步伐一致吗?”市委宣传部副部长陈东感慨万分，“近几年来我们越来越清醒地认识到，上海在文艺创作方面的原创作品和原创力远远不够，具有国内外广泛影响力的杰出人才和创作才俊，无论是数量还是质量远远不足，与中国对上海的要求和上海建立国际都市文化大发展的要求、全市市民的需求之间有非常大的差距。”陈东呼吁，希望上海的宣传部、文广局、文化基金会，特别是各文艺院团积极重视“青研班”的作品与人才，用开放的胸襟，接纳和排演其中的优秀之作，不仅为全上海的剧作家，还要为全国青年剧作家提供施展才华的舞台，这是对胸怀和眼光的考验，也是大家义不容辞的责任。

“青研班”被称为青年剧作家的“黄埔一期”，罗怀臻解释，这是因为“我们需要一个代际转化”。原本应在“青研班”剧作点评课堂上出现的王仁杰、魏明伦等剧作家，因身体原因未能前来，更令罗怀臻感到代际传递的迫在眉睫，“这些在八十年代驰骋剧坛风云的一代人物进入生理年龄的暮年，还让他们来扮演愤青，扮演战士，我们于心何忍！代际转换需要一个仪式，“青研班”就是仪式，这是我推动这个班的真实动机。”

15天下来，最令罗怀臻感到欣慰的是“青研班”整体所构成的大局感，每一个独立存在共同构成一个整体大局，“只有有大局感的人才能找到自己的方位，自己的岗位，自己的着力点。一个有理想、有担当、有抱负的青年剧作家不可能逃避其中。”

11月1日晚，被学员们昵称为“罗教头”的罗怀臻手执一杯自带的铁观音茶，出现在“青研班”离别晚会：“我这一年没写剧本，但我参与了你们这出大戏的写作，我很光荣。”有人眼睛开始湿润，情感在沉默中开始酝酿和喷发。停顿片刻，罗教头说：“这没什么，一切才刚开始，根本就没结束。”

20天后，罗怀臻赴北京参加中国文学艺术界联合会第九次全国代表大会，和“青研班”的陈涌泉、冯静、陈建忠等几位学员重聚在人民大会堂。闭幕式后，他给“青研班”全体学员写了一封信：“我和陈涌泉班长有幸代表全班参加了第九次全国‘文代会’。中国文联党组书记、副主席赵实的工作报告肯定了我们班的成绩，并在报告中正式写进‘继续办好全国青年剧作家研修班’……相遇相知之情，无日不在回想中。”

“世界就是一个舞台，所有的男男女女不过是一些演员。他们都有下场的时候，也都有上场的时候。”在莎士比亚的《皆大欢喜》里，杰奎斯对流亡中的公爵说出这句话。在“青研班”学员看来，在上戏校园“重温理想”的15天，仿佛高台上一场锣鼓铿锵、万众瞩目的大戏。热闹散尽，一切将归于平淡，一切又将与重返校园之前有所不同。“青研班”，这个吹响中国当代青年剧作家集结号的“黄埔一期”，有如现实中温暖的灯塔，照亮着每一个人前行的方向，同时也改变着他们自己。

（原载2012年第1期《上海采风》杂志，有删节）

杨子：总要有人仰望星空：“青导班”的践与行

“观演关系有问题。”导演陈薪伊从讲台座位上站起来，“我看不到后面的学员。”2012 年 10 月 18 日，上海戏剧学院红楼教室，由中国戏剧家协会和上海戏剧学院联合主办的全国青年导演艺术家研修班（以下简称“青导班”）在上午进行开班仪式后，迎来下午第一场分析课。两个小时的时间，陈薪伊站着点评了周晓倩、吴朱红、支涛等三位青年导演执导的三台话剧。

“戏剧家的事业是救赎人类的心灵，这是个原则。”点评课结束时，陈薪伊对台下来自全国各戏剧院团的 60 名导演如是说，“我觉得戏剧就是宗教，是建立审美高度的宗教，入教需宣誓。”

“任何时代的文化标志是这个时代的年轻人”

“直到今天，中国戏剧的主干仍然是 20 世纪 80 年代以来的那批精英。年轻一辈或多或少还处于一个服从和边缘的地位。看起来是年龄或者影响力的差异，实质是观念主体没有转换到 21 世纪。”中国剧协副主席罗怀臻说，“一个时代的观念一定是通过这个时代的青年来体现的，当这些青年没有成为文化主体的时候，这个文化整体风貌和气质是过去式的。任何时代的文化标志都是这个时代的年轻人。”30 年前，罗怀臻从江苏淮阴小城走进上海戏剧学院编剧进修班，从一个业余文学爱好者转变成一职业编剧，凭着自身的天赋与努力，成为戏剧领域“80 年代以来的那批精英”之一。命运的造化常令他思考，在正常的学历教育之外是否还存在另一种培养戏剧性人才的方式。

2011 年 10 月 18 日期，由中国剧协和上海戏剧学院主办的全国青年剧作家研修班（以下简称“青编班”）在上戏红楼 209 教室开班，由他亲任班主任。他将长久以来的设想与思考付诸实现并以新颖的教学思路和办学方式引起全国戏剧界瞩目。一年下来，“青编班”学员的创作潜能呈“井喷”态势。据不完全统计该班学员一年内共新创剧本 156 部，其中上演、发表 62 部，获得全国及省市级奖励 37 项，包括曹禺戏剧奖·剧本奖、中国京剧节金奖、全国少数民族汇演金奖、中宣部“五个一工程”奖等。上海的喻荣军、洪靖慧，河南的陈涌泉，江苏的罗周，浙江的余青峰，辽宁的李铭等青年剧作家，一年中均有多部剧本上演或发表，一定程度缓解了“剧本荒”的困难局面，体现出新生代剧作家的朝气与实力，同时也显示出青年剧作家整体实力的增长。

这种教学产生的能量辐射直接促成“全国戏剧创作高端人才研修中心”在上海落地。在“青编班”的办学模式基础上，经过一年酝酿与筹备，2012年10月18日，也即“青导班”开班当日，中国剧协与上戏联合成立“全国戏剧创作高端人才研修中心”（以下简称“研修中心”），面向全国戏剧精英和院团招生，着力培养和推出一代青年戏剧创作领军人才，罗怀臻应主办双方聘请任研修中心主任。针对目前全国戏剧创作的薄弱环节和人才严重断档的危机，“研修中心”旨在探索当代戏剧创作优秀人才培养模式，采用长效机制，在“青编班”“青导班”的基础上，还将开办“全国青年戏曲音乐家研修班”“全国青年戏剧评论家研修班”“全国青年舞台美术家研修班”，每班60名学员，五年一轮，计划用十年时间举办两轮，为全国培养600名学员。“要把他们打通，形成一代人，这是中国戏剧崛起和复兴的中间力量。”中国剧协分党组书记、驻会副主席季国平认为，用研修班模式将全国戏剧编剧、导演、音乐、评论、舞美等领域人才召聚一堂，实际是将中国戏剧主体，至少是创作主体实现代际转换的重要举措。

由于当下戏剧教学、评价体系及活动绝大部分在北京进行，“研修中心”特选择将上海作为基地，罗怀臻的理由是：“上海代表另外一种标准，可能还没形成经验，但带有一种先行、先锋、实验意味，这是上海这座国内现代化程度最高的城市所提供给我们的气场。”他将开班时间确定在每年10月18日，也即上海国际艺术节开幕天，“有意将这场全国性的戏剧人才培育引入一个国际化的场域。”

“青导班”由中国剧协副主席、国家话剧院副院长、著名导演王晓鹰，上海剧协副主席、上海戏剧学院导演系主任、著名导演卢昂共同担任班主任，特聘请曹其敬、查明哲、陈薪伊、杨小青、廖向红、张曼君、黄在敏、王晓鹰、罗怀臻、卢昂10位著名导演艺术家、剧作家担任讲评教授，对30位青年导演提交的作品进行深入坦率的公开讲评。同时，聘请尚长荣、季国平、刘恒、李前宽、张继刚、濮存昕、王洛勇、钟明善、刘锦云、韩生、尼古拉斯·巴特（英国）11位国内外著名作家、艺术家担任讲座教授。“青导班”荟萃了当今国内年轻导演的精华，30名研修生与30名旁听生，大部分活跃在戏剧舞台第一线，他们中有的来自国家院团，有的来自民营剧院，有的来自经济发达城市，也有的来自边缘内陆地区。较之于“青编班”，“青导班”学员人才密度疏朗，层次或许参差，在罗怀臻看来，这参差的状态恰恰反映了这一代中国青年戏剧导演的生态。“今天占据中国戏剧导演核心的，如果我们数出前十名甚至前二十名，除孟京辉和田沁鑫等，20世纪60年代以后出生的占极少数，70后和80后为主体的青年导演面临对老一代戏剧人的追赶和超越，这恰恰是最真实的生态。”罗怀臻坦言。

“太多人深陷泥潭，总要有人仰望星空”

“2006年我中戏还没毕业就做了第一部戏，6年做了20多台戏，马不停蹄，借这次机会重返校园，重新充电。”作为“青导班”为数不多的体制外导演，来自北京的李伯男坦言，在校园里找到了戏剧最原始纯真的主人魔力，“能够让自己静下心来思考一些问题”。“人说华山论剑，我觉得是‘华山路论剑’，大家都是带着作品来的，有的没带剑，有的在磨剑，有的在交换剑，有的可能在买剑，有的放弃了剑。”李伯男用了一个形象的比喻形容此次位于华山路上戏校园的导演群聚。他带来的“宝剑”是都市情感剧《隐婚男女》。而研修期间，他的另一部新作《轻度深爱》正准备在上海话剧艺术中心戏剧沙龙上演。李伯男通过舞台对“闪婚”“隐婚”等时下流行词汇进行艺术性解读，展承都市情感和现代婚姻中的种种问题。“光有爱不够，它还得有责任与包容。”34岁的李伯男以一种轻松幽默的方式，语重心长地宣告现代婚姻的复杂构成。但李伯男并不止于轻松幽默，笑中有泪一直是他的杀手锏，由他执导的《与戏剧相遇》《有多少爱可以胡来》《我要成名》《我不是我女朋友的男朋友》《剩女郎》《嫁给经济适用男》《画皮》等，是近年颇受欢迎的小剧场都市情感剧。

其中《有多少爱可以胡来》系列话剧商演已超过千场，创下小剧场票房纪录，李伯男也因之被称为中国戏剧演出市场“最具票房号召力”的青年导演。

不能否认，当下北京小剧场话剧空前繁荣，其中不乏搞笑搞怪、模仿拼贴、明星撑场、只为吸引眼球博得商业利益的恶搞剧，这和北京话剧市场的整体氛围有关。在北京话剧圈里逐渐崛起的李伯男并未随波逐流，“的确有一部分这样的戏大量存在且拥有市场，但那不叫戏剧，它只是段子集、小品荟萃，这是我们痛恨的东西”。李伯男停顿片刻，声音高扬起来，“愤怒，又无奈又愤怒，那绝对是毒药，所以我们要和他们博弈。”在一系列叫好又叫座的都市情感剧的舞台操练中，李伯男逐渐形成自己舞台作品的独特风格：感情细腻写实，叙事轻松流畅，反映当下现实，善以笑笔写悲，其作品有市场却不低俗，用诙谐的调笑引发人们思考。“我们体制外的导演和剧目更多考虑观众，考虑市场，但不是盲目迎合。戏剧需要引领观众、征服观众，在这个过程中和观众一起成长，培养一个良性发展的市场。”李伯男概括自己的票房秘诀，“需要智慧，一方面是戏剧技巧的智慧，一方面是生活的智慧，对时代的认识，对人性的思索，通过这些和观众达到心与心的交流，以通俗但不庸俗的作品和观众一起走向戏剧的品格，这是我们这代年轻戏剧人对戏剧的担当和责任。”

从初执导棒至今，李伯男在话剧舞台上虽只浸润6年，却屡创票房奇迹，但他坦言自己所走的路并非如外表所见的顺利，所遇困难以不同形式出现在不同阶段。“一开始的困难是没有观众来看我的戏，解决资金也有困难。随者平台越来越好，这些市场、投资问题逐渐解决。但现在内部困难越来越多，更多的是自己对自己的要求，包括艺术上的求新求变、品格追求。这也是我回归校园的主要原因。”李伯男如是说。

相较而言，辽宁省的戏剧生态远不如京沪两地，但在辽宁人民艺术剧院导演蔡菊辉眼中，这几年演出市场的多样化及诸多民营剧社的出现，令辽宁的戏剧整体生态颇有起色。“十多年前我就坚信，辽宁的经济如果发展了，文学、艺术、戏剧不用愁，作为舞台表演，戏剧除了在重大历史时期会产生重要作品。它的娱乐性、欣赏性，肯定是和社会经济发展有关。大家物质生活得到满足，精神生活也会有所需求。”彼时，蔡菊辉是辽艺一名屡获省级、国家级表演金奖的舞台剧演员，“在排练场上解读剧本会产生除了我自己所饰角色之外的思想，发现光做演员不满足自己”。2008 年，蔡菊辉改行做起导演，2010 年便凭借《黑石沟的日子》获第十三届文化部文华奖导演奖；2011 年执导的《爱情不打包》获全国戏剧文化奖导演奖；2012 年执导的《小村总理》先后夺得 2012 年内蒙古自治区“五个一工程”优秀作品奖，第九届中国·内蒙古草原文化节优秀剧目奖，全国戏剧文化奖·话剧“金狮奖”剧目、编剧、表演三项大奖。

在表、导演领域成绩卓然，蔡菊辉却连叹“困惑”。他直言自己面临的最大挑战，是在当下究竟做什么作品，怎样引领二度创作团队使一度作品更走向深刻，更能揭示时代精神的问题。“主要的问题是对艺术本身思考的痛苦。其他的，都不构成痛苦。对自己的作品不满足，包括有时候对剧本的不满足。苦于还没有真正能反映我们这个时代的作品，可能还是和我们的生态环境有关，这也不是某个人能解决的。”转型成功的“蔡导”并不打算放弃演员这个职业。“演员还会做，一方面想躲在幕后通过大家的集体创作来实现自己的想法，另一方面又想站在舞台上自我抒发。”蔡菊辉反问道：“我是不是太贪婪了？”

作为“青导班”唯一一位话剧和戏曲同时兼顾的女导演，上海昆剧团的俞正是班里为数不多的“80 后”。在她看来，话剧和昆曲，前者是亲人，后者如爱人，皆是自己在这个时代选择的表达方式。“欣赏我的人说我有混血儿的聪明，质疑我的人说我像隔壁家的孩子，在这两种环境中我一直心存困惑。”俞正在导演论坛上对大家侃侃而谈。18 岁时立下戏剧理想，2005 年，24 岁的俞正成立自己的戏剧工作室，执导第一部新写实主义话剧《拒藏》，其年底在上海下河迷仓与非职业演员一起完成实验剧《一岁流年》。从小对京剧和昆曲的痴迷，让她一直向往古典戏曲这样的表达方式，两年后，俞正执导昆曲清唱剧《印象南柯记》，“一个创作者如果没有向前看的冲动，那么他的创作思路是会脱节的。我做昆曲很大部分是回头看，传统究竟给了我们这一代人什么。但我需要在另外一个平台上平衡我自己，戏剧的实验性和探索性一直保留在我的血液里，所以我保留了实验剧场这部分。”俞正如此解释她的“左手话剧右手昆曲”的合理性和平衡性。

在上海文化发展基金会女性艺术家基金资助下，俞正开始执导系列女性心理剧场，2011 年落幕于上海大剧院的女性心理剧《麻将女人心》，是她导演的“女性心理剧场”三部曲中的第一部。俞正在剧中融入昆曲的精妙身法、改编自京剧的经典选段，将专业心理诊疗的手段戏剧化。

短短 5 年的昆曲导演生涯，俞正坦言 30 岁的自己面对 600 年的传统家当，常感如履薄冰。“作品点评课上，怀臻老师首先肯定我执导的昆曲《占花魁》，但也指出我应突破现有顾忌，不然，我所有的精装修只是在前人基础上刷一道漆，后人在我的基础上又刷一道漆，如果没有自己的作为，那很容易被取代。”俞正说，“他的点评有如当头棒喝，我不想做那一道被刷掉的漆。”

“第一阶段的实践做话剧是纯粹的话剧，做昆曲是纯粹的昆曲，它们之间没有太多的牵连性。但在第二阶段实践中我的话剧写意性很强，在昆曲作品中，我很注里人物关系、语言调度。将来在我的第三阶段，一定会有一个舞台作品把话剧和昆曲无缝结合在一起，也许两年后可以到达这个阶段。”俞正简练概括自己七年来的导演工作，“我一直想做一个有态度的戏剧人。如果命中注定我生而为戏剧人，那么我需要悦纳的是自己的使命。”

来自福建人民艺术剧院的陈大联直言自己是“带着问题”来“青导班”的。20 年的导演实践，戏剧作品近 30 部，十余次获省级优秀导演奖。一级导演陈大联的作品包含话剧、歌剧及众多地方戏曲剧种，如高甲戏、汉剧、越剧、闽剧、歌仔戏、京剧等。因为“觉得自己目前相对遇到瓶颈，很迷茫怎样才能不重复自己，为了理清目前创作的困境，以及明确下一步要具体怎么做，带着这些问题来参加这个班”。陈大联并未携带屡获赞誉的主旋律剧场作品前来“华山路论剑”，为了更快更直接地找到答案，他将自己一部具有争议性的实验作品《雷雨》送选进入“青导班”。“实验性的作品现众不可能百分之百叫好，都是毁誉参半，甚至骂得更多。”陈大联毫不讳言，自己在作品被曹其敬点评时“心情非常忐忑”，但“想想我来的初衷，又很坦然”。未令陈大联失望的是，曹其敬从技术、观念等各方面对《雷雨》进行了详细点评。

“曹老师的点评很中肯，他觉得好的地方给予表扬，比如戏的表达形式和空间，但演员的表演和服装遭到批评。”陈大联坦言，地方剧团最大的困难是资源贫乏，尤其是演员资源，“上戏、中戏毕业的孩子都不愿意去地方院团，我们只能从地方艺术院校要人。我们团8个演员，6个来自山东艺术学院戏剧系，他们排演这部戏的时候刚毕业，20多天排出来，就当是他们的毕业大戏。另一方面，演员人才流失严重，优秀点的都去上海北京了，一个演员刚来剧院时800元一个月，第二年1200元，能活吗？那只能到外面去干野活，回到舞台上毛病一大堆。我觉得我哪是导演，就是表演老师。我之前做了很多仔细的案头工作，7万多字的导演阐述，被曹其敬老师称为相当于一本很有质量的论文。我把所有角色场景通通写好，所有调度、场景处理全部写好，让演员一目了然。我们地方剧团导演有时候是被逼在样式上下功夫来弥补演员资源的不足。大家看结果很容易，不知道过程中的困扰困惑和辛苦，你和现众说没用，人家看的就是结果。”

福建作为戏曲大省有20多个剧种，演出活跃地区集中在厦、漳、泉闽南三角洲。话剧身份的陈大联涉猎地方戏曲，反过来又将戏曲技巧用于话剧中，《雷雨》就是这样一个交叉作业的结果。他坦言，自己最喜欢做的还是实验戏剧，在福州涉足此一领域的导演不多，陈大联用“一只恐龙”形容自己的“孤军奋战”。1994年，陈大联便已开始执导实验话剧，《困兽》是他试水的第一部实验作品，其后执导了《思凡》《最后一个团结户》等小剧场实验话剧。《雷雨》于2010年11月开始构思，到2011年底已公演30多场，2012年春节后在山东、厦门、台湾等地巡演，本想参加上海国际艺术节，由于经费不足而作罢。

“南方的生活是什么样的生活，谁有钱谁老大，谁跟你谈戏剧。你就是一个孤独的夜行人，一谈戏剧人家马上就转移话题了。”社会大环境以及创作资源的局限带来的是不可避免的现实困难，虽然舞台设计出身，但陈大联直言自己“既不涉猎影视剧，也从不接拍广告片、晚会和小品，就是搞戏，做自己喜欢的事情，20 多年硬挺着走过来”。陈大联摘下帽子，低头露出花白头发，“我才 45 岁，头发胡子全白了，但即便很艰难，我们也无法去怪罪外在环境，还是很努力把眼前的事情做好，为什么？康德说的那句话，太多人深陷泥潭，总要有人仰望星空，我希望我们是仰望星空的那一群人，有梦有理想，否则根本坚持不下去。”陈大联的语气极具舞台感染力。15 天的研修课程对于他来说，“不可能立刻醍醐灌顶茅塞顿开，但从老师点评同学作品过程中都能获取经验教训，有助于对一些关键问题的再度厘清，这就是收获”。

班主任卢昂对 60 位学员了然于心，“学员大部分是在第一线奋战的有才华的青年导演，有些作品很成熟。“青导班”不是基础教学，而是高密度高层次的教学，从讲座安排、戏剧观摩到为导演们的作品进行量体裁衣式的点评指导，这在全国还是首次。”

在“青导班”班长、浙江京剧团团长翁国生看来，15 天的交流碰撞让来自全国各地的青年导演们彼此认识熟悉，更为重要的是，“青年导演，特别是那些处于起步阶段的青年导演需要扶持、需要被展现，“青导班”给了大家一个展现自我的机会。”

当代青年编导共识

2012 年 10 月 31 日下午，“青编班”学员从各地赶来，与“青导班”学员会聚，在延安饭店进行了一场旨在促进当代戏剧编导职业自律，形成全国青年编导协作交流的对话。这场对话以导演蔡菊辉和编剧李铭之间的惺惺相惜开始，来自辽宁的农民作家李铭第一次试水编剧的作品《木匠村官》就是由蔡菊辉导演的。李铭心怀感激，“这是我第一次接触舞台剧，能够最后搬上舞台，得益于蔡导对剧本的二度提升。”

导演与编剧的关系体现为形式与内容的关系，而编导之间因一度创作和二度呈现之间的矛盾引起的冲突频起，在当下影视戏剧界屡见不鲜。2012 年 11 月，由“青编班”学员、中福会儿童艺术剧院编剧洪靖慧改编自作家格非同名小说的话剧《人面桃花》，由于“导演演出本创作署名”风波，在“青编班”结业之后引发了一场编剧群体的网络维权，各地青年剧作家的集体发声可视作近年一直处于“沉默的大多数”的编剧群体主体意识觉醒的标志性事件。

“经历过那件事，我对编导关系从非常悲观变得很乐观了，因为最坏的事情我都经历过了，我还怕什么!”洪靖慧说，“我困惑的是，戏剧编剧到底处于什么位置?”洪靖慧的提问引出了编导对谈的核心话题。

“导演和编剧是戏剧生产流程中不可或缺的两个环节，各有其独特性、重要性与不可取代性，达成编导共识是艺术创作取得成功的根基。”在一次作品点评课上，罗怀臻面对台下来自全国各院团的 60 名青年导演，以一名编剧的身份提出戏剧创作过程中的编导协作共识。他因策划这场“青编班”与“青导班”的面对面对话，被学员们戏谑地称为“婚姻介绍所所长”。

因为不想错过这场具有开创性的全国青年导演和编剧之间的重要“会师”，中国剧协分党组书记季国平从北京专程赶来，一下飞机直奔会场。“编导各有所长，形成合力，将作品呈现在舞台上。”季国平虽然晚到，但一发言即切中主题，“我不看王晓鹰，我看王晓鹰的孩子，最终大家看的是舞台上的表演呈现，只要是有理想有追求的导演，绝不会以自己为中心而轻视其他生产流程和岗位。”

“用任何一种关系来比喻编剧和导演，似乎都有缺陷，但形容成‘夫妻’倒是颇有一些‘意味’。”联谊会上，导演王晓鹰干脆用夫妻关系来比喻编导之间的“冤家”关系，“夫妻之间，其实金婚银婚都不重要，最重要的是要生下一个健康漂亮的‘孩子（作品）’。但是，争吵摩擦可以理解，底线是不能‘强奸’，包括‘婚内强奸’。”

王晓鹰的比喻引起众人大笑。从一名专业导演的视角，王晓鹰强调，着力戏剧生产过程中最重要的两个环节，编剧的工作是导演从事创作生产的开启，而导演则通过二度创作将文学剧本通过演员的表演和舞台物质条件转化为视觉形象艺术，在保持原著风格和意图的基础上，导演将自己的创造性和编剧的内在创造力结合起来，但作为剧本的阐释者，导演的自由受到一定限制，他的工作必须以剧本为基础。

纵观戏剧史，“导演”作为一种专门的职业大约是在19世纪末出现，在西方，人们一般把德国的梅宁根公爵乔治二世视为戏剧史上第一个导演。在“导演”职业出现之前，剧作家大都自己排演自己的作品，兼顾导演职能，在排练时可随时做出修改。因此，编剧与导演的矛盾冲突不是从来就有的，而是伴随“导演”这一职业的出现而产生的。当剧本的文学性和舞台的剧场性不能有机融合在一起，剧本要做出相应修改，导演和编剧充分沟通，彼此交流意见，这是一种理想状态。但事实是编导之间平等协作与沟通的缺失，常导致两者之间产生不可避免的矛盾与分歧。苏联导演格·托夫斯托诺戈夫提出导演的自律性，“我们这行专业的伟大之处，他的力量和智慧还在于自觉自愿地约束自己。我们想象的边界是受作家限定的，超越这些界限，就应该作为对作者的背叛和背离而受到谴责。找出适用于某个剧本的，而且仅仅适用于这个剧本的、唯一正确的、最确切的假定性方式，并善于演奏出作者的整个心曲，而不是单个的音节，善于把别人的作品，演成和作家的一样，这才是导演最崇高、最艰巨的职能。”

“导演和编剧是什么关系？前不久，我去清华大学听美国著名剧作家罗伯特·麦基的课，向他提出这个问题，七十多岁的老麦基回答说，编剧若没有工作，那么其他人都不可能成为艺术家。”来自广西艺术创作中心的青年剧作家胡红一说。

20世纪80年代就开始从事编剧工作的武汉市艺术创作研究中心青年剧作家唐淑珍有着丰富的编导合作经验，“我的剧本曾被导演不由分说大卸八块，也有剧本只被导演修改一两句唱词的，作为一名编剧一定要记住，创作舞台剧文本必须要有舞台构思，也就是剧场性，这是编剧的基本功，否则剧本被导演修改在所难免。从我个人经验来说，编剧和导演应该是相互扶持、相互鼓励，一同创作出一个合格的舞台作品。”

而对于上海话剧艺术中心青年剧作家喻荣军来说，编导关系则是一种难忘且互益的体验，这位被王晓鹰称为“极具戏剧天赋与时代触感、对话剧精髓敏感而精准”的“金牌”编剧，十余年间已累计创作改编了近四十部舞台剧及影视剧本，多产的他和诸多知名导演均有过合作。“王晓鹰导演对剧本的尊重，给我的修改建议，到最后他给出的舞台呈现，经常出乎我的意料之外。”喻荣军引出自身经历，侃侃而谈。“《1977》是我们一块儿合作的，电影里有一大队知青赶火车参加高考，这些人是在赶时代的列车，如果赶不上的话，这一代人就会被时代抛弃掉。我写的时候并不知道在舞台上怎么呈现，我只是把它写出来。但晓鹰导演在舞台上的呈现很震撼，一大堆人在舞台上跑，所有演员的摔倒都是晓鹰导演一步一步摔给他们看。我觉得这个导演牛，我很喜欢和他合作。”

上海话剧艺术中心青年导演田水则从演员、导演的双重视角给予编导关系新的阐释，“我做演员时演喻荣军的《www. com》，这是他写的第二个剧本，我看不懂就喊他来排练室，他给我们解释，说你们可以任意解构我的剧本，但不能改变我想要传达的思想，只要不动这一点，其他都可以重新打散，重新组合。于是，我们就像做工作坊一样拆分他的剧本。事实证明，这样做很成功。2000 年《www. com》在上海公演后场场爆满，并赢得曹禺优秀剧目奖。作为演员，我从那时候知道了编剧的剧本可以打碎、重组，但最灵魂的东西不能动。”2010 年，田水成功执导了她的第一部话剧《十二个人》，被曹其敬称为“导演生涯一个很漂亮的开始”。“这是非常好的剧本，不用去考虑修改，只要把自己对剧本的理解通过演员传达出来。”田水解释。其后执导的《这个男人来地球》市场反映良好，田水将成功归因于和《十二个人》类似结构的扎实剧本。“像我这样的译演特别依带赖文本，如果这个剧本我能掌控，而且能和编剧产生共鸣，迫切希望用我自己的情感传递出去，我就会去导，我只能做自己掌控的事情，像我这样的导演应该很多。有些编剧没有导演思维，有些导演不会写剧本，二者之间的相互理解和沟通非常重要。”

编导之间互相共存，互为制约，不可分割且又矛盾重重的“冤家”关系，在“青导班”副班长周晓倩为代表的导演对编剧们的一句承诺中得以化解：“不管今后拿到你们任何一个人的作品，我一定会把编剧放在第一位，绝不会冠之以‘周晓倩作品’。”

除了编导之间达成共识之外，这场编导对话在后半场转化成导演们的现场订货会。李伯男瞄准了河北青文联陈建忠的剧本《城市，与陌生人同居》；而陈大联干脆广撒网，向余青峰、赵明环、陈新瑜、王洪亮等编剧发出合作邀请；安徽省戏剧家协会的潘昱竹则在现场发出订货信息：“迫在眉睫，现代农村题材的5个折子戏，看哪位编剧短时间内能拿出来？”

一年之后以编导联谊形式重聚，“青编班”班长、河南省剧协副主席陈涌泉十分感慨，“这次编导会师是一次融洽的赤诚相见，在此基础上产生了有着丰富内涵的‘上海共识’，无论是否形成文字，它都在我们全体编剧和导演心中留下烙印，凝聚于心的是‘平等、包容、相互尊重’，我们完全可以看到未来中国戏剧的走向。作为一名编剧，热切期待今后和各位导演加强沟通联系，同时更希望开创一种编导合作的典范，今天下午是一个美好的开端。”

继承与创新

纵观中国戏剧史，以对话和动作为主要表现手段的话剧自20世纪初传入中国，导演制度随同话剧的传入而传入。1923年9月，留美回国的洪深加入上海戏剧协社任排演主任，通过排演《泼妇》《终身大事》等剧确立了男女合演制度。1924年，洪深通过导演话剧《少奶奶的扇子》，初步建立了正规的导演制，使正处于山文明戏向现代话剧过渡的中国话剧完成了历史性转化，洪深由此被认定为中国现代戏剧史上第一位导演。较之于百年中国话剧，从宋元杂剧发展而来的中国传统戏曲一直以演员为中心，剧目和表演都足以师徒相传的形式进行，新中国成立后，导演制度方才进入戏曲领域。

“戏曲艺术需要导演!”专程从北京赶来参加“青导班”结业典礼的中国剧协主席尚长荣快言锐语：“有些戏曲演员到现在还认为京剧艺术就是‘角儿’的艺术，不需要导演，在排戏时和导演发生冲突，你有你的一套，我有我的一套。我和我的导演不但没冲突，而且通过一个个戏成了好朋友。我认为我是需要导演的，退一万步说，导演就是魏征，就是人镜。我这样演对不对，准确不准确，导演可以指正。已经到了21世纪了，我们的脑袋不能停留在18、19世纪颐和园的大戏台。忽视对传统艺术的传承是偏颇的，但一味强调保持传统而不敢越雷池一步，也未免太僵化。”

从洪深确立导演制到今天，近90年过去了，无论话剧还足戏曲，“继承和创新”这个问理一直成为不同时期导演群体所面临与思考的问题，如何“破”前人立下的传统程式规范，“破”的时候是否有新的范式去替代，“新”的程式与规范是否足够完善与成熟，两场主题为“民族戏剧艺术的当代回归”的论坛打开“青导班”学员抒发胸臆的缺口，在各自对这一问题思考的表述中所呈现出的困惑、担忧与责任，构成当下戏剧生态的总体状况。“回归就是创新，是在继承的基础上的再出发。”罗怀臻如此阐释。借助对“继承与创新”这一话题的讨论，其真正的意图在于为每个参与者提供一种理论的参照，从而使他们在各具体的剧种、具体的领域里确立发展远景。“要让自己知道未来最终走向哪里。”

2012年11月1日上午，上海戏剧学院新空间剧场，30名研修生端坐台上，“青导班”结业典礼正在进行，端坐台下的季国平将这过去的15天比喻为“行云流水、环环相扣，一幕幕精彩上演的连台本戏。”当30名学员在台上逐一说出“新世纪中青年导演的话”时，这出极具戏剧性的“导演宣誓”带给台下诸多来宾及作为特邀嘉宾的全体“青编班”同盟军极大的感动。上海戏剧学院院长韩生预言：“相信这种正能量能够很快传递给中国戏剧界，这将是中国戏剧新势力的崛起。”

上海市委宣传部副部长陈东很自然地回忆起去年此时在上海电视台阳光教室举行的全国青年剧作家研修班结业典礼暨剧本签约仪式，一年过去，面对“青编班”井喷式的创作态势，陈东由衷赞叹，“显然，年轻一辈的剧作家已经撑起当代戏剧剧本创作的半壁江山。”“作为舞台体现的指挥者，导演艺术家责任重大，某种程度上决定着舞台演出的成败。”陈东坦言：“从这个意义上说，我赞成强化戏剧创作各个环节的责任意识，而非强化某个环节的独尊意味。今天全国青年编导这两个重要方面军的胜利会师和在彼此尊重理解基础上形成的当代青年戏剧编导‘上海共识’具有现实和历史的双重意味，这一共识必将带动全国戏剧创作领域的友好风气和协作风尚。”

对于“青导班”学员来说，在上戏校园“重温理想”的15天只是人才培养工程一个短短的研修阶段，但是对于“研修中心”而言，其教学和工作其实是横贯全年乃至是无限延伸的，所有学员未来的创作和成长都将被清晰且密切地聚焦。此前，他们是一个个独立的个体，“华山路论剑”后，他们形成可以象征一代人的导演群体，代表的是新世纪中国戏剧青年导演的集体阵营。

在由中国剧协与上海戏剧学院联袂执导的这部大戏中，青年戏剧人才已整体迈进了一个代际转换和观念的代际转型的关键时刻。罗怀臻对此非常自信：“我可以肯定地说，在他们中间，五年、七年后定会有曹其敬、陈薪伊、杨小青，会有郭启宏、王仁杰、陈亚先，当然更有超过我的罗怀臻！”

（原载2013年第7期《东方艺术》杂志）

赵忱：不是什么影响都能谓之深远——来自全国青年戏曲音乐家研修班的报告

上海戏剧学院红楼黑匣子里藏着好多故事，一则最新的故事是关于全国青年戏曲音乐家研修班的。2013年10月18日至11月1日，64名身穿汉服的学子在这里经历了生命中一次重要的洗礼——在金秋上海，在上海国际艺术节有条不紊的节奏声中，在上海戏剧学院“青年创想周”浓郁的艺术氛围里，在四壁挂满竹帘酷似古代学堂的教室里，聆听了包括王蒙、陈晓光、尚长荣、沈铁梅、何占豪、张筠青、朱绍玉、顾兆林、万霭端、耿玉卿、叶长海、汪人元等在内的文化大家及戏曲音乐专家的讲座，王蒙侃侃而谈，晓光娓娓道来，铁梅边讲边唱……观点与观念、道法与技法，如瀑布飞流直下，如阳光隔墙暖心，如静脉滴滴入血，如此一日多餐，饱的不只是一时，足够日后长久地咀嚼，全方位增强了身为戏曲音乐人的身体机能和专业技能。

他们从全国各地来，又回到全国各地，但去时的他们已不是来时的他们。眼下，他们正在各自的故土忙碌；往后，他们将奔赴兄弟姐妹的领地，在中国戏曲艺术生产的大舞台上奉献自己的才华和力量。

黑匣子记得他们，记得陆续赶来的每一位讲师，记得每日变换的身影和谆谆的教诲，记得每日的鲜花与掌声。黑匣子一边念叨着《曲学讲堂》这个儒雅的名字，一边贪婪地回味着十几天里这里的气息与呼吸。真是：余音绕梁，久久不息。

全国青年戏曲音乐家研修班从此深入人心。

开班：尚长荣出任班主任

有哪个班集体可以像“青音班”这样能够请到尚长荣先生做班主任？只这一点，就足见“青音班”的重要性。

像之前成功举办过的“青编班”“青导班”一样，“青音班”照例也由中国戏剧家协会、上海戏剧学院主办。戏曲音乐家研修班无疑是针对全国戏曲音乐创作人才严重匮乏、断档的现状而举办的，目的就是要发现并培养一批有志于传承民族戏曲音乐的青年才俊，同时探索实践型、学历后的高端艺术人才教学模式。中国剧协分党组书记、驻会副主席季国平在“青音班”开班时曾表示：戏曲音乐尤其是声腔艺术编创人才的断代危机已成为困扰戏曲艺术发展的瓶颈，怎么重视都不为过。为此，主办方自去年底开始了全国性的深入调研，被录取的学员来自包括港台地区在内的53家剧院团，涉及近40个剧种。

班主任尚长荣在10月18日的开班仪式上满怀欣喜。他将欣喜概括为“三喜”：一喜，筹办已久的“青音班”今日开班。在接下来的15天里，我将和各位学员一起徜徉在上戏校园，领略音韵声腔之美，享受智慧火花之美。二喜，“青音班”人才济济。64名学员，来自包括香港、台湾地区在内的全国30个省区市以及中央直属院团，涵盖近40个剧种，真正是一次全国戏剧界青年戏曲创作精英的大聚会。三喜，中国剧协与上海戏剧学院“全国戏剧创作高端人才研修计划”传承延续好。“青编班”“青导班”“青音班”，以及明后年开办的“青评班”“青美班”，不仅是戏剧创作各个门类的递进循环，也是对全国青年戏剧创作队伍的校场阅兵和登坛点将，真可谓用心良苦，意味深长，功德无量。

当然，欣喜缘于深忧。中国戏曲包含文学、音乐、舞蹈、美术、杂技以及表演艺术各种因素，戏曲音乐是其中的重要元素。但纵观目前国内戏曲发展现状，音乐在戏曲中的地位还没有引起足够的重视。很多现在从事戏曲作曲、配器、唱腔设计等工作的戏曲音乐人多是从戏曲演员、演奏员转行而来，缺乏理论知识和专业培训。如何抓紧时间补课求知，完善自我，迎头而上，是青年戏曲音乐工作者的当务之急；音乐人才匮乏，将严重影响全国剧种的延续和发展，戏曲音乐创作人才队伍的建设，迫在眉睫，刻不容缓。

上海市委宣传部副部长陈东特意在上海国际艺术节文化多样性论坛开幕之前专程赶到上戏为“青音班”助兴。她说：今天是个喜庆的日子，第十五届中国上海国际艺术节将在今天晚上拉开帷幕，而由上海文化发展基金会资助，中国戏剧家协会、上海戏剧学院联合主办，上海戏剧学院戏曲学院、中国剧协研究室、上海剧协参与承办的全国青年戏曲音乐家研修班也在今天擂响了锣鼓。我想，主办方选择10月18日作为每年一度的高端人才研修班开班的日子，其实是表明了一种态度，那就是我们的青年戏剧创作人才培育，一定要与实践接轨，一定要与时代接轨，一定要与国内国际一流水准的舞台艺术创作接轨，我欣赏这样的气魄和追求。作为“青编班”“青导班”“青音班”的参与者和见证者，我代表中共上海市委宣传部向各主承办单位、向应邀为这个班授课的名家名人名教授们、向在台前幕后为筹办这个班而付出辛勤劳动的同志们、向来自30个省区市及中央直属院团的64名优秀青年戏曲作曲家，尤其要向我们尊敬的尚长荣班主任，表示由衷的祝贺和热忱的欢迎！

陈东还说："'为天地立心，为生民立命。为往圣继绝学，为万世开太平。'这是北宋张载的名言，今天我用在这里，是想说明我们今天所做的事情是有着深远意义的，我们将共同抒写中国戏剧的一段传奇。"

会师："青研班"手拉手心连心

《曲学讲堂》像吸铁石一样吸引着各方人士，只要有空，他们就愿意悄悄地溜进来做哪怕只有一次的"旁听生"。上海戏剧学院书记楼巍、院长韩生、副院长郭宇都不止一次静静地坐在《曲学讲堂》的旁听席上，上海文广局局长胡劲军也抽空听了王蒙先生的《文化生活的繁荣与困惑》，陈东副部长甚至坐到学员席上听了晓光的《百年歌声》。上海文联党组书记宋妍更是多次聆听讲师授课。中国剧协副主席、全国戏剧创作高端人才研修中心主任罗怀臻则一堂不落地听完了全部课程。不仅如此，身为系列研修班的大管家，罗怀臻为"青音班"操碎了心，过度的操劳常常让他看上去有些疲倦，但从未影响他一向敏锐的判断力和积极的行动力。身为教务委员会委员，他对中国剧协给予自己的信任充满感激，对上海各界给予研修班的支持充满感激，他决意不辜负这种信任。因此，他心无旁骛，凭借爱与智慧，拼命打造并维护研修班的品牌形象，仿佛每个来到"青音班"的学生都是他的孩子，他对他们呵护备至，既是挥手指方向的教父，也是嘘寒问暖的慈母。"青研班"副班主任、中国剧协理论研究室调研员林琳，上海戏剧学院戏曲学院副院长田曼莎成为他得力的助手，这一男二女组成的"铁三角"成为"青研班"稳定的支柱。

11月1日，王蒙授课后那个富有仪式感的结业仪式其实在预料之中。汉服、名师、高徒、乐音以及南腔北调的毕业歌，《曲学讲堂》上演的是一出除此之外再无他例的好戏：出人出戏出精品。不久的将来，此言当会言中。此情此景有著名作家、文化部原部长王蒙，中国剧协主席尚长荣，中宣部文艺局副巡视员李小虹及楼巍、韩生等有关方面领导以及 2013 年全国青年戏曲音乐家研修班全体学员作证。上戏导演系主任卢昂一番关于“青编班”“青导班”教学与创作成果的报告更是让所有人的畅想变成了可见的现实：两班学员正频繁地出没在中国戏剧事业发展的各个领地，他们正日益成为中国戏剧编剧、导演队伍中的生力军。

“青音班”结业之日，恰是中国戏剧创作三方面军组建完成之日，故此，有人将“青研班”比作中国戏剧的“黄埔军校”。

当日，罗怀臻还宣布了 2014 年全国青年戏剧评论家研修班办班计划。加强戏剧评论以及所有艺术评论队伍建设，早就是迫在眉睫的呼唤。

在此之前的 10 月 31 日，由上海市剧本创作中心、上海市戏剧家协会联合承办的“青编班”“青导班”“青音班”交流联谊会在上戏对面的美丽园龙都大酒店举办，为了让大家有机会畅所欲言，交流会于早上 8:30 开始，自大江南北赶来的三班学员济济一堂，环绕而坐，罗怀臻当仁不让地主持交流会，还像明星演唱会主角一样调动着三个方面军，问哪个班的声音会最洪亮。当然，三班都很洪亮。他们发誓要手拉手、心连心，齐心协力共求中国戏剧的繁荣发展。他们高呼：我们拥有一个共同的名字叫“青研班”。

交流：“长三角”雀跃迎三军

举国上下正在反对形式主义，很棒。但仪式感不是形式主义，而是相反。“青音班”的仪式感是由敬畏之心和扎实的教学模式构成的。这种可爱可敬的仪式感贯穿了“青音班”始终，精心组织、策划、实施了“青音班”全部教务工作的罗怀臻们对此非常得意。一切如此圆满，白天着汉服听课，晚上穿便服看戏；德高望重的教授，独一无二的上海，琳琅满目的剧目，扑面而来，沁人心脾。

10 月 31 日下午，由上海市剧本创作中心与江浙沪三地剧协组织的“长三角地区戏剧创作信息及人才交流洽谈会”也如期举行。让人大开眼界的是，近 70 家长三角地区的戏剧院团于百忙之中如约而至，与百余位青年创作精英会聚一堂，美丽园酒店五层会议室氛围一派火红，长三角戏剧的希望郁郁葱葱，分明有种叫人消化不良的感觉。由一个研修班衍生出的信息交流会，像熟透的麦子与稻禾，饱满、芬芳！很难想象，这样的希望还会在哪里呈现？最好的人才，最肥的土壤，当“青研班”遇上长三角，中国戏剧仿佛有了披荆斩棘的能量。

值得一提的是，“青音班”教学进行期间，中国戏曲音乐学会会长朱维英、副会长汪人元应“青音班”学员请求，破格吸收“青音班”全体学员为中国戏曲音乐学会会员。朱维英表示：中国剧协和上戏联合主办的“青音班”，不是一般的研修班，它是中国戏曲音乐史上的创举。数年后回望今天，一定能够感受到这个班的深远影响。

人们总是习惯于把所有的影响都叫作深远的影响，其实不是，只有那种可以在广大范围内催生希望并持久对一个领域产生影响的影响才能谓之“深远的影响”。“青研班”具备这样的影响力。

（原载 2013 年 11 月 14 日《中国文化报》）

赵忱：藏龙卧虎的“青评班”最是幸运

11 月 2 日的上海戏剧学院校园，琳琅满目的“青年创想周”结束了，人才济济的全国青年戏剧评论家研修班结束了，青青的草地无声地想念那些青春的脚步，而那些脚步已经分赴祖国的四面八方了——来自两岸四地的“青评班”学员带着半月以来一日多餐的丰沛营养，回到各自的岗位，继续扮演日常所扮演的角色，而无论他们去了哪里，他们身上已经被深深地烙上了一个印记——“青评班”学员。那枚印章大约应是藏蓝色三角形的，因为，那样的色彩和图形才能代表“青评班”的深度和锐气。较之以往三届“青编班”“青导班”“青音班”“青评班”的确是硬邦邦、响当当的。“青评班”学员曾酒后吐真言：在文化艺术界，无论别人做什么，是什么家，都没有我们搞评论的牛。人活一世，能够拿起评论的大笔，高擎评论的旗帜，该是多么幸运。

“青评班”就是那样幸运。全班 50 名学员，平均年龄 36 岁，三分之一拥有副高以上职称，作为个体，他们都是自负的清高的，他们生来具备“横挑鼻子竖挑眼”的心胸；但是，作为一个班集体，他们又是谦虚的低调的，每日端坐在上戏图书馆四层“青评班”教室里，桌子的左上方贴着他们的名签，他们把这看作“青评班”对自己的尊重与呵护。在他们耳畔，每日回响的是“重返校园，重温理想，感悟时代，更新观念”的叮咛，他们不肯错过任何一堂课，无论是大人物戴锦华教授大刀阔斧的高谈阔论，还是小女人汪澜教授轻声细语的缜密评析，他们都视若甘泉，享受被灌溉被沐浴的洗礼。有时候他们有点困倦，但是，每当他们遭遇仲呈祥的真知、毕飞宇的风雅，他们便又生龙活虎。每一次讲座与讲评结束，他们像乐迷、戏迷一样蜂拥而上，围住教授，就像围住明星，是的，也只有“青评班”的年轻人才会在唯利是图的时代把教授当做明星，他们请教授捧着鲜花与他们一起合影。无论是董健那样的老先生，还是刘玉琴这样内敛的知性女子，都会展开灿烂的笑容。谁会不愿意被一群有志向有希望的晚辈如此簇拥着呢?

“青评班”就是那样幸运。10 月 17 日是老早定好的日子，连续四年中国剧协与上戏联合举办的青年戏剧人才研修班都是选择在中国上海国际艺术节开幕的日子开班，因为当天，学员们就可以去观看艺术节开幕大戏。主、承办方合理使用办班经费，精选艺术节期间上演的上佳剧目让他们欣赏，或是寻找可能会引起争议的剧目给他们作“靶子”。总之，他们一边回归校园，一边瞭望“国际”，他们发现上海国际艺术节不仅相当国际，还相当民族，相当学院。

“青评班”的生活是那样有听头有看头有嚼头。白天，他们聆听教授用大半生或半生凝结的真知灼见，内容无边无际，文艺批评、文学创作、新闻写作，“青评班”学员接受的灌溉绝不只是戏剧评论，他们简直掌握了评论一切的利器。晚上，他们往往坐在剧场的后区或者楼上，但是，他们还是最会看戏的观众。每一个看戏归来的夜晚，“青评班”都会召开别人看不见听不到的恳谈会，天赋机缘，恰恰是“青评班”到来的时候，微信适时地深入大众生活，这群能说会道的青年评论家，浑身长满了嘴，他们七嘴八舌没完没了地争议，他说他喜欢林怀民，她说她更欣赏沈伟；她说小剧场话剧

《狂人日记》不忍卒看，他说《狂人日记》真的刺激。白天和黑夜，理论与实践，在“青评班”学员身体里思想里更迭，他们像握紧了拳头的战士，随时准备出击。

刚好，“青评班”给他们预备了战场。一次是谈论上海国际艺术节，另一次是谈论当代戏剧批评的批评。说到上海国际艺术节，他们没有因为艺术节中心总裁王隽在座，就不敢对艺术节提建设性建议。他们不是早上八九点钟的太阳，是午后烈焰，像X光一样，总是穿透他们所要洞察的对象。他们一边感激，一边批评，英勇无畏。说到对当代戏剧批评的批评，更加有意思，他们知道，自由从来都是相对的，分寸是始终需要把握的，在一切客观条件的规定之下，如何既坚持写真评论又不在江湖上搅浑水，这正是评论家需要不断参透的觉悟。来自上海以及北京的中青年资深媒体人对他们相当自信的发言给予了更加自信的点评，有赞赏，有博弈。两个火热的下午，“青评班”掌门人罗怀臻目送他的学员走上讲台，侧耳倾听，审时度势，在其中一个傍晚，他留下他们，谆谆教诲：发言也好演讲也好，请大家注意节奏、尺度、风度，妄加评论不是评论的高度，心平气和以理服人以情动人的条分缕析才是叫人口服心服的评家风范。

“青评班”就是那样幸运。事先没有刻意筹划，也不可能刻意筹划，反正，他们就是恰好赶上了10月15日习近平总书记文艺工作座谈会的大好时机。敏感的他们当然立即联想到1942年毛泽东《在延安文艺座谈会上的讲话》，那《讲话》至今令人振聋发聩。72年之后，在中国文艺界确乎将要迷失方向的时候，习近平总书记以罕见的大智慧和耳语般春风化雨的点拨驱散了笼罩在文艺天空上的雾霾，这一拨，拨掉了扎在正义的有良知的文艺工作者心中多年的刺，他们欢欣鼓舞，跃跃欲试，发出了“文艺的春天又来了”的感叹。

但问题没有那样简单，有些一向跳得欢实的人这时候又兴奋了起来，以为中国文艺界存在的问题与己无关。习近平总书记讲话两天之后，“青评班”开班，这是天意，自然也格外顺应民心。“青评班”的班主任季国平马上与“青评班”掌门人罗怀臻会商，即刻做出了在10月30日专门组织一场学习习近平总书记文艺工作座谈会上讲话专题座谈会的决定。这样的座谈会不是为应景，不是为了向谁交答卷，而是顺应了“青评班”办学宗旨和学员们心意的举措。一段时间以来，大家见识了不少座谈会，甚至还见到了“跳梁小丑”——全没有认真反思的诚意，只一味试图在新的文艺风向里保全自己的高大全形象。“青评班”的座谈会，是在认真学习了习近平总书记讲话之后的心领神会，是在接受了半月有余众多名师指点后的融会贯通，是决意跟浮躁跟低俗跟虚伪跟假大空告别的负责任的觉醒。事实上，在“青评班”所有讲座教授以及讲评教授的课堂上，几乎都要谈及习近平总书记的文艺工作座谈会，习近平总书记那样一种放松的亲切的坚定的风度，正是青年评论家所要仰望的。

“青评班”就是那么幸运。他们像往届三班学员一样在11月1日迎来结业的时光。上海为了他们，努力保持暖秋的模样。那一天，中宣部文艺局副局长许先锋，上海文联党组书记宋妍，中国剧协分党组书记、“青评班”班主任季国平，上海戏剧学院党委书记楼巍，上海戏剧学院院长韩生，中国剧协副主席、全国戏剧创作高端人才研修中心主任罗怀臻，上海文化发展基金会秘书长郦国义，上海戏剧学院副院长、戏曲学院院长郭宇，中宣部文艺局艺术处副处长马小龙，文化部艺术司戏剧处处长林琳，上海剧协秘书长沈伟民等一众领导默默地凝望着坐在主席台上的“青评班”全体学员，听他们的誓言，好像看到了中国戏剧评论的国家队，禁不住喜上眉梢。

上海市委宣传部副部长陈东连日里上海、北京、无锡之间来回奔走，最后还是抽身走到了“青评班”的结业典礼上，每一次“青研班”的结业典礼都能看到他的身影，以至于好像看不见陈部长的身影就不算结业。陈东对学员们说：我要真心地祝贺“青评班”，祝贺你们赶上最美好的时机。半个月前，习近平总书记亲自主持召开了文艺工作座谈会，并在座谈会发表了具有历史意义的重要讲话。听说你们及时调整了教学计划，听取了中国剧协尚长荣主席与会的亲身感受，召开了学习习近平总书记讲话的心得交流座谈会。另外一个好时机，就是经过文艺界长期的努力和呼吁，中国文艺评论家协会终于在今年成立，这也标志着一个历史性的文艺批评时代正在向你们走来。

“青评班”就是这样幸运。中国文艺评论家协会主席仲呈祥承诺：“青评班”全部50名同学一起入会。全程观察了“青评班”教学与成长的马小龙对此深有体会。“青评班”掌门人罗怀臻、副班主任罗松以及默默为“青评班”奉献时间与精力的朱锦华、莫惊涛、刘煜都在结业仪式结束后露出了欣慰的笑容。人去楼空，“青评班”写满剧作家和评论家名字的背板上依稀能看见“青评班”的决心。

（原载2014年11月11日《中国文化报》）

林佳、潘健华：修身艺才真

——全国青年舞台美术家研修班断想

为期三周，由中国剧协、上海戏剧学院、上海市文联共同举办的全国青年舞台美术家研修班，是一次当今青年舞台美术家的盛会，也是延续五年的“青编班”“青导班”“青音班”“青评班”优秀人才研修工程的一部分。

全国青年舞台美术家研修班（以下简称“青美班”），对于相对小众的舞台美术来说，可以说既具历史意义，又有现实价值。在教学理念和培训方式上也有许多的亮点，无论是学员遴选、教学安排、国内外著名师资的主题讲座，结合学员的作品交流观摩等方面，都更加视野开阔，形式多样，追求实效。学员们学习收获巨大，对未来舞台美术发展的基础夯实与理念放飞都有着不同一般的启发作用和促进效果。

“青美班”圆满结束之余，作为青年舞台美术家如何借用所获知识，深入思考，勇于实践，继往开来，不断提升自己，成为人生和舞美艺术追求的一个崭新起点，在学习和研究世界舞台美术的新理念、新方法中，不懈钻研，尤其领悟中国戏曲传统的舞美规律，发扬光大中国戏剧在舞美上的民族特色等方面，引发出“修身艺才真”的核心思考。

如今的舞台美术，尤其戏曲舞台美术，青年舞台美术家艺术品格及作品的绩效，归根到底是他们艺术修养与艺术功力问题。为此要达到一定的境界，当下无非是对传统文化学而思，思而化，化而创的守成与开拓。戏剧是一门综合艺术，舞台美术则是戏剧创作与演出中不可或缺的基本元素和基础构成。随着剧场艺术与舞台艺术的不断丰富发展，舞台美术的概念正在发生着前所未有的变化。一方面，随着高科技多媒体的发展，舞台视觉艺术越来越神奇莫测，变化多端，在艺术家与普通观众日益丰富的想像力的驱动下，当代舞台美术正创造着无与伦比的精神空间和人间幻境；另一方面，随着现代文明意识和人文精神的发展，视觉，尤其是舞台艺术的表现风格和表现境界，也越来越向朴素的民族民间传统和现实自然的古典理想回归。正如“青美班”主任韩生所言：“‘青美班’的理念就是由内而外，重点关注戏剧艺术整体综合生态的建设。”

尊重民族文化与传统艺术

“青美班”所邀的曾来德先生在谈中国书法艺术时所说：“传”即超越，“统”即规范，对一种“规范”的超越就是“传统”。守望传统文化决不墨守成规，创新文化传统绝不“为新而新”，一个民族最先进的思考都是从美术开始的，做艺术要单纯。他认为“尊重民族文化与传统艺术是我们对守望与创新的最好诠释。”

中央戏剧学院刘杏林教授在题为《舞台与园林》讲座中提出：“视角独特，内涵深远。”他多次讲到民族文化的传承，只有民族的文化才能在与世界的对话中产生碰撞和融合，才能闪耀东方文明的神韵之美。俄罗斯著名戏剧导演克雷莫夫教授说；“我非常尊重传统艺术，我是为既能接受传统又能接受新奇事物的观众服务的。”可见，“青美班”所邀请的主讲学者，均对民族文化与传统艺术的尊重态度一致，它是青年舞台美术家的修身之本。中国传统艺术第一位的就是“修之身，其德乃真”，中国传统文化进一步指出，体之于物而知“身”，体之于身而知“气”，体之于气而知“神”，体之于神而知“虚”，体之于虚而归“道”。只有“修之身”才能“其艺真”。也可以说，中国的艺术观就是道德观。庄子在《天地》篇中说：“执道者德全，德全者形全，形全者神全。神全者，圣人之道也。”古人所谓的“事兼于技，技兼于艺，艺兼于德，德兼于道，道兼于天”都特别强调“道德”的修行。返璞归真于生命本源的人，才是形体健全气宇非凡的人。中国传统文化及艺术观中的“道德”，既是精神性的又是物质性的。这种物质性超越了人类已知的物理认知观念。道光德能，以炁的物质方式，滋养着人的精神系统。道无形于相，无为无名，清虚自然，化生长养万物。只有我们本身具有道德特性，心身具有道德时，才能与技艺发生和谐共振，才能接收到道光德能的引领，而在舞台设计中获得教益，使作品具有灵魂。正如刘杏林教授在介绍中国古典园林的“取景”时所言：也就是找到自身想要的形、气、神，挖掘传统艺术的元素并充分体会其意味。这也就要求设计者首先要有一颗发现本土文化之美的心，对自己内心追求的坚持，在修行中剑走偏锋，再加上海纳百川的气魄，才能创造出理想的设计作品。如舞台设计刘杏林先生与灯光设计周正平先生等，他们的作品之所以“诗意”，根本在于对民族文化与传统艺术的意境追寻。这些，都值得青年舞台设计家们学习。

追求视觉元素形神兼备

作为严肃的舞美设计师，尤其是青年舞台美术家，本着职业的担当与守护，对目前设计现状中对视觉元素创新的科学及理性判断，在如今强调舞台设计跨界、多媒体、拼贴的口号下，十分重要。需要科学理性地面对舞台视觉元素的本质问题。无论何种设计思潮与先锋意识，乃至设计元素及语汇，对一手素材秉承科学的审视态度不能偏废。也就是说，不管何种形态与样式的视觉元素，只有合乎舞台美术设计为戏剧表演空间服务的本质属性，对应舞台美术的特质要求与功能需求，与剧目情节配合并贴切演出内容，并且提升戏剧演出绩效的视觉元素，才有价值。戏剧是以语言、动作、舞蹈、音乐等形式达到叙事目的的舞台表演艺术，其中包含故事上的发生发展、角色之间的矛盾冲突等情节。戏剧不是舞台秀，也不是环境艺术展，它的主要目的是以“戏”映“世”，以“形”传“意”。因此，作为舞台美术设计师，在进行设计构思过程中对视觉元素的驾驭尤其不能忽视戏剧的本质规定。戏剧具有再现的功能，作为戏剧符号的舞台视觉元素又具有再现的假定性，而且首先要达到“形似”，再进一步达到“神似”，其价值绩效、品位格调才能更好地融入于舞台、服务于剧目。可以说，舞美设计中视觉元素的“形似”是基础，“神似”为升华。正如叶浅予曾说：“凡是画，都要求形神兼备，有人认为‘得意’可以‘忘形’，就是说，传神可以遗形，这是不妥当的。神是依附于形的，形不准，神也就失之真。所以我们常说：以形写神。”此话作用于舞美的视觉元素设计，同样有道理。对“形”的忽略、遗弃必然损伤到内容的表达，“神”也无从附着。再如，宗白华在《美学散步》中也表述道：“在一个艺术表现里情和景交融互渗，因而发掘出最深的情，一层比一层更深的情，同时也透入了最深的景，一层比一层更晶莹的景；景中全是情，情具象而为景，因而涌现了一个独特的宇宙，崭新的意象，为人类增加了丰富的想象，替世界开辟了新境，这是我所谓的‘意境’。”这里所说的“意境”，对于舞美设计来说，即可理解为“神韵”。神韵的贴切表达应当是舞台艺术作品具备的重要品质，也应是设计师追求的终极目标。它是艺术作品在“似与不似”的杂糅中更进一步升华至“善”与“美”的必要条件，也是舞台艺术作品生命力的保障。舞美设计师以生活真实为基础，按照历史发展的必然逻辑和自己的美学理想，对各色事物进行提炼加工和集中概括，以反映客观的本质真实，剥离了林林总总的个性而抽离出符合观众审美、心理积淀的共性成分，更能由表及里显示出事物的本质面貌，从而让观众去意会、去感受戏剧的内在意图，体会设计师的设计思维。在舞台视觉元素的设计方面，只有在“形似”的基础上求“神似”，才能共同构建出一座指引人们通往艺术审美的桥梁。

当代舞美设计的理念已逐渐转变为从提供剧本环境转化为提供舞台空间，如何用全新、独特的视角对剧本进行重新解构、组合变得非常重要。在我们过往的经验中不难发现，很多经典剧目被一次次重新演绎，并且取得很好的效果，而这种好的戏剧绩效正是来自导演与设计师所创造的令人耳目一新的视觉世界。因此一部成功的剧目，除了剧本内容之外，是因为它的舞美表现形式新颖独特。也可以说，成功是舞美形式与剧目风格的重新解读与完美融合。笔者认为，舞台美术设计中视觉元素的呈现，“形神兼备”是其表现手法，“融于剧目”才是其最终归宿。这里所指的“形神兼备”不同于一般绘画、环境设计等艺术，它要融于舞台的表演性、符合戏剧的规定性。舞美设计中视觉元素的表现目的，仍是要存适于戏剧演出的诸因素关系链之中，真谛在于使视觉形象与戏剧演出的内在规律、逻辑相吻合。当今舞美设计中，我们过多注重所用视觉元素的漂亮不漂亮，华美不华美，追求精美、华贵、典雅、大气，但殊不知，美并不是衡量舞台美术的唯一标准。正如德国舞台美术设计师约翰尼斯·舒茨（Johannes Schuts）所说：“如今在整个行业看到的，是过分浮躁的视觉表现热情，大多戏剧演出都显得庞杂和过分雕琢，充斥的视觉因素主宰场景，妨碍情节展开”。

总之，对于青年舞台美术家来说，尊重民族文化与传统艺术是在和谐社会中必须修行的理念，刻意视觉元素的形神兼备是决定舞台美术设计品格的思路和行为。设计理念与思路决定舞台美术的具体实施步骤和艺术效果。当下，各种现代艺术形态已经步入了一个创新、叛逆、多元化发展的时代，各种文化理念、艺术思潮的更迭与舞台艺术设计相互融合、交织与碰撞，期待青年舞台美术家能通过专业研修，更加开拓富有艺术性和创新性的舞台实践，创造出千姿百态的舞台艺术精品。

（原载2015年第7期《上海戏剧》杂志）

乃顾：中国剧协全国青年戏剧创作会议在上海召开

2015年5月23至24日，中国戏剧家协会和中共上海市委宣传部共同主办的全国青年戏剧创作会议在上海戏剧学院隆重举行。中国文联党组副书记、副主席李屹，中国剧协主席、著名表演艺术家尚长荣，中国剧协分党组书记、驻会副主席季国平，上海市委宣传部副部长陈东，上海市文联党组书记宋妍等领导应邀出席会议，大会由中国剧协副主席、全国戏剧创作高端人才研修中心主任罗怀臻主持。来自青年剧作家研修班、导演艺术家研修班、戏曲音乐家研修班、戏剧评论家研修班、舞台美术家研修班的学员代表、导师代表，各地方剧协代表以及上海市文艺院团创作骨干、上海戏剧学院师生代表等近400人参加了本次会议。

开幕式上，"青编班"班长陈涌泉、"青导班"班长翁国生、"青音班"班长谭建春、"青评班"班长沈勇、"青美班"班长秦文宝分别代表各自班级做了创作成果及学习情况报告。历经五年坚持不懈的教学孵化和实践推动，"青研班"涌现出了一批戏剧创作与评论方面的优秀青年戏剧人才，从曹禺剧本奖领奖台到梅花奖的竞赛场，从中国艺术节到各大国际戏剧节，从美国百老汇舞台到世界知名院校演讲台，从全国"五个一"工程奖到国家舞台艺术基金资助项目，到处都留下了"青研班"学员的名字，到处都能看到"青研班"学员的作品在上演。

中国剧协副主席、著名导演、"青研班"导师代表王晓鹰在开幕式上寄语与会的青年戏剧人才——"中国戏剧的未来是你们的"。他同时讲到，戏剧艺术的可能性远远超出我们既有的经验，所以要怀着不轻视、不排斥、不拒绝的态度，不断学习积累借鉴、包容并蓄，用中国的舞台表达方式讲好中国故事。戏剧艺术提供了灵魂审视和自身奢望的感悟，扩大了生命力感受的范围和深度，提醒我们选择更有意义的生活。

上海戏剧学院院长韩生从课程设计、学员遴选、导师邀请、教学观摩等方面具体介绍了五年来"青研班"组织教学的情况和经验总结。他表示，"青研班"高品质、高水准的办学理念和模式，在探索艺术类高校教学模式上首开先河。"重返校园、重温理想、感悟时代、更新观念"的研修主旨，既是时代的召唤，更是吸引青年人心灵的家园。

上海市文联党组书记宋妍寄语学员，潜心钻研、感受师恩，得其神韵而自勉，努力成为"德艺双馨"的文艺工作者，并以海纳百川的文化标杆，欢迎各位投身上海文化大都市的建设。

季国平书记勉励各位学员遵照习总书记在文艺座谈会上的讲话要求，真正担当起中华文化赋予的神圣使命，真正担当起党和人民赋予的历史责任，多创作有筋骨、有道德、有温度，为历史存正气，为世人弘美德的优秀戏剧作品，将青年人壮志凌云的戏剧理想融汇到中华民族优秀传统文化的传承发展中，将青年人朝气蓬勃的生命激情融汇到建设文化强国的时代征程里，将创作者的人生与作品化作激励人民追求中华民族伟大复兴的中国梦的精神动力。

中国剧协主席尚长荣以一首《点绛唇》“奉王钦命、统领雄兵，镇边陲，将勇兵精，要把干戈定太平”对五年来编、导、音、评、美五个专业青年戏剧才俊的成长成才，给予了充分肯定和高度评价。

会议期间，重返校园的五期学员代表以各自专业班级为单位，邀请授课导师代表、各地剧协代表，举行了以“肩负时代责任、推动戏剧发展”为主题的分组交流讨论。大家结合自己的专业和创作实践展开了认真、热烈的探讨。“青编班”罗周、“青导班”陈大联、“青音班”李燕华、“青评班”郑荣健、“青美班”范丛博作为各自班级学员代表，在5月24日的“青创会”闭幕式上做了精彩的交流发言，他们纷纷表示，将以“铁肩担道义”的精神，为了戏剧的希望，为了戏剧繁荣发展的未来，整装出发，全力以赴。

上海市委宣传部副部长陈东在“青创会”闭幕式上介绍了近年来上海戏剧事业的发展情况，并表示上海是大家的舞台，上海的文艺创作和戏剧创作将一直向“青研班”的学员们敞开空间，欢迎大家在上海的舞台上施展才华，也欢迎大家联手上海共谋发展。

中国文联党组副书记、副主席李屹肯定了五年来“青研班”戏剧人才培养的突出成效。盛赞学员们取得的丰硕创作成果以及“青研班”对中国戏剧事业产生的深远影响。结合习总书记的讲话精神和戏剧创作实际，他勉励全体青年戏剧工作者要坚持以人民为中心的创作导向，把生活作为戏剧创作的源头活水，自觉做深入生活、扎根人民的艺术践行者；要坚持继承与弘扬中华优秀传统文化，进一步增强文化自觉与自信，做继承传统、创新求精的中坚力量；要牢固树立爱国、为民、崇德、尚艺的核心价值观，进一步提高道德修养，争做德艺双馨的行业模范。

与此同时，汇集了五期“青研班”学员近年来创作成绩的“全国青年戏剧创作人才创作成果展览”也在校园内进行为期一个多月的展示。全体与会人员还专门观摩了精品昆剧《班昭》、原创话剧《老大》。

据悉，全国青年戏剧创作高端人才研修班自2011年开办以来，参加研修的学员近300人，年龄均在45岁以下，大多是来自一线的创作中坚，涵盖了包括港澳台地区在内的全国三十多个省市及解放军、数十所高校、院团。百余位著名作家、艺术家、学者，如王蒙、董健、谭霈生、葛剑雄、陈晓光、刘锦云、濮存昕、叶长海、王安忆、冯双白、刘恒、毕飞宇、沈铁梅等，纷纷走进各期“青研班”，担任讲座、讲评教授或开办不同风格的工作坊，传道授业。戏剧家罗怀臻、王晓鹰、尚长荣、季国平、韩生更是分别先后亲自担任五期“青研班”的班主任。

（原载2015年第6期《剧本》杂志）

在“青研班”顺利举办后，罗怀臻老师一直有将“青研班”办到海外去的想法。2019年5月8日，“中国剧作家海外（俄罗斯）研修计划策划方案”定稿，中国剧坛新一轮的青年人才盛会又让人充满了期待……

中国剧作家海外（俄罗斯）研修班

（策划方案）

在习近平总书记新时代文艺思想指引下，为推进当代戏剧艺术创作与人才从高原向高峰发展，中国戏剧家协会、上海戏剧学院拟在2011年至2015年成功合办“全国青年剧作家研修班”“全国青年导演艺术家研修班”“全国青年戏曲音乐家研修班”“全国青年戏剧评论家研修班”和“全国青年舞台美术家研修班”的基础上，以新时代为背景，再度携手并与俄罗斯联邦戏剧联盟、俄罗斯戏剧艺术学院合作，共同举办“中国剧作家海外（俄罗斯）研修班”。

“中国剧作家海外（俄罗斯）研修班”（以下简称“该研修班”），系2019年4月中国戏剧家协会代表团访问俄罗斯期间在俄罗斯国家戏剧联盟协助下与俄罗斯戏剧艺术学院洽谈的合作项目，旨在促进两国戏剧在人才培养、剧本创作及演出等方面的合作交流。该研修班也是在中国戏剧家协会、上海戏剧学院合作五年，培养了一大批优秀戏剧创作与评论人才基础上，又一轮面向全国、面向当代、面向国际，于更高层面上为国家、为人民、为时代培养卓越人才的尝试和开端。

2019年是中俄建交70周年，两国正在举行一系列丰富多样的庆祝活动；俄罗斯更是中国“一带一路”倡议中重要的战略合作伙伴；2019年还是俄罗斯历史上第一个由普京总统亲自宣布的“戏剧年”。在现当代，无论是俄罗斯文学还是戏剧都对中国的文学与戏剧产生了深远的影响。此次与该国戏剧机构和戏剧艺术院校所商定的中国剧作家赴该国合作研修计划，期冀再度促进两国的文化交流和戏剧发展。

中国剧作家海外（俄罗斯）研修班策划与实施方案如下。

一、名　称

中国剧作家海外（俄罗斯）研修班

二、组织机构

主　办

中国戏剧家协会

俄罗斯联邦戏剧联盟

上海戏剧学院

俄罗斯戏剧艺术学院

国家艺术基金申报主体

上海戏剧学院

项目策划执行

全国戏剧创作高端人才研修中心

中国戏剧家协会国际部

中国戏剧家协会《剧本》杂志社

上海戏剧学院戏剧文学系

上海市剧本创作中心

三、 教务设置

教务主任

陈　彦　中国戏剧家协会分党组书记、驻会副主席

亚历山大·卡尔亚金　俄罗斯联邦戏剧联盟主席

黄昌勇　上海戏剧学院院长

扎斯拉瓦斯基·格里格拉　俄罗斯戏剧艺术学院院长

教务总监

罗怀臻

教务委员

王　岭　中国戏剧家协会国际部调研员

陈　军　上海戏剧学院戏剧文学系主任

武丹丹　中国戏剧家协会《剧本》杂志社副主编

朱锦华　全国戏剧创作高端人才研修中心秘书

陈健莹　上海市剧本创作中心办公室主任

带班导师团成员

陈　彦　著名剧作家，中国戏剧家协会分党组书记、驻会副主席

季国平　著名戏剧评论家、中国戏剧家协会副主席

王晓鹰　著名戏剧导演、中国戏剧家协会副主席

罗怀臻　著名剧作家，中国戏剧家协会副主席，全国戏剧创作高端人才研修中心主任

孟　冰　著名剧作家、中国戏剧家协会副主席

班主任

孟　冰

俄方教学团队

扎斯拉夫斯基·格里高利·安那多利耶维奇

——俄罗斯戏剧艺术学院校长、戏剧评论家

莎莉莫娃·尼娜·阿列克谢耶夫娜

——俄罗斯戏剧艺术学院论文委员会主席、戏剧史论家

雅思特列波夫·安德烈·列阿尼达维奇

——俄罗斯戏剧艺术学院教授

阿尔巴多娃·塔季扬娜·阿列克桑德罗夫娜

——俄罗斯艺术大学教授

叶莲娜·伊萨耶娃

——诗人，剧作家，俄罗斯作家协会成员

中方教学团队

叶长海　上海戏剧学院教授

丁罗男　上海戏剧学院教授

熊月之　上海社会科学院研究员

王安忆　复旦大学教授

陈思和　复旦大学教授

临时党支部

（成员待定）

班委会

（成员待定）

四、教学计划

1. 第一阶段：学员推荐与作品遴选（2020 年 1～2 月）

学员为具有中国当代识别感的优秀中青年剧作家，作品为具有攀缘高峰潜质与气象的新剧本写作大纲。

2. 第二阶段：赴俄罗斯戏剧艺术学院驻校研修（2020 年 4～5 月）

① 根据同俄方商谈的初步计划，俄罗斯戏剧艺术学院将为中国剧作家开设四门专业基础课程：俄罗斯文学史，俄罗斯艺术史，俄罗斯戏剧史，俄罗斯重要剧作家与剧作法研究等。每门课程约为 20 学时，共约 120 学时。

② 举办两场中俄剧作家论坛，地点分别在莫斯科的俄罗斯戏剧艺术学院和圣彼得堡的俄罗斯联邦国立舞台艺术学院举行。

③ 观摩 10 台以上俄罗斯经典戏剧作品与当代戏剧作品。

④ 考察俄罗斯四个具有地域历史文化特色的城市：莫斯科，圣彼得堡，叶卡捷琳堡，大诺夫哥罗德。

⑤ 以俄罗斯戏剧艺术学院和莫斯科艺术剧院为基地，实验排演三位以上参加该班研修的中国剧作家作品。

3. 第三阶段：新剧本写作阶段（2020 年 6～9 月）

学员返回原地原单位，创作完成新剧本。

4. 第四阶段：赴上海戏剧学院驻校研修与结业（2020 年 10～11 月）

选择在中国上海国际艺术节举办期间，学员携带新创作完成的剧稿，在带班导师团的分工指导下，对新创作的剧稿进行深度研讨与修改提高。同时，主办方安排在上海研修阶段的讲座、观摩、新剧本签约活动与结业典礼等教学内容。

① 讲座：举办包括《习近平新时代文艺思想》《当前国内外政治经济外交形势》《非物质文化遗产保护下的时代创新》等专题讲座。

② 研讨：包括带班导师讲评、剧作家学员互相讨论及邀请有合

作意向的院团长、导演、著名演员现场参与表达意见等多种形式。

③ 观摩：观摩第二十一届中国上海国际艺术节中外优秀剧目。

④ 签约：根据双方意向，面向全国，选择 20 家优秀戏剧院团，与 20 位剧作家分别就 20 部研修期间的新创作剧本签署合作协议。

⑤ 结业：经过导师团考评，对圆满完成研修计划的学员准予结业，发放证书，举行结业典礼。

五、研修对象、录取程序、申报材料、结业证书

1. 研修对象：具有正高级职称的中青年优秀剧作家，年龄在 50 周岁以下。个人申请，单位同意，各地方剧协分别向中国剧协推荐 1～2 名人选。中宣部文化名家暨“四个一批”人才、曹禺剧本奖获得者、中国剧协“全国青年剧作家研修班”正式学员、导师团成员两位或两位以上联名推荐的特别优秀的人才，职称或年龄可适当放宽，且不受地方剧协推荐名额限制。

2. 录取方式：申报材料经主办方确认，由全国戏剧创作高端人才研修中心组织专家评审甄选，形成初选名单，经带班导师团差额选择录取，最后呈主办方领导核定批准，正式发放通知。

3. 申报材料，申报者须提供以下材料：

① 未经发表或演出不涉及他人著作权益处于构思阶段的一部原创剧本选题及情节构思，其文字描述规定在 2 000～5 000 字以内。

② 证明申报者在戏剧剧本创作方面成就的相关资料。

4. 结业证书：“中国剧作家海外（俄罗斯）研修班”结业证书，由上海戏剧学院、俄罗斯戏剧艺术学院共同签发。

六、 成果体现

1. 具有新时代特征的 20 部原创剧本。

2. 与 20 部原创剧本对标的 20 家戏剧院团合作排演计划。

3. 出版教学文集，文集共为三卷：第一、第二卷为 20 部剧本及

相关指导讲评文字；第三卷为该研修计划在海内外教学与生活的图片及文字说明。

中国戏剧家协会

上海戏剧学院

全国戏剧创作高端人才研修中心

2019 年 5 月

确立科学戏剧观，努力建构编、导、音、美、评多位一体的培养体系，打造当代戏剧共同体，是作为戏剧教育家的罗怀臻老师为之奋斗的目标。在五个班、一个展、一个会以及即将开始的“海外班”的组织开展中，一切有利于人才培养的多种教学方式被综合运用。讲座和评论带来了思想的碰撞，观摩和创作更是鼓励每一个学员迈出从文本到舞台这重要的一步。理论与实践、传统与现代、继承与创新在这里协鸣，奏出属于中国当代戏剧人的交响。这些活动的成功组织，让我们看到了一个以青年人才为中坚力量的戏剧共同体正在逐步成型。

国内“青研班”办完之后，罗怀臻老师完成了以“化缘办班”为题的淮剧《武训先生》的剧本创作。不知道此次境外班办完之后，罗老师又会推出什么新作？一切不得而知，一切刚刚开始，我们只听到大幕徐徐拉开的声音……

羅懷臻研究集

LUO HUAIZHEN:
A COLLECTION OF PAPERS AND REVIEWS

评论卷

廖夏璇〇主编

上海人民出版社

图书在版编目(CIP)数据

罗怀臻研究集.2,评论卷/罗怀臻等著.—上海:
上海人民出版社,2019
ISBN 978-7-208-15958-7

Ⅰ.①罗… Ⅱ.①罗… Ⅲ.①戏剧文学评论-中国-
当代-文集 Ⅳ.①I207.3-53

中国版本图书馆 CIP 数据核字(2019)第 143186 号

目　录

2 · 评论卷

京剧《西施归越》/《归越情》

淮剧《西楚霸王》

京剧《宝莲灯》

越剧《梅龙镇》

京剧《李清照》

昆剧《班昭》

甬剧《典妻》

黄梅戏《长恨歌》

川剧《李亚仙》

琼剧《下南洋》

京剧《建安轶事》

昆剧《影梅庵忆语》

舞剧《朱鹮》

淮剧《武训先生》

话剧/京剧《大面》

话剧《兰陵王》

舞剧《永不消逝的电波》

京剧《古优传奇》

蹊径独辟的《古优传奇》

陈西汀

这是一部描写古代宫廷优人生活的悲剧。古优，按其社会地位来说，是供人玩乐的一群低贱的奴隶，但由于玩乐者是人间的最高统治者，所以他们又是一群特殊的奴隶。这些最高统治者玩乐的口味是很特别的，需要有特殊的“刺激性”，在某些情况下，要挨上一记耳光，才感到痛快（如优人敬新磨，打了后唐庄宗一记耳光，庄宗大乐）。因而作为宫廷的优人，没日没夜地伴着“老虎”玩，没有聪慧绝人的机智，没有善于应变的胆识，是不能承应这份差事的。反过来说，没有聪慧绝人的机智、善于应变的胆识，也不会被选到那个场合去。因而凡是身作宫廷的优人，大抵上都是人世间才智较高的人。他们或以技艺的超绝，或以口舌的诙谐，或以形体的奇异（这方面也有傻子），由生活的最下层，被奴役到统治的最高处。他们以博得统治者的欢乐为职事，也就最了解统治者欢乐的要求。这些身具人间异禀的人们，偏偏又都是人间最低的贱民，他们自己身世的悲凉及其对于广大劳动者疾苦的熟悉，正和他们长年的宫廷生活形成鲜明的对照。他们最了解人间最大的罪恶渊薮，莫过于宫廷，一切残暴、荒淫、污垢，无不从那里产生。以皇帝老儿为首，杂以奸佞阉戚，举凡人间一切邪恶的东西，那儿是老窝，是集大成。谁能来揭发这些呢？谁敢来揭发这些呢？于是优人以他们的特殊地位，觑准时机，针对着某一事、某一人，以他们拿手的诙谐调笑的唇舌，猝然地迸发于统治者之前，给予痛快而幽默的一击。在激起统治者的一阵笑声之后，便又迅即乱以他语，或径直扬长而去。至于所收到的效果如何，那就难以预料了。但不管怎样，总算宣发了一些人间正气。可是那些玩乐者，毕竟都是“老虎”，喜怒无常。因而“薄言往诉，逢彼之怒”，杀头之事，也就在所难免了。综观古优的处境，杀头的固然不幸，侥幸保住脑袋以一二谏语流传于后世的，人们仍然在那些突梯滑稽的唇吻中，感受到无尽悲凉的气息。至于小心翼翼，挖空心思，承欢保命，那更不用说内心是多么痛苦了。因而古优的生活，提供给我们思考的，是实实在在的一部悲剧。

青年作者罗怀臻的《古优传奇》，正是从这样的一种感受落笔的。他是上海戏剧学院1983届戏曲创作进修班的学生，现年28岁。这一剧本是他在这个班学习期间写成的，也是他的处女作。剧本采用京剧艺术形式，运用了浪漫主义的手法，再现了古优生活，生动地创造了以笑伶仃、喜妹子兄妹为主的一群古优形象。在一个古王朝遭遇严重荒旱、民不聊生的特定时间内，以他们特有的与皇帝后妃相接近的身份介入了这场斗争，揭露了一群上下勾结、粉饰太平的贪官恶吏，把灾荒的真相大白于统治者的面前，使濒于死亡的广大人民获得一个暂时活下命来的机会。那些上下勾搭，逢迎谄媚，专以弄虚作假作为升官发迹秘诀的混蛋们，不得不悬首城门，以平息一场势将燎原的民愤。可是优人们的这一有益于人民、同时也有益于帝王统治本身的正义举动，所得的报酬，却不是黄金彩缎的赏赐，而是“一个卑微的弄臣，假皇帝之衣冠，挟太后，审朝臣，闹得宫里宫外乱纷纷”，遭到了杀头之祸。更令人愤慨的还不止于这个杀头的本身，而是他们在杀头之前，还要履行一次优人的职责：“皇太后五十大寿，然他们的歌舞不乐。”于是这一场歌舞，变得古今罕见，而这一古优的悲剧，也就成为千秋独绝了。悲剧的主人公笑伶仃“颈套铁链，在行刑刽子手牵引下”，粉墨登场。唱的曲子，则是御用文人特制的歌功颂德、天王圣明的“赞太平”。唱啊，舞啊，滚啊，翻啊，“刽子手牵拉铁链，笑伶仃身不由己，前仰后合，滚爬跌扑，皇太后合掌击额，欢喜若狂”。就在这歌舞将歇未歇之际，笑伶仃行将毕命之前，在他的妹妹喜妹子愤怒的羯鼓声中，“跳上御案，踢翻杯盏，舞动铁链，上下抡挥，皇帝暴怒，太后狂癫，刽子手捉拿，笑伶仃躲闪，纵声狂笑，声震屋宇，秩序大乱，戛然幕落”，结束了这场悲剧。剧本的整个组织是严密的，故事情节的发生、发展是合理的，行文流畅，没有什么松懈拖沓的笔墨，面貌新颖，脱略了一般陈俗的痕迹。文学性、艺术性都有其可读、可观之处。人物的思想在行动中自然流出，没有一般易犯的唱思想、说道理、讲空话、泛泛抒情等毛病。特别是最后高潮的处理，如暴风怒涛，很有气势，动人心魄，这是古优的怒吼，古优的反抗，古优临终前对于他的玩弄者的一次惩罚性的报复，也是一切卑贱者对于高贵的野兽们的无畏精神的显现。而这一切又准确地以优人的特殊身份来展示，并且是在具体履行优人职责的行动中来展示，绝无丝毫外加的痕迹。当笑伶仃愤怒的火焰在满宫满殿腾腾燃烧的时候，那个半疯癫的皇太后还如痴如狂地沉醉在歌舞的欢乐之中呢！这是古优形象的升华，也是作者创作力量的体现，而在艺术上则是浪漫主义手法的一次别开生面的发挥，也是现实主义精神充实而饱满的展示。

这是一个悲剧，但它不是以悲惨情景结束的悲剧，而是具有强烈壮美感的悲剧。在中国文学传统上有这么一种笔意，它写悲不用眼泪及愁苦一类的字眼，而相反地用壮美的色彩、绮丽的语言，从更高、更深刻的情境中去展现悲凉。于是这种悲就呈现出别样动人的色调，更能冲击着读者（观众）的心灵。《古优传奇》的这一结尾，就是这种艺术意境的体现，它通常不大被表现于近代的戏曲创作中，这是很难得的一笔，从中可以见到我们青年一辈的戏曲作者在学习传统、提高文学素养、探索戏曲艺术美学诸方面，正在向着一个新的境界迈进。《古优传奇》的许多成功之处，已经隐约地使我们见到了“戏曲复兴”的前景，而这和作者所受的新的美学教育是分不开的。

罗怀臻曾在给我的一封信上作过如下的简短叙述：“萌发写《古优》，主要是学习戏曲史所引起的。优孟、优旃、成辅端、二圣环，这些优人优事，曾激起我的冲动和思考。中国古代优人的富于正义感、善讥讽、敢进谏的精神，实在令人叹服。而他们却又是最卑微的供人消遣开心的玩物（其中不少为侏儒）。但也奇怪，作为中国戏曲祖先的古优事迹，却几乎没有进入我们的戏曲作品，这似乎是一个不应有的疏忽。我想写他们，以揭示卑贱与高贵、滑稽与崇高、最高统治者与最下层的被压迫者的关系，这是思想的根由。而形式上，则想发扬戏曲的长处，把各种手段尽可能表现出来。总之，写这个戏是先有了一个写优人的愿望而后才去寻找可作凭依的故事的。遗憾的是，尽管优语故事不下几百个，但竟没有一个可以构成戏，太单一了，不足以表现我所要完成的任务，最终总算选上了成辅端的'贱田园'故事。起先还是不满意，后来在和您谈论中，感到这个故事开掘面大，权且用个大概，这样才围绕着背景设计人物，而这些人物在封建社会的各个朝代都可能闪现。因而，干脆不去具体指定人物、时间及地点了。至于这个戏的风格，也在您赞同鼓励下，最终用浪漫主义手法统一起来，从看上去有些近于荒诞的人物和情节中表现社会的真实，揭示生活的本质。"从这一简短的叙述看，作者对古优是倾注了全部热情，花费了巨大的精力，思考了创作上各种有关的问题而后下笔的。

笑伶仃这一形象，是以唐代优人成辅端为基础，综合古代所有的正义优人写成的，故事情节，也是以他的"贱田园"为基础，综合历代封建王朝的腐朽黑暗而概括出来的。这种概括，是形象塑造的基础。人物的成功与失败、深度与广度的差异，都以这个概括的程度为转移。《古优传奇》很好地抓住了剧本创作中的这一重要关键，并且由于概括得较深较广，触及的人物与生活面相应比较宽，这就又给人们常来了多侧面的生活感受，并且不时地引导人们进入一些哲理性的深思。

这里值得一提的是作者在进行剧本具体写作时，没有任何条条框框给自己以束缚，有的只是对于古优的同情、崇敬和哀叹，对于统治者的愤怒、斥骂和鞭挞，而这都不成其具体的思想主题。罗怀臻在给我的信上谈到这个问题时说："这个戏的主题很难说清楚，其实我们一直未曾规定一个明了直接的主题，只是想让戏的本身去表现思想内涵，也可以说'是个多主题的作品'，只是看人们从什么角度去看。我们希望作品的内涵尽可能丰厚一些，深刻一些。"大概他为着要把这个想法阐明得更清楚一些，又引申开去说："戏曲作品通常不太为文艺界所承认，除了文字上的问题外，主要是达不到像小说一类作品的思想深度而流于一般性的道理。从思想深度、社会生活容量以及典型人物的塑造上，我们确实想得比较多一点。”《古优传奇》的创作，确实就是这样。他看到的就是那么一群古优的悲惨命运，他要写他们，更讴歌他们，要把他们的正义和不幸告白于世人之前。他忠实地写出了他们的生活，从他们的不幸中，展开了封建社会的广阔背景。这里有荒旱流民图，有宫廷宴乐图，有视民命如草芥的太守，有穷不能自食的县令，有始醉终醒的太史，有揽权尸位的奸相，有少年守寡性变态的太后，有残暴昏庸的皇帝，他们交织在一场假丰收、真荒旱的有关广大人民生死存亡的斗争中，坏人伏法，好人也上了断头台。这里主题到底是什么，开始没有想过，却一点也没有妨碍它成为具有丰富内涵、引人入胜的剧本。

这是一个理论问题，也是一个实践问题。主题这个东西，通常总是被人作为剧本的灵魂看待的。而灵魂这个东西是虚幻的，它是依附于一个实体而存在的。灵魂的美与丑，善与恶，美丑相杂，善恶相间，没有一个模子，可以脱得那么不大不小，不方不圆。而剧本就是由这些众多的美丑、善恶的人物构成的。这些人物，纠缠在一段具体的生活矛盾中，各是其所是，各非其所非，其间离奇变幻，勾心斗角，每一个灵魂，都各具有其变化和特点。人物的灵魂展示得愈深刻，愈多变，剧本所包孕的内涵，也常常愈复杂，愈难以几个字的主题来限死它。一个剧本如果早就决定了主题，就常常会在创作过程中，被拘束在一个狭小的范围内，不知不觉地为阐明已定了的那个主题说道理。罗怀臻所说的“达不到小说一类的思想深度而流于一般性的道理”，其原因大概如此吧？

其实，不能明确谈出一个什么主题的作品，虽然少见，它包括今昔的许多名著在内，但它也常常因此遭到物议。有些名著，还常常因此在改编中被一些什么鲜明的、进步的、积极的、光明的、人民性强烈的、时代感情充分的所谓主题，把本来生活气息浓厚，人物事件真实，矛盾发展自然，特别是人物思想性格的复杂与变化方面，弄得简单化、口号化，大大减少了原来的光彩；甚至弄得人不成人，戏不成戏，叫人难于卒睹，啼笑皆非。《古优传奇》最终也难被指出到底是一个什么主题。我同意作者的意见，见仁见智，还是

“看你从哪一角度去看”吧。你随便定一个你认为合适的主题都可，你认为有几个主题但不能指出哪一个为主也可。

前面曾经提到过这个戏是运用了浪漫主义的表现手法统一剧本的风格的。罗怀臻在这个问题上也是经过熟虑深思的。他认为古今中外的许多艺术大师们，曾多在荒诞、夸张、变形中动脑筋，他们要的真实是一种本质的真实。而中国戏曲这个形式，真真假假，虚虚实实，寓真于假，以虚求实，对于运用浪漫主义手法来表现像古优这一类题材，应该是最拿手的。理论指导实践，这个剧本中的人物完全是按照这种设想产生的。这里我只举出一个皇太后来说明这一实践的效果。

皇太后是这一剧本中的关键人物，在一定的意义上，她居于最高的统治地位。她早年丧夫，抱着幼子登基，战战兢兢，唯恐江山被人夺走；加之独处深宫，情怀抑郁，长年累月，变成了神经紊乱，半类疯癫。唯一能够安抚她的烦躁心情的，只有柔和的乐曲。她只要一闻杀伐之音，就会认为是有人要来谋害她，夺取她的江山。她还时常会在梦中惊叫起来，把梦中幻觉，当着生活中的真事，睁着眼睛，认真看待，这就正好作为笑伶仃兄妹惩治邪恶的利用工具。《古优传奇》中的人物，都是这样植根于历史生活的土壤的，由这一群人物来展示戏剧冲突，便也很自然地使浪漫主义的风格协调一致起来。

笑伶仃作为一个微贱的优人，因为关心民间疾苦，与当朝权势人物展开了短兵相接的斗争，卒遭杀身之祸，这是否有些拔高人物的嫌疑呢？综合古代史料，以“二圣环”面刺秦桧，下狱致死，直到袁世凯投刘艺舟于监狱，今古优人，因禀正义而遭罹不幸者，盖不可以数计，笑伶仃是一个真实的典型！

综上所述，《古优传奇》的取材是新颖的，艺术处理方面也力避陈腐旧套，锐意求新，取得了表现手法上的很大突破。可以说，从题材、思想，到艺术表现，都透发着新鲜气息。当然，剧本的最后考验，还有待于舞台实践，但我相信如果在舞台实践中，能够充分体现作者的要求，使每一人物都能空灵跳脱，统一于浪漫主义的风格之中，是会收到较好的效果的。

（原载 1985 年第 1 期《新剧作》杂志）

越剧/豫剧《真假驸马》

“真真假假情与礼”

——评越剧《真假驸马》

夏　岚

这出戏，不是给带着手绢准备到剧院去哭一场的软心肠观众的，也不是给希望有一个“大团圆”结局的好心肠观众的。甚至，连剧情本身，也经不起考证家的严格推敲，有点荒诞不经的味道。

很难用一两句话概括戏中人物。剧作者罗怀臻困惑于礼教对每个中国人的潜移默化，困惑于人们在道德与人性面前所作的选择，困惑于这种集体无意识对人的主体意识的压抑，等等。于是，他痛苦地选择了悲剧的形式——舞台上死尸枕藉，皇帝凄凉惶恐——来表现他这种思考。他无意明确指出具体哪个人物是这场悲剧的制造者，即使皇帝，也是悲剧人物，根源并不在他。他也无意给观众一个明确的道德评判标准，谁是好人，谁是坏人。作者所做的，只是把自己的思考（其中有矛盾，有痛苦，也有沸腾），客观地呈现在艺术舞台上，以引起观众最广泛的思考。

道德被人创造出来本是框范人们的行为，使生活更加美好的，但在封建社会里，人性反而被这种东西束缚住，生活变得沉重起来，甚至人之亲情，人之常情，也必须在准许的范围内循规蹈距。《真假驸马》一剧较真切地表现了两者之间的尖锐冲突：董母不得不在爱子与荣华富贵中作选择，公主不愿深锁宫闺，渴望过普通人的生活，却被“从一而终”的思想牢牢束缚，董文伯试图恢复真实的自我，找到自己真实的位置，却要以一家人的生命为代价。仗义执言和虔诚忠君的矛盾始终折磨着匡正，而皇帝，尽管已经看出事实真相，却依然称文伯为疯子并赐以毒酒，以保全皇家的尊严——每一个人都被置于矛盾的漩涡之中，而选择其任何一项，都会带来毁灭性的灾难。

戏的结束处，舞台上尸体横陈，一个疯子游荡其间，整个画面令人窒息。这是全剧的高潮，也是作者的激情沸腾处。

（原载1986年10月31日《上海文化艺术报》）

新蒲新柳三年大

——省豫剧一团的《真假驸马》观后

王怀让

在省会的戏剧舞台上，沉默了半年之久的省豫剧一团，以最佳阵容推出了一出新近移植的《真假驸马》。

这是一出传奇悲剧。故事发生在古代残酷的封建社会，因一桩家事的变故，围绕着真假之辨，上系君臣朝纲，下系母子夫妻，展开了一场情与礼的生死搏斗。剧终，母与子、夫与妻、兄与弟、主与仆惨死殆尽。主题可以借用《红楼梦》中的一句话来概括：假作真时真亦假。

在我们的豫剧舞台上，才子佳人、公主驸马一类的戏可谓多如牛毛，然而这出戏自有其出新制胜之处。说其出新，是由于它一反传统戏中的书生中状元、皇上招驸马的格局，像一部书没有序言那样，帷幕拉开便展开矛盾：新科状元落崖而死，新婚公主何去何从？起死回生是不能的，李代桃僵便应运而生。戏剧矛盾就这样突如其来地摊在观众面前并层层推进了。说其制胜，是因为它除了同一般的传统戏一样大胆地暴露封建伦理道德对人性的扭曲、对人生的毁灭之外，又以人们特别是公主其人对皇上的由迷信到蔑视直至以死抗争，勇敢地揭示了皇权的摇动。

对于这一台戏的演员，观众们无不交口称赞。清一色的小青年，十七八九，二十五六，扮相好看，嗓音清亮，使整个舞台充满了生机。扮演公主的马兰很能唱，吐字清晰，喷收有致，几乎每一段唱都处理得起伏得当，层次分明。譬如第二场，当落崖的驸马三年后重又归来，向她一番怒视、万般指责之时，她那段很长的二八板，至少可以使人领略这样四个层次：先是“自那日阴阳岭上遭祸灾”——“灾”字拖长，如泣如诉；再是“最难忍莫过为妻心肝碎”——“碎”字放开，万千委屈；继而是“为保全家福禄在”——“在”字紧收，略有羞愧；最后是“因此上弟做驸马将兄代”——“因此上”三字一字一顿，不无愠怒。马兰亦很会做，身姿优美，动作干净，她似乎还特别善以翻身，来表现力度；长于水袖，以展示心理。譬如第一场，当驸马落崖的噩耗传来，随着“驸马——”一声悲惨的呼叫，先是接连两个转身，刻画天旋地转；接着是大幅度地甩开水袖，描写心绪如麻。再如最后一场，当真假附马、婆母及小慧先后惨死之后，她先是茫然四顾，绝望地惨叫“天啊——”，继而是水袖如同车轮一般转动，揭示出在血淋淋的现实面前，一个皇家公主希望的破灭，愤怒的迸发，仇恨的燃烧，把这位主人公的激情推向全剧的高峰。一段紧打慢唱转二八，道出了封建社会中“满纸礼义是血染，满口道德是谎言”的戏剧主题。剧中，当公主拔剑欲刎，皇帝皇后惊慌阻拦之际，马兰来了个很有力度的转身，很有深度的怒视，表现出公主对皇权的蔑视和仇视，而后毅然自刎，“及早离开这混浊天”！至此，公主形象由懦弱而刚强，由徘徊而坚毅的塑造任务宣告完成。

导演罗云希望能给年轻演员创造更多的实践机会，演员马兰呼唤能够有我们自己的剧本。我想，把这种希望和呼唤加起来，并且真正付诸实现，“新蒲新柳三年大”，省豫剧一团靠自己“年轻”的优势，三年五载是会打出去的——像当年的三团以自己的《朝阳沟》打出去那样。

（原载 1987 年 9 月 29 日《郑州晚报》）

越剧《风月秦淮》

看越剧《风月秦淮》

陈为瑀

南明史上一段哀婉动人的故事——钱谦益和柳如是的爱情悲剧，最近由罗怀臻、纪乃咸两位编剧，经过新的处理搬上了越剧舞台。

一位是明末重儒，一位是秦淮名妓，再加上两位主人公年龄上的大反差，构成了这个戏在表现爱情方面所特有的情致和风韵。这种情致和风韵与题材本身所蕴含的历史感及文学气息融汇在一起，决定它同一般意义上越剧所擅长的才子佳人戏有着明显的区别。

尽管《风月秦淮》目前所呈现的舞台效果，似乎并不理想。但是，从剧本创作的角度来探寻一下得失，它还是有不少值得人们去思索和玩味的地方。

首先使我感兴趣的是钱谦益这个人物，他是剧中着墨最多，也最有光彩的舞台形象。他两鬓如霜，却依旧有着一位诗人、文学家的全部热情，以东林党领袖、文坛魁首的身份，时时忧虑着国家命运、社稷安危，希望用自己的智慧和威望去拯救一个实际上已经无法拯救的王朝。但是，一旦真的需要他用生命去捍卫他所信仰的一切时，他又突然变得瞻前顾后，举棋不定。这种矛盾复杂的内心世界，正是封建社会后期士大夫阶层一个真实的缩影。从某种角度讲，钱谦益是一个原型，他的许多深层心态，作为一种“无意识”，是长期地积淀在我国一部分知识分子的心理结构中的。就审美的境界来看，剧作者用这样一个形象来展开他同一位名妓的爱情纠葛，并使全剧笼罩在一种凄艳和感伤的色调中，实在是必须的。因为再宏大的题材和结构，如果没有男女、自然、人情这些最普通的人生命题作为最终依托，它就很难为广大观众所接受。《红楼梦》《金瓶梅》《牡丹亭》《西厢记》，这些影响深远的小说、戏剧，无不如此。

戏剧是一种集体性艺术。编、导、演、音、舞各部门的通力合作，是一出戏成功的基础。否则，舞台上所应该达到的平衡感就有可能出现倾斜，自由和想象的空间也将大大削弱。这是戏剧最难解决也最需要解决的焦点之一，而《风月秦淮》恰恰在这方面失去了平衡。

《风月秦淮》的演出，拓展了越剧这个剧种的表现天地，与此同时，也暴露出一些令人困惑的缺憾。这种缺憾如何转化成自觉符合越剧艺术特性的舞台风情，将是一个有待努力的关键问题。

（原载 1991 年第 3 期《上海戏剧》杂志）

淮剧《金龙与蜉蝣》

《金龙与蜉蝣》的人文意义

沈　尧

人性异化的历史批判

淮剧《金龙与蜉蝣》敷演了一个洗退历史具体年代、然而充满血和火搏斗的古老故事。这个古老故事让人们看到了触目惊心的人性异化。戏剧主人公、帝王之子金龙，为夺回先王失去的王位，离开鱼村，抛别了妻儿；登上王位后，他妄杀大将，阉割儿子，夺占儿媳，又在杀死儿子后被孙子一剑刺死。金龙是个集众恶于一身、人性泯灭了的国君；又似乎恶有恶报，受到命运的拨弄和惩罚。损害、毁灭了别人，也损害、毁灭了自己，这是多么惨烈而沉重的人生图景。

金龙的人性异化有个从不自觉到自觉的过程。他在不知道蜉蝣是自己儿子的情况下，废子占媳，撵走相别多年已不相识的妻子玉凤，不自觉地走上背逆、践踏正常人伦关系的罪恶途径。写他的不自觉，自然不是为金龙辩解，而是为了揭示他在这种不自觉过程中对自己的罪恶不以为非，十分惬意、沉迷、冷漠、麻木的种种反人性的意识和态度。玉凤闯宫，质问金龙，有这样一段问答：

> “你是杀了我丈夫的大王？”“是我杀了他。”
>
> “你是残害了我儿子的国君？”“是我阉割了你的儿子。”
>
> “你是抢夺我儿媳的狼么？”“孤王征天下之民女，何用一个抢字！”

金龙全身服白，稳坐内宫地下，问答之间，毫无愧色。冷漠、麻木、人性沦丧的灵魂，让人不寒而栗。这些地方都是颇见剧作家和导演的理解深度和艺术功力的。

金龙知道蜉蝣是自己儿子以后，勾起对往事的回忆，内心是有矛盾的。在祖先陵墓间，他就表露了一面是千秋霸业、一面是温馨家庭“大路迢迢何处去，一片苍茫在心田”的矛盾心情；而且父子相认时，“心惨惨，泪悠悠”，流露了亲子之情。可是沉迷在千秋霸业中的金龙没有人性复归，由于蜉蝣拒绝把儿子孑孓留在宫廷，为了王位后继有人，金龙还是没有犹豫地杀了蜉蝣。他在自觉地践踏着正常的人伦关系，自觉地完成了罪恶的行径。正因为有矛盾而又自觉去做，金龙的罪恶是不可宽恕的。这是一个人性泯灭了的一代国君。

与金龙的人性泯灭比较而存在的，是蜉蝣的人性被扭曲。金龙是主动地残害别人，蜉蝣是被动地被人残害。蜉蝣原是善良的、纯朴的，甚至是稚气的；然而被阉割以后，处在暴君的宠幸和监护下，身心两残的弄臣蜉蝣变得令人难以辨识了。为了报仇，他成了一个两面人。在众美姬给金龙献舞时，他有如下一段唱：

> 这一个姿容娇好，好一把剔骨钢刀；这一个杨柳细腰，似一条毒蛇缠绕；这一个妩媚万分，绝掉你子子孙孙；这一个柔弱无比，纤纤手搬走金交椅。

面对金龙，阿谀奉承；背着金龙，咬牙切齿。蜉蝣的两种态度、两副面孔使人沉痛，也使人厌恶。为了报仇，蜉蝣可以不择手段。他不顾优伶的生死，利用优伶的调笑去刺激金龙；他怂恿金龙纵欲，鼓动金龙征选美女，进而企图利用妻子玉荞的美色去摧残金龙。人性的扭曲也达到可怕的程度，无怪玉荞打了他一记耳光，惊呼眼前的蜉蝣不是从前的夫君了。

蜉蝣的人性扭曲同样有个从不自觉到自觉的过程。不知道金龙是自己的生父以前，他是个要弄两面、不择手段的复仇者；知道金龙是自己的生父以后，他走上与金龙完全相反的寻求人生正常生活的道路。父子相认，蜉蝣向金龙表示，自己厌透了帝王霸业，不愿留在宫廷，情愿放舟天涯，而且坚持带走孑孓。人性在他身上终于复归。因此，他最后抱剑而死，就令人悲愤，令人怜悯了。

剧作家不仅写了人性的异化，而且写了人性异化的社会历史根源。这涉及剧作的时代背景问题。对这一点是存在不同理解的。“西周以降，华夏某诸侯国，大体为楚流裔一脉”，剧作规定的这一时代背景，又由戏剧的形象系列所证实。对这一时代背景固然不必拘泥于某一君王的某一朝代，但也很难脱离既定框范，向上下任意延伸。剧作一再强调了王位的父死子继的家天下问题，这表明剧情发生的历史阶段不在母权社会向父权社会过渡的蛮荒远古，不在从传贤到传子的宗法世袭制初建的夏代，不在“兄终弟及”的宗法世袭制不稳定的商代，也不在封建宗法世袭制确立的秦汉，而在父死子继的宗法世袭制完备的“西周以降”，也就是包括了西周和东周（春秋、战国）的奴隶主贵族的宗法家长制向封建的宗法家长制过渡的时期。父权与君权结合，国家成为国君及其一家的私有物，王权至上，王位世袭，这种家天下的政权体制是我国古代社会强调血缘关系的特殊产物。剧作把时代背景大体规定在西周到东周的漫长六百余年间，借金龙一家亲亲仇仇的悲剧反复描绘了这个处于奴隶社会向封建社会过渡时期的宗法家长制，而且把它作为人性异化的社会历史根源，对它进行了历史的批判。这部剧作营造的“非历史的历史剧”，的确显示了自己的深刻性。

悲剧精神与情感真实

剧作家以金龙一家三代人的遭遇，构建了一部大悲剧，只是他构建的悲剧不是中国古代的悲剧，而是西方古代的悲剧；更确切些说，是古希腊式的悲剧。值得注意的是，剧作家借鉴古希腊悲剧，不只借鉴了它的体裁、风格、手法，同时借鉴了它的精神。“在中国是苦戏泛滥悲剧少”“苦戏是在世俗的道德中纠缠，是‘有责任的不幸’；悲剧则是命运的必然与个人意志的矛盾，是‘无责任的不幸’”（徐春萍《十年一觉戏曲梦——访青年剧作家罗怀臻》），剧作家表述的悲剧精神，正是古希腊悲剧中命运悲剧的精神。古希腊最有代表性的命运悲剧——索福克勒斯的《俄狄浦斯王》，写的就是个人的意志与命运的必然之间的冲突。所谓命运，其实是古希腊人无法理解的历史的必然趋势、事物的运动规律。

《金龙与蜉蝣》描写的也是个人的意志与命运的必然之间的冲突。剧中出现的金龙的幻觉：先王凌空显现，敦促金龙继承祖先开创的基业。可以理解为金龙个人意志的外化或具象化。这一个人意志驱使金龙离开渔村，夺回王位，制造了一系列不幸事物。不过在金龙看来，他这样做，就每一件事本身而言，都是合理的。杀掉有功之将牛牯，阉割牛牯之子蜉蝣，是出于维护祖先开创的基业，给予觊觎王位者及其后人以必要的处决和处置；夺占儿媳玉荞，知道蜉蝣是亲生儿子后又杀掉蜉蝣，是为了生养龙子、留下龙孙，王位继承有人；即使被孙子孑孓一剑刺死，也欣慰于后继者的“大智”“大勇”，祖先开创的基业可以绵延不绝。总之，就金龙一方而言，他是“合理”地制造了一系列不幸事件。

至于“命运的必然”——历史的必然趋势、事物的运动规律，我以为就是根源于宗法家长制的人性异化。它在金龙、蜉蝣等剧中人心目中，当然是不可理解的、神秘的命运。由宗法家长制所产生的家天下，王权至上，王位世袭，乃至其后派生的嫔妃制度、宦官制度等，从人性的角度看，实际上都是人性异化的种种体现。只是这些人性异化的现象，在戏剧舞台上往往隐没在道德评判、历史评判的后面，不为人们所关注。因此，借鉴古希腊命运悲剧的精神及其体裁、风格、手法就成为十分有意义的事情了。这样做，就有可能把对人性异化的历史批判从幕后推向幕前，让人们从另一层次、另一角度看到宗法家长制在历史进程的合理性中所包含的不合理性。

序幕里，牛牯救金龙，抛给金龙一顶上面有自己姓名的头盔，从此玉凤误认自己是牛牯之妻，蜉蝣误认自己是牛牯之子，金龙也误认他们是牛牯的妻儿。这一吸收自古希腊命运悲剧的构思是至关重要的。因为有了这个偶然的误会，才足以显示“命运的必然”——生发出金龙阉子、占媳、撵妻、杀子，蜉蝣仇恨亲父、摧残亲父、企图手刃亲父，以及孑孓刺死祖父等一系列悲剧性事件，让人们看清楚根源于宗法家长制的人性异化的酷烈程度和可悲性，也创造了形成全剧恢宏气势和刚健风骨的条件。应该说，对古希腊命运悲剧的精神、体裁、风格、手法的借鉴，深化了对人性异化的历史批判，也增强了对人性异化的历史批判的力度。

与借鉴古希腊命运悲剧相对应，剧作给人的另一个强烈感受是对戏曲传统美学原则的继承与发扬。可以认为，全剧情节、情境的安排，以及剧中人之间矛盾、冲突的设置，都是为揭示人物的心理历程和情感状态服务的。这使得淮剧的唱、做优势得到充分发挥，也由此完成了对人物的心理真实和情感真实的追求。蜉蝣被阉割后的大段唱、做，玉凤闯宫时的大段唱、做，父子相认时的大段唱、做，都由于真切地刻画了剧中人在特定情境中的特定心情，使得人物血肉丰满，因而给人性异化的历史批判注入了充实的生活内容。

剧作也根据剧情的需要，对戏曲的时空自由传统进行了成功的推进。比如蜉蝣被废为阉人后，想起寻父上路时母亲和妻子送别的情景，剧作就适时地为演出提供了两个表演区，一方面为身处宫廷的蜉蝣，一方面为伫立海岸的玉凤和玉荞，让两方面在思绪上、情感上交流、呼应，表现了双方的相互期盼和相互怀念。这使人想起传统戏中的某些场面，又使人觉得不是传统的重复，而是把握住戏曲的美学原则，从内容到形式做出崭新的创造。还需要指出，这里的时空自由的运用，目的仍在揭示剧中人的心理历程和情感状态，达到对心理真实和情感真实的追求。对心理真实和情感真实的追求，对戏曲时空自由的运用，从实质上抓住戏曲的本体特征，保留了戏曲的精神风貌。

淮剧《金龙与蜉蝣》所包含的人文意义，标志着现代戏曲在思想开拓和艺术创新的多样化进程中迈出了极关键的一步。它意味着着眼于道德评判、历史评判及其艺术创新可以产生优秀剧目，着眼于人文评判及其艺术创新同样可以产生优秀剧目。这也许是让戏剧界感到十分振奋的一个重要原因。

（原载 1994 年第 2 期《剧本》杂志）

赞新淮剧《金龙与蜉蝣》

陈贻亮

去年十月，我到成都去观摩全国地方戏曲南方片的交流演出，有机会看到上海淮剧团演出的《金龙与蜉蝣》，它的艺术震撼力量，使我兴奋不已。

《金龙与蜉蝣》有一个非常鲜明的特点，那就是对于戏曲艺术全面的突破和创新。它非常明显地区别于旧的、传统的戏曲舞台面貌，但它又确确实实是戏曲。可以说它是在戏曲艺术传统基础上的突破和创新，也可以说是从全新的艺术观出发，对戏曲艺术传统进行了大胆的改造。它继承了戏曲艺术的创作方法，却改变了旧戏曲的表现形态，因而能够做到看起来面目全新，又仍然保持了戏曲艺术的主要特征。我以为把这个戏称之为“新戏曲”是完全合适的。

从演出来看，《金龙与蜉蝣》最令人震撼的是它的时代性与总体性。有时代性才觉其新，有总体性才觉其全新。时代性和总体性是相辅相承的，只有在时代的艺术观指导下，才有可能进行全面的总体的突破与创新；又只有进行了全面的、总体的突破与创新，才能更为强烈地体现时代性。中国戏曲的传统艺术之所以举步维艰，未能进行全面的突破，就因为在总体上缺少这种时代艺术观的指导。许多戏曲剧目，有的即使剧本很好，也因在演出总体上未能完成全面突破，只是这里出一点新，那里破一点旧，总是难以产生面目全新的艺术效果。新中国成立以来，全国的戏曲工作者对戏曲改革做了不遗余力的工作，每阶段都取得了突破性的成就，但很少像《金龙与蜉蝣》这样在剧本、导演、表演、音乐、舞美、灯光等诸方面都作出了具有时代意义的飞跃，一次性地完成了从艺术观到表演形式的重大推进。过去，对于戏曲艺术的改革，有一种指导思想，认为应该“移步而不换形”，这种观点在提出的当时无疑是正确的，但时代进步了，艺术的指导思想也应随着时代而发展，不要为时代所局限。现在看来，要完成时代性的飞跃，我以为既要“移步”也要“换形”。因为，“移步”只能在同一规范内产生诸多不同的风格和流派，而“换形”才能从同一个时代向另一个时代跨越。当前戏曲艺术所迫切需要的正是从这种旧的时代向新的时代的跨越。不进行这种跨越，就不能改变戏曲艺术的旧的风貌，就不能与时代的发展同步，因而也不能改变目前的低谷处境。所以“换形”应是戏曲历史发展的必然。任何艺术形式都不可能是一成不变的，都会随着时代的变革而变革，我们不妨以与戏曲同是中国传统艺术的书法艺术为参照，看看在书法艺术的发展历史中，它是怎样完成它的“移步”与“换形”的关系的，以供我们借鉴。中国书法艺术的发展历史，有几个重大的具有时代性的飞跃阶段，可见，“换形”并不会变种。恐怕这是中国民族艺术发展的历史规律，它同样适用于戏曲艺术，同样适用于任何一个戏曲剧种。

《金龙与蜉蝣》继承了戏曲艺术的创作方法，却改变了戏曲传统的某些表现形态。这便是关于如何“换形”的原则。这样，才能既达到面目一新，又保持了戏曲艺术的主要特征，与戏曲传统艺术保持着若即若离的状态，既不全像又不全非，一看之下，莫不为之惊叹，产生了很大的艺术震撼力量。

基于上述认识，我特别赞赏《金龙与蜉蝣》所宣称的“都市新淮剧”这个命名，它具有一种自觉的、大胆的、敢为天下先的气概。“都市新淮剧”这个牌子亮得很好。多少年来，我们一直为戏曲的走入低谷而忧心忡忡。戏曲发展的历史，到现在是走了一个大回环，原来是由乡社的草台班，经过努力走入了城市。戏曲从农村进入城市的过程，其实就是戏曲自身在艺术上不断提高努力争取城市观众的历史，也就是在艺术上不断更新的历史。现在戏曲之所以被迫退出城市市场，在戏曲发展历史上看，实在是一种倒退现象，究其因，归根到底就是因为它从内容到形式都不能适应城市观众的审美需求，简单地说就是因为它太旧了，就是因为它失去了不断更新的主动性。戏曲要重新占领城市市场，首先就要从艺术上变旧为新。我们不应把戏曲的倒退现象，误认为是为农民服务的方向；也不应将把它赶出城市到农村去认为是适应了通俗观众的需要。现在，所有戏曲演出团体的负责人和艺术创作人员，大多都从实际中认识到：这种市场性的倒退，必然导致艺术性的倒退。在农村演出只能因陋就简，粗制滥造，不可能精雕细刻、精益求精。普及在农村，提高在城市，这是戏曲发展的又一规律，也是实际情况的必然。自然，戏曲艺术的发展可以采用多轨形式：可以有对于优秀传统艺术和传统剧目的继承和保存的一轨；也可以有适应农村及通俗观众的需求的另一轨。但毫无疑问，争取城市观众，改变低谷状态，随着时代的发展而不断更新提高，则是关系到戏曲自身生命力是否旺盛的关键性的一轨。上海淮剧团宣称自己的戏是“都市新淮剧”，这就意味着他们要让戏曲从农村打回城市来，要在城市里争取新观众（何况他们提出的是“都市”，还不是一般的小城市）。这说明上海的同志有着把改变戏曲历史目前走向为己任的大气概、大胸怀，没有这样的气概和胸怀是挂不出这样的牌子来的。要达到这样的目的，既要在都市里打开局面，站住脚跟，还要不断地提高，日臻完善，这就非有很强的精品意识不可。“都市新淮剧”，扩而言之，就是“都市新戏曲”，能够为自己确立这样的目标，也就必然要增强自己的精品意识。过去，对于戏曲如何走出低谷的问题，一向只是议论得多，实践得少，会想会说的人，不一定会做，或者没有给他们做的机遇和权限；而有这种机遇和权限的，又不一定都这么想、这么做。现在上海的同志把这个目标付诸实践了，把想、说、做三者统一起来了。这就产生了榜样的力量。我以为，戏曲的出路在于创新，创新的希望在于上海，因为他们得了天时、地利和人和。我既向上海的同志祝贺，也向上海的同志学习，学习他们的大胆和进取精神。

《金龙与蜉蝣》不仅在演出的艺术形象上取得了突破性的成就，在剧本的内涵上也达到了可贵深度。关于人的性善性恶问题，在中国的传统哲学史上，不知争论了多少年，一直没有得到一致的结论。《金》剧的编导在这个问题上，力向纵深开掘，它深刻地揭示出人性恶的根源是人对于权欲的强烈追求。金龙的一家父父子子，都站在权欲的顶峰——王位上。争夺、保住、交接、代传王位成为追求权欲的最高表现，为了这个最高目的，不惜采取一切手段。可以说，这个戏把人性恶表现得淋漓尽致。自有人类历史以来，人，从来都是为了权欲而自相残杀的。剧中的金龙家族，就在自己家族之内为了权欲自相残杀。戏里写了四代人——老王、金龙、蜉蝣、孑孓，他们一个个都和王位、权欲有着密切的关系，他们之间有一条隐蔽的但又是可以窥见的遗传的链，在四代人身上，都可以找到同样的基因。我很欣赏老王的幽灵屡屡出现，这充分显示了这种权欲的传统性和继承性。他们父子之间自有一脉相传的潜观念，都认为自己所追求的目标是最崇高的，在必要的时候，就需“大义灭亲”，多么可怕的权欲啊！金龙的儿子蜉蝣，因为被阉了，失去了争王位的条件，但是他却以另外的方式来满足他的欲望。在他被阉以后，表现得很是狠毒，在他的身上，上一代的传统也显现得很为尽致。孑孓从小就经受了这种权欲斗争的残酷性，目睹了满足权欲的最高手段是自相残杀，于是他继承了这一手段，最后也亲手杀死了自己的祖父。在戏里他这时好像还处于茫然的年龄，但是当众人向他跪了下来，表示臣服的时候，我们就会意识到他是似乎茫然而不茫然，孑孓将来也会是一个王，也会用同样的手段来满足自己的欲求，并且也会将这个潜在的观念世代传下去，在经过了这一场使他惊心动魄的目睹、经受、体验直到实践的斗争过程，他将来也可能是这方面的高手。

《金龙与蜉蝣》是人性恶的悲剧，剧中的四个男人都是恶的化身。可贵的是编导者在具体地描绘、刻画他们的时候，并不流于概念化，而是使每个人物各具特点，一个个都是复杂的具体的人，或者说是复杂的具体的恶人。复杂的人物在全剧构成了错综复杂的关系，使我们感到这出戏既好看又惊心。但是，《金》剧的深度，还主要在于揭示了为恶者必将自食其果的规律，没有揭示这个规律，就不可能有这样的震撼力度。金龙们的恶果都是他们自己种下的因，是他们教会了他的传人，也以其人之道还治其人之身，循环周复。这个戏，写了人性恶的悲剧，悲剧的力量起了反作用，反而激发了善。正因揭露了恶才导向了善。因此，话又得说回来，编导者最后让金龙的传人孑孓走到台口，茫然四顾，就在这个时刻，我们突然会对这个孩子另眼相看，很可能在经历了这场自相残杀的惨剧之后，这个孩子在心灵上也受到了很大震撼，反而从恶的窝窝里走向了善。《金龙与蜉蝣》的高明之处，就在于它不是单纯性的揭露，老子说"祸兮福所倚"，那么，恶兮也是善所倚了！

对于戏曲来说，这个戏的表演也有新的突破，何双林、梁伟平、马秀英等演员都有出色的表现。戏曲的传统表演是采取类型化的表现方法，演员都划分了行当，但是像剧中的金龙、蜉蝣等人物，都不是戏曲传统的行当所能概括得了的，《金》剧的演员们在演出中突破了行当局限，创造了具体的"这一个"，特别是梁伟平扮演的蜉蝣，更是深入细致。我们在看戏时，能感觉到这些人物心理的复杂变化，以及演员所表现的准确度，对于戏曲演员来说，这是非常难能可贵的。《金》剧演员的创造性，给戏曲表演艺术开拓了一条新的道路。

自然，我并不是说《金龙与蜉蝣》已经是尽善尽美了，它的确还存在一些小问题。例如还不能彻底摆脱戏曲的某些艺术平均主义的陋习，在戏的高潮处，要让每个演员都唱上一大段表现一下，因而拖了戏的正常节奏，在戏剧情节、场面处理上也还有一些不尽合理和不够真实的地方。但瑕不掩瑜，《金龙与蜉蝣》的整个演出是完整的、美好的，具有很大的艺术震撼力量，它的全面的突破性成就，将给戏曲艺术的发展带来深远影响。

（原载1994年第2期《剧本》杂志）

中国古典戏曲悲剧的诞生

——上海淮剧《金龙与蜉蝣》观后感

[日] 向井芳树　康小青译

1993年11月30日在北京儿童剧场观看了来自上海的淮剧《金龙与蜉蝣》。演出结束后，我无法抑制自己的激动，对同去观剧的人说："中国古典戏曲诞生了第一个悲剧，我有幸正逢其时，在北京观看了演出。"因为自己身在中国，感想是否有些过分夸大呢？一个外国人，中国古典戏曲的创作也不是看得很多，张口就说是诞生了悲剧，是否有些过分？

淮剧《金龙与蜉蝣》采用了地方戏以往不用的新手段（兵士多人上场的处理、群舞、照明、音乐、舞台装置、崭新的导演手法），这些尝试本身确实是值得称赞的。尽管这些只是构成悲剧的要素，并不是核心，但它使我认识到这一悲剧的完成难度及创新精神，也更证实我当时观剧的感想是正确的。

与古希腊悲剧和莎士比亚悲剧有相似之处和共同之点，成了评论该剧的要点。我认为戏剧是没有国界的，世界戏剧的历史事实上也是东西方交流的历史。这些文化遗产是全人类共同的财富。否定模仿、厌恶类似、过分强调个性与独创性是近代一种较为偏颇的想法。全世界的戏剧遗产，不论何国、何人都是可以自由借鉴并有所超越的。

西方戏剧到了二十世纪，向东方戏剧学习，并试图有所改革，这是世界戏剧史中的事实；而中国古典戏曲改革当前面临的问题，是如何借鉴西方戏剧，要慎重考虑——哪些是自己必须保留的，哪些是应该改革的。

这次上演的《金龙与蜉蝣》是实行戏曲改革的具体例证。作为遗产必须保留的东西和有所借鉴进行改革的东西都很清楚。

古典戏曲的程式及用唱来表达自己心情的方法，对戏剧来说，本身就是一种必需的表现方法。丢弃这一方法的西方的与中国的话剧，现在已受到音乐剧的威胁。所以可以说，这一悲剧不用话剧，而用地方戏创作是中国悲剧得以诞生并成为可能的最大要因。如果这个剧本用话剧来演的话，除了借用音乐剧的形式之外，没有上演的可能性。这正是充分利用中国古典戏曲特点的成功例证。

如果把《金龙与蜉蝣》看作“杀死儿子，最后被孙子所杀的悲剧”而创作成古希腊悲剧的话，就要有神旨，对于金龙的命运在启幕时就应该有预言。这是不可逃避的命运，无论主人公如何反其道而行之，结局还是要走向自己的死亡。然而，该剧的作者并没有采取这种创作手法，而是摸索现代中国悲剧的创作手法，作出了现在的选择。另外，在这出悲剧中，没有设定支配命运的类似天帝（上天）的存在及绝对者。大王金龙的死确实有命运的东西在里面，但不像《清风亭》那样，对不孝之子用天帝的雷劈来惩罚，不选择这种死，而完全用的是悲剧结局的死。

由于没有希腊悲剧的预言，所以我就预想着这个戏的展开，带着一种期待的心情来观看此戏。大王把自己的儿子阉为废人，最后会怎么样呢？戏演到一半，我想大王别无选择，只有杀了自己的儿子，可如果这样，大王自身的结局就很难处理，或者让儿子杀死自己，或者自尽。不论哪种，都不符合悲剧的结局。我很长时间没有这种体验了，既能欣赏戏的剧情变化，又能欣赏到真正的悲剧的构思与结构。

儿子蜉蝣之死，采取了古典戏曲的程式：僵尸。大王金龙之死却不用这种程式，而选择了另一种悲惨的死法。这是一个相当中国式的悲剧的结局。很明显，这既不是希腊悲剧的世界，也不是莎士比亚悲剧的结局。

如果以《哈姆雷特》为模式的话，大王金龙与儿子蜉蝣就要为“是生还是死”这一问题而苦恼，就一定要提供这个场面和挖掘蜉蝣想杀死大王的复杂心理变化过程。编剧没有采取这种创作方法。带有近代特点的个人的苦恼和郁闷与真正的悲剧世界是不相适应的。心理描写与心理变化过程的挖掘，对古典戏曲的情绪表现可能是合适的，但是对于悲剧的行动和事件这类分量重的表现来说，就不甚合适。作者并不走这样的近路，而选择了一条创造真正悲剧的道路。

这出中国式悲剧的一个决定性的戏剧冲突，是把儿子废为宦官并把他留在自己身边。宫刑在中国历史中是一个有关人体隐秘部分的问题，编剧利用这一问题创造出只有在中国才能创造出的悲剧。大王把有可能成为自己敌人的人留在身边作宦官，正由于有这种设定，宦官的苦恼作为悲剧才鲜明地呈现出来。

蜉蝣是一个丧失性别的青年，这一悲剧人物由于演员（梁伟平）的上乘表演，取得了成功。蜉蝣想杀死大王，但是自己逐渐丧失了付诸行动的能力，以及不由自主地流露出的女性姿态、坐相，处处体现出宦官的悲哀。

作者把主人公作为一个普通人来描写，“王”只不过是他的地位、身份和立场的外在形式，这正是现代悲剧所具备的特点。

在中国古典戏曲中，由夫妇的别离与再会设定的悲剧的样式是存在的。主要是由于战争和科举，八年、十三年、二十年的长时间分离，如果以重逢之喜而告终，那就不是悲剧；如果男性一方由于那些在现代不能称其为理由的原因而不归或者重婚，那就成了悲剧。代表性的剧目从《四郎探母》到我最近看的《琵琶记》，举不胜举。这是否可以说是一种基本型且已经程式化的戏曲结构呢?《金龙与蜉蝣》中的大王抛弃妻儿，采取的是这种基本型；儿子蜉蝣为寻找父亲也同样抛别妻儿，重复的也是这一基本型。大王一意孤行，导致了杀死亲生儿子的悲剧，儿子又使一家人都卷入其中，导致了最后的悲剧。与《琵琶记》用皇帝的权威勉强得出的大团圆的解决方法相比，《金龙与蜉蝣》所采取的基本结构是值得高度评价的。

最后，对该剧提几点个人的看法。

一、剧中表现了高居王位的人，要考虑到它的深度。有批评意见认为：大王杀将军，是因为将军踢了大王一脚，这种理由站不住脚。确实，即使序幕中有为救大王而踢他一脚的伏笔，现在的处理也不尽合理。比起大王被将军踢了一脚，并以此为契机生出猜疑以至于杀死将军，倒不如处理为将军本无篡位之想，但是周围的家臣及国民经常称将军为“救助大王的将军”“大王被将军救助才有今天”，等等，大王嫉妒人们对将军的仰慕，以至于最后杀害将军。这样写，可以揭示人物心灵深处的东西，可以写出深度来。

二、金龙的妻子为找儿子来到王宫，她的唱为加强悲剧效果起到了很大的作用。按照中国古典戏曲的惯例，她的唱并不直接触动大王，但毕竟她是大王的妻子，虽有数十年的空白，似曾相识，似曾相熟——这种恍惚的感觉在大王的心中会产生疑问，然后自己又加以否定，认为不可能。这就为最后的“发现”埋下了伏笔。在戏中一直到看见将军头盔为止，他什么都没能发现。这是否给人一种印象：大王缺乏判断力。

三、开始，我以为大王的妻子与蜉蝣的妻子是同一女演员扮演的，最后谢幕才知道是由不同演员扮演的，是否可以这样处理，选中蜉蝣的妻子是因为她长得像自己的妻子。这更能体现大王选择的主动性。即使不是一个人演两个角色，“相像”这一设定，也可以使我们联想到古希腊悲剧。

四、戏结束前，是否可以让大王的孙子持剑面向宝座走去。少年亲眼看见父亲被杀、母亲自尽，接着自己杀死了祖父——他已经具备了悲剧主人公的资格。现在的结尾是少年并不懂自己行为的真正意义，只是有一种胁迫感。这种处理确有其现代性，但悲剧结局的沉重感就显得不够。少年无意识地持剑开始向王座走去，就预示同样的悲剧还会再来，还要不断由人类来重复和继续，所以少年才走向历经杀戮沾满血迹的王座。这时大幕落下，是否更有效果？

《金龙与蜉蝣》这个戏超出古典戏曲剧场的固定范围之外，所作的那种种努力，是应该肯定的。在古典戏曲的范围之内，是否也能创造出中国的悲剧呢？这种尝试是必要的，我期待着这种尝试。中国古典戏曲改革确实面临很多困难，但我期待着中国古典戏曲的新生。

（原载1994年第2期《剧本》杂志）

新世纪戏剧的曙光

叶长海

20 世纪 80 年代的戏剧界，经历了一场艰苦的论辩与蜕变。变化之大，曾令人有时感到茫然不知所措。当时剧人间的流行词是“改革”，实质上是“应变”。像上海这样的都市剧坛，更是变化多端，十年间把西方世界一百年所探索的各种戏剧流派、戏剧样式都演示了一番，让观众迅速地见识了一个世纪的世界戏剧史。

历史进入了 90 年代。新一代剧人以前所未有的自觉意识和创造精神登上剧坛，让中国戏剧迅即拨开了 80 年代的风雾，迈进了新时代的途程。此时的流行词依然是“改革”，但其实质已多为“创新”。创新与应变自然有所不同，这是以乐观自信的主动代替那种无可奈何的被动状态。

如果说，在 80 年代，中国戏剧走进了 20 世纪，那么在 90 年代，中国戏剧已开始走出了 20 世纪，走向新的世纪。我们从新编淮剧《金龙与蜉蝣》的演出中，就看到了新世纪戏剧的曙光。

80 年代的中国剧人曾以敏锐的眼光透过刚开放的国门，寻找、引进、模拟并改造了许多外国先锋戏剧及新鲜的艺术娱乐品种。90 年代的剧人则开始了真正的创造。像《金龙与蜉蝣》这样的优秀艺术品，并不是对外来形式或他种艺术的直接模仿或改头换面的引用，而是从整体构思到细节设计，都“自铸新词”，以自己的独创使舞台语汇得以更新。就整体而言，这是一个在中国戏曲史上十分罕见的真正的大悲剧，而且是发生在几代男性之间的狞厉苍凉的悲剧。像金龙、蜉蝣这样的父与子，是一空依傍的新创，他们是中国戏曲人物长廊中的新形象。其细微处，从人物的一次出场、一种形体造型都可以看出艺术家的匠心独运。甚至一举手一投足的寻常动作，都是深有所思的创造结果，而不是对别人艺术创作的蹈袭或对习见程式的简单重复。这一种彻头彻尾、彻里彻外、全面创新的艺术实践，自然催生了戏曲艺术的脱胎换骨、更新换代。

新一代的戏曲运用各种舞台新技巧，利用现代科技在声光方面的各种新技术，强化烘托戏曲演出艺术的新语汇。如果说，前十年在吸取各种舞台手法技术时尚有较多生搬硬套、囫囵拼凑的遗迹，曾令人戏称为“非驴非马、不伦不类”，今后的戏曲舞台则要尽最大努力把一切手法“融化”进去，成为自然融合的整体。对于所撷取的多种艺术养料是否能化有为无，使之消化并融化到自身的形质之中，这是区分生搬硬套和独立创造的标志，是艺术创造是否成熟的重要表现，因而也正是对艺术实践工作者创造能力的考验。《金龙与蜉蝣》的舞台上新手法不可谓不多，创新点层出不穷，但这个戏的通体感觉恰恰非常淮剧化，不仅唱腔特色如此，就是观众所一致称赞的“阳刚之气”，以及演出风格上的粗犷拙朴等，也都非常执意地表现了淮剧的固有特征。而且，这些特色在本剧中都得到有效的强化，使原来几乎要淹没在京剧、越剧流行色之中的淮剧精神，重新构建起来。真正的艺术创造总是要涵泳于四方而熔裁于一己，将“拿来”的五花八门、万紫千红都化在一种主体精神中去。为此，创新的过程又正是一种返本的过程。把许多他种艺术文化因素如盐入水般地“化”到本剧种的具体剧目之中，借以改变提高本剧种的品位，而且的确做得恰到好处，无饾饤堆垛之感，这就意味着艺术创造的成熟。以往有些观众对某些不够成熟的“革新”剧目多有微词，而此次观看《金龙与蜉蝣》，却都表示可以接受，这就是一个生动的例证。

新一代的艺术工作者特别具有“精品意识”。因为在一个开放竞争的社会环境中，只有“精品”“名牌产品”才能风行天下。戏剧亦如是，只有优质好戏才能使本剧种、本剧团立足于世。戏曲是一种高度综合的艺术，它的高质量有赖于它内含的各种艺术因素的全面优化。一次真正精美的演出，必须有好剧本、好演员、优秀的舞美设计、音乐设计，等等，并且有优秀的导演给予良好的组合经营。在现代剧场的演出中，每一个艺术部门都有它不可替代的作用，一些以往看来可有可无的部门，在今天越来越显示出它的重要性。如灯光设计、舞蹈设计、服装设计、音乐配器等。每个部门都要有自己的完整构思，独立分解出来都是一部部完善的艺术品，组合到戏曲演出中，又可使整体艺术力量成倍增强。从这个角度看，每一个部门都是"主角"，如果其中有一个或几个部门成为弱项，演出的整体就不可能达到上品境界。《金龙与蜉蝣》剧组在编、导、表、音、舞美诸方面都罗致人才，深下创造功夫，这样就使得全剧演出有一种"整体超越"之感。有人称此剧的灯光设计是又一个有情感有灵性的"角色"，称此剧的音乐是一部"交响诗"。此剧在展演中获得十多个单项优秀奖，那么获取"优秀剧目奖"也就再自然不过了，否则，将成为不可思议了。

追求这样一种高品位的戏曲演出，理所当然地要对剧本创作提出新的挑战。戏曲艺术的整体超越，首先是剧作力量的超越。有两类剧本：一类适应一般演出，维持日常文化娱乐需要，其特点是轻捷编制，提供内容及形式都最符合常规的常见剧本。这是消费性的剧本。但一个剧种一个剧团要提高艺术水准，要在社会竞争中逆流而上，更需要有另一类非一般的剧目。这就需要剧作家呕心沥血，推出出类拔萃的力作。这是文化积累性的剧本。细阅《金龙与蜉蝣》，可以得到一些有关新一代戏曲剧本创作的启示。

戏剧是一种对话。在剧场中，舞台演出与观众席之间的交流是一种整体对话；整个演出又是剧作家通过二度创作群体与观众、并通过观众而与整个社会进行心灵的对话。前者是见面的实然的对话，后者则是不见面的潜在的对话。剧作要能立在当代人的平等地位，甚至先进地位与社会对话，剧作家就应该是当代新观念、新思潮的敏感体悟者，甚至他本人应当努力成为当代的先进思想者或文化人。他们以现代文明人的眼光和勇气反观历史、洞察现实、直面人生。透过他的剧本，可以发现作者的心灵感发处，他的理念赖以发生的文化因缘。在剧本中体现出作者生命力量的跃动，他的整个人生感悟和哲理玄思。

现代剧场的剧作家，应当是设计家。他们写戏，不仅要讲述一个故事，要寄寓一种思考，而且要为剧场演出提供一场新的实验。戏曲剧本尤其需要为舞台演出家留出足够的再创造空间。剧本主要着力于写出最精彩的几个点，至于这些点是如何联结的，可以留下再创作的暗示，不必让琐细的实事充塞所有的时空，但必须引起载歌载舞的联想。这样的剧本，有新的结构设计，有对二度创意的启示性，而且充分显示了作者的激情与睿智。

这样的戏剧艺术显示出一种写意特征。它舍具体，趋抽象，表现心灵的幽深玄远。这种写意精神可以启发戏剧家向戏曲内涵的深层开发。戏剧的写意化也就是戏剧的诗化。这是一种以抒发艺术创造者的主观意绪为特征的戏剧，所谓时空的自由、心理的外化、形象的夸张、节奏的跳脱，等等，随机而来，随意而生。有时在保持表面清晰的同时，力求内在的含蓄性。有时有意识地追求一种不即不离的诗的朦胧意境，比较注意寻找“第二层次”“第三层次”的对话，即寻找一种富有象征性、启示性的舞台语言。

《金龙与蜉蝣》就是一部“多层次”的戏曲作品。其表层是一个很能吸引人的家庭、宫廷的恩怨离合的故事，其深层是对封建社会荒唐残酷本质的揭示，而其最深的潜层内核则是对人类历史及人性本质的痛苦的沉思。这种多层次结构着力于作品的浑厚涵意，蕴藏着艺术家的“言外之意”和“韵外之致”。

这正是走向21世纪的90年代的戏剧!

90年代的观众暨新世纪的观众对戏曲演出的要求近乎苛刻。新的演出成功不可能轻易得到。但观众的高要求正是戏曲艺术前进的原动力。新一代的戏曲将以独创代替模仿，以浑融代替杂凑，以精纯代替低俗，以总体的艺术魅力达到质的超越。在未来世纪，中国戏曲艺术的前途令人乐观，戏曲将在自我超越中获得新生。

（原载1994年第3期《剧本》杂志）

“现代意识”与戏剧精神

——三十年回看《金龙与蜉蝣》

孙红侠

现代戏曲的“现代意识”

现代戏曲，在相当长的时间里都被理解为“用戏曲的形式表现现代的生活”（马彦祥：《试论戏曲表现现代生活和继承戏曲艺术传统问题》，《戏剧报》1960 年第 10 期），或者理解为古典艺术的“现代存在价值”（蒋锡武：《作为古典京剧的现代存在价值》，《上海戏剧》1996 年第 6 期）。即使不对“现代戏曲”在时间范围上做粗浅的理解，也很难不将对“现代戏曲”的概念理解集中于它的表现形式、表现内容和表现手段。“现代戏曲”不是时间概念，也与表现的形式与题材无关，这个概念的提出是基于——品质认同，也是对戏剧精神的认同。

董健从 20 世纪 90 年代到新世纪以来陆续发表的论著均围绕中国戏剧现代化的问题。他立足于“五四”的批判精神和现代启蒙主义的思想精华，将“现代化”作为与“民族化”共生的概念予以论述，并始终坚持戏剧的人学精神与人学定位。傅谨对 20 世纪中国戏剧的现代性追求、中国戏剧的现代性和本土化等均有论述（傅谨：《20 世纪中国戏剧的现代性追求》，《浙江社会科学》1998 年第 6 期）。显然，“现代戏曲”和“戏曲的现代化”是一个宏大的话题，更需要我们持续地给予关注。在这样的背景和框架之下，戏曲创作中是否具有“现代意识”显然是一个重要的参照，也可能是探讨现代戏曲的起点。

现代意识当然不是评判作品的艺术标准，但不可否认的是，它一定是、也应该是一部优秀作品存在的前提，因为“现代意识”是区别古典戏曲和现代戏曲的精神内核。一部具有“现代意识”的作品必定是书写心灵秘密、关注时代精神，甚至反映时代焦虑的作品。

那么，回看中国当代戏曲的创作与发展历程，作品中的“现代意识”到底是如何随风潜入？又可有星星之火？

当代戏曲创作的第一个黄金时期是20世纪80年代中期到90年代初期。那是一个非常有特点的时代，民众经过了沉寂与压抑，也经历了真理标准的追问与讨论。那个时代的物质是匮乏的，但是精神却相对自由。大规模的出国潮代表了那一时期普通民众对物质生活的向往，不仅解读为伤痛之后的逃离，更多深层的表达是——渴望。1990年，鲁晓威的电视剧作品《渴望》轰动一时，“渴望”两个字也正暗合了那个时代，一个渴望的时代，渴望看世界，更渴望认识自我，渴望表达个体在长久以来集体主义价值观束缚中的困惑和思索。文学领域的思想解放迅速影响了戏剧创作。那是一段当代戏曲发展最重要的时期，更少的束缚和更多的望向世界的眼光使得很多前所未有的作品能够出现，而作品才是一个时代真正的标识。

当我们探讨那一时期的戏曲艺术创作时，最常提及的是陈亚先的《曹操与杨修》和魏明伦的《潘金莲》。这两部作品也被看作具有鲜明时代特征和现代意识的作品。然而，经过三十年戏曲实践的沉淀与筛选，当我们回看一个时代之时，却更多地发现《潘金莲》也许是仅仅因质疑传统道德而受到关注。质疑道德不能等于抛弃道德，道德的价值和伦理截然不同，潘金莲有一千个伤心的理由，也可以因此让观众为她的行为寻求更多的合理性，但如果将对情欲的彰显置于了生命意识之上，将潘金莲的个人意志凌驾于武大郎的生命存在，那就是走向了另一个极端。一种价值绝没有高于另一种价值的道理，从这点上看，《潘金莲》的“现代意识”是经不起长久的思索与拷问的。而《曹操与杨修》的成功固然有那一时期知识分子群体心态的因素，体现更多的是“文学”在当代戏剧中的“回归”，是不可忽略的作品，但如果说剧作在多大程度上写出了新的文人与权力的关系，这同样是一个值得推敲的问题，它并不是一部完全脱离了古典趣味而以“现代意识”介入创作的作品。

那么，当我们回看一个时代，回看一个中国戏曲最有可能出现“现代性”萌芽和“现代性意识”的时期里，有没有一部作品能让我们有新的解读，以“现代意识”重新发现那个蓬勃的时代，并书写出了那个时代的困惑和焦虑？有没有？

当我们发现郭启宏、郑怀兴、盛和煜、王仁杰这些各具特色的剧作家其实都没有走出古典范畴，都或多或少还带有传统的文人趣味之时，有没有一位剧作家在这个时代里和他们不同？将个人的经历与创作探索暗合了时代的变迁，把心灵秘密倾注在作品里，关注人，关注命运，从而体现出鲜明的“现代意识”？如果有，那么有一部作品需要我们重新回看，那就是罗怀臻的《金龙与蜉蝣》。

《金龙与蜉蝣》的“现代意识”

《金龙与蜉蝣》被当时的评论定位于“历史剧”和“寓言史剧”，因其建立在完全虚构的基础上，以历史的虚无表达对历史的追问，以“艺术的方式表达对前民主时代政治制度和人际关系的反思和批判，切合人们消解王权的神圣与必然性的时代风潮”（傅谨：《三十年戏曲创作的现代性追求及得失》，《文艺研究》2009 年第 5 期），这样的评论是肯定这部剧作具有的现代性追求和“现代意识”的，同时也认可剧作的出现“并非偶然”而是有 80 年代那个时代的必然。但显然，“消解王权的神圣”只是这部剧作表现的内容之一，王权与政治背后还有很多深意，也许那才是剧作家真正要表达的，而这一部分具有的“现代意识”应该引发更多的关注和解读。

悲剧，不是苦情戏。中国戏曲有无真正的悲剧一直是一个话题，对中国古典悲剧的理解更多倾向于将对现实主义的苦难式书写混同于悲剧，而其实，真正的悲剧并不仅限于此，悲剧也不仅仅是鲁迅所言的撕裂美好的东西给人看，如果允许用时下流行语来戏谑生动地表达，悲剧的观感并不是“哭泣”，而更近乎于是——虐心。

初看《金龙与蜉蝣》，第一观感很可能是疑问：金龙是不是一个内心阴暗的人？是不是一个集中展现人性的阴暗的形象？整个剧作的舞台呈现和整体风格压抑低沉，情节的展现充满杀戮、残忍、鲜血、撕裂和野心。这似乎是一部尖刻地表现人性从而使人不舒服的作品？

《雷雨》中的乱伦和兄妹恋是否让人感到舒服？俄狄浦斯王杀父娶母的行为是否让人感到舒服？美狄亚为了让伊阿宋得到精神上的痛苦和惩罚而亲手杀死孩子的行为是否让人舒服？这些不舒服的观剧感觉，是震撼，而不是混同于传统戏曲的“玩味”，是虐心——这就是悲剧的第一观感。

如果亚里士多德和黑格尔对悲剧的定义太过艰涩而妨碍了对其内涵的理解，那么不妨使用最简单直观的观感来体会：传统戏曲的悲情是通过演员声泪俱下的表演来催人泪下，而大团圆结局之后完全可以让观看者内心一无所有，因此那是苦情戏而不是悲剧。悲剧的本质并不建立在表演之上，因此悲剧从根底上就有和中国传统戏剧相冲突的一面。悲剧，充满了因行动而推进的情节的力量和人物在与命运对抗中产生的性格的力度，未必催人泪下，但一定震撼心灵。《金龙与蜉蝣》正是用最惨烈的人性撕裂的方式完成了中国戏剧悲剧精神的复活。

罗怀臻是历史主义剧作家，但同时也是兼具英雄主义和浪漫主义的，这些特点在他后来的剧作中表现得要更加鲜明，但若论在剧作中回归和复活古典主义悲剧精神，那则非这部《金龙与蜉蝣》莫属。因此，这是他的成名作，也堪称代表作。

剧作没有年龄，但剧作家是有黄金时期的，年轻时代的创作锐气充溢着作者的气息——生命的气息、人格的气息，那些让人不舒服的暴力美学表达背后是难得的血性与阳刚之气。这样的剧作气质除了《金龙与蜉蝣》，在后期的《西楚霸王》《伐楚》和《兰陵王》中都可以找得到相同的表达，其本质都是英雄主义情怀和悲剧精神的表达。

因此，当更多的评论将《金龙与蜉蝣》作为“寓言史剧”或者纯粹的建立在虚构基础上的历史剧来看待时，我们发现这当然不是不可以，但是这种现实评价遮蔽了剧作最可宝贵的实质。《金龙与蜉蝣》是一出悲剧，是一出传统戏曲领域的悲剧，是一出与传统决裂的悲剧。从这一点看，《金龙与蜉蝣》的戏剧史意义完全不同于《曹操与杨修》，不同于《董生与李氏》，不同于《潘金莲》，其在当代戏曲史上具有了不可替代的、鲜明的——现代性。

帝王人格的消解与“去魅”

罗怀臻笔下的少年金龙是哈姆雷特式的，他“忽见龙船过水上，蓦然心底起苍凉”，这份苍凉，是欲望的牵引，更是理想的召唤。然而他最终没有成为哈姆雷特式的人生怀疑者而丧失斗志，而是成为了具有坚定意志的践行者。“我本不是打渔郎”，内心的选择让他形成了行动，这行动就是“走出”。面对权力的诱惑、面对从未消除的理想与内心的欲望，他舍弃了青山绿水的家园，舍弃了善良淳朴的妻子，踏上了成为嗜血者麦克白的不归之途，生命天平上的一切重量都抵不过那一刻心底的欲望。值得一提的细节是首演的舞台处理，彼时尚年轻的导演郭晓男用天幕上一面巨大的飘舞的红旗来表现鲜血和欲望。

可是欲望不断实现的过程也正是他不断走向毁灭的过程，爱情变成色欲，权力异化了亲情，真我无处寻觅，他毫无怜悯之心地阉割了亲子蜉蝣，杀死了恩人牛牯，荒淫残暴父纳子妻……此时的金龙不再是哈姆雷特，而成为了中国版的理查三世，变得面目全非，自我异化，直到失去所有，包括自己的皮囊……欲望是魔鬼，不是佛陀，因此剧作的呈现不可能让人有舒服的感觉，更不可能是平静温和的田园牧歌，只能是类似暴力美学的撕裂和残酷的表达方式。

在这背后的金龙，还有一点特别值得关注，那就是他的帝王人格，这部剧作虽然因为整体呈现出对“王权神圣的消解”，但这却是通过金龙这一极其具有帝王人格特质的形象完成的。金龙始终都具有强烈的使命感，无论是抛弃田园出走时的内心驱动力，还是最后看到孙子继承了自己杀伐的魄力而颇具欣慰的含笑九泉，其中都有一种很传统的帝王人格，都有披荆斩棘刀头舔血式的帝王气质。也正因为这一部分的传统人格，因而最终悲剧性的批判才更有“消解”的味道。

而实际上，金龙的猜疑、嫉妒、焦虑、残暴的背后何尝不是安全感的缺失？何尝不是权力和鲜血成就了他的变态人格？他何尝不是一个可怜人？金龙，他只不过是一个和欲望的魔鬼签订了卖身契的可怜人。芸芸众生，又何尝不是“无人不苦，有情皆孽”？

这样大胆地对帝王人格进行消解与去魅，这种极力突出个人意志与行为能力的“选择”在传统戏曲中是没有的，是陌生的，因为这些都是“现代”的。

“走出”与“回归”

最深沉的心灵是最痛苦的心灵，最痛苦的心灵也是最深沉的心灵。剧作家为那些不被人理解的少年伤痛灌注了悲剧精神，完成了自我心灵秘密的倾诉，但更可宝贵的是并没有忘记身后的时代。司汤达笔下的于连是这样的，死亡才让他卸载所有的野心。巴尔扎克笔下的吕西安也是如此，幻灭让他回归真实的自我。《金龙与蜉蝣》未必一定与《红与黑》和《幻灭》是相近的故事，但深层的表达是相通的，那些破碎的少年心也是时代的写照。司汤达和巴尔扎尔在书写欲望的原罪，那些滴血的原罪，那些离乡的困顿，而我们那个时代不也需要相同的书写吗？如果承认戏剧是文学的最高形式，那也必须在时代里找到最需要表达的东西。

罗怀臻的作品能找到“原乡”情结和“返乡”意识，深埋于内心的这种情结是他的创作中有意识和无意识的原动力，其实也正是“走出”之后的“回归”。我们或多或少知道罗怀臻的人生经历，知道他可能经历了很多的困顿和不理解走到今天，但更有意义的是他的经历暗合着时代的戏剧发展脉络。

在等级森严的阶层社会里，流产的才华和受挫折的雄心集聚起来不应是幻灭和个人奋斗的悲剧，凭借胆识和才干实现自我价值是多么幸福的一件事。可什么是幸福，又如何得到？《金龙与蜉蝣》难道不是展现人类这最困惑的终极问题？剧作家当年走出苏北，来到上海，从此此岸皆是异乡，半生用文字寻找内心那条回家的路。他在“走出”与“回归”之间的困惑，他对人生的理解，都通过最“撕裂”和震撼的悲剧形式表现出来。

有“原乡”就有“异乡”，“原乡”情结实际是无数个残酷的“异乡”困顿，这样的情感书写，在当下依然有感动人心的力量，因为故乡和所有回不去的时光始终是戏剧和舞台表现的内容。所以，《金龙与蜉蝣》更像是一个梦，表达了剧作家的潜意识，也表达了一个时代集体的梦之旅。有希望有幻灭有痛苦有堕落，只是无论是金龙还是蜉蝣，高贵还是低贱，嗜血者还是牺牲品，还是一个时代，都是相同的过程——“出走”与“回归”。他在作品里极力表现的这种“出走”与“回归”，更是中国戏曲“现代意识”着力表现的永恒命题。

20世纪80年代到90年代，是文学和戏剧蓬勃青春的年代，也是困惑的时代，更是传统田园牧歌时代的终结，从此工业时代狂飙猛进，发展的代价是田园荒芜，蓝天不再。当时代和身处时代中的人意识到这些时——田园将芜，胡不归？三十年不短也不长，这些难道不是一个时代的隐秘写照？因此，《金龙与蜉蝣》沉淀在时代里的情怀和思索，注定了是一个时代的思考。

众所周知，《金龙与蜉蝣》在北京上演之后，罗怀臻提出了“都市新淮剧”这一概念。时任《中国文化报》记者，也是现在中国对外演出集团公司的艺术总监王洪波先生采访罗怀臻，特别提到“都市戏曲”，从此这个概念进入新时期戏剧史。“都市戏曲”当然会招来众多异议：不要传统？不要根基？不提农村？这些二元对立的思维都是没有触及现代戏曲发展本质的。因为，“都市戏曲”在这个语境下，就是不自觉地表达着“现代意识”，表达对“现代”的认同感，表达的是一种现代性追求。这些和是否抛弃农村、是否还立足传统等都是风马牛不相及的。

从“现代意识”这个角度上解读，《金龙与蜉蝣》当然是罗怀臻的成名作，虽然未必是他最成功最得意的作品，但却是他最重要的作品。因为无论对那个时代而言，还是对急需现代转型的中国戏曲而言，其深度和广度超越了单纯的作品的价值。80 年代是一个伟大的时代，《金龙与蜉蝣》是那个时代“现代意识”剧作的开创者，但也似乎是终结者，因为在那之后，几乎再也找不到相同的作品。

“现代意识”的缺失与戏剧精神的萎缩

如果说当代戏剧创作精神存在着萎缩，那这个话题是以董健为代表的南京大学的学者群体率先提出并关注的，在《论中国当代戏剧精神的萎缩》一文中，董健尖锐地指出中国当代戏剧精神的萎缩在于其远离了“人学”的本质。一言以蔽之，就是戏剧不再关注人的精神，书写人的灵魂。李伟将当代戏剧精神与尚长荣三部曲《曹操与杨修》《贞观盛事》《廉吏于成龙》的创作历程结合起来论述，以具有代表性的个案来观照戏剧精神高度的整体下滑（李伟：《从怀疑到教化：怀疑主义美学视野下的“尚长荣三部曲”研究》，《扬子江评论》2009 年第 2 期）。从《曹操与杨修》到《廉吏于成龙》的滑坡过程，正是时代的文化在创作中的反映。

毋庸讳言，时代缺乏好的戏剧作品。

什么是好的戏剧作品？无非是既有技术形式又有价值内核。技术形式的传承和精细在今日看来并不是一个大的问题，真正发生分歧的是戏剧的价值取向。同时，评论者的趣味评价绝对不能取代价值评价。探讨这个问题，我们很可能需要理论模式，但理论模式从来服务于现实通道。戏剧界应该需要一个基本的判断：无论什么作品，“人”的存在和生命的价值确认必须是判断一部戏剧作品是否成功还是被淘汰的关键。践踏生命、亵渎人性、贬低人的价值的戏剧，绝对不能称为好的戏剧作品。而“人”的存在，正是董健所言的“现代性”的精华所在。古典艺术自古以来为了避免“清风不识字，何故乱翻书”的嫌疑，已经逐渐形成了自己最独特的、适合于“把玩”的特点，并且无极限地趋近于技术的极致性追求。韩琦自刎，掌声雷动，因为喝彩是给演员摔那个“硬僵尸”的，刘胡兰走向铡刀，观众鼓掌喝彩，因为那里有核心唱段，有表演的高潮……抛弃了价值，逃避了文学，缺失了作品里的“人”，中国戏曲里的演员真的是在“卖艺”了。因此，我们需要和呼唤的是具有现代戏曲精神本质的作品，是具有“现代意识”的作品。

《金龙与蜉蝣》之外，我们还可以惊喜地发现很多颇具“现代意识”的作品。韩再芬的《徽州女人》，情节走向上的缺憾没有掩盖剧作整体的光彩，剧作的光彩在于凸显了对个人权利和个人价值的思索，其价值不在于对旧有道德体系的批判，而在于对新的价值的确立。《董生与李氏》也是一部披着古典外衣但内核深处具有“现代意识”的作品，因而才能不淹没“十八步科母”的表演精华而独立于当代戏曲舞台。《贬官记》第一次将一个似乎是有道德缺陷的官员作为一个不经营“做人”哲学而一心“做事”的“人”的形象搬上舞台。《西楚霸王》暗含了在“富”与“贵”两个世俗坐标之外对“人”的价值的重新确立——对悲剧英雄项羽的“价值”是通过女人的眼睛来发现，用爱情的表达来确认。

因此，无论是商业戏剧还是精英戏剧，无论是主旋律作品还是书写心灵秘密的私人化创作，失去戏剧中的“人”，缺失了“现代意识”，也就失去了戏剧的灵魂所在。

其实，这些剧作还具有一些共性，文学追求以外的共性就是表演形态上对现代性的诉求。从《典妻》大胆的“去京剧程式化”开始，这些剧作不津津乐道于程式性与虚拟性这些陈词滥调，而是挣脱京昆的束缚，解放表演的形式，解放技术的手段，且常被“诟病”为脱离了戏曲化，而其实这也许恰恰是精华和勇气所在。当然形式上的现代意识是另外一个巨大而深入的话题，留待他日再行探讨。

如果戏剧精神的萎缩能够解读为现代意识的缺失，那么具有现代意识的剧作必须成为时代的标识。当我们回看，才能望向当下。

（原载 2017 年第 4 期《上海艺术评论》杂志）

京剧《西施归越》/《归越情》

西施悲情，情何以堪

郭小庄

西施的故事流传我国二千多年，大家看到的是她为国牺牲的精神，她对范蠡始终不渝的爱情，她的机智，她的美丽。《归越情》一剧却对西施这个人做了另一个角度的切入。整出戏主要着墨点在她完成任务回到家乡后，一个“人事已非”的无奈境遇。她的牺牲换来的是勾践的猜忌，范蠡的不谅，几年来“所亲非我爱，我爱不能亲”的感情生活，在她面对君王、恋人、老母甚至无辜生命时，一切都茫然了，处处都显示出西施这位改变历史的美女，她只是一个人，一个女人，一个就如你我一般有血、有肉、有情、有爱的人，所以，如何给予西施一个更人性化注释，是这出戏给我最大的挑战。

初读《归越情》剧本，剧中人物强烈的感情冲突，几乎让人难以承受。然而滚滚红尘中，与你我同样拥有七情六欲的人类，打从来到这个世间，父母手足亲情，同侪知音友情、家国同胞热情，甚至男女之间爱情，授与受之间，绝非可以量化的，其间无私的奉献，完美的追求，情不自禁的占有，全为一个“情”字所主导，也唯有“情到深处”，才能“无我无悔”，没有人能够说得出那份惊人的力量来自何处，所以将一个似有情还无情的世界，浓缩在一个小小的舞台上，如何将之具体地传达到观众的内心深处，将是本剧在观众与演员之间，造成共鸣互助的一大考验。

《归越情》悲剧的症结系在一个不该来到的生命。荒山雷雨中产子一幕，对我来说确实是个难题。按照传统国剧的演出，可能一件高腰的宽袍、几个象征性的身段就足以表现了，但是我所要求的是一个更真实的情境，来表现一个纵使连母亲都不欢迎的小生命，当它“呱呱”坠地的刹那，永远是每一个母亲无法割舍的最爱，即使付出生命也在所不惜，何况权位、爱情及虚名，所以国剧舞台上一个全新的造型及表演方式，是雅音小集今年新作中亟待与观众分享的。

这出戏中除了给予西施一角全新的发挥空间外，其他如勾践为权欲私心而泯人性、范蠡儿女情长却参不透政治无情，瞎眼西婆心知肚明、知道女儿步上不归路的无奈，无一不是社会百态的一面镜子，每个角色各自拥有一片无垠的天地。尤其值得一提的是吴优一角，可说是全剧中的灵魂人物，跳不出人生七情六欲的芸芸众生，唯有他是一个清醒的旁观者。他的表现方式绝非传统中丑行的插科打诨表演，也唯有吴剑虹老师的功力，能有不落俗套的演出。

就如雅音小集的每一次演出一般，永远以接受全新的尝试、挑战为荣，《归越情》的演出对我个人来说，对“情”的世界，又是另一层的体会与观点，希望借由戏剧的传达，更丰富你我的心灵，带动整个社会的祥和。

（原载 1994 年第 1 期《上海戏剧》杂志）

“非历史的历史剧”

——《西施归越》编后

李小青

罗怀臻是致力于历史题材探索的当代剧作家，他所尝试的“传奇史剧”和“寓言史剧”风格已愈来愈为当代剧坛所关注。京剧《西施归越》则是他“传奇史剧”创作方法特征较为鲜明也较有影响的一部。

《西施归越》创作于1988年。几年中曾在上海、山西、台湾等地被数次搬演，剧种亦涉及越、蒲、京剧。最近又由江苏省京剧院以两套演员阵式投入排练，预计在7月末8月初郑重推出。数度演出，数次修改，罗怀臻以孜孜不倦的认真态度，努力不断地精改细磨，虔诚可嘉。从创作角度来说，显然这出戏不是属于那种“应景儿”的短命文学。

历史上，西施“舍身为国”的故事可谓尽人皆知；在戏剧表现上，从梁辰鱼的传奇《浣纱记》到白桦的话剧《吴王金戈越王剑》也是不胜枚举。在人们的心目中，西施在大致相同的故事中扮演着主角——一位忧患女神：忧的是国家的安危，患的是勾践成功后的骄奢及必然走向的昏聩……在这样的光环下，人们失落了本真的西施：在舍身为国的遭遇中也会由于个人原因而产生痛苦的西施。

《西施归越》则是还给了观众一个应该有的、真实的西施——一位痛苦地承担着自己的命运的普通女子。

这出戏所讲述的显然是一段虚构的历史。然而对于创作来说这并不重要，因为考察一个事件的真实与否是历史学家该做的工作，剧作家的兴趣则应是建立在更为广阔的心灵空间之上的。所以，一个事件是不是真的存在过并不重要，可不可能发生并能揭示出一种本质才是值得剧作家关注的。

《西施归越》演绎的是一种可能，一种或然的假设。罗怀臻在谈到他的历史剧创作时，曾说起吸引他投入历史剧创作的根本原因，并非是过去了的某一节历史生活，而是中华民族所经历过的某一种精神历史——是这一种心路历程在现实生活中和个体生命中的重新验证。“历史剧是以民族的文化历程和人类心理历程为背景，寻找现代文明人与之相通相承的精神气质，强调的是生命的情感的永恒真实。”他说。

的确，罗怀臻的主张贯穿在自己的历史剧创作中，也体现在《西施归越》里。

读戏曲剧本《西施归越》时，我想到了不久前读到的一本风靡美国的畅销书《廊桥遗梦》。有这样几句话似乎可以证明这本目前销量已近千万册的通俗小说的不俗的品位：“准备和写作这本书的过程改变了我的世界观，使我的思想方法发生变化，最重要的是，减少了我对人际关系所能达到的境界所抱有的愤世观。……我发现人际关系的界限还可以比我原以为的更加拓展。也许你在读这本书的过程中会有同样的体验。”这本书叙述的是两个偶然相逢的中年人的心灵碰撞所生发出的永恒的爱情。哪怕世事的羁绊，哪怕永远的别离，都无法阻隔与湮没的一种爱情、一种“柔美的境界”（见原书）。在这里，与其说小说家展现的是一种爱情理想，勿宁说是对现实所可能达到的一种境界的渴望来得更为贴切。

而且，这种联想并不突兀。

在《西施归越》中，西施怀着吴王夫差的孩子回到越国，大概是她所能面对的最不幸的命运。而这一假设作为一种可能性是成立的，但仅据此，还不足以构成《西施归越》。

范蠡和勾践，在历史上都是出色的政治家。勾践为复国可以含屈忍辱乃至卧薪尝胆；范蠡则是大智大勇，助勾践复国后便急流勇退，因为他懂得“飞鸟尽，良弓藏；狡兔死，走狗烹”的道理。但如果给他们一颗平常心呢？假如勾践也会因为在别人的心目中西施舍身为国的行为多多少少遮盖了自己复国大业功绩的冒犯而耿耿于怀呢？假如范蠡也会因为西施怀了别人的孩子而心中不快、也会为了保全自己而舍弃爱情……呢？

难怪台湾清华大学王安祈教授认为，这出戏“直逼人性的幽暗阴森”。

我想，这样才有了《西施归越》。

关联就在这儿：《廊桥遗梦》叙述了一种现实生活中应该有的“柔美的境界”，而《西施归越》描绘的是历史上的西施可能遭遇到的令人齿寒的现实。在剧中范蠡有这样的台词：“想我范蠡，上为国家分忧，下为百姓办事，什么样的事情不曾经历？怕我承受不起？”然而，最后，他还是不顾危难中的西施，保全自己去了。这或许不是历史上，也不是人们心目中的范蠡，但价值在于，他是能够表现男人中一种类型的本质的范蠡。

著名剧作家迪伦马特曾强调过一种“非历史的历史剧”，并进行了极为成功的创作实践（如他的《罗慕洛大帝》便是）。这是历史剧创作方式之一种。流行音乐界盛行“演绎”一词，意思是演唱中融进歌手自己的情感体验与心灵感悟。在创作中对历史的“演绎”（或曰“演义”）又何尝不应该如此呢？用心去体悟——这实际上是一种极其投入的创作状态。

虽然《西施归越》是一出悲剧，但剧作家把痛苦交还给西施，“西施”又把感悟、理解、同情交还给观众这一行为本身，则是一件让人庆幸的事情。

（原载 1995 年第 6 期《剧本》杂志）

再塑西施的美

——观京剧《西施归越》感言

汪人元

我从《金龙与蜉蝣》认识了青年剧作家罗怀臻，那台演出曾让我久久地激动和思索，并兴奋地称其为“现代戏曲的理想之光”。很巧，今年又比较完整地看到了他另一部作品——《西施归越》的投排。继上海越剧院、台湾郭小庄的雅音小集等先后搬演，这次江苏省京剧院又再次同罗怀臻不懈地进行着对西施美的再塑。

以西施为题材的戏剧已绝不少见，但《西施归越》无疑是写得很美、很深的一部上乘之作。西施的美，在这里是透过发人深思的悲剧形式来展示其纯度与力度的：越国秀女负命忍辱入吴，复国归越后却被一步步送入绝途。这自然是漫长的男性世界中的一个女性的悲剧（剧中有句很生动也很深刻的唱词：世上女子真难做，种种疼痛都钻心），它也是权势争斗中一个弱者的悲剧（亦有唱词曰：为国受难成羞耻，谁为西施鸣不平）。于是，西施的美，便在剧作家的精心营构下以传说中的娇艳和作者笔下的纯情至性而在其悲剧性的毁灭中熠熠生辉。

我以为此戏的魅力和价值就在于，对于这样一个历史题材的处理和视角，主要不是历史的、道德的，而是审美的。它显然无意于歌颂勾践灭吴那似乎是无可阻挡的巨大历史力量的正义，或是西施对正义的献身（事实上这种献身充其量也只是为了某种群体利益）。虽然暴力曾经正是人类文明社会的产婆，历史也常常是在践踏着千万具尸体中前进。对此，中国数千年的文明史中体现得也不可谓不充分。中国兵书成熟之早，就颇能说明古代战争经验的丰富了。当然，史家有论："春秋无义战。"但这毕竟也还是属于历史、道德的角度和眼光。此戏也不属意于在一般的道德意义上对勾践、范蠡、西施作善恶美丑的描画与评判，以引起观众最直接、最有现场效果、但往往却又容易是较为浅层的情感反映。该剧仅以西施悲剧故事为依托，拉开了审视的距离，着意传达的是对一种至真至纯的人性、人情的呼唤与赞美，以及对其毁灭的深深叹息。这样，它的意义便不只是写了一个薄命的红颜，尽管这类题材极易同"女人祸水"的观念及其批判纠葛在一起，也尽管这种观念在中国这片土地上竟然发生得那么久远，也那么地根深蒂固。如在后汉赵晔的《吴越春秋》中伍子胥就已经这样地劝谏吴王：贤士，国之宝；美女，国之咎。夏亡以妹喜，殷亡以妲己，周亡以褒姒。因此，这个戏实际上是写了一种很美、很深刻的东西，体现了作者对一种人生境界和理想的追求、传达。

我很赞赏剧作家将全剧冲突的核心设计在"吴王的后代，越国的祸根"，也就是西施由吴返国时所带回的身孕上。于是，西施归越以后，其走向毁灭的根本，便不在于"复国功臣"的桂冕所带来的妒恨；不在于未知真相者的误解和斥逐；也不在于侍伴吴王的身份而遭人轻贱。不可解的、同时也恰能最充分展示西施纯情至性的冲突，就在孩子。而这个问题正深深地触及了中国古代社会那个特殊的、却是带有根本性的宗法观念和制度。

在远古的原始社会中，人类自身的生产和再生产，也就是种族的繁衍，曾经是当时社会发展的一个决定性因素，而血族关系便也成为当时最为重要的社会结构，这本来是在世界范围内具有共性的一个现象。然而，在中国，当到了春秋战国时期，已是氏族公社解体，奠定汉民族文化心理结构之时，当时奴隶社会中人与人的关系，却依然是同基于氏族血缘的宗法关系紧密地结合在一起，并且延续到了整个漫长的封建社会。这种情况便与西方古希腊的奴隶社会很不相同，那里的奴隶主之间至少享有着大致平等的、公民之间的关系，奴隶主的政治民主制度已经获得了相对充分的发展。因此在中国，原本是那种赤裸裸的政治、经济上的统治与被统治，压迫与被压迫，剥削与被剥削的人与人关系，却被蒙上浓厚的宗法关系色彩，也被看成为是上尊下卑的亲族关系。政治经济的关系，便常常同伦理道德关系合为一体。这一点，我们甚至能从现代社会中所遗存的反对血统论、裙带风等现象，看到它们坚顽的残留。

正是因为这样，西施腹中的胎儿便必然会被视为“越国的祸根”，这种浸透于血液之中的观念实在是过于深入和普遍了。所以不仅勾践要杀这个孩子；范蠡也说决不可留；西母执意要丢；甚至连西施自己最初也说：“知道留不得，可他只是个婴儿。”还于山林分娩时唱出：“莫不是腹中胎儿亵渎了地，莫不是异国血气冒犯了天。”而且剧作也借范蠡之口作出交代：“闻西施生孽子，举国慌乱不太平。”

于是，西施的悲剧冲突便围绕着这样一个核心表现为：一方面是为所有人所不容，另一方面则是她至真至纯的人性、人情的层层展示。这里包括向往和平而负命忍辱，灭吴后的思国思亲，归越后的率真忘情，怕母亲伤心而力掩真相，特别是婴儿降生以后那种真切的母爱油然而生。比如从“容他睡熟去摔死，不觉疼痛不喊冤”的切肤之痛，到后来“孩儿生来本无过”的情理交汇的彻悟，直至最后“你是血肉的再塑，你是生命的延伸，没有仇，没有恨……”的心灵之升腾。可以说，正是这种人性、人情才改变了，或是确立了她不同于凡人、不同于他人的亲仇观，所以她才面对范蠡责问何以在吴王之子同他之间的抉择中却作出如此悖理之举时，会那样宁静地、超然地、也是美丽地问出：“谁是仇人?”

这样看来，西施之死，便决不是听了吴优关于红颜薄命必然逻辑的透析之后一种无可奈何的选择，更不是勾践交付发簪之暗示下的从命而亡，而应看作是在儿子死后的痛楚、彻悟，她对现实中无可实现的人性美的最终追求，引向了自我毁灭，从而获得了灵魂的升华。当然，戏在对至真至纯的人性、人情的赞美同时，也完成着对传统宗法观念的深刻批判。

对于再塑西施美的舞台实践，江苏省京剧院倾注了几乎是前所未有的热情和激情。他们组构了以薛沐先生为首的颇为壮观的主创人员班子，在名家众多的剧院中却执意推出稚嫩但显出虎气的一批可爱的青年演员，在一台新戏的排演中则还更多地思索着当代京剧发展的前景和方面。故而在“一台新戏、一批新人、一次新的探索”的总体格局中显示了决不一般的胆识和胸怀。

这是一出颇有力度的悲剧，而其主人公——西施则恰是一个至美的化身，这就决定了尖锐强烈的戏剧冲突和情势，同西施纯净清丽的美之对立统一，便成为该剧舞台艺术的基本关系。后者赋予人物以抒情、含蓄的风格，但其命运却是大起落、大波澜、大转折的态势。此二者在戏中的基本统一，是演出成功的一个重要基础。而二者之间那种微妙的张力，也恰能赋予西施这个人物以独有的魅力。

对此，导演对全剧总体风格作“大度”“优美”的把握是比较准确的。西施决非如窦娥、敫桂英一类悲剧人物形象，不能那样剑拔弩张，呼天抢地，水袖翻飞，衣带飘舞，而须以西施所特有的美的塑造方式来加以实现。应该说，西施扮演者李洁对人物气质、精神的把握已有了可喜的贴近。而在表演上较多地吸收了昆剧优美典丽的身段、语汇，也很大程度上帮助了演员对这种把握的外部体现。另 方面，则是通过对前二场西施赴吴和复国的铺陈、抬举、张扬，从第三场开始的突转，对不同形式却相同打击的层层逼迫之推进和强调，包括通过种种场面、舞蹈、调度等处理所营构的情势、意境，来形成一种戏剧性的张力。

同样，该剧舞美超然于戏剧写实之外的中性景处理，特别是服装设计颇具匠心地将西施与其他所有人在服饰及其色彩上完全逆向的安排（西施在全剧中处理为由繁到简，从多色到单色，以体现出人物愈见突出的美的纯净）等都对上述基本关系的处理，起着积极的作用。

该剧音乐的创作，对此显然有着较为明确的追求。西施的唱腔尽管力求贴切于特定的戏剧情境，但注意牢牢把握其优美含蓄的基本风格，而在器乐曲、唱腔过门、伴唱部分来着力营造出强烈的戏剧性，从而形成了音乐自身鲜明的对比和冲突，同时也较好地渲染了戏剧情势，与戏剧结构的展开形成了应有的呼应。当然，创作中某些能够纯熟地把握传统唱腔语汇而刻意打破原有腔词关系格式的创新，器乐写作中着意尝试复调手法，积极调动打击乐和曲牌的节奏思维于旋律写作之中，包括对 MIDI 作曲方式的认真而有效的尝试，也都和表、导演方面若干打破旧有观念和面貌，积极摸索创新一样，成为这次创排中共同超越剧目本身意义的有益探索。

从目前的演出来看，对西施悲剧命运发展中层层递进的冲突和张力，似乎显得还稍欠突出，这自然会影响一点不断撞击和敲打观众心灵的力度。它对于这样一出绝非是情节剧，并且也决不以嬉闹的机趣、奇绝的特技机关、宏大的场面取胜的戏剧来说，是会减少一分扣人的力量，但最主要的还在于其必然关涉对西施人情人性至美的表现。

此外，作为一次艺术探索，或许创作群体的必要碰撞尚有不足，似乎在当代京剧艺术发展的宏观追求上还未能凝成非常明晰的共同趣味、风格、意志，这种合力的稍欠，也一定程度上影响了应有的总体效应。而这一点，则又应该是当代戏曲创作中所共同关注的一个问题了。

（原载江苏省京剧院《西施归越》论文集）

京剧《西施归越》：见证生命的深度

王露霞

近年来，戏剧作为一种最传统而又最敏感、最躁动不安的艺术种类之一，其扬弃旧质、接纳创造新质的努力是令人瞩目的。但当我挡开一些距离，冷静地考察当今一些戏剧创作时，我又感到怅惘。这些剧作在题材和表现手法上的更新，并没能在更高意义上为作为生命体验的戏剧带来蓬勃的生机。尤其是在当今文化界进行的一场“非物质文化遗产”的保护活动中，戏剧家们纷纷摩拳擦掌，在“历史—文化”的审美空间里寻求文明古国的优秀传统，表现古老东方的博大精神，以最大的热情展示在这次“回归”的浪潮中身为“龙的传人”所具有的使命感。这些作品中不能说没有佳作，但大多由于剧作家对价值论意义上的“回归”缺乏必要的警觉，在剧作中过分、片面地强调传统文化的审美品格，致使剧作成为漠视生命、贬低人性的例证。在这种情况下，由剧作家罗怀臻创作、江苏省京剧团演出的京剧《西施归越》自觉地绕开“回归”的显性层面，以惊人的胆识将传统故事的结构打碎，对各历史人物传统的价值定位进行颠覆，同时以自己独异的对生命本体的洞察和体验，不仅给各历史人物注入了新的文化内涵，更难能可贵的是从当代人类生存困境的视角切入，对“生命”这一噬心的哲学母题进行了全新的阐释，从而使剧作完成了对“传统”真正意义上的回归，对当今戏剧创作纷乱状态的纠偏具有一定的启示性意义。以下作具体论述。

一、 生命意识的觉醒与张扬

以历史传说中西施这一人物作为创作题材的文艺作品不胜枚举，

仅以戏曲形式出现的版本就有多种。这些作品要么从政治或战争的角度，描写西施的“爱国热情”，以此作为每个“当代”主流意识形态的话语佐证；要么对美女西施与士大夫范蠡的爱情故事进行浪漫的狂欢，成为悦目娱耳的纯粹唯美主义的闲情消遣，而生命鼓噪的人的灵魂世界却始终沉睡。京剧《西施归越》的独异之处在于作者能够另辟蹊径。他不感兴趣于国家、战争层面的宏大叙事，也不再驻足于西施、范蠡之间的爱情神话，或者说他仅将此作为一种前设、人物灵魂展示的一个起点。他更关注西施使吴归越后，尤其是她因履行“特殊的使命”而留下的“后遗症”——西施怀上了吴王夫差的孩子，在不同人物灵魂深处引起的犹如天塌地陷般的强烈震撼。于是这个孩子的生或死成为矛盾的焦点，成为一个镜像，折射出这些人物复杂的内心情感。同时当我们把目光投射到西施身上时，我们发现，她在这一镜像的映照下，由于个体主体意识被唤醒，以致这位美丽但又纤弱、纯情但又顺从的女子身上散发出倔强的生命强力。

西施出使吴国并非情愿。一个如花似玉的少女怎么能想到自己的命运会跟国家、跟战争连在一起？但望着上至国王下至百姓的殷殷诉求，西施便“越女也知亡国恨，便将身首捐国门。”尤其是越王勾践竟能屈尊下跪，“苍天在上，越国亡君勾践长跪于地，送我们的女儿出征了！”如此悲壮的仪式，怎能不让人动容，更何况，纯洁善良的西施？于是西施也不辱使命，以自己的美貌和聪明诱惑吴王，使他沉湎女色，荒废政业，以致数年后越王能轻而易举地打败吴国，杀死吴王。大功告成的西施终于可以回归越国，回归家乡，与自己的亲人、情人团聚了，更何况有勾践的欣然承诺，要为这位功臣“塑金身”，要为她与范蠡举行隆重的婚典。但令她没有想到的是，此刻的她已怀上了孩子。女人怀孕，天经地义，更何况这个孩子是被越国给“逼”出来的。作为功臣的西施理应受到越人的理解和爱护。至于孩子本身与政治、伦理道德无涉，他作为一个鲜活的生命，是上苍赐予人类的珍贵礼品，人类自当呵护和爱惜。但是当这个孩子的出现危及某些人的权力、地位、“人格”、“尊严”时，他就成为众矢之的：勾践认为这个孩子将来会成为第二个夫差，会再次颠覆他的霸主地位，这个孩子不能活；范蠡认为，这个孩子辱没了他的男子尊严，成为他与西施爱情的一道阴影，这个孩子不能活；村民认为，这个孩子将会给他们带来灾祸，这个孩子不能活。面对众人的非难和威胁，西施动摇了，“莫不是腹中胎儿亵渎了地？莫不是异国血气冲撞了天？”但当胎儿临盆引起母体强烈的阵痛时，西施的母性意识逐渐觉醒，她要生下这个孩子，她要这个孩子活！为了不给村民带来“厄运”，为了躲避越兵的追巡，她忍受剧痛挣扎在雷雨交加的山路上。山路崎岖，烟雨迷蒙，痛苦的西施发出悲怆的呼号“我抬头祈苍天，苍天默无语；我低头求大地，大地作旁观。浣纱女铸下了什么错，担待这重重苦难劫数无边?”这无异于屈原的“天问”，在这“天问”中，随着一道强烈的闪电，随着疯狂雷雨的倾洒，随着一声冲天而起的婴儿的啼哭，西施的母性情感达到极致：她怀抱着婴儿，极尽温柔地轻轻呼唤：“一声唤儿刚出口，两行泪水不住流。幼儿生来本无过，为什么冤冤相报偏偏与你作对头?”于是，她为了保全孩子的性命，毅然决然地拒绝了范蠡要带她去隐居的恳求；尤其是当勾践来“探望”“慰问”她时，她为了不让对方发现孩子，本能的母爱使她紧紧地捂住孩子的嘴巴，以致使孩子窒息而死。此时此刻，懊悔、痛苦、绝望一并使她成为一团愤怒的火焰，屈原式的“天问”在此变为“狂人”般的呐喊：人啊人，为什么不能温柔地爱，为什么只有凄厉地恨?！整个过程：西施在山路上的剧痛与挣扎，西施母性的觉醒与喷发，西施对范蠡的绝情，对勾践的憎恨以及强烈的母爱反而使孩子窒息而死的懊悔，由于情节的铺垫丝丝入扣，加之戏剧舞台上演员优美的唱腔，恰如其分的舞蹈语汇，以及灯光、舞美、音乐的气氛烘托，使西施这位本来顺从、纤美的乡村少女潜在的生命强力得到淋漓尽致的挥发。她不再惮以自己柔弱的双肩抵抗这命运的蹂躏，不再惮以自己瘦小的身躯抵抗这无边的黑暗。她深情地捧起死婴，亲吻着，吟诵着，悲壮地走向远方……

至此，京剧《西施归越》中，西施对母爱天性的渴求，并为这份“渴求”所作的艰难的挣扎，以及由此散发出的内在的生命强力，为当今纷乱的中国剧坛吹进了一股清新的空气，为日趋萎缩的国人生命力的再度勃发注入了一针“强心剂”。

二、 人物作为符号的文化隐喻

在《人论》中，卡西尔说：“人不再生活在一个单纯的物理宇宙之中，而是生活在一个符号宇宙之中。语言、神话、艺术和宗教则是这个符号宇宙的各部分。”在谈到古希腊喜剧家米南德的作品时，他说：“这不再是一个纯粹的‘物质碎片’，它已经成了一个符号，而这个符号使我们对希腊文化—希腊的生活和希腊的诗歌—有了更新的认识。”① 根据卡西尔的理论，我认为，剧作家罗怀臻在《西施归越》中所选取的这一段历史故事以及所设置的几位人物仍不能看作一个纯粹的“物质碎片”，他已经根据自己对历史、对文化、对人类生存切肤的体察，给这些人物注入了鲜红的血液，使他们在有限的能指内延伸出无限的所指，以承载作者所赋予他们的叙事功能。顺便说一下，有论者称，这里的西施还是历史上的那位西施吗？卧薪尝胆、发愤图强的一代君王勾践为什么被糟蹋到如此的地步？为此，我有必要申明：没有人有资格成为历史真实的仲裁者。艺术的生命力量并不直接等同于它的题材，而在于作家对这种题材的洞察、提审和个人隐喻系统的凸显能力。也就是说，生命深处的熔炉才是最基本的真实。那么，《西施归越》中的人物承载着怎样的叙事功能？他们作为一种符号有着怎样的文化隐喻？作者设置这些隐喻有何意图？

首先，我们分析越王勾践。勾践作为一个战败国的国君，其含屈纳辱的悲戚，以及力争东山再起的决心是不言自明的。为此，他选派西施“以美貌杀死吴王”，这一决定虽属下策，但态度还算诚恳，尤其是他以长跪于地的方式送西施“出征”，足以说明此刻的他消隐了一代君王的傲慢，表现出对西施这一举动的敬重。虽然此时他没有也不可能将西施作为一个独立的生命个体，而仍将其视为一种工具（西施的美貌就是一种工具），但作者没有把他处理为颐指气使、专横跋扈的暴君，是想展示勾践作为一代君王人格结构中极为

① 卡西尔：《人论》，西苑出版社 2003 年版，第 44 页、第 202 页。

人性的一面。西施大功告成，回归越国，勾践为其设宴庆功，也是一位君王作为普通人的心理显现。但当大臣们为西施频频敬酒，并纷纷议论越国战胜、首功孰归这一敏感的问题时，勾践人格结构中作为君王性情的一面立即凸现出来。他变得极度恐惧，极度焦虑，后悔自己不该将西施从吴国带回，甚至不惜食言。而最让他感到有天崩地裂之灾的是，西施竟然怀有吴王的孩子！他认为这个孩子的存活，20 年后将会导致他再次的卧薪尝胆。面对如此巨大的威胁，他怎么肯让这个孩子活呢？另外，我们还可以从勾践与范蠡的关系中探寻勾践的人格结构。创业时，勾践视范蠡为挚友亲朋，很少摆出君王的姿态，这从他提及范蠡的对话中可见一斑；范蠡对勾践更可谓肝脑涂地，生死与共。胜利后，勾践对范蠡事事留意，处处提防，唯恐他有什么越轨之举。“飞鸟尽，良弓藏；狡兔死，走狗烹”的古训在勾践身上体现得异常明显。从以上的分析可知，勾践是一位被皇权文化所异化了的牺牲品，他所有的举止言谈及心理反应都始终围绕着君王的权力与地位旋转。他跪拜西施出征是为了他权力的回复；他担忧西施的夺功，杀死西施的孩子，提防范蠡的越位，全都是恐惧权力的丢失。因此，勾践作为皇权文化的象征符码，隐含着阴鸷、残忍、虚伪、暴戾、杀戮成性的性格特征。作者在剧中对这一文化内涵的强光透视，显示了作者对皇权文化的彻底否定。

其次，我们来分析范蠡。范蠡与西施青梅竹马、两小无猜，甚至两人的关系已达到谈婚论嫁的程度。如果不是这场战争，如果不是“吴王要美女，越王要复仇”，范蠡与西施两人可能会恩爱甜美、白头偕老。但现实是不容假设的，当皇权政治的暴力威胁到范蠡头上时，他妥协了。他甚至为了迎合君王的复仇心理，不惜以牺牲自己心爱的姑娘为代价，尤其是这一代价是以西施的美貌，更确切地说是以牺牲西施的“性”为交换条件的。这对于一个深受传统文化浸染的中国士大夫来讲，无疑是最致命的打击，但他却隐忍了，退让了，虽也有许多不情愿，但有“身为亡国之臣”作挡箭牌，这“不愿”也就变得心安理得。灭吴归越后，实为在这场战斗中立下赫赫战功的范蠡，非常清楚鸟尽弓藏、兔死狗烹的古训，所以在宫廷内事事谨慎，处处小心，甚至连去探望情人西施的愿望他都不敢付诸实践。尤其是当得知西施怀孕时，他更是如临大敌。他此刻的心理反应异常复杂，而在艺术表现上则显示了这一人物心理活动异常丰富，从而彰显出这一人物性格的戏剧性张力。一方面，他清楚这个孩子必为勾践所不容，如果保留这个孩子必会给自己的政治前途埋下隐患，甚至危及自己的生命；另一方面，身为中国男人，自己的爱人却怀有别的男人的孩子，不用说这一男人是自己的敌人，即使是朋友，他也决不会包容。这是中国传统文化使然。行文至此，我突然想到美国电影《泰坦尼克号》中的一个情节：男主人公濒临死亡，他对有存活希望的心爱的姑娘（影片中的女主人公）说的最后一句话是，如果她能活下来，一定要找个爱她的男人结婚，生一大堆孩子。我想这位男主人公看中的是生命的珍贵，看中的是自己生命的延续，他觉得他已经和爱人融为一体了。如此看来中西文化存在多大的差异！所以当西施告诉范蠡自己已怀孕，他本能的一个反应是："不要靠近我！""昔日的西施何处寻，今成了含污带恨身。"为了自己的政治前途，更为了抹去横在自己与西施之间的心灵阴影，范蠡命令抑或哀求西施将孩子摔死，当遭到西施的拒绝时，他忧戚万分。尤其是当这一"探望"仍被勾践认为是对皇权的叛逆而追杀他时，范蠡毅然离开心爱的女人，归林隐居。从整部剧作看，我们仍然应该肯定范蠡是爱西施的，但当这一爱情遇到皇权政治、遇到中国男人的"尊严"时，却显得那么无力和苍白。由此可见，范蠡作为典型的中国士大夫型知识分子文化的象征符码，隐含着他由于对皇权政治的依附所形成的奴性人格和由于对传统伦理观念的恪守所表现的人性扭曲，并因此形成的卑怯、猥琐、平庸、自私的性格特征。作者在剧中对这一文化内涵进行了冷峻甚至冷酷的揭露，标志着作者对这一文化形态的彻底否定。

再次，我们来分析苎萝村的村姑。以东施为代表的苎萝村的村姑，是一群与西施一起成长、一起玩耍的天真少女，她们与西施之间有着深厚的姐妹情谊。西施出使吴国从某种意义上讲，她们也是既得利益者。当西施怀着满腔幽怨"一路洒泪故乡行，回乡路上叹孤独，叹游子一身伤痕遍体污”时，她们本应是西施怨苦的同情者，西施孤独的抚慰者，西施伤痕的擦拭者。然而，令西施惊讶的是，她们责令西施“不要碰苎萝村的水!”，“为什么?”，回答：“你脏!”，理由：“你在吴国给夫差当妃子，你白天为吴王伴宴，夜晚为吴王伴寝。”在她们看来不管出于什么原因，一个女人只要被不属于自己的男人“睡”过，就是极为不干净的，败坏了乡村的村风，不能为村民所容。(从现代女性主义批评视角阐释“村姑”这一符号，有其丰富的文化隐喻，在此笔者不想展开论述。）由此可见，这一被传统男权文化所浸染、所腐蚀的村姑形象，有着鲁迅笔下“看客”的形象特征，她们的冷漠、愚昧、狭隘构成扼杀西施的又一凶手。不过在此作者出于个人的情感偏爱，使这一形象的整体走向出现了偏颇。主要表现在：一、村姑们对西施的厌弃主要应该停留在这一“脏”字上，而不是或很大程度上不是“为了越国复国，我们姐妹吃了多少苦，受了多少累。你倒好，跑到吴王宫里享清福。”从“看客”的心理看，她们还没有这个觉悟，在她们心中，“贞操”应该比“国家”更重要。否则，她们也就不会鄙视西施。二，她们对西施的漠视是根深蒂固的，是她们所接受的文化使然，而不是她们的道德品质本然如是。这也为之后西施面临生命之危，东施能够出于天性的怜悯之心奋不顾身地帮助西施做了情理上的铺垫。因此，当西施遭到误解向她们申诉时，她们不可能如此迅速地转变对西施的看法，充其量表现出本能的怜惜和困惑，犹如《祝福》中劝说祥林嫂去捐门槛的柳妈对祥林嫂的怜惜，或《药》中夏瑜的母亲面对夏瑜的坟茔时所表现出的困惑：“这到底是怎么一回事呢?”而不是连连对西施道歉。这样处理对剧作的悲剧效果有所淡化。当然，尽管在这一情节的处理上，作者的思考出现了一些偏移，但从村姑在剧作中的整体形象看，作者对这一“看客”的心态给予了彻底的否定。

从以上分析可知，剧作家罗怀臻以他柔婉而又锋利的笔触，剖开了附着在三组历史人物身上所隐喻的三种传统文化的骨髓，并对其进行了无情的批判和毫不妥协的否定。然而，作为具有强烈历史责任感的当代知识分子——剧作家的历史使命不仅在于解构，更重要的在于建设。那么，在京剧《西施归越》中，剧作家要建构怎样的文化隐喻系统？纵观全剧，我认为，剧作家所倾心的就是以西施这一人物作为象征符码，推崇和张扬富有倔强生命力的草根文化。这种文化的根本特征就是它的人性化，它的纯洁、率真、正义、无畏以及顽强的生命膂力。

在《西施归越》中，西施出使吴国虽有许多无奈，但在背后支撑她悲壮出征的，不仅仅是勾践的长跪和范蠡的海誓山盟，更主要的是作为一位亡国臣民的责任感；灭吴后，她急切地想回越国，是想尽快地洗刷屈辱，过一个堂堂正正、坦坦荡荡的正常的女人生活。所以归国途中她一脸的舒展，是真性情的流露。越国宫中，她无所顾忌、自由自在、率真、任性的表现说明她认为没有什么可顾忌的，“心底无私天地宽”！而这种率真的性情遭到了勾践的妒忌，范蠡的警告，苎萝村姐妹的鄙夷，她感到莫大的委屈和伤痛，尤其是她怀有吴王的孩子，众人认为大逆不道而逼迫她把这个孩子处死时，她犹豫了，但母爱的天性，春雨般唤起了她保护孩子生命的决心和勇气。她如同山壁缝隙间挤生出的一株小草，在绝望中渴求阳光雨露的呐喊，在逆境中抵抗传统势力的胆识，使她瘦弱的身躯霎时高大了。她那纯真、博大的母爱光华映衬出勾践皇权的残暴、范蠡士大夫的卑琐、村姑“看客”的无知；她那在寒峭的狂风中向上求生的本能，使她的生命在旋转中熠熠生辉！

由此可见，剧作家罗怀臻在新的历史转折期建构这一草根文化的远见卓识。时间将会证明：这一文化不仅是中华民族走过苦难的历史见证，也必将成为中华民族走向辉煌的殷殷期待，同时它又与中华民族文化的历史起源遥相呼应，因此，从根本意义上实现了中华民族传统文化的真正回归。

三、京剧《西施归越》：生命的另一种“纯粹”

很显然，一部优秀的艺术作品具有一种超越特定的历史内容，特定的社会形态的品质。为此，当我们把焦距拉长重新审视京剧《西施归越》这部剧作时，我们惊喜地发现，它在更为开阔的艺术空间里，呈现出生命的另一种“纯粹”。

这里谈及“纯粹”，首先我不是指时下所说的“纯文学”或廉价的“唯美主义”，不是指艺术素材的洁癖或全神贯注的一无功利目的的审美活动；其次，我不是指戏剧的表层话语或语言形式。当下戏剧界不乏美文或文人作家，这对于戏剧文学性的开掘应该说是一件好事；但如果我们把注意力完全集中在唯美效果的渲染和语言文辞的雕琢上，而忽视了戏剧艺术最为有效的特征，那么我们将会很快陷入“审美疲劳”而远离戏剧。在此我要讲的是另一种“纯粹”，生命的“纯粹”，不想关涉戏剧语言的具体构成，而是剧作家个人的艺术精神和生命话语的真实性。它源于剧作家内心深处巨大的孤独与焦虑，源于剧作家对扮演的虚假的“风度”及角色感的彻底清除。具体到《西施归越》，我想从以下几个方面阐述：

首先是剧作结构的设置。该剧结构的一个最大特点是“规定性情景”的设置。所谓规定性情景是作家为了思想的表述或问题的提出而有意设置的故事情节、场景、营造的氛围等。这种结构无论从内在构成还是视觉表象上都不是直接而实用的，而是非指称性的。昆德拉把小说分为三种：一是叙事的小说，比如巴尔扎克；二是描绘的小说，以福楼拜为代表；三是思索的小说。昆德拉大体上把自己的小说看成是思索小说。在这种“思索的小说”中，叙述者不只是讲故事、推动故事进程、下达叙事指令的人，叙事者更是提出问题的人，思索的人，整部小说的叙事都服从于这种问题和思索。①那么，这一规定性情景便是作家传达思想或提出问题的预设情景。从某种意义上说，当代戏剧与当代小说有着相似的叙事模式，尤其是中国当代戏曲，在有限的时间、空间内要想细腻而完整地叙述一个故事，表述某一思想确实显得力不从心。因此，规定性情景的设置尤为必要。

按昆德拉理论，京剧《西施归越》当属思索的戏剧。剧作的开幕便是越王勾践和大夫范蠡恭送少女西施出使吴国的情景。其原因

① 转引自吴晓东：《从卡夫卡到昆德拉》，生活·读书·新知三联书店2003年版，第318页。

如前面所述。紧接着第二幕便是数年后越王战胜吴王，西施从颓垣断壁、尸山血海中苏醒过来，而且决定随越王和范蠡一起归越。也就是说这数年当中的故事被作者毫不心软地删掉了。很显然，这数年中发生的故事应该是相当“精彩”的，尤其是在当今这个文化消费时代，这个感性消费时代，这个商业运作膨胀时代，这些“精彩”的故事：无论是西施迷惑吴王的性感表演或者两人的真情流露，还是吴越之战的刺激场面，都会充分调动“敏感”作家丰富的艺术想象力，成为他们捞取功名利禄的有效途径。然而，《西施归越》的作者却有意地删掉这些故事，展现在观众面前的就是这样一种规定性情景，而这一规定性情景便“逼迫”观众做这样的思索：西施归越后会怎么样呢？她这一救国的“壮举”会被国王承认吗？尤其是她怀有吴王的孩子会被情人接受吗？会被众人接受吗？一连串的问题，不仅会激起观众强烈的观赏期待，唤起他们丰富的艺术想象，使他们从中获得极大的审美享受，而且以此引发涉及人性、爱情、文化、承诺与背叛等诸多方面的思考，使整部剧作具有了鲜明的寓意特征，同时更重要的是引入了人物最基本、最真切的生命体验，使剧作在多向的、前后剧情相纠葛的张力状态中，达到整体性语境的自足实现。剧作中相关的规定性情景还有，或者更准确地说，剧作的每一幕都可看作一种规定性情景，作者在这独具匠心的情景里，将人物原生态般的内心世界呈现出来，从而彰显出作者个人精神和生命话语的真实。

其二是剧作人物从神性到人性的自觉转换。在我的记忆中，最早接触到的艺术作品是“文革”时期的革命样板戏，那时，李玉和、杨子荣、江小英等一批革命人物如同一尊尊巨神，矗立在我幼小的心灵中。长大上学后，我便爱上了朦胧诗，尤其是北岛的“我站在这里/代替另一个被杀害的人/为了每天当太阳升起/让沉重的影子像道路/穿越整个国土……”，还有杨炼的“我要让一缕血痕再次捶打我的胸膛/让屠杀的岁月再次鲜红/让早霞的尸布遮盖死亡……”仿佛整个民族的苦难都集中在他们肩头，他们痛苦地醒着，孤独地站着，如同被缚的普罗米修斯，而对我来说只有仰望他们的份儿。即使在当下的一些文艺作品中，作家对“神”的膜拜、对“神”的呼唤成为他们建构艺术作品的精神旨归，高远的神性凌驾在现实的人性上，人被贬低为附属性的对象。

与此相反，京剧《西施归越》的作者恰恰将“神”还原为“人”，将西施从“神”的圣坛上拉下来去追求一种正常人的生活。如果说西施的美貌拯救了越国，被尊为功臣，按传统革命英雄主义的叙述惯式，理应赋有“神”的色彩，那么作者偏偏在她成为“神”之前，让她怀孕，让她承担做母亲的责任和义务，享受做母亲的温情和甜美。为了生下这个孩子，西施顶着狂风暴雨的袭击，忍着崎岖山路的泥泞，在她的躯体内跳动着的仍然是一颗滚烫的母爱之心。孩子生下来，为众人所不容，即使迫于压力决定将孩子摔死时，西施仍以母爱最完美的方式对待：“哄他睡熟再摔死，不觉疼痛不喊冤。”她抱着婴儿，轻轻哄拍，与儿子娓娓道说：“你从哪里来，又向何处去，你怎么不说话，你跟娘说句话呀！我的儿……”此时此刻，一股强大的母爱之流经由她的全身，冲击她的心脏：“啊，你笑了，你怎么会笑呢？笑得多开心，多甜蜜，你在跟我笑呀！”在此，剧作家用他全部的柔情和激越的情怀将西施的母爱天性给予强光投射，使我们不禁要问：这还是那位功臣西施吗？这还是那位即将走向神坛的西施吗？正如她自己所言，她不想做功臣，不想做美人，只想做西施，浣纱织布的西施，另外加上作为一个普通母亲的西施。我们知道，李玉和有女儿，但这种父女关系更多的是革命意义上的政治隐喻，那么江水英有孩子吗？阿庆嫂的丈夫是谁？这些我们无人知晓，更为革命英雄主义叙事话语所不容。因此，我们会强烈地感觉到，“神”距离我们实在太远了，还是“人”挨得我们近。我们会感受到她喜悦时心灵的跳动，会闻及她愤怒时急促的呼吸，会擦拭她伤痛时委屈的眼泪，会倾听她忧郁时沉重的叹息，因为我们每个人就是这最普通的一员。

另一方面，如果说西施的悲惨命运是那场吴越之战引起的，那么在京剧《西施归越》中，作者将批判的锋芒指向的不仅仅是这场战争，更主要的是腐蚀人物灵魂的传统文化以及由此造成的人物自身人性的扭曲。也就是说，造成西施悲剧的根本原因不再是国家、民族的灾难，或者说，剧作中所有关于人物命运的叙述，不再最终指向民族—国家的寓言。传统文学作品中有关民族—国家的宏大叙事在此作品中被淡化，取而代之的是对人物内心情状的持续追究和无情袒露，在此，个人命运和生存细节被凸显出来，并由此使剧作获得了震惊意义上的审美效果。因此可以这样说，从神性到人性的自觉转换，正是历史上勇敢而深刻的思想家艺术家们带血的贡献。当作家独异的审美创造力与那个时代人性的发现达到深深的默契时，一代文学巨子便应运而生。我这样讲可能会导致一种误解：即过分强调个体生命而忽视了群体命运。为此，我愿引述唐晓渡关于“个体主体性”这一命名。在此，个体和主体是两个相互制约的因素。缺乏主体性的个体，只是乏味的自我中心；缺乏个体的主体性，则是空洞无谓的集团式的“主体性神化”。而个体主体性的提出，既强调了个体独特的生命经验和创造才能，又涉及了对人类广阔的人文精神的承续和包容。①因此，作为戏剧呈现过程，那些有价值的骨肉沉痛的经验细节部分一定源于个人，而作为舞台效果，那些最有意义的部分，诸如死亡、爱情、人性、孤独、绝望，则是永远属于人类。

由此可知，一位优秀的剧作家，他的生命方式是不断深化展开自己，在他意识到的经验中，他把最有价值的部分即人类中普遍存在的沉睡着的东西唤醒。从这个角度讲，我们在前面谈到《西施归越》的作者试图在构建一种草根文化的观点有些极端，更准确的表述应该是：剧作家没有发明创造什么，他只是唤醒了它们。也正是这种唤醒的敏锐和胆识使剧作家成为这一时代中最纯粹的人。

其三是对虚无的反抗。从价值论意义上讲，虚无不仅仅指艺术家个人的“虚无”体验，也不是一般意义上的“虚无主义”，而是类群的广义的巨大的虚无。在今天，作为一位严肃的艺术家不得不对抗他所展示的生存话题，也就是说，艺术家通过把虚无纳入生命的话语而抗拒绝望。在中国文学史上，屈原是第一个拒斥虚无、抗拒绝望的艺术家。他在长歌当哭般的“天问”中，直面虚无、揭示虚无，实现了个体生命的真正的“纯粹”。鲁迅是继屈原之后又一位反

① 转引自陈超：《打开诗的漂流瓶》，河北教育出版社2003年版，第24页。

抗虚无、抗拒绝望的思想家、文学家，他的“绝望之为虚妄，正与希望相同”的至切的生命体验以及在寓言诗《野草》中直视自我灵魂的虚无与黑暗的勇气，使他成为中国现代文学史上永不妥协的战士。直面虚无并将之揭示出来的现代戏剧同样源于剧作家个体生命的原动力。然而在当下戏剧创作中，存在着狭隘地理解“虚无”的剧作家，主要表现在：有些人将虚无当作某种财富，将“被抛”当作吁求同情的戏剧化情景。元杂剧《窦娥冤》是其模仿的典范。而恰恰是这些“软弱”的剧作，在对抗权力话语的写作立场时，却深深地跌入了空洞的、耗尽的共性模式中，他们不是置身虚无的陷阱向上拔，而是呈重力加速度地向下滑。从虚无到虚无，剧作家并没有说出什么。另一些人则采取“退出”陷阱的策略。戏剧的舞台幻象，成为他们逃向安恬自得“田园”的幸福之门。明清传奇中如《长生殿》《桃花扇》等作品的结局就是先例。这些剧作不仅无法将个人提升到精神和思想的高度，反而收缩和关闭了对生存的心灵体验。“心远地自偏”是一种永远无法真正实现的美丽神话。在这一神话中，人类精神不可能得到真正的自由，反而是得到一种束缚：生命在制约中枯萎，却要给人一个“反抗”的假面。

从这个意义上讲，京剧《西施归越》堪称当代戏剧创作中直面虚无、反抗虚无的力作。剧作家承担起已然存在的虚无状态，并将之揭示出来，我们看到的并不是虚无本身，而是觉悟了的生命个体与虚无的对抗，而这种对抗又在虚无的生存“场”中分裂出一个高尚而圣洁的灵魂。剧中每个人物：西施、勾践、范蠡，甚至包括那位优伶吴优，从某种意义上讲，都生活在巨大的虚无之中，他们的内心充满了极度的孤独、恐惧和焦虑，“无根感”“漂泊感”是他们共同的生存状态。正如吴优劝说西施时所说：“像你我这样的人伺候谁不都一样？反正就是陪人家玩嘛，哪里不是吃饭的地方？”语言通俗但一针见血！这也是当代人生存状况的最好隐喻。勾践的恐惧和焦虑来源于皇权政治对其人性的异化，来源于他的权力欲望的过分膨胀。由于追逐目标的虚妄，使他虽竭尽全力，虽不择手段，但仍无法满足自己的欲望。在这对欲望的不懈追逐与欲望的无法真正实现的恶性循环中，他的孤独感和漂泊感油然而生并根深蒂固，于是他的生命便在这“无家可归”的游荡中几近疯狂而后趋于寂灭。范蠡的恐惧和焦虑来源于皇权政治和传统文化对其人性的压抑。他在对皇权政治的奴性依附和对传统文化的荒诞恪守中，放逐了“人”的精神内核，由于追寻目标的荒诞性，他陷入巨大的虚无中。但由于他对抗虚无的方式是归隐山林，而不是穿越自己灵魂的地狱，那么他将永远是灵魂的漂泊者，在家的“异乡人”，从虚无走向虚无是他和所有中国士大夫型的知识分子命定的归宿。西施的恐惧与焦虑是她唯恐自己不能做“人”——一个普通的人，一个普通的女人。她为了做人，明知自己归越后的命运吉凶未卜，但她毅然选择了“回归”；她为了做人，不顾狂风暴雨，山路泥泞，忍受剧痛去僻静的山洞里生下自己的孩子；她为了做人，决然地拒绝情人的“归隐”之约，全身心呵护这一弱小的生命；她为了做人，冒生命之危与残暴的皇权对抗，最后虽然惨败在皇权之下，但她无怨无悔！她不想做窦娥，不想在对自己的悲惨遭遇毫无反抗只有哭诉的悲情渲染中，赢得人们的同情与怜悯；她不想做李香君，山林田园离尘世太远，生命会被一种孱弱的空灵澄澈所取代。因此，西施的孤独是一种“举世混浊而我独清，众人皆醉而我独醒”的孤独，西施的漂泊是一种人类精神不断提升与历险的漂泊。于是她便发出屈原式的长歌当哭般的“天问”，以鲁迅式的孤傲与坚执抵抗这虚无与荒诞的人生。

由此可见，京剧《西施归越》这种化有限精神实体进入更广阔的人类生存和生命势能的努力，不但使剧作具有不可被现代即时性欣快症所消解的硬度，同时又保持了个人内在精神自由的必然发展。它真实、尖锐、高瞻、紧张，在对伟大人类精神共时体的追寻中，实现了生命的另一种纯粹。

一部优秀的艺术作品，具有永远阐释不尽的审美空间，对此有限的文字解读显得苍白而又空乏，但我又时时被剧作家的敏锐和胆识所折服。但愿以上文字会有抛砖引玉的功效。

（原载 2006 年第 5 期《剧影月报》）

淮剧《西楚霸王》

旧戏新编气盖世

——评淮剧《西楚霸王》的现代诠释

顾晓鸣

罗怀臻说得好：他要把“西楚霸王”塑造成一个英气勃勃的贵族青年，借以呼唤现代人胸中日渐淡漠的英雄情怀；并且打出“都市新淮剧”的品牌。这倒也有点儿都市的英雄情怀，一下子跳出了新一轮关于历史剧要不要有历史依据的老生常谈。其实历史学界中也早已有一句老生常谈：一切历史都是当代史（克罗齐的本意是说“同代”）。套用到今日排演的古装戏、经典戏、旧戏，等等，可以说，凡是今天编演的戏，无论古今中外，皆反映了编演者所在的社会情境，皆是眼下这同一代的戏。所以，真具有现代意识的艺术家首先看破自已：自已也不过带着同样的现代欲望、现代视角、现代心计、现代情怀，借古人之酒、浇今人之块垒。我近年来也忙于主编这类丛书，名之曰“都市童话”，将人们耳熟能详的童话、神话、故事、名著情节，作当代青年的全新演绎，借尸还魂，借仙还人，以此观照当代人生，寻求贯通时空的恒久意义，寻求全新的观赏阅读空间。因此，待我见到淮剧《西楚霸王》，不禁会心一笑。

宏大辉煌的场面，造型、音响、动势且不说，霸王焚烧秦都，坑杀降卒，令人气爽。用冷静的理性权衡，当然偏颇，但艺术创作本质上也无非一种“摇滚”——把人心的爱情放大至极致。人爱项羽，只为其“气盖世”，为了气盖世而拒绝工于心计，现代人真有此心而无此胆哩。这是《西》剧张扬现代都市心情的第一回合。

待到“驱逐韩信”层层演来，“成功”重要还是“骨气”重要，

“人才”重要还是“人格”重要……人生两难，难在如项羽般的当断即断，拒绝“机会”的诱惑，宁可不成功也要成仁。真的拨动了新世纪人们的心弦——步步策划，斤斤计较，力求最大价值，最好事事都得奖，名利双丰收，这种“价值”（Value）观与保持健康心态、追求至善至美、“我为人人，人人为我”的人生境界的“德性”（Virtue）观的对峙，确实已成了先发达国家和先成功人士目前正面临的生存课题。越来越多的觉悟者已开始了从Value向Virtue的转变：“生意诚可贵，名利价更高，若为自由故，两者皆可抛”。项羽心怀父老乡亲，鄙视为目的可以不择手段的政治原则，在戏中有淋漓的表现。罗怀臻在给内心世界不怎么样的现代人“催氧”。戏剧不是MBA（管理学硕士）或MPA（政治学硕士）教程，它主要教会人如何真善真美地做人。

第三波落在项羽与亚父范增的戏上，忠诚而富有人世智慧的父辈人物代表了那因成熟老练而变得世故乖巧的世代悖论，我们仿佛见到了层出不穷的对“××的一代”年轻人谆谆教诲、殷殷期望的老一代的永恒一幕。“不听老人言，吃亏在眼前”的人类遗训的历史题材的形式，叩击着现代青年的心。然而，霸王项羽和《西楚霸王》戏本身却传出相反的信息：这么一个鲁莽、刚愎自用、毫无政治远见的失败者，为什么千百年来如此受人厚爱？这样荡气回肠的悲剧为什么不是引出扼腕叹息的“历史教训”，反而成为讴歌真性情真汉子的“英雄史诗”？——项羽在现实中已永远与“霸王”无缘，然而他却以自己的性情和意志，完成了自己霸王的心路历程，在后代人心中成了永远的霸王。淮剧《西楚霸王》整个戏路围绕这一点展开，看得出编导的用心。

当然，霸王也有“气短”处，“英雄拜倒在美人裙下”。不过，《西楚霸王》的气短处不是没把这点作“气短”处来表现，恰恰相反，这部戏一开始即以虞姬的引子宣告这种英雄侠女的爱情的美好和悲壮。其气短处是未能深入思考和演绎这么一位英气盖世的性情中人何以会与这位美人有患难生死之交，男女柔性，在如此酷烈而刚性的战争背景中，究竟意味着什么，究竟该如何给以剔透“酷”

够的表现，以避免把女性作为男人招之即来挥之即去仅作英雄“肋骨”的命运，以防止看客像观赏007与美女的商业粉红色搭配时的那种轻佻心态？

作为戏曲，项羽戏的重中之重当在他与虞姬的关系，要出戏，关键在于虞姬——虞姬的正确而富有新意的定位。如此才能从项羽身上发掘出其人格的多重侧面，尤其是那些靠战争、政治、人事和社会关系无法揭示的隐秘之处。戏中已交代了虞姬仰慕和追随项羽的前因后果，试图给这对英雄美人予以志同道合的意味，但一位豪气“盖”过世间凡夫俗子，不仅贩夫走卒中难有对话者（戏中有交代），而且以刘邦韩信为代表的同代帝王将相之佼佼者与之对比，委琐苟且不堪，“成功人士”的德性远不及士兵乡民，这样的一个项羽唯在虞姬这样一位深明大义的女性身上才能寻到知音知己，这有多少唱段可写啊！但这柔性似水、通情达理的女性美是浩然英气和刚强雄起的男性美的母体。老子早有言：“求其雄，守其雌”。女人永远是男人的母亲、姐妹、妻子、女儿、男人精神升华的最后庇护神——当项羽面对人生两难，身陷困难，他有多少话可对虞姬说，多少与日常男人世界中的姿态迥然异趣的表现可以丝丝入扣地演来呵！霸王别姬，一方面怜香惜玉宁为玉碎，要以生命保全这至爱至美的美玉，另一方面这美玉已成了英雄生命的另一半，唯有合二为一、生死与共，才能最终升华成败生死的平凡悲剧。才能达成千古绝唱的人生境界。如此两难奈其何！再加半小时的唱做不为过，戏中不是已铿锵宣告“不为霸业为佳人”了吗？这就已抓住了慷慨陈词气盖世的项羽对虞姬的依存和归宿，是人心和人世的奥秘。爱女方是通过女主角的淋漓尽致的戏剧表演，完成男主角大丈夫的完整英雄人格的塑造，当是顺理成章的事。

我对虞姬的详尽阐释在今后作品中披露，这里主要提出如何对旧题材和历史戏加以当代崭新演绎的问题。罗怀臻的探索是极为重要和有远见的。近观新版《铁面人》等影片，均明显体悟到其中对当代情境中全新意义的自觉追求。这种张扬而贴切的再诠释，不但使之与旧版明显拉开距离，而且在新一代观众中广泛赢得认同，也使之获得教益。而大陆多年来旧戏新演新拍者鲜有出于蓝而胜于蓝的，原因之一盖出于此。

与此匹配，新编戏剧的场景和手法亦要作“计算机时代”的相应突破，这次《西楚霸王》融入现代舞造型设计、现代歌舞剧构成和电声光色，颇似一种超媒体、超文体、超体验的实验。长成于多媒体环境的青春一代对之欢迎雀跃，是对艺术家青春气息的反应，体验我们绵绵人类生命的消息。这是戏剧推陈出新的母体，靠她催氧，我们将不再气短。

（原载 1999 年第 7 期《上海戏剧》杂志）

返璞归“质”

——我看淮剧《西楚霸王》

王安忆

看过两出淮剧，一是《金龙与蜉蝣》，二是《西楚霸王》，先就觉得《金龙与蜉蝣》好，好在它去除了俚气。如这样的乡俗小戏，难免是有些俚气的，《金龙与蜉蝣》的莎士比亚式的冲突，华丽的排场，使它一改旧貌，变得堂而皇之。但是，也因此有了疑问，倘若不叫它作淮剧呢？将它作歌剧演，似乎也行。到了《西楚霸王》，情形再一次改观了。

起初也怀疑过，这样的村俚剧种，能否表现帝王将相的题材。《金龙与蜉蝣》虽是写君王的故事，但那是神话，可作民间传说处理；而西楚霸王则实有其人，实有其事，是正经的历史剧。比如虞姬，要说苏北话，会是什么效果？不料，竟很好。虞姬出场，不是以一个宠妃的面目，而是像一个女侠，江湖上追寻英雄知己，她不仅把霸王当英雄帝王，还是当一个孩子，就像一个村妇对她的丈夫。宫廷里的人物其实都是抽象的，这种抽象特别适于堂皇的京剧表达，京剧的整肃、威严、正统、规矩，具有着概念化的美感。而在这里，事情却变得具体了，有一些接近野史。范增被霸王逐走时，虞姬来送行，这真的像一个替丈夫补过的贤良妻子。范增呢，则将霸王托付给她，好像交付一个任性任为的孩子。范增也很好，像一个乡间的智士，有些见识，又有些倔，还有些倚老卖老。他和霸王交锋时就像一对世间父子的斗嘴，彼此都说些带气的话，耿耿的，一点不儒家。后来，霸王被困，虞姬私自去找韩信调解，两人坐下谈天下，却如话家常。此举虽是妇人之见，却实在用心良苦，是患难中的夫妻之道。韩信特别像一个乡村才子，而且是中原以南地方的乡村才子。清秀、风流、自傲，少德性，多小心眼。他不像一个北方的中庸的有谋之士那样含蓄，而是锋芒毕露。见虞姬来找，掩不住得意之色，把要说的话都一股脑地说出，然后再使诡计。只是事后虞姬似不必向霸王检讨此行，像她这样聪明懂世事的女人，打韩信处出来，就该知道白去了，根本不和霸王言声就罢了。但这不等于不应该去，去是要去的，一是要为霸王做最后的努力，二也是对韩信，仁至义尽。这才是虞姬的顾大局、识大体的好处。绝境之中，虞姬呵拍着霸王入睡，唱着“力拔山兮气盖世”，将一首壮士歌唱成摇篮曲，就真的有些叫人动容了。最后的虞姬之死，本来是觉得不够好。虞姬决心一死，通常是为霸王断念，使之不再有后顾之忧。古时败者的妻女，都是为胜者作妾作奴。虞姬的下场，是他俩早能预见的，像虞姬这样钟爱霸王，是一定不能让骄傲的霸王受辱的，于是，才有了感天动地的霸王别姬。而戏中，却并没有强调这个，倒是着重在要与霸王同死，似乎有些俗了。但后来渐渐也想通了，因那样的，正统节烈的“别姬”，是更合乎正史型的京剧。而在此，这样的朴素的“别姬”，则更符合民间戏剧中的日常人性。

如同前边说的，霸王在此，就像一个任性任为的大孩子，有一股天真气。这里的人物，都有一股天真气。这戏好看就好看在这里，这剧种，好也就好在这里。它有一种“质”，但不是像北方那样的原始粗粝，而是稍南的江北地方，水土较为柔软的乡野风气。你听它的唱腔就是。很简单，像田里劳动的小调，可也不乏婉转。婉转却不是昆曲那样的刻意而为，而是有些耳熟，出口就可成歌的意思。再说霸王，他胜了，就一意要回江东去见父老，输了则坚执不回江东，以为无颜见家乡父老。他直来直去的，不作一点妥协，哪怕是为策略所需，也不。他不懂什么“留得青山在，不怕没柴烧”的权宜之计，像越王勾践那样“卧薪尝胆”地苟且一时，他也不能够。这些，又都显得十分性情，而不只是出于英雄节烈。虞姬堪称是霸王的红颜知己，她向范增解释得很好，意思是霸王并不是不懂道理，只是要按自己的性情来行事。虞姬对他几乎是有些纵容，也是因为知道拗他不过。范增对他的批评合情合理，可这就不是一个常情常理之人，你又拿他怎么办？韩信比他会用兵，但却是个帅才，没有原则，所以只能在人家门下做个谋士，而霸王则是王。他的王气在此表现得非常淳朴，对天下是非并没有多少的远见，对气节正义也没有任何阐述，他的王气就是一股子脾气。不是说，树活一张皮、人活一口气吗？就是这一口气。最后，汉兵将楚军围剿于乌江边，壮士纷纷倒下，尸首遍野。霸王言称能取霸王首级者世仅一人，就是西楚霸王，然后自刎。脾气闹到这一步田地，实在也相当壮烈了。我意全剧可在此终场，因这已达到顶峰，并且，场上的造型十分好看，有一种霸王卓绝于众生之上的含意。接下去，虞姬出场，和霸王并肩腾骑，也好，但多少有些像“化蝶”。而“化蝶”这样的情景，更适合于艳情的越剧，淮剧则还是淳朴一些的更好。

就这样，在《金龙与蜉蝣》去除了淮剧的俚俗气之后，《西楚霸王》又返璞归“质”，展示了淮剧的民间性。同时，淮剧则塑造了一个民间的西楚霸王。

（原载 1999 年 9 月 13 日《解放日报》）

太阳神之死

——淮剧《西楚霸王》的一种注释

桂荣华

一

罗怀臻笔下无英雄，多异化了的帝王和受命运捉弄的小人物。此番淮剧《西楚霸王》一扫往日舞台霸王形象之阴霾，现天际之一轮骄阳，大快朵颐，痛快淋漓，然仍继其一贯之悲剧风格，扬壮烈之气，抑人性之恶，塑战神威猛，描爱神情重。洋洋万言，有太史公之风。太史公推崇“不羁之才”“倜傥非常之人”，怀臻亦爱之。太史公是为“舒其愤”“通其道”，怀臻则为振末世之颓风，唤远古之雄浑，扬英雄之旷放，羡美人之情深。吾等生于蓬间，观此剧，亦极振奋！

项羽，我楚之人杰也。太史公极慕“楚文化”，《史记》中《屈原列传》《项羽本纪》乃太史公心血之篇，文风也极似“骚体”。故鲁迅称之为“无韵之《离骚》”，可见“唯楚有才”。“楚人神话先祖是祝融。祝融者，火神也。火，太阳也。”怀臻无疑把项羽喻为那威风凛凛的太阳神。且看淮剧《西楚霸王》中，范增劝说项羽不要东归彭城故乡，而要在咸阳建都“起霸”，否则到了彭诚，方寸狭窄，万一有变，难逃法劫。项羽则大笑道：“亚父，你看那一轮红日，照射万里，无论它走到何处，都能辉映万物。鼓城也好，咸阳也罢，只要我还是西楚霸王！”直白道来，直逼神话中的原型。怀臻无意去再现楚汉相争里的“霸王”，而是重新创造一个太阳神——霸王。观者，千万不要误读，这个戏深层有个神话结构。

二

神话原型理论认为，神的生命旅程有四个阶段：即诞生、成长、死亡、复活。此四个阶段分别对应于春、夏、秋、冬四个季节。而在空间上又分别对位于东、南、西、北四方。如神的诞生，其实就是春天的神话，属于东方模式。春天万物复苏，春生秋杀是也。所以春天的神话是喜剧，秋天的神话是悲剧。

以此看来，淮剧《西楚霸王》其实就是太阳神的诞生、成长、死亡、复活四个过程。有趣的是罗怀臻的剧本也正好分四幕。我看此戏正是这个神话结构。不妨细看一下——

1. 神的诞生　总是伴着男女二神的生死恋。这正是第一幕项羽和虞姬的生死恋。虞美人的歌泄了天机："君似骄阳出东水，妾如火鸟向日飞，羽翼焚烧终不悔，唯愿融进万丈辉。"歌中有玄鸟的神话，正是中国古代神话的记载。而玄鸟就是凤鸟，凤鸟又是楚人的图腾。所以，虞美人的这支歌真太贴切不过了。这正是原型的提炼。

2. 神的成长　项羽坑卒焚宫之后东归彭城。衣锦还乡一直是中国的集体无意识的一种心态。"衣锦"表示获得地位，"还乡"表示结束游子的流浪生涯。这也是精神上"成人仪式"的重要标志。但他未能"成人"（成人仪式是理性行为，但项羽还乡是感性的，甚至是孩子气的）。这导致项羽最后拒绝"成人"（"不肯过江东"）。他成了永远的游子，或者说永远的游魂！"成人仪式"不仅仅是头发梳成个结的样式，历史举行"成人仪式"永远是权杖和王冠的加冕！所谓"胜则王侯败则寇"。有人说项羽有勇无谋，这是历史进化论的观点，不是审美的眼光。所以，《西楚霸王》一剧至少还提出这样的命题：历史的方向和人的精神发展方向不一致。项羽的"妇人之仁"正是他的人性闪光的一面、有情有义的一面。而韩信则是谋略的化身。中国是个谋略发达的国家，人早熟（早进入成人），这对精神的健全并非好事。项羽的英雄气概表现在他以死抵制进入这样的"成人"世界，保全了名节。这是英雄，是神，是太阳神！故此，演项羽的行当没用花脸，而由小生来"俊扮"，这在文化气质上是正确的。因为花脸在舞台上通常是负价值的象征。

3. 神的死亡　在此剧中演绎为十八将士死谏。虞姬霸王双双自尽，这一场其实是"太阳西沉"的意象。十八将士和虞姬成了"祭日”仪式上的生命，在季节上对应于秋天的神话，是大悲剧。刘邦成了射日的后羿。射日之“箭”正是谋略二字。这也是霸王不屑的，看不起的“箭”。是偷袭！历史记住了刘邦，艺术选择了项羽。顺便说一下，楚文化就不喜欢阴森可怖的东西。它的主体呈现为绚烂多姿，和祥安泰。如它的图腾——凤，经常出现在各器物上的变形图案是凤的双翅上生有一对鹿角。真是上上吉祥！研究楚文化史的张正明先生说：“这与民族心理有关，楚人在日常生活中对于有威慑感、压抑感的形象是格格不入的。”项羽楚人，性格中天生没遗传阴暗的东西，不可能像韩信那样做过胯夫，还隐忍如常！这是一个阳光灿烂的形象！

4. 神的复活　这在舞台上最后处理为霸王涅槃。舞台造型是大鹏鸟的形象，这又是原型的精确开拓，和楚人图腾暗合了。《楚辞》上有句：“前飞廉以启路。”《离骚》有语：“后飞廉使奔属。”飞廉正是凤的一种。据说它可以“带着死者灵魂遨游九天”。皮道坚先生在《楚艺术史》中指出楚地流行魂魄二元观念，亦即“魂气归于天，形魄归于地”。这些俱表明楚文化重视灵魂再生。所以《西楚霸王》最后的一场涅槃戏，是必须的。否则破坏了神话结构，也有违楚文化的特质！

三

该剧的舞台美术设计和灯光设计经过一稿到二稿的修改，也终于呈现出了楚文化的瑰丽色彩与神秘气韵。半圆形图案所构成的整体舞台意向，以及以红色为底色调的原始生命力质感，都在某种意识上沟通了古楚神话的风骨，并使《西楚霸王》一剧通体透出一种文化气象。尤其是落幕前缓慢下降的太阳，衬映着舞台前十八楚将手执盾牌构造成的“飞翔的金鹏”，直让人热血澎湃，叹为观止。这是舞台美术和灯光设计者韩生、伊天夫的创新突破，也是上海“都市新淮剧”继《金龙与蜉蝣》成功之后的又一次整体性提升与发展。它将再一次推动当代戏曲艺术发展的前进速度，并为“现代戏曲”的探索和建立提供启迪。

（原载 1999 年第 9 期《中国戏剧》杂志）

京剧《宝莲灯》

照耀人性的一盏神灯

徐俊西

《宝莲灯》的艺术观念新在哪里？ 它的艺术价值何在？

这个戏要重新上舞台，就要考虑它是给现代人看的。那就要有新的感情形式和现代的审美意味，这样才能跟现代人沟通，引起共鸣。新的艺术观念集中体现在立意上。传统的立意，一是反封建，仙界就像法海一样，反对爱情自由，拆散幸福婚姻；二是孝道，劈山救母。这样的主题给今天的观众去看就没有多大的感染力了，所以一定要出新意。新版《宝莲灯》的立意放在两个方位：第一，人间和神（天堂）理念。历史上，任何神话、神话剧都是表现人对仙界的追求，人向往成仙，长生不老，仿佛永恒、万万年就有意义，有价值。在这里一反传统的表现，神仙向往人间。就像天帝唱的那样，“一万年，看够了”！死水一潭，毫无生气，仙界冷清、无聊、寂寞。所以三公主要到人间，因为人间生生不息，有变化。从而阐发了人的生命意义，生存价值，这是富有现代意味的。第二，人间有情感与情爱。神是至高无上的权威，但他的无情无义却反衬了人间的亲情、爱情的美丽，所以他们也向往人间，不再追求凌驾于一切之上，这具有现代的人文关怀的意义。在现代人文精神重新观照下所演示的主题就不一般了。

编剧调动丰富的想象并用新的情感方式与审美意韵进行重新构思、阐释，导演运用现代的表现手法，充分发挥了现代舞台（场景很美）优势，演员最大限度施展了他们的表演才华，共同体现了京剧的特点和长处，这是《宝莲灯》的价值的主要方面。

对于《宝莲灯》这类的戏曲题材、神话故事，现代艺术应该如何进行新的诠释?

这里首先存在一个关于戏剧观念改变的问题。要打破思维定势。《宝莲灯》最精彩的是打破了天帝的神话（天帝怎么会有私生子?），人物性格都改变了（三公主、刘彦昌等），矛盾的性质也改变了，这样是否符合戏剧改革的正路？我认为应该有不同方式的尝试。神话剧不同于历史剧的改编，历史剧的题材、人、事大都已经定论了，完全改掉，恐怕不妥当，所以港台的“戏说”引起一些历史学家的反感，大多数人觉得还是要尊重历史事实；而神话本来就是编出来的，很难说它应该怎么样。鲁迅的《故事新编》，无论是女娲补天，还是后羿射日，作者完全根据自己的立意，展开丰富的想象力，写出新意。所以《宝莲灯》这样改并不违反艺术创作规律，是可以的。完全按照原来的神话去要求它，去对比，毫无道理。

《宝莲灯》的探索是否成功?

总的来说是比较成功的，它的改革方向是可以肯定的。但是主要由于时间的关系，在立意方面，其探索思想不是很刻意、很执着，有些犹豫、动摇，比如人物的性格方面，天帝的性格还没有完全按照现代人的意识创造出来，他有权威的一面，又有矛盾的一面，这个人物没能够在戏里很好地发挥他的作用。第二，剧情的发展缺少深层的逻辑，人间、天堂的对比不够，没有一场正面的人间戏，在场景上，人间没有表现出它的丰富、美丽，即使是华山，也缺人间气，文本有对人间美的向往的感情，但在舞台上没能够突出。最后的大团圆是在天堂，用最亮丽的金黄色，人间的温暖、人间的生动表现在哪里呢？三公主最美丽的形象应该出现在人间。第三，戏剧矛盾过多集中在抢小孩上，刘彦昌、三公主之间的戏不够，在感情上要挖掘，要有新的阐释。第四，神话剧要突出想象、要有象征的力量。现在“宝莲灯”就没有发挥多少作用，虽然通过“宝莲灯”能看到人间的美好，人间怎样好呢？宝莲灯不仅是照亮人间，更主要的是要照亮人的心灵，唤起人性，唤醒人的情感。宝莲灯扭结了天帝、二郎神、沉香、三公主、人神之间的情感。

立意、情感方式、审美价值取向一旦确立，就应该调动一切手段去体现。现在改来改去，作者原来的构思、想象都不能理直气壮地去加以表现。要改就放开手去改，不能总拿原来的去加以限制，那样才能真正创造出新的有价值的艺术。

（原载 1999 年第 9 期《上海戏剧》杂志）

好一盏光照天地的《宝莲灯》

谢柏梁

五十而知天命。即使对一个国家而言，五十华诞也象征着成熟和大气，代表着自信和坚毅，同时也洋溢着幸福和欢笑。

在中华人民共和国建国五十周年大喜日子里，上海京剧院给首都舞台和全国观众献上了一份喜庆的贺礼，那就是大型神话京剧《宝莲灯》。

作为中国京剧改革和发展的重要基地，作为中国乃至世界上最富于活力的特大都市之一，这一出新编京剧《宝莲灯》，能够代表海派文化的水平，传达上海人民的心意吗？

珠联璧合　花团锦簇

一出新戏，凝聚一批新秀，开拓一方庄严华美的气象，展示中国戏曲史上前所未有的高学历演员的齐整阵容……公元1999年上演的《宝莲灯》，将会因此载入选取极为严格的悠悠史册。

中国戏曲学院刚刚毕业或正在就读的五位京剧表演专业研究生，众手擎起了这盏光照天地的《宝莲灯》。

剧中扮演三公主的史敏，是上海最好的大青衣，也是较早获得中国戏剧“梅花奖”的年轻演员，同时还是今年上海市优秀十佳青年之一。她是今年以优秀成绩毕业的首届中国京剧研究生班的一名学员。

扮演刘彦昌的李军，饰三公主之子沉香的严庆谷，饰三公主之兄的二郎神奚中路，饰西岳老母的胡璇，全是具备研究生学历的高材生。

将近一千年中国戏剧史上没有这样的盛况，即使是人才荟萃的中国戏曲学院研究生班，也只有这一台气势恢弘、充满新意的创作剧目首先推出，而这台创作剧目的主要担纲演员，无一例外地来自洋溢着创新活力的大上海。

哪怕是戏不太多的天帝，也是由著名花脸唐元才扮演。

高学历的支撑点在于文化底蕴，而文化底蕴的起点在传统积累，终点在创造出新。

于是，史敏的三公主不仅有大青衣的端庄稳重，还带有花旦的妩媚、武旦的功夫，乃至少女的忸怩、清纯与活泼——一切从人物本色出发，这叫“移位”。

李军自幼学的是老生行当，庄严有余、活泼不够的老生通常不大会“谈恋爱”。但这次要表现刘彦昌的青年、中年等不同时期的风貌，于是他在恋爱时更多的采用了缠绵儒雅的小生演法，在中年时期则回归到老生演法——移步换形，进退自如，这叫“换位”。

严庆谷是身手不凡的文武丑，这次却完全洗心革面、脱胎换骨地饰演娃娃生，将沉香小朋友的调皮、欢快、单纯以及强烈的正义感表现出来——角色错位而人物对位，这叫“错位”。

长靠武生奚中路和老旦胡旋、花脸唐元才，也都在塑造人物中有自己的突破，但都幅度不大——这就叫表演上的把守“本位”。

这样，尽管全剧的出新之处颇多，但让人感到十分舒服，赏心悦目但又不感到眼花缭乱。有了这样一批以塑造人物为宗旨而且人人身怀绝技的文化型演员，这出戏还能不好看吗？

强强联手，相得益彰。这出戏的作者是目前年富力强、在全国戏曲编剧界最富实力的作家之一罗怀臻，他也上海文化界一位充满创新精神的人物。《中国当代戏曲文学史》等书籍，老早就将他作为单列的一章写进了史书。

导演孔小石是极善于编舞队形的孔夫子后代，也是上海舞台剧和团体操最出色的指导之一。

当着这些上海艺术家扭结成一个整体，共同为《宝莲灯》、为中国京剧的事业也为上海人民的文化脸面而奋斗的时候，这出戏的成功也就带有较大的必然性。

这样齐整、完备、花团锦簇、众星捧“灯”的盛况，当然会使得全剧灵光熠熠，美轮美奂。

反省传统　弃旧图新

传统剧目《宝莲灯》的故事原型已经流传了十余个世纪。唐代传奇中便有《华山神女》一则传说。早期宋元南戏中有《刘锡（彦昌）神香太子》一出，元杂剧也有《沉香太子劈华山》的戏目。近卅年来，各大剧种大都有关于《宝莲灯》的地方版本，河北梆子的《宝莲灯》还被拍摄过电影。

尽管各种《宝莲灯》的演出版本各有其亮色，但却都有其共同的弱点。与《白蛇传》《天仙配》等其他人仙相恋剧比起来，《宝莲灯》的情感力度显得偏轻一些，书生刘彦昌与华山三圣母的情爱稍纵即逝，二郎神很快就将妹妹三圣母压在华山之下，三圣母产子沉香后就再也难有作为了。

以后的戏主要转型为《二堂放子》和《斧劈华山》两场伦理戏。前者写刘彦昌考中状元后，马上另娶宰相千金王桂英为妻，又生一子，名叫秋儿。当沉香与秋儿在学堂一时失手，将太师秦灿之子打死后，无比贤惠的王桂英提议只让亲生的秋儿一人抵罪，放沉香逃生，这里讴歌的人物主要是后母王桂英。

《斧劈华山》是写沉香得神仙相助，学得一身武艺，获得一把神斧，从而斧劈华山，救出母亲。这里主要是写以儿为主的母子伦理。

这种平均分配笔力、描摹数个人物的编剧法，很难使得每个人物都能有充分的光彩，这就使得全剧的文学性较为匮乏，好看而不动人，只得成为展示演员唱工与武功的技巧戏和功夫戏。

就连上海京剧院本身，也曾经于1997年将《宝莲灯》予以重新改编，但那次重在展示宝莲灯的科技含量和特技效果，效果也不尽如人意。

神亦有情天不老，人间正道是沧桑。本剧的立意是对一般神话剧中人神恋模式的发展与升华。君不见《白蛇传》中白娘子与许仙的爱情完全是一种偶然的单线联系，《天仙配》中的七仙女与董永的恋情最后也以妻离子散收尾，而且法海与玉皇大帝对儿女情的阻挠和镇压，完全是专制和绝情的化身，同时也带有不可调和的阶段斗争的模式。

中国戏曲史上有着许多脍炙人口的好戏，需要随着时代的发展而有所更新和发展，体现出现代的人文精神和认识水平。旧戏新编，应该打开新的局面。

这次新编《宝莲灯》，人还是那些人，事还是那些事，但立意一变，境界全新。

独辟蹊径　张扬情性

这一立意的中心在于情理冲突及其和解，就连天帝也并无例外地被拖入了情感世界，成为一切麻烦的始作俑者。

是他，在西岳之上与当年的少女、而今的华山老母双双堕入情网，生下了二郎神、三公主儿女一双。

是他，将三公主封为华山神女，使得女儿在华山游春时邂逅书生刘彦昌，为他生下外孙小沉香。

是他，命令二郎神将女儿押回天国，先关禁闭，后镇压于华山之下。

还是他，最终被外孙的一声“外公”催发人性，让女儿下凡与刘彦昌夫妻团圆，一家团聚……

与建立在势不两立的阶段斗争背景下的那些绝对冲突剧相反，本剧认为世纪之交的主旋律是和平与发展，人际关系的理想是和解、沟通和通情达理，而人生百年的最可宝贵之处，乃在于浓郁甜蜜的“情感”二字。

所以三公主才宁愿以生生不已、代代长新的短暂人生，去换那长生不老、相看生厌的仙界生涯。“人世间子子孙孙无穷尽，都只为男欢女爱重真情。天界永恒如死水，人间百年代代新。父母生儿女，儿女有子孙，只要爱不灭，延绵难断根。天帝呀，世间情爱多美好，女儿铁心去做人！”

三公主的人间咏叹实际上道出了天上诸神的全部心声。就连那些梅山七圣、猪牛羊虎也都无一例外地对人世间充满了无限的好感并一贯地付诸于实际的行动。当着人间的意义已经为仙人所共知的时候，那么，人间就端的不是天堂、胜似天堂了。

还是这盏宝莲灯，将天界诸神的内心照得亮堂起来。

灯，是暗夜的光明，她使白昼得以延续，她使人心分外明亮，她使情感特别温馨。

自古以来，中国人就有着十分浓郁的明灯情结。正月十五闹元宵，观花灯，所以元宵节又称“灯节”。古往今来最伟大的教育家孔子，也被人们尊称为心中的明灯：“天不生仲尼，万古如长夜！”

戏曲名剧中与灯有关的，一是传统剧《宝莲灯》，一是现代戏《红灯记》。后者通过一盏红灯作为联络的暗号，也象征着事业的传递，成为二十世纪下半叶家喻户晓的一段故事。

我看好由上海京剧院最新推出的《宝莲灯》版本，因为她体现出爱情与人间的可贵，展示出天国世界对红尘生活的总体倾斜和根本对应，同时也吟唱出过去、现在与未来的人生真谛。

好一盏光照天地的《宝莲灯》!

（原载1999年第9期《上海戏剧》杂志）

越剧《梅龙镇》

听取新翻杨柳枝

——评新编越剧《梅龙镇》

朱国庆

2002年元月的一天，我来到了被三个梅龙镇酒家环抱的上海美琪大戏院，观赏了一个在舞台上的梅龙镇酒家中发生的浪漫故事，这就是刚从中国戏剧节中荣获多项大奖载誉归来的新编越剧《梅龙镇》（上海越剧院红楼剧团演出）。虽然天公不作美，下起了大雨，但是戏迷观众热情未见一丝减退，门内门外，台上台下，一片欢声笑语，令人十分感动。

该剧编剧罗怀臻说他过去写戏是写给理论家看的，这次写《梅龙镇》是写给观众看的。我看了这出戏后倒觉得这出戏是一台雅俗共赏的好戏，戏迷观众和专家都会喜爱它，都可以从中找到自己想要的东西。

作为一名几十年的越剧迷，我感到这一晚是过足了戏瘾的。被人誉为“小范瑞娟”的范派新秀章瑞虹在这出戏中有精彩的表演。她不仅扮相俊逸，而且唱腔韵味十足，在继承范派唱腔中大胆创新，使人物性格令人难忘。她在舞台上青春亮丽，潇洒自如，为越剧女小生的青春化作出了重要贡献。与其配戏的张咏梅、华怡青、章海灵等又都是当今越剧各流派的传人。强大的阵容，充满戏剧性的情节，明朗欢快的气氛，确实使人感到不虚此行。

另一方面，作为专业理论工作者，我也感到这出戏提供了不少新东西，值得我们去深入探讨。

《梅龙镇》（又称《游龙戏凤》）这出戏自清嘉乾年间出现以来，

盛行一时，确实是人人皆知、家喻户晓的。不过由于它内容中的某种封建庸俗的成分，所以数十年来，一直很少演出。这次红楼剧团推出的越剧《梅龙镇》可以说是面目一新，全没有了过去那种陈腐的帝王气息，相反，演绎的是一个少年天子与民间少女的浪漫奇遇，成了一台表现少男少女纯真爱情的青春剧。

全剧最精彩、最富创造性的是正德皇帝在梅龙镇与李凤姐从邂逅到定情这两场戏。且说那正德皇帝一到梅龙镇，见到一群江南少女，禁不住脱口唱道："吴侬软语，布衣素裙，不施庸粉，未染俗唇，俏鲜花斜插在云鬓，好一派天真，啊，爱人，可人，迷人……"这时李凤姐笑着逃上，原来少女们要她做娘娘，与大牛（梅龙镇酒家酒保）一起玩"唐明皇游月宫"。可是，李凤姐不愿与大牛配戏，说他不像皇帝，这时在一旁观看的正德皇帝接口道："你看我像不像一个皇帝？与你姑娘做一对皇帝伉俪，你看如何?"这个"爱情切入"是何等自然和巧妙，于是二人一见钟情，假戏真做地演起了"唐明皇游月宫"来了。这场戏煞是好看，正德皇帝借演戏将他固有的浪漫气质和见到李凤姐后的无限激情，酣畅淋漓、毫无障碍地宣泄了出来，而李凤姐也无法抗拒这种火一般的热情，完全被他征服。看到这时我在想，这场戏完全可以独立出来，作为一个折子戏一定会久演不衰的。现在一些圈内人老是谈娱乐性，讲商业规律，其实比娱乐更加动人，更能摄人心魄的是至乐（即审美愉悦）。像这场戏中的真皇帝演假皇帝可以说是娱乐，但其中（还有"定情"一场中）少年天子与民间少女的纯真恋情则是地地道道的审美愉悦，比起粗浅的戏剧性要高出百倍，其商业价值也是不可估量的。可惜一些人只看到了有形的娱乐，而忽略了无形的"至乐"，以至于想取悦观众，反而离观众越来越远了。

写爱情可以有三种写法，即感性的、知性的和最高理性的写法。感性的写法就是把爱情曲解成情欲，如现在一些无聊的电视剧中胡乱编出来的感情游戏就是对爱情描写的感性误读；知性的写法就是把爱情描写作为一种手段，来为另一个更重要的目的服务，如写一个科学家、一个革命家如何将爱情服从于革命与事业的需要，这是对爱情描写的感性误读，因为它还没有把爱情所固有的最高的审美境界展示出来；唯有将爱情自身作为目的来描写，即开掘出爱情作为理想人格的集中表现，作为世俗的、功利的、精神污染的对抗物的本质，才是真正的爱情描写，才是符合最高理性，符合美的规律，符合艺术创造的本性的。这样的爱情描写可以净化人们的灵魂，可以使人从灵魂最深处获得无上愉悦，这才是真正的永恒的商业价值所在。越剧《梅龙镇》中的爱情描写就是这样的，它可以用一句话概括，那就是“好一派天真”。如果说人们在两位主人公游月宫的游戏中主要看到的是他们外在的天真的话，那么下一场“定情”中，我们看到的则是他们内在的天真，请听他们一段对白与对唱：

李凤姐：你是京城读书人，我是乡下酒家女，你喜欢我什么？

正　德：凤姐呀！

（唱）喜欢你天真一派无羁性，

喜欢你任情任为女儿心。

你就像红尘之外一池水，

清澈见底不染尘。

李凤姐：这算什么呀，就是本来的样子嘛。

正　德：说得好，说得妙啊！

（唱）须知这“本来”二字最珍贵，

世俗人间难搜寻。

显然，像这样的语言在旧《梅龙镇》、在《游龙戏凤》中是找不到的，这也就是旧戏与新编二者的根本区别所在。

再接下去就是香山筑雀巢、梅龙镇当垆卖酒，皇太后为真情所动直至全剧大团圆告终。这后半部戏将前半部戏热情奔放的初恋升华为实实在在的婚姻家庭生活，从而完成了一个“好一派天真”的理想爱情的全过程。

你看，当正德皇帝将李凤姐带到香山共同生活时，他已经没有了在梅龙镇时的匆忙与急迫，他可以静静地欣赏自己的第一次自由的人生选择了：

正　德：（唱）凤姐呀，你不会花言巧语，

你不爱穿金戴银，
你不屑后妃名分，
你不生是非纠纷。
虽然终日陪天子，
不改质朴与清新。

所以他对凤姐说母后若是不认，我索性和你去梅龙镇酒家，当垆卖酒，做个平头百姓！结果，他果然说到做到，在梅龙镇卖起酒，过起了自食其力的平民百姓的生活来了。在这一段生活中，这个年轻帝王的灵魂得到大大的净化，性格也变得越来越成熟了，正如李凤姐说的："要我说呀，自从你当上了父亲，管了账目，倒好像一天比一天长大，一天比一天懂事了。"这时的正德已经不是太后跟前不听话的孩子，而是一个真正懂得爱、理解人性的男人了。正由于如此，他才能在最后与太后的短兵相接的辩驳中，用自己在实践中摸索出来的一整套全新的人生观（常欢乐、有性情、见闻广、知疾苦、不失本真、懂得善恶、天性、至爱、人团圆、万年长）感化了亲生母亲，使皇太后也不能不伤感地说"说得好啊说得好"。这"人团圆万年长"唤醒了太后固有的善良天性，使她终于认同了这门婚事，抱起了可爱的小孙孙。这说明人间和谐的力量是无坚不摧的，人们回归自己的精神家园的强烈冲动是谁也无法阻挡的。至此，我们可以大致了解这出新《梅龙镇》与旧《梅龙镇》在人物、情节、主题上的巨大差异。可以这样说，越剧《梅龙镇》与其说是改编，不如说是地地道道的创造。用一句古人的话说就是"古歌旧曲君休听，听取新翻杨柳枝"。

也许有人会问，这样写是否美化了尽人皆知的戏凤游龙明正德皇帝？是否美化了封建帝王的感情？对这样的疑虑，我想作一点辩护。的确，这出戏可以同时做两方面的理解，一是可以看作对正德皇帝的重新认识，二是可以看作是借他人酒杯，浇自身块垒，是作家借正德皇帝之名来演绎一个纯正的爱情故事。如果作第一种理解，那么该剧是否美化了正德皇帝？我的看法是否定的。正德皇帝，这个 15 岁登基、30 岁驾崩的少年天子，一生有过许多劣迹，也干过不少荒唐事，但是按人的本性思考，即使他贵为天子，也不过是个十几岁到二十几岁的青少年，在这十几年期间完全可能出现青少年固有的某种天真、某种纯情，一个剧作家为什么不可以去表现这种可能性呢？莱辛在《汉堡剧评》中说得好："使一件历史现实值得我们相信的第一个要素是什么呢？难道不是它的内在的可能性吗？这种可能性完全没有任何确切的事实或流传的资料加以证明也罢，或者只可能由目前我们的科学还没有掌握的事实或资料加以证明也罢，那又有什么关系呢？"

如果作第二种理解，那就更不存在美化正德、美化封建帝王的问题了。因为任何艺术都是虚构的，艺术家借助于虚构可以更深刻地暴露生活的本质。人们常见的虚构手法，如神话、童话、寓言、鬼戏、荒诞等，帝王将相、才子佳人也是我国戏曲创作常用的虚构手段，甚至真名实姓的帝王将相、才子佳人也属于虚构手段之列。如《打金枝》表面上看写的就是帝王生活，其中的人物都是历史上确有其人的，但是我们不要忘记了这是一种虚构，是借助于编造有真名实姓的帝王故事来表现普通老百姓的真实的生活情趣的。章瑞虹的老师范瑞娟在谈到她多年演郭暖这个人物的体会时说："这出戏初看似乎只是反映皇家后宫的生活琐事，但细细品，里面却蕴含着不少发人深思的生活哲理，也富于生活情趣。"同样道理，我们看越剧《梅龙镇》这出戏，对正德皇帝与李凤姐的故事也要把它看成一种虚构手段，而不要用生活真实的标准去评判这些真名实姓的人物的是非美丑。一出戏"如果它是令人感动的，难道会因为作家采用了真名实姓就不令人感动了吗？"（《汉堡剧评》）至于为什么非用真名实姓的帝王将相而不用真名实姓的平民百姓来进行虚构，美学家朱光潜先生在《悲剧心理学》一书中说，这是一种创造距离以产生美感的方法，在古今中外是通行的。可见在这一点上也应该予以充分理解才是。

（原载 2002 年第 4 期《中国戏剧》杂志）

京剧《李清照》

京剧《李清照》观感

康　桥

作为一个诗人，作为一个通读过李清照诗词、对词人有一定了解并有特殊感情的人，无疑对《李清照》一剧有着过高的观感期待和要求。我想看到的不仅仅是历史和故事，而是通过戏剧塑造出词人的灵魂和风骨，简单说就是用戏剧给词人塑像。

济南市文化局、济南市京剧院共同打造的新编京剧《李清照》，没有让我们失望，且远远超过我们对该剧的设想和期待，让我们看到了心目中的李清照。

好的戏剧首先要有好的剧本。剧作家罗怀臻对《李清照》的把握本身具有塑造意义。剧作《李清照》不是简单地通过描写李清照的生平和她的创作，而是把词人放在她生活的时代，通过波折变故的国难和她本人所历经苦难的详情细节的描写，立体地、有悲有泣地描述词人经受的一切痛苦和考验，通过灾难辐射出词人的人格魅力。戏剧不仅以词人的智慧、美丽，而且以她命运的真实性深深地吸引着观众。

罗怀臻先生对戏剧有着深厚的功底和热爱。他曾写过越剧电视剧《人比黄花瘦》和越剧舞台剧《李清照》。在新编京剧《李清照》中，罗先生独辟蹊径，以李清照在不同年龄、不同处境和不同心境下创作的词做点，以充分展示词人情感的细节为线，描写了词人无忧无虑的少女时代、幸福美满的青年时期以及国家遇难丈夫屈死和悲凉凄惨的漂泊，立体地再现了词人多才多难的一生。

一部作品的成功取决于它的思想性和艺术性。美国女诗人艾米莉曾说过："没有一个舞台能让我扮演我自己的戏，但思想本身就是自己的舞台，也定义着自己的存在。"是的，世界上没有这样一个舞台，可以让演员扮演出一个真正的人，除非把诗人的思想给舞台给观众。京剧《李清照》做到了这一点。该剧所用李清照不同时期创作的13首诗词，就是词人真实灵魂的写照，以此为据并加以感人的细节，就使我们看到的李清照，不是肖像描写的词人，历史也不是回忆录式的历史，而是血肉丰满的词人复活在现代舞台上。

京剧集文学、音乐、美术、舞蹈于一身，充分利用舞台手段，全面运用歌、舞、说、做等各种艺术手法，表现时空的更替和气氛的变化，使舞台成为一幅流动的画卷。新编京剧《李清照》打造出体现词人悲壮一生、体现我们民族古代音乐性极强的艺术效果，在许多场景音乐、气氛的表现上，多用最能表现古代文人雅士气质和风貌的琴、箫、筝等渲染，恰到好处地把古今结合，把视听结合，并与剧情结合，达到增强主题音调生命力、赋予音乐象征意义的艺术效果。

用道具生戏，用道具引导剧情的发展。该剧每一幕的开始，都用清照词做成书笺式的巨大屏条，这种独特的布景方式，既给人一种新奇之感，又拉近了古人和观众的距离。让观众阅读、让观众参与，这样就把宋人的感情一下拉到现代来，也让我们在不知不觉中进入历史。道具的独特效果，加上高雅的昆曲旋律，营造出一种诗情画意的戏剧境界，做到了寓情于景，情景交融。

主演李青的演出是成功的。可以说她对词人是有了解和把握的，如果只有演功而没有对人物的把握，就会让人感觉有姿无骨。正是有了对李清照深度的把握，李青才能把感情化成形象，把生活调度到艺术的空间。李青的演出是投入的。她对李清照的理解都潜藏在她的一招一式、一举一动之中，从青衣到老旦，都演得恰到好处。我感觉她的外貌、她的说唱、她的舞蹈动作都像李清照，我们感谢李青创作了新的唱腔，这是运用新鲜的言语在抒情，李青的举手投足都是诗化的。可以说，李青既发扬了张派又发展了张派。她的唱腔婉转清丽，大方典雅，醇美中见华丽与舒展，表现出外柔内刚的特色，这更加体现出李清照风骨的独有魅力，令观众荡气回肠。如李清照为屈死的丈夫申冤、携带赵李两家几代人积累的字画金石千里追赶南下的朝廷，却又被朝廷的一个公公所骗，所有家当丧失殆尽。在这种上天入地都不能倾尽的冤屈中，李青的表演不是呼天抢地，而是通过若断若续、幽咽婉转的说唱使人潸然泪下。

剧中李清照在晚年常喝得酩酊大醉，于醉中忘却那种才下眉头却上心头的隐痛。从李清照醉酒我们可以看到她内心的痛苦和孤独，她相知相爱的丈夫远去了，永远不会回来了，词人由大富大贵到一贫如洗，有爱而失去爱，有幸福又失去幸福，最后一切成过眼烟云后，诗人回归自然得到新生和幸福，从而使整个剧情得到了升华。

整个舞台效果就是美的塑造，文情美、旋律美、服饰美、形象美、道具美。另外，所有演员无论生行还是旦行，正角还是配角，演出都十分投入。这些都是该剧能让观众产生思想和感情共鸣的原因。

（原载 2004 年 11 月 20 日《中国文化报》）

为泉城才女塑像

——看京剧《李清照》

安　葵

在中学读书时，就曾饶有兴趣地背诵李清照的词，《如梦令》的清新隽永，引起人的丰富联想；《声声慢》的无边愁绪，给人以强烈感染。后来有机会到济南，瞻仰大明湖畔的李清照祠，更引起对这一代女词人的无限崇敬。最近，我去了济南章丘（李清照的故乡），游览了与趵突泉齐名的百脉泉，面对神奇的梅花泉、墨泉，我想这不就是李清照那奔涌不止、千年来仍富有生命力的诗词吗？

看了济南市文化局、济南市京剧院打造的《李清照》，非常高兴。这部由罗怀臻编剧，黄在敏、黄依群导演，李青担纲主演的作品很好地为泉城才女李清照在舞台上塑了像。

李清照对民族文化的贡献在两方面，一是她留下了脍炙人口的诗词，二是她协助丈夫赵明诚收藏研究金石文物。她的诗词的成就广为人知，然而金石文物又是她与赵明诚情感相通命运与共的纽带。在金兵大举南下之际，赵明诚又蒙冤去世，这对李清照是巨大的打击。她为了保护丈夫视同生命的金石文物，并为了辨明丈夫的冤枉，随着宋朝逃跑着的朝廷，一路奔波南下，这样的生活阅历，形成了李清照独特而多样的词风。她的前半生生活闲适恬静，词风婉约，后半生国愁家愁集于一身，词风中更兼豪放。她一生遭遇坎坷，但又缺少"戏剧性"，这给编剧和表演都带来很大难度。剧本以李清照的诗词贯穿全剧，用诗词表现人物的性格和感情，用诗词诠释人物的命运，浓缩地表现了李清照的一生。导演也紧紧地把握住了词的节奏，在舞台上演奏了一曲激荡的词人命运的交响曲。

看得出演员为塑造人物所作出的努力。舞台上的李清照从十几岁到七十多岁，年龄的跨度很大；由于经历的变化，人物从外貌到性格前后都形成强烈对比。优秀京剧演员李青能用嗓音的清浊、动作的疾徐、感情的起伏等，细致地表现出来，给人留下深刻印象。前半段表现李清照的纯情，给人以清新靓丽的美感；后半段则主要表现人物的悲剧性——到了晚年，一身落魄，两手空空，连一碗酒都喝不起，连自己是谁都不肯承认了，演员深刻地体会出了剧本所蕴涵的思想，表现出了词人“失去自我”之痛，给人以巨大的震撼。最后，在仆人的提醒下，李清照从消沉中又渐渐振作起来，群众对词人的尊重又使她找回了自我。友人又“赞助”她出版了《漱玉词》和《金石录》，完成了一个圆满的结局，这既符合历史的基本真实，也符合观众的心理和愿望。

李清照是泉城的优秀女儿，人们看到济南的泉就想起李清照。舞台上的李清照也必将向人们更生动地传达出泉城的文化信息，我希望通过《李清照》的演出能使一代词人的神韵和泉城的文化都更加发扬光大。

（原载 2006 年 4 月 20 日《中国文化报》）

人文之美《李清照》

黄维钧

早年读书时，喜欢李清照的词，但从来不敢想李清照的生平及诗词是可以写成戏来演的。读了罗怀臻先生新编京剧《李清照》剧本，看了济南市京剧院的演出，我很佩服，也很赞赏。

戏中的李清照，既是有史可据的历史人物，又是编剧和导演所认知和想象的艺术人物。从戏的构成来看，若抓李清照生平中哪一点作为戏核，加以铺排而成块状结构的戏，不见得明智。本剧以李清照的生命流程为经线，把她的命运遭际、生存状态、行为表现、文思才具、情感思绪编织进去，是颇见匠心之举。此剧脉络清晰，视点准确，刻画细致，思绪绵长，真切可感。

戏共六场，前四场主要表现李清照和丈夫赵明诚从一见倾心、夫妻和谐、离愁别绪，直到丈夫病危时的生死相托。这几场戏很容易写得和演得一般化，但《李清照》由于抓准了他们夫妻之间独特的人文情怀而别具一格。

李清照与赵明诚是在封建礼教大行其道的宋代结成的婚姻，他们俩是那个年代非常难得又非常独得的一对同声相应、同气相求的高级知识分子夫妻。他们的生活情趣、精神追求都建立在他们两人共徘徊的高端文化层面上。《李清照》抓住了这一点，就抓住了他们夫妻关系的独特性。

李清照早享文名，很早就以词闻于世。她人漂亮，词作得好，感情又那么丰富，虽然在封建社会，她的追星族就不少，赵明诚就是其中的热烈分子。戏的第一场，便是赵明诚与李清照在后花园的隔墙相晤。两人互相慕名，一见如故。赵明诚把自编的李清照的《新词集》作为见面礼奉上。隔着一截景随人移的矮墙，他们互通心曲。公子小姐私订终身后花园、隔墙相会传私情之类的戏，极易走上无新意的老路，可是这场戏因编导对这两个人本性天然的自由心态和明快性格的把握而不同一般。戏排得很活，演得真切。

第二场写李、赵婚后安居青州十二年，是对这一双文人夫妻和谐生活的抒情写照。李清照是秉性高雅、才华出众的诗人，赵明诚是视书画典籍如命的收藏、鉴赏、研究的专家。按史料上李清照自己的说法，赵明诚当年在做太学生时，放假回家途中，总要卖掉衣衫，换得一些典籍和零食，回家与李清照一起把玩和共享，这一点在戏里也有反映，以及猜书斗茶这样一些他们俩所独有的书房之乐也没有被编剧放过。这场戏里写李清照对文物的兴趣也日益浓厚，夫妻俩互相支持，一起陶醉，过着远离仕途和名利场角逐的淡恬而安宁的日子。但是“金人鹰视虎步窥中原，安宁从此休”的不祥时刻终于到来，南宋小朝廷下诏要赵明诚出仕做官。赵明诚临别之际，李清照弹唱送夫君，赵明诚吹箫相和，离情别绪中播撒着令人惴惴的不安。此剧演出中每场的开头、中间或收尾处都有与剧情相通的李清照代表作的歌唱，为全剧平添诗化和抒情氛围，幽幽传达人物的思绪，这几乎成了这出戏的剧品的组成部分，非常得体，也优美动人。

第三场写赵明诚转赴湖州上任时，病于南京。李清照按照赵明诚离别时的嘱咐，在时局动乱难以安身之时，押着 15 车文器来到南京，与丈夫相会于秦淮河畔。这场戏是必要的交待，李清照以弱力之躯，以须眉所不及的坚毅，开始了艰难的人生之旅。这一场的收尾用了李清照的著名诗篇《乌江》：“生当作人杰，死亦为鬼雄。至今思项羽，不肯过江东。”李清照是婉约派词人的代表，对于她词作的细腻委婉人们印象极深，想不到像《乌江》这样豪迈大气、具有壮士情怀的诗句竟然出自这位婉约大师之手笔。其实这恰恰是李清照性格和人格的另一面。这不仅体现于这首诗，其他诗作中也多有流露。这一场的最后，导演通过独唱、反复重唱，并助以雷声，浓浓地作了渲染和强化，相当具有感染力。

第四场，赵明诚卧病南京，李清照奉药侍候。戏的重点在赵明诚去世前与妻子最后的互通心曲。整出戏由此逐步转入对人物精神世界的开掘。在这场戏中第一次提出了一个带有哲理性的问题。赵明诚问李清照："读书人一辈子该做些什么?"李清照回答："该做什么做什么。"赵的问题说明他临终还不明白如何把握自己的命运，而李清照的回答说明她对人生参悟得更透，胸怀更豁达，拿得起放得下。李清照后面的戏正是以此为起点延伸和发展的。

后面的戏从情节走向看，是沿着这样一条线走的：赵明诚被诬与金邦有通敌之罪，李清照押着文物典籍追赶流亡小朝廷，想通过献宝为丈夫辩冤，但作者和导演不在情节的表层做足文章，而把重点放在人物内心世界的遽变上。

第五场发扬戏曲时空自由的写意手法，表现李清照押运文物宝器，苦苦奔走于浙东各府县之间，追赶流亡小朝廷。不料小朝廷逃得比兔子还快，李清照永远望尘莫及。我很欣赏作者此时对李清照心态的推定和设置。她自越州、明州、台州又婺州地一路奔波，屡屡失望以后，发出愤懑之语："清者自清，浊者自浊，自有公论。"她不再追赶了。她的心态已由承认小朝廷的权威而变成对它的蔑视。家已破，人已亡，国也不国了，还向只顾逃跑的昏聩朝廷申辩什么黑白清浊呢！这是入戏以来李清照的第一次精神的转折和突进。她再也不那么在意对小朝廷的尊重了。但是她仍然热爱祖国山河，望着金华雄伟壮丽的八咏楼，她又留下不朽名句："千古风流八咏楼，江山留与后人愁。水通南国三千里，气压江城十四州。"写得多么气势宏伟。一句"江山留与后人愁"，道出了她虽然身处困顿，依然在作忧国恤民之思。

这一场戏导和演都好。表现李清照奔波于浙东各府县路途时，尽情发挥戏曲写意手法，在流畅的调度和紧凑的节奏中，演员且唱且舞，如风卷行云，且情真意切，极有表现力和感染力。

李清照在婺州被恶人假传圣旨，夺取了大量珍贵文物，此事把李清照推向绝路，心灵遭受严重打击。她发出了世道"不公正"的抗争，为对不起死去的丈夫而自责。接二连三沉重的打击，把李清照折磨成了“万念俱成灰，孑然一妇人”。此时李清照的悠长唱段如同命运咏叹调，充分传达出她内心的哀伤和精神的挫折。她一反常态，把一向看得比命还重的书稿诗笺抛向空中，恨恨地发出怨声：“都是无用的东西。”

戏曲人物性格的设置，一顺边走向的多，而此剧中对女词人李清照精神世界的塑模，经过起伏跌宕而进入逆向境界，我以为这是《李清照》在创作和演出中最具人文价值的地方。

第六场，李清照已届晚年。这场戏史实难考，具有丰富的浪漫气息。这场戏里的李清照已经生计维艰，精神颓唐，但豪放一如往日。她在酒肆里赊酒喝，一碗不够要一坛，喝完一坛再要一坛。导演和演员把握得很好，演出了她颓唐表象之下灵魂的痛楚和独特的气质。

综观李清照形象的塑造，不是一般地演示一个天才的曲折人生路，而是让我们看到一个天才生命在重力挤压下的扭曲与消解。李清照原本与世无争，生活在自由天性之中，享受着充分的精神生活和情感生活，她的才华光耀千秋。但是在腐败朝廷和黑暗社会的打击之下，她成了放浪形骸、心灵麻木、良智掩藏的可怜人。在戏的最后，《李清照》的创作者和演出者怀着对这位天才女词人的崇仰敬爱之情，恢复了她的尊严和秉性，唤回了她的才华。当她为自己“生不像生，死不像死；人不像人，鬼不像鬼”而自惭，不肯承认自己是大名鼎鼎的易安居士时，她最亲近的朋友和素不相识的酒友都向她举起了致敬的酒杯，同声齐喊：“我们永远是你的亲人。”

戏的结束打造得十分诗化，李清照在友善人们的簇拥之下，坐在秋千架上，仿佛又回到昔日青春洋溢的年华，佳句如涌。李清照在创作者和演出者的祝福下又重生了。

（原载 2006 年 4 月 20 日《中国文化报》）

昆剧《班昭》

班昭的四季

——观看昆剧《班昭》有感

翁敏华

一块顶天立地的大青石挡住了我们的视野。

这块坠落红尘不知几世几代的青石上只有一个“史”字。

镌“史”的青石犬牙交错地裂开了，引我们进入历史的纵深处。

在幽暗尘封的历史的那端，我们读到班昭鲜活的生命，一个才女的一生，一个才女的四季。

14岁，青春少女，花一样的年华。私入被禁的书斋，爬上书橱贪婪地研读，上书朝廷使《汉书》开禁，小荷才露尖尖角，已是气度不凡。30岁，受命于兄亡之际的班昭已经续写《汉书》多年，却在这人生的夏季“屋漏偏遭连夜雨”，夫死友散，大火烧毁书稿。从厄运与疾病中步出的班昭，生命得到了提升。“天将降大任于斯人”之“人”，不只是男人。50岁，人生的更年期，懒怠、伤感、脆弱在所难免，好在班昭终于战胜了自我，《汉书》有幸！70岁，白发才女终于迎来人生最后的辉煌，《汉书》终于画上圆满的句号。一代才女，也在完成了历史使命后，在太阳的爱抚下静静上路。真不知是班昭成全了《汉书》，还是《汉书》成全了班昭。

班昭的一生，似乎一直在抗争着。少年时与王命抗争，中年时与厄运抗争，到了晚年，又要与自己的惰性抗争。治史，如同治学一样，也是一桩“聪明人下笨功夫”的活计。若人不聪明，必难以胜任；若功夫不“笨”，则难以成功。这聪明与笨的对立统一，何其不易！面壁，何止十年？板凳要坐何止十年冷！班昭，像每个普通女子一样，也有她的依赖性、软弱性，七情六欲，也爱虚荣，也会“闺怨”，也要伤“春”悲“秋”，也需有人帮衬。惟其如此，这个班昭才显得如此的有血有肉，才显得如此的近切。一部《班昭》，写尽了天下所有治史治学的人，天下所有执着于一件事业的人们，这是剧作家罗怀臻的夫子自道，是主演张静娴的自我演绎，当然，也说着了我。于是，看着处于秋季的班昭情绪上的大起大落、大喜大悲，看看她在坚持与放弃的临界线上挣扎，一种感动，涌上心来。

《班昭》好！传统戏曲终于承担起惩创时弊、总结历史、塑人心魂的使命。

罗怀臻的新编历史剧不是向浅处“戏说”，而是往深处开拓，往人性的细微处发掘。

杨小青的导演手笔总带有鲜明的女性立场、饱满的女性情感。

这是我看过的张静娴最好的戏。班昭的四季。张静娴的四季。每一季都美，且一季比一季美。“如花美眷”是一种美，沧桑，怎的不美？秋思，总要深挚于春情。

班昭就是张静娴。张静娴就是班昭。《汉书》永存。真艺术是不朽的。

（原载 2001 年 4 月 30 日《上海盟讯》）

悲情生命

——换一种眼光看《班昭》

罗　周

《班昭》很长，从晚七点一刻演到十点。走出逸夫舞台，夜色的街道竟有些空旷。又有风。我紧了紧衣裳，一面举步，一面轻声哼着："白发萧萧出宫门，寻故友，访旧人……遥向蓬莱忆前情，对孤影，独悲欣……"

遥远的两千年前，有一个叫班昭的女人，将她的一生奉献给一本《汉书》。

这就是《班昭》的全部内容吗？

怀揣着戏票，我本想来看看《汉书》的辉煌与庄重。幕落后，我只有满目悲伤。一种深刻连绵的情愁，一点点地蔓延开，将我整个儿地淹没。

真正演绎在舞台上的，应该是一道深刻的悲剧信息吧？

真正鲜活于昆剧中的，应该是一颗悲愁的女人心吧？

风尘变幻，庄严和成就都慢慢地剥落了，我只看见一些无言的汉装女子，轻轻地举起衣袖，缓缓地移动步伐。就是她们，先将我们引领进历史，又将我们牵回了现实。

我觉得她们正像《汉书》，美好得有点冷漠。

唉，承受那不能不承受的责任，抛掷我不能不抛掷的青春。将原本鲜活的生命折损了，才换得一部《汉书》长存。这是一段历史的幸运呢，还是一个女人的不幸？

对于班固、马续、曹寿或者其他什么人，我不想说得太多。只因为他们是男人。在如尘如烟的史籍中，有过太多男人。他们承载了社会的期望，选择各种活法，叫你喜、叫你悲、叫你怨怒，叫你疼痛。即便足够跌宕，也因其普遍而普通。

但是班昭不一样。

班昭不是班固不是司马迁。她不是一个可以名垂青史的男子，她也未必有将生命汇入笔端、将光华灌入史册的气魄、胆识和才华。这样一个女子，是不是一定要承受沉重的责任？是不是一定要将毕生的韶华、全部的光阴，都交托给一本史书？

——兴许是不自觉地，编导们将这问题移到了观者面前。

“望着那两片竹简，战战兢兢不敢向前。共谁良缘，须臾怎分辨？信手一片，我明日怎相见？”“看兄长情切切流泪眼，这也不是嫁妹，是把班昭嫁书简。”

面对病中的班固：这个一心将《汉书》托付给“妹婿”的兄长，十四岁的班昭表现出了相当的悲痛和恐惧。她对自己的将来、对自己的婚姻，难道没有憧憬、没有向往吗？可在“班氏一门，《汉书》为大”的言语压力下，在悲戚的兄长将落之双膝前，她只能一步一步，巍巍颤颤地走向案上的两片竹简，走向完全不由自己把握的未来。

命运冷酷，女孩子的手指碰上了“曹寿”：一个贪恋权势、爱慕虚荣的男子，一个不能甘守寒灯、独对青史的男子，一个注定不能肩负起《汉书》的男子。

这是班固、马续、曹寿等的错误、悲哀，也是《汉书》命运的悲哀。然而更悲哀的是：全部错误的、冷酷的后果，要由一个女子来承受！

曹寿奔走官衙，《汉书》却并非美赋，它不能在官衙里、在酒席上完成。班固死前声声呼唤，也唤碎了班昭的肝胆。我想：班昭并非出于“史家之心”接受书稿，她也没有“为后人立春秋”的“崇高觉悟”。这女子所以跪下去，所以举了双手，所以挺起身子，承受那累世积累的期待，只在于她希望兄长能够瞑目而逝！

“我班昭，五岁习《诗经》，七岁读《论语》，九岁熟诵《史记》，十岁而做篆书。自幼目睹家事变迁，领略史家悲喜。而今情势所迫，承继史稿，一息尚存，修行不辍，有生之年，定当完成《汉书》。天地为证。”

这便是班昭接受书稿时的誓词，“本纪”“列传”在她身后升腾不息。

人们只关注于誓言本身的浩荡、坚强，往往忽视了一个普通女子的心情。在那壮怀激烈之后，竟生存了怎样的悲切与辛酸呀，生存了多少无奈和多少眼泪。

细心的人会发现，班昭从来也没有过选择的权力。除了接受命运接受一切，她什么都不能做！仅仅因为她是班家女子，是“班彪的女儿，班固的妹妹”，她就必须将父兄未竟的事业挑上自己单薄的双肩么？仅仅因为她代替丈夫承受了责任、许下了诺言，她就必须在灯下苦熬“一天天，一月月，一年年，一个十年又一个十年”么？

曹寿贪图富贵、夜不归家，她只能写书；马续畏惧流言、离她而去，她只能写书；雷霆大作，天火焚烧书稿，她只能写书；直待双鬓斑白、青春飞逝，她还是只能写书！写了一辈子书，头白了、人老了、该歇了的时候，她还要挣扎岁月，为《汉书》作注！

与其说她是个可敬的女子，还不如说她很可怜吧？与其用敬服的言语赞扬她，还不如用怜惜的双眸凝视她吧？与其津津乐道于“皇上见了面还破格让她站着”“谁不知道曹大家”，还不如借给她一双温暖的肩膀，让她安静地靠一靠吧？

因为职责和承诺，班昭的人生状态已凝固成了一种特定的格式，这格式也固化了她的人格，固化了她身处的世界。对班昭来说，今天和昨天不会有太大区别，明天和今天也不会有什么变化，“一个字、一个字地写、写、写”，前路暗淡，没有边际，不知什么时候才能结束，也不知结束的时候自己会成为什么样子。她唯一能做的，只是决绝、坚忍、一往无前地走下去。

也许，正是那沉重的《汉书》，磨灭了班昭生动的、活泼泼的人生百态。

岁月流逝，一个字一个字，一句话一句话，全都变成了枷锁，变成了“鞭笞”，变成了辛苦的负担。在循环往复、往复循环之中，生命的新价值越来越少，在《汉书》的光亮下掩盖了某种空洞，在《汉书》的崇高下修饰了某种虚假，在《汉书》的盛大下隐藏了某种缥缈。

这叫人悲哀、使人窒息的状况，班昭也发觉了。她也曾厌倦于此，也想真实地、丰满地体味一下自己的岁月（这些内容，编导用了消极的态度来对待。他们使班昭说出了诸如：“人又老了，应酬又多，心里虽然着急，可又有什么办法……管它呢？人都是一辈子，何必总跟自己过不去”之类的话。但我以为，在表演之中，班昭掩盖不住的生命之光竟还能从台词后面渗透出来，挥洒得淋漓尽致）。第五场戏里，也即班昭五十岁、搬入皇家书院，她一度“奉内廷召请，授业公主，解惑王孙。课后邀约频频，与赵姬并坐抚琴，陪李妃饮酒论诗文，都是些闲情雅兴。”

通观全剧，此时的班昭最可亲、也最可爱：融合世俗的喧嚣后，她的周遭热闹起来了，她的神姿也生动起来了。班昭是一个不能替代的生命，她有勇气、有心思享受人生乐趣、年岁欢笑，那微醉的神态、那带了抱歉意味的、含笑的“下回婉拒，收心，收心”，都如此优游、从容——此时班昭的装束，无疑也是全剧中最漂亮的一刻！

写《汉书》的班昭是一束竹简、一支笔；醉酒的班昭是一个真实的女人、一回真切的生存。

然而，不是每个人都像我这样想（反思自己，连我也认为这想法是在倡导“及时行乐”啦，只是“昼短苦夜长，何不秉烛游”？鲜活的、真实的存在，应该胜于辛苦、单调的面具生涯吧）。身在剧场，只听得旁边观众轻声埋怨：“呀——她吃酒了——”

观众要求班昭为《汉书》付出一生，编导也作如此要求。于是，舞台上来了那个无聊的马续——在班昭最需要安慰、最需要帮助时，他一声不响地离开了她；如今，他又在这个其乐融融的时候回来，残酷地切断了一个女子享乐的可能性！

一声“你让我想起那毁掉的曹寿”，不啻万钧雷霆！

抱怨、痛苦、悔恨、酸楚、焦灼、凄凉……全部的情感在瞬间复活，班昭的性情爆发了前所未有的复杂性。或是“我心已尽了，力已乏了，人也老了，头也白了”的哭泣，或是“不就是喝几壶茶，饮几杯酒，赴几回宴，偷几日闲嘛，难道这也过分吗”的质问，或是“我恨这部书稿，恨死了”的咒骂，或是“焦灼于心兮，其实不安；每思发奋兮，一延再延”的自省……无不畅快淋漓、无不神采毕现！将个女子辛苦一生的话语和心情，痛快酣畅地说出来、唱出来了！

可惜的是，耀眼的光芒只闪亮于一时。在“最难马续一声喊，梦惊醒，发全斑”之后，在“最难耐的是寂寞，最难抛的是荣华，从来学问欺富贵，真文章在孤灯下”之后，班昭又不能不走回到原来的路上去，再去忍受笔墨劳累，再去忍受寒夜漫漫！

对班昭而言，几十年的辛劳之后，撰写《汉书》成为了她的惯性。所有人都苛刻地要求她，她也同样苛刻地要求自己。“列传”“本纪”“世家”……无情地框范了她的生命，任何稍有脱离、稍有反抗与挣扎的行为也都变得“天理不容”。

终于有一天，班昭记不得她的模样了，《汉书》将她完全吞噬，她丢失了自己的性格，遗忘了独特的内涵。

且看一看班昭在书成后的表现吧。她直觉反映出的不是欣慰、不是喜悦，却是一种莫可名状的惊恐和失落！她失魂落魄地询问书稿去处，既而又号啕大哭道：“天哪！那是我的书稿，我的书稿……”接受了马续的宽慰后，她觉得自己应该笑，可方一展颜，又沦作了哽咽和抽泣，不能成声地说：“可我就是想哭……”

《汉书》不仅是她的作品，也是她全部的生命韶华：又不仅是她的生命，也是她全部的精神支柱。她的人生、灵魂都依附在竹简上，在墨痕间。踏实地握住了它们，班昭才发现自身的存在，才能感觉到清晰的自己！一旦没有了它们，这女子也随之丧失了对自我的认同、肯定，她能触摸到自己的皮肤，却感觉不到自身的呼吸。书一运走，她的生命也变得漫漶了、含混了。

《汉书》是神吧？笔墨竹简是狞厉的仪式。

高耸的祭台之上，安置了一个女人的一生。

凤凰也是祭品，它可以在烈焰中腾空而出；但是班昭不是凤凰，她皈依于《汉书》、奉献了自身，将史书当了毕生之“道”，这“道”照亮了她的名字，却也剥夺了她的生命和容颜。仪式结束了，神离开了，女人还要活下去。但她已经不知道应该做什么！只能喃喃着说几句“晒太阳，晒太阳”，蹒跚地走几步，懒懒地坐在宫中的凉石上。坐着坐着，也就死了。

我实在不忍用“异化”一词来形容班昭，只能默默感受她一生练成的悲哀。《汉书》和她，庄严是很庄严的呀，隆重也很隆重的呀。回头一看，就班昭而言、就一个女人而言，她更喜欢当个有人疼有人爱的小女孩呢，还是更喜欢当“班女史”“曹大家”？

（原载 2001 年第 6 期《上海戏剧》杂志）

三看《班昭》

刘厚生

我这是第三次看《班昭》了。看后碰见作者罗怀臻同志，我脱口说了一句："这个戏耐看。"

上海昆剧团每年来在致力于对传统剧目的发掘、继承、演出的同时，还下了很大力量组织编演新创本戏。《班昭》和稍前一些的《琵琶行》（王仁杰编剧，黄蜀芹、张铭荣导演，梁谷音、缪斌主演），可说是"上昆"近年双璧。如果再加上前几年的《司马相如》（郭启宏编剧，卢昂导演，岳美缇、张静娴主演），更可称为"三朵金花"。我真是为"上昆"的成就高兴。

《班昭》最突出的成就是从剧作到舞台演出，成功地塑造了一个昆剧史上少见的古代女学者形象。全剧内涵深远，气质高雅，相当完整。

新中国成立以来，昆剧推陈出新，逐渐在古老的折子戏传统之旁，形成了一个还很年轻的单本戏传统。其最大特点是有一个完整的故事和人物形象。昆剧老观众大都偏爱折子戏，因为"昆味"足，而年轻新观众则因新本戏有头有尾容易懂，又有新的观念，更喜欢新本戏。二者有重叠，更有距离。当前昆剧重要任务之一应是通过一系列努力，使两个传统逐渐接近、融合而不是越来越远。

这种接近、融合，首先一点是新本戏必须把老传统最核心最基本的有价值的创造原则继承下来。《班昭》在这一点上我认为做得很好。明清传奇剧作大都芜杂冗长，但其最优秀作品和许多作品中的优秀段落则是李渔总结的，必须是"一人一事"。昆剧多年流传的从大戏筛选出来的折子戏，可以说都是符合这一原则的。《班昭》写班昭一人的成长，写她继承父兄未竟之志撰述《汉书》一事，写她为此所付出的感情代价、幸福代价以至生命代价，最终写出她“真文章在孤灯下”的孤高境界。线索简单而笔力深厚，不仅是一人一事，而且还显示了现代人的思维和感情。

优秀传奇很讲究细致刻画人物性格，讲究人物在不同境遇中的性格变化、发展，讲究人物性格同感情波涛的相互激发作用。杜丽娘、崔莺莺、赵五娘、陈妙常、李香君等等无不如此。罗怀臻对于班昭的发掘和描绘不逊于前辈。他写班昭同大师兄马续、二师兄曹寿之间的友情、爱情、夫妻情、知己情，既复杂又清晰，尤其是同大师兄之间感情微妙曲折的变化，同撰写《汉书》事业融化为一体，更显出了高尚的情操，可以说写到了班昭的性格深处。

传奇的文学语言从来就有多种不同风格。那种不问人物身份性格，只追求雕琢文词、排比僻典的作品最为人们所诟病。罗怀臻作品的语言一向是朴实大方，《班昭》中根据题材、人物性格情境的特点，可能是有意识地较多运用口语，也追求其朴素和优雅。我以为在怀臻作品中是新的成就。

仅就戏剧结构的一人一事，形象性格塑造的真实细致以及文学语言的朴素优雅这几方面，可以看到《班昭》是很好地继承了昆剧的优秀传统。就其根本意义上说，这个优秀传统也就是中国古典剧作的现实主义传统。

还要说几句《班昭》在舞台艺术二度创造方面的成就。

有一些同志认为《班昭》有较重的话剧味道。我想过，第一场几个角色的出场，颇像话剧介绍角色手法，而且对话多（全剧都显得对话较多），唱少，傻姐说京白口语，身段舞蹈也不明显，都让人联想到话剧。我觉得是可以考虑冲淡一些。因为如果一开始就让观众得此印象，以后要扳回来就吃力了。然而我也想说，有意识地吸收一些话剧因素，也没有什么不好。实际上，戏曲各剧种几十年来，在许多方面都早已不同程度地吸收了外来影响。问题应是用得好不好而不是能不能用。当年越剧正是请昆剧和话剧做“奶娘”而得到迅猛发展的。人们一向说昆剧是“百戏之师”，而“上昆”团长蔡正仁在一次昆剧演出大会上高呼“百戏学昆，昆学百戏!”说得多好。

《班昭》导演是越剧大导演杨小青，她有意无意地也给这个戏带进了一些越剧风采，但融化进来了，我想也很好。她的导演，体现了剧作的思想理念和精神气质，没有像当前有些导演那样削你剧作之足，适我导演之履。整个戏流畅，充实，完整，有力度。是杨小青又一成功之作——更准确说，是罗编杨导合作的胜利，然而，即使编导合作得再好，如果不通过演员的表演，也只能是一个躯壳。《班昭》只有6个角色，个个有戏，也就是个个责任重大。张静娴当然是中心，她的表演感情丰富，清朗而又厚重，柔弱而又刚强，确实创造了一个昆剧舞台上未曾见过的形象。蔡正仁以六旬高龄演马续，由小生到老生，演得厚道、朴实、高尚。他向班昭辞行远去以茶代酒的一场戏，一切尽在不言中，班昭一声“哪怕晚走一天也好”，最普通的日常客气话，此时此地却蕴涵无限，真情实感，令人心弦震动。确是好戏。何澍以京剧老生串演昆生曹寿，这个角色色彩复杂，何澍演出了性格的变化，很不容易。班固过去由方洋、现在由缪斌饰演。在戏中地位重要而戏偏单。方洋和缪斌演得都相当到位。由他们的表演令我想到昆剧深厚基本功在创造角色、哪怕是次要角色中的作用。傻姐戏多而碎，都是陪衬的戏，谷好好以武旦行来应此角，由小花旦演到小老旦，小姑娘居然拿下了。吴双原是昆净，我看过他的《刀会》，颇有气势，这个戏里竟然改演太监，演得活灵活现，看得出他有创造角色的悟性。从两个小青年看到“上昆”新生一代的成长，他们前程远大，我从心里喜欢!

（原载2001年第12期《中国戏剧》杂志）

今夜的寂寞是如此动人

毛时安

已经数不清是第几次看昆剧《班昭》了。我几乎是从剧本到排练到每一次的舞台演出，看着这个戏从无到有渐渐“长大”的。让我感动的是，每次看这个戏都会有新的感动，每次望着大幕的慢慢合拢，望着合拢前慢慢收光，终于消失在光圈中的班昭，苍老的面容，被永宁二年一个黄昏清冽的寒风所拂起的霜雪一般的满头白发，都会有一种新的期待。像潮水一样久久地冲击、浸泡着我。我问自己：你还在期待什么？期待班昭的生命出现死而复生的奇迹，期待明天在哪一个剧场再和班昭不期而遇，期待班昭的人生路唤醒更多知识分子蜇睡的良知，期待一个寂寞的故事能轰动社会，抑或期待今夜的寂寞，能像珠宝令人晕眩和广告词所写的那样“美丽得很久远”?

是的，我期待什么呢?

北京的一位评论家概括昆剧《班昭》是一个寂寞的剧种、寂寞的剧团、一群寂寞的演员，演了一个寂寞的故事、一群寂寞的人物。梨园界有一句俗话“外行看热闹”。对于大多数观众来说，戏忌寂寞，才子佳人，刀光剑影，大开大阖，大起大落，大喜大悲，戏才有看头。编戏的是骗子，演戏的是疯子，看戏的是傻子。其实傻子从来不傻。今天倒是骗子很傻，傻呆了。常常既没有智慧又缺乏想象。罗怀臻是个真诚而聪明的“骗子”。他知道，戏怕寂寞。但他更知道，戏不怕大寂寞，一部《红楼梦》，无非是儿女情长，怀水风波，叔嫂斗法，争风吃醋，除了检抄大观园，几乎没有什么重大的戏剧动作。但一个钟鸣鼎食之家在不动声色的被颠覆、被瓦解，直到宝玉出家，披着袈裟消失在茫茫风烟之中，所有的细节都具有了“白茫茫，大地真干净”的大寂寞大悲哀的意味。

班昭的寂寞，是一种大寂寞、大悲哀。《红楼梦》贾宝玉从群芳簇拥到愤然出世自然是大寂寞，班昭从少不更事、情窦初开到享极宫廷文人的荣华富贵，却无一个可以托付灵魂的地方，没有一个可以精神灵魂交流的知己，一个人在岁月的苍老中，品味着精神境界中“高处不胜寒”的滋味，也绝对是一种大寂寞。

大寂寞是大悲哀、大悲剧。少时丧父、中年丧夫、晚年丧友，一个文弱女子，终其一生伴着青灯黄卷，走完生命的全部路程，不是悲剧又是什么？

在中国文化界弥漫着一派浮躁之气的今天，在一掷千金石崇斗富的豪华大制作蔚然成风的今天，《班昭》展示了一种不激烈却很激动，不断展示着人物灵魂深处冲突的雍容气度和沉稳风范。照出了某些艺术作品内心的苍白和想象的匮乏、萎缩。在一个商品化物欲化的时代，想象的委顿、灵魂的贫乏和下坠，早已是不争的事实，只是其委顿、贫乏、下坠的速率如此之迅疾，却是大大超过了我们的想象和预测。

修史，在中国历来是件功在千秋、传之万代，立德、立功、立言的大事，但同时又是一份孤独寂寞的事业。从事孤独的事业，必须耐得不被常人理解甚至忍受常人误解曲解的孤独。班昭修《汉书》，她的全部动人和美丽，正是在不被人理解、绝少人认同、孤独寂寞的生命过程中，在她修史的过程中，也即她的生命和事业、情感的关系中展开的。作为《汉书》的最终和主要完成者，她和终生的知己大师兄马续，都是匿名者，都没有在《汉书》上具名。“后人读《汉书》，就只知班固而不知班昭、马续。”一辈子在宫中做奴才，晚年有所反悔的范公公，直到老态龙钟仍然没有明白，他们“也称一辈子，图个什么哟！”一文钱没有，连个虚名也不具。匿名，把知识分子在人类进程中那种自觉和不自觉的奉献传承，作了极致的表述。朱学勤曾经论及思想上的失踪者。在文化史上有在强权政治下被迫匿名的失踪者，也有自觉匿名奉献出全部生命的“失踪者”。班昭一生最震撼人心的地方，正在于穷其一生之坎坷打击，而最终却将自己的全部风采无名无姓地融入到《汉书》的字里行间。她把自己的生命无怨无悔地托付给了历史，托付给了清风朗月。知识分子有社会职业角色的定位，更要紧的却是精神和灵魂的定位。在一个动情多变的年头里，能寻找到自己精神和灵魂位置的知识分子，我们可以肯定这样的人，无论发生什么变动，他内心深处是快乐的、幸福的。

对于班昭来说，续写《汉书》，尽管她承接长兄嘱托、长跪在地的仪式，是人生最庄严的时刻，但她并不可能理解“班氏一门，《汉书》为大”的文化意义和生命底蕴，无法从理性、更无法从感情上，真正感受到承接在手上的这份“使命”的沉重，也无法预知这份使命将给她一生带来的痛苦坎坷，更无法预知这全部的痛苦和坎坷，带给她的欢欣将是如何的短暂，如何转眼即逝的弥足珍贵。她人生的选择，乃是从一开始就是一种宿命——“就因为我是班家的女儿!”从广义的角度来看，所有知识分子在精神上都是“班家的女儿”。一旦选择了以写作为业、知识为业、文化为业、以追求真知为业，你就命注列入“班家儿女”的精神谱系，你就开始了一段常人无法理解和不堪忍受的极其孤寂的精神之旅。

这是一个何其痛苦、痛苦得近乎自虐的生命过程，班昭必须面对被功名利禄诱惑悔恨不堪的丈夫曹寿投水自尽，忠厚朴实惺惺相惜的大师兄马续不堪流言的辞别，突如其来雷火中书稿毁于一旦——接二连三事业、情感、人生的沉重打击。正是这些打击集中在第四幕，使第四幕成为最具外部戏剧高潮的一幕。但是，在我看来，全剧心理的情感的高潮却是第五幕。经历一场大病和20年岁月历练，中年的班昭重新面对的是功成名就后的皇家诱惑，是众星拱月的应酬，是抚琴、饮酒、吟诗、授课、清谈。虽有“犹自半醒的婉拒”却终是“慢慢地身不由己。”《班昭》最动人的地方，是对知识分子人性深处那种隐秘内心风暴的极为精确一处的揭示和展示，是灵魂深处撕裂人心感人肺腑的冲突图画。事实上，事业中的匿名与奉献，强制与自觉的快乐，伴随着班昭的一生。一旦功成名就的眩目诱惑到来时，保持一份高度的自制、清醒的矜持和沉稳的定力，实在不是件容易的事。

只有这样我们才能真正理解，当大师兄马续二十年后归来，冷言俏语地指责班昭，信誓旦旦要在“完成先生遗愿”的名文下拿走书稿时，班昭的冲动和狂暴，在经历了第四幕能改变所有人命运的重大变故和打击后，班昭仍然“二十年东观独处，醒来时唯有见书”，“一天天，一日日，一年年，一个十年又一个十年地守在书斋，伏在案前，对着孤灯，一个字、一个字地写、写、写。”在反观自我“心已尽了，力已竭了，人已老了，头已白了”，班昭自问，“我为何不能像常人一样，享受几天人生呢?”是啊，不也就是“喝几壶茶，饮几杯酒，赴几回宴，偷几日闲”吗?此时，出口一个“恨”字，而且是“恨死了”，就涵盖了她大半生的人生感喟。无恨不足道出一生之爱，极致之爱。然而，正如与她厮守终生的傻丫头说的那样，一方面人总是有个累、有个烦的时候，班昭身边又没个人心疼，“也是怪可怜的”；另一方面，作为一个书写者、一个文化传承者“总不能应酬的时间比在书案前的时间还多”。作为一个弱女子，班昭面对的，是起自高祖元年迄于王莽地皇，旧事尽录、包举一代的当朝大典。所以，尽管她自幼目睹家事变迁，领略史家悲喜，也立下过“一息尚存，修行不辍，有生之年，定当完成《汉书》”的誓言，但毕竟是为“情势所迫”。作为对物欲、享受、情感，有着天生敏感的女性，是决想不到她为此将要付出何等沉重的人生代价的!

“最难耐的是寂寞，最难抛的是荣华。从来学问欺富贵，真文章在孤灯下。”一曲“醋葫芦”唱出了知识分子精神的肖像，引发了发自知识分子灵魂深处理性与感情、事业与欲望之间近乎“你死我活”的冲突。

唯有我们体会了这种冲突，才能体会书稿搬运完后，班昭的茫然与落魄，才能体会到成书以后，班昭与马续终生相知“非关婚姻，却是真情”，彼此用手轻轻向着彼此心儿一指时无声胜有声的生死契合的刻骨铭心。

舞美几乎用灰色的巨石垒起，刻着经、史、子、集的字样。高度的简约、写意。历史像石头一样沉默，然后被刻上记忆、文字和理解。它们在舞台上不断地开阖，演绎出了人间兴衰、人生沉浮。文化像舞台上裸露的巨石一样，经历着岁月的风风雨雨，传承下来。我看见怀臻穿行在巨石之间思考，我看见静娴大姐正仁兄穿行在巨石间演绎。就像那全剧笼罩的永远不太强烈更不太激烈的灯光，慢慢地把大家的心和气静静地、静静地收拢来，共同面对、抗衡一个过于浮躁过于喧嚣的时代。

三年前静娴大姐要求排戏时上楼梯的动响，在原来创作中心极其艺术家化小阁楼里急切请战的神态，以及她在排练上全神贯注的投入，纷沓而至。怀臻从20世纪90年代至今十一稿大动小改，其间他也曾面对诱惑，有过瞬间的犹豫和晃动。在一次次修改中，慢慢融进了他一次次的思考和反省。于是，就有了这样一部带着不求华丽的纯净、慢条斯理的沉稳、不尚喧闹的静气，使我们静下来看戏，在看戏时体会人生咀嚼艺术体悟生存、历史和社会的戏。

我是从下午的阳光中开始了时光的倒流和追溯。结束在黄昏或者傍晚的薄暮里。灯光真像黄昏时的阳光，薄薄的昏昏的，暖暖的黄黄的，就在“太阳下山”的时刻，班昭耷下了她如霜似雪的头颅——“小姐死了”。轻轻地收光。我们沉浸在满台的黑暗中，思绪迷失在黑暗中。

（原载2001年第12期《中国戏剧》杂志）

写假为真，新编历史剧的创作空间

——以昆剧《班昭》[①] 为例

朱锦华

新编历史剧是话剧、戏曲、影视剧等艺术作品中的一个重要类别。新编历史剧如果一味地按照史书上所记载的事情，一五一十地进行编创的话，可能会导致该剧平淡无奇，枯燥乏味。在新编历史剧中，为了使剧情更加生动，人物形象更加饱满，编剧往往会根据创作主旨，在尊重历史大背景的前提下，用虚构的办法“写假为真”，以期达到比真实还真实的地步。编剧要对历史素材进行重新整合，或增添人物，或增删情节，按照人物的性格和剧情走向等，用“失事求似”“失实求真”“虚实结合”“补充想象”等办法进行创作，让情节合理，人物有艺术的真实感。当编剧面对或浩瀚或贫瘠的历史材料，一定要对史料进行处理，让史料为“我”所用，不拘泥于史料的有限，也不要陷入史料的泥沼，合理利用史料，通过编剧的“烹蒸炒烧烤炸”等巧妙手段，最后端出一道味道鲜美的“戏曲大餐”来供观众享用。

《班昭》作为一部新编历史剧，运用了大量的编剧技巧，是一部非常成功的“写假为真”的剧作。

一

昆剧《班昭》是罗怀臻先生于1997年即开始创作的一部新编历

① 《班昭》剧本，见《守望者说——昆剧〈班昭〉文集》，上海辞书出版社2013年版，第7—44页；又见《剧本》1998年第10期。文中所引唱词念白均出自此，不再另注。

史剧，由上海昆剧团于2001年3月25日首演于上海逸夫舞台。该剧以深厚的人文底蕴和鲜明的时代精神，生动地塑造了中国戏曲史上少见的古代女学者班昭的形象。

该剧在舞台上出现的角色一共有六人：

班固——《汉书》的主要编撰者

班昭——班固之妹，《女诫》的作者，《汉书》的主要编撰者，《汉书》注者

曹寿——班固的学生，班昭的夫婿，班昭的二师兄，皇太后的宠臣

马续——班固的学生，班昭的大师兄

傻姐——班昭的侍女

范伦——宫里的太监，负责串场穿针引线

另外还有两个不上场的人，但他们的存在很关乎众人的命运：

皇太后——生前喜欢曹寿的文采，曹寿做了她的面首。死前下诏让曹寿为其守陵，写赋

皇后——班昭入主东观阁，对班昭礼遇有加

其中，班固、班昭、曹寿、马续在历史上都是实有其人。在范晔的《后汉书》或其他现存的史书中都有提到。《后汉书·班彪列传》中，有附班固的介绍。《后汉书·列女传》中有班昭的事迹，也有提及曹寿为班昭夫婿之事。马续在《后汉书·马援列传》和《后汉书·列女传》中都有提到。

至于历史上班家是否有一个陪伴班昭的侍女叫傻姐、是否真有一名太监叫范伦，却很难考。"蔡侯纸"的发明者蔡伦在东汉历四帝二后位列九卿，在窦太后和邓太后时期都很受宠："元初元年，邓太后以伦久在宿卫，封为龙亭侯，邑三百户。后为长乐太仆。四年，帝以经传之文多不正定，乃选通儒谒者刘珍及博士良史诣东观，各雠校汉家法，令伦监典其事。"① 据《后汉书》的这段记载，我们可

① [宋] 范晔：《后汉书卷七十八·宦者列传第六十八·蔡伦传》，中华书局1965年版，第2513页。

以得知邓太后是很宠蔡伦的，蔡伦亦去东观监典雠校书籍，这些情状仔细推敲起来倒与范伦相类。因此说，《班昭》剧中的范伦是否以蔡伦为原型、因避讳改姓亦有可能。

在班昭生前，历经两任太后，一为窦太后，即东汉第三位皇帝汉章帝刘炟之妻，暂无资料表明班昭跟窦太后有很多牵扯。一为邓太后邓绥，东汉第四位皇帝汉和帝刘肇的皇后。班昭与邓太后过往甚密，邓太后对班昭甚是优待，班昭曾一度成为她的政治顾问①。所以，剧中的皇太后的设置可能有参考邓太后，但至于邓太后是否有开书禁的行为或者喜欢曹寿，暂没看到相关材料。

表一：史载四人

姓名	史料一	史料二	史料三	史料四
班昭	扶风曹世叔妻者，同郡班彪之女也，名昭，字惠班，一名姬，博学高才。（范晔《后汉书卷八十四·列女传》）	兄固著《汉书》，其八表及《天文志》未及竟而卒，和帝诏昭就东观藏书阁踵而成之。（范晔《后汉书卷八十四·列女传》）	时《汉书》始出，多未能通者，同郡马融伏于阁下，从昭受读。后又诏融兄续，继昭成之。（范晔《后汉书卷八十四·列女传》）	固后坐窦氏事，卒于洛阳狱，书颇散乱，莫能综理。其妹曹大家，博学能属文，奉诏校叙。又选高才郎马融等十人，从大家受读。其八表及《天文志》等，犹未克成，多是待诏东观马续所作。而《古今人表》尤不类本书。（刘知几《史通》外篇卷十二《古今正史第二》）
班固	固不教学诸子，诸子多不遵法度，吏人苦之。初，洛阳令种兢尝行，固奴干其车骑，吏椎呼之，奴醉骂，兢大怒，畏宪不敢发，心衔之。及窦氏宾客皆逮考，兢因此捕系固，遂死狱中。时年六十一。（范晔《后汉书卷四十下·班彪列传》）	兢因此捕繫固，遂死狱中。（范晔《后汉书卷四十下·班彪列传》）	固自永平中始受诏，潜精积思二十余年，至建初中乃成。（范晔《后汉书卷四十上·班彪列传》）	

① 朱维铮：《班昭考》，《中华文史论丛（总第八十二辑）》2006年第2期。

续表

姓名	史料一	史料二	史料三	史料四
曹寿	扶风曹世叔妻者，同郡班彪之女也，名昭，字惠班，一名姬。（范晔《后汉书卷八十四·列女传》）			
马续	严七子，唯续、融知名。续字季则，七岁能通《论语》，十三明《尚书》，十六治《诗》，博观群籍，善《九章算术》。顺帝时，为护羌校尉，迁度辽将军，所在有威恩称。融自有传。（范晔《后汉书卷二十四·马援列传》）	时《汉书》始出，多未能通者，同郡马融伏于阁下，从昭受读。后又诏融兄续，继昭成之。（范晔《后汉书卷八十四·列女传》）	（融）兄续，博览古今，同郡班固著《汉书》，其七表及《天文志》，有录无书，续尽踵而成之。（袁宏《后汉纪·孝顺皇帝纪下卷第十九》）	

从史料中我们可以得知，历史上真实的人物关系是这样的：班昭乃班固的妹妹，她嫁给了同郡的曹寿曹世叔。班固死于狱中，班昭奉诏修讫《汉书》。马融师从班昭，听讲《汉书》。《汉书·天文志》乃马融的哥哥马续完成。

昆剧《班昭》将史料中的人物关系进行了改写：第一，历史上没有直接证据表明曹寿和马续是班固的学生，但在剧中他俩却都变成了班固的学生，班昭的二师兄和大师兄；第二，马续其实是班昭的学生①，剧中他变身为班昭的大师兄。

除了对人物关系进行了改变外，对马续和曹寿的才能也进行了新置。历史上的马续自小聪慧，学识超群，能文能武，“七岁能通《论语》，十三明《尚书》，十六治《诗》，博观群籍，善《九章算术》。顺帝时，为护羌校尉，迁度辽将军，所在有威恩称。”② 皇帝

① 朱维铮：《班昭考》，《中华文史论丛（总第八十二辑）》2006年第2期。
② ［宋］范晔：《后汉书卷二十四·马援列传》，中华书局1965年版，第862页。

也请他著《汉书》，“后又诏融兄续，继昭成之。”① 史载曹寿内容不多，形象也不太清晰。剧中，马续虽温良敦厚但才气一般，与史书上的记载出入不小；反之，曹寿的形象却是有才有型、风流倜傥。

这一改编是编剧的匠心，“历史剧中委屈古人的事是常有的”②。编剧通过班昭之口说出马续和曹寿的区别：“大师兄温良敦厚，二师兄机敏风流，各有千秋”，“大师兄若有二师兄的才气，二师兄若有大师兄的厚实，那就更好了”，“重人品的可敬不可爱，有才气的虽可爱却不可靠”。通过马续和曹寿的比较，写出了二人的特点，也写出班昭心里的矛盾。马续身份的提升既可以在剧中与曹寿形成强烈的对比，有才气的人逃跑了，才气一般者坚持了下来，这也暗示完成《汉书》乃是多么可怕的艰巨任务；甚至也可以和班昭形成二元对峙，他就像是班昭的一面镜子，照到的是班昭的另一面，马续的坚持也是班昭的坚持。如果说班昭一生对《汉书》的奉献是家庭使命，那马续的付出又是为了什么呢？这样的对比就会多次产生交相辉映的艺术效果，让人嗟叹，令人唏嘘。

因此可以说，编剧在创作中是有意识地将人物关系重新进行了梳理，从而更有利于情节的设置与编排。

二

关于《汉书》的成书问题，至今学界仍存疑议：有人认为至永平十六年（73 年）即已成书，有人认为至建初中乃成，有人认为班固去世时《汉书》并未完成，由班昭和马续共同完成，也有人认为是由马续完成。当然这些问题都不是本文讨论的重点。昆剧《班昭》是据主流观点写的：班固去世时，《汉书》尚未完成；班昭重新整理了《汉书》的体例，补写了八表；马续则写了《天文志》；且班昭和

① ［宋］范晔：《后汉书卷八十四·列女传》，中华书局 1965 年版，第 2785 页。

② 龚和德：略谈《班昭》的史与剧，《守望者说——昆剧〈班昭〉文集》，上海辞书出版社 2013 年版，第 171 页。

马续都未在《汉书》上署名①。《班昭》在以上这些史实的基础上，进行了发挥。

《班昭》这个戏不算“序场”及最后的“尾声”，中间有六场戏。我们先来看一下各场次的核心事件：

第一场“汉书解禁”：班昭 14 岁。核心事件——

1. 班昭上书皇太后，皇太后开书禁

2. 皇太后约班固写赋，班固婉拒，曹寿动心

第二场“替妹择婿”：核心事件——

1. 班固选妹婿，班昭选中二师兄曹寿

第三场“临终托书”：核心事件——

1. 班固临终，班昭接掌《汉书》的写作

2. 曹寿因写《长秋宫圣德颂》被皇太后青睐，升为内廷秘书，入住东观阁

第四场“夫死兄走”：班昭 30 岁。核心事件——

1. 傻姐向班昭传递外面关于班昭和大师兄马续的风言风语

2. 马续准备离开班氏草堂写《汉书·天文志》，班昭依依不舍

3. 皇太后死，要曹寿去守陵，曹寿回家给了班昭一纸休书，想解脱班昭。班昭欲原谅曹寿，但曹寿自知难返当初，投水自尽

4. 班氏草堂起火，书稿尽毁

第五场“东观续书”：班昭 50 岁。核心事件——

1. 马续带着书稿回来到东观阁，发现班昭著书意志消减

2. 马续自请宫刑陪班昭著书

第六场“书成出宫”：班昭 70 岁。核心事件——

1. 汉书成，马续出宫，死

2. 汉书成，班昭继续留在宫中为《汉书》做注

由于编剧在人物关系的设置上做了一些改变，因此在情节的处理上有很多做了移花接木的安排，把不是班昭做的事情搬到班昭身上，由班昭来施行，如表二所列：

---

① 朱维铮：《班昭考》，《中华文史论丛（总第八十二辑）》，2006 年第 2 期。

表二：历史剧并不等于历史

昆剧《班昭》		史　　料	
场次、内容	剧中所述	史书所载	说　明
第一场：开书禁	班昭上书皇太后，获批	固弟超恐固为郡所覈考，不能自明，乃驰诣阙上书，得召见，具言固所著述意，而郡亦上其书。（范晔《后汉书卷四十上·班彪列传》）	班固之弟班超上书皇上
第一场：班固升官兰台令史	皇太后加封	显宗甚奇之，召诣校书部，除兰台令史。（范晔《后汉书卷四十上·班彪列传》）	显宗授以兰台令史
第三场：班固死	多年著书辛劳病死	兢因此捕繫固，遂死狱中。（范晔《后汉书卷四十下·班彪列传》）	受外戚窦宪案牵连，死于狱中。
第三场：班昭接《汉书》	班固临终，班昭主动接写《汉书》	和帝诏昭就东观藏书阁踵而成之。（范晔《后汉书卷八十四·列女传》）	受和帝的命令
第五场：班昭入住东观阁	大火将班氏草堂烧毁	和帝诏昭就东观藏书阁踵而成之。（范晔《后汉书卷八十四·列女传》）	受和帝的命令

班超上书皇帝解除书禁，剧中装在班昭身上。“固弟超恐固为郡所覈考，不能自明，乃驰诣阙上书，得召见，具言固所著述意，而郡亦上其书。”① 当时，有人向东汉第二位皇帝显宗刘庄上书，告发班固私自改写国史，诏令下达到郡里，逮捕班固。班固的弟弟班超怕班固被郡守审核拷问，不能自己申明情况，便急忙驱马到京城向皇帝上书，详细陈述了班固著书的本意，郡里也呈上班固所写的史书。“显宗甚奇之，召诣校书部，除兰台令史”，后来，显宗皇帝召班固到校书郎处，任命他为兰台令史，安心著书。但是编剧在昆剧《班昭》中，却把拯救《汉书》命运一事安在班昭身上。班昭小小年

① ［宋］范晔：《后汉书卷四十·班彪列传》，中华书局 1965 年版，第 1386 页。

纪，就敢上书皇太后开书禁。皇太后不仅开了书禁，还封了班固为兰台令史。这其实是编剧将班超所做的事情，移花接木装在班昭身上。历史上班固因受窦宪案牵连入狱而死，剧中变成病死。很明显，剧中班固的作用主要是择妹婿续《汉书》，除此之外，与剧无关的其他事情一律不述。剧中减少这些枝蔓，自是为了让戏集中，突出班昭聪慧无畏的性格。

为了写活班昭，编剧设置了大量的情节。

班固本为写赋高手，其《两都赋》洋洋洒洒蔚为大观。历史上皇太后是否有跟他约稿写赋，曹寿是否借机献赋，不好说。该剧就在这个可有可无的缝隙中设置了太后约赋曹寿献赋的情节。班固十分看重《汉书》，他是否会因生命将尽择妹婿写《汉书》?是有这种可能。史书并未讲曹寿是如何死的，剧中合理虚构于自尽。班昭为何会去东观阁著书，史载："和帝诏昭就东观藏书阁踵而成之"①。为何和帝会下诏呢，可能是班氏草堂失火或其他原因，剧中交待是班氏草堂失火，以前木结构的房屋的确是容易失火。班昭因为要替《汉书》作注是有可能继续留在宫中，马续因为《汉书》已完成，是有可能会离宫。这些情节是编撰的，是虚构的，是想象的，但皆是有可能的。"写戏就是要耸人听闻，把不合理写成合理的。"② 这些艺术虚构是新编历史剧的基本写作诀窍，要"写假为真"，让观众相信这些事情的发生是合情合理的，即乃"写假为真"，比真还真。

三

《班昭》一剧中设计了六个出场人物，分属不同的行当。不同行当有不同行当的表演特点。行当的设置既要结合演员特点量身定做，让演员的行当有所归属，又要给演员发挥的空间。

---

① ［宋］范晔：《后汉书卷八十四·列女传》，中华书局1965年版，第2784—2785页。

② 周长赋：《永远的高山——陈贻亮先生逝世周年祭》，《福建艺术》2006年第2期。

表三：《班昭》人物行当

角色	行　当	原版饰演者	青年版饰演者
班昭	旦	张静娴（闺门旦、正旦）	余彬（闺门旦、正旦）
马续	老生/小生	蔡正仁（小生）	黎安（小生）
曹寿	小生/老生	何澍（老生）	张军（小生）
班固	净/老生	方洋（净）/缪斌（老生）	袁国良（老生）
傻姐	花旦/刀马旦	谷好好（武旦、刀马旦）	甘春蔚（花旦）
范伦	丑/净	吴双（净）	胡刚（丑）

剧中的六个角色班昭、马续、曹寿、班固、傻姐、范伦分属不同的行当，班昭由旦角饰演，马续是小生扮演，曹寿由老生扮演，班固由花脸扮演，傻姐由花旦扮演，范伦由丑角扮演。行当的色彩分明，多样化，不雷同。但是在新编戏中，人物的行当相对来说是模糊的，演员往往需要调动多种表演手段为塑造人物服务，而不仅仅限于使用某行当的表演技巧，尤其是像这种人物年龄跨度如此之大的剧目。

如对班昭一角的塑造，班昭在不同的年龄阶段，张静娴都会以不同的行当为侧重，对班昭进行诠释。在第二场戏中，在班家的书房里，班昭第一次出场，编剧对此时的人物年龄设置为 14 岁，因此张静娴在表演中会以花旦的表演为主。第三场戏，班固死，班昭接掌《汉书》的续写工作，张静娴是以闺门旦的表演为主。第四场戏，编剧对该场戏的人物年龄设置为 30 岁，马续走，曹寿死，火灾将书毁，张静娴是仍以正旦表演为主。第五场戏，班昭 50 岁，在皇家书院迎接带着天文志回来的马续，班昭用了一些官生的步伐，仍以正旦的表演为主。第六场戏，班昭 70 岁，张静娴则用了老旦的表演手段。张静娴自己说“这个人物不能类型化，也不能用行当来划分，应吸收、借鉴花旦、闺门旦、正旦、老旦这四个行当的表演元素来完成班昭一生的形象塑造。这对我来说并不是轻而易举的，最难的少女和老妪这首尾两处。”①

① 张静娴：《回访〈班昭〉，日记之十四》，《守望者说——昆剧〈班昭〉文集》，上海辞书出版社 2013 年版，第 82 页。

通过分析，我们可以把班昭的一生分成四季，四季正好对应旦角不同的年龄段：

表四：班昭的四季

季节	场　次	年龄	表演行当	主　要　情　节
春	第一场	14	花旦	太监范伦来宣旨《汉书》开禁，班昭实未出场
	第二场	14	花旦	大家找到正在看书的班昭，班固择妹婿
夏	第三场	14～30	闺门旦	班固病死，班昭承接《汉书》的写作
	第四场	30	闺门旦	马续走，曹寿死
秋	第五场	50	正旦	班昭东观阁写书，马续回
冬	第六场	70	老旦	班昭为《汉书》做注

班昭的少女期是花旦，新婚到三十岁以前是闺门旦，五十岁是正旦，七十岁是老旦，各种角色的年龄分类和表演特点非常匹配。这和传统戏曲中往往一旦从头到底不同，班昭的人生四季，通过行当的准确划分，磊磊光明地展现出来，色彩区分度很大。

剧中的人物塑造对所有演员都提出了难题。“《班昭》一剧总共只有六个人物，四个要跨越50余年的风雨人生。如何表现人物的走向、轨迹和发展层次——演员必须对人物有清晰、深刻的认识。”①不仅班昭，其他人物亦是如此。

蔡正仁饰演的马续，虽以小生应工，但观众不会觉得他塑造的马续像唐明皇或柳梦梅或吕布或郑元和等昆剧小生的典型形象。他对马续的表演有一套自己的章法：“主要抓住内心的表演，少用或不用那些与此无关的身段和流于形式的动作。在念白时大胆地探索‘口语化的韵白’，仍然夹用真假嗓，以真嗓为主，辅以假嗓，使人物更易被现代观众所接受，同时又充分显示昆曲小生行当的特长。”② 何澍对于塑造曹寿颇有心得：“不能简单概念化地把他说成好人或坏人、小人。我力求找准他的思想、情感脉络，在表演上尽

① 杨小青：《以人物打动观众——〈班昭〉导演阐述》，《守望者说——昆剧〈班昭〉文集》，上海辞书出版社2013年版，第65页。

② 蔡正仁：《〈班昭〉的成功是“班昭精神”的结晶》，《守望者说——昆剧〈班昭〉文集》，上海辞书出版社2013年版，第95页。

量避免脸谱化。”① 傻姐陪伴班昭在剧中的年龄跨度也是60年。在剧中饰演傻姐的谷好好说：“她是花旦，是青衣，是老旦，她的年龄跨度与张静娴老师塑造的班昭是一模一样的”②，也很难纯粹用花旦的手段去表现。剧中饰演班固的缪斌总结道：“充分运用唱、念、做的手段，继承传统但不拘泥程式，把传统戏曲写意特色与现代戏曲写实特点有机地结合起来，在‘末’与‘净’两行之间寻找最佳切入点，创造出一个以‘末’应工，略带‘净’行的艺术形象”③。范伦这个角色也是要求演员从30岁演至90岁。他的饰演者吴双认为要想塑造好范伦，要在突破中寻规范，于规范中求新意，“不以我本身行当——净行去塑造人物，将人物定性在丑行的概念之中”。理由是：“《班昭》是新编历史剧，演员的表演不可能完全同于传统。我有意淡化传统表现方式而拟真。”④

对于新编戏来说，剧团会按照剧本的人物设置来进行角色安排，参考演员自身的特点，又要避免在舞台上人物行当的雷同化。对于优秀的演员来说，不会只演行当，也不会仅限于用本行当的表演手段来塑造人物，一切都是以塑造人物为出发点。“没有人物，一切技巧将毫无意义，只有技巧而没有体验的表演只能让观众纯技术地观赏，而无法被真正打动。”⑤ 正是新编历史剧在人物设置和情节设置上的新颖性，会使演员突破行当的束缚，塑造全新的舞台形象。剧中人物设置妥当，这六个演员一点不浪费，每个人在台上都没闲着，把他们的作用发挥到了极致，表演到位。他们演出了人物的行当化，也演出了人物的个性化。

---

① 何澍：《走近昆曲，新的尝试》，《守望者说——昆剧〈班昭〉文集》，上海辞书出版社2013年版，第97页。

② 谷好好：《我演傻姐》，《守望者说——昆剧〈班昭〉文集》，上海辞书出版社2013年版，第102页。

③ 缪斌：《我演班固》，《守望者说——昆剧〈班昭〉文集》，上海辞书出版社2013年版，第100页。

④ 吴双：《范伦——我的第一次创造》，《守望者说——昆剧〈班昭〉文集》，上海辞书出版社2013年版，第105页。

⑤ 杨小青：《以人物打动观众——〈班昭〉导演阐述》，《守望者说——昆剧〈班昭〉文集》，上海辞书出版社2013年版，第65页。

四

毋庸置疑，历史剧不完全等同于真实的历史，毕竟史家重史，编剧重“戏”。正如郑怀兴编剧所说：“我认为，不管什么历史人物和故事，一旦成为剧本创作的题材，就进入了‘戏说’的范畴了。但‘戏说’并不是随心所欲地胡编，而是要在史家提供的史实基础上，仔细研究所要写的历史人物，从他们身上发现、挖掘戏剧因素，发挥我们丰富的艺术想象力，大胆地进行艺术虚构。史家重在‘直’，编剧重在‘曲’；史家贵在‘实’，编剧贵在‘戏’，正如明末学者傅山所说：‘曲是曲也，曲尽人情，愈曲愈折；戏岂戏乎，戏推物理，越戏越真’。”①

因此，历史剧的创作要“写假为真”不易，须依托高超娴熟的编剧技巧。编剧在结合大量的史料时会考虑采用增笔、减笔、删笔、曲笔等办法进行提炼和加工。《班昭》剧中对这些技巧的使用十分纯熟。

表五：《班昭》的笔法

	人物设置	情节设置
增笔	傻姐、范伦	太多，不详叙
减笔		班昭是如何写《女诫》、为《汉书》做注、讲解《汉书》
删笔	班超：班昭另一兄	
	马融：马续的兄弟曾在班昭门下受读	
	班昭有一子，可能还有女儿	
		邓皇太后向班昭说曹寿的秘密②（实际演出删去）
曲笔	曹寿	

在了解和掌握了大量的历史材料后，开始进行筛选，并运用戏剧技巧进行编排。“史实掌握了以后，在写作时也不能和盘托出。还

① 郑怀兴：《戏曲编剧理论与实践》，中国戏剧出版社2012年版，第190页。

② 罗怀臻：《昆剧〈班昭〉文学创意书》，《守望者说——昆剧〈班昭〉文集》，上海辞书出版社2013年版，第59页。

要去分析其中哪些是能够表现本质的，哪些是不能表现本质的。对于非本质的、偶然的东西，如果又对作者的艺术创作没有用处，就要大胆摒弃；如果把这些东西都放进去，可能搅乱了主题的明确性。”① 在《班昭》一戏中，编剧用了很多戏剧技巧来进行创作。

1. 点到即止

和有些传统戏不断重复讲述同一件事情不同，《班昭》一剧几乎没有赘言，不反复讲述，不瞎重复，这使得《班昭》一剧情节紧凑，节奏明快。

表六：点到即止

场次	念白或唱词	前后因缘
第三场	班昭：夫妻何分彼此	班固临终前，想把书稿托付于曹寿，奈何曹寿拿着他的美赋去宫中呈献于皇太后，并不在家中。班昭只好自接书稿，说了自己接书稿的理由，马续也可以帮忙。班固不解问班昭：“为何偏偏不提曹寿?”班昭说：“夫妻何分彼此”。班固顿然明白。
第四场	马续：传说曹……师弟十余载不归，你我暗地——嗳，捕风捉影，不说也罢！	马续不说却已经说了，观众已是了然
第四场	班昭：莫非你也听到了什么 曹寿：不，我是一片诚心	勿需重复，观众自明
第四场	班昭：这些年你都在哪里？做什么？你要原原本本地告诉我，你说，你说呀！ 曹寿：我还说什么，我只有悔，只有恨，我恨我自己呀！	班昭想让曹寿亲口告诉她，向她解释，她听到的都是假的，但其实她也明白傻姐说的都是真的，只是她不愿意面对罢了。

这种写法，言尽而意无穷，既把事情讲清楚了，把意思讲明白了，不累赘，且展示了语言的魅力和戏曲的韵味。

2. 精炼浓缩

要想在两个多小时的时间里讲完班昭跟《汉书》纠缠的一生，是非常难的。编剧精炼而又浓缩地挑选了最能表现班昭性格特征、

① 张庚：《古为今用——历史剧的灵魂》，《戏剧报》1963 年第 11 期。

情感追求的情节来进行创作。

如第四场戏，节奏非常紧凑，围绕着班昭发生了很多事情。班昭刚听傻姐说曹寿做了皇太后的宠臣，接着马续来辞行。马续担心外面关于班昭和自己的谣言会对班昭造成伤害，决定要避嫌立即外出写天文志。马续刚下场，那边曹寿就回来了。班昭准备原谅曹寿，希望曹寿能留在身边帮她把《汉书》完成，曹寿也有点动情之时，公公范伦来了。曹寿挣脱范伦逃下。傻姐上场来告诉班昭说马续已走。班昭喊傻姐一起追曹寿，却看见曹寿投水自尽。班昭正在悲伤之际，班氏草堂又着火了，书稿被烧。这么多的事在同一时段发生，一件事情刚发生，另一事情又至，一环扣一环，高度浓缩了班昭遭受到的各种打击，将班昭著书之艰难推置在观众面前。

3. 对比交错

剧中在多处地方对曹寿和马续的行为举止进行对比，着意刻画两人完全不同的志向，完全不同的性格。

表七：对比交错

	马　续	曹　寿
第一场上场	读司马迁的《报任安书》"上记轩辕，下至于兹，为十表，本纪十二，书八章，世家三十，列传七十，凡百三十篇"。	读司马相如的《上林赋》"置酒于颢天之台，张乐于胶葛之寓，撞千石之钟，立万石之虡"。
第一场：对司马迁的态度	《史记》为天地立心，乃千秋大作，太史公更值得推崇	太史公为著《史记》，惨遭宫刑，教人不寒而栗！
第二场：对娶班昭要写《汉书》的态度一	虽朝夕相依傍 却怎敢奢望配成双	这《汉书》百卷尺牍 这《汉书》万斤分量
第二场：对娶班昭要写《汉书》的态度二	想我马续，何德何能，敢配班班，敢接书稿	我与惠班倒也匹配，我若娶她，也算荣耀
第二场：对娶班昭要写《汉书》的态度三	纵不能娶她为妻，我也要一辈子追随先生	这部书稿未免太重，难道说为了一部《汉书》，便要耗尽平生
第二场：对娶班昭要写《汉书》的态度四	回禀先生，弟子不配	回禀先生，弟子不敢

续表

	马　续	曹　寿
第二场：班昭对师兄二人的评价	温良敦厚，厚实，重人品，可敬不可爱	机敏风流，有才气，可爱不可靠
第三场：班固去世前	削竹简用于写书	给太后献美赋
班固去世后	陪班昭著书	游走于后宫
班氏草堂着火前	行万里路做天文志	写休书逃出宫自杀

马续是念着遭受宫刑的司马迁的《报任安书》上场，而曹寿则是念着献赋得金的司马相如的《上林赋》上场。司马迁的忍辱负重及司马相如的风流快活则是马续和曹寿二人的况喻。在择娶班昭一事中：马续说“不配”，曹寿说“不敢”，其实马续是敢的，但是他觉得自己的才华配不上班昭，曹寿是配的，却不敢挑重担接下写《汉书》的重任。一边马续在协助班昭辛劳著书，一边曹寿却在暗地里献美赋博前程。一个“不配”，一个“不敢”，言简意赅，两相对比，二人的品性高下立见。

剧中傻姐并非闲笔，她的存在就是为了更好地顺比衬托班昭著书。作为侍女傻姐一直陪着班昭，但班家著书其实跟她无关，便她却一辈子不嫁人侍候班昭，她图什么呀？她佩服班昭有才学，有志气。傻姐不傻，她作为一个正面人物顺比衬托着班昭著书的艰难，班家著书的伟大。

这种正反对比，让观众印象十分深刻。

4. 重复加强

同样的语言在不同的语境中出现，重复加强，观众的情绪可以得到反复宣泄，因而获得了不同的意义。

表八：重复加强

重复项	场次	重复内容	前后因缘
语言重复 1	第二场	班昭：我不是班彪的女儿，班固的妹妹嘛！	班固问班昭是如何想到给皇太后上书，又怎敢私入书房，修补书简？
	第三场	班昭：我乃班彪之女，班固之妹，传接《汉书》，义不容辞！	班固要找曹寿来接《汉书》，班昭主动接《汉书》

续表

重复项	场次	重复内容	前后因缘
语言重复 2	第四场	幕内伴唱：这一杯清茶呀，不是酒，浓于酒，醉在人心头！	马续辞行，班昭以茶代酒，敬马续
	第六场	幕内伴唱：这一杯清茶呀，不是酒，浓于酒，醉在人心头！	《汉书》成，马续出宫，班昭继续留宫为《汉书》注解
语言重复 3	序场	幕内唱【正宫·梁归燕】白发萧萧出宫门，寻旧友，访故人。遥向蓬莱忆前情，对孤影，独悲欣。	戏刚开始
	第六场结尾	幕内唱【正宫·梁归燕】白发萧萧出宫门，寻旧友，访故人。遥向蓬莱忆前情，对孤影，独悲欣。	白发苍苍的马续出宫去了，白发苍苍的班昭和傻姐一起送他
道具重复	第四场	锦帕	马续辞行，班昭送马续一方亲绘的锦帕，绣着一对鹣鲽，题着“天长地久”，想送给未来的马续的夫人
	第五场	锦帕	马续带着天文志回来向班昭出示锦帕，20 年来他一直带着锦帕，想到有班昭小妹陪着他，就知足了

第四场戏，马续离开前，班昭送与他一方锦帕，言及送给未来的嫂子。到第五场戏，马续回来，又掏出那方锦帕。道具锦帕是感情的展露又是情丝的维系，它的重复出现让班昭和马续的感情得到了升华，“非关姻缘，却是真情”。

5. 其他技巧

《班昭》一剧中使用的其他编剧技巧还很多，如前后照应、妙设串场、擅置矛盾，等等，不一而足。有很多技巧融入戏中，非常熨帖，不易分辨。

剧中对每一个情节的构置都有明确思考，前后照应，在有限的史料中要能说圆，不能出任何破绽，处处“心机”又处处圆达。如开场的倒叙和尾声，老年的班昭由傻姐扶着，走出宫门，走下台阶，回想往事，一头一尾遥相呼应。班昭的年龄跨度都有近60年，她跟《汉书》之间发生的事情也太多了，编剧也只选取了某些事情进行讲述，难免会有遗漏跳跃之处。但编剧妙设一个串场人物——太监范伦范公公，将很多事情经过他的口讲述出来。同时他也充当局外评点人，将班昭和马续辛苦为《汉书》一辈子，却不在《汉书》上署名，在剧情跳接处巧妙释疑，让剧中人物更显真切。编剧擅长将人物放在矛盾中来写，常陷班昭于“两难”，在矛盾中看人物的选择，彰显人性。如班固挑妹婿的矛盾、班昭选夫婿的矛盾、马续和曹寿择《汉书》配班昭的矛盾，等等，仅是一件事情，就可将矛盾中的每个人“撕开”了给大家看。

的确，班昭的一生就是由接《汉书》、写《汉书》、注《汉书》、讲《汉书》连缀而成，甚至她的婚姻也跟《汉书》捆绑在一起。她有不甘，她有无奈，她有恨有爱有情有愁，但最终都化为了对《汉书》的不舍与执念。她是一个真实而伟大的学者。

关于班昭的史料实实不多，仅限于《后汉书》几篇传记的简短记载，以及《文选》《全后汉文》保存的几篇作品或作品片断。班昭是班彪之女，班固之妹，嫁曹寿，在班固去世后续接《汉书》，是《汉书》的续作者和传授者，却没有在《汉书》上署名。她是后妃的教师，写《女诫》。这些都是历史真实，在昆剧《班昭》中得到了全面反映。昆剧《班昭》在尊重历史史实的基础上，围绕着班昭创作《汉书》的一生进行了大胆的虚构，合理的想象，留下了大量的创作空间，最后达到写假为真，创造出一个鲜活的舞台班昭形象。观昆剧《班昭》者，看到班昭围绕《汉书》跌宕的一生，无不为她动容、深深服膺。昆剧《班昭》写活了班昭，写真了班昭，更是写尽了无数为治学耐得寂寞、抛弃荣华、拒绝诱惑、专心书斋之人！

甬剧《典妻》

清丽·凄美·深沉

——感受甬剧《典妻》

廖　奔

这是一台凄美的演出。

大幕拉开，舞台上由阴暗、凄美的光影和色调构筑的氛围，先声夺人地攫住了观众的心：那一团潮湿的浓郁与昏暗中，烟雨濛濛，细雾濛濛，主人公淅淅沥沥的愁苦岁月，就从这里延伸。用棒槌在青石板上洗衣而归的春宝娘，丈夫赌，儿子痨，要米无米，要钱无钱，只有去走绝路——生活的苦涩艰辛就这样一层层在舞台上弥漫。江南水乡的雨和雾呀，成为主人公心中的愁结，成为观众心中的愁结，化作心酸，化作叹息，化作江南小女子命运的凄苦沉痛，化作我们心底情愫的惆怅悲悯。

王锦文扮演的女主人公，清丽凄婉、哀怨动人。她生活于沉重的命运压迫之下，就像世间的一切渺小虫豸一样，逆来顺受，苦中乞慰，心中存着一丝无望的希望，支撑着她人世的信念。然而，这点希望在一点一点地破灭下去，直到彻底覆灭。王锦文把女主人公演得怨而不怒、哀而不伤、孤立无助、婉转凄苦，是对那个环境中不能选择、无力挣扎、情冷心死的底层弱女子形象的生动把握，引起了观众的极大同情与垂怜。她在三年期满归家时用摇曳跨步、蝶舞翻飞的动作，把心底的急切、对儿子的想念、对旧时生活和家庭的向往种种复杂意绪，转化为美丽的舞蹈形象，体现出导演和演员独特创造的神韵。

编剧处理开头和结尾的复沓回环手法，加浓了剧作的哀婉感伤情调。开场时我们听到躺在破旧床帐里的儿子羸弱的呻吟声：“姆妈，我饿，我冷，我身上痛——”当小女子为了儿子之病作出牺牲，承受了人所不能承受之屈辱、辛酸后，回到家里，儿子仍然在作相同而更加无力的呻吟，生活并没有向前跨进一步，只是在原地画了一个圈；家里依然家徒四壁，丈夫仍然赌，儿子已经气息奄奄，直到最后死于她的怀抱——这一笔不是柔石又出自柔石的传神描画，深刻烘托与揭示了主题，把人生和社会悲剧演绎到了绝望的程度。

编剧对人物性格的设置与人物关系的结构，是把小说成功转化为舞台作品的基础。其中秀才老爷、太太、丈夫形象的塑造，以及他们彼此之间的关系，都既是小说里的，又不是小说里的。说它是小说里的，是因为它符合小说为之奠定的人物性格与关系基调：老爷酸、惧内、虚伪，太太妒、心狠、险诈，丈夫颓、潦倒、丧志，他们共同构成春宝妈生活其中既依赖之又需随时防范的人物关系和环境。说它不是小说里的，是因为编剧作了符合情理的发挥与引申。例如加重了对老爷虚伪、奸猾的直接情态的表露，而这种表露是含蓄、内敛的，于平静白描、不动声色之中完成，于是使得春宝妈存有幻想，于是使得其悲剧更显悲怆。编剧的有机加工，把小说的平面文字生动立体地搬上了舞台，使之成为引人入胜的形象作品，是为改编成功一例。

甬剧这样一个起自滩簧小戏的地方剧种，因了这部作品，因了它在其中所显示的成熟舞台表现力和创造力，引起人们的刮目相看，使之成为东南沿海为人瞩目的剧种。从这个角度说，这部戏功莫大焉。

大幕合上了。那一台的风雨凄楚，化作观众心中对小女子命运沉甸甸的挂牵。

（原载2004年7月8日《中国文化报》）

民初浙东乡民形象的复活

——论甬剧《典妻》的人物塑造

朱恒夫

20世纪30年代，革命作家柔石为揭露社会的黑暗与底层民众的不幸，以家乡浙东地区“典妻”的陋俗为素材，写下了经典小说《为奴隶的母亲》。小说发表后，不胫而走，无数读者通过小说中“妻”的遭遇了解到了中国底层社会的生活境况，并得到这样的认识：不从根本上改变中国社会制度，人权与人的尊严以及妇女的解放便无从谈起。中国共产党领导的革命取得成功以后，为了证明这场革命的合理性，也为了不让人们忘记苦难的过去，《为奴隶的母亲》依然得到重视，不仅小说原著在中国现代文学史上占有一席之地，许多文艺形式亦纷纷改编此故事，滩簧也不例外。1954年9月，上海勤艺沪剧团的编剧金人将小说搬上了沪剧舞台，连演八个月，观众数以万计。到了21世纪初，由于“以人为本”的思想渐成社会的主流思想，重视人权，维护人的尊严，尊重人的合理的生存方式，已成了知识分子以及普通大众强烈的吁求。在此背景下，剧作家罗怀臻选择了柔石这一著名的小说，以最新的时代视角，从人本主义出发，进行了深度的改编，试图通过“妻”的苦难人生，向今日的观众展示在没有人权的社会中，弱小者被非人化的屈辱过程，从而唤起人们对人权的高度重视。导演曹其敬，演员王锦文、杨柳汀、沃幸康、陈安俐，以及舞美、音乐人员在其二度创作中，调动各种手段，使得该剧本的主旨得以充分的体现。《典妻》从2002年起至今，已上演了100多场，获得了第七届中国艺术节大奖、中国戏曲学会奖等多种奖项，并多次成为文化使者，到欧美国家演出。

从文学的角度讲，该剧目的最成功之处，是塑造了多个吻合其生存环境、性格复杂的人物形象，之所以受到观众的高度认可，应该说，与人物形象具有艺术的真实性并能鲜活地立在舞台上有很大的关系。

妻：被两个家抛弃的女人

在旧社会，女人是处于最底层的人，她们被政权、族权、夫权沉重地压迫着，社会各种力量将她们置于任人宰割的位置。若能生在富贵人家，出嫁前做小姐，出嫁后做太太，还能受到一定程度的尊重。若生在穷苦人家，不幸将伴随其一生。待嫁他人时，父母往往将其作为一件比较值钱的商品，用索取聘礼的方式出售给能出高价的人家。嫁人后，他们多数人沦为婆婆手下的奴隶与丈夫泄欲、生育的工具，在付出了艰辛的劳动与耗尽了一生的健康后，换来的仅仅是生命的苟延而已。年老后，若能有一两个富有孝心的儿子，还算幸运，而多数子孙则因穷困而失去起码的良知与基本的人性，不尽赡养之责，让她们在孤苦凄凉中了结一生。这还是女人正常的人生轨迹，还有相当一部分女人的生活道路欲这样而不得，如做了寡妇，再嫁会受人歧视，想守节却又不被允许，如祥林嫂那样，被婆家卖予他人。

最最不幸的莫过于浙东等地区贫穷人家的妻子了。不知从哪一个朝代起，该地便形成了“典妻”的风俗。男人若一贫如洗、走投无路时，便会打起自家妻子的主意。他们将尚能生育的妻子典当给需要女人为其传宗接代的人家，以三年五载的时间来换取一定的报酬。这些地方，贫困家庭的女人已不再是人，她们仅是生物学意义上的雌性动物，没有人想到她们还有人的情感，更不用说人性与人的尊严了，她们仅是男人的一件物品而已，像家里养的一头羊、一口猪那样，可以随意地买和卖。

剧中的“妻”就是这样一个最不幸的女人。她的夫“贪上酒杯学会赌”之后，“把一点家当挥霍无”，在浑身上下都是债，而债权人又不断逼迫还债的情况下，他受人指点，想到家里尚有一件能生出钱来的物品——妻子，于是，他根本没有和妻子商量，便现场画押，将妻子借给了一个已有55岁而没有子嗣的老秀才。这个“妻”的丈夫，无情地将自己的妻子典当给了别人；这个本属于妻子的“家”，冷酷地将女主人逐出了门。

“夫”和同类的男人们一样，虽然没有将“妻”当作人来看，但不是说“妻”本身就不是人了，她有起码的男女关系的道德观念，她因在这个环境中生活了数年而对这个家有着本能的眷恋之情，更何况她还有一个正在生病尚需要她照顾的瘦弱可怜的儿子春宝。如果剧作家将“妻”写成一个木然而完全听命于“夫”安排的女人，或坚贞不屈、宁死不受辱的女人，都不符合历史的真实与艺术的真实。若写成前者，那是把“妻”降低成无智性的动物，写成后者，则使“妻”成了具有现代意识的女性。

剧作家的高明之处，是将“妻”写成了一个在特定环境中生活的具有母爱的女人。她听到丈夫将自己典借给他人的决定后，激烈地反抗过：“不，我不去，我不去！”也想到一死了之。但后来还是屈从了，接受了被“家”抛弃的命运。之所以如此，是因为“妻”是生活在这一风俗场内的人，她一定知道，穷人家“典妻”是经常发生的事，没有多少人能够违拗丈夫的决定，逃脱命运的安排，反抗是徒劳的。更因为她信从了丈夫的理由：“为了儿子不挨饿，为了儿子有衣裳，为了儿子治好病。”作为一个母亲，为了儿子，还有什么不能做的呢?！自己当然可以以死反抗，可是死了以后，谁来照顾春宝呢？虽然将要离家三年，但遭罪屈辱的三年可以换来儿子的健康平安，三年以后就可以和春宝永远在一起。再说，她稍稍冷静下来就会这样想，我为谁去死呢？为我那个没有丝毫夫妻之情、将我卖掉的“夫”吗？他配我为他去死吗？剧本虽然没有这样写，但作为一个正常的人，“妻”会这样想的。

“妻”在秀才家的三年，感情上经历了从隔膜到眷恋、决绝的复杂过程。起初，她也仅仅把自己视作老秀才的生育工具，认为自己在“典”期间，做该做的事，为雇主生出一男半女，然后还回到自己的“家”。所以，她一进秀才家的门，就向大娘子表态道：“大娘切莫这样讲，姐妹相称不敢当。来到府上无奢望，凡事不争短与长。冷了只求有件衣，饥了只求有口粮。三年期满回家转，我家中还有丈夫和儿郎。”大娘子的争风吃醋与秀才的渔色伎俩，虽然使她处境尴尬，但由于她早已有了心理准备并以局外人的身份面对这一切，所以，她的心湖依然是一种冷漠的平静。秀才提出：“只要你把儿子养，不是姨娘便是妻。”“妻”丝毫不为所动：“小女子典入高门不得已，从今后买妻纳妾不再提。我亲夫一时困顿借妻子，却也是人到绝处把头低。纵然我无奈典进老爷家，可心中并未与他两分离。但愿三年偿了债，还是回到自家里。”

但自从怀了孕之后，她的内心世界渐渐发生了变化。其原因是她确实发挥了生育工具的功能。因为她为秀才孕育了能传接香火的后代，老秀才便在原先对她的“色爱”中夹进了一丝“情爱”，尽管这种爱是不平等的，更不是现代意义上的男女之爱，有点像人们对所豢养的宠物之爱，但确实是真心的。大娘子因“妻”的反衬而凸显出自己作为妻子的无能，尽管“咬牙切齿心头恼，捶胸顿足泪水抛”，但无能带来的自卑与为了让“妻”顺利产子而克制忍让，都会让“妻”有一段安宁富足并接受侍女、佣妇伺候的生活时光。大娘子对她这段生活与心情的评述不无偏颇，但离事实可能也不会很远：“这妇人初来乍到像根草，到如今白白嫩嫩像团糕。乍来时馊饭剩菜喂不饱，到如今冷热咸淡竟要挑。最可恨老爷对她总讨好，她也就顺着梯子爬得高。”在这样的环境中，“妻”不可能不将旧家和新家作对比：旧家缺吃少穿，常为无隔宿之粮而忧心如焚。她是常常遭受着饥饿痛苦的人，饱尝过饥饿的滋味。而新家虽不是锦衣玉食，但鱼肉粥饭，是尽够吃的。旧家的“夫”喝酒赌钱，回家后自然是把气发泄到她的身上，由典卖她可以推断，“夫”一定是不把她当人看的，饿则叽，穷则吵，打骂是免不了的。再说“夫”债务缠身，债主三天两头逼债，作为“妻”的她，也免不了受债主的凌辱。而新的家呢？秀才斯文的脾气，慢软的言语，因她的肚子日隆而柔和中带有感激的目光，都使她感受到了前所未有的幸福。尽管大娘子的目光仍然是那么刺人，言语总带有挑衅的味道，但因有秀才的宠爱，她也就不那么在意了。尤其是在她真的为新家生出了一个小少爷之后，“小少爷”亲娘的事实身份使她自己觉得在这个家庭中有了一定的地位。于是，她可以对秀才与大娘子发话了：“啊呀老爷，爆竹声太响了，不要吓坏小少爷”，“啊呀大娘，红灯笼太亮了，照得少爷眼睛睁不开。”这一时光里的她，一定与旧的家疏远了，因怀中有着喂乳的秋宝，春宝也一定在她的脑海中渐渐地模糊了，而那“夫”便也成了她往日人生中的一段历史，即使想到他，也可能多是他猥琐、懒惰与粗暴的形象。她对未来虽然没有什么明确的憧憬，但对现在的生活，充满了依恋，是毫无疑问的。

然而，这一切梦幻般的光景因丈夫来讨钱而被彻底地打破了。无赖丈夫在花完了“典妻”的钱之后，在小少爷出生一百日这一天来秀才家找“妻”。他选定这个日子，是出于一个无赖之人精明的算计：“妻”为秀才生了个健康的儿子，一定博得了秀才的喜欢，而在孩子“百日”的大喜日子里，“妻”向秀才乞求什么，必然是有求必应的。于是来让“妻”向秀才借钱。他说服“妻”的办法依然是利用母亲对孩子的爱。可他没有想到自己在这复杂的关系中的身份，以及这种身份带来的消极作用。

在这之前，秀才从“妻”变得白白嫩嫩的身体与愉悦的心情中，感觉到“妻”对现状的满足，他希望年轻美貌且有生育能力的“妻”长期心甘情愿地留在自己的家中，以让他不但享受美色，还可以让她继续为自己生子。可是当他了解“妻”将自己的“信物”——青玉戒送给前夫的事情后，他认识到她的心仍然放在“旧”的家中，仍然系在前夫的身上，于是愤然地说：“算我瞎了眼睛，养了一条白眼狼!”大娘子早就磨刀霍霍，等待时机，拿“妻”开刀，“夫”的到来无疑给她提供了一个绝好的机会。她窥视着“妻”与“夫”所做的一切，然后又诬“夫”为窃贼把他抓了起来，当着秀才的面，揭露“妻”对新家与新夫的“背叛”，让秀才丈夫的立场从“妻”移到自己这边来。她的目的得逞了。秀才扯去了对“妻”的丝丝情感，肆意地在其前夫与众人的面前凌辱她：“我骂了，怎么样？我出了你一百块大洋，我就是她的老公，不要说骂，我还要打!”“不，我不打，我舍不得打。（故意搂住“妻”，阴阳怪气地）嘿嘿，我要她陪我睡觉，为我养儿子，带宝宝。”大娘子乘机将“妻”降到仆人的地位，并剥夺了她“小少爷”亲娘的权利。而对这一切，秀才却不做一点点的阻拦。

她迅速地从云雾中掉下来，重重地摔在地上。其实，她在“夫”未被抓回之前，就已经认识到自己在秀才心中的分量到底有多重了。秀才喝了儿子“百日宴”的喜酒后，高兴而一本正经地对“妻”说：“我想加五十块现洋，再典你两年。”“我想让你把秋宝再带带大，也想让你再陪陪我，我还想再生个儿子呢!”噢，明白了，我在他的心中，依然是个可以买卖的东西，充其量只是个奶娘，是个能让他发情的女人。原指望能在这种衣食无忧、有人呵护的生活中无限期地生活下去，现在至多再延“典”两年罢了。秀才与大娘子当着“夫”与众人的面，对她的凌辱与打压，更使她彻底清醒，所谓的好生活都是虚幻的，吃好穿好无非是让自己生养好一个儿子，呵护宠爱也无非是因为自己具有生育的功能和有几分姿色罢了。说到底，自己是个连佣人都不如的人，只是个给人生育和陪人睡觉的工具。于是，她决然要离开秀才的家。

在这之后，她又将旧家和新家作了对比：旧家的“夫”虽然有恶习，也不能给她提供充足的衣食，但他多半时候还是将自己当作妻看待的，她有妻的名分。而在新的家里，她什么也不是。当主人不把她当人看待时，连佣人也不会尊重她；旧家的春宝虽然病魔缠身，但会亲切地叫她“姆娘”，她在儿子声声的呼唤中，有做娘的感觉。而在新家，秋宝只叫她“婶娘”，他们的关系是奶妈与小少爷的关系，最后，她连亲亲自己儿子的权利也没有了。相比之下，她在新家的精神痛苦远远超过在旧家：“饱暖二字是无忧，无奈做人总低头。人前吞下汤和饭，人后独自把泪流。”可以揣想，从秋宝“百日”那一天起，她一定日夜计算着归期，盼望着早日回到自己的家。当那一天到来的时候，饱受精神创痛的她决然地对秀才说：“我就是饿死也不会再回来。”尽管秋宝的叫声让她撕心裂肺，离开秀才家大门后“想秋宝，总回头”，但当旧的家越来越近时，她感情的天平则愈来愈倾向旧家了，她催促着轿夫急行，恨不得霎时见到丈夫与儿子，“急急盼呀急急行，头面就是自家门。我看见春宝爹在将我等，我听见春宝儿在叫娘亲。我把那三年悲苦都忘尽，我还要亲亲热热热热亲亲一家人。”

然而，这仍然是一个美好的梦幻，现实的家彻底粉碎了她最后的愿望。失去生活信心的无赖丈夫不仅把家弄得更加破败，还让“妻”赖以活下去的唯一理由——春宝病入膏肓。没油、没柴、没米、没有儿子，她还怎么活下去？即使她支撑着活下去，那所谓的丈夫也绝不会放过她。秀才或别的财主若再找上门来，他依然会将她典卖出去。吃尽了做人生育工具苦头的“妻”，此时唯一的选择就是死。与其等到那时挨宰，还不如与亲爱的儿子一起离开这万恶的人世间。“春宝，姆妈不走了，姆妈死也和你在一起……”这大概是“妻”留给丈夫，也是留在这世界上的最后一句话了。

由上述可见，她被两个“家”完全抛弃了，作为一个“人”的她，在这世上已经没有立足之地，更不要说享受生活了。这就是旧时女人的生存状态。“妻”是一个对社会、对别人有害之人吗？她活着会妨碍别人幸福吗？不！不！她善良、驯从，有着无私的母爱，也处处替别人的痛苦着想，之所以遭受如此悲惨的人生，就是因为她是一个女人，一个弱者。生活在一个不讲人性、不尊重人权的社会里，谁都可以欺凌她，包括一个算不上男人的无用的丈夫。不讲人权的社会啊，你是多么的丑陋与邪恶！

连自己也说不清真假的秀才

剧中的秀才算不上是一个坏人，但也绝不是一个好人，他是在旧社会浙东环境中生活着的一个普通的人。他有良田百亩，房屋数进，却没有子嗣，受传宗接代观念的影响，在大娘子既不允许他纳妾，又不允许他领养族人子弟的情况下，只得按照当地的风俗习惯，在族规允许的范围内，典租一女，借腹生子。

就大娘子的相貌、性情来看，秀才的婚姻是不美满的。尽管他没有将书读出功名来，但“才子配佳人”这一般读书人的愿望他还是有过的，他也一定曾梦想过珠环翠绕、红袖添香的风流生活，但受大娘子的严厉管束与自己已过半百的年纪，这样的梦想怕是渐渐地淡远了。然而，让他意想不到的是，绮丽的生活居然不期而遇，所典来的竟是个年轻貌美的女子，“手如柔荑，肤如凝脂。领如蝤蛴，齿如瓠犀，螓首蛾眉。巧笑倩兮，美目盼兮”。于是，在第一次见到小娘子的时候，出于好色的心理，他是真心地喜欢上她了，“我一见你，就欢喜，一见你，改主意。只要你把儿子养，不是姨娘便是妻”。当然，这种喜欢仅限于她外在的美貌。但不管怎么说，其感情不是虚假的。旧时农村的财主，一般都比较吝啬，但秀才却在第一次见到“妻”时，就将比较贵重的青玉戒送给了她。我们不能将青玉戒视作普通的礼物，而是旧时男女用来表达情感的信物，如若秀才不是真动了心，是不会将青玉戒当作信物送给“妻”的。

“妻”怀孕之后，秀才为自己终于有了后代，家业有嫡亲的骨肉来继承而由衷地高兴。加之一年来与年轻女子的床笫之欢，使他进一步喜欢上了“妻”。这种喜欢中还有一种感激之情，所以，他总是讨好着“妻”，尽可能地满足她生活上的要求。在这段日子里，他自以为真心地喜欢上“妻”了，把“妻”看做是自己的女人。然而，在骨子里，他又从来没有真正地将“妻”当作妻，没有用平视的眼光去看过她，没有设身处地地想过她不幸的人生，更没有替她的未来好好筹划过。他仍然是把她当作用100元大洋买回来的生育工具，或是一次性付费而长期享用的类似于青楼中的女人。但这种意识是潜在的，不明确的，甚至是他自己也没有想过的。只有在秋宝“百日”的那一天，因为高兴，陪客人多喝了几杯酒，才对“妻”吐了真言：“我想加五十块现洋，再典你两年。”“妻”一怔，马上立起身：“加五十块现洋，再典我两年?”可想而知，“妻”当时是多么的震惊。她原以为老爷真的喜欢上了她，她由此还对未来的生活做过美妙的幻想。这句真言，才使她认识到自己在秀才心目中处于何等地位。“妻”可能怪秀才虚伪，怪他以前说的都是假话，如若这样，真是错怪了他。因为秀才前面说的确实是真话，这一次说的也是真话，哪一句更真，恐怕连秀才自己也搞不清楚。

秀才对“妻”真实的态度，在“夫”拿走青玉戒后作了更充分的暴露。他骂“妻”是一条喂不饱的白眼狼，言下之意，你是我花了100元大洋买来的，你在这三年中是属于我的，就是我家的一只猫、一条狗，怎么还和前夫勾勾搭搭的。骂了以后还不解恨，他又当着“夫”的面，故意搂住“妻”，做一些猥亵的动作，还嚷嚷着：“我要她陪我睡觉，为我养儿子，带宝宝。”这哪里还把“妻”当人来看，“妻”在他的眼里，完全是一个玩物，一个生育工具。

“妻”临走时，秀才有意支走了大娘子，送给“妻”五元钱和秋宝“百日”时没收的青玉戒，并说：“秋宝娘，其实，我是舍不得你走呀。”我相信，他此时所做的这一切，都是出于他的真心。因为“妻”马上就要走了，他用不着以此讨取“妻”的欢心，以便更好地侍候自己。他也是个人，既然是人，他就会有人的最基本的感情。“妻”毕竟和他长时间同床共枕过，又共同生养了他们双方的儿子秋宝，何况“妻”又是那样的柔顺，那样的美丽，和大娘子比起来，“妻”更具有女人味。现在“妻”要走了，他怎么可能会无动于衷？怎么可能不向对方表示一点留恋之情？

然而，“妻”又是对的，她不相信秀才会休了大娘子，把自己正式娶过来，并让她当春宝、秋宝两个儿子的姆妈。因为他对“妻”的感情是微弱的、肤浅的，一旦与自己的重大利益相冲突，他就会轻易抛弃这份感情。大娘子是明媒正娶的正室，由旧时婚姻的取向推断，大娘子的娘家和秀才家应是门当户对的，既然其娘家有一定的社会地位，岂能容忍你秀才无故地休去他们的女儿，使他们的家族蒙羞？再说，秀才家族的长老已允许他按照当地的风俗“典租”一个女子，且已生下了后代，你秀才还有什么理由休妻再娶，而且娶的是个低贱卑微的被男人“典卖”的女人。若秀才一意孤行，其结果只能是为族人、亲戚所不齿，为当地上流社会所不容。如此，秀才愿意为“妻”付出这样的代价吗？绝无可能！再说，他畏惧骄悍的大娘子，只怕他这份想法在大娘子面前连说都不敢说出来。但我们应该相信，他有这份念头或许是真实的。

大娘子：一个既可恶又可怜的女人

在人世间，出于人的本性，不但爱情自私，婚姻也自私。在一般情况下，婚姻的双方都容不得第三者插足。而剧中的大娘子，却需要在表面上欣然同意“典租”来一个年轻的女子，还要眼睁睁地看着丈夫在自己的家里和别的女人同床共枕。如果“妻”因一人侍候着两个丈夫而感到屈辱的话，大娘子的屈辱更甚于“妻”，因为这一切都是在她眼皮底下发生的。她为什么不加阻止，还要表现出满心的欢喜呢？

因为她作为一个女人，在封建社会，有着很大的缺陷。“不孝有三，无后为大”，不能为丈夫生出后嗣，不具备一个女人最起码的生育功能，若按照唐以前的“七出”条例，她将被无条件地休出门去。明清两代，虽然法律和风俗对大娘子这类女人有所保护，但却有明确的规定，丈夫在此情况下，可以纳妾再娶。大娘子虽然强横泼辣，可在此问题上，若不“明理”，阻拦秀才“典租”其他女人，客观上造成秀才一门断子绝孙，她将不会得到任何人的同情，即使是她的娘家人，亦不能置喙。于是，她只能忍气吞声。为了表现出自己的贤惠，没有妒忌的毛病，她还得装出一副笑吟吟开心的样子。一个女人，处在这样的境况下，她的内心该是多么的痛苦。

然而，她又深深知道，年轻女人的到来，客观上与她形成了竞争，使她的地位出现了前所未有的危机。她了解她的秀才丈夫是个好色的人，喜欢女人年轻、漂亮、柔顺，而自己在这些方面一无所有，怎样才能保持自己正室的地位并牢牢地把握住家政大权？要丈夫不喜欢这个年轻女人是办不到的，唯一的办法就是让“典来”的妇人知道自己的厉害，让她不要抱有任何的幻想，守好自己的本分，只做一个生育的工具，“屙个儿子就出门”。于是，“妻”刚进她家的门，她就要了一次威风，既不许“妻”哭，更不许“妻”笑，而且不留任何情面地指出“妻”在新家里的身份：“你可不是我们老爷抢来拐来的，是你那没志气的丈夫自己求上门，要我们老爷典你来的。”意思是你在我们家什么也不是，只不过是一个下贱的生育工具。她嫌说得还不够，又亮出自己的身份，“笑我这个堂堂正正的原配夫人反要看你的脸色吗?”不要看你年轻，长得又有些姿色，但我是原配的正室，根基牢着呢，你要代替我，想都不要想。当看到“妻”并不是她想象的欲占鹊巢之鸠，见她“垂手低头，不知所措”后，她才收敛了“雌老虎”的威风。

可是等到“妻”有了身孕并生出健康的秋宝以后，大娘子再次受到了深深的刺激，并从心底里地感到了地位的岌岌可危。“妻”在没有孕育出儿子时，还不能和大娘子形成一个对比，大娘子和“妻”尚能和平共处。当“妻”生出儿子后，大娘子立即相形见绌。人家刚来一年，就生出一个儿子来，而她三十年却没有生出一男半女，她还是女人吗？虽然没有人，包括秀才敢这样讥嘲她，但心虚的她不怕别人有这样的讥嘲吗？如若有了这样的轻视，谁还会把她当作主妇看待。她深深地感叹道：“生为妇人不生养，人前人后也直不起腰。”让她更加紧张的是“老爷对她总讨好，她也就顺着梯子爬得高”。照此状况推测，老爷是想将她永远留在家里，先是婶娘，然后纳为妾，再然后夺取她嫡妻的地位。即使自己仍然是正室，可秋宝是小妇人生的，而秋宝日后又必然要当家作主的，他能不对亲娘好？他们母子能不对我报复、虐待？她是不敢往下想了，于是，她想象出来的“悲惨结局”使她下定决心，不惜一切手段，离间小妇人与秀才丈夫的关系，待“典租”的三年期满后，立即将她逐出门去。

“夫”的到来给她提供了绝好的机会，“妻”将秀才给的代表着情感的青玉戒送给了原“夫”，使秀才大失所望，觉得自己的感情投资“竹篮打水一场空”。因大娘子的诱发，秀才失去了往日斯文的仪态，残忍地污辱了“妻”。使二者之间一年来积累的情感荡然无存，“妻”对秀才生出绝望的反感，而这一切正是大娘子所希望的。“妻”离开秀才家的那一刻，大娘子的严厉要求——从今以后你与老爷两无相干；一生一世不许来看秋宝以及搜身、仅出抬到半路上的轿钱等做法，除了直接扯断了这个“家”与“妻”的联系之外，还让“妻”感受到“家”的冷酷，自动地产生出一种厌恶、决绝之心。

“妻”走了，她才真正重新回到了秀才妻子的位置。

这就是剧中的大娘子，她给别人造成极大的精神伤害与痛苦，表现出凶恶的一面。但她的所作所为，又都是出于自卫。她为婚姻的安全与主妇的地位，使尽了令人厌恶的不人道的伎俩，然而，除了那样做，她还有什么其他办法吗?

过去戏曲的人物多是类型化的，好人完美得没有任何缺陷，其人性熠熠生辉；坏人坏到头顶长疮，脚底流脓，多数成了野兽。他们仅是好与坏的符号，是作者表现理想伦理的工具。我们不能说这种塑造人物的方法有什么不好，因为它们在一千多年的舞台上给人们带来了审美的快乐，起到了伦理规范的教化作用。但在全民提高了文化水平与艺术素养之后，类型化的人物形象显然不再适应观众的欣赏水平了，他们需要的是能够经得起生活与艺术检验的真实的人物形象，在特定的环境中，受各种因素的熏染与制约的情感丰富、性格复杂的活生生的人，而在这方面，《典妻》无疑是成功的。

（原载 2007 年第 4 期《浙江艺术职业学院学报》）

《典妻》的叙事伦理

叶志良

在刚刚结束的中国第七届艺术节上，甬剧《典妻》获得了文华大奖。这部获得殊荣的剧作改编自浙江现代左翼作家柔石的著名小说《为奴隶的母亲》。编剧是曾经3次获得曹禺戏剧文学奖，并在京、昆、越、淮等剧种作过成功探索的上海著名剧作家罗怀臻；导演是曾经执导过黄梅戏《徽州女人》、歌剧《苍原》和《沧海》、话剧《母亲》、越剧《李清照》的中央戏剧学院教授曹其敬；主演为荣获过上海戏剧白玉兰表演奖和国家梅花奖的甬剧领军人王锦文。他们在忠实原作语言风格、地域风貌和思想内涵的前提下，努力以当代人的文明意识和审美意识，发掘原作背后隐藏着的女性精神创伤以及当时社会关系中人性扭曲变形的真相。

1930年，当《为奴隶的母亲》在《萌芽月刊》上刊出时，《编辑后记》中称："作为农村社会研究资料，（它）有着大的社会意义"。的确，这个以"典妻"为核心故事的小说作品，推演了一个情节略显简单但又充满着阶级属性的故事：在令人绝望的贫穷下，一个男人因贫病交加无法养家糊口无奈地把自己的妻子以一百元的身价抵押给一个家道殷实的秀才，替其生儿养子以承续香火。这个名叫春宝娘的"被典"的女人痛苦地离家别子而去。她在秀才家的地位介于小妾与佣人之间，承受着秀才的生儿育女的期待和大娘幽闭的嫉恨，即使为秀才怀孕和生养都不能改变她的现实处境。这个女人生命中最绝望的痛苦是不能同时拥有自己的两个儿子。最终，她不得不离弃新生的儿子，回到阴沉的老家，而那个三年离别的儿子已经不认得她了。生活没有因她的出典而得以改观，依然一贫如洗饥寒交迫。在当时的社会文化语境中，作为生活中躁动浮杂的“典妻”行为，是重血缘承接的宗法制社会对人的物化或异化的处置，是贫富悬殊的阶级地位所带来的人与人之间的不平等，是对阶级压迫下的社会罪恶的暴露，是封建制度对女性的摧残和对人的尊严的剥夺。这种旧中国劳动妇女血泪交织的生活记录，无疑是将对生活的思考完全置于左翼意识形态观念和政治理论中的一种叙事策略，是将故事纳入意识形态的路径的一种社会伦理叙事。

即便如此，仍有论者指出这篇小说具有双重结构。论者认为，在小说的显层结构中，小说讲述的是一个奴隶母亲屈辱而非人的悲剧故事，是阶级压迫与掠夺的表征；而在小说的潜在结构中，是一个特殊的爱情故事，是一个长期受到丈夫奴隶主一样压迫的农村少妇，与一个长期受到老婆大娘般压抑的秀才，在特殊的时空中的同病相怜互相安抚。也就是说，柔石小说的显在结构在于表现故事的阶级性，推演左翼文艺的阶级逻辑；而潜在结构则是在叙述人性，隐含作家作为个体人的人性逻辑。前者属于社会伦理叙事，后者属于个人自由伦理叙事。显然，社会伦理叙事总是让革命、政治、社会凌驾于个人生命之上，似乎个体生命的意义只存在于普遍的历史规律之中，让个体的意义隐没于群体的汪洋大海之中；而自由伦理的个体叙事，则关注个体生命的伦理处境，正视个人生活的悖论与困惑，深入这“一个”人的生命想象和深度情感。小说的双重结构以及在双重结构底下所透露出的各自的含义，既说明了在左翼作家柔石的小说叙事中，“革命”始终处在一种隐形的话语状态，个体生命的经历使他即使行走在红色革命的道路上，仍然无法忘记其曲折生活历程中个人伦理的困境；同时也说明了一个出色的小说艺术家，他对生活的把握达到了一个既贯穿社会世相又洞察人性根蒂的高度和深度，这是小说叙事丰富性所带来的意义的丰富性。

罗怀臻的《典妻》处在一个全新的人文环境中。作为一个城市的守夜人，他对《为奴隶的母亲》作出了自己对女性对人生的现代阐释。在罗氏《典妻》这一文本中，既决绝地荡开小说显在结构中的阶级成分，也毫不迟疑地颠覆了“典妻”丑陋习俗的猎奇心理，而把小说中的最人性的内涵，用自己的叙事触角伸展到个人命运的内核，触摸着人的生命中最脆弱的部位。这种浮出水面的个体自由伦理叙事，使得剧作者在面对主人公生存的艰难和疑惑时，无时无刻关注着个体生命在生存过程中的种种悖论，以悲天悯人的情怀体谅人性的脆弱和无奈。

在剧作《典妻》中，现代伦理的根本问题“是人的在世性情问题”。著名学者刘小枫在《沉重的肉身》一书中认为，“一个人在世的生存关系同样、甚至更主要是受自己的性情支配的，个体与自身性情的关系，是更为根本的伦理元素——伦理的在体性基础”。这就是说，每个人的生命感觉和生存态度是由个人的性情这一随机形成的价值感觉秩序所决定的。对于春宝娘——妻来说，“被典”只是偶然性的事件，而在这一偶然性事件中表现出的无奈和绝望则是个人性情的必然。所以，在个体的生存与自尊、顺从与拒绝之间，这个软弱的女人最终接受了生存的基本需求，向稻粱低头，而放弃了人的自身的尊严，因而落入到生命的漂浮之所，终不知将自己的个体生命放置于何处。剧作一开始，是在天色黄昏的雨季，善良、温厚的女主人守着身患病痒的儿子春宝，面对空无一物的四壁，牵挂着出门未归的丈夫。气候与场景烘托出这一家庭的处于生命边缘的生存环境，对于基本生存权的渴望，以至于丈夫一进家门就发出一系列对生存条件困惑的责问般的对话：“为何不上灯/没有油了/为何不上灶/没有柴了/为何不做饭/没有米了/春宝呢，为何也听不到他的哭声/一直叫疼，叫冷，叫饿……”。因此丈夫理直气壮地抖落一百块大洋，在极其扭曲的生存和生活环境中，她被无赖的丈夫，荒谬绝伦地“典”给了有钱的老秀才做生育机器，“借腹生子，传宗接代”。而生命的价格只值“一百块大洋”。这个看似偶然的事件，实际上蕴涵着生活和人性的必然。她迫于生计，不得不服从命运的安排，抛下重病缠身的幼小的春宝，在秀才家屈辱地“生活”了三年，并在生下第二个儿子秋宝时被逐出家门，回到快要病死的儿子春宝那里。当再一次地出现“为何不上灯/没有油了/为何不上灶/没有柴了/为何不做饭/没有米了/春宝呢，为何也听不到他的哭声”的对话时，丈夫的答案竟是“病得很重，已经治不好了，就等你回来看一眼”。冷漠的回答，没有丝毫做父亲的愧疚和出卖妻子肉体和灵魂的自责。相反，在“典”妻子和接过百元银元时，他是理直气壮的。一个女性的命运就这样被一百块大洋“典”来“典”去，生命的尊严也自然地在金钱中像“物”一般被“颠”来“颠”去。这个“物”的交易是在两个男人之间进行的，妻只是物穿梭于两人、两个家庭之间。一个是“人穷志短”的丈夫，一个是“财大气粗”的准丈夫秀才——他们是当时社会对女性的法则的体现，同时把一个忍辱负重的农村妇女按倒在黑暗的生命的囚狱。这个心地善良、逆来顺受的贤妻良母，她的心灵不可抵御地被野蛮地扭曲着、被残忍地蹂躏着，一如既往地扮演着妻—妓般的角色。剧作者让这一失去尊严的牺牲者，修辞般地在两个男性灵魂的映照下闪现出生命尊严的光芒。蒙蒙细雨的“开场”、战战兢兢的“进门”、无可奈何的“出门”、风雨交加的“归途”、失魂落魄的“闭幕”，一个被粘贴在一百块大洋上的女性的尊严，就这样“尊严”般地编码在人性脆弱的个人伦理抉择上。

当然，在个体生命的苦苦挣扎中，妻的肉体的沉落似乎变得不重要，灵魂的放逐也使女主人整天地彷徨于这一个和那一个儿子之间。除了“被典”——妓女般地活着外，贤妻良母式的女性生命的另一面，把她的生命维系在亲缘延续的孩子身上。在原小说的叙述中，关于妻——春宝娘，有着这样一段描述：“在孩子的母亲的心呢，却正矛盾着这两种的冲突了：一边，她的脑子里老是有‘三年’这两个字，三年是容易过去的，于是她的生活便变作在秀才的家里的佣人似的了。而且想象中的春宝，也同眼前的秋宝一样活泼可爱，她既舍不得秋宝，怎么就能舍得掉春宝呢？可是另一边，她实在愿意永远在这新的家里住下去，她想，春宝的爸爸不是一个长寿的人，他的病一定是在三五年内要将他带走到不可知的异国里去的，于是，她便要求她的第二个丈夫，将春宝也领过来，这样一来，春宝也在她的眼前”。显然，妻想留在秀才家的情感前提，既非生存的需要，也非性爱的需要，剥离了食色的外在物的依附，而是对两个儿子难以割舍的母爱。这是一个陷在困境中的母亲的两难处境。在《典妻》中，作者显然抓住了这条线索并对这一人性化的两难主题加以放大，而且已经凸显为各种矛盾纽结与爆发的前提与结果。“开场”时的被迫接受“被典”的命运蕴涵着对断炊停粮的儿子牵挂，抑或是儿子春宝的温饱健康促成了她最终走上了秀才家抬来的花轿。这也是丈夫最后促成妻投身秀才怀抱的动力源。“进门”后的妻的所作所为也自当是“赎身”以期早日与子团聚的努力。及当如期完成使命替秀才生下老来子秋宝，秀才家的香火点燃之后，仍挂念着那个生活在贫病景况中的儿子春宝。这种心情，被俗化为在这边想着那边的孩子，在那边自然也会想着这边的孩子的心理境遇。这是一个母亲血肉灵魂的真实写照。但即使妻在两次做了母亲之后，拥有两个儿子时，仍然遭遇失子的痛苦，荡漾于心的母爱的天性被两边的牵挂撕扯着，“这一边秋宝叫声放不下/那一边春宝盼娘早回家/可怜天下慈母心/总是牵挂复牵挂”，这是何等惨痛的人生坎坷。于是，三年来的人生冤屈在第五幕中达到高潮式的呈现。在不断堆积的两难戏剧情景和境遇的推动中，这种慈母的两难心境被充分表露在回家路上的 20 分钟。妻终于无法被这个家庭所接纳，大娘的计谋和冷酷，断送了她想集两个儿子于一家的淳朴念头，她孑然一身行走在回家的路途中。剧作有意安排了一群玩耍的孩子，一个出嫁的新娘，一个改嫁的寡妇。在这些戏剧的必须场景中，她想念着自己儿子春宝的病，又难以舍弃生被隔离永难再见的小儿子秋宝，见物思亲，见景落泪；她也联想到自己初嫁时与丈夫的恩爱与不争气，想到自己“被典”三年的屈辱，还从女人的立场体谅大娘的阴损。可以说，在几乎没有任何叙事推进的场面中，是妻内心心理情绪的出场，所有关于命运的人性式感慨被浓缩在此。在她无法把握自己的生命愿望又不愿放弃自己的生命愿望的两难悖论中，个体生命的不平衡无一例外地将妻的生命推向无边的悲剧与绝望。生命遂成为残缺的悲剧碎片。正如小说《为奴隶的母亲》的结尾所写的：“沉静而寒冷的死一般的长夜，似无限地拖延着，拖延着……”剧作《典妻》阴暗沉重的氛围给人深重的压抑感，让人生的悲剧浓到了化解不开的程度。这个一生流着血泪的女子，最后也静静地躺在离开人世的儿子春宝身边，走完了她悲剧人生的最后一步。

甬剧《典妻》的成功在于，它个体自由的伦理叙事，讲了一个让人欲哭无泪的充满着原始残酷性的故事。尽管这种风俗已荡然无存，但其对野蛮性地对人性的掠夺、对人的尊严的剥夺的历史性审察和道德性鞭挞，却带有人类的普遍性意义。这一主题和叙事伦理的定位、确立，真正使这一剧作达到马克思所说的“最大的思想深度和意识到的历史内涵的高度统一”。

黄梅戏《长恨歌》

爱与死的否定之否定

——评新编黄梅戏《长恨歌》

王　夔

由安徽省黄梅戏剧院排演的四幕新编黄梅戏历史剧《长恨歌》，以现代人的视角，重新审视了流传千年而不衰的李、杨爱情，在主题意蕴开拓上做出新的尝试，主要表现在：

第一，该剧勾勒了符合逻辑的爱情发展脉络，为李、杨爱情发展铺设了合理的感情基础。以往表现李、杨爱情的作品，因为不可避免地涉及李隆基“占了情场，弛了朝纲”，杨国忠等奸小弄权误国，以及那场生灵涂炭的安史之乱等负面因素，就使得人们在评价李、杨爱情时有所顾忌。而李隆基九五至尊的特殊地位，也令受众对李、杨之间能否有真正的爱情产生怀疑。黄梅戏《长恨歌》对此做了较好的处理，剧中删削了杨国忠、李林甫等奸小形象，淡化了李隆基贪色误国的情节，也没有花费过多笔墨去渲染宫廷生活的豪奢，对那些无助于表现李、杨爱情的负面因素进行“清磁”，让观众把全部注意力都集中到李、杨爱情本身，这就有效地清除了人们评价这一爱情时的心理障碍。

与此同时，该剧也清晰地勾勒出一条李、杨爱情发展主线。在第一幕《骊山猎场》中，刚从“乡下的小城”出来的少女杨玉环，沐浴着烂漫的春光，尽情抒发自己心中的不满：既稚嫩又爱较真的丈夫寿王，与杨玉环那颗“不羁的心”难以合拍，他们的感情存在着潜在的裂痕。相反，对于英明天子的风流倜傥，玉环早就听闻，所以她千方百计要混进猎场，只为看一眼那“至高无上的父皇”。这一段心理刻画，淡化了杨玉环与寿王的爱情，为其与李隆基的结合埋下伏笔。紧接着鼙鼓声起，杨玉环被当作猎物擒获。在众将士高呼“杀死她”的紧要关头，李隆基援手相救，还发表了一段充满人性温情的话，杨玉环备受感动，“仿佛恐惧也遥远，只剩下懒懒的温馨”。真相解开后，杨玉环遭到寿王的严厉斥责，李隆基又三番两次，予以回护。这样一来，杨玉环对他的感激之情更进一层，彼此的距离再一次被拉近。最终在众人目光的注视之下，李、杨两人情难自制，紧紧地拥抱在一起，虽然这里，李、杨的情感还稍有“感恩戴德，以身相许”的俗套之嫌。但客观地说，这时李、杨爱情发展已具备了可能性与必然性。当杨玉环获得皇帝的专宠后，在长时间的相处中，李、杨二人逐渐为对方的内在美所吸引：对于李隆基而言，杨玉环是“青春的舞步”，跳动在自己日渐衰老的年轮；对于杨玉环而言，李隆基是“高贵的弦音”，弹奏在自己年轻幼稚的心灵。于是二人才面对皓月，执手共誓，要“在天愿做比翼鸟，在地愿为连理枝”，相互视对方为知己。在这里，李、杨二人的爱情已超越了肉欲和功利的束缚，有了深厚的感情基础。

第二，黄梅戏《长恨歌》表现了“爱与死”的主题，并且不是单纯的“爱战胜死”或“死战胜爱”，而是体现了一种否定之否定的爱与死的轮回。第三幕《马嵬坡》是全剧的重点，准备用“背叛”去“清算背叛”的寿王率军前来救驾，却又逼迫李隆基处死杨玉环。这么一来，李、杨爱情就被推到了一个特定的审判所，与“生”或“死”的选择捆绑在一起，接受道德良心的审判。尽管李隆基发出了“宁可逊位”也不与杨玉环分开的豪言壮语，尽管我们也相信这些话是出自其本心，但在自己的权力已经失落，自己的命令已失效的情况下，这样的壮语充其量也只是一种自我安慰，丝毫解决不了实际问题。这时，高力士又恰到好处地暗示李隆基，饮酒会醉——他的脑海中蓦然闪过一个可怕的念头：佯装饮醉。结果眼睁睁地任凭军士处死了自己的爱妃。在这里，对生的渴求，对死的恐惧，让李隆基不能阻止杨玉环的赴死。美好的爱情在刹那之间破损，死亡战胜了纯真的爱情。

但是在此后的日子里，李隆基一直处于道德审判的煎熬之中，他“没有伴侣，只有孤单；没有知音，只有空弦；没有欢爱，只有梦魇”。他一直都念念不忘那屈死的杨玉环，一直都企盼着杨玉环能与自己梦中相会，而梅妃临终前的忏悔又触动了其心中的隐痛。所以在梦中见到杨玉环后，他坦然无憾地面对杨玉环，向其忏悔自己的罪过。以那声泪俱下的真情告白，以那充满愧疚和期待的深情一跪，最终赢得杨玉环的原谅，争取到她“把手伸出”重新来过，“把心掏出”再赌一回。虽然李隆基在肉体上不可避免会死去，但在精神上，他又获得了新生。死亡带给李、杨的时空间隔也随之烟消云散。在这里，李、杨的爱情最终冲破了生死抉择的束缚，超越了尘世俗务的羁绊，得到净化，成为永恒。爱情最终战胜了死亡。

由于该剧在主题意蕴上的新开拓，使其与同类题材作品相区别，显示出自己独特的个性来。

（原载 2005 的第 3 期《戏曲研究》）

依托文学名著打造舞台剧目

——谈黄梅戏《长恨歌》的改编

徐礼节

“一篇《长恨》有风情”。白居易《长恨歌》自问世以来，即以其巨大而永久的艺术魅力，感动着读者，反复地被吟唱、借鉴和再创作，成就了一部丰富多彩的“长恨”接受史；罗怀臻编剧、谢平安执导的新编大型古装黄梅戏《长恨歌》的成功演出，为这部“接受史”又续上重彩一笔。

白居易《长恨歌》所以千年传唱，成为无数同类题材作品的艺术母题和原型，主要在于生动地描绘了一个美丽而悲怆的爱情故事，塑造了两个“风情”万种的人物形象，歌颂了坚贞不渝的爱情。李隆基乃大唐天子，杰出的政治家，创造过中国封建社会最为辉煌的“开元”盛世，晚年却“不爱江山爱美人”。“三千宠爱在一身”，他对杨玉环爱得何其炽烈、专一！因为爱，他“春宵苦短日高起”，不再“早朝”理政；因为爱，杨氏“姊妹弟兄皆列土，可怜光彩生门户”；也因为爱，他闭目塞听，放松警惕，给觊觎大唐江山已久的安禄山以“养兵”之机。结果，“渔阳鼙鼓动地来，惊破霓裳羽衣曲”，安史之乱结束了太平盛世，也宣告两人恩爱生活的终结，而且作为这场“爱”注定要付出的代价，让杨玉环命丧马嵬坡。李隆基的“爱”或许直接促成了安史之乱，但仅就“爱”而言，是何等的浓烈和崇高！更为动人的是，他生死不渝。“行宫见月伤心色，夜雨闻铃肠断声”，“夕殿萤飞思悄然，孤灯挑尽未成眠”，没有杨贵妃，他的生活不再有光泽；“马嵬坡下泥土中，不见玉颜空死处”，“悠悠生死别经年，魂魄不曾来入梦”，失去杨贵妃，他心中永远珍藏着她的玉颜。身为帝王，能如此痴情、纯情，难能可贵！杨玉环，“天生丽质”，“回眸一笑百媚生，六宫粉黛无颜色”。生前，“承欢侍宴”“缓歌慢舞”，与李隆基如胶似漆，以至为他献出38岁的生命。死后，身处“仙山”，仍心系李隆基。“闻道汉家天子使，九华帐里梦魂惊”，她托物寄词，重申前誓——“在天愿作比翼鸟，在地愿为连理枝”，她的爱同样是如此的坚贞！《长恨歌》所表现的正是二人“绵绵无绝期”的悲剧之“恨”。由于李杨爱情及爱情悲剧与安史之乱密切关联，白居易在歌颂爱情时，没有回避李隆基的荒淫误国，而是将二者交织在一起，让读者在钦佩、同情、遗憾等多方面的感受中进行情感评判和理性思考。正因此，《长恨歌》的主题是“歌颂”还是“讽刺”，抑或兼而有之，至今众说纷纭。这也是其千百年来让读者读不完说不尽的主要原因。美丽的故事、痴情的人物、发人深思的主题铸就了《长恨歌》巨大的艺术感染力，也使《长恨歌》成为影响深远的著名艺术母题。黄梅戏《长恨歌》正是在继承并弘扬这些艺术精髓的基础上进行再创作的。

在情节的处理上，剧作《长恨歌》基本袭用白居易原著的故事梗概，但因为是戏曲表演艺术，又强化了故事性和戏剧冲突，根据某些历史“影子”对具体情节进行必要的充实和改造。全剧共四幕。第一幕“骊山猎场”。李隆基与梅妃、安禄山以及寿王李瑁在骊山围猎，杨玉环因“不羁的心”乔装麋鹿偷窥，被发现后遭丈夫李瑁痛斥并被“褫夺”王妃身份，不料父皇李隆基相救。李隆基老练、仁恕、慈祥，与李瑁“稚嫩”、“较真”、强权形成鲜明反照，杨玉环顿然心仪；杨玉环美丽、清纯、活泼，李隆基也一见钟情。最后杨玉环扑入李隆基的怀抱。第二幕“华清宫”。杨玉环受李隆基专宠，册封贵妃。然而他们狂热地相爱已埋下种种危机：梅妃因失宠在“背后传播谣言”，李瑁因失“自尊”在“背后挑动不和”，安禄山因觊觎杨玉环在“背后磨刀霍霍”。第三幕“马嵬坡”。安禄山发动战争，李、杨仓皇出逃，李瑁“回敬负心”故意停下“救援的脚步”。逃亡中，李隆基幡然省悟，自知“辨不清善恶忠奸”才落得“众叛亲离”，并深愧“连累了贵妃玉环”；而杨玉环并不因“艰难的岁月”而有丝毫怨恨，反而在同患难中爱得更加坚贞。安禄山即将“抢”走杨玉环，李瑁“神奇”地将他打败，然而李瑁又怂恿将士犯上，必先处死杨玉环而后救驾。李隆基为保全自己而佯醉；杨玉环为爱平静地走向高悬的白绫，决不因求生再委身李瑁；李瑁绝望，拔剑自刎。第四幕“长生殿”。物换星移，逊位的李隆基已老态龙钟。七月七夕，李隆基梦中与杨玉环重逢，终于作出马嵬坡前佯醉的忏悔；杨玉环深深地被刺痛，但还是原谅他当时的无奈，与他重新携手——李隆基带着美好的愿望离开人世。可见，剧作围绕李杨爱情，展开了种种“爱”的冲突。这些冲突无疑使白居易《长恨歌》的爱情故事得到更“美”的升华，不仅李杨坚贞的爱情及爱情悲剧得以更充分更形象地展示，情节也更为曲折生动，意蕴也更丰富。

该剧的人物塑造同样如此。主人公李、杨的“原貌”基本保留，同时又被赋予更多特征。杨玉环不再只是“貌美”、“对爱情忠贞”。她有一颗“不羁的心”，“不让我抛头露面我偏要抛头露面，不让我走出家门我偏要走出家门”，竟装扮麋鹿偷窥父皇围猎；当被李瑁“褫夺”王妃身份而又爱上李隆基时，毅然决然地投入李隆基的怀抱；当“六军不发”要求处死自己而后救驾时，无怨无悔地献出宝贵生命。这些都表现出不满束缚的反抗精神，追求自由、爱情的美好理想和敢作敢为、勇于献身的可贵品质。李隆基，剧作在突出他忠于爱情、生死不渝的同时；又着意刻画其自私自利——马嵬坡前为保全自己假装“醉酒”，隐忍舍弃杨玉环。此外，还写他既有“才情”，让杨玉环“深深崇敬”，又“辨不清善恶忠奸”，对安禄山的背叛毫无防范；既神圣威严，统治着“巍巍大唐”，又仁厚慈祥，连一只母鹿也不忍残杀。正因这些特征，李、杨的形象显得更为丰满、鲜活、动人。由于主题和戏剧冲突的需要，剧作还塑造了李瑁、安禄山、梅妃等人物形象，他们同样具有丰富、鲜明的个性。如李瑁“稚嫩”却善阴谋诡计，忠于“爱”又不知如何去“爱”，自尊而又自卑，且报复心强，最后因“爱”的绝望而自尽；安禄山表面是“羊”，实则是“狼”，贪图女色而不惜发动战争；梅妃美丽、温柔，失宠后也能耍两面三刀。可以说，剧作的人物形象都是有血有肉，生动传神的。

与以上两方面密切关联，剧作立意也更为丰富、深刻，更耐人寻味。尽管歌颂爱情仍然是剧作的核心，但主题已不限于“爱情”，该剧《剧情介绍》即云：“此剧深刻揭示了人性的幽暗，展示真情的可贵，歌颂爱情，呼唤理想。”可见“人性”“真情”“理想”都是其表现的主要内容。另一方面，李隆基的“荒淫误国”却被淡化为“辨不清善恶忠奸”，由白居易所讽刺的“史实”变为李瑁“挑动不和”的“借口”。所以这样处理和改造，都是因为编导者以新的眼光重新审视李杨爱情故事，而这恰是该剧时代色彩、现实意义也是特色之所在。

海涅说：“每一个时代，在其获得新的思想时，也获得了新的眼光。这时他就在旧的文学艺术中看到了许多新精神。”（《北海集》）“人性”正是该剧以“新的眼光”审视李杨爱情故事而获得的“新精神”。它同“爱情”主题紧密交织，贯穿全剧。如在人物塑造上，杨玉环不再是传统的“贵”妃，而是一个渴望自由、敢爱敢为、颇具“野性”的女性；李隆基是“高贵”的“至尊”，更是“爱”及动物的善良男人：所突出的是“人性”。在爱情故事的处理上，杨玉环爱李隆基，不因其帝王的地位和权利，李隆基爱杨玉环，也不仅仅在于她的美色，两人结合缘于“心”的碰撞；爱情和生命不可兼得，杨玉环选择前者，李隆基选择后者：所强调的也是“人性”。在矛盾冲突设置上，安禄山发动战争不是为江山，而是贪图杨玉环的美“色”；李瑁怂恿将士犯上，不是为帝位，而是“回敬”杨玉环的“背叛”；梅妃传播“流言”，不仅是因“失宠”，更是“嫉妒”杨玉环的艳“美”，所着意的同样是“人性”。为表现“人性”，剧作没有将杨玉环视为红颜祸水，更没有描写李隆基“荒淫误国”。这种脱离“政治”，抛却传统的儒家人伦、道德观，而单纯从“人性”的角度审视李杨爱情故事，是同类题材作品所没有的。在今天这个物质极大丰富、人性空前张扬的和平年代，通过展示交织着“江山”、阴谋、背叛、报复、虚伪、良心、忏悔的爱情故事，揭示“人性”的善与恶、美与丑、崇高与卑劣，无疑会发人深思，具有现实意义。这也是该剧引人注目的创新之处。

还须一提的是该剧的艺术表现。为充分表现主题、塑造鲜明的人物形象，再现白居易《长恨歌》的艺术魅力，剧作除积极调动演员、服装、舞蹈、灯光、特效等剧场艺术因素外，还在音乐、演唱上大胆创新。如根据黄梅戏“民族音乐剧”的特点，大量运用音乐剧的表现元素；30 多人的乐队使用多种色彩的民族乐器（如串铃、胡笳、三角磬、钱鼓、牛角号等）伴奏，营造浓烈的音乐效果；演唱形式多样，有独唱、合唱、二重唱，也有四重唱；唱词、念白均采用白话诗，通俗易懂。这种传统结合时尚，增强了剧作的艺术表现力，让观众充分感受到李杨爱情故事的无穷韵味；同时，既不失黄梅戏本体艺术特征，又使剧作呈现出时尚的风采。这是该剧艺术表现的成功探索，也是黄梅戏艺术改革的有益尝试。

总之，黄梅戏《长恨歌》充分继承并弘扬了白居易《长恨歌》的艺术精髓，且具有鲜明的时代色彩。尽管也受到少数戏迷批评，如有些“爱情场面”戏过于露骨、夸张，唱词欠雅致且忽视合辙押韵等等，但总的说是比较成功的。问世之初即在合肥公演 20 多场，场场满座，为多年来罕见，后又参加首届北京国际戏剧演出季、第七届中国艺术节的演出，还在北京长安大戏院、民族宫、北京大学百年纪念讲堂，上海大剧院等处演出多场，受到广泛好评。2004 年荣获第十一届“文华新剧目”奖。它的成功给我们的启发和思考是多方面的。

就打造“精品”剧作而言，依托文学名著不失为有效途径之一，因为这样既可利用名著的艺术感染力提升剧作的艺术品位，又可借助名著的文化效应扩大剧作的社会影响；此外，演出的成功也可深化观众对“名著”的理解和认识，做到“双赢”。《红楼梦》等四大小说“名著”搬上荧屏所获得的社会影响已给出这样的启示。但关键在于如何利用名著效应，即怎样将“名著”搬上舞台而让观众满意。首先，“名著”就是“名著”，其艺术精髓必须继承和弘扬，并得到凸显，这是根本；否则，必将适得其反。其次，由于时代和主体的局限性，“名著”必定存有与当代审美需求不适应甚至有相悖之处，必须有所扬弃；既要继承“名著”艺术精华，更要立足于时代，挖掘其中富于现实意义的审美内涵，后者尤为重要，是剧作生命力所在。再次，形式服从内容，同时对内容有制约。再现“名著”往往要调动诸多可用的艺术因素，但不能失掉剧种的艺术特征。依托“名著”进行戏曲创作不是新鲜事，但像黄梅戏《长恨歌》在以上三方面均处理得比较妥当的不很多见，它可以给我们一些有益的借鉴。另外，就古典文学研究而言，是否应该更多地关注当代对古代遗产的“接受”，因为一切科学的目的都在于服务今天和明天。古典文学研究可以通过考察“名著”的接受史，抽象出一般规律，对今天的“接受”如将“名著”搬上舞台或荧屏进行理论指导。同时，也可以通过关注今人的“接受”，丰富“名著”及其接受史研究的视角和思路，从而获得更科学更具有现代意义的结论。

名著的艺术感染力是超时代的、永恒的，丰富的名著遗产理应成为我们的精神食粮！愿有更多更好的“《长恨歌》”走上舞台、银屏，走进我们的审美生活！

（原载 2006 年第 6 期《中国戏剧》杂志）

豫剧《曹公外传》/《斗笠县令》

一种对历史的诗意表达

——海峡两岸联袂演出的新编历史剧《曹公外传》

侯耀忠

金秋10月，郑州市豫剧院与台湾国光剧团豫剧队在台湾联袂演出了大型新编历史剧《曹公外传》（编剧：罗怀臻、姚金成；导演：李建平）。该剧将一个久远年代的生活画面巧妙地纳入有限的舞台框架内，以其独特的、富有创见的立意和诗情、哲理与形象浑然一体的艺术呈现，使历史人物从历史的深处走进现实，让我们透过厚重的历史，解读人生，解读命运，解读仕途，同时也在让我们解读一个民族的血脉和文化的传承，解读一种至真、至纯、至美的精神，以及这种精神与现代人心灵的沟通与融合。

该剧依据真实的历史、真实的历史人物，艺术地再现了清朝道光十七年春河南怀庆府官吏曹谨，在"知天命"之年远离故土，奉旨赴台湾任凤山县令的真实感人的故事。时逢凤山连年大旱，加之县政腐败，导致饥民载道、盗贼四起。为了战胜灾荒、拯救百姓、安抚民心，他不顾个人安危，斗笠芒鞋，深入乡野，体察民情，探测水源，并且率领民众力排万难，修圳引水。其间，他不仅饱尝艰辛，还经受了来自方方面面的磨难和切肤之痛。戏剧的最高品格是诗境。该剧在对这个历史人物的描绘中，立足于现实对历史的诗意感受，以进步的历史观，实现历史与现实视野的融合，穿透原始的历史状态、历史素材，从史识和理性的层面显现出现代的思想意蕴和时代精神，开掘出人物心灵的光芒。该剧通过了一个"苦读圣贤、满腹经纶"的封建官吏，怀着在仕途上跋涉数十载的坎坷与艰辛，走上了他仕途梦中的最后“驿站”。在特殊的历史境遇和人生境遇中，以一种“以民为天”的力量，终于冲出了“官道”，走向了“山道”，走向了民众，实现了他人生中的一个关键性的转折与突变，完成了一个封建官吏难能可贵的精神上的跨越和心灵的升华，并在这种刻骨铭心的转变中，生长出一种崇高的人格和伟大的精神力量。

作为历史剧，营造特殊的历史情境是塑造独特人物形象的关键。曹谨作为一个涉世较深的封建官吏，他的灵魂是在儒家学说里浸泡过的，自然有一代文人的人生追求和精神向往，骨子里必然渗透着“修身、齐家、治国、平天下”的人生抱负和“君君臣臣”的封建理念。如果不遇到大的挫折、大的磨难、大的精神创伤，他是不会轻易丢掉在仕途上的追求和幻想，不会轻易改变自己的人生“坐标”的。编导根据人物真实的历史境遇，紧紧抓住人物内心深处的敏感点、疼痛点，极力营造这种历史境遇的“复杂性”和“残酷性”，要让人物一步步进入“山穷水尽”的境地，让人物最后作出的选择，必定要付出沉重的甚至是一生中最昂贵的代价。要淋漓尽致地表现出人物内在的“悲剧性”，进而给予人物“灵魂出窍”的美学观照。让他一踏上凤山的土地，就踏进了一个难以自拔的灾难的“泥潭”，三种火烧火燎的危机劈头盖脸向他迎面袭来：一是连年大旱造成的灾荒危机。饥民载道，民不聊生；二是官府的腐败造成的政治危机。大小官吏依仗权势，搜刮民财，中饱私囊，民怨沸腾；三是因前两种危机而带来的严重的社会危机。盗贼四起、民心大乱、局势动荡。这三种危机交织在一起，为他编织了一个他一生中从未经历过的严严实实的“困境”。就在这样的“困境”里，编导又为他设置了两种选择：要么投靠权势，对上言听计从，对下鱼肉百姓。这种选择的结果可能获得仕途上的升迁，但也必然成为世人唾骂的罪人；要么依靠民众，修圳引水，拯救百姓于“水火”之中。这种选择的结果必然是得罪官府，断送前程，终生的努力和企盼可能会化为“泡影”。这两种选择都牵动着曹谨的命运，后一种选择还直接威胁着他和家人的生命安危。关键时刻的一步之差，必然是两个“世界”之别。因此，曹谨在此时此刻的选择，自然而然地成为了全剧关注的

"核心",它决定了曹谨在人生命运上的大转折、大起伏、大变化。这种特殊境遇的营造,不仅加重了背景的"分量",而且还凸显了人物的形象和思想含量,提升了全剧的认识价值和美学价值的高度。曹谨出于一个封建官吏的良知和大半辈子的品格修炼,以及他对官府早有的厌恶,促使他毅然选择了民众,选择了一份沉重的"命运"。同时他在与民众的心心相印、情感融合中,也在进一步认识了一个实实在在的"自我",找回了一颗普通、寻常、平凡人生的"心灵",乃至把自己的人生追求从"书香继世长"转向了"为官一任,倘能实实在在为百姓办一件事,譬如开一条河、修一条路、种一棵树、救活一个人也已足矣"的价值定位。

有震撼力的戏剧,来自有震撼力的戏剧冲突。该剧激烈的矛盾冲突,紧紧围绕着编导设置的"一条主线、四个关键和三个焦点",环环相扣地展开着。"一条主线"即始终围绕牵动民众心弦的"盼水——找水——引水"这条主线,将曹谨与自然灾害的斗争和与官府的斗争"双管齐下",穿插推进,充分展现曹谨遭遇的多种外部矛盾和内部矛盾。这条主线在全剧中提纲挈领,笔墨集中,色彩鲜明。它牵动着各派力量的"神经",关乎着各自的利益和命运,为全剧提供了容量很大的空间,打造了 个各派势力较量的"平台",充分展现在这场斗争中的"刀光剑影"和"血肉厮杀"。同时,这条主线深深地打上了阶级的、社会的、政治的烙印,成为测试各派力量、各种人物的"试金石"和"温度计"。"四个关键"是:当曹谨在民间能工巧匠龙伯那里得到了"引水图",正在与龙伯精心运筹策划的关节上,上天让他失去了龙伯,一付沉甸甸的"修圳引水"的重担全都落在了他一人身上。同时也意味着他将为此承受一切,担当一切,付出一切;正当曹谨踌躇满志在一步一步实施着修圳计划时,官府一道缉拿令,要夺去修圳工程的总领班杨号,为整个工程投下了一道重重的阴影。不仅如此,还给他出了一个天大的难题:若是听命官府,不仅工程半途而废,而且更重要的是将失去民心。若是对官府不予理睬,后果更为严重。但在曹谨心里,民众高于一切,工程高于一切;当工程进入关键时候,又遇到了官府"卡脖子"断粮,实质上是要断民众的命、断工程的“血脉”、断曹谨的“根”，是要硬逼曹谨走一步“险棋”“死棋”，借机“名正言顺”地把曹谨和修圳工程一起断送掉。曹谨在这危急时刻，拍案而起，挺身而出，决定开仓放粮，以自己的身家性命换取民众的活路；当工程即将大功告成，民众看到了自己的出路和生活的希望时，官府竟借“开仓放粮”之事大做文章，欲把曹谨置于死地。曹谨看到了自己的愿望已成为现实，看到了凤山民众有了生活的依靠，看到了与官府的较量终于有了一个圆满的结局，他已满足了，他平静地、坦然地面对着这一切。正因为这四个“关键时刻”，把全剧矛盾冲突推向了“极致”，同时也把人物命运推向了“极致”，造就了曹谨“一心为民”的大情怀、大气魄、大胆略。编导把与官府斗争的焦点，与民众共同关注的焦点、个人命运的焦点，都“聚焦”在曹谨一人身上，使曹谨的一举一动都牵动着全剧的“中枢神经”，起到“牵一发动全身”的作用。让他每经受一次冲击，在心理和情感上就与凤山民众的距离拉近一步，同时也与仕途的诱惑远离一步，与官府的抗争加剧一步。让他在负面“外力”的作用下，去寻找一种可以依附的“定力”和精神支撑。在这场矛盾冲突中，编导让表面上拥有“绝对权势”的官府的力量，在曹谨和民众这股正义的力量面前，一步步向着权力的“核心层”退缩。这种以小斗大、以弱斗强、以下斗上的手法在该剧中不仅突出了“两元对立”的较量，更突出了民众的力量，正义的力量，充分显示了这种力量的坚强、伟大和不可战胜。同时在这种较量中，还触及了封建势力的“根”，戳穿了仕途路上设下的一个又一个“光环”和陷阱。因此，这种较量是对官府腐败的鞭挞，是对封建士大夫“忠君”思想的质疑，赋予了该剧新的文化内涵和文化精神。

探索具有普遍意义的精神问题，才能使作品真正具有戏剧的意义。该剧赋予了曹谨背叛与拯救的双重精神价值：他对封建官府的背叛，使他获得了真正的人生价值；他对民众的拯救，使他获得了崇高的精神价值，而这两种价值都是从他对民众的炽热情感中产生的，都是以这种情感作为动力、作为支撑的。这种浓浓的平民情结，使人物形象超越了以往历史剧中的清官形象，呈现出强烈的个性色彩和现实意义。编导在对人物情感的处理上，采用了情感“互移”和“互动”的手法，进一步强化了人物情感之间的因果关系和递进关系，既丰富了人物内心的情感世界，又增添了该剧的“历史情味”和平民化色彩。一个封建官吏与平民之间是有距离的，编导要让人物在情感推进过程中一步步拉近这种距离，缩小这种差距，直到把曹谨与民众的情感完完全全地融合在一起。曹谨在特殊的境遇中把自己的一腔痴情给了凤山民众，同样，凤山民众也把心中纯朴情感给了曹谨，这种情感上的“互移”，产生了情感上的“互动”。曹谨在与邪恶的斗争中，靠的就是这种“原汁原味”的情感动力。曹谨在这种情感的滋润和渗透中，生长出一种智慧含量很高的坚韧和顽强，博大与深广。曹谨的爱民之情不仅温暖着民众的心，而且还提升着民众的追求，为他们注入了崭新的生命意义。该剧在展现曹谨的情感世界上，着重突出了“给予”两字。当曹谨结识龙伯时，坦诚地把“知己”的友情给予了龙伯；当曹谨认海妹为干女儿时，坦诚地把心中的父爱给了海妹；当曹谨上山请杨号担当重任时，坦诚地把自己的命运托付给了杨号；当工地断粮时，他又坦诚地以自己的身家性命换取民众的生存。而民众从曹谨那里得到了改变命运的愿望和创造新生活的激情与智慧，曹谨还从民众那里得到了信任和拥戴，这同样是一种成就事业的巨大财富和力量。曹谨和民众在情感上都有一份“满足”和“期待”，“满足”使双方产生了“平等”和亲近，消除了距离；“期待”使双方产生了“引力”和“互依”，喻示着爱的持久与深沉。

成功的细节处理为起伏跌宕的矛盾冲突和命运纠葛抹上了浓浓的抒情色彩，总是能给人留下长久的记忆和独立的审美价值。如曹谨请杨号下山一场戏，为了表达曹谨对人才的信任和尊重，同时也是为了表达对凤山百姓真诚的一片爱心，曹谨一声：请总领班杨号上——轿，让大家在猛然的吃惊中，把各自的身份都忘掉了，舞台上流淌着的全是亲密无间的喜悦情感。在曹谨为民请命一场戏中，让曹谨背负着凤山百姓的生命安危，在官府的台阶上长跪不起、苦苦等待，最后终于支撑不住晕倒在夜幕里。这一细节表达了曹谨为着民众的生存、愿以死相求的心愿，伴着声声蝉叫，营造了官府冷酷无情的沉闷、凄凉气氛。与前面曹谨请杨号上轿的和谐、亲切、欢快的气氛形成了鲜明对比：一个视民为座上宾，一个将“民”拒之门外，两种截然不同的态度，使人物形象更有了深度和力度。在曹谨与官府较量的紧要关头，编导又安排一直在“暗箱操作”的邪恶势力的代表魏是太“浮出水面”，让他也在关键时刻作出自己的选择：杀人灭口，保全自己。为此，他不得不使出最后的招数，赤裸裸地提出要与曹谨做一笔交易，这笔交易的筹码依然是“舍去百姓”。这从根本上彻底揭示了双方的分歧与斗争的实质，辛辣地勾画出魏是太一张罪恶的嘴脸，与曹谨“为了百姓、披肝沥胆”的高大形象，造成极大的反差。曹谨在危难之中与夫人共诉衷肠，思念中原故土和远方的亲人，一字字、一句句，情切切、意绵绵，满怀感慨地倾诉着一个封建官吏坎坷的人生、坦诚的胸襟和美好的祝愿，他那“人生一瞬间，转眼是百年，谁识王谢堂前燕，将相坟头渔樵闲，荣辱沉浮转瞬散，这清泉永远长流在人间。”铿锵有力、意味深长的唱词，真切地呼唤着社会道义和人间真情，激起观众心灵的共鸣和情感的沟通。该剧还特意安排曹夫人在宽慰曹谨时，把杜甫的“位卑未敢忘忧国”诗句中的“忧国”改为“忧民”，虽说一字之别，却道出了两人崇高的志向和对人生的深切感悟，这是一种思想和境界的升华，是一种品格和精神的张扬。同时“忧民”两字也进一步强化了该剧的主题，给观众留下了鲜明而深刻的印象，引发人们对历史与现实的哲理性思考。在全剧的结尾，在民众依依不舍地送别曹谨时，杨号与海妹从众人手里接过一桶泉水，高高地举起，像是在祭天，又像是在对远去的曹公的祝福，因为在众人心里泉水是最珍贵的“礼物”，是曹谨与民众在共同奋斗的艰辛中凝结的最纯、最浓、最美的“情”，然后把一桶泉水猛然顺头浇下，淋漓之极、痛快之极、壮美之极。此时，台上台下一片宁静，这个无台词、无对话、无音乐的表演，精彩、美妙、独特，它营造了诗的氛围、诗的意境，喻示着凤山民众愿化作奔流不息的泉水，永远与远方的“曹公”相件。同时，这桶水也在滋润着观众的心，还为曹谨的人生命运画上了一个完美的句号。

该剧在人物塑造上有着自己独特的美学追求。一是从不平静中见平静。全剧矛盾冲突激烈，两种势力的较量和命运的搏击惊心动魄。但是，曹谨能在不平静中求得平静，不管遇到多大的政治风浪和艰难险阻，他“一心为民”的一颗心始终不动摇，修圳引水始终不放松，而且越是斗争激烈，他越是平静、沉稳，以“不变”应万变。使戏走向了人物内心的情感世界。在戏的结尾，被蒙冤革职后的曹谨依然宁静、坦然和欣慰，就像莫扎特的音乐，自己一生坎坷、艰辛，但在自己的作品中，总是把美好和欢乐呈现给人们。曹谨和夫人与民众依依不舍地告别后，慢慢地向舞台深处走去，他的身影虽然消失了，但他却走进了观众心里，走进了精神的“殿堂”，走进了一个民族的史册。二是从不平凡中见平凡。在当时的社会历史条件下，修圳引水是一个惊天动地的创举，是一件极不平凡的千秋大业，但是干这件事情的人，却又是那样的普普通通、平平常常，而且一步步从“斗笠县令”走向“斗笠曹公”，从仕途走向了民众。曹谨是从“无为”中见“有为”。凤山历任县令，都以开源引水为名，搜刮钱财，中饱私囊，到头来连一件事也没办成。他们的本事在于“折腾”百姓。而曹谨一上任就在“折腾”自己。他在极端艰难中干出了“大事情”，闯出了“大作为”，这种“作为”既是物质的又是精神的，更具有恒常价值和文化意味。三是从无情中见有情。对曹谨和民众来说，灾害是无情的、官府是无情的、封建王朝是无情的，但是曹谨却是一个最有“情”的人，他“登山则情满于山，观海则情溢于海”，他把自己的情播撒在了凤山县的每一寸土地上，每一个民众心窝里，同时，他又把自己的情永远地留给了凤山，留给了民众，留给了一个永远不能忘怀的时代。

该剧舞台呈现古朴、典雅、凝重，在深厚的色调中透出亮丽和明快。突出了台湾风情和独特的地域风貌，同时还以“裸露的山石”作为舞台的主题形象和环境特征，喻示着曹谨坦诚的胸襟与坚韧的性格。水车吱吱的转动声，象征着岁月的艰辛和生活的甘苦，传递出一种时光的韵味和历史的回响，成了一个远去时代的标记，剧中饰演曹谨的刘昌东风度刚柔相济，舒展自如，充分展现了人物独有的历史风采和时代意味，饰演曹夫人的台湾豫剧皇后王海玲，表演真切、细腻、唱腔娓娓动听，韵味淳厚。该剧音乐设计吸取了台湾流行的民间音乐素材和民谣曲调，与母体音乐糅合巧妙，形成了具有“台湾味”的豫剧音乐，使该剧音乐特色显示出独有的地域风情和民族色彩。给人全新的艺术感受。

（原载2003年第12期《中国戏剧》杂志）

豫剧《斗笠县令》：传统艺术的时代精神

何　弘

由郑州豫剧院倾力打造的新编历史剧《斗笠县令》于2011年7月创作完成，自问世以来就连创佳绩，2011年8月获得2011年河南省舞台艺术新剧目展演暨河南省第十二届戏剧大赛“文华大奖”；2011年9月获得河南省第九届精神文明建设“五个一工程”优秀作品奖和第二届中国豫剧节一等奖。真正优秀的剧目，绝不会只有一时一地的风光。走出河南的《斗笠县令》同样表现不俗：在2011年10月举行的第十三届中国上海国际艺术节上，这道根植中原传统文化的特色“大餐”让挑剔的上海观众交口称赞；2011年11月在好戏云集的重庆第十二届中国戏剧节上，该剧一举获得最高荣誉——优秀剧目奖，也是河南唯一一台获得优秀剧目奖的剧目，主演刘昌东凭借剧中表现收获单项奖最高荣誉——优秀表演奖，实现了郑州市戏曲作品十年来在全国戏剧界最高奖项上的历史性突破。该剧作为“向党的十八大献礼——河南省优秀剧（节）目北京展演月”郑州市唯一一台进京献礼展演剧目，今年9月6日晚在北京长安大戏院进行了首场献礼演出，向首都观众展示郑州市舞台艺术发展的最新成果，受到了全场观众的一致赞誉。

《斗笠县令》之所以能得到各方的一致认可，得益于它在以下几个方面的突出表现。

历史环境与现实关怀的合理统一

《斗笠县令》是一部根据曹谨任台湾凤山县令时平冤狱、修渠圳、造福当地百姓的真实事迹改编的历史剧。作品通过对曹谨这个不同于一般“清官”的艺术形象的塑造，以强烈的艺术感染力，表现了一种连结两岸、贯通古今的“亲民”情怀，呼唤一种与当今社会所倡导的“执政为民”一脉相承的民本思想和责任意识。

曹谨作为一个到台湾做官的中原人，为官清廉，情系百姓，严谨务实，造福黎民。他的故事对于表现海峡两岸人民血肉相连的情谊，促进祖国统一大业；对于表现做官为民的民本传统，推动“执政为民”的理念深入人心；对于表现严谨务实着眼长远的观念，加快科学发展观的贯彻落实；对于表现清正廉明的官员形象，加强当下反腐倡廉建设，都具有重要的现实意义。

《斗笠县令》很好地把人物放在当时的历史环境中，把曹谨塑造成了一个在当时黑暗的政治环境中，有道德理想的忠君爱民的清官形象。作品恰当地找到了中国传统文人“先天下之忧而忧，后先下之乐而乐”的情怀与当下“以人为本”的发展理念之间，传统清官意识与现实反腐倡廉需要之间的契合点，使之成为一部既符合历史事实又能体现时代精神的优秀作品。全剧属于清官戏，但在主题思想、舞台呈现上是以现代人视角和当代人情怀，通过一顶“斗笠”架设了一个穿越古今的桥梁。对曹谨这个主人公的形象塑造一改过去县令都是喜剧化小人物或者丑角化的习惯脸谱，无论是他带领凤山人民开圳修渠来解决生存改变现状，还是他冒着被杀头的风险毅然决定开军仓赈灾民，通过富有张力的戏剧冲突，全剧塑造了一位始终把百姓疾苦放在心上、极具悲悯情怀的中原士大夫形象，构筑了具有现实意义的历史课题，体现了古今观照、贯通古今的价值观，进一步弘扬“当官为民”这一中华民族优秀传统文化，与当今社会所倡导的“执政为民”的民本思想和宗旨意识一脉相承，顺应广大群众的心理期盼，具有深刻的历史意义和现实意义，也使全剧更具时代感和当代性。

题材开拓与人物塑造的恰当结合

新中国成立以来，豫剧艺术改变了过往以传统剧目为主的格局，创作了一大批优秀的现代剧目，如《朝阳沟》《倒霉大叔的婚事》《红果红了》《铡刀下的红梅》等，故事基本以北方农村为背景；新编历史剧也有不少，如《唐知县审诰命》《程婴救孤》等，基本仍以传统剧目为蓝本进行改编。《斗笠县令》基本是一出全新创作的历史剧，故事的发展背景也转到了宝岛台湾，这对豫剧创作来说，在题材的拓展上可谓迈出了一大步。

作为一个全新创作完成的历史剧目，作品在戏剧结构和剧情的设计上也改变了中国传统戏曲单线索推进的路数，作品修圳引水和对抗贪官、拯救让号两条线索交织并进，最后合而为一，完成叙事。复调叙事结构的引进，对丰富豫剧的表现手段，深化思想内涵，无疑具有重要意义。

当然，重要的是，作品塑造了曹谨这个生动感人、血肉丰满的人物形象。作品在表现曹谨不畏艰险、不惧强权、清正为民的同时，很好地描写了他身处困境时真实的内心矛盾和在矛盾中的正确抉择，使人物形象符合其自身的性格逻辑，显得立体而丰满。

曹谨夫人形象的塑造同样精彩。作品中，曹夫人从一个体贴丈夫、关心其前途的大家闺秀，成长为一个知书达理、能为丈夫分忧解难、关键时能够挺身而出的奇女子。性格有发展、人物在成长，曹夫人这个人物形象的塑造，体现了豫剧艺术的发展进步。

董良这个酷吏的塑造也很出彩。作品对董良的设计可谓匠心独具，他作为魏是太的代言人在台前与曹谨形成直接冲突，而魏是太处于幕后，使戏剧冲突更为集中，情节安排更为紧凑，剧情的展开也更具悬念，更有看头。而且单就董良这个人物本身来说，作品对其对上唯命是从、邀宠巧取，对下暴戾豪夺、丧尽天良的刻画可谓生动、深刻。

作品其他一些人物，如让号、海妹、依鲁伯、林兴、刘公公等也都各具特色，为作品整体的成功奠定了坚实的基础。

应该说，复调叙事技巧的运用、集中而紧张的戏剧冲突、个性鲜明的人物形象等，是《斗笠县令》能取得成功的重要因素，这些特点也使这部豫剧作品于内在的艺术品质上表现出了浓郁的现代气息和时代精神。

豫剧传统与现代手段的完美融合

豫剧是诞生于农耕文明的民间演唱艺术，流行地区分布甚广，盛行于中原地区，是河南的主要剧种，在流传演变的近200年历史里历经数次大的变革创新。如今，随着以新型城镇化为引领的中原经济区建设步伐加快，《斗笠县令》并未固守传统的农民趣味，而是捕捉到当下的时代精神和审美趋向，做出与时代审美相对应的艺术调整，积极探索传统豫剧现代化、都市化的演变之路，以适应当下以都市化为特征的文化诉求。

《斗笠县令》汇聚了全国的舞台艺术专家，组成一流的主创班子。中国剧协副主席罗怀臻和河南省剧协副主席姚金成共同担纲剧本创作；文化部优秀专家李利宏担任导演；著名豫剧音乐家耿玉卿和上海著名戏曲音乐家汝金山分别担任该剧的唱腔设计和作曲配器；国家一级舞美设计师黄永碤担任舞美设计。郑州市豫剧院中青年实力派演员分饰该剧主演。国家一级演员刘昌东饰男主角曹谨；国家一级演员马刚良饰曹夫人；豫剧院优秀青年演员王海升饰让号；梅花奖获得者徐俊霞饰演海妹。这些重量级人物的参与，使作品能够保持其正宗的传统意味，同时不失现代精神。

特别是全剧在舞美、唱腔设计、配器、服装、灯光等方面进行大胆创新，传达出对传统豫剧现代化的诉求，并且在舞台呈现上和谐地展示了出来：剧中大量使用交响乐、歌剧元素，让韵味醇厚的豫剧声腔与“交响化”“歌剧化”的音乐效果相融合，更贴近现代观众的审美情趣；舞美吸纳了大量的舞剧元素，丰富了视觉，独特而又和全剧的气质非常统一；服装营造出的浓郁台湾风情，和“诗化”写意的灯光相融合，更符合当代舞台艺术的审美趋势，刷新了豫剧以往的气质。这些富有韵味的元素使全剧在保持豫剧的地域风貌的同时，传达出传统戏曲现代化、地方戏曲都市化的理念，整场戏通俗且雅致、清丽、时尚，更贴近当代观众。

只有改革才有出路，只有创新才有生命力，只有精品才有好效益。依托丰厚的历史文化资源，打造富有地方特色的大型原创舞台剧目，一直是郑州文艺精品战略实施的目标和宗旨。《斗笠县令》就是丰厚灿烂的中原文化土壤中孕育诞生的豫剧，它在继承传统中体现了时代精神和现代理念，必将为提高中原文化的影响力、打造华夏文明传承创新区发挥更大的积极作用。

（原载 2012 年 9 月 9 日《光明日报》）

黄梅戏《孔雀东南飞》

孔雀又从东南飞

——评黄梅戏《孔雀东南飞》

吴功敏

“孔雀东南飞，五里一徘徊”，在歌队抒情婉转的咏叹中，一幅东汉末年乡村风格画卷在舞台上徐徐展开。黄梅戏《孔雀东南飞》以独特的审美样式，向我们诠释了发生在一千多年前的爱情悲剧。

黄梅戏《孔雀东南飞》是根据汉乐府《孔雀东南飞》叙事诗改编而成。它整合了多种艺术元素，集各种精华于一体，以剧诗的典雅大气，歌舞的灵动华美，音乐的传统时尚，舞美的古朴野韵，打造了一台新颖精致、缤纷多姿、悲喜交织、浪漫写意、好听好看、经得住品味推敲的上乘艺术品。

说心里话，未看这出戏之前，它能否成功，我未抱多大期待。古诗《孔雀东南飞》虽是我国古代现实主义诗歌的杰作，但它叙事简单抽象，尽管其中某些细节描写精彩，如建构一本大戏，诗中素材未免过于单薄。所以，以前各种版本的演出，都未能突破古诗的局限，加之表现形式雷同落套，常常演出几场，就被弃之高阁。看了黄梅戏《孔雀东南飞》，我感到惊喜。我觉得，它是我看过的所有演出版本中改编得最为成功的。它不仅忠实于原著，在符合情理的夸张虚构中体现了原著的风格，还从人性的角度，深入开掘人物性格、命运形成的历史和社会原因，用现代心理学剖析人物心理轨迹。用诙谐幽默甚至漫画式的语言行动，揭示了人性的美和丑，营造了喜剧气氛，强化了审美趣味，产生了强烈的戏曲效果。用以悲寓喜、以喜写悲的手法演绎千古传唱的爱情悲剧，凸显了悲剧的震撼力。

美感、启示、教化深深地隐寓在轻松惬意的审美愉悦中。

剧诗的意韵

中国戏曲是由诗发展而来，戏曲是诗发展的最高阶段，所以，戏剧也称剧诗，是一种新体诗。《孔雀东南飞》的文本，具有浓郁的剧诗意韵。它以剧诗的结构敷衍故事，以诗化语言抒发人物内心情感，以白描手法为人物画像，故事情节脉络清晰。唱词中既有含蓄蕴藉、音韵和谐的词曲体，又有明白晓畅、朗朗上口的散文体，间或穿插生动活泼的生活用语。念白口语化、个性化，突出了黄梅戏地域特色，体现了虚实相间、浓淡相谐、形神兼备、个性鲜明的剧诗风格。一场“心灵之约”——童趣盎然，古韵悠远。它让我们感受到了生命的可贵，爱情的美丽。二场“雀台之合”——它为我们重现了远古时期民间婚嫁迎娶的乡风民俗。我们如同走进时光隧道，那热闹的迎亲场面令人欣喜激动。三场“新房之叹”——我们看到了荒诞奇特的新婚之夜。一个扭曲的人格，一个丑陋的灵魂，焦母以不可理喻的变态母爱，制造了一场千古悲剧。四场“机房之欢”——天经地义的夫妻之爱，被逼成慌乱匆忙的偷情，人间之悲，莫过如此。逆来顺受，仍然改变不了被驱赶的悲剧命运，刘兰芝忍无可忍，向焦母发出了振聋发聩的“十问”，人性之恶，令人发指。五场“潜水之悲”，我们走进了刘兰芝的内心世界：她憧憬过正常人的生活，她渴盼和相爱的人厮守一生，她梦幻生育一个白胖小子。邪恶的人性，黑暗的现实，粉碎了她的理想，毁灭了她的一生。她呐喊，她哭诉，她抗争，她孤苦无助，她精疲力尽。尾声“死亡之盟”，一对相亲相爱的情侣，终于得偿夙愿，他们羽化成鸳鸯鸟，日夕和鸣，永不分离。这是一首黄梅戏的爱情长诗，是在古诗的孕育滋养下诞生的。它的艺术魅力感染震撼着我们，使我们沉浸其中，如梦如幻，如痴如醉。

诗化的呈现

《孔雀东南飞》的舞台呈现，诗情画意，典雅大方。导演以飘逸空灵、变形夸张，叙事抒情相融，写意写实交织的诗化风格，为古诗改编黄梅戏作了全新的阐释。他不拘泥传统，大胆创新，借鉴各种艺术手段为我所用，又“移步不换形”，始终遵守戏曲写意原则。他在浓墨重彩铺陈渲染写意的艺术处理时，不留痕迹地将写实元素充实其意，且是点睛之笔。导演将这两种艺术手法有机地统一在规定情景中，他灵活地把握，娴熟地驾驭，使写意和写实优势互补，相得益彰。浪漫抒情是《孔雀东南飞》的显著亮点。全剧中，即使是纯粹的叙事，也充盈着浓郁的抒情意味。导演在尊重艺术规律的前提下，在“移步不换形”写意原则的把握中，将古诗的悲剧美和黄梅戏的形式美巧妙对接融合，创造了一种符合现代人审美追求的全新表演形式：“歌队”是古希腊悲、喜剧中的重要表现手段。导演大胆地将它引进戏中，且贯穿始终，它时而舞蹈，时而静塑，时而是事件的参与者，时而又是冷静旁观者。歌队不仅在营造环境、烘托气氛、抒发情感、刻画人物、推动剧情发展方面起到了画龙点睛作用，还因为这个艺术形象的古典和时尚，给观众以视觉新奇愉悦。一、二场是写意抒情的篇章。潜水畔，雀台前，水车欢快地旋转，老牛亲切地呼唤。一对灵犀相通的年轻人——刘兰芝、焦仲卿，一个深情地弹箜篌，一个悠扬地吹竹笙。名叫“东奔”和“西跑”的两个小牧童，欢天喜地地为刘兰芝和焦仲卿传递爱情信息。在轻歌曼舞和童趣盎然的对话中，他们共赴心灵之约。在第一场里，全剧所有人物都以各自典型的造型和动作登场亮相，一幅形态各异的人物图谱，生动鲜活地展现在观众面前。二场迎亲场面热闹异常，满台的红绳索像火光闪烁，刘兰芝、焦仲卿和歌队舞动着红绳索，不断变换造型，渲染了古代农村乡风民俗，舞蹈新颖独特。红绳索既象征新婚喜庆，又象征刘兰芝和焦仲卿被邪恶力量束缚，从而预示着悲剧的发生。三场开始入戏，戏剧冲突展开。这场戏的舞台简洁淡雅，舞台中间只有一张床，虽然不是传统的“一桌二椅”，却处处折射出写意的神韵。一张床，牵动了三个人的心，制约了三个人的行动。在这小小的空间里，导演做足了文章：焦母自私占有变态的母爱，使她凶悍蛮横不可理喻。按常理，新人进了洞房，人们都会自觉地退出。而焦母却坐在床上赖着不走，还不许儿子和媳妇说“困了”。勉强同意儿子媳妇睡觉，还要他俩拉开距离，拉开了距离还不放心，一会儿看着儿子，一会儿又盯着媳妇。就这样来回走，左右看，实在累得不行，就干脆睡在儿子和媳妇中间。焦母这些表演没有任何音乐伴奏，只有戏曲乐器“木鱼”敲出的“嗒嗒”声，来表现焦母小脚走在地上发出的杂乱脚步声，以单调的“嗒嗒”声，揭示焦母烦躁、懊恼又无可奈何的心绪，这种夸张白描手法，十分有趣。焦母年老力衰，上床便鼾声如雷。而刘兰芝和焦仲卿近在咫尺，却不能亲热。焦母如雷的鼾声，搅得二人心烦意乱。等焦母熟睡，他俩悄悄爬起，隔着拦中熟睡的焦母，亲热地吃着彼此交换的零食。谁知焦母突然惊醒，二人猝不及防，还没来得及躺下，二人的手臂就被焦母紧紧攥住。就这样僵持了一阵，焦母又一次睡熟。被爱火炙烤的刘兰芝、焦仲卿，蹑手蹑脚摸到床下，在黑暗中紧紧拥抱，正当他俩品尝爱情的甜蜜时，只听焦母愤怒地吼叫，二人像罪犯似的四目垂泪无声的跪在焦母面前。新婚燕尔，夫妻交欢，天经地义，焦母百般刁难阻挠，怎不令人悲从心起。如果此时，就开始哭诉，不仅沉闷压抑，后面高潮戏的悲剧的力量就会减弱。导演逆向思维，以幽默讽刺喜剧手法来演绎悲剧，既缓解了观众看戏时的心理负载，又能使舞台节奏有起伏跌宕的变化。每演到此处，观众就笑声迭起，精彩处还掌声不断。这样强烈的戏剧效果，是对刘兰芝、焦仲卿的同情，对焦母乖张狠毒、丑态百出的讥笑。四场“机房之欢”悲怆凄美。焦仲卿在外乡衙门为吏，难得回家。得空回家，焦母也不让他俩亲近。这天焦仲卿公干路过家门，瞒着焦母先去机房看望刘兰芝。夫妻相见，百感交集，饥渴难耐，便在机房行了云雨之欢。在戏曲舞台上表演作爱场面，就黄梅戏而言是绝无仅有。导演勇于打破表演禁区，以夸张变形漂亮的肢体语言，将作爱场面诠释得凄婉美丽，真实感人，催人泪下。如果导演不具备深厚的积累和底蕴，没有精湛扎实的功力，他就根本不敢去闯戏曲舞台的红灯，即使涉足，也无此大气娴熟的驾驭能力。焦母拿着休书逼兰芝离家，刘兰芝“十问”焦母，字字铿锵，句句流血。虽然是大段念白，却因为语气、情感、身段、节奏、调度分寸火候准确到位，加之戏曲打击乐配合默契，刘兰芝长期压抑，一股宣泄悲愤的情绪如黄河决堤，汹涌激荡，酣畅淋漓。此后，婆媳之间的唇枪舌剑，依然是用对白来完成，但非常有震撼力。大段大段的念白，同时集中在一场戏里，这似乎有悖传统表演习惯。按照传统表演模式，刘兰芝在“十问”前，先“叫板”，然后起锣鼓，再用高亢激越的旋律，快节奏演唱来表现，曾有人对这种手法提出质疑。我觉得，这段戏用念白来处理，比用演唱更有表现力。念白在语气、节奏、情绪的把握上，有更大的灵活性，又有锣鼓恰到好处地配合，突出了戏曲特点，也形象地反映了人物情绪。众所周知，念白，是戏曲“四功”中表现手段之一，老艺人常说“千斤念白，四两唱”。不必死抱教条，关键要求舞台效果。如果在某个情节中，念白是最佳选择，却为了追求所谓的传统与规范，而放弃舞台上本来就很少利用的表现手段，岂不让戏曲丰富多样的表演魅力打了折扣？其实传统戏中不乏有大段念白的精彩片断。我认为这是回归本体，是对一成不变传统手法的颠覆。五场“潜水之悲”是抒情写意的华彩篇章。刘兰芝核心唱段的抒情，集中展现了演员唱念做舞的精湛技艺。刘兰芝和歌队哼唱的哽咽悲泣的“无字歌”，时高时低，时起时伏，欲哭还休，不绝如缕地回旋徘徊在空灵的舞台，这种“此时无字胜有字”特殊手法的演绎，将刘兰芝悲痛欲绝又咬破嘴唇强忍着的伤痛情态，入木三分地表现出来，这比捶胸顿足呼天抢地更有悲剧震撼力。

传统时尚的音乐

《孔雀东南飞》的音乐清新质朴传统时尚。可以看出，曲作者把握了时代律动的脉搏，在撷取现代人审美时尚元素的同时，又不忘对传统风格的守望。固本求新，谱写了一曲凄美动人的爱情乐章。那一曲曲描写少男少女情意缱绻、相亲相爱的花腔小调，轻松欢快，活泼灵动，如山野清风阵阵扑面。那一段段抒发感伤悲苦心境的平词类唱腔，哀婉凄切，如泣如诉，还有宣泄愤怒悲痛的［火攻］、

[二行]、[三行]，更是痛快淋漓，激越高亢。传统唱腔，因注入了时代气息，音符的排列组合有了微妙的变化，便新意盎然，生机勃发。《“新房之叹”》一场中，土得掉渣的传统唱腔［撒帐调］，未作任何润饰，直接引用，似乎此曲为此剧专设，旧曲韵翻出新意，一种久违的亲切欣喜之感，顿时涌上心头。《天仙配》《女驸马》中经典旋律，不时闪现在演出中，待你欣喜若狂欲捕捉它时，它却了无痕迹。尤其是“无字歌”，对唱应和，衔接自然，水乳交融，有“四两拨千斤之妙”。

《孔雀东南飞》的成功，不仅为黄梅戏舞台增添了一朵奇葩，还创造了一种全新的表演形式，提高了黄梅戏艺术层次，为戏曲现代化、都市化作出了贡献。黄梅戏这只孔雀，虽羽毛丰满，美丽迷人，但还“养在深闺人未识”。我相信，经过一段时间的打磨，这只耀眼的金孔雀，一定会从东南展翅，飞向更辽阔的天空。

（原载 2003 年第 2 期《黄梅戏艺术》杂志）

身份、欲望与权力

——黄梅戏《孔雀东南飞》的闺阁政治阐释

王露霞

“闺阁”原是宗法父权安置传统女性的一个空间概念。后来这一概念延伸至包括女性在宗法父权体制中的文化、历史、社会、心理、价值等方面的空间（参考林幸谦：《荒野中的女体》，第203页）。根据传统故事改编的同名黄梅戏《孔雀东南飞》（罗怀臻、王长安编剧，查明哲导演，安庆市黄梅戏剧院一团演出，以下简称《孔》），以浓郁的现代意识和独特的文化视角，对原故事中的人物及情节进行了解构、重组与改写，以闺阁政治话语为切入点，诠释了闺阁女性真实的生存状态与生命体验，从传统女性的“他者”身份及人性异化角度对封建宗法父权制度以及女性自身的话语危机进行了无情地揭露与否定，从而使剧作超越了原故事单纯的反封建主题或仅从弗洛伊德的性压抑角度切入的固有模式，具有一定的历史、文化及美学价值。以下作具体论述。

一、闺阁政治中的身份错位

焦母在《孔》剧中的多重身份，使她成为一个非常重要的文化象征符码，并且承载着多重叙事功能。首先她是一位母亲，儿子结婚后，她拥有了婆婆的身份。同时她早年丧夫，年轻守寡的事实又使她成为这个宗法制家庭的家长。因此，焦母在成为内化“父亲”的替身中，她的母亲角色由普通女性变为“菲勒斯母亲”（phallic mother）的文化女性角色。汇集了宗法父权的菲勒斯形象和权力隐喻的焦母，在儿子焦仲卿与媳妇刘兰芝面前的身份便产生了错位，具体体现在：

1. 母子关系：扭曲的母爱与反神话叙述

中国传统文化中的母亲形象是博大、无私的爱的象征。从表面上看，《孔》剧中的焦母也不失一位伟大的母亲。年轻守寡而又经济拮据的她把毕生的心血与全部的希望都投注在儿子身上：供儿子读书求学，为儿子的仕途费尽心机，甚至儿子在娶亲路遇大雨的情况下，她都不顾个人安危及时端来热腾腾的姜汤让儿子暖身子，无私的母爱给焦母身上投注了些许亮色。然而，扭曲的母爱却断送了儿子一生的幸福。她怕体弱的儿子新婚之夜过度劳累，竟不顾人伦情理强硬地睡在儿、媳之间；她怕媳妇夺走儿子对自己的爱，不顾儿子的反对，强迫他去外地谋官，长期与妻子分离。即使如此，她仍密切监视儿子与媳妇短暂会面的每一细节，尤其不能忍受儿子与媳妇的男女之欢，直至最后强迫儿子休掉媳妇。在这里，焦母通过诸多离奇的举止，无意识中剥夺了儿子的幸福，客观上造成母亲身份的离位。她的母亲角色在该剧中有着父亲暴力性错位的意义，与传统的慈母形象形成巨大的反差，从而打破了中国传统的理想母亲的神话。当然，在这里，作者无意将焦母塑造成一位解构传统文化的现代先锋，而是有更为深层的文化内涵，后面将会论及。

2. 婆媳关系："压迫"与"被压迫"的历史轮回

在闺阁政治话语中，婆婆身为压迫者，媳妇则被婆婆视为一个竞争者，一个抢夺儿子爱的敌手而加以施压。两者之间的恩怨代代延续，源远流长。黄梅戏《孔》正为这方面的女性经验提供了反思的标本。由于在父权机制运作下，焦母在性别特质上已由女性转为男性的替身，因此她的身份不仅扮演了女性压抑主体，也替代了缺席的宗法父亲。与普通的婆媳冲突相比，她在把自身的压抑经验传递给媳妇时显得更加冷酷与疯狂。我们透过剧作中焦母的言行，不难推断出她的历史处境：在宗法家庭中，她由于年轻守寡，首先在经济上没有了男人的支撑，饱尝了家族其他成员的歧视。在精神上，封建的传统礼教钳制了她的所有欲望。她能够生存下来的唯一支柱就是她的儿子。然而，儿子结婚后，面临儿子被另一个女人抢走的危险，焦母便急不可耐地试验起她的权力，扮演起婆婆兼父亲的角色。媳妇新婚之日，焦母就对她疾言厉色，目的是想让媳妇“进门先知婆婆威”，之后更是奴役般地差使媳妇，并且常常是“无端生尤怨”，直至最后焦母还是无任何缘由地把媳妇休掉了。至此，焦母由原来的媳妇身份得以转换成焦家的家长，在对媳妇的诸多挑剔与虐待中，猎取到可供补偿以前她在焦家做媳妇时所遭遇的痛苦，从而重复着她的婆婆和焦家父辈的性别政治规则。因此我们不难理解，为何焦母在对媳妇的施虐中无任何的愧疚与怜悯。

另外，焦母休掉刘兰芝的原因，她自己说是已经为儿子找了一位家里有钱有势且年轻漂亮的大家小姐秦罗敷。从闺阁政治的角度看，焦母此举的后果有两种可能：其一，如果秦家真是有钱有势的名门望族，那么秦罗敷嫁到焦家后会凭着娘家的势力凌驾于焦母之上，而焦母便由婆婆再度变为“媳妇”，呈现其奴性本色。其二，如果秦家状况并非如此，或以后一旦不如此，那么秦罗敷将会成为第二个刘兰芝：要么被休掉，要么成为焦母淫威下的一只“羔羊”任其宰割。因此，不管秦家的情况如何，闺阁政治中婆媳之间“压迫”与“被压迫”的游戏规则不会改变。

二、 女性欲望与压抑符码

在各种压抑主题中，处于禁忌领域的女性欲望可以说是性别压迫的主要内容。古代宫闱中女人间的倾轧、攻讦、互相残杀，除权力争夺外，主要是由于男权社会对其情欲的压抑所致。黄梅戏《孔》以其犀利的笔触揭示了婆媳之间的情欲压抑危机。在宗法父权统治下，焦母年轻守寡的事实，注定使她成为性别压迫的牺牲品。因此，取得婆婆身份后，当面对年轻、漂亮的媳妇，面对两个鲜活，充满朝气的有情人时，她那倍受压制的原始本能很快由无意识跃入意识表层。她唯一信赖的儿子此时便成为她幻觉/潜意识中情欲倾注的对象。她的身份认知再次发生错位。也可以说她的这种“恋子情结”成为“俄狄浦斯情结”（恋母情结）的补充。而媳妇却无辜地成为她

"不共戴天"的仇人。这或许是婆媳冲突最重要的原因。于是，她便通过窥视、干涉、压制儿子与媳妇之间的欢愉企图补偿自己无法满足的女性欲望。因此，不难理解，她在儿、媳新婚之夜强行睡在儿、媳中间的荒诞举止，并不全是因为怕儿子劳累过度，或仅是以此作为一个借口，其内在原因她自己也未必真正明了。正像她休掉媳妇时所言："我也明明知道这没什么道理，可我没办法，只要看到你和仲卿在一起，那个亲亲热热甜甜蜜蜜的样子，我就恨不得把你们都赶出门……"。另外，这种情欲的掠夺和被掠夺的循环往复暗示着女性欲望的压抑体验为所有女性所共有。这种体验已不再是单纯的个人体验，它指向更为深层的传统文化和社会体制。事实上，当代一些带有浓厚"自传"色彩的女性小说，诸如陈染的《私人空间》、林白的《一个人的战争》等，其中有关情欲隐私方面的书写早已不再被女性主义者视为私人的，非历史的或非政治性的叙述。它体现为一种集体意识的凝视，体现为对女性已失的岁月里被男性话语遮蔽的个体生命真实存在状态的追问与反思。

三、"铁屋子"里的阴性呐喊

《孔》剧中的刘兰芝原是一个自尊、自强、自爱的姑娘。自从嫁到焦家后，她的这种追求自我价值的愿望就与闺阁政治的游戏规则发生了冲突。新婚之日，她漠视祖上规矩，自行掀掉红盖头，不坐花轿，与新郎手牵手在田垄上走。甚至，在进婆家门之前她就与新郎行了婚拜大礼。当婆婆责问她时，她那不卑不亢的态度，使受尽了宗法家庭欺压的婆婆难以忍受。为了向她施展家长的威风，婆婆对她实施了非人般的虐待。想到只要能和心爱的丈夫在一起，刘兰芝默默地忍受了。这是她第一次向婆婆妥协。婚后，婆婆为了满足她的权欲和情欲，竟以剥夺媳妇刘兰芝的合法权益和情欲为手段强迫焦仲卿去外地谋官，而且一去就是三年未返。为了赢得婆婆的欢心，为了夫妻能够早日团聚，刘兰芝拼命工作，忍受了无尽的孤寂与凄苦。尽管如此，婆婆不但对她毫无怜悯之心，而且常常无端生事，并奴役般地差使她。然而有"仲卿装在我心间，我与他既是天作之合好姻缘”，刘兰芝便“忍了吧，忍了吧，忍了吧!”三个“忍了吧”道出了刘兰芝内心的酸楚与无奈。这是刘兰芝第二次向婆婆妥协。望眼欲穿的期待终于迎来了丈夫的拥抱，就在两颗焦渴的心终于融化在一起的时候，婆婆突然出现。并且将一张休书摆到刘兰芝的面前。委屈、伤痛、愤怒、绝望的刘兰芝这一次终于在沉默中爆发出疯女般的呐喊：“我心里有冤、冤、冤啊!”。此时此刻，她那“颓败的身躯的全面都颤动了。这颤动点点如鱼鳞，每一鳞都起伏如沸水在烈火上……仿佛暴雨中荒海的波涛。”(鲁迅：《野草·颓败线的颤动》，《鲁迅全集》第256页)

事实上，刘兰芝这种遭受屈辱的人格和疯女般的呐喊近似于鲁迅意义上的“呐喊”。如果说鲁迅的“铁屋子”指涉整个民族的精神困境，那么“铁闺阁”则囚禁着“铁屋子”中的弱势女性群体。因铁闺阁同时还建构于宗法礼教的话语体系之中，那么铁闺阁就是铁屋中的铁屋，即“深层铁屋”。冲破“铁屋子”的希望尚且被鲁迅视为“绝望的抗争”，那么，刘兰芝在“深层铁屋”中的呐喊更具有西西福斯式的悲壮与荒诞。

四、“他者”身份与权力话语

在《孔》剧中，无论是婆婆的隐性父亲角色，还是她对媳妇的情欲掠夺；无论是媳妇刚嫁到焦家时的沉默与隐忍，还是最后疯女般的呐喊，其背后都隐藏着一种焦躁与不安。这种感觉便来自宗法父权在身体、人格、情欲等多方面对她们的压制和剥削。因此，尽管婆媳二人在闺阁政治中扮演的角色不同，但是她们都未能摆脱父权制度下的“他者”身份。

首先我们来分析婆婆焦母。从以上论述可知，焦母利用本身被掠夺的情欲，去掠夺媳妇的情欲；她今日对于媳妇情欲的剥夺，正好暗示她的欲望在昨日就已经被否定。长期的被歧视和贬抑已经导致她潜意识的心理变态。变态的焦母以欺凌更为弱小的女性同胞为手段，来滋润她死水枯寂般的精神生活。在她虐待狂似的快乐和满足感中，我们仍然可以窥视到她无比空虚和孤独的内心，窥视到她受伤后仍在滴血的灵魂，听到她类似于其他弱势女子在深层铁屋中的“呐喊”。因而，剧作从另一个角度展示了她对宗法父权的反叛。另一方面，在焦母施虐于媳妇的背后，牵涉到结构更为复杂的、以缺席的方式在场的宗法父权的运作。被父权价值所内化了的焦母，替缺席的父亲打了一场闺阁政治上的性别战争。从根本上说，焦母的权力身份是在模拟一种男权话语，也就是说在男性霸权的“菲勒斯中心”世界，女人必须丢弃自身话语而恪守男权话语的游戏规则才能实现其权力价值，满足其权力欲望。从这个意义上讲，女人已经沦为男权话语的坚强卫士，而女性作为性别主体始终未能进入这一主流话语体系。女人在父权社会的严重失语使她不可避免地被置于社会边缘，成为永远的“他者”。反过来说，父权社会中女性的“他者”身份和边缘属性，使她产生一种随时都可能被抛弃的焦虑感和不安全感，从而迫使她在内心失序的状态下，殚精竭虑地捍卫男权话语体系。因此，宗法父权制度下，女性的生存处境便宿命般地陷入悖论的怪圈。焦母取得婆婆地位后，便以扭曲的母爱和对媳妇身体、人格、情欲的压迫来确立和巩固其隐性父权的统治地位，用从宗法家庭中学习得来的父权秩序和权力操纵规则，用于欺压更为弱小的人群，在模拟男性家长权威，以及建构自身主体的过程中，将自己推向更尖锐、更复杂的性别认同危机中。

其次再来分析媳妇刘兰芝。从以上分析可以看出，刘兰芝自嫁入焦家那一天起，便在身体、人格、情欲、情感等方面遭受来自宗法父权的多重压迫与虐待。除受到婆婆的压迫外，来自丈夫/父权的情感压迫也是造成她悲剧命运的重要因素。丈夫的懦弱与无能表面上看似焦母扭曲的母爱所致，但其根源仍是宗法父权对其人性的阉割。因此在闺阁政治中，他不仅无法保护妻子，相反却成为父权政治的帮凶，或者说他就是父权的象征。在他外出期间，妻子孤苦无望的等待正是宗法节烈观对她的囚禁；妻子被休时，他对母亲的顺从便构成他对妻子的情感伤害。另外，刘兰芝自身对父权规则的认同，也加剧了她悲剧的形成。同婆婆一样，她在恐惧被“菲勒斯”所阉割的焦虑中，竭力压抑自己的个性情感，用标准宗法家庭中

"媳妇"的尺度要求自己，使自己一度陷入"他者"身份的自我设计之中。

在诸多来自闺阁政治的压迫以及自身对父权的认同中，刘兰芝最后被兄嫂随意地许配给予她毫无感情可言的太守的儿子孙五郎。在对自身未来的设计没有任何主体力量参与的情况下，刘兰芝仍会重复着在焦家的命运。这就是中国传统女性真实的生存状态，是她们真实的身份和处境，揭示其真实存在状态的悲剧震撼力也正在于此。然而作者的审美视觉在此发生了转向，具体体现在以下几个方面：其一，结尾处两个中心人物的归宿表明了作者陷入了文化尴尬的境地。尽管作者为了"忠实原著"来满足观众的观赏心理，或如鲁迅先生所说的希望的不能抹杀，让两位有情人在再婚娶/送亲的路上团聚，在"不求同生，但求共死"似乎很悲壮的誓言中双双死去，但却在不经意中陷入了中国传统故事"圆形结构"的窠臼，更重要的是与剧作的主题意旨发生了冲突，使她原本孤苦无告的人生平添了水中捞月般虚假的亮色，由此削弱了该剧的悲剧力度。其二，编剧为了使姑嫂一气来增加刘兰芝的反抗力量，让嫂子也加入了反叛的行列。从闺阁政治模式的角度看，兄嫂二人并非愿意刘兰芝被婆家休掉而成为自己的累赘。"嫁出去的女儿，泼出去的水"，他们会以拒绝刘兰芝回娘家的方式客观上成为焦母的帮凶。刘兰芝作为宗法父权社会普通女性的象征符码，如果这样处理更加深了她的"他者"身份。其三，由于以上两方面的原因，尽管剧作揭示了婆媳二人殊途同归的边缘身份，但在女性如何争取平等的话语权、建构女性独特的主体位置上，缺乏必要的警示或隐喻。福柯认为，"话语"是提出有效主张的语言形式，影响、控制话语运动的最根本的因素是权力。而现代权力不再体现在某个人（如君主）身上，而是更敏锐地深入到对象的身体和欲望中，形成了一张巨大而细密的权力网络。因此，现代女性主义者为了摆脱自身的边缘位置或被压制的地位进行了不懈的努力和抗争，她们通过重新评价并反转被主流话语贬抑的话语、知识、主体位置，来达到颠覆主流话语的目的，从而开拓自己独特的话语空间。当代以陈染为代表的富有成效的女性身体写作，就是一个很好的颠覆男权主流话语的明证。当然，《孔》剧作者不负解答这一问题的责任，但《娜拉出走后怎么办?》，让她也与有情人双双死去，到阴曹地府享受爱情的甜蜜？因此笔者宁可认为，艺术真实的功用，可能在于打破生活的幻觉，打破虚假的期待，让人们能够更加真实地对待自己的生存处境，从而鼓起面对现实的勇气。这一点对女性主义创作尤为重要。

尽管在结尾的处理上与整个主题发生了偏移，但综观全剧，笔者认为，黄梅戏《孔雀东南飞》，超越了原故事单纯的反封建主题，涉入了更为深广的历史、文化内容，从闺阁政治切入对中国女性无论处在怎样的社会地位都无法摆脱孤苦无助的悲剧命运这一最本真的生存状态进行了全方位的审视，使我们从中国女性根深蒂固的“他者”身份和边缘位置中解读到了她们从肉体到灵魂所遭受的不仅来自封建的宗法父权，同时也来自女性自身话语危机的压迫与苦难。从而迫使我们不得不对中国传统文化尤其是传统文化中女性的个体生命与存在价值进行理性而深刻的反思。正因为此，《孔》剧具仍有深刻的思想意义和文化价值。

（原载2005年第6期《大舞台》杂志）

昆剧《一片桃花红》

古典的·现代的·唯美的

——初识“青春昆剧”《一片桃花红》

郝昭庆

由罗怀臻编剧、张曼君导演、上海昆剧团青年演员演出的新编青春昆剧《一片桃花红》，不久前于上海戏剧学院实验剧场进行了“实验首演”，笔者得以先睹为快。我觉得这实在是上海戏剧创作和当代昆剧发展的一件喜事、盛事，意义十分深远。因为它不仅透露出沪上戏曲创作的新动向、新趋势，也是当代昆剧艺术创新、进行现代化探索的重要标志。

众所周知，昆剧是一个古老剧种，已被联合国教科文组织列为重要的人类非物质文化遗产，受到特别保护。据说有了这把“尚方宝剑”，有了国家财政供养的优待保证，昆剧院团完全可以“高枕无忧”，要么当“维持会”安于现状，应付场次，作一些原汁原味一成不变老戏老演式的演出，要么干脆退出历史舞台，在剧场与观众道声“拜拜”，顺理成章地像日本的歌舞伎那样成为博物馆艺术。但是，上海昆剧团的艺术家偏偏不甘于如此，不甘于昆剧变成僵化的博物馆艺术，他们勇于进取，一心有所作为，与现实生活和观众撞击，保持鲜活的艺术生命。于是，执着于探索创新的他们与著名剧作家罗怀臻热诚合作，继进入国家舞台艺术精品工程的新编历史名剧《班昭》之后，又一部专门为上昆优秀青年演员度身定做的新编青春昆剧《一片桃花红》应运而生。单就这一点来说，也是应当受到肯定、赞许和褒扬的。

昆剧曾经有过历史的辉煌，但其在明代中后期已经开始显露出衰败的端倪，到清代乾隆年间就相当式微了。其地位逐渐由以京剧为代表的“花部”所取代。究其原因：一是曲牌连缀的套曲结构过于严苛，几近死板，对内容和情感表达的限制太多；二是曲词过于典雅艰深，只有少数文人士大夫才听得懂，而一般普通观众只能敬而远之；三是音乐和表演虽然优美，但节奏却过于舒缓，有时慢得急人，造成剧情推进迟滞，观众失去观赏耐心；四是剧目内容不能与时俱进，适时更新，与普通观众和社会现实联系不够密切……正因为如此，上个世纪五十年代，浙江昆剧团大胆创新，改编演出了昆剧传统剧目《十五贯》，使之“现代化”，得到迅速传播，一时名噪全国。周恩来总理赞之为“一个剧目救活了一个剧种”。而实际上并未救活，近五十年来，全国昆剧整体上还是基本维持着原来的状况，且每况愈下。这说明，昆剧如不进行大幅度的“现代化”改造，在情感、剧情、题旨、结构、唱词、音乐等诸多方面与当代人的审美需求接轨，根本无法赢得较多观众的青睐，只能很快地变成博物馆艺术。

青春昆剧《一片桃花红》的出现，是在中国现代化的背景下，剧作家和昆剧艺术家对昆剧博物馆化趋势抗争的产物，甚至可以说是一种主动出击。他们试图让这株“古树”生发出新的“枝条”，重获生机，其意义当然不能低估。就我肤浅的学养看，其探索和创新至少有如下几个方面：一是情感情绪剧情都是崭新的，能够得到当代观众的认可和共鸣，台上和台下是沟通的，冠之以“青春”绝非标新立异，而是名副其实——我注意观察了剧场的情况，全场座无虚席，无一人分神，更无一人“抽签”，每场戏的关节处观众都反应敏锐，效果强烈。二是从音乐和剧本结构上看，总体上虽然摆脱了传统“套曲”的束缚，但仍然严守着昆曲的“曲牌”，这就获得了情节和情感表达的自由，谓之“破套存牌”，因此还是原汁原味的昆曲，还是姓“昆”，但它却与原来的节奏有了很大的不同。全剧只有六场戏，场面集中而洗练，凡无意蕴、无审美价值，难以传达情感信息、仅仅起一般交代作用的内容皆被推至幕后，省下篇幅，泼墨般地在有戏有情有趣有韵味之处做足文章，令人顿生酣畅淋漓之感，从而一反传统昆剧结构松散、动辄十几折甚至几十折的旧面目。剧情推进加快之后，自然避免了观众的审美厌倦，使他们不再产生焦躁难耐的期待。这种删繁就简，比较客观准确地估量了当代观众的理解力和接受力，也自然更加契合当代人的文化教养程度及审美趣旨。三是唱词畅晓明白，通俗易懂，雅中见俗、俗中见雅、雅俗共赏。老观众不会觉得太“白”，新观众特别是现在的青年观众又不会觉得太“雅”，既是现代汉语写出的古典唱词，又是古典艺术传递出的现代话语，功夫独到，自铸一词。而这一切努力都是为了实现解除台上与台下的“审美阻隔”，为了构成传统戏曲与当代观众的“现场共鸣”，效果是显而易见的。这也与罗怀臻在昆剧、京剧、淮剧等其他剧目和剧种多年坚持实践的“古典戏曲现代化”艺术理念一脉相通。

我还要特别指出，这个戏是罗怀臻灵感迸发的产物。他既出人意料又合乎情理地找到了一个浪漫的、奇妙的、有趣的、富有诗意的、具有想象余地的“戏眼”——“一片桃花红”。老实说，与罗怀臻功力相当的剧作家在全国或许并不鲜见，但像他这样富有创造灵性或曰灵气的剧作家却肯定寥若晨星。“一片桃花红”这个戏眼，的确是众多剧作家难以发现并牢牢抓住的。有了这个戏眼，全剧便充满了诗情画意；有了这个戏眼，全剧便有了强烈的戏剧情境，也有了抓住观众的悬念；有了这个戏眼，全剧的结构便有了轴心；有了这个戏眼，人物形象才更加鲜明；有了这个戏眼，全剧一下子便有了主脑，杂芜枝蔓无存身之地……总之，这个戏眼不单单是剧名，而且是全剧之魂。

按照历史，无盐王后实有其人。罗怀臻巧妙地谐音将其更名为妩妍，实在是个高招，不然全剧就会受到历史真实的制约，而难以展开想象的翅膀，浪漫不起来，自由度受局限。这样一改造，他便在历史剧和传奇剧之间寻到了一个契合点，使“情”成为全剧的主宰，“史”则降到附属地位。不然，以“史”为主宰，戏就有可能“板”起来，难以如此情趣盎然了。我总感觉到罗怀臻写这个戏有一种举重若轻的从容，纵横捭阖，皆成文章，任意挥洒，均可自圆。

据我所知，无盐脸上的胎记似乎是黑的，几乎遮盖了半边脸，罗怀臻将其“偷”换为红色，又将面积缩小，并美化为“一片桃花”，把生活真实中的丑改造为艺术想象中的美，实有化腐朽为神奇、点石而成金之功效，也重塑了观众心灵中的妩妍神采，创造出妩妍一种更高境界的虚实相生之美感，韵味无穷，耐人品嚼。钟妩妍脸上的“人面彩绘”无疑也是吸引观众，特别是青年观众的一种魅力，一种匠心。个中潜藏的，当是一种现代人的都市心态吧。

还应当指出，这个戏在题旨上也是多层面的。对于一般观众而言，他们看到的是一部有趣的大起大落的大悲大喜的爱情戏；对于严肃的喜欢扣主题思想的观众来讲，妩妍的英雄壮举难道不是爱国主义精神的体现吗？那些文化层次较高的观众，很可能会思考“人最难面对、最难认识、最难战胜的是自己”这样的哲理命题，而妩妍和齐王都经历了这样一个过程，最终达到了至真至善至美的境界。

综上所述，我们完全可以说《一片桃花红》是一台在内容和形式上都有创新、特色鲜明、富有舞台生命力的好戏。它既是古典的，又是现代的，更是唯美的。它不仅使昆剧这株“古树”生出新枝，而且绽放奇葩，使人耳目一新，实在可喜可贺。对于罗怀臻来说，这也许是继淮剧《金龙与蜉蝣》、京剧《西施归越》、昆剧《班昭》和甬剧《典妻》等一系列优秀作品成功之后，预示着他对传统戏曲的又一番思考、又一次“转型”，抑或也预示着他创作的又一波高潮吧。

越剧《青衫·红袍》

越剧《青衫·红袍》的文化品格

罗　松

今年，上海越剧院新作迭出，好戏连台。目前，又正值他们建院五十周年，名角名剧、新秀新戏正在红红火火的展演中。其中，有一台新编越剧《青衫·红袍》，即将在10月上旬上演。在这出戏6月下旬首轮演出时，就受到了各年龄层、各阶层的观众的青睐，并引起了戏剧界专家和同行的广泛关注。笔者认为这出戏有以下几大看点。

首创章回越剧

《青衫·红袍》实则是上海越剧院的优秀青年演员章瑞虹的一个专场，是由四出古典名剧的四个片段组成的。最早，这个戏的创意只是源自章瑞虹想为自己做一个专场。但她不想照搬自己所演过的剧目，为此，她与编剧罗怀臻和龚孝雄一起寻找了中国历史上的四个文人形象：郑元和、朱买臣、司马相如和李白，对他们重新做一番演绎。在构思这个戏的过程中，他们又都意识到，要让这些形象常存舞台，还是需要一出完整的剧目。为此，他们请来了全国知名的导演曹其敬，把这出戏打造成了戏曲舞台第一部“章回戏剧”。即，第一回：郑元和纵情声色　李亚仙剔目劝学；第二回：朱买臣高中得意　崔氏女马前受辱；第三回：隐林泉相如卖赋　捧香茶文君当歌；第四回（现改作“尾声”）：传诏令天门重开　卧江舟捉月李白。这样，就避免了以往个人专场多以几出折子戏做简单拼凑的形式，而成为一部创作剧目。

这出戏以读书与做官为主线，串起了古代四位才子的典型人生片段。从披青衫到着红袍，读书人，经历了从苦读寒窗到金榜题名，从红袍加身，再到归隐山林的整个过程。剧本借鉴了《三言二拍》的章回体例，选取了观众熟知的古典传奇故事中的人和事，重新编写，并以优秀青年演员徐标新饰演说书人，用评话的形式串联起这四个独立片断。官宦子弟郑元和舍弃功名，终于和风尘女子李亚仙缔结同心，李亚仙为了回报郑元和，苦苦劝导他读书科考，甚至不惜剔目劝学；书生朱买臣经年苦读，终于扬眉吐气高中状元，回乡做的头一件快事，竟是在大街之上当众羞辱当年鄙视自己的前妻崔氏；司马相如决意与卓文君逍遥世外，却因皇后陈阿娇的失宠，成就了他的名篇《长门赋》；大诗人李白，沉浮了一生，竟又意外地听见了朝廷的召唤。可是毕竟晚了，李白老矣，他把最后的豪情都赋予了诗，赋予了酒……该剧别出心裁地按照一个读书人的人生经历，撷取不同人物的不同人生阶段的故事，连缀成一出完整的有头有尾的戏剧。

回归传统后的重新解读

不同的剧种都有其最适宜驾驭的题材。越剧，则历来以才子佳人戏见长。近年内，也有一些人在尝试着拓宽越剧的题材，摆脱传统老套，创作出了具有实验性的越剧，这些剧目有得也有失，仍在经受着实践的检验。而《青衫·红袍》在题材上仍选择了越剧所擅长的才子佳人，但从思想内涵上却改变了越剧传统的才子佳人，为小生形象注入了更多人文内涵。编剧罗怀臻说："选择这样一个题材，是希望让越剧回归以才子佳人戏见长的传统。但我想用现代的视角去解读古代的文人。"编剧更具人性化的创作，一反传统概念中的古代文人形象，暴露了他们身上的很多人格弱点，使我们看到的不再仅仅是风流倜傥的"完美"才子。

第一回中，郑元和起初以阳光少年的形象出现，李亚仙的剔目劝学，其实是不择手段地把他推向仕途。这就会使观众联想到今日望子成龙的父母们。李亚仙也就不仅仅是善良忠贞、不惜牺牲自己而成就丈夫、历来被歌颂的女中豪杰了；而朱买臣马前戏妻，由原来对嫌贫爱富的崔氏女的批判，转而嘲讽一个得意忘形的中举之人的狭隘的报复；至于司马相如罢官归隐，却身在山野心在朝，代写《长门赋》以重新获得功名利禄，则是一个文人清高外表下的内心猥琐；只有最后年老的李白，才实现了超脱。

《青衫·红袍》这部戏里的人物和故事虽然都是我们耳熟能详的，但它通过对这些人物的精神人格的剖析，传达出了作者的理念，可以说是借古人之酒浇心中之块垒。重新改编的目的是让观众在重温历史的同时，换一种新的视角来审视我们今天的选择。虽然作者在剧中并未明示褒贬，但它带给观众的思索，却有十分鲜明的主题意识，整个作品表现出了一种对立的观念：事业与爱情、富贵与贫贱、仕与隐，乃至现实与理想的冲撞。试图诠释古代文人在着“青衫”当百姓与穿“红袍”走仕途之间的心路历程，为传统女子越剧的才子佳人戏注入了一种文学氛围和艺术气息。

章瑞虹“一赶四”

章瑞虹是优秀的范（瑞娟）派青年演员，2002年曾因在新编青春越剧《梅龙镇》中成功地饰演了正德皇帝而荣膺中国戏剧梅花奖。《青衫·红袍》是章瑞虹继《梅龙镇》后的又一部突破自我的新作。一副面孔，要扮演四个年龄、性格迥异的古代文人，这是对章瑞虹演艺事业的一大挑战。

少年郑元和的顽皮率真、青年朱买臣的得意忘形、中年司马相如的患得患失、老年李白的放浪江湖，章瑞虹逐个演来，栩栩如生。根据剧本的立意和导演的要求，章瑞虹需重新认识人物，换一种角度去挖掘人物内心，换一种新的表演方式去表现人物。表演必须突破以往越剧小生“唯美”的表演风格。章瑞虹说，导演曹其敬在语气、台词、唱腔节奏方面，都要求和以往越剧的常规表演不同。她更注重挖掘人物内心的东西。很多片断，甚至带有轻喜剧风格。虽然章瑞虹以前曾经扮演过朱买臣（《风雪渔桥》）和郑元和（《李娃传》）这两个角色，但在《青衫·红袍》中却不能重复以前的表演；

司马相如和李白，则是章瑞虹非常向往但以前却从未涉足过的人物形象，她借鉴了一些昆曲和话剧的表演手段，表演直逼人物内心，十分生动传神，给人留下深刻的印象。

由于这出戏是自己寻求剧本，自己定位角色，章瑞虹每次排练或演出后，虽然非常疲累，但她感到十分过瘾和兴奋，她说："这是我第一次选择剧本演自己想演的戏。我在剧中会以一个现代女性的视角叩问中国古代文人最隐蔽的灵魂，演绎那些既熟悉又陌生、既可爱又可悲可叹的古代读书做官的才子，演出那种常人化、俗人化的味道来。"

演人物演出味道来，应该是表演的最高境界了。

会说话的音乐和简约空灵的舞美

《青衫·红袍》是以中国古代知识分子的精神人格为关注点，别出心裁地重塑了古代文人，尤其写朱买臣和司马相如这两回，是用嘲讽调侃的笔调，体现了很多知识分子人格的弱点——压抑、狭隘和内心猥琐，使原本戏曲舞台上的才子形象变得常人化。这样剧本就为二度创作提供了一种不同以往的处理方法。尤其音乐（作曲董为杰、唱腔设计陈钧）方面，显得尤为突出。该剧的作曲在间奏和效果音乐的处理上一改往常"配乐"的习惯，与二度创作同期推进，突出音乐的戏剧性，让音乐成为会说话的，具有人物性格和故事情节的音乐故事，主题音乐非常鲜明，唱腔纯粹，动听。

在"剔目劝学"一回中，唱腔和配乐运用了民间说唱莲花落的元素，以回归"越剧原音"的质朴为追求，富于浓厚的地域色彩和生活气息，通俗有趣，好听好玩；在"马前泼水"一回中，作曲董为杰采用了闹剧的手法，并吸收了二人转的创作手法，音乐中不时冒出掺有主题变奏的滑稽调子，与带有轻喜剧风格的表演相配合，突出地表现了剧作的讽刺意味，由于带有思考，这种喜剧效果并非是逗乐的滑稽，而是戏曲舞台并不多见的幽默。

该剧的舞台格调仍立足于女子越剧的清新、淡雅、简洁、精致，力求纯粹自然，返璞归真。在舞美方面，不尚豪华包装，而是追求视觉上的高度简约。著名舞台设计家刘元声和灯光诗人金长烈从古本图书的插画中获得灵感，并结合本剧的章回体例，创造出古籍绣像式的舞美样式，整个舞台只有一幅明清的话本绣像和两三红色的勾栏，营造出视觉上的纯粹和精致、风格上的典雅和灵秀，既古典又现代，仿佛引领观众走进了古典文学的视觉空间。

另外，舞蹈家孙大西富于灵动和性格化的舞蹈形体设计，也自然地融入戏曲化表演中，既具有江南越剧的诗情画意，也很符合演员的性格。

导演曹其敬牢牢把握住了江南越剧的本体情韵，最大限度地挖掘演员的表演，把整个戏营造成唯美、诗兴、诙谐、幽默的演剧风格。演出中，散发出浓浓的文学气息和艺术气息，整体提升了女子越剧的文化品格。

（原载 2005 年第 9 期《中国戏剧》杂志）

印象:《青衫·红袍》

赵玎玎

伤感的荒诞

李亚仙与郑元和。

橘红了，草绿了。翠生生、葱茏茏的青春正鼎盛着。无忧，无虑，欢快，雀跃……

该是这样的吧。

历经了磨难才可以在一起，脱离了污秽与肮脏，相伴相依，有情人，终成就了眷属。多么美好。幸福，本应在身体中燃烧，璀璨地绽放，绵延；生命，本该从此消磨在幸福中。

可是不。偏偏不。

她颦住了眉，她翘起了唇，她真诚地拿腔作调地列举一个又一个沉重的“圣人云”，以劝诫那顽皮的丈夫、自小便拿捏书本的小文人：你要读书，你要考科举呢，你要做官啊！这是读书人应该做的，必须做的，一定一定要做的！

她那么认真。

少年小丈夫在笑她：娘子啊，你就没有自己要说的话么？这些儿大道理呀，我比你懂！

她也知道他比她懂，可她已说不出别的来了。往昔，他为了她长期陷落风尘欢爱，荒置了课业。往昔，他为了她被封建的显赫家族赶出了门庭，险些断送性命。

也许，那些个往昔，她负疚已经很久、很深了。而此番，终于得到——回报、偿还、补救的机会和方法了。

他是读书人，读书人唯一的出路，也是唯一的荣耀，她以为的，就是科举，就是功名，就是青云之路，就是青衫换红袍。

她何苦要这般以为。她何苦会这般以为。一个曾经娼门中的烟花女子，桃红柳绿、歌舞升平的演绎者，何苦较真着仕途经济？

难怪小丈夫要笑她了。

他读了十多年的书了，虽然依旧稚气与年轻，可却已清晰地明了，自己不要什么，喜欢要的是什么，喜欢何等的生活，何等的爱情是馨美的。

可惜，当他清明率真的时刻，她却席卷入另一个比风尘更要诡异、残忍、惨烈的陷阱，并为此，甘愿自残身体……

《李娃传》是人们很熟悉的传奇故事了，越剧舞台上也一代一代不断地重复又重复。这里，显然颠覆了原有的立意。

李亚仙之剔目，是封建卫道意味的举动，原本被雕饰得虽傻，然其情、其心、其志尚佳可赞。而如今，却似在被尖锐地叱问：意义何在？何苦来哉？你痴当全为了所爱。所爱，他不稀罕……

庄重、尊崇、显赫、荣耀，被毫无商榷余地地化解，变异为无谓、无聊、庸人自扰。

的确，是自寻的苦吃。可，当一双明眸，氤氲着血腥的味道，谁，谁呀，能有谁忍心责备她的荒诞呐。

这荒诞，也太伤心了……

纯属误会

崔氏与朱买臣。

崔氏，一个连芳名都不曾被留下的小女子，在这儿，在轻快的舞台上，却摆弄着两个大男人的婚姻、甚而更深远的命运。那么泼辣，那么伶俐，那么刁钻，那么狡猾。

她是率真的，递给他观瞻一份新的休书——也不管会不会刺激到前夫脆弱的神经，明白相告：哎呀前夫啊，当年休你是为了吃上口安乐饭，如今休他是为了当官太太！我是小女人啊，我天生就这点儿追求，不行吗?!

她果敢，并承认欲望。要什么，便去追求什么，不要什么，便可抛弃什么。

前夫哪里如她。堂堂新科状元、天子门生，高中的头一件要紧大事，竟然是耀武扬威地打马游街、作戏似地炫排场于前糟糠之妻。这便是十几载寒窗的目的所在？酸煞了人了。

前夫以为，可以循循善诱、请君入瓮地羞辱她了，可她多精明呐，一颗红心，两手准备。

俩人相视而笑。各自肚肠。

她的笑，撩拨在前夫的心尖儿，直笑得他神慌慌、意惶惶、气不均来、息不匀、莫名其妙、七上八下，她才嘻嘻嘻不紧不慢地宣布：别以为我鸡飞蛋打啃，有人愿意等我！

是啊，有人愿意等她。居然。

第二任丈夫居然心甘情愿等着她尝试去与前夫——第一任丈夫破镜重圆，等着她万一无法得偿所愿再好马返吃回头草。竟如此服帖！

呵，这小女子实是有招人可爱之处啊，否则，朱买臣何以边惨兮兮投诉着“河东狮吼”，边还生死相赖似地蹉跎而不肯分道扬镳呢？否则，在那个男性氏族的坚钝世界里，她焉能就那么松松快快地接连休了两任丈夫呢？说一不二，手到擒来。

第一任被休，咬牙切齿，刻骨铭心。第二任被休，毫不嫉恨，覆水可收。皆将她搁置在人生重要的位置。

过此一世，也不枉矣。

曾看过同为上海越剧院的《风雪渔樵》，其中，给了崔氏全新的完整的姓名，为休夫的行为铺垫了全新的现实背景与心理路程。由传统的困难耐贫寒而弃夫的丑陋女性，被塑造成了为激励夫君上进而忍辱负重的善良、隐忍、高贵的女性。

可谓是某种意义的“平反”。

此处，或许更是。

求温饱，有什么错呢？连嫁妆都当尽了，抱怨与跳脱苦海都不被允许吗？

谁也没错。谁也都错了。

朱买臣是宁可三餐不继也要死读书，崔氏是不过就要个暖暖和和的小日子。

人生观南辕北辙。

——“噫吁兮”，——“哎哟喂”，根本从开始时便是错了位嘛。

纯属误会。

得啦，一拍两散，大家干净。

王子与公主的幸福生活

卓文君与司马相如。

崔氏与朱买臣若是一对怨侣，文君配相如可谓娇偶天成了。当歌卖酒，是多么美妙的佳话啊。

可似乎仍然不快乐。或者，是不够快乐。或者，快乐得有些儿别扭。

文君的本心，是满足的，采菊东篱下，足够美了。可她不幸是位才女，是位聪慧的妻子，不幸她的丈夫是位才子，才高、心远、志大、命乖的才子，她完全领会得了丈夫的心魔，完全领会，却无计可施，于是注定了，悠然的快乐，被迫打了折扣。

“完全”的无计可施，只因她到底还是拒绝他的心魔。

丈夫多想抓住为陈阿娇皇后写赋的机会重入朝堂，他的心率有多激荡，她洞察明晰。于是故意捧煞了他，供他上云霄，逼得他低不下眉头，抹不下脸皮。

明知他根本不曾心隐，明知他魂魄遥寄朝堂，明知野趣他早嫌乏味。可她不肯迁就。才女高洁的品性，不齿以裙带风送入仕林，其一。其二，她是小女子，小女子要的幸福，很简单。

然而相如终归忍耐不住。

太强的愿望了，太无力割舍的欲求了，太难耐那连鸡鸣犬吠都荒凉的隐身日子了。为了流淌在血液中永无截止的冲动，“向裙裾要官袍”又有何妨，耻就耻了吧！

是低估了宿命的力道吧。

文君，沏茶去了。为了情烈思浓的《长门赋》，为了丈夫天妒的才华。捧一壶闲适幽净、绿莹莹的碧螺春。

丈夫的送赋，她看不到。丈夫被心魔折腾得执迷、痴狂的模样儿，她看不到。

若看到了，或许，亦不会阻止吧。不忍。会心疼的。

人走茶凉的落寞、清虚，她懂的。她懂，连茶，都常被沾染势利。碧螺春会凉。大红袍，才是炙手可热的。

——送就送了吧。倘若，你有那般的痛楚。哎……

童话的结局，总是虚晃着：王子与公主，从此，过着幸福的生活……

如许温暖。意味深长……

才子与才女，亦是经历了重重斗争与叠叠困窘方修成正果，又怎样呢?

相如是背着文君怯生生送赋的，再高绝的“赋”，岂非难免添了一笔贼兮兮?

花非花，雾非雾，原来如彼。

诗·酒·月

李白。

唯一的白，洁白，雪白，纯白，净白。无关青，无关红。

脑海中隐隐然勾勒他的体态行止，总是率先四个字：吴带当风。

飘逸的，宽泛的袖口与袍裬，迎风飒爽。笑容，该是太阳与月亮的结合，既晴朗，又清隽。江海一般奔流的浩荡浓烈属于他，缠绵的、娇艳的、细腻缱绻的温存，并驾齐驱。

多可爱的人儿。

呵，呵，原来他也有不快活呢。他也耗费了少年、青年、中年，好几个十多年的日日夜夜，陷落、纠缠在一场迷途中。

步入老年的他，才看清，此乃“迷途”，一条不快活的不归路。是真看清了吧?

我不知道。谁又知道呢。

有人说：倘一辈子坚持一件什么，哪怕是错的，坚持一辈子，到死，总算值得了。

历尽千帆，临了，他却放弃了。淡静，宁和，想必是真的释然了。

希望是，那样，他就真的快活了，不必做戏给什么人看，不必随传随到献诗奉词，不必摧眉折腰。

诗仙，美好的愿望而已。当时的他，其实也是人。男权社会中的男人。

男性拥有社会权利，从至高的皇权、君权，到平民的父权、夫权，牢不可破、坚不可摧，无一不存在彻底的性别崇拜与性别歧视。权，操自上，翻江倒海，叱咤风云。感觉棒到极致。一旦拥有，爱不释手，坐享不厌，至死不渝。

但好比人被金钱奴役，权利亦然。出人头地、光宗耀祖、显身扬名、轰轰烈烈的大事业，自胎教始。无法不算作一份沉重的奴役。

读书人、文人，此戏文里的，便仿佛永不懈怠地挣扎在与生俱来的命运魔轨里，彷徨、失落、疯张、痛楚、无助、得意忘形、求之不得、尴尬、窝囊、穷酸，落魄潦倒，非常无可奈何地百般滋味混沌品咂。

终于所谓看透的，——仍然但愿是真的，终于状似逍遥地去了。

终于未能看透的，继续挣扎……

自己的苦乐，无非，自己知道，罢了。

戏的主题、立意，其实是颇累人的，一道悲凉的人文关怀，浸透贯穿着整个篇幅。内核的深邃与尖刻压迫心胸，很难受。

或许，正因如此，创作者也在潜意识地以轻快活泼的外在载体，淡解些许沉甸甸吧。比如，精致巧妙的包装——民俗、民趣、与民同乐、洋溢着民间风情的说书样式；双双对对明艳鲜美的才子配佳人，符合越剧常规观众的审美需求。

哦，呵，这才发觉，惟有太白先生，是着实的孤家寡人一名。

也蛮好嘛，吟诗，饮酒，亲月，对影成三人——回眸一笑，敞袖处，缕出一幅诗化的慰别……

它。

郑元和第一次被迫读书，吟唱的调子是枯燥、敷衍与怠慢的。与之叠置的它，却是优美、浪漫、充满跃跃欲试，恰是他真正地所想所盼，花俏心肠。李亚仙的当时若能闻得它，是必不会陶醉在无心的“朗朗书声”里的。

第二次，已是被自残急遽地惊悸之后，面对爱人誓不言悔的偏执，念得慌乱、压抑，纠缠着无法言喻的伤痛。这时的它，虽贴和情绪，效果是较前次更不谐和的复调。从听觉上，便已清晰可现内心剧烈的冲击、突围。

朱买臣褪下红艳艳的官袍，现出寥落的青衫，前夫与前妻临水照影，它开始营造一座回忆的梦园。迭宕起伏地讲述着，红袖添香的恩爱，如何逃不掉破败的结局。

朝廷来人了，错落的鼓点似狂突之前刻意压抑的心跳，蠢蠢欲动。一道求赋的旨意，如甘泉圣霖从天而瀑泄，它令司马相如不意暴露人前的祈望，顷刻，无所遁形。既滑稽，又哀婉。

……

它，是音乐。

很美，很可爱。

区别与以往相当数量的戏曲作品，它不只是演员、文字的附属品，不单作为搭配、联络、串场。没有那么简易了。它开始分庭抗礼，当然，并不喧宾夺主。

独到的思维模式、性格基调、命运脉络，鲜灵、明快的戏剧冲突。不再仅发挥叙述与描绘的功用，而已然具备了独立的好恶与话语权。与文本及其他成分既相映成趣，又自具风采格调，洋溢起活泼泼的生命魅力。不是 1+1=2 的成规公式，而是 1+1＞2 出其不意的丰硕。

充盈着童趣，狡黠的、诙谐的。童趣地讥讽着。皇帝的新装被天真无邪的孩儿揭破一般。区别在于：孩童仅晓表层的真实，不存负担、没有背景的随口揭破。而它，则承载着浪漫主义的悲悯情怀，返璞归真。

掠耳一遍而已，太过惊鸿一瞥。可惜……

补记

《青衫·红袍》系上海越剧院创作演出的章回越剧。

编剧，罗怀臻、龚孝雄；导演，曹其敬；作曲，董为杰；领衔主演，章瑞虹。

2005年6月首演、10月院庆演出，皆失之交臂，直至11月12日，方得以一睹全貌。

全剧罢，沉沉幽思、雀悦欢欣，混淆丰盈于怀，良久驱之不散。

近半月余，终勉成此篇，聊以自安。

感谢剧组全体！

（原载2006年第1期《戏文》杂志）

京剧独角戏《李慧娘》

地狱、炼狱到天堂

——新编折子戏《李慧娘》评析

王露霞

与淮剧《金龙与蜉蝣》、越剧《梅龙镇》《蛇恋》相比，剧作家罗怀臻在新编折子戏《李慧娘》中，不再完整地讲述一个故事，而是以一种更富探索性的艺术手法，揭示人物内心情感的变化，并在这种揭示中传达出自己对情爱、对人性、对生命的独特感悟。

以明朝周朝俊的《红梅记》为蓝本，以李慧娘的故事为题材的戏剧作品在每个时期都有不少版本，而且遍及多个剧种，比如《红梅记》就是川剧“四大本”传统名剧之一。当然，不同的剧种在改编“李慧娘戏”时，都有各自的侧重：京剧更侧重李慧娘的温婉、缠绵；川剧更强调其富有代表性的“高腔”特征和表演上的“特技”。但是仅就目前可看到的版本而言，几乎所有的改编剧目都在恪守一种相似的思维模式，那就是如奥德修所说的“水牛式”的思维方式。奥德修说，人有两种生存方式，一种是水牛式的，一种是鹰式的。水牛式的生存是平面化的，二维的；鹰式是垂直的，立体的，多维的。仅仅作为两种生存方式而言无所谓谁好谁坏，但具体到艺术思维方式和戏剧创作上，平面思维只能作好与坏、善与恶等二元对立的简单表述，中国传统戏曲的思维方式大多是平面思维，基本上是建立在社会伦理层面做纯粹道德的评判；而立体思维能够将事物作多方位的全面透视。具体到艺术创作，立体式思维既能把握人类、民族、国家等意义上的宏大叙述，又能对个体生命及其生存状态作本真的洞察和瞬间的感悟。因此，与平面思维相比，艺术创作中的立体式思维更能显示出社会、历史、文化以及人性的复杂性和真实性。

新编折子戏《李慧娘》就是超越了传统的二元对立思维模式，对更能彰显历史深度和艺术形象真实性的立体思维进行了大胆的尝试，从而使剧作开拓出一片别致的审美空间。剧作抛开了传统故事中李慧娘为何进入阴曹地府的大段铺垫。而实际上，李慧娘在进入阴界之前的大段故事，是明朝“南戏”名剧《红梅记》以及之后所有有关李慧娘题材的剧目的主体部分，叙述李慧娘如何被裴生所吸引，芳心萌动，又如何被奸臣贾似道所屈辱和迫害致死，从而为李慧娘后面的复仇以及为创作者善恶相报的伦理观念的渲染作了情感上的铺垫。剧作家罗怀臻却大胆想象，敢于创新，把传统故事中的这一主体部分删掉，仅从她由阴间走出，准备去营救处于生死边缘的裴舜卿开始。这样处理显然有剧作家自己独特的思考。那么李慧娘为何进入阴间后又坚执地返回人间？或者说，李慧娘在阴界的“生存状态”如何？剧作没有作细致的交待，但开场时舞台提示：漆黑的“夜”、李慧娘“冤枉，冤枉，冤枉啊……”的凄惨的呐喊以及她的“飘忽的怨声，飘忽的冤魂，飘忽的身影”的飘然而至，已经向观众表明她在鬼魂的地狱中经受的痛苦的煎熬，遭受到的“人格”的侮辱。这一“鬼魂地狱”的舞台呈现，可以暗示李慧娘此时此刻的真实心境，暗示她生前在贾似道的淫威下所遭受的欺凌与苦难，此刻在自己内心所激起的悲愤感、焦虑感和灵魂的撕裂感。因此，她执意地返回人间营救裴生，与其说是出于人道，出于对正义与善良的捍卫，不如说是出于对贾似道，对人间的邪恶与欺诈的刻骨仇恨。因此，从某种意义上说，剧作家在这里仍然沿用了传统善恶的二元对立模式，但这样的“沿用”是有意识的沿用，他在为以后的超越作更坚实的奠基。同时，这里的“沿用”还表明李慧娘的内心不仅充满了由外界（贾似道以及黑暗的现实世界）挤压下的地狱般感觉，更重要的是她的内心还遭受了甚至连她自己都无法明了的、传统的善恶观和盲目的复仇行为所带给她的侵蚀和伤害。可以说，此时的李慧娘还没有获得主体性的人格尊严，她真实的精神世界还处于被固有的道德观和伦理价值所桎梏的封闭状态。在灵魂漂泊、无所归依的境况中，她的盲从和蒙昧才是她真正陷入的“地狱”。对这一事实真相的洞悉和开掘，正是剧作独辟蹊径之处。

显然，一部优秀的艺术作品，不仅仅在于它能够正视苦难深渊的存在，更在于它能够深入地狱，在那里犀利地澄明生命的真相，携带着人类更伟大的忏悔精神向上攀爬，使个体生命由盲目、原始的噩梦状态，升华为自由酣畅的诗意栖居。新编折子戏《李慧娘》便是这种忏悔精神的携带者。当她步出阴界，走向人间时，她的魂魄不断地被“爱”所滋润、所召唤、所引领。在炎炎“爱”的烈火中，她的灵魂进行着无情的自我拷问和鞭挞。在这里，细心的观众可能会体察到作者对“隐喻”的凸显能力，“阴界”“人间”的相互对照，使故事的叙述荡漾出别有风情的审美想象。同时，剧作表现李慧娘心理变化过程的层次也是清晰而独到的。首先，她担心自己鬼魂的容貌吓坏被解救的人。这使她第一次举足不前。爱心在这里被唤醒，但有更强烈的愿望在心中，有更远大的目标在眼前，她克服了自己的忧虑，继续前往；其次，从中国传统女性的心理出发，她担心自己深更半夜，擅入一位青年男性的居所，不仅自己的名节会被误解，而且也会给这位同样把名节看得非常重要的书生带来更大的灾难。这种担忧同样出于“爱”——自爱和爱人。但生命诚可贵，名节何足惜？在大爱面前，她再次战胜了自己的怯懦和犹疑；其三，对正义本能的追求，对“心中巍巍英雄汉”的向往，对伟岸身影的渴慕，使她反问自己：难道我仅仅是“要救他、救他、救他吗……”显然，爱情已经在这颗备受压抑的少女心中萌动。同时苦于自己不愿被痴情所累，她又一次犹豫了。但是，已经被如此炽烈的爱情之火所点燃，她最终征服了自己的犹豫，意志坚定，一往无前，像完成一项重要仪式似的，一脸的舒展却又无比悲壮地去实现自己生前没有实现的最大梦想。

李慧娘的心理变化过程是在一种不断自我否定的状态下完成的，或者说是作者有意识地为李慧娘设置了一些前进道路上的“阻力”。然而，正是由于这些“阻力”的设置才使剧作脱离了二元对立思维模式的平面化简单，出现了一种曲延、喑哑的内在张力和强烈的变奏感。为此，这种融质询、迟疑、盘诘与自辩为一体的剧作充分而真实地彰显了叙述主体内在心灵的痛苦挣扎和灵魂炼狱。李慧娘在本能地被爱所召唤中，一层一层抖落掉自己身上的“浮尘”，最后以“不再喊冤”昭示自己心灵的豁然灿烂，并且在这抖落的过程中，她敢于直面自己内心的伤痛，敢于审视自己内心的怯弱，敢于袒露一个情窦初开的少女对爱情朦胧的渴求与忧虑。在“爱”的引领下，她深入到自我灵魂的幽微处，在复杂情感的牵缠中，凭着自己坚强的生命意志和捍卫正义的坚定信念，把自己的内在灵魂从地狱般的禁锢中拯救出来，她的精神世界也在这种拯救过程中完成了一次超越与升华。天堂是什么？天堂就是人的灵魂自由酣畅地飞翔！

另外，在本文中，我们一再谈到是一种“爱”的力量使主人公完成了自我的拯救，那么，这是一种怎样的感情呢？它与宗教的“宽恕”是一回事吗？笔者认为，我们这里的谈论的“爱”虽然有一些宗教意义上的“圣洁”因素，但它与宗教所倡导的“爱”与“宽恕”有本质的区别：宗教把“爱”与“宽恕”置于现实生活的彼岸世界，置于超感性的和超尘世的领域之中。宗教拒绝与尘世现实做任何的抵抗，因此，它也就失去了最值得珍惜的情感魅力。而我们谈论的“爱”是一种圣洁而美好的情感，是人类与生俱来的那种正义感和积极向上的力量，它置于现实世界，在与现实世界的邪恶、虚假、丑陋作不懈的抗争后完善自身。优秀的艺术作品就是在对这种“爱”的探索、寻找中成为自由灵魂诗意栖居的天堂。

新编折子戏《李慧娘》是一出独幕戏，也是一出独角戏。通过以上的分析，很显然，剧作的主题意旨已经远远地超越了一个善恶相报的传统故事。它通过对李慧娘决定去营救裴生的心理变化过程进行强光透视，凸显了剧作家驾驭传统题材的非凡才能，并且通过展示李慧娘历经地狱、炼狱直达天堂的灵魂裂变过程，彰显了剧作家对至爱真情的渴求与呼唤，以及在新的历史语境中，对传统的道德观、情爱观的现代性阐释。同时，剧作在更高的层面上，展示了人类自身在生命进化过程中痛苦、艰难、曲折的心路历程。

电影《伐楚》

复仇阴影下的生存悖论

——对电影文学剧本《伐楚》的文本分析

王露霞

“复仇”不仅是中外历史上多次战争的导火索，也是历代文人笔下一个常写不衰的艺术主题。不论是古希腊神话中的特洛伊之战，还是古中国的荆轲刺秦王的英勇壮举，无论是《窦娥冤》《赵氏孤儿》，还是《聊斋志异》中的一些鬼怪魂灵的故事，为爱情复仇，为友情复仇，为亲情复仇，为正义复仇，为道义复仇。总之，复仇主题永远回荡在这些历史事件和文艺作品中，成为这些历史事件和文艺作品的精神支撑。伍子胥的复仇经历更是众多复仇故事中的典型一例。据《史记·伍子胥列传》记载，伍子胥为了寻求复仇的助手，等待复仇的时机，在逃亡的路上“未至吴而疾，止中道，乞食”。一旦复仇机遇来临，“伍子胥求昭王。既不得，乃掘楚平王墓，出其尸，鞭之三百，然后已。”真可谓酣畅淋漓，一“泻”方休。然而，综观这些有关复仇的历史事件和文艺作品，我们发现，这些故事大都是以冤案开始，然后寻找罪魁祸首，最后以惩罚冤头债主结束，或砍头，或抄家，或流放，冤假错案得以平反昭雪。这是我们传统文化中对复仇行为的价值认定。复仇的过程承载着一个人对家庭、对亲情、对道义的责任和捍卫。

当代著名剧作家罗怀臻、宋继高创作的电影文学剧本《伐楚》就取材于伍子胥复仇这一历史故事。然而，剧作没有沿袭既定的传统道德规范，而是对复仇的固有模式进行了解构、颠覆，将复仇的伦理价值悬置起来，通过对伍子胥一系列看似悲壮实则荒诞的复仇行为的展示，通过剧情起始正剧、然后悲剧、最终喜剧的美学转换，不仅对造成这一结局的传统文化进行了无情的否定和辛辣的嘲讽，同时，剧作在更高的层面上，揭示了人类自身永劫不复的生存悖论和荒诞处境，从而，在某种意义上，成为一部具有很高美学价值的历史寓言剧。

一、 对传统复仇观念的颠覆与价值重构

电影文学剧本《伐楚》虽然仍取材于传统的复仇故事，但在创作理念上，剧作超越了传统复仇的伦理观念和价值认定，不再演绎一个善恶相报的世俗故事。剧作家站在全人类文明的角度，站在当今时代的人文背景下，以现代意识和人文情怀观照我们的历史和传统文化，从而创作出一部既包含浓郁的民族文化精神，又具有开阔的审美视野和现代意识的上乘之作。我们可以以主人公伍子胥的心理变化过程和不同行为方式将剧作分为三个阶段分别阐述。

1. 传统文化的继承与张扬

伍子胥的复仇始于家族的一场灾难。楚平王听信奸佞费无极的谗言，杀害了包括伍子胥的父亲、兄长在内的伍氏家族的三百零七口人，伍子胥在此劫难中侥幸逃脱，怀孕的妻子在极度险恶的环境中生下儿子后也未免一死。另外，伍氏三代“有功于楚，外御强虏，内持政务；称王嗣之师表，为群臣之效尤；对上坦坦荡荡，对下谦谦徐徐；问之何故？惟忠、惟孝、惟义、惟恕、惟勇！”面对如此忠诚、仁义家族的灭顶之灾，伍子胥背负着家族的重责踏上了漫漫的复仇之路，他“衔父仇、怀祖恨；忍体肤之饿，耐筋骨之劳，承心志之苦；孜孜矻矻，茹苦含辛”。也可谓是对正义之举的追求，对邪恶之势的反抗。他以自己坚强的意志，不屈不挠的抗争精神追求正义，反抗邪恶，不仅彰显了一个正直的仁人志士强烈的道德责任感，同时也承延和张扬了中华民族的传统文化精髓，同时也赢得了广大民众的尊重与信赖。伍族行刑之日，老臣晏鞅的拼死求情，围观楚民极力地阻拦战车；伍子胥逃亡之时，茅舍大嫂与江上大哥的侠义之举，都从不同的侧面昭示着伍子胥复仇的正当与悲壮，昭示着中

华民众行侠仗义、不畏强暴的高尚的道德情操。从这个意义上讲，剧作的前一部分显示了人的本质力量，可以看作是一幕正剧。

2. 复仇的延宕、悬置及价值虚无

伍子胥的一种如此正当和悲壮的复仇行为，一个拥有广大民众在道义和行动上的强大支持的正义之举，按照传统的思维模式最后必将取得成功。但在《伐楚》中，复仇的过程延宕下去，复仇的意义被悬置起来，复仇的价值成为一种虚无。那么，为什么会出现这种情况呢？这其中当然有剧作家的独具匠心。

为了说明这一问题，我们不妨借鉴一下俄国形式主义者普罗普（Propp）的一种结构主义分析模式。他在《民间故事形态学》一书中，建立了“结构—功能”的方法。他认为西方民间故事的基本形式是“追寻”。“主人公在寻找一种东西”可以概括民间故事的基本结构。他的具体方法是为民间故事建立了31种功能，所有的故事都逃不脱31种功能的概括。我们仅列举后几种：25. 英雄受命去完成一项艰巨的任务。26. 任务完成了。28. 假英雄或反角被揭露。30. 反角受到惩罚。31. 英雄完婚并登上王位。在普罗普的基础上，法国符号学家格雷马斯（Greimas）在《结构语义学：方法研究》一书中把普罗普的任务角色简化为三组对立人物：主体/客体，发送者/接收者，帮手/对手。这三组对立人物构成了小说叙事的基本情节模式：发送者发送客体给接收者，主体追寻客体，在追寻中得到帮手的帮助和对手的阻挠，客体是由发送者发送的，但接受者同时也可以是主体。中国古典戏曲和话本小说很适合用“结构—功能”的叙事模式来分析。在这个模型的基本结构中，格雷马斯认为有一种内在的紧张因素。正是各种角色之间的紧张关系才推动了小说叙述的产生、发展和解决。①

我们引入这种叙事模式的目的是为了分析《伐楚》。我不喜欢用一种理论模式去套一部作品，但《伐楚》的叙事结构和这种叙事模式有一种同构性。先看主体。主体自然是伍子胥。客体是复仇。发

① 参考吴晓东：《从卡夫卡到昆德拉》，北京三联书店2003年版，第28页。

送者是家族的灭顶之灾。接受者是楚平王。帮手除了前面讲到的茅舍大嫂与江上大哥外，严格意义上说是吴王阖闾。事实上，前面两位在伍子胥逃亡过程中只是给过他具体的帮助，而对于他复仇之梦的实现没有实际的帮助，而吴王阖闾看似在帮助伍子胥，实则在利用他实现自己的称霸梦想，也就是说一开始阖闾就没有真正地想帮助伍子胥，一直没有成为他真正的帮手，而此时的伍子胥却陷入一种误区，他为了利用阖闾帮助他实现自己的梦想，竭尽全力地效忠阖闾，同时又被阖闾一步一步地引诱，使自己完全落入阖闾的圈套，自己的独立人格也逐渐地被扭曲、被消解，最终沦落为阖闾称霸的一种工具。对手表面上看应该是申包胥，因为申包胥一直在正面阻止他行动的实施。但是，客观上讲，申包胥一直在帮助他，只是没有被他所悟。严格意义上说，伍子胥真正的对手应该是以楚平王为代表的整个的皇权文化统治本身，而并不是楚平王本人。退一步讲，即使不是楚平王，是任何一个帝王当权，类似伍子胥的家族灾难会消除吗？纵观中国历史，哪朝哪代没有类似的悲剧发生？所以，伍子胥在实现自己复仇之梦的路上，没有一个真正的帮手，也没有一个确定的对手，或者说他对对手的误认，对客体接受者的误认，对自己的身份和目标的错置，使他的复仇注定是一次失败的复仇。尤其是，当他养兵蓄锐，卧薪尝胆，终于有力量能够杀死楚平王时，楚平王却死了。积虑多年的复仇梦想，突然之间没有了对象，伍子胥便陷入鲁迅式的“无物之阵”。剧作的高超之处就在于作者把伍子胥复仇的意义悬置了，延宕下去，使剧作成为一部对经典“追求”模式的一种戏仿，而对一种文学类型真正具有颠覆力量的正是对它的滑稽模仿。这时的伍子胥仍然像所有的胜利者一样是哈哈大笑的，但笑中流出的却是泪！从这个意义上讲，《伐楚》使传统的复仇主题向前又推进一步，同时剧作的悲剧气氛也油然而生。

3. 复仇行为的反讽意味

所谓反讽，就是自我的嘲讽，即嘲讽反过来指向自身，并成为对于自身及所置身的世界的反思性认识。那么伍子胥复仇行为的反讽意味是怎样的呢？当然，在这里，反讽不仅仅表现为一种叙事策略，而是剧作家揭示主题，表达情感的一种内在需求，是一种更具美学批判精神的话语方式。

失去了复仇对象的伍子胥，很快就找到了新的复仇对象，那就是楚平王的儿子楚昭王。因为有“父债子偿”的伦理观念在支撑着他。如果说在第一阶段伍子胥的复仇行为是一幕正剧，第二阶段演化为一幕悲剧，那么第三阶段的复仇纯属是一幕喜剧了，伍子胥一上场就扮演了一个小丑式的喜剧角色。

他首先是以吴国浩大的军势攻击楚国，可楚国毕竟是他的祖国，有他世代亲人奋斗的业绩，有他血脉相连的亲生儿子，有支持他的故友亲朋，有敬仰他的父老乡亲。尽管他以除掉楚昭王为依托，尽管这许多年的仇恨已使他忘掉了这些温情，但对于一个国家来说，国王与平民是联系在一起的；对于一个人来说，根脉血缘不是仇恨能剥离掉的。因此，剧作的反讽意味在此显露：他“雄立战车，凛凛生威，举着剑突在前沿”的外表下，映衬的是他内心的空虚和怯懦，尤其是看到“一片风的呼啸，血的喷涌，一幅屠杀场景”时，他有一种深深的负罪感。他令手下“冤有头，债有主，不得再滥杀无辜”！可是，冤头在哪里？债主藏何方？找不到冤头债主，岂会不滥杀无辜？伍子胥逐渐失掉了民心。内心怯懦又失掉民心的伍子胥，找不到昭王的身影，又觅不到平王的坟墓，心何以甘？于是不顾百姓性命，不顾士兵死活，水淹城池，血战山林，鞭拷楚臣，焚毁宗庙，最具反讽意味的情节是，数百名楚民被伍子胥撵至廖台湖面湖而跪，一如当年楚平王杀伍氏的情景：伍子胥挥舞节鞭怒喝：“说！平王葬在哪里？昭王藏在哪里？不说全部赶下廖台湖！”此时的伍子胥已经失去理智，几近疯狂，当他在无数被淹死的尸体堆积的湖水干枯处，发现了楚平王的棺材后，伍子胥“揪起平王，嚎叫着奋力向上抛”，“扬鞭抽打平王尸，吼叫着、白发飞舞，泪珠飞溅……”此时此刻，伍子胥的疯狂达到顶峰，剧作所昭示的人性的荒诞性也达到极致。他从一个无辜者，从一个对正义的追求者，变为一个冷漠无情、穷凶极恶、草菅人命的民族的、历史的罪人，在看似已报私仇、已泄私愤的表层下，掩藏的是一颗丑陋、扭曲的灵魂。在此，他为父报仇的意义已荡然无存，他自己也成为被世人唾骂、鄙夷的跳梁小丑。剧作的喜剧效果在此彰显。

那么，我们应该如何看待这种仇恨？如何看待家族的“血海深冤”？剧作已经从正面进行了一种价值建构：那就是以伍子胥的儿子鱼鳞儿为象征，用博大的爱去包容仇恨，用博大的爱去化解仇恨。“以爱化恨”的主题在古今中外的文艺作品中并不鲜见，不仅在以宗教为背景的西方社会里，这种主题的文学作品有一定的阐释依据，而且在中国的传统文化中，也能寻到其根源，那就是春秋战国时期墨子“兼爱、非攻”的哲学思想。为此，《伐楚》“以爱化恨”的艺术理想，就有了一定的理论依凭和积极意义。毕竟一部优秀的艺术作品不仅能够发现人类生活的缺陷和不完美，而且还能够用审美理想观照和超越这种缺陷和不完美，并能把受众带进反思和升华的艺术氛围中去。但在这里笔者仍然有一个疑问：在传统文化统治达几千年之久的中国社会，仅仅用这种很宽泛、很抽象的“爱”就能化解一切“仇恨”吗？剧作家正是由于对这一问题的回答没有足够的信心，才使得鱼鳞儿的“爱”虚幻而软弱，尤其是当他面对父亲残暴地屠杀百姓，面对血流成河、尸横遍野的惨状时，他没有力量去阻止父亲，只能是“痛苦掩面”，“一脸的悲悯，一脸的苦难”，默默地祈祷，甚至最后为了化解父亲的仇恨，竟甘愿献出自己的生命。这一举动未免太天真了，你即使死了，这种悲剧就终结了么？另一方面，伍子胥无意之中杀死自己的儿子，是否象征着鱼鳞儿这种空泛无力的爱被消解在父亲传统复仇的观念之下，即使之后伍子胥幡然悔悟，失魂落魄，也至少说明伍子胥父子的两种不同的选择都被作者否定了。对于仇恨究竟如何选择？如何面对？我认为作者自己也是犹豫的、矛盾的。

二、对传统复仇观念的深层文化批判

通过以上分析得知，剧作对伍子胥复仇的目的、意义以及手段进行了彻底的否定和无情的嘲讽。那么，剧作家是否仅仅感兴趣于对伍子胥复仇单纯的道德层面的批判？当然不是，他的目的或者说他将批判的锋芒直指造成伍子胥复仇悲剧的固有的伦理规范和传统文化。

纵观中国历史，历代复仇故事不外乎分三种类型：情仇、亲仇和友仇。在这里我们只分析亲仇。为亲情复仇是所有复仇案例中最多的一种，尤其是“杀父之仇”成为古今以复仇为题材的文艺作品中的基本母题。其实“国仇”和“族仇”也可以看作是“亲仇”的一种，因为，某种意义上“国家”和“民族”对一个人来讲就具有“父亲”的身份。在人类漫长的文明进化中，“为父报仇”沉淀为一种集体无意识，同时它又与正义、勇敢、牺牲、高尚等诸多的意义交织起来，呈现为一种道德义务和责任，嵌入世俗的价值体系中。

那么，“父亲”的仇杀何以成为“儿子”为其雪耻的责任和义务呢？这里有两层原因。第一层原因跟我们传统文化中的“家庭观念”或“家庭主义”有关。从传统儒学的观点看，人的生命存在于由出自同一祖先的世世代代所构成的整体中。所以这里的家庭观念或家庭主义“首先意味着，在一定的社会中，家庭是优越于个人的或比个人更重要（所谓‘家庭价值’就是这个意思）；其次，它意味着父亲/丈夫在家庭中的主导地位即通常所说的父权制。”① 也就是说，在中国传统的家庭观念中，作为父亲的儿子是从属于父亲的，在父亲面前，儿子没有独立的人格和尊严，父亲的意志就是他的意志，父亲的耻辱就是他的耻辱，父亲的仇人就是他的仇人，他仅仅是父亲的一件复制品，一种可以任父亲随意摆弄的机器。总之，父亲的利益和尊严高于一切。第二层原因，从某种意义上说，“父亲”就是我们的“传统”，是我们得以生存和传承的根系。失去了“父亲”，我们将变成“无源之水，无根之木”，我们就像弃妇一般没有归属感。在中国传统的家庭观念中，“父权制”表现为“宗亲制”，就像我们的姓名排列顺序一般，排在前面的是姓，也就是一个人首先让人知道他属于哪个宗族，然后才是标志他独立性的名。因此，为父

① 夏光：《东亚现代性与西方现代性》，北京三联书店 2005 年 9 月第一版，第 193 页。

报仇就是寻找“父亲”，就是寻找自己的根，寻找自己的身份归属感和价值认同感。

基于以上分析，我们就不难发现《伐楚》中伍子胥为父报仇时，为什么“意志那么坚定，旗帜那么鲜明，目标那么明确”，行为那么凶狠，手段那么惨毒，甚至不惜以牺牲故国情、骨肉亲、朋友义为代价。如果从道德层面上讲，伍子胥初始复仇的动机和行为是为了一种道义和责任，然而从深层的文化层面看，他仅仅是作为被冤死的父亲的儿子履行为父报仇的义务。按照冤有头、债有主的伦理规范，这一仇恨的承担者就是杀害父亲的楚平王。他认为只有杀死楚平王才算是真正地为父亲报仇雪恨了，其他的一概置若罔闻。为此，积蓄杀死楚平王的力量，寻找杀死楚平王的机会便成为他生活的全部内容，也为此，他忍受了数九寒天的挨饥受饿，忍受了姬光、伯嚭的奸诈与惨绝人寰，也忍受了吴王阖闾的辱没、利用。在这所有的“忍受”过程中，他也渐渐远离了正义，远离了人性，远离了作为一个人最基本的良知，完全沦落为一架“复仇”的机器，沦落为一个“复仇”的奴仆，在看似强悍、自信的外表下，遮盖着的是一颗空虚、无助、痛苦、孤独的内心。尤其是当得知楚平王已经死去，自己所有的努力都已经毫无意义时，伍子胥不仅没有醒悟，反而为自己没有亲手杀死楚平王而懊恼。于是另一条绳索又紧紧地捆绑住他，那就是同“父仇子报”一样的“父债子偿”的伦理观念。从此，他有了新的复仇对象，有了新的“奋斗”目标，重新“鼓舞”起“斗志”，在自己更加残忍、更加被人耍弄的荒诞情境中，陷入更深的空虚、更深的无助、更深的孤独中。最后，剧作在展示伍子胥被人唾骂、被人讥笑、被人耍弄的喜剧性情境时却回荡着无限凄怆、无限苍凉的悲剧气氛。

至此我们可以看出，固有的伦理规范和传统文化是阻止伍子胥复仇成功的真正对手，它像一种病菌浸入到伍子胥的血液中，渗透到他的骨髓中，荼毒了他的灵魂，遮蔽了他的双眼，使他无法看清到底是谁才是自己真正的复仇对象。为此，《伐楚》剧作的悲剧力量是彻骨彻髓的。

三、 对人类本身生存困境的揭示

《伐楚》的悲剧效果还不仅仅在于对伍子胥复仇过程的展示和对其所依附的传统文化的批判，剧作的高超之处还在于通过对各个人物命运的剖析，从不同的侧面揭示出人类自身永劫不复的生存悖论和荒诞处境。

剧作家用近乎卡夫卡似的阴郁目光审视这个世界，将伍子胥乖戾的复仇行为推向极限，把他那些精神分裂的碎片反复揣摩，不仅发现在他那残暴和疯狂的行为背后，潜伏着的巨大的恐惧和焦虑，更重要的是还发现他一生殚精竭虑所要实施的复仇，最后真正得到命运报复的却是他自己，巨大的惩罚降临在他自己的身上。与此同时，剧作家还把这种阴郁的审视目光给予剧中的每一个人。申包胥，一个最忠实的儒教文化的守护者。他效忠国王，捍卫皇权，对朋友以诚相待，对国家克己勤勉，尤其是当皇权受到威胁时，他不惜以牺牲无数百姓的性命为代价保护皇权，不畏长途劳累，跪哭于秦殿七天七夜以求救援，然而，最后他却被他一生效忠的皇权耍弄了。关键时刻楚昭王不再信任他；楚平王骄奢淫逸，听信谗言，残害忠良，最后自己却久病卧床，死于自己的儿子的谋害之下；吴王阖闾奸诈凶残，灭绝人性，篡权夺位，利诱伍子胥侵略楚国，而自己的国土却被秦国占领。在这种审视中，剧作家有意识地设置了这些极富戏剧性的故事情节。每个人物就像戏剧舞台上的一个个小丑，在冥冥之中似乎被一只无情的大手随意地拨弄着，谁都无法主宰自己的命运。剧作的反讽效果也就在这种不协调的情感冲突中彰显出来。

更有意味的是，剧作把楚王后孟嬴始终专注地赏玩几颗棋子这一情节作为衔接剧情的一个主体意象，而这一意象具有很丰富的象征内涵。在中国文化中，棋，谜也。下棋即解谜。剧作最后显示：“一说她聪明绝顶，神机妙算；一说她生来弱智，并且哑巴。聪明也好，弱智也罢，反正没过许多年楚国就亡了。”是啊，弱智与聪明有时是很难区分的。在古今中外的历史进程中，那些看似聪明，实则弱智的小丑们，不正像孟嬴手下的一颗颗棋子吗？算计别人，又被别人算计，捉弄命运，又被命运所捉弄；人类自古不就在这种荒诞的悖论中生存吗？不就在这种永劫不复的历史轮回中挣扎吗？至此，《伐楚》中的复仇，已不再是一种道义责任，也不仅仅是一种文化延承，它已被推至整个人类生存本身，已内化为人的一种本能的渴望，内化为人与生俱来的一种追寻，也就是说，只要人类存在，不同形式的复仇悲剧就会永远上演。大到“9·11”事件、巴以冲突，小到宗族矛盾、兄弟相残，不都是一幕幕带血的复仇悲剧吗？这就是人类永劫不复的生存困境，因而，这种困境不仅指向历史，更指向现在，同时也指向未来。由此，《伐楚》的主题就升华到一种寓言层面，它的意义不仅具有历史的沉重感，更具有现实的忧患感。

我们还可以进一步的追问，人类为什么会出现这样的生存悖论？人类能否走出这样的悖论陷阱？

海德格尔认为，人的存在（此在）的本质是如其所是的存在，也就是本真的存在。与此同时，人的存在又是在“世界”中存在，所以与他人“共在”是人存在的主要方式。由于人自身生存的连续性（继承性）和人类本能的一些欲望、情感、情绪等的存在，“与他人共在”常常表现为“向他人而在”，既把自己的存在投射“到一个他人之中”去。这样此在作为日常共处的存在，就处于“他人”可以号令的范围之中。当然，这里的“他人”不是确定的某个人或某一群人，而是个中性的东西：常人。常人的“永远正确”性就从作为共在的此在那里趁其不备接受了统治权。这样此在就从他自身脱落，即从本真的能在脱落而沉沦于常人中，沉沦于无根基的状态与虚无中任他人摆布，同时又不断地被这种沉沦所引诱、所迷惑，自以为培育着而且过着完满真实的“生活”，其实是跌落于异化之中。海德格尔称其为“非本真的存在”。①

依照海德格尔的理论，我们再回过头来看《伐楚》中的每个人物，除了那位既聪明又弱智的孟嬴之外，几乎每个人物都是一种“非本真的存在”。伍子胥为复仇、为父亲存在，申包胥为国王存在，

① 参考海德格尔：《存在与时间》，陈嘉映等译，北京三联书店 1999 年第二版。

楚平王父子为皇权存在，吴王阖闾为国土霸业存在，他们几乎都生活在“他人”为他们设置好的圈套之中，从没有找到自己如其所是的确切位置，因此，他们就永远无家可归，永远处在“被抛”的状态之中，不知自己到底是谁？来自哪里？去往何方？生活的无根性和虚无性是他们命定的归宿。

那么丧失于常人之中的此在，能否找到自己？能否在他可能的本真状态中“显示”自己？海德格尔说，这需要此在某种能自身存在的见证，这一见证被他称之为对“良知的呼唤”。“呼声跨越了常人以及公众解释此在的讲法，也恰恰是在这种跨越中，呼声将那些热衷于公众声誉的常人驱入无意义之境，但那在召唤中被剥去了栖所和遮蔽的自身却通过呼声被带回其本身。”“此在在良知中呼唤自己，一声呼唤，不期而至，甚至违背意愿。呼声出于我，而又逾越我。”① 由此可知，剧作《伐楚》中，楚平王躺在病床上痛苦的忏悔；申包胥面对自己被要弄以及养子被亲父所杀，绝望地拔剑自刎；尤其是伍子胥苦心经营的复仇梦想彻底的失败，又亲手误杀了自己儿子的极端懊悔，他行走在无边的旷野上，像幽灵般对儿子灵魂的呼唤，所有这些都可以看作是深陷于沉沦中的此在被良知唤醒后，为自己能够本真的存在所显示的 抹暖色，为此，也为他们劣迹斑斑的一生平添了一缕人性的光辉。

剧作家的深刻之处正在于此，他不再专注于讲述一个简单的复仇故事，即使在呈现复仇中的一些残杀场面时，他也超越了传统的对这一场面刀光剑影、血流如注、尸横遍野的直接描摹，而是利用电影独特的语汇以及颜色的搭配，使场面既具有形式的美感，又具有丰富的意蕴。他的创作意图在于以这一故事为载体，揭示人类自身的生存悖论和荒诞处境，从而呈现给观众一个支离破碎的经验世界本身。这种对历史、对生活的“破碎性”的揭示，正是艺术创作返回到历史、返回到生活原初状况的本真中去的一种方式。这种认

---

① 海德格尔：《存在与时间》，陈嘉映等译，北京三联书店 1999 年第二版，第 313 页。

识，并非源于剧作家悲观与虚无的人生体验，而是因为艺术的真实功用，正在于打破生活的幻觉，打破虚假的期待，让人们能够更加真实地、更加清醒地对待自己的生存处境，从而鼓起面对现实的勇气。

（原载 2007 年第 14 期《电影文学》杂志）

川剧《李亚仙》

新编川剧《李亚仙》的艺术魅力

——从李亚仙故事的嬗变谈起

刘凤霞

李亚仙与郑元和的爱情故事，早在唐代已广泛流传。自白行简《李娃传》① 行世以来，据此改编的小说、戏曲久传不衰。宋代出现《李亚仙》话本（佚），元代有高文秀著《郑元和风雪搭瓦罐》杂剧（佚），元代石君宝②和明初朱有燉③先后创作同名《李亚仙花酒曲江池》杂剧，后徐霖④又创作了《绣襦记》传奇；近世以来，各地纷纷将其改编为地方戏，如京剧《绣襦记》，秦腔《刺目劝学》，河北梆子《刺目》和滇剧《白天院》等。

新世纪以来，地域色彩浓厚、历史悠久的川剧进入了发展的新阶段。重庆市川剧院在前人创作的基础上也对这一题材进行了改编，并推出大型川剧《李亚仙》。本文将结合李亚仙故事的嬗变探讨该剧的艺术魅力。

一、 叙述形式的大胆改编

就文学作品而言，情节结构的设计必然与一定的主题思想有密

① 汪辟疆：《唐人小说》，上海古籍出版社 1978 年版，第 125 页。

② 石君宝：《李亚仙花酒曲江池》，见王季思编《全元戏曲》卷三，人民文学出版社 1999 年版，第 520—523 页。

③ 朱有燉：《李亚仙花酒曲江池》见《全元戏曲》卷十二，同上，第 394—396 页。

④ 《绣襦记》作者徐霖，已有定论。见邓长风《明清戏曲家考略·徐霖研究》，上海古籍出版社 1994 年版，第 40—59 页。

切联系。对于戏剧情节的构造，古人早有一整套创作理论，如王骥德认为“贵剪裁，贵锻炼”（《曲律》），李渔则提倡“立主脑”“密针线”“减头绪”（《闲情偶寄》）。川剧《李亚仙》吸收前代剧本的改编经验，将主题定位为“爱”，通过展现李亚仙起伏的人生命运，再现男女主人公坚贞不渝的爱情。为适应这一主旨，新编川剧《李亚仙》在前人创作的基础上，对结构、情节和结局都进行了大胆改编。

（一）结构：删繁就简

首先，在人物安排上，与明《绣褥记》相比，增删出场人物，保留旦、生、书童（丑）、丫鬟（奴旦）、鸨母（丑旦）和太监（净），增加八仙乞丐（襟襟丑），删减郑父、皇帝等出场人物，涉及删减人物的情节则由出场人物语言带过或唱出，这种安排既烘托了舞台气氛，又使观众易于把握剧情。

其次，在情节剪裁上，保留《绣褥记》中坠鞭、绣褥等情节，又对剧情发展进行了现代意义的发挥。如“倒宅计”一场戏，新编川剧就没有像元曲那样简单删除，而是按照人物性格发展的需要加以改造，将“倒宅计”的责任归于鸨母，这就为后来李亚仙知道真相后所作的激烈抗争做了铺垫；另如“劝学”一场，增加生活场景的细致刻画，像李亚仙移步送茶、郑元和拨动烛花等都对后来惊险的刺目做了映衬。

再次，在戏剧冲突的处理上，改变前代作品中惯用的一条主线（李郑两人爱情）、两条副线（母女矛盾和父子矛盾）的戏剧冲突结构，重点表现李、郑之间的爱情纠葛，削减来自双方家长的阻挠，并把二人感情曲折最终归因于圣君的却婚，这样一来就将戏剧冲突更加集中、凝练和复杂化了。对家长阻挠的弱化实际上正是对君权的强化，“君为臣纲，父为子纲”，李郑二人的爱情遇到皇帝阻挠，爱情遭遇最大障碍，这就为表现李亚仙的忠贞和对爱情的牺牲提供了更广阔的表现空间。

这样，川剧《李亚仙》就形成了完整的戏剧布局，以李、郑的“爱情”发展为主线，以李亚仙“目”为点，分“对目传情”“比目离分”“泣目听歌”“刺目劝学”以及“绣目留影”五出大戏，串联起紧凑鲜明的戏剧结构。

（二）情节：急缓有致

戏剧强调情节的高度集中和统一，新编川剧《李亚仙》在具体情节的设计上注重整体映衬效果，在情节表达上急缓有致的策略，更符合现代观众的观赏心理。如第一出“对目传情”后，郑生携金入住宜春院，舞台上就显示出一派春暖花开的人间安乐之象，后鸨母作计离散，第二出“比目离分”的情节使舞台气氛陡然紧张；第三出“泣目听歌”后，李、郑得以朝夕相伴，鸾凤和鸣地轻松不久，即转入第四出“刺目劝学”的紧张场面；再如状元登科、载歌载舞的场景刚出，皇帝却婚的圣旨也到，“绣目留影”的悲惨局面接着出现。改编者除了每幕戏注意情节的起伏之外，一出戏内部也做到紧张和舒缓的错落有致。仅以“刺目劝学”一出略加论述。

劝学情节，唐已有之。《李娃传》写李娃指点郑生从书肆买书，陪读，诫骄多勉，终使郑生得以一次高中。石君宝《李亚仙花酒曲江池》中，则以“多亏李亚仙留我在家，劝我苦志攻书，遂得一举成名”一笔带过。明传奇《绣襦记》始出现“剔目劝学”情节，文载亚仙“自剔一目”劝夫为学。川剧《李亚仙》则在此基础上，把亚仙之“眼”作为戏曲的关目，设计了“刺目劝学”这一重要情节。“夜读”一场，郑元和灯下读书，李亚仙刺绣作陪，“红袖添香夜读书”，本是多么温馨的场面，但郑元和却一味贪欢寻爱，竟提出要李亚仙如初相逢那样看他一眼。李亚仙笑嗔：“你呀，就你排场多!”于是“巧笑倩兮，美目盼兮”，这一看，使现场气氛顿时轻松下来。然而，这一看与那一看有着天壤之别：当初，京城花魁遇风流公子，四目相对，一见钟情，那一“看”是真情的自然流露；而今已是历尽坎坷的患难夫妻，要重“看”这一眼，在郑元和是近乎过分的戏谑，在李亚仙却是无奈忍受，是为丈夫前途的在所不惜。可怜郑元和并不明白妻子苦心一片，戏谑贪玩照旧，这时的李亚仙沉默了，万般无奈中，她毅然转身拔起头钗刺向双目，台上的情切瞬间变为悲鸣……

（三）结局：震撼人心

宋、元、明各代改编故事的结局都采纳了《李娃传》的大团圆式结尾，即郑元和科举成名，父子和好，李亚仙夫妇团圆，皇帝赐封。《李亚仙》却在传承前作的基础上，对戏剧的结尾进行了颠覆性改编，即以皇帝拒婚，郑元和、李亚仙分离天涯，生死恋情不能善终的悲剧取代大团圆。最后一出戏“绣目留影”，面对突然的打击，李亚仙“猛然间冷水浇头四肢凉”。她对着苍天悲啼，“郑郎呀，你爱奴不避出身烟花巷，奴却怕英才陷落风月场。你对奴许下天长与地久，奴却怕旦夕分飞两鸳鸯”，唱出对丈夫的深情和不舍，更唱出自己对丈夫的一片痴心：“莫怪奴一心要你仕途闯，岂不知红袍加身就要各一方”，但饱经忧患的李亚仙又深刻体悟出现实的残酷，为了丈夫的前程，她毅然决定“离郑郎，走四方”，虽然离开了爱人，但是为爱人付出，她无怨无悔：“人生难逢一知己”，“含笑咽下悲与伤”，“莫道眼前黑茫茫，心头存留一片光”！剧中李亚仙大起大落的悲惨命运给观众留下更大的思考空间，而带有悬念的悲剧结局也为全剧增添了厚重感。

二、 个性鲜明的人物形象塑造

任何一部优秀的作品，其主题一定赋予人物相应的思想性格，而思想性格又决定其行动的产生和发展。由唐传奇到元曲、明传奇，都因不同的情节设计而造成人物行动上的很大差异。新编川剧《李亚仙》在人物形象方面也比以往有了更多的探索与创新。

（一）李亚仙形象的表演艺术

《李娃传》中的李娃是一位成熟老练、深谙世故的妓女，她对郑元和的感情有一个复杂的变化过程。元杂剧则将李亚仙塑造为一位善良、泼辣、勇敢追求爱情的女性形象。明代作品中的李亚仙，受程朱理学的影响，带有礼教约束的明显痕迹，比起元杂剧，她在追求爱情的过程中少了几分大胆和泼辣，多了几分小心与谨慎。川剧《李亚仙》则塑造出一个纯洁、专情、隐忍、贤淑、勇敢又忠贞的女性形象，她出淤泥而不染，大胆追求自己的爱情并勇敢地为爱情抗争。作为一个贤惠的妻子，她对丈夫体贴而宽容；后来，为了丈夫的前途，她又毅然远走，为家庭做出巨大的牺牲。

川剧表演艺术家沈铁梅以其精湛的表演艺术塑造了一位美丽、内敛、忠贞的女性。她不仅扮相美丽，更以轻盈的体态、娴熟的眼法和生动的表情感染了观众。

第一场“对目传情”一出中，她用眼帘微垂，含有羞涩的“笑眼”或用目光一瞬，俯视胸窝的“情眼”以及“回眸”“凝睇”等眼法，通过脉脉含情的眼神来表现对郑元和真挚的爱，对鸨母则又运用了痴望的“呆眼”和含怒的“恨眼”等，通过眼神表现自己爱情受阻的惆怅和怨气。

“刺目劝学”一出中，李亚仙可谓一片苦心，看郑元和坐到书案前，她现出喜悦的笑容，听到丈夫念书时，她不时显出欣慰的表情，后来看他三心二意，她又面露愠色。郑元和向她辩解书已读尽、功名易得的时候，她只好强抑心中的焦急，和颜相劝。听到更鼓，郑元和爽性说“那我就不读”，她以为丈夫是犯了孩子气，更加耐心地好言规劝，但他更不耐烦听下去，她只得重提他所经历的苦况来打动他。这时的郑元和非但不听，反而更嬉皮笑脸提起条件来，此刻李亚仙脸上所呈现出的无奈和啼笑皆非的表情，都是很深刻的。她强忍心中焦急，依从丈夫，本以为他能安心读书了，哪知郑元和依旧不思振奋，嬉笑着说：“像贤卿这样一双秋波我啷个读得进肚啊！”这时的李亚仙就猛地变了脸色，现出悲哀和心痛的神情。这样缓急有度的表演使整个剧情有了很强的节奏感，烘托了舞台气氛。

（二）郑元和形象的艺术表现

《李娃传》中，荥阳生是一个聪明、单纯、意志薄弱而又财大气粗的富家子弟形象。到元杂剧《李亚仙花酒曲江池》中，郑元和的性格有了较大改变。“父子相见”一出戏表现出郑元和对父权的反抗。《绣襦记》中，郑元和的性格基本保持了元杂剧的原貌。他不顾父母之命，媒妁之言，力拒高门招婿，自作主张娶亚仙为妻，对社会世俗进行了大胆反抗。新编川剧在此基础上，发展了这一性格，把郑元和塑造为看重情义的至情书生。尤其是皇帝却婚一节，表现出强烈的抗争精神。

以“夜读”一出为例，郑建平塑造一个情场书生郑元和，主要是以调皮、自负为中心进行表演的，面对李亚仙的一再劝告，他都满不在乎。大摇大摆走路的郑元和，满脸得意之色，他一上场便念：“十四十五窗前月，今宵为我又重圆”。及至李亚仙劝他读书，他时而敷衍，时而试探：“读书是我一个人读吗?”这时的郑元和眼睛斜看着李亚仙，等着她的回答。等到妻子答应刺绣陪伴的时候，他才放心坐下，不过才读了两句，却又神不守舍，偷眼旁看一边陪读的娇妻。等李亚仙质问时，他倒满脸自负地说：“想元和出世以来，海内文籍，无不遍览，这书么，早已读尽了!”李亚仙提到考期不远，他却不在乎地回答：“若论别的，元和不敢夸口，若说这功名么，只消我这样轻轻一拈，就到了手呀!”腿一伸，手一抬，看他那一脸的傲气，好一个安于享乐、不思进取的酸腐秀才！后来李亚仙提出读完一根烛就休息时，他又像个顽童一样猛弹烛花，口中念念有词：“快烧完”“快烧完”，实在引人发笑。也正是这些浮滑、轻佻的动作，为李亚仙的“刺目”做了铺垫，从而达到“一台无二戏”的成功效果。

（三）丑角插科打诨的艺术个性

把传统与创新巧妙结合起来，并选取特有的艺术形式来强化主题、刻画人物，是戏剧表演对于美学价值的追求。新编川剧《李亚仙》借助文本的大胆改编，极大地张扬了丑角表演中的艺术个性。

传统川剧中的妈娘由“摇旦”担纲，而川剧《李亚仙》以“丑旦”演绎的“李母”，圆滑多于尖酸，世故多于刻薄，使观众忍俊不禁。另外在老川剧《绣褥记》张三、李四两乞丐的基础上，《李亚仙》发展为八个乞丐。这八个人按照民间八仙分列座次，形成舞台艺术独有的景观，他们说唱幽默风趣，表演诙谐滑稽，增加了观看的趣味性，同时取得了良好的艺术效果。

首先，八仙乞丐的表演贯穿首尾，其唱词多从第三者叙述角度出发，内容丰富，对转换戏剧冲突和情节的过度都起了重要作用，另外八仙的表演还简化了演出布局，为主要表现李郑二人的爱情冲突做了注脚。

其次，在李郑二人爱情悲剧的基础上，穿插八仙的诙谐表演，对于衬托人物性格，映衬舞台形象起到锦上添花的作用。如“泣目听歌”一场，乞丐们打起莲花落进行了载歌载舞的表演，这就与落泊中的郑元和和饱受相思苦的李亚仙形成巨大反差，用乞丐的欢乐衬托男女主人公的悲怆。综观全剧，呈现出既喜且悲，悲中有喜，喜中见悲，悲喜交集的演出布局，有阳春白雪的高格调又有下里巴人的乡土味，二者相辅相成，是完整和谐艺术美的集中体现。

三、声腔、服装和灯光等方面的艺术创新

川剧作为多声腔剧种，曲牌丰富，唱腔动人，地方风格浓郁。新编川剧《李亚仙》不仅在声腔方面比以往有了更多的创新，在舞台美术方面也在保留古典的基础上彰显现代的文化元素，显示出浓厚的川剧文化特色。

（一）传统声腔与音乐唱腔相结合的创新唱法

首先，在乐器运用方面，减少川剧乐队中马锣、大锣、堂鼓等高分贝乐器的作用，加入埙、扬琴和笙等乐器，使打击乐与弦乐互相结合，增强了音乐的整体节奏感。

其次，演员的唱法更多样，在保持川剧唱腔原有风格的基础上，既有谱腔配乐演唱，也有徒歌式的清唱。全剧重点选用［红衲袄］一支曲牌，叙事性强，适用于起伏跌宕的情节；情节发展紧要处，又选用［一支花］［新水令］等具有悲调色彩的曲牌。

最值得一提的是“八仙”的演唱，选用节奏明快的莲花落调子。莲花落的起源可溯至唐代“佛曲莲花”，是当时“落花”僧人募化时的曲调。明李开元所著《词谑》里，收有“醉太平带莲花落”一种，最后一句的衬腔为“理莲花，莲花落”。朱有燉的《李亚仙花酒曲江池》和徐霖的《绣襦记》，都写过郑元和从诸乞丐学唱“四季莲花落”的情节。川剧《李亚仙》在前人改编基础上，以莲花落为主调，又结合重庆地域特点，辅以嘉陵江号子的音乐元素，高亢苍凉，更显出川剧的下江特色。

（二）兼具古典与时尚的舞台美术效果

《李亚仙》剧组在舞台搭建上，尽可能按照当时真实的生活，设计厚重的舞台背景，长安闹市，石牌坊下，客栈商铺，五色灯笼，丝箩流苏，喜鹊叫喜等典雅写意式布景，营造出盛唐京华之绮丽风貌。

在灯光的设计上，借鉴话剧舞台灯光的效果，加入现代意义上的电脑操控灯光技术，利用顶灯的光束加强人物的雕塑感，减少色彩灯的运用等等。如李亚仙刺目时，整场的灯光瞬间改为红色，满场的红色，既意味着鲜血，也使舞台气氛一下紧张起来，很好地表现了情节。

人物服装方面，选用清新、活泼的造型，展示唯美、唯雅的创作理念。戏服花纹运用国画写生技法描绘，头饰则尽量选择带有传统美感的造型。如李亚仙涧谷幽兰式的装束，表面绣有荷花，与其出淤泥而不染的美德相一致，并与郑元和身上的川剧传统小生褶子的浅色调相得益彰。而“八仙”的服装都绘有云的图案，以表现他们生活的无拘无束。

四、结语

一直以来，川剧给人的印象就是麻辣生香、入味劲道，尤其是变脸、藏刀、吐火等特技的运用，更为这一剧种增添了神秘与火辣。新编川剧《李亚仙》却别出心裁，从“爱”的角度对传统经典进行现代阐释，为我们上演了一出唯美的情感悲剧。作为地域文化的杰出代表，川剧是中国传统文化的重要组成部分之一，我们期待这枝奇葩能在祖国戏苑里更加灿烂地开放。

参考文献：

［1］杜建华：《从川剧之形成发展看川渝文化的互补共荣》，《四川戏剧》，2008 年第 2 期。

［2］沈铁梅：《在“京腔”与“川腔”的撞击中创新——我在川剧声腔方面的探索和体会》，《中国戏剧》，1991 年第 3 期。

（原载 2009 年第 4 期《四川戏剧》杂志）

传奇，当代的可能性

——川剧《李亚仙》印象

朱蓓蕾

只消看下剧名，便可知故事来源于明传奇《绣襦记》。不过，虽然剧场所见的还是那些耳熟能详的情节，但经主创者重新编排之后，它被赋予了一个全新结局。

于是，整个戏便不一样了。

关于李亚仙的故事已经流传超过千年，从唐代《李娃传》到明代《绣襦记》，又在各地地方戏中变身为各类版本的演出。不过，从小说直到戏剧，这个故事虽然经历了形态上的多次转变，却都有着一个相同的名字——传奇。所谓传奇，意为无奇不传，是告诉人们一件不同寻常的奇异之事。在古代，李亚仙的故事之所以不同寻常，是由于故事中的官宦子弟可以为了风尘女子而抛弃功名，风尘女子竟能反躬自省、成为封建精神的标杆，一段不为封建道德所容的恋情最终可以得到主流社会的认可。可这一切，在那个年代的现实中只能是个难以实现的理想。而小说和戏剧却让这种理想得以实现，且表现得凄美动人，满足了大众的猎奇愿望，抚慰了那些苦闷的心灵。

作为一部成功的传奇，无论是《李娃传》还是《绣襦记》都将封建价值观与奇巧的故事完美融合起来。由于全剧时刻强调“正统”的力量，所以男女主角离经叛道的爱情只是受到一些惩罚，一旦他们懂得改过、主动回归封建秩序的管理之下，便会得到宽容和接纳。于是，“备六礼以迎之，遂如秦晋之偶”，一切都看上去很美。故此，无论是唐代小说，明代传奇还是地方戏，李亚仙的故事都是属于古代的，是属于古人眼中的奇事，是古代特定的人生价值。

距《李娃传》诞生十几个世纪之后的川剧《李亚仙》，则力图从中挖掘当代的意义。剧作家罗怀臻以当代人的眼光审视李、郑的爱情，全剧围绕李亚仙的“美目”展开情节，描写人物行为和社会现实共同作用下的爱情的命运。

首先，“目”是整个戏的线索，也是爱情的象征。爱情因四目相对而起，但在内外交困时刻，李亚仙却刺瞎双目以昭示这段爱情的悲剧结局。其次，社会现实也促使了悲剧的诞生，恋爱中的人同样必须负有重大责任，虽然他们同住一室、卿卿我我，但他们之间并不了解，人生目标不一，生活态度迥异，也未曾找到正确的相处方式，不免走向分离。其实，即使郑元和与瞎眼的李亚仙走到一起，两个人的下半生恐怕也只有彼此折磨。因为在古代，女子是附属于男性的，男女之间沟通的困难并不会引起什么关注；而现在，作为独立个体之间，这样的问题已经十分突出了。因此，这出川剧在人物形象塑造上有意淡化了李亚仙的妓女身份，显示出其至情至性的内在本色；郑元和是一个涉世未深的“富二代”少年；鸨儿则是复杂和严峻的社会现实的代言人。除了结尾处的悲剧处理外，剧作还删去了郑元和之父这一角色，将其责子的情节放在幕后处理，从而强化了爱情的主线。

川剧《李亚仙》讲述的虽是一个传统故事，表达的却是当代人的情感。不过在这里，传奇的本色依然未改，一见钟情、自刺双目等情节依然令人震撼。除此之外，它对传统的最大反拨还在于其悲剧化的结局，这是对原作解读之后的合理变更，也是剧作家悲剧意识的又一次觉醒。导演谢平安称这是“川剧的又一次探索”。

其实，戏曲多年来一直在作着类似的探索，目的是为了让戏曲艺术能够表达时代的声音。探索是在进行中的，虽然不一定完美，但必须继续。

（原载 2009 年第 12 期《上海戏剧》杂志）

琼剧《下南洋》

面对心灵，面对永恒

——读罗怀臻的琼剧《下南洋》

李春喜

罗怀臻是一个勇于创新、敢于超越的剧作家，即便是在淮剧《金龙与蜉蝣》已奠定了他在剧坛的地位之后，他仍然保持了这样一种创作姿态。但罗怀臻的创新和超越又始终秉持着对戏剧的人文精神的执著追求，始终不放弃对人类精神困境的描写和美好情感的歌唱。他的创作始终面对心灵，面对真善美，面对永恒的人性，从而让观众在领略他的题材所蕴含的题旨之外，总会经历一番精神的洗礼和心灵的震撼。这在当前的戏曲创作中是十分可贵的。

他创作的琼剧《下南洋》就是这样。

明代以来，东南沿海特别是海南，有数百万人背井离乡下南洋谋生、创业，形成了一股巨大的移民浪潮。伴随着无数的妻离子散，浸泡着无尽的辛酸泪水，呻吟着无奈的思乡念亲之曲，这些漂泊的游子或落魄，或发达，但中国人勇敢的开拓精神和顽强的生命意识却在这里盛开，他们的民族凝聚力和对故土亲人的担当也在这里强化。罗怀臻以一个思想者的睿智和诗人的敏感，准确地发掘并鲜明地表达了在下南洋题材中蕴涵的这种可以和当代人沟通碰撞的思想情感内蕴。《下南洋》以20世纪初年文昌下南洋求生、创业的苦难一生为线索，写了文昌与新婚3月琼娘的难舍难分，在南洋打拼时对故土亲人的思念和“未有腾达怎回乡”的无奈，在寻夫而来的琼娘和有救命之恩的同居女人星姐之间的情感撕裂、愧疚和痛苦，写了中年衣锦还乡时与拒不认父的儿子海亮的心灵交锋，老年寻根祭祖时对列祖列宗的泣血告白：“无论经过多少代，无论经过多少载，无论身家在何处，无论沉浮与荣衰，你的根，你的脉，你的情，你的爱，生生不已都在脚下的土里埋。”这是文昌一代下南洋人无论如何也割舍不掉的对家乡故土、民族国家的眷恋之情。这种感情会穿越苍凉的历史风雨，跨过浩瀚的大海，在每一个离开故土、离开祖国去创业的当代游子心中，唤起一声轻轻的叹息，激发起他们顽强生存、勇敢奋斗、报效故土亲人的勇气。

也许，正是这种历经磨难、九死不悔的情感抒写，需要创作有一个巨大的时间跨度，需要面对文昌一生的命运坎坷。罗怀臻大胆地放弃了戏剧创作的一般模式，不追求一人一事一线到底，也不去关注外部事件（比如如何创业）的集中铺排和人物冲突发展的线性逻辑。他采用了一种类似于编年体式的开放式结构，紧紧围绕着他和琼娘、星姐两个女人以及儿子海亮的情感关系，展示了他下南洋生命跋涉中几个段落的感情痛苦、内心挣扎和坚强的生活态度。这种结构形式和情感抒写，在由故事跌宕起伏产生的戏剧性之外，营造了一种来自人物情感的同样具有戏剧性的“集中”，一种透视和感受人物内心世界的艺术魅力，一种浓郁的诗情，而这一切，正是戏曲的本质属性所要求的。当然，驾驭这样的写作需要剧作家有足够的诗人的敏感、细腻的体验和写作技巧。《下南洋》中有几段对这种情感描写是相当准确、动人的：琼娘寻夫一场中，琼娘的惊愕、责怨和奋争，文昌的尴尬、愧疚和无奈，星姐的善良和放弃；文昌荣归一场中，琼娘对家的坚守和对文昌的怨与爱，父要南洋、儿恨南洋，“父子见面一场悲”的心灵冲突；琼娘平静离世一场中，她捧着儿子的遗像，“从此阿妈把你陪，共度暮暮与朝朝”的母子深情。正是这样几段精彩的情感描写，《下南洋》才没有出现因故事性不足而带来的松散和平淡。此外，文翔作为一个叙述人，他用旁白把一个简单的故事穿连起来；那几首优美的海南民谣在各个段落间的反复，不但作为一种结构元素加强了全剧的整体性，而且强烈地烘托了特定场景那种忧伤、哀婉的戏剧气氛，增添了演出的地域、民间的色彩。琼剧《四郎探母》片段的穿插，恰似诗人的比兴手法，点睛般地写出了文昌的人生境遇和内心情感。这些，都足以见出罗怀臻成熟老到的写作技巧。

一个真实、独特而又内涵丰富的人物形象的成功塑造，常常会对人类的普遍情感和普世价值产生一定的概括力。文昌起初不愿离家，“我怕淹死在海上，我怕流落在南洋，我怕回不到家乡，我怕你独守空房”；可一旦文昌下了南洋，他就无可选择地踏上了情感被撕裂的痛苦的心灵之旅。在南洋事业和故土之间，在有救命之恩的星姐和结发妻子琼娘之间，他哪一个都不能放弃，但他永远也不可能兼得；他明知不可兼得，却又始终执着地追求，与命运抗争。无疑，文昌无可选择的痛苦和执着的追求，成了天底下人世间万千游子“魂兮魄兮两徘徊”的内心世界的写照，而且远不止于此。当我们挣扎于物质和精神、事业和家庭、道义和情感、欲望和挚爱等等这样一些难以两全的痛苦中而又绝不放弃对真善美的追求的时候，文昌的形象就会走进我们的内心，轻轻地拨动我们的心弦。《下南洋》中琼娘作为一个精神守望者的形象，她对家的眷恋，对夫妻情、母子情的呵护，对美好人生的呼唤，特别是那种在各种苦难面前静如深潭、稳若高山的精神定力，在苦苦寻找精神家园、寻找人生归宿的当代观众心里，更是具有震撼人心的艺术形象。

（原载2009年8月25日《文艺报》）

一杯清酒祭故土

——观现代琼剧《下南洋》

蔡体良

观现代琼剧《下南洋》，令我品尝到一种苦涩的酒的滋味，让我情不自禁地踏上了充满悲情历史的台阶。它与“闯关东”“走西口”等一样，勾画了我国近代史上一幅幅民族生存的“流民图”。

《下南洋》的舞台，正是从这一个并不大的视角，切入了这一段历史，至今仍让人们忘怀不了的历史，割舍不断的、恩恩怨怨的历史。以海南文昌一家为代表的祖孙三代，为生存、为生活，乃至求“发展”去下南洋，是用自己生命谱写了这段血与泪的历史。他们甘当游子，勇冒险阻，背井离乡，历尽艰辛，忍受屈辱，前赴后继，可歌可泣！在他们的身上，同样张扬了我们民族的精神，呈现了我们民族的脊梁！

《下南洋》的舞台上，以凝聚的笔墨，着力于塑造主人公文昌的形象，是十分具有代表性和典型性的人物。与众多的海南男子一样，在那个历史岁月，年轻的他就被贫困的生活所迫，不得不别离新婚的妻子，冒着生死置之度外的风险，漂洋过海，从此踏上了这条不归之路。剧中唱道的海南民谣：“三人去南洋，二人死海上。一人成番客，不死是命长。”就是他们命运的“路线图”。文昌大难不死，凭他的勤劳和诚信，在陌生的夷地上逐渐地站稳了脚跟，应该说是生命中的“个例”，是一位佼佼者。但他的付出，与其他的侨居者一样，也是难以想象的。时代的风波，谋生的跌宕，尤其是遭遇了“异化”了的家庭，始终羁绊着他的心灵。在风风雨雨的异国他乡，他梦系着家乡的发妻琼娘，又在患难中相交了星姐，无疑，添加了他生活上的不可预测的变数。内心世界的矛盾，和传统与现实两难的选择，使文昌这个人物的形象更富血肉，更具有代表性，也更博得了观众的关注。这位下南洋的游子，四面风雨，在不同的时期中，很难理清是顺境还是逆境。他不能驾驭自己的命运，像漂泊于大海中小船。他终身化了的悲剧命运，是这个历史时代的使然，既不可能超越，也不可能自己抹去。因此，我认为，文昌为代表的南洋“番客”，在他身上可以看到一个历史时代的缩影。

悲剧命运的主要承载者，无疑是剧中的女主人公琼娘，乃至包括文昌身边的星姐。我认为下南洋的“流民潮”中，受到真正伤害的是女性。她们所承担的压力和痛苦，尤其是精神上的彷徨、摧残、折磨，是难以用言语来表述的。琼娘，这位贤惠、美丽、坚强的女性，她的“幸福”只是新婚三个月。她漫长的一辈子，总是在等待、失望，再等待、再失望中，付出了她的一生，了结了她的一生。又宛如海南民谣唱道的“今夜送郎下南洋，郎下南洋侬断肠。眼汁滴落在床下，床下一摊苦水塘。”严格地讲，这是对众琼娘们说的，是他们真正的血泪的写照。我们可以褒贬哪怕是文昌那样的男人，但我们绝不能去找任何理由去伤害琼娘，哪怕是一丝一毫。她是妻子，她是母亲，她的大气、博爱和坚守，她柔弱的肩膀所承担的世界，她面对祖孙三代男人所作出的名副其实的牺牲，永远是写不尽的壮丽的人生诗篇！剧中的尾声，琼娘在眺望大海的骑楼上，拥着勇为抗日捐躯的儿子海亮遗像，安然仙逝。针对这幅定格的舞台画面，她的孙辈说：“美得像一缕落日的残阳，美得像一幅安静的图画。她带着她人生的无尽思念和遗憾，与这座斑驳大院一起化作了一道历史影像。”这就是对琼娘们不可逆转的、悲剧历史的最好评语。

文家第二代“下南洋”者，剧中创造了海亮这个更为正面的角色，仍有极大的代表性。虽然，与其父辈的境遇有所不同，有了种种的变迁，但依然面临着生存的严峻的挑战。他是文昌和琼娘的儿子，秉承了父母的血脉，刚毅、正直、执仗，他遭遇到社会的种种不公，他在燃起的侵略战争的烽火里，勇敢的面对日寇侵略者，捍卫民族的尊严和生的权利中，倒在了敌人的枪口下。造就他无法逆转的悲剧命运，也是历史的悲剧。不过，在海亮的身上，更能看到在嬗变、向前的历史进程中，又赋予了与他的父辈所不具备的性格，而拉开了距离，是又一代闯南洋者。在贯穿的几段舞台大场面中，譬如，“父子相认”的心灵撞碰中所并发的火花，让人们更感悟到了舞台的亮色和对未来的希望。

因此说，《下南洋》舞台上的三代游子，以及琼娘、星姐们，历尽人间风雨，饱尝人生的酸甜苦辣，活生生地描绘了这一段不能被遗忘的历史。这里，造就他们不朽的精神和凛然的气质，因为他们有一个共同的情怀：他们是炎黄的子孙，他们有自己的祖国，他们有养育他们祖祖辈辈的故土。这是他们共同的精神支柱和不屈的力量。一代又一代下南洋人，一代又一代传训着：“无论经过多少代，无论经过多少载，无论身家在何处，无论沉浮与荣衰，你的根，你的脉，你的情，你的爱，生生不已都在脚下的土里埋!”《下南洋》的舞台创造，正是又一次形象地作了艺术的展示，是意味深长的。

海南是琼剧的故乡，琼剧《下南洋》在故乡用故乡的剧种演出，运用自己乡土文化的独特优势进行创造，是值得赞许的。特别是在舞台的二度创作上，笔墨洗练，顺畅自如，乡音萦绕，乡情浓浓，更富有可看性。椰树蕉林，骑楼摇网，民情习俗扑面而来，要让人陶醉在南国风情之中了。我真渴望在尾声中，一起喝上一杯清酒，一起唱上一曲：新一代“下南洋”人的新民谣!

（原载 2009 年 11 月 20 日《光明日报》）

游子乡恋自风流

——琼剧《下南洋》观后走笔

王蕴明

少时读唐诗、宋词，多见记游抒怀之作，不论是少游、壮游、豪游、宦游，皆不免思乡之情。屈指流年，已届古稀，孟郊的《游子吟》如影随形，相伴至今。观由海南省琼剧院创演的琼剧《下南洋》，感奋之余，不禁浮想联翩，久久难以释怀。何以然？乃由该剧之若干亮点所致也。

其一，叙说的诗史性。剧作叙说九十年前新婚仨月的海南青年文昌因生活所迫，离别娇妻琼娘去南洋（英属新加坡）打工，若干年后，病困潦倒之际，为华裔星姐所救，日久生情，在星姐相依为命的老父猝死之后，与热恋着他的星姐同居。琼娘漂洋寻夫，偶遇于星姐所营咖啡馆。有孕在身、善解人意的星姐甘愿退出，通情达理的琼娘毅然返归故里。二十年后，事业发达的文昌荣归故里，又遇腹生子海亮大祸临身，父子夤夜仓皇逃去新加坡。不久，日寇侵占新加坡，海亮喋血于日寇的屠刀之下。时光川逝，1980年，老年文昌与星姐携海亮遗骨叶落归根，全家团聚，琼娘寂然九泉。时光迈入新世纪，留学归来的文昌与星姐之孙文翔，瞻仰着已列为海南省文保单位的文氏故居，叙说着祖辈的创业史。

笔者曾先后造访过广东、福建、安徽、海南等若干市镇及马来西亚和新加坡，目睹过类似文氏家族的故居，同马来西亚和新加坡的华裔交谈过。琼剧《下南洋》所叙说的文氏家族史，实则是解放前百年南洋华侨的苦难史、悲情史、奋斗史。而其生动的戏剧情节，鲜活的人物形象及其情感跌宕，不仅诉诸今人的智性，更叩击着今人的心弦。温故而知新，处于中华民族以崭新的姿态走向世界、开创未来的新时代，琼剧《下南洋》可谓是“好雨知时节，当春乃发生”。

其二，性格的典型性。剧作的笔墨主要集中在文昌、琼娘、星姐这三个人物身上，三人各具声貌，各有自己的性格特征，而这种性格特征主要体现在他们的情感状态中。为了摆脱贫困，文昌别妻离乡去南洋打工，同样为了生存，与星姐结为连理，这就造就了他的两难之地，尴尬之境，既思故里，又难离经营之地，既爱星姐又念结发妻；琼娘始则鼓励丈夫闯南洋，继而责其遇新欢不归，终谅其难而毅然返里独担抚儿之艰；身处异国他乡的星姐对其所爱之人不计名分，不辞艰辛。爱情是自私的，排他的。三人的这种和谐相处是与人的情感本性相悖离的。然而，在艰难的社会环境下，为了生存，不得不付出情感的牺牲而求得生命的延续。这种牺牲是无奈的，却是人类进化史中已经的社会存在。存在决定性格，即是恩格斯所说的“典型环境中的典型性格”。

其三，情结贯一性。显然，剧作的笔墨没有停留在文昌等人的创业艰难上，而是重点状述文昌、琼娘、星姐、海亮以及同下南洋的堂兄阿龙的情感状态，这里有夫妻情，父子情，两性相悖情，然而，这一切均围绕游子情结即乡恋情结所展开。琼娘的独守家园，星姐的善解人意，海亮与文昌的隔阂及最终魂归故里，都是因故国家乡之情结缘起的。而文昌终生身处异国、心系家乡的情感冲突则贯彻全剧之中。为突显游子情结的一贯，幕间反复引用海南民谣：“今夜送郎下南洋，郎下南洋侬断肠……下南洋，下南洋，老了娇妻死了娘……”；与文昌同下南洋流落乞讨的阿龙，沿街吟唱的戏文亦是《四郎落番》：“杨八郎独坐宫院自思叹，回想起当然之事心凄然……想起了中原妻儿肝肠断，想起了高堂老母泪难干”；当文昌荣归故里，儿子海亮怨父“抛下妻和子，二十年不回家”时，文昌诉说心曲，“一十九载望潮涌，阿爸魂魄伴潮归”，剧终文昌偕妻别子携孙叶落归根，一家人跪拜在祖宗灵位前声泪俱下地倾诉道：“游子归来深深拜，两行老泪挂满腮，背井离乡数十载，多少辛酸装在怀，为求生息下南洋，少小离家老归来。……游子痛，游子悲，游子苦，游子哀，游子一代又一代，魂兮魄兮两徘徊。一杯清酒和着泪，无尽乡愁祭灵台。嘱咐后生须牢记：无论经过多少代，无论经过多少载，无论身家在何处，无论沉论与荣衰，你的根，你的脉，你的情，你的爱，生生不已都在脚下的土里埋。”情真意切，椎心泣血。

其四，情境的生动性。全剧在编、导、演、音、美的统体努力下，营造了自然、真切、蕴藉而富有韵味的戏剧情景。虽无大波大澜，却错落有致，情深意浓，可品耐思。如，帷幕开启，在海南民谣的伴唱中，母送子，妻送郎，双双对对无语穿场而过，立时就将人们的记忆拉回到了往时的悲情岁月。二场，新加坡“海南街”鳞次栉比的商店，小摊点，来往行人，站街女，幕内方言传唱：“都说南洋钱好看，花花绿绿照人眼。……偏偏南洋乞丐多，大街小巷到处钻。”星姐沉醉于爱情结晶的幸福之中，伤残的阿龙以唱戏文沿街乞讨，琼娘女扮男装寻夫。文昌、星姐、琼娘巧相遇。一段辛酸苦乐无奈事，情景交融，五味杂陈，引发无端人生况味。三场，新起的文家大院，高门深宅。文昌衣锦还乡，同族欢庆，独不见腹生子海亮。父子夤夜见面，引发一场情感冲撞，又遭恶势力迫害，父子仓皇逃命，琼娘处变不惊，笃定稳坐于灯光通明的大堂之中。生得艰难，活得刚强，立现于众人心间。五场，老年琼娘独坐大院骑楼远眺，海涛澎湃，阿龙的椰胡声声，漂泊一生的文昌终于叶落归根了。

琼娘：你们回来了。

文昌：我们回来了。

琼娘：海亮，我的海亮呢，他怎么不回来；

文昌：他也回来了。

琼娘：在哪里，我怎么看不见？……（端详着遗像）哦，海亮是反抗日军被枪杀的，他是堂堂正正的男子汉，是我的也是你们的好儿子！……

在众人拜祖之后，琼娘怀抱海亮遗像重坐在骑楼上，依然凝视着大海，落日的余晖映照着她雪白的银发，恰似一尊悲悯世间的菩萨，她安详地圆寂般地归去了。

此情此景，无声胜有声，百感交织，人生况味，尽在不言中。

（原载 2009 年 9 月 3 日《人民日报》海外版）

京剧《建安轶事》

乱离之世的情感微澜

——罗怀臻新作《建安轶事》论略

郑传寅

“建安”是东汉献帝刘协的一个年号，也是东汉灭亡前的最后25年，这是中国历史上有名的“乱离之世”，也是中国文学史上的“文艺复兴时代”，“三曹”“建安七子”再加蔡琰（文姬）便是建安文学的代表。这些文学家不仅留下许多体气高妙、气韵沉雄的诗篇，其令人心潮激荡传奇色彩浓厚的人生际遇也是历代文学家争相撷取的热门题材，旷世才女蔡琰自莫能外。

一

仅就戏曲作品而论，写蔡文姬的剧作就有不少。元代，金人杰有杂剧《蔡琰还汉》（一作《蔡琰还朝》），惜乎剧本不传。明代后期文人陈与郊有杂剧《文姬入塞》，这是其《昭君出塞》的姊妹篇，写文姬因乱被掳，为匈奴左贤王室，曹丞相派使者将其赎回，文姬既惊且喜，改衣汉装，但面对儿子又愁肠百结，不忍离去，左贤王命其子送文姬至玉门关，母子相拥痛哭，文姬泣诉悲苦身世，痛别爱子，回归汉朝。此剧虽仅有一折，但它对文姬内心复杂情感的描摹却折射出丰富深刻的社会人生蕴涵。明末清初曲家陈于鼎（南山逸史）撰有杂剧《中郎女》，写曹操欲修国史，派使臣携重金至番邦赎回左中郎将蔡邕之女文姬，文姬痛别一双儿女归汉。文姬父亲的门生董祀早与文姬有婚约，曹操使谐伉俪。记忆力惊人的文姬呕心沥血修成国史，封陈留郡君。清初剧作家尤侗撰杂剧《吊琵琶》，剧作的前半部分写昭君被迫出塞，半途死节，后半部分写文姬被掳至匈奴，为左贤王阏氏，痛苦郁闷，一日至青冢祭奠昭君，用琵琶弹奏《胡笳十八拍》抒发悲情，故名《吊琵琶》。剧作的前半部分并无太多新意，剧情大体袭用元杂剧《汉宫秋》，后半部分写文姬悲苦遭际，发哀艳之思，抒思归之情，让人动容。清初宫廷大戏《鼎峙春秋》中有两出与《吊琵琶》剧情相类。陈墨香编剧、程砚秋主演的京剧《文姬归汉》与《吊琵琶》亦相仿佛，此剧将《胡笳十八拍》谱入京剧唱腔，展露了程派青衣的唱功和特色，现有1929年高亭唱片公司和1931年长城唱片公司录制的唱片传世。

新中国成立后，蔡文姬仍然是戏曲创作的热门题材。郭沫若先生的话剧《蔡文姬》公演后，多种戏曲改编本随之问世，其中，杨雨明、张胤德改编的同名京剧本由北京宝文堂书店于1960年出版，但京剧舞台上流行的仍是程派的《文姬归汉》。

进入改革开放的新时期以来，蔡文姬依然是戏曲的热门题材。京剧、昆剧、越剧、豫剧、吕剧、评剧、山西北路梆子等诸多剧种的舞台上都塑造过蔡文姬的形象，王蓉蓉（北京京剧院）、华文漪（上海昆剧院）、黄美菊（浙江省嵊州市越剧团）、胡小凤（河北邯郸地区东风豫剧二团）、高静（山东吕剧院）、刘秀荣（河北省石家庄市评剧团）、张彩萍（大同市北路梆子剧团）等著名演员都曾饰演过蔡文姬。这些剧目有的是改编移植，有的则是原创新编。在原创新编剧目中，姜朝皋、张秀元编撰的评剧《胡风汉月》产生过较大影响。

二

2011年8月，湖北省京剧院首演了由罗怀臻编剧、曹其敬执导的京剧《建安轶事》，2011年第9期《剧本》杂志发表了《建安轶事》的剧本。至此，我国戏曲舞台上又增添了一个新的蔡文姬形象。

新中国成立前，戏曲舞台上的这一题材虽然仍有抨击“胡人”，抒发汉族人民民族情感的内容——如尤侗写于清初的《吊琵琶》借身陷匈奴的文姬携酒至王昭君墓前祭奠，抒发故国之思，表达了忠于故国的民族气节，但并非都是如此，例如，陈与郊的《文姬入塞》侧重写文姬不得不回归故里，又难以割舍母子之情的复杂情感和两难境地，人生况味是剧作的主要内容，胡汉冲突虽然存在但并不太突出。剧中的左贤王以及他与文姬所生的一双子女对文姬是很有感情的，这正是文姬难以割舍的。陈于鼎的《中郎女》则把书写文姬的才华和贡献作为重心，胡汉冲突并非剧作家关注的重点。

新中国成立后，戏剧舞台上的蔡文姬通常被改塑成宣扬民族团结的符号，胡与汉的对立以及蔡文姬的民族气节等不再是剧作表现的重点，左贤王等对文姬的珍重关爱，文姬对民族和睦之大义的理解以及为国效力的历史使命感等成为剧作表现的重心。

《建安轶事》虽然也含有歌颂民族团结的成分——例如，第三场写左贤王对文姬的友善、思念，左贤王说，匈奴已为文姬建造了石像，“匈奴后代永远不忘擅弄胡笳的蔡王妃”，文姬则怀念在匈奴的生活，很想跟左贤王回匈奴去等等，显然也有“胡汉一家亲”的蕴涵，但剧作的主旨并不在此。

《建安轶事》的作者另辟蹊径，写文姬归汉之后与董祀的结合以及与此相伴随的情感生活，胡汉关系只是文姬婚姻与情感生活的背景，因此，剧中的蔡文姬既不同于新中国建立前舞台上那个主要是胡汉冲突、民族情感的符号，也不同于新中国建立后舞台上那个主要是宣扬民族团结的政治符号，正如作者罗怀臻所言，剧作着重描写的是“大时代中的隐秘情感”（罗怀臻：《大时代中的隐秘情感》，《剧本》2011 年 9 期），是蔡文姬后半生的命运与事业。这是一个既不违背史实又具有一定新意的角度，同时也是一个有意义有价值的角度。

三

《建安轶事》的剧情从蔡文姬回到汉朝以后展开。曹操用重金从匈奴赎回文姬，他见别子抛夫的文姬愁长恨深，做主将文姬嫁给比她小十二岁的屯田都尉董祀，然而董祀另有所爱，但迫于曹操威权，只好隐忍应付，以姐弟之礼待文姬，已三嫁的文姬非常难堪痛苦。

文姬的这种痛苦不足为外人道，只能自己默默承受。她非常理解令她难堪的董祀，像对待亲弟弟那样关爱他，这既体现了她的修养和气度，也折射出封建时代以爱的名义所做出的种种“安排”，给被爱者所带来的精神折磨。曹操确实是出于对文姬的关爱才做出这样的安排，但这种安排是建立在威权之上的，是以剥夺他人的自由、幸福，甚至是以侵犯他人的尊严为代价的，其中也包括文姬留在匈奴相夫教子的自由与幸福。因此，文姬的这种隐秘感情折射出丰富而深刻的社会生活内容。

董祀对文姬态度的转变源于太中大夫孔融对文姬以及他本人的羞辱：“他道我半老徐娘娶回家”，这句话之所以能刺痛董祀，促使他彻底转变态度，根本原因在于：在半年多表面夫妻的相处中，文姬的善良、大度、关爱和高洁感动了他，他觉得对不住文姬，不能再让文姬处于尴尬之境。但命运之神给刚刚舒展眉头的文姬又开了一个残酷的玩笑，夫君董祀被曹丞相判了斩刑，刚刚到来的幸福又将失去。心急如焚的文姬蓬头跣足去丞相府求情，曹操被文姬的真情所打动，赦免了已经绑赴刑场的董祀。文姬跌宕起伏的人生似乎又归于平静，历经煎熬的内心也暂时平复。

蔡文姬命运多舛的人生经历和备受煎熬的情感经历折射出乱离时代人们无法自主的命运——仿佛有一只无形的大手在背后操纵着蔡文姬，将她抛上抛下，她无法自主沉浮，旦夕祸福完全系于不可控的外力，名门之后尚且如此，遑论他人？操持权柄的曹丞相的本意是要赐给文姬幸福，但他的所作所为却成了文姬的痛苦之源，这样一来，蔡文姬的人生际遇和隐秘情感就具有了象征意义和深邃的历史感，也深化、丰富了剧作的思想与社会生活蕴涵，扩大了剧作的容量。《建安轶事》并没有描写建安时代的历史巨变，但是通过蔡文姬在婚姻家庭生活中的情感波澜让我们触摸到了那个乱离时代的脉搏。

四

《建安轶事》不仅开拓了文姬归汉这一传统题材的新生面，为历史剧创作如何创新提供了经验，同时，在人物设计、关目设置、语言选择等诸多方面也有值得称道之处，是一部基础不错水平较高的好戏，但就目前的演出本来看，剧本似尚有提高的空间，情感的张力有待强化。

湖北省京剧院是一个实力雄厚、不断创造辉煌的国家级京剧院，近几年十分重视夯实演员的基本功，而且致力于推出新人，力图创造新的辉煌，打造新的形象——不同于过去以丑行担纲、以喜剧取胜的形象，这是一种有战略眼光的决策。《建安轶事》的整体风格完全不同于曾经获得过崇高荣誉的《徐九经升官记》《膏药章》，而且此剧让年轻演员担纲，充分体现了这一决策，在舞台呈现上确实也获得了成功。

《建安轶事》不只是靠一两个“角儿”撑台面，而是配备了相当整齐的阵容，体现了湖北省京剧院的整体实力和后继有人。饰演蔡文姬的优秀青年演员万晓慧基本功扎实，唱功尤其值得称道，扮相俊美，这些年她已担纲主演过几部大戏，有较丰富的舞台经验，在饰演蔡文姬时，力图吸收青衣行当中不同流派之长，深入人物的内心，准确地刻画人物，在唱和做两方面均有出色的表现。小生行演员王铭扮相俊朗，动作、唱腔有儒雅之气，较好地刻画了少年才俊董祀的形象。老生演员尹章旭饰演的曹操也是一个全新的舞台形象，突破了人们对曹操舞台形象的刻板印象。净行演员江峰、老旦演员易艳嗓音条件很好，唱功扎实，他们饰演的卞夫人、左贤王虽然戏份不重，但也各具特色，给人留下了较深的印象。

《建安轶事》的音乐既有历史感，亦具时代特色，在处理剧种特色的保持和时代精神的彰显上取得了成功的经验。

（原载2011年第11期《中国京剧》杂志）

别出机杼　更著新意

——再看新编历史京剧《建安轶事》

王蕴明

由罗怀臻编剧、曹其敬执导、朱绍玉作曲、湖北省京剧院创演的新编历史剧《建安轶事》，去岁先后看了两次。之所以再看，一是戏好，耐看，有新意，二是舞台呈现益见精进，剧院呈现新生面。故事并不陌生，是自元、明以来反复搬上戏曲舞台的东汉才女蔡文姬的情事。近半个世纪以来，京剧、评剧、昆剧、梆子、豫剧、越剧、吕剧、话剧等相继呈现，就其剧情与立意而言，有三部戏堪为代表三类情状：一是早期由陈墨香编剧、程砚秋创演的京剧《文姬归汉》，大体可为以往传统剧目的一个归结，主要写蔡文姬为南匈奴左贤王掳为妻，居南匈奴十二载，生二子，曹操遣使以金璧赎回，文姬痛别二子，著《胡笳十八拍》，谱入京剧唱腔，彰显了程派的唱腔魅力；二是近期由姜朝皋编剧、刘秀荣主演的评剧《胡风汉月》，主要写蔡文姬在南匈奴与左贤王相知相爱，体现了胡汉一家、民族和睦的时代精神，令观众一饱新派（风霞）唱腔清新甜美之耳福；三是上个世纪50年代末，郭沫若编剧、北京人民艺术剧院演出的话剧《蔡文姬》，主要写蔡文姬归汉过程中的矛盾冲突和情感状态，剧作立意作者讲得很坦白："我写《蔡文姬》的主要目的是要替曹操翻案"，剧中对蔡文姬的摹写则是"蔡文姬就是我——是照着我写的"。

新创的京剧《建安轶事》，则别出机杼，更著新意。剧作由曹操夫妇迎着隆冬的风雪迎接文姬归汉那一天写起，情节紧紧围绕蔡文姬的婚姻情感波澜展开。一开始，曹操夫妇视文姬如亲生，令其暂居丞相府中，安排另筑新居。文姬因思念撇在匈奴的一双儿女，整日愁眉不展，夜闻悲泣，日见泪痕。三月后，曹氏夫妇为解其离夫别子的愁苦，另择新婚，特选文君同郡人，善音律、喜操琴、颇负才艺、少文姬十二岁的青年屯田都尉董祀做婿。岂料事与愿违，原来董祀此前已有二八芳龄、国色天香的心仪之人。新婚之夜，当董祀道出了迫于曹操的威权不得已接受这桩“捆绑夫妻”时，又给文姬带来巨大的情感刺激，处于难堪的境况之中。不得已，二人相约，以邻家姐姐与邻家小弟相敬如宾，共居一室。凑巧，匈奴左贤王来汉朝晋贡品，携子阿迪探望文君。文姬赴馆驿，夫妻、母子相见，诚当悲情万千。处于与董祀“名为夫妻实为友”的婚姻情状，文姬提出要与左贤王重返匈奴，又遭婉拒，因为曹操已将另一少年美女汉翁主许配做王妃了。真是无地自容啊，魂魄何处归！面临天心不公、命运多舛的蔡文姬，只得压下心中无限痛苦，平复胸中难言怨怼，自珍自爱，夫唱妇随。半年后，文姬与董祀二人吟诗作赋，度曲弹琴，相敬如宾，情感日深。一天，太中大夫孔融嫁女，董祀应邀赴宴，婚宴上孔融讥笑他娶了个半老徐娘，令他十分恼火，从而决心与蔡文姬真情相守，真心相爱。文姬闻知，自然喜不自禁，两颗心真正地交融在一起了。孰料，陡然间，曹操派人来抓捕董祀。为何？因在孔府中宴乐，私自饮酒，违反朝廷的禁酒令。欲治何罪？私自饮酒，本可免于死罪，然藐视丞相，阴逢阳违，罪加一等，即赴许都城外斩首！真是晴天霹雳，五雷轰顶。蔡文姬蓬头跣足，冒风雪赶赴相府、痛诉肝肠，愿以死相抵。原来，曹操得知他们二人名为夫妻实为友，违背了他的美意，故恼怒董祀罪加一等，当明悉他们二人现在相知相爱，且与日俱增时，便将董祀脱罪，命其辅佐蔡文姬完成蔡邕未竟遗著《后汉记》，赏金千两，粟二百石，布百匹，驾驷马，送其伉俪回家。七年后，蔡文姬默写了遭火焚的四百篇珍贵典籍，修好了《后汉记》，与董祀溯洛水而上，隐居于终南山中。

剧作的这一情节铺叙，不仅与以往林林总总的诸家避却了雷同，开拓了这一热门历史题材的新视域，而且与历史事实更加靠近。关于蔡文姬的史料历来诸家主要依据《后汉书·董祀妻传》：

陈留董祀妻者，同郡蔡邕之女也。名琰，字文姬。博学有才辩，又善于音律。适河东卫仲道，夫亡归宁于家。兴平中，天下丧乱，文姬为胡骑所获，没于南匈奴左贤王。在胡十二年，生二子。曹操素与蔡邕善，痛其无嗣，乃遣使者以金璧赎之，而重嫁于陈留董祀。祀为屯田都尉，犯法当死。文姬诣曹操请之。……蓬首徒行，叩头请罪。音辞清辩，旨甚酸哀。众皆为动容。操曰："诚实相矜，然文状已去，奈何？"文姬曰："明公厩马万匹，虎士成林，何惜疾足一骑，而不济垂死之命乎？"操感其言，乃追原祀罪。时且寒，赐以头巾履袜。操因问曰："闻夫人家多坟籍，犹能忆识之不？"文姬曰："昔亡父赐书四千许卷，流离涂炭，罔有存者。今所诵忆，裁四百余篇耳"。操曰："今当使十吏，就夫人写之"。文姬曰："妾闻男女之别，礼不亲授，乞给纸笔，真草唯命"。于是缮书送之，文无遗误。

由此可见，京剧《建安轶事》的情节骨架与《后汉书·董祀妻传》几无二致，剧中蔡文姬救董祀与曹操的对话，就是直接引用的。新编历史正剧的要义之一就是主要情节人物要符合历史真实。即与煌煌大作话剧《蔡文姬》相较而言，史料中董祀并未被遣去南匈奴迎接蔡文姬，被曹操治罪是在与蔡文姬结婚之后。而郭沫若却把他派到了南匈奴，并在他结婚之前就治了罪。京剧《建安轶事》中曹操不是主要人物，着墨并不多，但表述得很朴实，既表彰了他的慈悲心怀、力修文治，又展现了他的威权与专制，亦应更接近人物的真实。

京剧《建安轶事》尤为可贵的是对于剧作立意的深层开掘。其立意决不只是写一出不同于以往的悲欢离合的故事和舞台场景，也不仅仅是如作者自己所说披露一段"大时代的隐秘情感"，或者表彰蔡文姬在离乱之世、命运多舛情境下对历史文化的贡献，乃至悲愤出诗人的历史文律，而是剖示了人类社会一种带有某种规律的生命现象：人们本性是追求成功与幸福，但在汹涌前行的社会大潮中，人就像漂浮在上面的一叶小舟，无法掌握自己的命运。在战乱的时代中，蔡文姬流落异邦，饱受风霜。胡汉和好了，汉丞相派使臣迎接，应是苦尽甘来了，却又跌入到另一种痛苦的婚姻渊薮。而造成这一痛苦的初因恰恰是出于善，出于对幸福的追求。清醒地认识到作为社会人的这种“被支配”“不自由”“结局与初衷悖离”的冷峻现实是人生的第一课题。然而不应就此止步，而应破解人生的第二课题，即不论是处于顺境或逆境，不论受到何等外在的拘系，都应保有一份真挚的情感、善良的心性和高洁的人格，追寻自己的命运归宿，或顺势而为之，择善而从之，或与恶抗争，乃至杀身以成仁。

与此相应的是剧作悲喜交互的艺术风格。戏剧情节的展开始终在时喜时悲、悲喜相因中行进，跌宕起伏，冷热相济。人物情感在悲喜中披露，人物性格在跌宕中展示。这种十分切近人生常态的戏剧情景，很容易引发观众心灵的共鸣，从而增强戏剧的观演效应。

新排的《建安轶事》是生旦戏，以青年演员担纲，姣好隽秀，清靓朝华，真可谓华丽转身，满台生辉。在导演的统筹下，全剧场面、节奏、音美、跌宕有致、疏密相间、浓淡相宜，营造了肃穆大气、雅淡清丽的舞台景观。音乐唱腔本色而新颖，京剧的传统板式西皮、二黄、南梆子、四平调、高拨子等俱臻其善，尤其蔡文姬奔相府救董祀那段32句的五言唱腔，由无伴奏的吟唱转正反二黄交错的行腔，抑扬顿挫，萦绕回环，繁弦紧板，凄切清丽，为以往所未见。饰演蔡文姬的青年演员万晓慧，基本功扎实，唱做俱佳，宗张（君秋）派而有新体验，规范而灵动。做派稳健雅丽，对人物性格的把握允中得体，外柔内刚，虽椎心泣血、衷怀激荡而仪态清雅端庄，不失大家模样。全剧唱段均声情兼备，疾舒自如。救董祀那段32句的唱腔，一气呵成，轻重缓急，掌控笃定，如泣如诉，催人泪下，出色地传达了人物的内在情感，体现了文本与音乐的意蕴。饰演董祀的王铭，扮相英俊，有文气，唱腔爽朗有韵致。饰演曹操的尹章旭、卞夫人的易艳、左贤王的江峰，皆称职。以老生行当饰演曹操，是一新创造，虽非主角，未见刻意，但就其创意而言，堪称继尚长荣《曹操与杨修》之后的又一新开拓。由此看到了老一代艺术家的高瞻远瞩，拳拳之心，剧院继往开来、靓丽转身的光辉前景。

（原载2012年第5期《艺术评论》杂志）

昆剧《影梅庵忆语》

非为倾城的倾城之恋

——评昆剧《影梅庵忆语》

郑荣健

罗怀臻的戏，每每在戏剧界引起震荡，如他上世纪九十年代创作的淮剧《金龙与蜉蝣》、京剧《西施归越》，进入新世纪以来创作的昆剧《班昭》、甬剧《典妻》等。其所涉剧种甚多，如淮剧、越剧、京剧、昆剧、黄梅戏、豫剧、川剧、秦腔等，文艺评论家廖奔称其“除了淮剧之外，最为得心应手的剧种，越剧是其一，然后则是昆曲”。

比如刚刚在上海东方艺术中心热演的昆剧《影梅庵忆语》。无论从哪个角度看，董小宛都是一个昆曲的好题材。正史乃至民间关于她的种种叙述、传说，包容在明清交替的宏大历史中，早已与彼时江南士林的乱世风流融为一体。罗怀臻携弟子沈杏莲以冒襄《影梅庵忆语》回忆亡妾的故事为素材，创作昆剧《影梅庵忆语》。故事以冒辟疆回到秦淮河畔为起点，讲述董小宛依约于青莲居沏茶等候冒辟疆归来，两人冰释误会，冒辟疆引董小宛回家欲纳为如夫人，却因歌妓身份而遭老夫人阻挠。后虽以自己的行为感动了老夫人，却迟迟不能完婚。家国沦丧，冒辟疆屡避入仕新朝，病重可危。董小宛扫洒庭院、侍病床头，救回冒辟疆一缕亡魂，自己却劳累病倒。冒辟疆外出取药，董小宛危在旦夕，风雪阻隔，愁肠牵挂，虽一心人却未得圆满。董小宛临终，冒家终于给她和冒辟疆完婚。她坐上了花轿，也倒在了心爱之人的怀里……戏在北京首演时，梅兰芳大剧院外，风雪正寒，座间尽是泪流满面的观众。看完戏的当晚，我翻出了多年前读《影梅庵忆语》抄录的笔记，只觉得命运幽渺如灯，总有回顾虫影扑窗的时刻。

时代怨情：董小宛的文化符号

很多年前，我在旧书摊上淘得一本小书，叫《闲书四种》。内收冒襄《影梅庵忆语》、沈复《浮生六记》、陈裴之《香畹楼忆语》、蒋坦《秋灯锁忆》，爱不释手，尤以冒襄《影梅庵忆语》为甚。最初读梁羽生，约略知道董小宛，顺治愤而削发，传皆为其故。在那个阳光明媚的午后，我躲在高高的草垛上，反复地读冒辟疆与董小宛的故事，在日常琐屑又不失温婉亲昵的记述中，却感到漫天的悲凉。人逢离乱，虽欲淡然处之，尤不可得，大抵如此。

对于明末清初的那段历史，人们有许多解读。其中不乏杀伐凛然、任侠豪放，野史逸闻中更有附会董小宛即为董鄂妃的典故。20 世纪 90 年代，有人曾刊文探讨董小宛玉陨之谜，就列出了几种说法。一种说法，是董小宛受冒辟疆之托，赴扬州劳军，最后史可法壮烈殉国，董小宛也自刎拒辱。这一传说，至今在扬州依然流传甚广，民间还有她劳军的酥糖被称为“董糖”。另一种说法，是洪承畴和多铎闻其艳名，借冒辟疆因“陈君悦据城抗清案”外出避祸之际，骗董小宛至姑苏，翌日董小宛以身藏剪刀自杀而亡。此外还有跟冒辟疆结婚后相守九年，于南明永历五年（1651 年）病重夭亡的“魂归雉皋”说；被清军俘获进献顺治成为董鄂妃的“香消紫禁”说；逃难海盐途中被清军所获的“受辱蒙尘”说，等等。

闾阎巷陌的趣味，往往猎奇的心态居多。但放置在一个历史的大背景里，那种生命在苍茫大地中的渺小与无助，却是引起人们无边遐想和寄托同情的前世因果。当历史烟消云散，总有那么一丝温婉柔顺的东西漫溢出来，让人只想痛哭一场。离乱红颜，其遭逢际遇，渺渺然投射了人们对美的期待和脆弱惶恐的内心。甚至还有一种说法，认为曹雪芹《红楼梦》里林黛玉的形象，就是以董小宛为原型的。曹雪芹生于南京，彼时尚称金陵，而董小宛又是蜚声秦淮河的“秦淮八艳”之一，毋论此说真实与否，却可看出其脉络源头。

有意思的是，明末清初正是昆曲最为鼎盛的时期。许多无心仕进的文人耽于舞文弄曲，在抒写时代怨情之时，似乎在此也找到了某些与昆曲偶遇的契合点。在张岱《陶庵梦忆》中，就有不少描述昆曲盛况的文字，谓之“丝管繁兴，杂以歌唱，皆‘锦帆开，澄湖万顷’同场大曲，蹲踏和锣丝竹肉声，不辨拍煞”。离乱之世，江南士人多流连于画舫交游，缱绻于声色场所，也塑造了诸如“秦淮八艳”和昆曲的独特文化形象。随着近年来昆曲渐热，学界对江南士风的研究也水涨船高。简雄《士风乍起》一书说：“昆曲更多地承载着在政治上、军事上被征服后的文化韧性，它浓缩了士大夫太多的爱恨情仇，太多的沧桑遗恨，太多的‘士不遇’，太多的‘坚守’意义。”某种意义上，这也造成了昆曲的某些风骨特质。

女性视角：主体意识的内敛与成熟

罗怀臻以淮剧《金龙与蜉蝣》“崛起”，其最让我感兴趣的，却是他一系列女性题材的戏。从昆曲《班昭》到越剧《李清照》《柳如是》，再到川剧《李亚仙》、秦腔《杨贵妃》、京剧《西施归越》，他真是“一空依傍，自铸伟词”。而在越剧《柳如是》中，董小宛的形象其实已经出现——作为柳如是帮助的对象，温婉又自有传统的韧性。如今看来，罗怀臻创作《影梅庵忆语》想必早有怀绪，其面世不过是水到渠成。后来我才得知，剧本三年前已在《剧本》杂志刊发过，闻之自得，心说果然不差。一读，更见其好。

自“五四”之后，才子佳人题材便常为现代知识者所鄙。原因固然复杂，其中一条却很值得玩味，即此类题材往往暗含着一种传统士大夫的糜腐想象以及女性对男权的依附关系。在此后很长一段时间里，女性的“主体意识”空前崛起，性和爱成为两大最具符号意味的觉醒标识，在众多文艺作品中大行其道。此类强行切断与传统关联的女性形象，往往破而不立、矫枉过正，也失去了传统东方女性温婉贤淑的可贵特质。究其原因，跟创作者不了解传统女性、对女性所依存的整个文化传统缺乏认识不无关系。认识不足，故而缺乏尊重。

罗怀臻写过很多戏曲剧本，对古代女性形象的塑造是最有神采的。罗怀臻写女性，常积蕴着爱慕和同情。这是建立在他对人的理解之上的。在《重建中的中国戏剧》一文中，罗怀臻说："我们重新发现了'人'，而在此之前的戏剧舞台上我们经常面对的却是集体概念下符号化概念化、脸谱化的'人'。"从李清照、班昭、柳如是到董小宛，他的创作一向很大胆，擅长于传统中渗入现代主体意识，又不影响剧种的声腔情采。他对女性的赞誉和抒写，让我固执地认为，其实他骨子里是传统的。这种传统并非克己守礼的外在本分，而是一种领悟其精神内核的持守，一种为找到个体在茫茫人海、旷缈宇宙中的位置的浩然天问。

跟以往不一样，昆剧《影梅庵忆语》隐然有了一丝踏遍青山的心得之慨。舞台上的董小宛动止知守、温婉柔顺，执着而内敛地把炽热的情感形诸传统女性贤淑本分的行止之间。在哲学精神和戏曲美学上，这无疑更接近于东方的传统，可以说是主体意识的内敛与成熟。谈到昆剧《影梅庵忆语》的创作，罗怀臻说过这样一段话："我们习惯了表现女性角色的据理力争，当庭抗辩，相信'我要，我可以'，不相信顺从与付出的本身也隐含着一种积极争取的正能量。因而我们今天便很难看到如《西厢记》《牡丹亭》《长生殿》那样的爱情戏剧了。"从《金龙与蜉蝣》起，罗怀臻就擅于反思戏曲创作的得失。当传统"忠孝节义"的题材模式被"人"所替代，符合东方精神的生活哲学或人性发现便归之有道，那就是向好向善、向着为追求美好而不断完善自我的"正能量"。

在当下多元文化的碰撞中，越来越多的人意识到了东方哲学所体现出来的智慧。当无限多元的分化把个体推到极致却无力拯救失范的亲情、爱情乃至维系社会的正常伦理时，这种智慧的力量就显现了出来。对董小宛来说，爱情其实是很简单的事情，可能它会有麻烦，但简单纯粹带来的快乐和美好无疑给了她牺牲和坚持的理由。董小宛所处的明清乱世，多么像现代人在多元文化中挣扎彷徨的现实写照。如果说李清照、班昭、柳如是等一系列女性形象侧重于突破脸谱化、符号化的个性表达，董小宛形象就有了认识生活真谛的意味。在当下语境中彰显个体再无壁障，罗怀臻选择了破而立之，从而赋予了董小宛独特的魅力。

化繁为简：在传统留白处写意

昆曲于乱世兴盛及其与明清士林风月交游的历史渊源，一度让我十分好奇。其居身“雅部”，自然与彼时士大夫的文化层次有关，甚至可以追溯到魏晋时期士林的风骨持守。在大多数情况下，最具神采的女性形象被作为精神寄托、被赋予时尚身份之时，往往都在家国沦丧的乱世之秋。这对传统士大夫或男权社会真是莫大的讽刺。而罗怀臻于当下的社会情形及文化语境中，以发现“人”的立场去塑造一系列女性形象，便足见他的真诚。

现在看来，这一系列女性形象是成体系的、自成逻辑的。被历史书写的班昭们有了她们的幽怨、疑问，在这些幽怨、疑问被定格、被传唱和大范围地认识乃至一定程度上祛除男权阴影之后，女性作为独立的性别形象便有了自我认定的基础。既然体弱善感难以改变，她们的温婉柔善，她们的动止知守，便成了一种东方文化不可或缺的韧性。罗怀臻以其对女性形象的塑造尝试进行一次对东方女性的文化溯源，而董小宛则是其认识的成果。

中国的戏曲美学，偏偏就有化繁为简的气魄和功能。在宏大历史、纷繁世事之间，在董小宛所代表的文化符号里，罗怀臻像是把自己归化其中，用“情”字完成了自我实现。清代戏曲理论家李渔有一种观点，认为戏曲最重要的当是结构和词采。冒襄《影梅庵忆语》所叙颇为琐屑，珠玉零散。罗怀臻巧妙地用董小宛为冒辟疆沏碧螺春的细节，用情节、意象，大大简化了纷繁琐碎的旁枝末节，把整部戏落到了一个“情”字上，既使剧目结构更符合戏曲的写意特点不至于像当下一些戏曲那样承载不能承受之重，也充分地发挥了昆曲载歌载舞擅于抒情表意的剧种优势。廖奔曾这样评述罗怀臻：“当他确定为某剧种某剧团写作之后，他也就把自己整个的人也交付给了该剧种该剧团，他的艺术生命从此不仅与这台戏、同时也与该剧种该剧团的生命紧紧绑在了一起。”罗怀臻写董小宛，也是如此。

从冒襄《影梅庵忆语》中捕捉到“情”字并不难，难的是如何把传统的爱情方式传递给现代的观众。古代的读书人，其典型形象往往是书剑傲骨的倜傥才子，可此处的冒辟疆已不是一般意义上逾墙偷香的书生，而是遭遇家国沦丧的士人。他有家国之悲，又有对亡妾董小宛的愧疚悔恨。老年冒辟疆在舞台上的形象，既是叙述者，也是点拨观众跳出迷情之局的沧桑岁月，显然是现代戏曲的结构。而董小宛侍病床榻的情节本是最难发挥昆曲特点的，冒辟疆离魂出窍的安排，却隐然有汤显祖《牡丹亭》的传统韵味。很重要的一点，则是观众在乱世传奇中看到了一种家庭式的简单对抗，一种平淡生活，如扫洒庭院、买药侍病、逃难让车等等，这些趋近于普通人日常生活的细节，让传统的真善美更贴近人。这是在大历史背景下的写意，也是纷繁庞杂的传统文化留白处的写意，取涓涓细流，却有了现代的诗意。

“恨煞那雪岭冰川，生隔断那一心人”，这是古代冒辟疆与董小宛的倾城之恋。它跟张爱玲笔下范柳原和白流苏的处境是相似的，却与现代男女缺乏安全感的往来攻守、纠结盘桓迥然不同。在情感的世界里，也许离乱并不可怕，可怕的是渺茫人世中的箭镞与心防。当繁华落尽，舞台上只剩下飘然袖袂和迷离眼眸，就像青山隐隐水迢迢，那人还在水榭一方，沏茶相候。这是东方的哲学，也是水磨腔的现代魅力，上善若水，以柔克刚。

（原载 2014 年第 6 期《新世纪剧坛》杂志）

所嗟人异雁，不作一行归

——评《影梅庵忆语》

张潇雨

冒家正厅一堂红艳，喜庆明媚。远赴黄山为爱人寻医问药的新郎官冒襄仍然没有回来，冒家老夫人、小姐燕儿还在苦苦等候。一顶花轿抬上来，众人掀开轿帘，只见着一身白衣、重病缠身的新娘董小宛已不省人事……这是《影梅庵忆语》这部新编昆曲大戏最后一出“忆语”的第一个场面；而全剧第一出同样是以董小宛等待冒襄回到自己身边为发端的。

从这样的“设计”中，我们不难看出本剧编剧罗怀臻先生与沈杏莲女士的独到匠心。“等待”这一贯穿始终的戏剧动作为董小宛的人物形象平添几分凄美。首尾呼应的“等待”，不仅是情节与结构方面的构思，更是一种充满仪式感的人物塑造方式；相比于构建复杂情节，细致表现一个合乎传统理想的古典女性形象才是剧作家的终极追求。从这个角度来讲，《影梅庵忆语》无疑是一部成功的作品。

《影梅庵忆语》共分五出，第一出“重逢”，冒襄行至青莲，此时董小宛已空候他两载，二人重逢，误会冰消；第二出“回乡”，冒襄带小宛回到如皋冒家大宅，拜见老夫人，最终小宛以情感人，老夫人让步，同意她入住影梅庵；第三出“出行”，实为“逃难”，冒家一家老小为避战乱仓皇逃离如皋，不得已之下，冒襄为保全亲人，舍弃小宛，命其自行求生；第四出“侍病”，战火暂歇，小宛与冒襄再度团聚，然冒病入膏肓，众人都认为无药可医，唯独小宛常侍于病榻之侧，最终冒襄醒转；第五出“忆语”，冒襄远赴黄山为生命垂危的小宛求医问药，小宛在家中苦苦等候他回来拜堂成亲……高潮迭起的剧情引动观众的情绪，使观者悲欣交集。剧中董小宛穷尽一生等待爱人，罗怀臻先生对此有一段阐释：“有一种征服是顺从，顺从不是不争取，而是更韧性地争取。这种韧性争取，往往表现为一种宽容，一种慈悲，同时伴随着一份如影随形般的苦难承担。所以肯宽容，能慈悲，甘愿承担有如魔咒般缠绕身心的磨折，归根结蒂源自一份主动的爱。爱得越深切，顺从越持久，久而久之，顺从便化为了另外一种征服，最终到达爱的彼岸——哪怕彼岸是地狱，是天堂，是死亡。”

剧中前三出表现了董小宛与冒襄重逢、进入冒家、经历兵祸的故事，第四出“侍病”，堪称全剧的一大高潮段落，也是充满象征意味的一段戏。冒襄病重，延医用药均告无效，小宛情知丈夫将死，手执二人定情信物——题诗香扇，追忆往日时光；冒襄的神魂出窍，与小宛“对答”，小宛无法感知丈夫灵魂的存在，最终竟决意悬梁自尽。冒襄苦于无法阻止爱人，情急之下死而复生。剧作家巧妙地设计了这段人魂相隔的剧情，以“隔”写真情的“通”，以“有碍”写爱意的“无碍”；这一情节也暗示了冒董这对爱侣最终将天人永隔。曹其敬和徐春兰两位导演对这一场戏的设计也极为精到：舞台中央横置一道屏风，冒襄的卧榻在屏风之后。小宛执扇诉衷情时，冒襄之魂走到屏风前与其共舞，深情款款；小宛取出白绫欲悬梁自尽时，冒襄拼命呼喊却无济于事，密集的锣鼓声起，小宛危在旦夕，冒母等人上，化解危机，冒襄也还魂复活。整出戏节奏缓急得当，人物情感与唱念做舞水乳交融，施夏明（饰冒襄）和邵天帅（饰董小宛）二位演员表演分寸得当、张弛有度，昆剧中颇具特色的“鬼戏”亦得以展示。

第五出“追忆”同样是人物情感大爆发的一场戏。董小宛积劳成疾，冒襄前往黄山寻药未回，冒家上下为二人操办婚礼。小宛坚持等冒襄回来，另一边，冒襄顶风冒雪，终于赶回喜堂，小宛却在他的怀中断了气。本出有两个场景，一是华丽喜庆的喜堂，二是冒襄的风雪之路。后一个场景中，舞台主要演区被一道雪幕斜分为两部分，前半部分是董小宛的演区，后半部分是冒襄的演区。小宛披霞帔坐在舞台前方，冒辟疆冒风雪自舞台深处上，二人亦唱亦舞，在不同时空进行被“阻断”的情感交流。这段表演与第四出的“人鬼戏”有异曲同工之妙，但由于要表现冒襄步履维艰的状态，此段落动作性更强，难度也更大。作为国内昆剧界小生行当新生代中的佼佼者，施夏明固然长于演唱，而做工也同样颇为可圈可点；邵天帅乃北昆后起之秀，近年来在多部大戏中担纲主演，各个方面进步显著。才子佳人戏多长于表现爱侣于花前月下吟诗作赋等诸如此类的风雅场面，“追忆”中的这段风雪行路戏则并不多见。

为了表现“忆”，老年冒襄的形象贯穿始终，他是回忆者，也是“叙述者”。戏中有这样一个场面：老年冒襄双手合十，两膝跪地，称小宛“是菩萨”。剧作家并没有在这部剧中过多展示董小宛作为“秦淮八艳”之一的风情，而是集中笔墨，表现她与冒襄相爱后的矢志不渝、温良贤淑。董小宛虽长自风尘，但内心深处向往的并非繁华风流之地，而是诗礼簪缨之家。她仰慕冒辟疆的文名、人才，向往做一个贤惠妇人。这对于身份如她一般的女性来说，确实也可以算作一种“理想”，她在“理想”实现之后对冒襄表现出超乎寻常的爱与顺从，也是情有可原的，正如她对冒所说的那样，只觉得自己进入冒家“如骤然出万顷火云，得憩清凉界”。观众们看到这样一位“董小宛”，无疑会产生别样的感受，罗怀臻先生在创作絮语中提到：“我们习惯了表现女性角色的据理力争，当庭抗辩，相信‘我要，我可以’，不相信顺从与付出的本身也隐含着一种积极争取的正能量。”这种能量，总会借由《影梅庵忆语》深植于一些观众的内心。

（原载 2015 年 3 月 23 日“北方昆曲剧院”公众号）

一首散发着理想主义光芒的情诗

——评昆曲《影梅庵忆语》

郑永为

《影梅庵忆语》是中国古典散文“忆语体”的开山之作，文中明末清初才子冒辟疆哀婉凄切地抒发了他与亡妾董小宛的情感生活。昆曲《影梅庵忆语》就是架构在这段个体情感之上，以东方的浪漫主义情怀和唯美凝炼的诗意笔触，为我们呈现了一段刻骨铭心的经典爱情。洋洋洒洒四千言的《影梅庵忆语》，虽笔调飘逸，心路清晰，情真意切，但忆述繁杂，叙述纪实，结构松散。昆曲则删繁就简，将其爱情主线与戏剧曲线完美契合，于柔美之中幻化出强大的情感征服力，更似一首散发着理想主义光芒的情诗。

“……亡妾董氏，原名白，字小宛，复字青莲。在风尘虽有艳名，非其本色……”董小宛历来是文人墨客不惜笔墨描绘的人物，其相关忆语与传说更是纷繁庞杂。剧作者则是截取了冒董二人情感发展的五个节点，“重逢”“回乡”“出行”描写了痴心等待后的重逢，董小宛对家庭的渴望和对国乱家难的承担，“侍病”“忆语”将戏剧推向了高潮，显示了爱情的力量，也诠释了生之诀别与爱之永恒，不足万字的篇幅，起承转合，情感层次清晰，虚实相间，笔断而意犹远，将抒情隐含于叙事之中，简洁凝练却情感饱满，于看似不经意的取舍之间准确把握了戏剧的节拍。

以一个大时代的轰然倒塌为背景，再铺陈以脍炙人口的百年名篇，本身就具有了历史的大气与厚重。一个风流倜傥的风流才子，一个才色超群的秦淮名姬，更增添了一种艳丽与奢华。《影梅庵忆语》表面是对亡妾的追忆，却蕴含着冒辟疆对一个时代背影的哀婉感叹，正是在这种苍凉凄楚的氛围中，他与董小宛的情感才被映衬得凄美和惊艳。

爱与死，死与美，是人类永远的话题，死是爱的定格，美是爱之永恒，死亡对爱情而言往往意味着通往永恒之美的独木桥。超越生死的爱情无疑是一种极致，以死亡作别离更能守住那一份完美，而将爱与死呈现于戏剧的高潮，并将这生离死别衬以婚礼的喜堂，就不免别有一番凄美和难忘。昆曲《影梅庵忆语》之“忆语”正是将这种强烈的对比，富有仪式感地呈现于戏剧的高潮。大红的喜堂，这是董小宛的梦想，也是董小宛的灵堂，更是万般柔情的最终归宿……这是生之诀别，却也是爱之永恒，这正是“用情用到痴，忘记生和死”。编剧罗怀臻在一个大的时代背景中关注到了董小宛纤弱娇小的身躯之下极其坚韧的意志力，以及柔美的表象之下蕴藏的宽容与慈悲，发掘了她对幸福韧性的争取和对家庭苦难的承担，他把它归结为一份主动的爱，并进一步解读道：“爱得越深切，顺从越持久，久而久之，顺从便化为了另外一种征服，最终到达爱的彼岸——哪怕彼岸是地狱，是天堂，是死亡。”爱之彼岸，死亡即是天堂。

在我看来，昆曲《影梅庵忆语》渗透着东方的浪漫与唯美，为了使其不被耳鬓厮磨的琐碎生活所消解，作者巧妙地将日常体贴劳作凝结为一个情感的符号，千般艰辛万种柔情汇聚为一壶“碧螺春”。该剧表现的是才子佳人，却清丽隽永，深入骨髓，绝无半丝甜俗柔弱之气，盖因其以东方美学视角经营了一份沁人心脾的经典情感，并将其嫁接在一个时代转身的浑厚背景之上。这种情感和浪漫的生死观、爱情观曾屡屡浮现于《魂断蓝桥》《生死情未了》《绝唱》等世界名篇之中。

当几百年的爱情绝唱遇见了经典的昆曲，当似水柔情应和着水磨腔，不免迸发出一种柔美的征服力，它饱含着浪漫与唯美，它散发着理想主义的光芒。昆曲《影梅庵忆语》是清丽凝练的新古典精美之作，它恪守传统伦理道德和中华美学精神，并注重与当代人的情感沟通，空灵的舞台，炫幻的灯光，呈现出富于当代感的时尚与清新。导演在舞台调度上充分发挥了舞台的虚拟性和当代化戏剧手段，老年冒辟疆成为故事的连接者和见证者，形象地深化了他的留恋和忏悔。整个舞台显示出强烈的虚实对比，屏风与窗格的简约线条透着现代感。戏剧首尾呼应以《影梅庵忆语》书卷饰之，再加上那一把大红色明椅，使舞台更显精美与现代。千回百转的昆剧唱腔显得颇具弹性，尤其是“三仙桥”“红衲袄”等传统曲牌又焕发了新的魔力。演员扮相与角色气质和谐统一，充满着青春的朝气，色彩淡雅的服装非常精致，时尚与古典相得益彰。

《影梅庵忆语》藏着千百年的爱之梦想，它余音绕梁，历久弥香，它诗意悠远，沁人柔肠。

（原载 2015 年 12 月 17 日《文学报》）

舞剧《朱鹮》

渺万里层云，千山暮雪，只影向谁去

——观舞剧《朱鹮》有感

梁戈逻

无舞的舞剧们

好久没有看见一部舞剧了。

大家可能会觉得很奇怪，现在舞剧创作多繁荣啊，到处都是舞剧在上演，你不是天天都往剧场跑吗？怎么会说好久没有看见一部舞剧了？那么我想请教大家一个问题：什么是舞剧？这个问题说复杂也复杂，说简单也简单。舞剧之所以称之为舞剧，按照传统的概念来说最简单，最基本的一个特点，那就是它至少得有舞蹈。而现在市面上上演的绝大部分“舞剧”是没有舞蹈的。

没有舞蹈的一个最典型的表现在于，你看完了一部“舞剧”，最后没有一个舞段能够留下印象，无论是独舞，还是双人舞，乃至群舞，没有一段舞能够给你留下印象。往往看完之后，你脑子里只留下了舞美效果，只留下了服装造型，只留下了多媒体影像，唯独没有舞蹈。再说一个典型现象，现在大量舞剧中的人物形象的塑造都不是靠舞蹈来完成的，靠的是服装，靠的是造型，甚至靠的是 LED 提示屏上的字幕。很简单，你给她换一套造型换一套服装，那个人物就不存在了，再难以出现《天鹅湖》中那种刻骨铭心的动作塑造，32 圈挥鞭转，转出来的不仅仅是一个好看的黑天鹅造型，更是一个场景（她欺骗王子得手后的场景），更是一个内心（计谋得逞后的狂喜）。在某一个特定场景中的，具有内心活动展示的，独特的造型，这一切共同作用下的，才是一个栩栩如生与众不同的舞台形象。反观我们现在绝大部分舞剧作品，其中人物的舞蹈，“这个”和“那个”又有什么不同？“孔子”的动作可以给“关羽”用，“关羽”的动作可以给“女娲”用，“女娲”的动作可以给“孔乙己”用，“孔乙己”的动作可以给“马可波罗”用……奇怪吗？一点都不奇怪，因为我们现在很少有编导能够专门为一个角色去“发明创造”一种专属于这个角色的动作语言，于是剩下的就都只能是“套路”了，而这“套路”多半来源于学院派的编导课堂教学，所以我们的舞台上才出现了千人一面、千舞雷同的局面。

艺术家如何在舞台上创造出一个独特的鲜活的角色来，其实像你在生活中要给别人介绍一个人一样：她长什么样？她是哪里的人？她说什么话？她的性格是什么样的？她要做什么？……这原本就是一些基础描述，可是，现在一个舞剧看完了，你能告诉我角色“长什么样吗”？如果连这一点都做不到的话，我们又如何能谈角色的人物性格？如何能谈人物的灵魂？为什么杨丽萍的《月光》《雀之灵》能够让人记住？那是因为月亮中的剪影，杨丽萍手指演绎的孔雀；为什么《秦王点兵》能够让人记住，那是因为兵马俑的造型，和陈维亚赋予了这个造型独特的节奏；为什么《踏歌》能够让人记住？那是因为孙颖为那群绿衣女子创造了与众不同的体态与律动。舞蹈造型就是舞剧人物的“长相”，动作风格就是舞剧人物的“方言口音”，节奏律动就是舞剧人物的“性格脾气”，这些都没有，这些都一样，难怪舞台上一片模糊，面目全非。

朱鹮之形

看到舞剧《朱鹮》的时候，的确会有眼前一亮的感觉，为什么？因为，我看到了舞蹈形象，我看到了专属的舞蹈语言，我看到了中国原创舞剧中久违的——舞蹈。《朱鹮》第一个醒目的印象就是舞者用手在头部形成的一个动作造型——就这一个造型，立刻将舞剧“朱鹮”区别于其他的舞台角色。因为这个动作造型，它就是舞台上的“朱鹮”了，它不是凤凰，不是孔雀，不是仙鹤，也不是天鹅，它就是“朱鹮”，是不是很“简单”？那么请问，这么“简单”的一件事，别的舞剧为什么不去做呢？其实提炼一个形象是很难的，难到可以让中国绝大部分的编导都宁可放弃这种提炼。用一个动作，用一拍的时间，完成一个舞者从“人”到“鸟”，而且这“鸟”还得是“朱鹮”的转变。怎么做到？这的确需要极大的抽象能力，而舞剧《朱鹮》中这个动作造型的提炼，我觉得用了一个很聪明的办法，那就是翻译中的“意译”而不是“直译”，是“神”似而非“形”似。

我们的舞台上曾经模拟过很多动物，但是为什么记得住的只有天鹅湖中的“天鹅”，杨丽萍的“孔雀”？因为他们都是在营造一种意境，因为他们都在追求一种审美的相似，而不仅仅只是体态的相似。学院派编导课在初级阶段一般都会让学生做“动物模仿”训练，那个层面锻炼的是学生的观察能力，要求学生先做到“像”，但我们舞台上大量的编导则永远停留在了这一阶段，所以无论是骆驼、马还是狗、藏羚羊都“写实”得一塌糊涂，但如果只是在拟物这个层面，你怎么能要求一个舞者用人体去无限接近一个动物呢？显然，这条路是走不远的，最终也是走不通的。舞蹈之所以高级，就是因为它能够提供一种从“像”（外在）到“不像”（情绪意境）再到“像”（精神）的似是而非。而不只是一个动作一句话的照葫芦画瓢。我们有几个编导去细细研究过呢？

朱鹮之境

舞剧《朱鹮》中朱鹮形象的设计是遵循中国传统审美原理的，那就是“写意”。大家可以去搜索一下真实生活中的“朱鹮”，其实是很不好模拟的一种动物。如果我们只是以工笔写实的方式用身体去“翻译”这只鸟，最大可能是既不像也不美更不妙。朱鹮外在形态最大的特点其实就在于那如同点缀一般的一抹红，这一点很像中国古画中的那一方红印，又好像一段美好爱情中的一抹吻痕。它是酒饮微醉、花看半开的意境，所以，难怪它成为日本的代表（朱鹮拉丁文为“Nipponia Nippon”直译为“日本的日本”），我想主要就在这“意境”二字上。而舞剧朱鹮的动作造型乃至服装造型都契合了“朱唇一点桃花殷”的意境与克制。所以舞剧《朱鹮》中的“朱鹮”，其实并不仅仅是现实生活中那只濒临灭绝的“鸟”，而是《离骚》中的“香草美人”，代表的是一种远去的生活，代表的是一个失落的世界。曾经我们师法自然，曾经我们万物有灵，曾经我们天人合一。而今失落的，不仅仅是一个物种的毁灭，而是农耕文明中的那些美好的陨落，是东方古典意境的幻灭。

朱鹮之舞

舞蹈的构成，和一篇文章的构成是一样的。简单来说先有“单词”，舞蹈的“单词”就是动作造型，而造型与造型之间的流动则形成了“句子”，无数的“句子”再构成“段落”，而“段落”最后形成了一篇“大文章”。

舞剧《朱鹮》首先确立了一个独特的专属的“单词”（动作造型），这就有了与众不同了的第一步了。舞蹈中的“句子”其实就是多个动作造型之间的调度与排列组合，以此形成的“独舞”“双人舞”“群舞”。这里面最重要的关键元素就是韵律，简单来说就是如何让造型运动起来的方式，如果说造型是一张张的照片的话，那么韵律就是动画，就是电影，就是从单个造型到运动起来的方式。为什么你会觉得藏族舞和维族舞不同？为什么你会觉得日本舞和街舞不同？除去造型的不同，更大程度上是因为“韵律”的不同，而韵律的不同直接影响舞蹈风格的形成。

《朱鹮》有自己独特的造型，更难得的是它还有自己的“韵律”，而这种韵律就形成了独有的风格。无论是“头鹮”的多段独舞，还是“头鹮”与“樵夫”的多段双人舞，抑或是“群鹮”的多段群舞，造型是统一的，韵律是统一的，所以风格也是统一的。这种风格是这样构成的，以古典芭蕾作为基础结构（对称、平衡），以东方舞蹈元素作为动作的运动方式（画圆、融合），将古典芭蕾的“刚”和东方舞蹈的“柔”结合在一起。这种刚柔并济还形成了另外一个效果，那就是用世界听得懂的语言（古典芭蕾、现代芭蕾）讲述了东方的故事，塑造了东方的形象。所以《朱鹮》是有风格的，而且风格是统一的。它不是拼凑式的，而是发展变奏式的。相比起现在绝大多数舞剧风格混杂人格分裂的局面，《朱鹮》的各段舞蹈是统一而和谐。而这一切在舞剧的观赏过程中会形成一种叠加效应，使得观众可以一如既往，可以一往情深，可以跟随舞蹈的变化和深入而沉醉其中。

舞剧《朱鹮》的这些“句子”（舞段）也是写意的。目前我最不能忍受的情况之一就是舞蹈设计中简单的哑剧化，就是每一句话（每一个舞蹈动作）都是一句“大白话”，都是一篇“说明文”。“你好?”“我很好。”“吃了吗?”“吃了。”……目前中国的舞剧中大量充斥着这样的舞蹈设计，生怕观众不明白，生怕自己说不清楚。这样做导致了一个非常严重的后果就是：舞蹈失去了诗意。而有人为了挽救这种愚蠢的笨拙，居然还“发明”出了一个所谓的“新”品种叫——“舞蹈诗”！舞蹈难道不该天生就是具有诗意的吗？你以为你叫“舞蹈诗”就有诗意了吗？诗意的缺失导致的就是美感的匮乏。君不见我们的舞台上大量的“说明文”、大量的“哑剧”，更有甚者，已经在舞台上急赤白咧地开口狂喊了，这都是作为编导的无能，这都是作为舞蹈的悲哀。什么叫“感时花溅泪”？什么叫“恨别鸟惊心”？你要描写一个人的痛苦，不一定要直接去表现他的撕心裂肺，不一定要去表现他的一把鼻涕一把泪，你可以去写他身边的那朵花，你可以去写他抬头看天空中飞过的那只鸟。作为创作者，你要营造的是一种意境，你要将观众带入到这种意境之中让他们自己去感同身受，而不是像一个喋喋不休的保险推销员一样，或像一篇电子产品说明书一样，面无表情。

舞剧《朱鹮》中的舞蹈让我看见了这种久违的意境，其中的独舞是“表情”的，双人舞是“写意”的，而群舞则是“造境”的，有情有意有境，这才是久违的中国的美，这才是久违的东方的美。

朱鹮之美

看完舞剧《朱鹮》，业界专家和普通观众最大的一个共同感受就是——“美”，甚至有人认为这可能是一个缺陷——“就剩下美了”。现代社会呈现出多元化的形态，艺术也出现了标准的多元化，“美”

似乎变得很“落伍”，变得“很老套”。我曾经在一篇文章中提到过我认为的艺术作品的一个标准——“要么有思想，要么美。”有思想其实是很难的，而美，也并没有那么简单。现实情况是大多数创作者并不是在能够驾驭美、创造美之后再去追求美之外的东西，而是，直白一点说，他们表现不了“美”。就好像相比表现“幸福”来说表现“痛苦”是相对简单的，所以我们的舞台上充斥着大量的撕心裂肺痛不欲生，充斥着大量的扭曲哀怨满地打滚。你们试试表现一个幸福美好来看看？有那么容易吗？让人笑比让人哭难，能让人笑着哭，那就是难上加难，现在，你就知道为什么卓别林、周星驰伟大了。

舞剧《朱鹮》是美的，更难得的是这种美是东方的美。我认为东方的美最重要的一个特点就是——克制。无论是中国山水画中的留白，还是日本和服的包裹，抑或是东方艺术中追求的言外之意、弦外之音，最大的特点就是克制，因为克制，所以无所不能。这种克制说的更是一种创作的态度。所谓一生二，二生三，三生万物，东方的创作者往往只给出那千锤百炼的“一”，就够了，剩下的二、三、万物就是观众的想象空间。舞剧《朱鹮》是美的，因为它相当“克制”。

这种克制表现在舞剧的方方面面。首先是灯光，《朱鹮》的灯光是有情绪的，这的确是大师级的灯光设计。我一直都说，最高级的灯光是什么？就是你在观演的过程中，绝对“看不见”灯光。这样的灯光绝对不会抢戏，这样的灯光绝对不会一惊一乍地哗众取宠。舞剧《朱鹮》的灯光显示出了相当高级的色彩，这种色彩不是简单的赤橙黄绿青蓝紫，而是带有情绪的色彩，这是我们东方最美的传统，什么是“天青色”？什么是“烟雨”？你去看看我们的古画，去看看汝窑，就知道什么是我们的美，什么是我们可以震惊世界的颜色。

其次是《朱鹮》的舞美和服装，这两者都极其简约，舞美几乎只有一“树”，而服装则几乎只有那一点点“红”。什么叫点到为止？什么叫心有灵犀一点通？这一点点，就够了，何必繁花似锦？何必汗牛充栋？乱七八糟都抬上来那是练摊的，炫技翻跟头那是耍猴儿的，西门吹雪会穿得花花绿绿吗？叶孤城会不停地做双飞燕吗？绝不会！真正的高手，一剑西来，天外飞仙，就够了，因为，这“一”已足够肝肠寸断，动人魂魄了。

再说音乐，很久没有一个舞剧的音乐在看完之后能够让人记得住，而舞剧《朱鹮》散场的时候，很多观众是哼着主旋律走出剧场的。音乐呈现出来的气质在我看来是有颜色的，该剧的导演发明了一个词，叫“朱鹮粉”，什么是朱鹮粉呢？你见过夕阳在落下去之后那一小段时间的天空吗？在那远山的边缘，天空会出现的一种颜色，像朱鹮的那一抹红，但更是一种内在的情绪，是一种离别，是一种遥远，是一种抒情，更是一种淡淡的忧伤。全剧的音乐呈现出来的就是朱鹮粉的颜色，遥远、深情，哀而不伤。

舞剧《朱鹮》的美，是由各工种的和谐统一共同构成的，很久没有看见一出舞剧，各工种往一个地方使劲的局面了，现在的舞台上多半是被鲁提辖打过的镇关西的脸，此话怎讲？——“恰似开了个油酱铺，咸的酸的辣的，一发都滚出来”“也似开了个彩帛铺的，红的黑的绛的，都绽将出来”“却似做了一个全堂水陆的道场，磬儿钹儿铙儿一齐响”。原本应该齐心协力，但现在大部分舞剧中的各工种却都是喧宾夺主、各显神通。舞剧《朱鹮》的各部分是和谐的，是统一的，是为表达共同的主题，形成统一的风格而合力的，我想，这取决于两个方面，一是创作团队都在同一个审美标准上，其二显示出了导演的综合驾驭能力。

朱鹮之瑕

当然舞剧《朱鹮》并非完美，我认为最大的问题，出在“下篇”，尤其是“下篇”的开始部分。工业污染破坏了地球的生态，甚至破坏了人们的善良与朴实，这原本是可以跟“上篇”的唯美形成剧烈反差的，正如该剧的宣传语所言：“为了曾经的失去，呼唤永久的珍惜。”这是该剧的“戏核”，但下篇对于“失去”的表现显得弱了，使得和上篇“曾经”对比的力度不够，使得全剧带来的反思以及伤痛感为之削弱。这是多方面的原因造成的，我认为最为明显的方面是舞蹈的节奏、形象、韵律没有和上篇形成明显的、强烈的对比。一方面缺乏了独特性（这个剧的负面力量的设计不够充分，和其他剧中的负面形象负面力量区别不大，没有形成如“朱鹮”造型设计般的独特性），表现现代社会的破碎感的动作设计与上篇表现古代美好生活的动作设计相比不够准确，对比也不大。如果说上篇的唯美是长线条的，是柔美的，是自然的，是抒情的，那么作为反差的下篇开端的舞蹈语汇，我认为应该是点状的，是顿挫的，是机械的，是麻木的。

这也造成了另一方面的问题——那就是缺乏力度，这种力度的缺乏主要是指在触及观众痛点的方面做得还不够。悲剧就是将美好的东西撕碎给你看，而舞剧《朱鹮》下篇的这种撕裂感和毁灭感还不够，也就是俗话说的还不够“狠”。音乐在这部分我认为也存在同样的问题，给人有抒情有余而力度不足的遗憾。从而导致全剧的对比度降低，是为遗憾。

但是，瑕不掩瑜，相信舞剧《朱鹮》通过不断巡演，在演出过程中进行不断打磨和修改，假以时日，会成为一部能够真正代表东方审美、能够长久流传下去的作品。

朱鹮之思

很多关于舞剧《朱鹮》的评论认为该剧有模仿《天鹅湖》之嫌，在我看来，这完全不是问题。一个层面是，因为“舞剧”这个艺术种类本来就起源于西方，面对《天鹅湖》，我们都是学生，至今我们多少舞剧还在笨拙地模仿《天鹅湖》的哑剧手段，这才是不思进取该打板子的差学生。相反，我认为《朱鹮》无论是在角色形象的塑造上，还是在群舞队形调度上的这种“模仿”与“接近”都是好的，是一种致敬，更是一种探索。例如在双人舞，尤其是群舞部分，探索了西方几何审美和东方内在平衡的交融，这一点是相当有意思的。大家在看《朱鹮》的时候，有没有觉得某些部分和林怀民的《水月》有异曲同工之处？我想，这正是因为创作者对于东西文化平衡交融进行了思考。现在的社会早已不只是简单的西学东渐，伴随着互联网时代的到来，全球语境中的东方和西方往往呈现出一种模糊化，如何和世界相同？如何和世界不同？这是需要每个当代艺术家去进行探索的。

我们自新中国成立以来就在探讨中国舞剧的民族化问题，就在寻找什么是“中国的舞剧”。就这层面来说，我认为舞剧《朱鹮》至少给出了对这些问题的思考。对与否可以交给观众去决定，可以交给时间去判断，但能够独立思考，能够勇于探索，这就是值得鼓励的。

现在大家都在说要讲中国故事，其实讲中国故事是形式，是手段，不是根本目的。用世界听得懂的语言讲述以中国为代表的东方故事，为的是展现以中国为代表的东方审美，传达以中国为代表的东方哲学，我想，这才是我们的文化产品、艺术作品真正能够成为大国意识形态输出文化输出的根本。

舞剧《朱鹮》目前在国内外演出 100 余场，其中去年（2015年）在 64 天的时间里，足迹遍布日本 29 个县市，进行了 57 场演出，吸引日本观众达 12 余万人，明年（2017 年）还将走进日本继续巡演。日本用中国的《三国》、中国的《西游记》等中国文化为创作原型，向我们输出大量动漫、游戏、电影等产品的今天，《朱鹮》以舞剧的形式返销日本，并获得如潮好评，这才是一个文化大国应有的作品和应有的姿态。

最后用我最爱的这阙词送给《朱鹮》：“问世间，情是何物，直教生死相许？天南地北双飞客，老翅几回寒暑。欢乐趣，离别苦，就中更有痴儿女。君应有语、渺万里层云，千山暮雪，只影向谁去？”

（原载 2016 年第 4 期《上海艺术评论》杂志）

生命的哀歌　生态的盼

——大型民族舞剧《朱鹮》观后

于　平　武奕彰

一年前就在国家大剧院优雅的环境中欣赏了优雅的舞剧《朱鹮》。确切地说，是注视了“优雅朱鹮”的被毁灭，是聆听了舞剧《朱鹮》的生命哀歌。虽然那时感受到了朱鹮的高贵与优雅，也震慑于它们的痛楚与悲鸣，但总提不起“写点什么”的念头。或许在于这是一部讲不出什么故事的“舞剧”——讲不出为什么“优雅”又为什么“悲鸣”，讲不出我们该礼赞谁又该谴责谁……于是，就像我们无语于河流淌来触目的污浊，无语于天空弥散刺鼻的沙尘，无语于人类疯狂地掠夺和攫取，无语于生态痛楚地痉挛和呻吟——我们还是在“该干嘛干嘛”!

但舞剧《朱鹮》依然执着：一季季巡演，一季季“悲鸣”；一遍遍修改，一遍遍提升；一场场翩飞，一场场呼唤……艺术节瞩目，中国舞蹈“荷花奖”献冠，国家艺术基金更是在大力资助后又“滚动资助”，使得一心求美、一心为善的舞剧《朱鹮》，不修炼成“精品”都对不住这个良好的艺术生产“生态”。也就是说，人们对这部已立在“高原”上的佳作充满期待，认为它具有向“高峰”攀登的潜力，具有与“高峰”比肩的品相，具有在“高峰”挺立的内质，具有为“高峰”添彩的华光……正如诸多专家所称道的：它在主题上守望环保、守望生态；在形象上塑造优雅、塑造高贵；在动态上传递亲和、传递友善；在结构上淡化故事、淡化冲突——称道者认为这是强化了舞蹈本体，强化了只可意会的“形体语言”!

其实舞剧《朱鹮》并非如“开门见山”般“开幕见鹮”的。幕启后的第一个板块，是一个山清水秀、风轻云淡的家园景象，是人类辛勤劳作、和睦往来的家园景象……我们现在常说的留住“乡愁”，就是留住这种“家园景象”。但显然，那些春耕春插的水田劳作者，只是随后朱鹮出场的一个前奏。看得出，编导对于这个“前奏”的设计是颇为用心的：水田劳作的农人，其服饰呈淡淡的葱绿色，仿佛是秧田的返照；其动态悠悠的插秧步，好像是树影的参差……待到一列 24 人的“朱鹮”从下场门沿底幕向上场门缓缓行进，我们感到了“前奏”作为“对比”产生的力量！

这一列朱鹮首先是在洁白的翎羽上晕染出橘红的色泽而引起我们关注！这时你会觉得农人葱绿的服饰是多么巧妙的一个铺垫。而当 24 人的朱鹮呈一横排优雅地展开，再展开，你又会觉得农人插秧舞步中一组组、短线条地穿插也是一个巧妙的反衬；当你将视焦前推，细察到由左手上抬遮额、右手下垂穿背的“朱鹮”造型，你更会觉得农人那种俯身下插的动态也是为了“朱鹮”造型的凸显……不过我总觉得，在一个“家园景象”的板块中，完全以人类的劳作来表现，不仅显得有点单调，而且让人觉得入题太慢——如果在人类的劳作场景中不时有朱鹮掠过，而人类又在劳作中体现出与朱鹮的亲昵，其实也是随后“人”与“鹮”之情的必要铺垫！

但群鹮出场之前，编导设计了一个短暂的过渡——一位樵夫与 7 只朱鹮的亲密接触。7 只朱鹮中，有一只是群鹮中的“头鹮”，编剧称之为“鹮仙”。这个亲密接触当然主要是以樵夫与鹮仙为内核的“言说”。“言说”的情景很容易让人联想起传说的“董永与七仙女”的故事，也由此舞剧设计了第一段“双人舞”，明确了樵夫、鹮仙在剧中男、女首席的地位。当这段双人舞在樵夫的友善和鹮仙的矜持中展开时，你仿佛在天鹅湖畔看王子齐格弗里德和被魔法变成“天鹅”的公主奥杰塔深情的倾诉。当然，这里的鹮仙不是被谁施以魔法的人间少女，她之所以能自如地进入“拟人化”的情境，在于我们祖先的生存智慧原本就深深植根于“天人合一”的情怀！

现在才是那一列 24 人的“朱鹮”登场“炫美”了！一只一只又

一只，五六七八九十只，待到出齐二十四，满天落霞满目诗。应当说，当我们以“致敬经典”的心情瞩望“天鹅”之时，那个左手上抬遮额、右手下垂穿背的“朱鹮”造型也已具备了“经典”的品质。这一板块，是舞剧《朱鹮》最为“致敬经典”的段落，当那“满天落霞”炫美舞台之际，观众已然置身“朱鹮”湖畔，看良禽佳鸟展臂拂波、拔步出泥；看舞蹈由整一的个体造型美发展为错落的织体构图美。这时，那位类似“董永”的樵夫又怡然自得地融入，与鹮仙在群鹮之中再一次展开了“双人舞”——就编舞而言，这或许是对比于“群鹮之舞”的需要；但就剧情而言，可以视为人、鹮交流的一个深化。此外，如同舞剧《天鹅湖》设计了经典的“四小天鹅舞”一般，这一舞段中在群鹮镶衬中表演的“五小朱鹮舞”也是在观众的脑海中流连。其实我们知道，《天鹅湖》中王子与白天鹅之人鹅聚会的合理性，在于承认“魔法”的存在，在于那只白天鹅是被魔法加害的公主奥杰塔；舞剧《朱鹮》就我们民族智慧的呈现而言，在于认同万物的“灵性”：相信河蚌会孕有贤媳，相信野狐会化为“美女”，相信彩蝶会有信有爱，相信白蛇会有情有义……于是，那些劳作的农人更多地融入群鹮之中，如同芭蕾舞剧在一幕终场的大“coda”，形成了一段人鹮无间、天人合一的群舞。然后，是农人消失，群鹮远去；然后，是樵夫与鹮仙的依依惜别，是鹮仙对樵夫的以羽相赠；然后，是樵夫的执羽追忆——原来是樵夫“一羽情深”的美好梦境！

《朱鹮》是一部由两幕构成的舞剧，两幕的时空转换可谓是“沧海桑田”。这时你才明白那一枚“鹮羽”其实是贯通剧情的“信物”。以某种“道具”来贯通剧情，是中国传统戏曲的叙事智慧，比如《宝莲灯》《锁麟囊》《拾玉镯》，等等。早在元曲表演时期，“道具”这类特制的器物以及简单的布景就被称为“砌末”，或许已有为剧情发展搭建“进阶”之意。如果不是这一枚“鹮羽”，第一幕“往事越千年”后的第二幕真不知该如何贯通。二幕的开场，可以说直接就是一幕开场的逆转——山清水秀逆转为乌烟瘴气，风轻云淡逆转为天昏地暗……在这样一个逆转的场景中，舞者的形象也是逆转的，紧裹的服饰预示着“美好家园”的消逝；逆转的还有舞者的动态，那个不断复现的“勾踢步”作为象征生命活力的“绷脚踢步”的逆转，让人明显感受到生命的焦虑……这时，出现了一段带有“随机”色彩的“九人舞”——9位男子与那枚“鹮羽”的舞蹈，舞者不断地抛起“鹮羽”，飘落的“鹮羽”又被另外的舞者接过，然后又是抛起，接着又是接过……无论是抛是接，舞者都要顺势而舞，都要流畅地抛、接。这段带有“随机”色彩的“九人舞”，明显有别于一幕最初那段“董永与七仙女”似的舞段的“精心设计”，编导从编舞理念上也开始了某种逆转……

第一幕中樵夫的扮演者以现代社会中的爱鸟者（或者说是生态保护者）的身份出现了，他用镜头拍摄下污染的生态，控诉排污者的恶行。这已然逆转的环境中，我们看到了鹮仙的独舞，但这次看到的是她生命的哀歌和对生态的盼念。爱鸟者痛惜地迎上，鹮仙和另外7只朱鹮由先前的如歌如吟逆转为当下的如泣如诉……在群鹮的如泣如诉中，类似污染物的群舞淌过，群鹮不得不在污染的生态中穿引，不得不由翩翩一翔到奄奄一息……或许是编导在崇尚《天鹅湖》天鹅动作主题的塑形之美时，忆及独舞“天鹅之死”的主题动作，也以“濒死”之美唤起人们心底的善念，于是也为鹮仙设计了“濒死”之美的独舞，以另一种唯美的动态、以唯美动态的被毁灭发出了对环境污染的控诉和对生态文明的呼唤。或许是为了强调事态的严重性和紧迫性，舞剧结束在朱鹮以标本的方式陈列在博物院，而爱鸟者向更年轻的一代宣讲着他的盼念……真是“古人曾见今时鸟，今鸟何处觅古风”——被“标本”的朱鹮标示的其实是“生命的哀歌生态的盼”。

在对舞剧《朱鹮》的诸多称道中，我对它在结构上“淡化故事、淡化冲突”的看法是有所保留的。该剧的编剧是著名剧作家罗怀臻，在其剧本中本是写了三幕戏，即《山林之恋》（古代）、《在水一方》（近代）和《再生之缘》（现代）。说实话，这种大跨度的三幕戏也的确不得不“淡化故事”。记得当年舞剧《丝路花雨》的编剧，最初也是“三幕五场、横贯千年”：一幕写唐代，诉了画工苦；二幕写了清代，说了民族恨；三幕写新中国成立后，唱了光明赞……弄得组舞不像组舞，舞剧不像舞剧。后来放弃这种“横贯千年”而采用“聚焦一代”的写法，才有了作为“经典”的《丝路花雨》。从剧本的三幕到目前的上、下两个半场的两幕，舞剧《朱鹮》让我们想起了浪漫时期芭蕾《仙女》《吉赛尔》等佳作的结构方式。“浪漫芭蕾”又称“白裙芭蕾”，女首席的形象通常身着长长的白纱裙，为的是在第二幕“彼岸世界”表现亦仙亦幻的形象；与之相对应，舞剧的第一幕通常为“此岸世界”，表现的是现实的世俗形象。“浪漫芭蕾”的两幕构成，下半场“彼岸世界”是对上半场“此岸世界”的精神超越；而舞剧《朱鹮》从古代到现代的两幕，似乎是人类“走出家园”的“失乐园”。我注意到，目前《朱鹮》的出彩，在于典型动态的“点睛”之笔；既然创作的“画龙”贵在“点睛”的细节设计，那它也不能忽略结构的脉络梳理——那条可以时断时续、时隐时现、时潜时腾的“龙脉”。如同《天鹅湖》把浪漫芭蕾的A、B两幕拆分重组为A、B、A、B四幕一般，舞剧《朱鹮》也可以将“A”设定为“人与鹮的交流”，将“B”设定为“鹮的领地”——由此而将现在的两幕重新结构为四幕，将会使目前的“点睛”设计在有效的“脉络梳理”中强化叙事性，强化冲突感！忽然想到杨丽萍的舞剧《孔雀》春、夏、秋、冬的四幕构成，舞剧《朱鹮》如果以鹮之夏、鹮之秋、鹮之冬、并复归鹮之春来结构可能会更有意思——因为这样包含着对生态文明建设、对人类“失乐园”后“复乐园”的盼念。

（原载2017年第8期《舞蹈》杂志）

淮剧《武训先生》

从“五味杂陈”到“一念执着”

——淮剧《武训先生》的作者叙事与诉求

石　俊

真实的力量远大于完美的力量。

武训这样的真实人物题材对于戏曲而言并不是一个讨巧的选择。因为在民间流传的几段乞讨办学的小故事就让无数人感叹感动到今天，在阅读了官方呈报的百余字的介绍之后，他就因为近四十年乞讨办义学的事迹被最高皇权认可而被授予“义学正”的表彰，这样一个题材会有很高的结果却难以表现其漫长的过程；可以看到人物的表象，却难以抓到人物的内心；可以捕捉其人生轨迹，但难以把握表达的方向。除此以外，这个题材也缺少戏曲需要的靓丽抑或高大的人物形象、曲折与具有冲突和悬念的情节与场面。同时，在武训这个人物身上，我们又能看到与体会人生、社会及历史的多种况味，这就需要去疏离它，去选择它，就像法国大作家雨果笔下的钟楼怪人加西莫多与从囚犯到近乎“圣人”的冉·阿让，艺术作品再加工后，艺术效果很难高于原著。

然而作为现当代戏曲创作的代表性人物，同时也是都市新淮剧的创导者，罗怀臻却认准了这个人物与题材，把其作为将淮剧艺术推向新的艺术高度的一次冲锋。

“五味杂陈”的意味

作出这样的选择首先是因为作者认为这个题材有着多重的意味。艺术就是“有意味的形式”，淮剧就是展现这个题材最好的形式。

从武训身上，我们首先看到的是苍凉之味。清朝中后期，内忧外患，社会经济与秩序都濒临崩溃的边缘。哪怕与武训有着亲属关系的张老辫也利用欺诈与暴力手段对目不识丁的武训进行抢夺，伪造文书将梨花卖予他人。武训作为常人的生活与情感诉求被毁灭，个体在失去母亲后也得不到其他亲友的呵护与关照，于是只得选择做乞丐，以嬉笑扮丑来达到自己的目标——他因不识字而受尽欺辱，于是决定修办义学让穷苦儿童读书识字。这个故事发生在曾诞生过孔圣人的齐鲁大地，不免给人以大轮回与悲涩之味。

淮剧是从盐荒之滩的苏北随着流民来到上海，与沪剧和越剧的呢喃、京昆的雅正形成强烈对比的是，淮剧大多数剧目与唱腔都透出悲壮与苍凉之味，以及底层民众无奈又不甘之味。武训为办义学行乞数十年，是个无家无根的漂泊之人，随着流民漂泊而来的淮剧给这一角色添加了悲怆之味和人生的坚韧感。

地位卑下却完成神圣的壮举，从武训身上，我们看到神性般的悲壮之味与宗教式的大彻大悟。在武训诸多事迹中如何取舍以避免戏曲叙事的容量不足，对作者来说是一个难题和挑战。罗怀臻在“破庙”这一场景安排了两场大戏，一为“病醒行乞”，二为“失窃酒醒重启程”。前者在武训事迹传说中有着宗教圣贤人物般的蜕变感，而此场的开端，作者没有强化这种蜕变感，而是设计了在梦魇中的黑白无常与形似张老辫的判官，让武训经历世俗的生死之悟后，小和尚了证说：“武七，你若真能办成此事，便是当今圣人。”可武训却用市井的语言回答：“圣人不圣人，只想把事成。”其后，了证才决心化缘修百佛堂。在这场戏的处理上，作者对原素材的悲壮和神性是消解的，作者笔下的“武训”在这里并没有被“神化”，而只是完成了一个普通人向“义乞”的“蜕变”。作者把武训的“升华”放在第二场破庙场景中，也就是“失窃酒醒重启程”。在这里，了证再次出现，面对十年辛酸、十年风雨、十年酸甜苦辣换来的铜钱尽失、欲死不甘的武七，他说：“武训先生，我要感谢你呀。”作者在这里表达了“悟人亦可悟己”的观点，从戏剧分析的角度而言，这是情节的转折与高潮。作者如此布局，并将了证这个人物贯穿始终，且舍弃了武训求助于某武举人等一系列的情节，直接跳到尾声，强化了这两场在破庙中的“蜕变”与“大悟”。如今的这出《武训先生》，细细品来“禅味”十足。

在武训身上，我们还可以看到诸多人生况味。一个普通的乞丐，通过几十年的执着，一样可以完成一件大事。得到世人的认可与相助是一个相当艰难的过程，往往需要卑躬屈膝、付出尊严或极尽讨好。剃去在清朝被视为姓名的发辫而在头侧留一簇似痴傻儿的小辫，唱着打油诗“这边剃，那边留，办个义学不犯愁。……学驴喊，学驴叫，拿到铜钱眯眯笑”。当我们看到武训以这样的身姿实现人生理想的时候，免不了长吁短叹。在《武训先生》中，作者对历史素材采取只加工不拟造的原则，但在其中却延续和强化了这些人生况味。比如“梨花”这个人物并没有如寻常戏曲传奇中的女主角般与意中郎君厮守终身甚至以命相许，而是在受骗与悲痛之后还是嫁给了屠夫“卫驼子”，后来还让两个孩子到武训办的义学里就读。作者除了给予这个角色以情感功能外，还让观众感受到在大多数人甘于认命与妥协的时代，像武训这样以乞讨的形象与形式实现人生理想与目标，看似屈尊，近似油滑，实则是一种决绝。历史上的武训也的确如此，在拥有了上百田亩之时很多人劝其娶妻生子都被其拒绝，而将其所有用于兴办义学，最后死在义学外的长廊之上。

历史上各个阶段，也有人怀疑过武训，有人认为他不会农技只得行乞，有人说远亲（剧中原型为姨父张老辫）雇他帮工的钱其实是被他哥哥支走，也有人说他后来聚积起来的钱拿去放了高利贷。然而事实胜于雄辩，武训终身行乞，并未因聚积钱财与田亩的多寡而有所改变，甚至连义学内为他搭建的房屋都不入住，在义学开馆的酒席上都不曾入座，而是等教书先生吃完后喝一点残羹，白天依旧行乞，晚上栖息在课堂外的屋檐之下。但凡知道这些，人们都会被他执拗的精神及严守对学问的谦卑与恭敬态度而感叹。

由此看来，作者选择这样一位让人感动又让人觉得“五味杂陈”的人物，是“对味”于淮剧艺术的。如同武训与了证的互相点悟，互相支撑一般，这个题材给予淮剧张扬艺术魅力的机会，淮剧也给这个人物较为贴切的还原与重塑，给了这个角色足够的存在价值。

戏剧理论家朱恒夫认为，“淮剧之所以具有较强的生命力，是由它的品性——悲愤性、倾诉性与道德性所决定的，而这‘三性’反映了淮剧观众群体的品性以及吻合了他们的审美要求。所以淮剧当下的创作要把握最广大群众的审美要求，站在肯定中华传统道德的立场上，这样创作出来的戏才能打动人。”在《武训先生》一剧中，我们看到武训以苍凉与悲愤为起点，一生伴随屈辱与自嘲，最后理所当然却又出人意料地站上了道德的制高点。

难道还有比这个人物和题材更适合当下淮剧艺术创作的？

“对味”未必能“对位”

在看完《武训先生》演出后，笔者产生这样的疑问：既然这个题材本身已经可以让人感到五味杂陈，为何还要修枝裁叶？作者为何抛弃了那么多戏剧性情节而在有限的戏曲叙事场景内强化了某些元素，他的指向又是什么？

亚里士多德在《诗艺》中提出这样的观点：“戏景虽能吸引人，却最少艺术性。和诗艺的关系也最疏。”也就是说，有些情节和戏剧性场景固然吸引人，但是如果缺少艺术性或艺术性的加工，是显示不出诗人或艺术家的造诣的。

《武训先生》一剧，作者是在消解观众二元对立的欣赏习惯下做出作品的表述。在武训原有的历史素材中，他曾不止一次受到地主和乡绅的欺诈，这些原因促使他决心行乞办学，让穷人的孩子读书识字不再受蒙蔽。这样的呈现很容易让戏剧进入善与恶，穷与富，好与坏的二元对立。如果再表现后期武训接受乡绅帮助和官府的表彰，又会令作品的主题思想产生歧义。

在情节和人物的梳理和塑造上，作者的重笔和妙笔都是有所指向的。虽然武训的姨妈如曹禺的《日出》中的“金八爷”一样，看似没有出场却又处处影响着戏剧的进程。这里的设计个人觉得除了加强戏剧跌宕集中戏眼以外，直接将武训与张老辫之间的阶级对立与冲突中的普遍性消解，并且赋予了更多的家庭伦理的外衣。尾声处，从侧幕伸出一只拿着讨饭破碗的手，观众初以为是在行乞办学的武训，人物出场露脸后才发现是家道中落又被妻儿舍弃沦为乞丐的张老辫。不得不说，作者这一“神来之笔”又“绝”又“深”。“绝”的是“身份的置换”和“命运的陡转”，“深”的是利用观众对此人物设计中的因果报应的“长吁短叹”，而淡忘了原有的阶级属性中的二元对立。同样的用力与用意还呈现在“卫驼子”这个更为次要的人物身上，在第一场戏中他带着钱和杀猪刀来娶亲，是与武训这样的人物对立的。然而在接下来的出场中，他与梨花已经成了事实上的夫妻，梨花还怀上他的孩子，他并没有在意武训与梨花曾有的关系，而是捐完铜钱后再被索去令穷苦人垂涎的一大块猪肉。作者这样的处理同样消融了美与丑，善与恶以及富与穷等二元对立，而去单纯思考武训作为个体的行为轨迹与社会意义。

不得不说这是另外一种更深层次的“五味杂陈”。

作者知道这是一个有生命力的故事，它会给相对沉寂的淮剧以新的生命力。他更明白原型故事生命力的形成不是作者赋予的，一个聪明的剧作家应该在不与这个故事背后的集体意识碰撞的前提下，重识乃至重塑故事的取向。

武训把自己的磨难转化为成就理想的机遇。“所谓机遇是隐藏在时代纷繁表象之下的，在戏曲的现代转换中如何让剧种既能跟上时代的步伐又能保有传统古典的韵味，这是创作界和理论界探讨已久的话题。”

“一念执着”的创作者

《武训先生》一剧，从作者取其名开始就以陈其味，不纠葛，炼其神，抒己意为创作路径。作者深谙戏曲叙事与影视剧本改编叙事的情感差异性，充分表达了自己的创作诉求，没有贪恋宏大叙事，以“最简叙事”与“最少叙事”完成客观存在描述，在能够满足不同受众需求和日常性期待的前提下弘扬了自己深爱的剧种和人生理念。重现武训在那个时代境遇中的执念与影响，其实也是作者自我价值的辨认，表达与彰显的是武训“平凡做到伟大，执着做到尽头”。我们都不是圣人，但我们都可以做神圣的事情，要对武训这样的利他主义者抱有崇敬之心。

作者没有打破戏曲剧场传统中线性的叙事结构，但有着自己的深蹲与雀跃，以及其“一念执着”带给观众和剧种的推动力。

武训行乞办义学的目标渐渐被世人接受，这一人物本身怪诞戏谑的形象颇似作者二十多年前创作的《金龙与蜉蝣》一剧中“蜉蝣”这一角色。他们都是看似卑贱的“弄臣”，实则骨骼清奇却难容于世间，最后还是给世人挑破了魂魄。淮剧从味道上接受了“武训”这一人物，年届花甲为该剧种穷尽心血的演员梁伟平更是从骨子里接纳了这一角色。唯一遗憾的是在文本向演出转化的过程中，导演虽然帮助演员设计与表达出了在特定情境下的嬉笑怒骂与醉醒痛悟，在舞台上的视觉营造与传达上还是稍显用力过猛。例如开场满台的梨花的确很美，也有戏曲意境，但如果是荒芜大地上一树盛开的梨花，是否更有苍凉之中的一丝暖意之感？作者煞费心血设计的两场庙宇之戏的场景质感也未得到突出，使用电动平台更有一种间离感。

一部优秀的作品，需要长时间的酝酿，更需要在舞台上的不断打磨。在《武训先生》一剧中，我们已经看到什么是戏剧的智慧，什么是戏剧的深刻性，什么又是戏剧的职业性。“智慧”的是作者可以在不违背集体意识的前提下注入自己的思想；“深刻”的是将复杂的多种关系与视点进行提纯；“职业”的是不越界，不指摘。

一部戏如此，一个剧种更是如此。“未来需要淮剧人衣带渐宽不改其志的努力，需要面对周遭的各种诱惑，坚守一方戏曲园地的信心，需要愿意长期忍受付出与回报的悬殊落差的坚定。”

在这次创作与演出中，我们看到与体会的是一种默默的引领与铺陈。原有的人物与历史素材固然矗立在一隅，主创则试图进入社会生活和历史深处，将其在舞台上进行创新与重塑。而我们在舞台深处却看到了今日的两位“武训先生”，看到了罗怀臻和梁伟平数十年的“一念执着”。这让身处浮世的我们“五味杂陈”，心有戚戚。

（原载 2017 年第 4 期《上海艺术评论》杂志）

将暗影，变成光

胡晓军

看梁伟平饰演的武训，自然想起他饰演的蜉蝣。演蜉蝣时他36岁，演武训时他已60岁了。蜉蝣和武训都是饱受欺辱和伤害的人物，要论分别，一个是虚构的，一个是存在的；一个逐渐成了变态的复仇者，一个坚持做了无私的利他者。显然，后一个的难度要比前一个大得多。武训用39年的乞丐生涯捐建了三处义学，教育了无数穷家子弟，成为近代中国民间办学的先驱。可以说，武训先将他人施加的暗影变成了光，再用光照亮了他人的暗影。相信作为一位德艺双馨的淮剧表演艺术家，梁伟平对这一人物会更认同、更喜爱和更投入。果然，梁伟平说武训是他演艺生涯中最感动的人物、最珍爱的剧作。在前半场，他一如壮年时演蜉蝣那般流利；在后半场，他又用暮年时才感知的如此沧桑，将演技发挥得自然浑成，将情感挥发得沉郁顿挫。尤其最后，当剧本打破常套，不安排一句唱词便让武训瞑目而逝时，梁伟平躺在地上、不发一言，却使全场观众在满台站立的演员中只注目于他一人。此时的梁伟平与武训，正是一对同龄人。

武训的行乞，本质上是一种公共募捐，是一种极端化的慈善行为，是在清末阶级矛盾极度尖锐、道德生态极为败坏的态势下，社会底层所作出的第三类选择（另两种是沉默至死和造反自救）。此举不失为一种创举，可同时视为对当时政治制度、社会矛盾的批判和补救。作为一个客观的历史存在，武训明白而且通透，耐人寻味的是不同时代和社会的人对他的态度。实际上，社会处于什么样的状态，就需要什么样的历史人物，岂止武训，对许多历史人物，不同时代和社会的褒贬及程度有所不同，甚至差距很大；至于以历史人物为题材的文艺创作，同样也有“合为时而著”的要求，其成功与否的关键在于是否能将客观的审视与主观的甄别相结合。应该看到的是，即使在当时那种恶劣条件下，武训朴素的社会改良思想和毕生的牺牲行为，依然得到了普遍的民心和当局的认可（其中有利用的成分），那么倘在一个旧的矛盾犹存、新的矛盾出现且有激化可能的太平盛世里，武训的极端善举中到底有没有、有多少不极端的价值，这正是《武训先生》要将这块暗影变成光的动因。

由于众所周知的原因，自1951年后，武训成了文艺创作的一块暗影。在淮剧《武训先生》问世前，恐怕从未有这一题材的作品问世，以至于武训从一个家喻户晓的人物，成了上世纪60年代后出生的人所知极少的名字。有人认为武训不值再提，也有人觉得应该再提，而且后人知道武训的重要性，要超过知道慈禧太后——这自然是从不同角度而言。剧作家罗怀臻之所以为武训作剧传，是他认为武训对知识的敬畏，对信念的执著，即“凭一个信念便用一辈子去践行一件事”的“三个一”精神，对当代是一种强烈的启示之光。由此，敬畏和执着成了剧核，成了人物的主要心理和行为，台上便出现了武训不敢越自己兴办的义塾门槛一步的戏剧性场面。与此相应的代价，则是弱化了武训为穷人的未来造福而甘愿牺牲的精神。敬畏和牺牲犹如武训行乞办义学的心与脉，同气又连枝，不可分厚薄，否则会消减敬畏与牺牲间的桥梁——因饱经蒙骗、侮辱和侵犯而“开悟”并坚执一生的力量。因此，武训劝教、劝学、求孩子们若当官莫忘穷苦人的情节，对人物的塑造、剧情的加厚和情感的渲染均有好处，对当代感的增益也会更有力。观罢全剧，荡气回肠略多，感人肺腑略少，原因可能是文盲遭骗、钱财被盗、有情男女被逼分离的故事要么与今日相距太远，要么于今日司空见惯，已不容易催人泪下了。但最重要的，恐怕还是前述之故。

与《金龙与蜉蝣》一样，《武训先生》也被赋予了“传统戏曲现代化”“地方戏曲都市化”的任务。这是罗怀臻和梁伟平二十多年前的共识和探索，时至如今，该剧对这两个题旨作了新的开拓。

一是内涵的“具化”，将武训这个当代文艺史上的暗影变成淮剧的光，在照亮当代人心（而非行为）的同时照亮淮剧自身（而非本体），为此剧中安排了证和尚这一人物。了证的化缘修庙与武训的行乞办学形成对应和微妙的比较，昭示真正的儒家不一定非要满腹经纶，便能与佛教一样具有普度众生的情怀，且更具现世的价值。二是风格的“内化”，将淮剧的乡土气息植入都市的文化氛围，或反言之，于都市的现代文明中纳入淮剧的乡土因子。为此，这台大戏基本采用了小戏连缀的结构，这可是淮剧最初始的演法——小生小旦小丑三角戏、小生独角戏、小生老生对手戏，最后群戏收场。同时，在武训受骗、遭打、失窃等重头戏中，毫无悬念地采用了多种民谣和大悲调，如愿地收获了淮剧独有的审美效果。

剧终，60岁的梁伟平饰演的60岁的武训倒在了台上，中华文化中的某些精神却立在了台上。据悉，该剧将沿京杭运河在苏浙鲁京等14个城市演出，此举除了推广都市淮剧的概念及新成果，更有推广某种适合于这个时代和社会的历史元素的愿望。淮剧《武训先生》若在2006年全国九年义务教育制出台前、社会呼吁捐助贫困地区“爱心小学”时问世，就最好了；但如今依然不晚，依然大有将这片历史之暗影变成当代之光的可能。这是因为，现在尽管文化知识不再是少数人的垄断品，却沦为了多数人玩弄的消遣品，而敬畏、坚执和牺牲者又实在太少太少。

（原载2017年第4期《上海艺术评论》杂志）

武七，归来！

——淮剧《武训先生》的审美意蕴与精神内涵

郑永为

武七是清代末年社会最底层的一个乞丐，执着不懈三十余年，置学田三百余亩，修义学堂三处。这位崇尚慈善和教育的“千古奇丐”①，不仅是载入正史的第一位乞丐，围绕其生平的艺术创作亦有独特的境遇……近日，淮剧《武训先生》将武七这一形象再次呈现于人们的视野之中。那卑微之中的执着、欢笑之中的泪水、轻松之外的深意、大俗之中的大雅，充满了意味深长的深思熟虑……尤其是其再乡土化的艺术取向，铭刻了戏曲当代化进程中一个标志性的节点。

回归人本，鲜活生动的国民性格

戏曲是源于民间的艺术，地方戏更是根植于一方水土的民众腔调，它是最适宜表现普通民众性情的艺术形式。地方戏不仅是帝王将相与才子佳人的舞台，更是街市巷陌与田间地头的映像；不仅可以展现慷宏伟烈的英雄气概，更适宜多角度地呈现丰富的国民性情。国民性是民众精神特质、性格特点、情感内蕴、价值观念、思维方式和行为方式等层面的共性。相对于“众人皆醉我独醒”的英雄，国民性代表的是沉睡的大多数；如果说英雄气质是民族脊梁的坚挺与强硬，那么“国民性”则是民族血肉的柔软和鲜活。武七的乞讨人生，

---

① 卞文超、王会、陈春生：《武训：“千古奇丐”兴义学》，《大众日报》第 11 版，2012 年 2 月 7 日。冯玉祥称赞他为“千古奇丐”。

充满了传奇；武训的艺术形象，也曾饱受争议。舞台上的武七是一个自然鲜活又个性独具的艺术形象，其将柔弱中的执着、卑微中的坚韧、欢笑中的苦楚与生命深处的善良和谐地凝聚于一身。有血有肉的武七是底层民众的代表，因此，这一艺术形象具有普遍性和感染力。

淮剧《武训先生》前两幕背景交代充分且到位，武训与梨花由两情相悦到私订终身，狡诈贪婪的张老辫涂改契约，坑武七，卖梨花……直到以梨花临别赠予武七的《三字经》为符号，使“让穷人读书不受欺”这一信念深深地植入了武七的人生，这几条线索清晰到位，强弱与节奏驾驭得恰到好处。尤其是武七这一形象，有那个时代普通民众的历史局限性，也是独具个性的典型。在那个压抑而令人窒息的时代，武七的性格是异常柔软的，改变自己，不去抗争、也不抱怨。对于抢走他恋人的卫驼子，他可以为了铜钱换猪肉。对于坑了他三年青春的张老辫，他可以为了铜钱做交易，甚至忘却前嫌推杯换盏。但是，可贵的是在这种柔软之中蕴含着执着，隐忍之中深藏着坚韧，卑微之中集聚着善良，正是这种坚忍与执着成为谱写民族历史最持久的力量。毫无疑问，武七办义学的诉求是崇高的，但其依靠乞讨的手段是卑微的，甚至，从某种角度而言，腰缠万贯却向乡邻讨要劳动所得亦可称为卑鄙。武七为了铜钱不仅可以吃蜈蚣、蝎子，甚至不惜供人毒打泄愤。当辛苦十年的血汗钱被人窃取之后他唱道：“铜钱呀铜钱，你是我的性命；铜钱呀铜钱，你是我的亲人；铜钱呀铜钱，你是我的来世；铜钱呀铜钱，你是我的今生……”如果没有开篇的铺垫和最后一幕的朗朗书声，从某个角度望去，武七的身上甚至叠印着阿巴贡和阿Q的影子。

主演梁伟平对武七的诠释堪称经典。青年的憨实可爱，中年的困苦折磨，老年的饱经沧桑，落差极大又浑然一体。小碎步、耸肩、甩头、憨笑强化了节奏的明快，苏北腔调的说唱充满了纯朴与机智，以至于让人忘记了武七的家乡在齐鲁之地。街市上，他摇头晃脑、嬉皮笑脸、跳跳蹦蹦，既可爱又令人同情。夜幕中，他孤独寂寞一遍遍数着讨来的铜钱，计算着现实与梦想的距离。如其所言，“武训是我艺术创作中最受感动的戏中人，因为他最平凡、最真实、最卑微、最高尚、最传奇，是最富有色彩性的历史人物。所以，我对塑造武训艺术形象的付出也最多，离武训情感也最近。我真爱武训，真诚接受，真心感悟，真情演绎，崇敬崇尚。”

淮剧《武训先生》的人物设置并非虚构，围绕着武七的是一组清末乡间的人物群像。该剧对每个人物的解读和演绎独到而精彩，并通过人物关系的个性演绎淡化了阶层属性，将专注力集中于人性的深掘。尽管只是五六个人物之间的纵横交错，舞台却让人感觉极度丰富而饱满。武七因不识字被骗而失去挚爱梨花，也是他痴迷一生办义学的源起。梨花与武七遥望着走完了一生，中年扔给了武七一块猪后鞧，晚年领着两个儿孙来求学。在这样一个社会情境下，梨花并不能为其义举提供持续的动力。在剧中，这种动力更多来自了证和尚。而张老辫与武七的对立则产生了强烈的善恶对比：一个不识字却淳朴善良，一个有文化却阴险恶毒；一个以乞讨实现信念，一个沦为真正的乞丐，这是非常富于哲理的戏剧表达。屠夫卫驼子就像干旱季节长出的一根黄瓜，虽然目不识丁却有一门手艺，靠出银钱抢走了梨花。他也像一个从戏曲绘画中走出来的人物，简捷鲜明、奇形怪状，每次出场却都能增添趣味性与戏剧性。由于史实的限制，武七的老母无法删除，但武七乞讨的铜钱在孝道和信念之间不好平衡，因此他的母亲始终不便露面……

回归质朴，轻松自然的乡土歌谣

罗怀臻不仅是功力深厚的剧作家，也是引领戏曲都市化探索的戏剧理论家和戏剧教育家。淮剧《武训先生》是一次渗透着他对艺术发展方向与戏曲当代化深度思考的艺术实践，凝聚着其以戏化人的教育观。作为“淮剧三部曲”的收官之作，该剧并未选择《金龙与蜉蝣》先锋前卫的探索性，远非《西楚霸王》那样“像歌剧一般壮丽；像诗剧一般柔情。”① 舞台上弥漫着浓烈的乡土气息，洋溢着

① 和璐璐：《淮剧〈西楚霸王〉创出新意》，《北京晨报》，1999 年 12 月 13 日。

土气、喜气、轻松的氛围，展现了农耕时代的质朴民俗与生活质感。戏曲的再乡土化是戏曲精致化后回望乡野的再回归，是用现代意识接通传统血脉之后的再循环，饱含着剧作家的悠悠乡愁及其对戏曲发展与生存土壤的思考。《武训先生》折射着戏曲的当代化不是走向都市的单向运动，而是贯通都市与乡野的双向互动；都市新淮剧的目标不仅是生存于都市，而是通过回望乡野彰显其形式特征……戏曲需要在钢筋混凝土的缝隙中，营造一份自然的舒展和泥土的芬芳，更需要通过反思初心回归本质。如罗怀臻所言："淮剧《武训先生》是将淮剧的传统形式通过都市化的融入感再次提炼，可以说是进入到了都市新淮剧的 2.0 时代。更加注重舞台的质感和舞美的体现，从审美上回归戏曲本体，制作上回归纯朴本质。现代戏曲形式丰富多样，剧目也是层出不穷，然而，我们在此之中看到了太多的虚华和繁复，刻意传递给观众视觉、听觉的冲击，而忽略了创作本身。我始终坚信，有诚意的作品才能真正打动观众……"剧作家立场鲜明的艺术取向反映在舞台上，最为突出的特征就是回归质朴。

回归质朴首先是尊重传统、尊崇民风、张扬民俗、远离说教，坚持地方戏曲本体，拒绝虚荣与浮华。在罗怀臻看来，"这是一种情感的回归，也是都市化发展的社会环境下，对自我修行的回归。"①尤为难能可贵的是其在理论与创作之间切换得清晰而彻底，将深刻的理念深藏于鲜活的舞台形象之间。《武训先生》的语言通俗生动、淳朴畅快，但细品味却是格律严谨且和仄押韵，一呼一合皆在章法之间，一点一滴皆呈法度之妙。面对历史他充满敬畏，以历史的唯物主义视角审视人物的善恶及其无法超越的局限性，并不进行刻意的拔高与肆意的涂抹；面对艺术他又饱含激情，深度切入人物丰富而深邃的精神世界，浓墨重彩且富于创造性地自由挥洒。

淮剧发源于巫风极盛的盐淮地区，在其早期形成的过程中，深受击鼓串铃、载歌载舞、驱邪纳吉、酬神祭鬼的图腾仪式影响。其

① 朱渊：《信仰的力量支撑前行　淮剧〈武训先生〉首演》，《新民晚报》2017 年 5 月 23 日。

后，淮剧又依附于僮子做香火的巫觋活动，在酬神、祭祀、兴集、庙会等活动中演出香火戏。因此，阴阳两界、魑魅魍魉、牛鬼蛇神，淮剧具有异常丰富的表现手段。这在第三幕武七昏沉沉的噩梦中得到了很好的表现。三天三夜的昏迷中，武七到阴曹地府走了一遭，梨花遮着白盖头被帮工化身的小鬼挟持着，张老辫化身为判官，卫驼子与管家化身为黑白无常，他们勾引武七在勾魂簿上按手印……武七大喊："人的字我都不认得，鬼的字我更看不懂。"这三天三夜是武七人生信念的转折点，"我愿穷人能识字，不再受那富人欺"是其人生的目标，而"千辛万苦都愿意，乞讨终身志不移"则是其道路的选择。《武训先生》活泼热烈的第四幕则铺展于柳林闹市，形象化地展示了乞讨行为。这也是将该剧整体风格显示得最为鲜明的篇章，欢快与忧伤对比强烈，戏曲手段运用手法丰富。

《武训先生》的情境从始至终都未离开乡间的淳朴与趣味，舞台上变换着一幕幕古朴的民俗生活场景，唤醒人们对质朴乡间和农耕时代的记忆。梨树林、积善堂、破庙、柳林闹市……虚实相间、以实生虚，既有生活的质感又免于拥堵繁复，既不显空旷又满足了戏曲表演的需要。其中，积善堂与崇贤义学一蓝一红、一内一外，以相对的构成形成有对比的暗喻。武七栖息的破庙是反复出现的场景，在灯光配合下，视觉元素变换构成关系而形成多样的情境。田野上有植物生长，天空是空旷的，一块颇具残缺感的抽象符号置于天幕正中，像一朵漂浮的闲云，也象征着武七并不圆满的人生。植物、房屋、牌匾、家具及有形式感的屋顶变幻于舞台，蓝色、红色、土黄，色彩丰富而鲜艳，并无贯穿始终的色调与符号，因而没有形成整体的格调和鲜明的视觉印象。

回归艺术，畅快舒展的个性创造

十年，武七辛苦攒下了八百七十二吊零一十四块三十二文五分六厘钱。之所以如此精确，是需要表现武七一分分、一厘厘积累的认真与艰辛。那不仅仅是钱，那也是他的生命，他的人生理想，他的权力意志，更是他十年的热血青春。然而，为姨母祝寿，酒醉后说出藏金的巢穴，被姨父张老辫设计盗走……武七万念俱灰，陷入绝望。也正是此时，受其启发化缘建佛堂的了证和尚成为他精神的支撑，火中的涅槃生成了其超脱的佛性。由大哭一场，到放声大笑，从头再来，作者书写的虽然是武七的苦难，但风格明快而诙谐，不失悲悯与同情。

在作者浓墨重彩描绘的十年光阴中，武七尚未获得大名，虽然武七出场就说："行不改名，坐不改姓，小名武七，大名武训。"但实际上，除了曾与其核对文书的管家，也正是到了此时了证才正式喊出了——武训先生。因此，从某种角度而言，整出戏是武七成长为武训先生的蜕变史，也是由国民性到佛性的升腾。而使其精神获得升华的正是这种对自身的超越，蕴含于执着之中的善良，和他在苦难中修炼出的悲天悯人的佛心。让无尽的苦难藏在曲乐里，将绝望与凄苦埋于大笑中。伴随作者对主题的进一步升华，平视武七的视角也得到了提升，善良——才是恒久而博大的力量。再回首，《武训先生》讲述的不是仇恨与复仇，更不是斗争与暴力，武七所面对的对手原来是自己。正是在对人类的悲悯视角下，武七面对苦难选择了从容，用尽心机的张老辫却沦为真正的乞丐，而夺走梨花的卫驼子扔过来的不是屠刀，是一块肉……人生，只不过是一场戏，你来演，天在看。正是这种至善至美的宗教情怀，使剧目于大俗之中蕴藏着大雅。至此，《武训先生》的精神内核得到了充分释放，戏剧也由此推到了高潮。

整体上，武七办义学堂的宏愿是置于抽象之中的，因此，在尾声中进行形象化的表现是有必要的。朗朗书声中，崇贤义塾巍然矗立……武训怕惊扰了学生，憋着一口痰却不咳出来，气绝而亡。也许是由于戏曲的容量，在审美的愉悦和快感中，结局显得有些另类而仓促，庄重的仪式感并未延续整体的古朴与自然。尤其是在十年艰辛付东流，舔血挥泪再出发的转折之后，如此紧促地转入大结局总有意犹未尽的跳跃之感。也许，一个舒缓而诗化的过渡或一个含蓄而悠远的结尾更适合戏剧的结构。

《武训先生》的回归质朴，是删繁就简的三秋树，也是领异标新的二月花，彰显了写意传神的东方美学。与建立在科学基础上的西方艺术不同，东方的艺术传统更多是主观意象的折射，其并不拘囿于严谨的情节逻辑，而是通过艺术家的夸张、变形、扭曲，彰显充满艺术趣味的精神世界。如果严格地按照现实主义的角度来看，《武训先生》某些节点的行为逻辑也许并未夯实。尤其是用姨母的善与姨夫的恶冲淡了阶层属性，转而聚焦于人性的善恶与佛心的超脱，但围绕武七的姨母却留下了颇多瑕疵。武七被姨夫欺诈时，不识字的姨母并未在家。明知张老辫盗走铜钱，武七却不找姨母也不报官。这些虽有交待和弥补却仍显牵强。此外，视铜钱如性命的武七在醉酒之后泄露天机这一情节设置略显简单。但另一方面，这些稍显随意的情节铺排却并未显得过于突兀，这主要得益于导演韩剑英在《武训先生》中采用的大胆表现的艺术手法，夸张、变形的民俗感使该剧的艺术性得到了整体的弥合，浓墨重彩与刻意留白的虚实对比增添了戏曲叙事结构朴拙的古典韵味。

《武训先生》是一部扬意挥洒且舒展爽快的神采飞扬之作，内涵隽永、意味深长。观演过程轻松畅快，然而，轻松之中蕴含着对戏曲本质的叩问，也凝聚着作者对艺术回归本源的祈盼。当下，作为群体艺术的戏剧与戏曲，太阳神的冷静与严谨覆盖了酒神的热烈与奔放，群体性的四平八稳遮住了个性勃发的神采飞扬，而对艺术人物概念化的阐释又极易产生同质化的倾向，《武训先生》在此时的登台出场意义深远。武训不仅是一个颇具传奇色彩的历史人物，其艺术形象成为社会对艺术属性争论的标志，因此，将这一形象再度搬演于舞台，本身就是一个颇具代表性的事件。武七，不再是斗争的武器；武训，也不应成为艺术的教训。淮剧《武训先生》以回归质朴的艺术取向，鲜活的语言、舒展的性情，诠释创作者对戏曲当代化的洞见卓识，也凸显着其对乡野根脉的眷恋和民间立场的坚持，和对回归艺术本体属性的期盼。

（原载 2017 年第 4 期《上海艺术评论》杂志）

信仰照亮戏里戏外

雷琳静

百余年前，一个苦难的农民怀着对知识的崇高敬畏和对人生的执着信念，用一生时间践行兴办义学一件事，以卑微之躯成就崇高信仰；百余年后的今天，上海淮剧团一群勇于求真的艺术家秉持传统戏曲薪火，沿着他们二十多年来探索开拓的“传统戏曲现代化”和“地方戏曲都市化”之路，践行着中国戏曲的现代传承发展。《武训先生》粉墨登场，从现代都市人的文化寻根、溯源初心、回首乡愁的情感基点出发，超越了道德歌颂和人性剖析，回归中国戏曲表现民众、民情、民风、民俗的乡土传统，向戏曲本体寻找最本质、最具力度和美学价值的表达方式，在“传统戏曲现代化”和“地方戏曲都市化”的道路上又一次实现了自觉探索和突破。

题材突破地域局限，走出“家乡”探寻“原乡”

以地方戏曲表现地域题材，是地方戏曲创作长久以来行之有效的惯常做法，乡音、乡情、乡土、乡俗，形式和内容相辅相成，易于达成情感共鸣，从而收到较好的艺术效果。但是如青年评论家李红艳在《戏剧创作地域题材应降温》一文中所言：“近几年，各地对文化的重视和投入与日俱增，尤其是对地方历史人文资源的重视和挖掘，已成为当前艺术创作中一股势不可挡的‘洪流’。在作为各地文化建设重要‘抓手’的戏剧创作中，表现得尤为突出。地域题材戏剧作品投入之大，创作之热，数量之多，前所未有。通过艺术创作弘扬地域文化传统，树立地方文化形象，扩大地方文化的影响力，本是一件好事。但是，当这种追求成为一种带有强烈功利性的‘刻意’行为，当艺术创作夹杂了太多‘非艺术因素’，当这类题材几乎成为地方戏剧创作题材来源的‘唯一’，当大家普遍意识到这类作品‘有数量缺质量’，当种种问题已然成为一种现象，就不能不引起我们的关注、深思、反省、修正。”

其实这种局限于地域题材的创作方法，除却功利诉求外，也暴露了创作者艺术观念的偏差与浅薄。剧作家罗怀臻敏锐地捕捉到其中的奥秘，他在《地方戏曲的“原乡意识”该醒了》一文中提出了比“家乡情感”更为深刻的“原乡情结”——“它也许不如‘家乡’的记忆具体，但是它比具体的记忆更开阔、更深远、更具有悲剧意味的美。‘原乡’的情结甚至是超越一般疆界的，它甚至是人类对于自身血缘、族群和文明来路的普遍关怀。尤其是现代人，越是伴随着现代化、城市化和全球化的发展进程，越是会关注自己是从哪里来的，什么地方深埋着自己的‘根’。”

武训，一个生存在齐鲁之地封建阶级压迫下的农民，他是同时代中华大地上千千万万的苦难民众的一员，也是一个灾难频仍、水深火热的时代的缩影，他是一个独特的存在，本着社会底层劳动人民“吃一堑长一智”的朴实想法，面对封建阶级的压迫，采取了终生行乞办义学这一独特的反抗方式。这种出于底层人民最本能的自卫，让他以不可想象的终生坚守，达成了一种无奈、悲壮而令人震撼的反抗。正是由人物精神层面气韵风骨的深层剖析，我们得到这片土地上关于人、关于社会、关于历史的诸多思考。淮剧善于表现劳动人民、乡野生活、草根生命力的乡土气味，长于表现粗犷、悲情、豪迈、张扬的情感气质，正好契合了武训这一题材。

淮剧《武训先生》并没有拘泥于表层的地方特色、人文符号，而是从精神层面抓住了人物的气韵风骨，从文化层面抓住了题材的共同内涵，从表现形式上抓住了内容与形式的契合点，使得这一题材、这一人物走出了表面意义的“家乡”，步入了深层内涵的“原乡”。从此意义上讲，这一人物超越了地域局限。农耕时代造就了中华民族辉煌灿烂的优秀传统文化，社会发展，时代更迭，农耕文明已化作独特的基因流淌在民族的血液里。当现代都市人在工业文明的巨浪中拼搏挣扎时，这种潜藏的基因帮助我们追索自己生命的来路，寻找民族文化的根源。

主题立意突破人生境界，超越“精神”走向“哲学”

矢志行乞39年，三所义学相继开馆。而他依然身穿百衲衣，行乞于街市巷陌，在四面八方朗朗的读书声中，59岁的“千古奇丐”走完了自己的一生。一个渺小的生命铸就了一项伟大的事业，一个饱经苦难的人以卑微的方式成就了无私、利他的崇高精神；创作者的演绎并不着意于对人物道德的歌颂和精神的宣扬，而是立足于当代立场，在渺小与伟大之间、卑微与崇高之间发掘戏剧张力和生命气场。

该剧的着力点放在武训对当代人和当代社会带来的深刻的启迪——对知识怀崇高的敬畏、对人生抱执着的信念、对生命树朴素的信仰。中华民族自古以来潜流的血脉基因中涌动着对理想、对生活执着的信念，在武训身上就是一个缩影，而且是无数底层劳苦人民的一个缩影。他本着“我要办个义学院”的素朴信念，用一生践行着信仰，把信仰变成了生活。

创作者对于信仰这一主题的提炼，是对优秀中华传统文化的深入思辨和全新开掘，也是对当代社会深沉思考的结果，对当下具有切实而积极的现实意义。改革开放以来中国社会飞速发展，历经市场经济大潮和社会快速转型的多重冲击，人们的世界观、价值观、人生观日益多样化、鄙俗化，信仰缺失、道德沦陷，众生外困于社会大环境的无可逃避、内困于自身心魔的无法超脱，在人性的深渊中沉沦挣扎，导致整个社会矛盾不断激化，种种异化怪状层出不穷，由此引发信仰坍塌、精神迷失、观念错乱等社会问题。重建中华民族的精神信仰，创作者本着当代知识分子的精神自觉和文化担当，挖掘题材中蕴含的中国哲学精神，期以卑微人物的崇高形象启迪当代人心灵暗隅，重新唤起人们对崇高信仰的敬畏之心。

传统溯源突破时空局限，回归“源头”彰显“现代”

《武训先生》的创作立足淮剧本体，融合当代价值取向和审美取向，力图突破时空局限追溯更久远、更本质的中国戏曲传统和中华文化传统。文本创作上，一方面着手题材选择突破地域局限，挖掘中华文化深层次的精神内涵；一方面着力主题立意突破人生境界，发现和扩大题材所蕴含的戏剧张力和生命气场。这些文化层面的新发现、新思考提升了该剧的文学性，也将该剧对于社会文化内涵的探索开掘带向了纵深。舞台呈现上，舞美设计注重舞台布景的质感及服装造型的个性体现，回归纯朴本质。这种“回归”不是简单地模仿传统戏曲的模式，而是在对戏曲本体深入研究的基础上进行提炼，将戏曲本体的美学特色提纯、强化，并结合当代的审美需求和技术手段予以呈现。舞台布景着力于对故事发生的大文化背景的表现和阐释，真实而自然地体现乡土风情，流动的布景构成不同的空间场景，与情节发展和演员表演相融合，与导演的处理风格相呼应。但是，在笔者看来，首演的舞美还有些写实有余、写意不足，如梨树、寺院高墙等布景还可以更简化。灯光设计比较自然节制，发挥了叙事、抒情、造型等语汇功能，对人物形象的塑造和故事情节的叙述起到了烘云托月的作用。演员表演上，已步入花甲之年的主演梁伟平饰演从青年到老年的武训，形神兼备，毫无违和之感。他以自己扎实的戏曲功底，借鉴表现主义手法，形体上夸张变形、内心外化，唱腔上个性色彩鲜明，韵味独特。人物的身段造型如一尊尊被魔法点化便活了的泥塑，或憨实可爱，或辛酸凄凉、举手投足间灵动着民间血肉，飘荡着泥土气息。

“求木之长者，必固其根本；欲流之远者，必浚其泉源。”艺术家们力求向中国戏曲最初的传统本源追溯，向孕育滋养其产生的中华文化根基追溯，回归戏曲本体，深入提炼、继承传统特质的必要性和重要性，唯有回归“源头”，方能彰显“现代”。

在戏里，武训将信仰化作了自己的生活方式；于戏外，信仰的光芒也辉映着这群艺术家们。从 20 世纪 90 年代到今天，从《金龙与蜉蝣》《西楚霸王》到《武训先生》，上海淮剧团奉传承创新为艺术信仰，不断探索和丰富都市新淮剧“传统戏曲现代化”和“地方戏曲都市化”的发展理念。借《武训先生》，让我们引一缕信仰之光照亮现实，期待有更多的艺术家们高扬艺术信仰，为中华文化的复兴提供民族的、现代的、创新的、可持续发展的不竭动力。

（原载 2017 年第 4 期《上海艺术评论》杂志）

新时代的《武训先生》

王　蒙

一个文盲乞丐，立志于当时的“希望工程”，靠乞讨卖艺办了三所义学，免费让穷人的孩子就读，自己则继续行乞终生。早在上小学的时候就听说了山东武训的故事，心生敬意。

一九五一年，看了孙瑜导演的影片《武训传》，一时深受感动，包括王蓓扮演的小桃，也给是时十七岁的青年工作干部小王蒙以同情与不平的冲击震撼。紧接着许力群同志以“杨耳”的署名发表了对此影片的严厉批判文章（当时他刚刚从我的顶头上司——新民主主义青年团北京市委书记职位上调到中宣部），而后演变成为新中国建立后的第一次文艺大批判。人们终于认识到：“像武训那样的人，根本不去触动封建经济基础及上层建筑的一根毫毛，反而狂热地宣传封建文化，并为了取得自己所没有的宣传封建文化的地位，就对反动的封建统治者竭尽奴颜婢膝的能事，这种丑恶行为，难道是我们所应当歌颂的吗？”（见当时的报纸社论）

再看影片中武训的挨打下跪小丑化等画面，我为之心慌意乱，更是心惊胆战，莫非武训是坏蛋？孙瑜错了？我们这些看了影片为之感动落泪的人也大错特错了？我的一个团区委的同事看了各种批判文章后，悄悄告诉我，他觉得孙瑜应该枪决。

这样，六十七年后听说剧作家友人罗怀臻编剧的淮剧《武训先生》将在上演六十余场后到北京演出，我颇有期待，也不无不安。尽管胡乔木同志已经在一九八五年明确指出当年对电影《武训传》的批判，“是非常片面、极端和粗暴的”，但是武训，这毕竟是一个不但生前被打得遍体鳞伤，而且死后又被“鞭尸”得体无完肤的人物。说他伟大吧，他的形象与行为似乎又太自轻自贱；可是说他反动吧，他当时难道有其他英雄主义选择的可能？他的让穷人上学的愿望，难道不是一种对旧制度的反抗？施舍者打他踢他才赏他钱财，这又是一种什么心态？一个叫花子办起三个“义务教育”的学堂，正如编剧者说，他“对知识有崇高的敬畏，对人生有执着的信念”，他“用一辈子的时间践行一件事”，“将理想化成了生活”。这难道不是令人肃然起敬的？

是的，观众从武训独特得不可思议、伟大得近乎天使、离奇得几近荒谬、苦行得近乎圣徒、卑贱得又难以让人接受的生活历程中，仍然能感受到一种非凡的追求与坚韧，一种奉献的忘我与光明，一种苦难的火焰与熔铸，一种人生有成的安慰与升华。很简单，他想做的是一件好事，是一桩文化慈善事业，但他不是比尔·盖茨。他一无所有，赤手空拳，用付出身体和生命去完成义举、善举。他为之牺牲了一切。他做到了！

这是一个匪夷所思的故事，是一个为文化教育而献身的文盲的故事，是一个励志成功的故事。当然，又是一个令人长叹的故事。

终于，2018 年的 11 月 2 日，在当年看电影《武训传》大半个世纪以后，我看到了由上海淮剧团演出、罗怀臻编剧、韩剑英导演、梁伟平主演的《武训先生》。

戏剧开始表现青年武训与梨花的爱情，他们对于生活的期望，还有与小和尚了证的友谊，带着几分喜剧色彩，活灵活现在舞台之上。然后是武训和梨花由于不识字被财主张老辫诈骗与欺压，卖了力气反而一贫如洗被逼卖地卖人，武训开始从他知之甚少而羡慕甚多的上学、识字、读书上，从知识与文化的重要性上，思考与谋画穷苦人改变命运的可行之道。无庸多言，他当时不大可能想到揭竿起义组织武装斗争，更不可能有“此处不养爷，自有养爷处，处处不养爷，爷去当八路”的豪迈冲天。靠行乞办义学，让不识字的穷人不再受识字的坏人的欺负，他的想象力、神奇性、斗争性、大志大勇，已经特异有加，远远超过常人了。

行乞生活中，他受尽污辱欺凌，但是为了一个崇高目的，他甘受胯下之辱，以退为进，以弱胜强，以柔克刚，以不变应万变，他的思路与行事确有中华传统文化的某些特点。中国乞丐的苦肉计传统，我这种年龄的人并不陌生。我幼时亲眼见过所谓“叫街”的重头戏。行乞者在交通要道、十字路口，用砖头石块砸伤自己的胸膛，乃至用匕首划破自己的面孔，满脸血污，以惊人的自毁自苦博取同情与施舍。

舞台上苦肉计中的武训，令观众难受。这时他与有情而未成眷属的梨花相遇，对唱对舞，互诉衷肠。那种凄美与深情，痛心与互怜，令人哀叹；那种对被剥夺了的爱情的相思，也成为武训办成义学的驱动力量。他燃烧生命，如火如荼，追求文化，追求公益，令人唏嘘涕泣。梨花被迫委身的卫屠户以肉相赠，又表现了劳动人民的质朴，流露出创作者对于人性本善的珍惜，表现了生活中有希望的一面。戏曲乎，戏曲乎，《武训先生》的荒唐与痛苦，正是戏曲之“戏”也！

然后是全部辛苦的被窃。戏剧在表现张老辫的妻子、武训的姨母的时候，将她的有情与张老辫的无耻加以适当区别，这个处理很有分寸。但是，武训还是由于疏忽为姨母拜寿被灌醉酒，致使张老辫盗窃武训全部积蓄的阴谋得逞，这使武训几近精神崩溃。而在了证和尚的鼓励下，武训终于显示了他的顽强与坚持。佛家的悲悯与普渡众生的情怀，到了武训这里，铸就了他百折不挠的意志。这时，戏剧进入高潮，武训的境界也提升到新的高度。

最后，看到义学院堂皇建成，观众已经热泪盈眶，此时发出的如雷欢呼与掌声已经是对于武训的赞叹了——武训的舞台形象终于得到昭雪，中华民族的劝善劝学传统终于得到彰显。而孩子们反复诵读的简单亲切的“人之初，性本善，性相近，习相远”，也点出了“大道至简”，总结了武训的遭遇与其时的社会人生。

在《武训先生》的演出中，我们看到了创作者与武训相通的敬文化、倡教育、利他人之心，看到了剧情的充实与多情，看到了导演的生活化、理想化、戏曲化的功夫与对于其他剧种艺术的汲取与借鉴，看到了淮剧的蓬蓬勃勃、生气贯注、趣味洋溢，看到了演员特别是淮剧王子梁伟平的功底与台缘，看到了舞台美术、背景、调度、灯光、效果、服装各方面的追求。我还从与罗怀臻先生的交流中得知，他将进一步修改，使武训的尊严与人性的善意有进一步升华。我愿意为此戏鼓与呼，我祝愿淮剧《武训先生》锻造成为又一个当今的经典剧目，演下去，再演下去；完美下去，再完美下去；对得起武训，对得起淮剧，对得起新时代。

（原载 2018 年 12 月 6 日《人民日报》）

淮剧《武训先生》值得讨论和研究

季国平

淮剧《武训先生》是一部很好的戏。提及淮剧，自然就会联想到苏北地区的扬剧、淮海戏等剧种。这些年来，淮剧在这几个剧种里面最亮眼，无论是上海淮剧还是江苏淮剧，出了不少好作品、好演员，淮剧得到了很好的传承发展，剧种的优势也比较突出，尤其是唱腔的表现力和感染力。

淮剧《武训先生》剧本平实但很深刻，朴实而深刻地彰显了武训精神，又是为淮剧量身定做的。杰出作家的写作，写到后来，往往就是落尽铅华、尽显人生，怀臻的《武训先生》剧本就是这样。剧情的安排也很巧妙，剧中的每一个人物，都不是闲置的，前后关照，用到了极致。全剧大致分为两段：前面是为何发奋办学，真实地再现了武训的人生经历；后面是如何行乞办学，在感伤凄楚的故事里加入了乐观主义元素，这种悲喜交加是典型的中国风格和乡土气息。导演的艺术也很高妙，韩剑英追求一戏一格，赋予了该剧以独到的舞台风格和呈现。演员表演非常精彩。这部戏给主演梁伟平的挑战和压力很大，要是在舞台上不动起来、不火起来、不热起来，可能就不好看了。简言之，编剧、导演、演员构成了该剧的黄金搭档。

淮剧在新时期的发展，编剧罗怀臻起了领军作用。他从淮剧起步，对淮剧更熟悉、更有感情。从他当年提出都市戏曲、都市淮剧的概念，我就感觉到，他是一位可贵的善于独立思考的剧作家，兼具着理论家的气质。这些年来，他的都市戏曲做得很精致、很时尚、很现代，但并没有丢弃浓郁的剧种气息、乡土气息。没有这些，就不是地方戏曲、不是乡土淮剧，也难有都市淮剧，就不是淮剧《武训先生》了。今天，我们总说传统文化的创造性转化、创新性发展，理论的论说是一方面，总要找到具体的个案、例证。淮剧《武训先生》就是这样的个案，非常值得讨论和研究。我以为，该剧的经验，对其他作品、其他剧种有着重要的借鉴意义。

戏曲在当代的走向很重要，不能离了中华文化和戏曲艺术的本质的东西。当代人写戏曲，我不反对借鉴西方话剧等舞台艺术的美学思想，写一悲到底，但中国观众可能更喜欢悲喜交加。我也如此，不能“免俗”。大家都在关注戏曲现代戏的创作，我们同样需要优秀的历史剧。淮剧《武训先生》以严谨的历史剧的面貌出现，而不是“戏说”，表现出对历史和人物的尊重。在国家艺术基金资助项目中，淮剧《武训先生》应该是一部优秀的作品。

俗话说，艺无止境。有关该剧今后进一步的修改打磨，我提两点建议：

第一，调整一下张老辫命运改变的原因。张老辫坏事做尽，遭遇火灾是他命运改变的重大转折，从此家道中落，因果报应，体现了普通百姓对为富不仁者的批评。但一场大火，太过偶然。其实，剧中管家这个角色，可以发掘，可以利用。所谓“螳螂捕蝉，黄雀在后”，他是张老辫的帮凶，也看到了东家如何不仁不义，最后他把张老辫给坑了。如此，张老辫命运的转折就有了必然的逻辑，剧情就更顺畅了。

第二，剧中表演、念白似乎可以做点减法。主演梁伟平以60的年龄演绎武训，唱念做表、跌打滚爬，难度很大，但都很出色地完成了。不过，他的表演和唱段可以适当缩减一些，“做梦打鬼”那场戏，删去也似乎不影响剧情和人物，以减轻一点主演的体力消耗。还有，感觉念白稍多，如适当砍掉一点，以弱化话剧手法、强化戏曲手段，避免让人产生看话剧的联想。

（原载2019年2月25日《中国文化报》）

茫茫天地间，又见武训先生

——评上海淮剧团《武训先生》

张永明

美国剧作家阿瑟·米勒在谈到其名作《推销员之死》时候曾这样说："自始至终贯穿着一个人在世态炎凉中生存的景象。那个世界不是一个家，甚至也不是一个公开的战场，而只是一群克服失败的恐惧、前途无量的人物的盘踞地。"借用这句话可以清晰地看到罗怀臻编剧的《武训先生》的创作端倪。细品下来，武训先生不像是生活在一百多年前的古人，更像是活在我们周围的、为我们所熟悉的张三李四等，而舞台上贯穿其一生的传奇往事，则更像是一种被忽视隐匿的隐喻，对应着我们生存其中的世界。整部作品自始至终传达出了剧作家的一种温和笃定的人生信条：当一个人在世态炎凉中生存时，我们应该何去何从。

一、 场面：婉转流动，路里风霜

毫无疑问，作为兼具情怀与观赏的戏剧佳作，《武训先生》可谈可说的地方很多，但其中最让人印象深刻的是整部戏里面对场面的处理呈现得如此集中深刻，婉转流动、写意抒情。近些年来，随着我们对于布莱希特为代表的"叙事剧"的研究的深入，越来越多的人开始意识到：戏剧作品尤其是以中国传统故事为基础的戏剧作品的呈现上，戏剧越来越多地被看作是一种抒情艺术而与长于叙事的艺术相区别，后者以小说，影视作品为代表。而作为戏剧艺术的最小组成单位，戏剧场面的集中、深刻，则直接决定了一部作品在舞台呈现上的效果和艺术质量的高下。《武训先生》这部作品中的场面集中深刻，重点场面的展开和呈现准确诗意，可谓余音绕梁，让人印象深刻，感动之余久久不能忘怀。

印象最深的是该剧第一场：青年的武七和青梅竹马恋人的梨花在春天的梨花下暗生情愫，互诉衷肠。情窦初开的二人明明早就心有灵犀，但是正当青春年少，难免有些羞涩不好开口，只能通过相互试探的方式来明确关系，表达彼此感情。这场戏剧作家并没有采取传统的处理方式让男女主角直抒胸臆，而是通过轻松活泼的对白，简洁生动的场面，将两个早已相爱的青年人之间的表面简单、实则深厚的感情关系呈现出来。假如爱情是两人埋藏在心底心照不宣的信仰，那么两人生活其中的世俗之见则是横亘在两人感情世界里面的一层窗户纸，只需静待时日，便可以一往而前，瓜熟蒂落。通常此类作品常规的处理方法往往会抓住这点，对两人心理进行细腻入微的刻画，或者直接赋予男女主角在舞台上的规定动作，以完成情节的前后顺承，引发后面故事的展开，但是在这里，剧作家采用的处理是别出心裁且富有诗意的：舞台上的武七和梨花两人嬉笑打闹，两颗纯真的心进行着彼此间的试探，对白时而俏皮，时而紧张，让观众再为这一对相爱的男女迟迟不肯表明心迹着急的同时，更为后面贪财黑心的恶霸棒打鸳鸯的做法形成了强烈的对比，更能引发观众强烈的情感共鸣和感慨。这样如花似玉的年纪，这般珠联璧合的爱情，后面却要遭遇那么多尘世苦楚，这本身就特别值得叫人嗟叹伤怀。而随着剧情的展开，观众就会慢慢明白：与其感慨命运多舛造化弄人，毋宁将这种悲剧转化成对以地主张老辫为首的黑暗势力的控诉，且前面的感情越纯真越美好，后面对黑暗世界的控诉则越深刻越沉重。

第四场中，被贪财黑心的地主张老辫设计骗走多年辛苦积攒的钱财的武七，生活上失去了生存之本的同时，精神上也遭遇了前所未有的灾难。他深爱的梨花妹妹，被强迫卖给了街上杀猪的卫驼子，而武七除了凭着微薄的一己之力去拼命挽回之外，再无他法，只能眼睁睁看着梨花被掳走，痛失真爱。

在经历了一无所有的绝望和和伤心痛苦的挣扎后，武七终于在好友了证和尚的感化下，决定用乞讨的方式兴办义学，让所有上不起学的穷人家的孩子们有书可读，以弥补自己因为不识字而遭人暗算留下的遗憾。兴办义学成了他此刻最大的信仰，所以他忍着伤痛来到集市上熙熙攘攘的人群中，他开始沿街行乞。在此过程中，他遭遇着来自周围人不解的围观、羞辱、无可言说的嘲笑和讥讽、甚至是别人对他恶语相向，拳脚交加，他都无所畏惧，一心只为着那份神圣的梦。面对陌生人的嘲讽，即使再苦再难武七也还可以忍受，毕竟在决定行乞之前他做好了迎接这一切的准备，但是偏偏是那个骗了他钱财、让他一无所有的恶霸张老辫，带着凶神恶煞的管家来这里对他冷嘲热讽、继续伤害。肉体的伤痛或许可以忍耐，只是内心深处的恨如何才能化解。剧作家在这里的处理是出人意料且残忍的，受辱的武七面对羞辱不仅并不在意，反而嬉笑麻木地接受眼前的一切，似乎自己只是个剧外人，眼前的一切都和自己无关。想必观众在看这场戏的时候，一定会忍不住心底酸楚，陡增感叹，这正是剧作家特别值得称道的地方。展示伤痛，制造煽情效果，诚然能引发人的共鸣，但是更多的时候，只是轻轻一笔带过，举世皆浊我独清，众人皆醉我独醒。这偌大的集市人来人往，更像是一个人性实验场。谁人懂我？我又是谁，细思之下更添几分悲凉。

同样还有多年后的偶然相遇的梨花，遇到满街乞讨、落魄潦倒的武七后，两人之间的对话简洁有力，透着人世沧桑的无尽伤感。

梨　花　（看着他，声音哽咽）武七哥哥，我心里难过。

武　训　我好好的，你难过什么。

梨　花　你走近来，让我替你揩一把脸。

武　训　我走近来，你替我揩。

以上只是该剧众多场面中的有代表性的几场。纵观该剧，类似的场面还有很多，例如张老辫设局骗钱，武七醉酒后失言，家中积蓄悉数被盗后的悲怆悔恨，以及结尾部分白发苍苍的武七依旧沿街行乞，众人依次将身上的穿着的衣衫放在地上铺成一条通道，表达对武七的敬意，等等，都感人至深，让人久久不能忘怀。可以说

《武训先生》一剧中，剧作家以及创作者对于场面、尤其是重点场面的把握和成功处理，使得这部作品叙事脉络清晰，戏剧冲突集中，在抓住观众心的同时，又将人物命运放大在观众面前，可谓巧妙非常，实属不易。

二、 情境：建构敦厚，韵味悠长

情境说最早出现在西方哲学经典中，以黑格尔为集大成者，后来被引用到戏剧中来，成为一种美学观念而渐渐深入人心，其中以法国的美学家狄德罗为代表。在中国，越来越多的戏剧理论家开始注意到情境对于一部戏剧作品的重要意义，将其作为戏剧艺术的一种基本形式进行阐释，这其中尤以中央戏剧学院教授谭霈生的“情境论”最具代表性。他把戏剧作品的情境的构成解释为以下几个要素构成：1. 人物生存与活动的具体环境；2. 对人物发生影响的具体事件；3. 有定性的人物关系，这三者之间都是运动的。而《武训先生》这部作品中，情境的构建就十分巧妙，具有典型性。无论对武七生存与活动环境的铺陈，还是以武七与梨花，武七与张老辫，武七与了证和尚等剧中人物关系的扎实营造，或是定情、骗钱、行乞、兴办义学等特定事件的展开，都显示了剧作家对戏剧艺术的熟悉和规律的掌握。更难能可贵的是，剧作家的美学追求并没有停留在对戏剧情境的营造和建构之上，而是进一步，用他特有的方式对这种前面建构的情境进行了某种意义上的消解，表面上看是采用了一种新的创作手段，但是更深的用意其实是对情境的更深解读和呈现，效果可见一斑。

罗怀臻通过该剧的序言和尾声，将武七故事发生的时间、地点加以具体化，这样做使得虚构的故事有了生活的根基，更重要的是，清末时期人们生活特定的环境，使得整部作品具有了一种历史脉络感，显得骨骼丰满、真实可信。

全剧故事中心的是围绕武七一生的遭遇展开的，所以剧中人物之间盘根错节的关系也是以他为起点层层编织、巧妙设计的。而这也正是该剧情境建构中最最关键的一部分。在这全部关系中，居于核心地位的是武七与梨花的爱情关系，这组关系的分分合合，对其他几组关系产生着决定性的影响，改变着剧情的走向。从某种意义上讲，这层关系的成败决定了整部剧的成败。

由武七和梨花的情感关系出发，地主张老辫与武七的对立关系也就自然形成了。张老辫即是武七的东家，武七受雇在他家，同时二者又是亲戚，两人有一层姨夫和外甥的关系。这种情境的建构，使得原本只有东家和雇主的带有某种阶级性的简单关系被复杂化、深入化了，同时也更便于对人物心理进行细致的刻画。可以说，假如武七和张老辫只是单纯的雇佣和被雇佣的关系的话，那么最后结尾的时候，落魄潦倒失去一切的张老辫，苍老蹒跚地拄拐乞讨的场面，或许也会引起现场观众拍手称快的共鸣，获得某种认同感，但是，其隐藏在表面具体事件之下，对善恶轮回背后体现福祸所依的中国传统哲学思辨的色彩，则或许会冲淡很多，这也是为什么我们观看一部好剧，往往当时不为所动，等走出剧场回归生活后的某个瞬间会莫名感动的根本原因所在。

假如说前面两种关系是故事情节发展必不可少的构成的话，那么武七和了证和尚的这层关系的构建则显示了剧作家隐藏在字里行间的一种人文情怀的自然流露。了证这个人物生卒年月，从哪里来，最后的归宿如何，剧作家并没有对其前史进行具体交代，他只出现在武七人生关键处，以一种人生态度超然存在。可以理解为某种人生真谛的引领者，同时也是武七在精神世界的领路人。武七一生遭受的尘世的苦痛坎坷，了证和尚并没有经历，但是两人惺惺相惜，都愿意为了心中的信仰付出一生的笃厚友谊，却常常能超越世俗，历久弥坚。

可以说剧作家对情境的构建可圈可点，值得称道，所以才使得该剧在剥离了表面坎坷不平的苦痛之后，仔细品来仍犹如清风徐来，沁人心脾之悠长。

三、 故事：卑微崇高，雨雪风霜

法国剧作家尤涅斯库说：我们每一个人一定会在偶然之间感到

世界的实体有如梦境，感到墙壁不再坚不可透，感到我们似乎能够透过每一件东西看到一片纯粹由光和色构成的无垠宇宙，此时此刻，生活的全部，世界的全部历史都变得毫无价值，毫无意义，而且变得不可能存在了。

《武训先生》的故事很简单，可以说一句话就能讲清楚，摆在剧作家面前需要克服的一道难题是：倘若仅仅是将戏剧的表现形式放在一个人为了兴办义学而终身行乞的伟大义举上，感动固然感动，但是似乎缺少某种能让观众感受故事之外蕴含深意的这种共识的契机，且这种剧作家与台下观众达成共识的时间越及时，越深入，这部作品背后蕴藏的深意才越有可能为更多的人所理解。按照这种思路，《武训先生》首要解决的不是故事在舞台上的呈现所需要的常规意义上的叙事，更应该是围绕这个故事中那些需要延展出来的感人至深的桥段进行适当的艺术加工，复次进行生发，才真正有可能使得这部剧摆脱通常意义上的一部传奇剧，落入追求舞台上感人的故事和煽情的桥段的窠臼，沦为一部二流作品。这也是当下很多的作品都曾陷入过的创作误区，何况《武训先生》的题材本身就具有某种传奇性，要想在众多的作品中突出重围，做成一部故事精彩、意境悠扬的舞台精品，则需要找到一种途径，弱化舞台上的叙事，强化舞台上的人物以及人物背后的逻辑，这才是一部可以穿越时空，被人称道的作品。可喜的是，《武训先生》正是这样做的。

武训这个人物身上，交织着两种极端的情绪特质和人格特征：身份的极度卑微和精神世界的无限崇高。他的一生就是在这种极度卑微和无限崇高中不断交织，进而实现自我涅槃的。他出身寒微，小的时候就失去了父亲，投身于一个举人家里去帮工，不幸的是，辛劳多年一无所得，落得个满身空空，饥肠辘辘。本想着投奔到自己的亲姨家里，寻得一身安身立命的差事，找个可心人过完余生，哪知造化弄人，偏偏遇到一个黑心恶毒的姨夫张老辫，狠心设计再次将武七欺骗。武七的人生再次陷入到了一种穷困潦倒的境地，再无翻身可能。

不仅如此，狠心的张老辫还不死心，又棒打鸳鸯，狠心拆散了原本交好的武七和梨花，二人只能被迫分离。这也是后来武七为何能够心存信仰、忍受苦痛，却坚强笃定、毫不畏惧的原因所在。因为生活一开始就给了他最残酷最无情的打击，自此以后，风霜雪雨、颠沛流离只不过是这种打击的不同形式，朗朗乾坤下，偌大的天下，竟容不下武七一副孱弱的身躯。

行乞多年的武七，好不容易有了一点积蓄，但是，却在醉酒后失言不小心透露了放置钱财的地方，被心怀鬼胎的张老辫和管家偷盗一空。此时的武七万念俱灰，一蹶不振，似乎已经对生活失去了全部的希望，若不是那个多年未见的了证和尚前来，他可能真的已经站不起了。了证的出现，最终感化了武七，让他重新鼓起勇气，继续矢志不渝地为着心中的理想而默默坚守。可以说，剧作家在将武七身上震撼人心的故事予以传奇化的同时，又将其身上低到尘埃里的卑微挤压出来，理性地呈现，让两种极致的情绪不断交织，进而在娓娓道来的叙事中找到一条通往崇高的路径，让我们看清人物的传奇外表下完备可信的心路历程，从而观照自我实现升华。我们每个人或许不会像武七一样遭遇这么多的苦痛折磨，面对如此多人世间形形色色的魑魅魍魉，也或许根本不可能达到他的崇高境界，凭一己之力，数十载行乞街头，兴办义学造福四方。但是，深处尘世的我们都有一颗善感之心，能在跟随大千世界芸芸众生周而复始的轮回中，遇到自己内心信仰之所在。也就是我们常说的卑微到底，方得永生。

四、 悲悯情怀与自我觉醒

一部成功的作品离不开剧作家呕心沥血的辛苦劳作，而正因此，一部作品细细品来，总有剧作家挥之不去的鲜明印记和显著特征，《武训先生》同样如此。透过这部作品，我们可以清晰地看到罗怀臻在作品中一贯持之的艺术追求和审美境界：剧中人物身上往往带有深重的悲悯情怀和强烈的自我觉醒意识，这些特点好像一种符号，鲜明地贯穿在剧作家创作的作品中，并且随着他构筑的故事日趋成熟，让人愈加印象深刻。

在谈《武训先生》这部作品的时候，让我们先从罗怀臻的近期创作的作品《兰陵王》谈起，看看他是如何在自己的作品中将悲悯的情怀和人的自我意识的觉醒巧妙地结合起来，使之成为一个统一的整体，进而传达给观众的。

《兰陵王》作为罗怀臻创作的为数不多的话剧作品，一经面世就引起了业内的关注和好评。这部根据史书改编而成的作品，鲜明地表达了剧作家早已有之的创作观念。剧中的兰陵王一开始的时候就陷入了一种无以复加的严峻形势中：国王去世，新王登基，而自己作为继任太子，享受着万千宠爱于一身。他一开始是以女性的装束出现的，且并无复仇的意愿，过着养尊处优的生活，整日寻欢作乐，耽于享乐，直到成为王妃的母亲某日对其透露出自己的生父是被现任国王杀害的秘密后，才终于觉醒，自此以后韬光养晦，卧薪尝胆，寻求复仇。在这部剧中，悲悯情怀一直贯穿始终，以兰陵王为代表的一群人如此，同样以恶势力为代表的现任国王亦是如此。

而兰陵王的自我觉醒的意识则是通过“面具”这一具有象征意味的道具来完成的，知道秘密之前的兰陵王和戴上面具之后的兰陵王，有着本质的不同。复仇的欲念随着往事的不断发现而变得迫切而强烈，他也从一个宫廷里面无所事事的行尸走肉变成了一个具有独立意识的个体，自我意识觉醒驱使他的人格变得全面丰富，直到最后，复仇结束，悲剧收场，兰陵王作为一个个体生命似乎从舞台上永远地消逝了，但是作为具有自我觉醒意识的“人”的形象却愈发清晰，始终存在。

这种悲悯的情怀和人的自省意识同样在《武训先生》中也始终贯穿其中，剧作家在处理武七和周围人的关系的时候，包括和梨花的爱情、和了证和尚的友情、和张老辫的仇恨的时候，都怀着一种悲悯的心，其中有一场戏的处理尤其如此：行乞多年的武七一日经过村庄集市，偶遇到已经怀孕的恋人梨花，两人之间千言万语，道不尽心中苦闷，让人不禁悲从中来，为造化弄人而扼腕叹息。这时候偏偏娶了梨花的杀猪匠卫驼子碰见，这里不得不佩服剧作家的处理，卫驼子不仅没有恶语相向，反而是不计前嫌，将手里的一块肉丢给武七，让他拿去改善生活。此时一心想着筹钱兴办义学的武七，连连推阻，坚决要钱而不要肉。经过一番讨价还价，终于达成心愿，用卫驼子给的肉又从卫驼子手里换成了钱。在他即将离开的时候，梨花又将肉扔给了武七，还说着钱也要给，肉也要拿，引得现场观众捧腹不已。当然，这种笑是带着心酸和怜悯的。

还有结尾部分，年迈的梨花领着卫驼子的孩子小驼子，小驼子的儿子小小驼子，一起给武七磕头，说以后会让两个孩子给他养老。这两场戏为代表的，显示了剧作家在处理剧中人物的时候的一种创作观：善恶当然有别，但是人心始终温暖。

而武七的自我意识的觉醒，虽然是在被地主张老辫骗取钱财之后才正式开始，但是早在他小的时候，序幕部分他路过村庄听见孩童们朗声诵读《三字经》的时候，已经初见端倪了。后来他一心行乞，虔心办学，也是他对于自我意识的自省的体现。可以说我们都是一样，赤条条来到这个世界，不管是生得富贵还是处在民间，人格的建立往往是伴随着自我意识的觉醒而逐渐形成的。武七在世俗中是一个乞丐，但是呈现在舞台上的却是一个大写的人的形象，是一个带有自我觉醒意识的独立个体，顶天立地屹立在人世间，闪耀着人性的崇高与光彩。

很喜欢结尾处的舞台呈现：漫天的雪花飘散在广袤无际的乡野，落在茫茫大地上，变成一片苍茫的世界。远处的学堂里，幼稚的童声齐声朗诵着《三字经》，响彻行云，久久回荡，那是生命之花尽情地绽放。

而那个沿街行乞一生的老人，蜷缩在一个角落，安静祥和地守护着生命中最后一抹微光，人生散场，纵使人生充满美梦与热望，犹如那洋洋洒洒飘散的雪花，只留下一声轻叹：茫茫天地间，又见武训先生！

（原载 2019 年第 1 期《当代戏剧》杂志）

话剧/京剧《大面》

话剧《大面》：变异与回归

罗馨儿

2015年5月16日至5月21日上演于上戏剧院的戏剧《大面》，本身就是一个充满交错与融合意味的文化事件：这是一部由戏曲剧作家操刀改编的话剧；一部在大剧院舞台演出的“小剧场”戏剧；一部用传统的戏剧艺术手法构建民族话剧新形态的实验作品；一部时值全国戏剧青创会召开之际展出，引来各路戏剧创作的菁英大咖纷纷到场，造成观演之间互相启迪和深度互动的“话题戏剧”。

可以说，话剧《大面》事实上体现出戏剧专业院校最高艺术生产力的水准，由罗怀臻编剧、何雁导演。这部以毕业（以及实习）创作为初衷的话剧，选择了一种具有探索意味和实验色彩的呈现方式，用高度抽象、凝练的手法，将人性的幽微之处加以变形化地呈现，描绘了从非常态向常态回归的历程。

一、 对人性的体察和剖析

“我究竟是谁?”

“我该成为怎样的人?”

“我到底要何去、何从?”

尽管《大面》的故事背景是一千年前的北齐时代，但人类古已有之的“天问”仍在面具背后绵延至今，寻求释义。剧中对峙着数道二元概念，在形而上的层面铺展着人生的境遇与抉择：天性与异化、本色与雕琢、羔羊与豺狼、神性与魔性、杀戮与救赎、苟活与牺牲……而主人公兰陵王作为线索穿梭其中，将一对对看似矛盾的命题串联起来，也构成了全剧最为丰满和复杂的人物形象。兰陵王从麻木不仁、搔首弄姿的“伪婆娘”，到滥施暴行、众叛亲离的“猛将军”，再到痛定思痛、幡然悔悟的“新生儿”，这是个并不鲜见的成长历程——伴随着无意识、偶然性、被逼无奈、矫枉过正、追悔莫及等世情人性的常态。但从剧情来看，这些人生的重大转折都关联着一个至关重要的物件——“大面”。受到诅咒的大面，一方面是天命所归，赋予凡人英勇神力；另一方面又嗜杀成性，且戴上就难以卸下，要用至亲热血才能消融。这使得《大面》似乎成为一个具有魔幻色彩的“神话”故事。

而实际上，按照精神分析学的原理，幻想多为心理压抑的投射。这就涉及“大面”这一总领全剧的意象的哲学内涵和象征意义。何雁导演将“大面”解释为“与生俱来的罪之化身”，本文认为还有可商榷之处。不可否认的是，“大面”是兰陵王人格切换的按钮、命运转变的载体。头戴大面、性情大变，犯下罪孽、造下杀业，似乎一定程度上体现了“原罪”的提法。但是，这种前后反差、走火入魔的境地，也不能和他的具体人性和具体遭遇割裂开来看待。兰陵王在强权下苟活，装男变女、自我麻痹，他的内心长期处于压抑和放逐的状态，并且，他的天性中，本就带有尚武、凶悍的基因，是谓“猛士”“豺狼”。因而，神力加身之后，这种长期的抑制和扭曲让他走向另一个极端——极度的自负、残暴和“精神洁癖”。这实际上是他试图对屈辱印记的清洗和磨灭，用杀伐屠戮来寻找新的自我认同、建立尊严。而反过来，他被“大面”所反噬，无从解脱，受诅咒般重蹈先王的覆辙，构成一个豪强世家的命运轮回中的一环。从以上这些层面来说，剧中“大面”似乎还可以被阐释为尊严、欲望、权力、宿命、宗族图腾、因果循环……这后面，屹立着华夏民族数千年来的心理结构和伦理精神。

如果将话剧《大面》视作一个民族寓言结构的文本，“大面”无疑具有着多义性，是一种多维的、动态的人格化符号。但倘若放弃释义，单纯地从剧场效果和观赏心理的角度来看，“大面”或许只是承载了一种对精神上的补偿或抚慰，以及某种意义上的升华。大面所代表的超自然、非常态、非理性的“神力”，是观众借以摆脱世俗生活的庸常、平淡、焦虑、创伤的替代性意象。一旦观众在心理上形成了对兰陵王的认同结构，将自身的心理和感受代入剧情，那么他们也就成了“大面”神奇力量的享用者，承担了随之而来的疯狂的快感和绝望的恐惧，完成从真实世界到假定情境的延续体验。这种体验，也许是“净化”，也许是“寄情”“猎奇”“戏谑”“照见”，等等，因人而异，不一而足。

二、对原初戏剧的追溯和生发

实际上，“大面”在中国戏曲史上是一个源远流长的词语。除了《北齐书·文襄六王传》中史家笔法下的寥寥数语，据《教坊记》、《旧唐书·音乐志》等中国古代戏剧学文献记载，唐代出现了以兰陵王戴面具征战为表现对象的歌舞戏《大面》（一作《代面》），其主旨内涵和美学价值之于后世，可堪寻味。后逐步去娱乐化，以“软舞”的形式传入日本，今可参见日本雅乐《兰陵王入阵曲》。

而话剧《大面》，则是对戏剧的精神和源头进行了追溯和再发现。“大面”（脸谱）、“偶戏”（傀儡）、“百戏”（中国早期戏剧）、各执一词的四段“杀宫”戏（多视角叙事者）、跳出情境对观众自白（叙述体）、讲述英雄故事的激情语言（史诗）、四折一楔子的剧作结构（元杂剧剧本体制）……充满着戏剧元素的剧作，将假定性与真实性灵活地穿插交融，写实与写意信手采用，具有原始戏剧文学的粗粝、质朴和魔幻色彩。脱胎于文本，话剧《大面》的舞台演出呈现出一种凝练而自由的独特形态。《大面》的舞台艺术范式，更多地让人联想到古希腊悲剧：三面环型的观众区将表演区包围，观众席连阶而上，仿佛广场边的看台；以黑色调为主的舞台空间，主舞台是一个将近1米的深坑，上方有数道挂满黑色布条的帘幕，吊杆起落光束流转，重重心障便成了风霜刀剑；演员的造型和表演介于情绪和情感、体验与表现之间，在黑白色、几何型的背景空间里被聚焦和突出，使得人物的形象和性格高度鲜明；先王的英魂“显灵”的重要段落，则用现代剧场的舞台装置渲染和强化人的自由意志与命运的冲突；适时登场、身着黑衣的功能性演员也如同歌队一般戏感强烈、庄严肃穆。

在话剧《大面》的整体艺术形态中，“复古”与“创新”不悖地并行着。何雁导演擅长用开放式的、感性的手笔，重新读解和定义一段经典文本。他之前的戏剧作品《原野》《风流参议员》等，整体上也都是在色调简洁、构图感强烈的舞台空间里，用丰富的表演和调度捕捉戏剧性，带来独特的表现力、冲击力和新鲜感。而《大面》的演员们，在四年的本科学习中，曾与包括耶日·格洛托夫斯基与汤姆斯·理查兹工作中心、尤金尼奥·巴尔巴创立的欧丁剧团等世界戏剧大师的理论及实践直接接轨。对空间的活用，充分发挥舞台的假定性，有些段落甚至直接用戏曲手法呈现，配合锣鼓场的现场伴奏，形成了一种自身的气场和风格。而武打、舞蹈、木偶、喜剧表演等段落，则为全剧补充了新的质感。可以看出，《大面》在探索话剧民族化的道路上尝试，这种创新并非是生造和堆砌一些戏剧观念或外部技巧，也没有沿用现有的历史话剧套路去常规地复述剧本，而是从戏剧原初的形态和元素中汲取能量，并试图与实际创作情况结合，开发出新的舞台可能性和剧场效果，并避免仿古式的沉迷、考古式的还原。因为不论怎样的革新样式或技法手段，都必须和当下的具体创作实际结合产生而化学反应，如此，才能称之为有价值的艺术实践。同样，在《大面》中可以感到一定程度上的驳杂和含混，各个艺术部件在整体中也并非全都有机地“兼容”，且将其视作探索过程中必然遭遇的迷惑，以及暂时无法彻底解决的问题。

三、 对能量场的激发和锻造

看罢《大面》，一个直观的感受是：这是一出有“能量”、有“气场”的戏。距离演区无限接近的观众往往会被卷裹进场上角色的爱恨情仇中，被强烈的戏剧张力所吸引和震撼。这种外溢性的力量源于《大面》与生俱来的激情气质，也来自于演出时所形成的能量场。作为时代背景的北齐，是一个崇尚自由、野性十足的“禽兽王朝”；剧中的人物，无论是兰陵王、齐后、郑儿还是齐主，都具有鲜明、刚烈的个性，体现出顽强的生命力；演出形式也极大地简化外部因素，专注于将各种富有能量的手段有机杂糅，在视听效果的层面冲击着观众的集体心理结构；演员的表演也可以说是激情四溢，各位主要角色的扮演者从自身特质出发，均较好地完成了表演任务，个别演员更是呈现出优秀的舞台掌控力和把握角色的准确性，可圈可点、潜力惊人；舞美、灯光、服化、音效等艺术部门，对全剧的厚重与轻薄、浓烈与清透、明亮与神秘、张扬与压抑的美学平衡，起到了或补充或中和的适配性作用。

实际上，能量场是一个带有时态感的词，是力量的个体单位集结成具有吸附力的审美空间，使得接受者受到召唤，完成审美心理仪式。从这个层面来考量，《大面》基本达到了营造一个吸附性结构的程度。通过观看整出戏，观众感知到的不仅仅是一段历史或历史中的人物，更是极端境遇下个体心灵的某种异化的形态，和实现本心过程中的挣扎、求救，舞台上站立的，应当是每一个遭遇异化、叩问本真的人。可以看到，演员平时进行的身体训练和特殊技能训练起到了巨大的作用，他们在声音、台词、形体、表演方面的能力，以及临场的心理素质，是形成全剧能量场最关键的部分。但是由于年龄和阅历的局限，有时候则缺乏对人物遭遇的真正体会，在某些激烈的段落不能给到最确切的力量，而只能用表层的能量去填补内在体验的空缺，或者因“用力过猛”导致失控。

实际上，能量场的激发和锻造也是为了深入地展现和触动戏剧参与者的心灵，它是一个双向度通行的场域。一方面吸附观众、完成仪式般的集体心理活动；另一方面受演员表演的控制，也反过来影响演员艺术创造的内部变化。所以，尽管《大面》在这一层面尚有提升的空间，但它的尝试和探索，对于刺激民族话剧新形态的生成是有积极作用的。

（原载2016年第2期《戏剧文学》杂志）

原型与仪式：京剧《大面》的人性寓言

叶志良

源于古久的兰陵王的传说，几经历代文人、诸种文体的艺术演绎，新编历史京剧《大面》以另一种方式，将编剧罗怀臻、导演翁国生充满人文主义的思考，以充满传奇色彩、具有哲理内涵的寓意戏剧，深刻而艺术地传达出人性永恒的主题。无疑，这是一部讲述关于中国化的“人性与面具”的现代寓言剧作。

一、复仇母题与宗族精神图腾的重建

京剧《大面》主要讲述历史上的北齐名将兰陵王，在生父被杀、生母被夺的环境下忍辱负重、复仇重生的传奇故事。这是一个源自民族记忆和原始经验的集体潜意识、带有强烈原型色彩的历史剧，在中西神话、宗教、梦境、幻想、文学中不断重复出现，并演绎成人类共同体的集体意识乃至社会群体文化标识的母题。京剧《大面》以兰陵王的英雄传奇为蓝本，创造性地演绎出这一古老传说在当下历史背景下新的故事走向。兰陵王亲眼目睹了父王被其弟弟齐主谋害，母后被齐主霸为己有，继而装疯卖傻，用女儿态、可人儿来掩藏自己的本相，保命宫闱。生母齐后为了唤回兰陵王的男儿血性，设计让先王鬼魂“复活”，并授予神兽大面，戴上大面的兰陵王神奇般地增添了男性气魄，战场请缨，所向披靡，得胜还朝后夺回王权，为父复仇。这是一个类似于莎士比亚《哈姆雷特》式的弑父娶嫂的原型与复仇母题，在中国式的“生存还是毁灭”咒语般的语境中，凭借带着神兽大面的魔幻般的力量，最终唤醒了自己的血性，除去篡位的齐主。弑杀先王、齐主易位、迎娶先王之妻、假面狂欢、出征建功、重夺江山，这已然是一个中国化的复仇主题的充分演绎。

如果说戴上神兽大面是兰陵王男性缺失后的一次男性与英雄气概的回归，那么让英雄回归人性则是英雄之所以成为英雄的宗族乃至民族精神图腾的重建的不二之路。罩上大面后的兰陵王走上了冷酷无情、暴虐成性的人性另一端。执政王朝的兰陵王，以“战神”姿态还朝，颐指气使，草菅人命。面对母亲，他没有亲情，对母后的解释毫不动心。面对恋人郑儿的真心相劝，妒火中烧。面对群臣的鼎力辅佐，满怀狐疑。建立新的权威后的兰陵王走向了人性的极端“恶”。为了帮助兰陵王迷途知返，回归本我，母后不惜用自己的身体作为献祭，才得以换来兰陵王摘下神兽大面找回迷失的人性，回归人性的“善”。京剧《大面》，以母后的两次身体献祭，一次是委身齐主保全儿子兰陵王并设计唤醒男性本性，一次是以鲜血祭身寻找兰陵王的人性，最终成就了兰陵王的人性与伟业；以兰陵王自身的两次献祭，一次是假面可人儿女性样的忍辱吞声，一次是神兽大面的兽性与人性的善恶并存，完成了“勇者”的复归与“人性”的复归的双重主题。剧作以一个古老题材而又充满现代理念的原型故事的重述，重建了宗族乃至民族精神重塑与人性高扬的境界。

二、 面具象征与人性复归隐喻的重建

面具是人的复杂内心世界的一个象征。在戏剧的舞台上，面具直观的视觉效果，基于视觉产生新的内在象征性意义，使得面具具有深厚的象征性和神秘的仪式感，赋予戏剧主题立意一种精神上的隐喻。京剧《大面》从命名上来说，就是一个富有象征意义的剧作。大面，实际上是古时乐坊的面具，也是后世戏曲脸谱的雏形，是代表着中国戏曲文化精髓的符号和原型。然而在这一原创京剧中，面具的应用具有两重手法，一是无形的人格面具，二是有形的神兽大面。两种手法的充分运用，张力尽显，将中国戏曲的面具象征演绎得淋漓尽致。

从外表上来看，那个所谓的人格面具，是没有具体形状的变幻

莫测的存在，却又无时无刻游荡于剧作之中。在齐主统治时期，几乎齐主身边的所有人都戴着掩盖自己本性的人格假面，曲意奉承，逆来顺受。齐后忍受着嫁给弑夫者的隐痛，与齐主强颜欢笑；齐国的旧臣们卑躬屈膝，装聋作哑，极力奉承荒淫残暴的齐主；目睹生父被杀、生母被夺的悲惨境遇下的兰陵王，为了生存，干脆当起了宫廷乐坊的伶人可人儿，迎合当权者齐主的嬉笑玩弄，戴上的假面使他的人格扭曲变形，在暴君的强权下忍气吞声、苟且偷生。宫廷中的所有臣民们都戴着假面，隐忍着自己的人性本性，与狼共舞。终于有一天，生母齐后为唤醒兰陵王身上男人的阳刚血性，设局引导他进入先王陵庙，在亦真亦幻的场景中，戴上了先王领兵出征时佩戴的威武“大面”。从戴上“大面”的那一刻起，兰陵王血液中尚存的英雄基因、个体中的男性血性被瞬间激活，头戴“大面”的兰陵王变得勇武无匹，率兵抵御大举侵犯北齐的北周敌军，以少胜多，全胜还朝。凯旋的兰陵王，清除了阴险毒辣的暴君齐主，但却犯下太多杀戮，无法卸下融注了先王魔咒的“大面”，内心充满了仇恨。戴着“大面”的兰陵王，在血性与神性融为一体的同时，也助活了他本我中的“兽性”，独断暴虐，疏离至亲，远离众臣，威武阳刚与冷酷无情居然如此融洽地结合在一起。人性复归的隐喻，在于神兽大面的摘除之间。为了卸下“大面”、消解兰陵王内心深处的仇恨，充满慈母之心的齐后毅然刺开胸膛，用自身的热血泼洒，融化了狰狞冰冷的“大面”，帮助兰陵王找回了人间的真情真爱。

在京剧《大面》中，自始至终都营设着面具的重要意象。无论是兰陵王可人儿的女子形象，还是之后的神兽大面；无论是无形的隐形假面，还是有形的狰狞面具，兰陵王一直行走于人性两极的状态。大面的最终瓦解，是人性的终极回归。显然，《大面》不仅仅是一个讲述历史故事的传奇历史剧，更是一个极具象征性的现代寓言，从唾面、祭面、戴面，到卸面，恰是兰陵王人格分裂与人性回归的隐喻。

三、 传统表现与现代戏剧仪式的重建

戏剧史上根据兰陵王传奇故事改编的歌舞戏《大面》，本质上是一部代面戏，展现了中国戏剧艺术最原始的形态，为我国具有高度综合的戏曲艺术的最终形成作了必要的准备。编剧罗怀臻说："京剧《大面》是对戏剧的精神和源头进行的一次追溯和再发现。"某种意义上说，京剧《大面》是对歌舞戏《大面》的一次超越时代的对接，但这种对接无疑是一次螺旋式的发展。也就是说，京剧《大面》虽然充满着中国式的戏剧元素，但又有着世界现代戏剧观念的审美视野，试图将传统表现与现代意识结合起来，建立新颖的中国现代戏曲民族化的仪式，重建中国戏剧自身的文化身份。

显然，这一努力得到舞台上成功的回报。京剧《大面》一改以往中国戏曲强调的单一的假定性，而与真实性的场景巧妙而灵活地结合起来，既有西方式的舞台写实又具中国风的舞台写意，写实与写意手法交叉使用，极大地拓展了舞台的时空，赢得了极为自由的穿行写实与写意壁垒的表现场域。舞台既具有原始戏剧艺术的粗犷、质朴和神话色彩，又有现代戏剧魔幻、超现实的整体氛围的营造，整个舞台出神入化，既本于中国传统戏曲的表演风格，又超越本土接轨世界舞台。如主舞台高悬奇大无比的神兽大面，前后左右悬挂六道黑色宫门状立体景片，随着剧情的发展不断地移动变换出不同的景观，极为写实的布景在整个戏的演绎过程中，却整体营造了写意、空灵、流畅的展现空间，体现出较为明显的写实性与写意性的结合的色彩。而兰陵王的亦文亦武，易男易女，主演运用了京剧的旦角、文生、武生和花脸等不同行当，大段发自内心的心理独白，激情的京剧【反二黄】【反西皮】板腔体演唱和载歌载舞、边打边唱的昆腔曲牌演唱，这种新的综合又有别于一味拘泥于单一剧种品相、品性的特点，皆为新创京剧汲取现代理念重建现代戏剧程式与仪式的独特展现。

把古代的感人故事讲给现代人听，把中国的神奇故事讲给全世界听，不是对传统剧种、经典剧作的舞台照搬，而是根据时代变迁、审美衍变的需要，重新寻找中国戏剧向前发展的理路。这次京剧

《大面》在世界戏剧审美的视野内，重度打造京剧南派武戏的文化品格，让南派武戏和悲情京剧融合，让舞台呈现更加厚重，让剧目文化内涵更为深刻，充分呈现国粹京剧新的韵味，恰恰是当下重建现代中国戏剧仪式的重要表征。

（原载 2017 年第 11 期《中国京剧》杂志）

超越式回归

——京剧《大面》的启示

罗　松

从原始大面到文学大面

《大面》是由罗怀臻编剧、翁国生导演兼主演、浙江京剧团演出的一部大型原创京剧。兰陵王的传奇故事在中国古代流传已久，讲述面容柔美的兰陵王出征时总要戴上一副凶神恶煞般的威武大面，如此便所向披靡。由此编创的古代乐舞《兰陵王入阵曲》在我国戏曲史上有很重要的地位，有考证说它是戏曲“以歌舞演故事”的源流，而“大面”，作为古时乐坊的面具，也成为后世京剧脸谱的雏形，可以说是代表了中国戏曲文化精髓的符号。罗怀臻曾说：“京剧《大面》，是对戏剧的精神和源头进行了一次追溯和再发现。”在这一追溯的过程中主创者以戏曲的原始形态作为舞台表现的意象来传达现代意识和探讨富有哲理意味的人生命题。

京剧《大面》主要讲述了历史上北齐名将兰陵王，在生父被杀、生母被夺的环境下忍辱负重、浴火重生的传奇故事。新登上王位的齐主残暴荒淫，将自幼习武的兰陵王驯化为宫廷乐坊的美优伶。少年时的兰陵王亲眼目睹生父被叔叔所害，并将生母揽入怀中的罪恶一幕之后，其幼小的心灵从此便种下了仇恨与屈辱的种子，为了在强权下生存，只得装扮女优，失去尊严地苟活。兰陵王的生母齐后为唤醒兰陵王身上的男人阳刚血性，引导他进入先王陵庙，戴上了先王领兵出征时佩戴的威武“大面”。头戴“大面”的兰陵王瞬间变得勇武无匹，率兵抵御了大举侵犯北齐的北周敌军。凯旋的兰陵王毅然处置了阴毒残暴的暴君齐主，但因犯下太多杀戮，难以卸下融注了先王魔咒的“大面”，并随之性情变异、独断暴虐，内心充满了仇恨。戴着“大面”的兰陵王逐渐走向了独断专行，他疏离了至亲，远离了众臣，成为了可悲、可怜的孤家寡人。为了卸下“大面”、消解兰陵王内心深处的满腔仇恨，充满慈母之心的齐后毅然刺开胸膛，用自身的热血融化了狰狞冰冷的“大面”，帮助兰陵王找回了人间的真情真爱。

弑兄娶嫂、王子复仇，这样的题材并不新鲜，然而京剧《大面》的重点却在于王子复仇夺回权力后却跌入了人生更为恐惧的另一个低谷。其对人性异化的揭示，对人性本真的呼唤，给虽然有着近似情节的莎翁名剧《哈姆雷特》带来了不同的思想内涵，一个是面对“生存还是毁灭”的人生困惑，一个则是寻回真正自我的人生反思。大面是一把双刃剑，在帮助你成为勇士的同时也会把你变成“豺狼”。舞台上的大面，恐惧阴森，仿佛是人类因争权夺利而泯灭人性的揭示。兰陵王头上的大面，上红下黑，威武而狰狞，又仿佛是兰陵王人性变异后人格分裂的外化。

京剧《大面》深刻地反映了残酷险恶的朝廷内斗对人性的压抑和异化，展现了畸形的人情世态里注定的悲剧命运。同时也表达了人类对真善美与和谐的向往与追求。

一副大面，成为照见人类自身的寓言，既照见了罪恶也照见了善良本真，引发人们对自身本性的思索和质疑。人总是会对权益有所追求的，这种追求可能成为一种积极的力量，也可能成为一种严重的破坏力量。在现代社会高速发展的今天，激烈的竞争、权利的诱惑、复杂的人际关系、快速的生活节奏，使人们的内心越来越多地被贪欲、自私等负能量所充斥，导致了物质文明与精神文明的脱节。不忘初心，方得始终，若忘初心，幻湮迷灭。这一具有人生哲学普遍意义的思想在当今现实有着非常重要的意义和价值。

导演翁国生曾说：“此剧让观众感知到的不仅仅是一段历史或历史中的人物，更是极端境遇下个体心灵的某种异化的独特形态和实现本心痛苦转变过程中的苦苦挣扎和凄情的求救。”兰陵王虽然报了杀父之仇，夺回王位，然而他却众叛亲离、孤家寡人。该剧深切关注人的精神世界，珍视人性的美好，守护生命的源头，强调人的绝对命运，否定人的表面命运，并以此实现人性价值的超越。

京剧《大面》追溯人类戏剧的精神始源，让“戏剧即人学”的精神回归当代戏剧舞台。剧作家从人性的视角回望历史，塑造了一个充满人文关怀和人生哲学的全新的大面。使得京剧的“大面”，已经不是那个传奇故事中的原始大面，而是一个隐含象征意味的文学大面。这个“大面”，比远古时代的大面更为深邃、更为丰富、更具人类审美价值。

从传统本体到现代化创造

《大面》文本由象征和寓言所引发的厚重与深刻，给京剧舞台的二度创造带来了崭新的而又广阔的驰骋空间。导演视野开阔、手法多样，大开大阖、灵动细腻，充分调动京剧、舞蹈多种表现手段以及舞台各种艺术元素，其艺术呈现的极致化、戏剧冲突的极致化、人物命运的极致化和对人性拷问的极致化，给观众强烈的视觉和听觉的冲击乃至心灵的震撼。为京剧在促进剧目的思想性、文学性与舞台表现的观赏性和艺术性的平衡发展上，做出了积极而有益的探索，也为如何创造性表达传统文化提供了新的范式。

作为一出新编京剧，《大面》已不仅仅是传统意义上的京剧，它的文化容量丰富、艺术涵盖广，既有中国远古时期自由野性的张扬，又有莎士比亚戏剧和古希腊悲剧的深刻人文意蕴，并在整体演剧风格的统领下，以中国美学理念演绎西方戏剧精神，体现出鲜明的美学追求。其恢弘惨烈的故事氛围给追求和谐优美的京剧赋予了西方悲剧精神。在中西方文化的碰撞中找到了一种优势互补相融相长的和谐发展，使京剧有了国际视野，中国情怀。

京剧《大面》让京剧传统程式的精髓为本剧的全新创作服务，在现代化的追求中以对京剧表演本体基因的“全面复归”实现对于自身艺术品格的遵守与拓展。在表演部门领域，京剧的“唱、做、念、打、翻、舞”在本剧中得到淋漓尽致的发挥。兰陵王是京剧舞台上比较罕见的悲剧人物，其内心戏张力大、反差强，柔美、妩媚、阴郁、暴躁、刚烈、悲切、凄美、英武、恢弘、依恋、唾弃、孤寂、扭曲……诸多元素和状态都皆而有之，表演可谓非常之丰富多彩。情感抒发的唱段多，京剧唱腔的板式全。在唱腔设计上保留和展现了传统的京剧唱腔元素，但在配器上、唱段节奏处理上都有所出新。饰演兰陵王的翁国生在剧中有十分繁重的京腔和昆腔唱段，前后共有 8 大段，有的唱段堪比西方歌剧中的“咏叹调”，如“一更天时想从前”“多少回思念母亲不能寐”等京腔主唱段，翁国生以激情而又不失节制的演唱传达出人物的内在张力和复杂的情感；同时，在一些载歌载舞的表演中，翁国生巧妙地吸纳了京剧武戏的传统精髓，化为今用，全面发挥了京剧武生特别是南派武生的表演技巧，例如："率奇兵破强敌”一段，是借助昆腔【沽美酒】曲牌和京剧“走边”的表演程式，连唱带舞地展现出兰陵王探察敌情时的身手不凡和焦急心情。翁国生以潜行疾走配合繁琐的甩马鞭翻身、转墩，灵巧的掏翎子、压翎子、耍翎子身段造型和高难度的抛枪、耍枪、转枪、背枪、绕枪的出手技巧，丰富和发展了短打武生的“走边”表演。无论是山岗观阵的“走边”，戴面出征的“趟马”、还是突袭敌阵的“开打”、得胜还朝的“下场花出手”等等，翁国生都完成得迅猛快捷、干净利落，以允文允武的精湛表演展现出兰陵王的王者之气，做到武戏文唱，打出人物，唱出内韵。

该剧最激烈、最煽情的是最后一场“卸面”。“一旦戴上大面，杀戮无数，嗜血入魔，大面就难以脱落，唯有最亲最爱之人，用鲜血浇注浸润大面，方能将其卸下!”有了这一剧旨主题的先期铺垫，就必然造就了最后一场轰轰烈烈的悲情演绎。翁国生在这一场戏中运用复杂的身段技巧来多层次地表现兰陵王痛苦撕扯脱卸不下的“大面”。母亲的死触动了兰陵王的冷酷之心，翁国生运用大段的京剧【反二黄】板腔体唱段来抒发内心深处的孤寂、痛苦、犹豫、徘徊……呐喊出自小没有母爱的悲哀、自小压抑内心仇恨的抑郁和由此形成的极端变异的个性。他以富有戏剧节奏感的唱做念舞层层地将兰陵王内心深处的复杂心理之逐渐转变过程，细腻、准确、鲜明、感人地一一表现出来。

而母亲齐后，同样有几段咏叹唱段“一入庙堂泪难禁”“红唇红袄红裙装”“千声呼万声唤千呼万唤”，也是本剧中至关重要的旦角主唱段，演员毛懋运用京剧程派青衣的唱腔来呈现一位悲剧皇后极其复杂、痛苦的内心世界以及深沉伟大的母爱。

本剧的京剧武打和舞蹈造型也是舞台演出十分重要的视觉语汇。全剧惨烈的战争场面和武打套路以及个别抒情性的舞蹈场面是剧情发展和人物塑造必要的烘托手段，也是全剧演剧样式的重要体现方法。用武说话，用舞传情。比如，金甲俑将“金色斗篷舞”宫廷“翎尾仪仗舞”乐坊“羽扇长袖舞”“兰陵王领兵出征趟马舞”“兰陵王凯旋回朝盾牌舞”戏班“百戏乐舞”“火烧王宫逃难舞”等等，这些舞蹈设计将诸多中国古典舞的元素和中国戏曲的身段、技巧动作进行交融，设计出符合本剧艺术风格和整体演剧样式的舞蹈语汇和动作。并且，这些武打和舞蹈场面的编排与本剧所特有的北齐时代韵味和宫廷特色相融合，使该剧风格独特、艺术鲜明。

京剧《大面》积极探寻戏剧的意义、重拾戏剧的精神，从中国远古戏曲形态中找寻灵感，从古希腊戏剧中寻找切入口，从中国古典美学中汲取营养，从国粹京剧中寻求表达依托，让传统本体在当代审美中复归。如果说超越是为了追求成功，那么复归便是在成功后的一种回望，回望自己的本心，重新拾起在超越过程中丢失的东西。无论是超越还是复归，都应该回到对艺术本真的探索上，这不是一种简单的复原，而是一种超越式复归，一种螺旋式上升。

（原载 2017 年第 12 期《中国戏剧》杂志）

文学与表演的契合

孙红侠

话剧《兰陵王》之后，京剧《大面》又以不同的戏剧形式表现了相同的故事，两部作品在同一时期几乎同时呈现于舞台，为我们提供了不同表现形态背后可以持续深入探讨的诸多话题。但京剧《大面》的存在却并不仅仅是为话剧《兰陵王》提供一个不同表现形式的参照。

作为当下京剧舞台上少有的大武生戏，《大面》不同于当下京昆舞台流行的生旦合作模式，而是以京昆大武生为真正主角。《大面》也不同于当下京剧表演过分突出唱功的演出方式，而是以大武生唱念做打兼容的形式来讲述故事表达情感。同时由于作品在技艺的背后凝聚着深刻的人文精神，也使得这部作品因为文学性的突出而具有了更加鲜明的戏剧性。这些在当下戏剧的创作中都是值得深入思考和探讨的。

大武生生本戏：京剧精神的再现

《大面》是当下舞台上少见的大武生戏，更是少见的生本戏。武戏的衰落与振兴是近年来京剧界热门的话题，我们在这里不去讨论武戏衰落背后艺术与时代更替的原因，即使仅仅将武戏作为一种表演传统来看待，那么没有以大武生为主角的戏，没有以武生行为中心行当的戏，何谈“振兴”?

京昆舞台上，缠绵悱恻的文戏长久以来是舞台的主流。生旦合作的模式并不包括武生在内，而是指老生和小生与青衣花旦的合作。

这种模式是从四大名旦开创了京剧全盛时期以后就一直存在的，是京剧最常见的演出形态。而武生行，从杨小楼挑班之后，日渐作为单纯的表演技艺和生旦戏的“陪衬”而存在，《三岔口》等武戏是出国演出的大轴，但那多少带有因跨文化的障碍而单纯展示技艺的意味，且不是国内演出的常态。武戏——杨小楼和盖叫天时代开创的精神江河日下，辉煌难再。

《大面》的出现，在这点上，是意义非常的，标志了武生为主角和被遗忘的武戏以及武戏精神的回归。武戏的精神是阳刚与豪雄之气，是复兴与振奋之气，是切合我们这个时代的文艺追求的。《大面》的意义，在这一点上超过了作品的本身，京剧武戏重回视野，打破了文戏一花独秀的演出格局，打破生旦合作的既定模式。

但，就是这样一出难得的大武生生本戏，翁国生在《大面》中的表演却并不容易。这个不易并不属于武戏表演的“艰难”，那不是翁国生这个层次的演员需要面对的问题。兰陵王是京剧舞台上前所未有的人物，而且剧本提供的是一个前半部阴柔旖旎，后半部暴虐撕裂这样一个充满了弗洛伊德意味的复杂人物。这不仅不是区别于穿长袍的武老生的武生戏，更是一段穿裙子要舞蹈的武生戏。前面要呈现出阴柔妖媚的一面，后面则要展现出阳刚之气，这对演员的塑造能力是太大的挑战。

我们看到翁国生在唱念做打上全部都打通了行当界限。武戏的基本的技艺展示并不是重点，当然“戏必有技”“戏要有技”，所以出手功、翎子功、后趟海变身僵尸等翻打毯子功……这些一个都不少。但武生不是卖旋子，不是撇子，技艺要有情感才有戏。《大面》里不缺少这些向传统致敬的技艺，但仅靠这些，是立不起来一个兰陵王的。以兰陵王为主，那就必须站在大武生的基础上再跳出大武生的束缚，打开程式的枷锁。

我们看到类似舞蹈形体的表演处理方式，兰陵王神武宫献舞时的长水袖抛耍和旋舞身段、后半场“大面之魂”所展现的在火光中涅槃的翻滚……，这样的处理很有可能不被老戏迷接受，因为看上去像舞蹈，因为很多身段并不在锣鼓经里，因为似乎京剧里前所未有。但这恰恰是表演中最值得关注的部分。即使是舞蹈，也不应该是被诟病的所在，因为如果京剧里能吸收当下最好的舞蹈，那恰恰是成功，因为梅兰芳在天女散花的时代里就曾经将当时最好的舞蹈融入他的表演中。何况，戏曲舞台上形体的舒展并不能以舞蹈一言蔽之。戏曲的舞蹈是要高度意象化的，意味感非常强的，也可以说是必须加以程式化的，但其实也是不要拘泥于全部程式化的。

如果人物和情境需要这种形体，其存在就不仅仅是合理的，更是有意义的。一切都要放在兰陵王这个人身上看，而兰陵王不需要为保守主义的表演美学代言，那么兰陵王需要不需要这种“打通”和“打破”？回答是：需要。这种打破行当和程式的表演，其丰富性是传统性不能够给予的，翁的表演完全具有现代表演形态的意味感，是京剧武生表演美学的一次拓展。

一位演员需要代表作，那么什么样的作品才能称为代表作呢？《铁公鸡》演多少年也不可能成为代表作，只有彰显个性和价值的东西，才能赢得真正的瞩目。艺术家有时需要一意孤行。而其实这种打通和打破的精神，一直以来就是京剧所有的。京剧在发展中要完成从古典到现代的个性化的转变，《大面》确实能给予启示和借鉴，对京剧行当的均衡、对于京剧表演美学的推进，对于现代形态的转变，都具有启示的意义。

文学的“在场”重焕京剧精神

《大面》，不缺少优秀的表演，而所有的表演，都应该从文学中生长出来。

《大面》是一出不用痛哭来表达悲伤的戏。高兴可以笑，但是悲伤却不一定哭。笑，要写在脸上，哭，只能刻在心里。脸和内心不一致，这才是人，而不是猴。《大面》中的兰陵王就是要写出和演出这样的感觉。从9岁的孩童开始写起，弗洛伊德式的笔触深入了一个男孩心灵的成长史，伟岸的父亲倒下，美丽的娘亲改嫁，从此他只有眼前路，没有身后事。变成女人是伪装，也是沉沦，是无可奈何，也是最深沉的迷惑……，直到遇到郑儿，一个脆生生俏伶伶的女孩子像穿过乌云的阳光一样苏醒了他的性别意识。郑儿是一个符号化的人物，但这段爱情戏写得很美。我们不必纠结于解释为什么一个姑娘会去喜欢一个不男不女的人，因为爱情不是寻找完美，而是用完美的眼光去看那个不完美的人，我倒觉得这不是问题。可郑儿的青春烂漫至多不过是兰陵王眼中的刹那芳颜，他身份的背后还有一层国仇家恨和杀父夺母，要完成救赎，还必须杀出一条荆棘血路，隐忍、压抑、孤独、沉沦、苏醒、变态、狂暴……这些全部构成兰陵王这个人物性情美感的来源。

其实，罗怀臻并不是真的要特意在话剧《兰陵王》和京剧《大面》里去讲一个什么样的故事，而是想要给你看一段饱受煎熬的情怀。我们不必纠结于主人公之间为什么爱上，为什么转变又为什么如何。讲故事如果想让人哭，但并不必在重重的冲突中瓦解到泪崩的那个点，而是让你知道就好，回味见分晓。如果想看一个有头有尾的，毫无逻辑缺失感的故事，那就浪费了罗怀臻三个字。

罗怀臻的剧作从来不缺少现代意识和戏剧的文学性。纵观他的作品，有很有意思的两个部分，一部分是男性视角下的各种女性的故事，班昭、董小宛、刘兰芝……，而另一部分则与之相反，用通俗的语言来讲，写的和演的都是男人的戏，金龙与蜉蝣、伍子胥、楚霸王项羽、兰陵王……这些人物内在的共性，都是刚劲豪雄，但同时也总有挥之不去的压抑感。那种隐忍得透不过气来的压抑感，那种经历了穷途末路的悲凉，经历了最亲密的背叛，那种人生旷野踽踽独行的坚韧和压抑，是他笔下这些男性的英雄人物的共性，也正是因为这些共性构成了戏剧的悲剧人格，也凸显了戏剧精神的壮美。

《大面》和《兰陵王》也正是这样的一出戏剧，兰陵王俊美的外表下写满了隐忍、伪饰、仇恨和耻辱，这些再次构成了罗怀臻笔下男性人物的丰富性和立体感。

以一颗勇敢的心找回自我，带着被现实无情打湿透的肉体要浴血重生，如果这仅仅是接下来要讲的故事，那又简单化地理解了剧作后半部分嗜血狂魔化的情节走向。

我更加倾向于去做这样的解读，强悍其实与脆弱永远相伴，杀戮的本性是要补偿那曾经孤单的灵魂。第一次是郑儿的爱情，让他从女变成男，第二次则是母亲的鲜血，让他从魔鬼重回人间。铁血精神不等于杀戮和残忍，也不是戏剧所要着力表现的主题，所以结尾处罗怀臻不同于话剧的处理，而是笔锋一转，带出对光明和善良的向往，又要在忏悔当中，写满了对新生的期望。人生的寒夜迷途，对于兰陵王万般疲惫的灵魂，母亲和爱人的情才是心中的明月。那一刻不血腥，不扭曲，童谣响起，笔触轻轻，把人生的功业起落，放在笔墨之间，犹如沙河塘上春寒浅，看去心中缓缓归。

这是京剧和话剧不同的观感，京剧其实就更深化了主题，使得兰陵王不同于哈姆雷特，哈姆雷特是犹豫主义者的命运悲剧，而兰陵王是践行主义者对真善美的向往。任何人性里都藏有恶的种子，所以艺术的力量，文明的力量就是不释放恶，而要永远保持理性的善。《大面》这一点在剧作的文学性上，有了现代性的高度。

优秀的舞台作品必须要有严肃的文学支撑。人们之所以进入剧场看故事，是因为故事是人生的隐喻，当代岂无前代事，座中常有剧中人，剧作家更是要通过故事来传递价值和承载情感，这是戏剧的任务，而表演就是要把这些真诚的感受，做一个有力的表达。当下的戏剧需要的不是虚假繁荣，而是有灵魂的诠释者，灵魂是一个人，也是一出戏最重要的存在方式。戏剧的灵魂正是它的文学性。

没有伤害传统，但不局限于传统

热爱和忠实于传统本身是不错的，但传统不是一切。马也先生在很多场合讲“传统是来时的路，不是去时的方向”，傅谨先生则说“如果你不知道你从哪里来，你也不会知道要向哪里去”。我知道这是两句极为精妙的比喻，说尽了当下对“传统”的理解和困惑。

《大面》没有伤害传统，但绝不局限于传说中的传统。形式是传统的，但戏剧的精神和表演的形态都必须是跳入传统才能进入当下的，这才是京剧发展应该有的方向。

回看《大面》全剧的气氛处理，表现云遮雾障月明星稀，用细碎的琵琶声；表现出征的庄严、心绪的改变，用沉重的鼓声。天幕上巨大的面具全剧贯穿、始终存在。“夜叹”一场戏，蓝光渐渐隐去，沉重压抑的神武宫门层层裂开，狰狞的面具在天幕上突然隐现，高高俯视着孤独的兰陵王，舞台气氛的处理非常漂亮，这都是京剧的舞台上不多见的，但却是京剧的舞台上应该有的。郑儿神武宫的献舞一场，话剧表现得非常清纯，京剧的那一场展现得极为妖媚，用琵琶和古筝来伴奏，轻灵妖媚感呼之欲出。面具涅槃一场戏，表现兰陵王遭齐王暗算，被火焚烧，整个舞台上呈现出的虚拟火光，是全部运用舞台染色灯的滚动铺设和烟雾弥漫来写意性地表现火焰的，而演员则运用极端变形的身段技巧表现出被火焚烧的痛苦表演，这场戏跳出了京剧程式，用现代的肢体语汇，人声伴唱，达到了相当的视觉冲击力，一直到最后兰陵王僵尸倒地，箫声呜咽，达到全剧高潮的节点。这些都是传统中所没有的，但是一定是比传统做得更好的。

正因为不局限于传统的气魄，《大面》的表演才能与文学有相当高的契合度。

戏曲和京剧的发展，从 20 世纪 90 年代至今一直有持续的危机论，国家也对戏曲有多种渠道的扶持。其实哪里是戏曲发展的路到了尽头，而分明是应该转弯，戏曲需要进行转向和转型，也就是要完成现代的转型。

没有任何一种活生生的戏剧——无论是形式还是作品——可以孤芳自赏、高处不胜寒地不和当下接通。我们面对已经退出生活的事情还常常不习惯用淘汰这个词，总是以美好的怀旧情怀，将其习惯性地一律视为经典和应该继承的东西，但其实过去只能是历史，传统也只能是历史。我们从过去一路走过来，从传统走过来，无论去哪里都要保持不断地在沿途和周围对话的能力。这个“沿途”，正是当下。能够和当下持续性的对话的作品，才有力量继续走向未来，那样的剧，就是经典，那样的剧作者和表演者，才是清醒的艺术家。

京剧不应该是炫技，不是老戏迷口里津津乐道的“玩意儿”，那并不是现代的剧场艺术。要真正成为国粹，要和人类文化遗产的身份相适应，京剧就要在继承传统的基础上，不断取其精华，去其糟粕，去伪存真。

京剧以舞台表演为中心的特点，未必是完成现代转型时的优点。舞台表演和演唱的技艺性，已经发展到了登峰造极的程度，而戏剧的文学性，却一直是萎缩和缺失的状态。唱词的优美与否从来不等于文学性，严肃的文学性是戏剧精神的一种。“内廷供奉”时期的京剧走过的是宫廷化的道路；海派大码头的争奇斗艳构筑了的票房帝国，展现的是其商业化的发展路径；样板戏服用于政治，又使其呈现出工具化的一面，但无论是宫廷化、商业化还是工具化，这些都不应该是京剧应有的样子。京剧，要完成现代转化，要从传统走到当下，必须成熟为真正的戏剧，必须做到文学与表演的高度契合。因而，京剧精神也就是戏剧精神。呼唤京剧精神的另一个层面还在于其社会意义。在当下嘻哈的恶俗中，在直播喊麦的低端文化流行中，在屏幕充斥宫斗剧办公室政治或者大女主玛丽苏式的流行文化中，《大面》这种对复兴精神的赞美与呼唤是喧闹声中一股刚劲而健康的清流——呼唤武戏的魂魄，重焕京剧的精神。

（原载 2018 年第 7 期《中国戏剧》杂志）

话剧《兰陵王》

新的，可能总会看上去很美

——评话剧《兰陵王》

郑荣健

北齐一朝，短短二十余载，无甚文治武功，倒是出了荒淫暴戾、嗜杀疯癫的几个皇帝。黑暗现实与彼时士林的玄远风度相互折射，那诡谲险恶、怪诞荒唐的氛围，使得“貌柔心壮”“才武而面美”的兰陵王就像流星划过长空，是何等的神采奕奕。对于有强烈历史意识的中国人来说，他的形象本难挡洪流席卷，偏就从死人堆里生长了出来，绝对是个异数。

人们对兰陵王的关注，也许源于他“不知其母”的神秘出身、邙山之战中的武勇、戴面具冲锋陷阵的传奇，但史书记载及民间传说的矛盾或模糊，实际上使得兰陵王成为一个身份的“罗生门”。由罗怀臻编剧、王晓鹰导演的话剧《兰陵王》由此来展开故事，自然获得了某种好奇，让它有了“好看”的扮相。当大幕拉开，悬念也随之弥漫。编剧和导演显然深谙传统美学的神髓，所谓大道至简，即便在重峦叠嶂、波谲云诡的历史投影中，话剧《兰陵王》不管是挖掘的深度、叙事的技巧还是舞台的样式，都给人一种举重若轻之感，就像树木抽出枝条，再也不肯长出多余的叶子。至于哪一片才是最后的叶子，则另当别论。

话剧《兰陵王》把北齐武成帝高湛奸嫂屠侄的情节化入故事，形成一个自圆其说的逻辑链，把悬念逐层打开，把历史的幽暗、人物的处境、人心的挞伐逐渐推向一个“我是谁”的终极追问，它的深意已呼之欲出。

在通往雅俗共赏的所有要素里，悬念都必不可少。好的悬念总不孤立，不单为服务情节而沦为狗血，而是有更高的追求。当“不知其母”变成“不堪知其母”，变成兰陵王亲睹母亲受辱并以为真相是齐王与母亲搭奸篡位后的自我麻醉；当面具不只是赋予兰陵王勇武的狰狞大面，而且还包括他在猜忌重重的险恶宫廷里掩饰锋芒、求得生存的“貌妇人”，话剧《兰陵王》对于人物身份的“罗生门”解释就构成了一个经典模式——一个处于极端环境中的王子复仇记，只不过他所追问的不是“生存还是毁灭”，而是“我是谁”。

历史是残酷的，哪怕已化为投影和寓言，也显得帐帷层叠、影绰可疑。在话剧《兰陵王》中，兰陵王显得既神秘又普通，而不是驰骋于战场的那朵云彩。他的处境首先是被迫的、自我掩饰的。他时刻面临着暴戾乖谬的齐王闪出荒唐之念、屠杀之心，不得不自甘卑贱，以男扮女装取宠的可人儿形象，艰难地谋求生存。按理说，以他的身世及所披深仇，所有的掩饰和自我保护，则必有所图。可是，他原本能够倚仗的偏又是他所不肯信任的，比如齐后和先帝的遗臣。那他能够做什么呢？他是齐王最大的忌惮，是天空中最亮的那个灯泡，他的一举一动全在监督之下、掌控之中，他什么都做不了，苟活似乎成了唯一的理由。于是，荒诞就产生了，原本被迫的、自我掩饰的男扮女装，反而成了他自我迷恋、迷失的魔障。

兰陵王被阉割了，这是全剧最大的一个梗。它也可以被转译为“人性的迷失”，或者“精神的奴化”，等等。随着剧情的展开，一切渐渐明了。他的迷茫乃至坠入自我认知的魔障，外部是因皇权的压迫与践踏，是禁其弓马、遣入教坊、调教为姬；但更重要的是，因曾亲睹母亲受辱及其妥协，他始终摆脱不了内心的阴影，再难信任母亲及周围的人，并且充满了怨念。在这样的层层煎炙之下，他选择了对自我人格、人性的放逐，也就是“自阉”。

佛教里讲“我执”，人的执念是极其强大的。剧中的齐王和齐后都没有意识到，他们并不是把兰陵王虐到怀疑人生的罪魁祸首，他们只是在做着自以为正确的事情。一个是把兰陵王驱上战场，企图毁灭他；一个是把他引到宗庙，给他面具，企图唤醒他。唯一有可能是兰陵王挣扎迷失之际的那一抹亮光——郑儿，似乎倒成了筹码或工具。面具本是兰陵王的坚硬外壳，此时反而变成了诡谲未知的阴谋——戴上它，兰陵王将重归英雄血性，可以满足齐后盼儿振作复仇的心愿；可戴上它，兰陵王心底的魔障并未解除，反而入魔嗜杀，直至郑儿葬身火海、齐后以心头之血替他解除诅咒，一切才以献祭得以和解。

这种以爱为驱动的和解，当然保证了故事的完整、惯常的接受，最后面具溢出血泪的舞台画面也显得悲怆感人，让人十分震撼。但是，从“我是谁”的终极追问到略显常规的世俗解决，虽然这“解决”带着点寓言的神性，我还是觉得有些落空。人是什么？我是谁？你是谁？从古希腊、中世纪到现代的哲学观念，都有类似的追问维度，从定义人、认识人到发现人，发展的脉络基本是自外而内不断强化主体认知的。现代对人的认识的一个重要转折，是在主体认知十分强势之际，突然发现人的处境并没有想象的那么了不起，于是荒诞产生了。萨特说，存在先于本质，就是这个道理。重点不是消解人的价值，而是更全面地认识人的存在。我觉得，兰陵王原本不可承受的身份之重、历史之重突然变得可以化解，他迷失的历史罪魁如宫廷权谋、杀戮与荒淫等，它们所造成的人的处境的荒诞感渐渐消失了。我有点惋惜，不单是因历史批判的锋芒变弱，还因为“我是谁”的追问停在了找回自己。实话说吧，我觉得兰陵王得死，还要死得荒唐，这才是我心目中话剧《兰陵王》的最后一片叶子。

编剧罗怀臻和导演王晓鹰都是艺术成熟的名家，他们的合作与其说是一次常规的搭档，毋宁说是在寻找一次默契的突破。话剧《兰陵王》所提供的文本，并没有铺得满满的，也没有强调要用何种体裁去展开大叙事，而是有节制地跳进跳出；导演深谙其妙，场次几乎都以这种“跳”的调度来完成。于是我们看到，虽然历史沉重、故事险峻、人物纠结，却留白之处甚多，有某种奇特的写意感。我以为，这跟创作者对中国传统的美学精神的深刻理解有很大的关系。

王晓鹰长期致力于“中国式舞台意象的现代表达”，其中有一个重要的观念，即所谓“中国意象”是“在中国传统文化艺术的元素、手法、意境、美感基础之上的整体性的舞台意象”，而且往往“由意象化场面和意象化表演结构而成”。这种揉碎后化入的、把场面和表演的流动序列概括进来的整体观，相比于一些草率的元素拼贴与堆叠，显然要高明很多。有一种观点，曾对王晓鹰“过多”运用中国元素特别是戏曲元素表达过不满，但我看重并理解这个过程的不易，以及他要抵达的那个目标。话剧《兰陵王》的呈现当然还有不足，比如戏曲味道的锣鼓偏噪，音响缺乏幽微曲折与铿锵凌厉的对比；兰陵王领军冲杀，此时不管是基于人偶化或是戏曲化的表演，节奏也显得过于平缓松弛，演员完成度有限。但是，从王晓鹰整体的“中国意象”表达看，我以为已愈加接近他的目标，只是可以更加精细化。

就像流星划过长空，掉下来一个人，话剧《兰陵王》让观众看到了整个过程。无论对于编剧还是导演，这部戏都将会是他们再出发的新起点。有关中国故事的现代挖掘和叙事样式，有关中国意象的语汇、场面及表演结构等，他们或已心有定数。我隐隐看到一种可能，就是在特定美学观念的观照下，传统化入当代表达不再停留在以往观念的符号、意象和意境上，而是会形成一整套相互关联、风格照应的动态舞台语汇上，并将影响编导演的各个环节。举重若轻、化繁为简并非唯一选项，但新的，可能总会看上去很美。

（原载 2017 年 7 月 24 日《中国艺术报》）

假面的狂欢　灵魂的悲歌

——观话剧《兰陵王》

廖夏璇

近日，由国家话剧院出品的话剧《兰陵王》，作为中国话剧诞生110周年献礼之作在京上演，随即引发戏剧界关于话剧“民族化”问题的新一轮探讨。该剧为剧作家罗怀臻与导演王晓鹰首次联合打造的话剧作品，一位是造诣深厚的戏曲剧作家，一位则是以话剧作品闻名的导演，二者又是如何实现“跨界”融合，碰撞出创作的灵感与火花呢？

在呼唤“创造性转化、创新性发展”的当下，纵观两位艺术家多年来坚持的戏剧创作理论与实践，我们不难发现，话剧《兰陵王》的推出绝非偶然，它是剧作家“戏曲现代化、话剧民族化”理念与导演“中国式舞台意象的现代表达”实践高度融合的产物。与其说两位艺术家的合作成就了话剧《兰陵王》，不如说话剧《兰陵王》为他们自成一家的民族戏剧探索之路找到了契合点，是他们共同立足于中国传统文化的深厚根基，构建中国特色戏剧美学观、建立世界话剧“中国学派”的一次探索性实验。

说到兰陵王，相信稍谙中国戏剧史的人都不会陌生。北齐人以兰陵王英勇善战的故事为原型，编创了《兰陵王入阵曲》；至唐代，发展成歌舞戏《大面》，被视为中国戏曲表演的雏形，其面具被视为戏曲脸谱之渊源。话剧《兰陵王》在回溯历史传奇的同时，站在一个更加现代、更加自由和多元的审美平台上，创造出全新的戏剧情节，围绕“面具”这一核心意象，为兰陵王的骁勇善战铺开一段承前启后、曲折委蛇、充满魔幻主义色彩的心路历程，在一种极端严酷甚至异化的生命境遇中，将人物情感与灵魂的裂变暴露于众目睽睽之中，让人们对人性的复杂与隐蔽、命运的深邃与神秘生发敬畏之心。发源于历史深处的故事、极具启蒙色彩的思想内核，加之二度创作上中国式“诗化意象”酣畅淋漓的表达，赋予了话剧《兰陵王》深刻的寓意及爆发式的戏剧张力，使之既不失历史的厚重感，散发出浓郁的民族审美意味；又深刻地观照现实人生，彰显出鲜活的现代审美精神。

图腾，是记载神灵的载体，是一个群体的象征，运用图腾推理神话、记录民俗民风，是人类最早的文化现象之一。剧作家罗怀臻视《大面》为中国戏曲的一面“图腾”，一方面，充分肯定其作为中国戏曲文化源头的重要历史地位，其意义是至高无上的；另一方面，致力从中国戏曲的源头找寻文化基因，以“回归”的姿态实现中国戏剧的当代“创新”，这也是剧作家多年来在理论研究和创作实践上一以贯之的主张。这种“回归”，好比“见山是山，见山不是山，见山还是山”，是创作者“原乡”意识的自然流露，是话剧“民族化”探索过程中“我之所以为我”的自我意识觉醒。正如面具背后兰陵王那无处安放的“自我”，在经历放逐、撕裂、蜕变后，终究迎来一个崭新的“自我”。

话剧《兰陵王》是一个“关于灵魂与面具的寓言”。作为这部“寓言式”话剧的核心意象，“面具”在剧中呈现出明显的多义性。编导摒弃了其单一的道具功能，使之既作为具象的道具呈现于舞台之上，又作为抽象的意志主宰着人物的命运抉择，通过有形面具的摘戴和无形面具的替换，表现出人物复杂的潜意识和多层次心理。剧中那副面目狰狞的“神兽大面”，既是一处具象的神迹，也承载着先王无形的血性与魂灵，它的神性凌驾于兰陵王与齐王、齐后“二元对立”的矛盾之上，充斥着异常的魔幻感；宫廷中众伶人佩戴的面具，随着剧情发展不断更换为武士面、傩面等，消解了伶人的独立意志和人物个性，让他们在“叙事”中自由地转换身份，时而是游离旁观的“跳出”，时而是参与剧情的“跳进”，对全剧的节奏把控与情感铺垫起到至关重要的作用。在剧中众多的“有形”面具之外，是更加隐蔽莫测的“无形”面具，在其庇护之下，人们自觉或不自觉地隐忍、苟且、分裂、扭曲甚至异化，在那场近似疯狂的“假面”狂欢中，不得不戴着沉重的面具各自起舞。

“人格面具”理论最早由心理学家荣格提出。荣格认为，“人格面具”是人们为了更好地在某个社会中生存而采取的折衷与让步，是外力存在与自身选择共同作用的结果；人们通过“人格面具”隐藏真实的“自我”并从中获取安全感，但过于发达的人格面具若难以摘下，便会对“自我”带来毁灭性的后果。

在话剧《兰陵王》中，众人在齐王的强权之下不得不戴上“奴性”的面具逆来顺受：齐后不得不忍辱负重，嫁给残暴的弑夫者；老臣们不得不卑躬屈膝，侍奉昏庸的篡位者；生性贞烈的郑儿，不得不逢场作戏，对荒淫者强颜欢笑；势弱的兰陵王为免杀身之祸，不得不沦为“羔羊”，戴上粉面，扮演柔弱的“可人儿”以迎合强权者的玩弄。此时的兰陵王，采取“自我”的抑制和麻痹，甚至对童年阴影以“选择性遗忘”的方式去磨灭和淡化，被压抑的情结只能通过反复出现的梦境提醒他血液中尚存的英雄基因。当他走进先王神殿，戴上神兽大面的刹那，个体潜意识中的血性终被唤醒，被压抑的情结释放出“人格面具”背后藏匿多年的屈辱与仇恨，在赋予他神性与血性的同时，也激活他“本我”中的兽性，任它如燎原之火迅速点燃而后蔓延。

舞台上那极具现代意味的、象征着无上权力的神武宫穹顶，此刻幻化为一座巨大的囚笼，神兽大面背后的兰陵王，如同一只充满暴戾、躁动不安的困兽，在冰冷的钢构间发出令人生畏的嘶吼，命运在冥冥之中又将推入那个无限循环的诅咒之中。神兽大面将他从“羔羊”的奴性泥淖中救出，似乎又将他推向另一个“豺狼”的兽性深渊。然而，创作者终究没有将兰陵王推向这个深渊，而是用宽恕和仁爱，点亮他重获新生的光芒。尾声的舞台上，在齐后那触目惊心的鲜血之中，兰陵王如一个初生的孩子般探出头来，用充满渴望的眼神注视着这全新的世界，九岁那年的阴影魔障随着大面的崩塌而消亡殆尽。这是一位向死而生的母亲，用自己的心头之血，最后一次呼唤她那迷途的孩子回家；也是用心良苦的创作者，以观照现实的视角唱响一曲灵魂的悲歌，呼唤人文关怀的归来。

导演王晓鹰的“中国式舞台意象的现代表达”理念，在话剧《兰陵王》中再一次登上舞台实践的高峰。“中国式舞台意象”不是单一的“中国式”元素拼凑，而是以整体的意象化场面和意象化表演构成的舞台呈现，从“意象化”的源头寻找独特的舞台语汇，向观众传达现代情感和哲思。多功能的简约钢构穹顶，接通传统戏曲的“写意之美”与现代工艺的“质感之美”；图腾和傩舞的呈现，既融入剧情又营造出神秘的仪式感；民族古典音乐的设计，提升了全剧的历史质感；戏曲身段的运用，突破话剧语言的局限，将人物内心外化到极致……直击心灵的故事与独具匠心的舞台意象相得益彰，呈现给观众的是一台兼具悲剧之崇高和人性之张力的，属于民族的、现代的话剧作品。

海德格尔说，人“存在于世”的方式有两种选择：一种选择是“自己本身”，即“本真的存在”；另一种选择是“不是自己本身”，即“非本真的存在”。我想对于每个社会人来说，终其一生都在两个选择之间来回奔忙，“人格面具”也是必不可少的。当我们不得不戴上“面具”之时，请守住你我的灵魂，莫让它在滚滚红尘中无处安放。

（原载 2017 年 8 月 2 日《光明日报》）

文化视阈下的人性反思

——评话剧《兰陵王》

刘　丽

2017年7月11日，话剧《兰陵王》首演于国家话剧院剧场，反响热烈。国家话剧院院长周予援认为该剧“充分体现出对于中国传统文化的担当”。这出戏，旨在引发观众对于人性的深层次思考，并冀望于树立文化自信，让中国原创戏剧走向世界。

革新：从神兽大面到人格面具

话剧《兰陵王》里，“面具”在剧中具有双重内涵：既指兰陵王的“神兽大面”（实物“面具”），亦象征着兰陵王、齐后及先王旧臣所戴上的“人格面具”（隐形“面具”）。对于前者（先王留下的神兽大面），既是一种显性存在，也是一种象征。容貌秀美的兰陵王，不着大面是齐主宫中豢养的伶人，是懦弱的羔羊，听任齐主羞辱、欺凌；戴上神兽大面后则统帅将士，征战沙场，是骁勇异常的狼。“大面”把兰陵王分裂成了两个人：“这副大面，甫一戴上，便觉力大无穷，只想厮杀，可是一旦脱落，顿时心慌意乱，斗志全消。”这副大面具有难以言说的神秘魔性：既使他神勇异常，亦令他迷失自我，乃至于刺伤母亲，禁闭先王旧臣，辱骂情人，怀疑好友。在他的灵魂深处，隐忍、孤独、压抑、痛苦。当失势的齐主手持利刃刺杀凯旋的兰陵王，郑儿为他挡去利刃时却被洞穿，临死之前，郑儿提出观其真容（即没有失去正常心智的兰陵王），大面终难卸下（象征异化的兰陵王）；齐后为把他“恨的深渊”来“用爱填平”，针簪刺心，用“爱”的血液融化了兰陵王的“恨”，大面自行脱落。母亲的血终于换来了和解，回归本性的兰陵王认回了母亲。这是实物“神兽大面”的威力，当然，剧中还有另外一副面具，是看不见但隐形存在的，即“人格面具”。

剧中，不仅兰陵王戴着“人格面具”踽踽独行，齐主、齐后以至左仆射、右丞相、艺伎郑儿、宫廷伶人们，在尔虞我诈的残酷环境里，都戴着面具小心翼翼地活着。其中，塑造最有力、拷问人性最深的，无疑是主人公兰陵王。十余年前，叔父（齐主）觊觎先王（齐主之兄，兰陵王之父）之位，窥伺良久，在兄长的酒里下了鸩毒，御厨献食，兰陵王母亲不明真情，为丈夫斟酒，先主饮酒暴毙，齐主为封口刺死御厨，遂自立为王，以掐死先王与齐后之幼子（兰陵王）为由，威胁齐后委身自己。为了幼子生命安全，齐后忍辱嫁给齐主。躲在帷幔后的九岁少年兰陵王，将一切看在眼里，为了自保并寻求机会复仇，麻痹齐主的警惕之心，收起善剑尚武的一面，在宫中做了弄戏唱曲、卖乖邀宠的伶人，供齐主取乐，戴上“假面”活着。这一副面具，即荣格所谓的“人格面具”，既具有积极作用，亦存在消极作用，其积极作用在于：兰陵王如若想在暗藏杀机的宫廷里生存、活命，必需隐藏自己的真实意图，得以保证他与嗜杀成性的齐主和睦相处，从而能够自救，但在他的灵魂深处，却深藏一颗须眉之心：“其实，我心里比谁都清楚，我，兰陵王，乃是一个顶天立地的须眉。须眉，蛾眉，为了在宫廷里存身，谁又能真正看透我的心思？我就是存心这么笑着、疯着、忍着、等着，等到终于有那么一天，我要堂堂正正地做回男人，不，男人中的男人，那是什么，英雄，对了，英雄!”这副人格面具可以保障他的生命安全，使他成功摆脱齐主的监视，以区区八百骑将击败大周五万兵马，收复洛阳，刺死齐主，报仇雪恨。“人格面具”的消极作用在于，在宫中险恶的环境中，人与人之间是紧张的、防范的狼与狼关系，狼性远胜于人性，长期的警惕心态使兰陵王迷失了自我，过分地热衷和沉湎于扮演的伶人角色，逐渐与自己的善良天性疏远。他爱上歌舞伎郑儿，面对齐主的强权却不敢、不能保护她，因而被母亲齐后啐面；

他痛恨母亲嫁给鸩杀父王的齐主："每当我看见自己的母亲在杀父仇人面前恭恭敬敬温柔小心的样子，我就恨不得冲上去唾你骂你，恨自己竟有你这个母亲！"不仅痛恨母亲的选择，不能理解母亲的权宜之计与救子之心，对先王旧臣尉迟琳、左仆射、右丞相亦难再信任；一旦大权在握，比齐主还要冷酷、嗜血。在狰狞的神兽大面和变形的人格面具之下，藏着一颗被屈辱、孤独、哀伤、怨恨反复侵蚀而压抑、扭曲、异化的灵魂。

历史上的兰陵王形象，貌柔心刚，戴上大面后骁勇异常，被视为完美的"英雄"，无形中被"神化"了，几同于"神"一样的存在；话剧《兰陵王》则把他从神坛上拉下来，创造了一个负着创伤、怀疑世界、怀疑人生的有诸多瑕疵、复杂的"人"。他身上存在着人性的种种弱点：既懦弱又残忍，质疑爱情、亲情、友情，怀疑人生。这样的兰陵王复杂而真实，这才是真正的"人"，直逼人性，连接时代，通向未来。剧作家并不拘泥于历史的真实，而是着力于创造艺术的真实、人性的真实：这样的"人"，是有血有肉、真实的人；这样的剧作，是真正的"人的戏剧"。

反思：从人性批判到文化担当

在中国传统文化中，政治是人与权力关系的总和。在专制体制的挤压之下，人无法支配自己的命运，因而感到压抑、窒息，自我、个性不复存在，"如何存在"本身就是巨大的压力，丧失主体意识在所难免。在荣光/卑鄙、高大/渺小、君主/奴隶之间，人疯狂追逐前者，既被掌权者奴役，又期待自己握有权力，在此意义上，人是权力的奴隶。话剧《兰陵王》里，齐主疯狂追逐权力，丧人伦、灭人性，兰陵王戴上大面之后亦如此。整出戏，刻画了在"权力"面前萎缩的"人"，反映了中国人文化、思想、性格和命运的特质，批判了反常、扭曲的人性，意在建构一种健康、理想的人性。

剧中，齐主窥伺兄长王位，不仅鸩杀之，占有其王位，掌握权力后，以杀掉侄子兰陵王为条件胁迫、占有兄嫂，宫廷上当众杖杀大臣，以阉割兰陵王为条件威胁皇后收回"后悔做了陛下的皇后"

这句话，以维护自己的威权，强调其作为王者的至高无上的权力，当皇后护子心切，惶恐地跪地求饶时，齐主则“（扶起她，心满意足地）皇后起来，其实朕就是想看看，有谁胆敢窥视朕，胆敢挑衅朕的威严。”在威权面前，齐主弑兄霸嫂，践踏人伦、道德，蔑视亲情、爱情，享受着权力带来的快感。这样的文化，当然是反常的，也正因此，残暴的齐主最终被兰陵王刺杀身亡。这是剧作家着力批判的文化；当然，批判不是为了破坏，而是为了建构：齐后用生命、鲜血重新唤回了兰陵王的真诚、善良与爱，兰陵王的怨恨最终在母亲的自杀里逐渐消解、冰释，爱与善的本性重新回归。人对权力的追逐、觊觎、窥伺，在权力面前丧失正确的判断力、思考力，是人性失去理性的后果，善/恶、爱/恨之间，剧作家诠释了人性的丰富性与复杂性，对于兰陵王这一形象，悲悯情怀使剧作家从“同情之理解”的创作心理出发，从权力的受害者到孤独的王者，从一个任人宰割的羔羊到嗜杀成性的豺狼，再到郑儿、母亲的劝诫、离世，使兰陵王幡然醒悟、悔恨、愧疚，承载着中国文化（政治、权力）的兰陵王，与其丰富、复杂的人性融为一体，从舞台上这个未被“神化”的躯体身上，看到了真正的人性的光辉。

剧作家的智慧在于，戏剧创作不只是善/恶、爱/恨、真/假概念的载体，更重要的是，它刻画出丰富、复杂的人性与人情，并对社会有着健康的引导，在剧场里震撼观众心灵的同时，也引发观众深入思考，传递社会正能量。因此，一部好的戏剧作品，一定具备丰富的生命体验和深厚的哲理思考，剧作家不仅仅是借助创作这一形式表达观点、启示他者，同时也是在作生命体验与深刻思想的传达。

编剧罗怀臻首次涉足话剧领域，意在“溯源中国传统戏剧模式，把中国传统艺术元素应用到当代文艺创作中……回归传统文化，树立文化自信，重新确认自身的文化身份，同时将中国戏剧与世界接通是当代戏剧人的使命”。《兰陵王》以合理的历史虚构超越了历史本身，消解了戏剧创作中惯常使用的宏大叙事，弱化政治色彩（仅仅将其作为叙事背景），不局限于探寻历史发展的必然规律，不再执着于人物“忠奸两分明”的武断，而是从人物内心出发，关注人物生存的环境对人物生存、命运的影响，由表入里，探寻人物形象幽微的内心世界，深入人物的心灵深处，把握人物复杂的内心。在剧作家笔下，人物形象不再是抽象、模糊的符号，而是有意去除类型化、概念化的标签，关注人性、人情，同时引导观众发现“人”，发掘历史与现实的相通之处，在创作时将传统与现代融合，文辞与情志融合，写实与写意融合，木偶、面具等道具的使用，使这出“历史寓言剧”彰显出典型的“中国风格”：一度创作（思想性）与二度创作（舞台演出）的完美结合，人性真实与现代精神的契合，才是舞台上真正的“文化担当”，即“中国意象的现代表达”——“要在讲述故事、塑造人物、表达情感、传递哲思的完整过程中体现中国传统文化艺术特别是传统戏剧的美学意蕴，要充满中国情感和中国文化内涵，更要表达当代观察和当代哲理思考。”

探索：从中国原创到走向世界

6 月 22 日，在《兰陵王》新闻发布会上，国家话剧院院长周予援曾说，剧院秉承“中国原创、世界经典、实验探索”的创作理念，在纪念中国话剧诞生 110 周年的时间节点上创排《兰陵王》，是“希望通过艺术家们的表达，让《兰陵王》走向世界，让世界了解中国戏剧 110 周年来的成熟与发展。”发挥剧作家创作的主体性，跟上现代都市文明发展的步伐，是中国戏剧走向繁荣、走向世界的必然选择。话剧《兰陵王》在同类作品中可谓光彩夺目，主要表现在以下两个层面：

一是现代化与都市化实践。2004 年，编剧罗怀臻在《重建中的中国戏剧——“传统戏剧现代化”与“地方戏剧都市化”》一文中曾言：“中国传统戏剧或地方戏剧必然地要依附在中国社会的当代背景中，而当代中国正在快速地实施着现代化和城市化，中国戏剧不可能脱离这个大背景和大趋势而孤芳自赏，它也必然地要被时代负载着前行。”这里所提到的“戏剧现代化”，实指戏剧的发展必然要跟上现代都市文明的步伐，符合现代审美需求，只有不断地尝试、探索，才能找到适合中国现代戏剧生长的土壤。《兰陵王》即以现代人的视角重新审视历史，审视历史人物，重点在于表现权力对人的扭曲和异化，契合当下观众的审美价值观，但它的最终旨趣仍在于追求戏剧的传统意蕴和传统美学价值。因此，只有充分认识到戏剧艺术的现代性，认识其本质追求，才能处理好传统与现代、思想与形式的关系。

二是“案头剧”与“场上剧”的综合。《兰陵王》是名副其实的“剧场戏”，早年丰富的舞台演出经验，使剧作家在创作时将文本与表演紧密结合起来，一度创作时即已考虑到舞台演出的需要，心中有演员、有舞台，从结构、人物到道具安排，每一个环节都为表演提供足够的发挥空间，从而更好地推动舞台演出，烘托舞台效果。该剧导演王晓鹰认为这是一个“现代寓言”，在舞台上融入傩戏、傩舞，多次使用象征手法，“追求在讲述故事、塑造人物、表达情感、传递哲思的完整过程中体现中国传统文化艺术特别是传统戏剧的美学意蕴。”《兰陵王》从舞美、灯光到形体、服装、音乐设计等，进行了革新和实验，力求将中国传统与现代结合起来，如服装设计融入戏曲元素，水袖的运用别有韵味；音乐设计里尝试加入西凉乐龟兹乐元素，侧重表现民族化与现代化的融合；“面具”在傩戏、傩舞中的使用，本身就是重要的舞台元素，曾参与《伏生》等剧目面具设计的张华翔，为了增加舞台效果，使面具兼具艺术性、历史感与实用性，前往日本实地参观保存在东京国立博物馆的能剧《兰陵王入阵曲》传统面具，寻找创作灵感，但对于传统面具的借鉴“绝不是照搬，在设计过程中，他还融入了中国戏曲始祖‘傩戏’面具的特点，力求让每一件面具都成为极具古朴美又不失现代感的艺术品。”

但若要其“走向世界”，舞台演出的形式美固然重要，一度创作必须有超越时代或者引领时代的力量。《兰陵王》是一出严肃戏剧，消解了传统意义上的宏大叙事，而转向人物的内心（即“向内转”），对人物所生存的外在环境（包括政治的、社会的）对人的挤压、扭曲，对人的生存处境的悲悯，对人性、人情的深刻挖掘，创造了一个丰富的“人的世界”，兰陵王的正邪两赋，齐主的凶狠残暴，齐后的忍辱求全，他们心理上的斗争、激荡，人性在不同的时空条件下的坚守抑或转变，都是具有普遍性的，如兰陵王的犹疑、脆弱、敏感，在哈姆雷特的身上也可以看到，但同样设计了复仇情节，兰陵王的行动又与哈姆雷特截然不同。《兰陵王》的美学价值、文化价值，在宽广的艺术领域内是相当开放的，由此带来的审美意蕴也是多重的，也因此，这样的剧作是人类的、世界的，而不单单是中国的。

《兰陵王》至少为戏剧界提供了以下思考：如何丰富史剧的思想内涵，避免了对历史人物类型化评判，着力于刻画人性与人情，使其“人归人”，而非夸张的神、魔对立，诠释着温和、悲悯的人文关怀；如何彰显创作主体性，解构所谓的“历史真实”，延展剧作家虚构与想象的空间，突破传统戏剧创作的表现形式，尝试多种创作手法，傩戏、木偶戏、曲艺/戏曲等多种传统艺术手法的融入使舞台生动、空灵，彰显中国风格、中国情怀；如何体现戏剧的现代化与都市化理念，紧跟时代，契合当代审美精神，体现出走向世界的宽广襟怀和格局。由上观之，话剧《兰陵王》的路，将会走得更久，更长远。

（原载 2017 年第 6 期《上海艺术评论》杂志）

人性回归与精神困境

——历史寓言话剧《兰陵王》论

王露霞

近日，新编历史寓言话剧《兰陵王》在国家话剧院进行第四轮演出，该剧由罗怀臻编剧，王晓鹰执导，张浩越、夏力薪等出演剧中主要角色。剧作以北齐名将兰陵王的传奇故事为蓝本，用寓言和写实相融合的艺术手法，通过对一个生活中的弱者在羊性与狼性的挣扎中回归自我人性的艰难历程的描绘，揭示出人类生存普遍的精神困境，并由此传达出编、导澄明真相，渴求真情，探究真理的美学追求。以下作具体阐释。

一、 羊性、狼性与人性回归

剧作通过讲述兰陵王的异化过程，对人性的两极进行了深刻的揭示，并由此对皇权文化的专制和残酷本质进行了辛辣的嘲讽和尖锐的批判。

（一）羊性的苟活与迷失：皇权对人性的碾压

兰陵王本有一个幸福美满的家庭：父慈母爱，健康茁壮成长。但某一天，一位道貌岸然、凶险狡诈之人，阴谋将其父杀害，并将其母占为己有之后，他天堂般的生活大厦便倾塌了。那时他仅仅九岁，一个本该天真浪漫的年龄，却被无助、恐惧和绝望所笼罩。为了生存，甚至为了活命，他不得不隐藏起自己的伤痛，投其所好地取悦皇权，以获得苟活的机会。这是一个弱者无奈的选择，尤其是他男扮女装，粉面柔态，极尽所能地献媚于齐主时，观众的心在滴血！

但是，当一个人在生活中长期扮演某一角色后，或者说他无力改变自己的角色时，随着时间的流逝，他会在潜意识中形成对这一角色的认可，从最初被动的扮演到最后主动的顺从，从而导致自我人性的迷失。这也是人类生存的一个共同弱点。如果说初受迫害时兰陵王还持有反抗与复仇的意念，那么，当“可人儿”的角色暂时减缓了他生命危机，或者说，“可人儿”的角色使他暂时获得皇权的“恩宠”时，他便渐渐接受了这一事实。虽然他也有所反抗，但他的反抗是微弱的、消极的、不明方向的本能抵抗。所以，当齐主以皇权威严逼迫他“让出”心爱的姑娘郑儿时，他纵有诸多的不舍和眷恋，但在权力面前还是放弃了她。如果说我们看到他以媚态侍弄皇权而哀其不幸，那么，此刻更加怒其不争。这是中国普通民众尤其是普通知识分子最典型的形象，剧作家以极大的勇气和胆识揭示了皇权文化对正常人性从躯体到精神的无情碾压，从而实现了对中国传统劣根文化最尖锐的批判。

（二）狼性的残暴与冷酷：人性的自大与张狂

对普通的个体而言，往往具有双重人格：谦卑与狂妄。无论是谦卑还是狂妄，都是正常心理的扭曲，是对正常人性的戕害。剧中的兰陵王便是如此。剧中第一折，当齐主欲争夺郑儿时与兰陵王有几句对白：

齐　主　兰陵王！

兰陵王　臣在。

齐　主　可人儿！

兰陵王　陛下……

这一对话经演员的逼真表演非常耐人寻味：当齐主把兰陵王作为一个正常人而唤他为“兰陵王”时，他可以挺胸抬头正视齐主；可是当齐主把他作为一个“宠物”而唤他为“可人儿”时，他立刻消失了锐气，本能地屈就下来。在心理学上，这是一种心理暗示。后面的“大面”在剧中有着同样的叙事功能。当兰陵王站在阴森空旷的庙宇之下，面对先王神圣威武的雕像，他意识深处的英雄情结也渐渐泛起，他有着对血性男人的本能渴望，说明他没有彻底地沉沦和迷失，这也是他后来之所以还有可能回归正常人性的必要前提。尤其是兰陵王与先王的空中对话，更加促使他由一个柔弱弄臣向一个真正男人的转变。在这里，与其说是先王的声音和幻影，倒不如说就是兰陵王心底那颗不甘、不死的灵魂，呼唤着作为弄臣的、麻木的兰陵王。

然而，回归真正的男儿本色谈何容易！如果说从昏睡中被唤醒是人性回归的第一步，那么，醒来后的路如何走才更重要。剧中兰陵王遵从先王的指引："戴上大面，找回英雄的尊严！"那么，何为英雄的尊严？带上大面就一定能找回英雄的尊严吗？客观地讲，两者没有必然联系，仅仅表达先王或者说就是兰陵王本人一种内心的渴望。父亲的大面，仅仅赋予了他一种外在的形式。当然，尽管只是形式，仍给予他巨大的、积极的心理暗示，他顿时神情尤奋、热血沸腾！他顿时手持长剑，英武威严！此时的兰陵王就像身着娇艳女儿装便相信自己天生应该女儿身一样，相信自己是王者。尤其当命运赋予他领军打仗的机遇时，他英武善战的本性使他在战场上所向披靡，大获全胜，但是也很快被胜利和权力冲昏了头，短暂的自信很快转变为自负和狂妄，最终在处理俘虏问题时便表现出狼性的残忍和冷酷！

从根本上讲，长期的粉面女妆、长期的被豢养和蹂躏已经极大地挫伤了他的生命意志和人性尊严，使他长期处于一种自卑和压抑的精神状态之中。所以，一旦拥有了权力和荣誉，他的思维很容易走向另一个极端：面对失败的军队，毫不犹豫地选择了"杀"！他太想证明自己的"王者"身份了，他太想证明自己不再是供人玩弄的宠臣了。于是，他以草菅无辜的生命为手段，企图洗刷自己多年遭受的欺凌与屈辱，企图找回自己男儿的英雄本色。不承想，他的行为却走向意愿的反面，成为一个杀人成性的魔鬼，某种意义上，成为他所憎恨的另一个"齐主"。剧作真实地揭示了兰陵王在拥有了权力和荣誉之后的自负与张狂，并由此导致的残暴、冷酷的"狼"性心理。

与兰陵王的“狼”性心理相呼应，剧作也成功塑造了齐主的“狼”性形象。齐主与兰陵王可以说是相互映衬、相互补充，共同呈现出在皇权文化浸淫下人性张狂、自负的丑陋，以及残忍、冷酷、自私、贪婪的狼性本质。由此可见，皇权文化对正常人性的碾压不仅仅表现在躯体和精神方面，它甚至已经渗透到灵魂深处，浸淫到骨髓血液中，成为无处不在的幽灵，在潜意识里左右着人的思维方式和行为选择。联想到莎士比亚的《哈姆雷特》，可以说话剧《兰陵王》对皇权文化的批判，已经超越国界，上升到对整个人类的文化批判。

（三）人性的回归：母爱对灵魂的拯救

话剧《兰陵王》另一特征是赋予了人物一个成长的过程。当然这一成长过程是艰难的、曲折的，充满屈辱的，甚至是以牺牲亲人的生命为代价的。正因为如此，剧作才获得了充盈的戏剧性张力，具有极高的悲剧审美价值。莎士比亚的《哈姆雷特》与《兰陵王》，在戏剧结构和人物关系上具有同构性，而其人物性格、命运走向却有异曲同工之妙。为了复仇的梦想，哈姆雷特始终是清醒的，尽管他以疯癫的外表作掩饰。为了实现自己的愿望，他不断反省自己的行为，剖析自己的灵魂，忏悔自己的过失，这对于一个青年人的成长具有积极意义，同时也反映了西方文艺复兴时期莎士比亚的人文精神和宗教信仰。

相比之下，兰陵王虽然有对美好爱情的追寻、对身处逆境的反抗、对英雄情结的崇拜，但一旦面对强权威慑和内心绝望，所有的美好和反抗便烟消云散。当然，兰陵王对自己的行为也有反省和忏悔：郑儿为其牺牲生命时，他的真情流露尽管常常被其冷漠的外表所掩盖，但在不经意间也渐渐融化着他内心的怨恨和伤痛。但是，一旦回到现实，他又固执地返回冷漠，固执地让仇恨所包裹、所缠绕。可以说，兰陵王头上的面具是他心灵面具的外化，如果心灵的情结打不开，他头上的大面将永远无法摘下。剧作在此使用了一个象征“预设”：若想卸下大面，除非最亲最爱的人用她心上流出的血，方能将之融化。于是，母亲为了让兰陵王明了自己才是他最亲最爱的人——实际上，母亲是为了唤醒兰陵王的正常人性，让他回归到一个既具有勇武胆识又具有悲悯情怀的成熟男人——甘愿献出自己的生命。此刻，母亲拔下针簪，刺进心房，鲜血浇注大面。舞台上，经灯光、音乐和舞美的巧妙设计，刹那间整个舞台被“鲜血”所笼罩，浓重、强烈的色彩冲击，给观众带来极大的心灵震撼，剧作的悲剧力量也再次迸发，不仅极度渲染了母爱的光辉，更是她灵魂的一次彻底的洗礼与升华。

而沐浴在母爱光辉中的兰陵王同时实现了灵魂的救赎和生命的涅槃：母亲的鲜血不仅融化掉了他头上的面具，更重要的是解开了他多年的心结。或者说，正是母亲的鲜血打开了他灵魂的枷锁，他头上的面具才自然地得以脱落。他幡然醒悟，怀抱母亲，进行了深刻而虔诚的反省和忏悔：“母亲用她的一腔热血，再次给予我新生，她只要我相信，世间还有爱，世间还有情……兰陵王愿从此做个有爱有情有义之人……”至此，那个自私、冷酷、狂妄的兰陵王死去，一个敢于承认错误，一个在羊性与狼性挣扎中，不再沉沦，勇于奋起，不再迷失，勇于担当，并拥有了悲悯情怀和真正男人气概的兰陵王诞生！中国有句古话，称“浪子回头金不换”，与哈姆雷特的醒悟相比，回过头来的浪子兰陵王的人性回归便具有了独特的中国理念、中国情感和中国方式，是典型的中国式的“凤凰涅槃”。

话剧《兰陵王》用无私伟大的母爱，把兰陵王从弄臣的羊性和凶残的狼性双重错位中引领到正常的自我人性中来——既具有丰沛强悍的生命膂力，又具有聪明高贵的理性智慧和悲悯情怀。从这个意义上讲，罗怀臻的追求是完整的，超越了之前单纯对生命强力的追寻，更加自觉地将视点聚焦在感性与理性完美融合的人物身上，从而为中国当代戏剧贡献了又一个独特的艺术形象——兰陵王。

二、 中国元素与现代寓言

正如导演王晓鹰所言，他企图以此剧来践行自己“中国意象的现代表达”的创作理念。在这部剧作中，我们的确体察到了编导的良苦用心和收到的显著效果。故事本身以及叙事手段都具有浓郁的中国特色。比如，剧作讲述的就是北齐武成帝高湛奸嫂屠侄的故事，主人公兰陵王在历史上也是一位家喻户晓的人物；此外，舞台上“百戏”的展示，《兰陵王入阵曲》经典音乐与舞蹈的应用，传统剧目《杀宫》经典片段的嵌入，以及具有“傩戏”色彩的面具入戏等，都独具东方色彩。如此之多的中国古典元素的加入，使这部作品具有了追溯中国艺术源头、展现中国艺术魅力的韵味和特征，对中国传统文化的传承和开拓进行了有效的探索，对话剧艺术的中国化和民族化进行了有益的尝试。当然，故事和符号的使用仅仅是一种手段，最终所指向的是“现代表达”。那么，这部作品表达了什么？它以寓言的形式表达了怎样的现代意识？杰姆逊说：“寓言的意思就是从思想观念的角度重新讲或再写一个故事。寓言精神具有极度的断续性，充满了分裂和异质，带有梦幻一样的多种解释，而不是对符号的单一表述。”① 话剧《兰陵王》就是一部具有某些寓言性质的作品。依照杰姆逊的观点，《兰陵王》具有多重阐释空间，并且这样的多重阐释有时是相悖的，这给解读带来一定的难度。以笔者之见，这部作品从深层意义上揭示了人类生存的孤独感、漂泊感和荒诞感，从而呈现出现代人真实的生存状况和精神困境。

（一）个体生命的孤独感

“孤独感”是现代人最基本的生存感觉。自从尼采声称“上帝死了”之后，人的内心就变得无比空虚。现代人生活在一种持久的紧张状态里，生活在焦虑与恐惧之中，经历着孤独和无依无靠的时刻。这种孤独感曾经一度成为中国当代艺术家寻找的主题。话剧《兰陵王》便是对这种寻找的接续，而充溢在剧作中的个体生命的孤独感，使剧作具有了“生命不能承受之重”的审美力量。

兰陵王对母亲刻意的回避和冷漠，源于在他九岁时亲眼目睹了如今的齐主杀死了他的父亲，而他的母亲又很快委身于齐主身边做了皇后的事件。这不仅令他恐惧，更令他心寒和绝望。从兰陵王来讲，与丧父之痛相比，母亲的背叛更令他难以承受。他所有对美好

① 杰姆逊：《后现代主义与文化理论》，陕西师范大学出版社，1986 年 09 月。

世界的信念顷刻崩塌：跟父亲那么恩爱的母亲，在父亲尸骨未寒之际，竟那么顺从地与仇敌沆瀣一气、狼狈为奸，最美好、最坚固的感情还这么不堪一击，这个世界上还有什么值得留恋和追寻的呢？由于自己无力与这个极权世界抗衡，只能这样自贱自弃、毫无尊严地苟活，而对母亲的怨恨无时无刻不在折磨着他。

开始他企图忘记儿时与父母在一起的欢乐时光，对母亲是一种敬而远之的冷漠，后来又刻意忤逆母亲的意愿，以及在作践自己的同时实施对母亲从身体到精神的屡屡伤害。待到他亲手杀死了齐主报了杀父之仇，母亲以及众大臣向他澄明了当年事变的真相之后，他仍然不肯理解和原谅母亲。对于母亲多年来的隐忍、对他时时处处的呵护、对他怒其不争的伤心和忧虑，以及整个过程所做出的巨大牺牲，他却拒绝接受。如果说羔羊时期的兰陵王因不明真相而迷惘和自甘堕落，那么，戴上英雄面具的兰陵王因不肯相信和接受真相，内心同样是迷惘和空虚的。儿时的心理创伤使他变得多疑和冷漠，他不再相信任何人，“他人即是地狱”。所以，他始终生活在封闭的小天地里舔舐、咀嚼自己内心的伤痛，在他那些偏执几近癫狂的行为背后，潜伏着巨大的恐惧和孤独。

剧作在第一折最后一段：兰陵王惶惶无措，眼睁睁地看着郑儿被人带走，硕大、空旷的宫廷只剩下他一个人，他痛苦地倒在地上欲哭无泪。忧伤与失落、绝望与虚无之感，几乎将兰陵王“零落成泥碾作尘”。而宫廷的硕大空旷与人物的卑微渺小更是形成巨大的反差。此时此刻，舞台配以戏剧音乐的雄浑、低沉，配以灯光、音响的电闪雷鸣，所有这些将整个舞台那苍凉、悲怆、茫然无助而又难以言说的情绪推到极致，个体生命的孤独感油然而生。

（二）个体生存的荒诞感

加缪在《西西弗斯神话》中说，荒诞感是从对一种行为状态和某种现实、一个行动和超越这个行动的世界所进行的比较中爆发出来的。①中国当代艺术对荒诞的呈现，主要来自对西方现代主义的观

---

① 陈晓明：《无边的挑战》，广西师范大学出版社，2004 年 1 月。

念性模拟，而话剧《兰陵王》对荒诞意识的把握却别有一番韵致。剧作家把荒诞的存在作为人性的两极来呈现，在生活的具体情境里有意识地造成真实与虚构、身份与行为之间的错位，来凸显个体生存的荒诞性。

首先是兰陵王的男儿身与女儿妆、王子身份与宠臣形象的错位构成的反讽效果所生发出来的荒诞感。兰陵王本是一位王子，英武俊朗，其父更是一代天骄，万众敬仰。兰陵王本该秉承英雄世家的血性，但为了活命，必须投主子所好地扮成女装，成为十足的宠臣，尽管内心有所抵抗，但仍在不断沉沦。不仅伶人们绘声绘色地讥讽他的妆颜，就连他自己也迷失在所扮演的角色里无法自拔。此刻为命运所迫，人物的真实身份与其行为之间构成巨大的反差，个体生存的荒诞性在此彰显。

其次，头戴面具的兰陵王的威猛外表与其羸弱、空虚的内心构成的落差所生发的荒诞感。戴上先王大面的兰陵王虽然找回了一些自信，但长期的被压抑和蹂躏使他仅有的一点自信很快转变成自负和狂妄，为了雪洗昔日被人玩弄的耻辱，他不惜以牺牲无辜的生命为代价。实际上，只有内心空虚和缺乏自信的人才不断地向别人证明自己的强大，而且草菅人命让他的内心陷入更大的虚无。所以，在他威猛、张狂的外表下，遮掩的是一颗更加怯懦、空虚、孤独和迷茫的内心。此刻，舞台上，在对兰陵王排山倒海的欢呼声里，在兰陵王志得意满的狂笑声里，人物命运的荒诞感由此迸发。

当然，在话剧《兰陵王》中“荒诞”既是揭示人类本真生存状态的一个主题，又是剧作家进行艺术创作的一种独特手法，是他对现实生存深刻而独到的内心体验外化成的一种叙事策略。这种策略虽然在表现形式上采用了“反讽”“戏谑”的叙事手法，但它是一种更具写作难度和美学精神的叙述，因为剧作家骨子里依然是严肃的。

（三）个体灵魂的漂泊感

作为最个人化的内心体验，灵魂的漂泊感始终充溢在话剧《兰陵王》中，构成人物最本真、最刻骨的生命体验。大幕开启，郑儿有一段内心独白“天涯任我行，何处是归程?”而这段独白明确地道出了其漂泊无依的精神状态。为了追寻灵魂的自由，她独自漂泊在三山五岳之间，她的内心始终有一个声音回旋：“我是过客！长安的过客，江湖的过客，人生的过客。”当遇到兰陵王的时候，她以为她有了归宿，不料，迫于权力，他很快放弃了她。至死她没能一睹兰陵王的真正面目，但她的内心始终怀有坚定而执着的信念，因此，她对“家园”的寻找异常浪漫而充满乌托邦想象。

兰陵王的无根漂泊感更是显而易见。整个剧作都是他寻找本真自我的过程。他不断地发问：我是谁？我在哪里？但由于长期的苟活与迷失、战争胜利后的自负与狂妄，他没能真正地了解别人，也没能真正地返视自己。后来，在生死存亡的一刹那，郑儿用年轻的身躯挡住了来自仇敌的那把尖刀，可以说正是郑儿的死亡之“光”撬开了他尘封已久的灵魂冰点。最后，更是母亲的鲜血和生命唤醒了他蛰伏已久的正常人性。剧作在想象中通过个体生命的良知与觉悟达到了社会化的和潜意识的满足。

三、 西方舞台手段与中国舞台经验

话剧《兰陵王》虽然叙述的是中国故事，表达的却是现代人共通的精神困境，所以，在叙事手法上既借鉴了诸多西方舞台手段，又有中国舞台经验的呈现，使整个剧作看起来既意蕴丰厚又大气磅礴，既亮点纷呈又浑然一体。

（一）内心独白的使用

内心独白是一种人物心灵的自我对话，能够摈弃对外在世界的防范和伪装，更容易逼近内心世界的真实情状，包括那些不可为外人道的隐情和伤痛。话剧《兰陵王》使用了大量的内心独白。比如伶官在金碧辉煌的神武宫的内心独白，道尽了皇宫的骄奢淫逸、浮华奢靡以及帝王将相的丑态和荒诞。类似的独白随处可见。这些独白省去了大量场景的设置和人物之间繁琐的对话，更简洁明快地直抵事实的真相和人物的内心世界。

剧作中还出现了更耐人寻味的内心独白。比如在“楔子”开头部分，兰陵王吟哦着诗句素服走上，另一表演区郑儿走上。此时，两人分设在两个表演区，分别进行各自的内心独白，但他们独白时都在望着对方，而且独白的内容都与对方有关。某种意义上，这应该算作两人之间的对白，但又不是一般意义上的对白，有一种既说给对方又说给自己听的意蕴。再比如，在第一折，兰陵王极尽妩媚地取悦齐主，齐主满场追逐兰陵王，此时兰陵王的内心独白：

> 看见了么，这便是大齐国的当朝皇帝，难怪后世史家将我北齐称作禽兽王朝……据说后世史家考证，兰陵王有父无母。生母无从稽考，兰陵王的母亲成了千古之谜……

这样的独白已经涉及叙事视角的变化问题。叙述者似乎站在当今时代回望北朝时期所发生的故事，而不再是主人公本人站在当时当地的立场。这里有一个人物、叙述者和作者位置互换的现象。这在现代叙事学上是一种常见的叙事手法，但运用到戏剧独白中便显得灵动而韵致迭出，有一种陌生化的美感。

（二）戏中戏的多层次表达

话剧《兰陵王》为了揭示齐主谋杀先王的真相，以中国古代偶戏的表演形式，以经典传统戏《杀宫》剧情为基本故事框架，通过三次不同细节和情节的展演，来揭示不同的人物、为了不同的目的、从不同的视角所得出的不同的结论。那么，何谓事实真相？或者说，你以为亲眼目睹了事情的经过就是事实的真相吗？当然，在本剧中，通过前后故事情节的发展以及人物性格的刻画，谋杀事件的真相可谓不言自明。但是作者运用戏中戏的艺术形式，把同一个故事通过不同的情节设置，呈现出不同结论这样一种构思和展演，不仅使剧情跌宕起伏、妙趣横生，极富戏剧性美感，更重要的是这里涉及一个比较深奥的哲学命题。限于篇幅，在此不再赘述。

（三）简洁明快、蕴涵丰厚的诗性语言

话剧《兰陵王》的另一个特点就是大量诗性语言的运用。它的诗性特征不仅仅表现在语言的韵律感上，更表现在言词内部所蕴含的丰沛的韵致和深刻的哲思上，而且简洁明快。人物之间的对话，也富有丰富的潜台词。

舞台上，诗性意象也是诗性语言的一种表现形态。这些意象撷取了中国传统艺术的诸多元素，又将其巧妙地糅合在一起，形成气韵生动、超象空灵又充满无言暗示的诗性空间。比如，多功能的简约钢构穹顶，贯穿剧作始终。它在接通传统戏曲的“写意之美”与现代工艺的“质感之美”的同时，更有一种权力与威严的象征。或者说，它悬置天际，就是皇权的符号化，芸芸众生皆在它的统治之下；再比如，神兽大面和傩舞，既是剧情发展不可或缺的组成部分，又生发出一种神秘而庄重的仪式感。这种建构在中国传统艺术符号基础之上的整体性舞台意象，不仅与剧情发展和人物性格刻画契合无间，具有极强的视听形象冲击力和戏剧性情感的感染力，同时又蕴涵浓郁的寓言特征和诗性哲思，是话剧舞台上的一种诗性意象或诗性语言。由此，剧作对话剧舞台语言空间的开拓进行了有效的探索，也产生了极好的艺术效果。

综上，话剧《兰陵王》通过饱蘸诗性语汇的舞台意象、内心独白和人物对话，深刻批判了皇权文化对人性的碾压和异化，并在此基础上，揭示了现代人个体存在的精神困境，表达了澄明真相、渴慕真情、追寻真理的道德操守和艺术理想。

（原载 2018 年第 12 期《东方艺术》杂志）

舞剧《永不消逝的电波》

留得青春不羁，可荐轩辕

——评舞剧《永不消逝的电波》

郑荣健

1958年，孙道临、袁霞主演的电影《永不消逝的电波》，为岁月留下了特殊的光影质感。作为一部致敬之作，同时又是第一部涉足谍战题材的舞剧，由上海歌舞团推出的舞剧《永不消逝的电波》（编剧罗怀臻，总编导韩真、周莉亚）很有历史纵深感。在漫天的雨丝、行色匆匆的黑雨伞、恢弘壮阔的交响音乐之中，当李侠、兰芬匆匆地挽臂而出，瞬时把人们带回到了解放前夕那个风声鹤唳、蛇龙混杂的旧上海，冷寂、压抑、紧张、庄严地进入一个复杂险恶的斗争环境、一个史诗般的大时代。

长期以来，舞剧创作都很重视身体语汇和技巧的开发，但由于种种原因，这个基于本体纯粹性的合理考量，却渐渐退化为舞剧创作中戏剧思维的离场，造成“哑剧表演＋华丽舞段”的普遍现象。对于舞剧之为“剧”，舞剧《永不消逝的电波》是有很大突破的。一方面，它很有“戏”，叙事体量很大，情感线索很多，围绕秘密电台工作，展开了李侠、兰芬的革命工作、爱情婚姻线索，并辐射和勾连出裁缝掌柜、小裁缝、黄包车夫等众多地下工作者跟敌人的复杂斗争关系。另一方面，它从“发电报”这个不太容易形成身体语汇的情境中生发舞蹈语言，很好地解决了情节叙事与情感叙事“两重皮”的常见弊病，建立了一套比较完整的舞蹈语法，使语汇动作、叙事走向、情感发生、舞台调度等充分主题化。

作为一部谍战题材作品，舞剧《永不消逝的电波》必定是悬念先于冲突，接头、掩护、追踪等情节会大量存在，甚少纠缠，一触即收。因此，舞段编排是很难的。加上李侠表面上的知识分子身份（记者），还有秘密电台工作所需的冷静理性，似乎动作提炼又多了一重镣铐。但创作者很快就找到了戏剧性的关键所在，即悬念带来的紧张；并且，也找到了生成肢体动作的人物情绪、戏剧情境和叙事语感。行进和穿梭，就成了贯穿全剧的主题动作。比如李侠、兰芬的舞段。一出场，行进是他们的基本动作，间之以展闪腾举；然后是阁楼间，李侠发电报，兰芬打毛线围巾，有一段表现夫妻感情的双人舞。作为一个“急—缓”叙事单元，基本奠定了舞蹈编排的节奏，寓意着他们的生活常态。然后，是报馆场面，行进已不再是写意，而是写实，各色人物逐渐具体化；封闭的电梯空间里，身份不明的对峙，李侠获取情报，进一步强化了紧张主题。再后是城市风俗画面，蒲扇群舞，卖花女传递情报，又一轮行进、追踪、牺牲，等等。你会渐渐发现，每一个场景安排、每一个舞段生成，都由戏剧动机催生，进而提炼、显化为“紧张”和“行径”等主题动作。其中大量运用了鼓的节奏，以渲染紧张气氛；同时又辅以恢弘的交响音乐，突出中提琴、大提琴音色，以表现人物为革命事业斗智斗勇和不惜涉险、不怕牺牲的大无畏精神。这种紧张节奏、恢弘气势、崇高旨趣，为全剧奠定了很好的逻辑基础、戏剧成色和叙事语感。

“紧张”主题与“行进”主题动作，本身并没有太多舞蹈的审美内容。它的基本功能，一是渲染气氛，二是叙事流动。然而，当它们嵌入到戏剧内容之中，意义就被激活了。比如，“紧张”主题背后蕴藏的戏剧内涵——敌我斗争的尖锐冲突与悬念，严酷冷峻的外部环境与同志、爱人之间的革命友谊、家庭温情，人类猝然生死的渺小与人物形象的无畏崇高，等等。采取“主题+变奏”的结构模式，既避免了场面、情境的块状串联，又照应了音乐是舞蹈的灵魂的审美规定性，形成舞蹈、音乐作为“模糊语汇”互文共生的表达。我想，这部作品以戏剧性的主题变奏方式，来建立舞蹈语汇和叙事逻辑，是很值得重视的探索。

剧中，小裁缝、黄包车夫不仅有血有肉、盎然生动，而且在进行舞蹈写意之时，极好地展现出革命同志之间的深厚情感、对敌斗争的杀伐果断。从李侠接头获取情报、黄包车夫被捕到李侠遭遇追踪、小裁缝掩护牺牲，人物和情节连成一线，并且埋下了一个大大的悬念——敌人假冒黄包车夫。看到这里，恐怕观众恨不得大叫，李侠有危险。但是，李侠是不知道的，他还沉浸在失去同志的深深悲痛之中。这里出现的“回忆”双人舞，绝不是疏离于情节、情感的电影手法展示，而是所有地下工作者的命运处境的镜像；唯有如此，方能摆脱线性的、个体的“小叙事”，使牺牲有更深广、更揪人心的历史情感厚度。跟小裁缝、黄包车夫的舞蹈相比，李侠、兰芬的舞段实际上是以秘密电台和家庭小阁楼为主叙事场景的。如果说小裁缝、黄包车夫最后的舞段是信仰、热血的写意表达，男女主人公围绕主叙事场景的几段、几组双人舞，就是紧张之后的温情回归。在经历惨痛、痛失同志之后，这段“回忆”双人舞几乎就是完成最后任务的行前离歌、英雄悲歌，是劝君更尽一杯酒，是风萧萧兮易水寒，哪怕前路险恶、生死未卜，亦当不屈不挠、毅然前往。

在这里，内外节奏的紧和缓，建立起一种奇妙的紧张关系。这组双人舞用了四对演员，以电影蒙太奇的手法，把李侠、兰芬过往经历的不同时空交叠呈现。从初识的陌生、假扮夫妻的尴尬，到相互关爱的熟悉、成为真正夫妻的恩爱，四对双人舞同时现于舞台上，借助灯光的明与暗、表演的动与止，自由切换时空、往事和情感。同时，始终保持一个表演重心，与其他三对演员形成调度均衡、情感纵深，舞蹈动作也渐渐从生活写实到情感写意，渐渐有了跳跃、托举、盘旋等。在黎明前的黑暗里，虽生死浩劫，唯君可诉，对比前面两人在阁楼里的“温情”双人舞，戏剧烈度、情感浓度犹如刀口蘸血，却极静无言，徐徐展开。

舞剧《永不消逝的电波》所表现出来的坚定而明确的戏剧意识、舞蹈意识，把一个叙事场景看似阁楼间的“小时代”，颇具时代感地转化为旧上海的“大时代”，对于红色经典的传承弘扬，对于舞剧样式的开拓创新，其价值不言而喻。

（原载 2019 年 4 月 12 日《文艺报》）

赋崇高革命激情以艺术光芒

——论中国艺术节开幕大戏《永不消逝的电波》的艺术成就

冯双白

作为第十二届中国艺术节的开幕大戏，舞剧《永不消逝的电波》（以下简称《电波》）刚一问世，就引发了巨大的社会反响。剧场门口的一票难求，印证了人们的好奇心：同名谍战电影，那么复杂的故事，能做舞剧吗？孙道临那种将儒雅与坚毅熔铸于一的戏剧表演美学高度，舞剧演员将怎样给出自己肢体语言的解释和对话？

以当代激情对话往昔革命
用现代审美观照先烈情怀

《电波》极其简洁地从李侠和兰芬接受组织任务，假扮夫妻踏入革命旋涡入手，富有节奏感地展开了中共上海地下党与国民党特务组织的殊死斗争。面对经典电影，全剧从舞蹈艺术规律出发，大胆取舍，以李侠智取和发送情报、战友们勇敢面对牺牲、敌特狡猾阴险追杀、兰芬和李侠在殊死环境里从相逢到相恋再到死别等为线索，讴歌了一段荡气回肠的革命往事。最难得的是，在《电波》里，往昔并不隔膜，英雄栩栩如生，崇高自有人性，革命依旧动心——创作团队用压抑不住的当代激情，与李侠等革命党人真诚对话，以心对心，细致体验彼时彼刻人物的真实内心理想和外在动作，找到了舞剧人物的行为动机，并生发出大量感人的舞段。

剧场里，年轻观众的热烈反应告诉我们，这是一部充满现代审美感染力量的舞剧。它高举暗夜里的熊熊火炬又不乏动人情感，它尊重原作基本构架又不局限于简单叙述，让艺术笔触深入中华民族复兴道路上先烈们的伟大情怀，又将此情怀揭示得细致入微、合情合理，让崇高发散出耀眼的光芒。当舞剧落下帷幕之时，那些心怀疑虑的人，被舞剧艺术巨大的现场感染力折服了。人们欣喜地议论着剧中的情节和人物，甚至有的人仍旧抑制不住眼眶中的泪水和哽咽的喉咙。时隔整整 70 年，李侠——那位曾经感动无数人的先烈，终于复活在当代舞剧里。

以多变时空浓缩谍战风雨
用心理流动构架影像空间

这是一部号称“谍战舞剧”的精心之作。然而，以复杂烧脑著称的谍战片，一般情节设计必走千迴百绕路线，人设要神出鬼没、面孔反复无常。仅此一点，就似乎与所谓“长于抒情而拙于叙事”的舞蹈艺术相冲突。因此，《电波》是对舞蹈编导的巨大考验。其核心，是叙事所必须把握的艺术空间转换。与传统的舞剧线性时空逻辑叙事的方式不同，《电波》大量使用了电影蒙太奇的手法，巧妙地钩织对比性、复合型舞台艺术时空，并且用舞剧人物的心理流动作为舞台影像空间转换移动的依据，从而有序地、合情合理却又出人意料地构架起引人入胜的艺术境界。

例如，万分火急的军事情报因为上海某地下交通站遭到敌特破坏而失去了线索，舞剧编导们运用了电影艺术中平行蒙太奇的叙述手法，在一个舞台空间里表现李侠在裁缝铺子里急速寻找情报的藏匿之处；并列的一个舞台空间则是兰芬被假扮车夫的特务拉向危险之地。同一音乐旋律强烈暗示着生死关头的到来，并列的两个空间对比性把舞剧推向了高潮。随着兰芬的一声枪响，两个时空刹间被贯通，合二为一——特务被兰芬击毙，而李侠得到了情报！观众紧绷的情绪终于得到释放，但还来不及为他们高兴，从来没有开过枪的兰芬几近崩溃的精神和李侠即将大义慷慨赴死的桥段，再把舞剧艺术推向了顶点。舞台艺术巧妙借鉴电影艺术手段所达成的剧场效果实在令人赞叹。

当然，这样的舞台空间构成离不开《电波》舞台美术设计的成功。多媒体影像恰如其分的运用，大量逆光投射所造成的光影世界，其光明和阴影带来的强烈视觉冲击，令人叫绝——那是为民族解放而英勇挑战暗黑世界的人类特殊崇高理想与艺术形式创新的高度统一。可以说，《电波》从中国传统艺术意象化的创作理念，到现代多媒体构成的舞台心理流动空间，再到以生活动作演绎出来的情节舞之丝丝入扣的编织和推进，辅之以东方人希望听到的动人的主题旋律，以及西方现代音乐所擅长的场面音效，证明着：中华传统美学精神在实现了“现代性转化”之时，就会焕发出巨大的艺术魅力。

以生活细节勾勒时代画面
用形神兼备攀登表演高峰

《电波》的引人入胜，与主创团队的细节处理能力高度相关。细节，是艺术从常规气氛渲染走进人物内心的致胜法宝。例如，李侠和兰芬回家之后，兰芬立即再次出门，佯作轻轻扫地状，警惕地环顾四周，然后才风轻云淡地转身回屋。一个典型的细节，是编导深入生活，通过采访从事地下工作的革命前辈获得的真实生活动作。将这样的细节编织入戏，精准地刻画中国共产党隐蔽战线斗士在那血雨腥风下的大胆细心，令人印象极其深刻。再如，在舞剧中，垂直降下的一条条长方形景板，在舞台逆光的作用下把自己的光影投射在舞台地面，巧妙地形成了上海都市弄堂的神秘影子。突然，一面，又一面，上海人家常用的圆蒲扇突入观众的眼帘。那一段弄堂里旗袍女人的团扇舞，编得温柔典雅，突出了令人心驰神往的弄堂氤氲，也一扫人们常见的上海旗袍妖冶模式，美得令人陶醉。特别值得赞叹的是，这段舞蹈借用了《渔光曲》的主旋律，不但准确勾勒了上世纪 30 年代的时代氛围，更将中国早期进步电影的人文观照与当代反思做了一次音律上的交融。站在舞剧艺术创造的高度上，让多种艺术元素的密切配合，相互渗透，相互作用，巧妙地起到化学反应般的舞台艺术效果，是《电波》成功的又一密码。

《电波》在舞剧艺术表演美学上也达到了一个全新高度。以王佳俊、朱洁静等国内顶尖舞者为代表的上海歌舞团，非常出色地将编导的创意呈现于观众面前。特别是主要人物塑造，没有一个动作脱离人物性格，没有一刻表演离开人物情感，肢体和内心两种语言达到了高度的契合。扮演李侠的王佳俊，在战友为掩护自己而牺牲之后，回到家中，无力地倒在妻子兰芬面前，演员在舞台上真的难过到全身抽搐，难以自制，却仍旧无意间保留着舞者才能拥有的肢体美感，达到了舞台表演的难得境界；朱洁静所扮演的兰芬，此刻将这个既是丈夫又是战友的男人拥在怀里，给予无限爱意。她将内心波动与静止舞蹈造型天衣无缝地融合于一身，构成了舞台艺术二度创作的巨大感染力，催人泪下。难怪有电影工作者惊呼：电影镜头里的演员一条条拍摄，而《电波》里舞剧演员的表演竟然可以在一个半小时里一气呵成，悲喜转换，歌哭自在，庄谐互证，收放自如。

愿《永不消逝的电波》成为当代中国舞剧的一个最新坐标，勇敢探索出中国舞蹈艺术的新路！

（原载2019年5月16日《人民日报·海外版》）

舞剧版“电波”，寻找到一种有意味的形式

杨　扬

一些观众在欣赏舞剧时，与欣赏一般舞蹈片段不同，常常是一边观看舞蹈演员的精彩表演，一边在寻找舞剧的故事线索。舞剧在他们心目中，可能就是用脚尖来跳故事。但上海歌舞团与上海戏剧学院附属舞蹈学校联合出品的大型舞剧《永不消逝的电波》，突破了这种模式，在舞蹈语言和舞美安排上，有自己的新意和探索。

这部舞剧最大的创新点，在于凸显了舞蹈自身的价值，让舞蹈回归舞蹈。编舞和导演将观众的注意力拉回到舞蹈，而不是故事。这种变化，或许是一种舞蹈常识的复位，但对于我的舞蹈观赏记忆而言，这种复归本位的过程并不是那么容易实现。

很长一段时间，我们习惯于躺在文学叙事上，用身体和脚尖讲故事，舞蹈变成了一种阐释故事的辅助手段，而不是表演主体。或许这样的舞蹈编排模式与我们的观赏习惯有关。观众们总会问，跳这么一大段舞，表达的是什么？就是在这种线性对应的看得懂、看不懂的观赏逻辑的约束下，舞蹈也就变成了一种阐释文字的形体表演，而不是形体自身的诉说和意义表现。但对于舞蹈表演而言，舞蹈的语言和意义，常常是文字语言不能表达、甚至是不能完全言说的。舞蹈就是舞蹈。舞蹈需要超越文字，这才是舞蹈的根本所在，也是舞蹈区别于文学的地方。如果什么都在文学、文字的掌控之下，舞蹈就不是独立的艺术。

舞剧《永不消逝的电波》的成功，首先就是在故事之外，展示

了一种舞蹈叙事的可能。当剧幕缓缓拉开，当音乐响起，舞台上呈现出诸多演员摆设的各种上海里弄的生活姿态。这种近似于生活秀的场面展示，从一开始就与人们记忆中的同名电影场景形成了对照。熟悉经验的陌生化，在这部舞剧的一开场，就带给观众们一种非比寻常的惊艳和视觉享受。在舞剧的展示中，舞蹈编导寻求的是一种文化情境和情绪。海派的文化情调与特征，成为主宰舞台的主要因素。总编导韩真与周莉亚在答记者问时，都不约而同地谈到如何用舞蹈表现上海这座城市的气质问题。电影领域，这种城市美学的场面展示，有王家卫导演的《花样年华》、李安导演的《卧虎藏龙》。尽管城市美学并不一定在题材上都是表现城市生活的，但城市特有的气息和情调，要能够在作品的结构和表达方式中呈现出来。舞剧《永不消逝的电波》在这方面有着非常强烈的自觉意识。上海元素成为整部作品中贯穿始终的追求。而对于上海文化的理解，在编导们看来，也要重新清理，不能再陷于灰扑扑市井式的小市民世界，也不是萎靡颓废的小布尔乔亚情调，而应该是精致、高雅、亮丽、健康的，是充斥着动感的现代生活情调的。革命者李侠、兰芬、裁缝师傅、地下交通员等，毫无疑问在作品中是正义和健康的象征，但在舞台中呈现时，并不突兀，不像是样板戏中主角一出场，其他所有形象都退缩到舞台边缘那样。在舞剧《永不消逝的电波》中，这些革命者似乎都是城市人的装扮，与城市生活融为一体，而不是悬挂在城市生活之外的概念。类似于《七十二家房客》的舞台呈现以及旗袍舞等核心片段，也完全摆脱了影视剧中那种鱼目混珠、泥沙俱下的风尘味，显得清新脱俗，别有一种情调。舞蹈编导在作品中成功展现了海派文化的韵味与魅力，这种探索，对于舞蹈而言，或许要比文学、电影、绘画艺术迟到很多，但毕竟是到来了。

舞剧将中共地下工作者与谍战勾连，或许是受到当今通俗文学与流行影视剧的启发，但对于舞剧样式而言，未尝不是一种新的尝试与拓展。舞剧有自身约定俗成的规矩，无法讲述太宏大繁复的故事。情节要简单，重要的是看舞蹈和呈现。那么，舞蹈如何呈现谍战呢？在这部舞剧中，环境氛围的成功营造，舞美的贡献非常突出。

与李侠、兰芬等人物的舞蹈性格的塑造相比，舞美的探索更加前卫，也更加值得关注。数码技术的运用和抽象图案的舞美设计，在中国戏剧舞台上也不是没有过，但整体上，舞台视觉效果很少达到《永不消逝的电波》那样的惊心动魄。简洁的现代几何构图，黑白色调的对比以及暮色黄昏中的雨景，令人想到康定斯基对于现代绘画中点、线、面的处理。只是在舞剧的舞美设计中，抽象艺术与演员表演的动感结合，大大强化了抽象艺术的视觉冲击力，也大大增加了谍战的紧张气氛。如果说，舞剧是从终止文学性的想象开场的话，那么，舞美就是复活文学性的想象。这些看似矛盾对立的关系，在舞剧中就是如此真切地交融在一起。舞蹈让我们习以为常的经验变得陌生，而舞美又将我们拉回到熟悉而又亲切的生活场景之中，让人觉得谍战、城市街景、报馆生活、公寓场景等，都像是这么回事，都符合文学性想象的期待和要求。假如失去了这些精彩的舞美贡献，单单是一群舞者在黑白灯影下旋转、跳跃，观众们真的会不清楚这些舞者为何而跳了，舞剧的剧情也就荡然无存了。舞美是写在舞台上的无声文字，是剧情的符号凝聚。在《永不消逝的电波》中，舞美的探索将一些现代绘画语言嫁接到舞蹈表演实验之中，为整台舞剧增添了新的现代色彩，也大大扩展了整台舞剧的艺术张力。

作为主旋律舞剧创作，舞剧《永不消逝的电波》触发人们思考很多与当代艺术探索相关的问题。最突出的就是舞蹈的本体建构问题。因为该舞剧的成功，让很多人思考当代舞蹈话语的革新问题。中国当代舞蹈的语言变革，或许没有像文学领域、电影领域和绘画领域的变革来得声势浩大、风云激荡，但舞蹈内部变革的要求始终存在。上海国际舞蹈大赛、上戏舞蹈学院的大师班和各种国际著名舞蹈团体的来华表演，这些开放、探索的努力，就是想给中国当代舞蹈开辟出一条广阔的通道。

突破性的舞蹈话语变革所造就的全新舞剧，或许还有待时机，但《永不消逝的电波》带给我们对当代舞蹈话语变革的期待和憧憬。在延续传统的经典和民族舞蹈话语同时，一种与此有所对照的舞蹈话语，在编舞和观众看来，至少是能够接受，也是乐于接受的。主旋律作品不能只是讲故事、喊口号，陷于习惯性动作的约束之中，而要与当代舞蹈话语的变革结合在一起，造就一种新的、充满时代动感的舞蹈动作，让身体从既有的规定动作中解放出来，自由自在，尽情舒展。我想舞剧《永不消逝的电波》所带给大家的惊喜，不仅仅是关于海派文化的遐思遐想，更多的应该是着眼于舞蹈艺术探索本身。如此风光美丽的舞剧展演，是具有着春天的生机与活力的。

（原载 2019 年 5 月 23 日《解放日报·朝花周刊》评论版）

新时代，新舞剧，新美学

——评舞剧《永不消逝的电波》

罗馨儿

2019 年 5 月 20 日，第十二届中国艺术节在上海正式开幕。舞剧《永不消逝的电波》作为开幕大戏，在上海大剧院隆重演出。本剧以“100 位为新中国成立作出突出贡献的英雄模范”之一的中共上海地下电台发报员李白烈士的经历为蓝本。而 1949 年的 5 月 20 日这一天，距离上海解放还有 7 天、亦是李白烈士牺牲后的第 13 天。此时此地、此情此景，正形成一个交相辉映的互文结构，如同一段电波，载着一个时代的敬意，向另一个时代发送，传往历史深处。

舞剧《永不消逝的电波》因其富有冲击力的形式感和精彩的舞台呈现，以及对历史人物的深刻开掘，获得了观众的好评，尤其在年轻一代的社交媒体中引爆话题、担当“流量”。该剧截取主人公李侠被捕前，最后一段艰苦的革命历程，紧扣着“谁是敌人”的核心悬念，敌我双方不断展开判断、周旋和斗争，呈现出一个凝练、封闭的谍战叙事系统。演出场上，众多舞蹈演员精彩演绎了现代舞、芭蕾舞、古典舞、探戈等舞种；同时，叙事性的身体还完成了对历史人物性格、情绪、生存状态和群落特质的精准把握；再加上多种现代化的舞美技术、装置设备与音乐设计的有机并置，使得演出呈现出一种饱满、强烈、有凝聚性和震撼力的生命质感。

对于没有对白、人声，仅有少量字幕提示的叙事舞剧来说，《永不消逝的电波》全靠演员的身体及其包含的所有元素和信息量，完成对全剧的叙事功能和表意功能的建构。剧中演员的身体，作为最重要的美学意象，荷载了复杂的能指，使作品的内涵和理念，能够从主创脑海中的有意识和无意识领域里透显、落实，进而变得可见，完成与观众的意念沟通。

身体，有都市日常的暗涛汹涌

《永不消逝的电波》描绘了决战前夕暗潮汹涌、你死我活的存亡时刻，剧中人物的身体是“战场”在都市日常图卷中的延续。

全剧开场，主人公李侠（王佳俊饰）和战友们，假借各自社会身份之便，穿梭在黑衣特务的持伞矩阵里，巧妙地互递情报。这一编排精湛的群舞场面，一方面借阴云密布自然氛围指代社会环境，奠定了急促、压迫、艰苦、波诡云谲的背景基调；另一方面渲染了神秘感，这种讳莫如深的风格，在正反两派人物形象上始终贯穿，挥之不去。占据主要表演分量的主人公李侠，游走于敌我之间，向观众交待了他的社会角色（报馆职员）与自我私密（情报特工）。假视和真身流动之间，奠定了他特殊的工作性质——携带秘密、保守秘密、传递秘密。台上，李侠传递情报的舞蹈动作和行为节奏是一触即发的，具有一种锐利的精准度。这种经过设计和编造的身体，成为进一步定位李侠的媒介——他作为地下党的步步谨慎、作为专业人士的成熟可信，又在侧面烘托出斗争的严酷性。

在这样的铺陈下，以李侠和兰芬（朱洁静饰）为代表的九位主要人物，群像展览式地走到台前，字幕一一介绍了他们目前的社会身份，引发“是敌是友”的猜测。这种在全剧开头，让主要人物带着戏感和情绪集体亮相的方式，常见于侦探悬疑类剧目，往往用来交代所有主人公或嫌疑人，一步到位地建立起对人物的印象和感知，促使观众掌握剧情、展开推理。九位人物的神态、动作、仪规、衣饰，被整合为舞蹈的身体，拥有一段短暂的展示时间，呈现他们在寻常的“社会表演”。这表示在监视的眼光中，主要人物们为了达到目的，都在建构有说服力的假扮，以更好地掩饰真身。而舞台深处的黑暗与神秘，以及结合声光多媒体技术营造的压抑氛围，则昭示着他们亟待解决的主体危机：忠与奸、敌与友。他们和观众一样难分敌我，陷入悬念、如履薄冰。

随着剧情的展开，我方阵营和敌方阵营的领头人物逐渐明晰，分别是伪装成报馆干事和纺织厂女工的李侠兰芬夫妇，以及伪装成报馆秘书的国军情报科科长柳妮娜。《永不消逝的电波》中，这三位主要人物在舞台上的身体，是受到精神力量和权力机制影响的身体，这揭示了人物的本质。在演员资质、诠释还有动作设计、造型烘托等多个层面上，李侠和兰芬夫妇的身体意象，都是全场男女两性身体的范本。角色身体的美感和程式，与他们的人格、觉悟、道德、感情等抽象品质直接相关。李侠的形象，最突出的身体部位是肩部。他的长衫服帖而宽松，格外强化了肩部线条的厚实与平阔，传达出力量、阳刚、勇气、担当、正直等男性特质。

剧中，李侠有多次迎着光源独自前行的段落，这一经典场面也被应用到了海报中。逆光将他的身体轮廓——尤其是肩膀到手臂的线条，勾勒得孔武有力，他坚毅稳健的步伐与四下阴沉的环境形成对比。观众虽然无法看到他的面部表情，但仍然可从他的背影或侧影中，感知到人物在黑暗中负重前行的艰难。兰芬的形象，最突出的身体部位则是腰部。总体来看，兰芬的服装风格偏向于端庄朴素，表现人物温婉娴静的性格。但她的服装无一例外都是强调了纤细的腰线，一方面，形成兰芬最理想、标准的女性化身体，在视觉上增强了人物的魅力。

尤其是在《渔光曲》以及裁缝店等女群舞段落，领舞的兰芬并不以衣着的华丽见长，主要以身姿和体态的优美典雅来吸附观众。舞蹈演员朱洁静扎实的功底和稳定的状态，也让兰芬从衣香鬓影中脱颖而出。另一方面，腰部也是能够强调女性特质的身体部位，在动作中形成灵巧、轻盈、温柔、慰藉等意味，为李侠的男性化质感起到重要的调和及补充作用，相映成趣。对腰线的强调，到了全剧结尾兰芬怀孕、李侠英勇就义的段落才有了变化，孕育着新生命的兰芬，服装的腰部线条变得宽松。同时，她被李侠说服，忍下不舍和痛楚，与丈夫诀别。身体表征重点的转移，蕴含了兰芬在生理和心理上的双重“升级”。

与李侠、兰芬夫妇形成对比状态的是反派角色柳妮娜（邓韵饰）。这个人物强有力的个人特质也给观众留下深刻的印象——一名具有权势的蛇蝎美人。对她的分析不但可以从以上两位正面人物的角度进行参照，也可以通过与1958年的电影《永不消逝的电波》中的同一人物进行比对。狄德罗在论述艺术形象的塑造时，认为因注意对形象系统的协调配合，并把握因果关系。他强调对形象塑造的动态描述，“真正的对比是从行动的深处产生的，或者是从器官的不同或利害的不同当中产生的”。

可以发现，舞剧中的柳妮娜登场时的装扮偏男性化：风衣、马甲、马裤、领带、皮手套、皮靴。她的身体是有权势、有分量感的，大致勾勒她职业女性的伪装身份和情报头目的精明强悍。她同李侠、兰芬分别有“过招”的舞蹈对手戏，在肢体和头脑上，呈现出势均力敌、不落下乘的能量。在抓捕过程中，她手持枪支亲自上阵，甚至充当了行刑者，杀人的动作镇定而狠辣。她不离手的物件：枪、香烟，亦是男性权势象征的延伸。仔细观察柳妮娜惯常的肢体表达，譬如对办公桌或坐或踩等，仿佛在划分势力范围，也具有异常的压迫感。

电影版《永不消逝的电波》中，陆丽珠饰演的柳妮娜前后形象有一定的反差，从前期旗袍款款、妩媚颓废的尤物，到后期刻板制服、盛气凌人的中性女军官，她需要通过对外在的加工处理来强化自我定义，并据此处置人际关系。舞剧中的柳妮娜，则没有（或不屑）过多地在外型上伪饰，显示出这个人物具备的自主性，她的身体既有男性化意象的加成，又不失精致华丽的女性特质。作为一个复杂的反派意象，这个人物丰富了全剧可读解的空间。

身体，多种文化美学交错碰撞

“长河无声奔去，唯爱与信念永存。”

《永不消逝的电波》用流动的身体和现代化的手法重述了一段革命往事。编剧罗怀臻多年以来持续践行“把古代故事讲给现代人听，把革命故事讲给年轻人听，把中国故事讲给全世界听”的创作理念，而青年舞剧编导韩真、周莉亚则赋予了这部舞台艺术高度风格化的新鲜质地。这部以“谍战”为切入点的现代舞剧，格调复古，具有鲜明的上海地域气质，但它在艺术构思和视觉审美上具有极简主义的倾向，而非将场面和元素进行嘉年华式的缝合。可以发现，它具有一种历史档案般的神秘、遥远和古旧感，仿佛是今天的人在回溯历史深处的信仰精神，并向传说中的人物致以庄重的敬意。因此，《永不消逝的电波》自有它端庄、健朗和深沉的气质，用以诠释红色经典，可以说是个性鲜明而又恰如其分。在这样的整体基调下，剧中呈现的身体又铭刻了海派文化、江南文化及红色文化的烙印。

在舞美场景的选择上，《永不消逝的电波》提炼了带有老上海特色的石库门、报馆、旗袍店、电车、室内家具等有关元素，假定性地营造出解放前上海的都市化场景。富有意味的是，在这部舞剧中，和现代科技相关的部位，都产生了一种阴郁、诡谲的艺术效果，有关段落总是情节惊险，相应的身体动作也节奏迅捷。譬如报馆中表现工作场面的整齐划一的群舞，人像机器一般机械地动作，这个将人高度物化的场面，正如福柯描述的“纪律就制造出驯服的、训练有素的肉体”。李侠、柳妮娜和记者三人在狭窄的电梯里初次“过招”，相互试探、摸清底细，这一代表城市化的、便捷的流通空间，方寸内是角力双方的你死我活，产生了“幽闭恐惧症”的效果。

通过舞蹈动作和场面调度，街道、电车、巷陌无缝转换，城市成了险象环生的猎场，上演着一幕幕监视与暴露、追捕与逃脱、布控与突围。在剧中，每当电报的频率声响起，白底黑字的提示字幕如同幽灵般在舞台上空的幕布上浮现、拼凑，显示出一段密电，总是造成一种恐怖的感觉——不但揭示了重大的机密，更令人联想到每一段信息的传输和破解，背后都有革命者付出鲜血的代价。这种挥之不去的压迫感，只有在剧终上海彻底解放后幕布上映出一张张捷报消息，才真正地消散，全剧氛围随之变得平静、真实。这一场以城市为背景的争夺战，随着革命的真正成功，终究拨云见日。

与表现政治斗争的恢弘的史家笔法形成对照的，是勾勒鲜活生命细节的民间笔法。石库门背景下，兰芬与一群家庭女性身着旗袍、柔情似水地在《渔光曲》中翩然起舞，这一段落很大程度上消解、调和了前段的压抑氛围。以市井民俗的恬淡气息，散点式的舞台构图、妩媚多情的身体展现，生活化的动作程式，形成全剧最富有诗意的段落。身体与城市空间的关系显得协调、情意绵长、富有韵律感，江南文化投印在优雅的女性身体上。

同时，《渔光曲》不但是上世纪三十年代同名进步电影的主题曲，还是具有“红色文化”的符号能指。1945 年 9 月 5 日，因国民党严密封锁而停播近 2 年的延安新华广播电台，恢复播音后，就选用了这首插曲作为电台的开始曲。当时选择《渔光曲》的原因，源于它是中央领导赠送的一张唱片。缠绵悱恻的前奏声响起，就代表着新华广播电台的开播。这首歌曲成为先进文化的代表，与原曲中表达的在茫茫黑夜中渴望光明的寓意形成照应。因此，舞剧《永不消逝的电波》中的《渔光曲》群舞段落，也就成为市民文化、地域文化、红色文化的复合文本，可谓意味深长。

同样由身体折射的文本铭刻，在男女主人公回顾他们的爱情历程中，也有非常精湛的呈现。李侠和兰芬从肝胆相照的工作伙伴到相知相爱的革命伴侣，细数往昔、感慨万千。编导另用三组男女演员分别饰演他们在不同阶段的“分身”，用类似平行蒙太奇的方式上演他们感情升华的轨迹。投影的幕片上，党徽和“囍”字交替闪现，表现二人在理性与感性、情感与信仰层面的共鸣，四对“李侠夫妇”同时在台上跳起一样的双人舞，时间压缩、空间叠化，建构性地呈现他们各个阶段的身心变化。

舞台上的身体维度，丰富了《永不消逝的电波》在美学价值、艺术价值、文化价值之外的思想内涵，进而达到哲学、社会学和历史学的厚度。可以说，自觉回归和探索舞蹈艺术本质的《永不消逝的电波》，是一场具有启发性的艺术实践，并促使我们继续思考：当下的艺术创作者应如何回应和遥想历史，并从经典中汲取能量，扩充艺术实践的场域；以及，“主旋律”应怎样开发其可述说性和魅力，同当今观众的心灵产生广泛的“共振”。

（原载 2019 年第 3 期《东方艺术》杂志）

羅懷臻研究集

LUO HUAIZHEN:
A COLLECTION OF PAPERS AND REVIEWS

自述卷

廖夏璇〇主编

上海人民出版社

图书在版编目(CIP)数据

罗怀臻研究集.3,自述卷/罗怀臻等著.—上海:
上海人民出版社,2019
ISBN 978-7-208-15958-7

Ⅰ.①罗… Ⅱ.①罗… Ⅲ.①戏剧文学评论-中国-
当代-文集 ②罗怀臻-自传 Ⅳ.①I207.3-53
②K825.78

中国版本图书馆 CIP 数据核字(2019)第 146663 号

封面题签 廖 奔
责任编辑 赵蔚华
封面设计 陈 楠

罗怀臻研究集(研究卷、评论卷、自述卷)
罗怀臻 等著

出　　版 上海人民出版社
(200001 上海福建中路 193 号)
发　　行 上海人民出版社发行中心
印　　刷 江阴金马印刷有限公司
开　　本 635×965 1/16
印　　张 83.25
插　　页 16
字　　数 1,135,000
版　　次 2019 年 11 月第 1 版
印　　次 2019 年 11 月第 1 次印刷
ISBN 978-7-208-15958-7/I·1837
定　　价 420.00 元

目　录

3·自述卷

高山流水

时代同行

眼前风景

一家之言

深度对话

心灵回顾

心灵的回顾

——《西施归越：罗怀臻探索戏曲集》后记

公元 1976 年 10 月对于中国人来说是一段激情挥洒的日子。“四人帮”在北京倒台，历时十年之久的“文化大革命”也随之宣告结束。人们满怀兴奋地“寻找自己”，并急切要“补回损失”，然而岁月毕竟流逝，“减去 10 岁”也只是文学家的一种愿望。

冷静下来，重新打量，并把这种关注上延外展，于是在反思与比较当中又增添了几分面对现实的深沉和投奔未来的信心。

十年“文革”给我带来的是什么呢？

1956 年农历 4 月，我出生在苏北淮阴市，童年的一段时期是在祖籍河南许昌县乡间度过的。7 岁回淮阴读书，“文革”开始时 10 岁，上小学三年级。所谓学业，实际上自那个时候起便处于一种半荒废的状态。不幸的是连这种状态也仅仅维持到初中毕业即因我父亲所谓“历史问题”而不再得以继续。其时年方十五。

可怜的一点教育倒是不曾妨碍我顶戴“知识青年”的桂冠插队落户“接受再教育”。17 岁时，我被下放到洪泽湖边的农业生产队。

记得送行那天，艳阳高照，锣鼓喧天，气氛很是热闹。家人邻友依依话别，同声勉励，唯有外婆，蹭着小脚企图阻止我爬上卡车。那情景，终生难忘。当时我心里很难过，为什么大家都在掩饰，独外婆是真情？

母亲很快就不表演了。当她第一次看着探家的儿子满身泥土地立在面前时竟失声痛哭了，那泪水，仿佛能冲决湖堤。奇怪的是我反倒不能理解母亲此刻的感情：我曾在心里埋怨父亲，为什么不像祖辈那样安分耕田而去当“青年远征军”？我也埋怨母亲不该生在大户人家被人称为“二小姐”，为着这些，姐姐和我都只能读到初中，此后我必须插队，姐姐也只能分配到城里的豆腐坊。假如我们“根正苗红”，不是可以继续升学了吗？而到了这步田地，我早已丢下包袱，并且心甘情愿地和贫下中农“打成一片”了，况且他们待我并无半点歧视呢。我感觉活得很好，很自信。

我想我当时一定是沉入了某种“规定情境”。

现在回想起那个时代的许多事情，觉着均有些好笑。所谓“社会大舞台，人人都是戏”，确实有这种味道。“文革”十年不就很像亿万人参演的一场大戏剧吗？只是余生也晚，看到和经历的场面实在可怜了一些。

这大概就是“文革”留给我的印象，也可以说是我对于“戏剧”内涵的原始理解吧。

1976 年 10 月，我结束了“知青”角色的扮演，凭着少时练过的武术拳脚考入了淮阴市淮剧团，名副其实地当起演员来。是年，二十正当头。

名演员的梦很是做了几年，不幸的是始终也没有做出名堂来。据分析，这与我某种先天性缺陷有关：我总是在排练厅唱得有声有色，栩栩如生，而一旦真的上台，便一点灵气也显露不出，声音憋得很紧，面部似有似无地凑起一种微笑状。这很糟糕，行话称为：“自我意识太强”，因而很难“进入角色”。我的确也感到一脸粉墨地立在众目睽睽之下是件颇为难堪的事。虽经克服，效果仍属不佳，以致后来那位一度用心栽培我的师傅终于发出了“恨铁不成钢”的感叹。我也懊恼透了。

人生有时很悖，一心做的事情往往不成，无意间一番拨弄反倒辟出路来。

我 8 岁从师学习武术，近十轮冬夏刻苦用功，未有消歇，十来岁时便以地区少年冠军资格参加省级比赛，并在当地做起了武术教练，然而这却不能成为终生职业，充其量我也只是在为扮演英雄好汉的主角们当配角，或者演“被打翻在地”的丑角时，更显得乖巧、活泛而已。

我做过许多梦，唯独没做过“作家梦”。

在乡下时倒是接触过一些文学书籍，知青间相互借阅，借以填补空虚。印象最深的是《说岳全传》《雷雨》和法国雨果的《笑面人》。记得每读一部这样的书总有好几日惆怅，不明白书里哪来这股牵肠挂肚的魔力？至于这些体会是否对于我后来的创作留下影响，我也就不敢比附了。不过就当时而言，并没有触动我编织一个当作家的梦，因为我必须全副精力面对每天挣满工分，年终换回日价3角7分的生活现实。

至于后来进剧团当演员不灵而后居然建立起为演员写剧本的信心，回想起那个转换的过程，竟也带有几分幽默。

我在剧团颇得人缘，大家有事没事爱和我聊天，又因为我喜欢为别人的事情开动脑筋，所以也就不断有同事央我写些家信情书一类。地方剧团长年流动，书信联络至关要紧，每每承请，均不敢稍加含糊，故而每次认真听取命题之后总是袖手于前，疾书于后，尽可能言之成理，动之以情。一般反馈皆称良好。其中自然也闹出些小趣味，譬如某君信息发出后，对方颇觉熨帖，待至晤谈，又觉出些磕绊，于是生出“相濡以沫，不如相忘于江湖”的怨言。遇到这类闪失，我也得到些启示，原来作信也须兼顾“作者”“读者”，始能发生“效应”。不知道当初代笔书信的辛苦，是否也算得“创作”？

影响我有意识学习“编剧”的是当时剧团里两位“读书人”。一是团长，一是导演，他们都是早年艺术院校的毕业生，有很深的艺术功底，编、导、音、美均很在行，时常还就剧本创作等问题展开议论，有时候也招呼我聆听其间，耳濡目染，有意无意之间萌发了我尝试“编剧”的想法。殊不知我当时腹中墨水甚少，懵懂累上“创作”负担，以致5年经营，不成一字，硬把舞拳飞腿的身板消折得憔悴不堪。我当然应该感谢两位老师，若不是他们帮助我及早中断演员之梦，把热情转向学习，大概我还在“演戏”，并且继续找不到“感觉”。真正指导我“编剧”，并且后来促成我从事这项专门职业的是上海的陈西汀、陈多两位先生。我自1983年考入上海戏剧学院戏剧文学系学习，一直得到两位先生的耐心辅导。几年来，他们在我身上耗费了许多心血，既是严师，又如慈父。这份厚爱，我将铭记在心，终生不忘。有人说，凡热衷于悲剧的作者，大都源自心里的“结”。因为有情绪郁结着，所以要排解。我似乎没写出有“完满结局”的戏，但我不知道我心里是否有“结”。我想人总会在社会生活中感受到些什么，从而希望表达出来与人交流。所谓热衷悲剧、着眼不幸，其实是源于对人生对世界的爱，或许还更深切一些。

我不曾见到所谓“活得很潇洒”的人，如果不是善于掩饰的话；我也不曾有过“人生如儿戏”的体验；因此也就无法理解一种把文学艺术纯粹当成“玩”的心态。我是信奉“戏剧为人生”的。

“悲剧是将人生有价值的东西毁灭给人看”。为什么要“毁灭给人看”呢？“以期引起疗救的希望”（鲁迅语）。希望疗救未必得到，得到疗治未必救愈，曾经缝合的创口也会因为感染新菌再度溃疡。所以，悲剧始终有警人的意义。

戏剧是作用于人的情感的形式，中国戏曲尤其以“情”见长，人类交流情感的愿望不会中止，所以戏剧作为一种强烈表达情感的样式便会永存，中华民族独特的戏曲艺术也就不会消亡。

元明戏剧的辉煌首先是戏剧文学的激进，当代戏曲的“复兴”依赖于戏曲文学的创新。题材古今中外，手段变化万千，最根本的是激起当代人“共鸣”。这很难，需要花费心力，甚至可能为此支付终生。

曲曲折折踩上创作之路，战战兢兢捧出几只戏曲剧本，粗枝大叶，感情却是真诚的。感谢钱沛霖、吕爱国、贾鸿源诸君为出版此书所做的努力；感谢学林出版社诸同志的支持与合作。此外，特别应该感谢《风月秦淮》的合作者纪乃咸先生，承他慨允我将该剧收入专集。

谨以寸草，敬献给曾经与我同甘共苦的至爱亲朋！

（原载 1990 年第 3 期《上海戏剧》杂志）

《秦淮烟云》创作絮语

柳如是、钱谦益在历史上确有其人，在中国文学史上均占有重要的地位。近年来，有关他俩的生平传说愈来愈引起当代学术界和文艺界的兴趣。继已故学者陈寅恪先生所著的《柳如是别传》之后，近几年中又先后有几部描写钱、柳爱情故事的长篇小说问世。一时间柳如是和钱谦益成了当代文化人关注的“热点”人物。然而令人遗憾的是，尽管柳如是、钱谦益的生平与爱情那么丰富多彩和具有传奇性，但以他们为主角的戏剧作品却始终不能得见，而与柳如是、钱谦益生活在同一时期并与他们有着密切往来的明末歌妓董小宛、李香君、陈圆圆以及与他们发生联系的文人士子侯朝宗、冒辟疆等的传奇故事却不断被人敷以粉墨，歌颂传唱。这大概与戏曲擅长表现通俗故事，而钱、柳作为诗人、学者，他们本身所具有的品格与戏曲惯长表达的“俗情”之间，有些难于调和的落差。正因如此，在如何运用群众喜闻乐见的戏曲形式来表现钱、柳二人的故事方面，就不能不注意到品格上的分寸。

越剧素来被认为适合表现古代“才子佳人”的爱情故事，但若细加品评，便不难发现，越剧除了少数几部古装戏，如《红楼梦》《西厢记》《屈原》等在表现古代“才子佳人”的品位上，尚能不失品位，即是在表演“才子佳人”，余者大都通过了“民俗化”的处理，而很难再让人觉着“像”一个真正的“新科状元”或“名门丽媛”了。这也许是为了通俗易懂，便于普及的需要，但从另一个方面看，这种迁就性的“降格”倘若用在历史“真”人的题材处理上，不能说不是一种误传。所以越剧剧目中很少有描写李白、杜甫、白居易等历史大文豪的戏，虽然他们才真正称得上是“才子”。

在此问题上，从舞台剧《风月秦淮》（上海越剧院青年团演出）到四集越剧电视连续剧《秦淮烟云》的剧本创作，我们旨在追求一种既通俗易懂又不降低历史人物所具有的文化人品格的艺术效果。而运用电视剧的方式拍摄越剧，既面对一般越剧观众，又不局限于此，可以在表现越剧古代才子佳人的轻车熟路上再作一番适应性更为广泛的提升，应该说是很贴合的。

柳如是、钱谦益生活在明末清初历史大改替的时代，社会动荡，风云翻覆，急遽变化的时代造就了他们各自不同的性格和品格。而他们彼此间的爱情又偏偏发生于这样一个多灾多难又变化莫测的历史阶段，于是，他们的命运实际上代表了那个时代生活着的一大批人。因此，他们的爱情生活从一开始就不是孤立的，而与当时的社会形势、社会观念息息相关。他们从相慕到相识，到相知和相爱，再到相疑、相怨、相离，最后重又相互理解，每一过程无不与社会局势的演变发生关联，而这一过程又正是当时的知识阶层人人必然经历的历史心态。

作为一类古代知识分子的代表，柳如是和钱谦益的人格是既共通又独立的。柳如是出身寒微，饱经风尘，受尽轻贱的经历反而养就了她超凡脱俗，孤傲不羁的性格。与文人学士的交往，使她明白了许多做人的道理，并逐渐自觉地培养成一种忧患人生的品格。当国家、民族处于危亡之时，她之所以能表现出超越于一般文人士大夫的品行气节，是与她特殊的人生经历和理想追求分不开的。这种与国家、民族和人民共命运，同患难的高贵品质，正与中华民族生生不息的精神意志相贯通，而这种品质恰恰又正是中国古代知识分子所推崇的，也是此剧所要竭力歌颂的。

而钱谦益则归于另一种人物。他仕宦出身，博学多才，“修身—齐家—治国—平天下”是他最高的人生理想。为着实现这个理想，他可以做出一些和他的名望完全格格不入的事情。由于他把个人的抱负看得胜过一切，所以一旦抱负不能得到施展时，他又可以对一切均不负责任，包括国家和人民的利益。历史上的钱谦益，曾先后在明末、南明、清初做官，正说明他把入仕看作了目的，而在这个目的不能实现时完全可以放弃人生气节，是一个典型的“千面”人物，尽管他时时内心痛苦，但却不能像柳如是、史可法那样真正摆脱个人内心的自私和卑琐。“达则兼济天下，穷则独善其身”，两极摇摆中，钱谦益是一个矛盾复杂的人物，也是中国一类知识分子的历史悲剧。“党人碑上无双士，夫婿行中第二流”，这是清人袁子才对柳如是、钱谦益的评语，也符合《秦淮烟云》对这两个人物的塑造。

四集越剧电视连续剧《秦淮烟云》通过柳如是、钱谦益的爱情传说，试图围绕柳如是，歌颂一批重名节、晓利害、爱国家、爱人民的人物。同时，通过剖析钱谦益等人物，反思古代一类知识分子在社会动荡，国家兴亡的生死关头，所表现出的一类人格，既是正面的、积极的，又是多面的、冷静和客观的。“张扬人生正气，反思历史得失”，无论任何人，何种时候，只有当他个人的命运和本民族人民的利益联系在一起的时候，才是积极而有价值的。

（写于 1991 年）

再演《西施归越》

一、 四种版本

《西施归越》创作于1987年，1989年由上海越剧院红楼剧团首演，此后又有台湾雅音小集和山西省临汾蒲剧院分别上演，江苏省京剧院的这一次演出，是《西施归越》的第四个版本。四度排演，四度修改，剧本面貌和演出情形都很不一样。

最初，《西施归越》是我专门为上海越剧院男女合演的三团而创作的。1986年，我曾与该团有过一出《真假驸马》的愉快合作，对于该团的演员阵容和表演风格比较了解，《西施归越》中的几个人物也可以说是有针对性的“度身制作”。可惜一厢情愿，几经耽搁之后却落实给了女子越剧的红楼剧团上演，导演也由原先约定的胡伟民而改换成了薛沐。

女子越剧强调小生的作用，于是剧本便加重了范蠡的分量，突出生旦爱情戏的同时不免减弱了男人气质在戏剧中的张扬。此外，由于越剧剧种重于唱而轻于做，类似“上山”等动作性较强的情节以及必要的战事场面亦不得已而作了删减。这是女子越剧的限制，也是她的擅长，由不得主观。

红楼剧团首演也是唯一的一次上演《西施归越》，时间为1989年5月31日至6月10日，其时，正值一场政治风波的高峰，交通堵塞，观众寥落。记得唯一见到的评论是《上海文化艺术报》发表的一组“专家笔谈”，撰文者有陈多、陈西汀、胡导、叶长海、蓝凡等人，标题是《越剧现代化的一块基石》。不久，红楼剧团人员作大调整，《西施归越》一剧就此束之高阁。

直至1993年初，台湾京剧演员郭小庄忽然来了消息，希望把《西施归越》改编为京戏在台北上演。郭小姐告知我，是台湾“清华大学”教授王安祈女士偶然于香港的一家书店发现了我的戏曲剧本选集并读到《西施归越》的。王安祈与郭小庄是相知的朋友，觉得《西施归越》很适合郭小庄的演出，于是便郑重向她推荐。郭小庄称她读了剧本果然好感动，来不及细想便专程来上海与我签署“改编协议”。郭小庄作为台湾有个性的京剧改革家我也是慕名已久的，对于她如此真诚地对待一部作品、一个编剧的文明教养，我自然也“好感动”。于是合作便在相互理解和尊重的前提下十分顺利地展开，于是易名为《归越情》的京剧很快地便由郭小庄以及她所创办的雅音小集在台北上演了。

郭本较大的两处改动是全剧头尾的处理。郭小庄说她“最喜欢悲剧”，但她却觉得《西施归越》未免“太悲”，因此她希望有一个“美丽的开场”和一个“聊可安慰的结局”。为此，我颇费心思地改写出“待嫁”和“殉情”两场。“待嫁”提供了西施出场时少女怀春，殷切待嫁的“纯情”表演，为范蠡出场时“无情送我去天涯”作了铺垫，虽然有些“突”，但却有较强的戏剧效果。郭小庄从演员表演的丰富性考虑，是可以理解的。至于结尾的“范蠡殉情”，我是一直有保留的。因为在我看来，传统的文人士大夫无论在何种情势下都会考虑给自己留一条心灵的退路，而不太可能只把所谓爱情当成人生的终极归宿。然而我又尊重郭小庄，我理解她“哪怕是‘虚幻’的安慰也好”实在是出自她的一种人生态度，我不能苛求一位把艺术当成了生活的演员，她委实太过投入。

我没有看到《归越情》在台湾的实地演出，但从录像上面至少能感受到雅音小集和郭小庄本人的巨大投入，感受到演出现场的热烈与隆重，这也够了。

几乎于台湾上演《归越情》的同时，山西省临汾蒲剧院的剧作家商中有和他的妻子崔彩彩也正在为《西施归越》的排演作着艰苦的付出。崔彩彩是一位非常本色非常优秀的演员，无论她的表演或气质都给人以十分充足的信心。然而《西施归越》却没有给她带来

“好运”，她所付出的淋漓汗水和“脱去一圈”的憔悴似乎只回收了一个“过程”。是剧本与剧种的不相适应？或是改编与体现之间出现了问题？抑或就是没有“缘分”？总之，每当我回想起与蒲剧的这一次合作，心上便泛起一层莫名的歉疚。

终于说到了江苏省京剧院的这一次演出。说句实话，江苏省京剧院起初要上《西施归越》时，我心里并不积极。一方面，我对自己八年前创作的这只剧本一直“吃不太准”，虽然它经历了三次演出和三次发表，可任何一次我都对它不很满意。几年中我总是反反复复地在修改它却又反反复复地捡回一些改掉的段落，它好像总也定不了稿，总牵制着我的精力。我有些烦它，却又丢它不下！另一方面，我正在与我的合作伙伴一位导演藏身隐形，殚精竭虑地在修改着另一个剧本，也是京剧，是新创作的，已经改到了第三稿，情势紧迫，我对它寄望甚高。两相权衡，不能不有所轻重。

也是无意之间，我与北京的章诒和大姐电话中说起此事，诒和重重地提醒我“应全力把江苏的事情做好”！在她看来，《西施归越》毕竟有几年基础，而新创作的本子难免偏爱过头而冷静对待不够。也合命数，就在与诒和大姐通过电话的次日，那个一直紧锣密鼓鞭打着要上的新戏竟突然偃旗下马了。得，江苏去者！

二、一回实验

其实江苏作出排演《西施归越》的决定也是很不容易的。省京剧院高舜英院长告诉我，《西施归越》在她手上至少掂量了一年。其间，剧院的领导和骨干，省内的专家，许多人都参与了讨论和决策。最后的一次，剧院邀请了近十位专家整整讨论了一天，其中有方同德、汪人元、方洪友、赵家捷、王承刚、许应、苏位东等，都是我所熟悉和敬重的人士，他们也都比较了解我和我的创作。这几位贤达自然对江苏省京剧院的决策起了推动。同时，《西施归越》整个排演加工的全过程也与他们的及时提醒和评价息息相关。某种意义上，是他们在护卫着我的作品，护卫着《西施归越》所努力想达到的品格。我自然感念不尽！

如果说江苏《西施归越》的排演与以往的戏曲操作有什么不同的话，那就是从决策到排练、到演出自始至终贯穿着一种有形或无形的“理性的评价”。这是一种自觉，也是一种慎重，更是一种鞭策。

“一台新戏，一代新人，一次京剧改革实验”，这是剧院领导明确提出的方针大计，也是《西施归越》剧组统一的共识。

“一台新戏”自不待言，“一代新人”确实难能可贵。扮演西施的李洁只不过23岁，五位主演中最大25，最小的才18。试想，这批孩子既没有主演过大戏，又没有排演过新剧目，艺术档案中的全部资本也就是那么一些师傅教的老戏和几年戏曲学校的生活，而且《西施归越》规模之大，投资之巨，且又是把入围首届中国京剧艺术节当作努力的方向，这份冒险，这股魄力，纵然放眼全国京剧院团，恐怕也暂时难找第二家了。真的是不拘一格，背水一战！

高舜英院长说起这一点时总会流露出一丝真诚的忧患：她说她在京剧院呆了几十年，感觉到京剧确实要冒一冒险了，演员一茬一茬地都过去了，可留下的剧目还是老戏多于新戏，她愿意带头做这一次实验，而且实验的意义并不只限于这一出戏和江苏省京剧院。因此，总是让人感觉到她是那么的大胆，却又是那么的小心，她不由得令你意识到要对什么负起责任。

说来也怪，尽管李洁和她的伙伴们显得那样年轻，尽管他们的生活阅历和艺术经历都非常有限，然而他们于新戏的排练和演出中却并不明显地看出幼稚；他们似乎都像和谁铆上了劲，似乎都能够极快地从年轻的生命经历中提取到一股鲜活的艺术感觉；因而他们竟能始终地很投入，很认真，也很自信！他们让你乍一看来并不像初排新戏，不像刚刚迈上红氍毹的青年演员。这个状态，固然与他们充分的心理准备，与他们广泛接触现代影视歌表演的经验有关；当然，也得益于该剧的导演薛沐先生和吴继静女士。

薛沐先生曾与我有过多次的合作，70多岁的高龄了，在我和他的爱徒郭小男建立合作关系之前，老人家一直扶持着我。这一回，由于小男和我共同困在另一出戏中，不得已再劳先生出山。先生爱我和小男，既如严师，又如慈父，二话没说，即刻便披挂上场。我也寻思：上海越剧院的《西施归越》原是先生执导，此番更当驾轻就熟；而且薛沐导演的最擅长之处就是启发演员进入创造。这对于师承性较强，创作力较弱的年轻京剧演员来说，是最为对路的。果然，薛沐导演正是由此入手，来展开他对于戏曲、对于京剧、对于《西施归越》的全部思考和想象的。

排戏过程，充满否定，因为要完成“实验”，便更增加了反复。不同的合作者，不同的艺术观念和不同的人生趣味，以及对于京剧改革意义的不同理解，决定了合作过程的不断摩擦，不断调解，不断修改与不断协和。这使我自然地想到淮剧《金龙与蜉蝣》的创排现场，也有摩擦，也有碰撞，然终能于大处着眼，归于统一，归于谅解。这大概正是“实验”的意义和乐趣，是一种不可能避免的遭遇或过程吧。如果是，那也是一个预兆，是一段难逢的机缘。

评价薛沐导演的戏，不能评价他执导的过程，而应当评价他经过了种种顿挫、包括经过了他对于自己的自觉发难以及自觉超越之后的最终完成。只有到了这步田地，我们始能由衷地向他老人家道一声辛苦，始能清楚地掂量出薛沐作为一名长者，一名教授，一名资深导演的深厚功力。

作为《西施归越》剧本的编剧，似不宜对各次演出多作主观的比较与评断。不同剧种，不同地区，不同的导演与演员，乃至不同的剧院领导，都会有不同的追求。正像我对此剧以往的演出表示过满意一样，我同样对江苏京剧院的这一次“实验”感到满足。我曾真诚地对主演这台戏的李洁说，你让我感受到了一种气息：“青春气息，现代气息，文化气息。”所以，我可以原谅许多，包括原谅我自己。

三、 点滴心得

是关于京剧的。

我对京剧参与甚少，然而却是碰壁最多。在我不很长的十来年编剧经历中，真正因京剧而创作的剧本只有两部：一部是《古优传奇》，写于1984年，是我头一回正式发表的“处女作”，也是唯一至今未搬上舞台的剧本；另外一部则是去年写的《西楚霸王》，属于最近的创作。这一远一近的两次京剧投入，让我清楚地感受到了京剧艺术的“神秘”以及京剧创作的深不可测。《西施归越》像是走了一回边线，所以一不留神竟闪了进去，于有意无意之间紧跑慢跑了几步，深深浅浅踩了几只脚印，多多少少开阔了一点视野。这真要感谢江苏省京剧院，感谢《西施归越》的参加者们，给了我一次深入学习和深入了解京剧艺术的难得机缘。也正是因为有了这一次的机缘，才使我很快地修正了以往对京剧改革所抱有的深刻偏见和幼稚幻想，使我开始对京剧艺术的传统与发展作了比较审慎的思考。

我一直认为，古老的京剧艺术带有过重的传统文人士大夫的人格色彩，因此它不太可能于现代社会和现代人的生活中得到真正意义上的延伸与发展，所以我时时觉得所谓“死与美”的观点未尝不是一种科学对待民族精神遗产的姿态。一如我们继承了一幅古人的名画，发现了一处建造了很久的古代建筑，我们不可能也不应该用现代的手笔去涂抹那一幅画，去改造那一座建筑，它们的存在本身就已显示出了价值，那是历史和经典，是离我们远去的先人的杰作。

这显然只是认识的一个方面，是对京剧艺术沿革过程中某一时期杰作经典的善意维护。但这既不能归纳整个的京剧艺术现实，也不应借此而劝止京剧艺术的再生与发展。其实，更深一层地去体会“死与美”的观点，我们可能便意识到了，凡是持这种观点的先生们其实恰恰是“真正的内行”。他们所称的“死”，并不是指“死亡”或“灭迹”，而是指“将前辈大师的杰作不假篡改地保护起来，承传下去，使之凝结为一种艺术的‘活的化石’”。说到底，他们是被某种形式的“京剧改革”吓怕了，吓得有些敏感，有些固执，乃至不惜流露出些许与他们的修养气质不甚协调的“末世情调”来。

这使我想到一幅画面：甲乙两军，相向对峙，一方人渐稀少但意志弥坚，另一方虽兵源浩荡却漫不经心；严肃对轻巧，认真对顽皮，铭心刻骨对着轻松随意；一方已经流血了，另一方却还兀自嬉戏。不好对话，不好通融，更不能统一，于是只好长久对峙，长久抵制，没有结局。

这是悲剧，却是现实。一切源于我们对京剧理想的不同认识。

在我想来，“传统京剧”与“京剧的发展现实”是应该作一种划分的。“传统京剧”即我们常说的那一批经典。经典的唱段，经典的剧目，经典的流派或经典的程式运用，这些都是前辈大师辛勤总结和创造的精品，犹如名贵的字画，应当加以保护和继承，使之成为一种垂范或渊源。只是不要轻易地去改动它，任何试图对它们进行拆卸与包装的手脚，必将会遭到“狗尾续貂”的指摘。这也正是“死与美”的观点。

此外，我们还是要“有所作为”的。京剧，必然地还要于现实社会中延伸它敏感的艺术触觉。所谓一代人有一代人的创造，一代人有一代人的京剧艺术，这也是不以人的意志为转移的客观事实。

起自20世纪60年代的“京剧改革”，到70年代的“京剧现代戏”，到80年代的“探索戏剧”，再到90年代以来的“现代意识戏曲”，中国戏曲包括中国京剧是否已在自觉地完成着某种过渡，从而与“传统京剧”的艺术形态逐步地区分开来？如果是，那么，我们已经时时挂在嘴边的一个概念是否就此可以提倡起来了？

即所谓“现代戏曲”以及“现代京剧”的概念。

“现代京剧”当然不是指的“京剧现代戏”，更不是取了“西方现代派”的意思，而是具有特殊含义，特定时间，特别品格与特点的京剧艺术的一种独特形态。

“现代京剧”应该具有深厚的渊源背景，它应该是由“传统京剧”的母体衍生而来，同时又是属于现代人创作，具有现代文化的特点和时代的特征，真正能够引起当代人兴趣，激起当代人共鸣的，适合于在现代城市剧场演出的京剧新剧目。

“现代京剧”不同于以往任何一个历史时期所创作和保留下来的经典或精品，也不是依照约定的剧作方法和表演程式仅靠填入新内容而如式制作，它是用惯常的京剧创作法则和鉴赏经验所不能充分评价的，所以，它也亟切地呼唤着一种新的批评与规则。具体地说，所谓“现代京剧”，至少包含两个方面的艺术特征：

（一）运用现代文明人的价值观点和审美经验去发现或评价历史与人生；

（二）运用现代城市剧场的技术和现代艺术的技巧来体现或完成艺术家所感悟到的思考和生活。

唯其如此，“现代京剧”的创作才真正地与社会与时代取得了某种“融合”，传统意义里的“京剧”才真正获得了它实在而鲜活的“生命认同”。

事实上，“现代京剧”的工程，自20世纪60年代就已经开始做起了，历经30余年的发展过程，可以说已经逐渐地露出了端倪，并且正逐步地走向自觉。虽然仍说不上成熟或定型，但意识的趋向已经日渐显朗，所需要的只是号召，只是实验，只是对这一项世纪末艺术工程的确认的鼓舞。

江苏省京剧院的《西施归越》，算是对这一种京剧理想的关注和向往吧。

（原载1996年第1期《上海戏剧》杂志）

电视连续剧《如花似玉》文学创意书

一、引言

一般来说，迄今为止我国古代题材的电视剧通常可以划归为两类风格：一种是比较严肃的历史剧，一种是比较随意的传奇剧；前者相对讲究历史的真实，后者比较强调艺术的趣味；两种风格都有成功的作品，但也存在着各自的局限。

从今天普通的观众审美趣味来看，过于拘泥于历史表象真实的作品，一般容易显得板滞和凝重，与现代人追求时尚时髦，喜欢标新立异的潮流多少显得阻隔。而事实上，任何打着严肃历史剧旗号的作品又无一不都是艺术家虚构的产物。所谓历史真实感，也无非就是编剧和导演刻意营造了一种历史剧的氛围而已。这种氛围包括语言、场景与服饰等。因为这种营造而显出了历史的严肃感，但是与此同时产生的，则是它和现代观众的距离，它让我们实实在在地意识到：我们是在欣赏历史，是在欣赏与我们现实生活与情感关系不大的过去的事。

还有一点也是应当引起注意的，那就是整个中国思想界、文化界以及艺术界，在经历了“文革”十年动乱之后所经过的反思思潮，这股思潮所带来的效应就是批判性地回顾历史，将整个历史生活史诗化，凝重化，这几乎构成了中国20世纪80年代至90年代最成功作品的统一标志。然而随着中国现代化的快速进程以及随着中国人自信心增强，人们越来越将反思历史的忧患转移至对现世存在的珍爱和对未来生活的憧憬，于是“戏说”之风乘虚而入！

所谓“戏说”，其实正好与所谓“实说”的意图相反，“实说”

者是将现代生活历史化，而“戏说”则是把历史生活现代化，两者其实都有历史凭借和现代动机，只不过在历史文献与现代意识的取舍上各有侧重，各有主旨罢了。两者之间的合理性存在，造成了《还珠格格》和《雍正王朝》的成功。虽然，两者的成功有所不同，受众的区别也明显异样，但是他们恰恰代表了当今中国人的两类趣味，也使比较严肃的历史剧与比较游戏的传奇剧都做到了相对的极致。不能掩盖的一点是，拥护《雍正王朝》的观众群代表着目前中国的主流话语，赞赏《还珠格格》的观众群却透露出中国电视剧观众新型主体的趋势。《雍》剧得奖多多，《还》剧人气旺旺，“双赢”背后同时隐藏着“两伤”，因此，难以效仿，难以为继，至多借助惯性，见好就收。

能否别出心裁，走出第三条路呢？设若借助历史剧与传奇剧的双重优势：既不失去历史剧的历史感，又不受制于历史史实的限制；既发挥传奇剧的传奇特点，又不至于招来史学考证的责难，从而兼具“虚”、“实”，尝试将历史剧与传奇剧合一，走出历史剧创作的一条新路。虚化具体的历史朝代与历史人物，取一般历史现象的共性，寻找古人与今人的心灵共鸣。“虚化朝代”不是不要朝代，而是不拘泥于某一位皇帝的历史和不实写是哪一个皇帝。实写了就要受限制，就要经得起“推敲”。但是某一个王朝的若干个皇帝却是有许多相通之处的，把这些相通之处串起来，就是一种规律，一种本质，它比表象真实的东西更加真实，这正是历史剧所要昭示给今人的最终诉求点。比如明代，封建王朝统治高度秩序化，严密的统治机器连皇帝本人都受到制约，加之理学的盛行，人性普遍受到压抑，这就为包括皇室在内的所有健康健全的人性提供了释放的引爆力。然而，若是一定要指明哪一个皇帝或者皇室的哪一群成员，那么也就陷进了苦恼的历史之中。“戏说派”就是固定在某一位皇帝的身上恶性发挥，才招致非难。如果“取其概貌，统而化之”，未尝不是信史，也属于艺术创造许可的范畴。

具体说来，《如花似玉》是描写的明代，是写明代中期民生比较安定，经济比较繁荣的时期。这个时期，统治机器十分凝固，封建秩序相当严谨，每一个人都像拧在庞大机器上的一颗螺丝钉，纵然皇帝本人的一言一行，都在严格的制约与监控之下。大到通过一项法令，小到挑选一名嫔妃，一切都须经过严格的讨论和决议，完全不像我们今天理解的那样，贵为天子便可以随心所欲。然而正是在这种情形下，在这种严密的制约中，明朝中期恰恰出现了多位风流倜傥和多才多艺又多情的“性情皇帝”，这其中以正德皇帝和万历皇帝最为典型。他们或是频频出宫，游龙戏凤；或是耽于才情，消极朝政。总之，他们就是要按照自己的性情做人，与那个虚伪的朝廷对着干。这就留下了许多传闻，也为后人理解他们理解明朝创造了广阔的艺术想象空间。在《如花似玉》的虚构中，他们不是以个体而是以一个共性身份“大明天子”出现的，这中间不免张冠李戴，移花接木，但是所有发生的故事，都能在明朝中期的文献野史中找到依据，纵然表面看来匪夷所思，但其实质仍然有不可怀疑的真实性存在。这就是所谓的通过表象真实，再现历史人性与情感的神韵。

二、 人物设置

1. 大明天子——先叙述这个人物的意思，并非是从他的戏份考虑，而是就着讲解的方便。实在说，这一位明朝皇帝的生平，委实有着太多的传奇性。他的初降人世，原是一对双胞胎，这在几千年的中国封建皇室血脉中是绝无仅有的，或者说未尝在历史事实中没有，只是特殊的皇室家族中不适宜有，有了也必须化为无，因为这牵涉到的麻烦实在是太多了，所以这也是历史记载中的空白。那么，本朝太子既然出现了双胞胎现象，那也就只能按照祖制必须舍弃一个，以保证日后王位继承人的绝对安全。这一位大明天子即是那个幸存者。问题是，大明天子即位后，知悉了自己还有一位孪生的弟弟因为要保证他的生存而被牺牲，并且这个弟弟并没有死，所以他便想尽方法要寻找到他。然而，人海茫茫，天地之大，又到那里去寻踪迹？加之政务繁杂，制约又严，他也只能凭着感觉、打着巡游旗号到处瞎撞。在大明天子的心目中，始终有一种歉疚感和负罪感，他觉得是因为自己才剥夺了弟弟生存的权利，既然是长相一样的孪生兄弟，那么他愿意在找到这个弟弟之后，将下半生包括他目前所拥有的一切身份地位都让给他，而他自己只想离开宫廷，走下皇位，过一种平凡而平淡的生活。

他的这些想法，来源于他对宫廷生活的厌倦，而这种厌倦的根源来自于两个方面：一是他曾经雄心勃勃试图在政治上有所作为的理想一再受到后党与宦官保守势力的阻挠，举步维艰；二是他曾在巡游扬州时爱上了一个当地女子琼花且将她带回皇宫专宠专幸并生下了两个如花似玉的公主，因而刺激了皇后。皇后在宫廷倚着庞大的家族势力并与宦党结盟，操纵着实权，而琼花的身份原是扬州城里的一个“瘦马”，是微不足道并有辱皇室尊严的，皇后不能见容于她。就在琼花生下两个小公主如花、似玉之后不久，便神不知鬼不觉地奇妙失踪了。这对皇帝的打击很大。从此他便消极怠工，不事朝政，整日呵护着一对小公主，教她们琴棋书画。这当然正中皇后的下怀，她可以借助皇帝的名义左右朝政，为所欲为。但是有一点不妙的是皇帝还没有子嗣，他自琼花以后也不愿意接触任何一名嫔妃，皇帝似乎真的想要皇族断子绝孙了。皇后在满足了权利欲望之后时而生出隐忧，于是又将仇恨转移到两个小公主身上，必欲除之而后快。由于皇帝的小心守护，皇后加害两位公主的企图一直未能得逞。可以说，相当长的时间里，皇室就是在这样一种对峙与角逐的矛盾中度过的。

终于有一天，皇苑的唯一一株琼花死了，紧接着是一双公主的神秘出走，宫廷内部的矛盾斗争终于公开化和尖锐化，一场人性与权利，亲情与欲望的战争拉开序幕……

2. 广陵法师——广陵者，扬州的别称。在扬州西北蜀岗上，有一处建于南朝时的寺院，称为大明寺。寺院的主持即为名声远扬的广陵法师。法师专修律宗，属于佛教中最苦的一宗，教义源自墨翟的救赎哲学，类似于西教的基督。广陵博学潜隐，与世无争，是一个得道高僧。他常常于扬州的大明寺和平山堂举办义学，专门启蒙穷人家的子弟。在他的学生中，有一对双胞胎兄弟，名为天一、天心。两兄弟聪颖好学，与法师结缘最深，每有疑难课题，必往请教之。师徒间亲同父子。其实，广陵法师就是大明天子的孪生兄弟，数十年前他是被一名太监搭救才幸免深宫之灾而流落民间的。那个太监把他寄养在大明寺里，自己亦当了大明寺的一名苦役，直到老死。老太监临终交给广陵半匹皇绫，那皇绫上绣有半个龙身，于是广陵明白了自己的真实出身。大明天子两度寻访扬州，并两度访问大明寺，广陵其实都在现场，但他不愿意暴露身份，他不愿意看到大明天子因为受感情的驱使而使皇室的局面失去平衡。他有一个埋藏很深的秘密，即当今天子其实是晚于他一个时辰出世的孪生弟弟，老太监当年仓促间抱错了襁褓，广陵那半匹皇绫上绣的恰恰是黄龙之首。这个底细，即使大明天子本人也并不明白，他还以为自己是哥哥，而对“弟弟”只是怀有歉疚。本来这些历史的是非恩怨都因广陵本人的销声匿迹而掩埋湮灭，岂料由于下一辈人的唐突行为又一古脑儿地翻腾出来，广陵法师终于要现出他的真形来……

3. 如花公主——终于可以来描述本剧的真正主角，他们是四位清新可爱的青春少年。先讲解这个如花。如花公主的秉性可以概括为一个“骄”字。因为出生在华丽的皇宫，因为有皇帝父亲的呵护，也因为天性中潜沉着生母琼花天真浪漫的气质，所以任性、任情、任为，傲慢、侠义、聪明，天不怕、地不怕，只恨自己错生女儿身。平素里，喜欢谈兵说剑，爱着男儿衣装，风流潇洒，最恨女儿态。至于男女之情，儿女之恋，从来不入心思，并且恨之入骨。仿佛她生来就当是个丈夫，应该任意行侠，包打天下，心目中从来不曾有个“怕”字；正因如此，每每易生是非，招来麻烦，却又生性倔强，不肯转变，若非似玉公主的聪明机智，不知要遭遇几回生死。但如花公主也有致命之处，那就是一旦被爱击中，便不可自拔，这个时候她就全然是个女子了，而且不堪一击，脆弱之极，彻彻底底像一只可怜的病猫。

为什么如花公主会突然从皇宫里出来呢？原因也是那株琼花树的忽然之死。很小的时候，皇帝父亲就告诉她和妹妹似玉，那株琼花树是她们生母变的，所以一直以来两姐妹都将梦幻般美丽的琼花树奉为母亲，可是有一天，琼花树死了，她们以为从此将失去相依为命的母亲。随着琼花树之死，两公主也几乎到了打算轻生的伤心程度。是一个年老的白头宫女用哑语告诉她们，琼花原来是一个人，是一个扬州瘦马。老宫女是一个被熏哑了的知情人，但她能够告诉如花姐妹的只有这些。于是，如花决定出走，她决定与似玉妹妹去扬州寻母，《如花似玉》于是也就进入了正式的剧情……

4. 似玉公主——与姐姐如花公主秉性中的“骄”字相反，似玉公主的性格可以概括为一个“娇”字。娇柔，娇小，娇弱，娇羞，总而言之，娇娇滴滴且弱不禁风。然而，似玉公主却又真正的冰雪聪明，琴棋书画，歌咏舞蹈，无所不能，一点即通，真可谓诗性人格，柔顺似水。但是，与她姐姐如花秉性正好相反的是，如花是外刚内柔，而似玉则外柔内刚。两位公主都集中了母亲琼花最女性的一面，姐姐继承了脆弱的心理，妹妹继承了美丽的容颜。两姐妹凡事互相扶持，又往往容易意见相左，各执极端。一般来说，大都是姐姐如花敢作敢为，敢打敢拼，但是一旦陷入僵局，又每每依赖妹妹似玉的智慧走出困境，化险为夷。比较而言，似玉公主要比如花姐姐生活得累。表面上看，如花摩拳擦掌，好像一直在保护着似玉，其实似玉才是真正劳心劳力像带孩子似的领着如花。似玉有时还要作出谦让，纵使如爱情这样的大事，似玉也要让着如花，等到如花由于任情，一不留神亲手断送了爱人的时候，似玉依旧再把属于自己的一份爱情奉献给她，而自己则愿意守着梦想，守着道德。她笃信一句朴实的话语：“对别人好，就是对自己好”。因此，似玉最终会有一个圆满的结局。

5. 沈天一——这是又一对双胞胎兄弟中的哥哥，生在扬州，长在扬州。形容他的长相可以用一个“酷”字，一个“帅”字。也许因为出身家境的贫苦，所以早熟，有忧患感。在认识如花似玉两姐妹之前，他的理想是有朝一日考取状元。修身、齐家、治国、平天下，这些儒家人生的信条，也正是他沈天一的人生理想。为着这些，他这人可以说缺少情调，不苟言笑还每每满口信条，是一个十分注意教养、生活十分严谨、完全笃信儒家真理的优秀青年。这种性格，最易博得似玉公主的芳心，也容易与如花公主发生冲突。其实，在沈天一近乎严酷的表面下，同样也隐藏着一颗脆弱的心灵。这份脆弱，来自于他年少时一次不经意的目击——他目睹了住在大明寺里的广陵法师在一个月夜幽会了他的母亲赵芷兰，而被他们兄弟称为父亲的那位窝窝囊囊的来孝安，居然毕恭毕敬地侍候在侧！自此以后，他就变得孤傲和冷漠了。他实在不明白为什么父亲姓来而自己和弟弟却姓沈？那个名为老师的广陵和尚究竟与自己的家庭有着怎样的神秘关系？这些均是他所不能解释且又不便启齿动问的。因此他只能是格外发奋地读书，格外刻苦地练武，期望着有一天走出扬州城，摆脱家庭的阴影。偶尔，沈天一会吹一支洞箫，晨曦中独立云岗，玉树临风，越发显出他的超凡脱俗，光彩照人。

6. 沈天心——与哥哥沈天一的阴柔气质相比，弟弟沈天心属于“阳光少年”。假如说，哥哥沈天一因为深受儒家思想的熏陶，行为举止都有一种严格的规范和修养的话，那么弟弟沈天心则是与生俱来的平民人格。因为家境贫寒，因为要供哥哥读书，天心自幼便有点野生野长，自由自在。他在扬州城的大街小巷结交了一帮无人管教的穷孩子，自封“把戏王”，平素里有福同享，有难同当，还仗义行侠，好打抱不平，所以，他的少年时光应该说是活得有声有色，快活无忧的。沈天一曾经窥见母亲与广陵法师幽会的一幕，沈天心其实也在场，但是他的感受却完全与哥哥不同，他倒觉得广陵法师与自己母亲是绝对般配的一对。虽然就师生间的缘分而言，哥哥天一与广陵法师应该更加投合，但是自从发生了那日夜晚的一幕，天一自觉地与广陵疏远，天心却更加与广陵亲近。在天心的感受里，广陵更多的是一个好朋友，所以他凡事总还爱去广陵那里讨教。平心而论，天心算不上有什么学问，连他那一点武功也是不入门派的，但他却非常懂得生活的哲学，善于运用智慧。比如他最拿手的是斗蛐蛐，斗鸡，他可以靠这些“下三路”的本领养活全家，供天一求学；与此同时，他也从斗鸡斗蛐蛐当中学会了诸多处世的哲学。在天心的眼里，“把戏国”就是一个浓缩的世界，而斗鸡就是大而化之的社会，他可以运用这中间的最最质朴的道理，去推理并解释常规世界的一切。不过，当这阳光明媚的把戏王一旦不经意地踏入所谓健康社会的时候，他的所有智能与才情便消失了，他最后被改造成了自己的哥哥，甚至有可能继承帝位。这就是人性的一种异化，一种被所谓高级文明所替代了的朴素文明现象，属于一种“黑色的幽默”。

7. 李琼花——她是一个最最神秘的人物，是“如花”“似玉”姐妹的生母，也是大明天子唯一真爱的女人，尽管她出场的时候已是中年，但她的美艳依然盖过剧中所有的女性。她来自扬州，出身为瘦马，却绝对是一良家妇女的典范。其实，扬州瘦马的本义并不是妓女的含义，而是“商女”，就是可以用来买卖的女子。她们大都童年被卖，经过程度不同的训教，如书画琴棋、手工缝纫，加之妆扮美容等女子取悦男性的才能，所以便格外地女性化，家庭化，一般来说，她们大都长成后被卖与富贵人家为妾。杜牧“腰缠十万贯，骑鹤下扬州”，即指去扬州买妾，而非买娼。李琼花是扬州城里最出色的一个瘦马，碰巧与年轻时巡游扬州的大明天子相遇，一见钟情后便难舍难分。大明天子喜欢她的什么呢？自然是她的明媚、清纯以及善良、柔顺。本来，大明天子带她入宫也无非是舍不得她，想让她长久地陪伴在侧，并没想过一定要给予琼花何种身份。然而皇后却不能包容，尤其见不得大明天子与琼花在一起时那种如胶似漆，合二如一的感觉。何况琼花的出身又委实太过低贱。其实，王皇后害死的琼花不过是大明天子用作替身的宫女，而真正的李琼花本人则被大明天子隐匿在深宫的别苑之中。为了李琼花以及如花似玉姐妹的安全，大明天子渐渐地也不敢再去别苑中探望琼花了。而琼花则自打最后一次与大明天子的约会之后，便在心理上出现了一种“定格”。就是说，尽管时间已过去了十几年，琼花的两鬓已经出现了丝丝白发，她在生理上已进入中年，但是她的心理感觉和心理年龄依然还停留在青春少女的阶段，这使她尤其显得神秘，显得怪异，也显得无比美丽。无论如何，她都是一个牺牲品，是一个美得叫人惊讶，却又可怜得令人心碎的女人。

8. 王皇后——必须摆脱一切文艺作品中皇后娘娘的脸谱化形象，仿佛一旦有政治欲望的女人，就必然是虚伪狡诈的和阴险毒辣的，似乎女人们觊觎权利仅仅就是要满足私欲。本剧中，王皇后是一个“补天者”。她是目睹了大明天子的负气用情和年少气盛才不得已要出面来干预大统的。皇后大天子几岁，像一位老大姐，时时处处克忍谦让又时时事事语重心长，这就让年少气盛的大明天子不能够忍受。在他想来，既然你是我的老婆就要听我的，这是平头老百姓都做得到的，更何况我是天子，是普天之下一个最大最大的丈夫，你怎么可以动辄就开导我，拿我当一个小弟弟对待呢？虽然王皇后至死也没有正面冲撞过大明天子，但她始终不妥协，不放弃原则，她靠一种韧性来逼使皇帝让步。

可以说，在皇帝与皇后的对峙与较量中，皇帝从来就没有占过上风。不是说王皇后厉害，而是说王皇后占理，王皇后自身的修养品格自是无可挑剔，而她与皇帝的所有分歧其立场也还是为了要捍卫皇帝的利益，这就使她获得了所有的人缘。在王皇后的辛劳操持和豁达忍让之下，大明天子又是完全孤立的孤家寡人。但是，我们千万不能游离的一点是，王皇后与大明天子所代表的恰恰是理性与情感的两个世界，否则的话，那个任情任性的大明天子就会真的被当成是无为之君了。王皇后所维护的只是一个现实的王朝，而大明天子追求的则是一种理想化的世界。这不是简单的道德功利所能解释的。因此，王皇后应该同样是一种正面的形象。

9. 赵芷兰——必须提前说明的是，这个赵芷兰既不是广陵法师的真正情人，也不是天一天心的生身母亲，她只是扬州市井极普通极平凡的女子。如果说赵芷兰有什么不平凡之处的话那就是她有幸认识了广陵法师并且有幸抚养着天一天心这一对来历奇异的孪生兄弟。话说有一天，巡游扬州的大明天子遇雨滞留在大明寺，与一个被唤做广陵的年轻僧人在寺庙对弈，忽然间天空里闪电纵横，双龙交会，一声霹雳炸响之后，凭空传来婴儿的嘹亮哭声；待大明天子与广陵法师走出，但见一方玉石上并躺着两个赤裸的孪生兄弟。大明天子深以为奇，随身取出那一条绣有龙尾的黄绫将一双婴儿包裹在一起，并留下大笔金银，嘱托大明寺的和尚将两个婴儿寻求人家，好生育养。当时在场的广陵和尚担当起使命，并为这一对从天而降的孪生兄弟取名天一、天心。雨过天晴，恰巧有一对年轻夫妇到寺内拜佛求子，广陵即许以少许钱财把这一对兄弟寄托给这对夫妇。从此，广陵也就与这一人家有了来往。这一个年轻妻子不是别人，正是赵芷兰。只不过广陵有言在先，叮嘱夫妇守口如瓶，不要露出两兄弟乃是弃儿的身世罢了。偏偏这对收养了孪生兄弟的夫妇日后居然没生出孩子，赵芷兰生性温和善良，视两兄弟为亲生骨肉，天长日久，又对广陵生出情愫。所谓"近朱者赤"，赵芷兰俨然也从广陵身上濡染出了些许高贵与清雅的气质，由她抚养两兄弟，再合适不过。

10. 来孝安——与赵芷兰先天的气质与后天的修养相比，他不过是一个俗人，虽然俗，但俗得聪明。用来包裹天一天心的黄绫襁褓，被他一直有心收藏着，凭他的直觉，不但这一对婴儿来得蹊跷，广陵和尚本人也一定有神秘的过去。他是听说过皇宫的双胞胎故事的，而且认定了广陵即为当今天子的孪生弟弟。打从他悟到这一点以后，便对广陵法师执臣民之礼。尽管他从来不开口追问，他坚信自己这样做的结果必然是左右逢源。无论广陵的身份最后是否公开，他都可以利用现在的关系立于不败。广陵腾达了，他可以攀附；万一不测，他则可以揭发。皇绫襁褓和两个孩子都是他的砝码。正因如此，来孝安老兄永远是一脸憨笑，那是一种看破一切而又秘而不宣的笑，是一种能够随时爆发危机的笑。因为这笑，他与周围一切都有距离，也难以得到天一天心兄弟的亲近，甚至两兄弟还厌恶他。不过他不计较，他只愿自己像一条影子，时时刻刻存在于他们之中。后来，他果然惹来了不少麻烦。

11. 匡复——他是沈天一唯一的朋友，长天一两岁，也是在扬州长大。匡复的性格，比天一更多几分庄重，几分成熟。他也信奉儒家，以修齐治平为人生理想。匡复的为友之道是"衣冠不整，乃朋友之过"，因此与天一之间是相互激励与相互鞭辟的关系，既算挚友，也算诤友。比较而言，匡复信守原则的程度，几乎到了"迂"的地步，但他自己往往不觉得。后来，匡复有意无意地卷入了皇室家庭的矛盾，而且在一定程度上成为王皇后的得力干将，几乎要置两公主和天一天心兄弟于绝境。这时候，匡复已经做了朝廷的吏部尚书。匡复的蹿升，得力于皇后赏识，而他自己也以为是在行“匡复真理”的崇高使命。终于，匡复还是看透了世界的虚伪，回归自然成了他最后的选择。

12. 笑娘——这是一个疯疯癫癫但又十分可爱的姑娘，是扬州一个势利女人养着的瘦马；因为长期训练的关系，养成了笑的习惯；虽然已经到了“出售”的年龄，但是她却死不肯“嫁”。她其实暗恋着邻居天一天心兄弟，一门之隔，时常溜过来玩耍，帮天一家里做一点事，也逗他们乐乐。无奈落花有意，流水无情，天一天心两兄弟虽也喜欢逗逗笑娘，但从不把她的愿望放在心上，但这也不要紧，笑娘只管自己无怨无悔地恋着他们。笑娘所以在本剧中成为重要角色，是因为如花似玉两公主一到扬州便为了躲避缉捕而无意间藏进了笑娘的闺房，而且因此结下友谊，成为朋友。在笑娘的引导下，如花似玉才结识了天一天心兄弟，以后，她也就凑趣其间，穿针引线，生出是非，也惹出笑话。可以说，无论如花似玉姐妹，还是天一天心兄弟，压根儿都不曾把笑娘看作一个平等的人，直到后来笑娘为了他们而做出诸多牺牲，这才唤起了他们四人的反思，并终于认识到笑娘人品的可贵。

13. 王符——王皇后的族兄，当朝内阁首辅，称得上是一个大忠大奸的人物。所谓忠，是指他效忠皇后；所谓奸，是指他对皇后以外所有的人一概猜忌怀疑，挖空心思。算起来皇后的出身也算不幸。她的父亲原是前朝的一位谏臣，因为开罪了皇帝而遭抄斩，事后皇帝又意识到杀错了，这才把这位谏臣唯一幸存的女儿立为了太子妃，并遗命日后太子继位，太子妃必须立为皇后。这就是本剧的大明天子和王皇后。也许是秉承了父辈的耿直，王皇后入宫之后便显露出她作为一代国母的品仪与才干，满朝文武也不能不佩服先帝的好眼力。问题是王皇后在宫里毕竟势单力薄，于是她费尽心思终于寻找到了娘家的一房远亲，这就有了王符的入朝做官，有了他的节节蹿升并最后坐上了首辅高位。某种潜意识中，王符是带着对皇室的深刻成见而走上仕途的，在他的眼中也是根本看不起那些龙子凤女的，所以凡是这一类的事情一旦弄到他的手上，往往是向狠绝处整，这么做，恰恰又容易加深后党与帝党之间的裂痕。王符心心念念要实现的就是让皇帝家族断子绝孙，而使王氏家族重新崛起，取而代之。这是个十分危险的家伙。

窦瑾——宦官，大太监，掌控着东厂西厂，善于见风使舵，是大明天子和王皇后都需要争取也都需要提防的人。

乐师——教坊司乐师，是唯一知道深宫别苑隐秘并一直保持着与琼花来往的人。

白娥——白头宫女，知悉深宫隐秘，但是异常敏感也异常清醒。她是本剧的叙述者，在剧中却是个一言不发的哑巴。

笑娘养母——也是个地地道道的势利女人，后来与来孝安成了一对野鸳鸯。

三、 主题立意

毋庸讳言，当下是一个物质极端丰富而精神相对匮乏的时代。一方面，人们对于物质享受的欲望越来越多，越来越强；另一方面，人们却越来越忽略对于精神世界的发现和对于自我道德意识的完善。鄙视理想，消解崇高，调侃道德操守，提倡及时行乐，等等，一时间成为时尚。

那么，在日益丰富起来的物质享受面前，人，是否还应该有所追求和有所坚守呢？本剧则拟从这些最基本的原则入手，试图探求人的精神境界。

虽然，本剧是一部穿着古代服装的历史传奇故事，但它试图真实表现的，乃是当下人的思想观念和精神情感；或者说，是试图寻找古代与现代的沟通，今人与古人的共鸣。某种意义上来说，今人的许多生命体验，就是对与古代人生活的重新咀嚼；在许多表象历史消失之后，人性是相对稳固不变的，即拂去古今历史现象的表面差异，人性才是最本质的真实。

当下中国的人性本质是什么？换句话说，什么才是我们所要推崇的人性理想？古代的儒、道、释三教曾提出入世、出世、赎世；

近代哲学和美学也提出真、善、美；而今人则由个人的人生体验出发提出欲望型、道德型、奉献型三种境界；其中自有一种沟通和联系，也揭示了人性人格的普遍性原理，为此，这也将成为本剧的精神主题。

浏览上述的文学引言和人物设置，不难看出，编导人员依据的人生立场及剧中人物的不同心性，正是站在不同的人生平台上，向往着一个至为高尚至为美好的人格理想境界。它也是我们现代人试图自救试图奔赴的心灵圣地。如果说《还珠格格》是由民间而走入宫廷，走向灿烂；而《如花似玉》则相反，是由宫廷返回民间，返归质朴与平淡。

推崇美好人性，净化自我心灵，在传统美德的基础上渗透现代人的文明意识，从而建立健全和完善现代人的人格心理，这也正是本剧试图实现的创作目的和社会意义。

四、艺术定位

1. 从艺术趣味上来说，这是一部悲喜剧。所谓“悲”，是指它应该有一定的历史剧创作的厚度和深度。它是依托着严肃的历史背景和真实的历史材料而展开虚构的。并且，为着能使这些虚构的人物情节能够自由地展开，也就必须有一个严肃而真实可信的历史基座和历史氛围。而明朝中叶本身的历史又恰恰体现为人性的情感的不能承受之重，这种重的本身又正好是人性自由和人性解放的动力，否则一切将显得漂浮，显得难以置信。至于“喜”，首先是这个故事本身显得荒谬，而这个荒谬又不是编导者人为的，它是那个时代那个社会的特殊的产物，也就是说它很真实。一件真实的事情在常人看来很荒谬，这本身就是一种幽默，一种嘲讽，一种深刻，它非常有利于揭示一种可笑事物的本质。其次，情节比较特殊，可说是阴差阳错，曲折离奇，所有的事件几乎都是倒置着的，匪夷所思却又滑稽可笑；再次，那就是人物的喜剧性了，它是与人物关系的纠葛错置联系在一起的，尤其是四个青春人物，总是哪壶不开提哪壶，不该爱谁偏爱谁，同时又调皮捣蛋，颠覆秩序，闹得步步有危机，处处生悬念，而他们自己却还一本正经，严肃认真得不行。所谓诗化的背景，灵性的个性，演绎出一部内蕴深厚，个性鲜明的人生悲喜剧来。

2. 从艺术品位上来说，这是一部雅俗共赏的现代作品。所谓“现代作品”，是说本剧是给现代人看的，它不仅要在视觉和听觉上契合现代人的审美标准和欣赏趣味，更重要的是能够传达出足以引起现代人共鸣的情感与内涵。它追求思想的深刻性，但不是泛泛的说教；它讲究故事和情节，但又不流于浅薄；需要明星的加盟，但是明星必须化为人物；他追求广泛性的效果，但不放弃独特。总而言之，它必须竭尽全力在雅与俗，虚与实，庄与谐，严肃认真与自由轻松之间寻找到一个可能的契合点，而在这个契合点上努力突出三种气息，即：青春气息、文化气息、现代气息。唯其如此，《如花似玉》才可望达到“好看”、进而“耐看”，努力建立古装电视连续剧的“精品意识”。否则，拾人牙慧，步人后尘，必定顾此失彼，一无建树。

3. 要出新。思想主题要出新，故事情节要出新，人物个性要出新，艺术手法，画面色调，表演技巧等一应强调出新，因为只有在各个部门各个环节全方位出新的基础上，才能完成一种新的和谐，并且开辟出电视剧生产的一条新路。这是一部作品最终取得成功并且事业得以继续的唯一选择。

另外，演员的挑选也是至关重要的。依目前的审美观，有点异类气质的小男生、小女生形象似乎更受到当代年轻人的欢迎。与此同时，似乎也需要有几个中老年的偶像级人物，这才能使得全剧搭配合理，左右逢源。

五、 分集提纲

第一集

本剧剧情是随着一个白头宫女的清醒讲述而渐渐进入的：“话说本朝天子喜爱琼花，特意从扬州大明寺里移来一株。此花状如绣球，其色淡黄，花蕊如聚珍珠，四周聚生白花九朵，大似玉盘，娇洁而高雅，更有袭人馥香，直入脏脾，每隔一个时辰就变一种颜色，花落不着地，随风飘舞，流光溢彩，撩人心乱，实在是不可思议，举世无双！可是，阳春三月突如其来的一场大雪，终于让这株琼花在尽现了万种风流之后，静静地冻死了。于是，宫里的人都把这一奇异景象看作是本朝的一个异兆……”

虚幻的景象：童年时的如花似玉姐妹纠缠着年轻英气的大明天子；大明天子讲述着琼花树就是她们的生身母亲。两位小公主稚气地对着琼花树顶礼膜拜。大明天子的眼睛潮湿了……不远的地方，静立着年轻的王皇后和一干侍臣宫女。

狂风大作，花瓣飞舞，琼花树在静穆中凄美死去。

窦瑾万分惊恐地把琼花树的死讯报告给皇后。皇后在紫英阁里批阅着内阁首辅王符送来的朝廷奏章。三年一届的文武状元招考大会即将举行，而皇帝却仍在为十数年前扬州美人李琼花的猝死疑案而与皇后负气并向内阁罢朝。历届的文武招考大会，皇帝好歹还到场，做做最后钦点的样子，而本届却连到场敷衍的意思都没有了。虽然，所谓“招考”其实已变质为皇后为自己挑选人才，充实力量的政治性手段，她一手操纵着此事，但是她毕竟只宜在幕后运动而不能亲自出面代替皇帝履行职责，她还深恐被天下人看破。更何况，本届招考又与往届不同，“招考”兼带“招亲”，皇后企图通过为两公主招选驸马，进而达到将两个刁蛮的对手从皇帝身边拉开，让两公主控制在由她选中的信得过的新科状元手中。

窦瑾报告给皇后的还不止是琼花树的骤然冻死，与此同时还有如花似玉两位公主的神秘失踪。皇后马上意识到两公主出走的动机必然是“逃亲”。她怀疑这是皇帝的故意安排。皇帝是否想搅乱她的政治计划？皇后决定去试探皇帝。

一对公主悄悄潜入大明天子居住的琼花楼，却见皇帝一人在下棋。两公主哭诉琼花树死了，并告诉皇帝她们已了解到自己的生母乃扬州来的李琼花。皇帝让她们不要多追究过去的事情而应该多着眼于现在和未来。两姐妹又告诉皇帝，皇后想利用“招亲”的阴谋。皇帝说你们长大了，应该有能力处理自己的事情。皇帝催促她们快走，说皇后可能马上要来。

两公主刚走，皇后果然就到。皇后与皇帝的谈话过程中，皇帝一刻都没有离开棋盘。皇后向皇帝禀告了琼花树的死讯。皇帝说他已目睹了琼花树死前的灿烂和骄傲，他感到琼花树死得很凄美。皇后又告诉他两公主失踪的消息。皇帝说她们可能是出宫玩玩，让皇后不必过多担心。最后，皇帝告诉皇后，今年的文武状元招考大会他决定亲自去参加，无论是“招考”还是“招亲”。皇后对皇帝态度的突变大为惊讶。

皇后回到紫英阁发现了皇帝的玉玺被盗，她还意识到这可能是两公主的作为。这还了得，她立即吩咐王符调遣锦衣卫，搜遍朝野，稽查两公主，追回皇帝大印。

琼花楼，皇帝听皇后说玉玺被两公主盗走，也表示非常生气。他同意把两公主抓回来重惩严罚。这令皇后很意外。

第二集

扬州市井街面，一辆马车失控冲来，驾车者是如花，她扮成一名英俊剑客的形象；在车厢里惊叫着的娇美书生是似玉。车子撞倒一堵墙，散了架子。正狼狈着的如花似玉忽见两队人马在她们面前厮杀起来，二人觉得好玩，却不知正是来抓她们的锦衣卫高手和暗中保护她们的东厂的密探。锦衣卫打败东厂密探，直扑过来，如花护卫着似玉且战且退，误入死巷。情急中笑娘搭救了她们，并将如花似玉姐妹藏匿于自己房中。

事态平息之后，两公主谢别笑娘。僻静深巷里，却又被一伙不明身份的人拿获。原来两公主车马失控时撞翻了几个顽童的蛐蛐摊，他们暗地里跟踪绑架是为了向她们索赔。这伙顽童将如花似玉姐妹绑至他们聚栖的地方——琼花观，为首的把戏王就是天心。

笑娘欣赏如花似玉，找到天心的哥哥天一，让他管管弟弟。天一随同笑娘来到琼花观，正看见天心与一帮小哥们被如花打得落花流水。天一帮弟弟与如花打斗，却不料惺惺相惜，不打不成交。如花向天一兄弟等人编造了来历，谎称兄弟二人离家出走来扬州游玩。

天一嘱咐天心笑娘好好礼待客人，陪她们玩遍扬州，而自己却表示有要紧的事要做。他要刻苦练习，准备在今年的武状元招考中夺魁。天心与伙伴们清扫琼花观，安顿如花似玉，并对如花似玉讲起琼花观的来历。这使一对姐妹大感意外的同时亦倍感亲切。

皇宫里，王皇后听取了如花姐妹的下落情况，并对有人神秘保护她们感到意外，因此决定加派高手，再赴扬州。

天心央求母亲赵芷兰设家宴招待新来的朋友，笑娘也来作陪。席间，锦衣卫从天而降，天一兄弟奋力保护如花“兄弟”，逃回琼花观。突来的事变，引起天一天心父亲来孝安的猜疑。

月色里，天一天心兄弟带领如花似玉拜访大明寺，向广陵法师询问李琼花的情况。广陵法师大为诧异，他的心里十分清楚，面前的两位美貌少年都是女子，两公主来到扬州一定是想寻找自己的生身母亲。

如花将装有玉玺的锦匣谎称贵重之物寄托在广陵法师手上。待如花似玉走后，广陵发现是当朝皇帝的玉玺。

广陵夜访天一家，并约天一天心的母亲外出谈事，令天一十分反感。来孝安偷听广陵与赵芷兰的谈话，知道了如花似玉公主的真实身份。

天一徘徊在大明寺外，被广陵发现。广陵知道天一是来指责他不该与自己母亲有暧昧往来的。广陵隐忍着，只告诫天一要发奋练武，争取考取武状元，为朝廷尽忠，并关照不要泄露如花似玉在大明寺内寄放东西的事，否则将遭大祸。

天一怀着满腹疑虑去找如花，却见琼花观里空无一人，如花似玉已不知何时搬走了。在这里，天一又见到同样不知如花似玉下落的天心。冷不防，又有一帮剑客包围了琼花观，并威胁两兄弟交代如花似玉的下落。话不投机，天一兄弟与他们打了起来。情急之中，如花又突然到来搭救。但等剑客败逃之后，如花也跑走了。天一天心两兄弟真是绞尽脑汁，不得其解。

笑娘来了，她说她已经看出来，如花似玉本来是一对貌美的女子，是改扮成男人模样的。笑娘肯定，两姐妹一定是看中了两兄弟，故意想接近他们，与自己争夺爱情。两兄弟讥笑笑娘的自作多情，却又分明对如花似玉是女子的说法上了心。两兄弟许诺，只要笑娘能找到如花似玉并证明她们的真实来历，两兄弟中的一个就一定会娶她。

于是，笑娘开始了寻找，却又每每认错了人而遭人笑骂。终于有一天，笑娘好像在街上看见了两姐妹，但不知为什么，两姐妹都躲开她，这令笑娘伤心极了。

笑娘的话语，引起了来孝安的注意。

第三集

如花似玉的匆匆消失，使天一天心感觉生命中忽然少了什么东西。为此，两兄弟终日苦闷。天心忽然想到如花似玉寄放在大明寺的东西，于是兄弟俩去找广陵法师，希望从中找到蛛丝马迹。广陵则称说东西早被取走，他也不知道如花似玉去哪里了。

清晨，孤寂的天一来到湖边吹箫，以排遣郁闷。随着悦耳的歌声见一对年轻女子划船过来。天一见是卸除了男子装束的如花似玉姐妹，惊喜万分。但是两姐妹发现天一后却急忙驶开了。天一眼睁睁看着两姐妹的小船驶远了。

天一回到家里把自己的发现告诉了天心，天心也告诉他笑娘已经打探到两姐妹的藏身之处——平山堂。于是两兄弟决定叫上笑娘，夜探平山堂。

小别重逢，几个年轻人都特别开心，尤其是卸除了男子装束的如花似玉，直教天一兄弟惊如天人。融洽的气氛里如花似玉姐妹袒露了二人贵为公主的身份，并将她们来扬州寻母的不幸身世告诉了天一天心和笑娘。天一等人同情两公主的遭遇，决心帮助她们寻母并保证姐妹二人的安全。于是，四个多才多艺的年轻人在平山堂里又歌又舞，玩得十分尽兴。岂料，广陵法师与赵芷兰突然来到，原来如花似玉由琼花观搬来平山堂正是广陵一手安排的。

在广陵的安排下，天一天心兄弟也住进了平山堂，而赵芷兰和笑娘则负责照料他们的生活。离“招考大会”只有一个多月的时间，广陵要求两兄弟在平山堂刻苦练武，精心准备，并顺便保护两公主的安全。这正是两兄弟求之不得的。

天一天心的家里，只留了一个来孝安，他觉得自己这么多年来一直都像个外人。他从心底里是仇恨广陵法师的，但又深知他不是平常之人。终于他从笑娘口中套出了如花姐妹的公主身份，他猜想这个广陵一定与皇室有什么联系。于是，他取出藏匿多年的一对镂金绣龙的襁褓，若有所思。

广陵法师单独找似玉谈话。他从似玉口中了解了当今天子的处境以及后党擅权的情况。广陵希望似玉姐妹多鼓励天一上进，争取夺得武状元，日后成为皇帝的辅臣。

皇后奇怪两公主怎么会在扬州失踪？她坚信李琼花没有死，说不定她们母女已经在扬州团圆。她忽然想起曾经有人传说李琼花与宫廷的一名乐师是旧日在扬州时青梅竹马的恋人，于是命人去传这名乐师，想从他口中了解信息。

第四集

乐师死也不承认与李琼花从前的恋情，皇后索性带他去见皇帝。谁知皇帝对此事根本不放在心上，还责怪皇后无事生非。

皇后走后，皇帝向乐师询问李琼花的情况。乐师说天子已经十几年没有和琼花见面了，应该去看一看她。皇帝答应了。

大太监窦瑾向皇帝报告，两公主隐居在扬州平山堂。皇帝想起年轻时在平山堂认识的那位广陵和尚以及托他收养了一对双胞胎。窦瑾将广陵的近况和天一天心两兄弟与两公主交上朋友的情况告诉皇帝。皇帝非常惊喜，他命令窦瑾派人去扬州考察天一天心，如果确实是人才的话，要设法动员他们来参加招考大会。

平山堂，窦瑾派来的东厂高手挑衅天一天心，双方约定举办一场小擂台比武，以决出胜负。

天一兄弟讨教广陵法师，是否参加小擂台？广陵以为既然有检验武功的机会不妨一试。

擂台赛说打就打，东厂密探化身的高手纷纷败在天心手下，却不料横生出一个名叫匡复的青年，打败了天心。正在天一即将出手时，如花却神不知鬼不觉地换了男装加入比赛。匡复佯败如花，退出擂台。如花索性向天一挑战，天一上台与如花对阵。匡复见天一终于出场，再战天一，天心见状又上来助打，于是你来我往，纠作一团，结果也未能决出高下。恰于此时锦衣卫的人发现要找的目标，潮水般地涌上擂台，企图抓人。情急之下，天一天心兄弟与如花、匡复合做一处，且战且走。为挡住投向如花的标枪，天一受伤。

平山堂，匡复辞别天一兄弟，称本届武状元非是天一即是自己，并嘱咐天一早日康复，京城再见，然后匆匆离去。

似玉悉心照顾天一，令天一感动。

第五集

笑娘的养母要把她“出售”给一个年迈的富翁，她来向天心哭诉，生性爱打抱不平的天心却装作对此事漠不关心；笑娘再去找天一，正巧看见天一与似玉很融洽地在谈话，笑娘伤心绝望而归。

笑娘“出嫁”了，她执意要花轿从平山堂脚下经过，却看见天一天心和如花似玉四个人在寺庙前指指点点拿她当风景在看。笑娘心都碎了，她咒骂这四个人没有良心，并决心在拜堂时一死了之。

洞房花烛之夜，笑娘仍然趁着新郎在外厅应酬的空隙，为天天心兄弟和如花似玉姐妹的幸福祈祷，然后准备悬梁。这时，天心却出现了，原来是他四人设计好了，来解救笑娘。

人财两空的富商找笑娘的养母要人，养母反过来向他撒泼；富商拗不过，只好自认倒霉。

天心等人庆贺成功，广陵提醒他们不要忘了正事。

天一与似玉的关系渐渐亲密，天心也与笑娘整日在一起嬉闹，如花感到了某种失落。

笑娘的养母找来了，要带笑娘回家，还谎称向富翁赔了不少钱，总算广陵法师出面给了笑娘养母一些金银，才算彻底为笑娘买回了自由。

笑娘的养母去找来孝安，来孝安正独斟独饮，二人在广陵法师的话题上似乎很谈得来。他们分析，天一天心一定是广陵的私养子，而且这个广陵的来历也一定非同一般。他们合计伺机向朝廷告发。

赵芷兰将偷听到来孝安与笑娘养母的谈话告诉广陵法师。广陵向赵芷兰坦白了自己的身世，熟料赵芷兰并不吃惊。她说来孝安早已在猜测广陵和天一兄弟的来历。

赵芷兰悄悄回家找来孝安要绣龙襁褓。来孝安信誓旦旦告诉她，那东西早就丢掉了。赵芷兰再告诉广陵，广陵似乎放下了心。

如花变得有点古怪，动辄大发脾气，似玉故意让她去照顾天一，以存心促使他们亲近。谁知如花对天一的“照顾”竟是挖空心思的虐待，她是要借此解一解气。然而天一的“忍耐”却又令如花不能不动感情。

第六集

为了不使如花担心，似玉故意从天一身边退出，并做出与天心亲近的样子，这又刺伤了笑娘。笑娘深知自己是配不上沈氏兄弟的，因而灰心地想了结自己的生命。似玉见状，又赶紧让出天心。而天心真实的内心其实是爱慕着如花，他欣赏如花雷厉风行，爱憎分明的秉性，只是他更爱天一，不忍心做出半点让兄长不愉快的事情。

深夜里，兄弟二人并卧谈话，交心交底。二人决定以天一的进京考试为重，不再触及感情的是非。

与此同时，姐妹二人也秉烛夜谈，表示来扬州本来是寻找生母的，而不是选驸马，不能因为沈氏兄弟坏了姐妹二人的感情。既然生母没有下落，皇帝的玉玺又带了出来，皇后会不会借此给父皇添麻烦呢？所以思虑再三，觉得应该早早回去了。但是，偷盗玉玺私自出宫，又极可能受到严惩，万一回去了寻个死路又是何苦呢？真是一筹莫展。

似玉在日夜焦虑中病倒了，她每每在昏迷中呼喊生母的名字令在场的人无不动容。探病中，赵芷兰无意中提及当年随李琼花入宫的那个扬州乐师的名字。不想此人正是似玉后来的老师，难道此人会了解琼花的生死之谜吗？似玉恨不能立即回京去找乐师。

笑娘上街为似玉购药，被富商发现抓走。天心闻讯赶去，与富商争执时失手打死了他。杀人偿命，天心自投官府，被判处斩。似玉带病去官府，以公主身份救出天心。

锦衣卫头目闻讯带人包围了平山堂，欲将似玉等人一网打尽。情势紧迫，广陵交还如花姐妹放在他身边的锦匣，要他们尽快离开扬州，逃往京城，并伺机参加本届文武招考。天一等护卫着似玉杀出平山堂。

广陵受到了锦衣卫的盘查拷打，但他镇定自若，毫无惧色。锦衣卫走后，多亏了赵芷兰的及时赶到，广陵法师才捡回一条命。

大运河上，一条小船，船上坐着如花似玉和笑娘，岸上天一天心在拉纤。他们离开扬州，去闯京城了。

第七集

由于皇帝玉玺被盗，皇后案头积压了大批的文书奏章，国家机器因此不能正常运转，这使一向精明强干的皇后焦头烂额。她甚至想取消今年的文武招考，以防止到时因为没有玉玺加复三甲殿试的御题而泄露了朝廷机密。但是皇帝不同意，他说自己的到场能够解决这个问题。皇后无奈，只好去作招考的准备。

天一兄弟和如花姐妹一行大摇大摆地进京了。市面上也在大肆渲染着本届的招考大会，而且是将“招考”传说为“招亲”。

如花姐妹仍是女扮男装，她们安顿好天一兄弟在客栈，准备回宫。

终于要分手了，两对青年都显得难分难解。天一天心尤其担心两位公主回宫后会受到惩罚，而如花似玉则要他们放心，争取金榜题名。

两公主走后，匡复碰巧也住进了天一天心兄弟的客栈，老友重逢，分外高兴。

两公主刚一入宫，即被抓获，玉玺被皇后搜去。当着皇帝和皇后的面，两公主义正词严地与皇后争辩。皇后要将两公主禁闭反省，皇帝亦无可奈何。

皇帝改扮成太监的模样来探望一双女儿。两公主责怪皇帝太软弱。皇帝则把自己的苦衷一古脑儿倾泄出来，说到伤心之处，父女三人不禁抱头痛哭。谁知皇后突然出现了，不过她并没有责怪皇帝，她只是伤心皇帝为什么一直拿她当作外人。她问皇帝自己究竟在什么地方做错了，为什么始终得不到他的信任和谅解？皇帝居然被问得哑口无言。皇后甚至为自己以前对琼花的事情进行辩白，她说她至今都想与琼花和解，如果她还活着的话。

两公主被解禁，她们去客栈探望天一兄弟，得知天心因为有命案而被取消了招考资格。

一套文案送达皇后手上，皇后从中挑出沈天一和匡复作为最具希望夺魁的对手。她偏向于匡复，并且决意仍将“招考”定为“招亲”，布告天下。

榜文下，人头攒动，沈天一与匡复读罢榜文，相视尴尬。

第八集

天心窥探匡复练武，受到天一斥责；天心无聊，混入宫里去找如花，结果被当成刺客差点抓起来。如花问天心，如果天心考中状元，会选中谁？天心肯定地说，是似玉。如花有点不乐，她说她是姐姐，应该先由她选择。天心建议姐妹俩先商量好再说。

送走天心，如花找似玉商量。似玉表示谦让，但她要如花想想自己是不是爱天一，而且对姐妹二人来说关键是天一能否考取武状元，进而成为驸马，倘若是别的什么人摘了魁首，那就惨了。如花听了似玉的一番话，非常矛盾。

似玉单独约见了乐师。乐师吞吞吐吐地告诉她李琼花确实还活着，不过他不敢透露李琼花的藏身处，除非皇帝允许他说。乐师倒是给了似玉一只香囊，说这是李琼花年轻时送给他的。似玉接过香囊闻闻，立时就沉醉了。

匡复决定不参加今年的招考了，他思来想去觉得不应该去争抢本当属于别人的的东西。天一竭力挽留匡复，他也不愿意自己的成功是因为了别人的放弃。为此，他与匡复惺惺相惜，结为义友，并彼此许诺成功者日后忠于皇帝，忠于爱情。

似玉终日捧着香囊，以泪洗面，此刻她最想见到的就是那个与生俱来从未谋面的母亲。似玉的悲情，感化了乐师，乐师终于答应带似玉去见母亲。

深宫别苑，琼花长期隐居在此，虽然她的头发已经花白了，但她依然挚爱着大明天子，并日夜思念着两个女儿。母女在秘密中会面，悲喜交集。似玉向琼花倾吐了心中的苦痛，她太爱天一了，可又害怕伤害姐妹的情感，处在感情的十字路口，她不知道应该何去何从？琼花向女儿讲述了她自己曾碰到过的难题，那就是她在认识大明天子以前，也有一个亲如长兄的恋人，后来她选择了大明天子，不仅仅因为他是皇帝，而是她对他的一种不能代替的感觉。这种感觉可以为他去死去生，而毫无怨尤。琼花还说自己放弃的那个恋人也没有因为她的选择而绝情，相反愿意一生守护着她，这个旧日的恋人就是乐师。乐师与琼花随驾离开扬州时自请了宫刑而一同来到京城。许多年来，琼花就是依靠乐师的友爱与帮助才顽强活到现在的。似玉从母亲与乐师的故事中得到启发，爱是要奉献的。

第九集

“文武状元招亲大会”如期举行。一轮又一轮的文考，一轮又一轮的武试，果如皇后所料，沈天一与匡复脱颖而出，难分伯仲，而且两人同时兼考了文武两科，又同时并列高分。

皇后召集内阁议事，拟作最后确定。有人建议将天一与匡复分列为文武状元，正好与两位公主匹配；也有人建议还是分出个高下，该怎样就怎样。皇后采纳了后者意见，她就是要把沈天一删除掉，哪怕本届文武状元由一人兼之。

皇帝亲自监考，并当场许诺本届文武状元只能产生一个，而此人即可招为长公主如花的驸马。皇帝先以“论真”和“论善”为题，比试文采。结果天一抽到了“论善”，匡复抽到了“论真”。

匡复在作论题中颇为矛盾，因为他若故意放弃与天一的竞争，则意味着不真，也违背朝廷设考的本意。犹豫再三，他决定舍小善而求大真。

天一论善，则也正暗合了匡复的论点，即小善为仁爱，大善为本真。他也想好了不能考场舞弊，须直面事实，尽力拼取。

皇帝阅罢两人文章，均觉高明，因而力排众议，仍定为平分。

天一、匡复比武，久久难分上下。谁知如花忽然女扮男装跳将出来，而且声称要一个打俩，争夺武状元。其实如花参赛是假，只是她害怕天一失败，想当面劝告匡复放弃，吓唬吓唬他而已。

如花话既说明，随即逃离。匡复果然心不在焉，输给天一。文武状元归属沈天一。

沈天一披红挂彩，打马游街。人群中，天一似乎看见养父来孝安与笑娘的养母在一起，可是待他招呼，二人却忽然逃逸，这令天一大惑不解。

皇后单独召见了匡复，并许诺将似玉公主嫁给他。匡复婉言谢绝，觉得只有状元郎才够资格招赘驸马，而他不是状元，是榜眼。皇后嘉奖他的忠正，引为心腹，并将皇帝一家沉湎于儿女私情而时常置国家大事于不顾，自己不得不充当“补天”角色却为此引得朝野上下的非议弄得进退维谷的苦衷坦诚告知匡复。匡复深为感动，由衷生出敬佩。

笑娘与天心在似玉的张罗下忙着布置驸马府，准备天一和如花完婚。

如花发现天一好像不太兴奋。天一告诉她因为一切事情都来得太过突然，来不及细想，所以心里始终有种不祥的感觉。他想至少在入赘皇家之前回一趟扬州，向母亲赵芷兰和广陵法师禀告一下情况。如花说她也有相同的预感，总感到有什么危机可能爆发，而天一可以回扬州见母亲，自己的母亲又在何处?

似玉告诉如花，她已经见到母亲了。

第十集

似玉与如花去求皇帝，求他带两姐妹一同去见琼花。皇帝吓了一跳。拗不过两姐妹的苦苦央求，皇帝终于决定冒一次险。他把这事交给总管窦瑾，嘱咐他务必小心安排，不能出事。

皇帝一行在乐师引导下悄悄潜入别苑。十数年不见，琼花依然对皇帝那么温柔，那么亲切。在如花姐妹眼中，她们看到了人世间最为和谐的情侣，也看到了皇帝父亲只有在琼花面前才是彻底放松，彻底自由的。一家人居然凑成一个小乐队，在乐师的击节下合奏“春江花月夜”。皇帝居然会吹笛，而且吹得很好。

皇后忽然不期而至。她说既然有人可以在两公主去扬州时一路上护卫着她们，也就有人可以告诉她今夜有这么个别开生面的宫廷音乐会。不过她说迄今为止她都是一个受委屈者和被诬陷者，在她心里从来就没有反感过琼花美人和如花似玉公主，那都是朝廷的制度与礼仪所规定的，是一些迂腐的老臣看不惯才导致后来的误会。既然如此，她愿以皇后的身份欢迎李琼花重新入宫，并与她平等侍候皇帝。皇后的表白真诚而平和，具有说服力量。琼花则更是温和，她表示从来不曾记恨皇后，今后也不需要什么封诰，只要丈夫女儿能时常见面则可。皇后、琼花互称姐妹，皇帝如释重负，一场旷日持久的家庭矛盾似乎已经缓解了。

皇后独自回到紫英阁，十分落寞，她召来王符作陪，向他倾吐自己心中的不平。皇后承认，她嫉妒李琼花，嫉妒皇帝对李琼花的那份专注与柔情，但她作为一个女人又错在哪里呢？而今李琼花“死而复生”，她将更加没有可能赢得皇帝的感情。她说她几乎厌倦宫廷想出家了之。王符好言相劝，说其实女人的成功不仅仅是赢得“夫宠”，还有“夫惧”。她王皇后并不是个失败者，只是这一个天子未免太任情太任性罢了。

就在王皇后伤心欲绝的时候，传来李琼花突然病重的消息。

第十一集

天一天心兄弟也应召入宫，看望如花似玉姐妹的母亲李琼花。

李琼花的弥留，一如那株琼花树死前的绚烂。她是极尽了一个女人的温柔与美丽，凄美地告别人世的。

按照琼花临终的请求，皇帝同意由天一、如花带领天心和似玉将她的灵柩运回扬州，安葬在大明寺里。

一应丧仪从简，天一、如花等护送琼花灵柩出宫。京城里，人流夹道相送，却如死寂一般。

大明寺，广陵法师主持了琼花的下葬仪式，不可思议的是，大明寺里那株死了多年的琼花树却忽然复活了。

夜已深了，天一仍在与广陵谈话。广陵解释了他与赵芷兰的这层关系，并告知天一天心兄弟原是弃儿的身世。天一感谢广陵许多年来的培养及对他一家的照顾。广陵提醒天一，要留神他的养父来孝安。

天心与旧时的小兄弟聚会。他似乎对京城居住不感兴趣，他想还留在扬州生活。而最令天一为难的是似玉，她想在大明寺住一段日子，陪伴母亲的灵魂，静养身心。似玉仿佛有要出家的意思了。

一方面，天一想说服天心一同去京城；另一方面，如花又对似玉坚持留扬州大发脾气。结果两兄弟与两姐妹都不欢而散。而天一天心兄弟的母亲赵芷兰也因为担心不能时常见到广陵法师而去留两难。一时说服不了大家，又恐怕延误了回京的行期，天一只好与如花带着笑娘单独上路。而一路之上，二人又因心情不爽，时时闹出口角。

途中，如花执意绕道黄山，到了黄山又任性地要上顶峰观云海，一不留神，如花在悬崖上闪失了一下。为了保护如花，天一失足坠下了万丈深渊。如花傻了，她想随天一跳下云海，幸亏笑娘在身边抱住了她。

天心和如花同时感应了黄山上发生的灾难。他们带着赵芷兰急忙离开扬州，奔黄山而去。

第十二集

黄山顶上，如花已经哭了三天三夜，她悔恨由于自己的任性而断送了天一的生命。笑娘好歹将她劝下峰顶，临时借住在山下的佛院。如花又闹着要铰掉头发出家。

似玉一行赶到，惊悉噩耗的天心母子一时沉浸于悲哀之中，唯有似玉尚保持着清醒理智。

似玉得知，黄山背面的深谷又称“鬼谷”，但凡从顶峰跌落下去的游人自古到今无一人生还，且因谷底太深，也无法打捞尸首，解救天一的希望彻底破灭。

天一既死，天心母子与皇室之间的关系失去依托。赵芷兰和天心只能再回扬州，而如花似玉则只能返回京城。分别在即，而且很难再有重聚的日子，一行人真如万箭穿心，难分难舍。大家忽然意识到天一活着的可贵，并且每一个人都像对他犯下了不可赎补的罪恶。此外，新科状元当朝驸马就这么不明不白地死了，如花姐妹又如何回宫交待呢？更何况公主丧夫是终生不能再嫁的，而如花与天一事实上还没有完婚，如花今后还将面临终生的孤寡。想到这些，大家又开始同情如花。

天心痛心地说了一句“要是坠崖丧生的不是兄长而是我就好了”，猛然触动了似玉。似玉想，何不李代桃僵，谎称是天心落崖死了而让弟弟顶替哥哥名分去当状元驸马呢？好在兄弟面貌酷似，一般人未必能看破。这样做既可以赎补对天一家的亏欠，又可以使如花免于守寡。因为在似玉看来，天心其实是暗恋着如花的。

如花被似玉说服了。她虽然谈不上对天心有什么爱，但她愿以这种表面的夫妻关系来偿还对沈家的负债。她决心重新塑造一个天一，将天心教育为一个真正的文武状元。

宫廷里举行了盛大的公主婚典，唯独少了“沈天心”。大家都相信天心在游黄山时摔死了。倒是匡复多少觉察出有些异样。

来孝安突然造访驸马府，令阖府上下一场慌张。如花自知瞒他不过，所以采纳似玉建议，给了来孝安一大笔财物，让他自行安排生活。来孝安似乎也求之不得。

皇后召见驸马，天心去后结果出了不少洋相。似玉告诉如花不能多让天心单独外出，要加紧对他培养，去除粗野之气。

如花变了，变得极有耐心，天心似乎也在努力适应着如花。

天一坠崖后悬浮在一片青藤之间，侥幸活下来了。

第十三集

皇后告诉皇帝，这个驸马有点蹊跷。皇帝于是召见天心。在皇帝看来，这个驸马确实清新可爱，招人喜欢，他不但能看破皇帝的独子棋术，而且可以用一些歪理邪说来比喻朝政，诸如他可以用蛐蛐的游戏来解释世间复杂的关系。这在皇帝听来，犹如醍醐灌顶，茅塞顿开。皇帝要求驸马搬到琼花楼与他共处。

皇帝变得勤于政务了，而且每每能于朝臣的复杂矛盾里辟开一条蹊径，解决难题。这些均离不开天心的智慧。不过天心上朝的风度实在不够正规，甚至有时会引得哄堂大笑。

天心的形状始终令似玉担心。她劝如花能够教导天心必备的礼仪，否则一旦被人看破，后果不堪收拾。与此同时，似玉也去说服皇帝，不要总将驸马与如花分开。

天心回到如花身边，见如花很落寂，如花也感觉天心一直在回避自己。如花很想冲破叔嫂关系的阴影与天心成为真正的夫妻，但是天心却不敢。天心一直有种预感，预感天一有一天会突然归来。

天一走出死亡之谷，轰动了县城。因为人人皆知数月前坠崖丧生的乃是驸马的孪生弟弟，难道而今在京城里与如花公主生活在一起的驸马竟会是假的吗？天一被人当作疯子扭送官府，审案官居然是天一天心的养父来孝安。原来来孝安用似玉给他的钱财买了一个官爵，凑巧就被补任在此地。来孝安不能接受天一的死而复生。因为他目前的既得利益就是建立在他是能够识得真假驸马骗局基础之上的；更何况他憎恨广陵法师，他确信天一兄弟一定是广陵的私生子。

天一奇怪，来孝安如何当了县官，并且不认他这个儿子；非但不认，还要诬他冒认皇亲，处他下狱。

正是天一遇难一周年的日子，似玉公主安排天心一家隆重地祭奠了天一，然后她劝如花姐姐与天心不要再拘泥于叔嫂名份，应该开始新的生活。连赵芷兰也觉得过去的一切应该淡忘，天心应该真正地爱如花公主。

入夜，天心又要去别室就寝，如花大胆地挽留了他。真正伤感的是笑娘，她感到一种不可名状的悲哀。

第十四集

皇后忽然变得无所事事了，闲逛中她看见已年迈的老宫女白娥。她随意地问起大明天子出生时还有个孪生弟弟的传闻。白娥虽是哑巴，但神志中明显露出恐惧。皇后又生疑心了。她命人发掘当年埋藏孪生死婴的坟墓，挖出的竟是一副兔骨。

天一沦落在了妓院，这是笑娘的养母和来孝安开的，他们想利用天一的一技之长，让他在妓院里当一名吹打兼做杂务。天一逃不出妓院，当初的武功也因为伤残而废了，但他却有人缘，妓女们都喜欢他。为了恪守对如花公主的忠诚，天一也学会了各种下三流的应酬，他有点像在扬州时的天心了。

而天心呢，则由于如花的耐心训教，训练得越来越合乎礼仪，合乎驸马的气度了。相反，如花则愈来愈温柔，愈来愈招人怜爱。如花怀孕了。

似玉很烦躁，动辄训人骂人，说话十分尖刻。她甚至于不顾及如花怀孕在身，当面讥讽她，弄得如花泪水滂沱。只有笑娘能理解似玉，她知道似玉有着太多的失落。

外任两年的匡复回京，升任吏部尚书。他过府看望老朋友“天一”。天心从容大度地接待匡复，却总让匡复感觉出这个驸马少点什么。

皇帝与天心之间越来越缺少从前的投机。天心居然一本正经地劝谏皇帝不能沉湎于棋局。皇帝似乎暗示天心他看破了什么。这对天心是个提醒。因为天心已经完全把自己当作天一，当成一个“原本就是”的驸马了，他其实已经是由习惯而到了自然。然而皇帝又并不道破，他只是比较地留恋以前的那个阳光少年。

如花公主小心翼翼地等待着新生命的降临。天心母亲也盼望着早日抱到孙子，天一早已从记忆中淡出。

似玉的闺房里却依然供奉着天一的灵位，每日默对灵牌的追悼成为似玉必备的功课，谁能明白似玉对天一的感情是那样的深切呢?

天一终于化妆成嫖客，在妓女的帮助下逃了出来。

第十五集

皇后告诉皇帝，她已掌握了确凿的证据，证明皇帝的孪生弟弟没有死，而且可能就在暗处觊觎着皇位。她要求皇帝不要以血缘感情而以帝国的安危为念，尽快查出这个隐匿的威胁。

天心要为母亲赵芷兰做四十寿辰，驸马府已经在张灯结彩。天心接到礼单，朝廷六部官员都要前来祝贺，皇帝皇后也将亲自前来，驸马府沉浸在喜庆的忙碌之中。

衣衫褴褛的天一突然出现了，既惊又喜的笑娘先把他带到了似玉面前。面对天一的死而复归，敏感的似玉马上意识到事态的严重。明天是沈母的寿辰之期，天心必得以驸马的身份全力应付；而如花现已身怀六甲，这一个晴空霹雳，教他们怎样承受？何况天一如今形容憔悴，举止滑稽，纵然当众宣布他是真正的驸马，恐怕也是无人敢信了。于是，似玉决定先稳住天一，等场面应付过去，再行处理。

与此同时，来孝安也已与笑娘养母商量决定，进京敲诈天一兄弟，否则就将他们兄弟李代桃僵，欺君瞒世以及他们是和尚私生子的底细一古脑儿托出来。

似玉细心地料理着天一，更细心地解答着天一的每一句提问。她要求天一先住在她这里静养几日，等气色看上去好一点再与家人见面，否则家人看到他这副惨相会十分难过。天一理解似玉的用心，但他抑制不住见到如花的焦急，这令似玉心中很不是滋味。

寿典如期举行，天一被反锁在后花园内。隔墙传来的阵阵欢笑使天一大为惊诧。天一从墙内垫脚望去，却见天心穿着官服应酬在场面之上。天心身边竟是亲密依偎的如花。天一傻了，他不明白眼前怎会有如此一幕。

似玉惦念着天一，抽身过来看他。天一请求似玉向他解答疑问。似玉只能劝他镇定，并婉言地告诉他一切都是无可奈何的结果，是冥冥中不可解的命运所主宰的。

似玉不得不去应付场面，慌乱中却又忘了把门锁上。天一脱身出来，一直冲到寿堂上，把所有的人都惊呆了。而天一却独自懵懂着，他要求天心、如花、沈母以及所有在场的人回答他，眼前究竟发生了什么？然而，当任何人都没有醒悟过来的时候，似玉已经声严色俱厉地宣称，这是一个私闯进来胡闹的疯子，并命人立即把他架了出去。

突如其来的骤变，令所有的人都如坠入了云雾之中。只见似玉左右逢源，频频应付，硬是把一场惊吓压了下去。

表面看来，似乎浪静波平，其实在每一个人的心中早已是暗潮汹涌。

第十六集

笑娘向天一讲述事情发生的经过。天一匪夷所思，他不能理解天心他们为什么要这样做。他认为这样做既违背了做人诚信的本分，而且也太冒风险，万一被识破了，岂不犯下了欺君欺世的滔天大罪。不过他还仅止以为天心只是暂时冒用了他的驸马名分，因为笑娘还不忍心马上将天心如花已是事实夫妻并已怀孕的底细透露给他。

宾客散去，沈氏一家陷入了极度的恐惧之中。似玉保持着镇定，她主张把天一安置在一个安全的地方住下来，再缓而图之。

似玉动员天一住出来。天一不能理解，他说他可以原谅天心的荒唐举动，因为如花公主的本意原是为了沈家的荣禄；事已至此，他以为可以不必再瞒下去。他甚至表示自己可以带天心去见皇帝皇后，请求他们的原谅。似玉觉得天一太过幼稚，但他只是劝天一把身体先养好再说。

皇后召见匡复，二人均对驸马的真伪产生怀疑。皇后委派匡复立案调查，务必查出真假。匡复也表示事关国体，不能徇私。

笑娘去给天一送饭。天一央求她带信给如花。他十分思念她和母亲、弟弟，希望能来见一面。

笑娘转告天心。天心不敢去见天一，他觉得自己对哥犯了罪。似玉动员如花与沈母去，并要求如花把怀孕的实情告诉天一，以促使他面对现实。

笑娘在街上看见了自己的养母，得知养母与来孝安进京的目的，赶紧回来告诉似玉。似玉担心纸包不住火，一场灾难恐怕难免。

笑娘为了搭救天一天心和如花，找到她的养母和来孝安，在他们的菜肴里下了剧毒。

笑娘养母未被毒死，她报了官。匡复接手此案，命人抓捕笑娘。

第十七集

匡复审讯笑娘和她的养母。笑娘只是一味地痴笑，她看上去已经疯癫了。

似玉把笑娘被捕的事情告知赵芷兰。沈母经过一连串的变故，早已弱不禁风，不堪重负。似玉说她已经拿定主张，与天一高飞远走，但她要求沈母从今以后就拿天心当作天一来看，也唯有如此才是唯一的出路，因为事实上两兄弟已经不能再颠倒过来了。沈母只好答应了。

如花天心及沈母终于在似玉的动员下去见天一。甫一见面，天一仍然对如花温存有加，他还幻想着能够重新回到应有的名分，回到正常的生活中去。似玉见状，干脆将如花已怀天心骨肉的事实兜底相告。岂料天一一听暴跳如雷，他指责一家人竟背叛了他。似玉努力相劝，天一也听不进去。天心、如花和沈母在天一面前，无地自容。

正当一家人痛不欲生之时，匡复到了。匡复彬彬有礼地请驸马天一去他府上叙旧，因为他直言，唯有真驸马天一才是清白无辜的受害者，其他人都犯有欺世盗名，败坏风纪的嫌疑。他不容置疑地带走了天一。

匡复府内，一对旧时挚友重又论起“真”、“善”。匡复要求天一澄清事实，以维护人伦与纲常的秩序；而天一则恐怕因此而失去孝义，置母亲兄弟于不测。匡复建议天一可以在澄清事实，完善忠信的基础上，再要求皇帝赦免，因为毕竟事出有因，本意还是出之于善。天一觉得匡复的建议有理，他也想在诚实的前提下再作出放弃。他甚至对匡复透露，自己的感情原本更属意于似玉公主。

匡复将驸马案情审理的情况报告给皇后。皇后大发雷霆，她说她实在不能容忍两个无法无天的公主把朝廷的名声败坏到如此地步。她要求匡复将案卷直接奉达皇帝，让他明白上尤下效所导致的是何种结果。

消息传来，皇帝皇后要亲审驸马案。沈氏一家乱作一团。先是天心出走被似玉找了回来；继之沈母上吊未遂；如花又差一点吞金自杀。一切均在似玉的辛苦周旋下才稍事平息。

风雨欲来，天一也产生了某种不祥的预感。

第十八集

皇帝仍然在下独子棋，但他显然苍老了。似玉到来，与皇帝作了推心置腹的谈话。似玉说，她至今都不了解身为皇帝的父亲究竟是怎样的精神境界。她说她对他有着太多的谜——他如此不能与皇后相谐却又能够一生一世容忍她；他没有自己的子嗣却可以不为未来的皇位承继着想；他事事不关心却又仿佛事事仍在他的操纵之下。她觉得他实在是一个深不可测的父亲，深不可测的帝王，而他竟将自己掩饰地如此感性，如此窝囊。似玉发问也令皇帝吃惊。他说他是第一次被人做这样一番提问的，这已经说明了似玉的超凡聪明，不过他提醒似玉要永远保持一个局外人的姿态，因为只有身置局外才能看清局内的事情。似玉本想与皇帝交谈钦审驸马一案的事情，可是皇帝说他相信与似玉公主之间的默契。

皇后也为驸马案与王符商量。王符想借此机会把沈氏一家及两公主治为死罪。皇后不赞成，她认为与其承认真的不如承认假的，因为天心的才能远不及天一，日后更容易对付。

似玉同时也和如花商量了办法，到时众口一词指责天一为冒认皇亲的疯子。因为根据朝廷律法，疯癫的人是可以免除死罪的。只要先保持住目前的局面，日后还可缓而图之。如花一直在哭，似玉厉声呵斥，问她从前的胆量为什么没有了？似玉说你根本就没有错，应该恢复勇敢。

唯剩天一本人和匡复还在幻想。他们以为这毕竟是发生在皇族中的家事，坦白陈情以后总是可以私下了结的。岂料皇后派人前来通知，驸马案须召集百官，公开审断。匡复与天一感到大惑不解。

庭审开始了，两个驸马上朝，居然气质有别，天心似乎更像一个真正的驸马，而天一则显得委顿拘谨。众官一看，哄堂大笑，他们根本不相信天一会是真正的驸马。

按照事前的安排，沈母、天心和如花均不承认天一，皇后也出乎意料地支持他们的意见。匡复虽据理力争，但他作为一个朋友怎能比妻子、兄弟、母亲的见证更具说服力。笑娘也被带上来作证，可她也不知道似玉的计策，仅凭自己的愿望善意地把天一拉到似玉的身边，示意他们应该成为一对夫妻。笑娘当庭戏弄公主，又犯有杀人灭口之罪，被当场棒责。

笑娘被打的景象刺激了天一，他猛然意识到自己的公开争辩无疑是向天下人揭露皇室丑闻，于是顺水推舟，自认是疯子。他为自己的疯言癫行向公主驸马道歉。倒是执迷不悟的匡复，自还纠缠死理，并要求重新调查此案，弄明其中蹊跷。皇后发话，既然还能承认自己是疯子，说明不疯，依法当处死刑，以正天下视听。至此，似玉等人又竭力为天一开脱。

皇帝终于说话，他说真驸马就是真的，假驸马就是假的。当初坠崖而今生还是驸马胞弟，本性出自于贪，故而才来与兄长争夺名分。既然如此，仍发配他回扬州原籍，入在大明寺反省，以便重新做人。于是，山呼万岁。

恰在此当儿，笑娘养母突然站出来指称天一兄弟乃是大明寺和尚的私生子。她拿来孝安一直保存的一对襁褓举证。朝廷再度哗然。

第十九集

皇后陷入了极度的恐惧。她确信广陵法师就是当今皇帝的同胞弟弟，而她一直与之作对的天一兄弟则是广陵的两个儿子。根据律法，如果当今皇帝无嗣的话，那么将来继位的就极可能是两兄弟中的一个，而这两兄弟又与两公主如此密不可分。这样的话，那她今后的命运则是太不可预测了。于是，皇后命令王符亲自去往扬州，查实广陵和尚的来历，如经确认，当即处死，以免留下隐患。皇后称她这样做的目的，是为了维护明室江山的正统，并非挟私。

皇帝以他从未有过的兴奋之情召见窦瑾。窦瑾告诉皇帝他是知道当年内廷决定处死孪生弟弟但却被人掉包出逃的，此人即是扬州籍的一个资深太监，看来那个被存活下来的皇子可能就是广陵法师。为了证明，窦瑾又派人找来了老宫女白娥。白娥就是当年接生两太子的宫女。小太子被钦令处死，白娥也被熏哑了嗓音。白娥来到，竟以绣龙尾的襁褓指点皇帝，而以龙首指示远处。皇帝大为惊诧。难道当年慌乱中被抱走的竟是长太子，而自己才是本该处死的弟弟？

既然如此，那侥幸活下来的长兄为什么数十年忍耐寂苦，从不为自己正名呢？窦瑾提醒皇帝，天一兄弟也许正是广陵法师复位的计谋。不料皇帝却断然否定，他说这一对兄弟另有出处，但绝对不是广陵法师的后代。皇帝想亲自去一趟扬州。他说他将实现自己的“大解脱”。

王符以平定东海倭乱为由，向皇帝请求带兵扬州。皇帝借此决定要御驾亲征。

天心被任命为靖海将军，领兵扫倭，如花不顾身孕拖累，坚持要随天心去扬州。天心和如花去向天一、似玉辞行。似玉告诉他们，皇帝已经同意了似玉以“嫁女儿”而非“招驸马”的形式与天一结为夫妇。天心很感慨，一番曲折之后他说他倒是很羡慕哥哥天一。他问天一与似玉今后的打算。天一现在回想从前的弟弟真是很快乐的，他想带似玉回扬州，当天心当初的“把戏王”。

已经辞了官职的匡复来看望天一兄弟。他向笑娘求婚，因为他不仅敬佩笑娘的侠义，也喜欢她的笑。于是六个青年三对恋人约定了在大明寺里聚会。他们都很想念广陵法师。

天心与如花上路了。

天一与似玉上路了。

匡复与笑娘上路了。

御辇载着皇帝皇后也上路了……一齐向着扬州进发。

第二十集

扬州，昔日斗蛐蛐的小兄弟簇着天一和似玉，大碗喝酒，大块吃肉，浑然不知这个天心其实是天一。

湖边，天心在孑立吹箫，如花依偎着他，说他真像当年的天一。天心说不是像，就是。

笑娘带匡复重回故居，她为养母烧了一把纸钱。

天心领兵与倭寇作战，天一、匡复来增援他，而如花则与似玉、笑娘喝彩助威。这哪里像是一场你死我活的战争，完全是一场令人畅快的游戏。

烛光之下，皇帝与皇后推心置腹。皇帝承认皇后是一个勤勉操劳的补天者，而他则与生俱来不喜欢帝王的生活；皇后也表示自己其实很累，她说她这么多年来与皇帝的摩擦仇恨归根结底是希望得到他的爱，而结果却适得其反，两人越走越远，假如自己不是生活在皇宫，不是皇后，她也不愿意这么辛苦的活着。某种意义上说，他们都是傀儡，是供他人谋取私利的工具。整个朝廷就如一张永远填不满的血盆大口，而身为皇帝皇后的人，其实没有快乐可言。言及痛处，皇帝皇后相拥而泣，他们似乎终于化解了恩仇。

大明寺前铺上了红地毯，大明天子独自走上去与广陵法师见面。层层的军士，层层的仪仗，皇帝像在出席一项重大的仪式。

香烟袅袅，广陵法师盘膝打坐，闭目念佛。

大明天子走进来，二人相对而坐。

持久的等待，持久的静穆……

庙门洞开，大明天子姗姗走将出来，挥手，合掌，致意……山呼万岁。

广陵法师依然瞑目而坐，面前多了一枚棋子。

一对绣龙襁褓正在化为灰烬……

白头宫女的讲述断断续续：“人们都说，大明天子走出来，好像换了一个人。从此以后，朝廷果然变了气象。这到底是怎么一回事，无人能够得知。不过既然天一天心兄弟不是广陵法师的私生子，那么他们也就不是皇室的血脉，也不是如花似玉的堂族兄弟。今后，他们是否也会追究自己的来历呢？这话太远了，已经不是我所能够得知，能够讲述给你们听的了。好了，故事先讲到这里，我也老了，累了，说我被熏成了哑巴，不错，我是哑了，可是我在对你们讲故事……”

白头宫女的讲述中，一切都在远去……

（写于 2000 年）

昆剧《班昭》文学创意书

一、 班昭其人

班昭，女，东汉史学家，名姬，字惠班。东汉时扶风安陵（今陕西咸阳）人。约生于公元 49 年，约卒于公元 120 年，约在世 71 年。

班昭父班彪、长兄班固均为东汉时著名史学家，次兄班超为东汉时名将。班彪继司马迁《史记》而作《后传》，遭禁。班固继班彪而作《汉书》。班固死时，《汉书》尚未完成，班昭与马续再继之，终至完成。《汉书》初出，时人多不通晓，班昭又举学解读，使之风行，直至命终不辍。

班昭夫曹寿，字世叔，时负才名，然倜傥早逝。曹寿死，班昭矢志守节，行止不苟，直至老死，贞操如故。班固死后，班昭为潜心著史，自请入宫内东观阁藏书楼，至死未返。时因班昭才学品行甚高，辄为汉和帝之母邓皇太后激赏，引为业师。班昭并尝为皇后、公主及妃嫔讲学示教，且作《女诫》七篇，一时名满天下。《女诫》俗称“女四书”，系女子自修自律之书，流传甚广，影响甚大，并为后世女学必读之书。

班昭因夫家姓曹，故被称为曹大家（家念 gu“姑”音）。

二、 关于《汉书》

《汉书》是继《史记》之后中国古代史的又一部伟大经典，是记述和研究中国汉代历史的最珍贵也最权威的古籍巨典。它上承《史记》，下启《后汉书》等二十二史，是构成中国古代二十四史的一节最重要的环链。

司马迁《史记》记述止于汉武帝太初年间，《汉书》则上起汉高祖元年，下迄王莽地皇四年，完整地记述了整个西汉共二百二十九年的全部历史。其“包举一代”的史笔，首次开创了我国纪传体断代史的先例，并成为后世纪传体史书的准绳。其首创的《刑法》、《五行》、《地理》、《艺文》四志，是对司马迁《史记》的突破和发展，且成为后代史的惯例。

司马迁死后，《史记》中断。而后多有续《史记》者皆因司马迁的历史地位神化，而每每被定以“亵渎史圣”的罪名被禁被杀。及至班昭的父亲班彪作《史记后传》，仍被下狱处死。班彪死后，班固继之，并改《后传》为《汉书》。班固作《汉书》虽已为朝廷认可，然因工程过于宏大，固生前虽殚精竭虑，终未及完成。尤其八表和《天文志》遗稿散乱，完成难度甚巨大。

班昭以一女性之身，承父兄遗志，担使命之重，鞠躬尽瘁，毕其余生，受常人不能经受之辛苦，耐常人不能忍耐之寂寞，终于在马续的协助之下，完成了这部皇皇巨著。

三、《班昭》剧本文学创意

毋庸讳言，昆剧《班昭》剧本是承蒙上海昆剧团及该团著名旦角演员张静娴女士的约请，并根据张静娴女士的风华特质以及上昆演员阵容和剧种的特点而度身定做的。

一方面，张静娴的表演戏路比较宽广，但凡昆剧旦行中的花旦、闺门旦、正旦和老旦均有涉猎，且造诣较深，适宜于表现不同年龄层次的女性角色。与此同时，张静娴气质端正，台风沉稳，有一种戏曲女演员身上殊为难得的质朴感与本色感。此外，张静娴的造型可塑性和声腔可塑性均很灵活，实为塑造一代女学问大家的恰当之选。

另一方面，班昭一生的经历也相当漫长：从十几岁的妙龄少女，到二三十岁的青春女才子；从四五十岁的中年寡妇再到古稀之年银发老妪；从为人之女，到为人妻，到被朝野普遍尊称为“曹大家”，乃至成为上至皇太后下至内宫妃嫔的一代女师。班昭一生可谓名重，可谓荣宠。然而班昭真正的内心世界和情感世界，却永远是孤独、寂寞乃至痛苦的。综观班昭一生，其几乎为一部伟大史典《汉书》奉献了全部的人生情感和聪明才智。

因此，塑造艺术的班昭，必定要表现她为《汉书》付出的漫长人生。而足以担当这个人物，并且能够艺术地表现出班昭独特的人物姿质的，当属张静娴；能够展示《班昭》之剧文化气韵，传达此剧简朴、典雅、厚重精神的，唯有昆曲。这是一种深层次的气质遇合，不难感受得到。

《班昭》的历史价值和现实意义何在？窃以为也可以从两个不同的层面来加以研究和认识。

具体来讲，关于“文人操守”问题，一直是中国古代文人和现代知识分子探究不尽的人生课题。所谓文人操守，它包含学术操守和人格操守两个侧面。学术操守是指对于专业或事业的严肃；人格操守是指对于为人或处世的忠贞。唯有两方面的和谐统一，方能称得上是完美的和高尚的。衡量班昭的一生，正是把崇高的学术理想和高尚的人格情操当作了自己毕生的追求。尽管从现代人性解放和女权的角度来看，班昭的一生包括她所撰写的《女诫》未免人多自我压抑的成分，然而我们不能抛开历史，脱离班昭具体生活的那个封建专制的时代，更不能苛求一位视《汉书》事业为毕生使命且不得不为此作出重大牺牲的古代知识女性。从某种意义上说，班昭的牺牲正是她的奉献，她的压抑也正是她的伟大。她因此而受到后人长久的推崇与尊敬，并且成为后世妇女和学人的一个典范、一座丰碑。

宏观地看，班昭是中国历代文人和当代知识分子的一个正面代表。尤其对于当下商品经济转型期的现代人群来说，班昭更具有一种激醒与警策的意义。非凡的成就必赖于非凡的人格，非凡的人格必经过艰苦的锻造。而举凡有大成功者，必有所追求，有所坚守，有所痛苦，有所放弃。唯抱定宗旨，矢志以求，目无旁顾，始达成功。相反，甘于平庸，躲避崇高，急功近利，浮夸浮躁，乃至陷入庸俗的拜金主义或名利污淖，正是现代文化人所要自觉抵制的时弊流风。它同时也是我们创作《班昭》一剧所要倡导的精神文明和健康人格。

弘扬优秀的民族文化，继承中华传统文明的宝贵精神遗产，并与现代人的文明意识和审美理想取得贯通，乃是《班昭》剧本创作所要追求达到的文学高度和美学效果。

四、剧情概述及围绕班昭的几个重要人物关系

朝廷终于宣布了对班彪、班固父子撰写《汉书》一案的平反诏令。圣旨下达，班府一片感恩。

是时，班彪已死，《汉书》遗稿也已封存多年。班固与两位得意弟子曹寿和马续，打开尘封已久的私家书库，只见蛛网纵横，一片霉蛀。面对两代人多年积累的资料化为了断简残帛，班固痛心唏嘘，正不知今后《汉书》的续写从何下手。

班固正痛心时，书库后室忽然传来了一阵银铃般的少女笑声，年仅14岁的班昭掀帘而出。

班昭向班固和他的两位弟子展示了另外一幅景象：书架整齐，简帛置放有序，檀香弥漫之中别然一个明净天地。

原来，“五岁诵诗，七岁通史”的小班昭，自九岁起就已时常潜入书库，通读经典，研习《史记》，并将其父兄积攒的《汉书》断简残稿重新分类编排，誊写如新。因为在她看来，父兄视之为生命的事业必定是有意义的，《汉书》也一定会像《史记》一样，流传千古。所以，她要做一个有心人，她相信《汉书》早晚会续写完成。

小班昭给了长兄班固一个意外的惊喜，《汉书》资料俱有，班固又开始写作了。然而，由于操劳过度，班固的身体却每况愈下。班固思忖着，欲在两个弟子之间为班昭选择一位丈夫。这样做，一来可以增加一名助手，二来一旦自己垮了，可以有人将《汉书》续写完成。

班固的两位弟子性格迥别。曹寿仪表出众，风流倜傥，且虽

然年少却以文辞华彩而朝野闻名。马续敦厚沉稳，心慧口拙，每因遇事顶真却又口齿表达不爽而成笑话。因此班固之爱，偏于曹寿。

豆蔻少女自然也耽于幻想。何况班昭，更把曹寿的才华和《汉书》联在了一道。于是，一桩婚姻，俄顷告成。

婚前的幻想化为婚后的失望，曹寿原来不耐治史寂寞而迷恋虚名事功，又因一篇大赋《圣德颂》受到年轻的皇太后激赏而被任用为朝廷御臣。曹寿从此出入宫廷，无心治史，又因动辄“数夜不返”而与班昭的感情出现了裂痕。后来，曹寿索性搬出别居，但究竟在哪里，竟又踪迹难寻。

倒是马续，十数年来始终勤勤恳恳地辅助老师治史，而且始终固执不婚。这倒也令班固兄妹于心生感激之余，不免隐隐忧患。班昭偶然相劝，马续均以“书不成，不言娶”避之。

二十载春秋既过，班固《汉书》未成，力竭而逝。一副重担，落于班昭肩头。

灵堂上，曹寿奔丧而来。此刻的他已全然不见当年的年少倜傥，而剩一副透明失血的病弱模样了。曹寿向班昭提出休妻，并直言希望班昭与马续结合。这在班昭听来，无疑是一种猜疑和侮辱，于是断然拒绝。曹寿表白他乃是出于诚意，是希望马续能够协助班昭完成老师未竟之事业。因为在他此刻的认识上，《汉书》是伟大的，而他自己所追求的一切都将是一场虚幻，他并且声称自己“才情已尽，不久于人世”。

曹寿的颓丧勾起班昭年轻时的幻想，她在反责自己“过于用心史书而忽略了夫妻情感”的同时，竭尽温柔地试图重新唤回曹寿的热情。然而一切努力均无济于事，曹寿终于像一个掏尽了才情的病夫，仓皇地辞别了班昭。

俄顷传来了曹寿溺水而死的消息。曹寿是抱着他那些曾经名噪一时的华丽文章而一同投入滚滚波涛的。曹寿沉江，文章逐水而逝，面对茫茫江天，班昭愈加坚定了完成《汉书》的决心。

为了著述的顺利进行，班昭致书邓皇太后，要求入内宫东观藏书阁，查阅史料，并表示“书不成，永不赎身”。

班昭的愿望得到了邓皇太后的批准，从此班昭深居内宫，潜心著述。

马续的意外到来，令班昭惊诧莫名。班昭无法想象一个男人何以进入森严的内宫？原来马续为了能够继续帮助班昭续写《汉书》，竟向汉和帝请求了宫刑，因此终于得以来到班昭的身边。

这是一种人生的大悲痛，更是一种人生的大情感。于是，这两颗纯真的心灵，这一对纯洁的伴侣，在超越了世俗的男女界别之后，重新建立了一种神圣的合作。风雨如晦，岁月如梭，《汉书》成了他们唯一的安慰，唯一的寄托。

《汉书》终于修成，无奈人俱老矣！霎时卸下了肩头重负的班昭和马续，执手相向，竟不知何去何从？于是，当他们回首韶华、惊叹白头时，禁不住悲从中来，泪眼滂沱。

同样老迈的邓皇太后召见了班昭、马续，并且有意要促成班、马二人的夫妇名分。班昭惊疑，邓皇太后何以如此熟稔她与曹寿过往的一切细末？皇太后告诉她，曹寿其实早就归她所有，只是碍于身份，不可能有所结果。曹寿临死时的那次返家，就是为了促成班、马的婚姻而去的。如今，邓皇太后希望了结这个夙愿，也是对自己往事的一个补过。

偌大的一桩秘闻，偌大的一个委屈，使班昭不禁面对这一个至尊至贵的神秘女人吐露了她同样隐埋很深的痛苦。这一种痛苦是属于任何一位正常的女性的。这也是不可原谅、无以补救的。

然而，一切终究成为过去，唯有皇皇《汉书》方是班昭一生的慰藉，它也是班昭与马续纯洁情感的结晶。检点往事，班昭自觉无羞无愧，她唯一感到抱憾的是面对长兄一般的马续。如果说班昭一生的奉献尚可以“继承父兄之志”作为安慰的话，那么马续一生所付出的巨大牺牲又是为了什么呢？思及于此，班昭唯有唏嘘呼号，唯有痛心。

痛定思痛，班昭仍然谢绝了皇太后的良苦用心，班昭称她“不能因为后人可能有的对于她名节瑕疵的议论，而点滴损伤于《汉书》

的圣洁”。

于是，班昭向马续施以三拜大礼，以酬谢他对于《汉书》和自己的忠贞不渝。

三拜是长歌，三拜是绝唱，三拜是永别……三拜过后，班昭躬伏着辛劳一生的弱小身躯，再也没有抬起身来……

班昭死了！

五、 关于剧作风格

与我个人的以往历史题材剧作风格有所不同的是，《班昭》拟于“历史感”与“传奇感”之间，偏重于前者，即偏重于“新编历史剧”的风格。这样做，一是希望增强历史感及可信性；二是希望形成此剧演出时的质朴与端庄的气质。这也是为了与这个题材、这个历史人物以及昆剧和张静娴本人的气质取得一种风格上的一致性的艺术需要。

因此，无论情节结构或文字表述，均强调朴实、沉稳大气和从容不迫。表层故事虽不刻意求惊求险，然人物深层却暗潮汹涌，激情澎湃。追求全剧最终形成的崇高人格力量和悲剧震撼力。

同时，也与惯常的昆剧表演有所不同，道白应当加强，韵白应予改造，程式力求唯美，力求出新，一切均以消除当代观众的形式隔膜感，构成情感与情境的共鸣为准绳。

唱词部分俱严格按照昆曲曲牌格律填词，以保证字、韵、腔调的和谐统一。

总体而言，继承性与探索性结合；历史感与现代感一致；不避雅，亦不避俗，相对偏重于雅。一切均以契合当代剧场和当代观众的条件和需要为原则。

六、 创作日程

1997 年 3 月下旬至 4 月初，听取创意反馈并确定创作。

4、5、6 三个月，深入研究史料并完成剧本初稿。

7 月份起听取剧本意见、修改，并完成付排稿。

此外，剧本一经通过付排，则希望与各环节主创人员及演员直接对话，以阐述剧本，建立共识，确保文学与艺术风格的统一和谐。

是为《班昭》剧本创意，谨望批评指正。

（原载2001年第6期《上海戏剧》杂志）

昆剧青春剧《一片桃花红》剧本创意书

【创想】

一片桃花红——剧名。

昆剧青春剧——全部使用年轻演员，强调青春气息、创新气息、唯美气息。

钟妩妍——美化了的主角名，弃用原来的“钟无盐”或“钟无艳”，也标志“老戏新演”“旧戏新编”。

桃花红——既是钟妩妍脸颊上的红胎记，又是全剧的色彩和寓意。

桃花源——钟妩妍出山前居住的家园。到处盛开着桃花，四季不败，更有桃花山、桃花水、桃花村、桃花女，真似一个远离尘嚣的世外桃源。可是，当年轻的齐王到来后，桃花源里不再平静，桃花红也不再为美，钟妩妍也终于在姐妹们的大实话中失去了原有的自尊和优越。末了，一切似乎又回复到过去，但那已经不再是一个“美丽的谎言”，而是一种心理和人格升华后了的认同，是一个美丽而真实存在的“时尚”，桃花源还是那个桃花源。

桃花女——钟妩妍家园的小姐妹们。她们呵护拥戴着钟无妍，故意以桃花红为美，自抹桃花，以此安慰有先天缺陷的钟妩妍。钟妩妍自小到大，一直都陶醉在这样的善意欺骗中。后来，齐王颁令全国，命齐国女子一律面涂桃花红，以此表明对钟妩妍的尊重，齐国也就此有了女子面涂桃花红为美的风尚。

【情节】

1. 一处无纷无扰的桃花源，两种有意无意的瞒与骗。桃花女说桃花红“美”，那是好心和善意的，钟妩妍也一直信以为真；而齐王这时来说桃花红“美”却是出自个人目的，他是存心的，因为他要借用桃花源的女兵解脱自己的围困。钟妩妍因为听惯了桃花女的赞美也推而相信了齐王。此前，齐王因为迷恋秦国美女蔺婵娟而与同样年轻风流的赵王争婚交战，结果蔺婵娟被赵王得到而齐王差一点儿送命。风雨飘摇之中齐王想起先王的遗命来找钟妩妍解围。初见钟妩妍，齐王先是嫌她丑，经身边的老臣劝告，这才换作一副多情模样迷住了天真无邪的钟妩妍。齐王也真是个混世魔王，几句赞美诗、一点小伎俩就把纯情少女钟妩妍的芳心给俘获去了。钟妩妍还真的以为自己是天造地设的绝世美女，以为她和齐王的相识乃是天作之合、前世姻缘。就连桃花女们也都被齐王风流倜傥的外表所迷惑而一个个走火入魔，那钟妩妍又岂能不晕？她当然会带领着桃花女们下山去为齐王拼杀。

2. 不幸的是，齐王的危机刚一过去，那个被俘获过来的美人蔺婵娟刚一主动投送到齐王的怀抱，原来的情景也就陡然变了。当钟妩妍眼见着蔺婵娟在齐王怀里撒娇撒泼而表示忿忿不平时，齐王居然拿一面镜子让钟妩妍对比着蔺婵娟照。钟妩妍不得不承认蔺婵娟确实是美的同时也不得不承认了自己脸上的缺陷。钟妩妍是在齐国宫女的一片讥笑声中，无地自容地“逃出”齐王宫、“逃离”那个曾经那样赞美过她的齐王的。

3. 回到桃花源，钟妩妍要桃花女们说出真话，可当真话真的说出来时，她却陷入了有生以来从未有过的痛苦和自卑的深渊。钟妩妍先是躲起来用刀刃刮脸，而后又下令桃花源从此不许再见桃花，桃花女不许再抹桃花红，她要独自蒙面度过一生。是钟妩妍最亲的奶妈劝止了她，奶妈也就此揭开了她的身世之谜。原来钟妩妍是一个天生带着桃花胎记、被生父母视为异物而抛弃在桃花源的，已亡故的桃花源主收养了她并成了她的养父。养父自小培养钟妩妍习文练武，就是要她长大成人之后能靠自己的本事做人立身。奶妈也告诉钟妩妍，养父其实就是名播天下的大隐士鬼谷子。奶妈看出来钟妩妍真正的内心痛苦，是她已经身不由己地爱上了那个她恨不能“嚼碎了”的年轻齐王。无忧无虑的钟妩妍本不知世间男人为何物，齐王是第一个走近她赞美她并亲吻了她的男人。忽然有人来报，齐国又出事了。原来是赵国趁着齐王陶醉在得到美女蔺婵娟的狂喜中时，偷偷袭击了齐国。齐王战败，蔺婵娟又转投了赵王怀抱。齐王只好再派老臣来向钟妩妍求援。面对齐国老臣的央请，桃花女们一片反对之声，而钟妩妍却出人意料地决定去救齐王。钟妩妍有一种极其复杂的心理。她似乎想证明什么并且还想得到什么，所以她不由分说，亲自带兵救齐。

4. 两军阵前，钟妩妍炫耀似地展示着各种武艺。她在赵王和齐王之间玩起一猫捉二鼠的游戏。她就是要逼着齐王改口承认桃花红是美的。她要他一遍又一遍地高声朗诵对钟妩妍的赞美诗，也要齐王说她比蔺婵娟更美一千倍、一万倍。这当然是齐王的拿手好戏。齐王不吝最肉麻的赞美语言，寻章摘句，花言巧语，而且煞有介事，表情认真，把个钟妩妍听得心花怒放，愈战愈勇。天真而又好胜的钟妩妍还真是相信了齐王的肉麻吹捧。她也终于打败了赵王，救出了齐王。可是考验紧接着就来了，蔺婵娟作为齐王的战利品自然又回归到齐王的怀抱。齐王在两个女人之间结果还是选择了蔺婵娟。作为弥补，齐王提出与钟妩妍兄妹相处。这对于钟妩妍的自尊心无疑又是一轮打击。尤其当她亲眼看着蔺婵娟和齐王在卿卿我我、恩恩爱爱时的那一番情景，更是怒火填膺。钟妩妍又如何能忍得下这一口怨气、恶气？她叱责齐王花言巧语，出尔反尔，并且拒绝兄妹，非要夫妻。齐王表示很为难，不留意间又说出了桃花红其实并不美丽，他说刚才只是为了摆脱危机不得已曲意奉承赞美钟妩妍，还让她不要当真。齐王言罢，竟然挽着蔺婵娟扬长而去。钟妩妍孤零零地被齐王冷落在厮杀后的战场上。她尝到了被人无情抛弃、被人狠狠“涮”了一把的痛苦滋味。

5. 回到桃花源，钟妩妍的心态彻底毁了，她被失败和自卑的阴影死死纠缠着、噬咬着，整日整夜痛苦哀伤，不能自拔，她甚至病了，桃花源再也没有她的笑声。受她的感染，桃花源到处都像死一般的寂静。谁也不曾料到，齐王的老臣竟又到了。这一回，老臣使用了正话反说之计。老臣说他是来投奔桃花源的，因为齐王又出事了，这回恐怕连性命也不可能保住，虽然齐王后悔得不行，但他已无脸面来见钟妩妍，只是带了一句话来，“来生续缘”。老臣说齐王这是自取倒霉，活该活该！听了老臣的诉说，钟妩妍居然不动声色，她甚至不听奶妈的苦劝，执意要赶走满身是伤、瘸了一条腿的年迈老臣。老臣孤零零地走后，奶妈责备钟妩妍，桃花女们也批评她做得太过分了。

6. 牢监里，老臣来探齐王，告诉他钟妩妍的态度。齐王后悔了，但他知道事情已经无法弥补。赵王也带着蔺婵娟来嘲笑齐王。齐王那叫后悔，后悔得恨不得毁了自己的容颜。赵王和蔺婵娟走后，齐王真的修了一封情书给钟妩妍，他向她道歉，表示了自己的后悔，并预约“来生续缘”。谁知，钟妩妍早已化妆成狱卒混在牢监里，齐王的话她当然都句句听见。可是，钟妩妍并没有丝毫动心，她承认自己的容貌在齐王眼里也许是不美的，她也不想再强迫取得齐王的欢心，但她还是要感谢齐王，是齐王破除了桃花源的谎言，使她真正了解了自己，尝到了“真实”的严肃和冷酷，通过齐王，她也更懂得了复杂的人生。当钟妩妍出于大义，亮出身份，舍命救出齐王和老臣之后，则如一阵轻风，飘然而去。

7. 又是桃花源，已是恢复了勃勃的生气。钟妩妍经过了痛苦的历练，更加成熟，也更加热爱桃花源的一切。齐王来了，他也成熟了，他只想真真切切地看一看钟妩妍，正视她脸上的那一朵桃花红究竟是美是丑？这是真正的心灵注视和男女对目。在经历了风风雨雨过后的齐王眼里，竟涌出了真诚而动人的泪花。此时此刻齐王眼中的钟妩妍，竟有一种从不曾发现的娇好，甚至她那常人视为异样的桃花红，竟也那么美丽、那么别致、那么独一无二。齐王长跪不起，虔诚地向钟妩妍道歉求婚。钟妩妍不敢再相信齐王的赞美，她冷冷地拒绝了齐王。正在此时，蔺婵娟又被捉来了，原来赵王已死，她又被捉来侍奉齐王。齐王拒绝蔺婵娟，甚至不愿再多看她一眼。

而意想不到的是，蔺婵娟竟也不愿再侍奉齐王。蔺婵娟道出自己原是秦王的一张牌，她被秦王抛来掷去，就是要引起齐国和赵国的矛盾，让他们打来打去，两败俱伤，而后乘虚而入，称王称霸。蔺婵娟声泪俱下的哭诉，竟也道出了一种战乱年代里美人命运的无奈和痛苦。她说她不仅深深崇敬钟妩妍的武功和人品，更以一个女人的视角赞美了钟妩妍脸上那一朵灿烂明艳的桃花红。她说她也有自己的恋人和爱情……蔺婵娟的话竟把大家都感动了。在众人的掌声里，钟妩妍与蔺婵娟结成姐妹，并由桃花女兵护送她回归秦国，蔺婵娟也要去寻找属于她自己的爱情归宿。于是，钟妩妍答应了齐王的求婚，有情人历经风雨，终成眷属。

8. 美的仪式、美的眷属、美的桃花、美的面容……一片桃花红！

【主要人物】

钟妩妍（武旦）　齐　王（小生）　蔺婵娟（闺门旦）

老　臣（花脸）　赵　王（武生）　奶　妈（彩旦）

【步骤】

1. 誊好复印后，转送张军、吴双、蔡正仁老师、张静娴老师和团领导阅读。

2. 本月 20 日前后，以上各位共同讨论一次，听取意见。

3. 如风格样式得到认可，即签订协议书，可望于春节前后写出剧本初稿。

（写于 2002 年 12 月 14 日）

重读《班昭》

《班昭》剧本创作于 1997 年，2001 年上海昆剧团首演，此后我又创作了多部戏曲，可是这几年最能触动我心境的，还是《班昭》。

无论重读《班昭》的剧本，无论重睹《班昭》的演出，甚至一走进《班昭》的排练场，一听见《班昭》的唱腔旋律，我就会迅即沉浸进去，会油然生出一种悲苦和静穆的感动。有时候，我都想回避它，不是想回避《班昭》这出戏，是想回避自己曾经的悲苦内心。

20 世纪 90 年代中后期，中国知识界经历了一场“人文精神”的大讨论，在波涛汹涌的商品经济的浪潮冲击下，传统的人文知识分子一时愕然不知所措，面对既定人生价值的被崩解，被嘲笑，不得不重新思考出路，讨论尊严。《班昭》剧本，就是我对那场讨论的关注和发言。其时，我也同样面临着“坚守职业岗位”和“重新寻找出路”的两难选择。一方面，投身多年的传统戏曲艺术在时髦的商业化风气的无情推搡下，已经步履蹒跚，踉踉跄跄，而试图以一己之热诚来保卫并延续她高贵尊严的戏曲家们，又显得那么的自作多情和无能为力。另一方面，个人生存条件的清苦与创作环境的艰难，都使自己产生了动摇，想另择高枝，洗手不干。久久盘桓思虑的结果，竟凝成了一部昆曲《班昭》。

班昭，名姬，字惠班，约生于公元 49 年，约卒于公元 120 年，约在世 71 年，她与她的父亲班彪、长兄班固都是东汉时期著名的史学家和文学家。司马迁生前著《史记》，虽屡遭困厄，死后却声名日隆，直至被神化。汉室明令禁止续写《史记》。班彪作《后传》，班固作《汉书》，都曾获罪坐狱，他们的作为被视作“狗尾续貂”，是对“史圣”司马迁的“大不恭敬”。因此当时对《史记》的续编，多是冒着杀头的风险在不敢公开的情形下所进行的“地下作业”。班昭目睹了家族著史的悲喜艰辛，在班彪、班固先后过世，班固《汉书》尚余部分未及完成的情况下，与马续一起，最终完成了《汉书》的全部工作。

《史记》的记述止于汉武帝太初年间。《汉书》则上起汉高祖元年，下迄王莽地皇四年，它完整地记述了西汉共计 229 年的全部历史。其“包举一代”的史笔，开创了我国纪传体断代史的先河，并成为后世纪传体史书的准绳。可以说，《汉书》是继司马迁《史记》之后我国古代史的又一部伟大经典，它是构成后来古代正史的一个重要环链。而面对《汉书》这样一部皇皇史著，班昭却是一位默默的耕耘者，尽管她为《汉书》作了很多艰苦的创造性的工作，她也为《汉书》的最后修订和注释支付了许多沧桑岁月，但是她却选择了“匿名”，选择了“奉献”，她是自觉地把自己有限的个体生命无形地融入了不朽的文化积累与精神创造之中，她是中国古代文人尤其是女性文人自我修行和自我实现的楷模和象征。

所谓“文人操守”，一直以来，都是中国古代文人和近代知识分子探究不尽的人生课题。我想，文人的所谓“操守”，大概包含两个方面。一是职业的操守，包括对于学术与学问、事业与职业的执著与追求，他必定是严肃认真和负责任的，不会因为急近的功利而动辄变更。二是人格的操守，包括对于理想、信念、道德、国家、民众的忠诚，尤其当这份忠诚面临诱惑、面临消解、面临危险的时刻，依然能够保持住意志的坚定和对于崇高的向往。唯有在这两方面的自觉追求和不断完善，才有可能通向完美，到达崇高。昆剧的《班昭》，就是试图塑造一位崇高的“文人”。

其实，班昭所生活的时代和她所身处的环境，也与我们当下所熟悉的某种风气与人物暗合。所谓“天下熙熙，皆为名来；天下攘攘，皆为利往”。在突然而至的物质利益的诱惑之下，“躲避崇高”“回避深刻”“消解价值”，一时间居然形成口号，变为时尚。正因为古今气场的某种贯通遇合，才使得以古老而典雅的昆曲来演唱的《班昭》更具有某种令今人感动的力量。从这一层意义上来说，新编历史剧《班昭》，既是可能属于古代的，也是可能属于现代的，它其实就是历史人物的当代素描与心灵写照。

时至今日，我对演出《班昭》的上海昆剧团和扮演班昭的张静娴女士，真的是满怀感激之情。是他们在我职业的犹疑之时与人生的困顿之秋，殷勤邀约并执著激励我写作了《班昭》。因为这一部《班昭》不只是在我的剧作中又“多”了一部昆曲，而更有意义的是它及时地记录了我作为一个当下知识分子在一段特别的历史时期与特殊的人生阶段所经历、所感悟的某种“真实的记忆”与“真诚的思考”，这才是最值得珍惜的。

当然，我也因为《班昭》而认识了昆剧，认识了上海昆剧团。我在蔡正仁、岳美缇、计镇华、顾兆琳、顾兆琪、梁谷音、张洵澎、刘异龙、王芝泉、方洋、张铭荣以及张静娴、李小平等艺术家的身上，分明看到了一代昆剧人为了传统艺术历经50年风吹雨打而始终如故的坚贞与守望，《班昭》所努力要传达的生命情调与精神风姿，也正是这一代昆剧人的艺术写真，是他们毕生安于清贫、甘耐寂寞，坚守昆剧岗位并传递戏曲薪火的集体影像。

每一次重读《班昭》，都有种“熟悉的陌生”和“陌生的熟悉”。曾经的感动不曾因为时间的流逝而稍有麻木，曾经唤醒的责任也不会因为作品的早已完成而稍减认真。相反，《班昭》于我更像是一种自镜，一种联想，一种警诫。所以，我在每一次感动于《班昭》的同时，也每一次地感谢着《班昭》。

（原载2004年11月10日《文汇报》）

甬剧《典妻》与地域文化

——致“中国戏曲学会奖”甬剧《典妻》学术研讨会

尊敬的薛若琳常务副会长并致与会各位领导、专家：

今天是甬剧《典妻》被正式授予中国戏曲学会奖的学术研讨会议，我作为《典妻》一剧的编剧，也作为学会的常务理事，因为参加上海艺术家赴欧洲考察团活动，尚在异国途中，不能赶赴现场，聆听教言，深以为憾！

感谢以史小华为局长的宁波市文化局，感谢他们领导、组织并实施了甬剧《典妻》的一系列创作演出事务；感谢宁波市艺术剧院及甬剧团，感谢他们为我和所有参加《典妻》创作的外请艺术家们提供了宽松的实验环境和良好的创作条件，并且始终不渝地给予外请艺术家们以最真诚的信任。这是甬剧《典妻》能够一路走来，不断取得进步的坚实保证。

感谢以曹其敬导演为首的二度创作班子和以王锦文为领衔主演的甬剧《典妻》的全体演职人员，正是依赖于他们的智慧创造和不懈努力，《典妻》才呈现出现在的舞台风貌，构成了今天的研讨话题。而作为《典妻》的剧作者，我还要感谢已故的宁波籍作家柔石先生，如果没有他的小说《为奴隶的母亲》，就没有今天的甬剧《典妻》。

感谢中国戏曲学会授予甬剧《典妻》以“学会奖”的至高荣誉。甬剧《典妻》能够获得如此珍贵的奖项，原是我所不敢奢望的。她体现出了中国戏曲学会对于中国地方戏尤其是地方弱小剧种的尊重与关怀，体现出了中国戏曲学会旨在推动中国戏曲艺术整体向前发展的理性的学术风度。学会的顾问汉城老、厚生老和学会的副会长薛若琳先生、龚和德先生、王安葵先生、王文章先生、周育德先生、叶长海先生等，都在甬剧《典妻》创作和修改的各个关键时刻给予了最中肯的批评与最切实的帮助。学会核心学者的德高望重，更令我们对学会奖肃然起敬！有关《典妻》，我只表达一点个人的体会，这个体会，也是我参与其他地方戏剧创作实践的共同感受。我想，一座城市，一种地方戏，往往就是一种地域精神或者地方风情的传承接应。甬剧之于宁波，就如绍剧之于绍兴、婺剧之于金华、瓯剧之于温州，也如曲剧之于老北京、沪剧之于老上海、评剧之于老天津，都是一种城市历史神韵的遗留和延伸。她们的声腔与表演，风格与特性，对于当地观众来说都是其他外来剧种所不能替代、不能比拟的。失去了她们，也就失去了一座城市的某种历史和某种记忆。宁波甬剧在宁波地域的将近 100 年的发展历史，恰好对应着宁波城市市镇文明和市民生活情态的各个阶段。因此，看到或听到不同时期的甬剧，就会使我们自然而然地联想到相同时期的宁波，联想到宁波在相同时期的城市风情和市民心理。这种对于宁波城市与宁波历史的深刻的精神认同感和归属感，不仅宁波当地人有，外地人也会有，生活在异乡甚至漂泊在海外的宁波籍或宁波帮人则更为强烈。如果从这个意义上来认识甬剧，认识我们的地方剧种，那么，保存宁波的甬剧就是保存宁波市的人文历史，保存宁波在过去、现在或将来的某种生存方式及情感风俗。如果说，宁波的天一阁和天童寺等都是宁波市珍贵的“物质文化遗产”的话，那么，宁波甬剧也就是宁波市珍贵的“非物质文化遗产”，保存宁波甬剧也和保存宁波天一阁和天童寺一样，是宁波市每一届政府及宁波市每一位市民所不可推卸的义务与职责。

看待甬剧的流行区域，其实可以有两种眼光和理解。狭义地看，甬剧属于滩簧剧种，只流行于江浙的部分地区，属于弱势的地方戏，营盘不大，市场也很有限。但从广义的角度分析，情况则不然。回顾历史，宁波甬剧曾经风行于大上海。70 年前，随着宁波商人大量地抢滩上海，移民上海，甬剧在上海的剧团最多时竟达十余家；20

世纪60年代初，甬剧创作的优秀剧目《半把剪刀》《天要落雨娘要嫁》等也曾演遍江南，红及全国；而今都市新甬剧《典妻》又重返上海，再现繁华，并且在短短的两年中，于宁波和宁波以外的不同城市与地区累计热演了60余场，尤其赢得了大量非宁波籍观众和非甬剧甚至非戏曲常规观众的喜爱，赢得了良好的社会反响和较高的票房收入。由此看来，宁波甬剧的可流行范围并不只限于习惯理解中的江浙一隅，她其实有着更为广阔的拓展空间。宁波的甬剧如此，全国的其他地方剧种也是如此。而随着宁波市城市地位的不断提升和宁波市文化功率的不断释放，也随着宁波市甬剧团源源不断地创作出具有当地城市精神和当代时代品格的优秀作品，宁波甬剧一定能够得到更好更快的发展。这样的甬剧就既是属于宁波的，也是属于中国的。我期待着宁波甬剧发展的明天。

谢谢！

（原载《探索与追求——〈典妻〉评论集》中国戏剧出版社2004年版）

京剧《李清照》“三言”

一、剧本自言

1991年，应越剧艺术家傅全香老师之约，我与徐进先生合作编写了越剧电视剧《人比黄花瘦》；2000年，我为南京越剧团重新创作了越剧舞台剧《李清照》。实在说，与徐进先生合作的《人比黄花瘦》惠及了南京的《李清照》，而南京的越剧本直接就是京剧《李清照》的文学底本。所以，我应该回过头来对徐进先生和南京越剧团道一声感谢！

越剧的底本转换成京剧的演出本自然又有调整。一是情节：京剧本删除了越剧中有争议的人物——张汝舟，化用为一个朝廷的公公，作用相似，但避开了李清照改嫁的话题。二是意蕴：越剧表演的风格比较江南气，舞台飘逸、秀美，但底蕴不深，凝重感不足；京剧则在保留清照词婉约风情的同时有意要找回一些中原地域的厚重骨质。越剧长于“小家碧玉”，京剧长于“大家闺秀”，这也是不同剧种在风格上的不同追求。此外，越剧曾因演出篇幅的限制删减了剧本里的一场戏，即“第七场”，京剧也补上了，这使全剧的体现更为完整。

《李清照》剧本结构采用诗词连缀的方式，即选用李清照本人于不同时期不同心境下创作的13首原词原诗，串连起她漫长而起伏的一生。在这里，剧情只是李清照诗词的演绎或者延伸，采用的是女词人自己的视点，主观化、个性化、抒情化，同时结合史料，适度想像，尽量少编织情节，少介入个人评价。我想，李清照的诗词才是李清照人生的最真实的说明，而创作者不过是怀着一份敬慕与小心，去体察，去理解，去赏析，去共鸣……仅此而已。如若还有什么现代题旨需要融进的话，那也是李清照人生本来就已包含的——对文化、对人生、对文化人人格尊严和精神的自觉捍卫与守望。如此，李清照便不仅仅属于她的那个时代，属于她的个人，她也同时属于生活于今天的我们。

二、 演出感言

2003年3月的一天，我接到上海京剧院好友李军的电话。他问我明天是否在上海，我说在呀。他说济南京剧院李青夫妇将来拜访我，想移植我的剧本《李清照》。我说太突然了吧，他说机票已经买好了。果然，第二天李青、何振清夫妇便来到上海与我见了面。初一接触，我感到他们并未做好准备，对于排演这样一出戏，他们似乎还只停留在冲动的阶段。我说，排演这样一个文化含量较高的剧本，你们起码要做好怎样怎样的准备，否则不能轻易启动。他们很认真地在听，很认真地在记，也很认真地在想。

整整过去了一年，李青夫妇杳无音讯，我也早把这事给忘了。2004年3月的一天，他们忽然又来了电话，而我当时身在北京。他们异常兴奋地在电话里告诉我，一切都齐备了，就是要马上去见你！不由分说，他们于第二天就和两位做生意的朋友开车去了北京。再见面，但见他们夫妇谈笑风生，意气风发，迫不及待地就要和我签订剧本改编协议，还预付了订金。我一看架势，心想大概是准备得差不多了。于是也立马兴起，当即邀约在京的著名导演黄在敏兄和灵光四射的黄依群小姐，并且火急电邀二度创作的专家舞台美术周本义、灯光设计邢辛、作曲赵润、服装造型设计孙耀生与戴修玲夫妇等人加盟，好在各位都是与我经常合作的良友，一经邀请，马上响应，真可谓雷厉风行。我们约定了半月之后，济南会师。

真是不到济南，不知问题之严峻。实话实说吧，李青夫妇以为的"时机成熟"，其实根本未到时机。他们实在是把创排一出新戏看得太过简单。且不说当地文化部门并未将京剧《李清照》列入年度投排计划，就是济南京剧院也没有为上马此剧准备任何资金。所谓的排演经费，仅仅是他们夫妇正在估价上市的一套私人住宅和两位喜爱京剧的企业家朋友口头承诺的“赞助”。再深一步了解剧院的演员、设备、场地等所需的相关资源，一行人立马凉了半截。

当夜无人入睡。怎么办？是“留”还是“撤”？一行“专家”就像一个集体的哈姆莱特，叹息、犹疑、彷徨……

不过最后我们还是决定留下来，而且坚决留下来。这基于两点：一是对李青的同情——一个普普通通的京剧演员，出于对京剧艺术的痴迷，出于对当地古人李清照的景仰，苦苦寻觅剧本，梦寐以求着想塑造一个属于自己的角色，终于看到了喜欢的剧本，生怕一眨眼没了，为此寝食不安，四处求告，无奈之下不惜变卖私宅，这份虔诚，这种决绝，当今戏曲演员中能有几人？而我们这些被戏曲滋养着，被演员们称为“专家”、尊为“老师”的人，又怎能袖手旁观？二是对济南市文化部门领导的信任——尽管京剧《李清照》本不在预期的计划之内，尽管各地的文化经费都同样有限，并且这个项目又相对较大，来势又匆忙，然而济南市文化局、济南京剧院还是迅即作了调整。他们不仅中止了李青私宅的出售，肯定了他们夫妇为京剧艺术所付出的勇气和决心，更是凝聚了队伍，挪移了经费，落实了赞助，吸引了投资，想方设法在各个方面保证京剧《李清照》剧组的正常运行，保证《李清照》在济南的顺利首演；此后又不断地组织演出、讨论、修改、提高，直至入选第四届中国京剧节。

即便如此，京剧《李清照》还是我们所经历的最为艰难也最为艰苦的一次创作……不过，事后我们却都很感谢济南市文化局的各位领导，感谢他们在最仓促的时间里有力地支撑并且有效地领导了《李清照》的排练和演出；感谢济南京剧院，感谢他们在各方面条件都很困难的情形下，齐心协力，刻苦认真，最终达到了导演对此剧艺术质量的基本要求，与此同时，他们也经受了一次集体创作的严峻考验；感谢李青，感谢她对京剧艺术殉道般的质朴情感。这份情感，自始至终感染着并推动着包括外请创作人员在内的全体剧组，成为《李清照》剧组的凝聚力量，而她本人也通过《李清照》的创排，提升了自己的表演艺术和人生品格。

我想，我，在敏兄，包括参加了《李清照》二度创作的朋友们，我们是能够体会到济南京剧院《李清照》在参加了第四届中国京剧节，并且获得“优秀剧目奖”和李青的“表演奖”时的真心喜悦的。因为我们经历过和他们的朝夕相处，目睹了他们日常生活与演出的真实景况，或许，在京、津、沪等大院团不足为道的这些奖项上，在他们却是无比的光荣，因为他们是在竭尽了集体的全部努力之后，才赢得了中国京剧界对他们的关注与尊重。

三、 京剧建言

近年间，我曾先后与三个京剧院团有过合作：上海京剧院的《宝莲灯》，江苏京剧院的《西施归越》和济南京剧院的《李清照》。三次合作，三种境况，令我感慨颇多。

上海京剧院自然家大业大，人才济济。我接受《宝莲灯》剧本创作时已然是第三个版本，此前两次投入，每次总在一两百万，都已先后立在舞台上演出过，但因为每次都调换了不同的编剧和导演，因而每一次都必须是推倒新创，这对剧院的财力、物力以及心理承受力无疑都是考验。我那第三版本的演员是史敏、李军、奚中路、严庆谷、胡璇，清一色的中国戏曲研究生阵容，二度创作与舞台制作更是绝对精美，堪称一流。

江苏京剧院也是大牌剧院的底子，基础深厚，实力犹存。《西施归越》更是瞄准了要齐崭崭推出一代新人，像李洁、严阵、李为群、董媛、徐梦珂等，都是通过《西施归越》崭露头角，引起关注，而今成长为京剧界的耀眼明星。江苏京剧院当时的决策的确是大手笔的，因而也就不计成本，不遗余力。在天津举办的首届中国京剧节上，《西施归越》果然如一匹杀出的“黑马”，让人猝不及防，耳目一新。

济南京剧院与上海、江苏相比，则明显捉襟见肘，无论从他们的剧目储备、演员阵容、剧院设施以及创排新剧目的能力等各个方面来作比较，都毫无优势可言。很长的时间里，他们游弋在中国京剧的边缘，也游弋在城市剧场的边缘，中国京剧乃至中国戏曲近一二十年间究竟发生了什么变化，似乎都与他们无关。堂堂京剧院居然没有像模像样地参加过山东省的戏剧会演，他们是被当代京剧也被他们自己彻底地边缘化了。全院演员中仅有一位国家一级，尚无人获得过中国戏剧的“梅花奖”“文华表演奖”和中国戏剧节的“优秀表演奖”。及至《李清照》开排，全院上下竟苦于找不出一个花旦，无奈之下只好向吕剧院借了一位女演员。人才匮乏如此，可见一斑。

第四届中国京剧节举办期间，我在上海接受《瞭望东方周刊》的采访。我把中国京剧的专业艺术院团分为三个不同级别的“军团”，而我先后合作过的上海京剧院、江苏京剧院、济南京剧院，正好分别归于三个“军团”。

“第一军团”如中国京剧院、上海京剧院、北京京剧院、天津京剧院，这四大剧院无疑属于同一“军团”，地处中心大都市，根基深厚，实力雄健，人才集中，明星璀璨，代表着中国京剧的国家形象和顶级水平。

“第二军团”如江苏京剧院、湖北京剧院、山东京剧院、云南京剧院等省属重点京剧院团，一般地处省会城市，建院时间较久，当地京剧基础比较好，历史上曾积累过优秀创作剧目，当地政府予以特别扶助，人才的培养能力与新剧目的创作能力都相对比较强，不间断地有新戏创排和新秀推出，在保持地区优势的情形下，偶尔构成对“第一军团”的冲击。

“第三军团”则如济南京剧院等大批的地市级京剧院团，当然也包括地处较为偏远、基础较为薄弱的一部分省级京剧院团，如内蒙古京剧团、广西京剧团、河南京剧团、安徽京剧团等。这些京剧院团大都条件艰苦，生存艰难，发展不易，有些早就仅存招牌，名存实亡。一般情况下，中央对京剧的扶持政策惠及不到他们身上，与当地的地方戏竞争又处于劣势，仅凭自己的财力，很难排得起上点规模的新戏，更难的是留不住优秀的表演人才。如此年复一年，艰难维持。即便破釜沉舟，绝地一搏，悲壮地挺进一回京剧节，也都因实力不强，角儿不硬，在第一、第二“军团”的瓜分中颗粒无收，铩羽而归。透支的财力、体力与心力反而愈加难以支持。

若从全国京剧院团和从业人员的总数量上看，“第一军团”所占比例为10%，“第二军团”为20%，“第三军团”则为70%。但是在人才拥有尤其是优秀表演人才的拥有量上，“第三军团”与“第一军团”恰恰形成了一个反比，即“第一军团”和“第二军团”搜罗了中国京剧界几乎所有的优秀表演人才，而支撑着中国京剧大营盘的整个“第三军团”几乎没有顶尖的人才。优秀京剧表演人才对于支撑各地京剧院团的演出和创作来说，又是决定性的。且不说第一、第二“军团”占尽了国家对京剧扶持的种种天时、地利，更是从已经贫弱的“第三军团”不断地攫取人才。“第三军团”的人才源源不断地被第一、第二“军团”挖走，“第二军团”面对被“第一军团”挖掘的同时也把手伸进“第三军团”，于是乎，强者愈强，弱者愈弱，因此构成中国京剧整体发展极其不平衡也不平等的“生态链”。如此生态场里举办的“中国京剧节”，岂不等同于“富人俱乐部”？这是应该引起有关领导部门注意并采取对策的问题。

过去的状况并非如此。在我的记忆中，以前京剧表演人才的分布是比较均衡的。纵使到了“文革”以后，但凡京剧院团都有自己的名角或者招牌演员。早些的如杭州盖叫天，昆明关肃霜，西安尚小云，南京梁慧超……后来的如济南方荣翔，苏州胡芝风，兰州陈霖苍，太原李胜素……这些著名演员的名字和艺术，都是与那座城市和那个剧院的风格紧密联系在一起的，而现在，逐渐虚空了，漂浮了。

一方面，“第一军团”依托着大都市、大市面需要凝集大批的优秀演员，而被凝集起来的优秀演员又往往因为人才拥挤被迫长期闲置着，体态渐宽，青丝渐白；另一方面，大量的“第三军团”队伍，甚至也包括并不安全的“第二军团”，亟需要使用优秀演员，以此来维持水土，发展艺术。由此形成的金字塔形生态结构，已经日渐显现出基础的松瘫。长此下去，被诩为“国剧”的京剧将失去她在全国的土壤，而仅存的“第一军团”或少量存在的“第二军团”则不能涵盖全国，而只能改称为“大城市的剧种”了。

从关注当代优秀京剧演员的人才分布着手，关注当代京剧院团的普遍生态，进而把对京剧重要院团的特殊养护推及对京剧行业的整体扶助，这样，或可有益于“国剧”在中国的普遍复苏。

（原载 2005 年第 2 期《中国京剧》杂志）

“都市戏曲”的自觉探索

——关于“都市新淮剧”《金龙与蜉蝣》的创作

20世纪，淮剧在上海曾经经历过五六十年代的辉煌；到了80年代中期，随着城市旧区的改造和苏北籍人的逐步本土化，作为移民剧种的淮剧已经呈现出明显的颓势；艰难撑持到90年代初，其在上海戏剧界的地位和在上海戏曲观众中的影响力，均已下沉到了谷底；一度，上海淮剧团近于瓦解边缘。

穷则思变。1993年5月，一部张扬着“都市新淮剧”旗号的淮剧新作《金龙与蜉蝣》在上海横空出世，一炮打响，一举摘得当年度“上海新剧目会演”唯一的一部“最佳剧目奖”。随后走四川、晋首都、下江南、渡台湾，一路激流勇进，凯歌高旋。仅仅一年之中，几乎囊括了全国所有的戏剧类奖项，累计达40余种。当年有这样一句流行语：“不看上海淮剧《金龙与蜉蝣》，不知'93中国戏剧新潮流”。可见影响之巨大。

的确，上海淮剧奇迹般地重新崛起，深深震撼了整个中国剧坛。上海淮剧团也就此恢复了元气。“都市新淮剧”《金龙与蜉蝣》以及此后的“都市新淮剧”《西楚霸王》所倡导的“都市戏剧”理念，对于上海戏剧乃至全国戏剧的艺术创新和理论发展都提供了有益的借鉴。该剧获得成功的经验至少包含三个方面。

第一，人才的集聚。

上海淮剧团于1991年以优惠的住房待遇和艺术创作的高度信任委托把我从上海越剧院“挖”了来，而我原就是从苏北引进上海的，熟悉淮剧，对淮剧有感情，有过六年专业从事淮剧演员和编剧的经历。调入淮剧团后，我的确有一种振兴淮剧、报答淮剧团的责任感。当时，我的周围有一群志同道合的年轻戏剧人，而这批年轻人正处在一种等待机遇、集体爆发的态势。如梁伟平、韩生、伊天夫、韩林根、郭小男、徐素、莫小敏等。他们或正在读研究生，雄心勃勃；或正在外地小剧团雪藏，默默无闻。上海淮剧团和上海的大舞台适时为他们提供了施展才华、脱颖而出的机遇，因此他们多年积累的经验和长期被压抑的激情，通过《金龙与蜉蝣》的创作，淋漓尽致地得到施展和释放。这批人后来大都成长为上海戏剧舞台各个创作门类的核心骨干。

第二，观念的创新。

我们当年为淮剧《金龙与蜉蝣》所设定的“都市戏剧”理念，开始时并不为戏剧界所接受，但是随着该剧的艺术影响越来越大，全国许多剧种和剧团也纷纷响应和效仿。如后来的“都市新粤剧”、“都市新甬剧”、“都市黄梅戏”、“都市新豫剧”等，纷纷举起了“都市戏剧”的旗帜。这证明，衍生于农业文明土壤中的中国戏曲，必然要完成它向现代都市文明的转型。而上海淮剧《金龙与蜉蝣》率先实践的“戏剧都市化”理念正是具有一定的实验性和先进性，它也折射出上海都市在全国现代化和城市化进程中所象征着的先导地位。

第三，扶持的有力。

如果说当年一群青年新锐创作《金龙与蜉蝣》带有一定的偶然性的话，那么，当它走出上海、轰动全国、不断扩大影响和收获成功的时候，则离不开上海市文化部门领导的支持和上海城市地位的支撑。尤其当新人和新作品刚刚冒头的时候，更是遭遇了戏剧界内部的怀疑、争议甚至有意无意的压制与诋毁。新人才、新作品、新观念很可能在初生时即告夭折。但是，上海市各级文化部门领导理性而坚定地支持了一群年轻人的创造，支持了新观念戏剧的诞生，使这个初生“宁馨儿”健康成长，也保护了当时头角峥嵘、意气风发、敢于创新突破的一批年轻戏剧家，同时，把这个新作品推荐到全国的各大赛事上，让它代表上海戏剧界亮相评奖，送到首都等全国各大城市去演出，让它经受检验，扩大影响，最终，奠定了“都市新淮剧”和《金龙与蜉蝣》在中国当代戏剧发展史中的地位。当时的中央和上海市领导胡锦涛、吴邦国、曾庆红等都观看了现场演出。江泽民则要求上海卫视播放，观看了全剧转播。胡锦涛在北京接见剧组时说：“这出戏是传统艺术与现代艺术的结合，民族戏剧与世界戏剧的结合。中国戏剧越往前走越会感受到这出戏的影响。”这番话，是对“都市新淮剧”《金龙与蜉蝣》的最好总结和最高评价。

（本文于2006年应上海市政协文化调研撰写）

新手上路

——电影剧本《伐楚》创作弁言

上海文广集团斥资一亿元，用时三年，向全国征集优秀影视剧剧本，2006年底公布了征集结果。我与宋继高先生合作的电影剧本《伐楚》有幸获得评委会推荐的电影类剧本第一名。在与上海文广集团草签拍摄协议的新闻发布会现场，记者向我询问了三个问题。现在，我把这三个问题写下来，重新作答，作为剧本发表时的补白。

第一问，《伐楚》写了什么？

《伐楚》是一部历史剧，描写的是耳熟能详的伍子胥复仇的故事。这个故事在中国戏曲中表现得比较多，最著名的如京剧的《文昭关》。这些年在先秦题材创作的影视剧里，也多见伍子胥的戏份，但是直接表现伍子胥复仇事件的创作，似乎还没有。

我从小就爱读《东周列国志》，这本书是我家里翻得最多也最破旧的一本书。尽管后来我也买过几个新的版本，但是我还是习惯读那个繁体的竖排本，好像不如此不便于我感受那些早已熟悉了的情节和事件，不如此不便于我亲近那些令我痴迷让我陶醉的男人和女人。说实话，我喜欢那个时代，喜欢生活在那个时代里的人，喜欢那个时代的气场和附在人身上的精神，那是我眼中的一个大时代。伍子胥就是这其中的一员。你看他血性、刚毅、偏执、顽强，还有信念、敢承当，是个顶天立地响当当的英雄汉，哪里像我们戏曲舞台上那个儒生风度文人化了的士大夫？我们在对先秦故事的演绎中，其实早就失去了原来的生气。

从人人同情的“忠臣孝子”到人人痛恨的“叛臣逆子”，是典型的伍子胥式复仇的悖论。这也是一种现代解读的立场。当一种个体冤屈演化为复仇狂飙并被激情推助无限蔓延开去的时候，复仇与正义就走向了它的反面，从而异化为报复与罪恶。回望两千年前的那一场伐楚之战，不正是伍子胥所代表的家族个体向自己的故国楚国实施的一场惨绝人寰的疯狂屠杀么？吴国战车碾过的岂止是楚国的疆土，它同时也碾碎了伍子胥曾经效忠的家国，碾碎了伍子胥生而为人的尊严与人格。这是多么触目惊心的历史现场，多么发人深省的历史真实。

作为伍子胥膨胀着的“恶”的对手，鱼鳞儿是另一个“善”的“忍者”的化身。这个因为“恨”而诞生的畸形儿，却如一个在“爱”中滋养的宁馨儿，他以他的克制、容忍和自我牺牲唤醒了那个已然泯灭了人性的父亲。坦白说，这个形象不独来源于墨家的道德，他多少也糅进了西方耶稣基督和印度圣雄甘地的思想。鱼鳞儿的不抵抗和先下地狱的精神，正是人类化解仇恨的火烛，看似微弱无力，却是神圣无量。

第二问，你怎样理解中国电影的大片？

大片不是对人的感官神经的轰炸，不是斗富赛阔式的烧钱，不是极尽奢华的堆砌黄金白银，也不是拥塞着千军万马的空洞而虚假的大场面。所谓大片，首先要有饱满的思想和动人的情感，要有对历史、对人生、对电影艺术自身发展的新的理解和运用。这才是所谓大片的地基或底座，只有地基扎实了才能谈得上上面的建筑，否则便如海市蜃楼、空中楼阁，经不住风吹雨打，经不起阳光照射，更经不起时间的考验，犹如一堆华丽的垃圾，虽然华丽，终究是垃圾。

碰巧的是，中国式的所谓大片正是从先秦的描写开始的。细细思量，其中不无道理。如今生活着的“现代人”，多少承袭了漫长的儒家封建专制文化尤其是儒家后期犬儒思想的消极影响，从而在心灵的自由翱翔和原始生命力的蓬勃张扬两方面都较之古代明显蜕化。人们愈来愈意识到了原始生命力的虚脱，意识到了元祖人格力量的弱化，加之见多了城市街头上的“小女人”和“娘娘腔”，见多了影视剧里的“弱智男生”和“野蛮女友”，见多了各种官场与秀场的矫情和虚假，这才把求助的目光投向了远古，投向了先秦。先秦时代就是那样地横空出世，生猛鲜活，拙朴浩荡。文明伊始，路广人稀，人性健朗，英雄遍地，人们普遍地自由、血性、开放、张扬，重然诺、轻生死，讲气节、淡功利，崇拜英雄，向往崇高，勇于担负，舍得牺牲。男人活得就像男人，女人活得就像女人，不是轰轰烈烈地生，就是轰轰烈烈地死。与此同时，士人崛起，诸子百家，探求世间真理，抒发个人胸臆，凸现神思，修养玄机，高歌壮行，探索着生命存在的意义，也实践着个人的价值与理想。

很显然，中国电影所表现的中国先秦历史并没有呈现出应有的大器。有意无意间形成的先秦题材热，也并未真正擦响文艺创作的电光火石，雷霆霹雳。从瞩目先秦的原初冲动到作品完成后的实际效果，中间总仿佛被抽空了什么，而每每呈现在我们面前更多的是熟悉的商业时代的铜臭味道和市井气息。这就不能不使我们对中国电影在先秦题材的表现方面甚至于所谓的中国式大片产生怀疑。那一个我们曾经拥有的却又早已远离了我们的大时代和大气氛，不正是今日中华民族在重新崛起的过程中所要召唤回归的民族精魂吗？这才是大片拍摄的理由和立足的根本。

第三问，电影《伐楚》是否意味着你创作方向的转型？

坦白说，以前我从未曾“触电”，现在写了一部电影剧本也并不意味着“失身”。其实《伐楚》完成后，上影集团又和我讨论了电影剧本《李白》的创作意向，现在我就在做这个剧本创作的前期准备。如前面介绍，《伐楚》在上海文广集团剧本征集活动中被推选为127部入围电影剧本的第一名，而且是评委会的全票推荐，这个结果完全出乎我的预料。因为毕竟我是第一次参与电影剧本创作，心中没有底，原只想是上海做的事情，我责无旁贷要支持响应。

嗣后，有几位电影组的评委都对我表达了这样的相似评价：《伐楚》一看就知道不是电影圈内编剧写的，人物和语言都多少带有中国古典戏曲的神采，尤其是虚拟空间和战争场面的描写，虚虚实实，极易调动导演和摄影的想像，而且还有点古朴唯美的追求，让人感觉到新颖和新鲜。

原来电影剧本《伐楚》的创作还是得益于舞台剧剧本尤其是戏曲剧本创作的经验。我想这是有道理的。舞台剧剧本讲究叙事结构的完整性，注重刻画典型人物和锤炼个性化语言，有对于一部作品思想内涵进行深度提炼的自觉意识和对于一种基本价值取向的起码尊重，虽然也强调场景与场面，但是一般不会迷失在声像中。而戏曲剧本创作的经验则更多出一些优势来，首先就是戏曲编剧对于中国古典艺术创造精神的更为透彻的理解，以及在驾驭古代题材创作时对于传统艺术技巧的娴熟运用，尤其大片时代的高科技手段与戏曲传统虚拟写意技巧的神奇遭遇，仿佛在一个极致点上发生了暗合。高科技手段穷尽之时，不禁就推演为写意；而写意技巧运用到了尽致，反倒会呈现出一种“更高科技”的多维。这时节，宜真宜假，宜虚宜实，真真假假，虚虚实实，举轻若重，举重若轻。由此可见，戏曲创作经验的长期积累和对中国古典艺术精神的深入理解，恰恰成为涉足当代电影创作的宝贵资源。把戏曲创作的经验带进电影，与此同时，也把电影创作乃至制作的经验学习回来，反馈戏曲，不也是很有益的吗？

其实，舞台剧编剧参与电影剧本创作的真正考验并不在乎技巧的转换而在乎创作尊严的有无。当下电影导演特别是知名导演对编剧的普遍漠视已经是有目共睹了，就连早先对电影创作有过兴趣的当代优秀作家和优秀舞台剧编剧都远远地离开了他们。某些出了名的电影导演为何蜕化得如此轻狂、轻浮、轻薄，归根结底是先有资本而后有剧本，不似舞台剧是先有剧本而后有资本。这种颠倒，决定了编剧的地位和作用，也决定着剧作家的价值与尊严，最后它也就必然地决定着一部电影的成败与优劣。是依附于知名导演甘心为他们的商业价值实现而充当写手，还是从剧本文学起步谋求艺术理想的实现而选择合适的导演？我想我只能选择后者，这也是我参与电影剧本创作的底线。

所以，《伐楚》到现在还在立项招商，还没有拍摄的计划。预想中《李白》的创作不仅难度大，拍摄可能更难。因为还是新手，就不仅嫩而且还愣，完全不识水深水浅。不过我也是有心理准备的，最多失败两次，绝对不重复第三次。好在自己是有专业的人，是一名有许多知音的戏曲编剧，偶尔客串一两部电影的创作，又何必患得患失？

（原载 2007 年第 7 期《剧本》杂志）

从“下南洋”到“下海南”

——琼剧《下南洋》剧本创作感言

直到现在海南人讲话我还是一句听不懂，虽然我创作了这个琼剧剧本《下南洋》。

起因是这样的。2007年底我不经意在网上看到海南省琼剧院上演了我的剧本《梅龙镇》，感到很诧异。海南省琼剧院并没有征得我的同意怎么就演出了我的剧本呢？而且还大张旗鼓地做宣传，包括邀请了省领导观看并公布了将去香港演出的消息。我即通过渠道与他们交涉，他们即派专人来到上海，我们很快即达成了谅解协议。他们还诚心诚意地邀请我去海南游览，并且一而再、再而三地催促我去。2008年4月，我应邀有了海南之行。

到了海南，我知道了原委。原来海南省琼剧院有位在中国戏曲学院深造的青年演员，因为在京看了上海越剧院的《梅龙镇》演出，喜欢上了这出戏，她想弄到这出戏的剧本带回去，可是不知道往哪里去找，于是就在长安大戏院买了一张碟，请了同班的越剧演员当翻译，逐字逐句把一本戏的唱词道白录了下来。回去后，她向剧院提出要拿这出戏作汇报演出。剧院同意了，岂料汇报演出反响很好，于是汇报演出就变成正式公演了。

我被这位青年演员感动。这是真爱我剧本的演员。

海南的几天游览，琼剧院并没有明言约请我创作剧本，是我在海南侨乡的访问中主动萌生了创作的念头。我向海南省琼剧院院长陈军表示，我计划为琼剧创作一个剧本：《下南洋》。

走西口、闯关东、下南洋，是我国历史上的三次大移民，所不同的是走西口和闯关东都是在中国境内的迁徙，而下南洋则是漂流到海外。海南是我国华侨最集中的省份之一。海南人下南洋的历史，折射出中国华侨在海外的奋斗史、移民史，它贯穿于海南人生存与发展的各个历史时期，也是一部可歌可泣的心灵史、苦难史。作为戏剧，虽然不能正面展开海南人在海外漂流奋斗的场景，但是戏剧可以描摹心情，表达情感，编织海南人在下南洋的历史过程中男人与女人、长辈与子孙、漂泊与守望、个体与族群间的灵与肉的痛苦和矛盾。民族或族群前行的历史，就是人的心灵史。而戏剧尤其戏曲的擅长，正在于发现并表达人在历史行进中最本源最丰沛的情感。海南人为着生存与繁衍毅然决然选择了走出孤岛、走出族群、走出家门与国门、蹚过宽阔冰冷的海水而走向南洋甚或更遥远陌生的国度，其求存图强的勇敢和毅力，真是惊心动魄，令人肃然起敬。

在海南，女性心灵的苦难更甚于男性。青壮男人离家远行，滞留的妇女老人和孩子呢，无望的等待伴随着无边的寂寞，多少风华丽质在远眺中凋零老去。在海南文昌著名的华侨村里，有一位守望丈夫的新娘，从 17 岁妙龄守到百岁，可是她那年轻时分离的新郎一直都没有归来，老人戴一顶早已褪了色的南洋风情的遮阳帽——据说是她丈夫 80 年前托人捎给她的。她一直姿态端正地坐在夫家日渐风化了的院落门槛上，心如止水，目光远视，如霜似雪的白发在微风中轻轻飘拂，她守到了百岁，依然在守，像一尊活着的木乃伊……琼剧院陪同我游览的朋友建议我去看看这位百岁新娘，说这已是海南的一道人文风景。我久久凝视着老人的照片，实在没有勇气真的去看她。

海南建省有 20 年了，记得 20 年前有过一波下海南的热潮。如今热潮退去，海南省和全国一样在稳定而快速地向前发展着。可是，另一个方面的热潮并未退去，那就是历代下南洋而今已经成为外国人的许多早先海南华侨华人的子孙，他们从香港、从澳门、从东南亚各国和世界各国返回海南省，他们回来已不再是传统意义中的寻根或祭奠祖先，而是在先辈生息的这块土地上重新寻找他们现在与将来发迹发展的生机。从海南人几百年来的“下南洋”，到改革开放尤其是海南建省后国内精英以及海外华侨华人的纷纷“下海南”，时代发生了根本的改变，海南人改写了自己的历史。

如前所述，我听不懂海南话，还不能用海南的方言来写作琼剧，但是我试图走近海南，试图走近海南人的情感和风俗，也试图走近海南的昨天和今天。感谢海南省琼剧院在琼剧《下南洋》剧本的创作中所给予我的帮助与支持。

自甬剧《典妻》创作以来，我的兴趣逐渐转移到戏曲现代戏的创作方面。我始终觉得我们戏曲现代戏的创作还没有自觉走出传统戏曲的创作模式。“合歌舞演故事”，是合现代生活的歌舞还是因袭既成的以京昆表演为典范的传统程式？也就是说，戏曲现代戏创作的程式化表演要不要从现代生活的土壤里重新提取新的舞蹈、新的歌唱和新的表情达意的具有时代特征的美的形式，以此培养、引导及适应现代生活中欣赏戏曲的人群？由此我联想到其他艺术形式的变革，如舞蹈、绘画。当以模仿生活倾诉情感为特征的古典舞走向式微之时，代之而起的是新兴的以表现生活宣泄情绪为特征的现代舞；而当古典的写实绘画走到毛发毕现的终端之时，诞生了超越真实揭示本质的抽象派和印象派绘画。古典舞现代舞都是舞蹈，写实派抽象派都是绘画，但是表现出不同时期艺术家对于舞蹈和绘画的理解，也传达出不同时代人的情感与心灵诉求的时代特征。对中国戏曲而言，程式化的形式美是它的特色，但是程式又是在不断演进不断丰富和不断“与时代同行”的，生硬套用传统的程式必然制约现代生活内容的表达，而现代生活的种种又并非既有的传统程式足够表现。以一出戏曲现代戏是否贯穿了传统程式的表演来判定一出戏是否是传统意义中的戏曲，是对戏曲表现现代生活和自身发展的严重限制。中国戏曲现代戏迟迟不能获得真正意义中本体的突破，关键的症结也正在于此。某种意义上看，在这样的戏曲化理论引导下创作的“戏曲现代戏”，其实是“现代题材的传统戏”。或许，自觉走出以京昆表演为规范的传统戏曲程式，正意味着戏曲现代戏或曰现代戏曲创作的真正起步。在戏曲化程式化过程中自觉摆脱的是传统戏曲与既成程式对于戏曲表现生活尤其是表现现代生活的限制，而绝非戏曲与程式本身。琼剧《下南洋》试图在这一方面作出有风险的尝试。

（原载 2009 年第 3 期《剧本》杂志）

大时代中的隐秘情感

——京剧《建安轶事》创作回顾

班昭，蔡文姬，李清照，柳如是，俗称中国古代“四大才女”。四位才女，我不经意写过三位，即 1989 年越剧本《风月秦淮》（汉剧本改名为《柳如是》），1997 年昆剧本《班昭》和 1999 年越剧本《李清照》。写这些才女时，并非有个完全计划，但是既然已经写了三位，剩下的蔡文姬，倒成了未了的心愿。

因缘际会，湖北省京剧院一直有意约我为他们创作一个剧本，但是一直也没有选定一个题材。延宕数载，终于和朱世慧院长约定了 2010 年的 4 月去武汉面谈。记得在去武汉之前，我预备了两个方案，一是改编《班昭》或《柳如是》的京剧版，二是新创作《蔡文姬》。但我会把蔡文姬放在最后说，假如湖北认可我改编《班昭》或《柳如是》，蔡文姬我也许就不提了。

之所以这么想，是基于某种“逃避”心理。蔡文姬一直是戏剧戏曲的熟题材，近年来也不乏表现这个题材的优秀之作。久而久之，形成了蔡文姬题材与蔡文姬形象的某种接受定式与表演范式。不但如此，围绕蔡文姬人生经历的一些历史人物诸如曹操、董祀、左贤王等也都有了约定俗成的舞台形象。而我所关注的蔡文姬，乃是她的回归汉朝以后所经历的新的人生情感与命运起伏。这是一段通常被忽视的私人隐秘，与蔡文姬归汉后所面对的建安时代大气场仿佛不相对称。专门表现这段轶事，可能会与普遍的欣赏期待产生落差。与此同时，京剧在表现历史人物私密情感方面究竟不同于昆曲或地方戏，京剧的严格的行当规范与程式化表演势必会在人性化与个性化的情感表达方面遭遇难题。为此，我寻思最好暂时不要触碰这个题材，能挨过去则最好挨过去。结果恰恰相反，湖北偏偏认可这个蔡文姬，认可这个特别的视角。于是我也只好勉励自己：权当是一次机遇，让我把“四大才女”都写一过吧。

蔡文姬的婚姻实在是不幸。16 岁时初嫁卫仲道，虽是门当户对，青梅竹马，然好景不长，不到一年，卫仲道便因咯血而死。卫家视蔡文姬为克星，克死了丈夫，又不曾生下一男半女，所以常怀怨怼。当时才高气傲的蔡文姬不顾及舆论的反对，毅然回到娘家居住。董卓之乱，蔡邕被王允处死，文姬被匈奴掠去，这年她才 23 岁。蔡文姬被左贤王纳为王妃，居南匈奴 12 载，并诞有二子。建安十三年（公元 208 年）曹操赎回蔡文姬，这年她已 35 岁了，又在曹操的撮合下，嫁给年岁小于她的屯田都尉董祀。文姬嫁董祀，已属三嫁，蔡董之合相当于今天所说的“组织安排”。因不是出自双方情愿，所以起初的夫妻生活并不和谐。蔡文姬饱经离乱忧伤，又生育过两个孩子；而董祀少年才俊，一表人才，又自视甚高，虽迫于曹操安排，不敢反抗，但对于蔡文姬的冷漠拒绝，可想而知。婚后第二年，董祀犯罪当死，蔡文姬蓬首跣足到曹操的相府求情。曹操宽赦了董祀，也为董祀与蔡文姬日后的重新认识真正相爱提供了转机。至此，归汉的文姬才算真正把心安顿下来，才可以安心地为汉朝做一点事了。

归汉后的蔡文姬究竟为汉朝做过什么事？抑或在实际由曹操统治的汉魏建安年间，她为中国文学史的辉煌年份建安文学作出过哪些可能的努力和实际的贡献？

文学史的建安年代，是中国古代文学的丰收季节，产生了一大批传达时代理想，呼应民众心声，高扬人格精神的影响深远的作家、诗人。当时的文坛，逐步摆脱了儒家思想的束缚，注重作家个人和作品本身的抒情性，加之当时处于战乱动荡的年代，思想感情常常表现得尤其慷慨激昂，形成了文学作品内涵充实、感情丰沛的特点，即人们常说的“建安风骨”。可是，当历史记住了建安政治的积极进取和建安文学的健朗高扬时，是否也于有意无意之间遮蔽了一些重要的人事和情感？换言之，我们在传播三曹父子、建安七子文学成就的同时是否忽略了同样代表建安风骨、传达建安情怀的蔡文姬和她归汉后的感情与创作？

所谓“四大才女”中，除了班昭一直受到古代正统史家的道德推崇外，蔡文姬、李清照以及后来的柳如是都是始终饱受争议的。蔡文姬的三嫁，尤其是她在南匈奴的婚姻，使她在生前身后都背负着“才辩可敬，节烈有亏”的苛评；李清照的“改嫁”被认定为“失节”；而柳如是的“瘦马”“雏妓”出身更使她难以进入正史或正人君子的“正眼”。为此，她们的文学创造成就往往因为性别与人格方面的歧视或多或少地被边缘、被另册或被有形无形地遮蔽。

作为一代旷世才女、音韵天才，蔡文姬留给后人的文学创作好像就是她的《悲愤诗》和存有争议的《胡笳十八拍》。这些作品，应该是完成于蔡文姬归汉途中和归汉之初。那么归汉以后的蔡文姬呢？她在那个作家作品如雨后春笋般涌现的建安年份，在那个强调个人抒怀和个性表达的文学大时代，为何反倒无所作为？这真是一个令人费解的现象。

据《后汉书·列女传》载，蔡文姬曾因曹操要求，凭借天才记忆，用真草默写出四百余篇在战乱中遗失的古代典籍。这些典籍，也许在当时就是手书孤本，经蔡文姬默写记录，才得以存世。这对于文化命系的传承积累，是何等了得的贡献？而作出这个贡献的人，只能是蔡文姬。再就是蔡文姬父亲蔡邕生前未竟的《后汉记》一书。如郭沫若先生话剧杰作《蔡文姬》所述，我们有理由相信，曹操赎回蔡文姬很重要的一个原因就是希望经她之手完成《后汉记》。在当时，个人治史尤其是治当代史是很冒风险的，这涉及对当代重要人事包括最高统治者的功过是非的评价。王允诛杀蔡邕的理由便是“昔武帝不杀司马迁，使作谤书，流于后世。方今国祚中衰，神器不固，不可令佞臣执笔在幼主左右。既无益圣德，复使吾党蒙其讪议”（见《后汉书·蔡邕列传》），原来王允是顾忌《后汉记》对他及同党的评价才杀了蔡邕。曹操要蔡文姬续写《后汉记》的用意，不得而知，也难以猜测，曹操毕竟是文化人政治家，其胸襟抱负与远见卓识自非阴谋政客王允可以相提并论。设若蔡文姬在董祀的协助下最终完成了《后汉记》一书，但是这部大书的下落呢？为什么直到比蔡文姬晚生了200年左右的南朝范晔的手中才最终告成？范晔《后汉书》记述了蔡邕著《后汉记》的史实，甚至也是记述了上起汉光武帝建武元年至蔡邕写书年份的与《后汉书》庶几无差的东汉一代历史，然而他却没有交待《后汉记》的下落。这或许也是一桩历史的迷案。

总而言之，蔡文姬归汉以后，经历了个人婚姻的新的波澜起伏，也为当时的文化建设付出了艰巨的努力。蔡文姬仿佛就是为苦难而生，蔡文姬仿佛就是为文化而长，她的多舛的个人命运和一波三折的婚姻情感遭际，成就了她，成就了她的文学，也成就了她的历史影响。蔡文姬从一个女性的角度，折射出建安文学的风骨。

2011年8月15日，京剧《建安轶事》由湖北省京剧院在武汉首演。首演效果是很不错的，演出起点也比较高，无论是曹其敬导演统率的二度创作，还是湖北省京剧院的整体演员阵容，都令我感到满意。尤其是两位80后新人万晓慧和王铭塑造的蔡文姬与董祀，更令我有一份意外的惊喜和欣慰。

（原载2011年第9期《剧本》杂志）

电影剧本《诗人李白》文学创意书

引　言

诗人李白是皇室后裔，先祖于隋末流放西域。李白五岁随父迁居四川。童年李白受到的灌输是“东土月亮最圆”“长安城郭最高”，因而李白有一种与生俱来的家国情感、功业情怀和贵族情调。李白的人生是进取的人生，担当的人生，实现自我价值的人生，也是追求精神自由与人格独立的人生，而这正是中国古代士人和当代人文知识分子所崇尚的高贵品质。

唐朝是中国历史最强盛的时期，也是中国文化最繁荣的时代。华丽的王朝，华丽的宫殿，华丽的人生，华丽的情感，在唐朝历史舞台上诞生了一代璀璨的文化明星。诗人李白是其中最辉煌耀眼的巨星。文化明星的文化人生文化情感乃至文化苦难，布置起文化唐朝的绚烂星空。

“安史之乱”改变了唐朝的国家命运，也改变了文化明星的人生运程。猝然到来的战争、苦难、衰老、死亡……无尽的文化苍凉里依然掩盖不住华丽精神的高蹈轻扬。

电影《李白》是一部中国古典文化和中国文化人的精神史诗，也是一部追求高质文艺品味的商业大片。

人　物

领衔人物：诗人李白，贵妃杨玉环，皇帝李隆基，舞蹈家公孙大娘。

重要人物：诗人杜甫，宦官高力士，太子李亨，胡将安禄山，宰相杨国忠，西域艺人阿迪力、迪丽娜尔，诗人贺知章，画家吴道子，书法家张旭，音乐家李龟年，唐将郭子仪，唐将陈玄礼，李白妻子宗夫人，杨家三姊妹秦国夫人、虢国夫人、韩国夫人等。

提　纲

月光下，一辆马车静静驶出唐朝碎叶城。城下忽然涌出的一群西域儿童包围了行驶的马车。他们齐声喊着李白的西域名字“帕维尔”。

马车上，五岁的李白站立起来，俯视着这群素日的玩伴，似告别也似演说地道：“胡人帕维尔永远留在西域，唐人李白从今回归东土。东土月亮最圆，长安城郭最高，唐朝的明月山川在等待着李白。”

迪丽娜尔哭了，阿迪力劝慰她。李白挥一挥手，举头仰望天上明月。

明月疾行，马车加速，李白仿佛逐月而去。

明月依旧，青年李白儒服方巾，腰悬长剑，大步流星，如风似电。

李白的身后是山岳、是丛林、是湖泊、是江川、是平坦大道、是羊肠小径……唯一不变的是高悬在李白头顶上的那一轮月亮。

李白从蜀地去往长安途中，曾在蜀州司户杨玄珪家逗留。杨司户有四个如花似玉的女儿。李白最喜欢的是那个有着灵猫般眼睛身材和秉性的幺妹。杨家幺妹不仅多才多艺，而且早熟早慧。李白潇洒飘逸的气质和才华横溢的谈吐深深俘获了幺妹敏感无羁的心。由于年龄的差距，李白并未留意幺妹的反常言行，他只是欣赏她，犹如欣赏一件毫无瑕疵的艺术珍品。何况那时的李白一心想着奔赴长安实现他经邦济世的人生理想，所以完全忽视了这个尚未成年少女的纯真情愫。

杨家幺妹就是后来的贵妃杨玉环。杨玉环后来的辗转入宫，完全是为了寻找心中的偶像而去。在那个自由开放的朝代，杨家幺妹完成了从民间到宫廷，从草根到贵妃的人生之路，并终于在皇宫里和李白相遇。这是后话。

依然是高悬头顶的明月，依然是疾步行走的李白；高山、大河、丛林、荆棘，什么都不能阻挡李白的前行，不能阻挡李白报效国家的热望。

终于，明月化为朝阳，天地一片金黄，长安城西梁山北峰的平坦坡面上，李白忽然停下了脚步——一幅盛世大唐的帝京鸟瞰图已然铺展在了他的面前。

李白英气勃发，呼吸运剑，绣口一吐，灿然一篇瑰丽斑斓的《大鹏赋》。

北峰不远处，公孙大娘在练习剑舞。李白吟诵《大鹏赋》的韵律正合上公孙大娘舞蹈的节拍。吟诵着的李白与舞蹈着的公孙大娘彼此发现，却无问答，唯见相互注视、相互欣赏、相互心领神会的默契。

李白的长剑与诗文，公孙大娘的双剑与舞蹈，男人与女人的阳刚和阴柔，文学与艺术的结合之美，演化为一场既美轮美奂又惊心动魄的动感交响。

公孙大娘身边，簇拥着一群仰慕者。他们把掌声与喝彩声毫不吝啬地献给了李白和公孙大娘。

初到长安的李白，与公孙大娘相遇相识。

锦绣坊——长安城东市公孙大娘的私宅，其实是一处集酒肆、琴台、歌舞场为一体的繁华会所，上至宫廷显贵，下至走卒贩夫，都可以来此消遣狂欢。更有甚者，锦绣坊仿佛还是一个多国多民族艺术家的集散场所，西亚人、波斯人、东瀛人、蒙古人比比皆是，相融相洽。

当李白跟随公孙大娘走进锦绣坊的一瞬间，整个锦绣坊的空气仿佛凝结了，所有人的注意力均被李白玉树临风超凡脱俗的高雅气质所震慑。李白即兴吟诵的诗词，犹如天籁玄音。

李白意想不到的是，他在这里遇到了儿时的玩伴阿迪力和迪丽娜尔。阿迪力和迪丽娜尔只是因了李白的那句“东土月亮最圆，长安城郭最高”便从西域千里迢迢来到长安。初到长安的他们在街头卖艺，是公孙大娘发现迪丽娜尔擅跳胡旋舞，于是收她为徒，并把阿迪力和迪丽娜尔双双引进锦绣坊驻场演出。今天的迪丽娜尔已是名播京城人称“胡姬”的当红舞星，而阿迪力的高空走索也堪称一绝。

喜欢热闹的李白旋即融进了歌舞狂欢。李白的酒量实在太大了，他“不饮则已，一饮当醉”，整个锦绣坊因他的到来尽数醉倒。

入夜，公孙大娘在她的卧房里约谈了李白。

科举、从军、干谒（走后门），公孙大娘向李白指出三条入仕之门。李白表示他要走的路只有一条，即“时不我待，一鸣惊人”。

为吏、为将、为文，公孙大娘又给出李白三条仕途路向。李白选择了另外两条，即“为相”（宰相）、“为师”（帝王之师），舍此无他。

公孙大娘叹服李白的鲲鹏志向，也担心他过于裸露的锋芒。

公孙大娘许诺，她会在适当时机直接向皇帝李隆基本人引荐李白。

李白折服于公孙大娘的高贵气质，也为公孙大娘的华丽容貌与神秘身份所吸引。在他起身离开的时候，公孙大娘松弛的睡袍滑到了脚面，李白没有失态，而是风度潇洒地随口吟诵了杜甫的诗句：“昔有佳人公孙氏，一舞剑器动四方。观者如山色沮丧，天地为之久低昂……”

公孙大娘愈加钦佩眼前这个可望而不可即的浪漫诗人。

清晨，李白被匆匆叫醒，公孙大娘告诉李白，马上入宫见驾。

一扇从锦绣坊直通皇宫的地道暗门被打开，李白以随从的身份跟随公孙大娘潜入暗道。

长安的地下甬道，四通八达，仿佛是一个完备的地下交通枢纽；

走出甬道，是幽静的夹城，夹城是城墙与城墙之间的地面通道，其空敞开阔，可以并驾驶车。公孙大娘告诉李白，为了安全，皇帝出宫，一般都是通过夹城再经过甬道到达各个出口，最远的可以直接到达骊山。锦绣坊这条甬道，是李隆基专为公孙大娘秘密修造的，也是李隆基唯一为一个女人所修筑的甬道。

公孙大娘向李白吐露，她原是唐宫的舞伎，在李隆基还是太子的时候，就已经受到了他的爱宠。李隆基即位后，曾经要将她册封为嫔妃，但是生性喜欢民间生活的她请求李隆基许她出宫。李隆基满足了她的请求，耗费巨资为她建造了这座流光溢彩的锦绣坊。起初李隆基还经常通过甬道与公孙大娘保持着情人般的来往，后来随着政务繁忙渐渐地稀少了，公孙大娘除了经常以舞蹈家的身份参加宫廷的重大礼仪活动，偶尔还会应诏去内宫与李隆基密会。

李白跟随公孙大娘第一次走进皇宫，他甚至隐约听见了李隆基的脚步声。可惜公孙大娘与李隆基的那次密会，一直没有找到机会推荐李白。李白在密殿外守候了一夜，终于没能见到心仪的皇帝。

唐宫举办了盛大的宴乐，在李白的请求下公孙大娘再次以随从的身份把李白带入了宫廷。公孙大娘关照李白，他今天的角色只是一名看客。

盛世皇宫，贵族气派，美女如云，流光溢彩。

在宫廷乐师李龟年的调度下，梨园子弟演奏了皇帝李隆基亲制的雅乐。

阿迪力表演了高空走索，迪丽娜尔表演了西域胡旋舞，各种中外歌舞轮番竞美，最后是公孙大娘舞动剑器。

诗人贺知章为公孙大娘的舞蹈作诗，画家吴道子为公孙大娘的舞蹈作画，书法家张旭以一幅狂草传神地记录下公孙大娘的舞蹈动感。

廊阶下的李白远望着丹墀上方的皇帝李隆基，无所施展却跃跃欲试。唐宫不是李白的舞台，诗人空有诗情的涌动。

意想不到的事情发生了，李白分开禁卫，走上宫阶，大声吟诵他的《蜀道难》。李白的吟诵华丽铿锵，气场博大，霎时镇住全场。不知不觉间，整个宫殿演变成李白显示才华的秀场。

全场愕然，禁卫包围李白，“捉拿刺客”的呐喊声迅疾淹没了李白的诗章。李白在宫殿上疾走闪避，大声吟诵；诗人的澎湃激情与文人的自我欣赏，竟使危境中的李白毫无惧色。

忽然，李白掏出一叠诗笺，向天抛撒，写满诗文的素笺在华丽的宫殿上方漫天飞扬。

诗稿被争抢传阅，传阅中一片称赞。

李隆基也拾得一页诗笺，轻声吟哦，不无喜色。

趁着众人争抢诗稿的间隙，公孙大娘示意阿迪力和迪丽娜尔带领李白从宫内的暗道潜逃。

众目睽睽之下，李白恍如羽化，倏忽消失在金殿尽头。

高力士大喝：“那是谁?”

李白留声：“诗人李白!”

贺知章惊叹：“谪仙人!”

从甬道逃回锦绣坊的李白，情知自己的冒失行为闯下了惊驾大祸，但是李白非但不后悔，反而显得十分畅意。

公孙大娘担心李白的安危，要他暂时离开长安远走避祸。

第一次随公孙大娘进宫的“近闻”与第二次再随公孙大娘进宫的“远观”，李白遗憾两次错过了与皇帝李隆基见面，遗憾没能把自己的一腔抱负当面向明君表达，但他相信今天撒下的诗稿必将变成他重返长安的通行证。

匆匆入长安，匆匆别长安，走出长安城的李白回望长安城郭，脱口吟出了豪迈诗句。他坚信这只是暂离，绝不是永别，他迟早还会回来。

云层中一轮满月，穿越了长安上空，向着神秘的远方飘移。李白骑上白马，又一次向护送他的阿迪力和迪丽娜尔挥手道别，逐月而去。

离开长安的李白开始了漫无尽头的游历，登泰山、黄山、庐山、嵩山……游黄河、长江、云梦、洞庭……李白所到之处，广交诗友，遍播才情。他与山水相亲相恋，他与诗酒难解难分。漫长的游历生涯中，李白也从青年变成了中年。

游历中的李白结识了彼此相慕已久比他更年轻的诗人杜甫，并在一次偶遇中解救了后来平定安史之乱并在李白陷入李璘逆案时援救他的郭子仪。

游历中的李白始终停不下追随月亮的脚步，他总是匆匆到达一处，匆匆留下诗文，然后又匆匆上路。李白无数次地望月、咏月、逐月，那遥不可及的一轮明月似乎是他不能释怀的永恋，是他寄寓理想寄托情怀的精神家园。

移居在山东济宁的李白终于接到公孙大娘要他返回长安的书信。李白预感到施展抱负的时机终于到来，于是匆匆告别了妻子宗氏，高歌“仰天大笑出门去，我辈岂是蓬蒿人”的豪迈诗句，再次踏上奔赴长安的路程。

回京途中，李白看到了由于藩镇割据所潜在的国家威胁，看到了盛世繁华背后埋伏着随时可能爆发的战争危险。文人先天的敏感使得返京途中的李白隐隐中有种山雨欲来的不安全感。

重回长安的李白已是名满天下的大文豪，他曾撒落在长安皇宫里的诗笺也已成为京城名流争相求购的至宝。

公孙大娘告诉李白，尽管朝廷不断有人举荐他，尽管皇帝李隆基本人也很欣赏李白的诗文，但是鉴于他曾经在皇宫里的荒唐举动和一直未曾通过科举、军功等正常渠道获得为官身份，加之朝廷一些正统官员包括大宦官高力士等人的竭力阻挠，因而始终得不到皇帝的委用；而今天他之所以能大摇大摆走进长安，等候皇帝的亲自召见，关键是李隆基现在最宠爱的贵妃杨玉环大力保荐了他。

李白自思与杨玉环素昧平生，杨贵妃因何不遗余力推荐他，使他百思而不得其解。

此时的阿迪力和迪丽娜尔早已结为夫妇。李白看着他们的一双儿女，仿佛回到了儿时的西域碎叶城。

李白被皇帝传旨回京并将受到重用出任朝廷要职的舆论传遍了京城，一时间李白寄寓的锦绣坊名流云集。

李白每天都会接到无数邀约，但他只选择与文人交往，拒绝商贾，藐视权贵。宦官高力士、宰相杨国忠、边将安禄山都曾亲自上门拜访，但都被李白拒之门外。李白过于清高傲慢的性格反而令他在长安朝野的声望越来越高。

生性无羁的李白却可以放下身段，他可以手挽肩扛着阿迪力和迪丽娜尔的一双儿女，于长安街头与儿童戏耍，他还要小迪力和小娜尔叫他西域的名字“帕维尔”。李白的这些行迹，则又引来了诸多正统官员的诋毁。

等待诏见的日子里，李白结交了贺知章、张旭等七位诗文酒友，闲来聚在一起，臧否时事，诗酒自娱，并自诩为“饮中八仙”。

太子李亨喜爱李白的诗，在太子宾客贺知章的引荐下，李白拜见了太子。李亨拿出一封秘密截获的安禄山私人信件给李白看。因为没有人识得信件上的文字，李白阅信后李亨方知原来这是一封用番文写的信，信中隐藏着安禄山意欲反叛朝廷的内容。李白还把来京途中在北方的见闻和对各地藩镇坐大的隐忧直陈给李亨。李亨赞赏李白的忠诚，期待他一旦入朝能对国家重大决策产生决定性影响。

李白向李亨表达了埋藏在心底的热望，希望能尽早有机会近睹明君容颜，当面向皇帝李隆基陈述他治理国家的理想和报效社稷的愿望。

李亨劝李白不要着急，他会在适当时机以适当方式进言皇帝，争取委任李白一个足以展示才干的职位。李亨还告诉李白，皇帝将在近日去骊山狩猎，他将以太子的身份护驾。李亨表示可以把李白带在队伍里近睹圣颜，但是不能随便近前说话。李白欣然应允。

骊山脚下，皇家猎场。

军队悄悄集结，战马悄悄行走，秘密设围的狩猎者与毫无戒备的猎物之间形成了强烈反差。

李白跟随在太子身边，看见了皇帝李隆基的另一面形象。

——金盔金甲，英姿勃发，在清晨艳阳的万道金辉里，将近老年的李隆基依然威风凛凛，身手矫健。他不再是高高在上温文尔雅的帝王，而更像一名骁勇善战的骑士。马上的李隆基简直就如一尊战神，高贵英武，神圣无比。

李白屏住了呼吸，仿佛仰望着天神。他不由自主地驱动坐骑向着李隆基慢慢靠近、靠近……

李隆基仿佛也看见了李白，他勒转马头，放慢骑速，徐徐向李白走来、走来……

金盔金甲，青巾青衫，一武一文，一君一臣，构成美的和谐、美的反衬。他们彼此注视着，彼此欣赏着，仿佛旧友重逢，喜不自禁。

李白眼中溢出了莫名的泪水……

李隆基脸上布满了喜悦的笑容……

蓦地，一头野兽从他们相对着的马前奔突过去。李白和李隆基的坐骑被高高惊起，随着一片惊呼声，李隆基掉转马头，追赶野兽而去。

鼓号齐鸣，围猎开始，李隆基仿佛率领着千军万马向猎场掩杀过去。

戎装的高力士呼啸着从李白面前掠过……

戎装的安禄山呼啸着从李白面前掠过……

一员员戎装将领、一队队戎装士兵呼啸着从李白面前掠过……

李白望着近在咫尺又倏然远去的皇帝，再次错失了向李隆基当面抒发抱负的机会。

围猎场上，李白看见了李隆基射中猎物却又为猎物裹伤放生的慈悲，看见了安禄山从马上下来用蛮力打死猛兽的凶残，看见了高力士始终不离左右紧紧护卫李隆基的忠诚……李白眼中的猎场，无处不裸露着真实的人性。

随太子回宫途中，李白对李亨说他更敬仰马上的皇帝，也赞赏身着戎装的高力士，他喜欢这样的一代枭雄，唯有这样的英雄群体方能撑起辉煌的唐朝。

李亨告诉李白，父皇的时代是英雄的时代，是这代人从封闭的宫廷内斗中解放了今天这个健朗开放富庶繁华的唐朝，换来了夜不闭户路不拾遗的国家安宁。李亨也提醒李白，入朝后不要对高力士心存偏见。高力士虽是宦官，但他不仅曾经是一位智勇双全的猛将，更是位重情重义的赤臣。他对皇帝本人的忠诚有如走狗对主人，永远都不会改变。

李白说他无论如何还是不喜欢安禄山，从今天的围猎来看，皇帝的勇敢是人主的勇敢，而安禄山的凶残则是野兽的凶残。

高力士亲传圣旨，李隆基在兴庆宫设私宴相邀李白。

李白终于堂而皇之地步入皇宫。兴庆宫前，皇帝李隆基亲自迎候李白，亲手牵着他走上宫阶，入座后还亲手为他调试羹汤，亲手把羹汤递到他的手边。李隆基对李白的礼遇，完全超出了君臣礼仪，他与李白仿佛一见如故，仿佛不是君臣而更像一对久违了的艺术家朋友，无话不谈，无所顾忌。李隆基不仅能背诵李白的《大鹏赋》《蜀道难》，如数家珍地道出李白诗文里引用的典故，更有甚者，李隆基竟还知晓李白的胡名“帕维尔”，知晓李白的祖籍出身，且欣然引为同宗。他吩咐高力士把李白家族一支列入皇室宗正寺。

李白请李隆基转达他对杨贵妃举荐之恩的铭谢。李隆基说贵妃本来是要来参加今天会面的，可她临时改变了主意，要在芙蓉苑里单独宴请李白。李隆基说他为杨贵妃的霓裳羽衣舞配写了霓裳羽衣曲，问题是现在有了霓裳羽衣舞和霓裳羽衣曲，却唯独没有霓裳羽衣诗，而这个以霓裳羽衣为题旨的乐、舞、诗合作，只能是李隆基、杨玉环、李白的天作之合。李白承诺，一定写出令皇帝与贵妃都满意的诗篇。

说到深处，李白向李隆基献上了早已备好的政治宏文《削藩策》和礼乐长诗《赋颂》。李隆基独对《赋颂》赞叹不绝。

宴会是象征性的。宴罢，李隆基赐予李白一件宫锦袍。这件宫锦袍虽然不标明官阶，但它可以在任何时候任何场合穿，证明受赐者终身都是朝廷的官员，随时可以应诏为官，李白等于获得了一个终身的官员身份。与此同时，李隆基关照高力士尽快与内阁会商，安排李白正式入朝。

锦绣坊内，接受召见后的李白对李隆基的人格崇拜和对唐朝前途的信心已如滔滔江水，不能平复。他夤夜秉烛，思考着撰写李隆基所说的天作之合“霓裳羽衣诗”。无奈李隆基的霓裳羽衣曲他没听过，杨贵妃的霓裳羽衣舞他没看过，因而笔下滞涩。

月夜，李白在锦绣坊的楼阁上深情远望，东土的月亮最圆，长安的城郭最高，而今夜的圆月就高悬在长安城郭的上方，分外明亮。此时李白对前途的憧憬与信心已经达到饱和，这份饱和感令他情绪亢奋，彻夜无眠。

公孙大娘分享着李白的心情。李白请公孙大娘为他跳一段舞，以便通过公孙大娘的舞获取杨贵妃霓裳羽衣舞的写作灵感。

公孙大娘刚看过杨贵妃的霓裳羽衣舞，她说她自思与杨贵妃相比，不仅容颜黯淡，才情更是相形见绌。杨贵妃才是不二世的舞蹈天才，她的霓裳羽衣舞融合了胡人的胡旋舞和汉人的宫廷舞，两者结合得天衣无缝。这种既野性又高雅的舞蹈唯有杨贵妃跳来才是美，才是艺术。公孙大娘说她自打亲眼目睹杨贵妃的舞蹈，便决定不再跳舞了，也不再入宫见李隆基。她已经把那扇通往皇宫的暗门堵死。

李白不禁陷入遐思，究竟是怎样的女人怎样的舞蹈令一向孤傲冷艳的公孙大娘一下子丧失了对舞蹈和男人的自信。

李白很快接到了由宰相杨国忠亲自送到锦绣坊的邀请，杨贵妃邀请李白在芙蓉苑见面。

在芙蓉苑，李白见到了依然如花似玉的杨家三个姐姐，知道了宰相杨国忠原来是杨家姐妹的远房亲戚，因为皇帝爱屋及乌而得到了神速提拔，知道了今天举国谈论的杨贵妃居然就是昔日那个有着灵猫般美貌和灵性的杨家幺妹。

一如当年的亲密无间，一如当年的捉弄嬉闹，李白还是杨家姐妹眼中最可爱的“李白哥哥”。

嬉闹过后，杨玉环单独会见了李白。李白感谢当年的幺妹还记得他，感谢今天的杨贵妃向皇帝保荐了他。但是李白仍然意识不到当年曾经对杨家幺妹感情的深深辜负，意识不到今天的杨贵妃仍然一往情深地爱恋着他。

杨玉环拿出当年李白留给她的一幅诗帕，虽然诗中并无任何感情暗示，但杨玉环却一直视若珍宝地收藏着。杨玉环告诉李白，就因为他当年赴京途中在杨家的数日逗留，从此彻底改变了她的人生。

在杨玉环充满情感的回忆中，回放了当年杨玉环向李白示爱但却被李白当作玩笑调侃的情节，回放了过于早熟的杨玉环的伤心哭泣和李白长兄般对杨玉环的耐心劝哄，回放了李白离开杨家后杨玉环背着一个小包袱等在江边想跟着“李白哥哥”去长安的大胆执拗，回放了李白好意呵斥杨玉环回去杨玉环却踩着纤夫足印拼命地追赶着行船……

杨玉环告诉李白，就在李白行船消失的那一天，年仅 13 岁的她便离家出走了，先是独自步行到了洛阳，饥寒交迫的她无奈投奔了洛阳城里的一个叔叔并在叔叔家里住了三年，因为偶然听说朝廷在洛阳选秀，她便主动去应选，结果被选中了带到长安，来到长安又经过了无数次遴选，最后被皇帝的第十八子寿王李瑁看中，封为王妃，再后来皇帝在一次家庭宴会上意外发现了她的舞艺，并且莫名地喜欢上了她，碍于她已先有了寿王妃的身份，皇帝不惜颁旨令她出家，经过感业寺为尼而后还俗的过渡，杨玉环最终成了今天的杨贵妃。

从民间到宫廷，从草根到贵妃，杨玉环说在她身上所发生的一切都根源于当初的离家出走，根源于少女时节对李白的深深痴恋，根源于她要进长安、找李白。因为李白羡慕长安，所有她也羡慕；因为李白向往宫廷，所有她也向往；她始终坚信有朝一日会在长安宫里与心中的偶像相遇，而这一天终于姗姗到来。

杨玉环的真情告白，令李白既感动又不安。这般时候，这般地点，面对着这般的一个人儿，不要说他李白敢不敢，而是想都不应该去想。李白唯一能做的就是继续把这份真情告白当作玩笑，继续像兄长一般地调侃杨玉环，同时他也夸张地告诉杨玉环，说他曾经娶过两任妻子，深爱着今天的妻子宗氏。

其实杨玉环对李白的爱恋并不是肉体或名分的，而更多是精神与文艺的，事到如今，她只请求李白正视她，给她以爱恋的注意和眼神，她只愿能经常面对他，听见他亲口吟诵诗文，如此平生足矣。

李白不愿欺骗自己的感情，更不愿杨玉环对他存有这份不适当的情感，所以他坦诚地告诉杨玉环李白的至爱从来不是女人，而是圣朝和圣君，是士子建功立业和报效社稷的热情，是诗和酒、云和月、花和草，是壮丽河山和边塞风云，假如他所深爱的这一切可以算是一种恋情并可归结在一个人身上的话，那么这个人就是今日大唐皇朝的天子李隆基。

杨玉环深爱李白，李白深爱李隆基，李隆基深爱杨玉环。爱与爱的不同，决定了着意于信念大爱的李白和沉湎于私情私恋的杨玉环之间始终找不到精神与感情的交汇点。

李白终于被召进宫宣布委任，是在一个不起眼的偏殿被任命了一个不起眼官职——翰林供奉。

宣罢圣旨，高力士陪同李白出宫。高力士告诉李白，皇帝本来已经要任命他一个很重要的职位，因为听从了杨贵妃的建议才临时改任了现职。

李白请求面谢杨贵妃。

芙蓉苑，李白与杨玉环的再次见面，此时的贵妃已是薄纱遮掩，矜持仪态，李白则须毕恭毕敬行臣子之礼了。

杨贵妃告诉李白，是她影响了李隆基对他的任用，她这么做并非要埋没李白的才干，而是出于对他的了解和爱护，因为没有人比她更懂得李白，而翰林供奉对于李白来说未尝不是合适的职位。她就是希望李白紧随皇帝左右，不阿谀奉承，不阴谋揽权，不贪污腐败，敢于直言，敢于直谏，同时作为皇帝的文学侍从，她可以经常领略到他的风采，听到他的诗歌。在杨玉环看来，没有权贵李白的唐朝照样还是唐朝，没有诗人李白的唐朝却将不再是唐朝。

李白想不到，这个口口声声爱恋他的幺妹，竟是他实现政治理想人生抱负不可逾越的障碍。

李隆基为了取悦杨贵妃，不惜耗费巨资重修骊山行宫，并把改建后的温泉宫改名为华清池。华清池正式竣工的日子，李隆基决定举办一场盛大的庆典。

李白和公孙大娘都接到了皇帝与贵妃联名发来的请柬。公孙大娘托病请假，李白索性将请柬随手抛弃。

这是一个真正开放了的唐朝，竭尽奢华的华清宫，仿佛古罗马的贵族洗浴场，修建着无数个大大小小的温泉浴池，参加仪式的官员按照不同等级在不同浴场洗浴。皇室则辟有更为豪华的浴区。所有浴场均有宫女侍浴。尚不习惯公开洗浴的官员，有拘谨的，有放浪的，有猥琐的，出尽了各种洋相。

专供皇帝和贵妃沐浴的贵妃池用金玉砌成，有雅乐伴奏，侍浴的伶工乐师并不需要回避。沐浴的杨贵妃享受着大唐天子李隆基的无尽恩宠。杨玉环天然的体态之美，在浴池中袒露显现，或止如静莲，或动如玉龙，无处不展示出人体与生命的神奇美妙。不可思议的是，杨玉环居然能在水中舞蹈，居然能呼应着李隆基的箫声旋律，舞动自如。

出水后的杨贵妃如一枝芙蓉，美得高贵典雅，美得令人窒息。

胡将安禄山窥视贵妃沐浴，被当场拿获。李隆基非但不愠怒，反而要杨玉环认安禄山为干儿子。李隆基对安禄山的喜欢犹如对所豢养的鹰犬的喜欢，在他看来，安禄山具有一般臣子都不兼具的勇猛与忠诚。

夜晚，华清宫灯火通明，亮如白昼，远远望去，如同一座不夜城。华丽的歌舞排场，通宵的宴乐盛会，杨玉环想到了李白，李隆基想到了公孙大娘。

两驾宫廷御车从骊山脚下快速驶出，驶入长安城，驶入长安街市。

锦绣坊前，公孙大娘面遮纱巾，上了御车。

另一辆御车停在一处夜市的酒肆前。酩酊大醉的李白被架上了御车。

两辆御车急急驶出长安城，直奔骊山行宫。

癫狂的李白被高力士扶到了李隆基和杨玉环面前。李白此时的癫是满怀抱负得不到施展的癫，李白此时的狂是醉里不惧怕安危生死的狂。李白似乎故意要借着这份癫狂表达内心埋藏的愤懑和不满。

众目睽睽之下，李隆基命人以水敷面，激醒李白。醉态优美的李白飘忽无羁地手指杨贵妃和李隆基，要二人为他奏乐起舞。他要为他们的霓裳羽衣舞和霓裳羽衣曲填写霓裳羽衣诗。

杨玉环和李隆基居然按照李白的要求一个抚琴，一个跳舞。李白也不含糊，居然席地而坐，欣赏着堂堂皇帝和贵妃专为他一个人的表演。

诗心涌动，李白招呼高力士为他脱靴，指派杨国忠为他捧砚。李白吮墨挥毫，款款书写，随着曲、舞、诗的华丽流淌，李白的“云想衣裳花想容，春风拂槛露华浓。若非群玉山头见，会向瑶台月下逢”的《清平乐》三首一行行书写吟诵出来。李隆基、杨玉环所期盼的“天作之合”因此诞生。与此同时，张旭的草书《清平乐》，吴道子的文人画《华清宫宴乐图》也同步完成。

李白的才华征服了李隆基，但是李隆基给予他的封赏只是一坛酒。李隆基说他需要李白的醉和醉后的才华。李白当着李隆基的面喝完了那一坛酒。他说其实李白生来就喝不醉，李白的醉其实都是佯醉，永远喝不醉酒的李白愿意把永远的清醒奉献给圣君。

李隆基让李白说出他的清醒。李白则请求圣君割爱。一是割爱杨玉环，因为圣君对杨玉环的过度宠爱既不利于国家同时也会最终导致杨玉环的悲剧命运，圣君应以圣贤之心对待所宠爱的女人；二是割爱安禄山，因为太子李亨已经掌握了安禄山反叛的证据，李白深信安禄山将会给唐朝带来灾难。

李白的犯颜直谏激怒了李隆基。面对盛怒中的皇帝没有人敢呼应李白的诤言。杨氏三姐妹指责李白无情无义，被杨玉环制止了胡闹。杨玉环请求李隆基褫夺远房哥哥杨国忠的相位，李隆基未予采纳，反而把杨氏三姐妹加封为秦国夫人、虢国夫人和韩国夫人。李隆基不相信天子的私人宠爱会酿成国家的灾祸。

李隆基要太子出示安禄山反叛的证据。太子拿出了那封安禄山用番文书写的信件。李白向李隆基翻译了番文。番文中透露出安禄山意欲拥兵自重，最终取代唐朝自立为帝的野心。李隆基终于对安禄山产生怀疑。

身处绝境的安禄山以自碎睾丸的方式瞬间化解了李隆基对他的怀疑。李隆基相信古往今来没有一个阉人会觊觎皇帝的宝座。他不但当众撕碎了那封证明安禄山阴谋反叛的书信，还命令太子亲自下跪向安禄山道歉。

李隆基没有斥责李白，反而好言慰勉他的忠诚，并把他的职位由翰林供奉提格为翰林大学士。翰林大学士较之翰林供奉，不但可以继续为朝廷写诗，还可以参与朝廷的重大礼仪设计。

深受辜负的李白请求“辞官还山”。李隆基再三挽留之后无奈“赐金放还”。

即将离开锦绣坊的李白，与前来送行的好友一一道别。公孙大娘问他是否还愿意再回长安，李白说他仍然一如既往地热爱圣朝热爱圣君，他会将宫锦袍一直穿在身上，他只是生性不爱做太平盛世的走狗，而愿做英雄时代的豪杰。他坚信还会回来，而且为时不会很远。

出了长安城的李白身穿宫锦袍，手持珊瑚鞭，一人一马，边走边唱。

已兼任三镇节度使的安禄山回幽州镇守，马队经过李白身边，车上的安禄山向李白伸出头，邀请李白到幽州作客。李白故意置若罔闻，仰面不睬。

安禄山的马队走远后，李白忽有所思，打马紧追。

安禄山幽州大营，不速之客李白意外到访。安禄山以上宾之礼款待李白。

在幽州，李白亲睹了安禄山准备反叛的种种迹象，秘密向朝廷写信揭发。李白揭发安禄山的密信经过李隆基的阅处并御笔亲批“发还”二字又转到了安禄山的手上，安禄山再把密信恭敬地还给李白。

李白看到，凡揭发安禄山的朝廷官员都被李隆基下令用囚车押解至幽州，由安禄山亲手惩处。安禄山连囚车都不打开便把这些官员活活烧成灰炭。

李白逃出安禄山的驻地，却被安禄山带人追上。安禄山追上李白不是要杀他，而是把李白遗忘在安禄山驻地的宫锦袍送还给他。

安禄山坦白告诉李白，他要反叛唐朝，自立为帝。他邀请李白在他即将建立的大燕国为官，也为他写三首《清平乐》。

李白驰马狂奔，大声疾呼“安禄山反叛，安禄山反叛，安禄山反叛!”

寂静的山川，寂静的田野，寂静的街市，寂静的人群……

李白在狂奔，李白在呼号，李白在嚎哭……

浩荡的马队在李白身后如海啸般排山倒海袭来，瞬间淹没了李白的身影。

冲过李白身旁的安禄山招呼着他，留下一句“大学士，长安见!”

战争开始了。

暗夜如堵，天现月食。

李白举头望月，眼中溢出血泪。

战马如云，战旗如林，宏大的战争场面，完全是安禄山胡军一面倒的冲锋态势。胡军所到之处，如同海啸，如同飓风，摧枯拉朽，所向披靡。冷兵器时代的战争处处透出力的残酷，力的壮美。

潮水般的逃难人群，熙熙攘攘，呼天抢地。

杜甫裹挟在逃难人群中……李白夫人宗氏也裹挟在逃难人群中……漫无尽头的逃难者拥塞了道路、拥塞了河流……

山河变色，村舍消失，城市夷为平地，战争掠过之处，人畜横陈，满目荒芜。

长安兴庆宫内，显见衰老的李隆基痛下罪己诏，命令太子监国，郭子仪为兵马大元帅，宣布圣驾西迁。

太子李亨跪送李隆基一行车马辚辚驶出宫门。

经过锦绣坊，李隆基叫停车马。

锦绣坊大门紧闭，高力士拍打门环，里面无人应声。

锦绣坊楼上，公孙大娘目送着李隆基御驾远去，泪如雨下。

行进中的李隆基，手捧李白《削藩策》，默默浏览。

安禄山杀进长安城，杀进兴庆宫，杀上金銮殿。

安禄山在唐宫举行狂欢。

公孙大娘被召来献舞。矜傲的公孙大娘在安禄山的威逼下不惜自断腰肢，自毁面容。

胡姬迪丽娜尔主动要求为安禄山跳胡旋舞，却在舞蹈中试图行刺，被安禄山杀死。

阿迪力高空飞镖，刺杀安禄山，索断身亡。

李龟年因拒绝为安禄山弹奏琵琶，被断十指。

安禄山下令焚烧唐宫。熊熊火光里，大唐文化遭到空前浩劫。

进长安的李白与出长安的杜甫在长安城门下相遇。杜甫向李白描述了安禄山在长安洗劫的情形。两位诗人以泪洗面。

杜甫还家，李白追赶行宫，二人匆匆分手，相约再见。

马嵬坡，一场由护驾军士策动的哗变正在发生，杨国忠和杨氏三姐妹的尸体已经横卧在梨花树下。哗变将领陈玄礼请求李隆基处决杨玉环以平息兵变。李隆基表示宁可一死决不答应哗变军士的请求。

李白亲眼见证了李隆基对杨玉环至死不渝的爱情。他问杨玉环是否也同样爱着李隆基，至死无悔？杨玉环告诉李白，是李白改变了她的人生，而她现在所有的爱都已倾注在李隆基身上。她不但无悔，而且无怨。

杨玉环唯一请求李白为她做的事是代她陪皇帝喝一次酒，而且一定要让皇帝喝醉。

李白不知就里，接过杨玉环不断斟满的酒杯一次次地向李隆基敬酒。李隆基很快被李白灌醉，直到醉得不省人事。趁着李隆基醉里无力阻止，陈玄礼下令处决杨玉环。杨玉环深情吻别李隆基，平静地走向悬挂在梨花树下的白绫。

李白唤不醒烂醉如泥的李隆基，方才恍然大悟，追悔不迭。

深夜，李白潜入掩埋杨玉环的坟地，挖出杨玉环的尸体。李白发现杨玉环的衣袂上，竟然缝着他当年赠予她的诗帕。

李白背着杨玉环，一路上和他的幺妹说着话，踉跄着走向黄河岸边。

黄河岸边，李白一个人的送葬仪式：李白悲怆地吟诵着《将进酒》的诗句“君不见，黄河之水天上来，奔流到海不复回。君不见，高堂明镜悲白发，朝如青丝暮成雪……”亲手将杨玉环的尸体送进滚滚波涛，让他的幺妹魂归蜀地家园。

李白的痛，不仅是痛山河，痛国殇，更是痛自己，痛爱情，痛他与当年那个幺妹的生生错失；但是李白的痛即使痛到彻骨，仍然不失大气豪迈，李白的痛始终有一种美，壮丽的美。

李白没有沉沦，已经壮士暮年的他身着宫锦袍，拄着拐杖走在行进的军旅中。李白参军了，他加入了永王李璘的军队，他愿以年迈之身为祸乱中的国家作“一割之用”。

战争的力量对比发生了变化，所向披靡、风卷残云的一方变成了太子李亨与永王李璘分别率领的唐朝兵马。

李白骑马参战，倚马赋诗。他仿佛活得更加年轻。

胡军在唐军的掩杀中兵败如山倒，血流汇成河。

在太子李亨和永王李璘的两军夹击中，安禄山被郭子仪杀死，胡军全军覆没。

两军欢呼着会合，太子李亨忽然剑锋一指，郭子仪率领兵马向永王李璘的军队扑杀过去。

一场兄弟自残的混战，李璘军队瓦解，永王死在太子剑下。

寂静的战场，万众的欢腾。太子李亨俨然当年的李隆基，如旭日冉冉上升。

李白以附逆罪入监被囚。受过李白救助的兵马大元帅郭子仪亲自来到狱中，打开狱门，释放了李白。郭子仪告诉李白，皇帝已逊位，太子已登基，因为新君颁发了对永王旧部的格杀令，所以郭子仪还是经过了太上皇的干预才对李白下达了赦免书。

踽踽独行的李白走在路上，迎面撞见了从长安流放出来的高力士。旧友重逢，恩怨尽释。高力士告诉李白，新君清除了太上皇身边包括他在内的所有亲信，连梨园子弟都被遣散出宫。高力士希望李白去长安看看太上皇，给太上皇一些安慰。

李白再次回到长安。长安城内已失去了昔日的繁华。在长安街头，李白看见两个卖艺的胡人，竟是阿迪力和迪丽娜尔的一双儿女。在这两个年轻孩子的身上，李白仿佛又看见了初进长安时他们的父母。

昔日繁华的锦绣坊，已经变成战火烧焦半截倾覆的危楼。毁容后佝偻着腰的公孙大娘只愿隔着帘子与李白相见，她不愿李白看见她的老她的丑，她愿李白保留着对她过去的回忆。李白看见了公孙大娘一只露在帘子外面的手臂，那双曾经舞动剑器，惊艳朝野的手臂，已如枯枝一般。

李白走出锦绣坊不远，身后火光即起。公孙大娘火化了锦绣坊也火化了自己。

长安街头，李白遇见了沿街卖唱的李龟年。李龟年告诉李白，太上皇被幽禁在骊山行宫的长生殿内，根本无法再见到他。李白忽然想起了锦绣坊里的暗道。

李白和李龟年在冒着余烟的锦绣坊暗道口拼命挖掘，终于搬开了堵死甬道的石块，现出了暗门。

李白举着火把，李龟年背着琵琶，二人在废弃的地下甬道向前摸索，终于走出甬道，走进骊山行宫。

李白把杨玉环的一缕头发和一只香囊交给了李隆基。李隆基捧着杨贵妃的遗物，老泪纵横。

李白提议为太上皇献一首诗一首曲。李龟年虽然断了十指，居然还能奏响琵琶。

李隆基感慨整个盛唐就是为李白、杨玉环、公孙大娘、杜甫、贺知章、吴道子、张旭而准备的，作为帝王的他只是匆匆过客，而唯有李白和杜甫的诗歌，唯有贺知章、吴道子、张旭、杨玉环、公孙大娘的才艺方可见证曾经的辉煌，方可获得永生的记忆。李隆基说出了和杨玉环相似的话——没有帝王将相的唐朝还是唐朝，没有李白的唐朝将黯淡无光。

东土的月亮最圆，长安的城郭最高。最后一次离开长安的李白终于脱下了已经穿得很旧很旧的宫锦袍。他向长安投去诀别的深情一瞥，深深拜揖，头也不回地向着远方走去。

天上的明月依然辉映着李白、牵引着李白，李白甩掉拐杖，高歌健行，大步流星。

浔阳江面，月光如洗。李白、杜甫分乘两只扁舟，向中心会合。醉中的李白捞月沉水，病中的杜甫掬饮失足。两位伟大诗人的灵魂相会在水月之中。

漫天吟诵着李白的诗句“床前明月光，疑是地上霜。举头望明月，低头思故乡。”……

（写于2012年7月8日）

征　服

——昆剧《影梅庵忆语》创作絮语

有一种征服是顺从。顺从不是不争取，而是更韧性地争取。这种韧性争取，往往表现为一种宽容，一种慈悲，同时伴随着一份如影随形般的苦难承担。所以肯宽容，能慈悲，甘愿承担有如魔咒般缠绕身心的折磨，归根结底源自一份主动的爱。爱得越深切，顺从越持久，久而久之，顺从便化为了另外一种征服，最终到达爱的彼岸——哪怕彼岸是地狱，是天堂，是死亡。

许多年前，看过一部日本电影《绝唱》，主角是当时红遍亚洲的金童玉女山口百惠和三浦友和。看那部电影的时候年岁尚轻，阅世还不深，更没有写作剧本的经验，但是如上的感慨却是清晰地烙在了心头。

许多年前，因为创作秦淮佳丽柳如是剧本，接触到另一位佳丽董小宛生平。秦淮佳丽董小宛与如皋才子冒辟疆的爱情故事，仿佛就是记忆中山口百惠与三浦友和主演的电影《绝唱》。一样悬殊的家庭背景，一样因为背景悬殊所招致的傲慢与偏见，一样由弱势一方在默默顺从里所表现出来的宽容、慈悲与承担，一样是女主角患了绝症在她生命的最后一息宣告了对于傲慢与偏见的绝地征服。爱到绝境，生命也到了终点。那个小雪与顺吉，这个董小宛与冒辟疆，他们的爱情传奇，何其相似乃尔？于是乎，很早就有了创作一部以董小宛生平传奇为题材的剧本动机。

许多年下来，围绕董小宛生平故事的剧本虽然没有写，但是董小宛与冒辟疆的爱情传奇却一直萦绕在心际，挥之不去。剧本创作，有时要等待一个契机、一个由头，有一份托付。有时契机有了，由头有了，托付却没有，或者不堪托付；有时看似可以托付了，却没有了契机和由头。如此延宕数载，剧本终究还是未曾动笔。其间，倒是有心去过冒辟疆的家乡如皋，凭吊了冒辟疆与董小宛共同度过九年生活的“水绘园”，冒辟疆悼念董小宛的绮丽长文《影梅庵忆语》也是读了一遍又一遍。如果说初始接触董小宛生平还是因着她与柳如是的同代人关系，是在一个大的时代背景中关注到了她纤弱娇小的身躯，那么经由冒辟疆《影梅庵忆语》的一遍遍吟咏，则更清晰地看到了董小宛这个看似身体纤弱意志力却极其顽强的非同凡俗的女性。

我读《影梅庵忆语》，仿佛读冒辟疆的文人回忆录。冒辟疆，名襄，别号巢父，江苏如皋人，世代仕宦人家，少年负盛气，才特高，明末“四公子”之一，文苑巨擘董其昌曾将其比作初唐的王勃，期望他“点缀盛明一代诗文之景运”。可见年轻时的冒辟疆才名之盛隆，风头之健朗。然而冒辟疆的青壮年时期，恰逢明朝大衰败，天将崩，地将解，加之科场腐败，屡试不中，所谓生之于乱世，怀才而不遇。冒辟疆与董小宛的两性交往两情缱绻，也是发生在那段风雨飘摇改朝换代的大时代中。“才子佳人，多生乱世”，动荡的时代决定了这对乱世佳偶将遭遇更多意想不到情感磨折与生活风波。冒辟疆是在董小宛病逝十个月后，即顺治八年江南沦陷后，以一介明朝遗民的苍凉心境写下了这篇记叙长文《影梅庵忆语》。明处是悼念亡妾的忆语，暗处是缅怀明亡的挽歌。文人士子的感情忧伤交织着家国沦亡的悲愤心绪，读来倍感凄清怅惘。

我读《影梅庵忆语》，仿佛读冒辟疆的情感忏悔录。文中，冒辟疆并不避讳曾经追求过另一位大名鼎鼎的秦淮佳丽陈圆圆，也不隐瞒曾经对董小宛一而再再而三的感情辜负。冒董爱情，似乎一直是董小宛在主动追求，有时甚至是董小宛的一厢情愿，而冒辟疆对董小宛的感情则仿佛始终是有保留甚至有点勉为其难的。即便董小宛已经嫁到如皋，入住水绘园，成为冒辟疆名正言顺的家庭成员，冒辟疆仍然可以视她若有若无，乃至在兵荒马乱之际两次弃她的生死于不顾。一次是逃避兵灾途中将董小宛弃之车下，使董小宛“颠连趋蹶，仆行里许”；一次是如皋沦陷之际举家外逃，“独令姬率婢妇守寓”。每临大难之时，冒辟疆总是“首急老母，次急荆人、儿子、幼弟”，总是“一手扶老母，一手拽荆人，无能手援姬……”冒辟疆与董小宛共同生活的日子里，不仅多灾多难，而且多疾多病。在董小宛生命的最后五年里，冒辟疆“五年危疾者三，而所逢者皆死疾”。若不是董小宛对其尽心尽力地陪护调理，冒辟疆“恐未必能坚以不死也!”这些情节，都是冒辟疆在《影梅庵忆语》里自我供述的，供述中带着深深的忏悔。在冒辟疆的供述中，董小宛对他始终不渝地顺从、宽容、慈悲、承担，乃至冒辟疆不由得反问自责：“噫吁嘻，余何以报姬于此生哉!”他甚至怀疑董小宛其人“断断非人世凡女子也”。董小宛陪伴冒辟疆的九年，正是冒辟疆作为汉族文人士大夫于改朝换代之际找不到精神出路的最为苦闷彷徨的九年。他幸运地遇到了她，他称赞她“凡九年，上下内外大小，无忤无间”。董小宛病死后，不但冒辟疆痛彻肺腑，叹息“余一生清福，九年占尽，九年折尽矣”，哀伤到“余不知姬死而余死也”的境地，他的正室夫人也因为董小宛的忽然病死而“茕茕粥粥，视左右手而罔措也”，冒家老少一门更是尽皆“悲酸痛楚，以为不可复得也”。

我读《影梅庵忆语》，仿佛读董小宛的爱情征服史。兴许今天的女权主义者认为，冒辟疆与董小宛的婚姻不过是次一等的夫妻，董小宛的身份只是“妾”而非“妻”，所以冒辟疆在《影梅庵忆语》里一直称董小宛为“姬”。因为“姬”与“妻”的不平等，因而董小宛的顺从只能是自知卑贱。可是我们只要试想一下，在那个一夫一妻多妾制的合法年代，出身于秦淮旧院的董小宛，敢于把自己的未来系于“世代仕宦”“名震文坛”的时代精英冒辟疆身上，已是显露了何等非凡的勇气与自信。对于一个社会地位卑下只能被动接受玩弄接受施舍的歌妓来说，董小宛只能以符合自己身份的方式方法竭尽所能地去追求幸福，赢得尊重，哪怕为此付出青春和生命的代价也在所不惜。这昂贵的爱情之花和尊严之花，用冒辟疆的话说，乃是“万斛心血所灌注而成也”。董小宛对冒辟疆的顺从，源于对爱情的尊重和对自身人格的维护；她对爱情平等与人格平等的追求不是通过两性交易、青春索取而博取上位，乃是通过付出——自觉自愿地默默持久地付出，这种付出是感情的积累，真善美的积累，也是征服，真善美的征服。董小宛最终收获了在那个年代里如她这般的女性所最不可能得到的人格尊重与爱情尊严。

在戏曲舞台上塑造这样一位女性并不简单。我们习惯了表现女性角色的据理力争，当庭抗辩，相信“我要，我可以”，不相信顺从与付出的本身也隐含着一种积极争取的正能量。因而我们今天便很难看到如《西厢记》《牡丹亭》《长生殿》那样的爱情戏剧了。爱情是一件很麻烦的事，怕麻烦的爱情恐怕不是爱情。张生与莺莺，杜丽娘与柳梦梅，李隆基与杨玉环，乃至梁山伯与祝英台、贾宝玉与林黛玉，他们的爱情都很麻烦，但是他们的爱情都是爱情。正因如此，《影梅庵忆语》剧本在终于完成之后始终找不到理想的托付，甚至连剧种都难以确定。用戏曲的表演塑造这样一位貌似与世无争逆来顺受的女性需要表演者有足够的舞台定力和心理自信。外表的顺从，内心的敏感，菩萨一般的容忍与慈悲，既柔弱无骨，又百折不挠，看得见的是她的温柔，看不见的是她的刚毅，由滚滚红尘污泥浊水中超拔出来的一种高远、一份淡定，若无深刻领悟，焉能唾手可得？

所幸，《影梅庵忆语》在剧本完成搁置两年之后，由冒辟疆的家乡剧团演出了我与青年编剧沈杏莲合作的越剧本。南通越剧团的精美演出，是一份对于地方先贤的诚意情感，也在一定程度上提升了该剧团的艺术表现力与演出影响力。承蒙北方昆曲剧院杨凤一院长之邀，我在越剧本的基础上又作了较大幅度的修改调整，改编为昆剧。北方昆曲剧院经过一年多的精心准备与创作排练，于 2014 年“情人节”在北京梅兰芳大剧院进行了首演。首演之日，一票难求，反响热烈，观众中尤以青年观众居多。饰演董小宛的邵天帅与饰演冒辟疆的施夏明皆为二十几岁的新人。两位优秀青年演员天赋之好、嗓音之佳、扮相之美，实乃一时之选。特别珍贵的是，通过两位青春演员的真情诠释，我们不仅能够观赏到他们规范细腻的昆剧表演的形式美，更能收获到一种穿越时空的生命感动，能够产生令人与古人的情感共鸣。这是一般传统戏曲剧目演出所达不到的剧场效果。

该剧导演是与我有着长期合作关系的曹其敬先生。我们曾合作过越剧《李清照》、京剧《建安轶事》、甬剧《典妻》等多部作品。曹其敬导演对文学剧本的理解力和舞台表演的把握力都堪称一流，令我放心。舞台设计刘杏林先生和灯光设计邢辛先生共同努力所呈现出的一种精致的古典美与现代美相生相谐的视角诗化境界、南方戏曲音乐家顾兆林先生与汝金山先生加盟北昆所融汇进去的一种委婉细腻的听觉品质，无不简约唯美而大气。所谓“低调的奢华”，“低调”的是形式，也是主人翁的人生姿态；“奢华”的是内涵，也是现代人对于古典戏曲的丰富认知。

（原载2012年第10期《剧本》杂志）

写在台湾豫剧版《梅龙镇》首演之际

《梅龙镇》是一出新创剧本，近年已有上海越剧、海南琼剧、山西晋剧等地方剧种付诸舞台，今年11月又将以豫剧形式在台湾首演。作为编剧，我向豫剧版的全体演出参与者深表谢意，预祝首演成功。

台湾“戏曲现代化”的起步要比大陆早，而经过“现代化”之后重新向传统的复归也比大陆觉悟得快。其实，传统戏曲“现代化”或“都市化”就是一个不断“添加”、不断“丰富”的过程。这个过程使得流于简陋和粗糙的传统戏曲舞台丰富起来，随着不断丰富繁复又开始了新的回归——回归到质朴，回归到简约，回归到精纯，但不是回归到曾经的简陋和粗糙。这就是戏曲“现代化”和“都市化”的过程，也是台湾京剧、台湾豫剧近十年来在王安祈教授等精英人士引导下留给我的良好印象。作为“传统戏曲现代化”和“地方戏曲都市化”在大陆的提倡者与实践者，我所致力的也正是这样的“回归”路线。

我希望台湾的京剧、台湾的豫剧都不必太过强调与大陆同类剧种的雷同，不必放弃此一剧种在彼一地域中自然生成的禀赋和特质，而恰恰是台湾戏曲所独具的风格、风神、风情，才能真正显示出台湾戏曲人的独特精神，也才能更加丰富我们共同的戏曲艺术。

这也是我对台湾豫剧《梅龙镇》演出的期许。

（2013年8月16日于上海）

致琦君

——从小说《橘子红了》到戏曲《秀芬》

琦君女士：

您好吗？

您是2006年在美国逝世的，在您逝世8年后的今天，您是看不到您的小说《橘子红了》被改编成的戏曲剧本《秀芬》了。作为文学前辈，您长我49岁，8年之前，我还没有改编您《橘子红了》的心愿，因而无论如何也都不可能在您生前向您讨教，聆听教言，对此我深以为憾。现在，剧本成稿了，我给冥冥中可敬的前辈写来这样一封信，惊扰片刻雅静，算是向您迟到的禀告，也是对改编心路的简要回顾。

第一，关于橘园。初读您的小说《橘子红了》，橘园的意向很令我神往。在我主观臆想的场景里，橘园，那是一片橙黄、一片橘红，铺天盖地，蔚为壮观。可是当我真的去到温州，去到瞿溪，却找不到心中的橘园图景，能看见的，只有一簇簇低矮的树丛，而且零零散散，不成气候。您在作品里描写的老宅边上令人“眼睛一亮”的“清新”橘园，更是稀稀落落，构不成风景，这令我很是扫兴。在温州，知道了当地人其实不把橘子称为“橘子”，而称之为“瓯柑”。“瓯”是温州的简称，瓯柑的品相与橘子相差很多。瓯柑色黄，皮厚，个拙，味苦，具有降火清肺的功效，当地人食用瓯柑，非为美味，多为祛病，其所以受到欢迎，主要不是将之当作水果，而是视为辅药。也因为瓯柑的品相与口感都较为粗糙，因而也很少行销到温州以外的地方。在您的笔下，瓯柑变成了橘子，橘园也赋予了诗意，那是您当时当刻的心情所致，也是兼顾到温州以外的读者对橘子的普遍认同，故而舍“瓯柑”而称“橘子”。还有您小说里描述的“橘子红了”并不是一幅场景，一种意向，您只是把“橘子红了”作为作品中大伯和大妈的私信暗语，暗示乡下的橘子红时，大伯可以从城里回来与新娶的姨太圆房。因为大伯在城里还养着一房姨太，大妈大伯生怕城里的姨太阻挠，所以设定了“橘子红了”的暗语。既然如此，我在改编本中也就不须刻意表现“橘子红了”的意向，甚而至于索性就以女主角“秀芬”的名字作为剧名来使用。这样做，一是防止日后剧本的读者观众也如我初读您小说时那样，一看到“橘子红了”就会先入为主地产生视觉联想，二是也考虑到与数年前根据您原著改编播映过的电视连续剧《橘子红了》的剧名相同，生怕混淆源流，于是戏曲剧本取名《秀芬》。

第二，关于民国。不知您是否了解到，近一二十年祖国大陆的文艺创作一度流行民国怀旧情调，又被称之为“民国范”。特别是您逝世后的这几年，20世纪三四十年代大陆民国时期的文化风尚几乎成了一种时髦。民国建筑，民国服装，民国歌曲，民国绘画，乃至活跃在那个时期的民国文人、伶人、学者、教授都成为了一种旧式现代戏与都市化的文化风标。我想，中国近代文明的现代化与城市化运动肇始于国民党在大陆的执政时期，更确切地说，其大规模的城市化运动主要集中在20世纪上半叶的20到40年代前后。那一波的城市化运动，直接影响到了中国人几千年来所习惯了的农耕文明生活方式与精神价值取向，并由此带来了新的生活方式与生活态度。这些变化又大都受到欧美现代文化的影响，因而或多或少带着点儿“殖民味”。就那段时期的情状看，城市与乡村的二元对立从来没有那么尖锐，也从来没有那么暧昧。城市对乡村充满偏见，时刻想着要去改造它。乡村则对城市一方面抱有戒心，一方面怀着好奇。乡村窥视着城市，乡下人窥视着城里人，乡下人因为陌生和新奇，不断臆测着妖魔化着同时也羡慕并且模仿着城市里的人。那是一场城市与乡村旷日持久的文明角力和心理暗战，不见烽火，没有硝烟，却无时无刻不在流着泪和血，无时无刻不在上演着各种悲情戏剧。

我读您的《橘子红了》就读出了上述况味。您作品中的大娘和秀芬，不就是糅合着对城市的偏见与臆想而在乡村守望着的两个活生生的女人么？还有那个未曾出场的二娘，不啻就是乡下女人臆想中的城市女人。城市女人在被乡下女人津津乐道甚至被妖魔化着的同时，表达出来的心态却是向往，拿时下的话说，是“羡慕嫉妒恨”。可怜的秀芬姑娘，正是在这样的心理引导下，上演了自己的人生悲剧，也完成了人格蜕变。于是我也想到，民国的那一波暧昧含糊的城市化与今天狂飙激进的城市化不正是一种历史对应么？细读您的小说原著，竟从中品出了今天的况味。在您也许不经意，而我则希望将您的不经意放大。城市与故土，现代与传统，离别与守望，回归与出走，原来在乡村奔赴城市的进程中，人的情感与选择永远都是这般两难。

第三，关于结局。您在原著中描写秀芬因为流产而死亡，读来令人唏嘘不已，扼腕痛惜。您的这个不圆满的结局具有深刻的悲剧性，也具有强烈的文学感染力。我注意到您撰写的《关于〈橘子红了〉》的创作随笔，您在这篇随笔中交待了秀芬原型人物的真实结局，您说您“特别要向读者交代的是，秀芬事实上并没有死，而是被带到外地，受尽了折磨，在大伯逝世后，被逐出家门”。您还说这个真实的结局您“写不下去，我宁愿她因流产而死亡”。原来您是觉得秀芬的“没有死”比起她的“死了”更悲惨，更令您难以面对，乃至让您“写不下去”。您还交代了秀芬原型人物后来的人生结局。您说您的一位童年时代好友回大陆探亲，“在杭州一条冷冷清清的街道上，意外地遇见了秀芬”，当时的秀芬“已是白发苍苍，平平板板的脸上，没有一丝表情，对于多年动乱中的受苦受难一句不提”。说实话，我更喜欢这个完整的秀芬，虽然无论小说还是戏剧都很难完整表现她苦难漫长的一生，但我还是希望秀芬的故事延续下去，尤其是在那个文化启蒙人性苏醒的特殊年代。于是，我设计了一个带着累累伤痕自乡村主动出走的秀芬，我想这也许并不违背您原著的逻辑。您描写的秀芬是受过几年新式教育的女性，貌似逆来顺受的温和性格里埋藏对自由和平等的向往。她对大伯和六叔说不清道不明的复杂而丰富的情感，透露出她已然不同于大妈那样的传统的旧式女性。无论她后来经历了怎样的曲折人生，但她终究是离开了乡村，摆脱了身份，纵然受尽了苦难，却能顽强地活着。我想出走的秀芬似乎更符合她的性格，也更符合那个时代。当然，您是不会将自己的人生选择与秀芬相等同的，毕竟您和秀芬的出身和身份不同，您是大家庭里的小姐，是主人，而秀芬不过是一个名为妾室实为生育工具的地位卑微的女人。但是您和秀芬生活在相同时代，受过相同的早期教育，更重要的是秀芬的心灵世界也一定和您一样，有着对于知识对于自由对于城市新生活的精神向往，所以我也就不经意地将您和秀芬融合了。您后来的人生选择一定是秀芬所向往的，而秀芬所遭遇的种种不幸又是您深深同情的，因此无论是出走的琦君还是出走的秀芬，无论你们各自后来的命运如何，出走本身就是属于那个时代的青春特征。

第四，关于演出。先要向您报告一下原著改编的由来。起因是您家乡的地方剧种温州瓯剧团约请我将您的小说《橘子红了》改编为戏曲剧本。经他们介绍我才知道您是温州瞿溪人，也才知道原来《橘子红了》描写的是在温州发生的故事。此前我也是看了根据您小说改编的电视剧，从电视剧的风格情调上并没有看出温州的地域特点来。及至读了您的原著，又去了您童年生活和青年工作过的温州瞿溪，这才慢慢寻找到了一种特别的时代气息和地域气质，而这些特别的地方又正好与瓯剧剧种和瓯剧团的演员有一种暗合。我甚至觉得您的《橘子红了》简直就是为温州瓯剧团早已储备好的一部作品，故事、人物、场景、风格等无不契合现在的瓯剧和现在的瓯剧团。您是1945年28岁时离开瞿溪老家的，中间隔了56年，直到2001年84岁时方才从美国回到家乡亲自主持您的故居改建为琦君文学馆的落成仪式。或许是您回乡的行程安排太满了，未曾看看瓯剧团的演出。而在您逝世8年之后的今日，您的作品于瓯剧舞台上复活了。

愿您灵魂安放之地依然有文学，依然有戏剧。

2014年7月10日敬书

琦君简介：琦君（1917—2006），原名潘希真，小名春英。现当代台湾女作家、散文家。1917 年 7 月 24 日生于浙江温州瞿溪乡，14 岁就读于教会中学，后毕业于杭州之江大学中文系。1949 年去台湾，曾任台湾中国文化学院、中央大学中文系教授。后定居美国。2006 年 6 月 7 日病逝。代表作品有散文集、小说集及儿童文学作品 30 余种，包括《烟愁》《红纱灯》《橘子红了》《三更有梦书当枕》《髻》《桂花雨》《细雨灯花落》《千里怀人月在峰》《与我同车》《留予他年说梦痕》《琴心》《菁姐》《七月的哀伤》等。

越剧《玲珑女》剧本创作回顾

说来话长，看到作家高峰先生的作品《玲珑女》还是在2002年，起初看到的是他根据自己的电视剧改编的同名戏曲剧本，而后看了他长篇电视剧的播出，当时留给我的深刻印象就是《玲珑女》很适合以江南戏曲尤其以越剧的形式演出。此后的十余年间，我曾向江浙沪地区的多家戏曲院团推荐这部作品，希望它能搬上舞台，但因种种原因，均未能如愿。

我之所以如此热心推荐《玲珑女》，不是因为与作者本人有私交——至今我们也未曾谋面，委实是我对这部作品“过于偏爱”。我爱作品里弥漫着的江南气息，唯美气息，青春气息，神秘气息，而这些气息或气质的表达又既是古典的也是现代的。它不是历史场景或现实生活的简单复制，而是作家根据心中的历史与人性的体悟，极端自我又极其富有艺术想象地营造而成的一种风格化的视觉听觉与感觉的幻象。这幻象，表面上看不无虚假，实质上却很真实真切。

如我这般的读解，是否合乎原著精神，人若读解出如我一般的感觉之后，是否也如我一般地喜爱它，委实不得而知。我看《玲珑女》拍成的电视剧，就觉得被拍得实了，文本里渗透着的神秘感神奇感都逊了色。也许唯有舞台剧，顶好是越剧、女子越剧，仿佛才更擅长表现高峰作品里那一种源自作家心象的真或假、虚或实、男或女、阴或阳、爱或恨、生或死的模糊界限。

直到12年后的2014年，杭州越剧院侯军院长终于被我游说成功，决定排演这部《玲珑女》。但是，侯院长有一个前提，必须由我来重新改编越剧剧本——这个我倒是真的未曾料及。解铃还须系铃人，罢，也权当是了结心愿，在杭州越剧院征得了原著作者高峰先生的同意之后，我便改编出了这个版本的越剧。

我想说，除了作家高峰文学作品的瑰丽奇想与浓烈情感，原著《玲珑女》最能打动我的是它的精神取向，或者说是作品的立意。

《玲珑女》所讲述的其实是一段虚构的历史——故事发生的背景被置放在清末民初的江南，表现江南某一神秘小镇祖传手工制扇业的兴衰，设计出近代文明之风到来之后对于传统工艺、传统道德、传统文化观念的全面的冲击。一方面，传承了千百年的民俗民风以及民间工艺面临着城市化与现代化的严峻挑战，危机重重，难以继续；另一方面，人们在步入现代化生活并在不断接受新的文明成果的同时，又对即将失去的传统文明和风俗习俗充满情感，充满留恋，难分难舍。在这里，传统与时尚，继承与创新，都不是截然对立，水火不能相容的。相反，现代的生机正是在古典中孕育而成，创新的灵感正是在回归中获得启示，发展的动力正是源于继承的执着与坚定。在对待传统道德和文化遗产的态度上，原著作者与我，都是满怀敬畏之心、唯美情怀的，所不同的是对结尾的安排，原著所使用的力量更多地表达为对传统文化精神禁锢的摧毁和突围，而我所改编的结尾则试图表现突破之后对于传统文化精神的继续坚守或重建。

从原著电视剧的播出，到越剧舞台剧的演出，中间经过了十三四年时间。这段时间，足以使我们对传统文化传统艺术传统工艺的传承价值与保护责任，多少加深了一些新的认识，而这个认识的不断深化，也标志着一种态度一种沉淀。

（原载 2016 年第 10 期《剧本》杂志）

红色题材的艺术表达

——从舞剧《永不消逝的电波》说起

当下的舞台艺术正面临转型——创作的与理论的转型。

近五年来，创造性转化、创新性发展的“两创思想”，已经成为文艺创造的一个新理论坐标，解开了长期以来文艺理论自身所面临的彷徨、悖论、相互抵消的局面。我认为，“创造性转化、创新性发展”是一种转型的观念，不是“一招一式、一板一眼”的局部性创新，而是整体性的创新，是各个局部性的创新在实施后需要实行的一种整体性变化。

当年，梅兰芳先生去考察欧美的戏剧舞台后，认为传统戏剧应该从广场进入剧场，从戏园进入舞台。也就是说，中国传统的表演艺术面临着一次演出环境的变化。梅兰芳先生一生演了几百出戏，但在今天，他留给我们的带有现代艺术、极简主义美学特征的作品，就是三出折子戏《贵妃醉酒》《霸王别姬》《天女散花》，这三出戏都已经不是戏园子里演的传统戏，带有当代艺术的感觉。可惜的是，梅先生没能来得及把这些在折子戏里的探索运用到大戏中。今天的观众如果重新看这三出折子戏，会深深地感觉到，今天的舞台追求的极简主义美学，和梅先生在 20 世纪三四十年代完成的作品不谋而合。

今天的我们再一次面临着文化转型的要求。在这里，我想通过近期引爆话题的舞剧《永不消逝的电波》的创作实践，来讨论一下这个问题。

《永不消逝的电波》引发了观看热潮，一票难求。这样一部表现地下党生活的红色题材舞剧，没有依靠宣传或者行政手段做推广，为什么能受到不同地域、不同年龄、不同层次的观众的欢迎？很多人在观看之后，感觉它与传统的红色叙事有一些不同。那么，究竟是什么变了？为什么这些变化能打动观众？原因何在？

《永不消逝的电波》上演后，很多人问我：你是这部剧的编剧，但舞剧要剧本吗？舞段是你设计的吗？如果不是，你设计了什么？舞台上没有一句台词，只有通过投影显示的一些必要文字信息，作为编剧，你创作了什么？

这些都是大家关心的问题。在这里，我想先讨论关于舞剧编剧的话题。舞剧要不要编剧？舞剧的编剧都做了哪些工作？

舞剧，是舞蹈，也是戏剧。舞剧是文艺作品。是文艺作品，就有文学性。

画家吴冠中先生曾说，“笔墨等于零”。意思是，一幅绘画如果没有文学性，没有表现画家对生活、生命、情感、现实和历史的态度，那么，它就是一幅静止的画，只是一种技术的呈现，再好的工笔都等于零，没有价值，没有意义。真正的画家，譬如梵高、毕加索，是在通过画笔表达自己的思想和态度，重新看待人类和世界，他们的画作比真实还要真实，从他们的作品中，我们看到了世界的某种真相。在他们之前，人们对画的要求是惟妙惟肖，一片稻田，一片向日葵生长的土地，画得越像，画家就越好。可是，随着照相技术的出现，一夜之间，那些画得惟妙惟肖的画家失业了。绘画能比照片更真实吗？技术发展到今天，我们可以通过3D、全息等技术，把各种真实的影像、光影效果呈现出来，此时，我们需要什么样的画家？画家要画出真实背后的真实，所以，梵高、毕加索出现了。一个时期画家的地位，取决于他对生活的态度，也就是文学性。

以往，我们常常把文学性简单地理解为文字、文采、文辞，但我认为，真正的文学性隐藏在文字、文采、文辞背后。小到一方印章，大到一座建筑，都有创造者的视角、立场、眼光、情感，观者感受到的这些视角、立场、眼光、情感，就是文学性。

舞剧《永不消逝的电波》背后有没有文学性？我写的剧本不长，也就几页纸，但舞台上跳了两个多小时。这几页纸上并没有写“此处双人舞”“此处独舞、跳三分钟”这样的台词，我在剧本里描绘了上海的市井，阴雨霏霏，在迷蒙中有市井，市井中又有压抑，人们的行走匆匆忙忙，就在这行走中，发生了很多事情。这个人群构成的丛林其实也是城市的陷阱，吞噬着人的生命，危机重重。舞剧编导根据这些描述编排成如今舞台上的开场舞——风雨如晦的街道上，黑衣人撑着伞迅速穿梭，很多故事就发生在这个节奏紧迫、情感压抑的场景里。我写的，其实是就是一种情境。

一开始，上海歌舞团想要以《永不消逝的电波》为题材创作舞剧时，很多人不太赞成，说看不到这个题材中的舞蹈性。我曾和上海歌舞团合作过舞剧《朱鹮》，那也是一次迎难而上，最后获得很好的口碑和影响。所以，有时候，难点就是亮点，越难的题材，就越能倒逼出艺术家的创造性，克服了难点，也许就能创造出一个非常规的舞剧。后来，上海歌舞剧团团长陈飞华找到我，希望我能和歌舞团再次合作。

我重新观看了电影《永不消逝的电波》，研究了相关资料，并被真实地感动了。最令我感动的是故事原型李白。他在上海坚持抗战12年，两次被捕，经受各种酷刑：坐老虎凳、灌辣椒水，严刑拷打……最后，却牺牲在上海解放的前夜。

这让我想起自己曾经写过的一个剧本，写到第五场时，电脑文档突然丢失，我完全缓不过来，想退掉定金，因为我再也写不出这个戏，丢掉的就是最好的。后来，对方坚决不同意，我只能挣扎着重写，但我永远觉得后来写的不是我的那个剧本了。

这种巨大的遗憾和李白的故事是有共通性的。在12年的时间里，李白夫妇在上海滩坚持地下工作，还有20天，上海就解放了，他却牺牲了。这太让人遗憾和扼腕。人的行为总是有具体目标，李白向往一个新的政权，期望能在其中有所施展，但他却倒在了目标实现的黎明前。后来，剧团的工作人员给我发了一首歌，苏联战斗歌曲，歌曲大意就是一个英雄的独白：我没有什么要求，我想活到明天，还能闻到咖啡的香味，还能把窗帘打开，让阳光射进来，就这点愿望，还能跟女友一起逛逛街。这首歌没有直接说我要实现什么理想，我要报效国家，只是简简单单地想活到明天，就这点祈求。这一下让我找到了感觉，所以，我接手了这个剧本。

可以说，我写这个舞剧，就是先在心中有了一首《我想活到明天》的歌词。现在，大家会觉得舞剧的结尾还缺一点“让大家一起泪奔”的力量，进而把全剧的情感推向宣泄点，我曾揶揄地说就是缺了那首歌。是的，每次看到这部舞剧的结尾，我的意识中都会不由自主地出现《我想活到明天》的歌词。

剧本创作之初，当我重新看电影《永不消逝的电波》时，我觉得这个故事确实缺少舞蹈性，舞剧的演出必须把故事发生的空间打开，所以我设计了几个电影里没有出现的重要场景：第一，是李侠由杂货铺的小老板变身为报馆职员。20 世纪三四十年代，上海的报业很发达，几十个人坐在一个大厅里办公，就像今天的职场，演员可以在其中完成舞蹈。第二，我设计了一个上海的旗袍店，里面五光十色，能够体现上海女性的风情，但同时，这里也是一个重要的情报联络点。第三就是石库门，李侠夫妇的重要活动场所。这就是剧作家带着思考给舞剧编导提供的腾挪空间。

写剧本之前，我没有和舞蹈总编导韩真、周莉亚讨论，也没有和舞台美术家、作曲讨论，我希望我能够为未来的舞剧创作提供一片土壤，让能工巧匠们在这块土壤上种植花草庄稼。2018 年 4 月 5 日上午，在北京保利大剧院酒店的会议室，我对主创人员朗读了剧本。读罢，大家热烈鼓掌，有的人湿了眼眶。我感觉我们彼此的情感和观念都是相通的。我说我的工作做完了，只有三个基本原则希望剧团领导能够始终把握住。

第一，价值观。《永不消逝的电波》里的男女主角可以面对无尽的苦难，但是他们的信念不能出现动摇，敌我分明，意志坚定，所有的苦难、痛苦都是在人物自身的坚守中发生的。

第二，样式感。《永不消逝的电波》是海派的，是上海的，又是谍战的，紧张的，剧中人经常紧张到想呕吐。这种压抑感、紧张感、随时不安的感觉不能改变。

第三，人物关系。这个舞剧，我设计了几个人物，大都具有双重身份，每个人都戴着一副面具，防不胜防，人物之间的关系很复杂，这对长于抒情、拙于叙事的舞剧来说很难。

这三点中最重要的就是价值观以及其中传达的情感。这不是一种空洞的情感，而是通过表现寻常的情景，让英雄回到一个普通的家庭，丈夫、妻子、孩子，最后难分难舍，他回到了普通人的情感。普通人为了一个壮丽的事业，在日常生活中，每天经历着可怕的压抑，却还是在坚守。这就是我想要表达的感情。

舞剧《永不消逝的电波》的舞蹈总编导韩真、周莉亚都是“80后”，她们也像观众一样，在这个故事中找到了自己的感动。为了编排这个舞剧，她们整整一年没有接手其他工作，多次来到上海，在街头漫步，推开一扇扇门，感受日常生活，感受剧本里写的石库门、市井风情、每天的烟火气，真的下足了功夫。

两个主演也是如此，饰演李侠的王佳俊，每天都活得不快乐、不安全。我在排练场近距离看他那种惶惶不安、心神不一，又要装得满不在乎的样子，心里就很难过，人性扭曲到这种程度，真让人难过。可李白就过了 12 年这样的日子，我们要表现的就是这种伟大。女主角朱洁静也一样，她要成为市井人物，不再是高高在上、宛如神仙的“朱鹮”，要把自己熟悉的事物打碎了重新建构。我去过几次排练场，看一次流一次泪，所有的创作人员都被一种崇高的东西激励着，被这样一种氛围、一种生命状态感动着。

《永不消逝的电波》的主创人员，编导、主演、作曲、舞美、灯光、服装设计几乎都是“80 后”。他们的艺术参照都是当代作品，经常在讨论时谈到美国的某段音乐，英国的某部舞剧，谈到的文学作品也多是现代作品，有当下感。所以，这个舞剧改变了我们对舞剧通常的一些认识，体现出了一种时代审美的转型。

十几年前，我曾经批评过当时的一些舞剧。我说所谓的舞剧剧本创作，有时就是为了一次大制作所寻找到的一个由头，内容贫乏，在表现形式上基本是一种军仪式的对称，队列整齐划一、舞台豪华制作，缺少足够的内涵支撑。但是放眼古今中外的舞剧经典，哪一部作品不是具有一个完整的故事，表达了一种基本的价值观，都是在追求真善美的人性表达。

有人问我，你编剧的《朱鹮》讲故事了吗？我说，《朱鹮》也有故事，它严格按照剧作法的“起承转合”，设计了古代、近代、现代三个时代和尾声。古代，人和动物的关系非常亲近，朱鹮就生活在人类的日常生活中，彼此亲近和谐；近代，随着工业文明的到来，人类在追求城市化、工业化的进程中，忽略了其他物种的生存，我们看到了“朱鹮之死”，生命之殇；进入现代后，我们只能在博物馆看到朱鹮的骨架，朱鹮物种宣告灭绝，后来意外地在陕西汉中洋县发现了七只野生朱鹮，于是尾声中“朱鹮”又出现在人类的视野中。这个故事背后，我想要表达的是，当现代化、工业化、城市化到了一定进度，物质文明达到了一定水平，人们又意识到了修复环境的重要。《朱鹮》的戏剧性是人类的文明进程中，物种与人类以及人类自身发展意识的冲突和矛盾。

我们经常讲戏剧性，其实是受到苏联戏剧观念的影响。我们对戏剧的关注停留在事件的戏剧性上，戏剧的冲突是事件的冲突，所以要设计情节。后来，我们受到欧美的影响，开始讲性格的矛盾组成戏剧性矛盾的焦点，也开始认识到价值观的重要。如今，则越来越体会到，价值观其实是人与人之间亲疏关系的关键，价值观的冲突也是一种冲突，有时甚至是一种本质的冲突。再进一步，人和自己意志的冲突没有什么对立面，对立面就是自己，就是意志。比如哈姆雷特，没有人阻止他，他就是和自己的意志在较劲，生存还是毁灭？要不要复仇？什么时候出击？什么时候开始行动？他一再犹豫，错过了最好的时机，最后就构成了一个悲剧。这些都是戏剧性所在，而我们通常对戏剧性的理解就是事件。其实事件只是表面矛盾，最实质性的矛盾还是内心观念、意志的冲突。所以，从《朱鹮》到《永不消逝的电波》，我从一个剧作家的角度，能够提供的就是一种立意，一种内心和意志的冲突，让舞蹈跳得有意义。

《永不消逝的电波》关注的是人生，红色题材也是一种人生，能让大家感动，因为每个人都能在其中产生各自生命的联想，因为你可能遭遇过有些情境和有些感情。很多人都被男女主角最后分手的那段双人舞感动了，因为他们表现出的操守、情怀、信念，是超越意识形态的操守、情怀、信念。就像一个教师、一个工匠，他们在本职工作上几十年的操守也会感动旁人。何况李白夫妇从事的事业，已经被历史证明了价值，他们参与创造了一个时代、一个政权、一个全新的国家，今天的我们都生活在他们创造的成果中，所以，我们的感情波动了，被带动了，这就超越了题材本身。

戏剧文学是什么？剧作家要提供什么？就是提供价值观和体现这种价值观的故事和人物。最近，第十二届中国艺术节在上海举办，上海角逐文华奖的三部剧作都具备这个特点。舞剧《永不消逝的电波》、沪剧《敦煌女儿》、话剧《追梦云天》，都在舞台呈现上体现出舞台艺术的当代美感，它们都不是特别明确的写实戏剧或写意戏剧，而是将之提升到一个和谐的阶段，由具体的环境，比如物质环境、空间环境，来揭示具有品质感的精神生活。同时，在价值观层面，它们也都是遵循了人性，尊重了个体生命和寻常情感，都在崇高的价值观中发掘了普通人的美好人性。

把古代的故事讲给现代人听，把革命的故事讲给年轻人听，把中国的故事讲给全世界听。近年来，上海舞台艺术创作在讲好中国故事、讲好上海故事的过程中，努力践行习近平总书记“创造性转化，创新性发展”的文艺“两创思想”。与此同时，也在建设着新时代的海派文艺。我以为，“海派”就是打破习惯的规范，建立起新的规范，就是“移步换形”。如果总是“移步”而没有“换形”，那就是原地打转。移步是前行，移步是探索，移步是积累，“移步”的最终目的就是换形。犹如唐诗“移步换形”到宋词，宋词“移步换形”到元曲，元曲“移步换形”到明清传奇。在转换递进的过程中，我们看到了蜕变，蜕变之后，又有一段长时间的稳定期，但稳定到了一定时候，又会发生变化。就是在这个过程中，我们看出了年代感、代际感、时代感。今天，我们要创造新时代的新戏剧，这个新戏剧应该和新中国初期十七年时期的面貌不一样，和 20 世纪八九十年代新时期的面貌不一样，甚至与进入21世纪前十数年的面貌也不一样，它是在新中国、新时期、新世纪文艺风尚的基础上，充分吸纳了现代化、城市化、国际化的精神成果之后，所形成的对本民族、本地域文明传统的自觉回归和自信表达。所以，它应该是极其现代，极其国际，又是极其传统，极其地域的。

我曾经把价值观的评价标准归纳成一个词，“三江汇流”。在当下，每个人都面对着三种文化传统，任何人都无法摆脱三个传统的影响。

第一，中国古代文化传统。谁没有学过唐诗宋词？没有听过二胡的演奏？没有看过戏曲的演出？没有学过三笔两笔书法？没有吃过饺子、吃过月饼？这些都是中国文化，有形无形中，我们的视觉、听觉、味觉、感觉，都受中国文化的影响。文化传统是每个中国人的基因，如盐入水，无法解析出去。

第二，欧洲现代文化传统。欧洲现代文化传统是指以欧洲文艺复兴为标志的现代文化传统。谁没读过格林童话、安徒生童话？没听过钢琴、大提琴？没看过芭蕾舞、听过交响乐？不知道俄国的托尔斯泰、法国的雨果、英国的莎士比亚？这些文化因素已经成为当代中国人的文化背景，它会影响我们的趣味，影响我们的感觉，当然也会影响我们的创作，影响我们对作品的评价。

第三，中国革命文化传统。今年是五四新文化运动100周年，自五四新文化运动以来，历经延安时期所形成的革命文艺理论和文艺传统，直到今天所倡导的，主旋律创作、红色题材创作以及现实题材创作，中国革命文化传统也同时伴随着中国古代文化传统和欧洲现代文化传统渗透在国人的文化意识中。文学作品《红岩》《青春之歌》《林海雪原》，音乐作品《黄河大合唱》《红旗颂》，歌剧《白毛女》，芭蕾舞剧《红色娘子军》，电影《红日》《早春二月》《永不消逝的电波》……这些艺术作品无论在当时还是现代，随时都可能唤起我们的记忆，拨动我们的心弦，它也是文化素质中不可解析的一个部分。

三个文化传统共同构成当下每个人的文化背景，形成我们对文艺作品创作和评价的标准。但在现实中，这三个标准往往是被分割的，就像三把尺子，需要时只用一把。比如，很多人一谈传统，就唯古人马首是瞻，今不如昔，什么都是传统好，意识不到传统的形成也是那个时代对前人的超越。还有一类人，受西方欧美文艺理论的影响，看待所有的东西时都抽去中国的传统和中国的现实，不考虑具体的民族传统和现实关系，用局部的观念理解世界。再比如，我们谈对人民的理解。人民就是我，就是你，就是他，就是每一个有思想、有情感、有爱憎，甚至有忧伤、活生生的人。我们不能以为人民就是工人农民，或是弱势群体。人民就是我，就是你，每一个你我都是人民，每一个你我他构成的集体，就是我们所说的人民，人民从来不是某一个特殊的人群。

所以，三个文艺传统共同构成了今天的文艺观，这个新的文艺观就是“两创思想”，即“创造性转化，创新性发展”，它是检验新时代文艺创作的新尺度，也是指导红色题材、现实题材戏剧创作的理论标准。

（原载 2019 年 5 月 30 日《文学报》）

高山流水

好人薛沐

认识你，是在上海戏剧学院的课堂上。你居高临下，侃侃而谈，谈梅兰芳，谈斯坦尼，谈布莱希特，谈梅兰芳与斯坦尼与布莱希特。你说你认为没有哪一位外国戏剧家比斯坦尼对中国演剧业的影响大，危害也大；你说你曾在运用斯氏演剧方法的同时，“固执地”坚持了民族演剧的传统，因而涉嫌“反苏”，差点被撵出学堂。这事过去了二三十年，你还记忆犹新！

这便是薛沐？与陈多、陈耘合称上戏三个“好老头”的薛沐？二位陈老师均亲切幽默、笑口常开，且身量不甚高，而你张手似扇、转臂如磐、硬挺直拔、虎视眈眈。加之风闻你年轻时擅演《国民公敌》里的蒋介石，其喧嚣日不在前阵子孙飞虎之下，所以，一时半刻还找不出那个“好”字来。

好在你的“戏曲导演”课还算诱惑人。大家说在以培养话剧人才为中心的上海戏剧学院，像你这样既熟悉戏曲也尊重戏曲的先生不多。班里大都是编过几年戏曲又来学习编戏曲的戏曲编剧，因而私下里都盘算日后哪一天便要来请你。我算是第一个搬动了你的大驾。

1985 年初春，正月初六，我接你去苏北淮阴排《古优传奇》。那天好冷，滴水成冰，可你偏偏低估了野外的气温。吉普车里，你努力着不“缩作一团”，牙齿却控制不住地作颤。14 个小时过后搬你下车，你僵硬的四肢好久找不到感觉。你惊叹祖国的公路线确实漫长，你后悔未听师母劝告，果然是“光棍不穿棉，吃亏在眼前”。接着你就“微有低烧”，就着低烧你作“导演阐述”，更加红光满面。

也算是经过世面的淮阴京剧团演员被你精彩的演说说得一愣一愣的。“这老头不像说戏的”。这话在京剧演员嘴里的含义是肯定，是认，是服。因为你不像“说戏的”，所以你是“导演”。

一出《活红娘》红遍全中国，红虽则是红，可一百来号演员又不大甘心永久倚在“红娘”身上。当地主管部门当时一项颇见智慧的主张便是出新的角儿和戏，于是有了丑角挑大梁的《古优传奇》。大幕已经拉开，演员情绪热烈。你一日三班快马加鞭。因为感冒，因为兴奋，因为紧张、疲倦，因为失眠，你心脏病突发——天，要不是及时送往医院，真不知结果会是怎样！你抱着氧气枕头奔上忙下，剧团的头儿脑儿却胸有成竹，不慌不忙。于是你埋怨“皇帝不急急太监”。过后文化局长把无可奈何的决定告诉你，你便一下泄了气。你问我究竟为什么，我说我也说不清，反正做出了《古优传奇》下马的决定。你转过来有气无力地安慰我、安慰珠泪涟涟的演员，也安慰一脸哀怨的头头脑脑。你说好饭不怕晚，一切向前看！此事一晃五年，你说你仍然有些想不通，是导演构思难于体现、剧本“立意”有些“玄”，还是剧团没钱排戏？反正，大家心照不宣。

那是个描写宫廷优人的戏。写一场铺天盖地的大荒旱被一群官僚掩饰着，写“广舆民情”的万岁爷在歌舞升平的假象前神气活现，写一位秉赋异人的弄臣冒死戳谎，写那“天下太平”的高升和“圣聪有碍”的尴尬，最后群宵替罪好人也上断头台。

你说你喜欢这个剧本，喜欢剧本的真真假假、虚虚实实。你最得意的导演手法便是把梅兰芳和布莱希特拿在一起捏：“虚拟”+“陌生化”+“幻觉”+“煽情”+“震惊”……于是你设计出一支戴假面的歌舞队。我至今以为这是你最为成功的构思！

第一次合作未成，你许下诺言，1986年便有了《真假驸马》的兑现。是上一次构思“流产”的补偿，还是你执意进行变革戏曲的实验？总之，你坚持在剧中贯穿一支歌舞队。我很苦恼，将一个块状结构的分场次剧本改写成抒情性的无场次，说实话，吃力而且冒险。你固执得要命，我只好勉力为之。也算你自找麻烦。剧团出国余波未散，谁有情绪排练？十二个歌舞队员你总不能个个作揖？所以，大家只好将就着点。

暑气蒸人，大汗淋漓，你整整折腾一个夏天。几度濒临搁浅，幸好挣扎过关，毕竟还是上海越剧院。最折磨人的还是那场连排。乱乱哄哄台上不见章法；叽叽喳喳台下个个心烦。满耳朵听来怀疑，我也渐觉没底。你倒好，依然自信，依然从容，依然谈笑风生，依然大将风度。当夜好惆怅，我寻思这戏八九要砸。次日招待彩排，剧场里赠券赠满。怎么说呢？要说成功，要说出人意外，要说后来连演了近百场而未衰，那是因为你导演。一饰两角固然别致，“多功能歌舞队”才算新鲜。应该承认：歌舞队形式虽然早见于古希腊悲剧演出中，国内戏剧舞台也不乏有人作过尝试，但赋以如此全面的功能并巧妙地整体糅合在剧情之中，戏曲舞台上，是薛沐率先取得了成功。

艺术见解，人各人言。然而，对一位导演成败的最终检验，是在观众席上。戏上演了，你对我说你了了一桩心愿。我见你面色黄倦，心里很内疚。再后来我编了个《西施归越》的剧本，因为推迟了原先约定的排演时间，因而原先约定的导演也没时间了。你听说剧院还想约你，于是赶紧放风推辞。我知道你说过“合作不过三”，而且我“戏运不好”；可是我也知道你这人易激动、易轻信，且经不住“哄”。所以我就声称“请老师提意见”。你解除了防范，便与我阔论高谈。也是你对学生过于热心、过于轻信，也是你用词不慎动辄“若是我导演……”，我暗中使坏、顺水推舟，你不知不觉地又把“若是……”说成“我打算……”，幸好一位剧院领导在场就势敲定……你随后发觉上当，连声骂我“狡猾”，把一边轧苗头的师母乐得仰面朝天。

也许真不该玩心机哄你赚你，也许真的是我戏运不好或者别的，反正第三次的合作让人想起来心酸。出国，评职称，院团班子调整；开排、停排、又开排、又停排，换个剧团再重排，只一个西施三易其人；千难万险熬到和观众见面，偏偏又逢上了“重大事件”。公元1989年5月30日~6月11日，《西施归越》在上海公演！记得仅6月5日一天，美琪大戏院就接到257个观众电话，询问戏演是不演？

亮着“客满”的霓虹灯下，几十位观众高举票子叫“贱卖”！那个惨，让人一辈子忘不掉！你伫立门边，一脸忧伤，你说你演戏导戏一辈子没见过这幅景象。你神情抑郁而怅惘，步履轻疾而慌忙，仿佛做错事的孩子，在逃。

十个月，三百天，曲曲折折，拖拖沓沓，够辛苦，够艰难，够折腾。上帝这么安排，你有什么办法？过一天我来看你，你已一切如常。你让我学着包馄饨并问我酒量。我说面食不喜欢，喝酒也不行。于是你一面催师母煮饭，一面笑我白交了洋河酒厂厂长做朋友。接下来便是没完没了地唠家常。饭后你送我出来，边走边说你今年65岁。我心里合计：65，32岁半，正好一倍。你见我散神，拍了我一掌。我觉出有些分量，赶紧盯牢你望。你说：“玩艺术就凭一股激情，一股自信，过后则不宜耿耿于怀。”我“嗯”一声，寻思大概我的得失心重。到了路边，你示意分手。不知怎地，竟有种别离的感觉袭向心头，我想我与薛沐老师的合作恐怕真的要结束了。我望着你远去的背影，那步子很慢，也有些歪斜，腰背也不似先前直拔了……

“好人薛沐！”我几乎要哭喊出来。

（原载1990年第1期《上海艺术家》杂志）

曹禺永生

我是于 12 月 13 日曹禺先生过世的当天，在北京与徐晓钟先生通电话时得知这个消息的。本来，我是计划借《西施归越》晋京演出的机会，约晓钟先生面谈，可是因为曹禺先生的忽然逝去，作为中国剧协副主席的徐晓钟便再也分不出时间，同时，晓钟先生也一时没有了心情，他在电话里的语调是哀缓而沉重的。

作为一个晚辈的剧作者我一直由衷地热爱着曹禺先生的剧作。

记得我是在 17 岁时第一次读到曹禺先生的剧作《雷雨》的。后来我学习写剧本了，最初的练笔竟也是从摹仿曹禺先生的《雷雨》开始。《雷雨》的扑朔迷离的人物命运的因果关系，《雷雨》的平缓之中的紧张契机，《雷雨》的压抑氛围和萧瑟意境，《雷雨》的一种沧桑的死亡的或者悲剧的美，始终是我在自己的剧作中所要追求的一种至上境界和唯美品性。可以说，曹禺先生的剧作尤其是他的一部《雷雨》几乎渗透了我的所有创作，甚至于我想我在今后相当长时间的剧本创作实践中以及生命体验的过程里都不能彻底地脱离这一层影响。所以，追根溯源，我应该感激曹禺先生。

我也曾经拜望过曹禺，是 1994 年 9 月 21 日下午，在北京医院。北京的朋友郭启宏引见，得以一面久仰的曹禺先生。曹禺确实是一位斯文的知识分子，很优雅，很洁净，彬彬有礼，不忙不乱。身处病房却如书房待客：周到、节制、热情、亲切，让人感觉到一种由内而外的书卷之气。我向曹禺献上了我的剧作，曹禺翻着，说他已经知道了《金龙与蜉蝣》，说是他先以为是神话剧，后来知道是历史剧，并问我为什么要称之为“寓言史剧”。我尽可能小心翼翼地回答，曹禺听着点头，脸上则是习惯的思索神态。来看望曹禺的客人很多，分别时，大家都要与曹禺先生合影，曹禺却先吩咐秘书小白把他脖子上围着的毛巾取下来，自己理一理衣领，将眼镜扶正，端正坐好，尽量地配合着每位客人与他合影的角度。我想，曹禺先生是很珍惜他留给大家的印象的。与曹禺先生的合影是我唯一挂在自家墙上的照片。偶尔，我也会凝视着照片上的曹禺先生，每一次，我总在凝视曹禺的神情过后，得出“认真”二字的感受。我想，曹禺先生是认真的，所以才有了曹禺剧作的卓越成就。同时，也正是因了曹禺先生的认真，便才造就了作为本世纪一位具有典型人格意义的中国文化人曹禺。

曹禺的剧作是杰出的，至少他的《雷雨》《日出》《原野》《北京人》四部话剧已经无可争议地成为了20世纪中国戏剧文学的经典，它们成就着、影响着一代又一代的年轻剧作者、导演、演员，并被一轮又一轮地改编和转换为电影、电视剧、舞蹈、戏曲等不同的表演形式。正如莎士比亚的“哈姆雷特”“李尔王”可以不断地挑战各国的戏剧演员，曹禺的“繁漪”“周朴园”“仇虎”“陈白露”等一系列富有典型意味的剧中角色也一定会继续地诱惑着中国各剧种演员的创造。

已经过去半个多世纪了，曹禺的剧作依然从容地散发着迷人的光辉。而在这过去的半个多世纪中，多少喧闹一时的戏剧早已尘封，多少闪亮一刻的作家早已湮没。我不知道曹禺先生的这些作品当时是否也曾经被评比为什么大奖，但我相信无论什么奖项其实也都和曹禺先生作品的实际价值关系不大。

以曹禺先生个人名字命名的当代“曹禺戏剧文学奖”，我倒是有幸获得过两回了。于是乎，当我再一次凝视人虽离世但剧作长存的曹禺先生的遗像时，忽然就掠过了一丝袭心的恐慌。

是以祭悼曹禺先生。

（原载1997年1月23日《解放日报》）

心中的偶像

——追忆陈白尘先生

我只见过陈白尘先生一次，是1983年秋天我和淮阴的另外一位年轻朋友去拜访他。那时，中国的文学还没有脱下神圣的外衣，我又是刚刚喜欢上文学不久的青年，因此，专程由淮阴去南京拜访陈白尘，不啻就是一次信徒对于偶像的朝拜。

回忆15年前的那一次“朝拜”，印象竟奇怪地淡薄。记得我们在陈白尘家里是坐了整整一个上午的，其间也见到了陈夫人，与我一同去的朋友还拍了几张照。而今，陈白尘夫妇对我们说了些什么，我们又说了些什么，居然大多忘了。而那些照片呢？就我当年的虔诚，一定要珍藏几张的，怎么我后来竟再也没有看到过这些照片？

那一次拜访过后，我的朋友写了一篇以我们两人名义发表的文章，刊登在当时的《淮阴文坛》上。记得《淮阴文坛》是由马超骏兄主编的，超骏兄还为文章改了标题，标题借用了陈白尘先生自己叙述的口吻，为《我是地道的清江浦人》。这篇文章我当时看过，我是很钦佩那位朋友的记忆的。我承认我当时在陈白尘先生家里坐着的时候是很紧张的，而且自始至终紧张，正是由于紧张使得我一从陈家走出来脑子里便唯余空白。我想，这是否可以解释为“敬畏恐惧”？因为敬畏心理太强，反倒形成负担？仿佛那种压力过大的高考学生，真的入了考场，竟昏然不能下笔了。不过，我也有必要振作一下自己。我是记得陈白尘先生说过一句话的。他是说“编剧”和“剧作家”两者不是一个含义，他老人家是不赞成把“剧作家”称为“编剧”的。他认为这是一种贬低，可惜这句话没有被我那位朋友写进文章里去。时至今日，我有必要把这句话写出来，因为我对这一句话有了 15 年的深切体会。它也在无形之中一直不曾间歇地鞭挞着我，指引着我，成为我始终不渝信守的天条。

如果我们不是存心在字面上刻意推敲，所谓“编剧”或是“剧作家”确是有着不同的境界。“编者”编也，可以理解为技术的层面，反正是一门技术，也就好比是做手艺，生活也好，情感也罢，都是可以随心所欲地“编”出来的，只要有人欢喜，只要能够赚钱，也就一切都可以“编”，乃至“骗”。所谓“观众和读者都是傻子”，是可以骗过去的。于是乎这种编出来的种种故事便充斥了我们的电视、电影、戏剧乃至整个文坛。这其中唯独稀少了“真诚”，缺少了一个作家对于人生、社会乃至个人情感和性灵的认真和责任。所谓“剧作家”，在陈白尘先生的概念中大概就是要证明与“编匠”们的不同吧！

我所以愿意钻这个牛角尖，缘于愿意接受这个信念。纵观陈先生一生的创作，我想能够得出一个“真”字。唯有真，才能义愤；唯有真，才有性情；唯有真，才通向幽默，通向清醒，通向博大和深沉……

一次短暂的见面，就因了他一句话，足足影响了我 15 年的事业和人生。所以陈白尘才成了我心中不倒的偶像，不仅仅因为他的戏剧或文学，更因为他的人格。

（原载淮阴市政协 1998 年 12 月版陈白尘纪念专集《征鸿远翥》）

仰望尚小云

尚小云与梅兰芳、程砚秋、荀慧生并称京剧“四大名旦”。尚小云生前创立了具有个人生命气象的京剧表演艺术流派——“尚派”。余生已晚，无缘现场领略尚小云先生的舞台风采，但是“尚派”艺术的影响以及尚派传人的演出却还是耳熟能详，心生景仰。尚小云，尚派，不但是京剧旦角演员所要继承的个人风格化表演流派，也是建立中国戏曲表演体系不可或缺的重要资源与内涵。

尚小云先生对以京剧为代表的中国戏曲艺术的贡献至少体现在三个方面。

第一，作为京剧表演艺术家的尚小云。尚小云先生毕生躬行实践，致力发展，创立了个人表演的京剧旦角流派。青年尚小云与梅兰芳、程砚秋、荀慧生等一批当时同样年轻的京剧坤旦演员，开创了一个由老生向旦角表演中心转移的堪称风化绝代的新的京剧黄金时代。同时，他们又是中国社会形态向着城市化和现代化转型，传统京剧由宫廷玩赏向着时代与大众回归，文人士大夫式的古典戏曲小众欣赏向着大众化时尚化商业化都市剧场审美转变的积极的开拓者与实践家。在“四大名旦”崛起并风靡的时期，真正的时代弄潮儿和艺术先锋派正是他们。时至今日，中国京剧，中国戏曲的传播、创新和发展，仍然延续着尚小云先生一代戏曲家特别是他们青年时节的精神与路向。京剧与时代同行，戏曲与时代共生，唯有融入了时代精神的表演与创造才是真正意义的积累和进步。时代造就了尚小云们的表演艺术，尚小云们的表演创造同样也造就了一个延绵永续的戏曲中国。因此，作为京剧表演艺术家的尚小云先生，他在把自己的生命景象与情感历程深刻熔铸于“尚派”表演艺术的创作中时，作为个体意义上的尚小云也就超越了自然生命存在的时限。

第二，作为一代戏曲宗师的尚小云。我们知道，尚小云先生不独是一位京剧的教主，他还是包括地方戏曲在内尤其是北方诸多戏曲剧种青年演员的导师。尚小云青年课徒，以为己任，一以贯之。中年、老年时的尚小云更是有一种近乎布道传教般的自觉使命。在我接触的例如陕西、山西、山东、云南、贵州等诸多省份的地方戏演员中，许多人会不约而同地把个人表演艺术的渊源乃至剧种表演艺术的提升归功于当年尚小云先生的教诲。或直接受教，或间接传承。由此可见，尚小云先生在他一生尤其离京入陕后的17年间，为中国戏曲表演人才的培养和地方戏曲表演艺术的提高作出了看似无形却影响深远的特殊贡献。我在想：作为狭义显性的京剧旦角表演流派之一宗，于今尚派的人气与台面或许不及梅派、程派、荀派繁荣，但是细细一想，广义隐性的尚派艺术影响力与渗透力却又同样是广博和深远的，某种意义上甚至有过之。诚如北方戏曲的诸多表演艺术家，动辄自称“尚派秦腔”“尚派豫剧”“尚派梆子”，甚至有些非旦角行的演员自称或被誉为“尚派武生”“尚派花脸”，包括尚小云先生的三位公子尚长春、尚长麟、尚长荣，更是在他们的武生、青衣、花脸行的表演与创作中秉承了乃父尚小云的健朗丰神。这是从另一层意义中我们看到的尚派艺术的影响与传承。

第三，作为京剧科班制度创建者与掌门人的尚小云。尚小云在他38岁英年也即1938年，便成立了完全由他个人出资创建的荣春社科班。以荣春社首任社长赵砚奎的话说：“尚君此项组织，既无牟利企图，又非一时兴至之举，纯以救济梨园贫寒子弟及作育人才为目的。”荣春社创办12年间，共培养学生590名之多，其中一大批优秀人才成长支撑全国众多京剧院团的中坚栋梁。尚小云和他创办的京剧科班，为京剧表演艺术高端人才的继往开来作出了历史性的不可代替的贡献。回顾当年荣春社科班的戏曲表演教学，何以人才济济，成就率高，这是很值得我们今天的戏曲表演教学加以深入研究的。其时，尚小云不仅疏财办学，于艰难时势中苦苦撑持局面，还在个人收入中舍出大量钱财，用以济病、济贫、济困。梨园之中凡有困厄者，尚小云每求必应，甚至不惜以高利息贷款，帮助同行。正是尚小云先生的急公好义，慷慨善举，赢得了梨园行的尊敬，1936年年仅36岁的尚小云即被公推为当时北平梨园公会的首任会长。纵观尚小云先生艺术与人格的双重轨迹，不难看出，在京剧尚派表演刚劲飒爽的艺术风格背后，其实是有着尚小云个人健朗慈祥的人格基础作为支撑的。二者形质相映，难分难解。

所以，尚派表演艺术的真正精魂也是双重的。尚小云流派风格的所谓“文武兼备，矫健刚劲”，不仅是台上的，也是台下的；不仅是表演的，也是心灵的；不仅是某一特殊阶段的，还是贯彻于始终的。如果仅仅把尚派艺术看成一种表象的表演风格，以为师尚就是提力气、起高腔、拼年轻、飙快捷，那是很难到达尚派表演的高境界，也很难领悟到尚派精髓的。尚小云先生生前的从艺处世为人，从来都包含着坚毅善良和克忍慈悲，因此才成就了尚小云的代表剧目及表演特色，如他的《汉明妃》《霓虹关》《梁红玉》《花木兰》包括他在《乾坤福寿镜》里的那一折“失子惊疯”，这些剧目与剧中人物，无不寄托着尚小云内心深处拳拳眷眷的爱国情、公益心、侠义胆、慈悲怀，尚小云是把他对国家对人生对世事对心灵的求真求善求美的追寻与感动，如盐入水般地化入了对京剧对舞台对表演的领悟中。因此，不能深刻领会尚小云先生人格操守的演员，也就难于成为合格的尚派艺术传人。

1959年59岁之龄的尚小云，何以毅然走出京城，走向西北，大师当时的心境如何，作何思想？晚生不得而知。尚小云先生是“四大名旦”中唯一于晚年迁出京城的，而且是主动要求迁出。大师当时作出这个惊世的决定，是否怀有某种不为人察的预感抑或隐忧？然而远离京城便可远离世事么？事实上，在尚小云迁居西北生命存在的最后17年里，他也和留在京城里的许多艺术家一样，经历了人间悲喜的时势沧桑。我翻阅着大师人生和舞台的数百幅照片，久久端详着大师桑榆暮年的几十幅生活照，分明看见在大师的眉间唇角有一缕自始至终的清秀、清雅、清静、清高之气在凝聚、在流溢。

与此同时，大师的神情依然还是有着那一份独特的坚毅、克忍、慈善、刚强。无论如何，我相信于那一年里走过旧时代皇城、走出新时代京都的一代京剧大师尚小云，是一种告别养尊处优、回归民间朴素的选择。这选择，既是人生的，也是艺术的。

如果说梅兰芳是一位坐定京城的剧界领袖，那么，尚小云就是另一位拥抱民间的梨园大王。

（原载2010年第2期《当代戏剧》杂志）

回首来处　展望去处

——追忆傅全香老师

2017 年 10 月 24 日 12 时 18 分，越剧表演艺术家、越剧“傅派”艺术创始人、越剧十姐妹之一傅全香老师因病逝世，享年 94 岁。

听到这则消息，我内心的波澜久久不能平静。我曾有幸在上海越剧院工作过几年，也与晚年的傅老师合作过越剧电视剧《人比黄花瘦》，因此与傅老师有过不少接触。她的过世，让我想到她一生的作为和贡献，点点滴滴，感慨万千。

其人，热烈飘逸

艺术家是创造艺术的。而有些艺术家，本身就是艺术。作为生命个体，散发着令人迷醉的人格魅力和艺术魅力，傅全香老师便属于这种。

傅老师每出现在一个场合，人还在外面，气场就已经到了。她大咧咧的声音、大咧咧的步伐，用几乎飘进来的方式“出场”。她到以后，马上会把现场的气氛调动起来，绝不会冷场。所以到任何地方，傅老师都是一个中心。她的装扮，或是一件风衣，或是一条围巾，总是那个季节最适合的样子。她永远那样青春、那样热烈，那样有艺术感——有艺术气质、艺术格调、艺术品位。因此，她创造出的艺术与本人是匹配的。

傅老师待人，也是一门精致的艺术。她人生最后一部原创作品——越剧电视剧《人比黄花瘦》，是由上海越剧院最有经验的前辈剧作家、创作过《红楼梦》《梁山伯与祝英台》的徐进老师和当时还非常年轻的我一起完成的。傅老师与徐老师非常默契地把写作初稿的任务交给了我。在整个创作期间，我会隔三岔五地被傅老师请到她家去交流想法，每次去都发现傅老师待客很有一种格调：比如，她会精心准备水果，不仅是当季的、新鲜的，而且讲究品质，包括盛水果的器皿，都是很有艺术性的；此外她还会准备茶、咖啡以及饭菜等，样样都非常用心，恰到好处。所以，每次到傅老师家都是很温暖地、宁静地、一点杂念也没有地进入创作状态。据说，以前安娥给她写《情探》的时候，也是常年住在她家里的。我们合作期间，她家里也住着一位嵊县的年轻作曲。她以这样艺术的方式，不知熏染过多少从她生命中经过的人，而这些人的生命，也因此平添了几分美丽与光华。

因为这样的记忆，傅老师中风以后，我无数次决定去看望傅老师，却又无数次放弃。有几次我都到了华东医院的楼梯口了，最终还是退了回来，一直到傅老师过世，我都没能见她一面。因为，我还是想保留着傅老师在我脑海中的形象：飘逸的、美丽的、慈祥的、充满艺术气息的。我不忍心看那插着管子的、半睁着眼的、被人扶坐起来的傅老师。

这就是我们的傅老师，那样阳光、热情、爽朗、快活，她是能够扫除人们心灵阴霾的人，自身便是美的存在。

其艺，虔诚自尊

我最直接感受傅老师的创作状态，是在《人比黄花瘦》的时候。

实际上，那时她已经年近七十了。让我非常震惊且敬佩的是，她竟然一个人沿着李清照生命的路线，从李清照的家乡济南章丘到青州、南京、杭州、宁波、温州、金华……全程走了一圈。须知二十几年前，中国的交通还是硬木座椅的绿皮火车、颠颠簸簸的长途汽车，她就这样拖着年迈之躯、不带一个助手地启程了。她是真真正正地要再做一回李清照。正是她那样信徒式的投入，让她收获了与角色合而为一的创造。

傅老师塑造的李清照，特别是南渡以后的中老年时期的李清照，所表现出的家国忧患与生命悲欢，让人感觉她就是李清照。实际上，在选择题材之初，她首先感动的是在患难之时、离乱之际与赵明诚天涯咫尺的守望、相恋。我立马想到了“乱世佳人”，她是把自己对爱情的态度与李清照联系起来了。后来，随着我们交流的深入，她的感动点转移了，她对李清照南渡以后的遭际更为触动。我想，这是与傅老师当时的年龄、心理、状态的相通之处。那便是：对一切苦难的超越，对苦难中人生、知音的缅怀。傅老师，便恍然李清照再世般，留给世人最后一个越剧人物形象。

不仅对越剧创作，她对越剧，尤其是上海越剧的爱也是令人肃然起敬的。有一件事我至今记忆犹新。20 世纪 90 年代初，我动意要去上海淮剧团。一方面，我不能免俗地承认上海淮剧团要给我一套住房极具吸引力，那个年代一套住房对于一个外地引进人才的紧迫性是可想而知的；另一方面，我是从苏北来的，就是淮剧出身，尽管别人会把越剧院和淮剧团看得不一样，但在我心里没有落差。傅老师听说此事后，特意把我叫到家里，陪我吃饭、聊天，但只字不提此事。直到我起身告辞时，她才把主题挑明，希望我不要去淮剧团，不要离开越剧院。我问为什么？她说你让越剧院很受伤，从来只有人家千方百计想进上海越剧院，没有人想离开上海越剧院的。她心目中的上海越剧院是不可替代的、金碧辉煌的大户人家。她那副担当与责任，让我感觉好像上海越剧院就是她家的，她对上海越剧，有着强烈的自尊心与自信心。在她心里，越剧院千方百计引进的人才要离开，是上海越剧院地位的跌落。她说到什么时候上海越剧院都是一只“米箩”，苦口婆心劝告我不能跳进一只“糠箩”。我没有听傅老师的话，还是离开了上海越剧院，后来她每次看到我都骂我没良心、忘恩负义，笑骂之后都会说算了，尊重年轻人的选择，但又说不管到了哪里，都要想着越剧，给越剧创作。傅老师就是这样，她的爱恨都是溢于言表、不加掩饰的，但都让你感觉到她那真诚的、炽热的爱。

来处，风华灿然

傅老师作为一个时代的杰出代表，是越剧十姐妹中最后一个离开的艺术家。她的过世是一种象征，象征着以越剧十姐妹为代表的上海越剧乃至中国戏曲的那一个风华时代已成过往。

十姐妹是什么？

十姐妹是青春的化身。七八十年前，数十成百位来自绍兴地区（嵊县）的十几岁的女孩子，成群结队来到国际化、都市化的大上海，在这里没有任何排斥感地吸收着当时的现代艺术——好莱坞电影、芭蕾舞、交响乐、话剧、京剧等，表达着对光明、自由、民主、平等爱情的向往。把以十姐妹为代表的这一代人对人生、对舞台、对越剧的感悟表达出来，这就是上海越剧。上海越剧是不老的，是青春偶像，永远不会老气横秋。

是的，傅全香走了，越剧十姐妹走了，那可不是十个奶奶、大妈、大嫂走了，是十个青春女子离开了我们，带去的是青春的时代、青春的背影。

十姐妹是新文化的追随者。她们有自觉的新文化的追求，积极分享新文学的成果，乐于传播新文学，乐于与新文化主将交往——如传播鲁迅、郭沫若的作品，与许广平、田汉等交往，谦卑地向他们及其作品学习，并受到新文化巨匠们的指点。新文化巨匠们也愿意走进越剧，甚至参与越剧的创作。她们总是跟随时代的文化步伐，踩着时代的鼓点前进。因此，十姐妹的舞台创作，是由近现代文明催生出的有新民主主义文化特质的新文艺。越剧的创作者、表演者们也都成为一个时代杰出的精英，越剧的创作成果也成为一个时代先进文化的组成部分。

十姐妹是时代的代言者。20世纪40年代至80年代的约半个世纪左右的时间里，以十姐妹、上海越剧为代表的中国地方戏曲，完成了由乡村到城市，广场到剧场，戏台到舞台，民间艺术到剧场艺术的历史转型，获得了时代的认同，成为那个时代年轻人的代言者。从自然生命的意义上说，十姐妹离开了；从艺术生命的价值来看，她们的存在意义并不局限于在世时间的长短，而在于艺术创造力影响的深远。生命有时，音容常在，影响久远，十姐妹在她们各自在世的时间里创作了无愧于时代也无负于生命的艺术价值，而这些价值附着在她们的作品中，历久弥新。

去处，长路漫漫

今天，我们祭奠十姐妹中的最后一位，应该怎样做？

祭奠，不是沉湎于过去的风华中不可自拔，而是认清来时路后，向未来整理行装，再行出发。过去的风华不是我们要去的地方，而是我们来的地方。创作出可以和过去相媲美的当代经典，形成不只是年龄数量意义上的，而是艺术追求上的、新时代的十姐妹，才是我们的理想去处。

十九大刚刚闭幕。习近平总书记在报告中首次将“创造性转化，创新性发展”的“两创思想”与“百花齐放，百家争鸣”的“双百方针”“文艺为人民服务、为社会主义服务”的“二为方向”并题论述，反映党在不同时期的文艺导向。新时代的文艺创作要努力完成“创造性转化，创新性发展”，努力创作出属于这个时代的作品，而不是因循过去。十姐妹，是完成那个时代艺术转型的领军人物，而今天，我们期待新时代的“十姐妹”，完成今日越剧的当代转型。

为此，我们首先要思考当代越剧与时代的关系。今天的越剧、戏曲，还能不能充分为时代代言，能不能准确表达时代和民众的心声。我们要进入当下时代的心理，尤其要成为这个时代年轻人的代言者。过去，十姐妹关心的婚姻自主问题，是那个时代爱情领域里的主要矛盾，而今天的青年人爱情里的主要矛盾是什么，同样需要我们去体会、去表达。如果我们能够准确找到与当下时代相吻合的表达，我们还会不断出现新的傅全香、新的十姐妹，重回上海越剧、中国越剧、中国戏曲的年轻时代、青春年华。

祭奠，是精神的传承，而不是形态的亦步亦趋；是提醒我们来自何处，而不是要我们回到当初；是激励我们昂扬自信地再塑光彩，而不是哀叹风华的一去不返。

谨以此追忆永远青春的傅全香老师，赞颂永远不老的“傅派”艺术。

（原载 2017 年第 11 期《中国戏剧》杂志）

绵长的思绪

——蒋星煜先生回忆点滴

一、 作为前辈的蒋星煜先生

蒋星煜先生与我的恩师陈西汀先生是挚友也是同事，他们都曾在中华人民共和国成立前参加革命工作，蒋星煜先生是在重庆，陈西汀先生是在上海。我不知道蒋先生后来是否加入了中国共产党，我的老师西汀先生虽然一生没有加入中国共产党，但他在新中国成立前就作为地下工作者在为党工作。

蒋先生与西汀先生，曾经在周信芳、袁雪芬领导下的华东戏曲研究院工作。西汀先生成名很早，年纪轻轻就被称为大编剧，他曾经为周信芳、盖叫天、童芷苓这些大角儿写剧本，如他为周信芳先生写过《澶渊之盟》，为盖叫天先生写过《七侠五义》，为童芷苓先生写过《王熙凤大闹宁国府》《蝴蝶梦》《尤三姐》。到了晚年，西汀先生还为上海京剧院写过《刘姥姥进大观园》，为安徽省黄梅戏剧院写过《红楼梦》。记得西汀先生说过，当年他在华东戏曲研究院时，蒋星煜先生是图书管理员，两人工作岗位虽然不同，但他们很多年来彼此认可，惺惺相惜。华东戏曲研究院后来衍生出上海京剧院、上海艺术研究所等单位，西汀先生到了上海京剧院，蒋星煜先生到了上海艺术研究所，但是西汀先生快到退休时又回到上海艺术研究所，又与蒋先生共事了。

我是20世纪90年代初认识蒋星煜先生的。蒋先生常对我说，你老师是编剧界的学者，陈西汀的国学功底抵得上优秀学者，他又说你老师特别超凡脱俗，淡薄名利，是公认的“最后的士大夫”。的确是，先师西汀精通古典文学，琴棋书画样样精通，这个棋就是围棋，他的两个儿子为瑀、为璞都是业余围棋界的高段位棋手。在学问上，西汀先生与戴不凡先生、王元化先生等大学问家亦是好友。蒋先生对西汀先生赞赏有加，西汀先生对蒋先生也是十分看重，西汀先生生前，凡我新创作的剧本，他都要求我送给蒋先生看，他说有些征求意见是场面上的事，有些征求意见则是希望真正获得教益，他说蒋先生治学严谨，经他看过的剧本至少不会有文史哲方面的硬伤。所以那些年里，乃至西汀先生故去后的一些年，凡我新创作的剧本，都会登门向蒋先生求教。再后来，我以为蒋先生年事太高了，不再忍心上门去打扰他，可我想不到他通过报纸电视看到我有新作品演出的消息，会冷不防打电话过来，问我为什么不送剧本给他看了，他还会顺便告诉我现在他住在哪里，家里的电话号码变了还是没变，每每这个时候，我的心里都会泛起一股悲情，会想念故去的恩师，也会默念蒋先生长寿。

西汀先生还说过他很钦佩上海的两位学者，说是恰恰因为他们的被边缘、不得志才造就了他们后来成为一流的学者。西汀先生所说的两位前辈，一位是蒋先生，蒋先生相当长的时间里就是担任着单位图书馆或资料室的管理员；另一位是上海戏剧学院的陈多教授，是我在上海的又一位恩师，陈多老师曾是戏文系主任，早年被打成右派，安排在上戏图书馆工作，走进图书馆时，陈多老师的身份是教话剧表演的老师，“文革”后洗净各种污垢从图书馆走出来，已俨然是一位戏曲学者。无论是蒋星煜先生还是陈多老师，无论是在图书馆还是资料室，二位前辈藐视苦难，超越平凡，甘于寂寞，珍惜年华，不但没有辜负岁月，还造就了自己的人生。西汀先生钦佩这样的朋友，他们之间自有一种惺惺相惜、心领神会的情愫。

受邀参加蒋星煜先生的学术纪念活动，唤起我许多感性的回忆，也令我回想起与上海艺术研究所的交往。我曾经是“文革”后期插队农村的知青，后来我没能够读大学，是苏北淮阴市淮剧团的普通演员。因为爱写作、爱读书，来到上戏进修，班主任是陈多老师，陈多老师把我推荐给陈西汀先生学习编剧，于是我便成了西汀先生的嫡传弟子。

西汀先生离休后的工作关系就在上海艺术研究所。我的进修习作京剧本《古优传奇》完成后，先生将剧本推荐给了上海艺术研究所主办的刊物《新剧作》。现今艺研所的刊物《上海艺术评论》的前身是《上海艺术家》，《上海艺术家》的前身就是《新剧作》。《新剧作》当时在全国的影响很大，被称为中国剧本的“南北双刊”，北是中国戏剧家协会主办的《剧本》，南就是上海艺术研究所主办的《新剧作》，两个刊物都面对全国发表剧本。

《新剧作》当时的主编是南京前线话剧团转业的剧作家顾宝璋先生，副主编是戏剧评论家汪培先生，作为一个20多岁年轻人的处女作，想不到两位主编看了就决定发表，发表的时间是1984年第一期的领头篇。在当时，上海《新剧作》发表一个年轻人的剧本，足以构成一条新闻，当年我的家乡报纸《淮阴日报》就在头版发了消息。剧本在上海专业刊物发表，很快改变了我的命运。1986年10月，上海越剧院上演了我的剧本《真假驸马》；1987年6月，我被当作“特殊人才”引进到了上海，由此成为一名当年的“新上海人”。从一个业余作者变成职业剧作家，从一个小地方调进大上海，上海艺术研究所是我生命中的一个转折点。剧本的发表有赖于陈西汀先生、顾宝璋先生、汪培先生和责任编辑应耐良先生，因为诸位前辈的破格抬爱，包括西汀先生、陈多老师还联名给我家乡淮阴市的领导写推荐信，应耐良先生在剧本发表之前提前为我出具用稿证明，我这才一步步踩在节点上，一次次获得机会——由演员岗位转为创作岗位，由工人身份转为干部身份，由企业单位转为事业单位，直至一帆风顺调入上海越剧院。

所以我说想起蒋星煜先生，就想起我与上海艺术研究所的深厚情感。一晃30余年，当年的师长而今大都作古。逝者虽往，情义永在，这些具有古风的君子先贤们，如此这般厚爱着一位陌生的年轻人，有意无意地合力改变着一个文艺青年的命运，于今想来，不啻是一种古典而遥远的传奇了。包括后来担任《上海艺术家》主编的李惠康先生和上海艺术研究所书记的纪乃咸先生，都对我来到上海后的创作与生活给予了无微不至的关怀和帮助。时光荏苒，岁月流逝，直到现在，我对上海艺术研究所和研究所主办的这本刊物，都怀着深深的眷念。

这次举办蒋星煜先生的学术纪念活动，我又仿佛看到了上海艺术研究所当年“大户人家”身份感的归来。对于今天的上海艺术研究所来说，这般规模，这般场面，这般做派，这般影响，可真是不容易呀！筹备一年多，终于做出来，这里面有多难，我还是多少能够体会到的。在我看来，活动已经超越了它本身的意义，标志着上海艺术研究所在新的历史时期的重新上路。这个所在，曾经是中国戏曲理论、中国艺术研究的学术高地，曾经聚集着“七十二贤”的济济人才，一度时期它可以与以戏曲研究为主体时的中国艺术研究院南北相望，平分秋色。

在最近几期《上海艺术评论》上，我注意到几位崭露出才华的年轻人，人才回流，有时是在不经意间的。如青年学者杨子的文章和她策划的专题，具有国际眼光，又很接地气，国际是她的背景支撑，民间和社区方才是她的关注所在。再如前几天看到《东方艺术》转载的陈洁的文章《对研制民族低音拉弦乐器的思考》，不禁也引发我的思考，关于这个论题的研究，在全国范围内不能说一百年，至少也有六七十年了，中国民族乐队始终以西方交响乐团为模板，一直试图用西方交响乐队的配置来改造中国民族音乐，于是就发现我们民族音乐的许多乐器缺少协奏功能，特别是缺少低音的协调功能，为此很多人都在花心思研发那个低音乐器，可是研发了几十年，还是取代不了西洋低音乐器。而今天，我们的观念变了，东方就是东方，西方就是西方，中国的民族乐器是以它的每个个件的独特性为特征的，所以它不一定适合那种合奏。陈洁做的这个研究，我觉得是很多大学里都没有破题的一件事，她从一个低音开始介入，这篇文章学术含量非常之高。再就是这几期杂志的卷首语和按语，我觉得每一期都写得好，以前周兵在，我以为是他写的，现在周兵应该不写了，那又是谁写呢？我问杨子是不是她写的，杨子说不是，是所里两位“80 后”的青年编辑轮流写的。我觉得写得非常好，哪怕就是给一个话题写一个引言按语，都写得那么得体深入，你感觉得到那个写卷首语、写按语的人对话题下了很大功夫，不仅寥寥数语点送到位，而且于纵横捭阖之间时时有惊人惊醒之言。窥一斑而见全豹，透过几位自信的年轻人，仿佛看到“上海艺术研究所”这块曾经的沪上文化招牌正在擦拭出新时代的光芒。

蒋星煜先生是在2015年底他的95岁寿上辞世的，他是同辈人中的高寿者，我的两位陈姓恩师均早于蒋先生离世。记得每故去一位前辈我都会有许久的惆怅。以前没有手机，没有百度，现在我们最及时的工具就是“度娘”。老师们在世时，一有问题解决不了，根本懒得翻书，一个电话就给老师拨过去，而老师们就像活字典，大都马上能解答你的问题，陈多老师解答不了的问西汀先生，西汀先生解答不了的他会告诉我去问谁，其中很多问题就是在蒋星煜先生那里得到了正解。现在回想起来，一代博学渡人的前辈均已纷纷作古了，转而需要由我辈来解答后辈的问题。较之前辈，我辈深感才疏学浅，力不从心。有时我会想，为什么当一个人炉火纯青的时候，往往就是生命即将熄灭的时候？那些丰盈生命所带走的，其实是需要花一个百年来完成的积累和储备。当时得知蒋先生过世的消息时，我的这份遗憾特别强烈，意识到一个文人时代真的终结了。

二、 作为学者的蒋星煜先生

有关蒋星煜先生的学术风范，我想起三件事，件件记忆犹新。

第一件事，1993年，我的所谓代表作《金龙与蜉蝣》在上海演出，有一点横空出世的感觉。蒋星煜先生参加了这个作品的研讨会，并作了发言。研讨会上，大家对这部历史剧的品质定性莫衷一是。因为我的这部历史剧，没有具体年代，史籍中对这段事件没有任何记载，完全是我的虚构，连剧中的人名也都是虚构的，但是我又冠之以“历史剧”，于是许多人对这部历史剧的定性提出质疑，觉得这部剧是虚构出来的，不应该称之为历史剧。但是又有人觉得它有那么强烈的历史感，比那些有准确年表、准确人物事件、史有记载的历史剧还要有历史感。为什么一个虚构的历史，竟能给观者如此强烈的历史感，大家都无法回答这个问题。

蒋星煜先生回答了大家的质疑。他说这是一个崭新的、个人创造出的、新的历史剧的模式，姑且称之为“寓言史剧”。寓言是没有表象真实、没有个案真实的，寓言只追求本质的真实，所有的表象真实都被它涵盖，所以他说这是一部寓言历史剧，是一个特殊作家的独特创作。蒋先生还说从我的第一部作品，就是在《新剧作》发表的处女作《古优传奇》开始，这种历史剧的特征就已经透出端倪了，包括随后我创作的《真假驸马》，也是没有年表没有名字，剧中人就称为公主、驸马、皇帝、宰相，都是符号化的称谓，但是没有人怀疑它不是历史，他说这个作者创作了一部独特的个人风格的历史剧，很可能成为历史剧创作的一条路。

蒋先生的一席讲评，令我十分感动，也促使我在理论上思考起历史剧创作的问题。现在想来，所谓“寓言史剧”并非是我具有理论先导的自觉创作。作为创作者，就是凭借一种感觉，想要表达一些感悟，但是又找不到与之相对应的历史人物和事件，这种来自现实生活的感受又与某种历史气氛相吻合，纠缠为一种古今贯通的共鸣，它是单纯的历史剧或现实剧所不能代替的。心灵的感悟，笔下的流淌，不经意间被蒋先生提示出来，而这止是我的所思所想。经蒋先生在理论上提炼之后，更是化为了我的自觉，此后我越来越自觉地运用这种理论，创作了多部“寓言史剧”。由此我也想到鲁迅先生的《故事新编》，“只取一点因由，随意点染，敷衍成篇”，鲁迅先生写《铸剑》，写《补天》，就是用一点历史的因由，点染他现实的感受，进而把历史与今天打通，找到一种共鸣，他不是为历史而历史。

蒋先生的那次发言，很快整理成文章发表在上海的《文汇报》，不仅深刻影响到我后来的历史剧创作，也丰富了当代历史剧创作的理论，我在想这是真正的学者和评论家。真正的学者和评论家他一定不是创作者的说明书，也一定不是创作者的推销员，同时他也一定不是创作者的教父或导师，他是借助了你的创作，证明了自己的学问，是你的创作启发了他，证明了他，而他因你的创作而建立的学问不仅可以解释你的创作，也可以引导普遍的创作，这就是一位理论家与一般的鉴赏者批评者不一样的地方。鉴赏就像美食家，有一个敏感的味蕾，然后评价出作品的优劣。而蒋先生呢，他看了我的作品，却建立了自己的学说。有朝一日，纵使我的这个作品不存在了，他的学说依然在，还可以启示别人，这是有创建人格的学者。

第二件事，也是在 20 世纪 90 年代初，当时浙江有一台越剧《西厢记》红遍全国。尤其在北京，许多戏曲界的著名学者都对它推崇备至，乃至推崇到有点儿情绪化的程度。该剧到了上海演出，上海也有学者拿它与上海越剧院的“四大经典”之一《西厢记》作比较，觉得上海越剧院的“四大经典”剧目《红楼梦》《梁祝》《西厢记》《祥林嫂》显得陈旧了，尤其是《西厢记》，与浙江的这出新作相比，有两个时代的感觉。上海越剧院的经典版本《西厢记》是一种现实主义、古典主义的表达，而浙江的创新版本《西厢记》则追求一种现代戏曲的表达，它不是以崔莺莺为主角，而是以张生为主角，加之舞台艺术的焕然一新和主要演员的明星气质，赢得大量年轻观众的青睐。我个人也是很喜欢这部新作的，虽然我不一定能够理解北京的一些专家为什么把调子定的那么高。

上海学者中有几位对浙江新版《西厢记》持不同观点的人，蒋星煜先生就是其中之一。无疑，蒋先生是《西厢记》研究的权威专家，他从对《西厢记》的文学版本解读和经典文学作品的舞台表演等角度深入地评析了这部作品，进而对普遍的评价提出了质疑，其观点的阐释完全是学理性的。蒋星煜先生是一位有全国影响的知名学者，与北京那些学者应该都是很熟悉的。在北京那么一边倒、强势的舆论下，他仍然磊落地发出自己的声音，而且连续发表了两篇文章，就当时而言，多少有点迎刃而上的凛然。尽管我当时并不完全认同或者说并不完全理解蒋先生的文章观点，但是我敬佩蒋先生特立独行的个性，敬佩他敢于坚持学术操守的意志。也正因为蒋先生所坚持的学术观点与学术个性，在一定时期内使得他与一些很著名的学者形成了某种对峙。也是在那几年，上海戏曲界的学术气氛是很浓的，在蒋先生的支持下，上海的戏剧刊物

《上海戏剧》，曾经开展过“重写戏曲史”的讨论，一度时期也在全国产生了很大影响。我们常常说道“京派”“海派”，说道北京、上海，说道北方、南方，在艺术与学术方面，其实并不需要相互间的刻意和谐，有的时候在文艺观点与文艺风气上的摩擦对峙，恰恰构成一种力量，交错着推动中国文化的向前发展。如果只有梅兰芳，没有周信芳；如果只有京朝京剧，没有海派京剧；如果只有北方的评剧，中原的豫剧，西北的秦腔，而没有南方的越剧、粤剧、黄梅戏，那又会是怎样？由此想到蒋星煜先生的文人勇气与学术操守，不由得令人肃然起敬。

第三件事，1996 年，蒋星煜先生主持编撰了一部有五六十万字的《历代志怪大观》，这部书的主编不是他，他是总顾问，书中收录了由我撰写的大约 10 个左右条目。参与这部书，是蒋先生来电话约请并专门安排时间见面交待的。见面之后，蒋先生还寄来几篇范文供我参考，其中也有他自己撰写的部分。蒋先生交待的事情，我岂敢不认真完成。待完成之后拿到样书，我以为蒋先生是该书的主编，想不到他只是位总顾问，书中由他亲自撰写的条目居然比所有的作者都多。我想今天别说是总顾问了，就是总编、主编也未必亲自动手写作，有些所谓名家大家，名下总编、主编的著作汗牛充栋，而他自己则恐怕连写个序都是由别人代笔起草，末了署上一个大名而已。而蒋先生不仅写了那么长的一篇序言，还身体力行，与参与合作的每位作者一样撰写条目，不仅写得认真，也写得最多。这两天我又把那本书拿出来翻看，今天耳熟能详的、在全国有影响力的知名学者竟有一二十位之多，放在那个时候大家都不觉得有什么不合适，可是放在今天恐怕就很难再请到这样的人来撰写细小条目了。而我当时是个三十多岁的年轻人，是专业从事剧本创作的，蒋先生说他偶尔看到我在《解放日报》撰写的评论，觉得我有一定的学术积累，文字也准确，所有就请我参与进来，和当时的一些优秀学者一起来做这件事。蒋先生对一个年轻人的关注培养和他在学问面前身体力行、事必躬亲的态度，也同样令人肃然起敬。

三、 作为文人的蒋星煜先生

蒋星煜先生非常有童心、非常热爱生活，他身上的各种文人特征非常鲜明。作为一个上海的文人，蒋星煜先生就是一个上海老克勒，在任何时候、任何地方看到他，都是山清水秀、衣着整齐，头发是逐渐稀疏，但从来都是梳得整整齐齐。乃至到后来，不管他是穿西装、还是穿便服、还是穿风衣，都不厌其烦地结着领带，他永远保持自己着一种整洁的、读书人的文雅形象，而且乐观、开朗，没有一般小文人那种见人发牢骚、泄私愤的怨愤情绪。现在回想与他相识的许多年里，还真的没有听到他刻意抱怨什么的负能量记忆。

“秀才不出门，尽知天下事”，蒋先生经常让我想起这句话。有时候，我会冷不防接到蒋先生打来的电话。电话里他一直习惯地叫我小罗，他会用嬉笑的口吻对我说，小罗你有个戏最近要上演了吧，我一直在关注着，从排练到演出的日期我都知道，就等着你来请我看戏，可是等到戏演完了你还是没来请我，是不是担心我老了，看不懂你的戏了？我赶紧一迭声地表示道歉，说明没有邀请他看戏的原因只有一个，那就是担心蒋先生年事渐高出门不方便，因为从我私心来讲我是希望蒋先生您来为我把场的，因为许多年来您一直是我的支持者，您总能够给我以有益的建议。我的回话之后，蒋先生总是开怀大笑，他说他其实是明白我的心意的。蒋先生就是这么个人，他从来不在心里隐藏什么，即便有不愉快的事情他也要写成文章表达出来，哪怕有时有点情绪化，甚至含沙射影，指桑骂槐，影射着骂几句人，他也绝不愿意自己憋屈着，有的时候你或许会觉得他多少有点不够包容，但是换一个角度你又能够理解他，因为他尽管有时候看上去是针对某人某人，但是他实质上所义愤的大都还是学问，还是公理，偶尔也含有为朋友抱打不平的侠义，即便也会有不易为人察觉的私人恩怨，那也是真实的和爽厉的，这些都构成一个完整意味的文人的蒋星煜。

我们以前常把人群分类为农人、工人、商人、军人、文人、艺人，各种人群也都有自己的基本职业、规矩、气息、做派，而蒋星煜先生的种种做派，有些属于他的美德，有些未必人人都喜爱，但却都是文人的禀赋。是的，蒋星煜先生称陈西汀先生为“最后的士大夫”，我想称蒋星煜先生为“最后的文人”。文人者，不同于商人或艺人，文人的风骨与趣味都是可意会的，许多今天的文人，经常会模糊了与艺人与商人的边界，有些文人热衷登台，喜欢作秀，形同艺人；有些文人锱铢必较，利欲熏心，状如商人。相反倒是有些艺人喜欢高谈阔论，动辄说佛论道，辟谷弄玄，反而失去了艺人的亲和感。而更有些商人，附庸风雅，表演清高，甚至做出救赎的模样。总之人群的类别与本色越来越含混不清了。因而从这个意义上说，蒋星煜先生作为我心目中“最后的文人”，自有一种纯粹的含义。是的，蒋星煜先生是一个真实的人，他真实而纯粹地生活了一生，并且始终不渝以做学问为理想、为乐趣、为生存手段和获得尊重、赢得价值的根本，如此自然，如此成功，如此快意！他就是带着这种不留隔夜之事也不留隔夜之仇的文人禀赋与文人器量，始终快节奏高效率地辛勤运转了95年，在那个经历过战争、经历过疾病、经历过饥饿、经历过各种人格不受到尊重的将近一个世纪的不同年代里，一个人仍然可以健康快活有为地活到95岁高寿，怎能说他不是一部传奇。

今天缅怀和纪念蒋星煜先生，也是缅怀和纪念我们故去的一代师长，濡养我们、栽培我们、扶持我们的慈爱的师长。包括与蒋星煜先生私交甚笃的我的两位恩师——陈西汀先生与陈多老师。通过纪念这一代文人或学人，缅怀曾经支撑上海学术界、文艺界的一代“海派文化”的精华。在他们身上，有着鲜明的中国学派、鲜明的上海做派和鲜明的时代风华。而我们今天所要传承的，不仅是他们的学术、风华和操守，更是心灵表达与精神创造的代际识别感。

（原载2018年7月19日《解放时报·朝花周刊》）

如父如师

——怀念刘厚生先生

5月14日，我到中国剧协商谈工作，询问了刘厚生先生的身体情况，剧协有关负责同志刚刚去北京协和医院探望过他，把他近期的身体情况详细地讲给我听，“厚生老的意识越来越模糊”。我听到这句话，心中感到莫名恐慌，决定第二天下午就去医院探望他。那天我心中一直有一种难以言表的不安，想不到第二天一早就得到刘厚生先生已于昨晚逝世的消息。冥冥之中，仿佛有一种神示，而对我来说，一日之差，却留下了永久的遗憾。

我想起和刘厚生先生相处的过往。最初认识他是1986年10月，在上海人民大舞台。当时我在上海越剧院工作，院长吕瑞英通知我去接待刘厚生先生，她的语气中流露出对他的尊敬、重视。那是我第一次见到他，温文尔雅、慈爱、亲切，他看完戏，拉着我的手和我说话，就像家人一样。那出戏是我的第一部作品——越剧《真假驸马》，剧中运用歌舞进行了舞台艺术的综合表达，他感到非常新颖，以越剧来创作这样一出悲剧，他认为也是一种尝试，对这部作品非常赞赏。他对我说，你是很年轻的编剧，加盟越剧创作，要了解越剧在20世纪40年代改革的历史，越剧从来不是保守的，是跟着时代前进的。最初，他就给我留下了这样的印象和这一番话。

此后，刘厚生先生一直如父如师。我每次来到北京，都会登门拜访。特别是20世纪90年代，当时行程不紧张，每次都有时间到他家去坐一坐，师母会做一顿简单的家常饭，我向他汇报我的创作情况，他也很关心上海戏剧的情况，每次我都能得到他精准的点拨。

回忆起来，我的几部重要作品上演，他都给予了最大的支持。1993 年，淮剧《金龙与蜉蝣》到北京演出，并召开专家研讨会，会议是刘厚生先生主持的。会后，他又请我到家里深谈。他对《金龙与蜉蝣》提出的都市新淮剧的理念、戏曲重返都市的主张非常赞成。他如数家珍地回顾了越剧进入上海的历史，他认为，戏曲只有在城市中站稳脚跟，才能赢得一个时代，不要把戏曲在城市中的发展和送戏下乡对立起来。他鼓励我这条路要走下去，鼓励我参与其他剧种的创作。我那时已经调离上海越剧院，到上海淮剧团工作，刘厚生先生嘱咐我，虽然离开了越剧工作单位，还是要继续写越剧剧本，因为他看到当时越剧非常缺乏剧本。

2001 年，第七届中国戏剧节在广西南宁、柳州举办，有两台我编剧的越剧剧目上演，一台是上海越剧院的《梅龙镇》，一台是南京越剧团的《李清照》。刘厚生先生非常高兴，他觉得我听了他的话，还在坚持写越剧，他说这两台戏都喜欢，“一台戏让我笑，一台戏让我哭”。两台戏后来都获评了优秀剧目，我想，这也算是对他给我的嘱咐的一种回报吧。

2002 年 5 月，在昆曲进入联合国“人类口述和非物质遗产代表作”一周年之际，时任中国文联主席周巍峙和刘厚生先生一起为上海昆剧团颁发中国戏曲学会奖。活动期间，刘厚生先生就昆曲的文人化和知识分子化之间的相同与不同，跟我进行了深入的交流。这一年，我编剧的甬剧《典妻》上演，刘厚生先生又和我谈了他对滩簧剧种的认识。他认为，滩簧剧种有很强的新文化色彩，受话剧影响很深，因此对这类剧种来说，它的特征就是话剧加唱，不必仿效京昆程式化的表演方式。这个观点后来指引着各个滩簧剧种的艺术发展。他让中国戏曲各个剧种的戏剧人，清醒地意识到自己的独特之处并且坚守这种独特性，防止了同质化。他透过戏看到一个剧种的个性化发展和流变，并很及时地提出理论性的指导，使剧种及从业者非常受益。

20 世纪 90 年代中期，传统文化包括戏曲艺术处在普遍萧条的困境中，我一度出现过动摇，有一家商业公司约请我加盟，我举棋不定。有一次来北京，我专门到刘厚生先生家里请教他。以往他和我们晚辈说话，都是循循善诱，总会对我说，我的意见不一定对，仅供你参考，可是那一次他说得非常坚定，他说，一个人一生很难找到自己喜欢的职业，不管职业本身是不是受到关注，既然你喜欢，就要坚持下去，应该陪伴自己喜欢的职业同甘共苦。他说，再难，还能比梅兰芳、周信芳、袁雪芬等艺术家在战乱年代的困境中坚守难么？那次谈话避免了我人生航向的改变，我接下来创作的一部作品就是昆剧《班昭》。他很理解，这部作品折射出我在 20 世纪 90 年代个人的心境，他理解我创作的心理依据，所以特别喜欢这部作品。

在我和刘厚生先生相识的 30 余年里，在我艺术和人生发展的每一个重要节点上，都留下了他对我的关怀、引导、指点的记忆。刘厚生先生是全国戏剧界尊敬的前辈，我不过是其中的一员，对我一人尚且如此，他对中国戏剧界，真可谓是呕心沥血。更令我感喟的是，他对上海血浓于水的情感。他对上海的各个剧种、戏剧教育，都无微不至地关怀，后来他调到北京工作，也非常喜欢接待上海的客人，了解上海的情况。20 世纪 40 年代末，他就曾经在袁雪芬主持的雪声剧团负责剧务工作，剧务这个位置就像我们今天的创作室，对越剧编导创作机制的建立起到了奠基作用，后来，越剧的创作机制又影响了全国文艺院团的创作机制。新中国成立之初，刘厚生先生担任上海文化局戏改处副处长，还负责上海剧协、戏剧刊物的相关工作，对上海戏剧院团的建立、上海戏剧的发展、人才的成长，都倾尽了心力。

刘厚生先生与中国戏剧特别是戏曲可谓是同呼吸、共命运。他无时无刻不在思考着中国戏剧的当下发展，90 多岁高龄，还经常发表万言长文，表述他对当下戏剧的认识、看法、建言。尽管接近人瑞高寿，他的思想还是像他早期在上海时一样，具有时代感、年轻人一般的新鲜感，保持着和实践互动的活力。他身上有一种对艺术、行业，对时代、国家的热忱所形成的富有人格魅力的磁场，吸引着我们像他那样投身于戏剧事业中。

作为晚辈，我们纪念刘厚生先生，最重要的就是坚守，坚守戏剧，坚守自己的岗位，做好戏剧人，保持如他那般的热忱，以慈悲的情怀对待同行和这项事业，这也正是他对我们的期待。

（原载 2019 年 5 月 31 日《中国艺术报》）

时代同行

三访愚园

——侧写叶长海

忽然要写叶长海，心里不禁有些惶悚。一方面，叶长海是名望日重的戏剧理论家，他的著作，不仅有影响很大的《王骥德〈曲律〉研究》《中国戏剧学史稿》，还包括已经陆续出版的《中国历代剧论选注》（与陈多先生合著）、《当代戏剧启示录》、《戏剧：发生与生态》等，而我则是个乐于接受当代戏剧理论家指导的戏曲剧本习作者，以此偏窄之视角，审度一位学术影响力正逐步渗透到戏剧理论圈之外和国界之外的学者、教授，显然不合适；另一方面，叶长海曾是我在上海戏剧学院学习编剧知识时的主课老师，这段缘分，我们还仍然保持着，为此也不能不预备着几分敬畏的小心。加之他素来不喜欢“纯属张扬成就、锦上添花”的一类文章，而偏爱禅家“羚羊挂角，无迹可求”这么一句。于是只好“避重就轻”，沿袭些迂回的思路。

听说叶教授乔迁已有些日子，因为没有及时赶去帮着搬书，所以便迟迟地不好意思去看他。日子久了，竟先读到他一篇怀念旧居的散文，叫做《小屋的回忆》，文笔淡淡地透着一股诗意，仿佛那小屋真有些“难舍难分”似的。其实是一间戏剧学院的学生宿舍，几年里我曾叩访过多次，如今想来唯一个“挤”字：四张双人床，两张桌子，几把椅子，过后床拆了两张，移入一壁书架，从四个研究生同住到一家四口合居，仄仄逼逼，拥拥杂杂，据说他在那里“挤”了将近十年。记得那盏临窗的灯，真是“一年三百六十日，日日青灯到夜时”呵！要发感慨，若在我大约是“一番番冬秋春夏，一层层苦甜酸辣”两行。而他却在那里迎来送往，海阔天空；在那里面壁打坐，修成正果——完成《王骥德〈曲律〉研究》《中国戏剧学史稿》和《中国历代剧论选注》。所以他要怀念那“小屋”。

如今是坐落在愚园路上的一幢老式花园洋房，三楼顶层，一室加上一披间。尽管依然仄逼，依然拥挤，依然诸多不方便，尽管披间最低处尚容不得一米以上儿童昂首直立，却仍要煞费匠心地为自己和一对儿女安下“互不干涉”的三张书桌，但他说“已经很知足了”，毕竟不再是“小屋”，而是“洋房”。冷不防接到教授托人下达的手谕，内容很简洁，让我“拨冗”前去，有事情与我“商量”。因他新居的前任是陈多先生，我也曾常去那里聆教，所以轻车熟路，赶紧奉命而去。

教授正翻着书。“叶老师!”，我叫了声，心想应当说些“恭喜乔迁”之类的话。“你行动真快!”他合上书，神情有些奇怪的兴奋，跟着便从书架上抽出几本书来：《兰舟恋》《白门柳》《董小宛》，都是今人描写金陵歌妓的小说；末了是已故大学问家陈寅恪先生所著的三册《柳如是别传》。我尚在纳闷，他却已开出一页书单，说是已经问过陈多老师，他家里有这几本书，让我也一并借来。

“秦淮八艳”，我第一次听到这绚丽的名词。原来，他在逛书市时，碰巧同时买到几本关于明末秦淮歌妓生活的传奇小说，于是便突发联想：应该建议谁写成越剧。显然，在我到来之前，他已在为这个建议做了准备，而我却全然不知道他的这番努力。见他急急忙忙的样子，仿佛不是要建议我写什么，而是他自己将写。

“一部《柳如是别传》，耗费陈寅恪先生半辈子精力，何况还有卞玉京、陈圆圆、李香君、董小宛！明末文坛，何等衰靡，竟出了这么一批奇女子，一段风流，教她们占尽……”他情绪亢奋，眼睛很亮，像是被火燃着了似的。我看着一摞书，有些惧怕，于是说：“我做学问一向不深。”“《柳如是别传》至少看两遍”，他伸着两个指头，不容还价的样子。“八艳……怎么往一起捏呢?”我马上想到结构。“可以一人一出，搞一种新的连台本戏，也可以扇面似撒开，写上下两出。当然，是否有兴趣，接触了再说；怎么写，则完全是你的事。不过，集中读一批明末的书，肯定有好处，所谓‘说不尽的南明’……”

他侃侃而谈，有纲有领，完全经过深思熟虑。我为他所感染：“叶老师，我一定读这书，有了想法，再向您请教。”

大约在这一年前，他也有过类似的激动，是建议我写李叔同。后来我终于没有写成这个戏，我想我应该先把这件事了了：“叶老师，您记得曾经要我创作李叔同吗？研究下来，我仍然感到力不从心。”“为什么？”他一脸认真地问。“总之，我无法解释李叔同‘绚烂之极，归于平淡’的人生那一瞬。恋母、社会关系的压力或是痛感人生疾病的不可医治，是，又好像不是，而这又恰恰是不可以回避的关键。也许因为我终究是个凡人的缘故吧。”“不少人想写李叔同的作品，却都在这个共同的问题上望而却步，所谓‘瞬间顿悟’，可能正要以凡夫俗子的常情去体验呢！否则，怎么能沟通现世的观众呢？”我说：“我希望深刻。”他说：“年轻人写作品，容易舍近求远，所谓‘见山不是山，见水不是水’，总爱追索个‘背景中的成因’，殊不知很多事情就是‘水到渠成’，等到人生经历的事情多了，也就‘依然见山是山，见水是水’了，不过，那是完全不同的境界，是更高层次的认同……”

我真后悔不该因为没有参与他搬家而迟迟地不来看他。“听有学问的人说话是种享受”，这话不知是谁说的，很对！

叶教授爱写诗词，而且十分讲究传统格律的功夫。记得曾经为我们那个班讲授“诗词曲欣赏”课，并以“秋色”为题，布置了一次练习。那个班的学员大都是戏曲剧团送来深造的编剧，按说对诗词曲还算熟悉，但一旦讲究起规范，却又不免有些捉襟见肘。于是一首词整整推敲了一个礼拜，及至交卷，仍觉得时间有些匆忙，毕竟不同于剧本唱词那样随心所欲。叶教授当时也填了一首，既抒发了对这些虽值中年仍在孜孜求学的学员们的赞赏之情，也融进了自己曾经被时代耽搁的感慨：

寄调《虞美人》

眼前笔墨撩情绪，多少伤怀句。十年时事去匆匆，一样韶光不返水流东。数篇读罢应无悔，秋色犹堪醉。夜深何事独徘徊，道是更调新韵唱人才。

读叶教授的诗词，总能感受到一股清气。人世沧桑，王城故垒，一经到了他的笔端，好像都成了漫不经心的事情。唯独那次“秋色”，撩起了他的冲动，乃至有些不能自已。

我问他：“您是否在有意识地培养自己一种‘澄静’的心理精神?”他说：“其实我是很重视功利的。”我倒模糊了。因为一般熟悉叶长海的人都以为他是个潜心修学、荣辱不惊的学者，加之他平时不重衣表，行色匆匆，不善于与人作纯属社交意义方面的周旋，以致给人留下些老式学者的印象。忽然他说自己也很重视“功利”，莫非他还有另一个不平静的内心?

“是的，这也许是接受了儒家精神的遗传吧。孔圣人云‘太上立德，次之立功，次之立言’，因为时代和经历的不同，立德、立功都不可能，只有写几本小书，以此平衡自己，并由中觅得些乐趣，或许有益于社会，也总算不虚此生吧。关于具体的个人名利，那是无边际的，不可专意追求，气功不是很强调‘排除杂念，意守丹田’吗?”他说得极平和，却令我们听者有些慌张。我后来想，人们常说的所谓“中国知识分子的高尚品格”，不正是这种近乎宗教信徒似的义务承当感吗?叶教授的可贵之处，还在于他的冲淡，他的自然，他的毫无受难之感的悠闲。这大概可以称为一种境界了。凡有意于“立言者”，也是一种无可奈何的“功利”主义者。到处登坛说法的和尚，恐怕并未脱尽凡夫俗子气味，因为据说真正的得道高僧总是在深山面壁，并不到处云游，更不轻易开口。

记得有人在一篇关于戏剧危机的文章中曾写下一段小幽默：“记得鲁迅曾说过：‘讲话和写文章，似乎都是失败的征象。’而我却不幸又讲话又写文章。在鲁迅那可能只是说一句笑话，在我却的确曾以此而黯然自伤。‘百无一用是书生’，我们别无解困救危的良技，就只能如此般‘动口’又‘动手’而已。”

叶教授好酒量，红白啤黄不挡。借着酒兴，竟唱起流行歌曲：“请把我的歌带回你的家，请把你的微笑留下……”我们说他“唱得很好，而且颇有流行味”。他也不谦虚，大谈如何教中学音乐课，如何指挥千人大合唱，末了又唱“酒干倘卖无”，笑一句“廿年来第一狂”。

他近日就要动身去香港访问讲学。我见他一家忙得不亦乐乎，知道不宜神聊，便长话短说：

“籍贯?”

“温州。”

“年龄?”

“46。”

“兴趣?”

“你看着办。”

“追求?”

“……”

他有些苦思冥想的样子，却把一边的叶夫人和孩子逗乐了。

严肃尽扫，采访难以继续。我只得悻然告辞，因而只是上面一些杂散的文字。

（原载 1991 年第 1 期《上海艺术家》杂志）

她说她“嫁”给了国剧

1993 年 5 月的一天，忽然接到郭小庄从台北打来的电话，她说她很喜欢我的剧本《西施归越》，希望我能够同意她在台湾上演，并希望能尽快地与我晤面。

我很惊诧！

尽管我曾多次听说起台湾京剧演员郭小庄的名字以及她在台湾创立“雅音小集”京剧团的种种曲折，尽管我对郭小庄提出的“国剧应该属于当代、属于中国、属于你我”的戏曲革新口号由衷赞赏，并暗自引为同道，但是，我们毕竟互不相识，彼此亦从无来往。

仅过数日，郭小庄便飞抵上海，她告诉我是新竹清华大学中文系教授王安祈女士偶然于香港的一家书店购买了我的书名为《西施归越》的剧本集，王安祈觉着《西施归越》很适合郭小庄主演，于是返台后便向她推荐，郭小庄读剧本果然“好感动”，说是“读一遍，哭一回”，读完情不自禁地便往大陆拨电话，几经周转，终于把电话拨进了我家。

我自然也“好感动”！

《西施归越》的剧本写成于 1989 年，同年曾由上海越剧院红楼剧团上演，首演的日期恰巧定在 1989 年 5 月 31 日至 6 月 10 日这个春夏之交的日子。首演之后，因剧团人员变动等缘故，很快便匆匆收场，束之高阁。这以后，虽不断有剧团索要剧本，但终因种种关系，一直未有理想合作。时隔 4 年，冷不防将于台湾上演，我不免有些感慨。

初次和郭小姐交谈，便产生一种认同：原先内地戏曲演员最避讳的“西施怀孕生孩子”细节，正是郭小庄决定演出此剧的关键，郭小姐直言中国传统文化心理有一种“虚伪的回避”，仿佛女人一旦怀孕分娩便会失却美感，殊不知西施以身事吴，怀带遗珠恰是这个古代美女悲剧命运的必然。郭小姐表示她不仅不会回避“怀孕”，而且索性就尝试一下戏曲表演中的“大腹便便”，她说她一定会处理得很美，一定！

郭小庄有一种气质：既古典又现代，既好奇又认真，既温和又刚烈。而这恰恰符合我剧作中的“这一个西施”。

作为一名知名度很高的戏曲演员，郭小庄对于剧本和剧作者所表现出的尊重也同样使我感动。我们接触伊始，郭小庄便提出要签一份“演出权委托合同”，从著作权的归属、编剧酬金、合作双方的权益和义务，到后来排演过程中对剧本的每一次讨论修改，无不诚恳周到，严肃认真。有时仅为了改动一句唱词，一段白口，她也不惜拨来长途电话征求作者意见，决不擅自作主。《西施归越》在台公演时改名为《归越情》，郭小庄不但主演西施，也担任戏的导演，按说她可以有较大的自主权，况且作者又有海峡之隔，殊多不便，然而她却如此谦逊，不厌其烦！这使我联想到最近几年国内戏曲界不断出现的掠夺剧作者创作成果以及海峡两岸围绕版权问题的诸多纠葛，我以为郭小庄的所作所为很能起到某种表率的作用。

我与郭小庄曾有数次交谈，我也研究了郭小庄带来的大量有关台湾“雅音小集”及她本人的艺术资料，我觉得郭小庄和她的“雅音”所走过的京剧革新道路很值得我们了解借鉴。郭小庄曾是台湾“大鹏剧校”五期学员，接受过较为系统的训练，传统京剧的底子原本很有一些，十多岁时就已成为台湾空军“大鹏剧团”的主要花旦，按理她可以亦步亦趋地演出一些传统剧目，照样可以成就一番名望。然而，就在她于“大鹏”的地位不断发展巩固之时，忽然萌生了要“独立”出去的打算。其时，台湾的京剧界正沉湎于“复古怀旧”的情绪之中。郭小庄深感传统国剧与现代观众之间的深刻阻隔，很想作一些与当代人靠近的努力，于是她在读完台湾文化大学毕业继而赴美国莱丽亚音乐学院进修返台之后，毅然决然地张开了“雅音小集”的旗帜，并在台湾著名学者俞大纲等文化名人的参与支持下，明确提出“国剧应该属于当代国人”的戏曲革新主张，不久，这个以“传统国剧现代化”为宗旨的京剧实验团体，便与先后成立的台湾“云门舞集”“兰陵剧坊”三足鼎立，并驾驰骋。迅速在台湾激起了民族传统艺术革新的狂飙巨涛。“欣赏雅音，走近国剧”，一时成为台湾青年文化娱乐的一种时尚、一种情调、一种品格，每临“雅音小集”公演，台北街头竟随处可见身穿印有“雅音”字样T恤衫的青年。何谓古典，何谓新潮，台湾青年人似乎于郭小庄和她的“雅音小集”演出中，捕捉到了一种完美结合的精神风范，这真是一个奇迹了！

许多年来，大陆京剧界一直作着“争取青年”的各种努力和实验，然而始终收效甚微，为何居于台湾一隅的郭小庄却率先获得成功，而且十余年如一日，至今不衰？这是个值得研究的课题。不久前，尚长荣先生随上海京剧院赴台演出归来也与我说起此事，尚先生奇怪大陆最好的戏在台北也只能演出两场，而郭小庄的“雅音小集”动辄在台北最大的剧场连演连满八场十场，且一票难求，真神了！

平心而论，若以传统京剧的严格规范度量郭小庄，郭小庄可能很值得挑剔。论师承，论正宗，郭小庄都有她的客观局限，然而正是这个局限造就了她，造就了她独立的品格，独特的风范，独到的见解和独有的贡献！

近年来，随着中国文化的对外开放，包括港台地区在内的许多海外戏曲演员纷纷来大陆投师拜师，很有些“认祖归宗”似的急切。这固然是一种谦逊，一种美谈，然而如郭小庄者，则愿以另一种资历和姿态往返两岸，不是客串晚会，不是傍演名家，而是寻求交流，寻求合作，寻求创造。前些时，正值梅周百年诞辰纪念于上海闭幕期间，郭小庄应邀携带《归越情》演出实况录像来沪交流，京沪两地戏曲界诸位名家看了录像播放，均感到确是一次意外，一次发现，一次了解。郭汉城先生诚邀郭小姐率“雅音”来北京或上海演出；龚和德先生则提议将郭小庄和“雅音小集”列入中国当代戏曲史的研究对象；而上海东方电视台在看完郭小庄带来的演出录像之后，迅即决定于春节的正月初六播出《归越情》全剧演出实况。据说，这还是大陆观众首次完整地看到台湾的京剧演出，而且是标志着台湾京剧改革成果的演出，“文流”的意义自又非比寻常。

郭小庄小姐已是一位具有 34 年戏龄的资深艺术家了。频繁往来，我们渐已成为朋友。这一回，我妻子问了她一句，问她为何总是独来独往，一无依傍。郭小姐一笑言道：“其实，郭小庄早就嫁给了国剧。”说这话时，郭小姐的神情很幸福，也很烂漫。

（原载 1995 年第 3 期《中国戏剧》杂志）

梁伟平

——在淮剧的转折点上

像梁伟平这样 40 岁上下的上海中青年戏剧演员，在本市的各个剧种中都有一批，而且也都是各自剧种的代表性演员。倘就他们在观众中所拥有的绝对人数，或者说“名气”的大小而论，梁伟平肯定不会占优势。这当然多少还是受了淮剧剧种的限制。但是，若论梁伟平的表演艺术才能，若论他在戏剧表演艺术领域所达到的实际高度和深度，也就是所谓的专业“绝对值”，可以说，截至目前上海同龄演员还没有哪一个剧种的哪一位演员已经超过了他。

比方说，梁伟平在近年里先后主演了两出新戏：《金龙与蜉蝣》和《西楚霸王》，他在剧中分别演蜉蝣和项羽，就其角色的难度与反差而言，有谁曾经相似地艰难尝试过并且愉快地完成过？没有，真的没有。我们见过太多的与演员个人本色或与他（或她）的老师本色十分贴近的所谓表演，以及这种表演在一出出所谓新戏中周而复始的重复，可就是少见性格化、性灵化的人物，少见演员自己所完成的个性化创造；于是仅在这一点上，梁伟平至少已经显得突出，显得威武。

我见证了梁伟平在接受蜉蝣和项羽这两个角色之前的犹豫和烦躁，也见证了梁伟平在塑造这两个角色过程中所经受的痛苦与折磨，更见证了《金龙与蜉蝣》《西楚霸王》终于试验成功以后他的那一份活跃与伤感。作为这两出标榜“都市新淮剧”的实验剧目的编剧，我感激梁伟平与我的艰苦同行，荣辱与共。

一百年来，苏北人在上海这座城市的奋斗历史，竟不经意地镂刻在了上海淮剧的发展履历中。时至今日，苏北人似乎越来越不习惯以群居的方式来显示他们在异地的存在，而是羚羊挂角，不求痕迹，整体地融进这座庞大的都市，融进庞大都市中五方杂处的人群之中。但是，淮剧的这面旗帜却还昂昂地挑着，萧萧地飘扬。一片散漫之中的这一面“楚旗”尤其显得孤单，显得“酷毙”。因此，苏北人的这点气场还在，它还不断地将西楚的古朴雄健与质朴顽强，隔上三年五载地向这座客居的都市深情而又用力地吹送一回，以聊补一点生气，增添一抹色彩，证明着上海城市的开放与博大，也证明着自身存在的独特与昂扬。

这就是淮剧、当下的上海淮剧了。梁伟平有幸成为了这一代上海淮剧演员中的优秀代表，正像筱文艳可以代表着梁伟平之前的上海淮剧一样，他们其实是一个剧团，一个剧种，甚至于是这个剧团和剧种所依托的那一方人群于一个时期在上海城市生存与创造的“形象代言人”。换言之，我们可以由筱文艳或梁伟平唤起对于一个剧团，一个剧种，甚至于这个剧院和剧种所依托的那一方人群的总体记忆，包括唤起他们与当下上海，当下上海人，以及当下上海舞台艺术的联想和关系。这么一说，仿佛问题就严重了。那么，梁伟平是否就艺术与德行两个方面都能与筱文艳老师在不同的时代背景下取得“绝对值”方面的相互一致呢？在我看梁伟平在艺术上的继承与超越是不成问题的，而品行方面则筱文艳老师朴实诚恳，伟平审慎小心，性格虽有殊异，却都是实在的好人。关键的一点，筱文艳老师表演艺术的风华绝代正值淮剧在上海乃至中国戏曲艺术的繁盛时节，而伟平现今面临的局势则是个人艺术的登峰造极与淮剧市场的整体式微，如何在完成了个人的造就之后，有心思考剧团和剧种的利害与出路，恐怕是对伟平今后艺术发展与素质考验的两道难关。不是有许多的戏曲明星在完成了个人的成名之后迅即变成了庸俗的既得利益者吗？与此同时，也有为数不多的几位戏曲明星，正在不同的剧种，不同的地方，毅然决然地肩负起了复兴该剧种乃至复兴中华戏曲的重担？这肯定是更高一层的追求和境界，需要付出的情感与思考也更多，但那恰是明星或“角儿”与艺术家的区别所在。我期待并且相信伟平会成为真正的淮剧艺术家。

（原载2001年第7期《上海戏剧》杂志）

我所认识的杨小青

与杨小青导演相识差不多10年了。10年间，我一直关注着杨小青导演的戏。从浙江小百花越剧团的《陆游与唐琬》《西厢记》《红丝错》《汉武兴邦》到浙江其他剧团和剧种的《大禹治水》《少年游》《荆钗记》《国色天香》，等等。可以说，杨小青是这10年间浙江省戏曲界和中国越剧界作品最多、成就最高的导演。

评价杨小青导演艺术的成就，我想可以从三个层面进入。

一是杨小青对于浙江小百花越剧团舞台风格的建立。20世纪80年代末期，积势10年之久的中国探索戏剧风潮正猛烈地冲击着越剧舞台。值此时刻，浙江和上海的越剧都相对显得保守和滞后，偶尔两台由实验话剧导演发动的戏，却因为过于玩味形式和理念，悖离越剧乃至戏曲的本体而显得高蹈轻飏，孤立无援。这时节，所谓新旧观念的冲突特别激烈，大家都希望能走出一条路来，既能带动剧种的发展，融入时代风尚，又不失却剧种或地域的本色。于是，渐渐地出现了《五女拜寿》风格之后的浙江小百花越剧团，出现了杨小青执导的《陆游与唐琬》和《西厢记》。应该说，这一阶段浙江小百花越剧团的创作，特别是《西厢记》和《陆游与唐琬》，奠定了这个剧团于上世纪90年代舞台整体艺术的基本风格；并且也为她们今后的创作和演出树立了一种标识、一种标准、一种风范；而这种标识、标准和风范正是属于这个剧团，这个剧种乃至这个时代的。如果说，20世纪50年代至60年代中国越剧的创作高度是属于上海越剧院的话，那么，90年代则无疑属于浙江小百花越剧团。这其中，上海越剧院已故总导演吴琛先生和浙江小百花越剧团杨小青导演的个人建树和影响都是至关重要的。

二是杨小青对于浙江戏曲舞台风貌的影响。一出创新含量很高的成功剧目往往会带动出一批艺术家。这些艺术家相互推助，彼此合作，逐渐形成了强势群体。这个群体的各个成员渐渐成为各门类的精英，他们带动或提升着那个门类的创作并且合力形成优势，这种优势所产生的作品往往可以引领风气，形成风尚，并在一定时期和一定范围内构成整体格局。就我观察，近 10 年以来凡到上海演出的浙江戏曲剧团，已经很难辨出大剧院和小剧团的差别。舞台风貌的整体严谨，演出格局的全面出新，一时令身处大都市的上海戏曲院团惊叹不已。这个现象当然与杨小青导演及她的创作群体的介入和影响有着极大关系。我们真的难以想像，一位导演在她较长的一段生命历程中以顽强意志和不懈努力，整体地介入并深刻地影响着一个地域，多个剧种，数十个剧院团的艺术创作，而且一直不知满足，不事张扬，默默无闻地辛勤劳作着。我在想，随着时光的流逝，我们在记住了杨小青导演的一批成功剧目、得奖剧目的剧名之时，是否还能意识到她在创作这些剧目的过程里所阐述的观念，所建立的方式，所渗入的情感以及所耗散的时间？这些隐性的东西或许比那些显性的成果更有价值。

三是杨小青对于当代“戏曲现代化”的贡献。随着中国现代化的进程，中国戏剧，尤其是中国戏曲正在酝酿着一种“升级换代”。这种变化，正是中国传统戏曲的演进发展，从中蜕变出具有当代品格的“现代戏曲”。“现代戏曲”和“传统戏曲”，有如宋词之于唐诗，是在延传积累中的又一次建立。20 世纪的 80 年代，是一个解构的时期，一切均被打破，一切均在借鉴、探索和实验，狂飙汹涌，扑朔迷离，然而少有建设和积累。90 年代开始合成收获，是在完成了各种试验和吸纳之后从更高层面上向着更古远的传统韵致回归，因而更显沉稳，更趋成熟，也更富有成果性。杨小青导演也是 80 年代好奇观望，90 年代投入创造的。纵使她的《陆游与唐琬》和《西厢记》，仍能看出精神与方法的变化递进。这之后，杨小青则更为自觉。如果从全面范围来看，90 年代确有一大批剧目完成了或者基本完成了从“传统戏曲”向“现代戏曲”的过渡转型：如黄梅戏《红楼梦》和《徽州女人》，越剧《西厢记》，川剧《死水微澜》，京剧《夏王悲歌》等。而作为杨小青个人则创作了包括越剧《西厢记》，昆剧《少年游》，绍剧《大禹治水》以及越剧“南戏系列”的一批剧目。她是以这些剧目的创作和创新，参与了“现代戏曲”工程的建设与答辩。昆剧《班昭》是杨小青最新完成的作品，标志着她的导演思维的又一次提升。《班昭》是我与杨小青导演相识10年以来的首次合作。记得于合作之初，杨小青一方面表示了她喜爱这个剧本，与剧本表达的情感有心理共鸣；另一方面，她也有点顾虑：顾虑昆剧，顾虑上海，顾虑自己是否会“力不从心”。其实我心里明白，明白她更主要的顾虑是恐怕不能够超越她自己已经驾轻就熟的习惯风格。但是，我也明确感受到杨小青是不会轻易放弃这出戏的，她会再度谋求“变化”。在此之前，我也确实感觉到了杨小青导演风格的某种“重复”。事实上，当一位导演把某一种风格发挥到了极致的时候，那极致的本身很可能就将成为他或她自己的局限。尤其当这位导演在某一个剧种中不断增加着作品的数量时，这种局限便愈益明显。

我也曾经当面对杨小青提出过两点批评：一点是批评她在运用现代剧场观念导演作品的时候，时常会忽略了对于剧本内在精神的要求，换言之，就是批评她不重视选择剧本。第二点批评则是针对她近一两年连续导演的几出越剧，指出她在愈来愈精致化、人工化的同时，已经逐渐失去了原创力和朴素感。杨导演是个极其谦逊的人，我们又都彼此视作朋友，所以我可以畅所欲言。

现在回顾《班昭》的排演过程，可以说这是我个人“干预”最少也参与最少的一个戏。不为别的，因为放心——放心于和杨导演在排练之前的几次深谈，放心于她在排练之初的导演阐述，也放心于排练中剧组成员不断反馈而来的消息。偶尔见面，她总是那样谈笑自如，充满信心，似乎绝口不提戏的事情。我知道，她是很有把握的。

作为《班昭》的编剧，我对杨小青的导演是十分满意的。记得我在剧组时只强调了八个字，即“正本清源，返璞归真”。今天，我正可以用这八个字来评价杨小青的导演。倘与杨导演近两年执导的几部戏相比，昆剧《班昭》无疑少了一些华丽和激情，而多了一分质朴与沉稳，同时它又很内敛，内敛中隐蔽着无形的张力，这张力仿佛随时要爆发，然而终究还是归结于含蓄。这种情状，其实正是剧中人班昭的精神特质。

看着杨导演，想着杨小青，我总不自觉地想到那只填海的精卫鸟。精卫鸟羸弱瘦小的身躯里，竟包藏着那么崇高的信念和那么巨大的能量。它一天天，一月月，一年年，一个十年又一个十年地辛勤劳作着，它从四面八方衔来木石，投进大海，从不间歇，永不放弃……这种精神，这副情状，正是杨小青导演的写照。也正因为如此，我才由衷地把她视为朋友、知己，深深地敬重着她。

（原载2001年第8期《中国戏剧》杂志）

如此师生

——序《寻梦留痕——龚孝雄剧作选》

孝雄曾几次征求我意见，问我他现在出版剧作选是否太早。我认为早没什么不好，何况他积累的剧作无论数量还是质量都足够编一本集子了。我倒是希望孝雄为上海同辈的年轻戏曲编剧带出一个头，证明他们在戏曲创作这块难垦的土地上照样能够收获果实。今天，我看到了这个愿望的实现。我祝贺他！

自20世纪90年代中期在《上海艺术家》杂志上看到孝雄发表的第一部剧作《宦官宰相》算起，孝雄的戏剧创作已经延绵了十数年时间，而除去《宦官宰相》的其他8部剧作，我都是从他开始的选材、构思到具体的写作、修改，直到后来的发表、上演，全程陪伴他走过来的。在戏曲创作这条充满艰辛的道路上，我看着他艰难跋涉的身影，分享着他的兴奋与喜悦，也分担着他的痛苦、失落和迷茫。从孝雄作为一名青年剧作家的成长履历中，我看到自己所熟悉的过去的影子，看到年轻戏曲编剧生长的普遍困难，也看到了他的坚毅、聪明、克忍与顽强。

孝雄还和我有一点相似，即我们都是从外地来上海的，是所谓的“新上海人”。在上海这片本不属于我们的繁华地界，我们顽强打拼，韧性战斗，压抑着某种难与人道不为人察的深度警觉，小心翼翼，加倍努力，不甘落于人后，唯恐突于人前。纵使这般，仍不免一不留神擦枪走火，遭白眼，挨冷枪。唯独一条，我们不叫苦，不喊冤，更不会想着对谁发回嗲、撒个娇，总之一句话，苦辣酸甜都得自个儿扛着。

孝雄就是这么生生扛过来的。一个时期，我把我在上海东方电视台做熟了的一个电视栏目撰稿工作移交给他，而他是朝九晚五每天都要准时上下班的，电视台的编导要求高，催稿也急，孝雄经常是熬通宵写稿一早又得赶去京剧院上班。有段时间，我看他心不在焉，神志恍惚，说着说着话就歪头睡着了，他实在是累透了！

一面，孝雄是上海京剧院称职的行政干部，负责着诸如策划、宣传、接待等事无巨细又事必亲为的繁杂事务；一面，他因为独自背着巨额房贷必须尽量揽活儿写稿赚钱；一面，他还始终放不下想成为一名有成就的剧作家的愿望和理想。于是，孝雄几乎成了许多熟悉他的人眼中做事最多，手脚最勤，活得最累的年轻人。所幸那段艰苦创业的日子，孝雄顽强地挺过来了。今日的孝雄，有自己的房，有自己的车，有自己温馨甜蜜的家，也有自己喜欢的岗位和爱好，他作为一名投身于上海、献身于上海、服务并生活于上海的新一代“新上海人”，是有理由骄傲也有资本自豪的。孝雄没有辜负自己的青春和他所负责的每一份工作，他也没有辜负给予他机会与挑战的他所深爱着的这座城市——上海。

如上所说，孝雄一直不是专职的编剧，他的剧本创作都是在繁忙的工作之余，是在为生存打拼的喘息间隙一字一句凝聚而成的。正因如此，他作为一位自觉生长的青年剧作家和他自发创作的这一批剧本才愈加显得珍贵，值得珍惜。十数年里，孝雄写作了大量的文字，也创作了为数不少的剧本，从他精选的这 9 部剧作中，我们至少能够看出他在两个方面的才情和努力。

一是聪明的模仿。凡初始尝试创作的人都免不了有所承袭与借鉴，以训练自己的创作能力和写作技巧。但是这并不等于没有自己的观察、理解、体悟与创造。例如孝雄在中国戏曲学院的毕业作品湘剧《宦官宰相》，他创作这个剧本时我们还不相识，因此我读到剧本时并没有和我的哪部作品产生联想。可是后来孝雄告诉我，他写这个戏是受了我《金龙与蜉蝣》创作的深刻影响。再如孝雄改编的京剧《长恨歌》《梅妃》和《白娘子·四季》，虽然都有现成的剧本作为基础，但是他在自己的转述中都融进了新的思考新的手法和新的理念，这些剧本在他的新一轮解读中，又从不同的视角或不同的表现形式中获得了新的演绎，从而在一个新的阶段拉近了与当下观众的距离。这是一种智慧的模仿，在模仿中创作，在模仿中提高，在模仿中延伸着原作的意义和在模仿着拓展着原作的传播空间。某种意义上说，它胜于那些似曾相识却标榜独创的虚假贫困之作。

二是谨慎的创新。我直接指导孝雄创作的第一个剧本是《王佐断臂》，我把这个剧本看作是孝雄的原创之作。王佐故事戏曲舞台上虽多有蓝本，但是孝雄创作的这个王佐完全是从一个新视角的重新起步，哪怕剧本中依然保留着一些京剧原本的情节与人物关系，但在孝雄的王佐剧本里只是他用来进行新的表达的素材。王佐的创作是从一折“断臂”的折子戏开始的，现在的大戏正是那一折小戏创作的延伸。以往王佐“忠君报国”的概念化主题转化为普通人“英雄情结”的表达，这种人格化与人性化的开掘，使得王佐戏曲的内涵升格到人生的哲理层面。可惜这个貌似形式比较传统其实潜涵着深刻哲学意味的优秀剧本，却迟迟未曾遭遇知音。孝雄的新《王佐断臂》的至今未能上演，不独是他本人的遗憾。较之《王佐断臂》，同时在形式方面也求得创新的剧本如京剧独角戏《小吏之死》、音乐歌舞剧《火神》、话剧《梅兰芳》以及与我共同创作的章回结构越剧《青衫·红袍》，更是显示出孝雄在剧本创作方面个人生命信号表达的强烈和写作技巧的趋向成熟。透过这几个剧本，可以预期孝雄将从以技巧优劣作为衡量尺度的“编剧”成长为以生命诉求与心灵表达为作品写作标准的剧作家，尽管从“编剧”到“剧作家”并不仅仅依靠聪明与勤奋。

我要说是的，孝雄是我的学生，他跟随了我十数年时间，他还是我指导的以优异成绩从上海戏剧学院毕业并获得硕士学位的第一位研究生。但是，孝雄更是我的朋友。在我们十数年的相知相交中，称得上情同手足，患难与共，血浓于水。他在时代观念、人生智慧以及生活能力方面的种种才能，经常使我对他产生依赖感。大处到我自己的人生选择，小处到修一台电脑、买一张火车票，桩桩件件都要和他讨论、向他请教。所以我常说，孝雄与我，其实是互为师生。

（原载《寻梦留痕——龚孝雄剧作选》，上海社会科学院出版社2010年版）

颜公子全毅

——序《倩女幽魂——颜全毅新古典戏文创作集》

称颜全毅为“公子”，在我也是头一回。为什么呢？认识全毅将近 20 年了，现在回头去想，忽然就觉得全毅身上有一股气息，很独特的，属于古风古趣古意古韵一类。“公子”，在京城人眼里标志着出身，象征着富贵，含有不为衣食操心优游人生的意思。而在江南人心中，“公子”则多指“情种”，是一种追求精致精神的人，无论其升平起落贵贱穷通，都不失心灵与情感的洁净，与门第高低财富多寡其实并无太大关系。因而，“公子”又褒有“君子”的含义。古人云“威武不屈，富贵不淫，贫贱不移”，正是谦谦君子的风骨，也暗合了我心中颜公子全毅的形象。你看颜全毅，貌似弱不禁风与世无争飘然世外，其实内心充实精神高远志向不凡。颜全毅，端的就是现代红尘中的一位翩翩佳公子嘛！

全毅的公子气质，自然会渗透到他的作品中。如这部《倩女幽魂——颜全毅新古典戏文创作集》。我知道，创作集收录的九部作品，并不是全毅戏文创作的全部。落选的部分，也未必都不及入选的水平。但是我们仍然能够通过这九部剧作，看出全毅对于自我性情的释放和对于艺术美感的追求。

全毅是浙江人，少年京城求学，留寓北京，属于南人北迁。如今，全毅由少年而经青年而向中年，已经俨然一口京腔京韵、俨然一副京城名士做派了。可是透过全毅的京腔口齿与京朝做派，我们还是能够一眼看出全毅原来还是那个文雅文弱文气十足的江南书生。京朝和南越，北国与江南，不同的人文地理气场合成了全毅独特的文人气息，这股独特的气息也会自然而然地渗透在全毅的戏文创作中。

全毅戏文创作的主要成就为越剧和京剧。能把越剧和京剧这两个分属南北气质完全不同的剧种同样都创作得十分传神十分地道，这在全毅实在是一份得天独厚。全毅的越剧戏文中渗透着古典士子的家国情怀，全毅的京剧戏文中洋溢着现代青年的时尚风采。若把全毅的越剧和京剧剧本放置在全国戏曲创作的大范围里加以考量，我想全毅创作的越剧或京剧未必都是最好的，但是从另一个角度来看，又有几人能如全毅这样长期兼顾越剧和京剧的创作，并且始终能够保持在一定的创作水准之上呢？单就这一方面来说，全毅于当代中青年戏曲作家当中，便属凤毛麟角。

我看全毅戏文创作的制高点，应该是他的《倩女幽魂》。记得我曾当面对全毅说，因为你创作了这个剧本，所以你前面的所有创作都只能看作是准备与修炼。我之所以如此推崇全毅的《倩女幽魂》，理由有二。一是《倩女幽魂》之于全毅，是一部真正属于他本人的性灵之作，它传递了生于越乡长于京华受古典与现代双重艺术趣味浸染的颜全毅独特的生命经历和感情方式，不可归类，不被代替，风格卓立，独一无二，具有成为全毅个人代表作的气象。二是《倩女幽魂》之于当下越剧，是一种久违了的品质创新，这种创新就是它依然是带着江南的温度与湿度，带着女子越剧饱满的才子佳人式的柔情与激情，重新返回到现代的城市剧场和都市人群，因而这部戏文之于当代越剧又有着一份不可多得的实验价值。为此，我曾再三再四叮嘱全毅，一定要把握好剧团，把握好时机，把握好导演和演员，切切不可随性随意而为之。因为对于一部剧本的创作者来说，个人化风格化且标志着一个剧种一段时期最佳创作状态和最好水平的优秀剧本，同样也是不可多得，同样也是可遇而不可求的。

我看《倩女幽魂》的好，既在于它与剧种与时代与创作者本人心性的精准对称，更在于它深度触及了寻常人最为敏感也最为柔软的那一部分普世人性。而这是超越剧种超越时代的，是一部戏文所以能够存世传世的根本价值所在。《倩女幽魂》剧本写得精心精炼精致精纯，看似玲珑小巧，实则金声玉振。看似惯常的越剧才子佳人情爱传奇，实则敷演出了男人与女人、生命与永恒的宏大题旨。既远古又现代，既幽深又宏阔，既别致又普通，处处见出人性发掘和艺术创新的灵感与匠心。引人入胜，动人魂魄，耐人寻味，掩卷难忘。剧中聂小倩、宁采臣的那一种不遗余力，不惜代价，不避生死的“将爱情进行到底”，甚至进行到“人与鬼俱老”境界的坚执与刚毅，读来简直令人心惊肉跳、手足无措、不知所以。颜全毅越剧版《倩女幽魂》，实在是照彻现世爱情的一面明镜。透过这面明镜，它让我们早已适应了现世现实、适应了功利与交易情感方式的麻痹神经重新又敏感脆弱了起来，并且因为这份重新的敏感脆弱不禁又重新回忆和思量起那曾经埋藏在隐秘内心渐次含糊模糊了的温柔情愫与美丽希冀。其实，越剧《倩女幽魂》又何尝不是创作者本人的心灵呐喊和感情招魂呢？它分明就是全毅本人的性情写照。

以往我看全毅的剧本，总觉得他的创作有些小打小闹，漫不经心。待至看了他的《倩女幽魂》与《越王勾践》《还魂三叠》，感觉就完全不同了。《越王勾践》虽然也是一部越剧，但是全毅写出了一股“狠劲儿”，而这股“狠劲儿”正是今日绍兴古时越国会稽的“精气神”。今人想象中的江南，总是“山温水软”“阴柔缠绵”，殊不知古代越国却是著名的“复仇之邦”。无论越王勾践的卧薪尝胆，无论项羽的江东起兵，甚至近人秋瑾的慷慨就义，都是发生在今日的绍兴。《越绝书》里描绘的古越人，更是“文身断发，跣足辑行”。由此可见，古越国的“狠劲儿”原就是埋在江南人基因里的，只是不知不觉间这股血性慢慢地被磨蚀了，磨蚀到了自己与他人都无法辨认的地步。全毅的《越王勾践》重新找回了这股血性，你看他运思的“逢康之死”“越女之死”“越夫人留吴”等戏剧情节，何等强烈，何等血性，何等具有人性与艺术的张力，又是何等地教人读来荡气回肠、胆颤心惊。阴柔里的阳刚，阳刚里的阴柔，这才是历史基因图谱中的人格江南。

京剧《还魂三叠》则是全毅的一次新戏曲实验。剧本取材于传统戏文里杜丽娘、李慧娘、阎惜娇三位古代女性艺术形象，通过被浓缩改写了的三出经典折子戏《牡丹亭·幽媾》《红梅阁·放裴》和《乌龙院·活捉》，将传统的戏文与表演进行了现代剧场的重新阐释和演出，抽象出了情境，抽象出了情感，抽象出了情绪，于简约化的舞台表演中延伸出普通女性与普遍人性的无限。朴素、诗意、唯美、现代。寓意着人生，寓意着时代，寓意着现代人所面对的人生观、价值观与爱恋观，努力呈现为一种现代戏曲的象征意味与诗性品格。《还魂三叠》与《紫陌红尘》《倩女幽魂》，构成了颜全毅对于他所提倡的“新古典主义”戏曲美学资质的实践性探讨，其意义不可小觑。全毅作为一名创作型的戏曲学者、教授，理应带动实验戏曲在大学校园里的创作演出，这对探索民族戏曲发展的未来路向，很有意义。

全毅戏文的创作其实是雅俗兼容的。雅中通俗，俗中通雅，本来就是古典戏文的优良传统，也是包括京剧越剧和各种地方戏曲的基本风貌。全毅有偏重于雅致和纯粹的创作，如《倩女幽魂》《紫陌红尘》《越王勾践》《还魂三叠》等；也有偏重于通俗乃至俚俗的剧本，如《紫金锤》《樱桃园》《满汉全席》《救风尘》《一钱太守》等。全毅偏重的“雅”，是他对人的精神和情感提炼出来的“纯”；全毅偏重的“俗”，是他对人的生活和生命表现出来的“趣”。全毅的戏文创作不避雅也不避俗，因而他的剧作一旦付诸舞台，总能收获到剧场的感动和精彩，收获到观众的笑声和眼泪。全毅是深谙中国戏曲艺术通俗性大众性本质的。

全毅又是懂得舞台懂得表演懂得戏曲音乐的编剧，他甚至也是一位戏迷。只是全毅喜欢的剧种和欣赏的演员实在太多，全毅能“票”一把的剧种简直不计其数。全毅当然也会捧角儿追星，捧戏曲的角儿，追戏曲的星，为他们或她们操持操劳操心，辛辛苦苦写稿撰文，任劳任怨，却从来不计较回报。为此，全毅结下了遍布全国的戏曲善缘，举凡有戏曲剧团戏曲演出的地方，一定有全毅的朋友。但是全毅又绝不等同于一般的文人戏迷，他绝不会因为迷恋某一剧种某位演员便不分青红皂白地把自己个儿搭进去舍命为人打本子。在这一点上，全毅始终坚守着他作为戏曲学者和戏曲作家的尊严与底线，他不会把他对戏曲表演的爱好和他对戏曲创作的严肃态度混合在一道。

我曾经说过，戏曲作家通常有两种倾向，一种是“为文学的戏曲”，一种是“为戏曲的文学”。“为文学的戏曲”重视剧本的文学性，强调作家的个人体验和思想阐发，忽略舞台艺术的戏剧情节与表演特点。“为戏曲的文学”则重视舞台的实践性，强调作家应服从甚至服务于演员的演技，忽略戏曲作家本人的独立创作和戏曲文学的内涵表达。两种倾向都有偏颇，都不足取。剧作家之所以仍归于作家，就是提醒我们不要忘记作家的文学职责，不要津津乐道于“为演员打本子”，剧作家应该有自我表达的权利与尊严。但是与此同时，剧作家又不同于小说家、散文家或诗人，剧作家的文学表达终究是要经由舞台经过表演来实现来完成的，因此剧作家尤其是戏曲作家又必须熟悉并能够驾驭舞台与表演，否则就成了只可供阅读的案头戏文。熟悉戏曲的门道并懂得欣赏演员的表演，同时又并不因此而放弃作为剧作家的主体意识和文学感觉，这样的剧作家才无愧于是作家，这样的戏曲编剧才是合格的编剧，唯有成为合格的编剧方能写出优秀的戏曲剧本。全毅就是这样的一位合格编剧，他创作的好多戏文都是品质优秀的剧本。

是为序。

（原载《倩女幽魂——新古典戏文创作集》，北京出版社 2011 年版）

郑佳艳的品格

佳艳有情。外表看似平静，其实内心敏感。对于周边人事，于默默观察中都有独立判断。最敏感的还是情，真真假假，虚虚实实，瞒不过她；深深浅浅，点点滴滴，无不惦挂。懂得感恩，常思回报，即便你已淡忘，她还牢牢记得。受人恩惠，哪怕些许，也会深藏在心，每每因为无以为报而心生不安。佳艳，实在是一个懂得感情、珍惜感情同时也值得托付感情的人。师生情、同窗情、同事情、朋友情、舞台上下的姐妹兄弟情，当然还有她更加看重须臾放不下的桑梓家人之间的乡情亲情爱情，都在她的心里占据着重要的位置。佳艳虽然不善于用言辞表达，但是她心事极重，埋藏极深，她有一颗最在乎感情也最易为感情所伤的敏感的心。在懂得她、真诚对待她的人面前，她是个快乐无比的天使。一旦遭遇曲意恶意的误解、一旦面对虚假虚伪的时候，只要被她识破，她也会不计得失，不顾后果，冷若冰霜，从此决绝。大千世界，世俗红尘，佳艳就是这样不合时宜也不讲功利地坚持着自己，坚守着自己，她实在是一位对人对事用情很真也很深的人。

佳艳有义。外表看似柔弱，其实性格刚强。小女子身上有股子看不见的侠义精神。所谓“威武不屈，富贵不淫，贫贱不移”，用在佳艳身上，居然也还妥帖。为师长朋友们的大事小事公事私事奔走忙碌，还在情理之中，泛泛之交一面之缘的熟人，她也有求必应。佳艳居住在旅游胜地杭州，终年累月不知接待接送过多少过客。不过也奇怪，大家每去杭州，总会首先想到她。一个电话，一条信息，佳艳马上就有回应。或驾车接送，或恭敬来访，或导游，或邀宴，或待茶，偶尔因为工作教学演出缠身实在走不开，或者错过了一回在杭州的晤面，她必定抱歉再三，频频自责，仿佛那些都是她分内该做的事。佳艳为接待南来北往经过杭州的朋友，不知花费了多少时间精力，她的那辆车，仿佛就是为了方便接送师长朋友们而购置的。佳艳现在去了学校，好像离过去的演艺生活远了，但是曾经的老师和朋友，不会因为她工作的变动而稍有疏远，她在乎过去的关系和情义，老师或朋友们只要需要她，她总是一如既往，义不容辞。佳艳有一副慷慨助人的侠义心肠。

佳艳有爱。外表看似清淡，其实感情炽热。佳艳的情义，归根结底源自她的爱。她深爱京剧，深爱戏曲，深爱舞台，因着这份深爱而与京剧与戏曲与舞台上下的人结下了诸多人生善缘。因着这些缘分，又更加加深了她对京剧对戏曲对舞台表演艺术的炽爱。我们大家清楚，佳艳的那份深爱里，也渗透着疼痛。那疼痛，有时被她掩饰得很严密，不愿与人道，不易为人察，却是真真实实地疼痛着，独自儿郁郁寡欢地品尝着。以佳艳的天然禀赋，本是为京剧艺术而生、为梅派表演而长的，可是她虽然得了天时，得了人和，却偏偏不得地利，她在京剧表演的舞台上始终接不到杭州城市的地气。浙江京剧地处京剧势力的边缘，需要面对更多的外行观众，本色正宗的表演往往知音稀少，为了个性化的发展，不得已剑走偏锋，这也是既无奈又明智的举措，却生生委屈了一个郑佳艳。佳艳在传承京剧纯正演唱方面的优势，反倒成为异数。记得佳艳专场演出结束时，浙江省文化厅领导上台祝贺，表示要在维护当代浙派京剧风格化追求的同时，为郑佳艳保留一方舞台。倘能如此，倒是两者兼顾，相得益彰。钮镖先生把南京的李洁、上海的史敏、杭州的佳艳三位梅派正工青衣并称为“江南三枝梅”，比较起来，佳艳发展的空间要小得多。每当想起佳艳对梅派表演的那份一往情深的痴迷和挚爱，总不免心生戚戚。

佳艳求真。平素里不施粉黛，不尚名牌，不追赶时尚，不忸怩作态，更不拿腔作调，自以为是。她总是一副天然相貌，素面朝天，言谈举止，真真实实，坦坦白白，大大方方。佳艳的为人处世，始终不改本色，以诚相待，绝无藏掖。当然她也有着与生俱来不思悔改的缺点，抑或局限，那就是太直。她总是学不会乖巧，学不会伪饰，不善不肯乃至不屑周旋人际，虚与委蛇。每遇需要公关的人或事情，她的第一选择总是回避，还不仅仅是回避，甚至于躲避、逃避。在这一点上，佳艳近乎于洁癖，不恭敬地说，甚至可以用上“弱智”这两个字。不想周旋不善周旋也不会周旋，于是每每想着惹不起，躲得起，索性放下，一走了之。为此在常人看来，佳艳便失去了许多机会。不过也有懂得佳艳的人，比如央视戏曲频道的几位导演，一遇重要的演出，总是想到浙江的这位梅派青衣。佳艳从不后悔自己，她总是把自尊把人格尊严看得比任何机会或荣誉都重要，她不愿因为迁就某种机会而在心理上留下一丝儿阴影，那样她会感到委屈，感到恶心，心理上过不去。佳艳这一点，当得起是一位正宗的梅派艺术传人，梅兰芳先生和梅派表演艺术的端庄典雅，正是要传播这种品行。罗刹海里刺蚌的孤女，须弥山上散花的天女，宁为玉碎不为瓦全的虞姬，都有一种精神与情感的高洁。佳艳对于自己认同的人事，会全力以赴，倾其所有，任劳任怨，无悔无怨。不为别的，就为一个“真”字。真实，真挚，真诚，她必须在心理上过得去，绝不虚情假意，自欺欺人。

佳艳求善。佳艳是舟山群岛出生的人，舟山，普陀山，菩萨的清净世界。不知道是不是出生地的原因，佳艳与生俱来信奉佛缘，崇尚良善。凡与人相处，总是善字当先。为人奔走，替人分忧，从来不厌其烦。而在自己的事情上，却又绝不愿意给人增添麻烦。我见证了佳艳筹划个人专场演出的全过程，几次见她要放下，放下不是因为不想做，而是顾虑麻烦人，尤其顾虑麻烦学院。佳艳总是说自己新近加盟，寸功未建，让学院上下为她操持，费时劳神，心上实在过意不去。她也顾虑麻烦朋友，麻烦大家，所以一直停停做做，做做停停，殊不知文化厅和学院的领导、同事，以及长期与佳艳相处的良师益友都真心实意地想帮助她，想促成她心愿的完成。某种意义上，正是大家的支持鼓励，佳艳的个人专场才得以完成，而且完成得很成功，很精彩。专场过后，佳艳又一一致意，千恩万谢，处处周到打点，惟恐稍有闪失。她就是这样，总想把事情做到周到圆满，所以总是劳碌自己，委屈自己。哪里像时下演艺界，花言巧语，上下忽悠，一旦满足功利，马上人走茶凉。佳艳这样菩萨般柔软的心肠，确实也不合适在演艺圈里“混”。教学就教学吧，跳出界外，远离是非，但愿佳艳老师在相对清净的大学校园里修成正果，独善其身。

佳艳求美。正是因着佳艳的美好品质，所以在滚滚红尘之中，她便显得美得脱俗，美得不凡。其实我们清楚，佳艳对京剧表演爱有多深，痛就有多深。她默默地爱着心中的京剧、心中的梅派，那份爱与旁人相比，愈加深切，愈加痛楚，愈加寂寞和孤独。我不知道佳艳是否也享受这份说不清道不明五味杂陈的复杂感情？我想她是注定了一生都放不下京剧和梅派的，京剧和梅派表演之于郑佳艳，已经有意无意有形无形地化入她的人生教养，化入了她的生命气质。京剧和梅派，是郑佳艳的宿命。如她现在指导的越剧班的学生所描述的那样，佳艳老师在她们面前，不仅是一位和蔼可亲的老师，更有一种人生和艺术的美感，这份美感浸润着她们的心灵，淘洗着她们的精神，过滤着她们对演员职业和对表演艺术的认识。郑佳艳在浙江省艺术职业学院校园里的存在，不啻是一幅图画，一道风景，她会在莘莘学子纯真的记忆里，留下美好难忘的印象。

有情，有义，有爱。求真，求善，求美。正是郑佳艳为人处世的品格。人，可能在公众视野里实现价值，也可能在自我内心上修行完善。演员在舞台上塑造的美固然值得赞赏，而在生活中自然流溢的美同样弥足珍贵。祝愿与舞台表演渐行渐远的郑佳艳老师，永葆美好心情，永葆美好容颜，永葆美好艺术，永葆美好品格。

（写于 2011 年）

我的“梅花奖”

值此中国戏剧梅花奖创办30周年庆典之际，我也庆祝一番我的“梅花奖”。虽然“梅花奖”是表演奖，但它也与我这个剧作者密不可分，尤其是曾经与我合作过的演员，每当得知他们“评梅”成功的时刻，我都会有种如释重负的感觉，同时也与他们分享着成功的喜乐，我把与我合作的演员获得梅花奖看作是我的使命，我的职责，我的光荣。有时，我甚至觉得那也是我的“梅花奖”。

细数一下，在我创作的作品中共有10位演员先后登上了梅花奖的领奖台。他们是：梁伟平（淮剧《金龙与蜉蝣》饰演蜉蝣）、章瑞虹（越剧《梅龙镇》饰演正德皇帝）、王锦文（甬剧《典妻》饰演妻）、赵媛媛（黄梅戏《孔雀东南飞》饰演刘兰芝）、李文（黄梅戏《长恨歌》饰演杨玉环）、张小君（越剧《荣华梦》饰演董文伯、董文仲）、张静娴（昆剧《班昭》饰演班昭）、谷好好（昆剧《一片桃花红》饰演钟妩妍）、李青（京剧《李清照》饰演李清照）、沈铁梅（川剧《李亚仙》饰演李亚仙），其中张静娴为“二度梅”，沈铁梅为“梅花大奖”。

我曾说，梅花奖是一番磨砺。是的，哪一位获得梅花奖的演员不曾经历过一番刻骨铭心的磨砺呢？这一番磨砺，既是舞台艺术的，也是社会阅历的；既是体力的、生理的，也是意志的、心理的。尤其是通过创作新作品而获奖的演员，那一番伴随着新作品成长成熟一路修改一路通关跌宕起伏的历程，真好比一次急行军似地长途拉练。在艰辛漫长的拉练途中，每每要面临超出个人承受极限的来自身与心的双重磨砺，而每一位亲历过这番磨砺的梅花奖演员，大概都记忆犹新，终身难忘。这也许正是诠释了梅花奖“梅花香自苦寒来”的深刻含义吧。

记得越剧演员章瑞虹为了创排《梅龙镇》，经费自己筹措，班子自己搭建，自我选择挑战的角色不是驾轻就熟的儒雅小生而是活泼调皮的另类少年。新戏首演后，并不尽如人意，无奈打起精神二次、三次推倒重排，其间无数次身心俱疲，无数次重振精神，终于闯进了第七届中国戏剧节，可以在戏剧节上接受梅花奖评委的检验了。因为没有专项经费，一路商演着抵达广西桂林，其时早已是人困马乏。谁知好事总是多磨，原定当晚演出的评委场，因为场次临时调整，紧急通知改为第二天的早晨，就是说演员须在当晚观众场的演出结束后的数小时内重新粉墨登场，迎接下一场事关成败的演出。实在说，那个时候的章瑞虹真的到了身心疲惫的极限。然而事已至此，且无可商量，她只能全力以赴，迎刃而上。我清楚记得，章瑞虹在桂林的那一个早场演出是她迄今为止数百场《梅龙镇》演出里最为出彩的一次表演，她的忍耐，她的坚持，自然征服了全体评委。

记得昆剧演员谷好好为了创排后来令她获得梅花奖的新创剧目《一片桃花红》，整个过程现在回想起来，谷好好就仿佛经受了一回炼狱。排练场内，谷好好作为主演，必须一遍遍全力以赴地唱做念打；排练场外，谷好好为了保证演出的场次与上座不得不骑着助动车到处求人购票、求人登广告，排练期间她偏偏颈椎病发，脚趾又受了伤，而演出的档期却迫在眉睫，延误不得。与此同时，围绕着这出新戏的各种杂议还不时地传到她的耳边、袭在她的心上。排练间隙，每当我看着谷好好独自一人戴着医疗护颈静静地蜷在一角闭目养神，我的心都会一阵紧缩。我和这出戏的导演张曼君不断地鼓励着谷好好，鼓励她扛住坚持住，告诉她这是必经的磨砺，一旦动摇了则意味着前功尽弃，从头再来。听了我们的话，谷好好明里总是哈哈大笑，笑声里掩不住的苦涩苍茫。暗地里，谷好好会背着我们嚎啕大哭，哭痛快了把泪水一抹又笑哈哈地投入排练。我想，后来谷好好、章瑞虹，包括梁伟平、王锦文等都做了院团长，成为院团或剧种的领军人物，梅花奖的磨砺对于他们的成长应该说是至关重要的。

我曾说，梅花奖是一种证明。是的，现在想来，梁伟平、章瑞虹、谷好好、王锦文、赵媛媛、李青，包括沈铁梅、张静娴，他们中的哪一位在决定投入新剧目排演的起始想到过要去争夺梅花奖呢？没有，可以说一位都没有，没有任何一位在新戏投排之时就将获得梅花奖设定为终极目标。他们创排新戏，甘愿忍受有如炼狱般的艰辛磨砺，是什么动力支撑了他们？我想，源于爱，源于他们对表演艺术本能的执着的爱，源于他们对剧团剧种乃至同龄人团队生存发展的责任与担当，源于作为演员要实现心中梦想的美好追求。

身为外乡人剧种生存于客居之地上海的淮剧，支撑梁伟平的精神是他所认同的都市戏曲发展的理念；支撑章瑞虹的精神是她矢志传承、发展与创新越剧范派艺术并使逐渐老化的越剧表演重返青春的信念；支撑王锦文的精神是她愿以柔弱肩膀扛起“天下第一团”弱小剧种甬剧的大旗，继续在都市环境里求生存的背水一战的决绝；支撑张静娴的精神是她目睹了上海昆剧团“昆大班”、“昆二班”五十年寂寞坚守传统戏曲艺术，不能不为自己和同龄昆剧人作时代代言的自觉；支撑谷好好的精神或许当时还有些天真，那就是她要率领“昆三班”的师兄师姐师弟师妹秀一个漂亮的“大起霸”，作一次“我们来了！”的整体崛起的真情告白；而支撑赵媛媛、李青的精神也许比较浪漫，那就是自幼耳濡目染立志为家乡古代名人刘兰芝、李清照塑形立传的“女儿梦”的美丽实现……支撑沈铁梅的精神或许更为高远，进入新世纪的十余年间，当沈铁梅多次考察了欧美传统戏剧与现代戏剧的当代表现之后，她仿佛在一个更高的视角中重新审视了川剧，重新审视了自己。沈铁梅时常自我发问，当火辣的《金子》风靡之后，是否应当重拾川剧女性表演的“另一种精致与美丽”？当丰富的川剧表演艺术逐渐被“变脸”、“吐火”等杂耍般的技艺所遮蔽之后，是否应当重新找回川剧艺术曾经拥有的古典韵致、市俗民情与现代情趣？沈铁梅有意通过自己表演艺术的自觉转身，试图倡导不同地方戏剧种各自回归更为久远更为纯粹的传统特质，进而在绽放个性的前提下共同修葺百花争艳的传统戏曲生态园。沈铁梅目光高远而身体力行，因而她的“梅花大奖”实至名归。

于是可见，梅花奖是一种眼光，是一种尺度，更是一种证明。起先，它无影无形，不知所在，既未见得是理由，也未见得是目的，但它却又事实存在着，它就在那里，无时无刻不在对你的艺术创作艺术选择进行时代审美的权衡度量。或许，梅花奖并不能证明所有；或许，梅花奖已经证明了所有。

我曾说，梅花奖是一段记忆。是的，是一段记忆。无论她在我们的记忆中留下了怎样丰富复杂的情感，但是只要亲历了你就不可能将之忘怀，你都会在静静回忆之时油然生出一种爱惜珍惜的浓厚情感。作为为表演艺术家们提供剧本的剧作者，有幸结识了一批才华卓越的演员，与他们合作，与他们切磋，与他们争吵争执，与他们共担着风风雨雨，与他们分享着苦辣酸甜，而今都成为随着时间无情流逝的美好纪念。假如时光可以倒转，我愿陪伴他们重走一回通往梅花奖领奖台的拼搏之旅、求索之旅、圆梦之旅，哪怕意味着再经受一番艰苦磨砺，哪怕意味着再实现一次证明，也都无怨无悔，心甘情愿。因为这一番经历实在是太宝贵太难得了，因为那些美好的经历和记忆正是我戏剧与人生最华彩的篇章。

（原载 2013 年第 5 期《中国戏剧》杂志）

时代的同行者

——张之薇《品戏卮言》序

初识张之薇，还是在王安葵先生担任中国艺术研究院戏曲研究所所长任内。安葵先生出面邀请我为中国艺术研究院研究生院在读博士硕士研究生讲解我的昆剧作品《班昭》及昆剧创作，讲座间隙，张之薇与我寒暄，她告诉我她也是从上海戏剧学院戏文系毕业的，与我的学生龚孝雄是同班。记得张之薇当时不是在读学生，而是行政管理人员，她给我的最初印象是有点儿“错位”——那么年轻，那么漂亮，那么完整保留着的女学生腔，完全不像习惯认识中的行政干部形象。我想到当时流行的一句话，“漂亮女人不读书”，大概之薇属于“读书的漂亮女人”。

后来知道之薇从行政向学术岗位的转换经历了艰苦的心理过程。之薇说她从 2002 年硕士毕业到中国艺术研究院研究生院工作直到 2011 年读完博士，一直都在做行政还是做学术间摇摆不定。毕生从事行政工作固然不是她的心愿，但是已经做了 10 年之久，其间也锻炼了能力，摸到了门道，乃至看到了提升的希望，一旦放手归零，心里也是不甘。犹豫的结果，这位可以靠颜值撑场面的“漂亮女人”，还是毅然选择了回归书斋，回归学术，专心做一位“读书女人”。而今，之薇逢人就说“看来我当初的选择没有错”。之薇说这番话，倒不是炫耀自己现在的学问做得如何好，而是由衷地喜欢了做学问，喜欢活跃在做学问写文章的人中间，探讨话题，交换观点，争论是非，抒发己见，充分享受着学者评论家的精神快乐。其实张之薇在为自己曾经的选择而庆幸的时候，大家也在庆幸，庆幸身边多了一位简单、热情、豪爽、快乐的同行者，同时，也并没有因此而失去一位“漂亮女人”。

与张之薇熟悉起来是在2014年“青评班”之后。“青评班”是自2011年起由中国戏剧家协会与上海戏剧学院联合开办的五期全国青年戏剧创作高端人才研修班之一，全国青年戏剧创作高端人才研修班简称为“青研班”。第一年即2011年开办了全国青年剧作家研修班，简称“青编班”；2012年开办了全国青年导演艺术家研修班，简称“青导班”；2013年开办了全国青年戏曲音乐家研修班，简称“青音班”；2014年开办了全国青年戏剧评论家研修班，即简称的“青评班”；此后于2015年开办了最后一期全国青年舞台美术家研修班，简称“青美班”。五期研修班结束之后，中国剧协于2015年5月在上海召开了“全国青年戏剧创作会议”，并在上海戏剧学院举办了“全国青年戏剧家创作与评论成果展”。至此，历时五年轰轰烈烈的全国青年戏剧人才系列研修活动降下大幕。“青研班”宣告结束，“青评班”余热不散，仅仅三个月后，经班长沈勇与几位热心学员的精心策划和组织运作，并在中国文艺评论家协会的大力支持下，全国青年文艺评论家“西湖论坛”于2015年8月2日在杭州成立，同时举办了首届青年文艺评论家论坛。参加论坛者不局限于“青评班”学员，也包括同龄同时代的优秀青年文艺评论家，张之薇便是受邀者之一。记得之薇见到我时特别表达了她没能参加“青评班”的遗憾，她说她不知道招生信息，知道时已经晚了。那次之薇跟我讲话的神情是真的着急真的生气真的遗憾的，我当时对沈勇班长说，张之薇是“青评班”的遗珠，在感情上她永远是“青评班”的一员。

杭州“西湖论坛”期间，之薇问我看过她写的文章没有，怎么看她写的文章。我支支吾吾没能说出什么对她文章的实质性评价，其实是还没有认真读过她的文章，有时眼前飘过署名张之薇的文章，也没有仔细去读，经她这么一问，我便开始留意起之薇的文章了。起先阅读她的，还主要是剧评，间或有一些即兴的演后谈，包括看戏后留在微信上的即兴议论，每每感觉到这是一种有感性笔触的女性化的文字，很率性，很随性，很可爱，一副特别投入特别认真的神态。微信朋友圈里，大家也都喜欢她，她的言谈，也会引起大家的关注。之薇说她自 2014 年到 2017 年，从最初一年发表文字不到 2 万字，到 2015 年的近 5 万字，到 2016 年的 7 万多字，再到 2017 年的近 12 万字，她的确有了巨大的变化，也奠定了她的学术自信。之薇的文章和观点，看得多了，能看出来一股劲儿来，看出她说话的大胆，不避讳，不记仇，不含沙射影，不怀揣私怨，有的时候你还能看出她有点儿“冲”，可她就是不故意在文章里拐弯抹角，你也看不出她在写这些文章文字时有丝毫的不快乐。

这两年里，不断读到之薇一些颇具分量、颇见深度的文章，这里试举几篇。

一篇是发表于《中国戏剧》2015 年第 7 期的《如果只有模仿，戏曲终会怎样——就“张火丁现象”与傅谨先生商榷》。阅读该文时我有两个鲜明的感受：第一个感受是傅谨先生是近年里在戏曲界较有话语影响力的学者，他对传统戏曲艺术的执著维护，以及对京剧程派演员张火丁女士舞台表演艺术的热心推崇都是有目共睹、有口皆碑的。在我与张之薇的有限接触中就多次听到她对傅谨观点的引用和对傅谨本人的尊敬，忽然看到她与自己所尊敬的学术偶像的商榷文章，不禁让我有点儿意外。文章细读下来，你会发现之薇在表述自己的学术观点时，并没有因为对傅谨本人的尊敬而在学术观点的表达中欲言又止、闪烁其词，而是实话实说、直抒胸臆，这让我想起一句话，“吾爱吾师，吾更爱真理”。第二个感受是张之薇与傅谨商榷时她所抱持的观点也正符合我的心意。之薇认为张火丁的表演之所以成为现象并非如傅谨先生所认可的是对前人的忠实继承，而是张火丁本人在表演中融入了个人的体验和表达，是一种富有创新意味的活的艺术。近年来，张火丁、曾静萍、沈铁梅、史依弘等人貌似谨守传统的表演之所以格外受到当下观众的欢迎，其现象背后绝不仅仅是传统的简单复制，也更多的是带有个人风格感的独到创新，某种意义上，她们身上的传统已经洋溢出了当代艺术的特征。之薇的这一番认识引起了我强烈的共鸣。

再一篇是发表于《戏曲艺术》2017 年第 1 期的万字长文《解读

“张曼君现象”——从第十一届中国艺术节张曼君现代戏谈起》。文中以“新世纪杰出导演”张曼君在第十一届中国艺术节上所导演的四部现代戏——秦腔《狗二爷涅槃》，评剧《母亲》和《红高粱》，湘剧《月亮粑粑》为例，并结合张曼君近年里所导演的一批优秀戏曲现代戏，如黄梅戏《妹娃要过河》、秦腔《花儿声声》、采茶戏《八子参军》和《十二月等郎》及晋剧《大红灯笼高高挂》等作品，对已构成“现象”的张曼君导演作品进行了逐个作品逐个剧种的深入评述，肯定了诸多戏曲人所关注的“歌舞戏三位一体”的“张曼君舞台样式”是可能指向戏曲现代戏发展未来路径的一种选择，这不啻是一种很高的评价了。但与此同时，之薇也不无忧患地提醒她的研究对象要警惕“样式的歌舞剧化”“结构的模式化”“剧种的淡化”这三种可能的倾向。曼君是我多年的好友，也是我所信任的当代杰出戏剧导演之一，我们曾有过三次愉快的合作。之薇对曼君的评价深合我心，之薇对曼君的善意提醒也是我曾经想对曼君说的，我感觉之薇这篇写张曼君的文章诚意满满也盛情满满，表达了一位当代戏剧评论者对创作者的真诚关怀与美好祝愿，值得珍视，值得珍惜。

还有一篇是去年发表于《戏曲研究》第101辑的《批评：学术指向当下的一种方法——“前海学派”戏曲批评初探》近两万字的论文，这篇论文一定程度上可视为作为青年学者的张之薇走向独立与成熟的标志。我们知道，中国艺术研究院原址坐落于北京前海西街，但不知何时，因何契机，“前海西街”的地名变成了“前海学派”的旗号，而张之薇正是在“前海”成长起来的新生代学者。在这篇论文中，张之薇证明了自己“前海学派”的身份和感情，论证了曾经的前海学人无论研究什么领域，都没有放弃过对戏剧现状的关注，都在通过评论来让自己的学术研究指向当下，尤其在维护“前海学派”代表人物张庚先生的态度上，之薇立场鲜明、态度严肃、义正辞严、绝不含糊，在强调批评的当代性和发展性立场的同时，也公允地分析了前人治学时所处的客观环境及时代成因，这与有些年轻学者动辄推倒前人、颠覆定论的简单化的做派不同，她在理性的学术面前仍然还保留着一份女性的温情。窃以为这一点也是可取的。

之薇真正令我震动的是她研究我的一篇文章。2018 年年初，之薇与我在北京有一次约谈，约谈的话题是她看了我的一部表现民国女性题材的戏曲演出后引发的一些学术感想。我们见面后，之薇说她对我描写民国题材的几部现代戏很感兴趣，尤其对这几部作品里身处时代变革中的普通女性的人生命运深有感触，如甬剧《典妻》里的妻，越剧《玲珑女》里的玲珑女们，沪剧《胭脂盒》里的如花、美眷，瓯剧《橘子红了》里的秀芬，琼剧《下南洋》里的琼娘等。之薇后来写成的文章标题是《镜像民国：时代交错下的心灵阵痛——解读罗怀臻的现代戏创作》。为了写成这篇文章，之薇研读了我的大量剧作和这些剧作的批评文章，她还主动联系演出这些剧作的戏曲院团索要音像资料。文章经《中国戏剧》发表和公众号推送，在微信群里广为转发。大家转发这篇文章，是在分享她独到的评论视角和美妙的文字，之薇这篇文章不独是标题好、视角新，文章的结构和文字本身也具有美感，有人评价说一篇评论民国题材作品的文章竟能写出一种民国文字的质感来，真值得为她叫一声“好!”。

是的，之薇的这个别致的视角的确让我感到惊诧。经她提醒，我发现我居然写了好多部戏曲现代戏，而且在这些戏中的女人们，都有一种在时代演进过程中的人生挣扎与人格裂变。以往研究我剧作的学者们，有关注我历史剧的，有关注我在不同剧种里的创作的，有关注我的名著名剧改编的，有关注我历史题材作品中女性形象塑造的，但是专门关注我的民国题材创作且聚焦于这些作品里的女性形象塑造的，这个角度的研究还属第一次，而且是意想不到、不可思议的第一次。由此引发我联想到曾经深刻影响过我的三篇剧评，三篇剧评都是评论我的淮剧《金龙与蜉蝣》。一篇是已故上海学者蒋星煜先生写的，蒋先生在评论我的这部淮剧作品时提炼出了“寓言史剧”的概念，这个概念影响了我此后的历史剧创作；一篇是北京学者，也是之薇的“前海学派”前辈沈尧沈达人先生写的，沈先生在评论我的这部“寓言史剧”时钩沉出这部虚构的历史剧其实是存在着真实的历史依托的，这段历史就是华夏民族自奴隶社会向封建社会转型的时段，沈先生这种以心灵史、文化史推论真实历史的方法也令我受益终生；一篇是日本学者向井芳树先生写的，向井芳树先生在北京看了淮剧《金龙与蜉蝣》的演出后，发表了《古典悲剧的诞生》一文，向井芳树先生认为东方古典戏剧缺少悲剧精神，而该作品符合他心中认定的悲剧定义，向井芳树先生的悲剧定义对我此后认识悲剧、创作悲剧提供了理论依据。以上三位前辈学者通过对我的剧作的研究，一方面评析了我的作品，启示了我的创作；另一方面也证明了他们的观点，成就了他们的学术。之薇的这篇研究我民国题材创作和民国女性形象塑造的剧评，虽以我的创作为对象，但又不局限于对我的发现，某种意义上既是针对个别也不局限于个别，今后她也可能运用这个曾经的视角去发现他人的相同类别的创作，甚至还有可能扩展到对文学、影视、美术等艺术门类的研究。人们常说，创作与评论是一种互动互补的关系，其实创作者与评论者还存在另一种关系，那就是彼此的启发和各自的收成。

我很赞成之薇的一段话："原来学术研究不是只有象牙塔，不是只有空中楼阁，而是从资料，到史论，到批评的一个从田野到观众接受的体系。而批评则是戏剧研究不可缺少的重要一环。"身居北京的学者，大都拥有一种得天独厚的条件，那就是看的戏多、看的好戏多，参加的评论会多，这对于专业从事戏剧批评与研究的青年学者的成长来说至关重要。之薇的文章所以能够从现象中发现规律，从个别中看到整体，从现在时关注到过去时与未来时，皆是因为有一种身在京都俯瞰全局的优势，看得多、看得好、看得及时，在有的人身上会变成一种麻木，或者僵化为一种话语重复的匠气，而之薇者则始终能保持着一种新鲜、保持着一种比较、保持着一种甄别，并把这份新鲜、比较和甄别转化为对一个时期、一个时代的沉思和记录，转化为一份看得见、留得住的批评的文字，与同时代的创作同步载入历史，这正是我们所期待的同行者。

2016 年 12 月 5 日，我应中国艺术研究院戏曲研究所现任所长王馗先生和话剧研究所所长宋宝珍女士之邀，为这两个研究所的青年学者和在读研究生作题为“传统戏曲的当代转化”的讲座，那天张之薇也在。开宗明义，我说出了长久以来对中国艺术研究院，尤其是对戏研所和话研所在建立和建设“现代戏剧”理论体系方面的热切期待。我这样说的意思，并非指中国艺术研究院以往的戏剧理论都是来自古代的和西方的，也不是指“前海学派”所关注的“戏曲现代化”“话剧民族化”以及“戏曲现代戏”理论已经与当下的戏剧实践产生了隔膜，我所要表达的意思是希望在中国艺术研究院这个全国最高艺术研究机构和理论学府，及早建立起足可引导和评价当下戏剧创作走向的“现代戏剧理论”。这个“现代”，不是简单的时间概念，也不是简单的空间概念，而是一种戏剧的品质和戏剧的价值观与审美观，它是真正的属于当代剧场和当代人的。

《品戏卮言》是张之薇继《论剧杂墨》《京剧传奇》两部著作出版之后即将付梓的第三部书稿，之薇的戏剧批评和研究兼及戏曲与话剧，我乐意推荐她的这部新的评论文集，从中不难看出年青一代学者传承于前人而又不同于前人的对于戏剧的独到认知和独立思辨。我也希望，包括之薇在内的一代又一代的戏剧学者们，始终能与时代的戏剧实践者们并肩同行。

（原载2018年第16期《东方艺术》杂志）

作为朋友的张曼君

——兼及现代戏曲的思考

一、 作为个人朋友的张曼君

我与张曼君结识没有人介绍，真是应了那句话："众里寻他千百度"。大约在2000年的夏天吧，我给上海越剧院写了个剧本《梅龙镇》。那时，西方音乐剧还不像今天这样被普遍关注，但是音乐剧的概念和舞台风貌，尤其它所具有的现代艺术的品质感，已经冲击着中国的戏剧人。记得剧本创作之初，我曾有一种创作"青春剧"的冲动，想把"游龙戏凤"这个故事返还给故事中的原型人物，重现那个青春年少的生命。正德皇帝下江南时正值20岁左右，他理应带着一般少年人的冲动、荒唐与单纯。倒不应该是京剧中成熟的、中年油腻男人的感觉。我想把它创作成青春剧，就是一场年轻人的青春邂逅。正德皇帝和李凤姐都是年轻人，他们的邂逅是可以擦出火花的，甚至可能忘记彼此的身份和背景。事实上，关于正德的记载确实有这么一段故事：到了扬州一带，正德在高邮结识了一位民间女子，二人相好了，还要执意带她回京。回京途中，女子染病，正德停下来为她养病，结果女子薄命，香消玉殒。后来正德每年都来此凭吊。这不是跟我们现代年轻人一样吗？而一个成熟的男人或许是不会把感情看得如此重要吧。另外的一个考虑就是越剧曾经是青春剧，或者说是20世纪四五十年代那个时代的青春剧。一批女孩子以青春的年龄敷演了一批以青春为题材的剧目，感染了那个时代青春时节的人，赢得了一批年轻的观众，也就有了女子越剧在都市中的异军突起。如今半个世纪过去了，曾经青春的演员不再青春，曾经青春的话题也不再是当下年轻人的话题，曾经的青年观众也不再年轻。至20世纪90年代末，越剧反而保守了，尤其上海的越剧，已然显示出了一种老态。所以我想通过这样的创作尝试寻找失落了的青春。一方面是正德皇帝找回青春，一方面是上海越剧找回青春。可当剧本写好之后，却找不到适合驾驭它的导演，我把曾经合作过的导演细数一遍，似乎气质都不对，猛然间就想起了一个人来。

1993年，全国地方戏南方片会演在成都举办。在那次会演中，淮剧《金龙与蜉蝣》、祁剧《甲申祭》、采茶戏《山歌情》这批优秀作品脱颖而出。我没看《山歌情》，但当我经过演《山歌情》的剧场时，我被贴在剧院门口橱窗里的剧照深深吸引。透过剧照我看到了一种诗意的动荡，感觉到了它那种诗化的、动态的甚至青春的美感，我注意到署名的导演叫张曼君，于是记住了这个名字。

1994年在北京人民剧场看戏，看的是梨园戏《董生与李氏》，这个戏当时刚刚首演，还没有后来那么引人瞩目。我在剧场里邂逅了张曼君，当时她正与我的一位剧作家朋友在一起，那位朋友和她站在一起，却没向我介绍她是谁，当他们转身离去之后我随口问了身边的朋友，朋友告诉我那位女子是最近导演了采茶戏《山歌情》的青年导演张曼君。那天张曼君梳着一条大辫子，站在那里显得不太有耐心，左顾右盼之间散发着一股青春的动势。这算是我们的第一次见面，没有交谈，甚至没有寒暄，仅仅彼此感觉了对方的存在。直到2000年考虑越剧《梅龙镇》的导演人选，我忽然就想到了她。动势的戏，动势的人，质朴的生命气质里洋溢出来的现代人活力，正是我期许中《梅龙镇》作品的导演人选。于是，我向上海越剧院领导和这出戏的主演郑重推荐了张曼君导演，但是越剧院的领导不能理解我的直觉，觉得我仅凭直觉确定导演有点不太可靠，何况我和这位导演并不认识，又没有现场看过她的作品，根据什么就这么自信地认为这个人适合排这个戏呢？我反复强调直觉往往就是经验，如果放弃了会留下遗憾，越剧院的领导和主演这部戏的演员最终还是采纳了我的建议。于是我通过朋友找到了张曼君的联系方式，把剧本寄给她，然后通了电话，最终把她请到上海，我们合作了这个戏。事实证明，导演请对了，我们的合作也开了一个好头。

前前后后的 4 年间，我和张曼君合作了 3 部戏，即 2000 年上海越剧院的《梅龙镇》，2003 年宁波越剧团的《蛇恋》，2004 年上海昆剧团的《一片桃花红》。今天回顾起来，这 3 部作品都有一个共同的追求，那就是对“青春剧”的探索。当时，随着白先勇先生推动的昆剧“青春版”《牡丹亭》的演出，大家开始议论戏曲的“青春”话题。而我们所认为的“青春”，不仅是指演员生理年龄上的青春，更是生命意识与舞台审美的“青春”。许多剧团剧种所宣传的“青春版”，其实只是将以前的经典剧目交由现在的年轻人演，而不是现在的年轻人演现在年轻人感情世界里的故事。我们所合作的 3 部戏，是希望能回归到生命意义与审美意义的“青春”。当然，越剧对青春的追求要便捷一些，而昆剧做起来就曲折得多。记得在 2005 年苏州的昆剧节上，《一片桃花红》的演出异常成功，成功到全国昆剧院团的年轻演员都成了上海昆剧团《一片桃花红》的粉丝。但是评奖的结果却与演出效果相反，《一片桃花红》不但没有获得舆论所期许的大奖，反而在很小众的专家圈子里遭到批评，名落孙山。现在想来，上海昆剧团《一片桃花红》遭受阻击的原因，与当时昆剧刚刚“非遗”不久，简单化甚至情绪化强调昆剧“继承”的声音一时强化到了因噎废食、杯弓蛇影的地步。我想到了昆剧“盛也文人；衰也文人”的教训，这种画地为牢，孤芳自赏的毛病，一度还从学术圈扩展到昆剧人自己，直到最近几年，情形才有所好转。

我与张曼君导演平时没有私人往来，但在戏剧创作与艺术审美观念上始终能够彼此呼应，心气相投，一旦合作了能够很快找到共同发力点。相互尊重，相互弥补，我中有你，你中有我。作为同行，张曼君是一位值得托付的合作者。你可以把你的艺术理念、戏剧理想托付给她，她不是被动的把导演作为技术工作来做，而是经由她的观念思索，而后对传统技艺与当代技术进行选择性、重组性运用。今天回头来看，大家比较侧重研究张曼君的现代戏，其实在我看来，张曼君的现代戏曲舞台意识更早、更充分的体现，恰恰是在她的几出传统题材的剧目中。如她早先导演的小剧场京剧《马前泼水》，以及与我合作的三部戏曲——越剧《梅龙镇》《蛇恋》与昆剧《一片桃花红》。那个时候，习近平总书记“创造性转化，创新性发展”的“两创”文艺理论还没有提出来，假如今天用“两创”理论回望我们曾经的合作，我以为张曼君的舞台创作恰恰是很精准的实践。

从 2004 年到现在，已经过去了 15 年，这期间我和张曼君再没有合作过。但是 15 年来，我们一直是可以推心置腹的朋友。在她不断的戏曲现代戏的舞台创作中，我能感受到她的进退思虑，感受到她的风格追求。没有合作是因为我极少涉足戏曲现代戏剧本创作，也没有自认为非她导演不可的作品。但我相信，我们还会合作，我们随时可能合作。

作为个人的朋友，张曼君不仅是一位值得托付的导演，也是一位可以同甘共苦的朋友。记得《梅龙镇》曾经经历过三次大的改动，改动大到什么程度，真可以说是从头再来。该剧原本上半场是喜剧，下半场是悲剧，结果演出效果是上半场比下半场好，因此张曼君建议我把下半场也改成喜剧，我按照她的意思改了，喜剧风格统一后的这部作品非常完整也非常好。《蛇恋》的演出，曾经有位德高望重的前辈认为这是对田汉先生《白蛇传》的大不恭敬，田汉《白蛇传》在老一辈戏剧家心里是经典，他认为没必要再创作一部《蛇恋》来。前面还说到了昆剧《一片桃花红》遭遇的挫折。作为合作者，在接二连三的曲解与曲折面前，还能否保持彼此的信任，能否继续相互鼓励着前行，这也是对朋友对合作者的检验和考验。我感觉到我与张曼君的合作似乎只有共患难，没有同富贵，今天想来或多或少有点儿对不住她。但是换一个角度想，同富贵易，共患难难，患难见真心，患难见真情，患难之交更值得永久珍惜。

今天，令我感到特别珍贵的是，在张曼君后来的作品中，依然能够清晰地看到我们曾经合作的 3 部戏曲作品对于她导演艺术风格形成所留下的早期探索的影响。也就是说，这 3 部早期作品对于张曼君导演艺术风格的形成起到了某种程度的奠基性作用。此刻此间，我们在江西赣州举办张曼君导演艺术的研讨演出活动，假如把越剧《梅龙镇》《蛇恋》和昆剧《一片桃花红》也请过来进行现场演出，我相信这三出戏完全能够代表张曼君导演艺术的最高水平，而且会令大家耳目一新，只有创新超前而绝无背时过气之感。我甚至认为，越剧与昆剧最近15年间的新创作，似乎还没有在舞台表现的现代观念上超越张曼君。而张曼君本人此后导演的众多作品，其导演手法艺术风格的源头也都源自她世纪交汇时期的几部基础性作品，包括他的采茶戏《山歌情》、小剧场京剧《马前泼水》以及我们所合作的3部作品。在张曼君导演艺术最初奠基与形成的阶段，我们用心合作了3部戏曲，我因我们彼此拥有这3部诚意之作而感到荣幸。

二、 作为众人朋友的张曼君

我说的这个“众人”是指像我这样的从事戏剧创作与表演的同仁们。张曼君可能是当代戏曲导演中介入剧种和到达地方最多的一位导演，能够达到她这样的参与度的导演在我记忆中大概还有一位谢平安，当然张曼君还具有跨越戏曲、话剧、歌剧、音乐剧领域更全面的能力。作为众人之友的张曼君，我觉得她给朋友们带来的最大的财富就是凡她和大家合作的那部作品，往往就成为了合作者的代表作。所谓代表作的特点是它既要具有创作者本人的生命气象，同时又具有那个剧种和独特地域的文化特征，而且还能传达当下的时代审美。所以代表作既代表着个人的高度，又代表着院团的高度和代表着那个剧种在那个时期的高度，更有甚者代表着这个时代的、一个艺术类别的高度。因此与她合作的朋友们，都非常珍惜这样的机会，他们合作的作品也几乎都或多或少或大或小地改变了演出者的命运或处境，提升了他们的艺术境界与地位。比如她与曾昭娟合作了《凤阳情》，先是获得了“梅花奖”，此后直接影响到了曾昭娟的戏曲审美选择，推动者曾昭娟成为当代评剧界的领军者。比如她与龙红合作了《山歌情》，一方面使鲜为人知的江西赣南采茶戏赢得了全国戏剧界的瞩目，另一方面也使主演这部戏的主演从表演者到管理者一路走到今天，成为一位身居一方但具有广阔视野广泛人脉的戏剧活动的组织者与策划人。比如她与杨俊合作了《妹娃要过河》，既为黄梅戏在湖北的发展寻找到了一种题材的可能性，也为黄梅戏在湖北的传播创作了具有保留价值的优秀剧目，与此同时，也因这部作品使得黄梅戏剧种当年的“五朵金花”在进入新世纪以后又有了属于这个年份标志的新的代表作。比如她与上海章瑞虹合作的越剧《梅龙镇》、与谷好好合作的昆剧《一片桃花红》、与茅善玉合作的沪剧《敦煌女儿》，比如她与山西史佳花合作的晋剧《大红灯笼高高挂》、与宁夏柳萍合作的秦腔《王贵与李香香》、与北京王平合作的评剧《母亲》等，小则成就了演员，使其获得“梅花奖”等一大堆个人荣誉，大则影响到某一院团某一剧种舞台整体风貌的艺术审美转型，几乎无一例外地都成为了那位演员那个院团那个剧种的保留剧目。这是一份出色的成绩单，也是对当代戏曲艺术的贡献。

俗话说“人走茶凉”，一出戏的导演一旦把作品送上了舞台，也就自然而然地淡出了这出戏和演出这出戏的这一拨人的关注视线。我接触过许多导演，听到过许多导演的相似感叹。张曼君不同，她在把戏送上舞台之后，那出戏的那拨人还会一直友好着她。为什么，我想因为她的不仅戏内而且戏外不仅对戏而且对人的真诚的感情投入。张曼君不是一位简单的导演环节的参与者，不是一位简单的敬业的劳动型的职业模范，我们认识许多工匠型的导演，有些还是很优秀很有成就的导演，你会感觉到他或她也是很敬业的，你会看见他或她挎着一个有形无形的工具箱，走南闯北，飞东飞西，技术非常娴熟，工作极有效率，要什么，给什么，缺什么，补什么，可就是有两件东西他或她不一定能够给你，一是感情，二是原创，而这两点正是张曼君区别于并胜于一般同行之处。她在敬业与精工之外，会带给你一份情感，带给你一份责任，带动你一起寻求突破与创新，这是作为导演的她最为难能可贵的素质。所以大多与她合作过的朋友，都不忍割断与她的联系和交往。接手了一出戏，张曼君不仅投入了一段生命，她还会既看到一个演员、一个院团、一个剧组今天所具备的才能，同时她还能更多地看到这个演员、这个剧团所具备的可塑性的潜能，并能把潜能发掘出来。有的演员平时很严肃，她却能发现他的幽默感；有的演员就是靠唱来奠定地位的，她会发现他或她其实具有肢体的表达能力……她把这些东西开发出来之后，这些演员会有一种疯魔的感觉。演员不是被张曼君迷了，而是被张曼君开发出来的那个自我迷了。这样的合作，使得与张曼君合作的主角演员的人性魅力得到了挖掘与彰显。但是她又不是张冠李戴，她不会把此剧种的风情移放到彼剧种中去，她不会把这个演员的风情放到那个演员身上去。这个是要用心的，这个是超越一般导演的层面的。作为众人之友的张曼君，她不是一个寻常意义的经过者，她经过之后是要留下痕迹的，这个痕迹是很难抹掉的。试问有几位导演能在他经过的剧种、演员、剧团身上留下痕迹？所以张曼君了不起，她是让你知道你是你自己，让你知道你和这个剧种密不可分的联系，进而让这些人担负起剧种振兴的责任。很多人是因为与她合作排了戏，成为了该剧种的院团长，成为戏曲的领军人物，把剧团剧种的发展作为一副担子挑在了肩上。

有的时候你会看到张曼君很焦虑，其实她是在找出路。她不仅在找导演自己的出路，同时也在找这个演员的出路，在找这个戏的出路，在找这个剧种的出路。当找不到出路的时候，她焦虑，责怪自己，甚至有自虐的倾向。所以当我听说她的排练场“失态”，在排练场“负伤”时，我都不会觉得奇怪，我会觉得那其实很符合张曼君的人物个性与行为逻辑。若是温文尔雅，捧着茶杯，说着诗性的语言进行排戏，那就不是张曼君了。她是生命的投入，以生命的能量调动着生命的能量，开发着生命的潜能，当然她就会留下生命的作品，留下生命的回忆。

三、 作为人人朋友的张曼君

个人是指我自己，众人是指我们这些行业内的朋友们，人人是一个更为广义的范畴，它泛指当代戏曲、当代舞台艺术。我觉得张曼君很幸运，她身处在一个舞台艺术的历史转型期。改革开放以来，整个社会经历着转型，附着在社会之上的文学艺术，也在价值观、审美观等方面客观地面对着转型。在转型期生活的人其实是幸运的，因为他可以有新的建立。当然也有可能是不幸的，因为此时仅把技术做到极致已经不能获得成就感。比如在唐诗的时代，人们不要考虑打破格律，只要你写四句、写八句，写五言、写七言，写律诗、写绝句就可以了，你只须把内容写好，不用考虑形式问题。可唐诗向宋词转化时期的人，既是幸运的，也是不幸的。不幸的是谁都不满意、不满足于用旧有的、习惯的格律来填写自己的内容。但是当你打破了这个规律又是要遭骂的，又是要被指责数典忘祖的。尤其在人类现代化、全球化所带来的文化同质化的时代背景下，人们有时会很情绪化地强调对传统文化的维护。就如我们改革开放的前 20 年，对传统是无视的。而后 20 年，尤其这近几年，又有点儿自我迷恋，有点儿对国际化、现代化情绪化地排斥。亦如古汉语、文言文向白话文的转化，没转化的时候我说前代人是幸运的，也是不幸运的，不幸的是你只能以文言文来写作，幸运的是你可以不用考虑它的形式，等白话文转化以后，你还是谨守着文言文的规范，你就有可能被淘汰，可是起初的白话文是半文半白笑话百出的，写好的人就成为了新文学的大师，成了鲁迅、郭沫若、茅盾、巴金。生活在文化的转型时期，是可以进行新的建立的时候，是可以给我们带来广阔的创造空间的时候，所以我才说张曼君是幸运地碰到这样一个属于戏曲的转型期。

在这个转型期内，张曼君没有辜负时代，她是乘势而上，或说是迎刃而上的，你看起来它是一个机遇，但它又是一锋刀刃，要在刀锋上面起舞行走，其实是要接受争议的。比如我们为什么要如此用心的起标题，用心的写新闻稿，来试图描绘张曼君的导演艺术，可还是会觉得似是而非呢？原因就在于当下我们的评判标准存在着多元。张庚先生在 20 世纪 40 年代提出了“话剧民族化”、“旧剧现代化”的理念，我们会不用启动理性思考地去相信这个理念，去遵从这个理念，可是张庚先生说的现代化是我们今天说的现代化吗？他说的现代化可能是时代化，当代化。由于时代与背景的原因，他是要提倡和建设一种所谓新的文化时代的。而现代性其实是超越时代的，就像我们说关汉卿是有时代感的，汤显祖是没有时代感的，或者说汤显祖同样具有时代感，但是没有时代的局限性。我们在任何时候都可以演《牡丹亭》，但是只有在特殊的时候可能演《窦娥冤》，即当民族矛盾和阶级压迫激烈的时候。

所以我说张曼君是迎刃而上，是背负着争议的。因为她是一个实践者，不能苛求她有理论先导，一切想好了再做。有时她就是不满意，但是为什么不满意却不一定能说得清楚，为什么？因为传统戏曲中成熟的程式化所依附的农耕时代的生产方式、生活方式、情感表达方式已经结束了，我们已经历经了工业转化、信息革命，走到了现代社会。比如我们现在不是冷兵器时代，我们在表现现代生活时就很难出现类似传统戏的武戏，武戏演员逐渐失去了用武的机会，因此武戏的式微也就不可逆转。趟马、走边、划船、骑射之类的程式在现代人的生活方式面前也渐渐地用不上了。张曼君的“以歌舞演故事”和我们曾经理解的“以程式化的歌舞演故事”是不一样的，就如大家很难用程式化、歌舞化演故事去解释甬剧《典妻》，黄梅戏《徽州女人》，甚至于川剧《死水微澜》，因为它们还是在有节奏、有韵律的虚拟化的舞蹈之表现生活，但是它们却已不再是张庚先生们所解释的以京昆程式为典范的程式化。张曼君所致力营造的虚拟诗化的空间，也不是传统戏曲一桌二椅的虚拟化场面，而是一直具有现代审美的写意与诗意的空间。张曼君对于戏曲程式化美学的理解与运用，具有时代美学的特征，与她的美学追求相近似的还有辞世不久的谢平安，活跃在话剧界却对戏曲美学有精准理解，对戏曲程式能精准提取并精准运用的李六乙、田沁鑫。李六乙排的《金锁记》，他把京剧的程式化用到极致，而且上升为一种表现主义的美学，其实我们的程式化有时是没有间离性的，我们的程式化还是要激发观者对生活的联想，李六乙的程式化更多是把程式抽象化了，把程式纯粹作为一种表演性的元素。田沁鑫的《青蛇》《北京法源寺》，对舞台身段、台词、节奏、空间的处理，甚至还包括更早时候孟京辉的《思凡》，当他们把传统程式重新提炼之后，放诸在一个现代意味的审美背景中，这时的传统在我们面前已经不再显得古老陈，而显得十分前卫了。

从这些方面来说，张曼君为我们这个时代中人人都可能面对的戏曲艺术导演了大量的作品，她给这个时代的戏曲存在留下了自我的印记，给许多她参与过的剧种留下了印记。这些印记，仿佛插了一个路标，为舞台艺术的今后创新发展提供参照。一位导演做到这样，实属不易。因此，作为个人朋友的张曼君，我对她肃然起敬；作为众人朋友的张曼君，我也对她肃然起敬；作为人人朋友的张曼君，我更对她肃然起敬。张曼君不是世袭人家，梨园子弟，她是从赣南歌舞小戏进入中国戏曲大家园的，从某种意义上说她是戏曲的半个主人半个客。所以，张曼君在戏曲领域的种种努力，值得我们坐下来研讨，也值得我们站起来致意。

四、关于戏曲现代性的思考及对朋友们的期望

张曼君今天能够成为我们大家关注的焦点，我感觉还是源于我们今天对传统戏曲的生存状态有期待。当下来看，从中央到地方，整个社会舆论都对戏曲给予了高度的关注。但是戏曲真正的复兴——以重返我们日常生活为标志的复兴，却迟迟没有到来，传统戏曲在整体上与时代审美之间存在着越来越大的落差。张曼君所做的这一切不仅具有当代意义，更具有当下价值。她所导演的作品或多或少为那个演员、那个剧种、那个剧团多争取到了一些关注的目光。虽然这种关注还不等于市场，但是在潜移默化中自有一种变化，这种变化就是对当代人审美的可能接通。通过对张曼君导演艺术的研讨，促使我们进行更深层面的反思，包括对已经过去了近20年的整个20世纪中国戏剧的反思。在我们欢欣鼓舞扑入新世纪怀抱的时候，我们未及沉下心来反思过去的100年，尤其未及清算那100年中国戏剧发展的负面资产。

今天回看过去的100年，从某种意义上说我们仿佛只做了一件事，那就是进入了镜框式的舞台，或者说我们是以三个维度来完成了对它的进入。一是从乡村走进城市，二是从广场走进剧场，三是从戏台走上舞台。可是最终我们都集中在了一种单调的模式之中——镜框式舞台。我们曾经有过四面观台，有过三面观台，现在只剩一面观台。在20世纪初期，率先进入镜框式舞台的是话剧和京剧，在20世纪100年间，话剧和京剧于无形之中影响着全国的各种

舞台艺术、表演艺术。话剧剧场艺术模式和京剧程式化表演规范，对中国的戏剧，尤其是对地方戏曲的成熟与发展起到了积极的作用。但是与此同时，也在不露声色地同质化、趋同化着地方戏曲，尤其同化着戏曲的空间演出和表演艺术。加之从50年代兴起的全覆盖式的举国会演制度与评奖制度，更是起到了推波助澜的作用。经过100年的剧场化改造和话剧舞台、京剧表演的同质化影响，到了20世纪末，镜框式剧场已经成为中国戏剧表演艺术的主体空间，哪怕尝试着回到厅堂、回到广场，还是因袭着镜框式舞台一面观赏的习惯，没有思维空间，只有第四堵墙，表演艺术走向单一单调。

进入21世纪，表演艺术应该是多维空间、多种形态的，表演空间的多样化与丰富性将成为21世纪表演艺术的时代特征。我们既有镜框式的舞台，也有大剧院，也有广场，也有晚会式的，体育馆式的，也有环境式的，实景的，也有重返厅堂的，也有茶楼的，街头的等等多样态的形式，唯有如此，21世纪的戏剧才可能摆脱单一单调的镜框式舞台。反观当下对剧场艺术功能性的开拓，大剧院造起来了，大剧院的功能发挥使用了吗？也许音乐剧演出得到了使用，戏曲演出得到使用了吗？戏曲为什么要走进大戏院，戏曲能否占据那么大的空间？戏曲惯常的叙事，惯常的观念，是否与大剧院的现代空间对应？我们的参军戏，可能就是街头上的、宫廷里的。到了宋元杂剧，它就有了勾栏瓦肆，就有了封闭式的四面看台的空间了。再到明清传奇，它开始了精致化，形成了多场次，它四十出、五十出，它可以松散地在厅堂，在庭院，在街头演出。地方戏的崛起是在戏园子、茶楼、街头、广场、土台子上，等到进入20世纪，进入剧场，规范化了，却反而单一化了。今天，我们一方面需要开掘封闭空间的舞台表演，另一方面也要提倡走出剧场，走向多元空间。所以在这个表演艺术与表演空间的转型期里，我们尤其需要张曼君，需要有更多更年轻更能接通当下的导演来及时地呼应时代创造时代，更自觉地建立起属于当下审美的现代戏曲。除了在物质的空间里，也包括在虚拟的空间网络与自媒体中，实现剧场艺术的延伸。四折一楔子是戏曲，五十余出是戏曲，分场分幕也是戏曲，立足点是与当代人的观演需求相适应。在张曼君的系列作品里，我们看到了剧场艺术风格化演出的各种成功实践；在张曼君们的审美世界里，我们更看到了传统戏曲在多元多维空间里传承传播的可能。

好友张曼君，正值艺术创作的高峰期，对于她今后的发展，我还有两点建议。

一是希望张曼君导演的手伸得更远一些。无论如何，我们得正视中国戏曲的形成是和农耕时代密不可分的，而表现农耕时代的戏曲题材并不影响现代性的传达，我们不要用题材来理解和评价它的有无现代性。因此张曼君还是要腾出相当大的一部分精力去关注历史题材和古装戏。因为现代戏还处于一个探索的阶段，因为它已经出现了一些技术上不能自圆的瓶颈。我曾多次举例，戏曲程式无法表现上电梯，无法表现坐高铁，而上电梯、坐高铁是今天重要的生活内容。当戏曲把这些重要的社会生活内容回避掉，这门艺术就已经出现破绽，出现了盲区。为此戏曲需要一种革命性的探索，就是不再用程式的办法表现上电梯。用什么办法呢，也许我们需要等待天才出现，就如绘画界等待毕加索、梵高的出现。传统绘画是要画家画的像，照相机、摄影机发明之后，画得像的画家卖不出去画了，于是出现了画得不像的画家毕加索、梵高，于是绘画形成了另外一种标准和传统。又如现代舞、现代音乐之与古典舞、古典音乐，都不再是以模仿为出发点。为此我希望张曼君在把手伸向古代的同时不妨伸向现代，当然这个现代不仅仅是现代题材。

二是希望张曼君导演的手伸得更长一些。面对全球化与国际化了的今天，各个门类都面临着一个新问题，即现代化已经不是点缀而已成为底色，现在更需要的是民族化与地域化。张曼君是一位有丰富艺术经历的人，她可以在歌剧、话剧、音乐剧的民族化方面多做一些探索，而现在这些门类的艺术对民族化的理解还只是简单的理解为戏曲化。焦菊隐先生理解的民族化就是戏曲化，话剧的民族化也是戏曲化，甚至是京剧化，抖点儿水袖，走点儿台步，拖点儿声腔，就是向戏曲学习了，现在看来对戏曲仅从技术层面的借鉴已经远远不够，应该是对民族美学传统的认识与回归。民族美学的本质是空灵，是写意，这又和现代艺术的简约、象征殊途同归。因此我建议张曼君不妨更多介入歌剧、话剧、音乐剧的创作。

最后，我希望经过多种尝试之后，能够形成一个以现代戏曲美学追求为标志的具有中国民族特色的当代戏剧表演学派，一种放之于世界可以进行比较的戏剧舞台艺术导演方法，在这个学派与方法中，张曼君不是唯一，但她是其中重要的实践者，她的实践同样能归纳出理论的意涵。

（原载 2019 年第 110 辑《戏曲研究》杂志）

继承、发展及“流派”

——我看尚长荣表演艺术的意涵

尚长荣先生是当代著名京剧表演艺术家，曾担任中国戏剧家协会主席，在国内外具有广泛影响，是名副其实的具有很高知名度与标识度的当代戏曲领军人物。我很有幸，与长荣先生都是 20 世纪 80 年代末被上海市从外地引进的艺术人才，长荣先生来自陕西，我来自江苏，我还有幸与他做了九年过往甚密的好邻居。因此，长荣先生在上海生活与创作的经历我都是熟悉的。评价尚长荣对于当代京剧表演艺术的价值意义，我想至少包含三个方面：一是他对于传统京剧表演艺术的继承；二是他对于当代京剧表演艺术的发展；三是尚长荣作为一个京剧表演艺术新流派建立可能。

就尚长荣先生对于京剧表演艺术的继承而言，尚长荣是有着得天独厚的条件的。众所周知，尚长荣是中国京剧四大名旦之一尚小云的公子。这种血缘，令他自然而然地具备了某种先天的职业气质，而这种气质既是先天赋予的，又是后天不断熏陶而成的，是一种梨园世家子弟独有的韵味气息。这种韵味气息通常也成为一种标识，标志着一种与生俱来当仁不让舍我其谁的传承的自信，也标志着天经地义的血统与正宗。它深深地潜藏在艺术家的气质气味气息里，令你一望而知，却很难模拟，很难破译；可意会，不可言传；可遇，不可以求。与此同时，尚小云的儿子自然有条件选择最优秀的师资，像早先锻造尚长荣的名师陈福瑞、苏连汉，后来对其影响甚深的名净侯喜瑞，皆为一时之人杰。这些都使得尚长荣早年夯下的传统戏功底比寻常人更瓷实，更到位，这也是尚长荣作为梨园世袭子弟的福气。

再有一点也很重要，就是长荣先生于20岁前一直生活在北京。这里是京朝艺术家的发祥之地与大本营，又恰逢中国传统京戏大发展、大繁荣的黄金时期，大师云集，流派纷呈，20岁前的所闻所见，无疑更积累了他丰厚的感性阅历。这也是一笔无形的艺术资源，它融化在幼年、少年到青年的尚长荣的潜意识里，如盐入水，不见痕迹，却至高无上，难以磨灭。今天，当我们欣赏长荣先生京剧传统戏的表演时，能够感觉到他继承传统表演艺术的扎实功力与纯正气概，因为那是他曾经在前辈名师的现场熏陶与严格锤打之下一招一式、一板一眼磨炼而成的。同时，我们又能感受到长荣先生表演传统戏时的不保守，不僵化，感受到他的传统戏表演的“活”字来——因为但凡杰出的表演艺术家无不是在继承前人精华的基础上深深地融进自己的理解，灌注以个人的性情。是的，长荣先生的继承传统固然讲求严正，但同时他又最忌讳刻板，忌讳“克隆”，他把传统融化在自己身上，同时追求时演时新，常演常新。唯其如此，长荣先生的表演艺术才能走进传统，走出传统，进入创造。

就尚长荣先生对于京剧表演艺术的发展而言，我以为他是同时代京剧表演艺术家中最杰出的一位。不是之一，当然也非唯一，而是第一，真正的继承发展第一人。所谓“铜锤架子两门抱”，还只是评价他在净角行内的通能，而评价他的表演艺术仅仅局限于净角行内的范畴恐怕是远远不够的。事实上，尚长荣通过他在20世纪80年代末到21世纪初的大约20年间所主导创作的“三部曲”，即京剧《曹操与杨修》《贞观盛事》《廉吏于成龙》的表演中，已经逾越了净角的行当。在这几个艺术人物的身上，传统意义中的净行表演依然还是本工，但是已然不再是局限，而是进行新的人物创造的底色与基础。在这个底色与基础之上，尚长荣既有凭有据，又挥洒自如，他既视野开阔，又谨慎细心地吸收并融会着诸多行当表演的经验甚至借鉴京剧和戏曲表现形式之外的技巧或方法，最终服务并服从于“这一个”崭新人物形象的塑造。可以这么说。尚长荣对于京剧表演艺术的创新与发展绝非刻意要摆脱传统，标新立异，而是出于他对具有时代审美意义和时代认识意义的舞台艺术形象塑造的必须，他所塑造的京剧舞台上的曹操、魏征、于成龙形象，是传统京剧的行当表演所不能涵盖的，但同时又仍然属于中国京剧的舞台艺术表演。在继承与创新的分寸上，就一出戏、一个形象而言，尚长荣所塑造的新曹操为代表的新的艺术形象无疑是成功的典范。长荣先生塑造的曹操新形象虽然创新的幅度很大，但是他从深厚的传统本色出发，诚意创新，兼容并蓄，大步流星里步步都在证实着传统、延伸着传统，这才是值得推崇与效法之处。

我与长荣先生唯一的一次艺术合作，是1998年一台名为“东方神韵——尚长荣京剧表演艺术专场”的演出。这台专场演出，由我担任文学设计，陈薪伊担任导演，尚长荣演出了三个折子戏。三个折子戏对应着尚长荣艺术生涯的三个不同阶段——传统戏《牛皋下书》，新编历史剧《曹操与杨修》选场以及表达尚长荣最新艺术思考的新编京剧独角戏《李尔王》。《李尔王》由我根据莎士比亚同名原著改编，长荣先生一个人表演。尽管我的这个《李尔王》剧本只是一个浓缩为45分钟的独角戏，但却给他的表演出了不小的难题。剧中，我要求这个京剧的李尔不但演出净角的本工，还要模仿李尔三个不同性格的女儿，表演出京剧旦角中三个不同的流派。可以想见，长荣先生在这出独角戏里的表演已经不止是跨越行当，而且是跨越性别了，他的花旦身段也是令人叹为观止。甚至，他还用英语朗诵了一段莎士比亚剧本的原文。长荣先生的那次演出真可谓是绝代风华、绝版演出，可惜现场看过的人有限，没看过的再也无缘一睹风华了。

关于尚长荣作为一个京剧表演艺术新流派的话题，这些年来上上下下关心的人很多。就这个话题，我曾不止一次当面感受到长荣先生敏感规避的心情。以我浅见，惯常理解的以声腔特点为主要依据的京剧包括戏曲的流派意涵不能概括尚长荣的综合表演艺术；换言之，尚长荣的京剧艺术表演已经逸出了传统戏曲流派的范畴。某种意义上说，尚长荣的表演艺术范畴比起传统的戏曲表演流派更宽阔、更丰富、更具有舞台艺术的时代审美特点。长荣先生规避谈论他建立新流派的话题，于我想来或许是不愿意被引入狭窄的声腔范畴而忽略了尚长荣的表演艺术特点首先是当代舞台艺术的创新，甚至超出舞台范围而延伸至影视艺术的表演。与此同时，声腔与行当这一对关系也发展为更加丰富的新的艺术人物的立体创造。如果不能把尚长荣的表演艺术从传统的声腔流派延伸为一种具有时代特征的表演风格或表演方法，那么又何必新酒装旧瓶，甚至削足适履呢？

在我看来，尚长荣足以当得起当代京剧表演艺术大师，也足以当得起新的京剧表演艺术流派。只不过尚长荣“尚派”具有两层不同的含义：第一层是指尚长荣乃是尚小云之子，尚小云的“尚派”虽是旦角流派，但旦角“尚派”的表演风格和创造精神在净角“尚派”的表演和创造中仍然一脉相承、继续发展，由尚小云“尚派”而尚长荣“尚派”是一种传承、丰富与发展，其意涵更为广阔。第二层是指尚长荣的“尚派”并非传统意味中京剧声腔“流派”又增添与心得一员，而是一种内涵与外延都不简单地等同于以往的新世纪新时代的新式流派。你可以习惯地称之为“流派”，也可以以一种新的命名方式称之为“风格”或者“方法”，即尚长荣表演艺术的“尚氏风格”，尚长荣表演艺术的“尚氏方法”，甚至尚长荣表演艺术的“尚氏经验”，简称之为“尚派”。只要能够准确理解尚长荣的表演艺术，准确理解他在继承传统与创新发展方面的努力与贡献，怎么命名，是否命名，有无命名，其实都无妨。

（本文为中央网信办“文脉颂中华·大师@传承”主题活动约稿，于2019年5月在全国信息平台发布）

梁伟平："都市新淮剧"探索路上的同行者

《梁伟平唱腔精选集》即将出版发行，我端详伟平"精选集"封面上的照片，种种回忆，漫上心头。照片是他新拍的，依然英俊潇洒，意气风发，可是岁月还是不经意累积在了他的面庞上。

伟平是我生活中的挚友，也是与我在淮剧变革戏曲创新道路上攻城拔寨、浴火同行的战友、诤友。自1991年经他游说，我从上海越剧院调动到上海淮剧团，1999年又离开淮剧团至今天，在近30年的漫长岁月里，我们始终能推心置腹，心无芥蒂。人生得一知己足矣，我为有梁伟平这样的老友感到知足，也视之为人生积累的感情财富。

上海淮剧团的《金龙与蜉蝣》《西楚霸王》《武训先生》被称为"都市新淮剧"的"三部曲"，它们都是由我编剧、梁伟平主演的。我在20世纪90年代初提出"都市戏曲"理念，梁伟平是最诚恳、最坚定和最传神的实践家与诠释者，假如在我和伟平的戏曲生涯里抽去这三部代表作，我想我们彼此毕生从事戏曲艺术的存在感与成就感恐怕都要大打折扣。

回首当年，"都市新淮剧"的理论思考和创作实践，正是上海淮剧于客居之地"置之死地而后生"的一场突围之战。90年代初，当全国戏曲普遍面临困境的时刻，上海淮剧团的处境也很艰难。但是困难没有令淮剧人屈服，反而促使大家团结奋进，并在短时期内实现了绝地反击。上海淮剧团于90年代先后创演的《金龙与蜉蝣》与《西楚霸王》，对萎靡不振的上海淮剧甚至全国地方戏曲形成了势能强劲的冲击波。所谓“不曾经过，如何懂得。不曾亲历，怎知珍惜”。今日回头去看，倍感共同经历过的忧患与奋斗，既是艺术创作的机缘机遇，也是人生经历的情分情缘，点点滴滴，弥足珍贵。

梁伟平是1957年出生的人，小我1岁，《武训先生》是我为他创作的第三个剧本，也是与他合作的第三部“都市新淮剧”。我曾对伟平说：“《武训先生》是我送给你60岁的生日礼物，我希望我们能在人生的花甲之年再为淮剧和戏曲做点什么。”中国社会在现代化、都市化与国际化的快速发展进程中已经越来越具有了自信心，传统文化、民族文化与地域文化也越来越受到重视，20世纪八九十年代强调变革的戏曲，在进入新世纪以来，越来越重视对于各自传统的回归。从戏曲确立剧种风格的“乡土化”，到走进城市与时代同行的“去乡土化”，再到在现代化、都市化与国际化背景下自觉选择积极实施的“再乡土化”，上海淮剧团通过《武训先生》的创作演出，对于中华传统戏曲文化的当代发展作出了艺术的回应。

每个剧种、每个剧团的艺术进步，都会在特殊的历史阶段涌现出具有标志意义的关键人物，这些人仿佛带有先天的使命，他们在创造剧种艺术新高度的同时，也在推动着剧种的时代转型，并且因之而成为一个时期公认的领军者。如京剧的“四大名旦”，豫剧的“五大名旦”，越剧的“十姐妹”；或如粤剧的红线女，汉剧的陈伯华，黄梅戏的严凤英，淮剧的筱文艳，沪剧的丁是娥等。梁伟平则属于改革开放40年来成长起来的新一代戏曲领军者。他与越剧的茅威涛、黄梅戏的韩再芬、川剧的沈铁梅、豫剧的李树建、蒲剧的任跟心、评剧的曾昭娟、梨园戏的曾静萍、甬剧的王锦文等一批有信念、有追求、有实验精神，善于继承且勇于挑战自我的创作型表演艺术家一道，共同撑起了世纪转换和文化转型期中华戏曲文化传承与创新的天空。出了名的演员很多，获过奖的演员也很多，如上述在创作实践中完成自己的代表作并为所在剧种留下保留剧目的真正戏曲艺术家并不多。梁伟平作为其中的一员，应该感到骄傲。

考量戏曲演员的创造意义，检验戏曲演员保留剧目的艺术价值，唱腔的创造和唱段的流传是一项重要的检测指标。在我看来，梁伟平在这两方面都很成功。

梁伟平的唱腔形成了他自己独特的风格，而他的唱腔风格的形成又大致可分为两个阶段。第一阶段是继承传统戏，在不断的学习和交流中，逐渐形成淮剧小生的演唱特点，改变了淮剧小生、须生曾经不分的情形。第二阶段是他在新剧目中的创作，最具代表性的便是他在“都市新淮剧”三部曲中的探索，蜉蝣、项羽、武训，都不是传统小生的形象，但他以小生演员的底色应工，经过创新创造，为戏曲舞台的小生演员塑造艺术人物拓宽了内涵和外延，打开了一片新的天地。

对于淮剧唱腔艺术，梁伟平拥有两重身份。一重，他是一名开拓者。与许多地方戏一样，由于剧种形成的时间、环境以及代表性艺术家等原因，剧种的行当发展并不平衡，以筱文艳为代表的前辈艺术家创造了淮剧旦角艺术的高峰，淮剧的生角艺术相对却有差距。淮剧的八大流派中也以旦角表演流派最为完整和成熟。而梁伟平则将淮剧带入生角艺术的全盛时期。

再一重，梁伟平是一名引领者。“都市新淮剧”直到今天还在影响着中国地方戏曲的创作，梁伟平在这三部曲中的表演也成为许多年轻演员学习的范本。尤其在唱腔艺术上，已经有学者在进行专门的研究。其雅俗共赏的海派特色也非常符合大众的时代审美，像《金龙与蜉蝣》中的“不提防”“寻生父认生父”，《西楚霸王》中的“不为霸业为佳人”“滔滔一派东逝水”，《武训先生》中的“夜深沉”等唱段都已经在沪苏浙一带普遍传唱，其广泛度不亚于淮剧的著名传统剧目。

梁伟平的唱腔已经具备了明显的流派特点。首先，他具备了欣赏角度的风格特征：其唱腔行腔圆润连贯，轻巧柔和。于酣畅中见俏丽，于细腻中见洒脱，而在总体精神上保留着江苏北派的阳刚之气，形成了秀美典雅、刚柔相济的梁氏风格。其次，他具备了鲜明的标识度：有着标志性的咬字、归音和演唱旋律的曲线。他的开口往往是轻起轻送的，用心处理，用情演唱。而在行腔过程中极为重视轻重缓急的曲线拿捏，不一味轻缓，也不一味激越，有一种得心应手引领听觉的自如自信。有时，他的声线会出现滑音，即陡然起或陡然降，如他在《金龙与蜉蝣·认父》中那句经典滑音“把儿伤”的“伤”字，几乎戏曲演员中没有人这样处理过吐字和行腔。他天赋好嗓门，音色美，音域广，音质透晶脆亮，高低音运用自如。他以真声演唱最高音可达 d3（俗称嗨 d），在生行中十分罕见，令人叫绝。这一标志性的声腔旋律在武训、蜉蝣等人物的核心唱段中反复运用，魅力独特，功力独到。再次，他对淮剧声腔艺术贡献很大：他拓展了淮剧人物塑造的人性体验，发展了淮剧声腔的旋律化审美，丰富了淮剧剧种的表现力，扩大了淮剧的传播广度。

综观中国戏曲发展史，一个剧种是否进行了创造性的变革、何时进行这场变革，决定了这个剧种之后的呈现面貌和道路走向，甚至带来剧种地位上的差别。其中艺术家的贡献又是关键中的关键。“四大名旦”的创新奠定了京剧的格局，“十姐妹”的改革奠定了越剧的格局。而淮剧在相近时期则在向剧种化努力，以筱文艳为代表的淮剧第一代艺术家完成了淮剧从乡村到城市、从广场到剧场、从戏台到舞台的历史性转化，为淮剧在都市的立足发展和全国性的传播，夯实了基础，提供了条件。作为筱文艳先生亲自招来上海并亲自教导的门生，梁伟平不负前辈老师嘱托，不负家乡父老厚望，在上海淮剧生存发展的关键时期，挺身而出，勇立潮头，为淮剧在上海的发展，为当代戏曲艺术的创新，付出了创造性的劳动，作出了创新性的贡献。

伟平向来谦逊，不敢轻言“梁派”。以我浅见，热心的观众，有心的学者，不妨研究起“梁派”。这个“梁派”，还不仅仅指梁伟平的声腔特点，也包括梁伟平的舞台表演风格。

（原载 2019 年 5 月 30 日《解放日报·朝花周刊》）

眼前风景

昆剧《司马相如》所见所思

北京剧作家郭启宏兄的新作《司马相如》由上海昆剧团排练，在沪上演了。

《司马相如》在沪演出的反响是很热烈的，尤其是上海的戏曲界，由此剧的文学创作到舞台呈现，引申出许多诸如传统戏曲如何面对现代城市观众，古老的昆曲演唱形式能否表现具有时代意味的文学创思，并进而真正达到感染当代观众的目的等一系列颇有学术气息的积极话题。这意义，显然已超越了《司马相如》，超越了一出戏、一个剧种，而成为整个上海戏曲界的“普遍关心”。

众所周知，上海的戏剧演出向以“开拓创新”而著称，艺术变革的热情之高、幅度之大，以及向全国所发射的“改革”信息之多，都令举国戏剧界同行所惊叹，所侧目。然而稍加考察便可发现，其实上海戏剧真正赢得全国公认并且同时也在本地舞台演出中长期保留下来的优秀剧目事实上数目也并不是很多。这既与海派戏剧家历来信奉“以变革制胜”的传统艺术心态相关，也涉及一些如在具体热衷于一个剧目的改造创新往往忽略了隐蔽于这一具体剧目身后的那一个特殊的剧种，忽路了具体剧种对于具体剧目所具有的某种规定与制约。换句话说，它其实正是于所谓开拓创新的同时，冲撞了某种早已存在着的那个剧种的具有“不可变异”性质的艺术规律。于是便曾经出现过向以柔美缠绵为本色的剧种偏要开拓“阳刚豪放”；出现过向以典雅精深为风范的剧种执意要尝试“通俗流行”，等等，不一而足。凡此种种“开拓”“尝试”，无不事倍功半，稍纵即逝，得不偿失。这已经是经过多次实验所一再证明了的。

如果把拂逆剧种本色的那一种“创断”也称之为开拓的话，则它属于一种“逆向性开拓”；而依顺剧种本色规律，蹈循本剧种既定品格，沿着前人延续下来的艺术轨道继续向前寻求革新与创造，则可称之为“顺向性开拓”。

显然，由郭启宏编剧，苏民任艺术指导，青年戏曲导演卢昂执导，岳美缇、张静娴、刘异龙、方洋、张铭荣等主演，上海昆剧团演出的这一台新编昆剧《司马相如》，属于“顺向开拓”的精彩剧目。

首先是剧本奠定了基础。郭启宏兄一直倡言“传神史剧”，这个“神”是一种精神、一种体验，是历史人物的生存状态经由现代人的生命咀嚼所反刍出来的一种证明，是今人与古人通过文学艺术的媒介所产生出来的一种交流与共悟。唯其如此，历史剧才有了创作的必要，传统戏曲才有了它从内涵上通达现代人的精神基因，古老的昆剧艺术也才有了它在当代人生活中延伸艺术神经的可能。

司马相如属于中国文人的一类典型：顺境时不可一世，逆境里一蹶不振。一胸翰墨，每每流于浮薄炫耀。一朝身受重用，天地顿时变小；一旦遭遇挫折，马上蜷于石榴裙下嘤嘤怨尤。究其本质，还是诚实幼稚的，无奈客观现实的严峻加之主观的极其脆弱和极易动摇，人格逐渐扭曲，形容日趋狼狈，这虽是中国古代文人的普遍悲剧，某种情状，又何尝不与现时生活中的某些知识分子为人处世的态度相似暗合？不过，启宏兄毕竟也是一个当代中国的文人，所以他在剧中设置的那座文人每每逾越不过的“青云桥”前，终于突发了一声大吼——“过桥!”剧中的司马相如老兄似乎终于超越了自己的习惯人格，也许，这也正是当代剧作家郭启宏老哥对自己、对朋友、对生活求索于现今人生的衮衮同类所发出的至为诚恳至为真实的一声心灵忠告吧。如果是，那么这个司马相如也就不只属于历史、属于戏剧，而也属于现代、属于现实，他其实已产生了古老的昆曲艺术与现代观众之间的一种“共鸣”。

值得留心的是，启宏兄写作《司马相如》是完全按照传统昆剧曲牌的严格要求而精工填写，乃至一字一辙务求不乱，然而奇异的是，曲词典雅如斯，格局工整极致，竟全无晦涩难懂、隔阻之嫌。关键所在，恐怕还是一个“神”字，是《司马相如》的精神通过昆剧艺术的神韵，平易而真切地传送给了观众，给了现代。于是，昆剧艺术本身并无所谓“老”，文学精神可以传达出“新”。

与启宏文学内涵的新意相对应，导演及整个的舞台呈现也展示了新颖的景观。表演、音乐、服饰色彩以及整体舞台设计和灯光的视像，应该说是本质上遵循中国昆剧或中国戏曲的美学原则。尽管全方位都作了创新，但并无走火入魔之嫌，演出强调和突出的正是传统昆剧的典雅之风、优美之韵、空灵之境，使人感觉昆曲既是如此古典精致，又是这样现代清新，她让你感受到昆剧已不只是一种纯然观赏的艺术，而忽然有了一种“与己相关”的亲近，有了可以触动心境的功能。虽然她依然高雅，依然精深。诚如青年导演卢昂所云：“在现今一片追逐流行，标榜世俗的风气中，我们不需要回避高雅。高雅不等于晦涩难懂，不等于阳春白雪。对于民族戏曲中文辞精美、表演精湛的高品位昆剧艺术，我们有理由大力弘扬。正如古希腊悲剧和欧洲古典音乐，昆剧艺术也应该以其超越世俗的品格列于世界艺术之林，而无愧色。”

平心而论，上昆《司马相如》开拓的步幅也是比较大的，但却没有招来“像不像”的怀疑。原因所在，正是遵从了“顺向性开拓”的规律。中国昆剧乃至整个中国戏曲，历经数百年的延传更替，有些基本精神是一直不变的。对戏曲艺术整体言，是她的民族审美精神；对昆剧及各地方剧种言，更增加了她特别的气质和品性。这是一种辨别，更是一种规定，它涉及民族及区域的某种心理构成和传统定势。犹如一种密码天音，可以感觉和感受到，却未必可以清晰地破译出。中国戏曲界许多轰动一时的尝试或变革之所以归于失败，归于灭寂，正是蹈入了“逆向性开拓”的误区，而有违了“规律”。

然而，遵从规律又不等同于亦步亦趋，有时反而会出现某种“蜕变”式的整合变革，会出现一种全新的整体格局。譬如楚辞之于汉赋，汉赋之于唐诗，唐诗之于宋词，宋词之于元曲，元曲之于明清小令，乃至再发展到了现今的诗歌和戏曲唱词，虽因时代发展而风貌各具，一种神韵仍然贯穿未移。

上昆的《司马相如》之于传统昆曲，仿佛正显露了某种“整合蜕变”的契机。从剧作文本到舞台呈现，从古典韵味到现代气息，从纯然的观赏心理到深刻的心灵互动，《司马相如》似乎已踩入了“现代昆曲”的境地，她似乎正在或者已经超越了我们习惯中鉴赏和评价传统昆曲的经验，而呈现为一种基于传统又贴近时代的风神。所以，她才赢得了上海戏曲界的一片惊奇，一片称赞。

记得岳美缇女士说过这样的一番话，她说：“全国戏曲界都意识到了一种‘传统戏曲’向‘现代戏曲’转型的迫切，我想把一切包袱和荣誉抛开，恳请当代文化人参与，进行一次实践。如果失败，就算作我的封箱戏吧”。

铮铮言辞，耿耿丹心。如果没有岳美缇当初的这一番决心，我想，肯定没有了今天的《司马相如》。大而言之，中国戏曲如果没有一大批像岳美缇这样既懂得尊重传统遵从规律，又勇于“抛开包袱和荣誉”的真正的戏曲表演艺术家，那么，中国戏曲的延传和繁盛都只能是昨日风景和纸上谈兵。

（原载 1996 年第 5 期《中国戏剧》杂志）

冷峻的美丽

——评舞剧《水月洛神》

《水月洛神》是一部真正意义的原创舞剧，无法遮蔽，不可归类，风格卓立。可以说，各个创作门类的想象力、创造力都发挥到了极致。但是又在一种统一的审美引导下整合起来，构成和谐。

舞剧故事好。舞剧讲故事向来是难点，也是弱项，但是这个故事少有的讲得明白，讲得深刻，讲得精彩。洛神故事虽是一个传统常见题材，但是编剧冯双白讲出了他的新的视点，一改“叔嫂暗恋”的习惯套路，而写成了“兄夺弟爱”“灵肉分离”。甄宓，曹丕眼中之美女，曹植心中之知音，因为兄弟性格、地位的差异，导致了灵与肉的错过。不能拥有的正是不能忘怀的。于是，甄宓成了曹植心中一个永远化不开的结，一首永远吟不尽的诗。作为文学艺术家气质的曹植，又把这份心中珍藏的思念与哀伤化作了美丽的诗行，这些携带着人情人性的美丽的诗，长久滋润着美丽着我们的心灵。曹植，东方的少年维特，他就是这样一位造梦、寻梦、追梦、吟梦、殉梦的人。曹植对于甄宓的爱更多的是带有对于美的神性的向往，也是对深陷于大时代政治漩涡中的自我麻痹与超拔。曹植的气质是纯“文艺青年”的气质，他追求的是一种纯净的精神实现。有一种爱是物质地位的衡量，有一种爱是彼此的气质发现。这种发现，可以穿越现实与梦境，跨越万水与千山，甚至可以贯通时空，直抵人心。因此，发现的爱往往比衡量的爱更接近爱的本质，也更难以拿起和放下。它是属于古人的，又何尝不是属于今人的。貌似虚幻的情爱关系，在编剧的独到理解和精心编排下，组织成了富有时代感和普遍意味的叙事构架，人物关系因之凝聚起来的一种持续性的张力，也使得这部舞剧具有一种观赏的紧张、期待与悬望，两小时长度的舞剧如行云流水，一气呵成。

舞蹈观念新。青年舞蹈家佟睿睿是当代杰出舞蹈编导中的一个独特存在，她的独特首先在于她自觉自然的现代审美意识和现代人的精神价值取向，这是这一代舞蹈家得天独厚的观念优势。与此同时，佟睿睿又是对于民族古典舞、民间舞，乃至于古典昆曲与戏曲的表演有着深厚积累的创作者。这部舞剧的编排便是在她的现代审美意识的自觉引导下，对于历史文化、中原文明、戏曲与地域的民间舞蹈元素的深入发现发掘与发挥。佟睿睿的舞蹈语汇和肢体语言追求简洁明快、独特变异，舞段设计力避陈规俗套，总给人意外惊喜，处处见出匠心，整体又不显怪异。近年来的舞蹈创作渐趋类型化和模式化，这些类型或模式似乎集中表现为过于方正威严的“军仪化”、过于野媚畸形的“民俗化”、过于浮华甜腻的“暧昧化”。佟睿睿作为一名女性舞蹈家，一改当下常见的舞剧风气，显现出她既仿佛置身其中又仿佛置身局外的一种冷峻、清醒与理性，她仿佛有意在开辟一种新的现代的舞蹈审美境界。这个境界，似乎有一种现代性和都市化的“中产阶级”趣味。它不是把古典或现代、华丽或质朴、高雅或通俗刻意抻展到极端，而是协调出一种现在时情调，精心到自然，精致到朴素，理智到华美，而这正是现代艺术的审美气质。

舞台视觉听觉美。《水月洛神》不是泛泛意义中的大制作，没有堆金砌玉的豪华包装，不依赖填满舞台的人海战术，没有常见的浮躁、浮华、浮夸之气，干净、洗练、纯粹，力避烦琐矫饰，追求简洁明丽，是一部艺术精纯度较高的唯美之作。音乐是简洁的，简洁中蕴藏着沉稳厚重与灵性大气，仿佛有一股忧伤渗透其间，提升着全剧的诗化品格。舞台美术、灯光设计以及多媒体技术运用都成为舞剧表演的有机因素，没有喧宾夺主之嫌，也不赶时下“混搭”之风，各自避繁就简，于强烈的表现意识背后拿捏着节制精准的分寸。其实，“混搭”是一种对自我的不自信，试图借助其他表演手段和技术方式来掩饰自己的自卑和心虚。真正的创造性的借鉴应该是融合，是把所借鉴来的化为资源，溶解在自我里，使之更加突出自我，丰富自我，这才是真正的拓展性的创造。一般舞剧的服装总是越少越好，这部舞剧服装却不刻意用减法，那些看似繁复但却符合历史人物身份性格的服装，不仅没有成为舞者的累赘，反而在他们创造性地运用中丰富了舞蹈本身的表现力。在时下泛娱乐化泛商业化的浮躁创作风气里，《水月洛神》是一次严肃严谨和不畏费时费力的诚恳之作。

演员阵容齐。一部创造性的作品可以推出杰出的演员，一部雷同化似曾相识的作品也会埋没和掩盖演员的表演才华。《水月洛神》三位主演唐诗逸、汪子涵、李宏钧都是资质优秀的青年舞蹈家，他们的舞蹈才华在这部作品中得到了充分发挥展示，也给观众留下了深刻的人物形象记忆。一部舞剧说到底还是在演员充分展示舞蹈技巧的前提下，最终雕刻出生动的艺术人物形象。这个形象，既是属于舞剧中人物的，也是属于塑造这个人物的舞蹈家的。单纯炫耀高超技巧的舞者，只能留下技能的记忆。融入人物情感、融进人物性格的完整表演才能在舞台上站立起真正的舞蹈家。唐诗逸塑造出的甄宓的人性诗性神性的美，汪子涵塑造出的曹植的飘逸俊雅忧郁的美，李宏钧塑造出的曹丕的阴郁强悍霸气的美，都各显高超，各见奇崛。他们固然都是技巧超群的舞蹈家，但他们的技巧又不流于游离人物之外的单纯炫耀。真正优秀的舞蹈家，都应该具有以人物塑造驾驭舞蹈技巧的功力。郑州歌舞剧院一批年轻的优秀群舞演员，不仅一般舞蹈技巧的训练过硬，而且为这部舞剧所需的肢体、服饰、道具运用的专业训练也非常扎实到位，群舞演员在全剧表演中的投入始终给力。

从《风中少林》的质朴阳刚到《水月洛神》的唯美阴柔，郑州歌舞剧院完成了它的舞剧精品创作姊妹篇，河南舞蹈军团也因此为当代舞蹈艺术的创新发展提供了独特的中原范式。可以想见，在这方年轻的舞蹈创作沃土上，将会诞生出更多更好的属于中国、属于当代、属于世界的精品力作。

（原载2011年5月30日《光明日报》）

我看话剧《红旗渠》

河南省话剧院的《红旗渠》仿佛横空出世，让人猝不及防。事先并无预兆，也没有太强烈的预期，但是看完演出的确有点惊讶，可以说这是河南省话剧院完全自主创作演出的能够代表一个时期话剧水平的佳作。尤其在今年，主旋律戏剧的作品比较集中，比较匆忙，艺术上有个性有高度的作品并不是很多，《红旗渠》可谓是凤毛麟角。

第一，我赞成这部作品的文学视角。因为只有在今天，我们才能对那一段历史进行一种提纯式地表达，忽略掉一些具体的历史细节、历史表面真实，直接揭示贯通历史与当下的内在精神。因为这样的一种精神，它是可以超越具体事件、具体人物，甚至超越红旗渠工程本身而升华为一种中华民族求生存谋发展的普遍的原动力，它会比红旗渠工程的实用意义更宏大，更久远。

剧本所表现的，不仅是这个题材或类似题材以往所关注的人和自然的抗争与人定胜天的勇气，更挖掘了人和自己，人和自己的情感、习惯、观念、意志的抗衡，这是又一个看不见的修渠造渠工程，更加感人动人。剧中的杨贵和杨贵们，要突破执政党在当时的一些局限、一些规矩，突破一般老百姓在当时所习惯的传统道德，这是面对自我的战争，是使不上力气的战争，是很难打赢的战争。今天看来，话剧《红旗渠》之所以能引起观众的强烈共鸣，是因为作者把自己放进去了，也把我们带进去了，把我们大家的情感和观念都带进到了那个具体的历史现场，使我们每一个观赏者同时也成为了见证者、判断者和参与者，有了一份感同身受的心情。因此，作品便平添了一份感人省世的力量。

杨林虽然第一次写话剧，但还是延续了他戏曲创作的风格。他的话剧《红旗渠》与他的豫剧《常香玉》一样，有一种诗性的气质一脉贯通，包括他写京剧演员风雨历程的剧本《霸王别姬》，都有一种对人性的体悟和人文的关怀。因此，我一听说杨林写《红旗渠》，就很有信心。杨林的创作，不会甘心按照简单的所谓历史真实去写，他总是会拉开一些与历史与现实的距离，提炼出一种超越具体表征的诗性来。这诗性，就是精神，就是神采，就是意蕴。所以说，《红旗渠》的首演成功，首先是文学创作的现代意识。

第二，我欣赏这部话剧的演出风格。以李利宏导演为核心的二度创作班子，通过话剧《红旗渠》的排演，对于常见的现实主义戏剧尤其是河南省的戏剧舞台演出方式，是一次勇敢的具有艺术家个性追求的突破。利宏是位谦谦君子，他以往的作品往往追求均衡、得体、方正。并不是外围环境限制他的个性表达，而是他本人有一种自觉的内敛。利宏的艺术研讨会之后，我感觉他开始酝酿着突破自己的“平稳”了，我相信利宏会从优秀走向卓越。话剧《红旗渠》意想不到的突破，正是利宏坚决走出自我走出常规的决绝的选择，它标志着利宏的艺术家个性正从圆融周正中释放出来，他终于把久已积蓄的诗人激情和艺术家澎湃的想象力痛痛快快地张扬了开来。看着他的痛快，我们也感到痛快。你假如回头去想，这个戏的服装他怎么敢就拍板通过了，当这些皱皱巴巴、肥肥大大的服装在后台挂出来的时候，当演员们试着把这些服装穿在身上的时候，会不会有人觉得他在搞怪搞笑？可是就是这些褴褛的布片，当它们到了舞台上，呈现在我们面前时，我们看到了历史，看到了风骨，也看到了艺术家的匠心与创造艺术的诚恳。历史的现场在戏剧的现场里，已经化为了影像和象征。也许，风干抽象了的历史，更像我们心中的真实历史。

在中国话剧的版图上，有一些院团是我们不能忽视的，例如国家话剧院，总政话剧团，北京人艺，辽宁人艺，天津人艺，上海话剧艺术中心等，这些都是中国话剧的重镇。所以不能忽视的原因是它们都有着长期以来所建立的自己的艺术个性，彼此间不可代替，无法遮蔽，所以，它们令我们肃然起敬。但是，河南省话剧院的风格在哪里呢？河南省话剧院不可代替、令我尊敬的风格在哪里？我想，从《宣和画院》到《红旗渠》，既植根于中原文化的深厚土壤又面对现代剧场艺术的豫派风格话剧，已经标志着开始起步。尤其是《红旗渠》的自觉的个性化演出和它所充满对地域历史与现代人审美精神的深度揭示，已经显示出强烈的风格感，而这个强烈的风格，只能属于中原地区，属于河南省。所以我说我有一种“横空出世”的感觉。

第三，我敬佩这台戏的表演团队。我甚至觉得河南省话剧院的演出有一种悲壮情绪。我听说《红旗渠》的主要演员年龄都在 55 岁上下，这个年龄应该是成家立派的时节，可是他们在舞台上的打拼丝毫不亚于年轻人。因为演出的机会少，创排新戏的机会更少，他们中许多有才华的演员，已经半转行兼职其他工作，他们无比珍惜这样的创作机会。杨丽萍厅长告诉我，省委领导高度重视文艺院团的建设，不断给予阳光，给予资助，而朴实中苦干的话剧人，真可谓给点阳光就灿烂。杨厅长说话剧院的团队里有一种内在精神，有种背水一战置之死地而后生的豁了出去的精神。我想，这种精神也就是红旗渠的精神，顶住压力，心地柔软，不惧艰苦，不失自尊，只为了寻梦、追梦、圆梦，只为了实现心中的理想。河南省话的精神，对应了红旗渠的精神，这才有了话剧《红旗渠》的精彩、感人、撼人的巨大冲力。

红旗渠工程也许是有生命时限的，但是修造红旗渠的时代精神没有时限，没有年轮，而且可以与时俱进，历久弥新。任何一个民族都需要杨贵，需要杨贵似的平民英雄，他们既是共产党所代表的先进形象，也有一种民间的宗教般的自觉受难担当精神。共产党人所提倡的精神风标与传统文化所提倡的中国文人士大夫的忧国忧民品质，某种意义上又是一脉相承，互为补充的。唯其如此，杨贵和杨贵们的选择才是我们的选择，他们的感动才是我们的感动。话剧《红旗渠》正是用了一种属于我们时代的价值取向和审美方式，生动鲜活地传达出了红旗渠的历史神韵。

（原载 2012 年第 6 期《中国戏剧》杂志）

戏谑的悲怆

——柳隐溪剧本《大唐乐工》阅后

柳隐溪的剧本《大唐乐工》选取了一段当今戏剧舞台上从未着重表现过的故事，塑造了一个丑角行当里鲜有的，既有些特殊而又在某种程度上具有一定代表意义的人物形象。

故事的主人翁安金藏在历史上确有其人，以其忠勇载于史册，《新唐书》《旧唐书》均有简短记载，但长久湮没于众多帝王后妃、忠臣良将乃至奸贼酷吏的浩繁史料之中。大唐盛世、武周辉煌，有很多重大事件、重要人物，在这段早已被很多文学作品翻来覆去、演绎过无数次的历史当中，作者选取了安金藏这个极易被世人忽略、但其实又很重要的小小乐工来作为主角，并为他配以排箫这种特殊的乐器，可谓匠心独运。

一个不惜以剖腹来证明别人忠诚的宫廷乐师，在该剧中的行当被安排为文丑，这在当今戏剧舞台上是比较特别的。这个人物本身，和其在该剧中经过艺术加工后的性格形象，与一般的认知形成了一种有趣的反差。虽然这种反差在以前的戏曲作品中也出现过，但是，柳隐溪笔下的安金藏，显然有别于之前的一些丑行人物形象。这个角色如果处理好了，其舞台艺术魅力，可以拥有更为深广的延展空间。

首先，这是一个游走于权势和名利的边缘，喜欢率真“好玩儿”，而又不得不经常面对“不好玩儿”、不得不遭受很“不好玩儿”的人物。

传统戏曲舞台上的经典丑角形象，如武大郎、蒋干、时迁等，均以滑稽搞笑、展示丑行功夫见长。到了当代，有了比较大的变化，如徐九经、七品芝麻官等，成为了貌陋、心善的青天大老爷，面对权势熏天的豪强势力、作恶的诰命夫人，他们无惧无畏、对抗强权，终于为弱小的百姓做了主、申了冤。

安金藏与这些人颇不相同，他既不是传统意义上那些讨巧卖乖、偷鸡摸狗的丑角，也不是能够明镜高悬为民申冤、卖萌搞笑赢得喝彩的朝廷命官。他是矛盾的统一体——作为乐师，安金藏虽然可以拥有华贵绚丽，却并无实际权势。他深谙乐理，拥有音乐家的聪明智慧，为“天下第一箫师”，但纵然天下第一也难以敌过世俗地位的卑微，他不得不依附于皇权，又试图尽力保住良心和人格的相对独立。

在宫廷复杂多变的生存环境中，安金藏不仅难以遂愿，还经常面临危险，于是他油、他混、他甘当跛脚劣马，但他仍然保有一个真性情的艺术家的底线。他有着率真的习性，面对小人，明知不能得罪，却“就是忍不住”，左顾右盼就是不肯理会那个小人，如飞而去。

为了保命，他曾经一度当跛脚劣马当得有滋有味。对他产生巨大冲击的，首先是废太子李贤之死。武则天为了统治权力的牢固，不得不对亲生儿子下手，但又还保有一份母子亲情，犹豫中派出了安金藏与刽子手同行。谁知安金藏为了免责保命，有意迟迟不到。最终，李贤被逼自杀，虽然安金藏的第一反应是“死了？还好，与我无关。”但他紧接着就开始心悸，“这心里，怎么一阵一阵儿，生生地疼呐?”李贤之死，对于他的明哲保身之策的冲击，无疑是很大的，毕竟他曾是他乐艺之师，毕竟，他若是不在路上故意耽搁，早到一步的话，或许有可能保他活着。

而李贤在临死之前唱的歌，令安金藏想起了四皇子李旦。剧中一再强调李旦为人善良谦恭退让，武则天最放心的也是这个孩子。然而夺嫡之争，始终是武则天的最大心病，这份焦虑并未因李贤之死而缓解，终于，李旦也被诬陷谋反。这一次被牵连的，还有堪称主人翁红颜知己的女官小蛮。小蛮性情刚烈，“宁死不诬陷”别人，她的死，对安金藏产生了更大的冲击。所以，当他也被牵连入狱之时，才有了后面的“一曲箫歌血泪抛洒”。

安金藏的最大亮点，在他最后的绝地反击。如果没有这一刻的血性，那么这个人物就会泯然于众人，与众多明哲保身的世人没有多大区别，只是多了一些调笑的本事而已。一旦有了这份血性，而又以其独特方式巧妙达成目标，他就是独一无二的安金藏。

其次，安金藏与武则天之间的关系，是比较特别而耐人寻味的。它既不同于《法门众生相》里面的“奴下奴”小太监之与“人上人”皇太后的关系，也不同于《膏药章》里面在变乱之世自给自足、卖膏药过活的膏药章之与幕后旧势力的关系。

作为乐师，安金藏对武则天的自称是“臣”，而非“奴才”；他向往江湖自由，却又无法摆脱宫廷供奉，只能接受束缚；他虽然明哲保身，但没有丢失良心与血性。他确乎有着通常情况下由老生赋予人物的一些特性，但是很显然又大不相同，他与武则天之间的关系，和《曹操与杨修》里的孤傲文人杨修与强势主公曹操之间的关系，也大异其趣——毕竟，如曹操与杨修般的典型人物典型环境，都难以再现了，武则天的心病恒有，妄揣上意的来俊臣也总是有的，安金藏面临的各种各样的问题也总是有的，底线，总是应该保留的，多少文韬武略术，不若乐工度沧桑。

在良心底线也深陷危机之时，什么文韬武略都是苍白的，只有掏真心唤真情，可是历史经验告诉我们，“死谏”毕竟太惨烈，而且还不一定奏效，那么，小小乐工如何活着达到死谏要达到的效果呢？或许舍喜剧化解别无他法。虽然笑料不断，安金藏“自捆、自缚”那段唱，应该还是心酸含泪的悲凉的，只是这个内在的心酸，也并不妨碍外在的整体喜剧基调。

如履薄冰、如临深渊，生与死、功与过，转瞬间万变，妥协与抗争、罪罚与赦免，祸及无辜的残酷争斗……在《大唐乐工》里面，那些血淋淋的历史，甚至就连主人翁被迫举刀剖腹，也被举重若轻地带着谑笑化解了。举重若轻，有时候是一种智慧。

安金藏这个人物形象，其实已经超越了其乐工身份，成为了在一定程度上具有广泛代表意义的典型个体。相对于以往的一些丑角形象而言，这个形象或许更加丰满，也更具有艺术真实性。

青年编剧柳隐溪虽然不是戏剧专业出身，但拥有相对完备的知识结构、较好的文学素养，和较为独到的视角与见解。《大唐乐工》这个剧本在编剧技巧上尚有不足，特别是中间部分，不及前后两个部分顺畅精彩；不过作者以其灵气和悟性，整体完成得还不错。假以时日，当有所成。与此同时，寄望于当今戏曲界的丑行演员们，希望他们中的有识有志者能够发现这个剧本，并且参与着剧本的不断修改和提高，最终演绎出一部可歌可泣、戏谑而悲怆的悲喜剧来。

（原载 2013 年第 2 期《剧本》杂志）

生命的诠释

——陈国亮剧本《要离》阅后

2008 年 4 月，文化部西部编导培训班在重庆举办，我作为授课老师应邀前往，其间收到国亮给我的剧本《刺客》（原名）。以前与国亮也有过通信，也看过他的一些习作，而这个剧本给我的感觉却是很不一般，于是我提议趁着培训班之机，邀约前来授课的几位老师一起为国亮举办了一次小型的剧本讨论会。讨论会上，《剧本》月刊的两位主编温大勇、杨雪英，以及李小青老师等都在认可剧本的基础上给予了国亮以许多中肯的意见。此后数年间，国亮一直未停止对《要离》剧本的修改提高，直到 2011 年 10 月带着几经修改的《要离》剧本入选中国剧协全国青年剧作家研修班。在上海戏剧学院红楼 209 教室，《要离》又得到了郭启宏教授的课堂讲评并给予了新的修改建议。结合郭启宏教授的建议，国亮又对剧本进行了修改，于 2012 年初完成定稿，《要离》收录于 2012 年上海人民出版社出版的研修班文存《一剧之本》。现在我们看到的，即为国亮经研修班学习之后修改定稿的剧本。

春秋战国历来被看作是中国历史上百家争鸣、英雄辈出的时代。虽说“春秋无义战”，但是处身于大时代中的英雄豪杰、智者贤人却都有着今人难以企及的人格魅力和精神气象。因而春秋战国时代也一直是文学戏剧创作取之不尽的资源。明代小说家冯梦龙所著《东周列国志》，其中描写的“要离‘贪名’刺庆忌”，便是一个极具传奇性、故事性与思想性的精彩故事。作为今人，我们无法得知要离的真实生平如何，也就无法得知他刺杀庆忌的真实心理动机，《东周列国志》是小说而非信史，想来冯氏著此小说也是有感而发少不了诸多虚构臆测的。既有主观虚构，必有主观评价，冯氏看要离看见了要离的“贪名”，国亮看要离看见了要离的“仁义”，同一个传奇人物在不同历史时期经由不同作者解读出了不同的含义。国亮笔下的要离具有一种现代人尤其缺失的血性、诚信与侠义，力求从现代人认知人性的角度，追寻和还原作为人本身的品质呈现。比如要离与自己的妻子，理解、恩爱却又满含无奈；要离与庆忌之间说是仇敌却更似兄弟的情感纠葛，庆忌与侍女允兰之间名为主仆却高于主仆的关系，一个个都令人扼腕，令人唏嘘。

《要离》是一出悲剧，无论情节安排还是剧中人物最终的生命走向都呈现为悲剧的品格。每一个人都是英雄，每个英雄却都奔向悲剧结局，他们身上浸染了多少无奈，充满了多少“明知不可为而为之”的悲剧性况味。要离全忠全义心怀天下，不惜抛妻舍子身首异处，他不爱自己的妻子吗？如果不爱我想他断不会有自己剑术上的成就，何况对于古代那种不孝有三无后为大的传统观念统治时期，妻子可是怀了自己骨肉的，是什么让他就那么舍去了自己的娇妻爱子？是什么值得他付出这么大的代价，他值得吗？他曾后悔吗？这些似乎都已不再重要，但是我想要离当初做出那样的决定一定是忍受着内心的巨大痛苦的，痛苦的结果就像浴火的涅槃，最终他选择了他认为更有意义、更有价值的决定。相比要离庆忌又何尝不是如此，父亲的残暴不仁就已经让这个宅心仁厚的太子有苦难言，但是没曾想杀死父亲的却是自己叔叔，这让身负天下第一勇士称号的庆忌何去何从？报仇还是不报，也是一种难言的煎熬，相信他有太多的夜晚辗转难眠。允兰对自己一往情深他岂能不知，但是他知道自己的历史使命所在，爱，在此刻就是伤害，但不爱却更是伤害。在剧中以配角身份出现的阖闾和伍子胥身上也渗透着一股浓浓的英雄气，阖闾爱才惜才任人唯贤，即便是对于有弑亲之仇的庆忌也是怀着深切的感情，还想着合兵一处定能统一天下还万民一个没有征战杀伐的世界，看到要离死不瞑目又让人将旷世宝剑熔化后铸为金樽，这不正是一种心念天下的英雄情怀吗？要离、庆忌、允兰等等，一个个都在用鲜活的生命叩击着读者与观众的心。抑或，时代赋予每个人的使命不同，但无一例外的是他们都以宝贵的生命诠释了作为春秋义士的诚意。

对于剧本来说，案头阅读只是剧本价值实现的一个阶段，剧本的写作更要实现舞台的呈现和剧场的欣赏。有些文学性很强的剧本由于缺少临场的感受，往往难于立上舞台，或者一经上了舞台反而大减颜色，其中与作者是否有对于舞台甚至表演的切实感受很有关系。在这方面，国亮的优点是极其明显的，他的剧本很有“动势”，阅读中仿佛在看演出，且有一种节奏的处理体现在情节行进之中。国亮的语言也是下了功夫的，作为历史题材的剧本，如何既有古代语言的韵律韵味，又符合现代人表达感情的语言感觉，国亮的分寸感把握得比较得当。我想这都与国亮曾经有剧团工作的经验有关。

剧本创作中对于人物内心的描写一直很重要，尤其是处于重大抉择时的人物心理描写，既是人物作出决定的依据，也是情节发展的合理性前提。国亮的剧本讲究气势，讲究开阖，于细微处则耐心不够。纵使现在来看，某些人物内心的过渡显粗豪，有些情节的发展因为过于追求节奏的明快而尚未到达水到渠成的分寸。此外，人物语言的身份化与个性化都还有待锤炼。情形往往如此，越是追求个人化的创作越容易显得偏执，但是倘若没有了血性，没有了冲动，那也就反而平淡无奇或是平淡无味了。这是两难，相信国亮会在继续张扬个性、体味“孤独”的自我境界中丰沛他的生命与作品。

（原载 2013 年第 5 期《剧本》杂志）

“般若真心无不在”

——昆剧《莲花结》剧本阅后

青年编剧罗倩的昆剧剧本《莲花结》半年来数易其稿，又严格完成了曲牌填词，终于在新年伊始修改定稿。

罗倩并不是专业编剧。她自北京大学德语系本科毕业后留学德国四年，现在正在攻读日耳曼语言文学的博士学位。而1987年出生的她已有十多年“戏龄”，对昆曲更是一往情深。早在上海中学就读时，她就曾把上海昆剧团的“昆剧走进青年”活动请进高中校园普及昆曲，现在则在德国大学讲授中国古代诗歌史的同时，也把昆曲带进了异国的讲堂。

宣传昆曲的同时，罗倩也一直跋涉在创作的道路上。她从十五六岁就开始创作剧本，《莲花结》已经是她的第六个习作。根据罗倩的记忆，2006年夏天我因为《一片桃花红》的排演经常去上昆的排练厅，而她届时刚巧在昆剧团实习。那年年底，《一片桃花红》进京演出，她是上昆在北大的学生志愿者。台上演戏，她在剧场前忙着售票答疑……那一年，我没有注意过她，也没有和她说过话。

直到2013年4月，上海文化发展基金会第一期青年编剧扶持项目启动，作为评审委员的我才在申报作品中读到署名罗倩的昆剧剧本《莲花结》（当时名为《莲花劫》）。剧本讲述的是六世达赖仓央嘉措传奇浪漫而坎坷跌宕的一段情感经历。情节设计张弛有度，文辞尤为优美明丽，更加难得的是这位作者对于昆曲的“感觉”十分精道。于是我不禁眼前一亮，既欣赏，又意外。一位非专业的青年编剧，表现出对古典文化传统戏曲如此纯正的体味，令人击节赞叹。

佳作难得，人才难觅，这个剧本同时也得到了其他评委的一致好评。8月份基金会组织了申报者座谈会，她因远在海外求学而未能参加。直到9月中旬，第一期青年编剧扶持项目的综合评述会上，她才终于露面了，而我们也终于就剧本交换了意见。

仓央嘉措是位名人。他身为六世达赖，却被清廷废黜；他的结局众说纷纭，唯一可以肯定的是，他的情诗曾打动过一代又一代的人。将这样一个离经叛道而有争议的人物搬上戏曲舞台还是头一遭。这个题材很新，故事曲折多情，也很引人入胜。剧本初稿为四幕，以仓央嘉措与玛吉阿米的爱情为主线，将“世间安得双全法，不负如来不负卿”作为矛盾焦点。故事从男女主人公相识相恋说起，渐次发展仓央嘉措作为活佛纠结于爱情与身份的内心矛盾，以及他与管事第巴桑杰嘉措和班禅罗桑益喜之间利益、责任、情义的纠葛，终结于仓央嘉措成为政治斗争的牺牲品，在被押解进京的途中不知所踪。

虽然这个紧扣“劫”字的版本已经请藏史专家校看过，但毕竟涉及历史人物以及宗教、政治等因素；一个充满判断意味的结局会不会引发矛盾，会不会误导观众，还是让人有些犯疑。而且以“劫”定基调，就不免拘泥于主角个人的情感得失，而有落于下乘之虞。所以在剧本的修改过程中，我给她的一个最重要的任务就是着力于境界的提升。

在我的提议下，罗倩将剧本改名为《莲花结》。“结”“劫”音虽同，意境却大不一样。更巧的是，藏传佛教中有一个图腾，名为“无尽结”。这种交缠不断、无始无终的绳结象征着佛陀无穷无尽的智慧与慈悲。而这一点，也正好可以与剧本的立意相吻合。在此基础上，立意的深化升华更主要体现在男主人公的人生抉择。是遵从爱情和天性的召唤，还是回归宗教领袖的尊崇？佛法与人性真的没有和解的可能吗？其实相比命运的无常，人物自身的内心冲突和人物之间的互动互感更具有戏剧性的效果。因此我建议罗倩将结局改写，让仓央嘉措与心上人再次相见，让玛吉阿米来点化引渡仓央，从而揭示慈悲的真谛——真正的修行不在于高高在上的莲花宝座，而在于体度众生疾苦。这种介乎于出世与入世之间的哲学，是符合仓央气质的选择和出路。她充分采纳了我的意见，补充创作了最后一幕《转山》。在这一幕中，仓央与玛吉隔着山对话，相见相望不相亲，喻示着他们的一段因缘了亦不了、不了亦了。当玛吉说出“承你之情，已然知足”，而要他莫要辜负世人时，她已为仓央指明了悟道之路。也因此超越俗世男女的形象，成为纯洁与大善的化身。然而，这点化不是干巴巴的说教，而是发自于内心，发自于真正的纯与爱，发自于天性的慈悲与崇高。也只有面对这样的情怀，才能让仓央作出“以待你之心，待天下痴儿女；以一己之身，体度苍生疾苦”的承诺。玛吉对他的爱、他对玛吉的爱，最终都归于一句“般若真心无不在”；这份情伴随仓央始终，不离不弃，却也不执不贪。这时的仓央，才真正放下僧俗之别，看开身份之限，从而完成人格上的超脱。

仓央来自俗世，也最终归于俗世。他告别达赖的身份，做一个游方僧普度众生。这未必完全符合史实，却是作者希望赋予这个人物的精神。仓央嘉措历经一场情劫，却完成渐悟的过程，并在佛法与世俗情感间达成和解。这既符合剧本对人物性格的预设，即突出仓央嘉措才华横溢、至情至性的特点，弱化其历史原型的政治性，也同时完成了剧本的境界提升，使宗教的神圣贯穿始终，从而意境大开。

从形式上来说，初稿的每一幕都以仓央嘉措的情诗为引子。虽然切合主题，风格上却与昆曲不尽融洽。所以罗倩在修改稿中，对仓央的诗作只作有意识的保留，并将其融入情节中，以散板歌之。这样，既可以让读者和观众对仓央的才名、文名有感性的了解，又不至因突兀而出戏。同时，修改稿也摒弃了人物上场自报家门这样守旧传统的程式，而是将身份的交代融于情节的发展之中，使得全剧成为有机统一的整体。

昆剧剧本的创作与其他剧种不同。作为曲牌体的代表剧种，昆剧的作者不仅要写故事，写人物，写唱词，还要经历填词的过程。《莲花结》的曲牌选择充分考虑了南北曲风格的差异。为了使各幕之间有音乐上的对比，第一、三、五幕选择南曲曲牌，第二、四幕则为北曲曲牌。相比叙述性较强、较口语化的北曲，南曲的填词要求更高。南曲字少腔多，板式结构严谨，更有“衬不过三”之说，即每一句中的衬字不超过三个。这对作者的文字功底是个很大的考验。在上海昆剧团周雪华老师的指点下，罗倩迅速地完成了这项工作，且规范而韵味更佳。假以时日，她如能多加实践，应可成为一位很好的昆剧编剧。

《莲花结》没有复杂的人物关系，角色不多，却个性饱满鲜明，气场深厚博大。重情重义的仓央嘉措、纯真善良的玛吉阿米、严厉而用心良苦的桑杰嘉措、慈祥智慧的班禅，剧中的每一个人物都没有被简单地脸谱化。他们如同世间的一切平凡人一般，都有各自的立场，各自的抉择，各自的爱恨歌哭。可以想见，《莲花结》的舞台呈现将会令人耳目一新。不需要奢华的大制作，不需要庞大纷杂的班底，几个人就可以撑起一台戏。而这台戏，则是要传递一种诗意圣洁的意境。这意境在结尾处的表现尤妙——慈悲圣洁的莲花圣境并不必向高高在上的形式里去寻找；正所谓人间何处不是道场，心之所至，便是妙法。

我已将罗倩完成定稿的《莲花结》剧本推荐给了上海昆剧团，同时推荐给了《剧本》月刊发表。据悉，上海昆剧团也已将这部佳作列入重点剧目排演计划。可以说罗倩是身体力行地在实践“读万卷书，行万里路”这一古训；华魂西学、中学西用也不失为一种修行的法门。《莲花结》既然提供了这一段因果，她便应坚定地把文人之路走下去。

（原载 2014 年第 8 期《剧本》杂志）

《呦呦鹿鸣》是中国民族歌剧创作的新探索

《呦呦鹿鸣》是一部非话剧化、非歌舞化、非戏曲化的民族歌剧。它是在世界共有的歌剧规范和艺术特点的基础上，创建中国学派的一次尝试。作品的定位具有启示性，超过了作品本身的价值，是一批严肃且严谨的艺术家在理论共识引导下的和谐创作。可以说，《呦呦鹿鸣》是一次关于当代民族歌剧创作的诚恳探讨与协作。

从剧本创作来说，西洋唱法的歌剧常常会选择意译，以至于歌词唱出来就如大白话。在《呦呦鹿鸣》的创作中，作者把歌词诗化了，但又和戏曲的唱词有所区别。这也就是探索了多年的戏曲唱词的歌剧化，它借鉴板腔体的范式，又根据歌剧的音型创作，形成了诗意的、旋律化的歌词，感觉很不错。也包括音乐结构与戏剧结构的编排，使得整部剧创作动机明确。

从音乐创作来说，《呦呦鹿鸣》的音乐有一种熟悉的陌生感。熟悉是因为它还是我们民族音乐旋律的心理体验和外化，这种情感依据是我们民族的；陌生在于它的调性，它的结构让观众觉得接近了国外歌剧的旋律，它不是简单的中国式小调或者中国式唱腔了。

从演员表演来说，整个舞台的演员表演也是可遇不可求的，因为能演到这个境界的不多，民族唱法达到了歌剧的表现力。主演吕薇对这部戏的成功有很大帮助。

从整体风格来说，这部戏很有学术气息，也可以说有广义的文人气息。这与剧作家王勇自身具有文气的气质相关，他不喜欢那种表面化的张扬。王勇特别讲究文辞的纯粹性和情感的纯粹性，所以

《呦呦鹿鸣》很少有废话，很少有泛泛的抒情。导演廖向红本身是位学者，她的情感处理很内敛，不泛滥，内敛中有一种暗潮汹涌的热情，在内敛中追求一种开阔感、循环的动荡感。编剧、导演、作曲都能理性地驾驭情感、驾驭作品，因此这部作品才会充满文气、静气，而没有俗气、戾气。同时，作品追求的风格其实也是屠呦呦本人的人格特点，它和主人公真实的作风、气质相吻合，因而这个作品有一种质朴的气息，不浮华、不喧嚣，很质朴、很清新，娓娓道来，显得很诚恳、不矫情，没有口号和空泛的表态。特别是屠呦呦最后对科学的追求所形成的如宗教般的情怀，更是源自她个人生命的经历，源自她家族历史的渊源，让人感觉到她的许多抉择是有其人生逻辑的。大家能够跟着这个作品一路行进，一路思考，一路感动。尤其“试药”这一段，主人公认为“我不试，谁试”，因为药是“我”发明的，“我”需要了解这个感受，所以她不是那种概念化的要做牺牲，要做奉献，要做英雄状，而正是因为这份朴素，作品才站得住脚，人物才可信。一个平凡的人，一件日常的事，折射出了一种崇高的精神。

民族歌剧《呦呦鹿鸣》的价值在于：一方面它在近几年民族歌剧的艺术探索上有所收获，值得总结；另一方面它对近几年表现真人真事、好人好事、英雄模范一类题材的歌剧作品具有引导、启示意义。仅此两点，就显示出该作品的艺术与人文价值。

当然，该剧的首演是一次试水、一次探路，存在有待改进的问题也是很自然的。如合唱班底不够专业，人数虽多，但不是每个人都具有歌唱能力的。因此，基础队伍需要更加专业，至少要与主要演员的歌唱水平保持和谐。此外，上半场的故事和人物还是显得单薄了一点，各个年代的社会环境和人际关系其实可以带一点进来，因为一些社会信息有助于凸显人物，尤其有利于第一幕信息容量的扩充和戏剧性张力的加强，会使得全剧效果更加平衡和完整。

（原载 2018 年 3 月 13 日《中国文化报》）

用国际语言讲中国故事

——我看歌剧《马可·波罗》

用国际语言讲中国故事——这是我看完演出后最直接的感受。同时，用国际普遍接受的歌剧形式讲东西方人都感兴趣的《马可·波罗》故事，讲威尼斯人马可·波罗在中国的故事，这个故事不但是讲给中国人听的，也是讲给全世界人听的。

歌剧既然作为国际普遍接受的表演艺术形式，那么它就具有歌剧所以为歌剧的一些基本要求和普遍标准，这些基本要求和普遍标准又是大家所要共通尊重与遵行的。在这个前提之下，才好谈论不同国度不同民族不同地域乃至不同个人的特色化追求，而这个特色化追求的本身也是对世界歌剧艺术的丰富和发展。犹如足球运动，它的基本规定是 11 个人在场上踢，那它就不可能国度化民族化之后改为 13 个人或 9 个人在场上踢，所谓欧洲风格，所谓南美风格，所谓桑巴风格，都是在足球的基本规则下的发挥，不会因此而改变规则或影响标准。而歌剧乃是经过几百年积累下来的艺术成果，今天的歌剧传播与歌剧创作是对这个人类共同成果的当代运用，包括结合各个国家、各个民族、各个地域的文化传统的当代运用。藉此，我对国际团队中国原创广州首演的歌剧《马可·波罗》的专业品质、专业态度和专业水平表示高度的认可。

《马可·波罗》的主创团队主要是外国人，但是我们在演出中看到了他们对中华文化的诚意。就像当年的马可·波罗来到中国，带着对中国的诚意一样，他写了《马可·波罗游记》，惊动了西方。今天这批欧洲艺术家也像当年的马可·波罗一样，带着陌生而新鲜的眼光，带着他们对中国文化深深的敬意，把我们身为中国人，受中国传统文化濡养的已经习以为常甚至漫不经心不以为然的文化高度提炼，并且形成极有意味的图腾符号，如汉字、书法、条幅、墨染、印章……这些在我们看来平平常常的东西，可在他们的眼里居然构成了那么具有审美意味和象征意味的美的形式，并且用它们来组织成整部歌剧的意象。中国艺术创作所讲究的写意技法，也被他们发挥到了极致。舞台上，尽管大量运用了现代多媒体技术，可是现代多媒体所显示出来的却是中国传统文化的神韵与气质。仅从视觉艺术的完美表达来看，什么是中国文化的自觉自信，什么是中华传统文化的“创造性转化”和“创新性发展”，这就是。

评价《马可·波罗》的创作演出，我想首先对这部作品的歌剧品质和创作态度表示认可。正因为有了这样的艺术品质和创作态度，才有了剧场里真正属于歌剧观赏的审美效果。这个效果，它不同于传统戏曲看角儿听戏的效果，也不同于话剧期待震惊寻找共鸣的效果，它就是属于纯粹的歌剧艺术的观赏效果。观赏歌剧《马可·波罗》，你不可能在演出过程中为演员的表演技能技巧叫好，也不可能为剧中设置的某一突转的情节鼓掌，你一定是静穆地严肃地完整地欣赏着这一场属于歌剧的演出，然后演出终场，全体起立，掌声响起，经久不息。一门艺术，自有其独特的观赏习惯，这种习惯，有时都不用培养，自然而然就会养成。而评判一门艺术是否纯正是否成功，观赏效果有时也是一个无形的标准。作为歌剧的创作与演出，《马可·波罗》无疑是纯粹的，也是成功的，它当得起“首战告捷”。

韦锦先生的剧本，演出前我已先睹为快。作为编剧，韦锦先生不是行业内的老手，因而他创作的剧本不是“手艺”，也不是“行活”，他没有一般职业编剧者的匠气，某种意义上说他还是位“新人”。所谓“新”，既有“新手”的意思，更有“新鲜”的意思，韦锦是带着他深厚的文学背景、鲜明的诗人情怀、强烈的思辨精神，以一种新鲜的虔诚的不带任何习惯模式和行业套路的明净的视角来看我们的舞台创作、看我们的表演艺术，看我们行内经常表现的题材，因为新鲜，因为明净，所以他能看到一个崭新的同时也是比较本色的境界——歌剧的境界，文学的境界，舞台的境界。从文本来看，这是一位突如其来异军突起的中国籍的歌剧作家；这个歌剧，不是我们通常说的民族民间歌剧，这个类型的歌剧编剧，通常带有戏曲创作的背景；他也不完全是我们习惯认定的创作美声类型歌剧的编剧，这类编剧又大都不重视民族民间的韵味表达；韦锦先生则是一位带着中国身份和中国传统文化背景的创作纯正歌剧的编剧。

尤其对于歌剧创作的编剧来说，什么才是重要的？当然是作者的价值取向。这个作者的价值取向必然是人类普遍认同的价值取向，它是与歌剧作为国际话语的艺术形式相一致的。另外他写的必然是歌剧的文辞，而不能是话剧的，也不能是戏曲的；说白不能写成话剧的台词，歌词不能写成戏曲的唱词，不能写成戏曲唱词的上下句式，不能写成简单押韵的顺口溜；过于规整会限制音乐的表达，过于浅白则又缺少了诗意；不能把歌剧唱成小曲儿，也不能把歌剧变成朗诵，这些都和歌剧编剧的文学积累和审美境界紧密关联。反观韦锦的《马可·波罗》，它是一种有古典诗词韵味的现代白话诗；同时在现代白话诗中注重词组的排列节奏和句尾的押韵，不受对仗约束但讲究节律感；诗性不是堆砌在表面而是渗透在文辞背后，既不影响歌剧旋律的运用，又不失去文字本身的魅力；文学系与音乐性、剧作家与作曲家互为表里、相得益彰。

经过国际团队尤其是作曲家和导演处理后的文学剧本，又实现了一次有意味的转化，即把中国文本转化为欧洲文本，又把欧洲文本反刍给中国观众。这番转化，在韦锦先生那里也许有某种不适，而在我们这些观众面前，倒是觉得别有一种和谐感。这种和谐感就是你在欣赏这部歌剧作品时不会觉得它是中德或者中欧艺术家的“合作”，反倒觉得它虽然是不同国别的艺术家合作却宛若是一个默契团队步调一致的“创作”。我无法想象一个完全是中国人视角的文本演出会是怎样的效果，也无法想象台上的外国演员也和台上的中国演员一样讲标准的汉语会是怎样的效果。那些外国演员讲得完全不标准的中国话竟然构成了一种恰到好处的可遇不可求的历史与艺术的真实。

韦锦先生的《马可·波罗》故事，经由国际化的创演团队转述为新的口吻讲述给中国、欧洲乃至全世界的观众听，是一种美妙的融合，产生了奇妙的效果。这使我联想到贝纳尔多·贝托鲁奇 1987 年拍摄的电影《末代皇帝》，那也是国际团队拍的给中国人看也给全世界人看得中国故事。外国艺术家看中国故事，往往能将我们习惯的日常生活陌生化、传奇化，这种陌生化和传奇化的效果，有时会令我们惊讶。比如《末代皇帝》片尾那只几十年尚还活着的蟋蟀，在我们看来就很不真实，但是电影那么处理了，我们又觉得有一种内在的神奇的可信。再如韦锦先生的歌剧《马可·波罗》演出时强化了马可·波罗的个人命运，包括强化了他的感情世界尤其是爱情世界的分量，相比之下似乎削弱了剧作家所要表达的历史思辨与家国情怀，但是这样的取舍，恰恰又突出了韦锦先生的文本特征，即韦锦先生显著胜于一般编剧的所要实现且所能实现的“属于歌剧的表达”。因而，我觉得这番转化很好，很和谐，既然我们用国际语言来讲中国故事，那么就要让这个中国故事不仅中国人看得新奇，也要让这个中国故事全世界的人都看得有意思，都能喜欢。如果做到了这一点，那么这部歌剧的国际合作就不仅实现了它的中国价值，也实现了它的国际价值。

还有一点也是令我感到敬佩的，那就是韦锦先生在剧本中深刻表达的有关中国朝代更替的思考，竟然在演出中得到了准确的表达。中国人，特别是中国古代士人骨头里一种“明知不可为而为之”的高尚的民族气节与民族情感，是超越传统的国家与民族概念的永恒价值，这个价值既是中华民族生生不息繁衍发展的精神财富，也是人类共通共认的主流价值。外国歌剧团队对于《马可·波罗》剧本最核心价值的发觉与认同，是对中国文化精神的真正传播，它比起有形的中国书法和有声的中国民间音乐的传输推广更有价值。

（原载 2018 年第 7 期《艺术评论》杂志）

舞剧《醒·狮》观后

早在两年多以前，自从编剧带着舞剧《醒·狮》的剧本初稿请我提意见开始，我便一直关注着广州歌舞剧院这部大型民族舞剧的创作。这台作品以南粤醒狮为题材，使得其在传统文化脉络和本土文化传承的创新和创作上具有不可替代性和不可复制性，是极其难得珍贵的。

首演时，这部有着浓郁岭南生活气息、昂扬振奋精神气质以及广州地域符号鲜明的舞剧打动了现场的许多观众。这种对传统文化、本土文化的认同与强化，正是通过这部舞剧年轻主创团队的用心、用情、用功的态度所传达出来的。舞剧《醒·狮》不仅展现出岭南地区特具的民俗感、地域感，还具备了通向当下的时代感，同时也具备了广州传统市井风情的身份感，重现了在百余年前南粤地区从封建社会向现代城市迈进的历程。剧中对三元里抗英这段历史的回溯，以“知耻而后勇”的国民觉醒为主题，也恰恰与新时代“歌颂人民、歌颂英雄”的创作导向不谋而合。

以文化留住“乡愁”

舞剧《醒·狮》所展示的百余年前的广州，正是不少观众的“乡愁”所系——对于老广而言是曾经熟悉乡音乡情的回味，对于新广州人而言却是对这座城市生发的认同感，也是新的乡愁产生的起点。三元里原是广州北郊的村落，百余年后的今天已经变成广州大都市中街道一级的“城中村”。很多居住在三元里一带的甚至更多的新广州人，是通过舞剧《醒·狮》这部作品才猛然发现这个城市的文化历史命脉原来和自己贴得如此近，在新与旧、传承与创新的发展中无论是醒狮文化还是三元里抗英的历史，又焕发出新时代的生命力，成为新的记忆、新的乡愁。而广州歌舞剧院的这部作品在某种意义上，正是“让城市留下记忆，让人们记住乡愁”在文艺创作上的一种默契呼应。

舞剧《醒·狮》是一个关于广州的故事，但也不仅仅是一个关于广州的故事。作品以一百多年前的鸦片战争为故事背景，以三元里抗英起义为高潮，以今日的醒狮人回望先辈的历程为引子，对百年前的历史轨迹进行回忆。叙事主线按照阿醒母子与阿龙兄妹相遇、争霸，最后经历战乱携手反抗外敌的顺序推进。在序幕和尾声加入现代情景，从而揭示出醒狮文化生生不息，文化传统代代相传，民族精神发扬光大的历史与前景。舞剧《醒·狮》讲广州故事、塑广州精神，自近而远。醒狮人的精神传递，既是古而今的文化传承，更是由近及远的文化传播，连带海外的华人华侨。醒狮的醒原是醒目、威风，如今更因为作品赋予了觉醒、自强之意，折射出南粤儿女敢为人先的精神风貌，也反映出广州在近代革命史上的重要历史地位。

舞剧《醒·狮》传递的不仅仅是广州精神，而是中华民族的精神，是一个觉醒民族的灵魂。文化是国家和民族之魂，文化自信是一个国家、一个民族发展中更基本、更深沉、更持久的力量。舞剧《醒·狮》以紧扣时代精神的主题立意，匠心独运的文化质感和品位，以自近而远、通古及今的民族精神气质贯穿创作始终，通过新的时代精神传递让观众感受到民族文化自信的强大感召和体验到民族优秀文化力量的强劲辐射。文化是国家和民族之魂，舞剧《醒·狮》力求从传统文化中生发和传递出具有时代穿透力的新时代精神力量。

以舞蹈炼铸狮魂

广州歌舞剧院舞剧《醒·狮》的主创团队很年轻，编剧、编导和制作人等都是“80后”，因此整个作品呈现出来的也是新一代有思考、有沉淀的匠心体验。伴随着他们回眸历史、感受时代的生命体验与个体情感，舞台上通体洋溢着创作激情。整部作品在精神气质上没有迂腐套路的匠气，而是充满着阳刚气息的热情与时尚风气的新颖感，从岭南儿女的崇武尚艺和家国情怀出发，挖掘民间生活的趣味以及提炼地方舞蹈精髓，这一作品的诞生将给全国舞蹈界的创作带来启发性的意义。

主题是剧的灵魂，而主题是依靠人物、情节以及矛盾冲突三方面去完成的。三元里人民抗英反暴的英雄历史，使主创团队对醒狮精神有了更深刻的认识，也产生了要以这段历史为背景，用崭新的切入角度，深入表达中华民族在遭受外国侵略者欺压、凌辱时所表现出的觉醒、反抗的伟大精神。正如编剧说的“所有的沉睡，都只是为了那一朝的觉醒”。以觉醒炼铸狮魂，便成为贯穿在剧本中刻画人物、铺排情节、构筑矛盾的内核。

舞剧作为叙事舞蹈的一种，实际创作中都是必须故事先行，先确定人物和性格、人物矛盾冲突、矛盾的处理方式并用事件推动整个故事的发展。舞剧《醒·狮》围绕着“觉醒”进行叙事题材的铺排，表现穷孩子阿醒与富少爷阿龙在争霸中，阿醒从母亲的诉说中了解到家族的前世，解读醒狮武术的真传，从而完成了第一重“觉醒”——对尚武真谛的领悟。故事继续展开，外敌铁蹄践踏中国河山，阿醒站出来面对外敌的侵略，英勇抗争，无所畏惧。阿龙从妹妹凤儿和阿醒之父的牺牲中醒悟过来，懂得只有抗争才能维护民族尊严，于是延续凤儿和阿醒之父的道路，带领民众起义。舞剧至此完成了第二重“觉醒”——在外敌入侵中不屈不挠、奋勇反击。

“一朝的觉醒，正是为了驱走千年的沉睡。”因此，编导在舞段中充分发展了舞蹈的叙事空间，在整个作品的线性时空为脉络的前提下，序言和尾声实际上是今日的现代舞狮人主视角的变化空间，而第三幕的困局实际上是一个意识形态虚实的多层空间，战争大背景和人物主线发展实际交错着纵向和横向发展的时空，第四幕凤儿化身引狮人实际上是利用了假定空间和真实空间中的假定性。

此外，舞蹈叙事的本体是舞蹈语汇，而不是舞美灯光多媒体等新技术形态，因此只有通过特定的原创舞段和舞蹈语汇才能真正展示出《醒·狮》的神与魂。作品中，如饮茶叩指舞和南拳板凳舞等舞段中对于道具、舞蹈的创造性运用及编创富有才气，将给舞蹈界带来一些改变。真正好的舞美能为表演提供所需的特点戏剧情景以及表演空间。此剧舞美不是简单的写实，而是精确把握住南粤地域文化的风格感，化用岭南的建筑精髓，以透视空灵的大手笔实现了视觉符号的高度识别感。

优秀的文艺作品总是有那么一些共同的特质，例如有正能量、有感染力，能够温润心灵、启迪心智，更重要的是传得开、留得下，为人民群众所喜爱。为人民服务是文艺作品的精神力量所在，也是作为新时代社会主义文艺的终极追求。广州歌舞剧院的大型原创舞剧《醒·狮》正是一部具备了这样元素的作品，期待能在不断修改提升后，成为独具匠心和满载情怀的新时代文艺精品。

（原载2018年11月29日《光明日报》）

一家之言

江山代有才人出

——当代戏剧表演艺术管见

一年一度的上海白玉兰戏剧表演奖颁发了。与国内各类戏剧表演奖项作比较，上海白玉兰戏剧表演奖似乎更注重于表演者在整体剧目中个人的艺术创造能力，这就使得上海白玉兰戏剧表演奖独具了自己的眼光，因而也就逐步地评出了自己的声望。

然而与此同时，当代戏剧表演艺术的不断发展变化，也不断地激发着我们的思考，并且推动着戏剧表演批评向着更加自觉、更加积极的方向迈进。

当代戏剧表演艺术，主要包括话剧表演和戏曲表演两大部别。

从话剧表演艺术的发展看，它正处在由传统的“夸张型表演状态”向现代的“自然型表演状态”变化过渡。话剧在我国戏剧舞台的出现，起自于“文明戏”阶段。简陋的剧场设施甚至是露天的舞台，决定了演员表演状态的夸张性；加之早期“话剧”表现内容的强烈鼓动与煽情的要求，则更容易形成某种“激情澎湃”的特征。此后，由于苏联斯坦尼斯拉夫斯基戏剧表演理论的输入，演员强调“体验”，要求进入“第二自我”，号召投进“忘我”的“癫狂状态”，这种所谓“现实主义”的表演理论，一时间成为了中国戏剧表演艺术的“正统”与“主流”的观念。它在相当长的一段时间里成为我们认知和鉴赏话剧表演艺术的方法或者经验，成为一种对于话剧艺术的全部判别和全部理解。随着已故话剧导演佐临先生“写意戏剧观念”的阐发和佐临先生生前所作的一系列探索实验，随着我国话剧舞台近年来“小剧场”戏剧的蓬勃发展，话剧艺术，尤其是小剧场话剧的表演形态正呈现为一种对传统的“夸张型”表演形态的积极突破，呈现为对于一种新颖的“自然表演”状态的自觉把握和自觉呈现。由上海白玉兰戏剧表演奖获得者奚美娟的《留守女士》和胡庆树的《同船过渡》，我们可以感受到这种“贴近自然”的表演形态与传统的“拿腔作调”“夸张作派”的表演有着截然的区别。同样还是胡庆树，他在《同船过渡》与《清宫外史》中的表演又仿佛判若两人；前者自然，后者拘谨；前者离我们很“近”，后者则距我们很“远”。这是否可以形象地说明两种不同的表演状态，于现代剧场、现代观众面前所产生的不同反响和不同评价呢？事实证明，近年来小剧场戏剧所积累的话剧表演艺术经验，正逐步地蔓延到了大剧场，并且逐步地影响着整个话剧表演，甚至有可能逐步超越和取代传统的话剧表演艺术经验而成为一种“主流”的表演艺术形态。在这个现象的背后，自然有着社会生活内容的变迁、剧场设施条件的发展、影视表演艺术的影响以及人们对情感情绪的体验与表达方式发生了变化等等更为广阔或者更为深刻的原因的存在。

从戏曲表演艺术的发展看，它正由传统的“欣赏型表演状态”向现代的“交流型表演状态”变化过渡。中国戏曲较之中国话剧，历史积累显得深厚，但艺术的发展变化也相对显得保守和凝固。自南宋“杂剧”、“南戏”时中国戏曲的标志性成熟，经由元杂剧，明清传奇时期的戏曲繁荣昌盛，戏曲文学始终作为各个时期戏剧成就的最高标志。及至晚清，出现了偏重于表演技巧的“同光十三绝”，以及稍后一些的偏重于声腔技术的早期京剧“四大须生”，直至20世纪二三十年代梅兰芳等一大批京剧表演艺术大师个人表演艺术的纷纷“登峰造极”，中国京剧乃至整个中国戏曲演员的个人表演艺术可以说是发展到了一种极致。与此同时，戏曲文学受到了削弱，表演和唱腔逐步打磨到了“精致化”的程度，并且逐步地与整体演出剥离开来，成为一种纯然观赏性的“技艺展示”。尽管它多少也还负载一点文学内容或社会内容，但那大都只是一些耳熟能详，善恶分明的历史知识或民间传说故事。就形式所传达的内容而言，也大都只停留于农业文明时期对社会生活情态和人生情感体验方式的艺术化摹仿与技巧化提纯上。这当然只是中国戏曲发展进程中某一个特殊的艺术发展阶段，它以演员的个人表演艺术的突出成就而成为这一时期的代表性风范。随着20世纪60年代以来中国戏曲未有间断的改革发展，随着现代剧场条件对戏曲“综合艺术”内涵与外延的开掘与拓展，尤其随着现代生活内容与现代人情感体验方式的丰富、复杂、新颖、微妙、奇特等变异变化，更随着现代戏与现代观念戏曲的大量创作上演，传统的纯然客观欣赏性的戏曲表演形态显然已难以适应变化，更难以激起现代观众的真正“共鸣”了。于是，一种以传统的表演艺术及美学精神为基础，同时又不拘泥于规范的一招一式、一板一眼、一切以与现代剧场环境为适应，以与现代戏曲观众形成交流、构成互动、激起共鸣为追求、为目的的崭新的现代戏曲表演艺术形态正在逐步发展形成，并且已经显示出了一片盎然的生机。如昆剧表演艺术家计镇华的舞台表演艺术，如岳美缇、尚长荣、梁伟平、茅威涛分别在昆剧《司马相如》、京剧《曹操与杨修》、淮剧《金龙与蜉蝣》、越剧《茅威涛个人专场》中的表演状态的追求，无疑都已走出了他们各自所依托的那一剧种表演艺术的传统，而呈现出一种与现代剧场、现代观众真正构成和谐，形成交流的现代戏曲表演品格。

从话剧表演艺术与戏曲表演艺术于当代发展过程中的双向融会看，话剧与戏曲在表演艺术的领域正发生着深刻的互访与互动。一方面，当代话剧表演正努力摆脱“实景实做”的“写实”传统而靠近中国传统戏曲的“虚拟自由”；另一方面，当代戏曲表演则在回归中国古典艺术“写意”传统的同时，正积极地吸收话剧表演艺术“心理体验”的经验而愈来愈强调对于观众情感与情绪的“当场感动”。某种意义上，话剧与戏曲都在既努力地走出各自的传统，又在努力地走进彼此的经验，而彼此于此时的走进走出，已经与改革开放初期的“探索戏剧”时期大大不同，已经较之于“探索戏剧”时期显得更客观、更冷静、更深刻、也更积极。如果说，十年探索戏剧时期戏曲或话剧艺术改革的目的是追求“如何更不像自己”的话，那么，戏曲或话剧于现代的种种借鉴和融和，其目的正是为了“如何更像自己”。因此，我们便愈来愈清晰地辨别出，无论话剧表演艺术向“自然状态”的变化，或者戏曲表演艺术向“交流状态”的发展，都从一个更高也更深的层面上实现了向各自表演艺术美学传统的积极回归。正如苏联的现实主义话剧并不能囊括那一时期世界话剧艺术的所有流派与风格一样，中国京剧的过往时代也不能涵盖整个中国戏曲艺术的发展。虽然这并不影响他们于某一历史阶段个人或集体所创造的艺术经验或流派方法仍然具有着延绵不竭的历史展示价值和现实承传意义。好比唐诗发展到了宋词，宋词发展到了元曲，元曲发展到了明清小令，再到以后的诗歌或者唱词，后者固然是对前者的发挥和发展，但却并不是简单地照搬继承，萧规曹随。各个时期虽然都拥有各自的代表形式，一如群峰并峙的景观，各据基础，各显奇峻，然却不可彼此取消，彼此替代。正所谓一代有一代的表演艺术，一代人有一代人的戏剧。

（原载 1996 年 5 月 8 日《文汇报》）

上海话剧的尊严

上海话剧艺术中心成立十周年庆典，是上海文化界的一件大事。但是令人遗憾的是，这件大事并没有受到预期的关注，包括领导关注的规格、媒体关注的热情和上海其他院团当家人关注的程度。当然也有另外一面，那就是戏剧界的同仁来得非常多，真可谓是群贤毕至，嘉宾云集，很有一种戏剧盛会的感觉。我说关注不够的遗憾，不是为话剧中心抱委屈，不是说话剧中心没得到应有的关怀，话剧中心从来也不是在娇生惯养中成长的，我只是有些遗憾，遗憾忽略了对一个重要个案的发现。

我对话剧的关注比较浅，了解很有限。但是，对于上海话剧中心这个团队、这个剧院，因为同在上海的文艺舞台上，那还是休戚与共、息息相关的。我觉得上海话剧中心最有价值的一点，就是它见证了中国文艺院团这十年改革的最健康的足迹。今天来看，上海话剧中心的改革既不完全是预定政策的推动，也不完全是上级领导的号召，而是上海话剧人自我求生存、谋发展的自觉的选择。正因如此，我们今天才能够在中国话剧的一片断壁残垣中，在中国话剧队伍的游勇散兵里，看到上海话剧和上海话剧人的尊严。在我的记忆中，我们对话剧中心十年发展的阶段性评价有很多，而阶段性的评价往往并不是很准确的。比如我们曾经批评话剧中心降低了演职员工的月常工资，比如我们曾经批评话剧中心过分地“小资情调”，等等。可是当话剧中心把这十年经历过来之后，我们再作一次回顾，却发现原来话剧中心已经在十年的行进中不知不觉地壮大了自己的实力，也建立起了自己的艺术风格。于是那些过往的阶段性的评价，早已被话剧中心发展过来的履带碾压过去，消失无痕了。话剧中心也确实就是在自己自觉选择的发展策略中，一路经历风雨，一路保持理性与尊严地走过来了。十年一回首，你对它肃然起敬。

说到上海话剧中心的艺术风格，我以为当你说到上海话剧中心的时候，你不会和北京人艺重叠，不会和国家话剧院重叠，也不会和辽宁人民艺术剧院重叠，但是你仍然可以想像出它、记忆起它、区别开它，那么，那就是上海话剧中心了，那就是上海话剧中心的艺术风格。上海话剧其实是给了我们一种气质——我粗浅地定义——“城市话剧”。这不是废话，不是指唯有上海话剧中心是建立在城市的，而是要区别开那些地域感、方位感和风格感都很强烈的话剧院团。上海话剧的气质或者魅力，就是指它伴随着中国现代化和城市化的文明进程，伴随着上海城市的发展和进步，以城市的观众为主要服务对象，立足于城市剧场的，努力地培养和营造城市观众观剧氛围的，从而形成了的上海格调、中国做派和世界眼光。这样的格局也不是任何一个城市和地方都能够滋生和养成的，她当然与上海的历史，上海的底色和上海风情有关，并且有一个慢慢养护、慢慢意识得到的过程。我们试着以一两部作品来涵盖上海话剧的风格会很困难，然而我们试着以一两部作品涵盖某些话剧院团却有可能。比如以《茶馆》《天下第一楼》涵盖北京人艺的风格，再如以《李尔王》《父亲》涵盖辽艺的风格。都行得通。这就是上海话剧的不同之处，也就是它的神态与品格。

上海话剧艺术中心十年跨越性的发展，我以为还是在聚敛了原来青话和人艺的人气，还是在两个有着深厚底蕴支撑的团体基础上的升级换代。绍林比较欣赏他昨天的即兴比喻，他说：“我们十岁了，还是个少年，生动活泼，难免惹是生非。”可我对这个“十年”不是这样计算的，我以为这个“十年”是建立在那几十年基础之上的“十年”，不是少年是成年，不是幼稚是成熟。这十年是对过去那几十年的再升级、再提升和再发展，是现代剧院风格和格局终于走向完成的阶段。话剧中心十年所做的种种努力与尝试，正好对应着中国文艺院团体制改革和艺术创新发展的历史时期，它及时而见实效地探索并且提供了许多宝贵的经验，而这些经验正是上海乃至全国众多艺术院团所急切寻找和急迫需要的，上海话剧中心十年改革的经验应当得到重视，得到总结，得到宣传与推介，它是上海乃至全国文艺院团成功改革的一个具有参考价值的宝贵个案。

掂量上海话剧艺术中心的存在地位，我觉得它是上海戏剧、中国话剧的一艘旗舰或是旗舰之一。用通常概念的出人、出戏、出效益已经不能评估上海话剧中心，它同时还出机制、出思路、出办法，这些办法又不是小聪明、小智慧和即兴发挥。如他们的会员制度在十年前就已经建立了，而许多剧院这才刚刚拿来当作崭新的理念尝试。安福路的话剧人气也是一点一滴，日积月累地养护起来的，这才有了今天“到安福路看话剧”的风尚。安福路话剧人口的集聚，不是靠一两位明星或一两个剧目的短期效应刺激出来的，它是长期的一天也不放弃的“慢热”，这才是发展的可持续性。话剧中心还有一点与其他剧院不同，就是它很少扮演“穷人”，它很少一遇开会或一遇领导就拼命地叫穷，相反，它要尽量地保持着一个剧院的自尊，尽量自己想办法脱贫致富。杨绍林是自信也是自尊的，我看他经常是如履薄冰，他要带领自己的舰队避开一些东西，有时候也要冲击一些东西，所以他在公开场合的发言经常很有冲击力，甚至是很有反抗力的。可有时候他也得化解很多痛苦，隐忍很多委屈。在他的带领下，话剧中心十年时间积累下来，终于积累出了一个剧院的再生能力和抗风险能力。我们假设突然有一天政府放弃了对文艺院团的所有资助，那么话剧中心还是能够继续生存下去的，因为它已经为各种可能的情况做了准备。但是有些剧院就很难支撑了，甚至马上就会土崩瓦解。十年之前，上海艺术院团的处境是相似的，全国话剧院团的处境也是相似的；十年之后，上海话剧中心就俨然有了“富人”的感觉，你看它衣着得体，红光满面，而许多的话剧院团或者更多的戏曲院团就没有这副神态。国家话剧院的感觉是强者，北京人艺的感觉是贵族，而上海话剧中心的感觉则是富裕。富裕好啊，富裕才够尊严，才有体面，才能从容不迫地追求卓越，提升境界，而且这份富裕又大都是靠自个儿挣来的，踏实。

也有一个建议，可能跟绍林“养事不养人”的大思路相悖。那就是话剧中心也还是要“养士”的，要有选择地储备一些精华，这些精华就是中心的人才品牌，中心的艺术魂魄，中心的无形资产和精神风范，这样的精华也许不需要很多，但必须纯粹，纵使他们不在乎你，你也要在乎他们，因为这也是话剧中心保持尊严和持续发展的重要源泉。

（原载2015年《上海话剧艺术中心十周年庆纪念文集》）

豫剧与台湾

几天前我在湖北讲课，得知湖北有一个市竟有 7 个专业豫剧团，而且据说豫剧在湖北省内可以和楚剧、汉剧抗衡。由此可见豫剧在全国流播的情况。豫剧在全国专业剧团之多，从业人员之众，观众覆盖之广，已经无可争议地成了中国第一大剧种。我说的第一大剧种，不是指第一大地方剧种，也包括京剧、话剧、歌舞团在内，当然它也超过越剧和黄梅戏。台湾也曾有过越剧和黄梅调的演出剧团，但作为职业剧团并能长期生存下来的，除了京剧就只有豫剧。这个现象很值得研究，值得重新评估。我在想，豫剧究竟带给了我们什么？为什么豫剧具有如此强健的生命力？如果说京剧带给我们的是对传统士大夫情怀的趣味认可，那么豫剧则带给我们以民间亲情的情感认同。有什么东西能使海峡两岸纵使在隔绝的情况下依然生出血浓于水的牵挂？那也只有表达士大夫情怀的京剧和传递民众草根情感的豫剧。听到它们你会有一种灵魂被牵引起来的感动，会唤醒一种埋藏很深的情感。尤其豫剧，我想中原文化对中国人情感记忆所产生的深刻影响是超越年轮，超越地域，超越时代的。在这一点上，我也很同意王安葵老师的说法，豫剧一直在坚守它的民间立场。是的，豫剧能把宫廷大事家庭化，能把国家大事世俗化，因此它赢得平民大众对它的认同。

在和台湾戏曲人包括和台湾戏曲学者的交流交往中，我们或许会感到他们的趣味和立场多少有些传统与守旧。其实，台湾戏曲的“现代化”进程起步要比我们早。他们对传统剧场的改造和对现代化手段的吸收，对现代舞台技术的运用都比我们尝试得早。我们正在经历的，是他们已经经历过的。传统戏曲在“现代化”和“城市化”的进程里其实就是一个不断“添加”的过程，一个不断“丰富”的过程，这个过程使过于简陋的戏曲逐渐繁复起来，也丰盛起来。比如交响乐队的使用，比如舞台实景甚至舞台建筑的使用……这些台湾都比我们尝试得要早、要极端。可是随着这种繁复的不断繁复，随着繁复到了无以复加，他们开始回归了。回归到古朴，回归到简约，回归到单纯，但并不是回归到粗糙和简陋，这就是近几年我们接触台湾戏曲的印象。这次河南省戏剧大赛我有幸作为评委，在河南看戏，一个明显的感受就是我们的戏曲正在迫切地进入“现代化”。记得首轮看了6台戏，竟有5台戏在下雪、放烟，而且观众还真的为这种以往少见的舞台景观鼓掌喝彩。这便愈加鼓舞了编剧和导演，以为这就是戏曲走进现代化了。王安祈老师有本书叫《传统戏曲的现代表现》，我看我们的很多戏就正在经历着“表现现代”。台湾在经历了戏曲的“现代化”以后，已经意识到向古典趣味、向剧种本体的回归，而我们正在经历的“现代化”，也要同时注意对于传统和地域特征的保存。作为“戏曲现代化”的提倡者与实践者，我强调得最多也做得最多的其实是“寻找”，在现代的人文意识与现代的城市背景下，寻找我们失落的“古典”。王安祈老师表述为“传统戏曲的现代表现”，而我表述为“传统戏曲的现代回归”。我们都强调剧种要对剧种的原声、原貌、原味以及属于那个剧种独有的、不可替代的原生的气质、气韵、气场的回归。这才是我们对于“现代化”的完整表述。回归是承认和正视“现代化”的过程，回归是由简单到繁复再到单纯的创新与发展，回归之后的单纯也许艺术的含量更大，更能够提纯出地方剧种的内在精神。所以说，两岸戏曲在经历了相同或相似的发展历程之后，找到了一种“殊途同归”的认同。安祈的《三个女人两盏灯》和《王有道休妻》，我都十分喜欢，她已经把戏曲的某一种演出样式回归到我们说的小剧场戏曲了，但是这两出戏曲的思想含量、艺术含量和情感含量依然很足，它们的舞台感染力和表现力丝毫也不逊色于刮风下雨和放烟。

再有一点，就是我希望台湾的豫剧或京剧最好不要过于和大陆的求同。郭小庄创办雅音小集，魏海敏在当代传奇，都为台湾的京剧作过很多有益的尝试，也形成了台湾京剧不同于大陆京剧的某种风貌，有一些经验和理念也正在被大陆的同行所汲取。但是在郭小庄移民加拿大以后，在魏海敏“认祖归宗”以后，这一派京剧分支消解了，同化了，十分可惜。我以为台湾的京剧也好，豫剧也罢，不必顾虑自己不纯粹，不正宗，更不必放弃在那个地域中养成的个性，而恰恰是这一种“台湾个性”才可能拿来与大陆交流，拿来丰富我们共同的京剧和豫剧。与此同时，这也是台湾京剧人、豫剧人独有的一份艺术尊严。真的不要放弃，不要越来越像大陆的某个剧院，更不要越来越像大陆的某个流派。既要同根同源，更要各呈形貌、各具风神。假如豫剧在台湾，假如豫剧在湖北，假如豫剧在新疆，假如豫剧在甘肃，豫剧所到达之处都能够融入当地的民俗和风尚，而且都形成各自不同的流派与风格，那豫剧才真的是壮大和发展了。以前的京剧就是如此，所以它才成为了“国剧”。今天的豫剧也当如是！

我希望台湾豫剧保持自己的个性和风貌，和大陆的豫剧一起共同构成对河洛文化和豫剧艺术的发展。

（原载2005年第11期《东方艺术》杂志）

中国当代戏剧创作与舞台美术家的“同叙美景·共筑美境”

感谢主办方的邀请，有幸与在座的各位交流，我今天与大家的交流分述为以下几个话题，请不吝指谬。

第一个话题：现今舞台艺术发展至多元时代，戏剧艺术的演出成功离不开舞台美术

当今时代的舞台美术已经进入智能智创的时代，也进入了一种更加自由也更加有创造精神的时代，它在涵盖和照耀舞台艺术的同时，也超越了舞台艺术本身。

一部中国表演艺术史，某种意义上来说就是一部剧场演进史，戏剧是表演艺术和其他艺术互动的综合的艺术，其他艺术门类的参与者，也应该走近舞台美术家，了解舞台美术家，我经常会和舞台美术家们交流作为一个剧作家的心境。舞台美术家常常思考剧作家在想什么，其实剧作家也同时要聆听舞台美术家的声音，要看到他们在做什么。我现在就突然感觉到在高科技智能化的多媒体和自媒体时代，舞台美术家根本不依赖于剧作家，也不依赖于导演，甚至于不依赖于演员，舞台美术作为一个综合舞台演出的一个艺术门类，只是它们的功能之一，不是它们功能的唯一。以往我们是特别强调编剧中心制，导演中心制和表演中心制，从来没提出过舞美中心制，舞台美术发展的稍微激进了一点都会被制约，可是今天我突然觉得我们还真的要反思，舞台艺术各艺术门类的艺术家应该是平起平坐，彼此不可分离，彼此不可覆盖的合作者。我们任何一方的迟缓，都可能影响另一方的发展，所以我们之间是一种互动、互助、互相激励的关系。

现今的舞台艺术已发展至多元时代，镜框式舞台的限制早已被冲破，为观众营造整体视听艺术环境的场景艺术观念已经成为大趋势，就像我们这个论坛的题目“同叙美景·共筑美境”，其实我们是在舞台上营造一种环境。现在舞台美术家已经不仅仅是辅助性地给你提供一个背景了，他还给你营造一个环境，创造一个意境。他已经不仅是参与演出了，而且是演出的不可分割的一个部分。在一定的时候，比如在我们世纪初的时候，当一些新的设备引进到国内来的时候，都有一种喧宾夺主的感觉，有时候我们去看一次演出，甚至不是因为要去看一个故事，要去看一个演员，我们是要看一种舞台的呈现。在这个演艺高科技普遍运用的时代，戏剧艺术的演出成功离不开舞台美术家，剧作家在一度创作时就要和舞美设计以及导演等保持良好的沟通，一度创作和二度创作相互精诚协作方可保证作品最终完美的舞台呈现。同时我相信舞台美术家们在利用智能智创的舞台美术高科技设备参与戏剧创作的过程中，很可能帮助一个剧团甚至一个剧种寻找到适应这个时代的发展方向。

第二个话题：舞台样式直接影响作品的舞台呈现，怎么讲故事也是剧作家不可回避的责任

舞台样式直接影响作品的舞台呈现，讲什么故事固然是剧作家的职能，怎么讲故事也是剧作家不可回避的责任。我们以往就是说提供故事是剧作家的事，怎么把剧作家的故事讲好是导演的事，我觉得不是这样。当一个剧作家的剧本创作完成，作品的舞台样式就已经同步诞生。导演、舞台美术家们是和这个剧作家带着同步的舞台艺术的理念，创造性地把样式共同表现出来。我就觉得剧作家们不要逃避，不要玩潇洒。我们经常听剧作家说我很清高的，我就把剧本交给剧团，到时候我就买张机票来看戏，但是你在回去的路上很纠结，因为你那个剧本已经不知道变成什么样，所以现在我们提倡剧作家早一点和舞台美术家和导演一起商量一个舞台的样式。舞台样式是我们大家共同创造，不会有一个作品，它只在价值理念上传达出它的时代性，它一定也是在形式表达上传达出了时代性。当我们的文明戏还在街头演出的时候，包括像张瑞芳他们的《放下你的鞭子》也是在街头演出，当这些作品在这样的一个环境里演出的时候，曹禺先生洞悉了中国人当时的伦理世界情感世界和文化观念，借鉴了易卜生和尤金·奥尼尔的剧作的表达方式，创造出要为曹禺的剧本来建造剧场的剧本。对于当代的剧作家来说，我的故事既要讲出当下的观念，同时我这故事的演剧方式也要是非常当下的。

第三个话题：从2017年我的三部作品演出，逸出舞台美术主题，引申出去说说“京剧现代化”“话剧民族化”和“地方戏再乡土化”

2017年上演了我的三个作品，三个作品引申出了三个话题，就此我想和舞台美术家们交流一下。这三出戏包括浙江京剧团的京剧《大面》，所引申出来的传统戏曲现代化的话题，这个话题已经谈论近百年了，但是许多人看了此剧之后这个话题不经意间又被提起，特别是传统京剧的现代化，包括现代化所可能带来的国际化，就是我们的中国戏曲，我们的中国京剧，我们走出国门，走向世界的时候，我们给人带来什么样的共同的话语和不同的审美感受。

第二个作品是国家话剧院的话剧《兰陵王》。话剧《兰陵王》和京剧《大面》涉及的是同一个故事，但是采用两种艺术形式演出。我在处理话剧剧本和京剧剧本的时候，也分别寄托了我对京剧和话剧的思考。今年是中国话剧诞生110周年，《兰陵王》自然也就再次激发了外来话剧民族化的议论。

第三个作品是我为上海淮剧团创作的新编淮剧《武训先生》。这个戏一经演出，马上就激起了话题。原因可能是我不经意说的一句话，我说这一次的淮剧继续秉承了上海淮剧团探索都市新淮剧的路径，但是它和《金龙与蜉蝣》《西楚霸王》又有所不同，它是通过更加自觉地向乡土的回归，重新再次刷新上海淮剧在国际化都市中生存的存在感、价值感和文化地域的认同感。于是我不经意的说出了“再乡土化”的命题。下面我想就这三个话题跟舞台美术家做一些探讨。

浙江京剧团这次排《大面》，我们也讨论了很多次。我希望这次的演出能实现我们最初的愿望，也就是希望他能回到手工时代，回到京剧刚刚进入戏园演出的大衣箱时代。当今时代的京剧演员大多希望在现代剧场借助多媒体进行演出，但其实这样会造成京剧艺术自身的绚烂光彩反而被多媒体所掩盖。我希望我们要勇于放弃对当下现代剧场的运用，回到手工时代，回到最简单的，但是最有现代意识设计出来的那种单纯。我们经历过对现代化的不懈追求的时代，可是最后我们都还是在回归，所以这次这部京剧我希望回归，我希望演员的表演艺术能够回归到京剧的程式化诞生的早期，回归到戏曲的手工时代，其实这样你恰恰是最国际也是最现代的。如果我们现在把 100 年前的那个手工时代的状态拿出来再现，那就是叫古老。而现在艺术家如果能把这种用现代眼光重新提炼过的，最单纯最简约的，每个剧种表演艺术中不可替代的东西呈现出来，你就能引领一种风尚。现在大家再回头看浙江京剧团的《大面》，它让京剧的四功五法得到了最自然的发挥，做到这个级别，这个阶段我觉得已经相当不错，而不是把舞台让一个歌队舞队，把音乐的表达让给一个交响乐团，它的舞台呈现是实实在在第依靠打击乐，依靠演员自身的表演。

话剧《兰陵王》，王晓鹰导演大家比较熟悉，这些年他在话剧的民族化方面做了很多探索，他的《霸王歌行》《理查三世》《伏生》都在做这方面探索。我和他交流以后，我说你的探索都是在别人给你提供的一个标准的话剧文本下的探索，我希望我这次的剧本给你提供一块土地，你在这个地下长出你的民族话剧来，为此我希望他能够大量地运用民族化的表演艺术手段，但是同时我并不希望这种民族化变成简单的京剧化。京剧的程式化过于规范，其实我们的地方戏自身是有丰富多彩，来源不尽相同的表演艺术的，所谓民族化就是戏曲化，所谓戏曲化就是京剧化，这其实也是一种简单化。

中国戏曲不只有京剧，京剧的历史就 200 多年；但是 2000 多年前中国就有了宫廷的歌舞剧、偶剧和优剧。其实我们《兰陵王》可以不借鉴中国京剧的任何程式，就可以完成它所有的表演，而这些表演都是来源于京剧甚至戏曲诞生之前的中国戏剧的源头。这个戏虽然没做到极致，但是已经有这个意思了，特别是里面的傩戏表演，大家都会觉得非常好，原来我们古代的表演艺术已经这么丰富了，这也算是我们给中国话剧110周年提交的一份答卷。王晓鹰导演在演出后说的一段话我觉得讲得非常好，他说中国话剧110周年了，应该反思一下民族化的过程。话剧的民族化真是到了破题的时候。中国话剧的民族化不是简单的戏曲化。其实越是有国际背景的人，他的民族化做得越好，黄佐临先生就是大师，我们今天把他当年根据莎士比亚《麦克白》改编的昆剧《血手记》录像调出来看，会发现就是我们今天《大面》所要追求的东西。手工化，回到手工，我们以前认为佐临先生不够现代，我们甚至觉得他的作品也不怎么用灯光，也不用交响乐，他要的就是回归到一种手工时期的单纯表演。

京剧的程式表现古代生活的时候是没有盲区的，但是表现现代生活的时候出现了盲区，不好表现了，所以它要有一个创造性转化、创新性发展的过程，就像我们从舞台美术进入高科技演艺设备，进入智能创意时代，它也要进入一个新的时代了。我们需要重新思考现代和传统的关系。

去年我在中国艺术研究院给研究生讲座的时候我不经意的提出了“再乡土化”的命题。我们今天确实要反思一下，20世纪的时候我们不问青红皂白，所有的剧场，所有的戏剧，所有的艺术都走进镜框式舞台这唯一的一个单调的舞台，也正是这段历史，就引申出我在淮剧都市化、现代化之后，提出了再乡土化。我们为什么有那么多地方剧种？当时我们就有一个乡土化的过程，地方剧种的形成就是要将我当地的地方特色表现出来，用我的方言，用我的曲调，用我的演员，用我当地独有的表现形式来演出。所以在20世纪的50年代前后，中国大量的剧种被命名而且形成了自己的代表作。像宁波的甬剧，创作了《天要落雨娘要嫁》《双玉蝉》《半把剪刀》这些代表剧目，有了自己的代表性演员，代表性的曲调，代表性的流派，代表性的剧目，这就是“乡土化”的过程。但是后来包括甬剧在内的全国的地方戏都衰落了，被流行艺术，被西方艺术被大剧院艺术所冲击，甚至被晚会艺术、广场艺术所冲击，曾经先进的镜框式舞台外延和内涵都被局限了，不能表现现代人的日常生活与精神状态。所以我们又曾经历了一个“去乡土化”的过程，去到一定的程度，会有极端的例子，比如黄梅戏电视连续剧，包括我们越剧也拍过这样的戏曲电视连续剧，20 世纪 90 年代初拍摄的戏曲电视连续剧已经找话剧演员来配音了，地方戏曲的去乡土化曾经令我们面目全非。

我曾经创作的三部淮剧，《金龙与蜉蝣》是一种历史回归，《西楚霸王》是一种文化回归，《武训先生》则是一种乡土回归。无独有偶，2016 年下半年，全世界最火爆的一出戏是美国纽约百老汇的《汉密尔顿》，此剧也是在回归，它让美国的音乐剧回归到黑人的说唱表演时代。20 世纪 80 年代起，我们很长一段时间都在纠结京剧要不要姓“京”，川剧要不要姓“川”，已经对我们地方戏是否要使用方言都开始产生怀疑。当年上海淮剧排《金龙与蜉蝣》《西楚霸王》的时候是全国第一个用电声音乐的戏曲剧团，还用了交响乐的配置，用了迷笛。可是这次《武训先生》完完全全用的是乡土的音乐元素，我们又回到一把二胡，一支笛子，一个响板的时代了，可是他们到东方艺术中心演出之后观众却感到比以往的都市淮剧《金龙与蜉蝣》《西楚霸工》不仅更乡上，而且更现代。

今天我们对现代的理解已经和过去不尽相同了。京剧的现代化，话剧的民族化，地方戏曲的再乡土化，某种意义上，它也就是我们同叙的一个美景，共筑的一个美境。这个美景、美境绝不仅仅属于剧作家，属于导演，属于演员，某种意义上它更多的依赖于我们的舞台美术家。

（本文为作者 2018 年 1 月 6 日在“2018 舞台美术与演艺设备智能智造高峰论坛”上的发言）

重返“手工时代”的中国戏曲

孙惠柱老师刚才讲的内容吸引了我，我非常希望他讲完，但他还是用了一个话剧的写实的办法来讲他对中国戏曲写意性的理解，讲得很实很具体很慢，所以时间不够用。我是从事戏曲的，不能照着孙教授的写实路线走，我要用戏曲写意的方法来讲戏曲的写意。

我今天讲的话题是重返中国戏曲的“手工时代”，为什么说是重返呢？就是说我们曾经有过一个手工时代，我们也曾经走出过手工时代，所以今天我们需要重返“手工时代”。戏曲的手工时代是什么时代？就是我们建立了中国戏曲审美的像孙教授尤其是他出国以后更加推崇的写意的手法，它凝聚在演员的唱、做、念、打的功夫上，也表现在我们在具体的空间里和演员非常亲近的观赏关系中。与此同时，它还表现在舞台的布景、舞台的道具、舞台的服装、舞台的头饰上，每一件东西都精工细作，没有一件东西可以批量生产，都是独一无二的，真是把中国的“手工时代”发挥到了极致。所以，中国传统戏曲的一件戏装、一副头面都是值得收藏的。

但是，随着人类的工业化、城市化、国际化，我们开始批量地生产，开始走出曾经的“手工时代”了。以前戏曲演员翻三张桌子，翻五张桌子，现在借助威亚一下子可以升到十几、二十几米的高度，我们可以借助转台，用不着“圆场”了，可是我们看到演员身体的那种能力消失了。我们也看到现在的工厂，那些曾经靠技术吃饭的老师傅完全没有用武无之地了，工人只要操纵电脑就可以了。戏曲的蟒袍、靴子、帔、头面、兵器固然可以成批生产，但是拿在手上，穿在身上的质感没有了。和中国戏曲曾经有的那种人性化、生活化、个性化之间有距离了。甚至于我们的演员已经大量地使用麦克风，我们都听不到演员真实的声音了。所以中国戏曲的形还在，“质”已经在改变了。大量的戏曲剧种特别是各剧种的表演艺术，纷纷被现代剧场艺术，包括话剧，包括歌剧，包括音乐剧，也包括近一百年的中国京剧所惯常使用的模式化的剧场建筑同质化了，戏曲的品质感、个性感也越来越稀薄越淡寡。可是这几年来，不知大家意识到没有，有一些古老的剧种，比如昆剧、梨园戏等古老的剧种反而焕发出一种现代的美感。

2017 年，中国票房曾经出现一个奇迹，就是上海昆剧团在广州的演出出现过单场一百万的票房。今年又出现了奇迹，一位昆曲演员张军在他的昆剧个唱演出中，有万人同场观赏，收入的门票单场是 700 万。我们也看到，京剧的张火丁，梨园戏的曾静萍，川剧的沈铁梅，近些年来特别受到年轻观众、知识阶层观众、都市观众的热捧，仿佛古老的剧种伴随着古老的演出，尤其是身体和声音的表演越来越受到当下人的欢迎。所以我想，这就是我今天特别想导入的一个结论，就是我们在充分的国际化、现代化、工业化、信息化之后的今天，我们有没有必要重返古典戏曲，尤其是中国各个戏曲剧种的“手工时代”。

“手工时代”也就是建立个性的时代，也就是形成了那个剧种之所以成为那个剧种，那个剧种的演员之所以有那样的表演，这些个审美的根本所在。当然，我们只有到了今天才有资格，才有信心提出要重返“手工时代”。就像我前几天买了一块机械手表，不是太贵，数万元，不是值得收藏的几十万元的手表。我又找出我 18 岁时买的第一块机械手表的乐趣，就是每天睡觉前听着它的滴答声，每天早上上紧发条。当我戴第一块电子表的时候，我以为我进入现代了，我感到很喜悦很自豪，可是今天我又买了一块机械表，我把相差 40 余年的两块机械手表一左一右贴在耳朵上，听着它们稳健的走动声，我感到有一种从未理解到的关于“手表”的含义。今天在座的各位特别是男人，或许爱收藏手表，但我相信你一般不会收藏时尚的电子表，你还是会收藏由师傅精工做出来的机械表。记得 90 年代我曾经排队买饺子吃，就因为那家店里的饺子是机器包的，可是我不仅要吃人工包的饺子，还要看到人工包饺子的厨房。各行各业都在重返“手工时代”，其实，重返“手工时代”是在重返我们自己。谢谢！

（本文为作者在 2018 年 6 月 18 日“当代戏剧导演艺术与导演艺术人才培养国际论坛”上的发言）

我看“现实题材”的戏曲创作

无疑，现实题材是当下戏曲创作的热点。国家层面的扶持、各级政府的鼓励以及资金和评奖的大幅度倾斜，都是为戏曲的现实题材创作提供了机遇。我们通常认为戏曲因其程式化与写意性的特点，一般比较适合表现古代生活，适合演出古装戏，包括适合创演表现古代生活的新编历史剧，纵使是表现现代生活，也比较适合表现有一定历史年代感的如民国时期或战争年代的近代题材。完全关注到当下，关注到20世纪80年代以来的生活，也即所谓真正意义上的“现实题材”，困难程度，可想而知。这种自上而下强力推动现实题材作品创作的同时，不啻也是对戏曲创作的倒逼，倒逼戏曲创作关注新时代，从而加速推进传统戏曲包括传统戏曲标准下创作的戏曲现代戏的“创造性转化”和“创新性发展”。

鉴于以往的经验教训，文艺创作一旦强调了表现当下生活，很容易走入概念化图解化甚至新的脸谱化的歧途，也容易出现一窝蜂式的急功近利的创作。而就目前已经看到的现象，现实题材的戏曲创作，至少应当注意把握三种关系。

一是“艺术品”与“宣传品”的关系。现实题材的创作还是创作，而不是宣传。创作所产生的是艺术品，宣传所产生的是宣传品。仅从宣传功效考量，艺术的宣传手段无论如何超越不了新闻，新闻的宣传及时敏捷，而艺术创作不具备这样的速度优势。一件事情发生了，可以立时出现新闻报道，但不能马上创作出文艺作品来。文艺作品是对社会生活的沉思、提炼与升华，是一种人的感知与创造精神的结晶，与新闻宣传所追求的“热点”“热度”不同，文艺作品能够更加持久地、潜移默化地浸润心灵，产生恒久影响。

因此，现实题材不是现成的拿来就用的好人好事，真人真事，现实题材的作品也不等同于快捷的宣传品，而是艺术品，它终归考验的是艺术家的原创力、想象力与表现力。现实题材的创作不是用艺术创作的形式来进行表扬或表彰，而是通过艺术创作探究生活的本质，揭示人在现实生活中的处境，进而对新时代倡导的主流精神进行培育与表达，使现实题材创作的作品也包括现实题材的戏曲作品成为新时代的精神标志，并且经过传播接受时间和历史的检验。

现在戏曲舞台上一窝蜂地搬演好人好事，真人真事，出现了一种新的概念化、简单化的创作倾向，这个路子我们走过，走到极致时就成了八个样板戏，这应该引起我们的警惕和反思。

二是现实题材与现代意识的关系。习近平总书记说“人民不是抽象的符号，而是一个一个具体的人的集合，每个人都有血有肉、有情感、有爱恨、有梦想，都有内心的冲突和忧伤。真实的人物是千姿百态的，要用心用情了解各种各样的人物，从人民的实践和多彩的生活中汲取营养，不断进行生活和艺术的积累，不断进行美的发现和美的创造。”生活中的人不是概念中的人，英雄模范、典型人物也是具有普通人性的正常的人。同时，戏曲的“现代性”也不是简单的时间概念，而是一种价值取向和品质认同。现实题材本身并不自备现代意识，也不理所当然地具有现代性，它仍然需要艺术家进行透视、鉴别、甄选和提炼，从而才能表现出英雄模范、典型人物身上所富含的时代精神与先进理念。

每个人都生活在当下，都在感受着当下，都希望与人交流当下的感受，而现实题材作品正是为人们提供了这样一个感受和交流当下的机缘。可是有一些所谓现实题材的作品，其所传达出的价值观念甚至比古装戏还要陈腐。汤显祖在“存天理，灭人欲”的思想禁闭时代，尚且能高扬人性大旗，倡导人道精神，表现普通少女对于爱对于性的自然渴求；传统戏《红鬃烈马》中，王宝钏尚且敢于抛彩球自主择婿，三击掌走出家门，十八载守望爱情，表现出古代女性反叛包办婚姻、追求自由的精神。而一些表现现实题材的戏曲作品却有意无意有形无形地被道德绑架、观念绑架，做出有违人性也有悖常情的选择。每当家庭出现困难发生危机之时，必是工作事业最需要他的时候：父亲查出癌症，他正科研攻关；老婆临近分娩，他正加班加点；孩子高考在即，他要出差远行……总之亲情爱情与事业，家庭生活与工作，寻常人性与奉献，总是尖锐对立，无法调和，而作品通常又都是以主动放弃个体利益、牺牲家庭情感和人情人性为代价，来成就所谓事业的成就与岗位的奉献。而在事业成就和岗位奉献成功之后，大都陪衬以父亲去世、老婆难产、孩子落榜的残忍情节，面对个人利益的损失和家庭情感的破碎，所谓的英雄模范或成功人士又少不了回来假惺惺地自责一番："我不是好儿子，不是好丈夫，不是好父亲"。每每看到这样的作品，你会不由地觉得它矫情，觉得它做作，觉得它是如此这般地不真实也不现实，从而产生反感情绪，进而怀疑和疏远这类"现实题材"的作品。而这样的既不真实也不现实的作品，不知为何，比起小说或电影电视的创作来，舞台艺术作品在这方面的表现反而格外突出。电视剧《蜗居》《欢乐颂》算不上精品力作，但其现实性与真实性的表达还是值得舞台艺术尤其是戏曲的现实题材创作所借鉴的。

三是现实题材与现代戏曲的关系。从唐诗发展到宋词，并不是对格律的故意打破，而是五言、七言，四句、八句那种严格的规范限制了我们对外部世界的表现和对内心情感的表达。于是，出现了不局限于格律、参差错落的宋词，新的规范建立起来了，那就是词牌。不是为变而变，而是顺应时代而变；不是被动地去迎合时代，而是能动地、积极地借助时代完成新的创造。古往今来，大作家、大艺术家都是通过表现现实世界而成为一个时代的标志，外国的易卜生、奥尼尔、迪伦马特，古代的关汉卿、汤显祖、孔尚任，现代的曹禺、老舍，但凡优秀的剧作家都不回避表现当时的现实题材。从内容上讲，现实题材也从来不会成为作品表现深度的局限。

什么是现代戏曲？它应该是以现代的价值观、审美意识来创作并走出农耕时代模仿式的舞台程式系统的戏曲，在传统戏曲向现代戏曲转型过渡的过程中必将伴随着戏曲艺术自身革命性的突破，创作者要敢于面对这样的挑战。

在艺术形式上，随着传统戏曲程式的式微，戏曲在表现现代生活方面出现了大片盲区。比如表现古代人上楼、下楼，骑马、坐轿，多么得心应手，可是如果换成上电梯、下电梯，开轿车、坐高铁，何以表现？传统戏曲中书写可以通过舞蹈化的程式表现，而换成当今的手机刷屏、电脑打字，又如何表现？如果一门艺术出现了盲区，说明已经有了危机，尤其当戏曲在表现现实生活时所出现的捉襟见肘、无能为力，乃至不得不“话剧加唱”“唱段加舞”的时候，不妨借助现实题材的创作来寻求戏曲表现力的突破。犹如古典音乐之于现代音乐，古典舞蹈之于现代舞蹈，古典绘画之于现代绘画。古典舞蹈建立在对生活的模仿基础上，现代舞蹈则更注重人类身体对外部世界的反应，这是一种革命性的变化；古典绘画和现代绘画也是如此，古典绘画是以“像”的程度来判断创作水平，照相机、摄影机出现以后，画得像不算什么了，梵高、莫奈等画家画得“不像”，但不像的背后，画出了比像还真实的本质，他们不追求绘画的真实感，却画出了真实背后的真实。

现实题材的戏曲创作不仅要表现新时代的价值观，也要表现新时代的审美观；创作者既要完成自身艺术观念的创造性转化、创新性发展，也要对现实题材所表现的社会内容和艺术形式进行创造性转化、实现创新性发展，使之由现实题材变成现代艺术。戏曲艺术的发展应当抓住当下现实题材创作的机遇，像探索现代舞蹈、现代绘画、现代音乐那样推动现代戏曲的诞生。

历史地看，在20世纪80年代全民思想解放、观念更新的浪潮中，客观上推动了新编历史剧的创作，尤其对于戏曲舞台来说，新编历史剧的创作成为20世纪80年代舞台艺术创作的高峰。在那个时期，那一批优秀的剧作家，基本上都是以历史剧的创作奠定其文学成就的，如魏明伦的《巴山秀才》、郭启宏的《南唐遗事》、陈亚先的《曹操与杨修》、盛和煜的《山鬼》、郑怀兴的《新亭泪》等，这批优秀剧作家虽然也偶有现代戏或现实题材的作品，但是代表他们创作成就的还是历史剧。进入新的世纪，随着全民“非遗”意识的加强，传统文化的保护意识渐渐强化，一些古老而冷寂的剧种，一些渐渐被淡忘的老戏和传统技艺，慢慢地开始复苏，尤其是2001年联合国公布了首批“人类口头非物质遗产代表作”，中国昆曲名列其中；紧接着2003年，中国古琴艺术也入选名录，国务院也先后于2006年、2008年、2011年、2014、2017年批准命名了五批国家级非物质文化遗产名录，一种对传统的敬意在全社会迅速兴起，蔚然成风，这也在客观上推动了中国古典文学、中国民族民间传统艺术与中华戏曲古老剧种的复苏。上世纪末，昆曲、梨园戏等古老剧种，可谓门可罗雀、一片萧条，仅仅十几年时间，随着非遗保护意识的提升，越是古老剧种，反而越显示出了欣欣然复兴的势头。

由此联想到当下对戏曲现实题材创作的提倡，回避不如正视，被动不如主动，换一个视角看，现实题材的戏曲创作或许正意味着“戏曲现代戏”和“现代戏曲”突破机缘的到来。现实题材的戏曲创作，绝不是俯拾即来的福利，而是需要诚意创作艰苦探求的时代课题。

（原载2018年第6期《中国戏剧》杂志）

长三角地区戏曲艺术在新时代的传播

长三角地区文化地缘相近，文化传统相通，文化风俗相融，在中国文化版图上有着鲜明而独特的色谱。改革开放以来，长三角地区凭借得天独厚的地理优势和观念优势，率先在经济上崛起，城市化与现代化的发展步伐也越来越快，与此同时，依附在长三角地区的地域传统文化特别是地方戏曲艺术也正经历着时代审美的转型。社会经济的繁荣发展，最终体现为人的生活方式和文明意识的进步，在越来越尊重中华传统文化的新的时代背景下，应当重新审视长三角地区戏曲艺术的发展历史与生存现状，以促进更为自觉的协调发展和区域联动，进而推动长三角地区戏曲艺术的新的繁荣。

一、 长三角地区戏曲艺术传播的历史

富庶繁华的长三角地区，自古以来就是中华戏曲的发源之地，南戏发源于浙江永嘉，昆曲发源于江苏昆山，安徽安庆的大批徽班艺人进京直接导致了京剧的诞生，上海则催生了代表着现代戏曲品格的越剧和海派京剧。江浙沪三地除了都拥有具有全国性流播范围的剧种京剧、昆剧、越剧外，各地还拥有丰富多样的方言剧种，如江苏的锡剧、淮剧、扬剧、苏剧、淮海戏、柳琴戏、梆子戏、泗州戏等；浙江的绍剧、婺剧、瓯剧、甬剧、姚剧、杭剧等；上海的沪剧、滑稽戏等，以及安徽的徽剧、庐剧、黄梅戏、池州傩戏和凤阳花鼓戏等。

这些地方剧种虽然各自的发源地不同，但在江浙沪皖地区的传播却不受方言流行区域的限制，而成为共同欣赏的表演艺术。以上

海为例，20世纪中期以前，上述起源于江苏、浙江、安徽的各地方剧种不但经常来到上海演出，多数剧种还在上海建有职业剧团，有的则是在当地发端在上海成熟乃至正式确定剧种名称。如越剧，起源于浙江嵊州，进入上海之前被称为“的笃班”“小歌班”“绍兴文戏”，进入上海并站稳脚跟后才被称之为“越剧”。江浙的大多数剧种直到20世纪50年代在上海仍拥有职业剧团，如扬剧、锡剧、甬剧、姚剧等，而今天作为一个剧种仅存一个剧团的宁波甬剧，20世纪50年代在上海市区活跃着的职业剧团就有11家之多。20世纪下半叶，黄梅戏音乐受到普遍欢迎，江苏曾建立多家专业剧团，黄梅戏更在江浙沪地区广泛传播。同理，上海的滑稽戏、沪剧剧种在江浙两省不但传播广泛，而且都有专业剧团，有的剧团在今天的发展繁荣势头甚至不亚于起源地上海，如苏州滑稽戏剧团、杭州滑稽戏剧团等。

淮剧起源于苏北，原为地方小戏，清末受到徽剧影响方才形成大剧种格局，20世纪上半叶淮剧（时称“江淮戏”）随着大批苏北移民迁居上海而随之流播到申城，淮剧在上海最兴盛的时期，职业剧团竟多达百家，一度淮剧在上海演出的势头竟压过了京剧，以致有些京剧演出不得不借助淮剧演员的影响拉动票房，从而产生了京淮同台的“京夹淮”现象。由于淮剧、越剧在上海的历史影响和深厚的观众土壤，这两个本属于苏浙方言的剧种已经渐渐成为了上海的本地剧种，名声显赫的上海越剧院、上海淮剧团现已成为上海的戏曲文化品牌。

由此可见，江浙沪皖地区的戏曲艺术向来是不分边界相互渗透相互影响的。换言之，正因为长三角地区的各地方剧种拥有了跨地域跨方言的传播土壤，局限于方言一隅的地方戏剧种才有了更为广阔的流播空间，并因之得到发展壮大。

二、 长三角地区戏曲艺术传播的现状

20世纪末和21世纪初的一二十年里，长三角地区各戏曲剧种的影响均在逐步萎缩，曾经在异地建立的专业或职业剧团也在逐渐

减少。如上海在这段时期除了拥有国有背景的京、昆、越、沪、淮、滑稽戏等专业戏曲院团之外，已经没有其他剧种的专业或民营剧种剧团。江苏不但没有了沪剧团，甚至连越剧也仅存一家，而锡剧、扬剧、甬剧、姚剧、徽剧、黄梅戏等上海剧场的常客也曾是往来稀少甚至难得一见了。

地方戏曲流播区域曾经的萎缩，固然与传统文化和民族艺术在一段时期里于现代化城市化进程中所遭遇的时代转型背景有关，但是行政与人为的因素同样不可小觑。地方行政干预戏曲发展的症状主要表现为善意动机下的地方性保护意识，这在客观上影响了各戏曲剧种在更大范围里的竞争与传播。

如有些地方采用地方政府为地方剧团演出买单的戏曲惠民工程，政府出资降低本地剧团的演出票价乃至进行免费公益演出，这项举措表面上看是支持了戏曲演出并使普通观众得到了文化实惠，而实质上是对正常戏曲生态的破坏，使得外来剧团剧种无法在该地区进行平等的演出。为了享受政府采购当地剧团演出的本土保护优惠政策，许多剧团剧种不愿意再走出原生地，从而加剧了剧种影响力与传播力的萎缩，甚至滋生出消极演出的消极市场，进一步弱化了戏曲艺术在文化转型时期的自身发展能量，不利于形成和健全戏曲艺术发展的良性生态土壤。更有甚者，画地为牢，限制甚至拒绝外来剧团与本地剧团的市场竞争，客观上形成了自给自足的戏曲演出狭小区域。

有些在多地区都有专业和职业剧团的剧种，如越剧、淮剧、滑稽戏等，往往在政府主办的剧种汇演评奖等节庆活动中，只允许本省的相同剧种参加，而把同一剧种的外地剧团排斥在外。如在江苏省举办了多届的“淮剧节”，一直拒绝上海淮剧团参与评奖。再如以国家部委名义主办的“中国越剧节”，由于实际主办方为浙江省，因此承办地一直是在浙江，几乎成为浙江本省越剧院团的戏曲汇演，上海等外省市的越剧院团即使勉强参加，但大都以消极态度应付，既不派出最强的阵容，对于奖项本身也缺乏荣誉感，倘若不是出于国家部委的名义，甚至不愿意派团参加。

三、 长三角地区戏曲艺术传播的展望

第一，重新建立长三角地区戏曲艺术传播的区域观念。

历史地看，长三角地区地缘相近，人口交流密集，江浙沪皖四地文化传统以及民俗趣味相同相通，且大部地区同属吴方言区，较少语言与风俗的障碍。许多剧种如京剧、昆剧、越剧，黄梅戏、滑稽戏以及带有戏曲艺术成分的评弹，大都是共享的剧种，三地大都拥有国有或民营的专业和职业剧团，相互间的市场演出、剧目创作和人才交流十分频繁，有着彼此赖以生存的共同土壤。现实地看，江浙沪皖四地由于改革开放以来的建设发展，现代化和城市化的程度很高，戏曲消费市场的潜力很大，在实现“创造性转化”与“创新性发展”的传统艺术时代审美转型过程中城市剧场艺术得到了领先的同步发展。尤其近年来随着国家层面对戏曲艺术的保护和各地方政府对本土戏曲艺术的支持，各个地方剧种剧团都在充分享受到公益保护和体制机制改革的实际好处之后出现了良好的发展势头。戏曲院团实力不断增长，演出市场日渐繁荣，交往交流逐步频繁，传统艺术和民族戏曲的生存环境也随之得到改善。值此时机，应该恢复地方戏曲发展的信心，打开格局，开放地域，收复失地，开拓市场，进而重新建立长三角地区地方戏曲的大区域概念。

第二，重新培育长三角地区戏曲艺术传播的大市场土壤。

电影放映早已建立了全国以及跨地区的院线机制，电视剧播放也建立了多地电视台的联播机制，舞台艺术的交响乐、芭蕾舞、话剧等艺术品种也在北京保利、上海大剧院和上海东方艺术中心等运营机构的牵引下建立了巡演连线机制。相比之下，戏曲虽不乏跨省市的个别剧目巡演运作，但离建立科学的巡演连线机制还相差很远。在此情形下，单一定点的演出成本居高不下，圈地自保的地方保护意识尚未完全改变，由此造成的新剧目演出寿命短暂、剧种影响力传播力下降、戏曲观众看不到外省市好戏好演员的现象尚未得到根本改善，凡此种种，亟须有关文化主管部门或演出经营机构采取相应的对策。江浙沪皖地区戏曲本来就是相互养育彼此渗透血浓于水的关系，因此重新培育长三角地区戏曲传播的大市场土壤就显得尤

为紧迫和必要。

第三，重新建立长三角地区地方戏曲艺术的大环境氛围。

重视并促进长三角地区各地方戏曲的交流互动，不止是一种狭隘的戏曲商品的流通意识，更重要的是地域传统文化的时代保护意识。设若，徽班没有进北京，京剧没有进上海，越剧没有驻留申城，也许会在很长时间里局限在宫廷和地方的演出小环境里。以京剧为例，唯有进入了上海并在20世纪初的上海受到西方艺术和城市剧场的影响才真正走向了市民大众。昆剧如果没有20世纪三四十年代“传字辈”演员在上海新型剧场的风靡演出，也许还局限在达官贵人的水榭厅堂。越剧如果没有进入上海，就不会建立后来影响到全国戏曲艺术发展的编导创作机制，甚至不会有中国的第一部彩色电影《梁山伯与祝英台》，不会有尹、袁、范、傅、徐、王、金、吕、张、戚、毕等诸多流派，甚至不叫越剧。换言之，如果这些剧种进入上海后仅仅局限在上海市内传播，而不是积极地向江浙皖地区及全国辐射发展，那么长三角地区的戏曲艺术就没有昔日的辉煌与今日的影响。因此，保护地方戏曲艺术的最好途径就是促进地方戏曲艺术走出地方向更广阔的地域传播。为此重新建立长三角地区地方戏曲大环境氛围恰是在积极地保护各本土剧种。

四、长三角地区戏曲艺术传播的影响

戏曲是地域文明的延伸。长三角地区及广大的长江流域是中华文明尤其是江南文化的重要发源地和传承区，江浙沪皖地区也是中华戏曲诞生、发展、传播、创新的重要区域。古老的文明，远去的历史，长三角地区人民曾经的生活生产方式以及先人们在这方沃土上的知识创造与精神追求，随着时间的流转，已经如盐入水般溶解在包括戏曲艺术在内的各种文化形态中。历朝历代的江南人、苏北人、上海人、宁波人、徽州人，不断向海内外迁徙发展，衣胞遍及世界。可以说凡有华人居住的地方，就有长三角文明的传播，而戏曲艺术又是综合的活态的传播形式，所以保护长三角地区的戏曲艺术就是保护长三角地区的历史文明，传播长三角地区的戏曲艺术就是传播中华文化。

戏曲是百姓情感的慰藉。一座城市有一座城市的气质和品味，一个地方有一个地方的表情与声音，这种城市气质与地方表情最能准确表达和深刻传达生长于这个空间区域里普通民众的普遍情感。无论人生路途是否顺遂，无论现实生活是否称心，也无论是在家乡的守望还是在他乡的漂泊，方言乡音永远是最便利的人际沟通渠道和情感慰藉良方。无论何时何地，血浓于水的亲情乡情与族情，永远都是联系彼此感情的心灵纽带，也是爱国精神的具体体现。

戏曲是经济发展的体现。任何一个经济繁荣的时期，任何一个社会进步的阶段，其中最重要的一项检测指标就是看那个时代的文学艺术包括戏剧是否取得了同步的发展。中国的周秦汉唐、宋元明清，西方的希腊文明、文艺复兴，文学艺术与戏剧在一个时期的繁荣兴盛无不依托在经济快速发展的阶段和富庶发达的区域。中华戏曲在改革开放的近 40 年里从没有缺席，中国戏曲人理应分享中国改革开放的经济成果。与此同时，戏曲还将继续参与并见证中国社会的未来发展。戏曲艺术存在的本身就是在体现着经济发展的程度，并且同步创造着经济与文明增长的价值。

戏曲是社会进程的缩影。有什么样的时代，就有什么样的戏曲。有什么样的地方，也就有什么样的戏曲。一方面，戏曲与时代同行，戏曲用艺术的声音和艺术的形象及时传达着时代的风貌和时代的感情；另一方面，戏曲又记录着时代，把一代又一代人的精神风貌和时代特征用戏曲作品凝聚起来，传播开来，传递下去，使得今人与后人能够不断看到存在的现实和历史的情感。因此，凡是健康存在着的戏曲艺术，往往都承载着那个时代的记忆，浓缩着那个时代的情感，并成为社会进程里活的风景与活的档案。

从这些方面来认识和理解长三角地区戏曲艺术的传播价值，就不会把戏曲简单地理解为仅仅是一种娱乐商品或者是一项惠民工程，就会意识到戏曲传播的深刻含义和对区域文化经济发展的深远意义。

（原载 2018 年第 6 期《上海采风》杂志）

方言、声腔与剧种

我们这个“曲词撰写人才培养研修班”的题目，我觉得非常好。这就让我想到大概 2010 年左右吧，一些有忧患意识的戏剧人意识到我们的青年创作和评论人才严重的匮乏断档，尤其是整个社会对青年人才成长的舆论环境没有足够重视，所以我们通过上海戏剧学院在中国剧协的主持之下，陆续开办了一些创作和评论的研修班。现在回首，也就是短短的 8 年时间，在不知不觉当中，我们感觉到，戏剧人才的代际转换的危机感已经在一定程度上得到了缓解。每年无论是国家艺术基金申报的项目，中国文联各个协会，文化部主办的各种活动，我们发现主体力量已经转移到了中青年一代身上，这是在不知不觉的过程当中发生的变化。最主要的就是全社会已经形成了推助、孵化、培育、宣传、甚至于在政策上给予倾斜中青年创作与评论人才。所以现在整个社会舆论已经没有对我们青年编剧、青年导演、青年作曲家、舞台美术家、评论家轻慢的氛围了。这是我们几年以后回头看才能感觉到的。

另外，八九年前一个不用交学费，甚至还提供食宿的这种培训是不可想见的，因为以前这种学习班、培训班都是以商业名目出现的，都是一个学校、一个机构的第三产业，是通过办班的收入来补贴正常的教学和运作的。可是现在如果说哪一个地方办班，还要人交学费，大家就觉得好像很不合时宜了。所以在不知不觉当中，这种风气的转换对我们这种年龄段的创作和评论人才来说，是非常有利的。与此同时，我们也感觉到另外一种变化，这种班逐渐地从宏观到微观，从观念到技术的转换。包括我们今天这个班，已经具体到写作技巧，写作能力的训练；具体到对曲词的专门培养和研究上。而且我还感觉到另外一种收获，就是2011年至2015年由中国戏剧家协会与上海戏剧学院联合开办的包括编剧、导演、作曲、评论、舞美等五期不同专业的研修班的学员们，今天已经成为各地主持、策划、推进、举办各种研修班的主导力量。

刚才王院长在介绍我时，我就在想，我就特别喜欢听湖南男人说话，哪怕就是点个菜，都是字斟句酌，抑扬顿挫的，折射着湖南人特有的一种气质。在共和国的缔造者、领袖、政治家、军事家中，很多都是湖南人，他们开创了一个时代，一个“王朝”，其实某种意义来讲他们的语言、方言就是其性格的外化，一种革命性人格的彰显。话题转回来，地方戏曲的普查数据，现在登记下来最终被认定348个剧种。348个剧种标志着还有348个以方言和方言延伸出来的地方声腔为载体的戏曲艺术，他们有演员，有表演团体，虽然这个表演团体不一定是国有的，可能是民营的，可能甚至是业余的，但是它能够演出独属于这个方言、这个声腔的戏剧，因此它才能够作为一种剧种。348，我那天看到这个数字，心里不禁一热，在348个剧种的背后就是我们全国至少还存在着300多种汉族方言，因为这中间也有少量的少数民族的剧种，少数民族之间就很难再划分他的方言区别了，以汉族为主体的方言，至少现在还有300余种。

方言其实就是一种表情，方言也就是一种气质。在方言背后，它有一个地域养育出来的有深厚的文化传统的甚至于有深厚的水土识别感的表情、声音和气质。我们现在很简单地说东北人、山东人、广东人、福建人，其实我们脑子里面都有一个形象，是不是每一个地方的人都符合我们脑子当中总体那个形象呢？未必，广东照样有生得浓眉大眼、虎背熊腰的男人，可是我们想象中的广东，他就是非常精巧的、南国的、个子不太高的、很灵活的这样一种形象。如果我们见到这个形象，他操着一口标准的普通话，我们就觉得有一种不和谐感，好像这种方言就是从那种表情，那种五官，那种神态当中传递出来的。

我经常举上海男人的例子。对上海男人，巩汉林曾经喜剧化过上海男人会织毛衣。台湾的龙应台也喜剧化过上海男人，上海男人腰上别一串钥匙，骑一辆自行车，自行车龙头上挂着一条带鱼，然后回到家里系上围裙，还有现在很少见到的护袖，然后都会在厨房里做饭。我在上海30多年，发现这种男人还真的蛮多的。所以你这样一想，上海男人应该说话细声细气的，带有一种小男生的感觉。其实这样看对上海男人是不公平的。你看中国男人最高是姚明，最快是刘翔，然后最猛是我们前男足国家队的范志毅。可你仔细一想这三个人身上都还保留着上海男生的痕迹，很乖，说话很认真，他们身上保留着的那种很多年养育出来的一种上海气质，不管是说普通话，还是说英文，都还带着一定的上海腔。

但是很多原籍非上海的人，比如我，当年去到上海是1983年，在上海待下来30多年，变成上海人了，但是依然有拒绝被同化的种种北方人的痕迹。就像我创作的舞剧《朱鹮》所表现的朱鹮一样。朱鹮就是拒绝被同化，朱鹮对水的纯净度、对空气的纯净度有严格的需求指标，你一旦不符合我这个指标，我就迁徙，迁徙到没有符合我生存的地方了，我就集体死亡。70年代末联合国宣布朱鹮绝迹了。1981年一个野外的科学考察队不经意地在陕西的洋县，一个几乎是原生态自然区域，公路都没有修进去，在那里发现了7只仅存的野生朱鹮。今天全世界的朱鹮都是这7只野生朱鹮繁衍出来的。有一种进化，它是以不断放弃自我来适应环境，适应变化了的环境。有一种进化它就是坚守着自我，当环境适应它以后，它可能会迎来一个新的繁殖期。

所以我为什么对348个剧种感到欣慰，那是我们在同样作为中国人的前提之下，我们还能听到348种方言和这种方言养育出来的那个地域的人的习惯性的表情、声音、气质、做派，这就是我们在这个长时间的现代化、标准化进程当中最珍贵的遗产。为什么今天我们才会觉得这种遗产特别的宝贵呢？因为当现代化已经成为了我们日常生活的时候，这时候突然发现我们以为标志着使我们每个人和每个人，每个地方和每个地方，每个族群和每个族群，乃至于每个民族和每个民族相区别的那种文化传统稀薄了，乃至消失了。

前几年我在讲座中还经常说，对上海的孩子来说，现在他的当务之急是到哪里去学纯正的上海话，就这个问题在你们湖南可能还不紧迫，可是对上海，尤其是中产阶级家庭，上海话已经变得非常的稀有了，在很多家庭，很多区域，我们的子女是英文讲得比普通话好，普通话讲得比方言好，方言只能在家里讲几句日常用语。我女儿七八岁带到上海，那个时候的上海中小学的老师要严格进行普通话考试的，带有上海方言口音的老师是不能在学校里讲课的，可是今天中小学要请一些上海话讲得很好的人来做辅导课，不是选修课，是必修课。我们想象湖南的孩子坐在课堂上学湖南话，这是很奇怪的，可是在上海已经不奇怪了。我想不仅在上海，可能在苏州，在杭州，在无锡，在长三角地区，在深圳，在好多地方，乡音和方言正在远离我们。乃至于我们去到一个城市，我们无法去找到确认我到达这个城市的认同感。早晨起来走出酒店，满眼看到的就是高楼，左边星巴克，右边肯德基，对面一个西餐馆，再往前走走，一个重庆火锅店。在南方如此，北方如此，在港澳台好像也如此，我们就根本没有办法去寻找我们曾经的地域。我每到一个地方，我都希望出租车司机讲一口的方言，然后那个出租车里面播放着地方戏，假如我现在到苏州，苏州出租车司机是从吉林来的，一口东北话，然后那车里放的是赵本山、范伟他们的小品，我能说这是苏州吗？找不到一种确认感。下了火车苏州很有姑苏城的古朴建筑风格，很好，可是我听到声音，听到昆曲，听到评弹，听到吴侬软语，我觉得我来到了文化的苏州，而不是来到了地界的苏州。我们经常就是到了地界的某地，我到了河南，听到豫剧，听到河南话；到安徽听到黄梅戏，特别是安徽女人讲的一口安徽话，我觉得非常表里如一，非常合适。可是安徽女人讲了一口普通话，还是安徽女人吗？我们的湘妹子讲了一口的普通话，还模仿一口港台腔，我觉得不对。就喜欢李谷一，唱歌到现在普通话都不过关，某一些字眼还有湖南音，她一唱我就觉得那个感觉出来了。还有郭兰英，一唱《一条大河》那个咬字，那个发音，一出来你马上就认同了，是那个乡俗的声音。像我们各个时期的曲艺演员，地方戏演员，你看他们的声腔，尤其是流派创始人，都像说话，就说着说着唱了，唱着唱着说了，说话是什么音色，唱戏就是什么音色，我们现在完全是两张皮。说话日常跟我们说话是一种音色，一到台上演戏就好像进入另外一个什么声音系统了，变成了另外一种声音，生活的声音消失了。

黄梅戏很特别，因为黄梅戏不像江南越剧，有很多流派，有十几个流派，流派原因当然也是创始人的音色决定的，袁雪芬、傅全香、王文娟、金采风、吕瑞英、张云霞等，她们说话的音色就不一样，说话的音色就通向她们声腔的音色，然后这个音色就适合她们塑造的那个流派。比如说傅全香像花腔女高音，来演林妹妹，你就觉得她会那么被人欺负吗？她会背地流泪吗？她就演敫桂英，我就是化为鬼也要把你命给收拾掉，那就是傅全香，她生活中跟王文娟的声音和做派就是不一样。王文娟也演过这种巾帼英雄，你就觉得她演得不像，她最多演一个孟丽君，还是一个女扮男装，最后被人爱的，还是一个女人。所以我们研究声腔不能光从字面上研究，因为声腔，发音的背后其实是一种生命的存在状态。这种生命状态是具体的天、地、人的交流的方式。比如浙江，大家一想到浙江就想到山清水秀、雨雾山岚、宁静秀丽，充满阴柔之气，其实我们忽略了它的阳刚、野蛮、雄强的生命张力。你看西楚霸王，他是楚国人，西楚指的是靠近山东，我的老家淮阴，可是他是在哪里起兵的？会稽，就是今天的绍兴，他那八百江东子弟就是绍兴、宁波一带的人。中国文人骨头最硬的是鲁迅，鲁迅就是绍兴人。中国女人最不怕死的是谁？秋瑾。卧薪尝胆是谁？是勾践，都是绍兴人。你说元朝蒙古人打进来，清朝满族人打进来，北方摧枯拉朽，最难打的是江南，北方真是如入无人之境，到了南方，扬州十日，嘉定三屠，你们大家看，宁波人哪怕就是抵抗到最后一个人，不能抵抗了，就划着船到海上去，白天我在海上，夜里也要再回来偷袭你。所以他那个生命图谱是有一种张力的。

在《越绝书》当中记载越国人是文身断发，跣足辑行。文身就是刺青时代，因为他不能靠华服冠冕，北方天气冷，人要包装起来，所以我们对身体的美感是通过服饰、冠冕来体现的。可是南方湿热，沼泽地带，穿不了衣服，所以他的底板就是身体。很早南方人就开始刺青，就是文身。文身断发，不梳辫子，然后跣足，光着脚辑行，一个人乘着小船，拿着一根长长的细细的篙，一头又是铺，在沼泽地带穿行。你心里一想这一种形象，他就是一个汉子，他是一种阴柔中的阳刚，阳刚中的阴柔。所以我们一说中国的高腔在哪里？都会想到燕赵，想到三秦，其实中国真正的高腔在浙江，绍剧。我们稍微年长一点的看过那个绍剧《三打白骨精》，是六小龄童的父亲六龄童和他的大哥小六龄童演的，那猪八戒、唐僧、孙悟空那个高腔，真是唱得阴阳相济、高亢纯美。除了有这个，还有男吊，女吊，婺剧，有好多这样的剧种。所以我们光理解，以为就只有江南的越剧，或者滩簧的甬剧，其实它那个方言背后、声腔背后，有一个地域人的文化传统和生命气象。浙江这么秀美的地方，有这种高腔，有这么强烈的比我们陕西华阴那个老腔要高得多的高腔。

我们今天说为什么鲜有可以跨剧种写作的剧作家。事实上我们看到我们有多少著名的剧作家，按说有一个全国共有的资源，他为什么不能像导演那样跨剧种？当然导演应该也有一定的局限性，只是我们没有过多的注意，或者导演的这种障碍比编剧要小一点。你看我们非常优秀的剧作家，以前我们老说魏明伦，魏明伦他的创作基本上没有走出过巴蜀。甚至于他几乎没有走出过四川。那么魏明伦应该要写京剧、昆剧、黄梅戏、豫剧呀，为什么不写？我所知道他也写过，也被请到过上海去写沪剧，但是你看他没有川剧以外的成功作品留下来。郭启宏虽是广东人，但是我们很少听到郭启宏给广东潮剧、给海南的琼剧创作过什么剧本，据我所知他也创作过，按说这是他的家乡戏呀！可是郭启宏最后留给我们的，提供给我们的，你看都是京剧，昆剧，话剧，都是一个个京派文人气质的作品。

当然也有人说，你是不是跨越了很多剧种？我觉得我也不是多面手，能够参与几个剧种的创作，都是有原因的。我希望大家能够意识到，什么人才具备创作一个剧种的基本条件，我觉得只有他能够运用那个剧种的方言，作为自己写作时的思维语言，这个人才可以真正意义上说创作那个剧种。也就是说你要创作一个花鼓戏，你要在创作的过程中，你虽然不一定用嘴说出来，就是你脑子想的那个台词是湖南话，还不仅仅是湖南的官话，也许你还转换另外一个戏种，你写湘剧，写祁剧，写这些带有传统的古老剧种，城市化程度高的这种地方官话的剧种，和你写花鼓戏这种地方小戏的语言还是不一样。花鼓戏约我写过剧本，湘剧也约我写过剧本，我终究都没写，当然他们也给我找很多理由，比如说我没有时间呐，是不是担心他们给的稿酬不够啊？其实都不是，真正的原因就是我没有写那个剧种的自信。我可以写一个比较用心的戏剧故事，但这个故事未必是适合用花鼓戏的方式来讲，来演。

就像我们看到很多戏，它的剧种感觉非常模糊。就像我们看到的有些剧本，一演一看就知道，哎，这是个花鼓戏剧本；这是个湘剧剧本。都是讲的湖南话，但是它的感觉，语言感觉，气质感觉，还是不一样。所以我们就会在这个方言和声腔的背后去捕捉到一种比方言声腔这表面层面还要深切的一种状态。也就是像刘翔、姚明、范志毅都可以讲普通话，他们英文也都很好，可是他们还会保有抹不去的那种印记，那就是上海男人的印记，想把它漂洗掉是很难的。像美国的歌手杰克逊，他由一个底层的孩子进入上流社会，由一个贫穷的阶层进入一个富有的阶层，他完成了所有的转换，但是他没有办法摆脱与生俱来的宿命，就是肤色，所以他花了很多的钱，来漂白他的肤色，但也埋伏下了他的一种自戕、自杀的伏笔，所以他后来的这种命运、性格的变化，都和他的整容有关。你也可以有钱做很多事情，但是你没有办法让这个钱改变你的基因，改变你的生命图谱。

为什么要尊重方言、尊重声腔，尊重一个剧种的特色，因为我们方言的背后，传递出该剧种的个性。

到今天为止，你说我们田汉先生，咱们湖南新文化的大家。他为什么不能写一个女子越剧呀？他对上海女子越剧，对袁雪芬、范瑞娟、傅全香个人感情也很好，在上海的时候，他为了团结影响这批女子越剧的明星，跟她们有交往。一个大剧作家，还是让他的太太——安娥先生帮着傅全香去写《情探》。当然《情探》非常受欢迎，今天那个“行路”“打神告庙”全国各地都有跨剧种的搬演。但是作为女子越剧的作品，它始终不能进入第一行列，不能成为女子越剧的代表作。女子越剧代表作，我们想来就是《红楼梦》《梁祝》《西厢记》《祥林嫂》《孟丽君》《碧玉簪》《盘夫索夫》等，我们想到的都是这些，那个《情探》就是傅全香老师的个性化的作品。当然，根子还在剧本，在剧本的气质。田汉、安娥夫妇，包括安娥三个多月住在傅全香家里，也没有办法超越方言。你可以说一口纯正的上海话，但是你说话背后你还是会带着外地人说上海话不可磨灭的那个语感。我到了上海，很快就不存幻想了，我不想学上海话，因为我没有办法改变我的性格，我没有办法改变我为人处事的第一反应。说好上海话，你必须第一反应就是上海人的反应。所以很多地方邀请我写作，我真不是时间不够，是没有这个把握，我希望大家也能够参考我这句话，就是当你还不能运用那个剧种的方言作为你写作时的思维语言的时候，你参与那个剧种创作的准备还没有做好。而有些东西是可以后天学习的，甚至于可以请那个剧团的，当地的人帮你修饰这个韵脚，但是你剧本里面洋溢出来的，埋伏着的生命气象，是不可能通过表面的文辞被修饰的。

王仁杰写的梨园戏，非常好。这不仅仅是演员优秀，体现得好。他的《董生与李氏》起先是给上海昆剧团梁谷音写的，梁谷音看了他的那个《节妇吟》，约他写。写完了梁谷音说这不是地方戏吗？我要你写的昆曲呀！王仁杰说，我写的不是昆曲吗？梁谷音说不是昆曲，王仁杰说我哪不是昆曲了？我填词，词牌都是很规范的。梁谷音说我说不清楚，反正就不是昆曲。这番对话的背后，也许大家都能够理解，可当时的当事人就未必能理解。所以王仁杰后来参与昆曲，他主要帮昆曲做缩编工作。一个传奇剧本 50 出，要演三天三夜，没有这个时间，所以他就帮他们删。一个字不加，只删。这工作他能做。改编《琵琶记》，梁谷音最后终于演了他一个戏，那个戏当然演完了也就过去了，没有像他梨园戏那样，能保留下来。也就是他进入不了这个气质。我们就觉得奇怪，京昆这都是我们共有的，普通话全国性的剧种啊，应该没有地域的界限，你看郭启宏能进去，王仁杰、魏明伦、郑怀兴就是进不去。郑怀兴现在老当益壮，宝刀不老，为什么不去写昆剧呢？大家想想郑怀兴那些剧本，好像京剧演都略略有点勉强，是不是？就是北方剧种。当然包括他福建受中原文化影响的那些剧种，客家区域的那些剧种可以演，在他的身上带着强烈的中原士大夫的印记。说来真是匪夷所思，一句河南话都不会说的人，可是这个人的基因里面带着那么一种无法被屏蔽、改造的中原人的印记。大家换个角度去看，郑怀兴是不是这样的？你看他就是进入京派、进入京剧都很勉强，他最舒展的，是写晋剧，你叫他去写秦腔，我觉得也没问题，他没去写广东粤剧，写当然也是没有问题的，都会很好。所以这样看，成熟的剧作家都是懂得尊重方言、声腔与剧种的。

2016 年，我们纪念莎士比亚和汤显祖这两位大剧作家逝世 400 周年，东西方两位巨匠似乎是在呼应，汤显祖努力带动了中国戏剧文学从理学中走出来，关注人性；莎士比亚带动着戏剧文学从神学中走出来，关注人性。可汤显祖带动的没走多远，多久。莎士比亚那条大船一直往前开，开了四百年。任何一个受过教育的人都知道莎士比亚，有几个人知道汤显祖？其实两人做的是一样的事，都是依托在商业化、城市化的气息中，开始走出概念化、脸谱化、理性化，关注人性。可是汤显祖的悲剧是，中国的封建社会又延续了三百年。而莎士比亚时期经过文艺复兴，整个西方社会进入了民主社会。不是说莎士比亚跟汤显祖不是一个等量级，主要是他们传播的机遇不一样。如果汤显祖这四百年一直被传播，中国从明代运河沿线开辟的这种现代商业城市开始，也就是说中国的城市化，如果从四百年前不中断地一直进行到今天，我们和西方，也许同步进入到了现代社会。问题是人家三百年以后，我们再重新起步。但起步的同时，又过于简单化与情绪化地对民族文化传统采取了否定的态度。

当我们听到对五四新文化运动反思的声音时，我们也要充分体会到“五四”那代人文化过激背后的情感和所面对的现实处境。这样我们或许才能更加全面地理解为什么在推进科学民主、推进现代化进程当中会对传统那么不以为然，那么无情无义？我们今天重新看，其实只有我们现代化到今天这个程度了，我们才会回过头来重新认识传统。

2015年底，我到了山东聊城，到了冠县，到了武训的墓前，不禁潸然泪下。清朝末年有这样的一个讨饭的人，讨饭讨了39年，最后建了三所义学。武训从讨饭那天起，没有花过一个铜板买一次饭吃，每一餐饭必须是讨来的，每一片布必须是讨来的，也就说这个人一生没有为自己用过一分钱，一个彻底的利他主义者，就为让穷人的孩子读书学习，学什么？办两种班，一种蒙学班，学《三字经》《千字文》《百家姓》《朱子家训》；另外一种就是蒙学毕业了上经学班，读经史子集，读二十四史，读诸子百家，这可是中国传统文化的精髓呀，武训是真正为我们中国传统文化培养精英、培养火炬传递手的。我们以今天复兴传统文化的价值眼光回头看武训，武训可真是中国文化史上的伟人、圣人。

最近几次的讲座，我都会引用去年一年不经意之间做的几个戏为例，谈及到一些具有普遍性的话题，当然跟我们今天办班的主旨都相一致，就是我们曾经经历过乡土化，乡土化就是最好的方言保护，为了保护方言，为了保护声腔，为了保护我们的剧种，我们要向外边宣示乡土身份，出示“身份证”，身份证就是把我们和每一个人区别开来的证明。据说第三代身份证可以代替手机的支付宝，可以代替医院的医疗卡，也就是说第三代身份证当中有我们的生命信息。现在的身份证只有我们的社会信息，这人是在哪的，住在什么地方，在哪出生的，能找到他的社会信息。而第三代身份证将有我们的生命信息，他什么血型，什么基因，得过什么病，有什么家族的疾病史，是什么种族，都能查出来。所以这身份证越来越独一无二。

今天我们重新登记，发现有348个剧种，这个剧种概念是什么时候开始有的？20世纪，20世纪因为城市化，没有城市化我们没有剧种这个概念。因为城市化有共同的平台了，就像我们要到超市了，我们要有商标了。我们在集市上拿一筐水果来卖，拿一篓青菜来卖，拿一斗稻米来卖，我不要有什么商标标签，可是我们进超市，什么货品，什么产地，什么出厂日期，什么价格，一切都要标识。

因为有城市化，因为有广泛的交流了，我们开始强调身份感，于是，越剧诞生了。越剧为什么诞生了？就是浙江在这个几十年当中，有许多小戏班在上海演出，越来越形成气候，最后全部由女性来演，有的称为“的笃班”，有的称为“绍兴文戏”，有的称为“小歌班”，名称五花八门，其实都差不多，上海《申报》有一个记者，说他们都是古越国来的，他们属于一个文化传播区，所以就给他们统一命名叫“越剧”吧！大家说挺好，就这么偶然之间，越剧的名称诞生了。

黄梅戏也是如此，黄梅戏在20世纪50年代末60年代初，当时到上海演出，名称还不统一，有的叫黄梅调，有的叫黄梅戏。当时上海的专家认为，还是叫黄梅剧好，因为感觉它如果叫黄梅剧似乎还不够，它行当不齐全，它只有三个行当，还停留在小生、小旦、小丑三小戏阶段，而且它只有两个声腔，男腔和女腔，男腔中不分小生，不分花脸，不分老生；女腔中不分老旦，不分青衣，不分花旦。剧种已经从曲艺发展过来，可以演大戏，演《女驸马》《牛郎织女》《天仙配》，但是离一个成熟剧种还有距离，还在发育期，给它一定的时间来发展，所以暂时称为黄梅戏。从黄梅调到黄梅剧之间有个过渡，叫黄梅戏。所以直到今天，黄梅戏的这些史论专家还是耿耿于怀，说当时叫我们黄梅剧就算了嘛，你们都叫剧，我们还叫个黄梅戏。就像我们叫花鼓戏，你说叫花鼓剧算了吧？可还真没办法。

云南白剧其实也就是花灯戏的一个品种，它在大理白族自治州，所以他们就称为白剧，原来跟我们的广东白戏差不多，还是一个小戏。但是这个也很难被承认，就像吉剧，它明明是一个曲艺、段子串联起来的大戏，就是它的声腔不足以完成一个大戏，你听一小段一小段，还是二人转，二人台。所以龙江剧，吉剧也好，都属于新造剧，它不像黄梅戏这样低调。当然龙江剧通过白淑贤在那发展，现在真是好多了。虽然好多了，与此同时让大家感觉到，除了方言曲调你不就是一个京剧吗？就像我们今天的评剧，越来越京剧化了，如果你的耳朵不听，你看着就是在演京剧，完全被京剧同质化了。可是我们想象中的评剧，是《杨三姐告状》，是《花为媒》，是《小二黑结婚》，那个就是评剧。是因为城市化，尤其是我们要进行汇演、调演。因为调演、汇演，大家都在同一种演出空间，就都在镜框式舞台演出，有同一个标准。

我们今天回看 20 世纪，对地方戏最大的贡献，就是中国开始建造镜框式舞台，让我们的各地方戏都变成了剧场艺术，在城里面得到了保护，与时代同行。但是它对地方戏最大的伤害，就是演出空间的单一化。这个单一化就是大家都到镜框式舞台演出，而我们每个剧种的来路不一样，昆剧诞生几百年就没有见过镜框式舞台，它都是水榭、茶楼、厅堂、庙会，你一进镜框式舞台了，它就要适应你的变化。我们有些地方戏它就是广场，山西大量的剧种基本上是露天戏，如果不是露天，也是集会上那个庙台搭起来的高台，它的空间也是散的空间，而不是封闭的空间，可是我们现在都进入了封闭的空间，全国所有的剧种都是如此。在同一个空间演出，就慢慢的形成了一个标准，需要有音响，需要有乐队，需要有灯光，需要有布景，所以越来越同质化。

而在这方面，话剧与生俱来它就是为镜框式舞台而生的。镜框式的舞台，就是因为有了我们中国称为话剧的这种演出形式才建造的。所以话剧在镜框式舞台当中是最得心应手的。因此我们的所谓话剧化，你不要理解是来了个话剧导演，是我们剧团要追求一种趣味，而是我们现在统一的演出空间倒逼我们不得不话剧化。我们既然进了镜框式舞台，我们还要那个出将入相干嘛？还要人再拉着个帘子干嘛？你如果不是刻意为了展示民俗，你还需要那样做么？不是多此一举么？因为都有边幕了，都有大幕了，你还弄二道幕干嘛呢？舞台可以用灯光，可以用布景，你还一桌二椅干嘛呢？其实是剧场逼着我们变化了。

第二个就是表演风格，主要也不是话剧导演给我们带来的麻烦，主要是京剧。因为汇演的主要评委，背景基本上都来自京剧。有几个是唱祁剧、唱花鼓戏出身的？大多数戏曲专家的背景都是京剧的背景，京剧的专家，京剧的老师。京剧提前进入镜框式舞台形成的经验，最后影响了全国的地方戏。乃至于到今天，全国的戏曲，基本上都被京剧同质了。京剧下手也非常狠，先把自己“兄弟姐妹”通通“整容”，整成一个脸模。可是你想想，就是20世纪80年代以前，更没有说“文革”以前，京剧根本不是这副样子，到上海就是海派京剧，到云南就是云南京剧。关肃霜会跟你一样吗？关肃霜会跟杨秋玲一样吗？会跟你杜近芳一样吗？关肃霜身上的那种少数民族气息，她的那个《黛诺》，她的《铁弓缘》，都是带着地域感的。同样是京剧的四大武生，每个人都不一样。高盛麟能跟李少春一样吗？厉慧良能跟梁慧超一样吗？因为不一样才是四大武生。你再看盖叫天，同样也是大牌武生，可他的表演风格又是独树一帜。过去的京剧，在各地生根开花，开出的花可谓千姿百态，虽然都是京剧，只要在我这儿生根了，就要带上我的气质。可是今天全国的京剧都一样，一样了，地方上就留不住角儿了。因为标准只有一个，老生从于魁智排名，可是就于魁智出来的时候，他也不是第一名啊，第一名也是言兴朋，第二名于魁智，第三名是关怀——今天叫关栋天。你看就在那个时候，他们三个人气质是一样吗？

可现在标准化。你湖南京剧团用的也是这么个标准，你用的也是这个角，所以你这个角一旦成材，就被“四大家族”弄走了，京、津、沪，还有国家京剧院，“四大家族”，挑走了。因为你是只有一个标准，可是以前呢？我们曾经的乡土化，使我们确立了身份，哪怕京剧它也有地域化使我们这个地方有了成立京剧团的理由。你叫关肃霜到北京去干嘛？她跟北京旦角的风格不兼容。你叫盖叫天到北京去干嘛？他和北京武生的风格也不兼容。所以我们曾经有过这么一个乡土化地域化的过程，是让我们有了身份的标志感。曾经的计划经济，大家别觉得跟戏曲没有关系，计划经济当然影响我们这个地方戏的发展，影响我们声腔的流变，影响我们语言的方言的传播。计划经济带来的统一化，标准化，都市化，国际化，再加上推波助澜的评奖，一评奖就有个标准，大家就会找容易得奖的几个编剧，几个导演，几个舞台美术设计，然后就被同质化，把我们的个性慢慢地屏蔽掉，这就是“去乡土化”。去乡土化的过程也不仅是我们的地方戏，包括我们的各种地方特产，都有过一个去乡土化的过程，去乡土化往往就伴随着国际化，城市化，现代化。所以它是一把双刃剑。经历了去乡土化的过程，我们才会愈加清醒地感受到个性的丧失。

“乡土化”因为遭遇了现代化、城市化和国际化，经历了“去乡土化”，我们才会回过头来要求“再乡土化”。去乡土化让我们有了身份，因为有了身份，我们才进入了广阔的平台，因为要在这个平台上和大家取得一致性，我们慢慢地丢弃了自己的个性，去乡土化，去地域化，去剧种化，去方言化，去声腔化，久而久之，我们就自觉不自觉地同质化了。当汉堡包、星巴克在全国达到极度饱和点的时候，也就意味着我们的茶坊、地方餐饮要慢慢开始回归了。

我们今天办研修班，来自各地的老师、学员和大家分享各自的创作经验与所得，大家获得各自新的起点，然后以一个最新的姿态再投入到创作中去。我觉得最重要的起点就是我们今天以什么样的文化姿态来从事文艺创作。我最新的思考就是再地域化、再剧种化、再方言化、再声腔化，我归纳概括为再乡土化。因为乡土，使我们各自成为各自；因为乡土，我们才在共有的平台上获得了身份。但是随着城市化、商业化、现代化、国际化的进程，我们原来的身份感越来越模糊了，所以今天当我们已经完成了共有的身份认同之后，我们要更加自觉地来寻找自己曾经遗失了的、模糊了的、淡化了的身份感。谁能够找到这种身份感强烈地体现出来，谁就能获得现代的认同。而寻找这种身份感，它不是简单的倒退，它是经历了现代化、城市化、国际化之后，在接受了共有的价值观、审美观、现代观检验的背景下更加自觉地提炼出自己的个性特点，而不是简单地倒回去。所以也只有在今天，只有在充分地实现了共同化的今天，我们才会更加紧迫地认识到我们原来的个别化的可贵。

今天我们意识到回归的必要，但是还没有创作的自觉。我们的地方戏那就是如此，应该让它回归方言。比如我自己的一个经历，我曾经的一个越剧作品，写柳如是，电视台把它拍成了电视剧，叫越剧电视剧，乔榛、丁建华配音。因为乔榛、丁建华不会唱越剧，再找史济华、单仰萍来配唱，所以声音都是不衔接的。虽然1991年拍的时候，它的收视率达到了一个新高，但观众不是当作戏曲看的。电视台以前都是转播、直播我们的戏曲演出，可乔榛、丁建华一配音，疑似电视剧，只是这个电视剧有时候突然怎么有人唱戏？再一看，是个演员在唱，一会儿不唱了，又来看电视剧了，它争取来的不是戏曲观众，是电视剧观众。

比这个做法更厉害的是黄梅戏，那时候每年要拍好几部黄梅戏电视剧，后来我们就把它称为黄梅戏插曲电视剧，一集有两三次插曲，片头、片尾是流行歌曲演唱方法的黄梅歌，然后中间总有这么一两次对唱或者独唱，都是安徽省话剧团的演员在配音，那个时候也没有人批评，每年飞天奖、金鹰奖也都是这些作品得奖。它就是要去乡土化、去剧种化，不让你看破这是黄梅戏，黄梅戏要躲在后面，偶尔把头伸一下，告诉你我们还是黄梅戏，评奖你还是考虑我是黄梅戏的身份，但是大量的已经把自己隐蔽起来。可是今天这样你看行吗？今天的观众肯定不会认可。如果我们不经过那个现代化、城市化、电视化、电影化的过程，我们意识不到。

淮剧是我起步的剧种，我20岁作为一个知青要离开乡村，要重返城市，我就投身到了淮剧团。30岁，我被吸引、调动到上海工作，我就把淮剧屏蔽了，就不再看淮剧。上海明明有个淮剧团，我6年时间没有看过这个剧团的演出。后来是因为我要从上海越剧院调到淮剧团，看到了淮剧团的处境，我才重返淮剧。重返淮剧不是重返这个剧种，是重新帮助上海淮剧团找回自己的身份，因为90年代初，淮剧正在一个去乡土化的极致当中。淮剧曾经来到上海，因为上海有大量的苏北人群，所以淮剧以自己的苏北剧种的特殊身份赢得了在上海苏北移民的拥戴，随着新中国成立以后户籍制度的建立，外地人在上海落户口、生根、发展已经变得不可能，所以那一代的苏北人逐渐地就本土化了，尤其他们的子孙不愿意承认自己是苏北人的背景，因为苏北人是劳动人群，是作为打工者、外来者被吸引到上海的，大都在上海从事重体力和手工业。而上海人是崇尚科技、崇尚商业的城市，对体力劳动者和手工业者有一定的歧视和偏见，这个移民的后代慢慢地就本土化了，与此同时，这个剧种越来越没有观众了。没有观众怎么办呢？它就去乡土化，让自己像京剧、像话剧、像越剧、像沪剧，像的结果是不但没有获得这些剧种观众的接受，反而也失去了原来的观众。在这个两难的胶着状态当中我来到了淮剧团，我希望淮剧还是淮剧，但是你不要以100年前农耕时期苏北的形象作为你在上海发展的形象。那么，100年前的苏北是什么样呢？500年前什么样呢？1000年前、2000年前是什么样呢？我发现2000年前的苏北已经有了健全的城市，韩信已经可以穿着那个时候的时装，背着那个时候最时髦的宝剑在一个商业的街市上走来走去。那我们能不能回到上海还是一个渔村、滩涂，江南还是一个蛮荒的蛮夷之地的时候，那个时候的文明的苏北？所以我就想给淮剧去重新寻找它的根，寻找它的族群的文化的根，就创作了《金龙与蜉蝣》和后来的《西楚霸王》。这两个戏创作了22年以后，又创作了《武训先生》。新的创作，新的理念，我想22年前的淮剧在上海显得土、显得俗、显得不讲究的这个民俗、地域感、民间感能不能再重新找回来？就1993年我们自觉放弃的那种乡土感，到2017年24年之后我们能不能再重回那个乡土？于是我们去冠县，我们今天回到那儿还能找到当时苏北的乡土感。我跟主创人员说，让我们的表演重回手工时代，不要用转台，不要用歌队，升降台、烟雾这些都不要用，电声更不要出现，让我们的舞台回到手工时代，让我们的演唱回到说唱时代，就像我希望今天花鼓戏回到说唱时代，我希望再听到《打铜锣》《刘海砍樵》，再回到这种声腔的时代。

《金龙与蜉蝣》回到历史的苏北，《西楚霸王》回到文化的苏北，24年后的《武训先生》回到了乡土的苏北。24年的循环正是现代化、城市化在中国飞速发展的24年，24年前小平同志刚刚做过南方谈话，上海浦东刚刚开始开发，那个时候我们要融入上海就是要去乡土化。而24年后我们需要的是乡土的回归，是要找回24年前我们忍痛丢弃的东西。

我要举例说明的另外一出戏是京剧《大面》，我对剧组的朋友说，让我们的京剧表演重回手工时代，让我们的戏剧依靠演员营造，依靠演员的身体和声音。《大面》也是关于兰陵王的故事，浙江京剧团最近在深圳国际会展中心演出，深受欢迎，观众仿佛又看到了京剧对地域感、手工感的回归。这个京剧再不像北京京剧，也不像天津京剧，也不像上海京剧，有点回归南派武生的路线了。

国家话剧院演了同一个题材的话剧《兰陵王》，对于这部话剧，我希望能够回到戏曲艺术诞生之前的表演艺术。我说希望尽可能不要用成熟的戏曲表演，更不要用规范的京剧表演，京剧才 200 年，戏曲也不过 800 年，昆曲也就 500 多年，可是我们表演艺术已经 2 000多年了。兰陵王生活的时代距今 1700 多年，当时已经有非常完整的偶戏、傩戏和宫廷歌舞剧了，那是一个面具肇始也是盛行的时代。宫廷里有偶戏，民间有傩戏，宫廷里还有完整的歌舞剧表演，包括兰陵王自己的故事在隋朝就已经被编排成歌舞剧，就如我们今天的音乐剧，有人物、有服饰、有剧情、有角色、有道具，所有的戏剧元素其实都具备了，只是它没有声腔，它不是戏曲而已，它是古歌舞剧。然后到了李隆基时代，这个天才的艺术家把这个杀伐之音、杀伐之气的《兰陵王破阵曲》改成为仪式感的宫廷雅乐。也就是在李隆基的时代，日本的一位遣唐史来到中国，完整地学习了《兰陵王破阵曲》，并且带回日本。从他回日本的那一代直到今天，这个家族只做一件事，传承《兰陵王破阵曲》。1994 年中日完全开放交流了以后，这个家族曾经去到河北邯郸，在那个荒草丛生的兰陵王墓前演了一出《兰陵王破阵曲》，所以《兰陵王破阵曲》唐代版还完整地保留在日本。王晓鹰导演很理解我，大量地用傩戏、偶戏、歌舞戏的表演，大家如果有机会看到这个晓鹰导演的版本，国话演出的这个戏，你会感觉到很多非戏曲元素的表演艺术，更古老的表演艺术在剧中的运用，所以我希望我们今天的戏剧尤其话剧能够“再戏剧化”。

不经意之间，2017 年演出了三个我的剧本，触及到了三个话题，一个是京剧的再手工化，一个是地方戏的再乡土化，一个是话剧的再戏剧化。世界上没有话剧这个词，在国外就叫戏剧，因为它是国外舞台艺术的主体，由戏剧延伸出了歌剧、舞剧、音乐剧等，而它的主体还是戏剧，就是它可以歌、可以舞、可以唱，也可以不歌不舞不唱只说，它的主体就是戏剧。古希腊戏剧、古印度的梵剧到中国古代的戏剧，中国的古代戏剧也派生出几支，一支叫戏曲，一支叫舞剧，一支叫中国式的歌剧或歌舞剧。

当我们今天所说的话剧登陆上海时，因为它也不唱，它也不舞，它也不歌，所以不能叫戏曲，不能叫舞剧，不能叫歌剧，它光说话，就叫话剧吧。我不知道洪深先生当年命名话剧时出于什么缘由，我倒觉得称之为“话剧”有点调侃的意味。其实它就叫戏剧，不是舶来品，是中国古代就有的样式，2 000 多年前宫廷里就有的，到汉唐它可能叫参军戏，叫歌舞剧，叫傩戏，叫偶戏，它就是中国的戏剧。话剧民族化是一个似是而非的概念，《兰陵王》的演出又引起了话剧民族化的讨论，正像我们今天很多话题都是似是而非的，歌剧也在讨论民族化，一说民族化，就是戏曲化，其实中国古来就有以民间唱法或者通俗唱法为主体的戏剧，它也就是中国式的歌剧。你既然用了西方歌剧的理念，你就要遵从国际通行的歌剧标准，它的标准就是它的方言所衍生出来的声腔，美声唱法，跟它的语言、发声是有密切关系的，因为中国没有这种发声，所以也不会衍生出一种美声的唱法。你既然中国要有歌剧，你就只能以那种标准，中国式的歌剧就是中国的唱剧。所以一说民族化就戏曲化，就是焦菊隐、北京人艺，来点水袖、来点拖腔，弄点写意的布景，就是戏曲化。其实汉代唐代都有戏剧了，我干吗都要这种戏剧化?《兰陵王》首演时，王晓鹰曾经对我说，我们还要不要叫话剧?抑或我们就称之为戏剧，中国戏剧，可以歌，可以舞，可以唱，可以说话。我说真是可以这样，“话剧”这个词就应该放弃了，“话剧”真是一个偶然出现的名词，但这个名词限制我们称之为“话剧”的戏剧。我对近些年出现的方言话剧非常认同，陕西《白鹿原》，再前面的《郭双印连他乡党》，包括武汉出现的小剧场方言话剧、上海的沪语话剧，我都非常认同。湖南我也希望湖南有方言话剧。110 年前话剧到了上海，它很快就方言化了，后来人们不愿意承认这叫话剧，给它取了名字叫滑稽戏，逼着它只能演喜剧，其实它就是话剧的方言化了，滑稽戏很自由，还可以唱，而且不仅唱歌，还唱戏，不仅唱某一个剧种，任何剧种都可以唱，任何地方的民歌也都可以唱，它是大的概念的戏剧，真正符合国际的那个话剧的身份，反而话剧不把它指认为话剧。上海吸收话剧的剧场艺术概念，用自己的方言、地方曲调、地方的声腔形成了独特的地方剧种沪剧，宁波的甬剧、杭州的杭剧、苏州的苏剧、无锡的锡剧、余姚的姚剧等剧种的形成与完善都与沪剧的经历相似，在江南这些剧种统归于滩簧，滩簧剧种因为与话剧早期名称的文明戏有相同的渊源，所以形成了今天“话剧加唱”的风格。

21 世纪第一个 10 年结束了，第二个 10 年也接近尾声。自 20 世纪 20 年代起，是中国戏剧走进剧场艺术的时期，也是各个剧种开始刷身份感的时代。100 年后，我觉得我们要走出镜框式舞台的单一剧场，走向多元化的表演空间。包括大剧院，包括歌剧院，包括镜框式舞台，包括广场，包括厅堂，包括音乐厅，包括各种各样的演艺空间。就像我们去乌镇戏剧节，乌镇的大剧场，镜框式舞台其实是一种补充，乌镇看的其实是多维空间的剧场演出，是一个戏剧的生态性的演出。我们大多数人到乌镇，也不是真的要冲着哪一出戏去的，是去刷身份感的，每年乌镇戏剧节到那儿盖个章，在这儿戳个印，证明我还是文艺青年，还有文艺青年的情怀。你到了中国艺术节、中国戏剧节，刷不出文艺青年的身份感来，是不是？只有到乌镇才能刷出来。

今天，我们不要仅仅把声腔、曲词的写作当作一门技术，要通过这个技术走进声腔、曲词背后的地域、民族、民间、民俗的传统，经由这个传统，走进我们自己的生命，让每个生命更加自觉、更加自信地绽放自我，就如拿到了一面镜子，照见自我，发现自我，发掘自我，发挥自我，发展自我，进而最终成为自我。我们现在都成为他者，不是成为自我，让我成为京剧，让我成为话剧，让我成为歌剧、音乐剧，就是不成为我自己，要让我借助话剧、歌剧、京剧、音乐剧的平台成为我自己。我自己的依据就是我的地域文化，以方言为基础，以我的声腔为基础的文化。

我们不是刻意要保留方言，我们也不是要刻意地传承声腔，我们更不是刻意地要保留剧种，在普通话普及的时代，在世界语普及的时代，在英文通行的时代，我们反而倍加珍惜方言，实际上是保留我们的基因，是保留我们的文化身份，是让我们华夏民族各个地域的人还有交流的价值。正像今天，川菜再好，不可能全国只剩这一个菜系；淮扬菜再好，也不能只剩这个菜系；我还要鲁菜、京菜、粤菜、湘菜，还要在这个基础上发掘出来的湘菜中的湘菜、鲁菜中的鲁菜、淮扬菜中的淮安菜和扬州菜。没有文化身份，怎么能有文化价值？

我们了解现代，了解国际，都是给我们一个视野，最终是要面对自己的背景、自己的传统，乃至于最后是面对自我。淮剧《金龙与蜉蝣》它就是我的生命外化，苏北人进上海的心路历程，把乡土抛下，把父母抛下，去到上海打拼，去到异乡奋斗，心心念念想在上海有个家，想要融进这个城市。为了融进，不着痕迹地融进，还要放弃方言，放弃乡土习惯，精神的和感情的代价都足够大。但是艰难困苦都不能阻止我们进城、进城、进城，这就是20世纪中国人伴随社会城市化的选择，背后有一种悲壮与崇高。其实，《金龙与蜉蝣》所表达的正是这样的属于时代的普遍心绪。

因而每一部作品，每一部代表作，都是我们每一个人的生命外化。谁都帮不了我们，只有我们把自己发掘出来跟人交流，才是最有价值。为此珍惜宝贵的方言，珍惜宝贵的声腔，珍惜宝贵的剧种，因为每个人都有自己的乡土，都有自己的来路，都有自己的背景，不要屏蔽它，也不要去掉这些精神的和血亲的印记，恰恰要发挥它。我们接受杰克逊是接受的那个黑人歌手，你变成白人了，白人也不需要你了，黑人也对你陌生了，你也不是你自己了。就像2016年，美国最火的一部音乐剧是回到黑人没有移民之前的非洲的说唱时代，在最现代的美国纽约大都会的剧场里演出《汉密尔顿》，表现白人的领袖，华盛顿、汉密尔顿的这些领袖开国的故事，用的是黑人的民间的说唱艺术。所以不要鄙薄我们的乡土，越是现代化，乡土越珍贵。在旷日持久的现代化、都市化、国际化之后，让我们重新回归自己的乡土，包括珍视自己的方言，珍视自己的声腔，珍视自己的剧种，以此获得现代人的身份。

（本文为作者2018年7月6日在国家艺术基金“曲词撰写人才培养”培训班上的讲座录音，蒋晗玉校对整理，经本人修订）

新时代的戏剧观

李渔是中国古代著名的戏曲作家和理论家。他有言："凡人作事，贵于见景生情，世道迁移，人心非旧，当日有当日之情态，今日有今日之情态，传奇妙在入情……""世道迁移，人心非旧"，因而，李渔提出：一个时代有一个时代的传奇。"文章合为时而著，歌诗合为事而作"，这也恰与白居易遥相呼应。进而我们理解：一个时代当有一个时代的戏剧。今天，面对"千人计划"的青年学员们，我们一起来探讨当下时代的戏剧。青年固然不是观念新旧的标志，但是从来没有说哪一个时代的时代精神是由那个时代的中老年来传达的。青年是时代的弄潮儿，青年是时代的晴雨表，任何一个时代的精神都是由那个时代的青年人传递的。所以今天青年戏剧人是什么姿态，未来历史上所记录的这个时代的戏剧理念、戏剧情态就是怎样的样貌。笛卡儿说："我思故我在。"我们不妨将其转化为"我在故我思"——我来了，不仅仅是来刷存在感，不仅仅是来寻找结伴同行的朋友的，我来了，是要参与思考的，是要共同担负责任的。由"我在故我思"再回归到"我思故我在"——"我"的思索、"我"的担当、"我"的奋发和行动，才增强了这一代人的存在感；一代人只有创造出不同于前人的艺术，才足以证明这代人存在的价值。

不管你是哪个年代出生的人，我们行走到当下，每个人在他的人格素质中、在他的教育背景中、在他的文化趣味中、在他的职业爱好中，都不能摆脱三个源流对我们的滋养。当代的文艺作品同时也面临着三个评价标准，而这三个评价标准就是我们每个人都接受的三个文化传统。这三个文化传统曾经是割裂的，甚至于曾经是用某一个传统所形成的标准去影响、抵制其他的标准。而今天，这三个标准、三个传统融汇在一起了。

第一个传统就是我们中华民族几千年来构成的优秀传统文化的传统。这是我们每个人的文化背景。我们哪一个人没有读过唐诗宋词？哪一个人没有过过中秋节、端午节？哪一个人意识当中没有忠孝节义、修齐治平？它无论是进步的还是保守的，无论是文明的还是野蛮的，作为我们民族的文化传统，它生生不息地就流淌在我们每个人的血液中，我们没有任何办法把它解析出去。当然，中华民族的优秀文化传统也是建立在各个民族、各个地域、各个多元的文化背景中的，是各个民族、各个地域不同的文化，共同构成了我们共有的中华民族传统文化。所以这个传统我们是不可能摆脱的，尤其是作为当代的中国人。

第二个传统就是以欧洲文艺复兴为标志的现代文化传统。我们哪一个人幼年没有读过《格林童话》《安徒生童话》？哪一个人成年没有看过好莱坞电影？哪一个人没有看过西洋油画？哪一个人没有听过西洋音乐？作为戏剧人我们哪一个人又没有受过莎士比亚、易卜生戏剧的影响？所以，以欧洲文艺复兴为起点、为标志的现代文艺传统也是我们每一个人文化背景中的一种营养。

第三个传统是源自“五四”新文化，曾经形成过新文学的革命文化传统。这个传统的滋养曾经推出过左联这样的文艺团体，后来又经由了延安文艺，逐渐地成为一个革命党进而成为一个执政党的文艺理念。尤其是70多年前毛泽东在延安文艺座谈会上的讲话，又对这种政党所代表的一个时代的文艺思想做了最为理论性的、学术性的表述。随着这个革命党后来成为执政党，随着这个执政党所要建立的一种新的时代价值观念，由此催生了大批艺术家和艺术作品。我们哪一个人没有听过田汉作曲、聂耳作词而今定为国歌的《义勇军进行曲》？哪一个人没有听过钢琴协奏曲《黄河》？哪一个人没有听过民族歌剧《白毛女》？哪一个人没有听说过郭沫若、茅盾、巴金并且看过他们的文学作品？作为戏剧人哪一个人又不知道田汉、老舍、曹禺和他们的作品？由此，20世纪以来的中国在中华古代文化传统和欧美现代文化传统之外又建立了一个现代革命文艺传统。

在过去的百年间，这三个文化源流所形成的三个文化传统形成了三种不同的文艺评价尺度。在不同的历史时期，这三个传统的表现又不尽相同，此消彼长、有起有落。同时，在过去的近70年间，我们又经过了四个以“新”为标志的时期，在四个不同文化时期，三个源流的表现都是不一样的。

一、 新中国、新时期、新世纪与新时代

1949年，中华人民共和国诞生了。它不是一个简单的政权的更替，它更是一种新的文化、新的价值观、新的文艺观、新的审美观的全新的开始。从新中国成立到1966年，文艺界称之为“十七年”。我们今天回顾“十七年”，且将这“十七年”年冠名为“新中国”时期。那是个日新月异、全面更新、激情澎湃的年代，我们要做新中国的戏剧、我们要做新中国的文艺工作者、我们要做新中国的少年儿童……各种各样的社会情态，都是以新中国正在建立起的一种观念、思想、标准去被激励、被刷新、被评估的。

新中国也有过开放的阶段，新中国在继承和发展“五四”新文化传统的同时，也在接受着俄国古典文学和前苏联文艺的影响，分享着欧洲文艺复兴运动以来的创造成果。新中国“十七年”也曾经有过对传统文化非常尊崇的阶段。但是随着越来越接近“文革”，新中国的文艺标准越来越意识形态化、越来越概念化、越来越工具化，到了登峰造极之时就出现了“8亿人民8出戏”。再高的艺术手段、艺术创造都被作为政治宣传的载体。“十七年”我们也出现过“戏改”运动，改戏、改人、改制，改的动机是希望它有时代感，希望它形成新中国的新文化。“戏改”时期，那时的确创作并留下了大批艺术财富，乃至于我们今天各个剧种的代表剧目、代表声腔，代表人物包括编、导、演、音、美等，由“十七年”所树立的标杆仍然在影响着今天。今天再回忆新中国文艺作品的气质，正如河南豫剧《朝阳沟》、北京评剧《小二黑结婚》所展现的那样，蒸蒸日上的新

中国，充满朝气，充满热情，人们整天都很兴奋地要创造一种新文化，要表达一种新思想，从这些作品中大家都能感受到新中国“十七年”文艺作品鲜明的时代特征。

“文革”过去，迎来了“新时期”。我们说新时期的文学、电影、戏剧，通常潜意识当中划定的范围就是20世纪八九十年代。如果仅仅是80年代的戏剧，我们好像还有一种说法称之为“探索戏剧”时期，在文学界也叫“反思文学”时期，由伤痕文学、寻根文学所构成。八九十年代也有一种文艺风气，有一种思想的开放格局，有一种对传统的反思意味，有一种对世界的国际的文化思潮、文化现象、文艺作品迫不及待的吸收、吸纳、借鉴的胸怀。同时新时期又特别地强调对人的尊重、对人性的尊重、对人性化创作的尊重。所以到了新时期，艺术的格局越来越开阔，对艺术样式的探索也越来越深入。小剧场戏剧被引入，并大胆尝试；对戏曲舞台的多功能开发和对综合艺术外延的拓展也开始了，一批艺术家，作为那个时代的领航者，完成了一批带有某种实验意味的作品。新时期不仅仅是一种思想观念的时间标志，也是一种艺术手段探索的全新阶段。这个时期紧接着是随着千禧年到来的“新世纪”时期。迈入新世纪，人们不约而同地开始了一种对历史的反思，新时期那种在形式上对外来艺术思潮的借鉴，有了一种突然熄火的感觉。八九十年代那些作家艺术家虽然并没有停止他们的创作，可是进入新世纪以后，他们作品的影响力不如当年了，且经常暴露出各自的短板，出现了有失水准的作品。坚持风格的那些人你会觉得他重复自我，寻求变化的人你又会觉得其不得要领。例如电影界，八九十年代，作为新时期代表人物的第五代导演，在进入新世纪以后都在努力实现新一轮国际化、商业化的探索，就出现了类似于《无极》《满城尽带黄金甲》《夜宴》等这样一批作品，这些作品跟他们八九十年代的作品风格很不一样。新世纪联合国建立了非物质文化遗产的名录，客观上在人类现代化、城市化、国际化推进发展的同时，开始了强调各个民族、各个国度、各个地域的文化传统的个别性和多样性。呼唤各个民族、各个地域文化传统的回归。记得2000年前后，昆剧演出正可谓是门可罗雀，真的是台下人往往没有台上人多，台下的人也是白头发比黑头发多。可是这几年境况大变，上海昆剧团在广州演出单场票房可以卖到100万，在上海大剧院演出，三场票价累计超200万，青年昆剧表演艺术家张军的昆曲个唱，单场收入超过700万，进场观众10 000多人。进入新世纪十几年的时间，和新时期那种对传统解构重建、对传统不屑一顾，仅仅十几年时间就变成这样一种景象。

这几年出现了我们使用频率很高的关键词——“新时代”。新时代，我们潜意识当中从习近平总书记主政的年份开始。一路回望，从新中国到新时期到新世纪到新时代，有一种可以意会也可以言传的思潮与风格的差异。在感受到当下文化风气与过往的差异性的同时，我们今天是不是也面对着与前三个时期不太一样的理论尺度呢？如果是，那么什么又是今天新时代文艺创作所要凭借的理论标准呢？我们真的不能不思考这样的问题。

二、从“三江汇流”到“两创思想”

“三江汇流”即中华优秀文化传统、西方现代文化传统、中国革命文化传统三种传统的交汇、融合。在这四个不同的以“新”冠名的时期，三个传统表现是不尽相似的。在改革开放年代特别强调对人类文明、普世价值的尊重，借鉴、引进。在我们相对比较保守、相对比较强调威权、相对比较强调思想统一的时候，我们可能比较强调革命文艺传统。就像“主旋律和多样化”刚刚提出的时候，也有理论家、实践者表示疑惑，究竟是要坚持主旋律还是要提倡多样化？那时候是有权威解释的——两者没有轻重，并列并重。因为要坚持主旋律必须提倡多样化，提倡了多样化就必须坚持主旋律。我们还提出过三并举——传统戏整理改编、新编历史剧和现代戏创作，而在实际创作中不同阶段也会有不同侧重。我们面对着这种不断变化着的历史时期要不要有自己基本的理论准绳？我想一定要有。

这个时代真正客观的、比较接近真实和真理的文艺观是否存在？我想一定是存在的，只是我们怎么认识和感悟它。我个人的体会就是“三江汇流”。在过去一百年间，这三个文化渊源、这三个文化传统形成了三种不同对文艺评价的标尺。但这三个评价标尺常常是相互矛盾的，甚至于曾经是用某一个传统所形成的标准去影响、抵制、批评其他的标准。我们对待传统的态度也走过了一个抛弃传统——尊重传统——思考传统的过程。在今天，任何一个人都不可以简单的用一种文化传统、一种理论标准去判定当下的创作。作为我们创作者，更不要因为在某一个阶段，某一个人或者某一群坚持某一种“传统”立场各不相同的人，对某一部作品的某一种或褒或贬或捧或杀就改变了你的艺术直觉。你的，我的，我们每个人的艺术直觉其实都是源于这三种传统长期滋养而形成的。所以相信我们自己最重要、最真实的艺术直觉，它才最有可能接近作品的真正价值。我们经常会看到一部作品、一个文艺现象、一种创作构思在不同的理论家、不同人的眼里会得到截然不同的评价，有的时候会觉得看不懂。有的时候同一个评论家，评论这部作品的时候他拿这把尺子，说得头头是道；面对另外一部作品的时候拿出另一把尺子，也说得入情入理。你把他在不同的地方，对于不同的作品的不同评价拼凑在一起的时候，你都不知道他究竟秉持着怎样的理论标准，究竟想说些什么。这样的人在今天为数不少，你说他是投机者也未必，他就是不同的时候接触了不同理念，他就是像使用工具一样，用一个理念解释他看到的文艺现象。而这样的批评者所运用的理论标准是单一而有失公允的。在当下，我们需要用这个三种传统汇合以后，融合在一起形成的新时代文艺观念来作为评价的标准。

“三江汇流”汇到哪去啊？从我们个体来说，汇到我们的内心，它是我们的学术背景，是我们的教育背景，它形成了我们的个性和素质，转化为我们的视觉、听觉和感觉，让我们很真诚、很直觉地去观看文艺作品，观察文艺现象。“三江汇流”，对我们每一个文艺人个体来说，形成了我们具有时代感和当下感的直觉与判断。

这三种文化汇合在当下，要实现一种转型，这个转型要创造出属于新时代的新文化。它既是古典的，又是国际的；既是人类共有的，同时又是具有中国风格的。

如何实现它的转型，从理论上来说我特别认同“两创思想”，即

“创造性转化，创新性发展”。这是由习近平总书记在2014年10月15日在北京文艺座谈会上的讲话中所提出的，那是这10字第一次被提出。当我看到这10个字时不禁怦然一动。我觉得这10个字所代表的是一个时代艺术的导向，是对文艺创作文化发展的一种科学的全新认识。2016年12月1日，全国第十次文代会、第九次作代会召开，我有幸身临现场坐在主席台上聆听习近平总书记的讲话。这次的讲话中，“创造性转化，创新性发展”已经变成文艺创作文化发展指导性的纲领。“两创”的观念在我的理解中就是“转型”的观念，是指经由转型创造出属于新时代的新文艺。创造性转化、创新性发展，同时也表达了我们对待传统文化、外来文化包括革命文化的态度，由这三种文化所积淀的文化传统转化创新为具有新时代特征的当代文化。

如果我们用“三江汇流”的意识，用“两创思想”的观念来看待和评价我们今天的文艺作品，我们这把尺子就是科学的。站在“两创思想”的高度来回看“三江汇流”，才能看得到时代的高度，才能产生艺术的高峰，才有和这个时代相适应的开阔的艺术胸襟和宏伟的精神格局。

三、“两创思想”与现代戏曲的新突破

2017年，习近平总书记在十九大报告中有专门针对文化和艺术工作的指导。其中有两个关键点。第一，提倡现实题材创作；第二，提倡四个讴歌创作——“四个讴歌”即讴歌党、讴歌祖国、讴歌人民、讴歌英雄。“现实题材”创作和“四个讴歌”创作无疑是当下文艺创作的“主旋律”。但是如何准确和深刻地理解“现实题材”和“四个讴歌”的创作，应该说还是需要有一个深入的过程的。最近我也在思考，从“两创思想”的提出到“现实题材”的提倡，怎么理解其中蕴涵的逻辑？结合中华传统戏曲文化的“创造性转化”和“创新性发展”，我想到了传统戏曲向现代戏曲的转变，想到了我们曾经所共同跋涉的戏曲现代化之路。

戏曲现代化的道路，从20世纪就是我们的理论和实践不断思考

和推进的焦点。这其中有表现形式上的探索，这种探索从梅兰芳时代就开始了，梅兰芳先生为首的“四大名旦”都有过要突破传统表现现代生活的尝试。二三十年代的上海更不缺少表现当下生活的内容，把游泳池造在台上，把吉普车开到台上……这些前人全部都实践过了。以“四大名旦”为引领的戏曲艺术家们都在现代化、都市化、国际化方面作过积极的努力。尤以梅兰芳的表演进入了现代表演艺术的范畴，他已经不是从题材选择上进入“现代”，而是从审美上真正进入了“现代”。梅先生留给我们的三出经典，《天女散花》《贵妃醉酒》《霸王别姬》，是不是很符合新世纪以来流行的极简主义的审美观？但我们的戏曲更需要的是从表层上的表现现代到终极目标上的具有的现代审美观和价值观。因为任何一个艺术门类真正的突破，也就是真正的转型要看能不能表现当下生活的现实，进而通过表现揭示出现实的真实。就程式化的戏曲艺术而言，我们的现代戏在表现当下生活这方面，从梅先生到现在，近百年来还没有完成破题。当我们传统的程式化的审美和创造规范在表现现代生活面前捉襟见肘、无能为力之时，我们还怎么坚持着传统戏曲的审美意韵，同时又用这种“意韵”表现现代生活？很难。传统戏剧的程式体系，在表现现代生活时有大量天然的盲区，而在表现民国之前的生活时，这种障碍应该说几乎没有。

传统舞台上以鞭代马，现代戏舞台表现坐火车、开轿车就没有办法了。黑马鞭代表黑马，白马鞭代表白马，如果拿一个方向盘上台能表现这是宝马、奔驰、桑塔纳吗？传统舞台上楼下楼可以走出许多身段来，店小二有店小二的走法，武松有武松的走法，西门庆有西门庆的走法，可我们今天上电梯怎么表现？所有的身段用不上。出现盲区，艺术就有破绽；出现破绽，这门艺术就面临革命性的改革。如果我们仅仅创作历史剧，仅仅表现古人的生活，我们不需要革命依然得心应手，但搞现实题材，就必须通过现实题材实现戏曲表现力上革命性的突破。

现在就是时代在倒逼艺术家，就让你搞现实题材，看看戏曲能不能通过现实题材来实现革命性表现现代生活的实质性突破。

这个突破就是——现代戏曲。我们现在没有现代戏曲，只有现代题材的传统戏。但现代戏曲不是现实题材的“传统戏”，不能是表现内容是现实的，但表现形式仍然是“传统”的那套东西。如果我们用的手段，我们的创作方法都是属于“传统戏曲”的，只是用了现代题材，就不是现代戏曲。真正意义上的现实题材戏曲创作，是有一定科研意味的、是有一定攻关意味的、是有一定实验探索意味的，需要我们的创作者和理论者沉下心来，真正地走进现实，创造性地结合戏曲的表现手法，实现戏曲的现代表达。

我们从新中国走进了新时期，从新时期走进了新世纪，从新世纪我们试图走进新时代。而新时代对戏曲的要求是什么？是用“两创思想”看“三江汇流”，以“三江汇流”推动“两创思想”所指导的实践，推动戏曲再一次的转型和发展。犹如古典舞催生出现代舞；犹如唐诗催生出宋词，经由现实题材的创作催生出现代戏曲来，而这才是我们关注现实题材的目的所在，也正因此，戏曲现代戏，尤其是现实题材戏曲现代戏的创作绝不是一件轻而易举甚至投机取巧的事情，而是一场事关戏曲变革艺术发展文化进步的严峻课题与才能挑战。

（原载 2018 年第 7 期《福建艺术》杂志）

当代戏剧版图上的福建戏剧

——寄语福建青年戏剧家

福建戏剧是一个独立的存在。一方面，它融入中国戏剧的大版图；另一方面，它又有自己独特的色彩、色调、风格和气质。福建戏剧正因为有它独特的个性，才显示出独立存在的价值。而其中尤其令人尊重的是，它在自己漫长的演进历史中始终不被任何时期的所谓主流戏剧、所谓时尚风潮所同化，但是，它的独立存在又是能和全国戏剧的大循环相沟通、相融洽的。在这样的前提下，福建戏剧显示出了它在传统、创新、人才等诸方面的独特性。

我看地缘意义中的福建戏剧。从地缘意义上看，福建戏剧有着深厚的中原文化传统。有的时候，我们看福建的戏剧作品，甚至能够看到中原地区的深厚文化传统。虽然，舞台上的方言不是中原的，可它的气质风范、文化传统、道德准绳，乃至于它的美学风度，都是属于以汉民族文化为象征、为代表的中原文化的渊源。与此同时，由于中原文化向福建地区的延伸渗透，中原文化与闽南地域文化在这里相互融合，又使得温良敦厚的中原文化风范中融入了闽南文化的某一些地域神采。这种神采，使得福建戏剧的整体气质在厚重中有灵巧、浓烈中有淡雅、庄严中有戏谑，所以，福建戏剧的风华特质是独特的，它的独特性也影响了一代又一代的戏剧人，影响了一代又一代的福建戏剧，并且逐渐地形成它一以贯之的戏剧传统。今天，我们在当下语境、当下审美中传承福建戏剧，不应该忘记自己的来路。当我们强调福建今天的地方戏，比如闽剧、高甲戏、莆仙戏、梨园戏，与今天中原地区尤其是河南的地方戏，比如豫剧、曲剧、越调、弦子时，容易为了区别两个地域的地方戏的风格而忽略了我们曾经彼此共有的传统——那就是中华文化尤其是中华文化的汉文化所发展而来的悠远的民族文化传统。我们在继承这种文化渊源感的同时，也不能忽略了由客家文化所形成的今天的客家人的文化趣味、文化图谱、文化色块和文化色调，它与当地的土著文化、民间文化，包括与当地的商业文化、市井文化所结合而产生了当下呈现在我们面前的传统。地域、地缘有时候是一种看不见的传统。正如我们今天的戏剧创作，如盐入水般地渗透着曾经的传统戏剧，比如南戏、杂剧、传奇的传统，尽管在当下的创作和演绎中很难自觉地意识到，但不代表它不渗透在我们的意识当中。所以，当我们认识到这种传统的丰富性，就更容易地认识到陈仁鉴、郑怀兴等戏剧家们的戏剧风格在近几十年中的呈现。在他们的戏剧风格当中，其实也可以窥见我们所意识到的属于这个地缘的特殊的文化构成和历史源流。认识到这一点的目的，并非要回到我们的来处，而是要带着我们的身份感更好地立足当下、走向未来。

我看文学意义中的福建戏剧。当代戏剧版图上的福建戏剧也是文学意义上的福建戏剧。对于从事戏剧文学创作和戏剧文学评论与研究的青年朋友来说，耸立在我们面前的戏剧文学家，特别是福建的戏曲作家，是有一些高峰式的作品和界碑式的人物的。比如，属于福建也属于中国的陈仁鉴先生，他所创作的《团圆之后》《春草闯堂》，这些剧目就渗透着深厚的中国古典戏曲文学的精神，它一方面揭示着时代的精神，另一方面也发掘着普遍的人性。陈仁鉴先生的《团圆之后》和《春草闯堂》之所以产生如此广泛的影响，依靠的绝不是表面的时代的图解，也不是有意识的文学跟风，它们在那个时代对传统的反思，尤其是对传统专制意识的反思，对人的情感和天性的释放，对人的自然人伦和感情的尊重，都代表着那个时代中国的文学高峰。它是戏曲文学的高度，也是戏剧文学的高度，与此同时，它还是那个时代的中国文学的高度。当他们以中国戏剧的审美方式走出国门、走向世界的时候，它所能激起的那种思想的、情感的、人性的共鸣，也同时融入了世界文学的洪流。在很长的一段时期内，福建不断地向中国戏剧文学奉献着它的杰出作品和杰出人物。20世纪五六十年代是一个思想解放的年代，也是一个从深重的封建传统文化走向现代文明的时代，福建幸运地出现了如陈仁鉴先生这样的戏剧文学大家，代表了那个时期戏剧文学的福建高度，也代表了那个时期福建文学的中国高度。20世纪的八九十年代，曾经以散点式的个体剧作家出现的福建戏剧形成了它的戏剧文学团队，建立了武夷剧社，集结了一批当时风华正茂的、与我差不多属于同龄人的一代青年剧作者，如郑怀兴、王仁杰、周长赋、郑道贵等。在那个思想解放的特殊时期，福建戏剧文学又向全国贡献了一批优秀剧作和优秀人才，尤其是以他们的新编历史剧为代表的历史题材创作，代表着当时中国文学的最高水平。受他们的观念和意识影响，全国的戏曲文学创作纷纷关注福建标准，而福建这些优秀剧作，也启发着当时中国戏剧的历史剧创作，启发着当时的中国影视历史题材创作，甚至小说的历史题材创作。回顾20世纪的八九十年代，以一批50年代前后出生的剧作家为代表的创作群体，繁荣了戏剧文学的创作，推动了戏剧文学的发展，并成为中国戏剧文学一个时期的记忆。这批创作人才，对上沿传了陈仁鉴先生那代人的戏剧文学创作传统，同时，他们的戏剧创作格局又更加地打开，吸收了当代文学、当代戏剧，包括当代世界现代戏剧的成果，在观念、技法以及舞台呈现的设想等方面都留下了一个时期的文学印记。这个印记既来自剧作本身，也来自因这些剧作而催生出的舞台变化、演员成长、剧种创新发展等方面的经验。有的时候，会出现一种特殊的现象，剧作家本人可能寄予一隅，比如郑怀兴生活在仙游，王仁杰、王景贤生活在泉州，但都不影响他们的剧作所带动的那个偌小的剧种、偌小的剧团产生全国性的影响，甚至引领全国戏剧的潮流。比如，郑怀兴和仙游莆仙戏的合作、王仁杰和泉州梨园戏的合作、王景贤和梨园木偶剧团的合作，他们以剧作带动了在行政区划上级别不高、在剧团建制上规模不大、在方言传播上流域不广的这些剧团走上全国的大舞台。所以，戏剧文学的存在不仅仅是剧作本身独立的存在，也不仅仅是福建籍的剧作家对福建地方的贡献，它也使得福建成为一个戏剧文学的输出大省，福建的戏剧创作很少引用外援，倒不是它拒绝外援，而是它自己的生产力足以支撑本土的创作，并且足以带动这些剧团产生全国性的影响。

我看当代意义中的福建戏剧。不管我们从何处来，我们带着什么样的传统、什么样的背景，我们当下都共同身处于当代。我们所说的青年一代，不仅仅是作为生命意义上的当代青年，也是作为戏剧发展链条中的当代中的一环。当代青年戏剧家要把传统和未来连接起来，就必须提高自己的时代识别感。今天，我们演陈仁鉴先生的作品，尽管它有历史的穿透力，但还是会带着历史的年代感，带着属于那个年龄段的剧作家在那个时代的创作年代感。以郑怀兴先生为代表的一批武夷剧社建立时期的剧作家，尽管他们今天还宝刀不老，创作热情依然高涨，可他们的剧作中还是带着那一代人的文化身份特征，它包含着那一代人对戏剧的理解、对传统的理解以及对时代的理解。因而，他们的剧作所潜含着的剧作家的风格感，其实在某种意义上说就是剧作家的年代感，越是具有这个剧作家的风格，越是具有这个剧作家所处的年代感。那么，我们新时代的戏剧家的年代感又在哪里呢？我以为，这个年代感就是当下感。当然，我们也欣喜地在王羚的《双蝶扇》中看到郑怀兴、王仁杰，甚至是陈仁鉴先生的影子，但是在陈仁鉴时代不会产生这个剧本，郑怀兴这个年龄段的剧作家也不会写出这个剧本来。包括王文胜的芗剧《保婴记》、曾学文的高甲戏《大稻埕》，这样的作品既是最传统的，又是最现代的，某种意义上它所选取的题材不仅比郑怀兴这一代剧作家更民间、更传统，甚至比陈仁鉴先生这一代的剧作家对传统的世俗感、市井感更自觉地提纯和保留。与此同时，它又是当下的审美、当下的价值观对民俗的、民间的、市井的故事的提炼和表达，所以它具有那种非常鲜明的当下感。比如，我们欣赏曾静萍的表演艺术，反复强调她对传统表演艺术的手工时代的自觉回归、对现代的综合艺术的提炼以及高度的简约，反复强调她的传统性，其实，我们换个角度看，她的表演有着非常鲜明的当代艺术的特征，不仅具有极简主义的美学观，同时还有当代艺术家个体的、自我的那种行为艺术的特征。从编剧到演员，我们已经看出，他们从深远的传统走来，又非常自觉地融进了当代。因此，他们的剧作和表演就有着非常强烈的当下的识别感。所以，我以为，当代意义上的福建戏剧至少包含这些层面：第一个层面，是戏剧观念转型的层面。福建戏剧不可能停留在某个断代史上，不可能停留在20世纪五六十年代，也不可能停留在八九十年代，甚至不可能停留在新世纪以来的某一个年份，它必然是不断向前发展的。而到了当下，我们就不可避免地要运用“两创”思想，也就是习近平总书记2014年在北京文艺座谈会上首次提出的创造性转化和创新性发展的理念，这个理念是一种转型的理念，这种转型不仅是中华传统文化向现代的转型，也是外来文化向中国的转型，是革命文化向大众尤其是向当代青年的转型。当代福建戏剧文学已经没有了20世纪五六十年代和八九十年代对全国的引领作用，但是它正在酝酿着一种东西，这种东西蕴藏在《双蝶扇》《保婴记》《大稻埕》等一批具有岭南文化传统的作品之中，中原文化的传统已经逐渐渗透在福建地域文化的传统之中，形成了它独特的风格，并与今天中原地区的文化色块区别开来，是在这个传统上又往前延伸而形成的当代艺术中的戏曲艺术，它是一个戏曲形态、戏曲观念、戏曲文学意识的转型。第二个层面是人才转型的层面。并非年长的人一定代表着保守，年轻的人一定代表创新。有些年长的人，比如我所认识的福建戏剧理论家陈贻亮先生，我认识他时他已经是一位长者前辈，但1993年在我的《金龙与蜉蝣》的研讨会上，他第一次提出“戏曲要打回城市”的理念，认为戏曲又从城市退回到乡村，并提出戏曲要重新占领城市。这些年来，他的那种神态、那种手势、那种豪情一直激励着我。他是一位年龄上的“老者”，却引领了最新的观念；而有的创作者很年轻，但却像个“遗老遗少”。所以，年龄固然不是观念的象征，但是我们从来没说过、也从来没有看到过，一个时代的精神是由那个时代的“老人”来传达的，我们说的“五四”精神，说的就是那个“五四”时期年轻人的精神，我们说的新时期的中国文学艺术，就是新时期的以年轻人为主体的文学艺术创作。任何一个时期的文学艺术风气都是由那个时期的文学艺术青年来传达的。所以，今天福建戏剧界年轻人的姿态，就是今天福建戏剧的姿态，若干年后我们回望今天的时候，如果这一代人传达的狭隘的地域观念是不能和大循环交流起来的地域观念，那它就是狭隘的观念；如果这一代人秉持的是一种保守的观念，那么在中国戏曲大的进程当中就会看不见福建这代青年人的作为，甚至于要让老一代继续来屏蔽并代表着这个时代而不是让他们的创作融进以青年为主体的时代。因而，我们寄望当代福建戏剧版图中的年轻戏剧家，在戏剧文学、舞台艺术、表演艺术乃至于戏剧运作、戏剧介质的传播方式上有新的作为。这个作为，也有一种检验标准：第一个标准，它有没有代际感，是不是属于这代青年的独特的作为；第二个标准，它是不是有识别感，在全国的大版图中能不能看到福建的色调和色块，以及在这个大版图中它是不是一抹亮色。如果我们有了代际感，有了识别感，那福建戏剧的青年一代就是有为的一代。

期望青年一代的福建戏剧家关心地缘意义、文学意义以及当代意义上的福建戏剧，并在这个过程中找到自己创作的方位感和方向感，找到当下的代际感和识别感，以一种开放的、卓越的姿态去开拓当代中国戏剧版图上的福建版块，让福建戏剧再次成为中国戏剧版图上的一抹令人瞩目的亮色。

（原载《剧坛》2019 年第 4 期）

当戏曲成为生活方式

20 世纪 80 年代初，我在上海戏剧学院学习期间接触了各种中外古今戏剧理论，可是这 30 余年来，对我产生重要影响并直接指导我创作的就是李渔先生的几句话："立主脑""密针线""减头绪""脱窠臼""贵显浅""重机趣"。我想来想去，我写任何剧本都是这几句话在检验我自己，写完了之后，这几句话再来衡量我自己，去看别人的作品还是这几句话，所以李渔先生真正是我专业上的学术导师，我深深地表示对李渔先生的敬意。另外李渔先生"昨日是昨日之情态，今日是今日之情态"，"世道迁移，人心非旧"，"故一代有一代之传奇"，这么多年来我们致力于推陈出新、继承创新，李渔先生在 300 多年前，都讲得很清楚了。

李渔先生也特别有预见，假如他知道今年挂牌文化和旅游部，应该会心一笑，因为他是最早把文化和旅游结合起来的人，而且结合得非常之好。我记得我在读书的时候，有些教授对李渔先生的剧作不以为然，觉得他的作品和元曲四大家和王实甫、汤显祖、洪升等剧作家相比有距离，有点地摊文学、通俗文学的意思。但是我们这么多年检验下来，我觉得这也是一个境界，用今天的话讲，李渔的作品是以人民为立场的创作，他是考虑到作品的市场性、传播性，所以到今天为止，他的这些作品依然在传播。

戏曲与生活，将这个主题把握得好的还是李渔先生。他是真实地把戏里与戏外、台上与台下、戏曲与生活结合得最和谐的人。他在生活中发现戏剧，在戏剧中发现生活，然后把生活和戏剧加以提炼利用，形成了五百万言的著作，也给我们留下了丰厚的文化遗产。

李渔生活的时代是一个新型城市崛起的时代，因为这样一种新型的商业城市的崛起，聚集了大量的市民，需要适当的娱乐方式，于是聪明的李渔先生捕捉到了那个时候社会风尚和文化消费的特点，不断创排新作品，他与他的家班用了一二十年时间走遍了全国六七成的地方。李渔生在一个戏剧时代，与他同时期也有很多剧作家在市场中找到了存在感、成就感，所以他们与市场的关系也是与生活的关系。

在那个时代，戏曲和生活密切地融合在一起，而且戏曲成为人们的生活方式。如果李渔先生没有戏曲，他的生活不是我们今天所能了解到的那样。那时节，戏曲与普通人之间的关系十分密切，人们不是偶然欣赏一下戏曲，戏曲就在我们的日常生活之中。记得我父亲的晚年几乎每天都在调弄半导体收音机，父亲是河南人，16 岁离开家乡，晚年全部乐趣就是捧着半导体收音机收听豫剧，有时候一天偶尔听到一个微弱的豫剧电台，他就感觉一天非常充实。为了不受打搅，父亲每天坐在阳台上，我们也都不去惊动他，让他老人家安静地搜索信号，希望父亲每天都能听到遥远的乡音。对于像我父亲这样的普通人来说，戏曲就是他的日常生活，就像日常生活中得喝水、吃饭一样。

现在戏曲离我们的日常生活有点远了。我们今天的人，尤其是当下受众与审美的主体“80 后”“90 后”“00 后”们，一年听不到一句戏曲声腔并不影响他们的生活，与我父亲那一代人已不一样，甚至与我这一代人也不一样。我偶尔会在泡澡的时候，会在放松的时候，会在高兴或者忧伤的时候，情不自禁地哼唱戏曲，哼唱自己最熟悉的方言戏曲。我在苏北出生长大，苏北话是我的方言母语，所以淮剧是我本能宣泄情绪的出口，唱淮剧，是我的情感需要和生命表达。

中国戏曲跟我们的生命体验、情感表达已经融合在一起了。所以戏曲不是谁来提倡的事情，而是我们生活当中不可分解的一部分记忆。当然这种记忆今天有点淡薄，戏曲的危机就是戏曲与生活的疏离。因为春节晚会请了几位名角唱了几句戏曲，人们也就听到了那几句；因为戏曲进校园的行政命令，中小学生也被迫听到了那么几句，都不是当代人自觉的审美选择。我想这就是我们所共同面对的戏曲的危机。20 世纪的 100 年里，我们努力走进剧场，走进单一的舞台演出空间——镜框式舞台。100 年前中国只有戏园、茶楼、厅堂、广场、庙台，没有镜框式舞台。这 100 年里我们从乡村走进城市，从广场走进剧场，从戏台走上舞台，规范的剧场模式规范了我们的戏剧样式，也同化着我们的表演艺术。20 世纪的 100 年里，尤其是后 50 年，举国覆盖的评奖制度、会演制度对于戏剧演出的模式化和表演艺术的同质化起到了推波助澜的作用。不同的剧种，不同的表演，放在标配的剧场模式和舞台模式中，使得戏剧创作与戏曲表演越来越标准化、趋同化，戏曲表演不再是自然的表达和自由的状态，从而远离日常生活成为精心为之的仪式。在广场、在街头、在集市、在田垄、在庭院、在厅堂已经很难看到戏曲的演出了。

从乡村走进城市，从广场走进剧场，从戏台走上舞台，这是一个全民的、全社会的城市化与现代化的进程与进步，但是到了 21 世纪，当现代化与城市化已经成为普遍背景的时候，应该提倡把戏剧把戏曲从单一的剧场模式和单一的镜框式舞台中解放出来，让 20 世纪的标准化演出空间成为戏剧戏曲观赏方式的一种选择，而非唯一的选择。有的时候，传播比传承更重要。21 世纪的年轻人，往往通过网络通过自媒体欣赏艺术，这种审美习惯让人们逐渐习惯了个体享受。高铁上的年轻人听着耳机，也是一种欣赏艺术的方式。所以戏曲需要再一次解放自己，让自己从单一的演出空间中解放出来回到日常生活。中国戏曲的兴盛依赖传播方式的与时俱进，虽然李渔先生那个时候没有互联网，但有与当时生活相匹配的关联。我最近才猛然意识到我们花 100 年殚精竭虑终于完成了从广场艺术、厅堂艺术、庙台艺术向单一的剧场艺术的转换，但是当这种转换完成以后，忽然觉得单调了，单调的戏剧演出空间制约了观众欣赏戏曲渠道的多样性。让戏曲重新回到生活的重要选项就是让戏曲获得更丰富的传播方式。因此，当我们重新回顾李渔先生曾经的戏曲艺术的繁华岁月，联想到我们今天的戏曲的生存窘境，不禁想到我们当下对待戏曲所应当抱持的态度，是否应该反思一下我们已经习惯了的想法和做法。走出单一的戏曲演出空间，在多维的表演空间里，呈现多样化的戏曲表演，进而在多样态的观演关系中，推动戏曲再度回到日常生活。

（本文为2018年11月22日“李渔戏剧周”主题演讲）

我所理解的舞台美术

一、 什么是剧场艺术?

戏剧是一种表达情感、抒发情怀的手法，是人与人之间的一种交往方式。当代剧场形式源于欧洲，镜框式舞台是当代剧场的一个重要表现，已逐渐成为21世纪评价戏剧的重要标准。

在欧洲，剧场艺术已成为人们生活方式的重要组成部分。在中国，剧场艺术对中国戏曲的发展，尤其是对中国舞台美术的影响，是最为根本的。20世纪的中国戏剧人做了一件事——走进剧场，把我们本来的厅堂艺术、庙会艺术、广场艺术、宫廷艺术，等等，统统在归拢于同一个集散地——剧场。

人类舞台艺术风格的发展不是一个革命性的过程，而是一个缓慢积累的、由量变到质变的过程。就像一个古老的城市，这个城市当下的面貌可以追溯到一百年前、二百年前、三百年前，甚至一千年前，也许一千年前这个城市的布局依然可以与现在这个城市的主干重合。对于中国当下的剧场艺术而言，我们首先应该反思的是：造了这么多的剧场，我们真正进入剧场了吗？并没有。当镜框式舞台已成为对我们想象力、创造力的一种制约，我们在21世纪的任务就是走出镜框式舞台，走进当代剧场。

比如，最合适《牡丹亭》演出的环境是厅堂。因为它本就是一个适合小剧场演出的剧目，如果把它放在大剧院演出，台上台下坐了成百上千人，那它所营造的独特戏剧情境以及人物之间的特殊关系也就随之消失了。

戏剧文学催生了戏剧表演，戏剧表演又受制于舞台导演和舞台美术。为适应表演艺术的发展，舞台美术家们不断创造和变换戏剧空间，戏剧空间的变化就是剧场的变化。某种意义上说，一部人类戏剧发展史，就是一部戏剧剧场建筑的演进史。而戏剧剧场建筑的演进取决于舞台美术家，因为舞台美术家的变化使得剧场的架构和建筑发生了变化，进而推动了剧场的变化。

二、 何为舞台美术?

舞台美术不是绘画的技能，而是创造和架构舞台空间的能力。相对于“舞台设计”这个字眼，“舞台空间设计”其实更为贴切。

舞台美术是一个“场”，剧场的“场”，但又并非剧场的意思。它代表着一种气场、一个文化的氛围、一个道德的环境，也代表着一个人性的现场。舞剧《永不消逝的电波》，这样一个红色题材的舞台作品能让如今的 80 后、90 后、00 后看得热泪盈眶、欲罢不能，以至于二刷、三刷的原因是什么? 就在于它所蕴含的一种内在的“场”。这个“场”包括文化的场，这个“文化场”指的是剧中所传达出的浓厚的民国文化氛围。民国时期是上海城市化、都市化大步推进的历史阶段，当时上海的城市质感中既透露着欧洲的气质又散发出江南的气息。整场演出中，我们既可以感受到市井的烟火、城市的风情，也可以感受到通过演员肢体语汇表现出来的那个时代人的人性。这就是“场”——历史的场、文化的场、人性的场。

所以，舞台美术——包括舞台设计、灯光设计、服装设计等，这些元素共同构成的舞台的“场”是极为重要的。舞台美术家在解读剧本的时候，需要发现那个“场”。只有发现了这个“场”，舞台美术设计才不会仅从技术出发，才能生发出一种深层次的原创力量。

三、 舞台空间变革的三个阶段

第一阶段：写实

我为上海越剧院创作的第一个剧目《真假驸马》是一个非常写实的作品。在当时中国戏剧创作的大环境下，“写意”的概念运用得还比较少。投排之后，导演要求把原有的写实结构打碎，营造出一个诗化的环境。这是一次从写实到写意的创作经历。

剧作家不仅要写出传奇的、有意思的故事，还要自觉建构一种空间意识，通过空间意识的建构为自己“有意思”的故事找到一个“有意思”的表达。虽然故事还是原来的故事，但讲故事的方法变了，变成了一种饶有意味的表达，其中有我们看得见的，也有我们看不见的，其根本上反映的是创作者价值观、审美观的转变。

第二阶段：写意

1993 年，淮剧《金龙与蜉蝣》横空出世。当时的戏剧界、哲学界、美学界、文学界都被这部作品所震撼到了。民间流传着这样一句话，“不看淮剧《金龙与蜉蝣》，不知九三年文化新潮流”——九三年的文化潮流是什么？看看这个戏你就明白了。《金龙与蜉蝣》开辟了写意的空间感，将舞台空间由物理的空间变成了一个精神的空间。

第三阶段：现代

进入新世纪，一种具有现代感的舞台观念出现了。一个好的舞台美术家，能够通过文学剧本找到年代感，找到属于那个年代的质感，再用现代人的审美视角去解读、去诠释，于是便萌发出了现代感。

四、 戏剧作品需要有识别感

有识别感的作品，必然是有个性和原创性的。

那么，如何使作品具有原创性呢？我们的创作必须深入生活，从生活中来。哪怕是再优秀的设计师，也必须找到激发自己智慧和灵感的依据，这样才能使作品具有识别感。

甬剧《典妻》完成于 2002 年。当年，这部戏的投资是 88 万元，这个剧团连收发室的人在内一共 38 人，演员不到 10 人，舞台上只用了 4 个演员。有一位评论家评论这个戏为“小剧种大转型”，一次性完成了甬剧由乡村艺术向都市艺术的转化。

五、 提倡三个“回归”

（一）再乡土化

没有乡土就没有地域文化，也就没有各个地域文化滋生出来的民间艺术和地方剧种。那些带有浓厚乡土气息的艺术作品亮相的同时，也亮出了自己无可替代的地域感和乡土身份。

随着城市化进程的推进，我们曾经经历了一个“去乡土化”的过程。“去乡土化”给我们带来了国际化、城市化、现代化的品质感，但也使得人们对于人类文化多样化的意识越来越淡薄。为保护人类文明的多样性，我们需要站在现代化、国际化的角度上去寻求“再乡土化”，寻找每一部作品背后的地域气质和民族气质。

淮剧《武训先生》体现的就是传统文化回归的理念。武训先生是中国传统文化血脉的传承者，他身上这一点具有非常耀眼的现代光芒，我们希望通过《武训先生》这个戏引起人们的共鸣，引发观众乃至社会对传统文化的集体思考。

（二）再手工化

戏剧创作本身是与手工制作相通的——舞台上的一切都需要度身定制。在现代文明的背景下，那些越展示手工时代质朴感的艺术作品，却往往越具有现代感。

（三）再古典化

任何创新都是以回归为驱动力的。创新不是横向的借鉴，创新都带有鲜明的向传统、向地域、向生活、向内心回归的特色。而这个回归是一种原动力，向传统回归的创新是一种积累性的创新，以回归为驱动力的创新才是真正有积累价值的创新。

六、 与学员交流

1. 您刚才谈到舞美创作中的困惑问题，事实上，对于现在的我们而言，最大的困惑正像您说的那样，在创作过程中找不到历史感，最终呈现出来的舞美质感可能跟这个戏本身差距很大，这是大多舞美设计者所面临的共同问题。我们破除这些疑惑应该用什么手段？您作为编剧怎么理解这个问题？

罗怀臻：我想还是有些共通的东西的。每个人都是独一无二的，每个人的理解也是独一无二的，我觉得一次合作其实就是一次寻找生命共鸣的缘分。如果我是一个舞台美术家、一个作曲家，那我一定会去寻找这个剧作家生命中的感动点。也就是说，我要说服自己去探索他为什么写这部作品。如果得到的答案正好也是我的共鸣点，那便是我决定接这个戏的理由。但为了表达我所理解到的共鸣点，我一定要用我的方式来表达，一定要听从自己内心的指令，并不是借鉴某一部成功作品就足够了，而是要创造源于自己内心的鲜明识别感。

每一个人其实都是有自己风格感的，而每种风格感跟每一个人是完全对应的。我说的不一定准确，我都是从气质上来分析。坐下的每个人气质都不一样，如果最后你的作品不能体现自己的气质，那在一定程度上看就是失败了。我有一年带了八个学生，写了八个小戏，最后把名字都封起来，让三十几个同班同学指认，没有一个认错。我在训练这些学生的时候要求他们笔下的每一个人物、每一个情节必须发自他们的内心，要求他们不断追问自己：我真的感动了吗？感动了，再用自己的话语把它写出来。事实上，我们看莫言跟刘震云的作品，或者，同样身为上海女作家，王安忆跟张爱玲的作品，怎么能一样呢？毫无疑问，她们的作品都是好作品，但正是由于作品中传达出的“不一样”的气质，这些作品才是独一无二的，这些作家我们才可以称之为“家”，而非“匠人”。

2. 罗老师您好，请问您在创作一个作品时，从选材、构思、提笔写作到最后立上舞台的过程中，是不是要在内心创建一个世界？您的作品架构是落笔之前就已经确定还是在写作过程当中一步一步确定的？

罗怀臻：这确实需要一个自己认为已经完成的构思。我以为我现在可以写了，以为可以做成分场提纲了，尽管这个提纲不是拿出来给别人看的，但我自己明白其中有几个人物，有一个大概的路线后我便开始写作。但每每真正提笔的时候事与愿违，本来设计是从苏州出发的，最后抬头一看怎么到杭州了？写作的过程是一个自我升华的过程，也是一个本身不由得你不按照它的逻辑走的过程。当然，也有可能本来我要写的是去杭州，结果写成了去无锡，主要因为我在写作过程中不断受到干扰，写作状态不好，无法投入进去。

由于多年创作经验的积累，当一个作品写完以后我自己会有一种判断力，去评判这个作品怎么样，如果明显感到这个作品不好的时候，就会重来。

现在的我有一点点为虚名所累，因为我明白自己在这个行业当中有引导作用，大家已经不那么关心我创作的量了。我现在有点给自我加压，或者说有点自作多情，试图让自己的每部作品必须涉及一个话题，这个话题必须是和当下有关的。

（本文为作者 2019 年 5 月 10 日在国家艺术基金“舞台美术综合人才培养高级研修班”上的讲座录音整理稿）

讲好新时代的中国故事

时间：2019年7月29日上午

地点：中国戏曲学院综合楼三层报告厅

各位好！一年一度的相约，我很重视也很珍惜。去年讲座是7月27日，今天是7月29日，一年时间恍如昨日。今天，虽然我面对的不是同一批学员，但我还是不愿重复去年的话题，我希望把从去年到今年这一年零两天的新的感悟与大家分享。今年的话题跟去年有一定的衔接性，面对今年的学员，我想把去年的话题做一个简略回顾。

温故：如何理解“新时代的文艺观”？

去年我以《来自实践的思考》为题，为五个班的学员做了讲座，这个讲座录音经过学员整理，定名为《新时代的文艺观》，在报刊和网络平台上发表和推送。新时代的文艺观，前提是新时代。新时代毫无疑问不仅仅是一个时间概念，新时代也是一种品质概念，是一种价值观和审美观，所以我们在谈论新时代的时候应该去理解、判断新时代的内涵。我在表述新时代文艺观的时候，侧重讲了三个概念。

三个概念也可以说是我们的三个文化传统，我们今天面对的文化传统跟过去任何一个时期都不一样，甚至于跟新中国成立后的六七十年间的文化语境都不一样。不一样体现在什么地方呢？我曾经把它概括为“三江汇流”。在座的每一个人，我们今天所置身的文艺创作环境，其实是同时面对着三个传统，三个传统也可以说是三个源流，而这三个源流在新时代这个历史阶段汇合了，相互影响，彼此交融，成为我们当下的理论背景，影响着我们的创作，影响着我们的鉴赏，影响我们对作品的评价。

第一个传统是中华古代文化传统。我们是中国人，受中国文化滋养，这种滋养有一些是有形的，有一些是无形的。我们在春节、中秋节、端午节的时候都会产生思亲之念，都会有团圆的诉求，这是在潜意识当中中华文化对我们的影响。我们哪一个人没有念过唐诗宋词，哪一个人的意识当中没有忠孝节义，修齐治平，这是一代一代中华文化对我们的影响，它会影响我们的价值观、审美观、人生观、世界观，也会有形无形地影响我们的创作和对作品的评价，这是我们身为中国人不可能摆脱的一个传统。

第二个传统是欧洲现代文明传统。所谓现代文明传统是以欧洲文艺复兴运动为标志的。我们谁不知道雨果？不知道莎士比亚？谁没有听过小提琴、钢琴，谁没有用过电灯、电器，谁没乘过汽车、火车、飞机，甚至今天我们也记得过圣诞节、情人节了，这些都是以西方文艺复兴为标志的现代文明传输过来的，是我们逐渐习惯了的文化传统，它伴随着物质文明和精神文明深刻地影响着我们。我们的童年，包括在座的父辈的童年也都读过格林童话、安徒生童话，所以我们每个人都没有办法用一台机器把西方的现代文明意识从我们的知识背景中过滤出去。

第三个传统是中国革命文艺传统。今年是“五四运动”100周年。100年前，有感于中国社会积贫积弱的现状，无数仁人志士要打开中国的藩篱，跟上国际社会和现代世界的步伐，发起了既波澜壮阔又深入人心的“五四”新文化运动，这场运动虽然过去了100年，但是其新文化创造的成果直到今天仍也深刻地影响着我们。包括鲁迅的作品，郭沫若的作品，巴金的作品，曹禺的作品，老舍的作品，包括我们听钢琴协奏曲《黄河大合唱》、听民族歌剧《白毛女》，都有一种对于新文化的认同感。这种认同感到了延安时期，经过毛泽东《在延安文艺座谈会上的讲话》理论概括，进而成为一种时代新文艺的主流价值。进入新中国的70年间，不断推动的革命文艺、主旋律创作以及对于现实主义、现实题材、红色文化的提倡，慢慢地也已成为我们的审美基调。当你听到《黄河大合唱》，当你听到“北风那个吹”的音乐旋律时，就会有一种情绪上的激动和愉悦，更不要说当你看了创作于20世纪60年代的大型舞台史诗《东方红》时，你作为一个中国人，那种被艺术的感染与感动，某种意义上已经与意识形态与政治信仰无关了。

中华古代文化、欧洲现代文明和中国革命文艺，这三个传统也只有在今天才会这样融汇在一起影响着我们。在某一个阶段，可能我们会更多地强调某一方面的传统，甚至因某一方面的传统而排斥另一方面的传统。比如说，我们特别强调改革开放的时候，我们对民族传统很忽视。可是，当我们的民族自尊心抬头的时候，当我们强调中华文化自信和自觉的时候，我们又会有意和无意识地排斥世界，尤其是欧美的文化。我们会制造很多贬义词，如“崇洋媚外”“外国月亮比中国月亮圆”，甚至情绪化地对世界文化进行抵制，那都是我们曾经经历的阶段。当下，正值建国70周年、建党100周年等重要节点，我们又会特别强调提倡现实题材、红色题材，乃至于把红色题材、现实题材当作一种文化福利、创作福利，这都是我们可能会在不同阶段面对的不同语境。但是只有今天，包括我们在座的每一个人身上都不可避免地渗透着三个文化传统。所以，今天衡量文艺创作的标准是三个文化传统合流以后所形成的标准，只有同时符合这三个标准，才是我们所期待的新时代的文艺作品。

找出了新时代文艺理论的特征，我们怎么做呢？去年我结合了自己最新创作的三部作品，与学员们作了交流。这三部作品分别是话剧《兰陵王》，京剧《大面》和淮剧《武训先生》。从个人的创作实践出发，我表述了对于“创造性转化”和“创新性发展”文艺思想的理解。我想，我们运用三个传统形成的新时代的文艺标准，就是要致力推动当代文艺的“两创”转变。“两创”思想不再是我们以往理解的那种创新，不是那种一枝一叶、一板一眼、一招一式的创新，也不是我们所说的“移步不换形”的创新。我们以往的理解是要坚守本分，坚守本体，做一些技术性的局部性的创新，但是移步的结果是从量变到质变。唐诗怎么发展到宋词，不能老是在七字句、五字句，四言、八言的格式中打转，最终必须突破格式。第一首宋词就是不仅移了步，而且换了形了，关键是移步换形之后我们中华传统文化的精神就消失了吗？没有。宋词中依然能看到唐诗，看到汉赋，看到《楚辞》，看到《诗经》。不同的时代载体做了转换，但它的精神没有改变。尤其是在中国戏曲的环境中，我们要特别认识清楚，“移步不换形”是一个过程，是一个手段，“移步换形”才是目的、结果。换形换到宋词就不再换了吗？慢慢地，我们感觉到宋词对表达所看到的外部世界、所感受到的内心世界的严重制约，于是不断移步后的宋词又发展成曲，曲又发展成为剧，就如我们仅用一首诗、一首词的片段式表达已经不足以抒发我们的感受了，于是我们在唐诗宋词的基础上又发展到了元曲的表达阶段。如果我们谨守着曾经的本分，不敢移步，更不敢换形，那么我们的文化就不会有大的进步，文学艺术的时代性也就无从谈起。

我所理解的“两创”理论，就是文化转型的理论。转型，不仅针对中华传统文化，也针对外来文化和革命文化，经过新时代的文化转型，构成新时代的文化特征，从而体现出新时代的文化气象。这就是我去年与大家交流的心得。一年过去，我又有了新的创作和新的思考，我想结合这些创作和思考，与大家分享我一年零两天的新的收获。

知新：如何讲好新时代的中国故事？

理论问题解决了。新时代不是一个时间概念，或者说不仅仅是一个时间的概念，它也是一种价值观，一种审美观，一种品质感。在这种理论的引导下，我们如何进行自己的创作呢？讲好中国故事，怎么叫讲好？如何才能讲好中国的故事？这是我今天衔接去年的讲座所要讲的主要内容。

（一）把古代故事讲给现代人听

首先，要讲好古代的故事。古代题材、历史题材、民间传说，向来是我们戏曲的主要表现方面，对它的表现当然不仅仅是文学，也包括我们的导演、表演、舞台美术、音乐、评论。我们对古代题材的当下创作方面，是不是已经意识到了“把古代故事讲给现代人听”？为什么不说当代人而说现代人呢？当代人也许是生理意义上的、生命意义上的现代人，但他未必是价值观念上的现代人。我所说的要把古代的故事讲给今天的现代公民、有文明意识的人来听，就存在一种检验。比如说，他在听包公的故事时可能不再满足于人治的观念，不再期待当代包公的出现。事实上，现实生活里不可能出现传统戏曲中的包青天。包公戏为什么在当下几乎销声匿迹？如果有，也是折子戏，表现花脸、黑头等某一个行当的技艺，是因为它所传达的内容在今天已经不能激起观众内心的波澜。今天讲包公，是不是要把他放在今天的法律体系、政治体制中，而不是亲情关系，从而写出古往今来有法治意识的人、那些有正义感的官员所遇到的普遍困境？

再比如我们的古装戏表现女性，是不是跟我们早先没有女演员有关系？所以男演员都带有一种性别玩味的感觉，演员自己玩味着女性角色的感觉，把这种玩味再和大家分享，于是我们对传统戏曲的欣赏就带有一种玩味的审美。在这种玩味当中，我们往往会忽略女性自身的个性诉求。我们有多少这样的戏，包括《白蛇传》《王宝钏》，都缺乏现代意识。传统剧目中，大唐时节开放年代有那么一个贵族千金王宝钏，追求个性解放，追求恋爱自由，敢于走出家庭，甚至追求经济独立、生活独立，这本来是一个多么好的题材——抛彩球、三击掌、守寒窑。但是她的守望是什么？她守望的是出生时候就有的荣华富贵凤冠霞帔吗？她守望的，是那一份独一无二的爱情。但是我们的传统戏中，丈夫 18 年没有音讯，不写信也不托朋友看她，18 年后带着已经上位的二奶来见面了，然而那个王宝钏似乎也没有什么怨言，还一起去赴宴，左一个，右一个，你为大，她为小，家庭和睦，其乐融融，这个合情合理吗？2007 年曾经在上海戏剧学院进修，今天也在座的李彩婷同学就觉得不合理，她说如果这个结果给我，我就不能接受。因为我等的不是这个结果，如果那个人 18 年跟我一样的等，我等得是很值的，你结婚过日子还带一个外国老婆回来，穿着名牌，用着名牌化妆品，我用井水洗脸整个就是一个黄脸婆，图的是什么？所以李彩婷就写了丈夫 18 年后归来的第一个夜晚，那一个久别重逢的夜晚，王宝钏有一点兴奋，也喝了一点酒，回去以后马上就面对“他今晚在哪儿睡”的问题。她发现她苦苦等了 18 年的丈夫轻手轻脚从她门前走过去了，这个时候她才意识到其实并没有团圆。再想回去，寒窑已经夷为平地，父母也已经双双过世，她只能留在这里作为男人标榜道德的象征，这个故事结尾的改造，打通了王宝钏的性格，也打通了古人与今人。

田汉先生是新文化的大家，他曾经改编创作的《白蛇传》影响了一个时代，伴随着新中国的解放，年轻人追求婚姻自主，自觉摆脱家庭包办的婚姻，而田汉笔下的那个白素贞正是勇敢追求爱情的理想化身。白素贞受到了以法海为代表的黑恶势力的打压，敷演成了一场人间的悲剧。可是我们今天再看田汉版《白蛇传》时，会觉得这个故事有一点不满足了，主要的不满足就是我们认为白蛇悲剧的主要责任人不应该是法海，因为法海不好色不贪财，他管这些个闲事干什么？白蛇悲剧真正的制造者是许仙，这个人好色、贪财、胆小，关键时候还出卖老婆。许仙人设的深刻性就在于能够引起我们对自身的联想，许仙代表着的不就是人本身吗？看我们家里的猫、狗，眼睛总是那么单纯，从来不会欺骗我们，就是我们在欺骗它们，白蛇就是那一双眼，把什么都拿出来给人类，可是人类有琢磨有保留，当她意识到这一份保留的时候，很受伤很不理解。当然不理解，你那个是动物世界的逻辑，我们是人的逻辑。所以张曼玉、王祖贤、徐克他们不相信这个白蛇，既然许仙这么可爱，为什么白蛇爱他，青蛇就不爱？既然白蛇、青蛇这么可爱，许仙爱，法海为什么不爱？一个健康的、年轻的和尚，所以情网恢恢，在劫难逃。电影《青蛇》试图表现人类与异类的差别和相通，表现超越于物种、宗教、世俗的情感之珍贵，曾经的经典又经过了现代人的重新解读，注入了时代的理念和审美。

今年 5 月，我刚完成了一部新的昆曲剧本的创作，是为北昆旦角演员魏春荣的度身订做。这个题材表现的是一位生活于2700年前的古代卫国、许国，也就是今天的濮阳、许昌的中原女性。这位女性是中国文学史上记载的第一位女诗人，比屈原还早300多年，名叫许穆夫人。许穆夫人也是世界文学史上记载的人类第一位爱国女诗人。我在接触到这份史料后曾经纳闷，2700年来为什么没有人拿她写戏？北昆向我约稿，魏春荣向我约稿差不多已有五六年了，五六年的时间里我始终找不到合适的题材。每次到北京，魏春荣都会约我去她妹妹开的饭店聚会，每次去我都觉得有紧迫感，可就是找不到合适的题材。一度我想到过《公孙大娘》，一度也考虑过为北平和平解放作出贡献的傅作义的女儿傅冬菊，后来权衡下来都放弃了，直到找到了这位许穆夫人。想到许穆夫人。我不知道在我的潜意识里有没有和当下语境取得默契的直觉考量，总之一想到这个题材，不管是我自己还是魏春荣，还是北昆的院长杨凤一，大家都一致认可。许穆夫人的爱国思想和她身上的文化风度，是远古的，也是当下的，她是那么天衣无缝地契合着新时代的话语语境。

许穆夫人是卫国公主，嫁给了许国国君，她的夫君死后的谥号是许穆公，许穆夫人的称呼由此而来。许穆夫人出嫁后，故国被狄族侵占，她央求自己的夫君，就是许国的国君出兵解救娘家故国，许国国君害怕卷入纷争，不愿出兵，于是许国夫人孤身一人回到故国。那个曾有数万人口的卫国，此时死的死，逃的逃，所剩遗民只有4 000余众，而这仅剩的4 000多人就像今天的叙利亚难民一样纷纷琢磨着越过边境去往他国移民。许穆夫人一面把他们组织起来试图复国，一面又跑到强大的齐国去求她曾经的男友——童年时曾经许婚过齐国的公子无亏，后来因为许国国君听说她的哥哥卫懿公喜欢养鹤，便送给卫国一对奇异的仙鹤作为求婚的聘礼，荒唐的卫懿公居然把妹妹嫁给了许国国君。许穆夫人跪在齐廷弹琴歌哭了七天七夜，水米未下，最后晕倒在宫阶上，因此感动了齐国上下。齐国联合五个诸侯国，帮助卫国复国。许穆夫人则因长期奔波劳碌，累死在故国的光复日。我所描述的基本都是历史情节，大家可想这个题材有多么当下了。其实，历史一直就在那里，就看你用什么眼光去发现。我觉得许穆夫人这个题材摆在当下主题甚至是世界性的，伊拉克留给谁解救？叙利亚留给谁解救？人都往欧美跑，故土留给谁？许穆夫人的身上有着独立的爱国意识，卫国人劝她，许国人也劝她，你是女人，抛头露面不合适，你已经嫁出来，卫国不过是你的故国，故国兴亡又关你何事？可是许穆夫人却认为，如果人人都找一个不爱自己故国的理由，那么每个人都可能没有了故国；每个人都找一个理由不帮助别人爱国复国的理由，那么早晚他自己也会成为亡国之奴。许穆夫人带有普适价值的爱国情怀打动了我，也打动了演员魏春荣和院长杨凤一。

当我们重新面对古代题材的时候，其实要感动的是今人。这个剧本我定名为《国风》。最后由孔子集成的《诗经》，在《国风》中收录着许穆夫人的三首诗，今天读这三首诗，除了清新、优美，还有深切的爱国情怀。爱国不是哪一个人的事情，它是每一个人的事情。为什么给史可法修墓的是清朝人，给文天祥修墓的是元朝人，按说他们是汉人英雄，为什么异族人那么尊敬他？对满族也好，对蒙古族也好，他们也需要爱国的英雄，一个不推崇英雄的民族，是没有未来的民族。大家热衷于欣赏古装戏、编创古装戏，关键是如何通过古代题材看到现在的生活。如果你自觉地建立了现代的文明意识，那么所有的古代题材都可以重新认识、重新体验、重新创作，相反你的意识没有切换到现代，没有建立起包括我们今天所说的新时代的文艺观，你就是写现代戏都写不出现代文明意识。元杂剧《赵氏孤儿》，经过河南剧作家陈涌泉之手创作为豫剧《程婴救孤》，为了现代价值观的转换，陈涌泉做了许多铺垫。剧作家为什么做那么多的铺垫呢？因为在古人看来很正常不过的一件事，放在现代人的文明意识面前就过不去了。那个拥有忠臣血统的孤儿，他的生命就值得珍惜，一介草民的孩子的生命就不值得珍惜，草民孩子的生命也是一个个体生命，你放弃他的生命，他同意吗？你是他的父亲，你就能决定他的生死吗？就像我们今天的父亲，你就可以随意打孩子吗？你生了他，就可以扔了他，就可以不要他吗？我们在现在的民主意识、现代意识引导下，这些关这些坎就是过不去。所以豫剧

《程婴救孤》设计了那么多不得已，他关系到整个国家的前途命运，他关系到全城几百个同龄的孩子，它当然也关系到正义与邪恶，关系到古人所信奉的忠义道德观。在这种情势之下，程婴不得已作出了舍孤救孤的选择，作出了“我不下地狱谁下地狱”的决定。一出古典剧目的改编，如此煞费苦心，就是要接受现代文明价值观的检验。而有一些表现近现代包括表现当代题材的作品，其在价值观念的表达上甚至不如古装戏。最近我看了几部现实题材的作品，发现有些作品里所塑造的现代典型形象包括女性形象连王宝钏、秦香莲都不如。有部作品表现丈夫不认妻子不认孩子，这种情节放在古代的秦香莲身上她尚且会去找包公告状，而我们这个现代戏里的女主人公竟然连状都不告，不仅不告状，还会选择住在不认妻儿的男人隔壁，为的是好让孩子经常看到他爹，可是这个不近人情的亲爹直到老了都没有悔改，而我们的女主还是照样任劳任怨。我不相信现在真的还有这样的女性，有这样的值得我们歌颂和仰望的女性。我们看古代的那个秦香莲，你陈世美不认我可以，孩子你得认。既然你陈世美连亲生孩子都不认了，那我就要到包公面前去告你，让包公拿铡刀铡了你这个禽兽不如的男人。为什么说把古代故事讲给现代人听，而不是说讲给当代人听，有些当代人的观念里照样没有现代人的意识。如果戏曲创作在面对人性，尤其是在面对女性的价值观、人生观时，没有转移到当下人的现代意识中，那么戏曲就离现代人越来越远。再比如一个戏，全村 100 户人，盖了 99 间房，那 99 间房一定都是经过村支书之手分给了全村的 99 户村民住，唯独村支书这一户没有房子住。于是你不禁要问，为什么不多盖一间呢，莫不是多盖了一间戏就不好写了，人物形象就不生动感人了？在戏里，村支书的思想觉悟一定高，但他的妻子孩子家人的觉悟一定不高，他们一定要对村支书发牢骚，于是村支书一定会很痛苦，一定会苦口婆心地做亲属的思想工作，最后也一定是会做通的，末了唯有村支书一家人住在破漏的房子里“先天下之忧而忧，后天下之乐而乐”，还其乐也融融。这些塑造先进人物模范党员的所谓现代戏，明显违背了人之常情。在文学创作、电影电视剧创作和网络创作中这样的情节已经不多见了，但在戏曲创作包括戏曲现实题材的创作中还屡见不鲜，说明我们戏曲创作的意识和观念相对显得滞后。

因此，我们在处理历史题材、古代题材时要建立现代意识。否则，我们碰这个材料干什么呢？以我自己的体会，并不是谁要我去写那个古代的许穆夫人，是我为了表达当下的感受，我和那位古代的许穆夫人对上了眼，心灵不期而遇。跨越2700年，古今对视，我用心去体会她，理解她，努力走进她的内心，体会她可能的思想和情感。与此同时，作为戏曲编剧，我们还不能仅仅从文学的角度思考题材，还要兼顾到艺术表现的方面。此番可能与北昆的合作，我希望提出一道“再剧种化”的命题，即让我们以更自觉的意识重新回到剧种的源头中去。例如昆剧，剧种的源头在哪里，尤其对北方昆曲剧院来说，回到水磨腔，回到400年前的《浣纱记》，是不是就算回到了源头？那么水磨腔的源头又在哪里，《浣纱记》的源头又在哪里？以北方昆曲剧院的气质，表现2700年前的故事，北昆的声腔风格能不能向北曲回归，向元杂剧回归，回归到北曲甚至元杂剧风格的声腔表演还能不能称之为昆剧？魏良辅在太仓研制出了水磨腔，梁辰鱼用水磨腔敷演成了《浣纱记》，从此完成了昆曲的创造性转化和创新性发展，昆剧也由此诞生。但是与此同时，昆剧的文人化文雅化创作和商业化市井化演出也开了先河。在今天看来，昆剧成熟之前的北曲或北杂剧，较之于新兴的昆剧也许更古远更拙朴也更有古代北方都会的质感，既然如此，何不让我们作一次向更古远的昆剧源头的自觉回归呢？回归是寻找，回归是重塑，回归也是一种新生——一种属于北方昆剧的新生。

大家想想，一次自觉的戏曲文学创作，它不仅仅只是文学的劳动，也包含着艺术的包括剧种新的定位与新的发展的思考。

（二）把革命故事讲给年轻人听

一个新时代的审美观，应该伴随着一代人新的审美和审美手段。要体现一种新的审美观，固然不能以年龄为标志，但我们也从来没有听说过一个时代的主流价值观、审美观是由那个时代的老年人体现出来的。“五四运动”不是“五四”青年发起的吗？“文革”以后进入新时期的文学创作，不是当时的青年作家如卢新华、贾平凹、王安忆等一代同龄人主导的吗？中国电影融入世界潮流，不是张艺谋、陈凯歌等“第五代”当时的青年导演推动的吗？流行歌曲在广州的兴盛不也是因为那英、田震、孙楠他们一代青年歌手崛起而形成的势头吗？但是，他们今天还能引领当下的文化风尚吗？肯定不能。那么引领这个时代的文化精英又在哪里呢？虽然我们不以年龄为标志，但也不可能长久地生活在前辈人的影响之下。把革命故事讲给年轻人听。为什么不讲给现代人听？而要给年轻人听？因为要让年轻人信。黄世仁有多坏？60 岁以上的人都相信，50 多岁的也多少有感触，40 岁以下的人却要问：为什么杨白劳没有契约意识？你需要钱的时候，人家借给你，多少利息，人家跟你商量过的，你也签了字，画了押，钱也拿走用掉了，可是还钱的时候你老是不在家，老是在外面躲，你不是耍赖吗？年三十了你总要回家吧，所以我堵在你家门口终于堵到你，我跟你要债，我犯了什么错？你自杀，用死来置我于不仁不义，你让我今后还怎么混？面对这些情节，现代人会产生疑问，觉得农民杨白劳缺少契约精神，一个借钱不还的人倒还有理了。再就是法治意识。据说早年《白毛女》在延安演出，演到结尾，有一位小战士端起枪要射杀黄世仁的演员，那时的人对地主的情绪充满了仇恨，何况是台上被脸谱化的无恶不作的黄世仁。剧情的结尾，大春吩咐战士把黄世仁和穆仁智押下去枪毙，于是迅即传来两声枪响。现在歌剧《白毛女》的演出这些情节都作了修改。首先是契约，剧本修改为是黄世仁预设的一个借贷圈套，从开始就是一场欺骗，杨白劳是轻信了黄世仁不幸中了他的借贷陷阱。这么修改，杨白劳就还是无辜的了。处置黄世仁、穆仁智，也改为由两名战士将他们押到县城，由县法院量刑处置。当然放在今天的背景下，也没有过去那么激愤一定要看到坏人被当场枪决的观众了。你看，哪怕就是这么一些不大的改动，整个作品就能够融进今天的语境了。国民党统治的后期民不聊生、度日如年，物价飞涨，国民党已经有了放弃大陆的打算，所以席卷钱财，不顾老百姓的生死，那时人民对执政党是仇恨的，对国民党晚期的贪腐恨之入骨。共产党赢得民心，夺得天下，获得人民的拥护，对于共产党的所作所为，民众在感情上和行动上都是全心全意地赞成。几十年过去，今天的年轻人面对许多情节就不禁要问为什么了。把最后一口粮、一块布留给共产党，把最后一个儿子送去当红军，为什么？今天的年轻人就要看到这些行为背后的理由，看到信仰者坚持信仰的意义。我们今天对于见义勇为的理解，要比过去更全面更人道，我们现在不会鼓励一个八岁的孩子去和一个一米八的歹徒进行搏斗，我们教育这个孩子首先要保护自己的生命。前两天看到一个戏的情节有点匪夷所思，写一个青年为了保护一片过火的麦田，生生用手拔麦子拔出了一道隔火带，保护住了几千亩麦田，但是这个青年却被烧死了。于是我心里就不禁要问，既然已经拔出了隔火带，为什么不站到没有火的一边而等着被火烧死？麦子也就那么一点高，那火能怎么样？麦子烧了又能怎么样？再困难的时期，生命都是无价的。我们的革命历史题材、现实题材，我们塑造的各个时期的英雄模范，一定要经得住普通人的人情人性考量，尤其要让没有经历过过去年代的生活，没有参与过革命进程的年轻人信服，唯有如此，我们的文艺作品才能真正打动人心。

上海歌舞团演出的舞剧《永不消逝的电波》最近受到普遍关注。我在接到创作这部舞剧剧本的邀请时，也曾有过犹豫。在我的记忆中，那个时候的文艺作品多少都有点脸谱化。就像我们的戏曲舞台上，凡革命军队的正面人物，都是规规矩矩的，反面人物则都是吊儿郎当的，起码也得抽根烟，喝个酒，打个牌，不然他就不是反面人物。电影《永不消逝的电波》拍得比较严谨，人物没有这么表面化。但是作为谍战题材它没有我们今天所理解的谍战气息，作为表现上海生活的电影它也没有我们今天理解的上海气味。所以起先我看了电影并没有创作改编的冲动。后来，当我接触到了一些文史资料之后，终于还是被这个红色题材所打动了。是什么打动了我呢？打动我的是那个和诗人“李白”同名的男主角原型，他在上海做地下党谍报工作 12 年，两次被俘都受了酷刑，第二次从牢里放出来多处骨头都断了，一个人过了 12 年在刀锋上行走的生活，其间两次被俘，在距离上海解放只有 20 天的时候，却牺牲了。我看到这儿心里很难过。他向往的那种生活方式，那种农人有地种、工人有工做、学生有学上，人人平等，官员是由人民选举出来的未来生活，在他一家人坚持了 12 年还有 20 天就迎接到来的时候，他却被枪杀，再也看不到他期待中的明天了。他生前发出的最后一批电报包括国民党的江防计划、国民党在上海龙华机场飞机停落的数量、上海城区陆军驻扎情况，还有他接收的一封电报是上海解放所要保护的民主人士名单，我在这份名单中看到了许多建国后的著名人士。作为一位生活在今日上海的市民，我不能不说李白烈士之死与我们今天的生活有关，某种意义上，我们是生活在他们的结果中，他们是前半场戏，我们是后半场戏，其中有一条看不见的精神环链。于是，我写下这部舞剧剧本的第一句歌词："我想活到明天……"，是的，只想活到明天，像昨天、像今天一样，平平常常，有阳光，有亲人，有朋友，但是那个明天我们都有，他没有了。写好了这首歌词，我的《永不消逝的电波》舞剧剧本也就很快写好了。李白的妻子是一位上海的纱厂女工，为了掩护他的工作与他假扮夫妻一起生活，一开始她什么都不知道，后来渐渐地感动于这个男人殚精竭虑、枉顾生死所献身的信念，她相信那个信念是崇高的，是值得为之付出所有的，于是她也相信了，她把自己也放进去，加入了他的党，生活之中也从假夫妻变成了真夫妻。"唯爱与信念永存"，这是两位出生于 1980 年后年轻舞剧编导提炼出的思想箴言。唯其年轻，敢于把爱置于信念之上；唯其年轻，相信信念源自爱。不是信念与爱永存，更不是唯有信念永存，而是信念源自爱，是我爱的人从事着他爱的事业，我希望与他一道奔赴他所向往的未来。所以，这个理念超越了题材本身，也超越了以往表现革命历史题材的人性局限，它让"80 后""90 后""00 后"出生的人相信，令他们感动不已，泣不成声，一刷、二刷、三刷乃至多刷，连我自己每次看了都会动容，这是所谓红色题材的艺术表达。

一旦说到红色题材，往往就容易脸谱化、概念化，就容易无视亲情、人情。有些表现战争年代的戏剧作品，总是热衷于设计在生死关头面对至亲之人的选择，而每一次的选择都无一例外地选择放弃亲情和人伦。殊不知全世界任何一个进步的政党，都是以实现个人幸福、个性解放和追求幸福生活为终极目标的，保护每一个人的生命，让每一个人都幸福，才需要形成集体，建立政党，集结很多很多的人共同奋斗实现目标。在有些作品中，剧中人物总是无视生命，无视个体情感，完全违背进步政党都是以实现大多数人的幸福为基本信念的。信仰与人性，原则与常情，集体与个人，这些方面的对立矛盾当然有，但他并非生活的必然，检验其革命性与进步性的标准也绝非是简单的放弃与牺牲。我们曾经看过一部美国电影《拯救大兵瑞恩》，如果给我们现在某些编剧来写，那个母亲一定会劝阻这种拯救行为，因为我儿死不过是一个，你们死是一群，为了保护一群人，我也要牺牲我儿子。那个拯救行为背后的意义是什么？是让每一个爱国的母亲都抱有希望，我们放弃任何一个可能被救活的生命，就等于放弃了整个国家。所以用十几个人去寻找那一个可能还活着的人，付出的是超出一个个体生命的代价。我们的创作不能打小算盘，算计死两个人救活一个人划不划算，我们要算的是一个民族对英雄对民众的尊重。就像见义勇为一样，我们不能坐在河边先考虑一下，落水的人受过什么教育，多大年龄，是不是下岗工人，是不是癌病患者，而救他的人恰好大学刚毕业，马上为社会做贡献，救他划不划算。想想我们能算这个账吗？也许这两个生命是有价值的，可是道德是无价的，一种贯通人类的见义勇为的价值观是无价的。现实题材的创作应该伴随着现代意识，有些作品动辄放弃个体生命，动辄牺牲至亲的家人，试想，一个连自己至亲都不爱的人，他真的会爱一个陌生人吗？把一种政治原则、把一种工作精神、把一种职业道德统统拉升到与常情与人性严重对立甚至你死我活的地步，看似高尚，其实虚伪，让人觉得既不可亲，更不可信，这样的红色题材作品恰恰缺少进步性，这样的现实题材创作恰恰缺少现代性。

所以我认为当下提倡现实题材创作，其实是倒逼艺术家重新反思自己的创作。一方面，要在现实题材当中灌注现代意识；另一方面要通过现实创作让我们的传统艺术走进现代、表现现代。我们不能津津乐道于传统艺术只适合表现古代生活，当传统艺术也能表现现代，并且是用现代意识表现现代的时候，也许就能解决真正的危机。所以对于现实题材，不要埋怨，不要拒绝，更不要觉得生不逢时，没有哪个时代是专门为作家艺术家设计的，况且，作家艺术家的成就往往都是在他认为创作时机不利的时候完成的。李清照最有利她创作的时机是她养尊处优的时候，造个十间楼当书房，用花不完的钱买古董，那也许是她最无忧无虑的时候，但那个时候的她就是一个婉约派的词人，就是一个小女人作家。战争爆发，李清照南渡了，丈夫死了，文物被偷，自己错嫁了人，冷冷清清、凄凄惨惨，载不动许多愁，这个时候李清照才从为个人代言转为为民族为时代代言，才成就为大作家、大词人。

（三）把中国故事讲给全世界听

不久前，我跟重庆川剧院去了罗马尼亚锡比乌国际戏剧节。在这个戏剧节上，重庆川剧院应邀演出了川剧《李亚仙》，这个作品是我 15 年前应沈铁梅院长之约为重庆川剧院改编创作的。当时这部作品投入并不高，大概是几十万，在今天来说或许就是一位导演或编剧的创作稿酬，当时重庆川剧院没有把它做成大制作。川剧有传统戏的保留剧目，其中有一些折子戏，大家都爱看。看了老版剧本以后，我倒是希望做出一个新的东西来。我希望做的比老版本更古老，能有当时没有进入剧场之前的那种古朴的演剧形式。一般来说，在原有的剧本上做一些修改，可能费的力气小一点，我没有选择走捷径，而是完全重写。没有想到演出以后很受欢迎，特别是受到年轻人的欢迎。在重庆、北京等地大学里年轻人喜欢这个戏，包括在上海。在上海交大演出时，我记得还专门搭了一个广场的舞台，来了上千个学生，大家看了以后非常喜欢。这一次带到国外，又给我们一个意外，这个意外来自两位特殊的观众，这两位特殊观众的反响促使我们深入思考一个问题：中国戏剧跟世界戏剧交流什么？

一位特殊观众是现任中国剧协分党组书记、驻会副主席、剧作家陈彦，他看完演出后发表了即兴讲话，他说这次看中国戏曲在国外的演出跟以往不同，以往戏曲带给外国人的大都是技艺，如变脸、三岔口等动作性技艺型很强的剧目，而这次《李亚仙》带给外国观众的是一种价值观、一种生活方式，让外国人不仅看到中国人怎么演戏，更看到中国人怎么生活、怎么思考。

另一位特殊观众是现任中国驻罗马尼亚大使姜瑜女士，姜瑜女士曾经担任外交部新闻发言人，有很高的知名度。姜瑜大使说她以往看中国戏在国外演出，剧场里总是吵吵嚷嚷的，而这次重庆川剧院《李亚仙》的演出，剧场出奇地安静，仿佛是在看西洋歌剧。两个多小时的演出长度，歌剧一般要中间休息两次，而川剧演出则是一气呵成，她留意到中间居然没有一个人走动，更没有一个人离场，满场观众完全被剧情吸引住了。姜瑜大使一面赞叹沈铁梅和她的川剧院的精湛表演，一面表示今后要重新思考推荐什么样的中国戏剧到国外演出。

川剧《李亚仙》的广告语只有一句话："中国版的《茶花女》"。《茶花女》的故事在西方世界可谓家喻户晓，因此欧洲观众欣赏《李亚仙》完全能够明白剧情，但是《李亚仙》与《茶花女》又有不同，同样是富家子爱上风尘女，受到家庭阻挠难以长相厮守，西方的《茶花女》以悲剧收场，而东方的《李亚仙》却超越了悲剧。故事结尾，李亚仙由怨恨转为宽容，她感叹一个地位与她完全悬殊的人，愿意把一生的岁月拿来陪伴她，而正是因为她对他的感恩与不舍，她不愿意他因为她而与家庭决裂、与双亲反目，甚至他为了她可以罔顾前程，漠视未来。面对至诚的爱情，李亚仙自觉承受不起，她担心他将来没有前程，不能独立，所以她情愿放弃这段感情，还他一个未来，哪怕这个未来到来之时将意味着他们的分离，她也无悔无怨。这种中国古代妇女的仁爱观、节烈观和利他主义的道德精神，是与西方的个性自由，人权平等不完全一样的，因此，茶花女选择殉情，李亚仙选择出走，她带着他对她的满满的爱却情愿放弃他成全他，她要怀抱着琵琶，走向江湖，去向江湖讲述曾经的美好的爱情故事。中国人以仁爱为中心、以利他为操守的观念跟西方人完全不一样，所以看完这个戏他们能理解中国的孔子，理解中国的仁爱，理解中国人了。

另外，很神奇的是锡比乌这个地方，近千年的古城，它的建筑，有全世界独一无二的特点，就是它斜斜的房顶上都开着天窗，这个天窗像人的眼睛，有睫毛，有瞳孔，有眼白，有眼线，房顶上都是一双一双眼睛，称为“千眼之城”。原因是中世纪时这个城里有很多皮草匠人，他们为了在自己家里通风就开了很多气窗，就像上海人开的老虎窗，每家的屋顶看着别人。《李亚仙》故事也是讲眼睛的故事，一个文学青年进京赶考，看到一双美丽的眼睛，被这双眼睛迷惑了，然后每天没事就琢磨这双眼睛，这个女子就觉得我这双眼睛迟早把他害了，然后自己把这双眼睛刺瞎，用这种办法激励男孩读书。男孩说我是官宦人家，我知道读书的好处，我更知道读书的坏处，我去读书了，考出一个结果来，我们俩就完了，我愿意选择这种生活。是，你选择一个阶段可以，但是你不能一生都这样。父母会想你的，家人会惦记你的，然后我们两个人就这样算什么，一辈子就这样了。恋着我，我为你把一双眼睛刺瞎，你好好读书。所以男孩后来发奋读书。那一双眼睛刺瞎了，那一双美丽的眼睛是永远美丽的，在那个男人的心里。当然，每个女人的选择不一样，因为铁梅很有个性，我是一个男人，我总是想同情女性，所以我设计的是郑元和放弃官位，打着莲花落，一路追赶李亚仙而来。铁梅说，不行，我要独立，不要这个男人来，他走他的，我走我的，我不埋怨。所以我和铁梅也有一个价值观碰撞的问题。我写在剧本上的结局，舞台上没有用。就像我为《永不消逝的电波》写的歌词“我想活到明天”，年轻的舞剧编导韩真、周莉亚也没用，我说如果结尾演唱这首歌曲，台上台下一定会集体泪奔，但她们不希望这样，年长的希望把泪涌出来，年轻的希望把泪含着，她们就是希望保持着克制的感觉，觉得欲哭无泪才刚刚好。

中国文化、中国故事，怎么实现国际间的交流，与我们表达的内容和价值观都有关联。由此想到我近年创作的另一部舞剧作品《朱鹮》，也是与上海歌舞团合作的。《朱鹮》作为舞剧的创作题材，最初得到了中国对外友协的支持。其时，中日关系正处于比较紧张的状态，需要有民间的松动，而朱鹮是日本国鸟。20 世纪 70 年代末，日本的最后一只朱鹮，名叫阿金，日本电视台直播了它的死亡过程。濒死的朱鹮阿金，已经几个月不能飞翔，好久不进食、不喝水，可是在生命最后一刻它突然挣扎起来，抖擞着飞起来，撞到顶上的天花板，砰然栽下来死了。看着阿金的死，全日本都在伤心，觉得是整个日本的不幸，因为它是日本的象征。阿金死了以后，朱鹮这个物种就消失了。但是没有想到，80 年代初在陕西汉中洋县，一支国际野生动物考察队误打误撞发现了 7 只野生朱鹮，于是整个人类惊喜：朱鹮这个物种还没有灭绝，还有 7 只野生朱鹮！因而举全世界科学家之力来保护这 7 只野生朱鹮，陕西那一田块区域也变成了特别保护区。今天，朱鹮在东亚、中亚已有 2 000 多只，日本知道中国发现朱鹮以后跟中国交涉，每借一只朱鹮给日本都是国家大事，从借到后来送，朱鹮可以撬动中日关系。《朱鹮》在日本的首演，安倍首相夫妇都到场观看，可见之重要。

《朱鹮》在日本全岛受到礼遇和欢迎，在日本之外的其他国家也一样广受好评，被国际媒体誉为“中国版的《天鹅湖》”。正如这部作品中所表达的，朱鹮与人类的关系起先是很融洽的。在古代，朱鹮就如寻常的鸟类一样与人十分亲近。朱鹮又叫朱鹭，是中国的吉祥鸟，可是这个吉祥鸟在 20 世纪迅速消失了，后来我们发现其实朱鹮这个物种的命运跟人类的工业化、城市化有关。朱鹮这个物种太有自尊了，它不以生命退化来求进化，它不以适应环境为代价衍生自己的物种。最容易适应环境的是老鼠和蟑螂，多么恶劣的环境都可以生存下去。但朱鹮不行，水达不到一定标准，它就死给你看；空气达不到一定标准，它也死给你看；光、噪音，达不到它能接受的标准，它也绝不将就。要让它陪着人类活着可以，必须满足它的标准，空气的纯净度，水的纯净度，你喂它吃的东西是农药、化肥浇过的，还转基因，对不起，你等于给它吃毒药，所以朱鹮始终保持着自己对食物、对空气纯净度的标准，绝不妥协。人类为了追求自身的发展，管你朱鹮高不高兴、死不死，关我何事？为了你的不妥协不将就，难道我就不撒化肥了，难道我就不发明轮船汽车了，难道我就不开采煤矿了？也就是在人类的不经意之间，一些物种消失了，朱鹮也险些消失。所以我还是很敬佩朱鹮这个物种的，你尊重我，我们和谐相处；你不尊重我，我跟你诀别。

我们今天才意识到，朱鹮消亡的速度就是城市化发展的进度。等到我们发展到一定进度回头再找，找不到了。这个时候着急了，所以我写这个剧本，提炼出来两句话："为了曾经的失去，呼唤永久的珍惜"。不仅朱鹮这个物种，世界上很多物种都是在工业化进程、现代化进程中消失的。当藏羚羊迁徙的时候看到火车铁轨，它不敢过了，不敢过了很可能就无法完成这一次迁徙，所以我们后来就把铁轨架高，不要阻挡它们迁徙的路线。中华鲟要从大海洄游到长江，可是它的洄游路线被水坝拦住了，无法洄游的中华鲟无处产卵，于是这个物种面临消亡。当我们去改变自然的时候，作为自然之子的其他生物未必都能与我们保持同步，始终与我们保持同步的是进化能力极强的老鼠、蟑螂，它们倒是不挑剔，能将就都将就，但是朱鹮、熊猫、中华鲟等珍贵的物种就不行了。舞剧《朱鹮》表述了物种生存的三段式，古代、近代、现代，古代人与鸟类共生，共同拥有这个世界；近代人类在追求自身的发展进程中忽略了其他物种的生存；现代当我们发展起来以后意识到，再来补救付出的代价是极其昂贵的。西方的芭蕾舞《天鹅湖》，表现了一个永恒的真善美的故事；中国的民族舞《朱鹮》是在一个变化着的人类共有的生存环境中发出的关于生命繁衍的忧思。所以中国文化走出去，中国故事讲出去，不仅仅是讲给我们自己听的。

话剧进入中国110多年了，可是话剧是从国外引进的，我们现在融入世界了吗？就像足球引进到中国了，中国化并不代表要把足球11个人踢变成10个人踢，它必须按照世界足球的游戏规则来。我们的话剧也是如此，必须按照人类共有的规则来。国际上除了中国，别的国家没有话剧，它就叫戏剧，戏剧派生出歌剧、舞剧、音乐剧、哑剧，它的主体是戏剧。戏剧也可以歌、可以舞，多种手段都不限制使有，当然也可以只有语言。中国话剧院团几乎没有一家没有演出过外国剧作家的剧本，业余话剧团也都会演出莎士比亚、演过奥尼尔、演过契诃夫的剧本，可是有没有哪一个外国的剧团演过中国剧作家的剧本呢？包括曹禺先生、郭沫若先生、老舍先生、田汉先生的剧本，我孤陋寡闻，好像是没有，更不消说演出我们当下剧作家的剧本了。从这个角度看，中国戏剧真正走向世界，融入世界戏剧大循环，还任重道远。

期待：新时代的戏剧家

今天，我特别想跟文旅部全国戏曲高研班的学员们讲，从 2011 年中国剧协与上海戏剧学院联合开办全国青年戏剧家研修班开始到明年文旅部艺术司与中国戏曲学院联合开办的全国戏曲高研班结束，编、导、音、美、评，五个专业门类，上海一轮循环，北京又一轮循环，前后整整 10 年时间，还包括这 10 年间全国各地开办的各种不同规模不同专业的戏剧戏曲培训班、进修班，已有上千名中青年戏剧人得到了深造的机会，在全国积累了整整一代人才。作为生命意义上的一代人浮出了水面，作为具有艺术辨识度的一代杰出剧作家、导演、作曲家、舞台美术家和戏剧评论家是否也同时显示出了他们的独立存在呢？从优秀到卓越，从高原到高峰，辨识度就是代际感，没有代际感的存在就缺少一个时代的辨识度，而这正是检验一代戏剧人存在价值的标尺。

前天与一位青评班的朋友交谈，谈到了一个很深刻的话题：即每一代离乡者都有时代的使命和特征。比如改革开放一代人如路遥创作的小说《人生》中的高加林们进城则是表现农民放下土地希望成为城里人；而于世纪转换之际离乡进城的一代人，大都带着高等学校毕业的背景，他们是农民的子弟，如今留在了城里，不再是外来务工的蓝领，而是公司职场的白领，一样的乡愁，一样的乡村背景，与城市的磨合更多是精神的，有着不同于以往任何一代进城者的精致的彷徨和微妙的感伤。每一代离乡者都有典型形象，都有代表作品，但是这一代似乎还没有，至少到目前公认的有广泛影响的典型故事或典型形象还没有，那个写出这一代乡愁和创痛的人就是具有辨识度的新时代代表性的作家。

今年，《中国戏剧》杂志开辟了介绍当代优秀青年编剧的专栏，编辑征求我的意见，我建议这个专栏聚焦70、80后出生的剧作家，70后自喻荣军开始，80后由罗周打头，论成就和影响当代青年剧作家中也的确非他们两位莫属。前面说到的为新一代离乡者代言，其实喻荣军很早就触及了这个领域，正是来自安徽的上海青年剧作家喻荣军开创了城市白领都市新人群的话剧题材，从这个意义上讲，喻荣军的话剧成就已经载入了中国发展话剧史。罗周的创作，尤其是她的历史题材创作，较之我们50、60后出生的剧作家，乃至30、40后出生的老一代剧作家，其对古典文学古典戏曲的亲和感更强。罗周通常看到的历史不是沉重，而是飞扬；不是思想，而是情感。罗周看唐诗，未必聚焦李白的《蜀道难》《将进酒》或杜甫的“三吏”“三别”，她会聚焦张若虚，聚焦《春江花月夜》。喻荣军独特的当代史表达和他的话剧创作，罗周独特的古代史表达和她的戏曲创作，他们的不同于前辈的表达和趣味，正是他们可贵的辨识度与代际感，也正是他们对于新时代文艺创作的独特贡献。剧作家如此，那么导演呢，那个不是徐晓钟、林兆华，不是曹其敬、陈薪伊，不是王晓鹰、张曼君的可辨识的杰出导演是谁或谁谁谁？还有那个具有新时代辨识度的戏曲音乐家、舞台美术家、戏剧评论家他和他们都在哪里，都叫什么名字？我想我们每个人的心中都有一杆秤，都有一种标准，都在寻找，都在辨认，都在比较，都在衡量。我想，他们就在你们中间成长着，他们就是今天或者明天的你们。

珍惜与文旅部戏曲班一年一度的相约，希望我们彼此留下记忆，这个记忆不光是技术层面的，更是观念层面的。期待一批人、一代人，期待新时代的戏剧家。谢谢！

（本文为作者在文化和旅游部“2019年戏曲艺术人才高级研修班”讲座录音整理稿）

深度对话

与现代都市文化接轨

——访《金龙与蜉蝣》编剧罗怀臻

上海淮剧团的新戏《金龙与蜉蝣》在今夏的剧坛大放异彩，引起戏曲界的震动，一举夺得全国地方戏曲交流演出（南方片）的12项大奖和’93上海新剧目展演中唯一的最佳剧目奖。前不久，记者赴上海观看了这出戏，受到了近几年在观看戏曲演出时少有的震撼。11月27日，借该剧进京演出之机，记者访问了该剧的编剧、青年剧作家罗怀臻。

王洪波：在上海看这部戏时，有人给震撼得说不出话来。我觉得在这个戏中蕴含了你和你的合作者们在戏曲探索中的许多想法。

罗怀臻：我们排这个戏，差不多是我们剧团的背水一战。因为淮剧在上海越来越没有观众，被逼得退缩到它的诞生地淮北一带，但即使在那里也几乎没有什么人愿意看了。淮剧是随着20世纪三四十年代大量苏北人涌入上海做工而进入上海这个大都市的，它的观众主要以苏北籍上海人为主。淮剧擅于营造粗犷、苍凉的艺术氛围，这是上海其他剧种所不具备的，同时也是以阴柔为主的上海文化气质中所需要补充和调剂的，因此我们觉得淮剧在上海是无可替代的，有生存下去的价值。我们必须给淮剧一个新的定位，使之与现代都市文化接轨。

王洪波：我注意到《金》剧打出了“都市新淮剧”的旗号，这应当就是它新的文化定位吧？

罗怀臻：是的，我近几年一直在思考戏曲在当代的文化定位问题。我和导演郭小男是近十年戏剧探索的经历者和参与者，从中获益匪浅。

王洪波：具体在这个戏上，你们实现了些什么呢？

罗怀臻：《金》剧是一个历史题材戏，但它又没有一个确切的历史时空以及人物、事件为蓝本。在创作过程中，我注意在叙事手段上考虑观众的接受性，用现代人的文明意识去观照历史和人生，贴近和引导观众的思考与审美，对已存在于观众审美记忆中的常见性情节一概不用，只写高潮，而让观众用他的审美和生活记忆来添充和参与过程的创作。我不大注重具体朝代、事件的可考性，而刻意追求一种人文气氛的真实。我觉得历史剧是以民族文化历程和人类心理历程为背景，寻找现代文明人与之相通相承的精神气质，强调的是生命和情感的永恒价值，对历史对人生底蕴的探究。在创造过程中，我和导演郭小男非常默契。这个戏使用了现代剧场的最新的科技手段，但一切又都牢牢地树立于戏曲本质精神之上，灯光、音乐、舞美都既具有相对独立的完整性，又整合于全剧之中。

王洪波：我常常觉得中国的戏曲悲惨有余而悲壮不足，而看了你们这个戏，却有不少悲壮的色彩，很有古希腊悲剧和莎剧的韵味，这方面也是有想法的吧？

罗怀臻：许多人都感受到了中国的戏曲中缺乏西方经典戏剧那种深刻崇高的悲剧感，这是中国戏曲的文学力量与西方经典之作相比总嫌逊色的原因之一。有时人们也认为中国并不缺乏悲剧，不少戏曲能让人看得哗啦哗啦地流泪，但是，这是把苦戏和悲剧混淆了。苦戏在文化水准较低的人群中容易引起共鸣。悲剧是深层次的。越是对人生、命运、历史思考得深的人感憾就越深。《金》剧是我在这方面的尝试。中国传统戏曲只有与现代都市文化和世界经典文化接轨，才能赢得现代的观众。

（原载 1993 年 12 月 3 日《中国文化报》）

呼唤“文学意识”的回归

——剧作家关于戏剧文学的南北对话

前不久，上海四台大戏进京演出广受好评。尤其是淮剧《金龙与蜉蝣》深具震撼力，赢得掌声如潮。距此稍前，北京人艺的话剧《李白》荣获第三届“文华”大奖，亦受瞩目。记者在京特意邀请《金龙与蜉蝣》编剧罗怀臻和《李白》编剧郭启宏这两位在南北戏剧界有一定代表性的剧作家，就当代戏剧及戏剧文学的兴衰得失进行了一次对话。现将部分谈话内容整理如下。

当代戏剧文学主体意识的衰弱，
是当前戏剧不太振作的重要原因

郭启宏：在中国，戏剧的主要形态是戏曲。但无论是话剧还是戏曲，近年来的发展都有些步履维艰。前一阵在学术界，一种认为“古典戏曲衰亡命运无可挽回”的理论惊起了冲天波澜，剧作家中有部分纷纷转向影视剧本创作。但并不是所有剧作家都因厌戏而写电视剧。真正写得过瘾的还是舞台剧，感觉厚实，也更能表现一些底蕴深沉的东西和个人的艺术理想。所谓的戏剧危机，既有来自艺术发展主体的原因，也有人为的因素。例如就剧作家的角度而言，著名苏联导演梅耶荷德曾有过句内行话：“中国戏剧，文学平平。”

罗怀臻：我深有同感。对于当前戏剧不太振作的原因曾有过很多分析和探讨，而其中一个重要的方面始终未被明确强调：即当代戏剧文学主体意识。从元杂剧到明清传奇，大体上是以剧作家为主、

以表演承载的一种文学，可与当时其他高雅的文学样式相媲美，甚至可领文坛风气之先。这种形态维持到京城十三绝、徽班进京，特别是以梅兰芳为代表的一批表演艺术流派迅速发展和成熟之后就逐渐发生变化。编剧降级或被雇佣，仅仅为演员提供一个简约的有头有尾的戏剧故事。（郭插话：“打本子”）舞台表演艺术达到精致化的程度。戏曲发展突出了审美的娱乐功能，如果说当时的一些作品和反封建、追求婚姻自主等这些社会气候尚能契合，现在还依照那个时代创作的剧本套套写、演戏，戏曲就有种远离时代的“隔”的感觉，实际上是今天的剧作家创作远离了当代文化；现在剧作家经常抱怨文学史家不把戏剧文学、尤其是戏曲文学写入当代文学史，责备他们不懂或者忽视，其实很大一个原因是我们主观上的，戏曲作家自己的文学意识衰弱。现在应重提戏剧文学的重要性，呼唤当代剧作家文学主体意识的回归。

郭启宏：谈到戏剧文学的兴衰及地位的变迁，恐怕跟体制有关系。明清时，剧作家可以养一个戏班子，汤显祖、李渔都有自个的戏班。到清末，演员挑班作主，以流派见长，这个本子，我认为适合就演，不适合就不要。剧作家变成出卖剧本，“打本子”的工匠。我在搞《李娃传》时，看过当年荀慧生的演出本。原来这出戏，郑元和、李亚仙是平分秋色的。在荀先生那儿，郑元和越来越没戏。结果流派是发展了，但戏曲的文学性削弱了，观众光注重欣赏唱腔演技，这种现象延续至今。

罗怀臻：一代有一代人的创造，一代有一代的戏曲，一代戏曲的创造，首先应从剧作家开始。过去几年中出现的如魏明伦的《巴山秀才》、徐棻的《田姐与庄周》、陈亚仙的《曹操与杨修》及郭兄的《南唐遗事》《李白》等一些戏，表现形态都不一样，但最关键的是戏曲的文学精神显露出来了。剧作家从现代生活出发，对历史对人生进行新的认识，传达出与当代人的人文意识、审美品味较为接近的内涵，引起当代人共鸣。这种共鸣不是短期政治功利性的共鸣，不是为迎合某种思潮，刻意地寻找历史素材进行人为地虚构、短距离地连接，而是历史的人生的意蕴表现。

郭启宏：强调当代剧作家的文学主体意识，也不是指字面上的辞藻华美，而是指一种文学精神，剧作家在创作时赋予这台戏的深厚底蕴，在演出中投注到观众心灵上的某种颤动、共鸣与感悟。这是提高当代戏曲品格的重要环节。

罗怀臻：戏曲剧本被当代作家和文学史所忽视的一个重要原因是理性不足、认识意识淡薄。成功的剧作大都具有双重结构，情节结构和理性结构愈合时，是大幕即将关闭的一瞬间。中国戏曲走向世界，首要的还是取决于剧作家，从人类共同的心灵体验表现人所相通的感受，而不仅仅是停留在表演形式上，让外国人怀着猎奇之心赞美。

再造戏剧，重建戏剧文学

罗怀臻：从历史纵向看，中国戏剧经历了以作家为中心、以演员为中心的阶段。在 20 世纪 80 年代所探索戏剧的十年间，是导演狂飙激进时期，在戏剧的表现形式上作了有益的尝试。十年戏剧所做的努力就是建设当代戏剧，花了很多心血，吸纳了不少古今中外的宝贵经验。80 年代，我们用十年时间把西方 ·个世纪所出现的艺术流派都演绎了一番。

演绎难免泥沙俱下，不够完备，但十年探索戏剧有两大功绩不可磨灭：其一，在内容上发现了人，体现了对人的尊重，倡导了人文精神。魏明伦的《巴山秀才》、徐棻的《田姐与庄周》、桂剧《泥马泪》等作品强调突出了人的生存价值，对生命个体的尊重。但激进有时过头而褊狭：如把人性片面理解为人欲，人欲理解为性欲乃至生理需要。同样是魏明伦的《潘金莲》为淫妇翻案，我不大赞成。她毕竟伤害了比她更弱的人，这种真没有经过善的过滤，不能上升为美。其二，从形式上，把以样板戏为极致的中国近现代剧场艺术在外延上作了进一步的拓展。有的从音乐上或者服饰上作大幅度革新，有的吸取了话剧表现方式，有的运用影视手法让时空在舞台上自由转换。但同时这些又是零敲碎打的局部改造或者片面强调某一部位的个性创造，而缺乏和谐感和整合性。

郭启宏：十年中各种各样的“破”，在当时可能不大完善，但会导致将来的成功。我有个观点：戏曲需要再造，戏曲文学需要重建。当然要达到过去同样的辉煌似乎不大可能。十年探索戏剧就是一个再造和重建的过程。把西洋乐、电声激光用上戏曲舞台，可能会不太协调。是不协调，但这是个过程。不许革新，恐怕不是保存戏曲的良方。

再造戏曲，重建戏曲文学是项工程，编剧是龙头，探索首先从剧本开始。首先观念要更新，剧作家的个人素养、知识准备要全面、深厚。剧作家的整体素质会影响下一代戏曲的品味。

罗怀臻：有这样一种误解：似乎形式是导演的，内容是编剧的。但一名优秀的编剧在创作剧本之前先为自己的戏作设计，导演以及其他创造是在戏曲文学表述方式规定之下去体现、再创造，即所谓戏的“外包装”。因为这就给当代剧作家提出一个新的任务：你必须要描绘一场生动的演出，设想一种方式，给二度创造提供一种实践的可能。

现代戏曲品格的具备离不开剧作家对其作品人文内涵的把握。首先要有现代人的观念，有独特的对历史对人生的感悟。如果仅满足于为演员“打本子”，为剧团夺奖，为卖座而迎合，那就丧失了剧作家的文学主体意识；同时要为作品文学意蕴的表现寻找一个最佳的形式，这是当代剧作家面临的双重任务。

关于十年探索戏剧的得与失

郭启宏：正是戏剧危机，才会出现《金龙与蜉蝣》这样锐意革新的戏。海派戏剧的最大长处是：革新精神。而京派的特色是文化底蕴深厚、凝重。但正因其凝重，要变革惰性难度就较大，要破除什么就不大容易，而时见“海想”的海派戏剧在底蕴上往往略显不足。所以京派、海派两家应互相渗透，互相借鉴。《金龙与蜉蝣》的成功，在于其既有突破和创新的奇思妙想，又有震撼人心的底蕴。

罗怀臻：一个剧种的形成有其历史过程，和它的地域环境、文化历程有关。淮剧是从苏北那个区域的文化环境中衍生的，当其伴随着苏北移民进入上海时，其生存环境从某种意义上改变了，进入都市，就不再是为村民而是为市民服务，所以其价值观念和表现方式都要调整。这个剧种在都市的继续发展，一方面保持了原有的气质和风格：例如有别于江南戏曲特色的强悍、粗犷、质朴，这在五方杂处的上海文化中是一份独特。但从创作角度来说，它寻求的对历史对人生认识考察的价值标准应是现代的、普遍的，是超越剧种、超越区域的。只有具备了这份独特和普遍的戏才有其生命力。

中国观众今后的审美趋向是：欣赏崇高和壮阔欣赏英雄主义

罗怀臻：有一个时期，玩文学、玩戏剧的说法很风行，作家和剧作家的使命感，责任心受到调侃、嘲弄。但中国文学说白了，主体精神之一是忧患和凝重，那些玩文学的清客、闲士古往今来都有，它是中国文学的边角料。一个具有健全、成熟心态的民族不会一味提潇洒和轻松。否则，久而久之，深层的民族底蕴会飘浮起来，作家最重要的是真诚。不管政治、经济怎样发展，作家心态不会轻松，因为作家要有超前的独立思想。

郭启宏：高抬文艺教化功能和对一切神圣东西都采取调侃态度，是两个片面的极端。艺术家要有艺术良心及社会良心的话，就要为艺术负责，为社会负责。

罗怀臻：当“玩”之说已经离我们有点远去时，我认为中国人今后的审美趋向应是欣赏崇高、欣赏壮阔，呼唤英雄主义，这种恢宏的气度和明知不可为而为的精神是与要求改革开放的中国人的整体心境相融合的，献身感、受难感等宗教式的东西反而能打动人。

现在及以后一段时期的戏剧形态应该是多元的

郭启宏：本来戏曲是同仁的东西，剧团应以同仁组成。《金龙与蜉蝣》剧组实际上就有同仁的意味，起码是艺术观念上的同仁。团长张开明，在艺术志趣上与编导起码是不矛盾的，才有可能出现这台戏。将来的剧团是同仁性质，在西方早就这样做了。在意大利等西方国家几个国家剧院上演的都是名著，全是由国家投资，而其他剧团则多数是同仁性质。

罗怀臻：现在或以后一段时期的戏剧形态，恐怕是多元的。既有活化石似的博物馆艺术，如一部分久远的古典经典作品，昆曲可以保留这些精品；同时也可以寻找古典美和现代美的融和，全国各地的其他剧种，生存环境不一，服务对象不同，音乐口味和民俗民风因地而异，不同的美学层次和演出方式。有的地方没有大剧场的条件，保留一些在大都市已淘汰的演出方式也可以。不同区域，不同审美层面，各种演员形态并存，因此不必为未来的戏剧形态一刀切地制造一个样板。

（原载 1994 年 1 月 6 日《文学报》）

当代戏曲发展的又一种选择

——关于戏曲电视剧的对话

楔　子

罗怀臻： 人元先生，留意到您写的一些关于戏曲电视剧的文章，也听说您参与了不久前在南京举办的全国第十届戏曲电视剧的评奖工作。我这些年也陆续参加几次戏曲电视剧剧本的创作，对于戏曲电视剧多少也有了一点实践的体会，想就有关问题听听您的意见。

汪人元： 您是我很敬重的剧作家，又逢创作盛年，我很希望我们从事理论研究和从事艺术创作的朋友能由各自不同的角度来探讨一些问题，比如戏曲电视剧的问题。

一、视听时代的戏曲选择

汪人元： 电视，作为一种现代大众传播媒介，应被视为 20 世纪现代科技发展中对人类日常生活影响最为深刻的重要成果。它使世界的空间变小了，但它更以快捷、直观、形象的视听方式冲击着印刷文化，拥有着远为广泛的受众，广阔的传播空间和发展前景。

戏曲电视剧的创作，无疑是视听时代戏曲的一种重要选择。它对拓展戏曲舞台、传播戏曲文化、丰富电视艺术品类、创造世界独有的电视艺术体裁……具有不可忽视的作用。同时，它对改变和转换戏曲传统的生产、传播、生存方式，推动戏曲的革新发展，也产生着潜在的影响。

罗怀臻： 的确，随着电视科技的广泛普及，也随着戏曲舞台演出市场的逐渐衰弱，当代戏曲艺术家愈来愈意识到了电视的重要。

在上海，目前比较著名的戏曲中青年演员，几乎无一不曾得力于戏曲电视剧或戏曲电视节目的推扬，有些演员几乎就是靠着一部成功的戏曲电视剧或者一次影响力较大的电视戏曲演唱竞赛，一夜间走进万户千家，名扬全国。不久前，上海已开播了全国首家戏剧类的专业电视频道——上海有线戏剧台。至于戏曲电视剧，上海每年均有一点数量的制作。从较为成功的舞台剧走向戏曲电视剧，进而再一步扩大影响，这似乎已成为一种惯例。然而，有成功，亦有失败，说到底，戏曲舞台剧与戏曲电视剧究竟是两门创作，相通而不相同，戏曲电视剧似应有它独特而又独立的美学范畴。

汪人元：正因如此，对戏曲电视剧的价值思考、历程回顾以及现状的忧思，方显得急迫而且必要。

二、关于“戏曲电视剧”的名称定义

罗怀臻：“名称定义”恐怕就是本体的研究吧。这些年来，关于戏曲电视剧的名称问题好像一直未能一致，比如称之为“戏曲电视剧”“戏曲艺术片”“电视戏曲音乐剧”的，都有。在我看，名称的不统一，主要还是反映了艺术家在理解“戏曲电视剧”内涵方面的不一，而并非在名称问题上刻意要标新立异，是吗?

汪人元：戏曲电视剧，这是个约定俗成的名称。当然，也存在形形色色的各种称谓。如：电视舞台纪录片、电视戏曲艺术片、戏曲艺术音乐电视剧、戏曲电视剧、民族电视新歌剧……其中体现了戏曲电视剧创作中若干有价值的追求，但也明显反映了对戏曲电视剧本体把握上的模糊。

面对戏曲电视剧年轻的拓荒，应有基本的宽容态度，但也迫切需要加强本体研究，对创作给予有力的支撑和正确的引导。而切忌把创作中的不同艺术追求，当作戏曲电视剧的分类原则，以形成失当的创作规范和模式：如将戏曲电视剧创作不同阶段的艺术形态混同于样式区分的规范；将写意或写实的不同风格追求认作是品类划分的标准，等等。

罗怀臻：我接触到这样一种意见，认为戏曲电视剧就是戏曲加电视剧，即 1 + 1 = 2；还有一种说法，称“戏曲”为“母体”，“电视剧”为“父体”，母体和父体结合了，所以生出了一个称之为“戏曲电视剧”的“儿子”，我听了觉着有些滑稽，感到这种理解过于原始或简单了一些。

汪人元：戏曲电视剧的艺术本体，当为戏曲与电视艺术的一种结合（我不太赞成“戏曲与电视剧之结合”之提法，因为后者的概括不尽准确，内涵更为狭窄，而且电视剧本身的观念发展变化很大）。这种结合，自然不是简单的相加，也不是借助电视手段对戏曲舞台艺术作简单的记录和传播，更不是用电视剧艺术的模式来对戏曲进行改造，而是一种产生艺术新质的融合。它应依据电视特有的物质手段、传播媒介、欣赏方式、审美心理，运用电视艺术的思维方式去创作全新的、以戏曲艺术为基本内容的屏幕艺术作品。

罗怀臻：我似乎更主张把“戏曲电视剧”看作为是戏曲的又一种传播方式，即戏曲作为艺术的本体是不可动摇的，电视只是传达戏曲的一种方式和手段，是一种“载体”，所以我也不赞成某种类别相加的提法，如果一定要说明这一种结合，那至少也是 1 + 1 = 1，即戏曲经过电视的方式方法再度创作之后，仍旧还是戏曲。这涉及戏曲艺术的一些最为本质的规定，比如写意性、虚拟性、程式、意蕴、假定以及象征，等等。我还时常听到一些关于“戏曲化”“电视化”的议论，那么究竟是谁来“化”谁呢？抑或从更高的层面上来认识戏曲或电视，它们就其本质而言，是否原本就是相通的呢？

三、关于“戏曲化”和“电视化”

汪人元：从艺术本体的角度看，当前戏曲电视剧存在的突出问题在于：1.电视化不够；2.戏曲与电视统一于表现性的追求不足。

说到电视化，往往容易把电视特征归为写实。的确，人们早年对电影的认识就是视其为“活动照相”，克拉考尔甚至认定电影的本性就是“物质现实的复原”。因此，后来人们很容易把影视这种“照相”的客观、逼真引伸为其与实的本质特征，而把今天的戏曲电视剧也简单归结为是写意同写实的结合，其实未必。

电视艺术的本性，原只是一种以电子技术为传播手段，以声画造型为传播形式，主要以家庭为单位欣赏方式的屏幕艺术。如果从对拍摄内容的选择，镜头的处理，直到剪辑加工的角度说，我们所看到的，从来都只是艺术家所给予和规定的，其中主观表现的意味可能极强。加上可用“话外音”方式将人物内心独白再现，将心灵中潜存的信息（形、声记忆）显露，此均与真正的写实大相径庭。因此，戏曲与电视的结合方式，尽管可以有多种追求，但我以为较佳的结合基点，应在它们共通的“表现性”上。常见的那种“电视剧加唱”，实在不应该成为理想的范式。实景、实拍、生活化的表演、生活化的语言，甚至是普通话的语音，总是与戏曲“再现基础上的表现”之本质、精神难以协调。因为电视剧尽管也有一般意义上的、艺术的“假定性”，但毕竟与戏曲的艺术逻辑并不一样。仅以戏曲演唱而言，不仅其“听觉逻辑”改变了（由说变唱，比生活语言大大夸张、放慢），而且同时也靠“视觉逻辑”上相应的变化（口形、表情改变，动作放慢，带有音乐的节奏和起伏），从而与一般的电视剧表演生生隔离。因此，这次全国第十届戏曲电视剧评奖中一等奖作品《太平公主》，仅以纱、绸的结扎铺挂，结构出十分精彩的“有个性的中性景”，加上富于表情力度的用光，在点染戏剧氛围的同时，也体现着内在的情感意蕴，营构了悦目的视觉形象，再结合灵动的镜头处理，与戏曲表演取得了精神上的谐和，的确堪为众人所称道。而《辩冤》中的实景虚拍手法（形成如同水墨画的艺术效果），也颇能给人许多有价值的启示。

罗怀臻：从您的叙述中让我得出一种证明，即戏曲与电视是可能也可以在某一境界中达到和谐和统一的。这令我想到当代电影界几位有创见的导演，他们的作品如《黄土地》《红高粱》等其实正呈现了某种“写意的境界”，所谓自然的“实”，已经经过了艺术家的理解和感应，成为主观感受中的“实”，成为“人格化的外部空间”，而在这样的“实景”中，艺术的知觉没有消失，意蕴也更为浓烈，它与戏曲所要求的“实”是丝毫也不悖离的。我甚至想到了电视的MTV，一项时下兴盛于歌坛也愈来愈受到戏曲明星喜爱的电视艺术方式，它似乎更接通戏曲的意蕴和程式。总之，戏曲由内到外，所要实现的就是一种“表现性的美”，它与狭义理解的电视艺术的“实”，于审美的本质上格格不入。

汪人元：对表现性的追求，自然也不只是电视方面的使命。对于现代题材的戏曲电视剧来说，首先就面临一个现代戏如何戏曲化的问题。这在当代戏曲舞台上也还是一个尚未完全解决的攻坚难题。当与电视结合时，如果一味只取实景、实拍方式来追求现代生活气息，便格外容易强化同戏曲表现精神的冲突。从这个角度说，二等奖作品《太阳花》不用实景的基本思路，表演上既富激情、形式感，又追求细腻、深刻，努力把握舞台表演与镜头艺术融合的较好分寸，全片注意在情节铺叙中更多赋予情感的节奏起伏，都是很成功的追求。

罗怀臻：讨论了“电视化”与“戏曲化”的概念，您是否能多结合一些实例，具体谈些戏曲电视剧的技术性问题？

汪人元：可以。对于戏曲电视剧电视化的理解或提高，可从多方面着手进行。

艺术观念：应该注意把摄像机的记录功能更深入地转向独特的艺术创造之中。电视本身即是一门新兴艺术，在戏曲电视剧的制作中，便很容易落入对戏曲深厚传统及其魅力的依附。苏联艺术家A·瓦尔塔夫就认为电视完全是“前辈”艺术形式（文学、戏剧、电影）的继承者，它的创造潜力是从复制形式中发展出来的。所以，今天特别应该努力于依据电视特性、运用电视思维去进行独特的艺术创造，其天地极为广阔。

艺术语言：要更充分地调动电视艺术语言，让画面（构图、色彩、光效）、声音、造型、特技、编辑语言，镜头的推、拉、摇、跟、变焦等技巧，更广泛、更能动地成为赋予作品强烈电视特征的手段，同时也成为呈现并强化戏曲艺术魅力的独特方式。同获一等奖的作品《逼侄赴科》，其中就不乏成功的电视语汇。如剧中潘必正急于去见陈妙常时踢褶子、以扇卷绞，以及拜别陈妙常时的飞跪，均以慢镜头对此表演精粹加以夸张、放大、诗化。又如潘必正被姑母再三催逼，不得已一边念叨“走嘛、走嘛、走——嘛”一边蹭出神堂，以镜头步步逼近人物的方法，造成视觉上的压迫感，从而与观众心理上的压抑形成同构。再如，潘必正与书僮相伴离去的背影完全虚拍，以形成类似陈妙常泪眼朦胧之主观镜头中心灵的失落感，都给人留下了深刻的印象。

艺术思维：要强化电视思维特征。戏曲电视剧的拍摄，应该改变原有戏曲演出单向、线性的叙事结构方式，而代之以电视艺术多视角、多侧面揭示主题的思维方式。电视的镜头画面形式，本身构成了一种新的艺术结构方式，戏曲电视剧的文学创作便应有相应的变化。单本剧一等奖作品《醒醉记》由舞台剧改成，但大大超过原来演出水准，就因为不仅一改原来舞台上“喜剧正演”之弊，更在于运用电视思维对其结构作出了必要的调整、增删，特别是断然剪去了冗长的大团圆结尾，使其收束在点睛的精彩对白上，全剧显得分外干净、生动和流畅。

同样，戏曲电视剧音乐的创作，也应该与镜头画面结构相一致，改变其原有的舞台原则与风貌，在结构、语汇、功能、面貌上提出新的追求。

电视的声画造型，也构成了全新的视、听形象组合方式。也就是说，与舞台上视听同步的现象不同，它构成了视听组合形式的无数可能，提供了超越戏曲舞台表演艺术呈现的极大余地。从视觉形象说，对原有舞台表演都可以放大、放慢、定格、变视角，乃至全息表现。从听觉形象说，由于并非推动情节进展的大段抒情唱段在舞台上可能很好而在电视中往往不宜，除剧本写作时应予注意外，拍摄中也可借用 MTV 的方式加以变化处理。这并不在于着意图化唱腔音乐情绪的可读性，而在于这种全新的视听组合方式中，在较短的时空里可以汇聚更为丰厚的信息量，形成新的视听感受，而远非舞台原貌可比。

电视时空极为灵动。因为它既可以为镜头提供广阔多变的空间环境，也可以通过剪辑手段使时空流动跳跃。但在戏曲电视剧中，还是应该更多通过镜头艺术来取得同戏曲时空自由的谐和。即使是长镜头，也可通过变化的视角来造成镜头内部空间的流动感，使舞台化的“固定空间”不复存在。而在搭景甚至是实景拍摄中，也可通过虚、实镜头的不同拍法，来获得多变的空间感。

电视艺术那种非仪式性的欣赏方式，也决定了它的叙事节奏往往要被观众的情绪高潮节奏所取代——因为观众随时可能转换频道。因此，应该充分认识，电视艺术主要不是解释世界的方式，而更多只是丰富日常生活的一种手段，故而在艺术创作中必须注意提供高频率的兴奋点。

四、关于剧种风格

罗怀臻：有这样一种倾向，即近年来有些戏曲电视剧作品逐渐取消了方言，甚至干脆使用普通话来配音，有更为过激者，索性连演员也由话剧或影视演员来替代，音乐已非戏曲化自不待言，唱腔也用民歌或流行歌曲。这种制作乍一看以为就是一般的电视剧，只偶尔演员开口唱了，方惊悟原来是戏曲嘛！这种故意摆脱剧种、模糊戏曲特征的作品，我以为是不合适的。我本人作品被改编时，也出现过地方戏与普通话的两个版本，导演的本意是想争取更多的观众看懂和喜欢，但由于没能在创意之初就考虑成熟，所以当普通话配音出现时，就与唱腔、意蕴出现了裂痕，原来不同的语言方式是与不同的剧种意境存在冲突的。所以，当我接触到类似的作品时，总感到尴尬和不自然。然而，这似乎又是一个时尚，很令人忧心。

汪人元：如同戏曲有不同的剧种划分一样，戏曲电视剧的创作也基本是以不同的剧种艺术作为依托。但是它所面对的，却是大大超越各地方戏原有观众群的、更为广泛的审美需求，而且面临电视播映中各种艺术、亚艺术、非艺术节目的交接，剧种艺术与原有观众之间的审美默契在这里大为削弱。因此，剧种艺术的个性受到戏曲电视剧观众趣味共性的挑战和冲击是很自然的。让剧种艺术为更广泛的观众接受，也是很合理的追求。但是，这决不等于在戏曲电视剧的拍摄中，可以忽略或丧失其应有的剧种风格神韵。这里有着不容忽视的深刻潜因。

各地方戏的个性风格，均以各地方区域文化的底蕴为根本，体现着各地区的地理、历史、社会诸因素在其艺术形成与发展中的投射。它紧密联系着各地区人民观察、透视生活的独特角度与方式，对艺术反映对象的独特选取与把握，以及艺术表达方式的独特创造。它因与各地人民群众世代相传的深层心理相对应，故尤能激活相应的心理、情感和欲望，同时又因其文明积累的高度和独具的魅力，吸引着更广泛人们的兴趣，从而具有极其旺盛的生命力。

因此，应该从文学、音乐、表演、语言、美术等各方面去把握剧种个性，而不是仅仅从唱腔来显示剧神风格。作为对地域文化特质的反映，甚至应从题材、角色、人物性格气质、风土习俗、地理环境诸方面加以考虑和选择，而不是把各个剧种都当成无所不能的表现形式。

罗怀臻：诚然，中国各地方剧种的形成并非是偶然现象，因而它也就有着某种不可动摇的因素存在。一个剧种，一种方言，一套声腔规律，都有着某种“规定性”，这种“规定”是使此一剧种区别于彼一剧种的“天书密码”，可以感觉，可以认定，却较难破译。因为它是整体性地潜伏在某一区域或者剧种的生存心理上的，它是一个历史的生命现象。因此，用以北方方言为基础的普通话来传达各地方戏曲剧种情感、心态，其结果必然是消灭了地域和剧种的特质和特色。换句话说，这也反映了对戏曲或本剧种艺术魅力和潜力的怀疑，其实是对戏曲艺术的不自信。

汪人元：这样看来，在一些戏曲电视剧的拍摄中，简单化地全部改用普通话念白，丢弃任何剧种艺术积累的纯然生活化表演，干脆用话剧演员拍戏而仅以录音配唱，完全歌剧化的配乐写作等现象，便是很值得我们注意的问题了。而与此形成对比的，是在《陈家湾的故事》（豫剧）和《仇家姑娘》的拍摄中，注意从唱、念风格，表演技巧，人物气质，特定语汇，乃至服饰、道具、习俗、背景去充分体现剧种个性与地域文化的深刻对应，展示这种个性的优长和魅力，把浓郁的生活气息与鲜明的剧种风格自然地粘贴，应该加以充分的肯定。

罗怀臻：人元，您是戏曲音乐方面的研究专家，是否就戏曲电视剧音乐问题谈谈看法？如音乐与剧种风格，等等。

汪人元：体现剧种个性风格，音乐自然起着至为重要的作用。戏曲电视剧音乐的创作，应该摆脱对戏曲舞台音乐的横移和复述；而努力打破相对狭窄的剧种音乐语言之单调和沉闷也有必要。但从贴近剧种本体来说，还应在继承传统精粹和吸收本地区音乐语言上下功夫。

《戏审记》里同时并用了京剧、楚剧、黄梅戏唱腔，这与胡连翠以黄梅戏为主体，综合多剧种音乐的素材来编创音乐不同，属于类似历史的“风搅雪”、“几下锅”的办法。可贵在于，所选的几个剧种音乐在地域上血缘很近，同时注意用它们鲜明的风格色彩来分别表现不同性格、气质的人物（如戏中天子唱京剧，贪官唱楚调，平民唱黄梅）。但是，作为完整的音乐作品，自身的统一还很不够。这毕竟不同于滑稽戏的什么都唱，追求荒诞和新奇。此类方法应该更多作推敲。戏曲电视剧的内涵宽泛，剧种众多，题材多样，拍摄务必多样化。我甚至不反对尝试搞中国音乐剧式的戏曲电视剧，但一要解决好若干问题，二是它也不可取代在相当长时间里保持和散发浓郁地方戏曲风格的戏曲电视剧创作。

结　语

罗怀臻：总之，当中国戏曲电视剧这一新型戏曲艺术品种不断探求发展之时，我感到当前迫切需要的是“理论意识”的介入。作为偶一为之，且较多被动性的剧作者，尤其希望看到一种“规则”，即理想的“戏曲电视剧艺术审美体系”的建立。当然，这需要一定的时间。不过，历经十数年之久，戏曲电视剧制作至少应该有自己相对专业化的队伍和相对科学的审美原则了。

汪人元：戏曲电视剧的创作，虽有戏曲、电视两大阵营的从业人员作为后盾，但恰恰缺乏自己的专业队伍。而电视事业本身就很年轻，其蓬勃的发展速度与从业人员数量和质量的提高都存在着明显的距离，这些都使得戏曲电视剧队伍的建设显得非常迫切。

戏曲电视剧要取得大踏步的进展，极需文化精英的投入，极需加强理论的研究。应该引导对戏曲电视剧从文学、表演、音乐、舞美、导演等各方面不是通用、移借性质的专门创作。逐渐追求和形成各个剧种、各个地区、各个艺术家、各个作品的强烈艺术个性。

（原载 1995 年第 5 期《上海艺术家》杂志）

说在“霸王”夜

——我们眼中的戏曲

时间　1999 年 8 月 12 日晚，都市新淮剧《西楚霸王》于第六届中国戏剧节首场演出当夜。

地点　沈阳·迎宾馆。

罗怀臻： 很高兴认识你。你的《天下第一楼》我非常欣赏。

何冀平： 谢谢，谢谢。我也一直想结识你。

罗怀臻：《天下第一楼》在我的感受中就有一点像戏曲，戏曲更容易让人产生一种文化认同感，有令人刻骨铭心的东西。

何冀平： 对，戏曲很能打动人心，有的时候话剧达不到。

罗怀臻： 话剧的束缚也挺多？

何冀平： 束缚太多。好多在戏曲当中唱一下可以过去的，话剧就一点都不能疏忽，你疏忽了，下边的观众就看出这是假的，容易让人觉得漏洞百出似的，而且有的时候你想抒一点情也很难。

罗怀臻： 恐怕主要是意识形态上的束缚。好在我的戏用的是历史题材，能避开这些问题。

何冀平： 对，我写的历史题材也比较多，在这一点上和你有同感。

主持人： 随便聊一聊今天晚上的戏吧？

何冀平： 首先我要说，《西楚霸王》这部戏很好看，真的很好看，尤其在形式上面，好像动用了电影、话剧、歌、舞等手段，脱开了戏曲的窠臼，而且这些东西融合在一起后，很能烘托气氛，展示演员的形体，也把当时古战场的悲凉都展示出来了，真的很难得。我很想知道你们是怎么想到要这样搞的？

罗怀臻：这就是传统戏曲的现代化。这个命题的明确提出，台湾在60年代就已经开始了。我们这儿没有明确提出过，即使是被触及，在我的印象中好像也是在80年代末。但是我觉得传统戏曲现代化的工程其实从40年代就起步了，从延安的评剧改革，到上海的越剧改良，已经逐渐开始从传统戏曲向现代戏曲过渡。而80年代则是一个狂飙激进的时代，基本上是吸纳国外的东西，把传统戏曲解构的时期。当时最显著的特点就是强烈的反思色彩，比较多地运用西方的理念嫁接在中国的传统故事、传统人物身上，有启蒙性。但进入90年代，我觉得就又回到了对自己传统文化的本体上，更加认同作为一个民族、一个区域不可替代的那种文化讯号，对那种本质性的东西又开始了寻找和回归。就仿佛我们从30岁变成了40岁的人，逐渐成熟，开始觉得对童年接受的东西越来越牵肠挂肚。包括与台湾的郭小庄（传统戏曲现代化命题的提出者，我和他在1993年就开始对话）我们也谈过，认为两岸的戏曲是殊途同归。你们今天晚上看到的这种舞台的感觉，我是其中一个，实际上有一批人在追求。比如四川的徐棻，我感觉我们俩在内容和形式上的追求都很一致，都不是单纯意义上的戏曲作家，现在都有着双重的使命：写故事，然后还要为这个故事选择一个形式。一般认为，具有新文化素养的人通常是来自话剧界，而话剧界的导演、舞台美术家不太熟悉传统戏曲，所以很容易会把戏曲和剧种的根须松动。但我们自己戏曲行业当中培养出来的导演和舞台美术家，他们的文化素养又通常不够，视野也不很开阔，好的戏曲导演真如凤毛麟角。所以在这种情况下，戏曲编剧都觉得要为自己的文本确定一个形式。我的作品中内容与形式结合得还比较和谐的是《金龙与蜉蝣》《西楚霸王》，还有《西施归越》，它们可以被看作是传统戏曲向现代回归的实验，不是简单地否定传统，而是在更高层面上向传统的精神回归，不是回到某一个阶段中去，而是回到传统戏曲生发和各个地方剧种生成时期就已经确立的那种风范、气质上去，是回到它的创作法则上去。比如今晚我的这部戏从视觉、听觉上给人一种现代艺术的效果，但其实呢，它还是运用了戏曲的法则，它制造的是空灵的、写意的、很神秘的、直接和人的心灵遭遇的这样一种视觉和听觉上的效果。这也是经过相当长时间摸索和提纯以后才做到的。

主持人：那么传统戏曲被提纯出来的实质应当是一种什么样的状态呢？

罗怀臻：我举个例子，比如说有一天晚上，我在台湾和郭小庄走在中正广场上，雨水把地面冲刷得非常干净，朦朦胧胧地映照着路边橘黄的灯光，碧绿的草坪空寂无人。这个时候，我突然有一种感觉，就对郭小庄说：如果现在在这个现代化的广场，在这个寂静的背景中忽然响起一把京胡的演奏声，你什么感觉？他说现在我眼泪就要下来了。我认为这就是传统艺术不可替代的东西。但同样就在此时此刻，搭一个台子，锣鼓喧天，台下毛巾、瓜子飞来飞去，你的感觉是什么？他说那就是一个集市。我说对，传统的提纯就要提纯到这个程度。我觉得我可能是20世纪传统艺术最后的理想主义者，在这一点上仍然比较保守比较顽固。

何冀平：但是我反而比较喜欢这一点。我更喜欢你的戏里边那些带有传统色彩的东西。在很多方面我是想和你探讨的，因为我也想加入到这个戏曲的行列中来。

罗怀臻：那太好了！中国戏曲界立刻多了一名好编剧。

何冀平：因为我从小就比较喜欢戏曲，我家里也有人在多年从事戏曲工作，我对这个领域是相当喜爱，也相当有感情的。但我一直想要写却始终没写的原因，一是我确实腾不出手来，另一个是我不太敢写。因为我实在是太崇敬它了，如果写出来的完全不是东西，就会感觉是在亵渎它。

罗怀臻：不会的。你的《天下第一楼》我很喜欢，就因为你那种对传统的东西的感觉和把握超过了一切技巧。

主持人：这次戏剧节对我而言很大的一个收获也是发现戏曲了。但客观上我认为全国的戏曲界都有一个本质的问题，那就是对我们新的一代人而言几乎没有什么戏曲的环境，我们得不到培养戏曲兴趣的土壤。而且不得不承认的一点还有：对戏剧完全陌生的人接受话剧要比接受戏曲容易得多。

何冀平：这个东西真的需要耳濡目染，我记得秦绿枝有篇文章《我怎么喜欢戏曲的》就是讲他从小在那种完全不知道的状态下就已经开始接受的熏陶。

罗怀臻：这确实是个问题。

主持人：我以前曾就京剧的问题请教过李洁非老师，他对京剧未来的判断令我当时很吃惊，他认为“很多艺术已经成为博物馆艺术了”。这一点你们怎么想？

罗怀臻：哦，李洁非，他对传统戏曲看得蛮重的。他写了篇《死与美》的文章，认为京剧应该静默地死去，以保持它高贵的品格。

何冀平：就像你的项羽一样。（笑）

罗怀臻：他是怕会出现狗尾续貂的效果。当然，我不完全赞成他的意见。我觉得他们是传统戏曲趣味培养起来的一代人，有一种守护在里面。但是，戏曲是有内在生命力的，它应该不断变化着，就像有的人是被唐诗培养出了文学兴趣，然后他拒不接受宋词，觉得宋词不规范，失去了唐诗的韵味，但宋词是又一种文学的高峰，我们现在要做的也是业外的人士所不能理解的，我们的艰苦也就在这里。我为什么死心塌地不肯离开这里的原因，就是努力想要证明：唐诗之后可能会有宋词，宋词之后还会有元曲，一代有一代戏曲的风范。他们呢，就接受了一种风范，然后就再也不接受了。当然这其中一个很重要的原因也的确是我们自己做得不好，产生了太多虚虚实实、真真假假有一定欺骗性的戏曲作品，败坏了观众的口味。

何冀平：但是我有一种观点，觉得还是可以双轨发展。一种是你的这种风格，像《西楚霸王》；《孔乙己》和你的不同，可能也算是另一种戏曲创新的风格，但是完全戏曲模式的或者说旧式的那种风格也不必消亡。

罗怀臻：对，肯定也不会消亡。现代舞和古典舞之间就没有这种争论，说明它们已经形成了格局，都已经被认同。但中国戏曲中传统戏曲和现代戏曲的界线还没有被区别清楚。可能也因为至今为止，许多戏在尝试中虽然会具备一些现代的品格，但在市场经济争取观众的风潮诱惑下又产生了许多泡沫性的东西，比较浮躁，没有把自己头脑中的存货好好筛一下。

何冀平：我觉得可以更多地运用传统古典中的东西。只要是真正的艺术美，可以感染观众，那么其他的都没有关系。实验有成有败也都可以接受，只要找回真正的自我，毕竟我们谁都不是一个戏定终身的，这个就要大家探讨，看观众是否喜欢。你一直是在做戏曲实验性的改革，在全国的戏曲创作中你可以称得上是执着了，那么从来没老老实实地用传统手法写过戏曲剧本吗？

罗怀臻：用那种很传统方式的，比如《四郎探母》这样写法的，我没写过。

何冀平：那么你觉得观众更喜欢哪种？

罗怀臻：真正懂得欣赏非常传统的戏曲的观众为数不多，少而精。首先他们对艺术发生兴趣的时代就是传统戏曲很兴盛的时期，再加之某种家学的因素等，使其对传统戏曲的精华有种很深的认同，而且此后的新戏曲没有征服过他们。虽然他们自己是现代的文化人，却对老戏曲中由农业文化滋生出的那种比较狭隘的道德操守、男权主义、忠孝节义等非常地宽容，完全放弃对于文化的思辨，而进入了纯粹的审美。再有一类就是试图创作现代戏曲的，他们现在正培养着一批批新的观众。一代戏曲会有一代观众，一代观众培养起来的时候，才能够把这个界别看清楚。所以对传统戏曲的保存而言李洁非的观点是对的，而我们现在的尝试呢，还是不够精纯，我们必须随着社会环境的变化在人文品格上打动一般人的感情才行，而不能只限在对唱腔、对程式化表演的局部改造方面洋洋得意。所以，我们还是蛮累的，因为现在我们的教育没有为这样的戏曲培养一代学生，加入我们这个队伍的人只能是可遇不可求的。

何冀平：你的这个戏是一个全新的角度，主要是讲项羽和韩信是吧？我对历史题材的理解就是怎么写都行，只要是大家认同。但是我冒昧地提一点，关于人物塑造方面的，咱们来探讨。我觉得你这部戏主要写的还是英雄美人。

罗怀臻：对。

何冀平：主要塑造的就是项羽和虞姬这两个角色。项羽这个人物，你把他塑造成很年轻、英俊，还有一点稚气的形象，这是我十分认同的。我一直认为项羽就是一个贵家子弟，他应当是一个贵族，那么贵族呢一般来说比较单纯，从小就不需要用尽心机，我觉得应当加强这一点，他与出身低微的刘邦形成鲜明的对比。同时你还写了他的大气、倔犟、多疑、柔情和义气，是一个集这么多情感于一身的英雄男子汉。我倒觉得可以稍微集中一点，或者集中在他的多疑，或者集中在他的那种稚气。那么你当时是怎么考虑的呢？

罗怀臻：司马迁《史记》中的项羽也的确很复杂，所以可以去从负面理解的地方也很多，我这个戏更注重性格冲突。那种人格上有缺陷的人，他本质上是看不起的。多疑我没有多强调，强调得比较多的是血性。比如像范曾，在我想象中他就像一个爱对孩子唠叨的父母一样。各个人物的活法都不同，最能理解、接近项羽的就是虞姬，但纵使是虞姬，也无法接近他很高贵的一种体验，仍会一不留神就犯错误。而韩信有对贵族东西的向往，对虞姬那种美的发现，但他是胆怯的，在最关键的需要人格魅力的时候缺乏勇气，他们都是世俗层面上的人。而我很希望见到项羽身上那种唯美的气质、浪漫的情怀、狂飙的精神，也就是现代人很缺乏的这种东西。作为中国人人格中很宝贵的质素不要随着现代物质文明的泛滥而逐渐稀薄，这是我的一种忧患。现代人经常谈论“平常心”，“平常心”是最有利于掩饰平庸的借口，我们现在推崇的英雄更多的是因为共性多，而不是因为个性突出，与真正的英雄崇拜背道而驰。

主持人：我认为在这个世界上只要有项羽，就会有虞姬，而如果没有项羽，虞姬就会努力把自己慢慢变成项羽，但问题是现在肯把自己变成项羽的虞姬也越来越罕见了。

罗怀臻：对，值得敬畏的人和行为都太少。

何冀平：虞姬这个人物我觉得她的形象好像稍微有点模糊。一出场，她带着乌骓而来给我感觉是一个巾帼英雄，带着那样一匹烈马，又亲身投奔自己喜爱的英雄，但后来到第二场坑20万秦兵的时候，她又突然表现出弱女子的柔情。我觉得不是不可以表现，但是方式可以变一变。如果一开始她那么崇拜项羽的话，她会对项羽所有的做法始终都是赞同的，她甚至都认为可以去坑秦兵的，但只是此刻稍微感觉有点冷，戏到这里就可以了。

罗怀臻：这个问题不是你一个人这么提出来。

何冀平：然后你就在继续写她的柔情，到了访韩信的时候呢，她又恢复了戏开始时的性格，还有到戏结尾的时候她对项羽说：我现在才明白你。我觉得她好像是明白得晚了点。这个人物给人的印象有点跳。可能是我们的想法不同吧，我是倾向于在一出戏里表现人物性格相对集中一点，这也许是我传统的东西。（笑）如果是崇拜，那么就是一股脑地崇拜，跟现在的追星族一样，你说错的，我也认为是对的，但我会想办法把你说的错的也说成是对的，后来她向项羽承认去韩信处说情的错误等，都和人物的性格不太符合，但我不知道你想要把她塑造成什么样？

罗怀臻：我生活中很期望这样的女人出现，她非常善解人意，有很深的洞察力，但不损害男人的自尊，能恰到好处地表现自己的关怀。

何冀平：这是很理想化的……（笑）

主持人：在塑造女性偶像。（笑）

罗怀臻：我以前塑造的班昭、西施，都是这种，都有很深的忧患意识、很深的洞察力，同时还有生命的热情，我对虞姬最深的定位是：她是一个人文主义者。人物性格上的跳跃和我个人对女性的主观期望有关系。我对男人的批判很尖锐的，对女性都留有余地。

主持人：为什么你写的所有戏曲剧本都是古代题材的呢？即使现在这部戏被定义为“都市新淮剧”。有没有可能将来写现代题材？

罗怀臻：我对现实题材不抱信心。

何冀平：我也希望戏曲不要触动现实题材，很难表现。

罗怀臻：这个制约太多。另外我如果没有对生活某种本质的东西有所发现的话，我也不会去写。而且我也担心我现在发现的这种本质性的东西很可能又是假象，因为我生活在现代，现代传媒的狂轰滥炸，使我可能已经带了很多不是自己的、从众心理的东西。

何冀平：现代题材用戏曲没法表现，到现在为止我不认为有一出现代戏曲是好看的。

罗怀臻：没有，一直没有，那种质感的东西很难表现。而且人的精力有限，我所努力要做的就是希望能让人们从传统戏曲的新创作中见到文学的尊严，而不是演员或导演的工具。舞台剧给作家以尊严，表现的是作家的东西，只是表现得好坏而已，但每一出戏都是我们对生活的一次发言，把我们的话传达出去，而电影做不到。

何冀平：我们立一个约定，假如我写戏曲，一定请你指导。

罗怀臻：假如我写话剧，一定拜你为师。

主持人：而我希望自己能是最早的读者。

（原载1999年第10期《戏剧文学》杂志）

重新崛起中的中原戏剧

——著名剧作家罗怀臻访谈

2005年8月25日至9月20日，应河南省文化厅的邀请，上海市艺术创作中心艺术指导、一级编剧罗怀臻，到河南担任“河南省第十届戏剧大赛”的评委工作。2005年10月下旬，在大赛颁奖及部分获奖剧目展演期间，笔者在罗先生下榻的大河锦江饭店采访了他。

李红艳（以下简称李）： 罗老师，您是这次戏剧大赛外请评委中身份最特殊的一位，因为河南是您的故乡。虽然此前您不止一次回过河南，但每次都来去匆匆。像这次回来这么长时间，而且是以评委的身份出现，恐怕还是第一次。听说您为了这次回乡之旅，克服了许多困难，放下了手头的诸多事情。大赛期间，通过您的发言，我们也能切身感受到您对家乡、对中原的那份浓浓深情。说说您此次回乡之旅的感受好吗?

罗怀臻（以下简称罗）： 乡情难忘，乡音难改。这一个月来，满耳朵听着河南话，对我来说真是一个幸福、愉快的旅程。尽管我是一个河南籍的人，童年也在河南许昌生活过两三年的时间，但对河南、对中原、对我祖先栖息生存的这块土地，我了解甚少。而记忆中的家乡，还是一个农业文明时期的、在现代社会进程中相对滞后的一个省份。但这次来，修正了我的很多看法。一方面使我对中原故乡风貌有了一个全景式的了解；另一方面，也改变了我童年时对家乡的记忆。这种记忆的情感当然也是复杂的。有时行进在高架桥上、高速路上，看到车窗外城市、乡村的风貌，我很难想象这是行进在河南，跟我行进在上海、江苏、浙江没有什么区别。家乡的这些变化让我非常欣喜。河南再也不是我童年记忆中的那个黄土遍地、以简陋的草房为主要居住景观的那个家乡了。但同时，我也感到家乡更加遥远了。它的趋同化，它的风格化的逐渐丧失，又让我很难找到具体的对家乡的那种记忆。我原本设想利用这次到河南的机会，回许昌看看，可是大赛偏偏没有许昌的戏，我也不能专程请假回去。所以，当有一次车路过许昌，路过那个通往尚集的岔口的时候，我请求司机停下来，我要求在岔口的路边小店吃了一餐饭，往那个通向罗村的小路久久地凝望了一会儿，以此慰藉我回到祖先居住之地的情感满足。不过，我想将来还是有机会的。

我这次在百忙之中回来参加河南省戏剧大赛，另一个原因是为了满足我父亲生前的愿望。不管是小时候在河南，还是在我生长很多年的淮阴，以及后来的上海，河南的乡音都是伴随我记忆、情感最强烈的一种声音。我记得父亲晚年的时候，家里用来娱乐的还是半导体收音机，父亲每天坐在家里的阳台上拨弄收音机，无休止地在调频道。不经意收听到豫剧的时候，他会非常安静，我们全家这时也都会非常安静。父亲的安静是想听一段他从小就喜欢的、伴随他长大的豫剧、乡音；我们的安静是不要惊扰了父亲。所以这时候我们家里就有一种带有“仪式化”的气氛出现。后来父亲过世，河南卫视在上海落地，我们很容易就能看到河南台的《梨园春》，每看到这个节目的时候，我还会习惯地把这个频道停留下来，为我父亲把这个频道多停留一会儿。如果父亲活到现在，他每天都可以收到河南的频道，每周都可以看到“梨园春”的演出。可现在做不到了。所以我这次放下很多事情，愿意用一个月的时间来参加大赛，心里有一种埋藏得很深的、不可名状的原因，就是要替我父亲来看一些戏。

李： *罗老师，记得大赛期间，您说这次回乡是“寻根之旅”，您说通过豫剧能够找到“根”的感觉，能够找到自己是中国人的身份认同感。我想您说的“寻根”除了指血脉之根、情感之根，是不是更重要的是文化之根？*

罗：是这样。我经常在想，安徽的黄梅戏、江浙的越剧也曾像河南豫剧一样在全国范围内流播，可是后来它们都回缩了。越剧曾到过的省份和有专业越剧团的省份比豫剧要多，可是都没能在那儿扎根。现在的越剧团主要集中在浙江、上海，江苏只有一个南京越剧团。甚至连无锡这样的地方，都没有越剧团了。这是什么原因？我想，中原地区是中华文明主流文化的发源地，这种文明、文化是伴随着一种文字、一种声音在流播的。我们认同我们是中国人，能在中原找到一个媒介，这就是生长在这块土地上的豫剧。我们听了越剧只能认定自己是江南人，听了黄梅戏只能认同自己是安徽人、湖北人，但听了豫剧，能从整体上认同自己是中国人。这一点接近于京剧。所以凡是豫剧流播到的地方，很少出现回缩的现象。据说目前全国有23个省份都有专业豫剧团，豫剧已经毫无争议地成为了中国第一大剧种——不是第一大地方戏剧种，包括京剧、话剧、歌舞团在内。豫剧专业剧团之多，从业人员之多，喜欢、欣赏豫剧的观众之多，在中国戏曲中都是排名第一。我作为河南的后裔、中原的子孙，看到豫剧的繁荣、发展，也感到有一份自豪和责任。

李：当前全国及各省市大大小小的艺术赛事频繁，但有些赛事流于形式，表面热闹，收效一般。河南省戏剧大赛举办以来，可以说成果丰硕。河南历届获得文华奖、五个一工程奖、文华大奖、中国艺术节大奖的戏大都是通过戏剧大赛推选出来的。您这次经历了河南省戏剧大赛的全过程，对这个赛事本身及其比赛机制、方式有什么看法？

罗：我在经历了一个月的大赛评委工作后回到上海，对上海的有关领导说，我要有一个时间，专门向上海的文化主管领导汇报一下我在这一个月大赛中的收获和体会。我希望河南戏曲发展的经验可以提供给上海戏剧界进行参考。

首先，通过这次大赛，我强烈感受到，戏曲在河南的文艺样式中仍然占据半壁江山。说实话，河南没有很大规模的电影制片厂，也没有很大规模的电视剧的生产基地，也很难有国家级的大牌歌星，由歌星延伸出来的流行歌曲、流行文化在河南也不占据主要地位。

河南文化很重要的一个方面就是河南戏剧。因此，河南省重视戏剧事业，就是重视了河南地域文化的建设，重视了本省人民群众的文化娱乐消费需求。河南省的戏剧家、演员也习惯于通过这个平台来展示他们的新的创作；河南的戏剧观众也习惯于通过戏剧大赛来观赏到他们喜爱的戏曲剧目，并已形成了一个文化习惯。所以这一赛事能够不间断地举办 10 届，这在全国是十分罕见的。有些省份曾经有过省一级的文艺会演，甚至也曾说过第几届，但很多并没能坚持下来。

其次，河南省戏剧大赛的比赛方式、机制也在不断地改进完善。这一次有近一半的评委是由省外或者专业圈、戏曲圈以外的专家组成的。这除了有利于体现它的公正性以外，也表明河南文化主管部门有大的舞台艺术观念。这个观念对评委视野的拓宽，对作品的全面的客观的评价都非常有益。

尤其值得称道的是大赛建立的评委和剧院团、和创作人员、演员进行面对面对话这样一个机制，这在全国所有赛事中也是一个创举。当天晚上看完戏，第二天上午大家就朋友式地坐在一堂，就昨晚的演出抒发自己的见解。这样就不是把大赛作为一个目的、一个终结，而是当作一个手段、一个过程。既然是过程中的一个阶段，就允许创作群体之外的人对它进行品评，对它的赞成、批评、建议都可以当面发表。而不是像通常的赛事，看完之后，三缄其口，不作一言，在一个谁都不知道的地方投票，最后公布了结果。至于这个戏为什么得奖，为什么不得奖，剧团和主创人员一概不知。这对他们认识自己的作品，对作品的进一步加工、修改都不利，而且也容易形成暗箱操作的弊端，容易出现院团过高的期待和最后评选结果的落差。经过这个面对面的品评，参赛的院团可以更加全面地认识自己的作品。因为创作者总是带有强烈的感情色彩，而评委能够从 20 多台戏的比较、参照当中来对一台戏发表建议，所以视野更为开阔一些。同时，这种现场评议的机制也拉近了评委和参赛院团的关系，大家更多地是作为朋友、同行来探讨艺术，最后评出的结果就没有太大的意外。这种机制把可能出现的矛盾、落差在现场就有了一个交底。我以为这种方式是比较好的，是值得提倡的。

李：罗老师，您说通过这次大赛，可以说河南不仅是戏剧大省，而且也是戏剧强省。说戏剧大省，我们当之无愧；说戏剧强省，我们还感觉底气不足。您能对您的这一结论做个让人信服的解释吗？

罗：以往我们河南同行之所以很谦逊地说自己不是戏剧强省，这里面很重要的一个参考是自《朝阳沟》以后，相当长一段时间里，河南没有出现能够影响当代戏剧发展走向的、在全国真正产生艺术影响力的作品。但近些年来，这些局面已经有所改观。随着《红果，红了》《香魂女》《村官李天成》《程婴救孤》《惊蛰》《风中少林》等一批在全国产生影响的剧目的出现，河南的戏剧已经不是一个局部的繁荣，它已经在参与着中国戏曲的大循环，并且在整体上影响着中国戏曲的创作和发展。从这个角度看，河南不仅是戏曲大省，也是戏曲强省。

看一个省是否戏曲强省，我想还应该看它创作的储备力量。河南戏剧大赛三年一届，不算县区级剧团，就有20多台新创剧目。算上县区级剧团、民营剧团，可以达到50多台。从这50多台剧目中产生出来的优秀剧目，再加入到全国戏曲的大循环中，会源源不断地丰富和影响当代戏剧的发展。而支撑这种局面的，除了河南省这种不间断的赛事，还有支撑着这个赛事的一批优秀的人才。这些人才有着鲜明的“代”状态。现在依然活跃的像孟华 、姚金成、贾璐、韩枫，他们既在省里发挥着中坚作用，也不断地参与着全国的创作，已经变成全国的创作资源了，而且是一流的创作资源。通过这次大赛，我们看到又一个梯队的崛起，这个梯队更年轻，三四十岁。比如编剧中的陈涌泉、杨林、原长松，导演中的李利宏、张平、李杰、王小五等。我了解得还很有限，这样的名单还可以列得更长。不要说我所在的上海，就是我接触过的很多省份，都很难拿得出这样一批人。这些人已经从具体的剧团和他所在的地方超越出来，变成河南省的中坚创作力量，触角正在向全国伸展。同时也可以很明显地看出，这个梯队人员的综合素质跟前几代人又不一样。他们除了有现代观念，有对剧种、地域深厚的情感和熟悉的程度，同时也有大戏剧的视野。这是前几个梯队，包括杨兰春先生那一代很难具备的。这跟现在戏剧的大循环、大交流有关，跟现在媒体的发达、赛事的频繁有关系，跟这些人受教育的经历也有关系。把这一批人才的名单罗列起来，是足以引起河南省以外的任何一个省份高度注意的。这是河南戏剧持续发展的信心所在。

与此同时，我们又看到一个可喜的现象，就是一些已经成了名的青年演员，现在正在成为一个个新剧目的启动者、策划者、引导者。这种现象目前在全国很多，如沈铁梅启动的《金子》，韩再芬启动的《徽州女人》，田蔓莎启动的《死水微澜》。一批在中国戏剧界已经成为标志性人物的青年艺术家都走过了这样的路线，而这个意识在河南省这次戏剧大赛中也非常鲜明。这次有很多戏，就是由那个戏的主要演员启动策划的。当然作品成功的幅度还是有所不同，但这个作为重要的创作动力已经显现出来。有一批优秀的青年编剧、青年导演，又有一批优秀的、有责任心的、有担当意识，敢于站在自己剧院、剧种潮头进行探索、试验、创新的青年表演艺术家，这样的省份还不是戏剧强省吗?

李：既然是比赛，就难免有获奖等次的高低之分、先后之别，结果自然也就会出现“几家欢喜几家愁”的局面。当然，最引人关注的还是河南文华大奖剧目的评选。这次评出的7个大奖剧目与您先前的预料落差大吗?评委的整体认识分歧大吗?

罗：对这次大赛的评奖结果，我们的评委都有一种欣慰感。它和我们评委的整体认识完全一致。成为河南文华大奖的7个剧目，并不是所有方面都超过了其他没有获得大奖的剧目；也不是说这7个剧目都是一个模式、一个标准。我们这次评审注意到了三个类型：一是它创作的各个方面的确非常突出，绝对的艺术水准比较高；再有一类就是它具有一种成为精品大作的气象和潜质，预料到将来它能够走出河南，走向全国，代表河南、甚至能够代表当代戏剧；第三类可能不一定有多么遥远的前景，也不一定适合拿到全国的重大赛事上去参赛，但就目前来说，它达到了一定的和谐，非常契合当下的剧场观众，也非常便利于常规的演出，特别有观众。这样的剧目同样也会获得评委的认可。

因为我们评奖注意到了不同类型题材的优长、特点，所以大赛结果就不是偏废的。比如三门峡市豫剧团的《虢都遗恨》，并不太适合参加国家的艺术赛事，但它作为当代戏剧创作的一个成功剧目，轻便，人物少，“戏味”又非常浓，和观众之间的距离非常近，剧场效果非常强烈，有非常广阔的市场。再比如平顶山市豫剧团的《珠帘秀》，尽管我们今天看剧场效果未必达到饱和，或者说它现在的演出还有许多可挑剔之处，但它的题材的选择，它的自觉的文化切入，它已经呈现出来的和谐感和样式感，都在某种意义上提升了豫剧在全国戏剧大平台上的品格。而且这个戏的主角出类拔萃，条件非常好。这样的戏就有非常好的前景，而且也具备达到更高高度的实力。

再比如，写抗战题材的作品《红菊》。它已经不是从写英雄、写烈士入手，它在抗日题材当中第一次切入了对文化的保存，这是对抗战题材、战争题材的一次新的发现、开掘。尽管它还有很大的加工空间，但这样的一个切入点，这样的一个视角，可能对我们表现抗战题材开拓出一个新的局面，让我们对历史的反思进入更深的层面。同时它的综合水平也是达到了相当高度的。

我们外地评委比较偏爱的另一台戏是安阳市豫剧团的《红旗渠》。我们对红旗渠的了解不像河南人那样深入、具体。该剧从小小的侧面折射出了那个时期波澜壮阔、可歌可泣的时代精神。我们觉得它非常宝贵。而且这么一个农村题材，它的舞美、它的视觉形象都具有了现代剧场的概念。

再就是商丘市豫剧院的《浣纱记》。通常来说，对这个题材的解读无非有两个视角：一是通过勾践的卧薪尝胆，传达一种忧患意识，鼓励现代人励精图治、艰苦奋斗；再一方面就是反思意识，就是春秋无“义”战，从人性的立场来反思那一场发生在民族大家庭当中的、没有真正原则的、没有真理存在的、诸侯争霸的劳民战争。而《浣纱记》就不完全从这两个角度，或者说它结合了这两个角度，另辟蹊径写出了它的新视角。而且这个戏的成就更为突出地表现在舞台上。这个戏的舞台呈现，不仅提升了商丘市豫剧院的整体艺术表现力，提升了它的艺术表现的“能级”，而且在传奇剧、古装戏的表现方面，会在一定时间内影响全省的舞台风貌……

我们很难说哪一个剧目属于哪一类型。但总体来说，这7个大奖剧目没有明显的弱项，但却有鲜明的特点，独特的价值，所以能够获得大奖，也能够代表河南省这三年戏剧创作的成果，也理所当然能够产生出代表河南省去参加全国赛事，在全国戏剧平台上去展示河南艺术创作成就的候补剧目。从这个方面看，评奖也达到了大赛的预期目的。

李：您是一个长期活跃在全国剧坛的剧作家，而且担任过首届国家舞台艺术精品工程的评委，对全国的创作状况比较了解。我相信您是站在全国的戏剧平台上来看待河南省第十届戏剧大赛的长短得失的。您认为，在戏曲现代化的进程中，河南走到了哪一步？和先进省市相比还存在哪些差距？

罗：总体上看，河南省第十届戏剧大赛还是准确地传递了戏曲在当下生存、创作的大体风貌，也折射出当代民间、民族文化在现代文明进程中自身所面临的转型及过程的两难。河南省的戏剧正像河南这个省份一样，具有深厚的底蕴和传统。但是，在中国现代化的过程中，河南的现代化相对东南沿海要慢一步。但在近些年，正像我们看到河南各地市的风貌日新月异一样，河南正以大步幅、快节奏在跟上中国现代化的整体进程。自然，附着在这一进程中的戏曲也难免带有这种痕迹。对河南来说就是急切地拥抱现代化，急切地走进现代剧场。走进现代剧场体现在两个方面：一是对历史、生活、社会的现代关注；另一方面，就是在舞台艺术方面更多地具有了剧场艺术的特征，更多地使用了一些现代的、前沿的技术、设施、表现形式。这些方面，流露出一种整体的进取心、急切感，这点是鲜明的。当然有些剧目，在转型的过程中通过积累，已经做得比较圆润，比较成功，比较妥帖，新的和谐已经构成；有的相对比较生硬；再有一些还显得比较表面。在有些地方、有些剧目中，对现代化的理解更多地表现为对现代技术的理解。比如，前些年在其他地区泛滥成灾的烟雾，在今年的河南戏曲舞台上还有一种“风气之先”

的感觉。这次大赛有十几个戏都在下雪，似乎不下雪、不放烟就不能显示出我们这个戏现代。有些雪是符合剧情的，符合感情的，有些是为下雪而下雪。这种下雪大都能赢得观众的一片掌声。因为至少在河南的戏曲舞台上，能看到下雪还是难得的剧场景观，观众是为这个技术而兴奋。

在重视对剧场技术、技能展示的同时，我们的创作人员往往忽略了讲述的那个故事必须是现代人的价值观念。所以在豪华的、时尚的现代包装下，包裹的那个故事观念可能是滞后的、陈旧的，甚至是和现代文明格格不入的，价值尺度完全是颠倒的。如果我们做不到由内质到形态的完全现代，这个现代就不是彻底的现代。

李： 您在“海峡两岸河洛文化暨豫剧理论研讨会”上曾经说过，现代化、城市化的进程是一个添加的过程，它使简陋的传统戏曲繁复起来，丰盛起来。经历过这个阶段以后，戏曲将实现向“传统的现代回归”。这是不是就像梅兰芳先生讲的表演要经历少——多——少的过程一样，这个添加的过程是戏曲现代化必经的站点？

罗： 是的。因为我们已经厌倦了过去的那种简陋、粗糙、单调，需要和剧场相匹配的艺术；而且随着广大观众欣赏品位的提高，他们也希望在剧场里得到更多的视觉上的满足。因此任何地方也不能逾越这个阶段。但通过这样一个阶段，我们会更加审慎，更加冷静，更加全面地理解我们对现代人、现代艺术、现代观念、现代剧场的认识。从总体看，河南的戏曲正处在这样一个转型期中，当然有一些已经比较成熟，有一些正在路上，还有一些还非常肤浅。但是这个意识无论如何是清醒了、觉醒了。意识觉醒以后就会逐渐走向成熟，最终在繁复之后回到单纯，简约但含量更大，从而完成我们从传统戏曲向现代戏曲形态的转换。这应该说是一种整体的态势。

李： 这次戏剧大赛有近一半的剧目都是对地域题材的关注，这一方面表明了当地文化主管部门对地域文化的重视以及打造地域文化品牌意识的强烈。但这些戏成功的很少，能够切入地方、地域文化内在神韵的作品更少，甚至说还没有。能谈谈您对这一创作现象的认识和感受吗？

罗：戏曲的现代化是通过两个方面去理解的、实现的：一是我刚才所说的由传统戏曲向现代戏曲的过渡，这个过渡是包括它的内质和外形的；再一方面，就是要完成地方戏曲向都市戏曲、城市戏曲的过渡。这不是说我们的戏曲只能在城市演出，也不是说我们的戏曲只能演给城里人看，而是说随着人们文明意识的提升，现代意识的觉醒，我们对人、对事、对历史、对现实的认识具有了现代人的观点、视角。中国的现代化，在某种意义上就是它的城市化过程。在这个过程中，我们要注意的是城市化不是目的，而是手段；地方化、地域化才是目的。这个目的的实施是要通过现代人、现代意识、现代背景去重新发现一个剧种、一个地域，甚至是同一剧种不同地域特有的风情，并在一个共通的平台上将其更加强烈地展示出来。大赛中，我们看到各地市剧团普遍认识到了从自己地域的人文传统中寻找素材，然后用当地的剧团、当地的剧种、当地的演员表现它，从而打造当地的文化名片。但在实施的过程中，地方化、地域化往往只是一个标签，并没有注重对它内涵、个性的发掘，而是把地域的东西作为符号融入了一个共通的东西，地域背景、地域特征、地域传统在时尚的共同化中被消解、淡化掉了。这恰恰是对地域化的一个误读。这方面有些很好的例子是可以借鉴的。比如《徽州女人》让我们重新认识了黄梅戏，原来黄梅戏也不完全是《打猪草》《天仙配》那样一种轻歌曼舞的东西，在安徽，在黄梅戏流播的地区也有很深厚的文化积淀。所以，《徽州女人》丰富了我们对黄梅戏的认识，丰富了我们对黄梅戏所表达的那个地域个性的了解。

再比如川剧《死水微澜》和《金子》。《金子》为什么不出现在成都，而《死水微澜》不出现在重庆？同样是川剧，重庆的川剧更多地带有城市感，而成都的川剧更多地带有乡村的记忆。透过这两个地域标志性的剧目，我们能够感受到这两个地域具有的、其他地域不可替代的神韵。但它又和早期的川剧不一样。它经过了现代艺术家的重新提炼、提纯，更纯粹，更能传达那个剧种的神韵、气质。所以，我们对地域题材的发掘仅仅有地域的情感是不够的，还要有对那个地域题材提炼、提纯的能力。只有把它提纯到一定程度，它才能成为那个地区不可替代的东西，才能和超地域的人群来共同交流、共同享用。

现代化的进程，某种意义上就是地域文化被保存的过程。这次大赛我们一方面欣喜地看到各地对当地传统的重视，另一方面也看到创作者对这个题材驾驭、表达的能力还不够，更多的还是把地域题材作为创作的一个由头，而表达出来的东西往往流失了地域的特色、特点、特征。这也不仅仅是河南省第十届戏剧大赛出现的现象，全国都有这个现象。正像中国戏曲现代化的进程一样，在初级阶段我们在努力使它不像自己，但经历过这个阶段以后，我们就要努力让它更像自己。更像自己就不仅回到我们看得见的传统中去，还要回到我们这个传统之所以形成的、更久远的那个传统中去，包括回到这些传统之所以形成的、产生这些传统的生活、人性的土壤中去。传统形成的过程也是一个逐渐沙化的过程，积累越久，沙的成分越多，金子往往就被埋没了。所以我们需要重新淘洗。经过重新淘洗、提纯，把原生态的、原形态的东西、真正这个土壤里边生长出来的最有活力的东西更加突出地表现出来。然后在共通的平台上，在接受现代剧场，接受大概念戏剧的同时，更加自觉地展示剧种、地域的不可替代的风情。这才实现了我们的地域化、城市化的目的。

李：大赛已经过去一个月了，当初看戏的冲动和感受经过了理性的沉淀和过滤，可能更加冷静，更加客观，理论的价值也更高。这是我听了您以上发言的感受。除了上面说的几个方面，您认为河南省第十届戏剧大赛还有哪些值得关注的话题？

罗：如果说这次大赛能够总结出一些需要改进的方面，或者以后在河南的戏剧创作中应该引起关注的课题的话，这些课题也不是河南独有的，它同样也是全国戏剧的一个缩影、一个折射。在我看来，有这样几个方面。

一是和全国戏剧发展的整体局面一样，剧本创作成为影响戏剧发展、创新的主要因素。由于剧作家普遍的心态浮躁、急切，所以剧本成为这次戏剧大赛相对而言的一个弱项。当然这不是河南独有的现象，这是这个时代普遍的风气。这个时代人心浮躁，浮躁带来的结果就可能是浮浅，舞台上的堆砌又可能形成浮华。尽管“三浮”问题在河南还不是非常突出，但处在全国的大气候当中，依然有所表现。一度创作对河南主要不是能力问题，而是剧作家能否有不断超越自己、不断深入生活、不断为舞台提供实验的兴奋活力。一出剧目的高度往往最终取决于剧本创作的深度。所以，好剧本的缺乏，依然是制约戏剧发展的“瓶颈”。

第二点，大赛当中出现了一批一流的好演员，但是还是较少出现有个性的、甚至有演员鲜明特征和个人魅力的表演艺术家。这有两方面的原因。一是和创作有关，如果剧作没有提供出鲜明的、具有个性特征的人物，那么演员就很难显现出他或她的个性魅力来。二是如果二度创作没有把重心放在给演员提供展示技能和个性魅力的基点上，演员依然会在舞台创新的繁华中埋没着。所以非演员的原因要占到一半。当然演员也要有把自己放在地域的、剧种的高度来考虑自己的表演、创作的这种意识。成功的先例是有的。前些年《荒唐宝玉》承载着的白淑贤；《金子》承载着的沈铁梅；《徽州女人》承载着的韩再芬；《西厢记》承载着的茅威涛……这些剧目都是一个剧种、一个地域、一个剧团神采的缩影。你看到这出戏，就会想到这个剧种，想到这个剧种所依托的那个城市、那个地域。在我看来，表演艺术承载着三重境界，也是三重魅力。第一重境界就是技巧的魅力，包括声腔、技巧手段的魅力；第二重境界就是人物的魅力，就是把技巧、才能投注在一个特定的人物身上，通过这个人物展现出一种魅力；第三重境界就是人格的魅力，是在融会了技巧、把握住人物的基础上，洋溢出包括演员自身的气质、特质、生命气场的魅力。四大名旦的生命状态熔铸在舞台上，能够让我们透过他们的舞台形象，感受到他们的生活形象，想象出他们的人格，风范，这是真正进入了自由的境界。现在我们能看到的，是第一、二层面的表演。真正的杰出的标志性的艺术家，能够和上述提到的艺术家并驾齐驱的艺术家还有待产生。

再一个方面是非艺术方面的。我们欣喜地看到河南各地对参赛的热情，对荣誉感的重视。但我们更期待他们有一种长远的眼光，就是当他们意识到我重视我这个地方的豫剧、曲剧、越调，就是重视了这个地方的人文传统，重视了人类非物质文化遗产在当地的保护。这种重视的程度就相当于他们小心翼翼地保护少林寺、保护龙门石窟一样。当然，动态的文化继承还有一个制订发展远景、培育传承人才和不断创新的课题。如果地方官员的认识上升到这样的高度和自觉的时候，戏剧的真正复兴才可望到来。

（原载 2005 年第 10 期《东方艺术》杂志）

感受《金沙》

——著名剧作家罗怀臻访谈

2007 年 4 月 27 日，上海东方艺术中心。来自成都、热演了 570 场的中国大型原创音乐剧《金沙》在上海首演，吸引了各路圈内外人士纷至沓来。演出结束，伊然当即邀请在现场的著名剧作家罗怀臻谈谈观后感，罗怀臻表示对《金沙》的感受其实更多的是对中国原创音乐剧的感受，对《金沙》的思考也更多的是对中国原创音乐剧的思考。

《金沙》是最具有音乐剧品质的一部作品

伊　然：您是一位戏曲剧作家，平时也很关注音乐剧吗？

罗怀臻：近十余年，中国文艺界在鼓吹、实验着各种所谓音乐剧的创作，我一直非常关注这些创作。同时，上海近年也有一些国外经典的音乐剧轮番上演，我也同样很关注。

伊　然：您如何评价《金沙》呢？

罗怀臻：我个人认为，《金沙》是国内截至目前最具有音乐剧品质的一部作品。

《金沙》之得：内在速率、舞台运用、商业运作

伊　然：您对《金沙》的评价很高，那么什么是音乐剧品质呢？

罗怀臻：中国所谓原创音乐剧做了不少，但在我看来，一部分更像是民族歌舞剧，如《鹿回头》《狂雪》等，还有一部分像校园青

春剧，如《星》《四毛流浪记》等，我个人认为，都不是严格意义上的音乐剧。音乐剧是一种独特的现代戏剧形式，它有三个基本要素，即现代性、国际性、商业性，围绕三个基本要素，又有其一些内在的特质，如速率。

伊　然：速率好像是一个物理名词，在戏剧中，它特指什么呢？

罗怀臻：速率是商业戏剧特有的故事讲述的速度和节奏。比如京剧一板三眼、一唱三叹，这种缓慢的速率迎合的是京剧观众不慌不忙的观剧心态，现代戏剧就不同了。有些戏剧家称中国戏曲载歌载舞，其实就是中国音乐剧，我认为很可笑，不是载歌载舞就一定是音乐剧，速率才是不同戏剧样式互相区别的主要特征。这种速率不仅是表面上舞台变化的速度，更是内在的速度、戏剧情节和人物情感递进的节奏。音乐剧是现代商业戏剧的产物，它和古典歌剧在速率上也是不同的，古典歌剧营造的是一种庄严、肃穆、从容、平缓的观剧氛围，而现代音乐剧在短短100分钟左右的时间里讲述的故事和舞台的变化令观众的视觉、听觉和心灵的感觉都要接受到大量的信息。现代音乐剧的一个晚上可以分解成三台古典歌剧。《金沙》让我感受到的就是现代舞台艺术作品的速率，联想到另一部原创音乐剧《狂雪》，比较迟缓从容，和《金沙》在特质上是有区别的。

伊　然：除了速率，《金沙》还有哪些您认为的音乐剧品质？

罗怀臻：国内原创剧目中，《金沙》在舞台技术、舞台功能的运用方面达到了极致。很多剧目，只是偶尔一次地运用转台、闪电、烟雾、下雪、吊景等，而《金沙》则最大限度地开发、调度舞台的表现能力，这也是音乐剧的重要特征之一。传统戏剧，布景很简单，京剧只是一桌两椅，所有的表演都在演员的身上，而音乐剧就不一样了，舞台的运用非常重要，悬吊、推移等，可以说《金沙》无不使用其极，这也是它更像音乐剧的地方。

伊　然：成功与否，数字是很能说明问题的，《金沙》已上演了五百多场，这在国内原创剧目中，不能不说是一个奇迹，那么它的运作模式是否也很值得进行探讨和研究？

罗怀臻：其实，商业运作的模式也是音乐剧的特征之一。《金沙》从创作之初，首先就定位在商业戏剧，因此它不受所谓主流意识的影响，不受所谓主流评价的干扰，我行我素，一口气演了五百多场，如果这是一个政府投资、专家评审的剧目，可能到现在还不能公演呢。既然是商业戏剧，他们就请了作曲家三宝，写了二三十首琅琅上口的歌曲，把歌曲作为音乐剧创作的第一元素，采用歌曲连缀体的方式敷演成一台大戏，所以说《金沙》在运作上抓住了音乐剧的重要元素，同时通过固定演出班底、不用大牌歌星等办法来控制成本，这些都是符合商业运作基本规律的。这也是《金沙》成功的保证。

伊　然：您说到了成功，是否您认为《金沙》是一部成功的音乐剧？

罗怀臻：中国原创音乐剧刚刚起步，成功很遥远，但是我要说的是，就我前面谈到的《金沙》所具备的音乐剧的品质，中国音乐剧的发展历史就不容回避《金沙》，未来中国音乐剧如果有了自己的标志成熟的“代表作”，那也不能忽略《金沙》的铺垫。因此，《金沙》带有一定的开创性、实验性、启发性，作为一台基于商业动机的现代戏剧，能够变相地、曲折地实现它的文化动机，它就已经功不可没。

《金沙》之憾：剧本的结构和现代性、艺术符号的提取、明星效应的制造

伊　然：《金沙》曾六易其稿，这次我们看到的是它的最新版本，那么您作为一个剧作家，如何看待这个剧本？

罗怀臻：正因为带有一定的实验性，所以它会引起一些争议，并仍然存在着巨大的创作空间。这个创作空间就不一定仅指剧本了，也包括运作方式。首先说剧本，剧本存在两个方面的问题，一个是叙事方式，歌曲连缀体是《巴黎圣母院》的创作模式，《巴黎圣母院》由 41 首歌曲近缀而成，没有一句台词，这是基于它的故事脍炙

人口，那么《金沙》的故事不能与之相比，所以采用歌曲连缀体就难免有疏漏，在情节交待上留下了空白。因为故事结构的整体性不够，所以就依赖于音乐，不断地启动强度，生硬地启动情感和情绪的强度，使整个演出比较张扬，可以说《金沙》得于音乐，也失于音乐。

伊　然：除了叙事方式，您觉得在叙事内容上有什么问题吗？

罗怀臻：这也是我想要说的剧本的第二个问题。音乐剧的现代性，除了指舞台艺术的现代性，还有价值评判的现代性，从这个层面上讲，《金沙》对现代性的理解有些滞后。今天，文明的标志是什么，文明的标志不是在目前不具备能力和条件的前提下去拼命地开发地下的文物，而是在于对祖先的文明怀有一种敬畏的心态，文物的现代意识更多的应该是保存、封存而非开发。《金沙》如果采用更加现代性的处理，就不是把古人带进现代社会，最后蒸发，而是男主角沙带着他的思古情怀告别现代生活，走进古代，关起那扇连结现代的门，这样更能引起现代人的共鸣、受到现代人的尊敬。

伊　然：看《金沙》，我们感觉到它受了很多国外音乐剧的影响，比如《猫》、《巴黎圣母院》，不知您是否也有如此感受？

罗怀臻：是的。我认为在艺术符号的提取方面，《金沙》有些落后。近几年，我们对于时尚的展示往往是向古典的、民族的、传统的艺术提取元素，《金沙》应该多提取一些巴蜀文明的艺术元素，甚至可以是地方戏，比如川剧等，而现在《金沙》的洋味比较重，在传达情感方面让观众产生了隔阂感。由此我联想到法国音乐剧的成功和日本音乐剧的失败，法国音乐剧的成熟是以《巴黎圣母院》为标志的，就是因为它植根于本国的文化和传统，一个国家音乐剧的成功与否就是在于音乐剧创作中能否坚持本民族的传统。像日本音乐剧起步很早，但就是百老汇歌舞剧的翻版，我感觉日本没有音乐剧，虽然它可能一直在上演，但是没有看到在日本文化传统背景下的音乐剧，这是它失败的原因。

伊　然：有人说，既然是商业戏剧，就应该邀请大牌明星演，这样才有商业价值，您怎么看？

罗怀臻：请大牌可能和成本有冲突，但是可以制造明星。一部音乐剧的打造过程往往需要一两年、两三年，它的创作过程往往也是商业运作的过程，一两首主旋律先出来，然后寻找男女主角，通过选秀等方式，不断进行炒作，等到音乐剧创作完成时，原来的无名之辈早已变成“李宇春”“周笔畅”了，创作的过程就是明星诞生的过程。从这点看，《金沙》还缺乏一点造星意识。

罗怀臻说，《金沙》的演出还有另外一层意义。上海作为国际文化大都市，作为现代化城市的标志性舞台演出形式之一的音乐剧已经到了呼之欲出的时刻，类似《金沙》这样的本土音乐剧轮番来沪上演，客观上能够刺激上海音乐剧的创作。上海不仅要在经济、金融、贸易、航运等方面走在中国现代化城市的前列，与此同时，也应该在文化艺术的创造创新包括在音乐剧的创作方面有领先一步的意识。从这个意义上来讲，欣赏、研究、评价《金沙》这样的音乐剧作品，也是对上海自身音乐剧创作的探讨与准备。

（原载2007年上海东方艺术中心《东方艺术》杂志创刊号）

从《海上生民乐》看民族音乐的当代表达

2016年10月12日晚，上海民族乐团原创新作《海上生民乐》音乐现场为第十八届上海国际艺术节开启序幕。这是艺术节首次使用民乐作品作为开幕剧目。《海上生民乐》不仅有音乐创新，还融合了书法、戏曲、舞蹈等其他艺术门类，共同展示民族音乐和文化的魅力。当晚，在一片热烈的掌声中，《海上生民乐》谢幕了，但是围绕此台演出的思考才刚拉开帷幕。譬如：《海上生民乐》中的创新是否成功？成功在哪？如何让民族音乐具有当代气质、进行国际表达？这场以“传承、创新、融合”为主题的民乐演出传递了什么值得关注、借鉴的艺术理念？……对于这些问题，三位专业人士进行了深入探讨交流。

何占豪（著名作曲家）：《海上生民乐》的成功在于美、情、新

我觉得这台音乐会的“好”可以用三个字概括：第一个是美，优美。优美是我们民乐的特色。首先是民族音乐语言美、旋律美，现在很多所谓的现代艺术家，写出来的音乐老百姓不喜欢听。为什么？因为他们背离了民族音乐语言的美。我们的祖先创造音乐就是为了美，要好听，有听觉的美和视觉的美。《海上生民乐》这台节目延续了我们民族音乐的传统，保持着原来的民族音乐语言的美。其次是民族乐器的音色优美，这次这台音乐会几乎每一个节目都以乐器为主，把各个乐器的音色，它的功能，做了比较充足的发挥，发挥出它原来的美。《海上生民乐》的节目虽然还有改进的地方，但是总体上是美的。

第二，这台音乐会成功的一大原因是“情”。在古代，我们的先辈就开始用乐器的声音来抒发自己对大自然的热爱。我认为，音乐的本质是美，音乐的核心是情。音乐离开了美，离开了情，为何还要创作音乐？但是现在音乐界有一种很不好的风气，觉得观众越听不懂越好，觉得音乐是不能用语言来讲的、要靠观众自己体会，这些观点其实是部分创作者用来掩盖内心空虚的借口，这与“艺术以人民为中心”的创作理念是背道而驰的。让我高兴的是，在《海上生民乐》中我感受到了“情”，比如《墨戏》《剑器》《凤舞》等节目的创编、演奏，都带入了真情实感，呈现了鲜明的音乐形象，因此能把现场观众带进音乐营造的氛围情绪中。

第三，这台音乐会之所以群众喜欢，在于新，有创新。我认为这台音乐会的创新表现在这么几点：首先，乐器的选用不拘一格。以前的观念里民族音乐一定要纯，某种音乐就一定要用某一种乐器，否则就觉得不正规。我们知道，乐器是世界各地的老百姓创造的，但是创造了这个乐器之后，是不是就只能这个国家演出来才有所谓的风格呢？不，乐器它本身没有民族性，它是一个工具，如果这个乐器跟某个国家的民族音乐语言结合得好，久而久之它就能成为这个民族音乐的乐器。《海上生民乐》这台音乐会就打破了乐器过去固有的门户之见。其次，新在跨界，运用了综合艺术，如舞蹈、昆曲、书法等，还融入了舞台背景、灯光等视觉艺术，借用其他艺术来帮助节目更好地展现音乐形象，更好地让听众理解音乐内容，这也是一种创新。

总体而言，我认为《海上生民乐》这台音乐节目具有“美、情、新”的特点，这三点符合我们民族音乐发展的思路，所以应该按照这个思路发展下去，会越来越得到老百姓的喜欢。我认为，外来艺术形式要民族化，民族音乐要现代化。什么叫现代化？除了运用其他门类的艺术，如视觉艺术、舞蹈艺术来助我们民族音乐一臂之力外，我们民族音乐本身还要改革，再不改革很难往前发展。我们的乐器要改革、要创新，发声要现代化，要真的达到美，要真的抒情。《海上生民乐》中，《墨戏》《剑器》等节目都很不错，既展现了高超的演奏技巧，又体现了美和情。同时，整体而言，还是要对自己高要求，不断打磨，做到既要让观众满意，又让专家看了服气。

罗怀臻（著名戏剧家）：名人，名团，名曲；名牌，名望，名声

可以用“名人，名团，名曲”来形容上海民族乐团。所谓“名团”，是指上海民族乐团经过数十年的积累，已经成为中国民族音乐创作与演出的风向标。这个风向标的意义，既有良好的传统继承的一面，也有对民乐发展走向的引领与先导，它在民族音乐领域里的作用力和影响力是举世公认、一以贯之的。所谓“名人”，是指上海民族乐团人才辈出，独领风骚。《海上生民乐》集结了几代优秀演奏家同台表演，争奇斗艳，精彩纷呈，不同年龄段演奏家的演奏，还传达出不同时期的代际审美，显示出上海民族乐团在各个发展期深厚的人才储备。上海民族乐团的演奏家们还有一个特点，即大都可以兼顾创作，如闵惠芬、俞逊发、顾冠仁、马晓晖、罗小慈等，这在全国民乐界也是少有的。所谓“名曲”，我想用“熟悉的曲目有新鲜感”和“新创的曲目有熟悉感”来形容上海民族乐团的创作演出风格。在《海上生民乐》的演出中，我们听到了许多耳熟能详的传统曲目或作了新的编配，或尝试出新的演奏方法，在熟悉的旋律中体现出新的意境与新的技法，从而产生新鲜感。而他们新创作的曲目，又十分注重本体与本色的守正，甚至有意识向更质朴久远的传统源头回归，使人在一派清新的感受中唤醒储存的记忆。

许多年来，民族传统音乐一直在寻找新的发展路径，希望重新融入时代主流，为此做了各种尝试，包括交响化、新民乐、跨界混搭、时尚化。现在回头去看，一切尝试都没有白费，所有努力也都没有最后完成。上海民族乐团的《海上生民乐》，可以说在不经意间作了一次总结，把民乐人许多年来的有益探索，把民乐创作与演出中各个局部的尝试和革新，在上海作了一次整合，以一场风格感鲜明分寸感得当，相对完整和谐和完美的原创性演出，实现了民族音乐当代演出的审美转化。这种完整性转化本身，体现出上海文化创造的一份自觉担当。

艺术创新，不仅是局部性技能性的创新，更是在局部与技能性的基础上逐步积累进而实现的整体性的审美品格转化，而支撑整体性审美品格转化的，既离不开深厚的积累，更要有文化创造的自觉和自信。《海上生民乐》作为一台民乐形式的演出，融进了民族舞蹈、民族戏曲的表演，也运用了多媒体技术，但是其他艺术门类的介入，都没有反客为主、喧宾夺主，反而起到了营造情势、渲染情境、放大情感的积极作用，并且构成和谐。文化自觉就是敢于并善于打破定势开拓创新，文化自信就是以我为主拿来我用。一门艺术如果只剩下内行追捧，证明已经在衰落，如果能争取到大量的外行关注它、走近它，进而喜欢上它，那门艺术才是青春不老，繁荣兴盛的。上海民族乐团《海上生民乐》的创作与演出，赢得了内行观众的认可，也赢得了外行观众的喜欢，在上海大剧院座无虚席的观众厅里，无分老少，不时激起的亮点、沸点，甚至偶或被触动到的泪点，使得这场民族音乐会的演出效果达到了多年未有的成功。我相信，《海上生民乐》会成为上海民族乐团的保留演出，其中的曲目和演奏的艺术家可以自由更换，但是样式和风格会被保留下来，传播开去。

上海品牌，全国名望，世界名声。这是上海文化追求卓越的标志。

李昂（青年乐评人）：《海上生民乐》主动面向大众的理念值得宣扬

《海上生民乐》这台演出非常成功。演出结束后，我碰到两位知名作曲家，他们对于这台音乐会的评价非常高。当然，我觉得对于这场演出的评价，也不能单单从专业音乐工作者的角度或者学院派的角度来衡量。这台演出作为第 18 届中国上海国际艺术节的开幕演出，我们更要从大众的角度去对它的艺术质量进行评估。从演出现场以及演出结束后观众的反映来看，这台音乐会是很受欢迎的。可见，《海上生民乐》这台演出的一大鲜明特点是：在保持音乐会的高格调的同时很注重拉近与大众的距离。一直以来，中国的民族音乐，包括上海民族乐团半个多世纪积累的经典作品，对于旋律的线条美、是否贴近传统气质的考量是非常重视的，这是非常值得继承的传统。

观众们为什么喜欢《海上生民乐》这台演出，就是因为做到了这点。首先，这台演出中所有节目的标题都非常直观，比如音乐会分为《风》《雅》《颂》《和》四个篇章，篇章下面又有《流水》《和鸣》《别姬》等等节目，看到这些标题，观众马上就能产生一定的联觉与期待。而我们的艺术家呈现出来的声音或者舞台效果是与之相符的，进行了平易地表达与诠释。其次，这台民乐演出在编排上面有两个特点：其一是邀请了年轻的作曲家参与，比如黄磊、孔志轩、韩闻赫都是非常有想法的优秀青年作曲家。他们创作时也考虑了大众的审美，编创的音乐也很有活力；其二，上海民族乐团里很多演奏家都有进行创作的能力，这也是这个乐团艺术家们一直以来的优秀素养，比如罗小慈老师作曲的《墨戏》，具有相当的艺术水准，体现了只有演奏家才有的那种建立在自身经验之上的杰出创造力。这也说明，好的民乐作品，一定要建立在对于乐器特性的充分了解之上，这也是写作民乐时最为难得的素养。

长期以来，一些作曲家固守象牙塔，缺乏与大众的互动与理解，热衷通过技法来标榜个性。当然，我们同样欢迎勋伯格式的先驱，但要明确的是音乐为什么群体而作？这也是音乐最重要的文化属性。《海上生民乐》这台演出在很多方面进行了尝试，坚守了一定的品质，同时也最大限度地照顾了大众审美的需求。上海观众的欣赏水平相对来说是比较高的，因为上海有很深厚的古典与传统音乐的积淀和音乐厅文化，因此《海上生民乐》受到上海观众的欢迎，也充分说明了它的成功。我觉得上海民族乐团应该把亲近大众的理念继续继承发扬，与更多有想法有才华的作曲家深度合作。艺术家可以享受自己的那份孤独，但也应该主动去与大众对话，因为我相信大多数的作曲家还是希望能够在有生之年得到社会的认可。

（原载 2016 年 10 月 27 日《文汇报》）

“眼中本来没泪水，不知何故涌两行”

——梁伟平表演艺术三人谈

2017年，由上海淮剧团创作的都市新淮剧《武训先生》隆重首演，该剧由罗怀臻编剧，韩剑英导演，韩生舞美设计，梁伟平主演，这也是罗怀臻为梁伟平度身定做的第3部淮剧，是他们的第3次合作，3部作品开启了上海淮剧团的“都市新淮剧”时代。

《武训先生》是继《金龙与蜉蝣》《西楚霸王》的最新创作，也是上海淮剧团对“传统戏曲现代化”和“地方戏曲都市化”的最新实践。作为主演的梁伟平伴随几部作品走过了20多年光阴，一路风雨，一路阳光，60岁这年，他将这一路的积累定格在一个名叫“武训”的舞台形象上。

一、梁伟平与《武训先生》

梁伟平：1993年我演出了剧作家罗怀臻创作的《金龙与蜉蝣》，1999年又演出了他创作的《西楚霸王》，我们曾经相约要合作一个“三部曲”，可是十几年过去了，怀臻为我创作的第3部淮剧迟迟没有启动。眼见我就要进入花甲之年了，我很焦急，不断地催促他。终于，他告诉我他要为我创作“武训”。一听到这个题材，我就有一种直觉：这个题材适合我，适合淮剧。2015年，我们赴山东省冠县柳林镇采风，以求寻得创作灵感。在冠县——武训先生出生、去世和一生中大部分时间在此度过的地方，我感觉找到了他，接通了他，这对后来的创作十分重要。仅仅两年过后，这部名唤《武训先生》的淮剧就顺利演出了。

罗怀臻：说来话长，《武训先生》的创作灵感来自于20多年前的一张希望工程女孩的照片，后来我知道那张“我要上学”的照片中的女孩名叫苏明娟。当时那张照片给了我很大的震撼：干裂的小手握着一支铅笔，一双明净的大眼睛充满了对读书的渴望，由那张照片而引起的全国关注学龄儿童的“希望工程”，带动了全社会办学、助学的良好风气。当时我就联想到了武训，那个清朝末年行乞办学的农民，不就是中国“希望工程”的先驱吗？于是，我埋下了创作武训戏剧剧本的最原始的种子。

梁伟平：《武训先生》的创作过程真的是充满了感动，这既是一次创作，也是一次心灵朝圣之旅。第一次去武训先生故里采风，踏进武家庄武训先生纪念馆，我抬头看天，低头闻香，面对碑林、面对季羡林手书“高山仰止，千古奇人”，我不禁肃然起敬。武训纪念堂内墙壁上每一幅栩栩如生的画面，都激荡着我的心灵，我看到了武训矢志行乞39年，吃蜈蚣吃蝎子风风雨雨的苦行和执著，见到了武训忍受欺凌挨打挨骂一拳一脚换一个铜钱一枚小钱的辛酸足迹。他的行为深深打动了我，千百年来办学的故事很多，但讨饭办学堪称奇人奇乞奇事，可谓人类旷世奇闻。

武训的故事是一则奇特的生命故事。为了穷人孩子能读书识字，他讨饭行乞39年，积攒钱财，兴办义学。59岁那年义塾办成，武训积劳成疾，病入膏肓，安详逝去——他以最卑微的行为，做了最崇高的事情。武训倾其一生一世，不娶妻、不荫子，终于积钱万贯却不舍得为自己用一枚铜钱，一心想着为穷人的孩子兴办义学，这种公德义举是何等高尚。我心中不禁在问，是什么力量让一个目不识丁的人能认识到读书如此重要？这是文化的重要作用。当信念成为一种行为时必定动力无穷！

罗怀臻：武训先生的故事对当代人有着很深刻的启迪——对知识有崇高的敬畏、对人生有执著的信念。一个清末的农民，仅凭一个人生信条，用一辈子的时间践行一件事。他化缘乞讨，兴办义学，在受尽欺凌，经历人生百味的过程中依然不忘初心，纵使10年的积蓄被盗，始终未曾放弃，甘心从头开始，继续为守护创办义学的梦想而倾尽余生。在世人看来，武训历经磨难30几载，最终建成义学，应当理直气壮地改善生活条件。然而，并没有，他仍旧过着衣衫褴褛的乞丐生活，不忍吃一顿饱饭，穿一件新衣。在戏中我设计了一个场景：办成义学的武训蹲在自己修建的学堂外墙角边，听着学堂里孩童琅琅读书声却不敢踏足入内，在他心目中教育的殿堂是神圣的，而他仅仅是一个目不识丁的乞讨者，无法与这文墨书香之地画上等号。在此刻，连“温饱”二字都有可能带给他一种负罪感。剧中的武训一生都在躬行实践着利他主义的道德观，这和当下许多利己主义的社会现象形成强烈的对比。我们且不开展两个道德观的学术讨论，单就武训其人所传递的“信仰成为一种生活”的精神，在当下社会也是有着极其深远的意义的。所以我希望通过《武训先生》这个戏，唤起人们对他的怀念，也引发人们的普遍共鸣，进而引发观众乃至社会的思考。

梁伟平：前年春节长假，怀臻闭门不出，一口气完成了剧本的创作。阅读剧本我瞬间兴奋，武训已是有骨有血情感充沛的人物形象。但兴奋之后，问题来了：如何让武训在舞台上鲜活起来却难度不小，反复阅读剧本，越读越发感到难度超乎想象。一般认为，要把历史上存在的真人真事呈现在舞台上，成功率非常小，这似乎是一种共识。但创作往往就是挑战，而挑战却意味着突破和机遇。虽说在戏剧舞台上表现武训形象有相当难度，但其意义非凡。为此，表演中我努力寻找内心情感支点和外部表现手法。

首先仔细分析剧本，全剧主题鲜明，立意深刻。场次紧凑一气呵成，情感丰沛十分流畅，同时具有朴实的生活质感。主角武训的讨饭行为直接围绕和表达了“当信仰成为一种生活”的中心思想，与主题形成了一个严密的逻辑关系。在理顺人物从可爱可怜到可敬的心理程序后，需要运用适当方式将内心外化。剧中武训的年龄是从20岁到59岁，可我已步入花甲之年，怎么演？花甲之年再演20岁青年，观众会怎么看？自己也别扭。更何况如此高密度、高强度的内心外化，需要智力、体能和速度（节奏）支撑。对我而言，这些都是严峻考验。好在形式上韩剑英导演采用了表现主义的手法，这是韩导绝妙的选择。这种可夸张可变形民俗感极强的形式与内容是紧贴着的，在表演上也能够借用更多的手法帮助我完成人物塑造。

我有一个创作习惯，在排练时经常跳出常规性思维，放任感觉不规则发挥，往往有些不经意间激发出来的灵感恰恰就是精彩美妙的。譬如，第 4 场武训乞讨出场内唱导板："太阳出来把路上，身穿着百衲装、褳褡子挂肩膀，手持着破铜勺、半痴呆半癫狂……"此时的武训就像刚出笼的鸟儿自由自在地飞翔，集市上没有人在乎他，而他与自己开心，摇头晃脑嬉皮笑脸，跳跳蹦蹦，让人觉得既可爱又令人同情。排练中我自己拿着褳褡子尽情舞蹈，拿着破铜勺忽左忽右、忽上忽下琢磨体悟，在唱到最后一句"满脸微笑喜洋洋"时我融在音乐节拍里，由慢到快直至突然停下，这时满台安静，我从喉咙深处发出调侃的笑声后猛然大声再次重复唱完。在音乐上、情绪上、形体上、节奏上、音量上形成极强的对比关系，令观众会意地满场大笑，这笑声一直延续至遭拳打脚踢后武训晕倒在地，众人从对武训由取乐到同情到可怜，整场气氛很快得以调动渲染，这些细节处理也都得到了导演的赞赏并予以保留。

武训的可怜不仅仅是受欺凌、受打骂，更有孤独。每当夜幕降临武训回到破庙，他孤独、寂寞，唯有铜钱成了他的"寂寞知音"，只有铜钱天天在黑暗中陪伴他，所以武训特别欢喜天黑。天黑了，武训心里就踏实了，他就可以到地窖里一遍遍数着自己讨来的铜钱或与铜钱说说话。此处的表演我分 3 个段落，孤独的茫然心境，数钱时的神闲气定，想到有朝一日能盖房子办学得意忘形。通过 3 个不同的情绪变化来表达和释放武训在特定情境下内心深处的酸楚与快乐。紧接着是全剧的核心唱段，此时已是全剧情节的高潮，充满悲凉感的淮剧大悲调在此运用自然恰到好处。然而，当他酒醉醒来发现 10 年乞讨的钱财被盗时，不禁呼天抢地嚎啕大哭，一句"我真混呀!"我用连续上行 11 度的爬音来宣泄悲愤悲伤到极致的情感，让人看着伤心，听着揪心。武训的可敬在于选择了就坚定不移。他并不一定懂得信仰，可是他的生活方式和行为已经成为一种信仰。

怀臻说淮剧《武训先生》是献给我 60 岁的生日礼物，至此，我们完成了约定，同时怀臻也完成了他心中的“都市新淮剧”三部曲。如今，对怀臻对我对淮剧一如他创作的《武训先生》一样，可谓“功德圆满”。然而曲不会终，人不会散，武训先生历经苦难坚守信念的故事将一直魂牵梦萦，武训的那一句台词会一直回响在我的耳边：就当“劫数”未尽，缘分未尽，从头再来！

龚孝雄：《武训先生》是极具意义的一部作品，不仅仅在于这是罗怀臻和梁伟平在淮剧上的第3次合作，这也是剧作家和演员合作的典范，他们相知多年，相互理解、高度默契，几十年的人生经验和艺术积累在作品中高度释放、完美融合。

《武训先生》是献给梁伟平60岁的生日礼物，我认为这更是两位献给淮剧、献给中国戏剧的一个礼物。罗怀臻是我的老师，梁伟平是我相交多年的前辈艺术家，我作为出品人参与完成这个戏的制作也是三生有幸。

二、梁伟平与“都市新淮剧”

梁伟平：20世纪刚刚进入90年代，罗怀臻在我的游说下从上海越剧院来到上海淮剧团，同为淮剧故乡的苏北人，面对淮剧在上海的日渐衰落，罗怀臻为上海淮剧团创作了《金龙与蜉蝣》，并提出了淮剧要重返上海的“都市新淮剧”理念。

“都市新淮剧”是一个长久的话题，从苏北到上海，从乡村到都市，上海淮剧以其坚韧的品格和独特的艺术魅力开创和坚守了在上海的一片天地，突破和求变是上海淮剧发展到今天的不二法宝，淮剧曾经有过的辉煌都与之分不开。在中华人民共和国成立初期，上海淮剧所拥有的观众群体是其他剧种所不能比拟的，据资料统计，20世纪中叶，上海有300多万苏北籍人，他们由农村而来，在上海从事苦工和手工劳动，聚居于城市的边缘，欣赏着家乡的淮剧，上海淮剧是名副其实的“劳动人民的剧种”。因这广大的观众群体和这群体带来的淮剧的地位，中华人民共和国成立前后蜂拥建立起来大量淮剧演出团体就有其必然性。

直到20世纪80年代中期，上海淮剧团的演出仍然是极其繁忙的，上海当时有大量工厂，工人们大多是苏北人或苏北人的后代，淮剧在这些工厂里极其受欢迎。举个例子，单单上海国营棉纺厂有30几个工厂，每个工厂一场演出，就有30几场，再加上其他工厂，淮剧团每年的演出是排不过来的。

然而到20世纪80年代末，整个城市的人口结构、知识结构、产业结构、城市版图都开始发生变化。劳动密集型企业大量关闭，工人们下岗，失去了艺术消费的能力。随着旧的社区拆迁，有着欣赏淮剧习惯的人群被打散，在新式的社区里，年轻人也不能再受到淮剧欣赏氛围的熏陶，新的观众很难培养。

过去依靠苏北人群体、工人群体而生存的淮剧必须要找到新的市场，争取多元化的观众，才能摆脱危机。“都市新淮剧”便在这个时候应运而生。

罗怀臻：“都市新淮剧”的理论思考与创作实验，也是上海淮剧置之死地而后生的一场突围战役。当20世纪90年代初全国戏曲普遍面临困境的时候，上海淮剧的处境尤为艰难，艰难到上海城市是否还需要淮剧，淮剧团是否还需要在上海办下去的危险境地。但是困难没有令淮剧人屈服，反而促使他们团结进取，并在短时期内实现了绝地反击，通过高高擎起的“都市新淮剧”大旗对萎靡不振的全国地方戏曲创作产生了强大的冲击力。时至今日，回头去看，忧患意识仍是上海淮剧团生存与发展的内在驱动力，唯有忧患，唯有变革，唯有发展，才是上海淮剧团的生存之道。

龚孝雄：通过上海淮剧，我们也看到了20世纪90年代中国戏曲版图上属于上海戏曲创作的一份漂亮的成绩单。可以说从20世纪初海派京剧的兴起直到20世纪90年代末期，上海戏曲创作与戏曲演出一直引导着全国戏曲创新与发展的航向。20世纪90年代上海淮剧团的《金龙与蜉蝣》和《西楚霸王》，无疑是中国当代“都市戏曲”和“现代戏曲”的发端之作，这两部作品无论在实践或理论层面都对20世纪90年代以来的中国戏曲产生了深刻影响。1999年《西楚霸王》晋京演出，徐晓钟先生在中央戏剧学院召开的该剧研讨会上提出：上海淮剧团创作的《金龙与蜉蝣》和《西楚霸王》，标志着一种

“新型戏曲”已经诞生，标志着中国戏曲正在完成“现代转型”。

事实上，上海淮剧的发展史，就是一部从农村走向城市的变迁史，一部充满悲情美感的奋斗史。100年来，上海淮剧就是在与困难的斗争中、与命运的抗衡中，不断实现自我超越，并且取得一次又一次突围的成功。20世纪80年代末，上海淮剧需要又一次突围的时刻到了，如果说20世纪初淮剧从农村进入城市还只是不经意中的迁徙，那么到了20世纪中叶出现传统淮剧的繁荣，便是淮剧人努力打拼的结果。至于到了20世纪末出现“都市新淮剧”，使淮剧的发展进入到一个全新的历史时期，便已经蕴藏着现代淮剧从业者的主动突围意识和在新的文化环境下求生存、谋发展的文化思变了。这是淮剧的转折点，梁伟平出现在了这个转折点上。

罗怀臻：“都市新淮剧”的提法也曾引起争议甚至误解，我想作为一个具有口号意味的提法，未必是一种严谨的戏剧理论观，但它于特定时期针对传统戏曲尤其是地方戏曲的艰难生存境况，不啻是一种共识，一种选择，具有普遍的实践意味，是对传统戏曲文化于现代社会中继续传播发展的方向性的探寻，一定程度上弥补了当时当刻戏剧理论的缺失。面对如火如荼的中国社会城市化进程，现代的文化接受趣味越来越模糊了乡村与城市、传统与现代、中国与世界的审美边界，生长和成熟于农耕文明时期的传统戏曲要想跟上全球性的现代化发展进程，融入现代审美，赢得在文明意识、生活方式、艺术趣味等精神物质层面逐步城市化、都市化的当代观众，必须做出面向现代都市人群的审美转型，而这种审美转型的实质还不只是在形式方面融进现代都市的剧场环境，更重要也更本质的转换乃是在精神价值取向与审美趣味上具有自觉的现代意识。从上海淮剧团于20世纪90年代创作的《金龙与蜉蝣》和《西楚霸王》来看，其实践的准确性与影响力都要大于“都市新淮剧”口号本身。20世纪90年代以降，无论是否在名义上打出“都市新戏曲”的旗号，这种向都市剧场和都市人群趣味自觉转型的戏曲创作，已然成为了当下戏曲审美的主流。追根溯源，上海淮剧团的贡献不容忽略，梁伟平为代表的上海淮剧人的躬身实践尤为可敬。

梁伟平：在我的舞台实践中，我更愿意接受各种性格鲜明的人物形象以挑战自己。

从蜉蝣到武训，都不是传统的小生形象，但近30年的时光过去，我人生的阅历、对艺术的理解也在不断增长和推进。蜉蝣是第一个打破我固有形象的角色，对这个角色的接受经过了激烈的内心争斗，怀臻也与我做了无数次探讨，这是一次打破自我的重塑，过程艰难且痛苦，但成功之后，给我打开了一个全新的天地。由于是第一次的尝试，蜉蝣的表演还是在传统表演的框架中去寻找方法。到了《西楚霸王》，于我又是一次提升。其实霸王这个角色是有传统戏的固定样式的，我塑造的霸王与之完全不同，这是一次突破大众审美习惯的尝试，比蜉蝣更有难度。

但此时我有自信，敢于摒弃既往的舞台经验。此番演武训，这个角色对我而言是完全的突破，如今我60岁，我把自己对于表演的理解融入到表演手段中，不拘泥于行当、程式，是一次完全的释放。“眼中本来没泪水，不知何故涌两行”。

武训是我创作中最感动的人物形象，因为他最平凡，最真实，最卑微，最高尚，最传奇……是最富有色彩性的历史人物。所以，我对塑造武训艺术形象的付出也最多，离武训情感也最近，我真爱武训，真诚接受，真心感悟，真情演绎，崇敬崇尚。

武训自创的乞讨叫卖声是最美的韵律，武训走过的乞讨之路是最美的曲弯弧线，它是生命触发通往崇高的人生轨迹。

人们常说，演员每创作一个人物就是一次人生感悟，每当全剧演出结束时，每次当我走进武训心里再从武训内心走出时，每当曲终人散，我缓缓地离开舞台时，我的心似乎进入了另一种情境：每每感觉接受了心灵的洗礼。演武训这样的角色，在流泪之后会给人以力量。

罗怀臻：《武训先生》中“都市新淮剧”的理念，与《金龙与蜉蝣》《西楚霸王》阶段相比可以说是相辅相成，殊途同归。创作《金龙与蜉蝣》《西楚霸王》时，城市刚进入国际化，我们刚看到镜框式的舞台被打破，它的功能被拓展，中国传统的道德评价、政治评价正逐渐被人文评价、审美评价所取代，所以那时候对舞台艺术是一种解构、颠覆以及强烈的扩张，带着某种反思和启蒙色彩。今天，现代化、都市化、国际化已经成为一种常态，而在现代化、都市化、国际化的底彩之上我们所要描绘的恰是民族化、地域化、个性化的图案。今天比起任何时候都更需要一种找回自我的自觉，找回自我的身份——国别的身份，族群的身份，文化的身份。无论是 20 世纪 90 年代的《金龙与蜉蝣》《西楚霸王》，还是新近的《武训先生》，其创新精神的内在驱动力都是回归，历史的回归，文化的回归，情感的回归。

记得 20 世纪 80 年代，戏曲急于摆脱危机，急于创新，有些创新就是旗帜鲜明地让自己“不像自己”，而今天上海淮剧团所探索“都市新淮剧”或《武训先生》所提出的“再乡土化”策略，都是希望不仅使自己“像自己”，而且是要“更像自己”。让淮剧回到淮剧，回到乡土，当然不是简单地倒回去，而是以现代都市人的眼光、国际化的审美来看其独有的特征、特点、特质、特色。看了淮剧《武训先生》的演出，你可以说很都市、很现代，甚至很国际，你也可以说很地方、很乡土，甚至仿佛重新回到了苏北淮剧的说唱艺术时代，如果真是这样的感受，那么正是淮剧《武训先生》所要实现的审美追求。在这一点上，不仅要感谢伟平的劳心劳力，也要感谢导演韩剑英和全体参与创作与演出的朋友们，是大家在一个统一的“再乡土化”与“再戏曲化”的共识之下，所做的步调一致的努力。

三、 梁伟平与上海淮剧

梁伟平：和淮剧一样，我也是从苏北来到上海的，淮剧来到上海才成为了今天的淮剧。我也如此，进入上海淮剧团才是我淮剧人生的真正开始。我和上海淮剧的缘分很深，筱文艳老师是于我有知遇之恩的前辈，很多人都听过她到扬州找我的故事。实际上，我和老师的缘分来得更早。20 世纪 80 年代初，我刚刚 20 出头，是阜宁县的一名青年演员，远在上海的“人淮”（上海淮剧团原名上海人民淮剧团）对我而言就是一座崇高的殿堂，而筱文艳老师就是我心中的“淮剧之神”。1982 年的某一天，“人淮”来阜宁演出了，一票难求，我去找在剧场管票务的朋友希望能多买几场戏票。那时候演出团体的演员都住在剧场的后台，我匆匆走过剧场的后院。几年后，筱文艳老师把我引进上海淮剧团时，她告诉我，当年她在那个剧场的院子里看到我走过去，就觉得这个小伙子形象不错，要是能唱淮剧小生就好了。

1984年，筱文艳老师通过多方打听，辗转找到已在扬州准备改行的我，把我拉回了淮剧的世界，此后，这个世界才真正向我展开了无限魅力，让我愿意为之奉献一生。

上海淮剧的确是在不断突破中前行的，因为上海淮剧的发展之路永远伴随着危机，一个苏北乡村的剧种能够进入上海要面临多少考验，为了能在激烈的竞争中突出重围，筱文艳老师那一代人博采众长，实现了剧种的成熟化，让淮剧在上海站稳脚跟。到了20世纪80年代，伴随着全国范围的“戏曲危机”，淮剧作为“移民剧种”的弱势再次凸显，我和怀臻这一代人体验了剧种式微的疼痛之后，进行了“都市新淮剧”的大胆尝试。时至今日，国家对传统戏曲扶持力度加大，尤其在资金上不再捉襟见肘，可是戏曲发展又有新的问题，那就是方向感的缺失。社会价值观念与艺术审美观念日趋多元，各个领域都难以达成共识，各地区各剧种情况都不尽相同，戏曲如何发展莫衷一是。进入21世纪以来的当代戏曲，实践经验和理论认识依然驻足于20世纪的八九十年代，各地剧种各个剧团现在所享用的还是那时的创作和理论成果，不仅观念上没有进步，理论上也没有收获，甚至连可以与20世纪八九十年代出现的编剧、导演、表演等方面杰出人才相媲美的新的旗帜性人物也都没有出现。

对于上海淮剧而言，找准方向是最重要的，我们有过“都市新淮剧”成功的经验，还应在此基础上继续推进。“都市新淮剧”不是对某种戏曲形式的框定，这个理念本身包容着让戏曲具备适应变化、适应新环境的内涵。因此，在《武训先生》的创作上才有“再乡土化”“再戏曲化”的做法。怀臻与我是近30年的朋友，他提出“都市新淮剧”2.0版本，我立刻心领神会。可以说横贯20世纪100年的中国戏剧，就是从乡村进入城市，从广场走进剧场的“都市化”

的过程，如今影响全国舞台艺术审美的“都市戏曲”，很大程度上是从20世纪上海戏剧的“海派京剧”“上海女子越剧”以及“都市新淮剧”的探索中受到了启发。作为一名当代上海戏剧人，何其有幸，能够一而再、再而三地与罗怀臻和一批有思想有抱负敢探索敢担当的优秀戏剧家合作，记得我在《武训先生》首演后的座谈会上说过：“作为戏曲演员，我已经此生无憾。”

“都市新淮剧”三部曲完成之后，我也在想，其实对于一个剧种所有的设想和规划都需要人才来支撑，淮剧必须后继有人。10年前我亲自参与剧团与上海戏校合作招收的一届淮剧班，现在这批学生已经进团工作。就像当初筱文艳老师培养我一样，我要给这些孩子创造更多的机会去实践，在5年内让他们将“都市新淮剧”三部曲学会并传承下来。

罗怀臻：我和梁伟平都是普通人家的子弟，我因考入淮阴市淮剧团才从插队的农村回到城市，1983年我入读淮阴电大，随后考入上海戏剧学院进修班，学费是当时淮剧团的同事攒的，为此团里推迟了半个月发放工资。后来我和伟平都到了上海淮剧团，那正是上海淮剧最艰难的时刻，我们一起做出了《金龙与蜉蝣》，提出了“都市新淮剧”的理念。《西楚霸王》之后十几年我几乎没有参与过淮剧的创作，这并不是我对淮剧疏离了，而是因为淮剧对我而言是和别的剧种不一样的，在淮剧的创作上我更为慎重。我虽然没有直接参与创作，但我时刻没有停止对淮剧的观察和思考，现在“都市戏曲”已经成为全国戏曲界有形无形的共识，但是在《武训先生》之前，作为“都市戏曲”首倡者的上海淮剧团却早已卷起大旗，偃旗息鼓，小心翼翼地回到20世纪90年代之前，津津乐道于“原汁原味”“深入社区”“为淮剧老观众服务”去了。坦率地说，20世纪90年代之前上海淮剧团的“回娘家”和前几年的“下社区”都没有给上海淮剧带来新的生机，相反却一次又一次地加重了淮剧在上海的式微，上海淮剧是在不知不觉中辜负了自己曾经的努力，也浪费了自己宝贵的观念资源。尽管淮剧现在也已被视为上海本土剧种，但是无论到了什么时候，上海淮剧人都应该保持清醒的忧患意识，所谓“生于忧患，死于安乐”，对上海淮剧而言，尤其具有警示作用。继承与创新，改革与发展，不可能毕其功于一役，忧患者永远行走在路上。下社区、回娘家，守住基本观众，当然必须要做，还要做好，但是我们不能把这些为观众演出和服务的手段与剧种艺术发展的方向对立起来。当我们置身在现代化都市化前沿城市的上海却在小心翼翼地瞻前顾后之时，我们苏北家乡的淮剧兄弟已然在戏曲现代戏创作方面大步流星地走到了我们的前头。在上海，在全国，因为淮剧的宜南宜北、宜古宜今、宜文宜武、宜土宜洋，淮剧，不妨先行一步，担当起当代戏曲的实验先锋。

龚孝雄：上海淮剧必须要有忧患意识。淮剧在上海就好比是“新上海人”，我和两位老师都是或早或晚的“新上海人”，对此有着很深的感受，我们既要有主人翁精神，又时刻如履薄冰。在上海这座城市里，昆剧、京剧、越剧、沪剧、评弹、话剧、滑稽戏，都可以有平常心，唯独淮剧不能有，淮剧在上海只能枕戈而眠。

因为以苏北籍上海人为主体的淮剧受众群只会越来越稀少，少到总有一天填不满一场自然上座。为此，上海淮剧必须在上海争取到越来越多的非苏北籍观众，不仅因为你唱淮剧而喜欢了你，而是因为喜欢了你而喜欢上了淮剧。

人们习惯把现在的戏曲从业者称作传统艺术的守望者。当生活在纷繁中涌动的时候，他们却在这个繁华的都市里守望着传统、守望着孤独。从某种意义上说，他们又何尝不是守望着艺术理想、坚持着艺术操守的殉道者呢？从筱文艳到梁伟平，一代又一代的上海淮剧人，为了淮剧艺术的发展，在艺术发展的跑道上默默前行。优秀的演员有很多，有的人是角儿，精湛地掌握着传统技艺，受人尊敬；有些人是明星，在某一时期内产生巨大的影响力；还有人一步一个脚印，把个人命运与剧团命运、剧种命运、行业命运紧紧联系在一起，梁伟平就是。

（原载 2018 年第 5 期《中国戏剧》杂志）

编后语　理性与感性的共鸣

廖夏璇

记得是2018年夏天的一个午后，我到上海戏剧学院聆听罗怀臻老师给他的研究生上“小课”。课间，罗老师对我说：“夏璇，我的剧作集和演讲集马上就要出版了，接下来我打算出版三卷本的研究集，和前两集一起组成一个系列。”闻之，我竟有些小小激动。近半年来，我借撰写罗老师戏剧创作研究论文的契机，收集了大量关于罗老师及其剧作的研究和评论文章，其时间跨度之长、体量之大、内容之丰富，让人叹为观止。其时，我便萌生了一个大胆的想法——倘若把这三十多年来关于罗老师的研究评论文章精选成集，与他的剧作集、演讲集配套，岂不能为今后的研究者们提供一套完整翔实的一手资料吗？不曾想这个想法竟与罗老师不谋而合！于是，刚听得罗老师要出版研究集的打算，我便脱口而出：“好啊，这太有意义了！”更不曾想，我的话刚出口，罗老师便接着说道：“由你来做主编。”或许是初生牛犊不怕虎，又或许是被这突然而来的惊喜冲昏了头脑，我竟接着罗老师的话说了一句：“好呀！”稍微冷静下来后，自觉诚惶诚恐。罗老师看出了我的犹豫，又鼓励道：“我这边收藏的一些旧资料可供你参考，书稿先按照你自己的想法整理构思，放手去做吧！”罗老师对我的十分信任，我自然要用十二分的努力和用心去报答！

去罗老师府上拿资料的那天，我是空手而去、满载而归的。罗老师如数家珍地把他三十多年来收藏的旧报纸、旧杂志一件件地交付于我，每翻开新的一页，他都会不厌其烦地与我分享那些蕴藏在泛黄纸张背后的珍贵故事。这些文章的执笔者，既有现已仙逝的陈西汀、刘厚生等戏剧界前辈，也有业已成名的演员和著作等身的作家、学者，更不乏许多青年评论家和高校学子，其年龄跨度之大、社会身份之多样、评论笔触之丰富，也侧面印证了罗老师的戏剧创作是自带“话题性”并始终走在中国当代戏剧创作前沿的。随着纸张的一页页翻动，当年碰撞出的思想火花仿佛再次跃燃纸上。那一刻，我看到罗老师的眼中是有光的。透过这束光，我捕捉到的不仅仅是一位当代剧作家充满激情和荣光的心灵成长史，更捕捉到剧作家对于那些以理论与批评之笔锋与自己时代同行者的高度珍视和深切感念。如此种种，又何尝不可视为一部微观而生动的中国当代戏剧创作观演互动史呢？临别之时，才发现梳理的材料已有几百份之多，罗老师有点抱歉地对我说：“没想到整理起来竟有厚厚的几沓，搬运起来得辛苦你了。”说着，又找来一个大号行李箱，亲手把这些材料码得整整齐齐然后交付于我，并再三嘱咐我路上要注意安全。就这样，空手而来的我出门之时已是满载而归。我带走的不仅仅是手上那只装满故纸的沉甸甸的旅行箱，更是罗老师作为师长谆谆教诲的温暖以及众多戏剧界前辈们用文字传递出的评论的力量与光芒。

多少个日夜，我怀着敬仰之情凝望这浩瀚文海中的每一朵浪花，生怕因为错过了某一个细节而不能将熔铸在字里行间的时代风貌、个性情怀和智慧火花传递给读者，生怕不能把“他者”视角下那个如堂吉诃德般以理想主义和英雄主义之剑特立独行于中国当代剧坛的罗怀臻生动地描绘给这个世界——是的，我希望呈现在读者面前的《罗怀臻研究集》也如罗老师本人一样，是散发着让人如沐春风的温度、充满着引人向上的力量并闪烁着崇高理性之光辉的；也希望，它的出版不仅能为今后的罗怀臻研究者们提供更翔实的文字资料，还能进而为他们研究中国当代戏剧史，尤其是新时期以来的中国当代戏剧史推开一扇门、打开一扇窗，以罗怀臻戏剧创作研究为个案，窥探改革开放四十年多年来中国戏剧创作与理论研究相辅相成、共荣共生的生态链，以观照当下、启发未来。

转眼又是炎炎夏日。经过一年的组稿、编辑、校对工作，三卷本的《罗怀臻研究集》即将付梓。《罗怀臻研究集》中收录的180余篇文稿，主要涵盖以下两方面内容：其一，是对罗怀臻及其创作进行的评论及研究；其二，是罗怀臻对自己及他人创作的阐述与研究。根据文章视角和内容的不同，这些文稿分别被收入“研究卷”“评论卷”“自述卷”三卷。其中，“研究卷”主要收录了对罗老师及其创作的综合性、宏观性的研究文章；“评论卷”主要收录了对罗老师具体戏剧作品的评论性文章；“自述卷”则主要收录了罗老师对自己及他人创作的阐释与评论性文章。此外，在整理编辑文稿时，还秉承了以下几个基本原则：

1. 每篇文章均择优收录，同时兼顾各个剧目之间评论文章分布的平衡性及观点的多样性；同一作者不限制收录文章的数量，只要文章优质均可列为收录对象。

2. 每篇文章均尽力还原其撰写或发表的时间及刊物，三卷文章无论作者年龄、职业、职位，同一剧目或栏目下的文章基本按照其撰写或发表的时间先后排序。

3.《罗怀臻研究集》与2018年出版的《罗怀臻剧作集》《罗怀臻演讲集》构成一个整体，因而本集的体量与前两集基本保持一致，总字数在一百万字左右，平均每卷为三十万字左右，且前两集收录过的文章本集不再收录。

4. 文无定法，收录进本集的文章中既有扎实严谨的学术论文，也有犀利睿智的评论文章，其中不乏一些颇具个人色彩的散文式、杂文式的篇章，只要观点鲜明、言之成理、行文流畅，均可列为收录对象。

自1985年罗老师剧作的第一篇评论（陈西汀：《蹊径独辟的〈古优传奇〉》，《新剧作》，1985年第1期）问世以来，发表在《人民日报》《光明日报》《文汇报》《解放日报》《文艺报》《中国艺术报》《中国文化报》《戏剧艺术》《戏曲艺术》《中国戏剧》《上海戏剧》《剧本》等各大报刊的罗老师及其剧作的相关研究评论文章累计达三百余篇，其研究者之众、研究文章之多，在中国当代剧作家中首屈一指。憾于篇幅有限，不能将这些文章统统收录进文集，在此，我对那些致力于罗怀臻研究却暂未有文章收录的作者们表示诚挚的歉意。因工作进度紧、联系方式更换等原因，许多有文章收录的作者也暂时未能一一取得联系，烦请作者朋友能拨冗与上海人民出版社联系，届时将奉上样书一套以表衷心的感谢。

罗老师是一个筑梦人，也是一个逐梦人。从淮阴小城到上海“魔都”，他几十年如一日地构建并践行着自己的戏剧理想，终于独辟蹊径、开枝散叶；从指导一届届研究生到主办五个中国青年戏剧人才高级研修班，他如师如父般地鼓励那些青年人构筑自己心中的梦想，并指引他们在逐梦的道路上找准方向，引导他们朝着光明的方向前进，终于硕果累累、桃李满天下。我有幸成为这些青年人中的一员。如今，看着手边的三卷本《罗怀臻研究集》，心中不禁感慨万千。感恩罗老师的信任和支持，让我那许许多多曾经觉得遥不可及的梦想得以成真。同时，也感谢上海人民出版社赵蔚华老师、上海戏剧学院朱锦华老师、我的博导朱恒夫教授以及上海市剧本创作中心的老师们，一路走来他们的答疑解惑，让我在这一次难忘的编辑工作中得以不断的学习和成长。

是为后记。

（2019 年盛夏于上海）